日本古典文学全集・作品名綜覧 第Ⅱ期

日外アソシエーツ

Index to the Contents of The Collections of Japanese Classical Literature

II

Title Index

Compiled by
Nichigai Associates, Inc.

©2019 by Nichigai Associates, Inc.
Printed in Japan

本書はディジタルデータでご利用いただくことができます。詳細はお問い合わせください。

●編集スタッフ● 松本 裕加／岡田 真弓／新西 陽菜

刊行にあたって

　長い年月にわたって先人から受け継がれてきた古典文学作品は、日本人共通の財産である。2019年には、日本に現存する最古の歌集「万葉集」を典拠として新元号が「令和」に決まり、日本古典に改めて注目が集まった。千年の時を経てなお版を重ね、新訳の出版もなされている「源氏物語」や、演劇や映像で何度もとりあげられている「南総里見八犬伝」のように今日でも親しまれている作品も多い。

　本書は日本の古典文学全集の内容を一覧・検索できる索引ツールとして2005年4月に刊行した「日本古典文学全集 内容綜覧 付・作家名索引」「同 作品名綜覧」の継続版である。古典文学は時代も分野も幅広く、全集も総合全集のほか、時代別、作家別、テーマ別など多種多様な内容で刊行されている。また収録作品の違いのほか、注、訳文、解説類によっても特色がある。それだけに全集内容を一覧し、作家名や作品名から収載全集を検索できるツールが大きな役割を果たすものと期待される。また、近世以前の古典文学作品を対象とした本書と小社刊「現代日本文学綜覧」シリーズを合わせると、古代から現代までの日本文学作品を収めたすべての全集の内容を調べることができる。

　本書では、前版刊行後に完結した全集をはじめとした84種930冊を調査・収録した。各巻の目次細目を一覧できる内容綜覧、作品名から収載全集を調べられる作品名綜覧の2冊構成とし、内容綜覧の巻末には原作者や校注者・訳者・解説の著者から検索できる作家名索引を付した。また作品名綜覧の後半では解説・資料類を時代別に作家名やテーマごとに検索できるようにした。

　編集にあたっては誤りや遺漏のないように努めたが、至らぬ点もあろうかと思われる。お気づきの点はご教示いただければ幸いである。本書が「現代日本文学綜覧」シリーズ同様、文学を愛好する方々をはじめ、図書館や研究機関等で広く活用されることを願っている。

2019年9月

　　　　　　　　　　　　　　　　　　　　　　　　日外アソシエーツ

凡　　例

1. **本書の内容**

　本書は、国内で刊行された日本の古典文学作品を主に収録した全集の作品および解説・資料類の索引である。

2. **収録対象**

　2005（平成17）年以降に刊行が完結した全集、および刊行中で全巻構成が判明しているものを原則として収録した（2019年8月刊行まで）。なお、2004年以前に刊行されたもので前版に収録されなかった全集も含んでいる。また、前版収録全集のうち2005年以降に刊行された巻を補遺として収録した。影印（写真版）を主とする全集は対象外とした。収録点数は、全集84種930冊の古典文学作品9,005件、および解説・資料類6,955件である。固有題名のない作品類（和歌・俳句、書簡など）は収録しなかった。

3. **記載形式**

　全て原本の内容に基づいて記載し、目次に記載がない作品も採録した。
 1) 作品名、作家名、全集名などの表記は、原則として原本の表記を採用した。
 2) 原本にある繰り返し記号の一部は元の文字に直して記載した。漢字1字の反復は「々」を使用した。
 3) 原本にある返り点は記載を省いた。
 4) 角書、原本のルビ等は、文字サイズを小さくして表示した。
 5) 全集の巻次表示は、アラビア数字に統一した。
 6) 巻次のない全集には、仮巻次（巻名の五十音順）を〔　〕囲みで付し、利用の便とした。

4. **作品名**

 1) 内　容

　　全集に収載された古典文学作品を収録し、その収載全集を示した。

2）記載項目
　　作品名／（作・編・撰・評点者名等）
　　訳注・編者名等「収録全集名　巻次　巻名」出版者／刊行年／原本掲載（開始）頁
3）排　　列
　(1) 現代仮名遣いによる作品名の読みの五十音順に排列した。濁音・半濁音は清音、拗促音は直音扱いとし、音引きは無視した。また、ヂ→シ、ヅ→スとみなした。
　(2) 角書は排列上無視した。
　(3) 作品名が同じ場合は、作者名の五十音順に排列した。作品名の下、収載全集を全集名の読みの五十音順に示した。

5. 解説・資料
1）内　　容
　　全集に収載された解説・解題、年表、その他の資料を収録し、その収載全集を示した。
2）記載項目
　　見出し
　　解説・資料のタイトル／（著者名）
　　「収録全集名　巻次　巻名」出版者／刊行年／原本掲載（開始）頁
3）排　　列
　(1) 古典文学の主要な作家名、作品名、形式・テーマを「上古」「中古」「中世」「近世」の時代ごとに分け、見出しとした。見出しの詳細は先頭の「見出し一覧」を参照されたい。
　(2) 見出しの下で、【解説】（解説、解題、序文等）、【年表】（年表、年譜）、【資料】（参考文献、地図、系図、索引等）の3グループに分け、それぞれ小見出しとした。
　(3) 小見出しの下、解説・資料のタイトルの五十音順に排列した。濁音・半濁音は清音、拗促音は直音扱いとし、音引きは無視した。また、ヂ→シ、ヅ→スとみなした。タイトル中に含まれる原作品名の角書は排列上無視した。
　(4) タイトルが同じ場合は、著者名の五十音順に排列した。タイトルの下、収載全集を全集名の読みの五十音順に示した。

収録全集一覧

「浅井了意全集 仮名草子編」 全11巻 岩田書院 2007年8月～
「和泉古典叢書」 全11巻 和泉書院 1987年11月～
「和泉古典文庫」 全11巻 和泉書院 1983年11月～2016年6月
「一休和尚全集」 全5巻, 別巻1 春秋社 1997年7月～2010年10月
「一休和尚大全」 全2巻 河出書房新社 2008年3月
「歌合・定数歌全釈叢書」 全20巻 風間書房 2003年1月～2018年3月
「江戸怪異綺想文芸大系」 全5巻 国書刊行会 2000年10月～2003年3月
「江戸怪談文芸名作選」 全5巻 国書刊行会 2016年8月～
「江戸狂歌本選集」 全15巻 東京堂出版 1998年5月～2007年12月
「江戸後期紀行文学全集」 全3巻 新典社（新典社研究叢書） 2007年6月～2015年7月
「榎本星布全句集」 全1巻 勉誠出版 2011年12月
「新装解註 謡曲全集」 全6巻 中央公論新社（オンデマンド版） 2001年12月
「笠間文庫 原文＆現代語訳シリーズ」 全8巻 笠間書院 2005年9月～2015年2月
「春日昌預全家集」 全1巻 山梨日日新聞社 2001年10月
「假名草子集成」 全70巻 東京堂出版 1980年5月～
「漢詩名作集成〈日本編〉」 全1巻 明徳出版社 2016年3月
「関東俳諧叢書」 全32巻, 編外1 関東俳諧叢書刊行会 1993年9月～2009年1月
「義太夫節浄瑠璃未翻刻作品集成」 全52巻（第1～5期）, 索引2巻 玉川大学出版部 2006年5月
　～2018年2月
「几董発句全集」 全1巻 八木書店 1997年6月
「紀海音全集」 全8巻 清文堂出版 1977年3月～1980年12月
「狂歌大観」 全3巻 明治書院 1983年1月～1985年3月
「近世上方狂歌叢書」 全29巻 近世上方狂歌研究会 1984年10月～2002年3月
「決定版 対訳西鶴全集」 全18巻 明治書院 1992年4月～2007年6月
「現代語で読む歴史文学」 全23巻 勉誠出版 2004年6月～
「現代語訳 江戸の伝奇小説」 全6巻 国書刊行会 2002年6月～
「現代語訳 洞門禅文学集」 全7巻 国書刊行会 2001年5月～2002年5月
「校注 良寛全歌集」 全1巻 春秋社（新装版） 2014年5月
「校注 良寛全句集」 全1巻 春秋社（新装版） 2014年5月
「校注 良寛全詩集」 全1巻 春秋社（新装版） 2014年5月
「古典文学翻刻集成」 全7巻 ゆまに書房 1998年10月～1999年11月
「古典名作リーディング」 全4巻 貴重本刊行会 2000年4月～2001年7月
「コレクション日本歌人選」 全80巻（第Ⅰ～Ⅳ期） 笠間書院 2011年2月～2019年6月
「西鶴全句集 解釈と鑑賞」 全1巻 笠間書院 2008年2月
「西鶴選集」 全13巻26冊 おうふう 1993年10月～2007年2月
「西行全歌集」 全1巻 岩波書店（岩波文庫） 2013年12月
「西行全集」 全1巻 貴重本刊行会 1996年11月（3版）
「西郷隆盛漢詩全集 増補改訂版」 全1巻 斯文堂 2018年3月
「山東京傳全集」 全18巻 ぺりかん社 1992年10月～2018年12月

収録全集一覧

「私家集全釈叢書」 全40巻 風間書房 1986年9月～2016年5月
「私家集注釈叢刊」 全17巻 貴重本刊行会 1989年6月～2010年5月
「新修 橘曙覧全集」 全1巻 桜楓社 1983年5月
「新注和歌文学叢書」 全24巻 青簡舎 2008年2月～2018年10月
「新潮日本古典集成 新装版」 全82巻 新潮社 2014年10月～
「新 日本古典文学大系」 全100巻, 別巻5巻 岩波書店 1989年1月～2005年11月
「新編国歌大観」 全10巻20冊 角川書店 1983年2月～1992年4月
「新編西鶴全集」 全5巻16冊 勉誠出版 2000年2月～2007年2月
「新編 芭蕉大成」 全1巻 三省堂 1999年2月
「菅専助全集」 全6巻 勉誠社 1990年9月～1995年11月
「増訂 秋成全歌集とその研究」 全1巻 おうふう 2007年10月
「増補改訂 加舎白雄全集」 全2巻 国文社 2008年2月
「増補 蓮月尼全集」 全1巻 思文閣出版 2006年9月（2刷復刊）
「宝井其角全集」 4分冊 勉誠社 1994年2月
「建部綾足全集」 全9巻 国書刊行会 1986年4月～1990年2月
「橘曙覧全歌集」 全1巻 岩波書店（岩波文庫） 1999年7月
「他評万句合選集」 全2巻 太平書屋 2004年7月～2007年2月
「近松時代物現代語訳」 全3巻 北の街社 1999年11月～2003年9月
「中世王朝物語全集」 全22巻, 別巻1 笠間書院 1995年5月～
「中世日記紀行文学全評釈集成」 全7巻 勉誠出版 2000年10月～2004年12月
「中世の文学」 全12巻（第29～40回配本） 三弥井書店 2005年7月～2017年11月
「蝶夢全集」 全1巻 和泉書院 2013年5月
「定本 良寛全集」 全3巻 中央公論新社 2006年10月～2007年3月
「伝承文学資料集成」 全22巻 三弥井書店 1988年2月～
「銅脈先生全集」 全2巻 太平書屋 2008年12月～2009年11月
「西沢一風全集」 全6巻 汲古書院 2002年8月～2005年10月
「西村本小説全集」 全2巻 勉誠社 1985年3月～1985年7月
「西山宗因全集」 全6巻 第1～4巻：八木書店、第5～6巻：八木書店古書出版部 2004年7月～2017年4月
「日本漢詩人選集」 全17巻, 別巻1 研文出版 1998年11月～
「日本古典評釈・全注釈叢書」 既刊39巻 〔32～33〕：KADOKAWA、〔34～39〕：角川学芸出版 1966年5月～2016年11月
「日本の古典をよむ」 全20巻 小学館 2007年7月～2009年1月
「人情本選集」 全4巻 太平書屋 1990年9月～2005年4月
「芭蕉全句集」 全1巻 おうふう 1995年9月（重版）
「芭蕉全句集 現代語訳付き」 全1巻 角川学芸出版（角川ソフィア文庫） 2010年11月
「八文字屋本全集」 全23巻, 索引 汲古書院 1992年10月～2013年3月
「藤原為家全歌集」 全1巻 風間書房 2002年3月
「藤原定家全歌集」 全2巻 筑摩書房（ちくま学芸文庫） 2017年8月
「藤原俊成全歌集」 全1巻 笠間書院 2007年1月
「蕪村全句集」 全1巻 おうふう 2000年6月
「蕪村全集」 全9巻 講談社 1992年5月～2009年9月

収録全集一覧

「覆刻 日本古典全集〔文学編〕」 全57巻 現代思潮社 1982年9月〜1983年4月
「三弥井古典文庫」 全9巻 三弥井書店 1993年3月〜2018年6月
「連歌大観」 全3巻 古典ライブラリー 2016年7月〜2017年12月
「和歌文学大系」 全80巻, 別巻1 明治書院 1997年6月〜
「和歌文学注釈叢書」 全3巻 新典社 2006年5月〜2006年10月
「わたしの古典」 全22巻 集英社 1985年10月〜1987年9月

作 品 名

【あ】

嗚呼奇々羅金鶏(山東京傳)_{淀屋宝物東都名物}
　棚橋正博校訂「山東京傳全集2 黄表紙2」ぺりかん社 1993 p93

「相蚊屋の」唱和
　加藤定彦「西山宗因全集3 俳諧篇」八木書店 2004 p288

愛敬昔色好(未練)
　篠原進翻刻「八文字屋本全集5」汲古書院 1994 p129

愛護初冠女筆始(江島其磧)
　長友千代治翻刻「八文字屋本全集13」汲古書院 1997 p1

あいごの若
　室木弥太郎校注「新潮日本古典集成 新装版〔33〕説経集」新潮社 2017 p299

愛護若塒箱(紀海音)
　海音研究会編「紀海音全集2」清文堂出版 1977 p125

愛染像(市河寛斎)
　蔡毅, 西岡淳著「日本漢詩人選集9 市河寛斎」研文出版 2007 p141

藍染川(下掛宝生流)準働物〔ノット物〕
　野上豊一郎編「新装解註 謠曲全集6」中央公論新社 2001 p35

葵(紫式部)
　石田穣二, 清水好子校注「新潮日本古典集成 新装版〔11〕 源氏物語 二」新潮社 2014 p63
　阿部秋生ほか校訂・訳「日本の古典をよむ9 源氏物語 上」小学館 2008 p120
　與謝野寛ほか編纂校訂「覆刻 日本古典全集〔文学編〕〔16〕 源氏物語 一」現代思潮社 1982 p171
　円地文子訳「わたしの古典6 円地文子の源氏物語 巻1」集英社 1985 p135

葵上
　伊藤正義校注「新潮日本古典集成 新装版〔63〕謠曲集 上」新潮社 2015 p15

葵上(金春流)祈物
　野上豊一郎編「新装解註 謠曲全集4」中央公論新社 2001 p403

青木ノ美行が越の道の口に行くを送る歌の序(賀茂真淵)
　與謝野寛ほか編纂校訂「覆刻 日本古典全集〔文学編〕〔13〕 賀茂眞淵集」現代思潮社 1983 p111

青葛葉(山本荷兮撰)
　阿部倬也翻刻「古典文学翻刻集成2 俳文学篇 元禄・蕉風・中興期」ゆまに書房 1998 p74

「青くても」歌仙
　宮脇真彦執筆担当「新編 芭蕉大成」三省堂 1999 p270

青頭巾(上田秋成)
　浅野三平校注「新潮日本古典集成 新装版〔3〕雨月物語 癇癖談」新潮社 2018 p133
　高田衛校訂・訳「日本の古典をよむ19 雨月物語・冥途の飛脚・心中天の網島」小学館 2008 p99
　木越俊介ほか注釈「三弥井古典文庫〔3〕 雨月物語」三弥井書店 2009 p210
　大庭みな子訳「わたしの古典19 大庭みな子の雨月物語」集英社 1987 p125

青地伯契丈の東都に適くを送る(室鳩巣)
　李寅生著「漢詩名作集成〈日本編〉」明徳出版社 2016 p308

青葉の道の記(川路高子)
　津本信博著「江戸後期紀行文学全集2」新典社 2013 p269

「青葉より」歌仙
　宮脇真彦執筆担当「新編 芭蕉大成」三省堂 1999 p170

青ひさこ
　石川八朗ほか編「宝井其角全集〔2〕 資料篇」勉誠社 1994 p698

青莚
　石川八朗ほか編「宝井其角全集〔2〕 資料篇」勉誠社 1994 p316

「あかあかと」の詞書(松尾芭蕉)
　嶋中道則ほか「新編 芭蕉大成」三省堂 1999 p411

「あかあかと」発句・脇
　宮脇真彦執筆担当「新編 芭蕉大成」三省堂 1999 p316

亜槐集(寛文十一年板本)(飛鳥井雅親)
　「新編国歌大観8」角川書店 1990 p273

赤城記
　大島由紀夫編著「伝承文学資料集成6 神道縁起物語(二)」三弥井書店 2002 p9

赤城山大明神御本地
　大島由紀夫編著「伝承文学資料集成6 神道縁起物語(二)」三弥井書店 2002 p33

赤城明神由来記
　大島由紀夫編著「伝承文学資料集成6 神道縁起物語(二)」三弥井書店 2002 p19

赤沢山伊東伝記(並木宗助, 安田蛙文)
　「義太夫節浄瑠璃未翻刻作品集成12 赤沢山伊東伝記」玉川大学出版部 2007 p11

明石(紫式部)
　石田穣二, 清水好子校注「新潮日本古典集成 新装版〔11〕 源氏物語 二」新潮社 2014 p257
　阿部秋生ほか校訂・訳「日本の古典をよむ9 源氏物語 上」小学館 2008 p183
　與謝野寛ほか編纂校訂「覆刻 日本古典全集〔文学編〕〔17〕 源氏物語 二」現代思潮社 1982 p1
　円地文子訳「わたしの古典6 円地文子の源氏物語 巻1」集英社 1985 p213

明石山庄記(一)明石山庄記(西山宗因)
　石川真弘, 尾崎千佳校訂「西山宗因全集4 紀行・評点・書簡篇」八木書店 2006 p44

| あかし | 作品名 |

明石山庄記(二) 赤石山庄記(西山宗因)
　石川真弘、尾崎千佳校訂「西山宗因全集4 紀行・評点・書簡篇」八木書店 2006 p46
明石千句
　島津忠夫ほか編「西山宗因全集6 解題・索引篇」八木書店古書出版部 2017 p3
赤染衛門集(赤染衛門)
　関根慶子ほか全釈「私家集全釈叢書1 赤染衛門集全釈」風間書房 1986 p1
　與謝野寛ほか校訂「覆刻 日本古典全集〔文学編〕〔11〕榮華物語 下 赤染衛門歌集」現代思潮社 1983 p233
　武田早苗校注「和歌文学大系20 賀茂保憲女集・赤染衛門集・清少納言集・紫式部集・藤三位集」明治書院 2000 p65
赤染衛門集(島原松平文庫蔵本)(赤染衛門)
　「新編国歌大観3」角川書店 1985 p312
暁傘時雨古手屋(山東京傳)
　水野稔ほか校訂「山東京傳全集9 合巻4」ぺりかん社 2006 p105
暁發山驛(西郷隆盛)
　松尾善弘著「西郷隆盛漢詩全集 増補改訂版」斯文堂 2018 p137
暁に白河城を発す(宮島栗香)
　李寅生著「漢詩名作集成〈日本編〉」明徳出版社 2016 p718
「暁や」五十韻
　宮脇真彦執筆担当「新編 芭蕉大成」三省堂 1999 p248
我妻郡七社縁起
　榎本千賀編著「伝承文学資料集成5 神道縁起物語(一)」三弥井書店 2002 p114
我妻郡七社明神縁起
　榎本千賀編著「伝承文学資料集成5 神道縁起物語(一)」三弥井書店 2002 p150
吾妻七社大明神
　榎本千賀編著「伝承文学資料集成5 神道縁起物語(一)」三弥井書店 2002 p132
我妻七社大明神縁起
　榎本千賀編著「伝承文学資料集成5 神道縁起物語(一)」三弥井書店 2002 p121
吾妻七社明神根元
　榎本千賀編著「伝承文学資料集成5 神道縁起物語(一)」三弥井書店 2002 p142
赤羽に居を移す〔如亭山人藁 初集〕(柏木如亭)
　入谷仙介編「日本漢詩人選集8 柏木如亭」研文出版 1999 p70
赤人社頭の辞(加舎白雄)
　矢羽勝幸編「増補改訂 加舎白雄全集 上」国文社 2008 p358
赤人集(山部赤人)
　阿蘇瑞枝校注「和歌文学大系17 人麻呂集・赤人集・家持集」明治書院 2004 p139
赤人集(西本願寺蔵三十六人集)(山部赤人)
　「新編国歌大観3」角川書店 1985 p13
「赤人も」発句・脇
　宮脇真彦執筆担当「新編 芭蕉大成」三省堂 1999 p316
赤馬が関を過ぐ(伊形霊雨)
　李寅生著「漢詩名作集成〈日本編〉」明徳出版社 2016 p430
赤馬関雑詠(広瀬淡窓)
　林田愼之助編「日本漢詩人選集15 広瀬淡窓」研文出版 2005 p138
赤松円心緑陣幕(文耕堂、三好松洛)
　「義太夫節浄瑠璃未翻刻作品集成45 赤松円心緑陣幕」玉川大学出版部 2018 p11
顕氏集(書陵部蔵五〇一・三一五)(藤原顕氏)
　「新編国歌大観7」角川書店 1989 p373
商人家職訓(江島其磧)
　倉島正江翻刻「八文字屋本全集8」汲古書院 1995 p305
秋 駅館に宿る(橘直幹)
　李寅生著「漢詩名作集成〈日本編〉」明徳出版社 2016 p165
「秋風に」三つ物
　宮脇真彦執筆担当「新編 芭蕉大成」三省堂 1999 p307
あきぎり
　「新編国歌大観10」角川書店 1992 p1070
　福田百合子校訂・訳註「中世王朝物語全集1 あきぎり 浅茅が露」笠間書院 1999 p7
秋好む紀行(蝶夢)
　田中道雄ほか編著「蝶夢全集」和泉書院 2013 p373
秋雨物語(流霞窓広住)
　木越俊介校訂「江戸怪異綺想文芸大系1 初期江戸読本怪談集」国書刊行会 2000 p465
秋しぐれ跋(蝶夢)
　田中道雄ほか編著「蝶夢全集」和泉書院 2013 p312
秋篠月清集(藤原良経)
　谷知子校注「和歌文学大系60 秋篠月清集・明恵上人歌集」明治書院 2013 p1
秋篠月清集(天理図書館蔵本)(藤原良経)
　「新編国歌大観3」角川書店 1985 p633
顕輔集(書陵部蔵一五〇・七四〇)(藤原顕輔)
　「新編国歌大観3」角川書店 1985 p478
秋 立つ(柏木如亭)
　李寅生著「漢詩名作集成〈日本編〉」明徳出版社 2016 p473
「秋たつ日」独吟歌仙点巻(松尾芭蕉批点)
　小林祥次郎執筆担当「新編 芭蕉大成」三省堂 1999 p578
「秋立て」歌仙
　宮脇真彦執筆担当「新編 芭蕉大成」三省堂 1999 p255
「秋近き」歌仙
　宮脇真彦執筆担当「新編 芭蕉大成」三省堂 1999 p300
秋 尽く(館柳湾)
　李寅生著「漢詩名作集成〈日本編〉」明徳出版社 2016 p468

顕綱集 (書陵部蔵五〇一・二一五) (藤原顕綱)
　「新編国歌大観3」角川書店 1985 p396
「秋とはばよ」三つ物
　宮脇真彦執筆担当「新編 芭蕉大成」三省堂 1999 p176
「秋に添うて」三つ物
　宮脇真彦執筆担当「新編 芭蕉大成」三省堂 1999 p271
秋寝覚 (三巻、寛文九年序) (松庵)
　朝倉治彦編「假名草子集成1」東京堂出版 1980 p3
秋の朝寝 (松尾芭蕉)
　富山奏校注「新潮日本古典集成 新装版〔47〕 芭蕉文集」新潮社 2019 p271
「秋の暮」余興四句
　宮脇真彦執筆担当「新編 芭蕉大成」三省堂 1999 p245
秋の季に真如堂に楓を観、晩間に雨に遇う二首 (中島棕隠)
　入谷仙介著「日本漢詩人選集14 中島棕隠」研文出版 2002 p50
狂歌秋の花 (永日庵其律撰)
　西島孜哉編「近世上方狂歌叢書3 狂歌秋の花 (他)」近世上方狂歌研究会 1985 p1
秋のほころび (明和五年刊) (由和編)
　加藤定彦, 外村展子編「関東俳諧叢書28 両毛・甲斐編3」関東俳諧叢書刊行会 2005 p95
秋の夜 (菅原道真)
　小島憲之, 山本登朗訓読ほか「日本漢詩人選集1 菅原道真」研文出版 1998 p152
「秋の夜を」半歌仙
　宮脇真彦執筆担当「新編 芭蕉大成」三省堂 1999 p308
秋の夜の友 〔落首・狂歌抜粋〕
　狂歌大観刊行会編「狂歌大観2 参考篇」明治書院 1984 p127
秋の夜評語 (松尾芭蕉評語)
　小林祥次郎執筆担当「新編 芭蕉大成」三省堂 1999 p584
秋萩集 (東京国立博物館蔵本)
　「新編国歌大観」角川書店 1988 p19
秋萩の (二十五句)
　長島弘明校注「蕪村全集2 連句」講談社 2001 p393
秋もはや (歌仙)
　宮脇真彦執筆担当「新編 芭蕉大成」三省堂 1999 p307
　長島弘明校注「蕪村全集2 連句」講談社 2001 p77
「秋よたゞ」百韻
　島津忠夫ほか「西山宗因全集2 連歌篇二」八木書店 2007 p415
商人軍配団 (江島其磧)
　江本裕翻刻「八文字屋本全集3」汲古書院 1993 p251

「灰汁桶の」歌仙
　宮脇真彦執筆担当「新編 芭蕉大成」三省堂 1999 p257
明矣七変目景清 (山東京傳)
　棚橋正博校訂「山東京傳全集1 黄表紙1」ぺりかん社 1992 p267
俠中俠悪言鮫骨 (山東京傳)
　棚橋正博校訂「山東京傳全集1 黄表紙1」ぺりかん社 1992 p213
あくた物語 (三巻、寛文六年刊)
　朝倉治彦編「假名草子集成1」東京堂出版 1980 p35
阿嶋嶺 (頼山陽)
　李寅生著「漢詩名作集成〈日本編〉」明徳出版社 2016 p504
「飽や今年」歌仙
　宮脇真彦執筆担当「新編 芭蕉大成」三省堂 1999 p184
あけ烏 全 (安永二年秋序) (几董編)
　山下一海校注「蕪村全集7 編著・追善」講談社 1995 p486
明智が妻の話 (松尾芭蕉)
　富山奏校注「新潮日本古典集成 新装版〔47〕 芭蕉文集」新潮社 2019 p162
翌のたのむ (延享元年刊) (至芳ほか編)
　加藤定彦, 外村展子編「関東俳諧叢書4 五色墨編2」関東俳諧叢書刊行会 1994 p131
揚波集 (大阪天満宮蔵本) (寿慶)
　「連歌大観2」古典ライブラリー 2017 p419
桜姫全伝曙草紙 (山東京傳)
　水野稔, 徳田武校訂「山東京傳全集16 読本2」ぺりかん社 1997 p9
曙草紙 (安永五年) (鷲喬編)
　清登典子校注「蕪村全集8 関係俳書」講談社 1993 p344
「曙の」百韻 (西山宗因評点)
　井上敏幸, 尾崎千佳校訂「西山宗因全集4 紀行・評点・書簡篇」八木書店 2006 p110
総角 (紫式部)
　石田穣二, 清水好子校注「新潮日本古典集成 新装版〔16〕 源氏物語 七」新潮社 2014 p9
　阿部秋生ほか校訂・訳「日本の古典をよむ10 源氏物語 下」小学館 2008 p201
　與謝野寛ほか編纂校訂「覆刻 日本古典全集〔文学編〕〔19〕 源氏物語 四」現代思潮社 1982 p199
　円地文子訳「わたしの古典8 円地文子の源氏物語 巻3」集英社 1986 p45
「明けゆくや」の詞書 (松尾芭蕉)
　嶋中道則ほか「新編 芭蕉大成」三省堂 1999 p383
阿漕
　伊藤正義校注「新潮日本古典集成 新装版〔63〕 謡曲集 上」新潮社 2015 p25
阿漕 (西沢一風)
　神津武男翻刻「西沢一風全集4」汲古書院 2004 p1

| あ こ き | 作品名 |

阿漕（宝生流）カケリ物
　野上豊一郎編「新装解註 謡曲全集4」中央公論新社 2001 p303
阿漕浦三巴（八文字自笑、八文字其笑）
　渡辺守邦翻刻「八文字屋本全集17」汲古書院 1998 p435
朝比奈
　三枝和子訳「わたしの古典15 馬場あき子の謡曲集 三枝和子の狂言集」集英社 1987 p249
浅井物語（六巻、寛文二年刊、ゑ入）
　朝倉治彦編「假名草子集成1」東京堂出版 1980 p89
朝顔
　伊藤正義校注「新潮日本古典集成 新装版〔63〕謡曲集 上」新潮社 2015 p35
朝顔（紫式部）
　石田穣二、清水好子校注「新潮日本古典集成 新装版〔12〕 源氏物語 三」新潮社 2014 p187
　阿部秋生ほか校註・訳「日本の古典をよむ9 源氏物語 上」小学館 2008 p239
「朝顔の」百韻（西山宗因評点）
　井上敏幸、尾崎千佳校訂「西山宗因全集4 紀行・評点・書簡篇」八木書店 2006 p202
蕣や（歌仙）
　満田達夫校注「蕪村全集2 連句」講談社 2001 p239
「朝顔や」歌仙
　宮脇真彦執筆担当「新編 芭蕉大成」三省堂 1999 p280
復讐奇談安積沼（山東京傳）
　水野稔、德田武校訂「山東京傳全集15 読本1」ぺりかん社 1994 p267
こだち小平次安積沼後日仇討（山東京傳）
　水野稔ほか校訂「山東京傳全集6 合巻1」ぺりかん社 1995 p103
浅香山に登る（新井白石）
　一海知義、池澤一郎訳注「日本漢詩人選集5 新井白石」研文出版 2001 p206
あさぎぬ（小出粲）
　津本信博著「江戸後期紀行文学全集3」新典社 2015 p187
「朝霧や」百韻（宗因）
　島津忠夫ほか編「西山宗因全集2 連歌篇二」八木書店 2007 p344
あさくさくさ（万歳逢義編）
　石川俊一郎翻刻「江戸狂歌本選集11」東京堂出版 2001 p251
浅草拾遺物語（洛下旅館（西村市郎右衛門））
　西村本小説研究会編「西村本小説全集 下」勉誠社 1985 p7
浅草物語（写本）
　朝倉治彦編「假名草子集成1」東京堂出版 1980 p153
浅茅が露
　「新編国歌大観3」角川書店 1987 p1379
　鈴木一雄ほか校訂・訳註「中世王朝物語全集1 あきぎり 浅茅が露」笠間書院 1999 p169

浅茅が宿（上田秋成）
　浅野三平校注「新潮日本古典集成 新装版〔3〕雨月物語 癇癖談」新潮社 2018 p45
　高田衛校訂・訳「日本の古典をよむ19 雨月物語・冥途の飛脚・心中天の網島」小学館 2008 p41
　木越俊介注釈ほか「三弥井古典文庫〔3〕 雨月物語」三弥井書店 2009 p62
　大庭みな子訳「わたしの古典19 大庭みな子の雨月物語」集英社 1987 p45
金烏帽子於寒錦艦判九郎朝妻船柳三日月（山東京傳）
　清水正男、棚橋正博校訂「山東京傳全集11 合巻6」ぺりかん社 2015 p55
朝忠集（藤原朝忠）
　新藤協三校注「和歌文学大系52 三十六歌仙集（二）」明治書院 2012 p1
朝忠集（小堀本）（藤原朝忠）
　「新編国歌大観3」角川書店 1985 p89
団七黒茶椀釣船之花入朝茶湯一寸口切（山東京傳）
　清水正男、棚橋正博校訂「山東京傳全集10 合巻5」ぺりかん社 2014 p453
「朝露に」百韻
　島津忠夫ほか編「西山宗因全集2 連歌篇二」八木書店 2007 p165
朝光集（書陵部蔵五〇一・一九八）（藤原朝光）
　「新編国歌大観3」角川書店 1985 p211
「朝な朝な」百韻
　島津忠夫ほか編「西山宗因全集2 連歌篇二」八木書店 2007 p6
曦太平記（江島其磧）
　中嶋隆翻刻「八文字屋本全集11」汲古書院 1996 p301
曦太平記後楠軍法鎧桜（江島其磧）
　藤原英城翻刻「八文字屋本全集11」汲古書院 1996 p385
あさふ（抄）
　嶋中道則編「新編 芭蕉大成」三省堂 1999 p798
　石川八朗ほか編「宝井其角全集〔2〕 資料篇」勉誠社 1994 p354
淺間の獄を見て記せる詞（賀茂真淵）
　興謝野寛ほか編纂校訂「覆刻 日本古典全集〔文学編〕〔13〕 賀茂眞淵集」現代思潮社 1983 p123
「あさみこそ」百韻
　加藤定彦「西山宗因全集3 俳諧篇」八木書店 2004 p148
狂歌あさみとり（柳條亭小道撰）
　西島孜哉編「近世上方狂歌叢書11 狂歌あさみとり（他）」近世上方狂歌研究会 1988 p1
「あさむつや」句文（松尾芭蕉）
　嶋中道則ほか「新編 芭蕉大成」三省堂 1999 p413
「朝夕に」百韻（西山宗因評点）
　井上敏幸、尾崎千佳校訂「西山宗因全集4 紀行・評点・書簡篇」八木書店 2006 p113
安左与母岐（加舎白雄編）
　矢羽勝幸編「増補改訂 加舎白雄全集 下」国文社 2008 p207

「あしからし」百韻
　加藤定彦「西山宗因全集3 俳諧篇」八木書店 2004 p401
蘆刈 (観世流) カケリ・男舞物
　野上豊一郎編「新装解註 謡曲全集3」中央公論新社 2001 p491
「紫陽草や」歌仙
　宮脇真彦執筆担当「新編 芭蕉大成」三省堂 1999 p293
あしたづの歌入書状 (藤原俊成)
　松野陽一, 吉田薫編「藤原俊成全歌集」笠間書院 2007 p526
晨に起きて山を望む (菅原道真)
　李寅生著「漢詩名作集成〈日本編〉」明徳出版社 2016 p160
網代笠
　石川八朗ほか編「宝井其角全集〔2〕資料篇」勉誠社 1994 p288
芦分船 (落首・狂歌抜粋)
　狂歌大観刊行会編「狂歌大観2 参考篇」明治書院 1984 p176
芦分船 (六巻六冊、延宝三年刊、絵入) (一無軒道冶)
　朝倉治彦, 深沢秋男編「假名草子集成11」東京堂出版 1990 p3
飛鳥井雅有卿記事 (飛鳥井雅有)
　渡辺静子ほか編・評釈「中世日記紀行文学全評釈集成3」勉誠出版 2004 p155
飛鳥井雅有卿日記 (飛鳥井雅有)
　渡辺静子ほか編・評釈「中世日記紀行文学全評釈集成3」勉誠出版 2004 p153
明日香井和歌集 (日本大学蔵本) (飛鳥井雅経)
　「新編国歌大観4」角川書店 1986 p83
飛鳥川 (喜多流) 中の舞物
　野上豊一郎編「新装解註 謡曲全集3」中央公論新社 2001 p261
飛鳥川 (三巻、慶安五年刊) (識丁子三柳)
　朝倉治彦編「假名草子集成1」東京堂出版 1980 p169
はいかい飛鳥山 (元文四年刊) (紀逸編)
　加藤定彦, 外村展子編「関東俳諧叢書9 江戸編1」関東俳諧叢書刊行会 1995 p209
飛鳥山道之記 (元文四年説) (松翁)
　加藤定彦, 外村展子編「関東俳諧叢書9 江戸編1」関東俳諧叢書刊行会 1995 p263
誹諧梓
　海音研究会編「紀海音全集8」清文堂出版 1980 p3
東歌
　近藤信義著「コレクション日本歌人選022 東歌・防人歌」笠間書院 2012 p2
吾妻海道 (元文五年刊) (巽我, 鬼丸編)
　加藤定彦, 外村展子編「関東俳諧叢書2 江戸座編2」関東俳諧叢書刊行会 1994 p85
東路のつと (宗長)
　伊藤伸江編・評釈「中世日記紀行文学全評釈集成7」勉誠出版 2004 p279

東日記
　石川八朗ほか編「宝井其角全集〔2〕資料篇」勉誠社 1994 p11
東の道行ぶり (建部綾足)
　建部綾足著作刊行会編「建部綾足全集5 (紀行・歌集)」1987 p277
東風流難語 (宝暦七年刊)
　加藤定彦, 外村展子編「関東俳諧叢書21 江戸座編3」関東俳諧叢書刊行会 2001 p67
東土産 (宝暦八年刊) (古郷編)
　加藤定彦, 外村展子編「関東俳諧叢書19 絵俳書編3」関東俳諧叢書刊行会 1999 p287
あつま物語 (一巻、寛永十九年刊、ゑ入)
　朝倉治彦編「假名草子集成1」東京堂出版 1980 p333
東屋 (紫式部)
　石田穣二, 清水好子校注「新潮日本古典集成 新装版〔16〕源氏物語 七」新潮社 2014 p267
　阿部秋生ほか校訂・訳「日本の古典をよむ10 源氏物語 下」小学館 2008 p249
　與謝野寛ほか編纂校訂「覆刻 日本古典全集〔文学編〕〔20〕源氏物語 五」現代思潮社 1982 p77
　円地文子訳「わたしの古典8 円地文子の源氏物語 巻3」集英社 1986 p119
あぜかけ姫
　野村眞智子編「伝承文学資料集成20 肥後・琵琶語り集」三弥井書店 2006 p84
「あそへ春」百韻
　加藤定彦「西山宗因全集3 俳諧篇」八木書店 2004 p380
安宅
　伊藤正義校注「新潮日本古典集成 新装版〔63〕謡曲集 上」新潮社 2015 p45
安宅 (金春流) 男舞物
　野上豊一郎編「新装解註 謡曲集5」中央公論新社 2001 p47
愛宕山物語 (写本、寛永二十年)
　朝倉治彦編「假名草子集成1」東京堂出版 1980 p231
「あたゝめよ」唱和
　加藤定彦「西山宗因全集3 俳諧篇」八木書店 2004 p288
安達太郎根
　石川八朗ほか編「宝井其角全集〔2〕資料篇」勉誠社 1994 p386
安達原
　伊藤正義校注「新潮日本古典集成 新装版〔63〕謡曲集 上」新潮社 2015 p65
　馬場あき子訳「わたしの古典15 馬場あき子の謡曲集 三枝和子の狂言集」集英社 1987 p132
おそろしきもの師走の月安達原氷之姿見 (山東京傳)
　清水正男, 棚橋正博校訂「山東京傳全集11 合巻6」ぺりかん社 2005 p105
熱海温泉図彙 (山東京山)
　津田眞弓校訂「江戸怪異綺想文芸大系4 山東京山伝奇小説集」国書刊行会 2003 p789

あたもの　作品名

あた物かたり（二巻、寛永十七年刊、ゑ入）（平為春）
　朝倉治彦編「假名草子集成1」東京堂出版 1980 p243
敦忠集（西本願寺蔵三十六人集）（藤原敦忠）
　「新編国歌大観3」角川書店 1985 p55
熱田本日本書紀紙背懐紙和歌（熱田神宮宝物館蔵本）
　「新編国歌大観10」角川書店 1992 p505
熱田宮雀（兼頼編）
　竹下義人校注「新編西鶴全集5 本文篇 下」勉誠出版 2007 p758
「あつみ山や」歌仙
　宮脇真彦執筆担当「新編 芭蕉大成」三省堂 1999 p237
敦盛（観世流）中の舞物
　野上豊一郎編「新装解註 謡曲全集2」中央公論新社 2001 p201
敦盛源平桃（八文字自笑ほか）
　中嶋隆翻刻「八文字屋本全集16」汲古書院 1998 p139
蛙啼集
　石川八朗ほか編「宝井其角全集〔2〕 資料篇」勉誠社 1994 p611
あて宮
　藤田徳太郎校訂「覆刻 日本古典全集〔文学編〕〔5〕 うつほ物語 二」現代思潮社 1982 p443
「跡問ん」百韻
　加藤定彦「西山宗因全集3 俳諧篇」八木書店 2004 p229
「あなむざんやな」歌仙
　宮脇真彦執筆担当「新編 芭蕉大成」三省堂 1999 p243
狂歌阿伏兎土産（含笑舎桑田抱臍）
　西原孜哉ほか編「近世上方狂歌叢書24 狂歌気のくすり」近世上方狂歌研究会 1997 p40
阿部家横巻（一八〇首）（良寛）
　谷川敏朗訳注「定本 良寛全集2 歌集」中央公論新社 2006 p66
阿部氏宅即事（良寛）
　井上慶隆著「日本漢詩人選集11 良寛」研文出版 2002 p135
阿部野（広瀬旭荘）
　李寅生著「漢詩名作集成〈日本編〉」明徳出版社 2016 p590
安倍清明白狐玉（江島其磧）
　神谷勝広翻刻「八文字屋本全集9」汲古書院 1995 p191
安倍宗任松浦簦（並木宗輔）
　「義太夫節浄瑠璃未翻刻作品集成46 安倍宗任松浦簦」玉川大学出版部 2018 p11
海士
　伊藤正義校注「新潮日本古典集成 新装版〔63〕 謡曲集 上」新潮社 2015 p79
海人（金剛流）早舞物
　野上豊一郎編「新装解註 謡曲全集6」中央公論新社 2001 p287

口中乃不曇鏡甘哉名利研（山東京傳）
　棚橋正博校訂「山東京傳全集4 黄表紙4」ぺりかん社 2004 p333
天草洋に泊す（頼山陽）
　李寅生著「漢詩名作集成〈日本編〉」明徳出版社 2016 p505
天草四郎（浅井了意）
　中島次郎翻刻「浅井了意全集 仮名草子編4」岩田書院 2013 p523
天津をとめ（上田秋成）
　美山靖校注「新編日本古典集成 新装版〔48〕 春雨物語 書初機嫌海」新潮社 2014 p26
　山本綏子注釈ほか「三弥井古典文庫〔10〕 春雨物語」三弥井書店 2012 p30
天津処女（上田秋成）
　大庭みな子訳「わたしの古典19 大庭みな子の雨月物語」集英社 1987 p165
奉祭天照大御神ト相殿ノ稲荷ノ大神ヲ祝詞（賀茂真淵）
　與謝野寬ほか編纂校訂「覆刻 日本古典全集〔文学編〕〔13〕 賀茂眞淵集」現代思潮社 1983 p145
尼寺の壁に題す（新井白石）
　一海知義、池澤一郎訳注「日本漢詩人選集5 新井白石」研文出版 2001 p56
海人の刈藻
　「新編国歌大観10」角川書店 1992 p1072
　妹尾好信校注・訳注「中世王朝物語全集2 海人の刈藻」笠間書院 1995 p5
海人の刈藻（蓮月尼）
　村上素道編「増補 蓮月尼全集」思文閣出版 1980 p1
海人の刈藻（明治四年板本）（大田垣蓮月）
　「新編国歌大観3」角川書店 1991 p755
蟹捨草（山家人（流霞窓）広住）
　近藤瑞木校訂「江戸怪異綺想文芸大系1 初期江戸読本怪談集」国書刊行会 2000 p521
海人手子良集（藤原師氏）
　岸本理恵ほか注釈「新注和歌文学叢書4 海人手子良集 本院侍従集 義孝集 新注」青簡舎 2010 p3
海人手古良集（書陵部蔵五〇一・四四八）（藤原師氏）
　「新編国歌大観3」角川書店 1985 p167
尼御台由比浜出（竹田出雲1世、長谷川千四）
　「義太夫節浄瑠璃未翻刻作品集成23 尼御台由比浜出」玉川大学出版部 2013 p11
天山日記（阿蘇惟敦）
　津本信博著「江戸後期紀行文学全集3」新典社 2015 p97
「あまりまて」百韻（西山宗因評点）
　井上敏幸、尾崎千佳校訂「西山宗因全集4 紀行・評点・書簡篇」八木書店 2006 p138
阿満を夢みる（菅原道真）
　小島憲之、山本登朗訓読ほか「日本漢詩人選集1 菅原道真」研文出版 1998 p52
「鯎雑魚を」狂歌（松尾芭蕉）
　宮脇真彦執筆担当「新編 芭蕉大成」三省堂 1999 p320

作品名　　　　　　　　　　　　　あらの

あみ陀笠(寛保三年刊)(柳居, 祇交)
　　加藤定彦, 外村展子編「関東俳諧叢書12　武蔵・
　　相模編2」関東俳諧叢書刊行会　1997　p103
阿弥陀寺(梁川星巌)
　　山本和義, 福島理子著「日本漢詩人選集17　梁川
　　星巌」研文出版　2008　p62
阿弥陀寺鐘の記事(蝶夢)
　　田中道雄ほか編著「蝶夢全集」和泉書院　2013
　　p274
「編み出しの」狂歌(松尾芭蕉(存疑作))
　　宮脇真彦執筆担当「新編　芭蕉大成」三省堂　1999
　　p321
阿弥陀裸物語
　　飯塚大展訳注「一休和尚全集4　一休仮名法語集」
　　春秋社　2000　p115
阿弥陀裸物語(二巻、明暦二年刊)
　　朝倉治彦編「假名草子集成1」東京堂出版　1980
　　p469
雨を祝う頌(蝶夢)
　　田中道雄ほか編著「蝶夢全集」和泉書院　2013
　　p278
雨を聴く(鍋島閑叟)
　　李寅生著「漢詩名作集成〈日本編〉」明徳出版社
　　2016　p623
雨に淡浦翁を訪う　途中即事二首〔木工集〕(柏木如亭)
　　入谷仙介著「日本漢詩人選集8　柏木如亭」研文出
　　版　1999　p7
雨の集
　　海音研究会編「紀海音全集8」清文堂出版　1980
　　p31
雨のをくり(享保十九年刊)(丈国編)
　　加藤定彦, 外村展子編「関東俳諧叢書1　江戸座編
　　1」関東俳諧叢書刊行会　1994　p191
雨の日や(十四句)
　　永井一彰校注「蕪村全集2　連句」講談社　2001
　　p521
「雨晴れて」四句
　　宮脇真彦執筆担当「新編　芭蕉大成」三省堂　1999
　　p232
綾足家集(建部綾足)
　　建部綾足著作刊行会編「建部綾足全集5　紀行・
　　歌集)」国書刊行会　1987　p335
綾足講真字伊勢物語(建部綾足)
　　建部綾足著作刊行会編「建部綾足全集7　(国学)」
　　国書刊行会　1988　p99
綾錦
　　石川八朗ほか編「宝井其角全集〔2〕資料篇」勉
　　誠社　1994　p489
綾皷(生流)
　　野上豊一郎編「新装解註　謡曲全集4」中央公論新
　　社　2001　p343
綾巻〔抜抄〕(編者未詳)
　　島津忠夫ほか編「西山宗因全集5　伝記・研究篇」
　　八木書店古書出版部　2013　p234

安良居祭図賛(与謝蕪村(存疑作))
　　尾形仂, 山下一海校注「蕪村全集4　俳詩・俳文」
　　講談社　1994　p254
荒小田
　　石川八朗ほか編「宝井其角全集〔2〕資料篇」勉
　　誠社　1994　p319
「あらき瀬の」百韻
　　島津忠夫ほか編「西山宗因全集2　連歌篇二」八木
　　書店　2007　p90
荒木田永元集(根津美術館蔵本)
　　「新編国歌大観10」角川書店　1992　p965
あらし吹(六句)
　　満田達夫校注「蕪村全集2　連句」講談社　2001
　　p385
あらし山(歌仙)
　　満田達夫校注「蕪村全集2　連句」講談社　2001
　　p291
嵐山(金春流)動物
　　野上豊一郎編「新装解註　謡曲全集1」中央公論新
　　社　2001　p233
嵐山観音堂の紅葉(伊藤仁斎)
　　浅山佳郎, 厳明著「日本漢詩人選集4　伊藤仁斎」
　　研文出版　2000　p173
嵐山に遊ぶの記
　　田中道雄ほか編著「蝶夢全集」和泉書院　2013
　　p338
嵐山の花期已に近し此を留めて足庵に別る〔如
　　亭山人藁　巻一〕(柏木如亭)
　　入谷仙介著「日本漢詩人選集8　柏木如亭」研文出
　　版　1999　p123
嵐は無常物語(井原西鶴)
　　麻生磯次, 冨士昭雄訳注「決定版　対訳西鶴全集4
　　椀久一世の物語・好色盛衰記・嵐は無常物語」
　　明治書院　1992　p237
　　中嶋隆校注「新編西鶴全集3　本文篇」勉誠出版
　　2003　p419
新たに小池を鑿つ(森田梅礀)
　　李寅生著「漢詩名作集成〈日本編〉」明徳出版社
　　2016　p713
新玉帖(燕栗園編著)
　　延広真治翻刻「江戸狂歌本選集12」東京堂出版
　　2002　p43
「あら何ともなや」百韻
　　宮脇真彦執筆担当「新編　芭蕉大成」三省堂　1999
　　p164
阿羅野(荷兮編)
　　石川八朗ほか編「宝井其角全集〔2〕資料篇」勉
　　誠社　1994　p89
曠野後集
　　石川八朗ほか編「宝井其角全集〔2〕資料篇」勉
　　誠社　1994　p150
阿羅野集序(松尾芭蕉)
　　與謝野寛ほか編纂校訂「覆刻　日本古典全集〔文
　　学編〕〔40〕芭蕉全集　前編」現代思潮社　1983
　　p137
『あら野』の序(松尾芭蕉)
　　嶋中道則ほか「新編　芭蕉大成」三省堂　1999

| あられ | 作品名 |

p399
「霰かと」表六句
　宮脇真彦執筆担当「新編 芭蕉大成」三省堂 1999 p213
「ありあけの」付合自画賛（与謝蕪村）
　尾形仂, 山下一海校注「蕪村全集4 俳詩・俳文」講談社 1994 p235
有明の別れ
　「新編国歌大観5」角川書店 1987 p1375
「有難や」歌仙
　宮脇真彦執筆担当「新編 芭蕉大成」三省堂 1999 p235
「ありし世は」百韻
　島津忠夫ほか編「西山宗因全集2 連歌篇二」八木書店 2007 p306
ありそ海となみ山（浪化集上・下）
　石川八朗ほか編「宝井其角全集〔2〕資料篇」勉誠社 1994 p196
蟻通（世阿弥）
　伊藤正義校注「新潮日本古典集成 新装版〔63〕謡曲集 上」新潮社 2015 p93
蟻通（宝生流）カケリ物
　野上豊一郎編「新装解註 謡曲全集4」中央公論新社 2001 p55
有の儘〔抄〕（闌更）
　嶋中道則編「新編 芭蕉大成」三省堂 1999 p803
有房集（国立歴史民俗博物館蔵本）（源有房）
　「新編国歌大観7」角川書店 1989 p170
有房集（書陵部蔵一五〇・五六七、五〇一・三〇九）（源有房）
　「新編国歌大観4」角川書店 1986 p18
有馬大鑑迎湯抄〔落首・狂歌抜粋〕
　狂歌大観刊行会編「狂歌大観2 参考篇」明治書院 1984 p157
有馬私雨〔落首・狂歌抜粋〕
　狂歌大観刊行会編「狂歌大観2 参考篇」明治書院 1984 p150
有馬山名所記（五巻五冊、寛文十二年跋刊、絵入）（平子政長）
　朝倉治彦, 深沢秋男編「假名草子集成10」東京堂出版 1989 p215
在良集（書陵部蔵一五〇・五五七）（菅原在良）
　「新編国歌大観3」角川書店 1985 p416
或時集
　石川八朗ほか編「宝井其角全集〔2〕資料篇」勉誠社 1994 p177
或所歌合 天喜四年四月（島原松平文庫蔵本）
　「新編国歌大観2」角川書店 1987 p92
或所紅葉歌合（神宮文庫蔵本）
　「新編国歌大観5」角川書店 1987 p109
奥或人文（松尾芭蕉）
　與謝野寛ほか編纂校訂「覆刻 日本古典全集〔文学編〕〔40〕芭蕉全集 前編」現代思潮社 1983 p142
「荒れあれて」歌仙
　宮脇真彦執筆担当「新編 芭蕉大成」三省堂 1999

p302
荒々ての巻草稿極書（蝶夢）
　田中道雄ほか編著「蝶夢全集」和泉書院 2013 p348
淡路（金剛流）神舞物
　野上豊一郎編「新装解註 謠曲全集1」中央公論新社 2001 p171
淡路島図賛（与謝蕪村（存疑作））
　尾形仂, 山下一海校注「蕪村全集4 俳詩・俳文」講談社 1994 p257
淡路廼道草（新居正方）
　津本信博著「江戸後期紀行文学全集2」新典社 2013 p359
粟島譜嫁入雛形（竹田出雲ほか）
　「義太夫節浄瑠璃未翻刻作品集成51 粟島譜嫁入雛形」玉川大学出版部 2018 p11
粟田口武衛相公の帰省するに餞けす（義堂周信）
　蔭木英雄著「日本漢詩人選集3 義堂周信」研文出版 1999 p150
粟田口別当入道集（書陵部蔵五〇一・二一四）（藤原惟方）
　「新編国歌大観7」角川書店 1989 p186
卒しく二十七首に和して、建長の諸友に寄答す（義堂周信）
　蔭木英雄著「日本漢詩人選集3 義堂周信」研文出版 1999 p63
狂歌粟のおち穂（百喜堂貞史撰）
　西島孜哉編「近世上方狂歌叢書10 狂歌月の影（他）」近世上方狂歌研究会 1988 p12
「粟稗に」歌仙
　宮脇真彦執筆担当「新編 芭蕉大成」三省堂 1999 p221
安永元年 露丸評万句合二十四枚（露丸撰）
　鴨下恭明校訂「他評万句合選集〔1〕安永元年露丸評万句合二十四枚〈影印付〉」太平書屋 2004 p59
安永二年癸巳秋詠草（春日昌預）
　吉田英也翻刻「春日昌預全家集」山梨日日新聞社 2001 p36
安永三年春帖（安永三年春）（蕪村編）
　雲英末雄校注「蕪村全集7 編著・追善」講談社 1995 p51
安永四年春帖（安永四年春）（蕪村編）
　丸山一彦校注「蕪村全集7 編著・追善」講談社 1995 p187
安永八年亥七月より詠草（春日昌預）
　吉田英也翻刻「春日昌預全家集」山梨日日新聞社 2001 p48
安嘉門院四条五百首（島原松平文庫蔵本）（安嘉門院四条）
　「新編国歌大観10」角川書店 1992 p108
晏起〔如亭山人藁 初編〕（柏木如亭）
　入谷仙介著「日本漢詩人選集8 柏木如亭」研文出版 1999 p52

安撰和歌集(静嘉堂文庫蔵群書類従本)(興雅撰修)
　「新編国歌大観6」角川書店 1988 p323
案内者(六巻、寛文二年刊、ゑ入)(中川喜雲)
　朝倉治彦編「假名草子集成2」東京堂出版 1981 p3
安法法師集(書陵部蔵五〇一・一九六)(安法法師)
　「新編国歌大観3」角川書店 1985 p158
安楽音(富尾似船編)
　田中道雄翻刻「古典文学翻刻集成1 俳文学篇 貞門・談林」ゆまに書房 1998 p313

【い】

飯山子教の米を餽れるを謝す(館柳湾)
　鈴木瑞枝著「日本漢詩人選集13 館柳湾」研文出版 1999 p149
家桜継穂鉢植(山東京山)
　本多朱里校訂「江戸怪異綺想文芸大系4 山東京山伝奇小説集」国書刊行会 2003 p651
助六総角家桜継穂鉢植(山東京傳)
　棚橋正博校訂「山東京傳全集14 合巻9」ぺりかん社 2018 p177
家つと(油煙斎貞柳)
　狂歌大観刊行会編「狂歌大観1 本篇」明治書院 1983 p585
家隆卿百番自歌合(尊経閣文庫蔵本)
　「新編国歌大観5」角川書店 1987 p562
家経集(書陵部蔵五〇一・三一一)(藤原家経)
　「新編国歌大観1」角川書店 1989 p96
いゑのさき(宝暦四年刊)(沙文編)
　加藤定彦、外村展子編「関東俳諧叢書14 常総編2」関東俳諧叢書刊行会 1998 p59
井岡玄策の夜帰るを送る(広瀬旭荘)
　大野修作著「日本漢詩人選集16 広瀬旭荘」研文出版 1999 p151
庵の記
　石川八朗ほか編「宝井其角全集〔2〕資料篇」勉誠社 1994 p400
伊賀新大仏の記(松尾芭蕉)
　嶋中道則ほか「新編 芭蕉大成」三省堂 1999 p389
伊賀餞別
　石川八朗ほか編「宝井其角全集〔2〕資料篇」勉誠社 1994 p56
伊賀大佛記(松尾芭蕉)
　與謝野寛ほか編纂校訂「覆刻 日本古典全集〔文学編〕〔40〕芭蕉全集 前編」現代思潮社 1983 p155
「筏士の」付言(与謝蕪村)
　尾形仂、山下一海校注「蕪村全集4 俳詩・俳文」講談社 1994 p218
「いかに見よと」表六句
　宮脇真彦執筆担当「新編 芭蕉大成」三省堂 1999 p191
行かぬる(歌仙)
　長島弘明校注「蕪村全集2 連句」講談社 2001 p416
伊賀産湯〔抄〕(扇女)
　嶋中道則編「新編 芭蕉大成」三省堂 1999 p802
伊香保山日記(建部綾足編)
　建部綾足著作刊行会編「建部綾足全集1(俳諧Ⅰ)」国書刊行会 1986 p27
碇潜(観世流)準物
　野上豊一郎編「新装解註 謡曲全集5」中央公論新社 2001 p457
葦岸の秋晴(松本奎堂)
　李寅生著「漢詩名作集成〈日本編〉」明徳出版社 2016 p690
「生ながら」余興十二句
　宮脇真彦執筆担当「新編 芭蕉大成」三省堂 1999 p288
生松原暮雪在筑前(西山宗因)
　尾崎千佳編「西山宗因全集4 紀行・評点・書簡篇」八木書店 2006 p71
移居(市河寛斎)
　蔡毅、西岡淳著「日本漢詩人選集9 市河寛斎」研文出版 2007 p73
夷曲哥ねふつい(御射山社紅圓興)
　西島孜哉、光井文華編「近世上方狂歌叢書15 狂歌廿日月(他)」近世上方狂歌研究会 1991 p27
「幾落葉」四句
　宮脇真彦執筆担当「新編 芭蕉大成」三省堂 1999 p210
生田敦盛(金春流)中の舞物
　野上豊一郎編「新装解註 謡曲全集2」中央公論新社 2001 p215
郁達夫 近作を寄示せらる即ち其の韻に次し却寄す(服部担風)
　李寅生著「漢詩名作集成〈日本編〉」明徳出版社 2016 p803
生玉万句(西鶴編)
　佐藤勝明校注「新編西鶴全集5 本文篇 上」勉誠出版 2007 p3
幾人水主
　石川八朗ほか編「宝井其角全集〔2〕資料篇」勉誠社 1994 p346
為愚痴物語(八巻八冊、寛文二年刊、ゑ入)(曽我休自)
　朝倉治彦編「假名草子集成2」東京堂出版 1981 p105
「いく春を」狂歌(松尾芭蕉)(存疑作)
　宮脇真彦執筆担当「新編 芭蕉大成」三省堂 1999 p321
郁芳門院根合(久曾神昇氏蔵本)
　「新編国歌大観5」角川書店 1987 p123
郁芳門院安芸集(書陵部蔵五〇一・三二三)(郁芳門院安芸)
　「新編国歌大観7」角川書店 1989 p138
池上竹亭独酌(館柳湾)
　鈴木瑞枝著「日本漢詩人選集13 館柳湾」研文出

「いざ出む」の詞書（松尾芭蕉）
　嶋中道則ほか「新編 芭蕉大成」三省堂 1999 p387
いざかたれ（付合三句）
　光田和伸校注「蕪村全集2 連句」講談社 2001 p323
「いざ語れ」歌仙
　宮脇真彦執筆担当「新編 芭蕉大成」三省堂 1999 p313
「いざ爰に」百韻
　島津忠夫ほか編「西山宗因全集2 連歌篇二」八木書店 2007 p39
「いざ子ども」歌仙
　宮脇真彦執筆担当「新編 芭蕉大成」三省堂 1999 p246
「いざさらば」表六句
　宮脇真彦執筆担当「新編 芭蕉大成」三省堂 1999 p315
いざ雪車に（歌仙）
　永井一彰校注「蕪村全集2 連句」講談社 2001 p421
鳴神左衛門歴代行法勇雲外気節（山東京傳）
　清水正男、棚橋正博校訂「山東京傳全集10 合巻5」ぺりかん社 2014 p259
「勇み立つ」歌仙
　宮脇真彦執筆担当「新編 芭蕉大成」三省堂 1999 p285
　宮脇真彦執筆担当「新編 芭蕉大成」三省堂 1999 p286
はいかい既望
　石川八朗ほか編「宝井其角全集〔2〕 資料篇」勉誠社 1994 p419
既望（松尾芭蕉）
　嶋中道則ほか「新編 芭蕉大成」三省堂 1999 p428
十六夜 頌処処行人共明月（十六夜 処処の行人 明月を共にするを頌す）（道元）
　飯田利行編訳「現代語訳 洞門禅文学集〔4〕 道元」国書刊行会 2001 p190
十六夜 頌即心見月（十六夜「即心 月を見る」を頌す）（道元）
　飯田利行編訳「現代語訳 洞門禅文学集〔4〕 道元」国書刊行会 2001 p187
十六夜日記（阿仏尼）
　「新編国歌大観5」角川書店 1987 p1292
　祐野隆三編・評釈「中世日記紀行文学全評釈集成2」勉誠出版 2004 p163
「いざよひは」歌仙
　宮脇真彦執筆担当「新編 芭蕉大成」三省堂 1999 p281
伊沢朴甫宅尚歯会（館柳湾）
　鈴木瑞枝著「日本漢詩人選集13 館柳湾」研文出版 1999 p152
石を買う（市河寛斎）
　蔡毅、西岡淳著「日本漢詩人選集9 市河寛斎」研文出版 2007 p123

石苔〈東照山称名寺（愛知県碧南市）蔵本〉（体光上人）
　「連歌大観2」古典ライブラリー 2017 p434
石舎利〔抄〕（孟遠）
　嶋中道則ほか「新編 芭蕉大成」三省堂 1999 p802
いしなとり（安永四年）（青雨編）
　清登典子校注「蕪村全集8 関係俳書」講談社 1993 p323
誹諧石なとり
　石川八朗ほか編「宝井其角全集〔2〕 資料篇」勉誠社 1994 p437
医士野口士錫宅にて盆梅を咏ず（館柳湾）
　鈴木瑞枝著「日本漢詩人選集13 館柳湾」研文出版 1999 p41
姥池由来一家昔話石枕春宵抄（山東京傳）
　棚橋正博校訂「山東京傳全集13 合巻8」ぺりかん社 2018 p93
石橋山に古を弔う（義堂周信）
　藤木英雄著「日本漢詩人選集3 義堂周信」研文出版 1999 p141
石橋山鎧襲（為永太郎兵衛、並木宗輔）
　「義太夫節浄瑠璃未翻刻作品集成41 石橋山鎧襲」玉川大学出版部 2015 p11
石山寺入相鐘（二巻、延宝四年戌、ゑ入）（富尾似船）
　朝倉治彦編「假名草子集成2」東京堂出版 1981 p325
石山寺奉燈願文（蝶夢）
　田中道雄ほか編著「蝶夢全集」和泉書院 2013 p301
維舟点賦何柚誹諧百韻（維舟）
　田中道雄翻刻「古典文学翻刻資料集成3 続・俳文学篇 貞門・談林」ゆまに書房 1999 p136
「衣装して」歌仙
　宮脇真彦執筆担当「新編 芭蕉大成」三省堂 1999 p227
為人鈔（十巻十冊、寛文二年五月刊）（中江与右衛門）
　朝倉治彦編「假名草子集成5」東京堂出版 1984 p3
唯心房集（いしんぼうしゅう）→ "ゆいしんぼうしゅう"を見よ
遺塵和歌集（宮内庁書陵部蔵本）（高階宗成撰集）
　「新編国歌大観6」角川書店 1988 p229
五十鈴川狂歌車（千秋庵三陀羅法師編）
　石川俊一郎翻刻「江戸狂歌本選集6」東京堂出版 1999 p23
井筒（世阿弥）
　伊藤正義校注「新潮日本古典集成 新装版〔63〕謡曲集 上」新潮社 2015 p101
　馬場あき子訳「わたしの古典15 馬場あき子の謡曲集 三枝和子の狂言集」集英社 1987 p9
井筒（観世流）大小鼓の舞物
　野上豊一郎編「新装解註 謡曲全集2」中央公論新社 2001 p247
鬘物 井筒（世阿弥）
　小山弘志、佐藤健一郎校訂・訳「日本の古典をよむ17 風姿花伝・謡曲名作選」小学館 2009 p218

井筒屋源六恋寒晒（西沢一風）
　沓名定翻刻「西沢一風全集4」汲古書院 2004 p15
伊豆日記（富秋園海若子）
　津本信博著「江戸後期紀行文学全集1」新典社 2007 p395
和泉式部集（和泉式部）
　野村精一校注「新潮日本古典集成 新装版〔1〕和泉式部日記 和泉式部集」新潮社 2017 p89
　與謝野寛ほか校訂「覆刻 日本古典全集〔文学編〕〔1〕 和泉式部全集」現代思潮社 1983 p3
和泉式部集（榊原家蔵本）（和泉式部）
　「新編国歌大観3」角川書店 1985 p248
和泉式部集補遺（後醍醐天皇宸翰本抄録）（和泉式部）
　與謝野寛ほか校訂「覆刻 日本古典全集〔文学編〕〔1〕 和泉式部全集」現代思潮社 1983 p187
和泉式部続集（榊原家蔵本）（和泉式部）
　「新編国歌大観3」角川書店 1985 p264
和泉式部續集（和泉式部）
　與謝野寛ほか校訂「覆刻 日本古典全集〔文学編〕〔1〕 和泉式部全集」現代思潮社 1983 p101
伝成筆和泉式部続集切（和泉式部）
　久保木哲夫注釈「新注和歌文学叢書24 伝成筆和泉式部続集切 針切相模集 新注」青簡舎 2018 p3
和泉式部日記
　野村精一校注「新潮日本古典集成 新装版〔1〕和泉式部日記 和泉式部集」新潮社 2017 p9
　「新編国歌大観2」角川書店 1987 p1263
　與謝野寛ほか校訂「覆刻 日本古典全集〔文学編〕〔1〕 和泉式部全集」現代思潮社 1983 p1
　生方たつゑ訳「わたしの古典5 生方たつゑの蜻蛉日記・和泉式部日記」集英社 1986 p159
和泉式部百首（和泉式部）
　久保木寿子全釈「歌合・定数歌全釈叢書4 和泉式部百首全釈」風間書房 2004 p7
和泉国浮名溜池（並木宗輔、安田蛙文）
　「義太夫節浄瑠璃未翻刻作品集成21 和泉国浮名溜池」玉川大学出版部 2011 p11
出雲路日記（藤井高尚）
　津本信博著「江戸後期紀行文学全集1」新典社 2007 p625
出雲守経伸歌合（二十巻本）
　「新編国歌大観5」角川書店 1987 p116
医世物語（一巻、延宝九年刊）
　朝倉治彦編「假名草子集成2」東京堂出版 1981 p357
『伊勢神楽』巻末発句（西山宗因）
　島津忠夫ほか編「西山宗因全集6 解題・索引篇」八木書店古書出版部 2017 p89
伊勢紀行跋（蝶夢）
　田中道雄ほか編著「蝶夢全集」和泉書院 2013 p312
伊勢紀行跋（松尾芭蕉）
　嶋中道則ほか「新編 芭蕉大成」三省堂 1999 p382
　與謝野寛ほか編纂校訂「覆刻 日本古典全集〔文学編〕〔40〕 芭蕉全集 前編」現代思潮社 1983 p138

伊勢集（伊勢）
　関根慶子、山下道代全釈「私家集全釈叢書16 伊勢集全釈」風間書房 1996 p61
　秋山虔ほか注釈「日本古典評釈・全注釈叢書〔32〕 伊勢集全注釈」KADOKAWA 2016 p7
　高野晴代校注「和歌文学大系18 小町集・遍昭集・業平集・素性集・伊勢集・猿丸集」明治書院 1998 p79
伊勢集（西本願寺蔵三十六人集）（伊勢）
　「新編国歌大観3」角川書店 1985 p45
伊勢新名所絵歌合（神宮文庫蔵本、神宮徴古館蔵本）
　「新編国歌大観10」角川書店 1992 p266
醫説（張杲）
　福田安典編著「伝承文学資料集成21 医説」三弥井書店 2002 p36
伊勢道中苦雨の作（良寛）
　井上慶隆著「日本漢詩人選集11 良寛」研文出版 2002 p129
伊勢道中旬懐紙（西山宗因）
　石川真弘、尾崎千佳校訂「西山宗因全集4 紀行・評点・書簡篇」八木書店 2006 p58
伊勢大輔集（伊勢大輔）
　久保木哲夫校注・訳「私家集注釈叢刊2 伊勢大輔集注釈」貴重本刊行会 1992 p7
伊勢大輔集（彰考館蔵本）（伊勢大輔）
　「新編国歌大観7」角川書店 1989 p98
伊勢大輔集（東海大学蔵本）（伊勢大輔）
　「新編国歌大観3」角川書店 1985 p340
俳諧いせのはなし（建部綾足）
　建部綾足著作刊行会編「建部綾足全集1（俳諧I）」国書刊行会 1986 p89
伊勢平氏年々鑑（竹田出雲1世）
　「義太夫節浄瑠璃未翻刻作品集成4 伊勢平氏年々鑑」玉川大学出版部 2006 p11
伊勢物語
　永井和子訳・注「笠間文庫 原文＆現代語訳シリーズ〔1〕 伊勢物語」笠間書院 2008 p20
　渡辺実校注「新潮日本古典集成 新装版〔2〕 伊勢物語」新潮社 2017 p11
　「新編国歌大観5」角川書店 1987 p1303
　福井貞助校訂・訳「日本の古典をよむ6 竹取物語 伊勢物語 堤中納言物語」小学館 2008 p123
　大庭みな子訳「わたしの古典3 大庭みな子の竹取物語・伊勢物語」集英社 1986 p57
伊勢物語古注釈書引用和歌
　「新編国歌大観10」角川書店 1992 p1018
伊勢物語七考ノ序（賀茂真淵）
　與謝野寛ほか編纂校訂「覆刻 日本古典全集〔文学編〕〔13〕 賀茂眞淵集」現代思潮社 1983 p96
橋立日記磯清水（小山田与清）
　津本信博著「江戸後期紀行文学全集1」新典社 2007 p181
石上私淑言（本居宣長）
　日野龍夫校注「新潮日本古典集成 新装版〔62〕 本居宣長集」新潮社 2018 p249

いその　　　　　　　　　作品名

いそのはな
　尾形仂、山下一海校注「蕪村全集4 俳詩・俳文」講談社 1994 p445
磯浜にて望洋楼に登る (三島中洲)
　李寅生著「漢詩名作集成〈日本編〉」明徳出版社 2016 p694
磯原の客舎 (吉田松陰)
　李寅生著「漢詩名作集成〈日本編〉」明徳出版社 2016 p688
伊曾保物語 (三巻、寛永古活字版、十二行本)
　朝倉治彦編「假名草子集成3」東京堂出版 1982 p3
伊曾保物語 (三巻、古活字版)
　朝倉治彦編「假名草子集成2」東京堂出版 1981 p371
伊曾保物語 (三巻、古活字版、寛永十六年刊)
　朝倉治彦編「假名草子集成3」東京堂出版 1982 p87
伊曾保物語 (三巻三冊、万治二年刊、ゑ入)
　朝倉治彦編「假名草子集成3」東京堂出版 1982 p175
伊丹古今蔵 [抄] (伊丹ほか)
　嶋中道則編「新編 芭蕉大成」三省堂 1999 p793
　石川八朗ほか編「宝井其角全集〔2〕資料篇」勉誠社 1994 p209
医談抄上 脈法 鍼灸 薬療 (惟宗具俊)
　美濃部重克編「伝承文学資料集成22 医談抄」三弥井書店 2006 p125
医談抄下 雑言 (惟宗具俊)
　美濃部重克編「伝承文学資料集成22 医談抄」三弥井書店 2006 p167
一言俳談 (進藤松丁子述)
　井上敏幸翻刻「古典文学翻刻集成5 続・俳文学篇 元禄・蕉風 (下)」ゆまに書房 1999 p259
一言俳談 [抄] (進藤松丁編)
　石川八朗ほか編「宝井其角全集〔2〕資料篇」勉誠社 1994 p420
　島津忠夫ほか編「西山宗因全集5 伝記・研究篇」八木書店古書出版部 2013 p257
一時軒独吟自註三百韻 [抜抄] (惟中)
　島津忠夫ほか編「西山宗因全集5 伝記・研究篇」八木書店古書出版部 2013 p220
一時随筆 [抜抄] (惟中)
　島津忠夫ほか編「西山宗因全集5 伝記・研究篇」八木書店古書出版部 2013 p240
一字百首 (藤原定家)
　久保田淳校訂・訳「藤原定家全歌集 下」筑摩書房 2017 p10
一条摂政御集 (益田家旧蔵本) (藤原伊尹)
　「新編国歌大観3」角川書店 1985 p168
一条大納言家石名取歌合 (書陵部蔵一五四・五五一)
　「新編国歌大観5」角川書店 1987 p60
一条大納言家歌合 (書陵部蔵一五四・五五一)
　「新編国歌大観5」角川書店 1987 p60
「市中は」歌仙
　宮脇真彦執筆担当「新編 芭蕉大成」三省堂 1999 p254
一念義停止起請文 (法然)
　與謝野寛ほか編纂校訂「覆刻 日本古典全集〔文学編〕〔44〕法然上人集」現代思潮社 1983 p162
一年有両立春 (一年に両立春あり) (道元)
　飯田利行編訳「現代語訳 洞門禅文学集〔4〕道元」国書刊行会 2001 p198
一の木戸
　石川八朗ほか編「宝井其角全集〔2〕資料篇」勉誠社 1994 p378
一の木戸 下巻 (相楽等躬編)
　久富哲雄翻刻「古典文学翻刻集成2 俳文学篇 元禄・蕉風・中興期」ゆまに書房 1998 p95
一の谷
　野村眞智子編「伝承文学資料集成20 肥後・琵琶語り集」三弥井書店 2006 p27
一の谷 (二)
　野村眞智子編「伝承文学資料集成20 肥後・琵琶語り集」三弥井書店 2006 p34
一谷懐古 (二首中第一首) (梁川星巌)
　山本和義、福島理子著「日本漢詩人選集17 梁川星巌」研文出版 2008 p70
一の谷嫩軍記
　野村眞智子編「伝承文学資料集成20 肥後・琵琶語り集」三弥井書店 2006 p26
一谷嫩軍記 (浅田一鳥ほか)
　「義太夫節浄瑠璃未翻刻作品集成32 一谷嫩軍記」玉川大学出版部 2013 p11
一の谷嫩軍記・須磨の浦
　野村眞智子編「伝承文学資料集成20 肥後・琵琶語り集」三弥井書店 2006 p306
一宮御本地一生記 (斎藤報恩会蔵)
　神田洋、福田晃翻刻「伝承文学資料集成10 奥浄瑠璃集成 (一)」三弥井書店 2000 p47
一宮百首 (尊経閣文庫蔵本) (尊良親王)
　「新編国歌大観10」角川書店 1992 p171
市原道中の作 (伊藤仁斎)
　浅山佳郎、厳明著「日本漢詩人選集4 伊藤仁斎」研文出版 2000 p197
「市人に」三つ物
　宮脇真彦執筆担当「新編 芭蕉大成」三省堂 1999 p191
一枚起請文 → 黒谷上人起請文 (くろたにしょうにんきしょうもん) を見よ
一夜庵建立縁起 (惟中撰)
　島津忠夫ほか編「西山宗因全集6 解題・索引篇」八木書店古書出版部 2017 p77
一夜庵再興賛 [抄] (季吟)
　島津忠夫ほか編「西山宗因全集5 伝記・研究篇」八木書店古書出版部 2013 p242
一葉庵呉扇を訪ふ文 (加舎白雄)
　矢羽勝幸訂「増補改訂 加舎白雄全集 上」国文社 2008 p378
「一里は」の詞書 (松尾芭蕉)
　嶋中道則ほか編「新編 芭蕉大成」三省堂 1999 p416

作品名　いつち

弌楼賦〔抄〕
　石川八朗ほか編「宝井其角全集〔2〕資料篇」勉誠社 1994 p31
一碗光（享保二十年刊）（独歩庵超波編）
　加藤定彦、外村展子編「関東俳諧叢書2 江戸座編2」関東俳諧叢書刊行会 1994 p45
いつを昔（宝井其角編）
　石川八朗ほか編「宝井其角全集〔1〕編著篇」勉誠社 1994 p79
乙亥七夕（新井白石）
　一海知義、池澤一郎訳注「日本漢詩人選集5 新井白石」研文出版 2001 p226
一角仙人（喜多流）楽物
　野上豊一郎編「新装解註 謠曲全集4」中央公論新社 2001 p145
「一家に」句文（松尾芭蕉（存疑作））
　嶋中道則ほか編「新編 芭蕉大成」三省堂 1999 p444
一掬（旧高田藩和親会蔵本）（榊原忠次）
　「連歌大観3」古典ライブラリー 2017 p378
一休和尚法語
　飯塚大展訳注「一休和尚全集4 一休仮名法語集」春秋社 2000 p63
一休骸骨
　飯塚大展訳注「一休和尚全集4 一休仮名法語集」春秋社 2000 p1
一休関東咄
　飯塚大展訳注「一休和尚全集5 一休ばなし」春秋社 2010 p379
一休関東咄（三巻、寛文十二年刊、ゑ入）
　朝倉治彦編「假名草子集成3」東京堂出版 1982 p259
一休関東咄〔落首・狂歌抜粋〕
　狂歌大観刊行会編「狂歌大観2 参考篇」明治書院 1984 p124
一休諸国物語
　飯塚大展訳注「一休和尚全集5 一休ばなし」春秋社 2010 p177
一休諸国物語（五巻、ゑ入）
　朝倉治彦編「假名草子集成3」東京堂出版 1982 p301
一休諸国物語〔落首・狂歌抜粋〕
　狂歌大観刊行会編「狂歌大観2 参考篇」明治書院 1984 p125
一休はなし（四巻、寛文八年刊、ゑ入）
　朝倉治彦編「假名草子集成3」東京堂出版 1982 p401
一休はなし〔落首・狂歌抜粋〕
　狂歌大観刊行会編「狂歌大観2 参考篇」明治書院 1984 p113
一休咄
　飯塚大展訳注「一休和尚全集5 一休ばなし」春秋社 2010 p1
　飯塚大展訳注「一休和尚全集4 一休仮名法語集」春秋社 2000 p253
一休水鏡
　飯塚大展訳注「一休和尚全集4 一休仮名法語集」春秋社 2000 p25
一休水鏡（慶長古活字十行本、一冊）（純一休）
　朝倉治彦編「假名草子集成5」東京堂出版 1984 p213
一句笠
　海音研究会編「紀海音全集8」清文堂出版 1980 p88
厳島に遊ぶ（国分青厓）
　李寅生著「漢詩名作集成〈日本編〉」明徳出版社 2016 p772
伊都岐嶋八景 下（浅生庵野坡編）
　米谷巌翻刻「古典文学翻刻集成6・俳文学篇 中興期（上）」ゆまに書房 1999 p209
嚴嶋奉納集初編（篤老撰）
　櫻井武次郎翻刻「古典文学翻刻集成7 続・俳文学篇 中興期（下）」ゆまに書房 1999 p278
一句百首（藤原定家）
　久保田淳校訂・訳「藤原定家全歌集 下」筑摩書房 2017 p28
弌刻価万両回春（山東京傳）
　棚橋正博校訂「山東京傳全集4 黄表紙4」ぺりかん社 2004 p191
一生入福兵衛幸（山東京傳）
　棚橋正博校訂「山東京傳全集2 黄表紙2」ぺりかん社 1993 p159
一寸法師
　沢井耐三著「古典名作リーディング2 お伽草子」貴重本刊行会 2000 p25
一隻歳旦（天明七年刊）（一隻編）
　加藤定彦、外村展子編「関東俳諧叢書27 常総編3」関東俳諧叢書刊行会 2004 p247
逸題（木戸松菊）
　李寅生著「漢詩名作集成〈日本編〉」明徳出版社 2016 p700
逸題（西郷隆盛）
　松尾善弘著「西郷隆盛漢詩全集 増補改訂版」斯文堂 2018 p106
　松尾善弘著「西郷隆盛漢詩全集 増補改訂版」斯文堂 2018 p257
逸題（前原梅窓）
　李寅生著「漢詩名作集成〈日本編〉」明徳出版社 2016 p706
逸題（元禄難波前句附集）（西鶴）
　伴野英一校注「新編西鶴全集5 本文篇 下」勉誠出版 2007 p981
逸題春帖（麦水編）
　田中道雄翻刻「古典文学翻刻集成6 続・俳文学篇 中興期（上）」ゆまに書房 1999 p393
逸題書（編者未詳）
　竹下義人校注「新編西鶴全集5 本文篇 上」勉誠出版 2007 p158
乙丑の元旦枕上に口号す（如亭山人藁 初集）（柏木如亭）
　入谷仙介著「日本漢詩人選集8 柏木如亭」研文出版 1999 p78

	作品名

五辻親氏・釈空性於法皇御方和歌懐紙写（五辻親氏、西園寺実兼）
　岩佐美代子注釈「新注和歌文学叢書16 京極派揺籃期和歌 新注」青簡舎 2015 p238

乙未元旦 又三絶句を作りて自ら戯れる（うち一首）（舘柳湾）
　鈴木瑞枝著「日本漢詩人選集13 舘柳湾」研文出版 1999 p151

乙未二月十七日（宮島栗香）
　李寅生著「漢詩名作集成〈日本編〉」明徳出版社 2016 p717

一百三升芋地獄（山東京傳）
　棚橋正博校訂「山東京傳全集2 黄表紙2」ぺりかん社 1993 p145

乙卯記行（水野豊春, 加藤行虎）
　津本信博著「江戸後期紀行文学全集3」新典社 2015 p207

「一方に」百韻
　島津忠夫ほか編「西山宗因全集2 連歌篇二」八木書店 2007 p107

一品経和歌懐紙（古筆断簡）
　「新編国歌大観10」角川書店 1992 p402

佚名歌集（徳川美術館）（徳川黎明会蔵本）
　「新編国歌大観10」角川書店 1992 p963

佚名歌集（穂久邇文庫）（穂久邇文庫蔵本）
　「新編国歌大観10」角川書店 1992 p963

乙酉の春新たに端硯を獲て喜ぶこと甚だしく為に六絶を賦す（中島棕隠）
　入谷仙介著「日本漢詩人選集14 中島棕隠」研文出版 2002 p70

出羽弁集（出羽弁）
　久保木哲夫注釈「新注和歌文学叢書6 出羽弁集 新注」青簡舎 2010 p1

出羽弁集（書陵部蔵五〇一・一三八）（出羽弁）
　「新編国歌大観3」角川書店 1985 p360

いと屑
　石川八朗ほか編「宝井其角全集〔2〕 資料篇」勉誠社 1994 p186

安達ヶ原那須野原糸車九尾狐（山東京傳）
　水野稔ほか校訂「山東京傳全集6 合巻1」ぺりかん社 1995 p235

糸桜本朝文粋（山東京傳）
　水野稔ほか校訂「山東京傳全集8 合巻3」ぺりかん社 2002 p227

「いと涼しき」百韻
　宮脇真彦執筆担当「新編 芭蕉大成」三省堂 1999 p157
　加藤定彦「西山宗因全集3 俳諧篇」八木書店 2004 p280

「いとゞ露けき」百韻（西山宗因評点）
　井上敏幸, 尾崎千佳校訂「西山宗因全集4 紀行・評点・書簡篇」八木書店 2006 p127

いとによる（十二句）
　永井一彰校注「蕪村全集2 連句」講談社 2001 p500

俳諧稲筴（元文五、六年頃刊）（梅富編）
　加藤定彦, 外村展子編「関東俳諧叢書12 武蔵・相模編2」関東俳諧叢書刊行会 1997 p67

田舎の句合（螺子（其角）句, 桃翁（芭蕉）判）
　小林祥次郎執筆担当「新編 芭蕉大成」三省堂 1999 p554
　石川八朗ほか編「宝井其角全集〔2〕 資料篇」勉誠社 1994 p4
　與謝野寬ほか編纂校訂「覆刻 日本古典全集〔文学編〕〔40〕 芭蕉全集 前編」現代思潮社 1983 p173

「稲妻に」表六句
　宮脇真彦執筆担当「新編 芭蕉大成」三省堂 1999 p303

因幡怪談集
　伊藤龍平校訂「江戸怪異綺想文芸大系5 近世民間異聞怪談集成」国書刊行会 2003 p461

印南野
　石川八朗ほか編「宝井其角全集〔2〕 資料篇」勉誠社 1994 p208

稲莚
　石川八朗ほか編「宝井其角全集〔2〕 資料篇」勉誠社 1994 p31

稲叢懐古（太宰春台）
　李寅生著「漢詩名作集成〈日本編〉」明徳出版社 2016 p340

いなもの（二巻二冊、ゑ入、明暦二年二月刊）
　朝倉治彦編「假名草子集成5」東京堂出版 1984 p227

稲荷街道墨染桜（菅専助ほか）
　土田衞ほか編「菅専助全集6」勉誠社 1995 p99

古に擬す（河востоку鉄兜）
　李寅生著「漢詩名作集成〈日本編〉」明徳出版社 2016 p664

犬をいたむ辞（蝶夢）
　田中道雄ほか編著「蝶夢全集」和泉書院 2013 p272

犬著聞集抜書（元禄六年五月奥書写本、一冊）
　朝倉治彦編「假名草子集成29」東京堂出版 2001 p207

犬筑波集（西ベルリン本）（山崎宗鑑編）
　沢井耐三翻刻「古典文学翻刻集成1 俳文学篇 貞門・談林」ゆまに書房 1998 p10

犬つれつれ（二巻、承応二年奥書板、ゑ入）
　朝倉治彦編「假名草子集成4」東京堂出版 1983 p3

狗張子（浅井了意）
　江本裕翻刻「浅井了意全集 仮名草子編5」岩田書院 2015 p303

狗張子（七巻、元禄五年刊、ゑ入）（浅井了意）
　朝倉治彦編「假名草子集成4」東京堂出版 1983 p27

犬百人一首（佐心子賀近）
　狂歌大観刊行会編「狂歌大観2 参考篇」明治書院 1984 p217

犬方丈記（二巻、天和二年刊、ゑ入）
　朝倉治彦編「假名草子集成4」東京堂出版 1983

p153
いぬまくら（写本、国籍類書の内、七十二題・三百四十三句）
　朝倉治彦編「假名草子集成5」東京堂出版 1984 p287
犬まくら（写本、枡型本、七十一題・三百二十句）
　朝倉治彦編「假名草子集成5」東京堂出版 1984 p305
犬枕（写本、横本、七十四題・三百四十七句）
　朝倉治彦編「假名草子集成5」東京堂出版 1984 p269
犬枕并狂歌
　狂歌大観刊行会編「狂歌大観2 参考篇」明治書院 1984 p56
犬枕并狂哥（一巻一冊、古活字版）
　朝倉治彦編「假名草子集成5」東京堂出版 1984 p251
「稲扱の」詞書（松尾芭蕉）
　嶋中道則ほか「新編 芭蕉大成」三省堂 1999 p431
「猪の」狂歌（松尾芭蕉）
　宮脇真彦執筆担当「新編 芭蕉大成」三省堂 1999 p320
猪の早太
　石川八朗ほか編「宝井其角全集〔2〕 資料篇」勉誠社 1994 p483
夷白盦春日雜興 九首（第五首）（梁川星巖）
　山本和義、福島理子著「日本漢詩人選集17 梁川星巖」研究出版 2008 p123
「付贅一ツ」余興四句
　宮脇真彦執筆担当「新編 芭蕉大成」三省堂 1999 p180
今盛戀緋桜（菅専助ほか）
　土田衞ほか編「菅専助全集5」勉誠社 1993 p319
今鏡
　「新編国歌大観5」角川書店 1987 p1157
今川一睡記
　倉島正江翻刻「八文字屋本全集4」汲古書院 1993 p1
今源氏空船（西沢一風）
　藤原英城翻刻「西沢一風全集3」汲古書院 2003 p103
「今ぞ知」百韻
　島津忠夫ほか編「西山宗因全集2 連歌篇二」八木書店 2007 p183
今長者物語（一巻、絵入）
　朝倉治彦編「假名草子集成5」東京堂出版 1984 p323
「今筑波や」百韻（西山宗因）
　加藤定彦「西山宗因全集3 俳諧篇」八木書店 1994 p482
今宮心中丸腰連理松（紀海音）
　海音研究会編「紀海音全集1」清文堂出版 1977 p153
今昔操年代記（西沢一風）
　石川了翻刻・解題「西沢一風全集6」汲古書院 2005 p153

今昔九重桜（八文字李秀，自笑）
　佐伯孝弘翻刻「八文字屋本全集22」汲古書院 2000 p179
今昔出世扇（八文字自笑，八文字其笑）
　中嶋隆翻刻「八文字屋本全集18」汲古書院 1998 p1
今物語（藤原信実）
　「新編国歌大観5」角川書店 1987 p1225
今様東二色
　「義太夫節浄瑠璃未翻刻作品集成35 今様東二色」玉川大学出版部 2015 p11
留袖の於駒振袖の於駒今昔八丈揃（山東京傳）
　清水正男、棚橋正博校訂「山東京傳全集10 合巻5」ぺりかん社 2014 p167
射水川
　石川八朗ほか編「宝井其角全集〔2〕 資料篇」勉誠社 1994 p322
芋頭図賛（与謝蕪村（存疑作））
　尾形仂、山下一海校注「蕪村全集4 俳詩・俳文」講談社 1994 p252
久我之助なる鳥妹背山長柄文台（山東京傳）
　清水正男、棚橋正博校訂「山東京傳全集10 合巻5」ぺりかん社 2014 p213
芋の子（正徳五年刊）（玉全）
　加藤定彦、外村展子編「関東俳諧叢書11 武蔵・相模1」関東俳諧叢書刊行会 1995 p137
「芋堀て」百韻（西山宗因評点）
　井上敏幸、尾崎千佳校訂「西山宗因全集4 紀行・評点・書簡篇」八木書店 2006 p186
「伊良古崎」句文（松尾芭蕉）
　嶋中道則ほか「新編 芭蕉大成」三省堂 1999 p386
入日記
　石川八朗ほか編「宝井其角全集〔2〕 資料篇」勉誠社 1994 p353
移柳の文（加舎白雄）
　矢羽勝幸「増補改訂 加舎白雄全集 上」国文社 2008 p361
入間川やらずの雨（元禄十五年刊）（不角）
　加藤定彦、外村展子編「関東俳諧叢書11 武蔵・相模1」関東俳諧叢書刊行会 1995 p83
「いろいろの」歌仙
　宮脇真彦執筆担当「新編 芭蕉大成」三省堂 1999 p253
「色々の」歌仙
　宮脇真彦執筆担当「新編 芭蕉大成」三省堂 1999 p312
色里三所世帯（井原西鶴）
　冨士昭雄訳注「決定版 対訳西鶴全集17 色里三所世帯・浮世榮花一代男」明治書院 2007 p1
　冨士昭雄校注「新編西鶴全集3 本文篇」勉誠出版 2003 p233
色杉原
　石川八朗ほか編「宝井其角全集〔2〕 資料篇」勉誠社 1994 p105

「色付や」百韻
　宮脇真彦執筆担当「新編 芭蕉大成」三省堂 1999 p162
色茶屋頻卑顔（西沢一風）
　藤城英城翻刻「西沢一風全集3」汲古書院 2003 p485
色縮緬百人後家（西沢一風）
　神谷勝広翻刻「西沢一風全集3」汲古書院 2003 p251
伊呂波四十七首（藤原定家）
　久保田淳校訂・訳「藤原定家全歌集 下」筑摩書房 2017 p46
伊呂波四十七首二度（藤原定家）
　久保田淳校訂・訳「藤原定家全歌集 下」筑摩書房 2017 p56
いろは日蓮記（近松門左衛門）
　「義太夫節浄瑠璃未翻刻作品集成42 いろは日蓮記」玉川大学出版部 2015 p11
色葉和難集
　「新編国歌大観10」角川書店 1992 p969
色物語（一巻、万治寛文頃刊、ゑ入）
　朝倉治彦編「假名草子集成4」東京堂出版 1983 p177
囲炉裡譚（橘曙覧）
　井手今滋編、辻森秀英増補「新修 橘曙覧全集」桜楓社 1983 p239
岩井櫛笥野仇討（山東京傳）
　水野稔ほか校訂「山東京傳全集6 合巻1」ぺりかん社 1995 p305
いはほぐさ（蚋浪荒虫）
　建部綾足著作刊行会編「建部綾足全集3（俳諧Ⅲ）」国書刊行会 1986 p347
石清水社歌合
　松野陽一、吉田薫編「藤原俊成全歌集」笠間書院 2007 p574
石清水社歌合 元亨四年（久保田淳氏蔵本）
　「新編国歌大観10」角川書店 1992 p299
石清水社歌合 建仁元年十二月（内閣文庫蔵本）
　「新編国歌大観5」角川書店 1987 p404
石清水物語
　「新編国歌大観5」角川書店 1987 p1380
　三角洋一校訂・訳注「中世王朝物語全集5 石清水物語」笠間書院 2016 p5
石清水若宮歌合
　松野陽一、吉田薫編「藤原俊成全歌集」笠間書院 2007 p561
石清水若宮歌合 寛喜四年（群書類従本）
　「新編国歌大観5」角川書店 1987 p574
石清水若宮歌合 元久元年十月（築瀬一雄氏蔵本）
　「新編国歌大観5」角川書店 1987 p518
石清水若宮歌合 正治二年（三康図書館蔵本）
　「新編国歌大観5」角川書店 1987 p353
いわつゝし（二巻、二冊、絵入、延宝四年版、正徳三年刊）
　朝倉治彦編「假名草子集成5」東京堂出版 1984 p349

岩壺集（柳本正興編）
　岡本史子翻刻「古典文学翻刻集成5 続・俳文学篇 元禄・蕉風（下）」ゆまに書房 1999 p167
岩壺集〔抄〕
　石川八朗ほか編「宝井其角全集〔2〕資料篇」勉誠社 1994 p407
いはでしのぶ
　永井和子校訂・訳注「中世王朝物語全集4 いはでしのぶ」笠間書院 2017 p5
言はで忍ぶ
　「新編国歌大観5」角川書店 1987 p1381
岩戸神楽剣威徳（山東京傳）
　水野稔ほか校訂「山東京傳全集8 合巻3」ぺりかん社 2002 p269
岩船（喜多流）働物
　野上豊一郎編「新装解註 謠曲全集1」中央公論新社 2001 p323
石見女式
　「新編国歌大観5」角川書店 1987 p947
院御歌合 宝治元年（書陵部蔵五〇一・七四）
　「新編国歌大観5」角川書店 1987 p605
韻を珪大章に次し、陽谷光を悼む（義堂周信）
　藤木英雄編「日本漢詩人選集3 義堂周信」研文出版 1999 p115
韻歌百廿八首和歌（藤原定家）
　久保田淳校訂・訳「藤原定家全歌集 上」筑摩書房 2017 p324
因果物語（浅井了意）
　江本裕、土屋順子翻刻「浅井了意全集 仮名草子編4」岩田書院 2013 p19
因果物語（片仮名本、三巻、寛文元年刊）（義雲、雲歩同撰）
　朝倉治彦編「假名草子集成4」東京堂出版 1983 p289
因果物語（平仮名本、六巻、万治頃刊、ゑ入）（鈴木正三）
　朝倉治彦編「假名草子集成4」東京堂出版 1983 p199
院句題五十首（藤原定家）
　久保田淳校訂・訳「藤原定家全歌集 上」筑摩書房 2017 p370
院五十首（藤原定家）
　久保田淳校訂・訳「藤原定家全歌集 上」筑摩書房 2017 p360
陰山茗話（宝永二年三月奥書写本、一冊）抄
　朝倉治彦編「假名草子集成29」東京堂出版 2001 p236
韻字四季歌（藤原定家）
　久保田淳校訂・訳「藤原定家全歌集 下」筑摩書房 2017 p140
院四十五番歌合 建保三年（島原松平文庫蔵本）
　「新編国歌大観5」角川書店 1987 p542
筠州洞山悟本禅師語録（洞山良价述）
　飯田利行編訳「現代語訳 洞門禅文学集〔5〕洞山」国書刊行会 2001 p21
評判飲食狂歌合（六樹園飯盛判者）
　粕谷宏紀翻刻「江戸狂歌本選集9」東京堂出版

2000 p21
院当座歌合
　松野陽一, 吉田薫編「藤原俊成全歌集」笠間書院 2007 p560
院当座歌合 正治二年九月（書陵部蔵五〇一・五二一）
　「新編国歌大観5」角川書店 1987 p347
院当座歌合 正治二年十月（書陵部蔵統群書類従本）
　「新編国歌大観5」角川書店 1987 p349
引導集（西国編）
　島津忠夫ほか編「西山宗因全集6 解題・索引篇」八木書店古書出版部 2017 p124
　島津忠夫ほか編「西山宗因全集6 解題・索引篇」八木書店古書出版部 2017 p145
俳諧引導集（西国編）
　竹下義人校注「新編西鶴全集5 本文篇 下」勉誠出版 2007 p781
韻に次し、建長の太和侍者の訪ねらるるを謝す（義堂周信）
　藤木英雄著「日本漢詩人選集3 義堂周信」研文出版 1999 p128
韻に次し、古標幢知客に答う（義堂周信）
　藤木英雄著「日本漢詩人選集3 義堂周信」研文出版 1999 p28
韻に次し、石室の建長に住するを賀す（義堂周信）
　藤木英雄著「日本漢詩人選集3 義堂周信」研文出版 1999 p110
韻に次し、戯れに摂政殿下に呈す 二首（義堂周信）
　藤木英雄著「日本漢詩人選集3 義堂周信」研文出版 1999 p209
韻に次して業子建に答え、兼ねて中厳和尚に簡す 二首（義堂周信）
　藤木英雄著「日本漢詩人選集3 義堂周信」研文出版 1999 p92
韻に次し、臨川の大林書記に寄賀す 二首（義堂周信）
　藤木英雄著「日本漢詩人選集3 義堂周信」研文出版 1999 p58
韻塞〔抄〕（許六撰）
　嶋中道則編「新編 芭蕉大成」三省堂 1999 p793
　石川八朗ほか編「宝井其角全集〔2〕資料篇」勉誠社 1994 p210
殷富門院大輔集（殷富門院大輔）
　森本元子全釈「私家集全釈叢書13 殷富門院大輔集全釈」風間書房 1993 p21
殷富門院大輔集（書陵部蔵五〇一・一三七）（殷富門院大輔）
　「新編国歌大観3」角川書店 1985 p571
殷富門院大輔集（書陵部蔵続群書類従本）（殷富門院大輔）
　「新編国歌大観7」角川書店 1989 p212
殷富門院大輔集（乙類本）（殷富門院大輔）
　森本元子全釈「私家集全釈叢書13 殷富門院大輔集全釈」風間書房 1993 p263

女男伊勢風流（未練）
　篠原進翻刻「八文字屋本全集5」汲古書院 1994 p71
豆右衛門後日女男色遊（江島其磧）
　石川了翻刻「八文字屋本全集5」汲古書院 1994 p227
院六首歌合 康永二年（日大総合図書館蔵本）
　「新編国歌大観5」角川書店 1987 p713

【う】

宇比麻奈備序（賀茂真淵）
　與謝野寛ほか編纂校訂「覆刻 日本古典全集〔文学編〕〔13〕賀茂眞淵集」現代思潮社 1983 p102
宇比麻奈備跋（賀茂真淵）
　與謝野寛ほか編纂校訂「覆刻 日本古典全集〔文学編〕〔13〕賀茂眞淵集」現代思潮社 1983 p103
植かゝる（三十二句）
　永井一彰校注「蕪村全集2 連句」講談社 2001 p375
右衛門督家歌合 久安五年（永青文庫蔵本）
　「新編国歌大観5」角川書店 1987 p181
「植分し」百韻
　島津忠夫ほか編「西山宗因全集2 連歌篇二」八木書店 2007 p201
「植わけて」百韻
　島津忠夫ほか編「西山宗因全集2 連歌篇二」八木書店 2007 p334
魚を買う（市河寛斎）
　蔡毅, 西岡淳著「日本漢詩人選集9 市河寛斎」研文出版 2007 p159
魚崎集序（蝶夢）
　田中道雄ほか編著「蝶夢全集」和泉書院 2013 p346
魚づくし（鯛の押掛婚入話）
　野村眞智子編「伝承文学資料集成20 肥後・琵琶語り集」三弥井書店 2006 p297
魚のあふら（享保二十年成）（徳雨集）
　加藤定彦, 外村展子編「関東俳諧叢書1 江戸座編1」関東俳諧叢書刊行会 1994 p225
鵜飼（世阿弥）
　伊藤正義校注「新潮日本古典集成 新装版〔63〕謡曲集 上」新潮社 2015 p113
鵜飼（松尾芭蕉）
　與謝野寛ほか編纂校訂「覆刻 日本古典全集〔文学編〕〔40〕芭蕉全集 前編」現代思潮社 1983 p147
鵜飼（観世流）準狂物
　野上豊一郎「新装解註 謠曲全集5」中央公論新社 2001 p361
萍（歌仙）
　満田達夫校注「蕪村全集2 連句」講談社 2001 p234

浮草源氏
　野村眞智子編「伝承文学資料集成20 肥後・琵琶語り集」三弥井書店 2006 p310
浮草源氏
　野村眞智子編「伝承文学資料集成20 肥後・琵琶語り集」三弥井書店 2006 p66
浮雲物語（三巻三冊、寛文元年刊、ゑ入）
　朝倉治彦編「假名草子集成6」東京堂出版 1985 p3
『うき巣帖』序（与謝蕪村）
　尾形仂、山下一海校注「蕪村全集4 俳詩・俳文」講談社 1994 p230
金屋金五郎浮名額（紀海音）
　海音研究会編「紀海音全集7」清文堂出版 1980 p303
浮葉巻葉（二十四句）
　光田和伸校注「蕪村全集2 連句」講談社 2001 p344
浮舟（紫式部）
　石田穣二、清水好子校注「新潮日本古典集成 新装版〔17〕源氏物語 八」新潮社 2014 p9
　阿部秋生ほか校訂・訳「日本の古典をよむ10 源氏物語 下」小学館 2008 p258
　興謝野寛ほか編纂校訂「覆刻 日本古典全集〔文学編〕〔20〕源氏物語 五」現代思潮社 1982 p124
　円地文子訳「わたしの古典8 円地文子の源氏物語 巻3」集英社 1986 p143
浮舟（横越元久）
　伊藤正義校注「新潮日本古典集成 新装版〔63〕謡曲集 上」新潮社 2015 p125
浮舟（金剛流）カケリ物
　野上豊一郎編「新装解註 謡曲全集3」中央公論新社 2001 p283
浮牡丹全伝（山東京傳）
　徳田武校訂「山東京傳全集17 読本3」ぺりかん社 2003 p9
浮世壱分五厘（自磧ほか）
　神谷勝広翻刻「八文字屋本全集23」汲古書院 2000 p291
浮世栄花一代男（井原西鶴）
　冨士昭雄訳注「決定版 対訳西鶴全集17 色里三所世帯・浮世榮花一代男」明治書院 2007 p103
　浅野晃校注「新編西鶴全集4 本文篇」勉誠出版 2004 p111
浮世親仁形気（江島其磧）
　江本裕翻刻「八文字屋本全集7」汲古書院 1994 p447
うき世の北
　石川八朗ほか編「宝井其角全集〔2〕資料篇」勉誠社 1994 p205
浮世ばなし（浅井了意）
　深沢秋男翻刻「浅井了意全集 仮名草子編1」岩田院 2007 p405
うき世物語（十一行本、五巻五冊、無刊記、ゑ入）（浅井了意）
　朝倉治彦編「假名草子集成6」東京堂出版 1985

浮世物語（浅井了意）
　深沢秋男翻刻「浅井了意全集 仮名草子編1」岩田院 2007 p319
浮世物語〔落首・狂歌抜粋〕
　狂歌大観刊行会編「狂歌大観2 参考篇」明治書院 1984 p109
鶯 谷を出づ（館柳湾）
　鈴木瑞枝著「日本漢詩人選集13 館柳湾」研文出版 1999 p83
「鶯に」歌仙
　宮脇真彦執筆担当「新編 芭蕉大成」三省堂 1999 p297
「鶯の」歌仙
　宮脇真彦執筆担当「新編 芭蕉大成」三省堂 1999 p250
うぐひすや（歌仙）
　光田和伸校注「蕪村全集2 連句」講談社 2001 p120
うぐひすや（九句）
　永井一彰校注「蕪村全集2 連句」講談社 2001 p477
「鴬や」歌仙
　宮脇真彦執筆担当「新編 芭蕉大成」三省堂 1999 p268
「鶯よ」百韻
　島津忠夫ほか編「西山宗因全集2 連歌篇二」八木書店 2007 p110
雨月
　橋本朝生翻刻・解題「西行全集」貴重本刊行会 1990 p1075
雨月（観世流）真の序の舞物
　野上豊一郎編「新装解註 謡曲全集4」中央公論新社 2001 p65
雨月物語（上田秋成）
　浅野三平校注「新潮日本古典集成 新装版〔3〕雨月物語 繿癖談」新潮社 2018 p9
　高田衛校訂・訳「日本の古典をよむ19 雨月物語・冥途の飛脚・心中天の網島」小学館 2008 p9
　田中康二ほか編「三弥井古典文庫〔3〕雨月物語」三弥井書店 2009 p1
　大庭みな子訳「わたしの古典19 大庭みな子の雨月物語」集英社 1987 p13
うけらが花初編（享和二年板本）（加藤千蔭）
　「新編国歌大観9」角川書店 1991 p494
雨後 楼に登る（絶海中津）
　李寅生著「漢詩名作集成〈日本編〉」明徳出版社 2016 p225
右近
　伊藤正義校注「新潮日本古典集成 新装版〔63〕謡曲集 上」新潮社 2015 p135
右近（宝生流）中§物
　野上豊一郎編「新装解註 謡曲全集1」中央公論新社 2001 p517
宇佐にて神廟に宿る（広瀬旭荘）
　大野修作著「日本漢詩人選集16 広瀬旭荘」研文出版 1999 p49

うしかひ草（一巻一冊、寛文九年刊、ゑ入）（月坡）
　朝倉治彦編「假名草子集成6」東京堂出版 1985 p185

宇治川の舟中、十洲の韻に次す（市河寛斎）
　蔡毅、西岡淳著「日本漢詩人選集9 市河寛斎」研文出版 2007 p173

兜道紀行（宇治紀行）（矢盛教愛）
　津本信博著「江戸後期紀行文学全集3」新典社 2015 p81

宇治行（与謝蕪村）
　尾形仂、山下一海校注「蕪村全集4 俳詩・俳文」講談社 1994 p221

宇治拾遺物語
　大島建彦校注「新潮日本古典集成 新装版〔4〕宇治拾遺物語」新潮社 2019 p17
　「新編国歌大観5」角川書店 1987 p1222
　小林保治、増古和子校訂・訳「日本の古典をよむ15 宇治拾遺物語・十訓抄」小学館 2007 p11
　正宗敦夫校訂「覆刻 日本古典全集〔文学編〕〔3〕宇治拾遺物語」現代思潮社 1983 p1

宇治舟中の即事（伊藤仁斎）
　浅山佳郎、厳明著「日本漢詩人選集4 伊藤仁斎」研文出版 2000 p112

牛津の駅に宿る。珮川追いて至れば賦して贈る（広瀬淡窓）
　林田愼之助著「日本漢詩人選集15 広瀬淡窓」研文出版 2005 p160

丑年詠歌（春日昌預）
　吉田英也翻刻「春日昌預全家集」山梨日日新聞社 2001 p4

氏富家千句（氏富ほか）
　尾崎千佳編「西山宗因全集1 連歌篇一」八木書店 2004 p465

「牛流す」歌仙
　宮脇真彦執筆担当「新編 芭蕉大成」三省堂 1999 p296

菟道に月を看る（中島棕隠）
　入谷仙介著「日本漢詩人選集14 中島棕隠」研文出版 2002 p37

菟道園（桑楊庵光）
　大高洋司、木越俊介校訂「江戸怪異綺想文芸大系1 初期江戸読本怪談集」国書刊行会 2000 p265

宇治のたびにき（大野祐之）
　津本信博著「江戸後期紀行文学全集1」新典社 2007 p445

「牛部屋に」歌仙
　宮脇真彦執筆担当「新編 芭蕉大成」三省堂 1999 p262

牛祭句文（与謝蕪村）
　尾形仂、山下一海校注「蕪村全集4 俳詩・俳文」講談社 1994 p106

「うしやまつる」百韻
　加藤定彦「西山宗因全集3 俳諧篇」八木書店 2004 p294

うしひも
　石川八朗ほか編「宝井其角全集〔2〕資料篇」勉誠社 1994 p497

はいかいうしろひも（一音編）
　伴野英一校注「新編西鶴全集5 本文篇 下」勉誠出版 2007 p1078

俳諧卯月庭訓（元亨三年）（露月ほか編）
　清登典子校注「蕪村全集8 関係俳書」講談社 1993 p9

卯月の雪（寛政四年刊）（岷水編）
　加藤定彦、外村展子編「関東俳諧叢書27 常総編3」関東俳諧叢書刊行会 2004 p299

「薄くこく」百韻
　島津忠夫ほか編「西山宗因全集2 連歌篇二」八木書店 2007 p320

薄雲（紫式部）
　石田穣二、清水好子校注「新潮日本古典集成 新装版〔12〕源氏物語 三」新潮社 2014 p147
　阿部秋生ほか校訂・訳「日本の古典をよむ9 源氏物語 上」小学館 2008 p219
　與謝野寛ほか編纂校訂「覆刻日本古典全集〔文学編〕〔17〕源氏物語 二」現代思潮社 1982 p106
　円地文子訳「わたしの古典7 円地文子の源氏物語 巻2」集英社 1985 p25

焦尾琴調子伝薄雲猫旧話（山東京傳）
　清水正男、棚橋正博校訂「山東京傳全集10 合巻5」ぺりかん社 2014 p357

うすぐも恋物語（二巻二冊、万治二年刊、ゑ入）
　朝倉治彦編「假名草子集成6」東京堂出版 1985 p201

春や（歌仙）
　長島弘明校注「蕪村全集2 連句」講談社 2001 p406

「羅に」詞書（与謝蕪村）
　尾形仂、山下一海校注「蕪村全集4 俳詩・俳文」講談社 1994 p159

薄雪音羽滝（八文字自笑、八文字其笑）
　佐伯孝弘翻刻「八文字屋本全集16」汲古書院 1998 p441

うすゆき物語（二巻二冊、寛永九年刊、ゑ入丹緑）
　朝倉治彦編「假名草子集成6」東京堂出版 1985 p227

于石の二瓢に題す（広瀬旭荘）
　大野修作著「日本漢詩人選集16 広瀬旭荘」研文出版 1999 p164

虚生実草紙（山東京傳）
　棚橋正博校訂「山東京傳全集4 黄表紙4」ぺりかん社 2004 p145

歌合（正安元年～嘉元二年）（書陵部蔵五〇一・五五三）
　「新編国歌大観10」角川書店 1992 p272

歌合 永仁五年当座（天理図書館蔵本）
　「新編国歌大観5」角川書店 1987 p707

歌合 永仁五年八月十五夜（内閣文庫蔵本）
　「新編国歌大観10」角川書店 1992 p270

歌合 嘉元三年三月（神宮文庫蔵本）
　「新編国歌大観10」角川書店 1992 p289

歌合 乾元二年五月（内閣文庫蔵本）
　「新編国歌大観10」角川書店 1992 p284
歌合 建保四年八月廿二日（永青文庫蔵本）
　「新編国歌大観10」角川書店 1992 p227
歌合 建保四年八月廿四日（永青文庫蔵本）
　「新編国歌大観10」角川書店 1992 p230
歌合 建保五年四月廿日（内閣文庫蔵本）
　「新編国歌大観10」角川書店 1992 p232
歌合 建保七年二月十一日（内閣文庫蔵本）
　「新編国歌大観10」角川書店 1992 p236
歌合 建保七年二月十二日（内閣文庫蔵本）
　「新編国歌大観10」角川書店 1992 p238
歌合 建暦三年八月十二日（三手文庫蔵本）
　「新編国歌大観10」角川書店 1992 p224
歌合 建暦三年九月十三夜（内閣文庫蔵本）
　「新編国歌大観10」角川書店 1992 p224
歌合 弘安八年四月（刈谷市中央図書館蔵本）
　「新編国歌大観10」角川書店 1992 p264
歌合 後光厳院文和之比（内閣文庫蔵本）
　「新編国歌大観10」角川書店 1992 p319
歌合 正安四年六月十一日（書陵部蔵五〇一・五一五）
　「新編国歌大観10」角川書店 1992 p280
歌合 伝後伏見院筆（延慶二年～三年）（徳川黎明会蔵本）
　「新編国歌大観10」角川書店 1992 p291
歌合百首（藤原定家）
　久保田淳校訂・訳「藤原定家全歌集 上」筑摩書房 2017 p170
歌合 文永二年七月（書陵部蔵五〇一・一五一）
　「新編国歌大観5」角川書店 1987 p679
歌合 文永二年八月十五夜（永青文庫蔵本）
　「新編国歌大観5」角川書店 1987 p682
歌合 文治二年（書陵部蔵五〇一・二〇）
　「新編国歌大観5」角川書店 1987 p252
歌合 文明十六年十二月（三康文庫蔵本）
　「新編国歌大観10」角川書店 1992 p356
哥行脚懐硯（白露、自笑）
　渡辺守邦翻刻「八文字屋本全集22」汲古書院 2000 p247
右大将鎌倉実記（竹田出雲1世）
　「義太夫節浄瑠璃未翻刻作品集成11 右大将鎌倉実記」玉川大学出版部 2007 p11
右大将家歌合 建保五年八月（内閣文庫蔵本）
　「新編国歌大観10」角川書店 1992 p233
右大臣家歌合
　松野陽一、吉田薫編「藤原俊成全歌集」笠間書院 2007 p545
右大臣家歌合 安元元年（永青文庫蔵本）
　「新編国歌大観5」角川書店 1987 p224
右大臣家歌合 建保五年九月（書陵部蔵五一〇・四一）
　「新編国歌大観5」角川書店 1987 p552
右大臣家歌合 治承三年（歌合部類板本）
　「新編国歌大観5」角川書店 1987 p246

右大臣家百首（藤原俊成）
　松野陽一、吉田薫編「藤原俊成全歌集」笠間書院 2007 p310
宇多院歌合（尊経閣文庫蔵十巻本）
　「新編国歌大観5」角川書店 1987 p29
歌占（宝生流）カケリ物
　野上豊一郎編「新装解註 謡曲全集3」中央公論新社 2001 p537
うたたね（阿仏尼）
　「新編国歌大観5」角川書店 1987 p1281
　村田紀子編・評釈「中世日記紀行文学全評釈集成2」勉誠出版 2004 p111
うたたねの草子
　沢井耐三著「古典名作リーディング2 お伽草子」貴重本刊行会 2000 p271
「うたゝねの」百韻
　島津忠夫ほか編「西山宗因全集2 連歌篇二」八木書店 2007 p296
卯辰紀行　→ 笈の小文（おいのこぶみ）を見よ
卯辰集
　石川八朗ほか編「宝井其角全集〔2〕資料篇」勉誠社 1994 p106
うたのこころのうち〔歌意考〕（賀茂真淵）
　與謝野寛ほか編纂校訂「覆刻 日本古典全集〔文学編〕〔13〕賀茂眞淵集」現代思潮社 1983 p202
宇陀法師（李由、許六撰）
　尾形仂編「新編 芭蕉大成」三省堂 1999 p714
　石川八朗ほか編「宝井其角全集〔2〕資料篇」勉誠社 1994 p342
歌のほまれ（上田秋成）
　美山靖校注「新潮日本古典集成 新装版〔48〕春雨物語 書初機嫌海」新潮社 2014 p109
　一戸渉注釈ほか「三弥井古典文庫〔10〕春雨物語」三弥井書店 2012 p192
歌枕名寄（万治二年板本）（澄月撰）
　「新編国歌大観10」角川書店 1992 p605
「歌もいでず」狂歌（松尾芭蕉）
　宮脇真彦執筆担当「新編 芭蕉大成」三省堂 1999 p219
打上恵美酒遊
　岩田勝編著「伝承文学資料集成16 中国地方神楽祭文集」三弥井書店 1990 p75
うちぐもり砥（秋風編）
　尾崎千佳担当「西山宗因全集5 伝記・研究篇」八木書店古書出版部 2013 p93
内外詣（金剛流）獅子舞物
　野上豊一郎編「新装解註 謡曲全集1」中央公論新社 2001 p535
内山氏の梨雲館に宿る（広瀬旭荘）
　大野修作著「日本漢詩人選集16 広瀬旭荘」研文出版 1999 p125
雨中（梁川星巌）
　山本和義、福島理子著「日本漢詩人選集17 梁川星巌」研文出版 2008 p16
雨中 海棠を観て感有り（雲井龍雄）
　李寅生著「漢詩名作集成〈日本編〉」明徳出版社

雨中吟（伝藤原定家）
　久保田淳校訂・訳「藤原定家全歌集 下」筑摩書房 2017 p386
雨中吟（東大国文学研究室蔵本）（伝藤原定家）
　「新編国歌大観5」角川書店 1987 p944
雨中に桜花を賦す（島田忠臣）
　李寅生著「漢詩名作集成〈日本編〉」明徳出版社 2016 p143
雨中の伽〔抄〕（堤主礼）
　島津忠夫ほか編「西山宗因全集5 伝記・研究篇」八木書店古書出版部 2013 p292
「打寄りて」歌仙
　宮脇真彦執筆担当「新編 芭蕉大成」三省堂 1999 p275
「団扇もて」の詞書（松尾芭蕉）
　嶋中道則ほか「新編 芭蕉大成」三省堂 1999 p381
空蝉（紫式部）
　石田穣二、清水好子校注「新潮日本古典集成 新装版〔10〕 源氏物語 一」新潮社 2014 p103
　阿部秋生ほか校訂・訳「日本の古典をよむ9 源氏物語 上」小学館 2008 p52
　与謝野寛ほか編纂校訂「覆刻 日本古典全集〔文学編〕〔16〕 源氏物語 一」現代思潮社 1982 p49
　円地文子訳「わたしの古典6 円地文子の源氏物語 巻1」集英社 1985 p43
うつぶしぞめ〔抄〕（西吟）
　島津忠夫ほか編「西山宗因全集5 伝記・研究篇」八木書店古書出版部 2013 p255
靭猿
　三枝和子訳「わたしの古典15 馬場あき子の謡曲集 三枝和子の狂言集」集英社 1987 p186
靭随筆〔抄〕（米仲編）
　島津忠夫ほか編「西山宗因全集5 伝記・研究篇」八木書店古書出版部 2013 p269
うつほ物語（俊蔭〜忠こそ）
　藤田徳太郎校訂「覆刻 日本古典全集〔文学編〕〔4〕 うつほ物語 一」現代思潮社 1982 p1
うつほ物語（梅の花笠〜あて宮）
　藤田徳太郎校訂「覆刻 日本古典全集〔文学編〕〔5〕 うつほ物語 二」現代思潮社 1982 p1
うつほ物語（初秋〜蔵開 下）
　藤田徳太郎校訂「覆刻 日本古典全集〔文学編〕〔6〕 うつほ物語 三」現代思潮社 1982 p1
うつほ物語（國讓 上〜國讓 下）
　藤田徳太郎校訂「覆刻 日本古典全集〔文学編〕〔7〕 うつほ物語 四」現代思潮社 1982 p1
うつほ物語（樓の上 上〜樓の上 下）
　藤田徳太郎校訂「覆刻 日本古典全集〔文学編〕〔8〕 うつほ物語 五」現代思潮社 1982 p1
宇津保物語
　「新編国歌大観5」角川書店 1987 p1323
うつ木垣（延享二年刊）（平舎編）
　加藤定彦、外村展子編「関東俳諧叢書29 雪門編」関東俳諧叢書刊行会 2005 p133

善知鳥
　伊藤正義校注「新潮日本古典集成 新装版〔63〕 謡曲集 上」新潮社 2015 p145
　馬場あき子訳「わたしの古典15 馬場あき子の謡曲集 三枝和子の狂言集」集英社 1987 p49
善知鳥（観世流）カケリ物
　野上豊一郎編「新装解註 謡曲全集4」中央公論新社 2001 p291
親敵うとふ之㕝（山東京傳）
　水野稔ほか校訂「山東京傳全集9 合巻4」ぺりかん社 2006 p9
善知安方忠義伝（山東京傳）
　水野稔、徳田武校訂「山東京傳全集16 読本2」ぺりかん社 1997 p173
優曇華物語（山東京傳）
　水野稔、徳田武校訂「山東京傳全集15 読本1」ぺりかん社 1994 p393
光海霊神碑文（賀茂真淵）
　与謝野寛ほか編纂校訂「覆刻 日本古典全集〔文学編〕〔13〕 賀茂眞淵集」現代思潮社 1983 p146
釆女
　伊藤正義校注「新潮日本古典集成 新装版〔63〕 謡曲集 上」新潮社 2015 p157
釆女（金剛流）大小序の舞物
　野上豊一郎編「新装解註 謡曲全集2」中央公論新社 2001 p273
鵜の音跋（蝶夢）
　田中道雄ほか編著「蝶夢全集」和泉書院 2013 p329
鵜羽（世阿弥）
　伊藤正義校注「新潮日本古典集成 新装版〔63〕 謡曲集 上」新潮社 2015 p169
卯の花衣（延享三年刊）（平舎編）
　加藤定彦、外村展子編「関東俳諧叢書29 雪門編」関東俳諧叢書刊行会 2005 p149
卯花山
　石川八朗ほか編「宝井其角全集〔2〕 資料篇」勉誠社 1994 p163
卯の花日記（建部綾足）
　建部綾足著作刊行会編「建部綾足全集5（紀行・歌集）」国書刊行会 1987 p219
「卯花も」三つ物
　宮脇真彦執筆担当「新編 芭蕉大成」三省堂 1999 p204
「卯の花や」発句・脇
　宮脇真彦執筆担当「新編 芭蕉大成」三省堂 1999 p293
「卯の花は」詞書（与謝蕪村）
　尾形仂、山下一海校注「蕪村全集4 俳詩・俳文」講談社 1994 p218
鵜祭（金春流）楽物
　野上豊一郎編「新装解註 謡曲全集1」中央公論新社 2001 p437
卯のやよひ（延享四年刊）（枝舟編）
　加藤定彦、外村展子編「関東俳諧叢書12 武蔵・相模編 2」関東俳諧叢書刊行会 1997 p175

右兵衛督家歌合（陽明文庫蔵二十巻本）
　「新編国歌大観5」角川書店 1987 p150
うぶ着がた（明和三年刊）（雪淀ほか編）
　加藤定彦, 外村展子編「関東俳諧叢書21 江戸座編 3」関東俳諧叢書刊行会 2001 p259
鵜舟（松尾芭蕉）
　富山奏校注「新潮日本古典集成 新装版〔47〕 芭蕉文集」新潮社 2019 p93
「馬をさへ」一巡四句
　宮脇真彦執筆担当「新編 芭蕉大成」三省堂 1999 p188
「馬借りて」歌仙
　宮脇真彦執筆担当「新編 芭蕉大成」三省堂 1999 p242
「馬に寝て」句文（松尾芭蕉）
　嶋中道則ほか「新編 芭蕉大成」三省堂 1999 p378
馬内侍集（馬内侍）
　竹鼻績校注・訳「私家集注釈叢刊10 馬内侍集注釈」貴重本刊行会 1998 p7
　高橋由記校注「和歌文学大系54 中古歌仙集（一）」明治書院 2004 p117
馬内侍集（三手文庫蔵本）（馬内侍）
　「新編国歌大観3」角川書店 1985 p206
「馬ぼくぼく」画賛（松尾芭蕉）
　嶋中道則ほか「新編 芭蕉大成」三省堂 1999 p376
「海暮れて」歌仙
　宮脇真彦執筆担当「新編 芭蕉大成」三省堂 1999 p192
海幸（宝暦十二年刊）（秀国編）
　加藤定彦, 外村展子編「関東俳諧叢書30 絵俳書編 4」関東俳諧叢書刊行会 2006 p3
海邊春月（西郷隆盛）
　松尾善弘著「西郷隆盛漢詩全集 増補改訂版」斯文堂 2018 p181
海見へて（十六句）
　永井一彰校注「蕪村全集2 連句」講談社 2001 p337
梅（観世流）大小序の舞物
　野上豊一郎編「新装解註 謡曲全集2」中央公論新社 2001 p333
梅を看て 夜帰る（大槻磐渓）
　李寅生著「漢詩名作集成〈日本編〉」明徳出版社 2016 p568
梅枝
　伊藤正義校注「新潮日本古典集成 新装版〔63〕 謡曲集 上」新潮社 2015 p181
梅枝（観世流）楽物
　野上豊一郎編「新装解註 謡曲全集3」中央公論新社 2001 p449
梅枝（紫式部）
　石田穣二, 清水好子校注「新潮日本古典集成 新装版〔13〕 源氏物語 四」新潮社 2014 p251
　阿部秋生ほか校注・訳「日本の古典をよむ9 源氏物語 上」小学館 2008 p305
　與謝野寛ほか編纂校訂「覆刻 日本古典全集〔文学編〕〔18〕 源氏物語 三」現代思潮社 1982 p79
梅枝・藤裏葉（紫式部）
　円地文子訳「わたしの古典7 円地文子の源氏物語 巻2」集英社 1985 p149
「梅が香を」百韻
　島津忠夫ほか編「西山宗因全集2 連歌篇二」八木書店 2007 p173
「梅が香に」歌仙
　宮脇真彦執筆担当「新編 芭蕉大成」三省堂 1999 p289
「梅が香に」三つ物
　宮脇真彦執筆担当「新編 芭蕉大成」三省堂 1999 p277
梅勧進（宝暦四年刊）（弥生庵杏花ほか編）
　加藤定彦, 外村展子編「関東俳諧叢書8 東武獅子門編 2」関東俳諧叢書刊行会 1997 p47
「梅咲ぬ」詞書（与謝蕪村）
　尾形仂, 山下一海校注「蕪村全集4 俳詩・俳文」講談社 1994 p148
梅さくら
　石川八朗ほか編「宝井其角全集〔2〕 資料篇」勉誠社 1994 p214
贈梅女画賛小摺物（仮題）安永五年か
　丸山一彦校注「蕪村全集7 編著・追善」講談社 1995 p456
「梅白し」発句・脇
　宮脇真彦執筆担当「新編 芭蕉大成」三省堂 1999 p193
「梅絶て」三つ物
　宮脇真彦執筆担当「新編 芭蕉大成」三省堂 1999 p193
お高弥市梅田心中（紀海音）
　海音研究会編「紀海音全集7」清文堂出版 1980 p255
「梅に先」百韻（宗因）
　島津忠夫ほか編「西山宗因全集2 連歌篇二」八木書店 2007 p187
梅日記（建部綾足）
　建部綾足著作刊行会編「建部綾足全集5（紀行・歌集）」国書刊行会 1987 p197
梅日記天巻（延享二年刊）（沾耳編）
　加藤定彦, 外村展子編「関東俳諧叢書7 東武獅子門編 1」関東俳諧叢書刊行会 1995 p231
梅の牛
　石川八朗ほか編「宝井其角全集〔2〕 資料篇」勉誠社 1994 p513
梅之翁八十賀の文（加舎白雄）
　矢羽勝幸訂「増補改訂 加舎白雄全集 上」国文社 2008 p369
秃池昔話梅之於由女丹前（山東京傳）
　水野稔ほか校訂「山東京傳全集8 合巻3」ぺりかん社 2002 p427
「梅の風」百韻
　宮脇真彦執筆担当「新編 芭蕉大成」三省堂 1999 p161
「梅の木の」発句・脇
　宮脇真彦執筆担当「新編 芭蕉大成」三省堂 1999

| 作品名 | | うんき |

p216

梅の詞（賀茂真淵）
　與謝野寛ほか編纂校訂「覆刻 日本古典全集〔文学編〕」〔13〕 賀茂眞淵集」現代思潮社 1983 p119

梅の嵯峨
　石川八朗ほか編「宝井其角全集〔2〕 資料篇」勉誠社 1994 p310

梅の草紙
　石川八朗ほか編「宝井其角全集〔2〕 資料篇」勉誠社 1994 p614

梅の草昏跋（蝶夢）
　田中道雄ほか編著「蝶夢全集」和泉書院 2013 p310

梅の花笠
　藤田徳太郎校訂「覆刻 日本古典全集〔文学編〕〔5〕 うつほ物語 二」現代思潮社 1982 p227

梅由兵衛紫頭巾（山東京傳）
　水野稔ほか校訂「山東京傳全集9 合巻4」ぺりかん社 2006 p343

梅浜
　橋本朝生翻刻・解題「西行全集」貴重本刊行会 1990 p1077

「梅稀に」の詞書（松尾芭蕉）
　嶋中道則ほか編「新編 芭蕉大成」三省堂 1999 p390

梅屋渋浮名色揚（松田和吉）
　「義太夫節浄瑠璃未翻刻作品集成18 梅屋渋浮名色揚」玉川大学出版部 2011 p11

「梅若菜」歌仙
　宮脇真彦執筆担当「新編 芭蕉大成」三省堂 1999 p260

「梅は春に」百韻
　島津忠夫ほか編「西山宗因全集2 連歌篇二」八木書店 2007 p33

雨夜〔如亭山人藁 巻一〕（柏木如亭）
　入谷仙介著「日本漢詩人選集8 柏木如亭」研文出版 1999 p125

雨夜、懐いを河野鉄兜に寄す（広瀬旭荘）
　大野修作著「日本漢詩人選集16 広瀬旭荘」研文出版 1999 p223

雨夜読書（中島棕隠）
　入谷仙介著「日本漢詩人選集14 中島棕隠」研文出版 2002 p160

雨夜の紗灯を賦す、応製（菅原道真）
　小島憲之, 山本登朗訓読ほか「日本漢詩人選集1 菅原道真」研文出版 1998 p106

うやむや関翁伝等奥書（蝶夢）
　田中道雄ほか編著「蝶夢全集」和泉書院 2013 p350

浦のしほ貝（弘化二年板本）（熊谷直好）
　「新編国歌大観9」角川書店 1991 p673

宇良富士の紀行（蝶夢）
　田中道雄ほか編著「蝶夢全集」和泉書院 2013 p387

うらミのすけ（二巻二冊、ゑ入、寛永中刊）
　朝倉治彦編「假名草子集成6」東京堂出版 1985 p267

人相手紋裡家筭見通坐敷（山東京傳）
　棚橋正博校訂「山東京傳全集5 黄表紙5」ぺりかん社 2009 p131

俳諧古学浦やどり（延享二年刊）（祇中, 祇交編）
　加藤定彦, 外村展子編「関東俳諧叢書12 武蔵・相模編2」関東俳諧叢書刊行会 1997 p113

「羨敷」歌仙（西山宗因）
　加藤定彦「西山宗因全集3 俳諧篇」八木書店 2004 p214

末若葉（宝井其角編）
　石川八朗ほか編「宝井其角全集〔1〕 編著篇」勉誠社 1994 p255

瓜作
　石川八朗ほか編「宝井其角全集〔2〕 資料篇」勉誠社 1994 p103

俳諧瓜の実（安永三年）（一鼠編）
　藤田真一校注「蕪村全集8 関係俳書」講談社 1993 p243

閏の梅（享保十二年刊）（露月編）
　加藤定彦, 外村展子編「関東俳諧叢書17 絵俳書編1」関東俳諧叢書刊行会 1998 p251

閏六月五日、廉塾を発す（広瀬旭荘）
　大野修作著「日本漢詩人選集16 広瀬旭荘」研文出版 1999 p25

閏六月十八日瑤浦より舳津に到る舟中の作（中島棕隠）
　入谷仙介著「日本漢詩人選集14 中島棕隠」研文出版 2002 p107

漆川集（土明撰）
　杉浦正一郎翻刻「古典文学翻刻集成2 俳文学篇 元禄・蕉風・中興期」ゆまに書房 1998 p141
　石川八朗ほか編「宝井其角全集〔2〕 資料篇」勉誠社 1994 p385

漆島
　石川八朗ほか編「宝井其角全集〔2〕 資料篇」勉誠社 1994 p395

「漆せぬ」三つ物
　宮脇真彦執筆担当「新編 芭蕉大成」三省堂 1999 p283

「うるはしき」歌仙
　宮脇真彦執筆担当「新編 芭蕉大成」三省堂 1999 p264

鱗形（喜多流）神楽物
　野上豊一郎編「新装解註 謡曲全集1」中央公論新社 2001 p527

摂州有馬於藤之伝妬湯仇討話（山東京傳）
　水野稔ほか校訂「山東京傳全集6 合巻1」ぺりかん社 1995 p357

雲橋社蔵芭蕉真跡添書（蝶夢）
　田中道雄ほか編著「蝶夢全集」和泉書院 2013 p319

雲橋社俳諧蔵書録序（蝶夢）
　田中道雄ほか編著「蝶夢全集」和泉書院 2013 p319

雲玉集（神宮文庫蔵本）（枘叟馴窓編）
　「新編国歌大観8」角川書店 1990 p573

雲居寺結縁経後宴歌合
　安井重雄校注「和歌文学大系48 王朝歌合集」明治書院 2018 p163
雲居寺結縁経後宴歌合〈平安朝歌合大成〉
　「新編国歌大観5」角川書店 1987 p147
雲州紀行〈仮題〉(蝶夢)
　田中道雄ほか編著「蝶夢全集」和泉書院 2013 p466
雲州雑詩(仁科白谷)
　李寅生著「漢詩名作集成〈日本編〉」明徳出版社 2016 p544
雲州雑題(中島棕隠)
　入谷仙介著「日本漢詩人選集14 中島棕隠」研文出版 2002 p145
雲窓謄語(穂久邇文庫蔵本)(耕雲)
　「新編国歌大観10」角川書店 1992 p200
雲帯婚賀の文(加舎白雄)
　矢羽勝幸編「増補改訂 加舎白雄全集 上」国文社 2008 p360
雲竹讃(松尾芭蕉)
　與謝野寛ほか編纂校訂「覆刻 日本古典全集〔文学編〕〔40〕 芭蕉全集 前編」現代思潮社 1983 p143
雲竹自画像の讃(松尾芭蕉)
　富山奏校注「新潮日本古典集成 新装版〔47〕 芭蕉文集」新潮社 2019 p179
雲竹自画像賛(松尾芭蕉)
　嶋中道則ほか「新編 芭蕉大成」三省堂 1999 p426
雲葉和歌集(内閣文庫蔵本・彰考館蔵本)(藤原基家撰)
　「新編国歌大観6」角川書店 1988 p119
雲林院(金剛流)太鼓序の舞事
　野上豊一郎編「新装解註 謡曲全集3」中央公論新社 2001 p143

【 え 】

絵合(紫式部)
　石田穣二、清水好子校注「新潮日本古典集成 新装版〔12〕 源氏物語 三」新潮社 2014 p91
　阿部秋生ほか校訂・訳「日本の古典をよむ9 源氏物語 上」小学館 2008 p212
　與謝野寛ほか編纂校訂「覆刻 日本古典全集〔文学編〕〔17〕 源氏物語 二」現代思潮社 1982 p76
　円地文子訳「わたしの古典7 円地文子の源氏物語 巻2」集英社 1985 p7
永運句集〈書陵部蔵九・一六八七〉(永運)
　「連歌大観1」古典ライブラリー 2016 p265
永縁奈良房歌合(えいえんならぼううたあわせ) →
　"ようえんならほううたあわせ"を見よ
詠懐(高野蘭亭)
　李寅生著「漢詩名作集成〈日本編〉」明徳出版社 2016 p366

詠歌一体(藤原為家)
　「新編国歌大観5」角川書店 1987 p1074
詠歌一躰(藤原為家)
　岩佐美代子注釈「新注和歌文学叢書5 藤原為家勅撰集詠 詠歌一体 新注」青簡舎 2010 p305
詠歌大概(藤原定家)
　「新編国歌大観5」角川書店 1987 p1066
詠花鳥和歌(藤原定家)
　久保田淳校訂・訳「藤原定家全歌集 上」筑摩書房 2017 p416
栄花物語
　「新編国歌大観5」角川書店 1987 p1142
　山中裕ほか校訂・訳「日本の古典をよむ11 大鏡・栄花物語」小学館 2008 p183
榮華物語〈月宴～岩蔭〉
　與謝野寛ほか編纂校訂「覆刻 日本古典全集〔文学編〕〔9〕 榮華物語 上」現代思潮社 1983 p1
榮華物語〈日蔭のかづら～楚王の夢〉
　與謝野寛ほか編纂校訂「覆刻 日本古典全集〔文学編〕〔10〕 榮華物語 中」現代思潮社 1983 p1
榮華物語〈衣珠～紫野〉
　與謝野寛ほか編纂校訂「覆刻 日本古典全集〔文学編〕〔11〕 榮華物語 下 赤染衛門歌集」現代思潮社 1983 p1
影戯行(菅茶山)
　李寅生著「漢詩名作集成〈日本編〉」明徳出版社 2016 p448
永久百首〈書陵部蔵葉・一八六一〉
　「新編国歌大観4」角川書店 1986 p248
影響詩稿〈抄〉(不遠編)
　島津忠夫ほか編「西山宗因全集5 伝記・研究篇」八木書店古書出版部 2013 p275
永享百首〈百部üçin類板本〉
　「新編国歌大観4」角川書店 1986 p596
瑩玉集
　「新編国歌大観5」角川書店 1987 p1063
影供歌合
　松野陽一、吉田薫編「藤原俊成全歌集」笠間書院 2007 p630
影供歌合 建長三年九月(内閣文庫蔵本)
　「新編国歌大観5」角川書店 1987 p615
影供歌合 建仁三年六月(東大国文学研究室蔵本)
　「新編国歌大観5」角川書店 1987 p514
詠五十首和歌(金沢文庫)(金沢文庫蔵本)
　「新編国歌大観10」角川書店 1992 p448
瑩山和尚伝光録訳(抜粋)(瑩山紹瑾)
　飯田利行訳「現代語訳 洞門禅文学集〔2〕 瑩山」国書刊行会 2002 p11
詠史(秋山玉山)
　李寅生著「漢詩名作集成〈日本編〉」明徳出版社 2016 p362
詠史(西郷隆盛)
　松尾善弘著「西郷隆盛漢詩全集 増補改訂版」斯文堂 2018 p161
　松尾善弘著「西郷隆盛漢詩全集 増補改訂版」斯文堂 2018 p168

詠十首和歌〈国立歴史民俗博物館蔵本〉
　「新編国歌大観10」角川書店 1992 p421
詠十五首和歌〈藤原定家〉
　久保田淳校訂・訳「藤原定家全歌集 下」筑摩書房 2017 p226
永正五年狂歌合
　狂歌大観刊行会編「狂歌大観1 本篇」明治書院 1983 p39
永照寺文書
　髙松敬吉編著「伝承文学資料集成18 宮崎県日南地域盲僧資料集」三弥井書店 2004 p239
詠二首和歌〈藤原定家〉
　久保田淳校訂・訳「藤原定家全歌集 下」筑摩書房 2017 p232
永仁元年内裏御会〈書陵部蔵五〇一・三三九〉
　「新編国歌大観10」角川書店 1992 p446
詠年中行事和歌〈藤原定家〉
　久保田淳校訂・訳「藤原定家全歌集 下」筑摩書房 2017 p224
詠野花和歌〈藤原定家〉
　久保田淳校訂・訳「藤原定家全歌集 下」筑摩書房 2017 p236
詠百首誹諧
　狂歌大観刊行会編「狂歌大観1 本篇」明治書院 1983 p76
永福門院歌合 嘉元三年正月〈内閣文庫蔵本〉
　「新編国歌大観10」角川書店 1992 p288
永福門院百番自歌合〈永福門院〉
　岩佐美代子全釈「歌合・定数歌全釈叢書1 永福門院百番自歌合全釈」風間書房 2003 p5
永福門院百番自歌合〈群書類従本〉〈永福門院〉
　「新編国歌大観5」角川書店 1987 p709
永平録を読む〈良寛〉
　井上慶隆著「日本漢詩人選集11 良寛」研文出版 2002 p193
詠深山紅葉和歌〈藤原定家〉
　久保田淳校訂・訳「藤原定家全歌集 下」筑摩書房 2017 p234
緑青崩組朱塗蔦葛絵看板子持山姥〈山東京傳〉
　棚橋正博校訂「山東京傳全集12 合巻7」ぺりかん社 2017 p291
恵慶集〈恵慶〉
　川村晃生、松本真奈美校注・訳「私家集注釈叢刊16 恵慶集注釈」貴重本刊行会 2006 p7
恵慶百首〈恵慶〉
　筑紫平安文学会全釈「歌合・定数歌全釈叢書11 恵慶百首全釈」風間書房 2008 p5
恵慶法師集〈書陵部蔵五〇一・四一、越桐喜代子氏蔵本〉〈恵慶法師〉
　「新編国歌大観3」角川書店 1985 p180
駅楼の壁に題す〈菅原道真〉
　小島憲之、山本登朗訓読ほか「日本漢詩人選集1 菅原道真」研文出版 1998 p76
江口
　橋本朝生翻刻・解題「西行全集」貴重本刊行会 1990 p1080

伊藤正義校注「新潮日本古典集成 新装版〔63〕謡曲集 上」新潮社 2015 p191
馬場あき子訳「わたしの古典15 馬場あき子の謡曲集 三枝和子の狂言集」集英社 1987 p119
江口〈金春流〉大小序の舞物
　野上豊一郎編「新装解註 謡曲全集2」中央公論新社 2001 p259
絵賛常の山〈玉雲斎貞右〉
　西島孜哉,羽生紀子編「近世上方狂歌叢書28 狂歌よつの友」近世上方狂歌研究会 2001 p45
「えぞ過ぎぬ」百韻
　島津忠夫ほか編「西山宗因全集2 連歌篇二」八木書店 2007 p12
絵大名
　石川八朗ほか編「宝井其角全集〔2〕 資料篇」勉誠社 1994 p405
越後在府日記〈落首・狂歌抜粋〉
　狂歌大観刊行会編「狂歌大観2 参考篇」明治書院 1984 p52
越後道上の作〈中島棕隠〉
　入谷仙介著「日本漢詩人選集14 中島棕隠」研文出版 2002 p128
越後道中〈市河寛斎〉
　蔡毅, 西岡淳著「日本漢詩人選集9 市河寛斎」研文出版 2007 p109
越中守頼家歌合〈平安朝歌合大成〉
　「新編国歌大観2」角川書店 1987 p88
続越調韻〈越調の韻に続ぐ〉〈道元〉
　飯田利行翻訳「現代語訳 洞門禅文学集〔4〕 道元」国書刊行会 2001 p196
悦目抄
　「新編国歌大観5」角川書店 1987 p1095
江戸生艶気樺焼〈山東京傳〉
　棚橋正博校訂「山東京傳全集1 黄表紙1」ぺりかん社 1992 p183
江戸を発す〈市河寛斎〉
　李寅生著「漢詩名作集成〈日本編〉」明徳出版社 2016 p454
江戸近在所名集〔抄〕〈一漁編〉
　島津忠夫ほか編「西山宗因全集5 伝記・研究篇」八木書店古書出版部 2013 p275
江戸近在所名集後編〈安永五年刊〉〈三世一漁編〉
　加藤定彦, 外村展子編「関東俳諧叢書25 江戸編3」関東俳諧叢書刊行会 2003 p123
「江戸桜」歌仙
　加藤定彦「西山宗因全集3 俳諧篇」八木書店 2004 p396
「江戸桜」半歌仙
　宮脇真彦執筆担当「新編 芭蕉大成」三省堂 1999 p206
荏土自慢名産杖〈山東京傳〉
　棚橋正博校訂「山東京傳全集5 黄表紙5」ぺりかん社 2009 p313
江戸雀〈落首・狂歌抜粋〉
　狂歌大観刊行会編「狂歌大観2 参考篇」明治書院 1984 p186

黄金長者白金長者江戸砂子娘敵討(山東京傳)
　棚橋正博校訂「山東京傳全集5 黄表紙5」ぺりかん社 2009 p187
江戸貞門点取俳諧集(慶安五年頃刊)(編者不明(家重か))
　加藤定彦, 外村展子編「関東俳諧叢書25 江戸編3」関東俳諧叢書刊行会 2003 p3
江戸点者寄合俳諧(露葉ほか)
　伴野英一校注「新編西鶴全集5 本文篇 下」勉誠出版 2007 p815
江戸にしき(宝暦九年刊)(春堂編)
　加藤定彦, 外村展子編「関東俳諧叢書10 江戸編2」関東俳諧叢書刊行会 1997 p173
江戸の幸(安永三年刊)(秀国編)
　加藤定彦, 外村展子編「関東俳諧叢書30 絵俳書編4」関東俳諧叢書刊行会 2006 p133
江戸春一夜千両(山東京傳)
　棚橋正博校訂「山東京傳全集1 黄表紙1」ぺりかん社 1992 p247
江戸町俳諧(寛文以前成)
　加藤定彦, 外村展子編「関東俳諧叢書9 江戸編1」関東俳諧叢書刊行会 1995 p3
江戸土産
　石川八朗ほか編「宝井其角全集〔2〕資料篇」勉誠社 1994 p227
誹諧江戸名所(抄)(享保十八年刊)(貞山編)
　加藤定彦, 外村展子編「関東俳諧叢書9 江戸編1」関東俳諧叢書刊行会 1995 p51
江戸名所記(七巻七冊、寛文二年五月刊、ゑ入)(浅井了意)
　朝倉治彦編「假名草子集成7」東京堂出版 1986 p3
江戸名所記〔巻首・狂歌抜粋〕
　狂歌大観刊行会編「狂歌大観2 参考篇」明治書院 1984 p183
江戸名所百人一首(近藤助五郎清春作・画)
　狂歌大観刊行会編「狂歌大観2 参考篇」明治書院 1984 p235
江戸名跡志(明和八年刊)(二世宗瑞編)
　加藤定彦, 外村展子編「関東俳諧叢書25 江戸編3」関東俳諧叢書刊行会 2003 p101
江戸名物百題狂歌集(文々舎蟹子丸撰)
　石川了翻刻「江戸狂歌本選集12」東京堂出版 2002 p93
江戸巡り(元文三年成)(考槃斎)
　加藤定彦, 外村展子編「関東俳諧叢書9 江戸編1」関東俳諧叢書刊行会 1995 p199
画に題す〔如亭山人藁 初集〕(柏木如亭)
　入谷仙介編「日本漢詩人選集8 柏木如亭」研文出版 1999 p95
えの木
　石川八朗ほか編「宝井其角全集〔2〕資料篇」勉誠社 1994 p318
俳諧絵の山陰
　建部綾足著作刊行会編「建部綾足全集2 (俳諧II)」国書刊行会 1986 p11

江島(観世流)働物
　野上豊一郎編「新装解註 謠曲全集1」中央公論新社 2001 p275
江の島紀行(大場蓼和)
　島田筑波翻刻「古典文学翻刻集成6 続・俳文学篇 中興期(上)」ゆまに書房 1999 p195
絵半切かしくの文月(山東京山)
　髙木元校訂「江戸怪異綺想文芸大系4 山東京山伝奇小説集」国書刊行会 2003 p513
鰕(館柳湾)
　鈴木瑞枝著「日本漢詩人選集13 館柳湾」研文出版 1999 p69
恵美須神遊祭文
　岩田勝編著「伝承文学資料集成16 中国地方神楽祭文集」三弥井書店 1990 p78
狂歌戎の鯛
　海音研究会編「紀海音全集8」清文堂出版 1980 p154
箙(宝生流)カケリ物
　野上豊一郎編「新装解註 謠曲全集2」中央公論新社 2001 p43
ゑぼし桶(安永三年)(美角編)
　清登典子校注「蕪村全集8 関係俳書」講談社 1993 p285
烏帽子折(金剛流)準働物〔切組物〕
　野上豊一郎編「新装解註 謠曲全集6」中央公論新社 2001 p247
烏帽子着て(歌仙)
　長島弘明校注「蕪村全集2 連句」講談社 2001 p264
絵本御伽品鏡(鯛屋貞柳)
　狂歌大観刊行会編「狂歌大観2 参考篇」明治書院 1984 p243
絵本故事談(山本序周編)
　神谷勝広校訂「江戸怪異綺想文芸大系3 和製類書集」国書刊行会 2001 p565
絵本玉藻譚(岡田玉山作・画)
　須永朝彦訳「現代語訳 江戸の伝奇小説3 飛騨匠物語／絵本玉藻譚」国書刊行会 2002 p219
絵本名物浪花のながめ(白縁斎梅好撰)
　西島孜哉ほか編「近世上方狂歌叢書21 古新狂歌酒」近世上方狂歌研究会 1995 p23
絵本弓張月(伊丹椿園)
　福田安典校訂「江戸怪異綺想文芸大系1 都賀庭鐘・伊丹椿園集」国書刊行会 2001 p711
繪馬(金剛流)神舞物
　野上豊一郎編「新装解註 謠曲全集1」中央公論新社 2001 p183
江邨(館柳湾)
　鈴木瑞枝著「日本漢詩人選集13 館柳湾」研文出版 1999 p137
柏木ゑもん桜物語(一冊、江戸前期刊)
　朝倉治彦編「假名草子集成7」東京堂出版 1986 p127
「襟にふく」詞書(与謝蕪村)
　尾形仂, 山下一海校注「蕪村全集4 俳詩・俳文」講談社 1994 p239

『宴楽』序（与謝蕪村）
　尾形仂、山下一海校注「蕪村全集4 俳詩・俳文」講談社 1994 p229
煙霞日記（小津久足）
　津本信博編「江戸後期紀行文学全集2」新典社 2013 p55
艶賀の松
　石川八朗ほか編「宝井其角全集〔2〕 資料篇」勉誠社 1994 p417
延喜御集（書陵部蔵五〇一・八四五）（醍醐天皇）
　「新編国歌大観7」角川書店 1989 p15
延喜式祝詞解序（賀茂真淵）
　興謝野寛ほか編纂校訂「覆刻 日本古典全集〔文学編〕〔13〕 賀茂眞淵集」現代思潮社 1983 p83
縁起書（子持神社蔵）
　榎本千賀編著「伝承文学資料集成5 神道縁起物語（一）」三弥井書店 2002 p76
延慶両卿訴陳状（二条為世）
　「新編国歌大観5」角川書店 1987 p1083
遠舟千句附 幷百韵（遠舟）
　岡田彰子翻刻「古典文学翻刻集成1 俳文学篇 貞門・談林」ゆまに書房 1998 p284
遠州灘を過ぐ（勝海舟）
　李寅生著「漢詩名作集成〈日本編〉」明徳出版社 2016 p659
仙伝延寿反魂談（山東京傳）
　棚橋正博校訂「山東京傳全集2 黄表紙2」ぺりかん社 1993 p61
猿雛本『三冊子』奥書（蝶夢）
　田中道雄ほか編著「蝶夢全集」和泉書院 2013 p309
円通寺（良寛）
　井上慶隆著「日本漢詩人選集11 良寛」研文出版 2002 p32
遠島御歌合（永青文庫蔵本）（後鳥羽院撰）
　「新編国歌大観5」角川書店 1987 p592
早morning小金軽業希術艶哉女俤人（山東京傳）
　棚橋正博校訂「山東京傳全集2 黄表紙2」ぺりかん社 1993 p127
宴に侍して恭しく賦す（元田東野）
　李寅生著「漢詩名作集成〈日本編〉」明徳出版社 2016 p636
宴に侍す（大友皇子）
　李寅生著「漢詩名作集成〈日本編〉」明徳出版社 2016 p31
遠帆集
　石川八朗ほか編「宝井其角全集〔2〕 資料篇」勉誠社 1994 p159
延文百首（書陵部蔵一五四・三二）
　『新編国歌大観4』角川書店 1986 p539
延宝七己未名古屋歳旦板行之写シ（下里知足写）
　森川昭翻刻「古典文学翻刻集成3 続・俳文学篇 貞門・談林」ゆまに書房 1999 p318
延宝四年西鶴歳旦帳
　森川昭翻刻「古典文学翻刻集成3 続・俳文学篇

　貞門・談林」ゆまに書房 1999 p228
円明寺関白集（書陵部蔵五〇一・二八九）（一条実経）
　「新編国歌大観7」角川書店 1989 p476
延命冠者・千々之丞
　石川八朗ほか編「宝井其角全集〔2〕 資料篇」勉誠社 1994 p215
延明神主和歌（神宮文庫蔵本）（度会延明）
　「新編国歌大観10」角川書店 1992 p212
淵明 高臥の図（梁川星巖）
　李寅生著「漢詩名作集成〈日本編〉」明徳出版社 2016 p534
円融院扇合（陽明文庫蔵本）
　「新編国歌大観5」角川書店 1987 p58
円融院御集（書陵部蔵五〇一・八四五）（円融天皇）
　「新編国歌大観7」角川書店 1989 p54

【 お 】

「老かくるゝ」百韵
　島津忠夫ほか編「西山宗因全集2 連歌篇二」八木書店 2007 p393
笈脱だ（九十八句）
　丸山一彦校注「蕪村全集2 連句」講談社 2001 p447
追鳥狩
　石川八朗ほか編「宝井其角全集〔2〕 資料篇」勉誠社 1994 p322
笈日記〔抄〕（支考編）
　嶋中道則編「新編 芭蕉大成」三省堂 1999 p791
　嶋中道則、安田吉人編「新編 芭蕉大成」三省堂 1999 p810
　石川八朗ほか編「宝井其角全集〔2〕 資料篇」勉誠社 1994 p199
笈の小文（卯辰紀行）（松尾芭蕉）
　富山奏校注「新潮日本古典集成 新装版〔47〕 芭蕉文集」新潮社 2019 p62
　尾形仂、宮脇真彦編「新編 芭蕉大成」三省堂 1999 p330
　興謝野寛ほか編纂校訂「覆刻 日本古典全集〔文学編〕〔40〕 芭蕉全集 前編」現代思潮社 1983 p86
「笈の小文」旅行論草稿（松尾芭蕉）
　嶋中道則ほか「新編 芭蕉大成」三省堂 1999 p425
老の楽しみ抄〔抄〕（栢莚）
　嶋中道則編「新編 芭蕉大成」三省堂 1999 p802
　石川八朗ほか編「宝井其角全集〔2〕 資料篇」勉誠社 1994 p685
老の麓（明和六年刊）（文月庵周東編）
　加藤定彦、外村展子編「関東俳諧叢書8 東武獅子門編2」関東俳諧叢書刊行会 1997 p229
笈の細道跋（蝶夢）
　田中道雄ほか編著「蝶夢全集」和泉書院 2013

| おいの | 作品名 |

p305

老耳〈天理大学附属天理図書館蔵本〉(宗長)
　「連歌大観2」古典ライブラリー 2017 p223

追剃に(付句一)
　満田達夫校注「蕪村全集2 連句」講談社 2001 p125

老松(世阿弥)
　伊藤正義校注「新潮日本古典集成 新装版〔63〕謡曲集 上」新潮社 2015 p203

老松(観世流)真序舞物
　野上豊一郎編「新装解訂 謡曲全集1」中央公論新社 2001 p449

応安二年内裏和歌(神宮文庫蔵本)
　「新編国歌大観10」角川書店 1992 p502

奥羽記行(加舎白雄)
　矢羽勝幸翻刻・注ほか「増補改訂 加舎白雄全集 上」国文社 2008 p418

奥州の日記(南嶺庵梅至編)
　大谷篤蔵翻刻「古典文学翻刻集成6 続・俳文学篇 中興期(上)」ゆまに書房 1999 p280

桜花(草場船山)
　李寅生著「漢詩名作集成〈日本編〉」明徳出版社 2016 p646

桜花(広瀬旭荘)
　李寅生著「漢詩名作集成〈日本編〉」明徳出版社 2016 p592

桜花を惜む(島田忠臣)
　李寅生著「漢詩名作集成〈日本編〉」明徳出版社 2016 p136

酬王観察韻(王観察の韻に酬う)二首(道元)
　飯田利行編訳「現代語訳 洞門禅文学集〔4〕道元」国書刊行会 2001 p142

和王官人韻(王官人の韻に和す)(道元)
　飯田利行編訳「現代語訳 洞門禅文学集〔4〕道元」国書刊行会 2001 p159

和王官人韻(王官人の韻に和す)二首(道元)
　飯田利行編訳「現代語訳 洞門禅文学集〔4〕道元」国書刊行会 2001 p137

奥儀抄(藤原清輔)
　「新編国歌大観5」角川書店 1987 p992

翁忌の文(加舎白雄)
　矢羽勝幸編「増補改訂 加舎白雄全集 上」国文社 2008 p393

誹諧扇の的
　海音研究会編「紀海音全集8」清文堂出版 1980 p89

王虚庵画く蕉鹿園老集図〔如亭山人藁 初編〕(柏木如亭)
　入谷仙介著「日本漢詩人選集8 柏木如亭」研文出版 1999 p59

和王好溥官人韻(王好溥官人の韻に和す)(道元)
　飯田利行編訳「現代語訳 洞門禅文学集〔4〕道元」国書刊行会 2001 p154

逢坂越えぬ権中納言
　池田利夫訳・注「笠間文庫 原文＆現代語訳シリーズ〔5〕堤中納言物語」笠間書院 2006 p73

「あふ坂の」百韻
　島津忠夫ほか編「西山宗因全集2 連歌篇二」八木書店 2007 p348

奥州一ノ宮御本地(斎藤報恩会蔵)
　神田洋, 福田晃翻刻「伝承文学資料集成10 奥浄瑠璃集成(一)」三弥井書店 2000 p107

奥州一ノ宮御本地由来之事(斎藤報恩会蔵)
　神田洋, 福田晃翻刻「伝承文学資料集成10 奥浄瑠璃集成(一)」三弥井書店 2000 p87

奥州一見道中(西山宗因)
　石川真弘, 尾崎千佳校訂「西山宗因全集4 紀行・評点・書簡篇」八木書店 2006 p56

奥州紀行(一) 奥州紀行(西山宗因)
　石川真弘, 尾崎千佳校訂「西山宗因全集4 紀行・評点・書簡篇」八木書店 2006 p26

奥州紀行(二) 奥州塩竈記(西山宗因)
　石川真弘, 尾崎千佳校訂「西山宗因全集4 紀行・評点・書簡篇」八木書店 2006 p30

奥州紀行(三) 陸奥塩竈一見記(西山宗因)
　石川真弘, 尾崎千佳校訂「西山宗因全集4 紀行・評点・書簡篇」八木書店 2006 p32

奥州紀行(四) 松島一見記(西山宗因)
　石川真弘, 尾崎千佳校訂「西山宗因全集4 紀行・評点・書簡篇」八木書店 2006 p35

奥州紀行(五) 陸奥行脚記(西山宗因)
　石川真弘, 尾崎千佳校訂「西山宗因全集4 紀行・評点・書簡篇」八木書店 2006 p38

奥州塩竈記　→　奥州紀行(二)奥州塩竈記(おうしゅうきこう)を見よ

奥州の藤使君を哭す 九月二十二日、四十韻(菅原道真)
　興膳宏著「日本漢詩人選集 別巻 古代漢詩選」研文出版 2005 p240

王州判に寄す(雲陽)(雪村友梅)
　李寅生著「漢詩名作集成〈日本編〉」明徳出版社 2016 p202

奥州名所百番誹諧発句合(松山玖也判者)
　久富哲雄翻刻「古典文学翻刻集成3 続・俳文学篇 貞門・談林」ゆまに書房 1999 p192

王昭君(嵯峨天皇)
　李寅生著「漢詩名作集成〈日本編〉」明徳出版社 2016 p102

「王昭君」に和し奉る(朝野鹿取)
　興膳宏著「日本漢詩人選集 別巻 古代漢詩選」研文出版 2005 p134

「王昭君」に和し奉る(良岑安世)
　興膳宏著「日本漢詩人選集 別巻 古代漢詩選」研文出版 2005 p136

与王侍郎(王侍郎に与う)五首(道元)
　飯田利行編訳「現代語訳 洞門禅文学集〔4〕道元」国書刊行会 2001 p150

応制 三山を賦す(絶海中津)
　李寅生著「漢詩名作集成〈日本編〉」明徳出版社 2016 p232

王績の「杖を策きて隠士を尋ぬ」に擬す（市河寛斎）
　蔡毅、西岡淳著「日本漢詩人選集9 市河寛斎」研文出版 2007 p26

鴨東四時雑詠（中島棕隠）
　入谷仙介著「日本漢詩人選集14 中島棕隠」研文出版 2002 p25

応仁記〔落首・狂歌抜粋〕
　狂歌大観刊行会編「狂歌大観2 参考篇」明治書院 1984 p12

応仁別記〔落首・狂歌抜粋〕
　狂歌大観刊行会編「狂歌大観2 参考篇」明治書院 1984 p12

横平楽
　石川八朗ほか編「宝井其角全集〔2〕資料篇」勉誠社 1994 p449

近江田上紀行 全（橋本実麗）
　津本信博著「江戸後期紀行文学全集2」新典社 2013 p399

近江國源五郎鮒（菅専助ほか）
　土田衛ほか編「菅専助全集5」勉誠社 1993 p225

近江御息所歌合（二十巻本）
　「新編国歌大観5」角川書店 1987 p41

近江八景の図に題す（佚名氏）
　李寅生著「漢詩名作集成〈日本編〉」明徳出版社 2016 p747

鸚鵡小町
　伊達正義校注「新潮日本古典集成 新装版〔63〕謡曲集 上」新潮社 2015 p213

鸚鵡小町（喜多流）〈大小序の舞物〉
　野上豊一郎編「新装解註 謡曲全集2」中央公論新社 2001 p451

鸚鵡盃（朱楽菅江編）
　小林勇翻刻「江戸狂歌本選集3」東京堂出版 1999 p163

鸚鵡籠中記落首抄
　狂歌大観刊行会編「狂歌大観2 参考篇」明治書院 1984 p201

鴨林の秋夕（小栗十洲）
　李寅生著「漢詩名作集成〈日本編〉」明徳出版社 2016 p471

大井川の即事（伊藤仁斎）
　浅山佳郎、厳明著「日本漢詩人選集4 伊藤仁斎」研文出版 2000 p43

大堰川の即事（釈六如）
　李寅生著「漢詩名作集成〈日本編〉」明徳出版社 2016 p418

小金帽子彦惣頭巾大磯俄練物（山東京傳）
　棚橋正博校訂「山東京傳全集14 合巻9」ぺりかん社 2018 p9

大内家古実類書 山口連歌師其外之事〔抄〕（高橋有文編）
　島津忠夫ほか編「西山宗因全集5 伝記・研究篇」八木書店古書出版部 2013 p299

大団（黒田月洞軒）
　狂歌大観刊行会編「狂歌大観1 本篇」明治書院 1983 p475

大江戸倭歌集（安政七年板本）（蜂屋光世編）
　「新編国歌大観6」角川書店 1988 p890

大江元就詠草（春霞集）〈宮内庁書陵部蔵五〇一・三〇〇〉（大江元就）
　「連歌大観3」古典ライブラリー 2017 p180

大江山（喜多流）働物
　野上豊一郎編「新装解註 謡曲全集5」中央公論新社 2001 p499

大江山（羅生門）
　野村眞智子編「伝承文学資料集成20 肥後・琵琶語り集」三弥井書店 2006 p72

大鏡
　石川徹校注「新潮日本古典集成 新装版〔5〕大鏡」新潮社 2017 p9
　「新編国歌大観6」角川書店 1987 p1155
　橘健二、加藤静子校訂・訳「日本の古典をよむ11 大鏡・栄花物語」小学館 2008 p11

大隈氏の幽居に題す（広瀬淡窓）
　林田愼之助著「日本漢詩人選集15 広瀬淡窓」研文出版 2005 p148

大系図蝦夷噺（八文字自笑ほか）
　石川了翻刻「八文字屋本全集17」汲古書院 1998 p297

大斎院御集（おおさいいんぎょしゅう）→"だいさいいんぎょしゅう"を見よ

譜大坂歳旦（発句三物）（西鶴編か）
　伴野英一校注「新編西鶴全集5 本文篇 上」勉誠出版 2007 p82

大坂独吟集（鶴永（西鶴）ほか独吟）
　佐藤勝明校注「新編西鶴全集5 本文篇 上」勉誠出版 2007 p12

大坂物語（上下二冊、写本）
　青木晃校訂「假名草子集成11」東京堂出版 1990 p117

大坂物語（寛永整板本、十一行本、二巻二冊、ゑ入）
　朝倉治彦編「假名草子集成9」東京堂出版 1988 p213

大坂物語（古活字版第一種、十行、一巻一冊）
　朝倉治彦編「假名草子集成9」東京堂出版 1988 p3

大坂物語（古活字版第二種、一冊）
　菊池真一校訂「假名草子集成11」東京堂出版 1990 p91

大坂物語（古活字版第三種、十二行、一巻一冊、「大坂城之畫図」）
　朝倉治彦編「假名草子集成9」東京堂出版 1988 p29

大坂物語（古活字版第四種、十一行、二巻二冊）
　朝倉治彦編「假名草子集成9」東京堂出版 1988 p57

大さか物語（古活字版第五種、十一行、二巻二冊）
　朝倉治彦編「假名草子集成9」東京堂出版 1988 p109

大坂物語（古活字版第六種、十二行、二巻二冊）
　朝倉治彦編「假名草子集成9」東京堂出版 1988

p161
大硯（西海編）
    竹下義人校注「新編西鶴全集5 本文篇 上」勉誠出版 2007 p231
大槻磐渓詩集に題す（広瀬旭荘）
    大野修作著「日本漢詩人選集16 広瀬旭荘」研文出版 1999 p201
大槻盤水が六句を寿く 三首（選一首）（市河寛斎）
    蔡毅、西岡淳著「日本漢詩人選集9 市河寛斎」研文出版 2007 p195
大伴池主への答詩（大伴家持）
    興膳宏著「日本漢詩人選集 別巻 古代漢詩選」研文出版 2005 p40
大友皇子玉座靴（紀海音）
    海音研究会編「紀海音全集6」清文堂出版 1979 p265
大社（観世流）楽物
    野上豊一郎編「新装解註 謡曲全集1」中央公論新社 2001 p397
送大山瑞巌（西郷隆盛）
    松尾善弘著「西郷隆盛漢詩全集 増補改訂版」斯文堂 2018 p70
大山祇神社百首和歌（大山祇神社蔵本）
    「新編国歌大観10」角川書店 1992 p503
大寄噺の尻馬（小本）（月亭生瀬ほか戯作）
    岡雅彦編著「伝承文学資料集成14 近世咄本集」三弥井書店 1988 p195
大寄噺の尻馬（半紙本）（浪華梅翁ほか）
    岡雅彦編著「伝承文学資料集成14 近世咄本集」三弥井書店 1988 p27
笑話於臍茶（山東京傳）
    棚橋正博校訂「山東京傳全集1 黄表紙1」ぺりかん社 1992 p69
岡部日記（賀茂真淵）
    與謝野寛ほか編纂校訂「覆刻 日本古典全集〔文学編〕〔13〕 賀茂眞淵集」現代思潮社 1983 p162
小瓶の稱辞（賀茂真淵）
    與謝野寛ほか編纂校訂「覆刻 日本古典全集〔文学編〕〔13〕 賀茂眞淵集」現代思潮社 1983 p127
岡山俊正集め句（西山宗因）
    島津忠夫ほか編「西山宗因全集6 解題・索引篇」八木書店古書出版部 2017 p89
小川不関入道焼捨〔抄〕（小川俊方）
    島津忠夫ほか編「西山宗因全集5 伝記・研究篇」八木書店古書出版部 2013 p243
小河原雨塘訪問の文（加舎白雄）
    矢羽勝幸編「増補改訂 加舎白雄全集 上」国文社 2008 p382
興風集（書陵部蔵五〇一・一一五）（藤原興風）
    「新編国歌大観3」角川書店 1985 p28
「置炭や」表六句
    宮脇真彦執筆担当「新編 芭蕉大成」三省堂 1999 p209
隠岐高田明神百首（高田神社蔵本）
    「新編国歌大観10」角川書店 1992 p517

翁（観世流）
    野上豊一郎編「新装解註 謡曲全集1」中央公論新社 2001 p73
翁草（伊丹椿園）
    福田安典校訂「江戸怪異綺想文芸大系2 都賀庭鐘・伊丹椿園集」国書刊行会 2001 p477
翁草〔抄〕（神沢杜口編）
    島津忠夫ほか編「西山宗因全集5 伝記・研究篇」八木書店古書出版部 2013 p283
翁草称美の辞（蝶夢）
    田中道雄ほか編著「蝶夢全集」和泉書院 2013 p273
翁草跋（蝶夢）
    田中道雄ほか編著「蝶夢全集」和泉書院 2013 p331
おぎのかぜ
    建部綾足著作刊行会編「建部綾足全集2（俳諧II）」国書刊行会 1986 p35
「荻の声」百韻（西山宗因評点）
    井上敏幸、尾崎千佳校訂「西山宗因全集4 紀行・評点・書簡篇」八木書店 2006 p97
「起臥し」歌仙
    宮脇真彦執筆担当「新編 芭蕉大成」三省堂 1999 p233
置みやげ（由縁斎貞柳）
    狂歌大観刊行会編「狂歌大観1 本篇」明治書院 1983 p694
置土産
    海音研究会編「紀海音全集8」清文堂出版 1980 p153
置土産（享保三年刊）（訥子編）
    加藤定彦、外村展子編「関東俳諧叢書2 江戸座編2」関東俳諧叢書刊行会 1994 p147
置土産今織上布（菅専助ほか）
    土田衛ほか編「菅専助全集4」勉誠社 1993 p321
をぐなゝぶり（建部綾足）
    建部綾足著作刊行会編「建部綾足全集3（俳諧III）」国書刊行会 1986 p103
「奥庭も」発句・脇
    宮脇真彦執筆担当「新編 芭蕉大成」三省堂 1999 p266
奥ノ紀行（享保八年刊）（琴風編）
    加藤定彦、外村展子編「関東俳諧叢書1 江戸座編1」関東俳諧叢書刊行会 1994 p143
奥の枝折（柳條編）
    久富哲雄翻刻「古典文学翻刻集成7 続・俳文学篇 中興期（下）」ゆまに書房 1999 p217
おくのほそ道（松尾芭蕉）
    雲英末雄著「古典名作リーディング3 芭蕉集」貴重本刊行会 2000 p41
    富山奏校注「新潮日本古典集成 新装版〔47〕 芭蕉文集」新潮社 2019 p106
    尾形仂、宮脇真彦編「新編 芭蕉大成」三省堂 1999 p336
    井本農一、久富哲雄校訂・訳「日本の古典をよむ20 おくのほそ道 芭蕉・蕪村・一茶名句集」小学館 2008 p11

鈴木健一ほか注釈「三弥井古典文庫〔4〕 おくのほそ道」三弥井書店 2007 p1
竹西寛子訳「わたしの古典18 竹西寛子の松尾芭蕉集・与謝蕪村集」集英社 1987 p93

奥の細道（松尾芭蕉）
　奥謝野寛ほか編纂校訂「覆刻 日本古典全集〔文学編〕〔40〕 芭蕉全集 前編」現代思潮社 1983 p100

奥の細道奥書（蝶夢）
　田中道雄ほか編著「蝶夢全集」和泉書院 2013 p262

『奥の細道』小見（五）
　石川八朗ほか編「宝井其角全集〔2〕 資料篇」勉誠社 1994 p80

奥細道洗心抄（葛菴舎来）
　雲英末雄ほか翻刻「古典文学翻刻集成7 続・俳文学篇 中興期（下）」ゆまに書房 1999 p318

奉呈奥宮先生（西郷隆盛）
　松尾善弘著「西郷隆盛漢詩全集 増補改訂版」斯文堂 2018 p276

をくらの塵
　海音研究会「紀海音全集8」清文堂出版 1980 p36

をぐら物語（三巻三冊、寛文元年十一月刊、ゑ入）
　朝倉治彦編「假名草子集成8」東京堂出版 1987 p3

小倉山時雨珍説（山東京傳）
　棚橋正博校訂「山東京傳全集1 黄表紙1」ぺりかん社 1992 p445

をぐり
　室木弥太郎校注「新潮日本古典集成 新装版〔33〕 説経集」新潮社 2017 p209

小栗判官
　野村眞智子編「伝承文学資料集成20 肥後・琵琶語り集」三弥井書店 2006 p75

おくれ双六
　石川八朗ほか編「宝井其角全集〔2〕 資料篇」勉誠社 1994 p20

後れ馳
　石川八朗ほか編「宝井其角全集〔2〕 資料篇」勉誠社 1994 p286

「お詞の」百韻
　加藤定彦「西山宗因全集3 俳諧篇」八木書店 2004 p393

小塩（金春禅竹）
　伊藤正義校注「新潮日本古典集成 新装版〔63〕 謡曲集 上」新潮社 2015 p223

小鹽（喜多流）太鼓序の舞物
　野上豊一郎編「新裝解註 謡曲全集3」中央公論新社 2001 p155

小島の口ずさみ（二条良基）
　「新編国歌大観10」角川書店 1992 p1062

小島のすさみ（二条良基）
　伊藤敬編・評釈「中世日記紀行文学全評釈集成6」勉誠出版 2004 p1

「惜むとて」百韻
　島津忠夫ほか編「西山宗因全集2 連歌篇二」八木書店 2007 p176

汚塵集〈天理大学附属天理図書館蔵本〉（三浦爲春（定環）自撰）
　「連歌大観3」古典ライブラリー 2017 p336

於杉於玉二身之仇討（山東京傳）
　水野稔ほか校訂「山東京傳全集6 合巻1」ぺりかん社 1995 p189

小槻量実句集〈早稲田大学横山重旧蔵本〉（小槻量実）
　「連歌大観1」古典ライブラリー 2016 p264

「おそくとき」百韻
　島津忠夫ほか編「西山宗因全集2 連歌篇二」八木書店 2007 p359

恐可志（鼻山人）
　武藤元昭校訂「人情本選集2 恐可志」太平書屋 1993 p63

「御尋に」歌仙
　宮脇真彦執筆担当「新編 芭蕉大成」三省堂 1999 p234

小田館雙生日記（菅専助）
　土田衞ほか編「菅専助全集1」勉誠社 1990 p311

小田原軍記〔落首・狂歌抜粋〕
　狂歌大観刊行会編「狂歌大観2 参考篇」明治書院 1984 p32

落窪物語
　稲賀敬二校注「新潮日本古典集成 新装版〔6〕 落窪物語」新潮社 2017 p5
　「新編国歌大観5」角川書店 1987 p1343

「落来るや」句文（松尾芭蕉）
　嶋中道則ほか「新編 芭蕉大成」三省堂 1999 p401

「落来るや」発句・脇
　宮脇真彦執筆担当「新編 芭蕉大成」三省堂 1999 p229

遠近草（写本、三冊）
　朝倉治彦編「假名草子集成23」東京堂出版 1998 p157

遠近草〔落首・狂歌抜粋〕
　狂歌大観刊行会編「狂歌大観2 参考篇」明治書院 1984 p45

落葉（金剛流）大小序の舞物
　野上豊一郎編「新裝解註 謡曲全集3」中央公論新社 2001 p99

落葉籠（延享元年成）（裏梅子、杏花編）
　加藤定彦、外村展子編「関東俳諧叢書7 東武獅子門編1」関東俳諧叢書刊行会 1995 p47

狂歌落穂集（無為楽）
　西島孜哉ほか編「近世上方狂歌叢書24 狂歌気のくすり」近世上方狂歌研究会 1997 p23

乙夜隨筆〔乙鶴句抜粋〕（霊元天皇撰）
　伴野英一校注「新編西鶴全集5 本文篇 下」勉誠出版 2007 p1077

憶弟信吾在佛国（西郷隆盛）
　松尾善弘著「西郷隆盛漢詩全集 増補改訂版」斯文堂 2018 p77

寄弟隆武留學京都（西郷隆盛）
　松尾善弘著「西郷隆盛漢詩全集 増補改訂版」斯文

おとき　　　　　　　　　　作品名

堂 2018 p82

御伽太平記（八文字其笑，八文字瑞笑）
　倉員正江翻刻「八文字屋本全集21」汲古書院 2000 p307

御伽名題紙衣（江島其磧）
　岡雅彦翻刻「八文字屋本全集14」汲古書院 1997 p305

御伽比丘尼（清雲尼）
　西村本小説研究会編「西村本小説全集 下」勉誠社 1985 p129

御伽百物語（青木鷺水）
　藤川雅恵注釈ほか「三弥井古典文庫〔5〕御伽百物語」三弥井書店 2017 p1

御伽平家（江島其磧）
　長友千代治翻刻「八文字屋本全集10」汲古書院 1995 p217

御伽平家後風流扇子軍（江島其磧）
　長友千代治翻刻「八文字屋本全集10」汲古書院 1995 p295

おとぎばうこ（十三巻十三冊、寛文六年三月刊、ゑ入）（浅井了意）
　朝倉治彦編「假名草子集成7」東京堂出版 1986 p143

伽婢子（浅井了意）
　渡辺守邦翻刻「浅井了意全集 仮名草子編5」岩田書院 2015 p61

岩藤左衛門尾上之助男草履打（山東京傳）
　水野稔ほか校訂「山東京傳全集9 合巻4」ぺりかん社 2006 p289

濡髪放駒侠俠双蜘蜴（山東京傳）
　水野稔ほか校訂「山東京傳全集7 合巻2」ぺりかん社 1999 p9

男重宝記（おとこちょうほうき）→ "なんちょうほうき"を見よ

男風流
　石川八朗ほか編「宝井其角全集〔2〕資料篇」勉誠社 1994 p315

乙女（紫式部）
　與謝野寛ほか編纂校訂「覆刻 日本古典全集〔文学編〕〔17〕源氏物語 二」現代思潮社 1982 p143
　円地文子訳「わたしの古典7 円地文子の源氏物語 巻2」集英社 1985 p57

少女（紫式部）
　石田穣二，清水好子校注「新潮日本古典集成 新装版〔12〕源氏物語 三」新潮社 2014 p215
　阿部秋生ほか校訂・訳「日本の古典をよむ9 源氏物語 上」小学館 2008 p252

乙矢集
　石川八朗ほか編「宝井其角全集〔2〕資料篇」勉誠社 1994 p328

踊発会金糸腰蓑（礒馴松金糸腰蓑）（山東京傳）
　棚橋正博校訂「山東京傳全集14 合巻9」ぺりかん社 2018 p433

「驚くや」百韻
　島津忠夫ほか編「西山宗因全集2 連歌篇二」八木書店 2007 p86

「おどろけや」百韻（西山宗因）
　加藤定彦「西山宗因全集3 俳諧篇」八木書店 2004 p225

おなつ蘇甦物語（釈義貫聞書）
　平田徳校訂「江戸怪異綺想文芸大系5 近世民間異聞怪談集成」国書刊行会 2003 p971

鬼鹿毛無佐志鐙（紀海音）
　海音研究会編「紀海音全集1」清文堂出版 1977 p107

酒神餅神鬼殺心角樽（山東京傳）
　棚橋正博校訂「山東京傳全集4 黄表紙4」ぺりかん社 2004 p35

『鬼貫句選』跋（与謝蕪村）
　尾形仂，下一海校注「蕪村全集4 俳詩・俳文」講談社 1994 p99

をのが光〔抄〕（車庸編）
　嶋中道則編「新編 芭蕉大成」三省堂 1999 p789

己か光
　石川八朗ほか編「宝井其角全集〔2〕資料篇」勉誠社 1994 p122

「己がやも」百韻（西山宗因）
　島津忠夫ほか編「西山宗因全集2 連歌篇二」八木書店 2007 p432

自ら詠ず（島田忠臣）
　興膳宏著「日本漢詩人選集 別巻 古代漢詩選」研文出版 2005 p203

小野小町都年玉（紀海音）
　海音研究会編「紀海音全集2」清文堂出版 1977 p1

小野篁恋釣船（八文字其笑，八文字瑞笑）
　中嶋隆翻刻「八文字屋本全集19」汲古書院 1999 p151

小野篁集
　平野由紀子全釈「私家集全釈叢書3 小野篁集全釈」風間書房 1988 p37

小野宮右衛門督君達歌合（続群書類従本）
　「新編国歌大観5」角川書店 1987 p62

小野宮殿実頼集（藤原実頼）
　藤川晶子ほか全釈「私家集全釈叢書31 小野宮殿実頼集・九条殿師輔集全釈」風間書房 2002 p53

尾道浄土寺弘法大師絵伝八幅
　渡邊昭五解説「伝承文学資料集成15 宗祖高僧絵伝（絵解き）集」三弥井書店 1996 p57

姨捨
　伊藤正義校注「新潮日本古典集成 新装版〔63〕謡曲集 上」新潮社 2015 p235

姨捨（宝生流）太鼓序の舞物
　野上豊一郎編「新装解註 謡曲全集2」中央公論新社 2001 p489

姨捨元旦の文（加舎白雄）
　矢羽勝幸編「増補改訂 加舎白雄全集 上」国文社 2008 p371

姨捨山十六夜観月の文（加舎白雄）
　矢羽勝幸編「増補改訂 加舎白雄全集 上」国文社

2008 p361
大原御幸（観世流）大小舞なし物
　野上豊一郎編「新装解註 謡曲全集3」中央公論新社 2001 p125
御冷
　橋本朝生翻刻・解題「西行全集」貴重本刊行会 1990 p1114
朧月（歌仙）
　光田和伸校注「蕪村全集2 連句」講談社 2001 p196
おぼろぶね（宝暦十四年刊）（如風編）
　加藤定彦, 外村展子編「関東俳諧叢書10 江戸編2」関東俳諧叢書刊行会 1997 p219
女郎花
　伊藤正義校注「新潮日本古典集成 新装版〔63〕謡曲集 上」新潮社 2015 p245
女郎花物語（三巻三冊、万治四年初春刊、ゑ入）
　朝倉治彦編「假名草子集成8」東京堂出版 1987 p55
女郎花物語（写本、二冊）
　朝倉治彦編「假名草子集成8」東京堂出版 1987 p163
女郎花（金剛流）カケリ物
　野上豊一郎編「新装解註 謡曲全集4」中央公論新社 2001 p277
御室五十首
　松野陽一, 吉田薫編「藤原俊成全歌集」笠間書院 2007 p461
御室五十首（書陵部蔵五〇一・七九五）
　「新編国歌大観4」角川書店 1986 p615
御室撰歌合
　松野陽一, 吉田薫編「藤原俊成全歌集」笠間書院 2007 p554
御室撰歌合（永青文庫蔵本）
　「新編国歌大観10」角川書店 1992 p218
懐い有り四首（良寛）
　井上慶隆著「日本漢詩人選集11 良寛」研文出版 2002 p152
「おもひ入」歌仙（一）（西山宗因）
　加藤定彦「西山宗因全集3 俳諧篇」八木書店 2004 p491
「おもひ入」歌仙（二）（西山宗因）
　加藤定彦「西山宗因全集3 俳諧篇」八木書店 2004 p492
懐いを書す 二首〔如亭山人藳 初集〕（柏木如亭）
　入谷仙介著「日本漢詩人選集8 柏木如亭」研文出版 1999 p57
懐いを別府の矢田子朴に寄す（広瀬淡窓）
　林田愼之助著「日本漢詩人選集15 広瀬淡窓」研文出版 2005 p188
「思ひ立」十二句
　宮脇真彦執筆担当「新編 芭蕉大成」三省堂 1999 p196
「思ひ出や」百韻
　島津忠夫ほか編「西山宗因全集2 連歌篇二」八木書店 2007 p29

おもふこと（歌仙）
　長島弘明校注「蕪村全集2 連句」講談社 2001 p72
「思ふこと」狂歌（元禄三年）（松尾芭蕉）
　宮脇真彦執筆担当「新編 芭蕉大成」三省堂 1999 p320
「重々と」歌仙
　宮脇真彦執筆担当「新編 芭蕉大成」三省堂 1999 p316
おもかげ集（加舎白雄撰）
　矢羽勝幸編「増補改訂 加舎白雄全集 下」国文社 2008 p15
面影塚こと葉（加舎白雄）
　矢羽勝幸編「増補改訂 加舎白雄全集 上」国文社 2008 p363
「おもかげも」詞書（与謝蕪村）
　尾形仂, 山下一海校注「蕪村全集4 俳詩・俳文」講談社 1994 p241
「おもかげや」句文（松尾芭蕉）
　嶋中道則ほか「新編 芭蕉大成」三省堂 1999 p395
「おもしろうて」句文（松尾芭蕉）
　嶋中道則ほか「新編 芭蕉大成」三省堂 1999 p394
「おもしろき」句文（松尾芭蕉）
　嶋中道則ほか「新編 芭蕉大成」三省堂 1999 p440
「面白し」三つ物
　宮脇真彦執筆担当「新編 芭蕉大成」三省堂 1999 p210
面白の（百韻）
　満田達夫校注「蕪村全集2 連句」講談社 2001 p9
おもろさうし
　島村幸一著「コレクション日本歌人選056 おもろさうし」笠間書院 2012 p2
「思はずよ」百韻（西山宗因）
　島津忠夫ほか編「西山宗因全集2 連歌篇二」八木書店 2007 p114
思いぬ方にとまかりする少将
　池上利夫訳・注「笠間文庫 原文＆現代語訳シリーズ〔5〕堤中納言物語」笠間書院 2006 p113
親うくひす
　石川八朗ほか「宝井其角全集〔2〕 資料篇」勉誠社 1994 p494
親を夢む（細井平洲）
　李寅生著「漢詩名作集成〈日本編〉」明徳出版社 2016 p405
おらが春（抄）（小林一茶）
　揖斐高注訳・解説「古典名作リーディング1 蕪村・一茶集」貴重本刊行会 2000 p301
阿蘭陀丸二番船（抜抄）（宗円編）
　竹下義人校注「新編西鶴全集5 本文篇 上」勉誠出版 2007 p462
　加藤定彦「西山宗因全集3 俳諧篇」八木書店 2004 p531
　島津忠夫ほか編「西山宗因全集5 伝記・研究篇」八木書店古書出版部 2013 p238

折々草〈建部綾足〉
　建部綾足著作刊行会編「建部綾足全集6（文集）」国書刊行会 1987 p133
「折おりや」発句・脇
　宮脇真彦執筆担当「新編 芭蕉大成」三省堂 1999 p302
「折ふしの」五十韻〈西山宗因評点〉
　井上敏幸、尾崎千佳校訂「西山宗因全集4 紀行・評点・書簡篇」八木書店 2006 p122
於六櫛木曾仇討〈山東京傳〉
　水野稔ほか校訂「山東京傳全集6 合巻1」ぺりかん社 1995 p9
大蛇〈金剛流〉働物
　野上豊一郎編「新装解註 謠曲全集6」中央公論新社 2001 p83
尾張大根〈写本、二巻二冊、寛文十二年跋〉
　朝倉治彦編「假名草子集成8」東京堂出版 1987 p129
終りに臨む〈大津皇子〉
　李寅生著「漢詩名作集成〈日本編〉」明徳出版社 2016 p35
延命長尺御誂染長寿小紋〈山東京傳〉
　棚橋正博校訂「山東京傳全集4 黄表紙4」ぺりかん社 2004 p563
温故日録跋〈西山宗因〉
　石川真弘、尾崎千佳校訂「西山宗因全集4 紀行・評点・書簡篇」八木書店 2006 p65
温故集
　石川八朗ほか編「宝井其角全集〔2〕資料篇」勉誠社 1994 p513
『温故集』序〈与謝蕪村（存疑作）〉
　尾形仂、山下一海校注「蕪村全集4 俳詩・俳文」講談社 1994 p249
詠恩地左近〈西郷隆盛〉
　松尾善弘著「西郷隆盛漢詩全集 増補改訂版」斯文堂 2018 p166
園城寺の絶頂〈伊藤仁斎〉
　浅山佳郎、厳明著「日本漢詩人選集4 伊藤仁斎」研文出版 2000 p31
温泉途中〈西郷隆盛〉
　松尾善弘著「西郷隆盛漢詩全集 増補改訂版」斯文堂 2018 p141
温泉閑居〈西郷隆盛〉
　松尾善弘著「西郷隆盛漢詩全集 増補改訂版」斯文堂 2018 p136
温泉偶作〈西郷隆盛〉
　松尾善弘著「西郷隆盛漢詩全集 増補改訂版」斯文堂 2018 p128
　松尾善弘著「西郷隆盛漢詩全集 増補改訂版」斯文堂 2018 p129
温泉即景（一）〈西郷隆盛〉
　松尾善弘著「西郷隆盛漢詩全集 増補改訂版」斯文堂 2018 p131
温泉即景（二）〈西郷隆盛〉
　松尾善弘著「西郷隆盛漢詩全集 増補改訂版」斯文堂 2018 p133

温泉寓居作〈西郷隆盛〉
　松尾善弘著「西郷隆盛漢詩全集 増補改訂版」斯文堂 2018 p125
温泉寓居雑吟（一）〈西郷隆盛〉
　松尾善弘著「西郷隆盛漢詩全集 増補改訂版」斯文堂 2018 p203
温泉寓居雑吟（二）〈西郷隆盛〉
　松尾善弘著「西郷隆盛漢詩全集 増補改訂版」斯文堂 2018 p268
温泉寓居雑吟（三）〈西郷隆盛〉
　松尾善弘著「西郷隆盛漢詩全集 増補改訂版」斯文堂 2018 p130
温泉寓居待友人來〈西郷隆盛〉
　松尾善弘著「西郷隆盛漢詩全集 増補改訂版」斯文堂 2018 p140
温泉寓居近于浴堂放歌亂舞譁雜沓亦甚故閉戸而避其煩焉〈西郷隆盛〉
　松尾善弘著「西郷隆盛漢詩全集 増補改訂版」斯文堂 2018 p124
音長法師追悼和歌跋〈蝶夢〉
　田中道雄ほか編著「蝶夢全集」和泉書院 2013 p259
穏渡の歌〈広瀬旭荘〉
　大野修作著「日本漢詩人選集16 広瀬旭荘」研文出版 1999 p15
御塔門〈梁川星巌〉
　李寅生著「漢詩名作集成〈日本編〉」明徳出版社 2016 p538
をむなかゝみ〈三巻三冊、慶安三年刊〉〈津阪孝綽〉
　朝倉治彦、深沢秋男編「假名草子集成10」東京堂出版 1989 p3
「女倶して」句文〈与謝蕪村〉
　尾形仂、山下一海校注「蕪村全集4 俳詩・俳文」講談社 1994 p128
女孝経巻之上〈辻原元甫〉
　柳沢昌紀翻刻「假名草子集成40」東京堂出版 2006 p6
女孝経巻之下〈辻原元甫〉
　柳沢昌紀翻刻「假名草子集成40」東京堂出版 2006 p21
女五経〈五巻五冊、延宝三年刊、絵入〉〈小亀益英〉
　朝倉治彦、深沢秋男編「假名草子集成10」東京堂出版 1989 p79
女殺油地獄〈近松門左衛門〉
　田中澄江訳「わたしの古典17 田中澄江の心中天の網島」集英社 1986 p223
女式目〈三巻三冊、絵入〉
　朝倉治彦、深沢秋男編「假名草子集成11」東京堂出版 1990 p195
女式目并儒仏物語〈三巻三冊、万治三年刊、絵入〉〈最登波留〉
　朝倉治彦、深沢秋男編「假名草子集成11」東京堂出版 1990 p141
女四書〈明暦二年三月三書肆板、七巻七冊〉〈辻原元甫〉
　柳沢昌紀翻刻「假名草子集成40」東京堂出版 2006 p1

女四宮歌合（陽明文庫蔵二十巻本）
　「新編国歌大観5」角川書店 1987 p56
女俊寛雪花道（山東京傳）
　清水正男、棚橋正博校訂「山東京傳全集10 合巻5」ぺりかん社 2014 p55
をんな仁義物語（二巻二冊、万治二年刊、絵入）
　朝倉治彦、深沢秋男編「假名草子集成10」東京堂出版 1989 p173
女蟬丸（西沢一風）
　神津武男翻刻「西沢一風全集5」汲古書院 2005 p1
女曽我兄弟鑑（江島其磧）
　神谷勝広翻刻「八文字屋本全集8」汲古書院 1995 p157
女大名丹前能（西沢一風）
　杉本和寛翻刻「西沢一風全集2」汲古書院 2003 p1
女達三日月於僊（山東京傳）
　水野稔ほか校訂「山東京傳全集7 合巻2」ぺりかん社 1999 p87
女達磨之由来文法語（山東京傳）
　棚橋正博校訂「山東京傳全集12 合巻7」ぺりかん社 2017 p367
女非人綴錦（八文字自笑ほか）
　花田富二夫翻刻「八文字屋本全集16」汲古書院 1998 p363
女将門七人化粧（江島其磧）
　中嶋隆翻刻「八文字屋本全集9」汲古書院 1995 p327
神田利生王子神徳女将門七人化粧（山東京傳）
　棚橋正博校訂「山東京傳全集3 黄表紙3」ぺりかん社 2001 p155
女みだれかミけうくん物語（一冊、寛文十三年刊、絵入）
　朝倉治彦、深沢秋男編「假名草子集成10」東京堂出版 1989 p201
女論語巻之上（辻原元甫）
　柳沢昌紀翻刻「假名草子集成40」東京堂出版 2006 p44
女論語巻之下（辻原元甫）
　柳沢昌紀翻刻「假名草子集成40」東京堂出版 2006 p59
御弓ノ上ノ神事
　岩田勝編著「伝承文学資料集成16 中国地方神楽祭文集」三弥井書店 1990 p60

【か】

貝合
　池田利夫訳・注「笠間文庫 原文＆現代語訳シリーズ〔5〕堤中納言物語」笠間書院 2006 p95
開庵賀集（仮称）（寛延四年刊か）（祇十編）
　加藤定彦、外村展子編「関東俳諧叢書23 四時観編3」関東俳諧叢書刊行会 2002 p93
怪異前席夜話（反古斎）
　近藤瑞木校訂「江戸怪異綺想文芸大系1 初期江戸読本怪談集」国書刊行会 2000 p211
海鴎の歌〔如亭山人藁 巻三〕（柏木如亭）
　入谷仙介著「日本漢詩人選集8 柏木如亭」研文出版 1999 p152
貝おほひ（松尾芭蕉撰）
　小林祥次郎執筆担当「新編 芭蕉大成」三省堂 1999 p543
　與謝野寛ほか編纂校訂「覆刻 日本古典全集〔文学編〕〔40〕芭蕉全集 前編」現代思潮社 1983 p161
海音集
　石川八朗ほか編「宝井其角全集〔2〕資料篇」勉誠社 1994 p472
言水追福海音集（金毛斎方設編）
　雲英末雄翻刻「古典文学翻刻集成6 続・俳文学篇 中興期（上）」ゆまに書房 1999 p67
海音等前句付集
　海音研究会編「紀海音全集8」清文堂出版 1980 p73
貝殻集（成安予撰、秀政補撰）
　今栄蔵翻刻「古典文学翻刻集成1 俳文学篇 貞門・談林」ゆまに書房 1998 p78
懐旧四首（広瀬淡窓）
　林田愼之助著「日本漢詩人選集15 広瀬淡窓」研文出版 2005 p36
懐旧之発句識語（蝶夢）
　田中道雄ほか編著「蝶夢全集」和泉書院 2013 p346
海公と茶を飲みて山に帰るを送る（嵯峨天皇）
　興膳宏著「日本漢詩人選集 別巻 古代漢詩選」研文出版 2005 p112
廻国雑記（道興）
　高橋良雄編・評釈「中世日記紀行文学全評釈集成7」勉誠出版 2004 p1
廻国雑記〔落首・狂歌抜粋〕
　狂歌大観刊行会編「狂歌大観2 参考篇」明治書院 1984 p14
骸骨画賛（松尾芭蕉）
　嶋中道則ほか「新編 芭蕉大成」三省堂 1999 p440
骸骨の絵讃（松尾芭蕉）
　富山奏校注「新編日本古典集成 新装版〔47〕芭蕉文集」新潮社 2019 p259
亥児 伊香保温泉に浴す、此を寄す（市河寛斎）
　蔡毅、西岡淳著「日本漢詩人選集9 市河寛斎」研文出版 2007 p124
亥児の書を得ざること百数日、秋初崎陽より発し、秋杪を歴て始めて達す。喜びを志す四首（選二首）（市河寛斎）
　蔡毅、西岡淳著「日本漢詩人選集9 市河寛斎」研文出版 2007 p151
海上 誠斎の体に倣う（市河寛斎）
　蔡毅、西岡淳著「日本漢詩人選集9 市河寛斎」研文出版 2007 p187

海上の月夜(菅原道真)
    小島憲之、山本登朗訓読ほか「日本漢詩人選集1 菅原道真」研文出版 1998 p32
海上物語(二巻二冊、寛文六年刊、絵入)
    朝倉治彦、深沢秋男編「假名草子集成13」東京堂出版 1992 p3
凱陣八嶋(西鶴)
    竹野静雄校注「新編西鶴全集5 本文篇 下」勉誠出版 2007 p1216
示外甥政直(西郷隆盛)
    松尾善弘著「西郷隆盛漢詩全集 増補改訂版」斯文堂 2018 p109
会席二十五禁(宗祇)
    島津忠夫ほか編「西山宗因全集5 伝記・研究篇」八木書店古書出版部 2013 p14
戒殺放生物語(四巻四冊、寛文四年刊、絵入)
    朝倉治彦、深沢秋男編「假名草子集成13」東京堂出版 1992 p51
戒殺物語・放生物語(浅井了意)
    湯浅佳子翻刻「浅井了意全集 仮名草子編4」岩田院 2013 p427
凱旋 感有り(乃木石樵)
    李寅生著「漢詩名作集成〈日本編〉」明徳出版社 2016 p764
甲斐餞別(寛延四年成)(由林編)
    加藤定彦、外村展子編「関東俳諧叢書16 両毛・甲斐編2」関東俳諧叢書刊行会 1998 p185
開祖下火録(一休宗純)
    平野宗浄監修「一休和尚全集3 自戒集・一休年譜」春秋社 2003 p287
    石井恭二編「一休和尚大全 下」河出書房新社 2008 p203
開祖下火録 原文(一休宗純)
    平野宗浄訳注「一休和尚全集3 自戒集・一休年譜」春秋社 2003 p369
海賊(上田秋成)
    美山靖校注「新潮日本古典集成 新装版〔48〕春雨物語 書初機嫌海」新潮社 2014 p37
    一戸渉注釈ほか「三弥井古典文庫〔10〕 春雨物語」三弥井書店 2012 p60
    大庭みな子訳「わたしの古典19 大庭みな子の雨月物語」集英社 1987 p177
怪談(一巻一冊、写本、片カナ)
    朝倉治彦、深沢秋男編「假名草子集成12」東京堂出版 1991 p67
怪談(二巻一冊、写本、平かな)
    朝倉治彦、深沢秋男編「假名草子集成12」東京堂出版 1991 p129
怪談記野狐名玉(谷川琴生糸)
    高松亮太校訂「江戸怪談文芸名作選4 動物怪談集」国書刊行会 2018 p175
怪談見聞実記(中西敬房)
    小笠原広安校訂「江戸怪談文芸名作選4 動物怪談集」国書刊行会 2018 p303
怪談全書(五巻五冊、元禄十一年刊、片カナ、絵入)
    朝倉治彦、深沢秋男編「假名草子集成12」東京堂出版 1991 p3

会談三組盃(山東京傳)さらやしきろくろむすめかさね
    棚橋正博校訂「山東京傳全集12 合巻7」ぺりかん社 2017 p63
怪談名香富貴玉(谷川琴生糸)
    田丸真理子校訂「江戸怪談文芸名作選4 動物怪談集」国書刊行会 2018 p243
怪談摸摸夢字彙(山東京傳)
    棚橋正博校訂「山東京傳全集5 黄表紙5」ぺりかん社 2009 p67
怪談(二巻二冊、写本、片カナ)
    朝倉治彦、深沢秋男編「假名草子集成12」東京堂出版 1991 p195
怪談録前集(五巻五冊、不角序刊、絵入)
    朝倉治彦、深沢秋男編「假名草子集成13」東京堂出版 1992 p119
解嘲(副島蒼海)
    李寅生著「漢詩名作集成〈日本編〉」明徳出版社 2016 p684
お花半七開帳利益札遊合(山東京傳)
    棚橋正博校訂「山東京傳全集1 黄表紙1」ぺりかん社 1992 p11
会通己恍惚照子(山東京傳)
    棚橋正博校訂「山東京傳全集1 黄表紙1」ぺりかん社 1992 p401
海道記
    「新編国歌大観5」角川書店 1987 p1278
海南行(細川頼之)
    李寅生著「漢詩名作集成〈日本編〉」明徳出版社 2016 p223
懐風藻
    與謝野寛ほか校訂「覆刻 日本古典全集〔文学編〕〔12〕懐風藻 凌雲集 文華秀麗集 經國集 本朝麗藻」現代思潮社 1982 p1
怪婦録(斜橋道人)
    木越俊介校訂「江戸異綺想文芸大系1 初期江戸読本怪談集」国書刊行会 2000 p573
傀儡子の孫君(大江匡房)
    李寅生著「漢詩名作集成〈日本編〉」明徳出版社 2016 p178
海陸後集
    石川八朗ほか編「宝井其角全集〔2〕 資料篇」勉誠社 1994 p431
海陸前集
    海音研究会編「紀海音全集8」清文堂出版 1980 p19
    石川八朗ほか編「宝井其角全集〔2〕 資料篇」勉誠社 1994 p405
海楼(宇津木静斎)
    李寅生著「漢詩名作集成〈日本編〉」明徳出版社 2016 p603
夏雨(西郷隆盛)
    松尾善弘著「西郷隆盛漢詩全集 増補改訂版」斯文堂 2018 p92
夏雨驟冷(一)(西郷隆盛)
    松尾善弘著「西郷隆盛漢詩全集 増補改訂版」斯文堂 2018 p212

夏雨驟冷（二）〈西郷隆盛〉
　松尾善弘著「西郷隆盛漢詩全集 増補改訂版」斯文堂 2018 p213
夏雨驟冷（三）〈西郷隆盛〉
　松尾善弘著「西郷隆盛漢詩全集 増補改訂版」斯文堂 2018 p214
夏雨 谷文晁の宅に集う〔木工集〕〈柏木如亭〉
　入谷仙介著「日本漢詩人選集8 柏木如亭」研文出版 1999 p23
夏雨晴る〈新井白石〉
　一海知義、池澤一郎評注「日本漢詩人選集5 新井白石」研文出版 2001 p53
雅筵酔狂集・腹藁〈風水軒白玉翁（正親町公通）〉
　狂歌大観刊行会編「狂歌大観1 本篇」明治書院 1983 p623
歌苑連署事書
　「新編国歌大観5」角川書店 1987 p1084
嘉応元年宇治別業和歌（内閣文庫蔵本）
　「新編国歌大観5」角川書店 1987 p885
顔見世〈与謝蕪村〉
　揖斐高注訳・解説「古典名作リーディング1 蕪村・一茶集」貴重本刊行会 2000 p151
顔見世図賛〈与謝蕪村〉
　尾形仂、山下一海校注「蕪村全集4 俳詩・俳文」講談社 1994 p98
「顔見世や」詞書〈与謝蕪村〉
　尾形仂、山下一海校注「蕪村全集4 俳詩・俳文」講談社 1994 p97
「香に匂へ」句文〈松尾芭蕉〉
　嶋中道則ほか「新編 芭蕉大成」三省堂 1999 p390
花下に志を言ふ〈藤原忠通〉
　李寅生著「漢詩名作集成〈日本編〉」明徳出版社 2016 p181
加賀國山中の湯〈松尾芭蕉〉
　與謝野寛ほか編纂校訂「覆刻 日本古典全集〔文学編〕〔40〕 芭蕉全集 前編」現代思潮社 1983 p160
鑑草（六巻六冊、正保四年刊）〈中江藤樹〉
　朝倉治彦、深沢秋男編「假名草子集成14」東京堂出版 1993 p3
地獄一面照子浄頗梨〈山東京傳〉
　棚橋正博校訂「山東京傳全集2 黄表紙2」ぺりかん社 1993 p229
俳諧鏡之花（安永七年刊）〈山幸編〉
　加藤定彦、外村展子編「関東俳諧叢書31 絵俳書編5」関東俳諧叢書刊行会 2006 p257
狂歌かゝみやま〈栗柯亭木端撰〉
　西島孜哉編「近世上方狂歌叢書1 狂歌かゝみやま」近世上方狂歌研究会 1984 p1
篝火〈紫式部〉
　石田穰二、清水好子校注「新潮日本古典集成 新装版〔13〕 源氏物語 四」新潮社 2014 p113
　阿部秋生ほか校訂・訳「日本の古典をよむ9 源氏物語 上」小学館 2008 p286
　與謝野寛ほか編纂校訂「覆刻 日本古典全集〔文学編〕〔17〕 源氏物語 二」現代思潮社 1982 p264
香川平景樹大人東遊記〈菅沼斐雄〉
　津本信博著「江戸後期紀行文学全集1」新典社 2007 p191
霞関集（寛政十一年板本）〈石野広通撰〉
　「新編国歌大観6」角川書店 1988 p813
柿園詠草（嘉永七年板本）〈加納諸平〉
　「新編国歌大観9」角川書店 1991 p652
書初機嫌海〈上田秋成〉
　美山靖校注「新潮日本古典集成 新装版〔48〕 春雨物語 書初機嫌海」新潮社 2014 p155
「書初や」唱和
　加藤定彦「西山宗因全集3 俳諧篇」八木書店 2004 p255
杜若
　伊藤正義校注「新潮日本古典集成 新装版〔63〕 謡曲集 上」新潮社 2015 p257
杜若（喜多流）太鼓序の舞ած
　野上豊一郎編「新装解註 謡曲全集2」中央公論新社 2001 p501
「杜若」歌仙未満二十四句
　宮脇真彦執筆担当「新編 芭蕉大成」三省堂 1999 p195
「杜若」発句・脇
　宮脇真彦執筆担当「新編 芭蕉大成」三省堂 1999 p315
「杜若」三つ物
　宮脇真彦執筆担当「新編 芭蕉大成」三省堂 1999 p217
垣根草〈草官散人〉
　有澤知世校訂「江戸怪談文芸名作選2 前期読本怪談集」国書刊行会 2017 p5
柿ノ本ノ大人の御像の繪に記るせる詞〈賀茂真淵〉
　與謝野寛ほか編纂校訂「覆刻 日本古典全集〔文学編〕〔13〕 賀茂眞淵集」現代思潮社 1983 p125
柿本人麿誕生記〈自笑、白露〉
　長友千代治翻刻「八文字屋本全集22」汲古書院 2000 p319
柿本人麻呂勘文〈顕昭〉
　「新編国歌大観5」角川書店 1987 p1021
柿表紙〔抄〕〈吾仲〉
　嶋中道則編「新編 芭蕉大成」三省堂 1999 p797
　石川八朗ほか編「宝井其角全集〔2〕 資料篇」勉誠社 1994 p329
垣穂の梅〈松尾芭蕉〉
　富山奏校注「新潮日本古典集成 新装版〔47〕 芭蕉文集」新潮社 2019 p48
柿むしろ（享保十九年刊）〈宗瑞、咫尺編〉
　加藤定彦、外村展子編「関東俳諧叢書3 五色墨編1」関東俳諧叢書刊行会 1993 p5
嘉喜門院集（尊経閣文庫蔵本）〈嘉喜門院〉
　「新編国歌大観7」角川書店 1989 p751
柿山伏
　三枝和子訳「わたしの古典15 馬場あき子の謡曲集

三枝和子の狂言集」集英社 1987 p256
蝸牛庵記（蝶夢）
　田中道雄ほか編著「蝶夢全集」和泉書院 2013 p292
可休亭に題す（別源円旨）
　李寅生著「漢詩名作集成〈日本編〉」明德出版社 2016 p209
花鏡（世阿弥）
　田中裕校注「新潮日本古典集成 新装版〔31〕 世阿弥芸術論集」新潮社 2018 p115
歌経標式（真本）（藤原浜成）
　「新編国歌大観5」角川書店 1987 p945
河橋歩月（如亭山人藁 巻一）（柏木如亭）
　入谷仙介著「日本漢詩人選集8 柏木如亭」研文出版 1999 p124
岳を望む（市河寛斎）
　蔡毅, 西岡淳著「日本漢詩人選集9 市河寛斎」研文出版 2007 p169
客館苦熱 三首（選一首）（市河寛斎）
　蔡毅, 西岡淳著「日本漢詩人選集9 市河寛斎」研文出版 2007 p128
覚綱集（書陵部蔵五〇一・七三）（覚綱）
　「新編国歌大観7」角川書店 1989 p168
「かくしつゝ」百韻
　島津忠夫ほか編「西山宗因全集2 連歌篇二」八木書店 2007 p376
客次偶成（西郷隆盛）
　松尾善弘著「西郷隆盛漢詩全集 増補改訂版」斯文堂 2018 p231
学者に示す二首（伊藤仁斎）
　浅山佳郎, 厳明著「日本漢詩人選集4 伊藤仁斎」研文出版 2000 p79
客舎聞雨（西郷隆盛）
　松尾善弘著「西郷隆盛漢詩全集 増補改訂版」斯文堂 2018 p211
与学人求頌（学人の頌を求むるに与う）（道元）
　飯田利行訳「現代語訳 洞門禅文学集〔4〕 道元」国書刊行会 2001 p163
岳西惟中吟西山梅翁判十百韻（西山宗因評点）
　井上敏幸, 尾崎千佳校訂「西山宗因全集4 紀行・評点・書簡篇」八木書店 2006 p209
廓中丁子（山東京傳）
　棚橋正博校訂「山東京傳全集1 黄表紙1」ぺりかん社 1992 p169
霍田山人を訪ふも遇はず（菊池渓琴）
　李寅生著「漢詩名作集成〈日本編〉」明德出版社 2016 p566
岳飛（林羅山）
　李寅生著「漢詩名作集成〈日本編〉」明德出版社 2016 p270
学問須らく今日従り始むべし（伊藤仁斎）
　浅山佳郎, 厳明著「日本漢詩人選集4 伊藤仁斎」研文出版 2000 p88
「隠れ家や」歌仙
　宮脇真彦執筆担当「新編 芭蕉大成」三省堂 1999 p231

「隠れ家や」句文（松尾芭蕉）
　嶋中道則ほか「新編 芭蕉大成」三省堂 1999 p402
誹諧かくれ里
　石川八朗ほか編「宝井其角全集〔2〕 資料篇」勉誠社 1994 p417
影をちこち（宝暦元年刊）（湫光ほか編）
　加藤定彦, 外村展子編「関東俳諧叢書22 五色墨編 3」関東俳諧叢書刊行会 2001 p47
欠々て（歌仙）
　光田和伸校注「蕪村全集2 連句」講談社 2001 p201
景清
　伊藤正義校注「新潮日本古典集成 新装版〔63〕謡曲集 上」新潮社 2015 p267
景清（喜多流）
　野上豊一郎編「新装解註 謡曲全集4」中央公論新社 2001 p503
花月（観世流）羯鼓物
　野上豊一郎編「新装解註 謡曲全集4」中央公論新社 2001 p187
花月百首（藤原定家）
　久保田淳校訂・訳「藤原定家全歌集 上」筑摩書房 2017 p130
影一人集序（蝶夢）
　田中道雄ほか編著「蝶夢全集」和泉書院 2013 p308
蜻蛉（紫式部）
　石田穣二, 清水好子校注「新潮日本古典集成 新装版〔17〕源氏物語 八」新潮社 2014 p99
　阿部秋生ほか校訂・訳「日本の古典をよむ10 源氏物語 下」小学館 2008 p282
　与謝野寛ほか編纂校訂「覆刻 日本古典全集〔文学編〕〔20〕源氏物語 五」現代思潮社 1982 p177
　円地文子訳「わたしの古典8 円地文子の源氏物語 巻3」集英社 1986 p185
蜻蛉日記（藤原道綱母）
　犬養廉校注「新潮日本古典集成 新装版〔7〕 蜻蛉日記」新潮社 2017 p7
　「新編国歌大観5」角川書店 1987 p1256
　木村正中, 伊牟田経久校訂・訳「日本の古典をよむ7 土佐日記・蜻蛉日記・とはずがたり」小学館 2008 p55
　正宗敦夫校訂「覆刻 日本古典全集〔文学編〕〔39〕 土佐日記 蜻蛉日記 更級日記」現代思潮社 1983 p29
　生方たつゑ訳「わたしの古典5 生方たつゑの蜻蛉日記・和泉式部日記」集英社 1986 p9
陽炎の（歌仙）
　宮脇真彦執筆担当「新編 芭蕉大成」三省堂 1999 p228
　光田和伸校注「蕪村全集2 連句」講談社 2001 p191
「蜻蛉の」半歌仙
　宮脇真彦執筆担当「新編 芭蕉大成」三省堂 1999 p202

陽炎日高川(李秀, 素玉改自笑)
　杉本和寛翻刻「八文字屋本全集22」汲古書院 2000 p61

嘉元百首(書陵部蔵一五四・三一)
　「新編国歌大観4」角川書店 1986 p461

鹿児島客中の作(亀井南冥)
　李寅生著「漢詩名作集成〈日本編〉」明徳出版社 2016 p428

籠前栽
　石川八朗ほか編「宝井其角全集〔2〕 資料篇」勉誠社 1994 p446

籠釣瓶丹前八橋(山東京傳)
　清水正男, 棚橋正博校訂「山東京傳全集10 合巻5」ぺりかん社 2014 p311

籠渡(館柳湾)
　鈴木瑞枝著「日本漢詩人選集13 館柳湾」研文出版 1999 p32

香桜村に雨に阻まる〔如亭山人藁 初集〕(柏木如亭)
　入谷仙介著「日本漢詩人選集8 柏木如亭」研文出版 1999 p56

「笠さして」狂歌
　宮脇真彦執筆担当「新編 芭蕉大成」三省堂 1999 p319

「笠島や」句文(松尾芭蕉)
　嶋中道則ほか「新編 芭蕉大成」三省堂 1999 p405

笠塚百回忌法楽文(蝶夢)
　田中道雄ほか編著「蝶夢全集」和泉書院 2013 p300

笠付さをとめ
　石川八朗ほか編「宝井其角全集〔2〕 資料篇」勉誠社 1994 p353

「笠寺や」歌仙
　宮脇真彦執筆担当「新編 芭蕉大成」三省堂 1999 p209

「笠寺や」三つ物
　宮脇真彦執筆担当「新編 芭蕉大成」三省堂 1999 p316

風鳥の(歌仙)
　光和伸校注「蕪村全集2 連句」講談社 2001 p179

「傘に」歌仙
　宮脇真彦執筆担当「新編 芭蕉大成」三省堂 1999 p289

かさね草子(写本、一冊、寛永二十一年写奥書)
　朝倉治彦, 深沢秋男編「假名草子集成18」東京堂出版 1996 p1

かさぬ草紙〔落首・狂歌抜粋〕
　狂歌大観刊行会編「狂歌大観2 参考篇」明治書院 1984 p97

重井筒娘千代能(山東京傳)
　清水正男, 棚橋正博校訂「山東京傳全集11 合巻6」ぺりかん社 2015 p157

於房徳兵衛累井筒紅葉打敷(山東京傳)
　水野稔ほか校訂「山東京傳全集8 合巻3」ぺりかん社 2002 p9

重ねを賀す(松尾芭蕉(存疑作))
　嶋中道則ほか「新編 芭蕉大成」三省堂 1999 p443

「かさねさる」百韻
　加藤定彦「西山宗因全集3 俳諧篇」八木書店 2004 p191

重ねて江湖詩社を結ぶ 十二韻(市河寛斎)
　蔡毅, 西岡淳著「日本漢詩人選集9 市河寛斎」研文出版 2007 p111

重ねて金洞山に登る(市河寛斎)
　蔡毅, 西岡淳著「日本漢詩人選集9 市河寛斎」研文出版 2007 p174

笠の影
　石川八朗ほか編「宝井其角全集〔2〕 資料篇」勉誠社 1994 p497

笠の記(松尾芭蕉)
　富山奏校注「新潮日本古典集成 新装版〔47〕 芭蕉文集」新潮社 2019 p51

笠はり(松尾芭蕉)
　嶋中道則ほか「新編 芭蕉大成」三省堂 1999 p398

笠張説(松尾芭蕉)
　與謝野寛ほか編纂校訂「覆刻 日本古典全集〔文学編〕〔40〕 芭蕉全集 前編」現代思潮社 1983 p136

笠森娘錦之笈摺(山東京傳)
　水野稔ほか校訂「山東京傳全集8 合巻3」ぺりかん社 2002 p79

笠やどり(松尾芭蕉)
　嶋中道則ほか「新編 芭蕉大成」三省堂 1999 p376

笠やどり序(蝶夢)
　田中道雄ほか編著「蝶夢全集」和泉書院 2013 p345

加佐里那止(加舎白雄)
　矢羽勝幸翻刻・注ほか「増補改訂 加舎白雄全集 上」国文社 2008 p491

花山院歌合(尊経閣文庫本十巻本)
　「新編国歌大観5」角川書店 1987 p67

花山院都喦(紀海音)
　海音研究会編「紀海音全集3」清文堂出版 1979 p221

花山物語(写本、一冊)
　朝倉治彦, 深沢秋男編「假名草子集成17」東京堂

何子真の秋夜月を望んで憶わるるに酬ゆ(市河寛斎)
　蔡毅, 西岡淳著「日本漢詩人選集9 市河寛斎」研文出版 2007 p14

夏日(菅茶山)
　李寅生著「漢詩名作集成〈日本編〉」明徳出版社 2016 p443

夏日 雨後 月色殊に佳し(広瀬旭荘)
　大野修作著「日本漢詩人選集16 広瀬旭荘」研文出版 1999 p117

| かしつ | 作品名 |

夏日閒居（西郷隆盛）
　松尾善弘著「西郷隆盛漢詩全集 増補改訂版」斯文堂 2018 p266
暇日閑居（良岑安世）
　興膳宏著「日本漢詩人選集 別巻 古代漢詩選」研文出版 2005 p138
夏日 寓舎の作（釈六如）
　李寅生著「漢詩名作集成〈日本編〉」明徳出版社 2016 p420
夏日偶成（広瀬旭荘）
　大野修作著「日本漢詩人選集16 広瀬旭荘」研文出版 1999 p114
夏日桂林荘に独り題す（広瀬淡窓）
　林田愼之助著「日本漢詩人選集15 広瀬淡窓」研文出版 2005 p65
夏日、広円寺に遊び、分韻して烟字を得たり（広瀬旭荘）
　大野修作著「日本漢詩人選集16 広瀬旭荘」研文出版 1999 p118
夏日侍太上皇仙洞同詠百首応製和歌（藤原定家）
　久保田淳校訂・訳「藤原定家全歌集 上」筑摩書房 2017 p214
夏日即事（館柳湾）
　鈴木瑞枝著「日本漢詩人選集13 館柳湾」研文出版 1999 p28
夏日即時（新井白石）
　一海知義、池澤一郎訳注「日本漢詩人選集5 新井白石」研文出版 2001 p161
夏日 大湖に臨泛す（嵯峨天皇）
　興膳宏著「日本漢詩人選集 別巻 古代漢詩選」研文出版 2005 p87
夏日 竹下に小飲を命ず（島田忠臣）
　興膳宏著「日本漢詩人選集 別巻 古代漢詩選」研文出版 2005 p210
夏日村行（西郷隆盛）
　松尾善弘著「西郷隆盛漢詩全集 増補改訂版」斯文堂 2018 p200
暇日の閑居（良岑安世）
　李寅生著「漢詩名作集成〈日本編〉」明徳出版社 2016 p93
夏日 白雲楼に遊ぶ。即事、韻を分かつ 八首（選一首）（市河寛斎）
　蔡毅、西岡淳著「日本漢詩人選集9 市河寛斎」研文出版 2007 p86
夏日 服升庵水亭即事（館柳湾）
　鈴木瑞枝著「日本漢詩人選集13 館柳湾」研文出版 1999 p61
「樫の木の」発句・脇
　宮脇真彦執筆担当「新編 芭蕉大成」三省堂 1999 p193
梶の葉（宝永四年板本）（梶女）
　「新編国歌大観9」角川書店 1991 p331
鹿島合戦
　大島由紀夫編著「伝承文学資料集成6 神道縁起物語（二）」三弥井書店 2002 p171

大島由紀夫編著「伝承文学資料集成6 神道縁起物語（二）」三弥井書店 2002 p199
鹿島紀行（松尾芭蕉）
　與謝野寛ほか編纂校訂「覆刻 日本古典全集〔文学編〕〔40〕芭蕉全集 前編」現代思潮社 1983 p83
鹿島紀行（享保元年刊）（千梅林亜請）
　加藤定彦、外村展子編「関東俳諧叢書13 常総編1」関東俳諧叢書刊行会 1996 p3
鹿島紀行 月の直路　→ 月の直路（つきのただじ）を見よ
鹿島記行 笘のやど　→ 笘のやど（とまのやど）を見よ
かしまたち
　石川八朗ほか編「宝井其角全集〔2〕資料篇」勉誠社 1994 p386
かしまの記（松尾芭蕉）
　尾形仂、宮脇真彦編「新編 芭蕉大成」三省堂 1999 p328
鹿島詣（松尾芭蕉）
　富山奏校注「新潮日本古典集成 新装版〔47〕芭蕉文集」新潮社 2019 p55
鹿島詣（宝暦四年刊）（秋瓜編）
　加藤定彦、外村展子編「関東俳諧叢書14 常総編2」関東俳諧叢書刊行会 1998 p15
家集（天明五年—寛政六年）（春日昌預）
　吉田英也翻刻「春日昌預全家集」山梨日日新聞社 2001 p87
夏初〔木工集〕（柏木如亭）
　入谷仙介著「日本漢詩人選集8 柏木如亭」研文出版 1999 p16
賀正（西郷隆盛）
　松尾善弘著「西郷隆盛漢詩全集 増補改訂版」斯文堂 2018 p122
可笑記（五巻五冊、寛永十九年刊、十一行本）（如儡子）
　朝倉治彦、深沢秋男編「假名草子集成14」東京堂出版 1993 p131
可笑記跡追（五巻五冊、絵入）
　朝倉治彦、深沢秋男編「假名草子集成16」東京堂出版 1995 p211
可笑記評判（浅井了意）
　深沢秋男翻刻「浅井了意全集 仮名草子編3」岩田書院 2011 p17
可笑記評判（十巻十冊、万治三年刊）巻一〜巻七（浅井了意）
　朝倉治彦、深沢秋男編「假名草子集成15」東京堂出版 1994 p3
可笑記評判（十巻十冊、万治三年刊）巻八〜巻九（浅井了意）
　朝倉治彦、深沢秋男編「假名草子集成16」東京堂出版 1995 p1
河上の霧（絶海中津）
　李寅生著「漢詩名作集成〈日本編〉」明徳出版社 2016 p227
夏初 桜祠に游ぶ（広瀬旭荘）
　李寅生著「漢詩名作集成〈日本編〉」明徳出版社

2016 p589
家書を読む(菅原道真)
　小島憲之、山本登朗訓読ほか「日本漢詩人選集1 菅原道真」研文出版 1998 p155
頭へや(歌仙)
　光田和伸校注「蕪村全集2 連句」講談社 2001 p216
「かしらは猿」百韻(西山宗因評点)
　井上敏幸、尾崎千佳校訂「西山宗因全集4 紀行・評点・書簡篇」八木書店 2006 p194
柏木(紫式部)
　石田穰二、清水好子校注「新潮日本古典集成 新装版〔14〕源氏物語 五」新潮社 2014 p265
　阿部秋生ほか校訂・訳「日本の古典をよむ10 源氏物語 下」小学館 2008 p83
　與謝野寛ほか編纂校訂「覆刻 日本古典全集〔文学編〕〔18〕源氏物語 三」現代思潮社 1982 p264
　円地文子訳「わたしの古典7 円地文子の源氏物語 巻2」集英社 1985 p215
柏崎
　石川八朗ほか編「宝井其角全集〔2〕資料篇」勉誠社 1994 p352
柏崎(榎並左衛門)
　伊藤正義校注「新潮日本古典集成 新装版〔63〕謡曲集 上」新潮社 2015 p281
柏崎(喜多流)カケリ物
　野上豊一郎編「新装解註 謠曲全集3」中央公論新社 2001 p361
柏崎八景
　石川八朗ほか編「宝井其角全集〔2〕資料篇」勉誠社 1994 p378
柏原集
　石川八朗ほか編「宝井其角全集〔2〕資料篇」勉誠社 1994 p113
春日社歌合
　松野陽一、吉田薫編「藤原俊成全歌集」笠間書院 2007 p634
春日社歌合 元久元年(書陵部蔵五〇一・五八)
　「新編国歌大観5」角川書店 1987 p520
春日同詠百首応製和歌(藤原定家)
　久保田淳校訂・訳「藤原定家全歌集 上」筑摩書房 2017 p280
かすがの・いろ香(西鶴)
　竹野静雄校注「新編西鶴全集5 本文篇 下」勉誠出版 2007 p1482
春日詣〔うつほ物語〕 → 梅の花笠(うめのはながさ)を見よ
春日山懐古(大槻磐渓)
　李寅生著「漢詩名作集成〈日本編〉」明徳出版社 2016 p569
春日龍神
　伊藤正義校注「新潮日本古典集成 新装版〔63〕謡曲集 上」新潮社 2015 p295
春日龍神(観世流)働物
　野上豊一郎編「新装解註 謠曲全集6」中央公論新社 2001 p71

春日若宮社歌合 寛元四年十二月(書陵部蔵五〇一・五五三)
　「新編国歌大観5」角川書店 1987 p602
画図百花鳥(享保十四年刊)(石中子編)
　加藤定彦、外村展子編「関東俳諧叢書19 絵俳書編 3」関東俳諧叢書刊行会 1999 p3
春興かすみをとこ(涼袋(建部綾足)編)
　建部綾足著作刊行会編「建部綾足全集3(俳諧Ⅲ)」国書刊行会 1986 p117
霞之偶春朝日名(山東京傳)
　棚橋正博校訂「山東京傳全集3 黄表紙3」ぺりかん社 2001 p101
「霞やら」画賛(松尾芭蕉(存疑作))
　嶋中道則ほか「新編 芭蕉大成」三省堂 1999 p443
葛城(生生流)太鼓序の舞物
　野上豊一郎編「新装解註 謠曲全集2」中央公論新社 2001 p533
かづらきの(三つ物三組)
　光田和伸校注「蕪村全集2 連句」講談社 2001 p172
風薫れ(七十八句)
　長島弘明校訂「蕪村全集2 連句」講談社 2001 p141
風につれなき
　森下純昭校訂・訳注「中世王朝物語全集6 木幡の時雨 風につれなき」笠間書院 1997 p111
風につれなき物語
　「新編国歌大観5」角川書店 1987 p1379
風に紅葉
　「新編国歌大観10」角川書店 1992 p1074
　中西健治校訂・訳注、田淵福子訳文「中世王朝物語全集15 風に紅葉 むぐら」笠間書院 2001 p5
風の上(宝永四年刊)(百里編)
　加藤定彦、外村展子編「関東俳諧叢書29 雪門編」関東俳諧叢書刊行会 2005 p3
「風の香を」三つ物
　宮脇真彦執筆担当「新編 芭蕉大成」三省堂 1999 p235
風の末(元文四年刊)(蓼和(㕝尺)編)
　加藤定彦、外村展子編「関東俳諧叢書4 五色墨編 2」関東俳諧叢書刊行会 1994 p3
風の蟬跋(蝶夢)
　田中道雄ほか編著「蝶夢全集」和泉書院 2013 p315
風の前
　石川八朗ほか編「宝井其角全集〔2〕資料篇」勉誠社 1994 p510
「風の前の」百韻
　島津忠夫ほか編「西山宗因全集2 連歌篇二」八木書店 2007 p239
「風ぼそく」五十韻
　島津忠夫ほか編「西山宗因全集2 連歌篇二」八木書店 2007 p427
「風よたゞ」百韻
　島津忠夫ほか編「西山宗因全集2 連歌篇二」八木

哥仙 大坂俳諧師（西鶴画・編）
　伴野英一校訂「新編西鶴全集5 本文篇 上」勉誠出版 2007 p9
歌仙貝（宝暦二年刊）（左明編）
　加藤定彦, 外村展子編「関東俳諧叢書13 常総編1」関東俳諧叢書刊行会 1996 p243
花前 感有り（島田忠臣）
　興膳宏著「日本漢詩人選集 別巻 古代漢詩選」研文出版 2005 p212
歌仙讃（松尾芭蕉）
　奥谷野寛ほか編纂校訂「覆刻 日本古典全集〔文学編〕〔40〕 芭蕉全集 前編」現代思潮社 1983 p145
歌仙点巻（松尾芭蕉評点）
　小林祥次郎執筆担当「新編 芭蕉大成」三省堂 1999 p585
　小林祥次郎執筆担当「新編 芭蕉大成」三省堂 1999 p586
瓦全と名つくる説（蝶夢）
　田中道雄ほか編著「蝶夢全集」和泉書院 2013 p272
瓦全に炉縁を贈る辞（蝶夢）
　田中道雄ほか編著「蝶夢全集」和泉書院 2013 p273
歌仙の賛（松尾芭蕉）
　嶋中道則ほか「新編 芭蕉大成」三省堂 1999 p377
歌仙落書（群書類従本）
　「新編国歌大観5」角川書店 1987 p917
歌體約言ノ跋（賀茂真淵）
　奥谷野寛ほか編纂校訂「覆刻 日本古典全集〔文学編〕〔13〕 賀茂眞淵集」現代思潮社 1983 p104
片歌あさふすま
　建部綾足著作刊行会編「建部綾足全集3（俳諧Ⅲ）」国書刊行会 1986 p71
片歌東風俗
　建部綾足著作刊行会編「建部綾足全集3（俳諧Ⅲ）」国書刊行会 1986 p161
片歌磯の玉藻
　建部綾足著作刊行会編「建部綾足全集3（俳諧Ⅲ）」国書刊行会 1986 p225
『片歌かしの下葉』序（建部綾足）
　建部綾足著作刊行会編「建部綾足全集9（書簡・補遺）」国書刊行会 1990 p326
片歌旧宜集（建部綾足撰）
　建部綾足著作刊行会編「建部綾足全集3（俳諧Ⅲ）」国書刊行会 1986 p277
片歌草のはり道
　建部綾足著作刊行会編「建部綾足全集3（俳諧Ⅲ）」国書刊行会 1986 p51
片歌二夜問答（建部綾足）
　建部綾足著作刊行会編「建部綾足全集3（俳諧Ⅲ）」国書刊行会 1986 p33
片歌弁（建部綾足）
　建部綾足著作刊行会編「建部綾足全集3（俳諧Ⅲ）」国書刊行会 1986 p385

片歌道のはじめ（建部綾足）
　建部綾足著作刊行会編「建部綾足全集3（俳諧Ⅲ）」国書刊行会 1986 p13
片折（安永三年）（白居編）
　藤田真一校注「蕪村全集8 関係俳書」講談社 1993 p282
復讐後祭記（山東京傳）
　棚橋正博校訂「山東京傳全集1 黄表紙1」ぺりかん社 1992 p365
復讐妹背山物語（山東京山）
　高木元校訂「江戸怪異綺想文芸大系4 山東京山伝奇小説集」国書刊行会 2003 p13
敵討狼河原（山東京傳）
　棚橋正博校訂「山東京傳全集5 黄表紙5」ぺりかん社 2009 p369
敵討岡崎女郎衆（山東京傳）
　水野稔ほか校訂「山東京傳全集6 合巻1」ぺりかん社 1995 p145
敵討御未刻太鼓（長谷川千四）
　「義太夫節浄瑠璃未翻刻作品集成16 敵討御未刻太鼓」玉川大学出版部 2011 p11
報仇奇談自来也説話（感和亭鬼武）
　須永朝彦訳「現代語訳 江戸の伝奇小説5 報仇奇談自来也説話／近世怪談霜夜星」国書刊行会 2003 p5
濡髪放駒全伝復讐曲輪達引（山東京傳）
　棚橋正博校訂「山東京傳全集14 合巻9」ぺりかん社 2018 p235
売茶翁祇園梔復讐煎茶濫觴（山東京傳）
　棚橋正博校訂「山東京傳全集5 黄表紙5」ぺりかん社 2009 p287
敵討衛玉川（山東京傳）
　水野稔ほか校訂「山東京傳全集6 合巻1」ぺりかん社 1995 p59
敵討貞女鑑（山東京山）
　高木元校訂「江戸怪異綺想文芸大系4 山東京山伝奇小説集」国書刊行会 2003 p903
敵討天竺徳兵衛（山東京傳）
　水野稔ほか校訂「山東京傳全集7 合巻2」ぺりかん社 1999 p249
河内老曠火近江手孕村敵討両輛車（山東京傳）
　棚橋正博校訂「山東京傳全集5 黄表紙5」ぺりかん社 2009 p411
敵討孫太郎虫（山東京傳）
　棚橋正博校訂「山東京傳全集5 黄表紙5」ぺりかん社 2009 p453
堅田十六夜の弁（松尾芭蕉）
　富山奏校注「新潮日本古典集成 新装版〔47〕 芭蕉文集」新潮社 2019 p201
喩意魯筆曲馬仮多手綱忠臣鞍（山東京傳）
　棚橋正博校訂「山東京傳全集4 黄表紙4」ぺりかん社 2004 p397
堅田物語（天和三年奥書伝、一冊）
　朝倉治彦, 深沢秋男編「假名草子集成17」東京堂出版 1996 p17
荷田ノ在満ノ家ノ歌合ノ跋（賀茂真淵）
　奥谷野寛ほか編纂校訂「覆刻 日本古典全集〔文学

編〕〔13〕 賀茂眞淵集」現代思潮社 1983 p106
かたはし(木因編)
　竹下義人校注「新編西鶴全集5 本文篇 下」勉誠出版 2007 p1076
「帷子は」歌仙
　宮脇真彦執筆担当「新編 芭蕉大成」三省堂 1999 p281
記念題
　石川八朗ほか編「宝井其角全集〔2〕 資料篇」勉誠社 1994 p286
画竹(野田笛浦)
　李寅生著「漢詩名作集成〈日本編〉」明德出版社 2016 p556
「歩行ならば」句文(松尾芭蕉)
　嶋中道則ほか「新編 芭蕉大成」三省堂 1999 p387
「歩行ならば」発句・脇
　宮脇真彦執筆担当「新編 芭蕉大成」三省堂 1999 p215
花朝 淀江を下る(藤井竹外)
　李寅生著「漢詩名作集成〈日本編〉」明德出版社 2016 p596
花鳥日記(村田了阿)
　津本信博著「江戸後期紀行文学全集1」新典社 2007 p171
花鳥篇〔抄〕(蕪村編)
　島津忠夫ほか「西山宗因全集5 伝記・研究篇」八木書店古書出版部 2013 p281
花鳥篇(天明二年五月自序)(蕪村編)
　山下一海校注「蕪村全集7 編著・追善」講談社 1995 p263
『花鳥篇』序(与謝蕪村)
　尾形仂, 山下一海校注「蕪村全集4 俳詩・俳文」講談社 1994 p208
「花鳥や」百韻
　加藤定彦「西山宗因全集3 俳諧篇」八木書店 2004 p389
活玉集
　海音研究会編「紀海音全集8」清文堂出版 1980 p155
枯杭集(六巻六冊、寛文八年刊、絵入)
　朝倉治彦, 深沢秋男編「假名草子集成18」東京堂出版 1996 p43
郭公(付合三句)
　満田達夫校注「蕪村全集2 連句」講談社 2001 p342
「郭公」唱和
　加藤定彦「西山宗因全集3 俳諧篇」八木書店 2004 p424
「郭公」百韻
　島津忠夫ほか「西山宗因全集2 連歌篇二」八木書店 2007 p18
　島津忠夫ほか「西山宗因全集2 連歌篇二」八木書店 2007 p236

甲子紀行 → 野ざらし紀行(のざらしきこう)を見よ
甲子吟行 → 野ざらし紀行(のざらしきこう)を見よ
葛鼠・巻石連句
　建部綾足遺作刊行会編「建部綾足全集9(書簡・補遺)」国書刊行会 1990 p216
合点車(寛保二年刊)(巽我編)
　加藤定彦, 外村展子編「関東俳諧叢書13 常総編1」関東俳諧叢書刊行会 1996 p69
合点之句(神宮徴古館蔵本)(荒木田守武編纂)
　「連歌大観2」古典ライブラリー 2017 p351
合点游(享保十九年頃刊)(推巴編)
　加藤定彦, 外村展子編「関東俳諧叢書9 江戸編1」関東俳諧叢書刊行会 1995 p177
合浦(観世流)仕物
　野上豊一郎編「新装解註 謡曲全集6」中央公論新社 2001 p129
桂川連理柵(菅専助)
　土田衞ほか編「菅専助全集4」勉誠社 1993 p191
葛城
　伊藤正義校注「新潮日本古典集成 新装版〔63〕謡曲集 上」新潮社 2015 p307
葛城物語(三巻三冊、絵入、無刊記)(浅井了意)
　朝倉治彦, 深沢秋男編「假名草子集成19」東京堂出版 1997 p1
桂大納言入道殿御集(書陵部蔵一五〇・五七二)(藤原光頼)
　「新編国歌大観7」角川書店 1989 p156
花洞等前句付集
　海音研究会編「紀海音全集8」清文堂出版 1980 p71
花得集(宝暦十年刊)
　加藤定彦, 外村展子編「関東俳諧叢書21 江戸座編3」関東俳諧叢書刊行会 2001 p221
「門口の」詞書(与謝蕪村)
　尾形仂, 山下一海校注「蕪村全集4 俳詩・俳文」講談社 1994 p182
門鳴子
　石川八朗ほか編「宝井其角全集〔2〕 資料篇」勉誠社 1994 p483
楫取魚彦家集(文政四年板本)(楫取魚彦)
　「新編国歌大観9」角川書店 1991 p389
金沢紀行(仮称)(明和前半刊)(楼川, 許一)
　加藤定彦, 外村展子編「関東俳諧叢書26 武蔵・相模編3」関東俳諧叢書刊行会 2004 p203
仮名手本胸之鏡(山東京傳)
　棚橋正博校訂「山東京傳全集4 黄表紙4」ぺりかん社 2004 p271
かなめいし(三巻三冊、絵入)
　朝倉治彦, 深沢秋男編「假名草子集成18」東京堂出版 1996 p175
金屋金五郎後日雛形(紀海音)
　海音研究会編「紀海音全集7」清文堂出版 1980 p327

仮名列女伝(明暦元年十一月跋刊、ゑ入、八冊)
　朝倉治彦, 深沢秋男編「假名草子集成17」東京堂出版 1996 p27
鉄輪
　伊藤正義校注「新潮日本古典集成 新装版〔63〕謡曲集 上」新潮社 2015 p319
鐵輪(金剛流)
　野上豊一郎編「新装解註 謡曲全集4」中央公論新社 2001 p391
蟹江城址(森春濤)
　李寅生著「漢詩名作集成〈日本編〉」明德出版社 2016 p642
画に題す〔如亭山人藁 巻二〕(柏木如亭)
　入谷仙介著「日本漢詩人選集8 柏木如亭」研文出版 1999 p145
画に題す〔如亭山人藁 巻三〕(柏木如亭)
　入谷仙介著「日本漢詩人選集8 柏木如亭」研文出版 1999 p160
画に題す十首(新井白石)
　一海知義, 池澤一郎訳注「日本漢詩人選集5 新井白石」研文出版 2001 p231
兼輔集(書陵部蔵五一一・二)(藤原兼輔)
　「新編国歌大観3」角川書店 1985 p42
兼澄集(島原松平文庫蔵本)(源兼澄)
　「新編国歌大観3」角川書店 1985 p186
鐘筑波跋(蝶夢)
　田中道雄ほか編著「蝶夢全集」和泉書院 2013 p328
兼平
　伊藤正義校注「新潮日本古典集成 新装版〔63〕謡曲集 上」新潮社 2015 p329
兼平(喜多流)準カケリ物
　野上豊一郎編「新装解註 謡曲全集2」中央公論新社 2001 p131
兼盛集(平兼盛)
　高橋正治校訂・訳「私家集注釈叢刊4 兼盛集注釈」貴重本刊行会 1993 p7
　徳原茂実校注「和歌文学大系52 三十六歌仙集(二)」明治書院 2012 p187
兼盛集(書陵部蔵五〇六・八)(平兼盛)
　「新編国歌大観3」角川書店 1985 p116
兼行集(神宮文庫蔵本)(楊梅兼行)
　「新編国歌大観7」角川書店 1989 p571
鐘は上野哉(山東京傳)
　棚橋正博校訂「山東京傳全集1 黄表紙1」ぺりかん社 1992 p281
庚戌の除夜、春林園上人に和答す(義堂周信)
　藤木英雄著「日本漢詩人選集3 義堂周信」研文出版 1999 p126
鹿子の渡
　海音研究会編「紀海音全集8」清文堂出版 1980 p32
　石川八朗ほか編「宝井其角全集〔2〕 資料篇」勉誠社 1994 p460
彼古礼集
　石川八朗ほか編「宝井其角全集〔2〕 資料篇」勉誠社 1994 p141
辛卯の上巳(義堂周信)
　藤木英雄著「日本漢詩人選集3 義堂周信」研文出版 1999 p26
辛酉歳旦(元文五年刊)(宋阿編)
　加藤定彦, 外村展子編「関東俳諧叢書16 両毛・甲斐編2」関東俳諧叢書刊行会 1998 p91
「蚊柱や」百韻(西山宗因)
　加藤定彦「西山宗因全集3 俳諧篇」八木書店 2004 p255
「蚊柱は」百韻(西山宗因)
　加藤定彦「西山宗因全集3 俳諧篇」八木書店 2004 p240
樺石梁先生に贈る(広瀬旭荘)
　大野修作著「日本漢詩人選集16 広瀬旭荘」研文出版 1999 p57
画馬の引(赤松蘭室)
　李寅生著「漢詩名作集成〈日本編〉」明德出版社 2016 p425
蒲冠者藤戸合戦(並木宗助, 安田蛙文)
　「義太夫節浄瑠璃未翻刻作品集成24 蒲冠者藤戸合戦」玉川大学出版部 2013 p11
「夏馬の遅行」歌仙
　宮脇真彦執筆担当「新編 芭蕉大成」三省堂 1999 p185
峨眉山下の橋杭に題す(良寛)
　井上慶隆著「日本漢詩人選集11 良寛」研文出版 2002 p172
賀屛風十二首和歌(藤原定家)
　久保田淳校訂・訳「藤原定家全歌集 下」筑摩書房 2017 p220
戯場花牡丹燈籠(山東京傳)
　水野稔ほか校訂「山東京傳全集9 合巻4」ぺりかん社 2006 p55
劇春大江山入(山東京山)
　三浦洋美校訂「江戸怪異綺想文芸大系4 山東京山伝奇小説集」国書刊行会 2003 p359
鏑木夫人六十の寿詞(市河寛斎)
　蔡毅, 西岡淳著「日本漢詩人選集9 市河寛斎」研文出版 2007 p203
歌文要語(建部綾足)
　建部綾足著作刊行会編「建部綾足全集7 (国学)」国書刊行会 1988 p9
壁草(大阪天満宮蔵本)(宗長自撰)
　「連歌大観2」古典ライブラリー 2017 p150
果報冠者(安永四年)(閑鶯編)
　清登典子校注「蕪村全集8 関係俳書」講談社 1993 p291
釜渕双級巴(並木宗輔)
　「義太夫節浄瑠璃未翻刻作品集成36 釜渕双級巴」玉川大学出版部 2015 p11
鎌倉尼將軍(紀海音)
　海音研究会編「紀海音全集1」清文堂出版 1977 p183
鎌倉右大臣家集の始に記るせる詞(賀茂真淵)
　與謝野寛ほか編纂校訂「覆刻 日本古典全集〔文学

編〕〔13〕賀茂眞淵集」現代思潮社 1983 p92
鎌倉大系図（浅田一鳥ほか）
　「義太夫節浄瑠璃未翻刻作品集成49 鎌倉大系図」玉川大学出版部 2018 p11
鎌倉海道〔抄〕（千梅編）
　嶋中道則編「新編 芭蕉大成」三省堂 1999 p802
　石川八朗ほか編「宝井其角全集〔2〕資料篇」勉誠社 1994 p478
鎌倉三代記（紀海音）
　海音研究会編「紀海音全集4」清文堂出版 1979 p179
鎌倉比事青砥銭（安田蛙文）
　「義太夫節浄瑠璃未翻刻作品集成22 鎌倉比事青砥銭」玉川大学出版部 2011 p11
鎌倉武家鑑（江島其磧）
　篠原進翻刻「八文字屋本全集3」汲古書院 1993 p391
鎌倉物語（五巻五冊、万治二年刊、絵入）
　朝倉治彦、深沢秋男編「假名草子集成18」東京堂出版 1996 p221
鎌倉物語〔落首・狂歌抜粋〕
　狂歌大観刊行会編「狂歌大観2 参考篇」明治書院 1984 p180
竈神祭文
　岩田勝編著「伝承文学資料集成16 中国地方神楽祭文集」三弥井書店 1990 p227
鎌都（加舎白雄）
　矢羽勝幸翻刻・注ほか「増補改訂 加舎白雄全集 上」国文社 2008 p428
「神かけて」百韻
　加藤定彦「西山宗因全集3 俳諧篇」八木書店 2004 p418
神風や（三つ物三組）
　光田和伸校注「蕪村全集2 連句」講談社 2001 p189
神勧請ノ次第
　岩田勝編著「伝承文学資料集成16 中国地方神楽祭文集」三弥井書店 1990 p65
「紙衣売」の歌仙抄
　宮脇真彦執筆担当「新編 芭蕉大成」三省堂 1999 p216
紙子仕立両面鑑（菅専助）
　土田衞ほか編「菅専助全集1」勉誠社 1990 p153
神路山（宮内庁書陵部一五四・四七三）（荒木田守則）
　「連歌大観2」古典ライブラリー 2017 p128
上毛野山めぐり（宝暦元年奥）（玉芝編）
　加藤定彦、外村展子編「関東俳諧叢書16 両毛・甲斐編2」関東俳諧叢書刊行会 1998 p207
上手達発句（国会図書館蔵本）
　「連歌大観2」古典ライブラリー 2017 p43
紙衾の記（松尾芭蕉）
　富山奏校注「新潮日本古典集成 新装版〔47〕芭蕉文集」新潮社 2019 p158
　嶋中道則ほか「新編 芭蕉大成」三省堂 1999 p414

紙衾記（松尾芭蕉）
　與謝野寛ほか編纂校訂「覆刻 日本古典全集〔文学編〕〔40〕芭蕉全集 前編」現代思潮社 1983 p148
亀井大年の肥後に遊ぶを送る（広瀬淡窓）
　林田愼之助著「日本漢詩人選集15 広瀬淡窓」研文出版 2005 p55
亀山院御集（書陵部蔵五〇六・七一）（亀山天皇）
　「新編国歌大観7」角川書店 1989 p572
亀山殿五首歌合 文永二年九月（書陵部蔵五〇一・五三）
　「新編国歌大観5」角川書店 1987 p687
亀山殿七百首（書陵部蔵五〇一・八四八）
　「新編国歌大観10」角川書店 1992 p456
加茂（金春流）働物
　野上豊一郎編「新装解註 謡曲全集1」中央公論新社 2001 p219
賀茂翁家集（村田春海編、賀茂真淵句）
　與謝野寛ほか校訂「覆刻 日本古典全集〔文学編〕〔13〕賀茂眞淵集」現代思潮社 1983 p5
賀茂翁家集（文化三年板本）（村田春海編、賀茂真淵句）
　「新編国歌大観9」角川書店 1991 p335
鴨河西岸の客楼にて雨を望む（皆川淇園）
　李寅生著「漢詩名作集成〈日本編〉」明徳出版社 2016 p409
過日抄（都賀庭鐘）
　木越治校訂「江戸怪異綺想文芸大系2 都賀庭鐘・伊丹椿園集」国書刊行会 2001 p441
「加茂堤」詞書（与謝蕪村）
　尾形仂、山下一海校注「蕪村全集4 俳詩・俳文」講談社 1994 p189
賀茂保憲女集（賀茂保憲女）
　渦巻恵注釈「新注和歌文学叢書15 賀茂保憲女集新注」青簡舎 2015 p1
　武田早苗校注「和歌文学大系20 賀茂保憲女集・赤染衛門集・清少納言集・紫式部集・藤三位集」明治書院 2000 p1
賀茂保憲女集（榊原家蔵本）（賀茂保憲女）
　「新編国歌大観3」角川書店 1985 p198
鴨御祖社歌合 建永二年（内閣文庫蔵本）
　「新編国歌大観5」角川書店 1987 p528
加茂物狂（宝生流）カケリ・イロエ・中の舞物
　野上豊一郎編「新装解註 謡曲全集3」中央公論新社 2001 p249
賀茂別雷社歌合 建永二年二月（群書類従本）
　「新編国歌大観5」角川書店 1987 p529
蚊屋を出て（十五句）
　永井一彰校注「蕪村全集2 連句」講談社 2001 p445
高陽院十番歌合
　鈴木徳男、安井重雄校注「和歌文学大系48 王朝歌合集」明治書院 2018 p123
高陽院七番歌合（陽明文庫蔵二十巻本）
　「新編国歌大観5」角川書店 1987 p124

賀陽院水閣歌合（大中臣輔親撰）
　田島智子校注「和歌文学大系48 王朝歌合集」明治書院 2018 p71
賀陽院水閣歌合（陽明文庫二十巻本）
　「新編国歌大観5」角川書店 1987 p73
通小町
　伊藤正義校注「新潮日本古典集成 新装版〔63〕謡曲集 上」新潮社 2015 p341
通小町（金春流）カケリ物
　野上豊一郎編「新装解註 謡曲全集4」中央公論新社 2001 p253
河陽十詠―河陽花（嵯峨天皇）
　李寅生著「漢詩名作集成〈日本編〉」明徳出版社 2016 p103
〔河陽十詠〕河陽の花（嵯峨天皇）
　興膳宏著「日本漢詩人選集 別巻 古代漢詩選」研文出版 2005 p91
〔河陽十詠〕江上の船（嵯峨天皇）
　興膳宏著「日本漢詩人選集 別巻 古代漢詩選」研文出版 2005 p93
〔河陽十詠〕江辺の草（嵯峨天皇）
　興膳宏著「日本漢詩人選集 別巻 古代漢詩選」研文出版 2005 p94
〔河陽十詠〕山寺の鐘（嵯峨天皇）
　興膳宏著「日本漢詩人選集 別巻 古代漢詩選」研文出版 2005 p95
「河陽十詠」に和し奉る四首 江上の船（仲雄王）
　興膳宏著「日本漢詩人選集 別巻 古代漢詩選」研文出版 2005 p97
「河陽十詠」に和し奉る二首 河陽の花（藤原冬嗣）
　興膳宏著「日本漢詩人選集 別巻 古代漢詩選」研文出版 2005 p96
河陽の駅に到り、感有りて泣く（菅原道真）
　小島憲之、山本登朗訓読ほか「日本漢詩人選集1 菅原道真」研文出版 1998 p72
「辛崎の」発句・脇
　宮脇真彦執筆担当「新編 芭蕉大成」三省堂 1999 p193
乾鮭を（歌仙）
　満田達夫校注「蕪村全集2 連句」講談社 2001 p388
乾鮭の句に脇をつぐ辞（与謝蕪村）
　尾形仂、山下一海校注「蕪村全集4 俳詩・俳文」講談社 1994 p132
烏塚百回忌序（蝶夢）
　田中道雄ほか編著「蝶夢全集」和泉書院 2013 p334
烏の賦（松尾芭蕉）
　嶋中道則ほか「新編 芭蕉大成」三省堂 1999 p426
烏賦（松尾芭蕉）
　興謝野寛ほか編纂校訂「覆刻 日本古典全集〔文学編〕〔40〕芭蕉全集 前編」現代思潮社 1983 p135

唐津（広瀬淡窓）
　林田愼之助著「日本漢詩人選集15 広瀬淡窓」研文出版 2005 p181
唐錦（伊丹椿園）
　福田安典校訂「江戸怪異綺想文芸大系2 都賀庭鐘・伊丹椿園集」国書刊行会 2001 p551
から檜葉 上下（天明四年一月跋）（儿童編）
　丸山一彦校注「蕪村全集7 編著・追善」講談社 1995 p317
唐物語
　「新編国歌大観5」角川書店 1987 p1397
　正宗敦夫編纂校訂「覆刻 日本古典全集〔文学編〕〔36〕竹取物語 大和物語 住吉物語 唐物語」現代思潮社 1982 p213
唐物語提要（清水浜臣）
　正宗敦夫編纂校訂「覆刻 日本古典全集〔文学編〕〔36〕竹取物語 大和物語 住吉物語 唐物語」現代思潮社 1982 p201
雁を聞く（菅原道真）
　小島憲之、山本登朗訓読ほか「日本漢詩人選集1 菅原道真」研文出版 1998 p147
「雁が音も」歌仙
　宮脇真彦執筆担当「新編 芭蕉大成」三省堂 1999 p222
「苅株や」歌仙
　宮脇真彦執筆担当「新編 芭蕉大成」三省堂 1999 p271
仮日記（安永六年）（江涯編）
　櫻井武次郎校注「蕪村全集8 関係俳書」講談社 1993 p386
雁のつて（延享二年刊）（吟雨編）
　加藤定彦、外村展子編「関東俳諧叢書7 東武獅子門編1」関東俳諧叢書刊行会 1995 p175
雁の羽風跋（蝶夢）
　田中道雄ほか編著「蝶夢全集」和泉書院 2013 p260
かりの冥途（松岡行義）
　津本信博編「江戸後期紀行文学全集2」新典社 2013 p347
假枕（写本、二冊）
　朝倉治彦、深沢秋男編「假名草子集成21」東京堂出版 1998 p1
歌林良材（一条兼良）
　「新編国歌大観10」角川書店 1992 p989
かるかや
　室木弥太郎校注「新潮日本古典集成 新装版〔33〕説経集」新潮社 2017 p9
苅萱桑門築紫䑓（並木宗輔、並木丈輔）
　「義太夫節浄瑠璃未翻刻作品集成34 苅萱桑門築紫䑓」玉川大学出版部 2015 p11
刈萱二面鏡（八文字自笑ほか）
　杉本和寛翻刻「八文字屋本全集16」汲古書院 1998 p205
「軽口に」百韻（西山宗因評点）
　井上敏幸、尾崎千佳校訂「西山宗因全集4 紀行・評点・書簡篇」八木書店 2006 p163

「枯枝に」発句・脇
　宮脇真彦執筆担当「新編 芭蕉大成」三省堂 1999 p205
枯尾華（宝井其角編）
　石川八朗ほか編「宝井其角全集〔1〕 編著篇」勉誠社 1994 p187
枯樹花大悲利益（山東京傳）
　棚橋正博校訂「山東京傳全集4 黄表紙4」ぺりかん社 2004 p535
枯てだに（歌仙）
　満田達夫校注「蕪村全集2 連句」講談社 2001 p44
かれ野（天明二年刊）（可因編）
　加藤定彦、外村展子編「関東俳諧叢書21 江戸座編3」関東俳諧叢書刊行会 2001 p345
枯野塚集（晴川撰）
　杉浦正一郎翻刻「古典文学翻刻集成5 続・俳文学篇 元禄・蕉風（下）」ゆまに書房 1999 p41
枯のつか
　石川八朗ほか編「宝井其角全集〔2〕 資料篇」勉誠社 1994 p363
俳諧枯野問答（建部綾足撰）
　建部綾足著作刊行会編「建部綾足全集1（俳諧Ⅰ）」国書刊行会 1986 p99
「枯はてぬ」百韻
　島津忠夫ほか編「西山宗因全集2 連歌篇二」八木書店 2007 p50
夏炉一路
　石川八朗ほか編「宝井其角全集〔2〕 資料篇」勉誠社 1994 p609
河合漢年の 姫路に帰るを送る（佐藤一斎）
　李寅生著「漢詩名作集成〈日本編〉」明徳出版社 2016 p489
河合社歌合 寛元元年十一月（書陵部蔵一五一・三六一）
　「新編国歌大観5」角川書店 1987 p600
「川風の」百韻
　島津忠夫ほか編「西山宗因全集2 連歌篇二」八木書店 2007 p53
「川風や」句文（松尾芭蕉）
　嶋中道則ほか「新編 芭蕉大成」三省堂 1999 p426
皮篭摺
　石川八朗ほか編「宝井其角全集〔2〕 資料篇」勉誠社 1994 p299
蛙合
　石川八朗ほか編「宝井其角全集〔2〕 資料篇」勉誠社 1994 p54
川角太閤記〔落首・狂歌抜粋〕
　狂歌大観刊行会編「狂歌大観2 参考篇」明治書院 1984 p32
河内鑑名所記〔落首・狂歌抜粋〕
　狂歌大観刊行会編「狂歌大観2 参考篇」明治書院 1984 p169

河内鑑名所記（六巻六冊、絵入、延宝七年刊）（三田浄久）
　朝倉治彦、深沢秋男編「假名草子集成19」東京堂出版 1997 p55
河内国姥火（松田和吉）
　「義太夫節浄瑠璃未翻刻作品集成13 河内国姥火」玉川大学出版部 2011 p11
河内の途上（菊池渓琴）
　李寅生著「漢詩名作集成〈日本編〉」明徳出版社 2016 p565
河内羽二重
　石川八朗ほか編「宝井其角全集〔2〕 資料篇」勉誠社 1994 p117
興歌河内羽二重（山居撰）
　西島孜哉、光井文華編「近世上方狂歌叢書13 朋ちから（他）」近世上方狂歌研究会 1990 p44
俳諧河内羽二重（幸賢編）
　竹下義人校注「新編西鶴全集5 本文篇 下」勉誠出版 2007 p978
川中嶋（本田種竹）
　李寅生著「漢詩名作集成〈日本編〉」明徳出版社 2016 p777
「川水に」百韻
　島津忠夫ほか編「西山宗因全集2 連歌篇二」八木書店 2007 p138
河原院歌合
　蔵中さやか校注「和歌文学大系48 王朝歌合集」明治書院 2018 p29
河原院歌合（尊経閣文庫蔵十巻本）
　「新編国歌大観5」角川書店 1987 p51
瓦林政頼記〔落首・狂歌抜粋〕
　狂歌大観刊行会編「狂歌大観2 参考篇」明治書院 1984 p26
感有り（江村北海）
　李寅生著「漢詩名作集成〈日本編〉」明徳出版社 2016 p384
龕院の銘（義堂周信）
　藤木英雄著「日本漢詩人選集3 義堂周信」研文出版 1999 p253
寛永以前落首
　狂歌大観刊行会編「狂歌大観2 参考篇」明治書院 1984 p103
志感寄清生兄（西郷隆盛）
　松尾善弘著「西郷隆盛漢詩全集 増補改訂版」斯文堂 2018 p98
感懐（西郷隆盛）
　松尾善弘著「西郷隆盛漢詩全集 増補改訂版」斯文堂 2018 p94
冠嶽亭の辞（加舎白雄）
　矢") 勝幸編「増補改訂 加舎白雄全集 上」国文社 2008 p366
寛濶曽我物語（西沢一風）
　神谷勝広翻刻「西沢一風全集1」汲古書院 2002 p229
寛濶役者片気（江島其磧）
　中嶋隆翻刻「八文字屋本全集2」汲古書院 1993

p415

菅翰林学士の和せらるるに答う（義堂周信）
　藤木英雄著「日本漢詩人選集3 義堂周信」研文出版 1999 p178

寛喜元年十一月女御入内御屏風和歌（藤原定家）
　久保田淳校訂・訳「藤原定家全歌集 上」筑摩書房 2017 p446

「寒菊の」三つ物
　宮脇真彦執筆担当「新編 芭蕉大成」三省堂 1999 p274

「寒菊や」歌仙未満
　宮脇真彦執筆担当「新編 芭蕉大成」三省堂 1999 p284

寛喜女御入内和歌〔神宮文庫蔵本〕
　「新編国歌大観5」角川書店 1987 p905

閑居（西郷隆盛）
　松尾善弘著「西郷隆盛漢詩全集 増補改訂版」斯文堂 2018 p38
　松尾善弘著「西郷隆盛漢詩全集 増補改訂版」斯文堂 2018 p121

閑居偶成（西郷隆盛）
　松尾善弘著「西郷隆盛漢詩全集 増補改訂版」斯文堂 2018 p39
　松尾善弘著「西郷隆盛漢詩全集 増補改訂版」斯文堂 2018 p218
　松尾善弘著「西郷隆盛漢詩全集 増補改訂版」斯文堂 2018 p220

寛喜四年三月二十五日石清水若宮歌合
　久保田淳校訂・訳「藤原定家全歌集 下」筑摩書房 2017 p366

閑居の口号（伊藤仁斎）
　浅山佳郎、巌明著「日本漢詩人選集4 伊藤仁斎」研文出版 2000 p72

閑居之時〔閑居の時〕六首（道元）
　飯田利行編訳「現代語訳 洞門禅文学集〔4〕道元」国書刊行会 2001 p172

閑居の箴（松尾芭蕉）
　嶋中道則ほか「新編 芭蕉大成」三省堂 1999 p384

閑居箴（松尾芭蕉）
　與謝野寛ほか編纂校訂「覆刻 日本古典全集〔文学編〕〔40〕芭蕉全集 前編」現代思潮社 1983 p140

閑居重陽（西郷隆盛）
　松尾善弘著「西郷隆盛漢詩全集 増補改訂版」斯文堂 2018 p243

閑居百首〔露色随詠集〕（鑁也）
　室賀和子全釈「歌合・定数歌全釈叢書17 鑁也月百首・閑居百首全釈」風間書房 2013 p95

閑居百首（藤原定家）
　久保田淳校訂・訳「藤原定家全歌集 上」筑摩書房 2017 p70

閑吟集
　北川忠彦校注「新潮日本古典集成 新装版〔8〕閑吟集 宗安小歌集」新潮社 2018 p9

菅家神退七百五十年忌万句第三付
　島津忠夫編「西山宗因全集1 連歌篇一」八木書店 2004 p207

閑月和歌集〔文化庁蔵本〕
　「新編国歌大観6」角川書店 1988 p217

勧孝記〔二巻二冊、明暦元年西村板、絵入〕（釈宗徳）
　朝倉治彦、深沢秋男編「假名草子集成20」東京堂出版 1997 p3

閑谷集〔島原松平文庫蔵本〕
　「新編国歌大観7」角川書店 1989 p224

寛伍集第四（南方由編）
　久富哲雄翻刻「古典文学翻刻集成3 続・俳文学篇 貞門・談林」ゆまに書房 1999 p170

かんこどり〔歌仙〕
　満田達夫校注「蕪村全集2 連句」講談社 2001 p380

寛斎先生に寄せ奉る〔木工集〕（柏木如亭）
　入谷仙介著「日本漢詩人選集8 柏木如亭」研文出版 1999 p15

寛斎先生の長崎の幕中より帰るを途中に奉迎す〔如亭山人藁 巻二〕（柏木如亭）
　入谷仙介著「日本漢詩人選集8 柏木如亭」研文出版 1999 p138

「関山月」に和し奉る 太上天皇 祚に在り（有智子内親王）
　興膳宏著「日本漢詩人選集 別巻 古代漢詩選」研文出版 2005 p126

冠辭考序（賀茂真淵）
　與謝野寛ほか編纂校訂「覆刻 日本古典全集〔文学編〕〔13〕賀茂眞淵集」現代思潮社 1983 p67

元日金年越（文耕堂）
　「義太夫節浄瑠璃未翻刻作品集成28 元日金年越」玉川大学出版部 2013 p11

官舎の幽趣（菅原道真）
　小島憲之、山本登朗訓読ほか「日本漢詩人選集1 菅原道真」研文出版 1998 p161

勧受食文（その一）（良寛）
　内山知也、松本市壽執筆「定本 良寛全集3 書簡集・法華転・法華讃」中央公論新社 2007 p416

勧受食文（その二）（良寛）
　内山知也、松本市壽執筆「定本 良寛全集3 書簡集・法華転・法華讃」中央公論新社 2007 p423

題韓信出胯下圖（西郷隆盛）
　松尾善弘著「西郷隆盛漢詩全集 増補改訂版」斯文堂 2018 p171

閑塵集〔書陵部蔵一五五・二六五〕（兼載）
　「新編国歌大観8」角川書店 1990 p447

勧進能舞台桜（八文字自笑ほか）
　花田富二夫翻刻「八文字屋本全集18」汲古書院 1998 p155

寛政甲子の夏（良寛）
　井上慶隆著「日本漢詩人選集11 良寛」研文出版 2002 p206

寛政三年紀行〔抄〕（小林一茶）
　揖斐高注訳・解説「古典名作リーディング1 蕪村・一茶集」貴重本刊行会 2000 p271

玩世松陰
　石川八朗ほか編「宝井其角全集〔2〕 資料篇」勉誠社 1994 p631
はいかる玩世松陰(明和元年刊)(鳥酔編)
　加藤定彦, 外村展子編「関東俳諧叢書10 江戸編2」関東俳諧叢書刊行会 1997 p241
岩石図賛(与謝蕪村)
　尾形仂, 山下一海校注「蕪村全集4 俳詩・俳文」講談社 1994 p234
寒早十首(菅原道真)
　李寅生著「漢詩名作集成〈日本編〉」明徳出版社 2016 p157
閑窓撰歌合 建長三年(群書類従本)(藤原信実, 藤原光俊共撰)
　「新編国歌大観10」角川書店 1992 p245
邯鄲
　伊藤正義校注「新潮日本古典集成 新装版〔63〕謡曲集 上」新潮社 2015 p351
邯鄲(金春流)楽物
　野上豊一郎編「新装解註 謡曲全集4」中央公論新社 2001 p103
元旦作(館柳湾)
　鈴木瑞枝著「日本漢詩人選集13 館柳湾」研文出版 1999 p144
元旦 枕上に口号す〔木工集〕(柏木如亭)
　入谷仙介著「日本漢詩人選集8 柏木如亭」研文出版 1999 p12
閑庭にて雪に対す(仁明天皇)
　李寅生著「漢詩名作集成〈日本編〉」明徳出版社 2016 p125
閑庭菊花(西郷隆盛)
　松尾善弘著「西郷隆盛漢詩全集 増補改訂版」斯文堂 2018 p241
関東下向道記(斎藤徳元)
　狂歌大観刊行会編「狂歌大観1 本篇」明治書院 1983 p127
堪忍記(浅井了意)
　小川武彦翻刻「浅井了意全集 仮名草子編1」岩田書院 2007 p15
堪忍記(八巻八冊、万治二年荒木板、絵入)(浅井了意)
　朝倉治彦, 深沢秋男編「假名草子集成20」東京堂出版 1997 p93
堪忍袋緒〆善玉(山東京傳)
　棚橋正博校訂「山東京傳全集3 黄表紙3」ぺりかん社 2001 p169
堪忍弁義抄(一冊、慶安四年刊)
　朝倉治彦, 深沢秋男編「假名草子集成19」東京堂出版 1997 p231
観音像背記(与謝蕪村)
　尾形仂, 山下一海校注「蕪村全集4 俳詩・俳文」講談社 1994 p146
関白左大臣家百首(藤原定家)
　久保田淳校訂・訳「藤原定家全歌集 上」筑摩書房 2017 p300
関白殿蔵人所歌合(陽明文庫蔵二十巻本)
　「新編国歌大観5」角川書店 1987 p87

関白内大臣歌合 保安二年(二十巻本)
　「新編国歌大観5」角川書店 1987 p163
関白内大臣家歌合 保安二年
　鳥井千佳子注釈「新注和歌文学叢書18 忠通家歌合新注」青簡舎 2015 p271
菅伯美の所居に寄題す〔木工集〕(柏木如亭)
　入谷仙介著「日本漢詩人選集8 柏木如亭」研文出版 1999 p27
関八州繋馬(近松門左衛門)
　工藤茂三郎訳「近松時代物現代語訳2 関八州繋馬ほか」北の街社 2001 p9
寒早し、十首・其の三(菅原道真)
　小島憲之, 山本登朗訓読ほか「日本漢詩人選集1 菅原道真」研文出版 1998 p66
寒早し、十首・其の四(菅原道真)
　小島憲之, 山本登朗訓読ほか「日本漢詩人選集1 菅原道真」研文出版 1998 p68
寛平御集(書陵部蔵五〇六・七五)(宇多天皇)
　「新編国歌大観7」角川書店 1989 p14
寛平御時菊合(尊経閣文庫蔵十巻本)
　「新編国歌大観5」角川書店 1987 p21
寛平御時后宮歌合(群書類従本)
　「新編国歌大観5」角川書店 1987 p23
寛平御時中宮歌合(神宮文庫蔵本)
　「新編国歌大観5」角川書店 1987 p27
菅廟八百五十年(宝暦二年刊)(祇徳, 二世魚貫編)
　加藤定彦, 外村展子編「関東俳諧叢書6 四時観編2」関東俳諧叢書刊行会 1996 p27
雁風呂(寛政六年)(呂蛤編)
　藤田真一校注「蕪村全集8 関係俳書」講談社 1993 p553
寛文五 乙巳記(梅友)
　井上敏幸翻刻「古典文学翻刻集成3 続・俳文学篇 貞門・談林」ゆまに書房 1999 p118
閑放集(神宮文庫蔵本)(藤原光俊)
　「新編国歌大観7」角川書店 1989 p471
寛保四年宇都宮歳旦帖(寛保四年春)(蕪村編)
　丸山一彦校注「蕪村全集7 編著・追善」講談社 1995 p11
寒夜獨酌(西郷隆盛)
　松尾善弘著「西郷隆盛漢詩全集 増補改訂版」斯文堂 2018 p32
寒夜の辞(松尾芭蕉)
　富山奏校注「新潮日本古典集成 新装版〔47〕 芭蕉文集」新潮社 2019 p18
　嶋中道則ほか「新編 芭蕉大成」三省堂 1999 p376
寒夜文宴(館柳湾)
　鈴木瑞枝著「日本漢詩人選集13 館柳湾」研文出版 1999 p111
咸陽宮(喜多流)準切組物
　野上豊一郎編「新装解註 謡曲全集5」中央公論新社 2001 p295
甘棠斎の記(加舎白雄)
　矢羽勝幸編「増補改訂 加舎白雄全集 上」国文社 2008 p372

函嶺を過ぐ(頼鴨崖)
　李寅生著「漢詩名作集成〈日本編〉」明徳出版社 2016 p662
「漢和聯句」百韻
　島津忠夫ほか編「西山宗因全集2 連歌篇二」八木書店 2007 p99

【き】

徽安門院一条集(尊経閣文庫蔵本)(徽安門院一条)
　「新編国歌大観10」角川書店 1992 p177
奇異怪談抄(上下巻四冊、写本)
　朝倉治彦, 深沢秋男編「假名草子集成13」東京堂出版 1992 p199
奇異雑談(写本、二巻二冊)〈上段〉
　朝倉治彦, 深沢秋男編「假名草子集成21」東京堂出版 1998 p63
奇異雑談集(刊本、貞享四年刊、六巻六冊、絵入)〈下段〉
　朝倉治彦, 深沢秋男編「假名草子集成21」東京堂出版 1998 p63
鬼一法眼三略巻(文耕堂, 長谷川千四)
　「義太夫節浄瑠璃未翻刻作品集成9 鬼一法眼三略巻」玉川大学出版部 2007 p11
鬼一法眼虎の巻(江島其磧)
　倉員正江翻刻「八文字屋本全集12」汲古書院 1996 p147
希因・都因連句
　建部綾足著作刊行会編「建部綾足全集9（書簡・補遺）」国書刊行会 1990 p216
希因肉袋百題集(百梅集)
　建部綾足著作刊行会編「建部綾足全集1（俳諧Ⅰ）」国書刊行会 1986 p113
祇王(宝生流)大小中の舞物
　野上豊一郎編「新装解註 謡曲集3」中央公論新社 2001 p63
宜應文物語(一冊、無年刊、井上茂兵衛刊)
　朝倉治彦, 伊藤慎吾編「假名草子集成24」東京堂出版 1999 p1
気替而戯作問答(山東京傳)
　棚橋正博校訂「山東京傳全集13 合巻8」ぺりかん社 2018 p389
祇園百首(藤原俊成)
　松野陽一, 吉田薫編「藤原俊成全歌集」笠間書院 2007 p476
祇園拾遺物語
　石川八朗ほか編「宝井其角全集〔2〕 資料篇」勉誠社 1994 p102
「祇園」百韻
　島津忠夫ほか編「西山宗因全集2 連歌篇二」八木書店 2007 p299
祇園物語(寛永未刊、二巻)
　朝倉治彦ほか編「假名草子集成22」東京堂出版 1998 p1

己亥三月十九日、例に沿いて牡丹十首を賦す(中島棕隠)
　入谷仙介著「日本漢詩人選集14 中島棕隠」研文出版 2002 p80
癸亥の秋、戯れに松青牛の瑞雲師の烏麦麺を憶うの韻を用う(新井白石)
　一海知義, 池澤一郎訳注「日本漢詩人選集5 新井白石」研文出版 2001 p175
其角一周忌
　石川八朗ほか編「宝井其角全集〔2〕 資料篇」勉誠社 1994 p410
其角加точ懐紙
　石川八朗ほか編「宝井其角全集〔2〕 資料篇」勉誠社 1994 p291
其角十七回
　石川八朗ほか編「宝井其角全集〔2〕 資料篇」勉誠社 1994 p460
其角十七条
　石川八朗ほか編「宝井其角全集〔2〕 資料篇」勉誠社 1994 p620
其角真蹟書簡添書(与謝蕪村(存疑作))
　尾形仂, 山下一海校注「蕪村全集4 俳詩・俳文」講談社 1994 p260
其角点集(早野家蔵)
　石川八朗ほか編「宝井其角全集〔2〕 資料篇」勉誠社 1994 p346
其角批点懐紙
　石川八朗ほか編「宝井其角全集〔2〕 資料篇」勉誠社 1994 p219
其角批点「雪の梅」百韻
　石川八朗ほか編「宝井其角全集〔2〕 資料篇」勉誠社 1994 p124
其角筆句帳賛(与謝蕪村)
　尾形仂, 山下一海校注「蕪村全集4 俳詩・俳文」講談社 1994 p197
其角発句集〔抄〕
　石川八朗ほか編「宝井其角全集〔2〕 資料篇」勉誠社 1994 p698
きくわく物語(下巻、万治頃刊、絵入)
　朝倉治彦編「假名草子集成23」東京堂出版 1998 p1
「きかぬきかぬ」俳諧百韻奥書(梅翁子(西山宗因))
　島津忠夫ほか編「西山宗因全集6 解題・索引篇」八木書店古書出版部 2017 p103
聞書雨夜友(東随舎)
　近藤瑞木校訂「江戸怪異綺想文芸大系1 初期江戸読本怪談集」国書刊行会 2000 p611
聞書集(西行)
　久保田淳, 吉野朋美校注「西行全歌集」岩波書店 2013 p251
　宇津木言行校注「和歌文学大系21 山家集・聞書集・残集」明治書院 2003 p297
聞書集(伊達家旧蔵本)(西行)
　「新編国歌大観3」角川書店 1985 p613

聞書集 (天理図書館本) (西行)
 三角美冬翻刻・解題「西行全集」貴重本刊行会 1990 p317
ききさかつき
 海音研究会編「紀海音全集8」清文堂出版 1980 p61
ききぬ
 石川八朗ほか編「宝井其角全集〔2〕 資料篇」勉誠社 1994 p354
木々の夕日 (元文四年刊) (宗瑞編)
 加藤定彦, 外村展子編「関東俳諧叢書12 武蔵・相模編2」関東俳諧叢書刊行会 1997 p3
「木々は皆」百韻
 島津忠夫ほか編「西山宗因全集2 連歌篇二」八木書店 2007 p75
季吟伊勢紀行〔抄〕(季吟)
 島津忠夫ほか編「西山宗因全集5 伝記・研究篇」八木書店古書出版部 2013 p244
季吟「如渡得船」(北村季吟)
 種政勉解説・翻刻「古典文学翻刻集成3 続・俳文学篇 貞門・談林」ゆまに書房 1999 左開9
菊隠集 (義堂周信)
 蔭木英雄著「日本漢詩人選集3 義堂周信」研文出版 1999 p90
祇空師廿三回 (宝暦五年刊) (祇貞編)
 加藤定彦, 外村展子編「関東俳諧叢書23 四時観編 3」関東俳諧叢書刊行会 2002 p129
菊を種う (菅原道真)
 小島憲之, 山本登朗訓読ほか「日本漢詩人選集1 菅原道真」研文出版 1998 p158
菊を買う 〔如亭山人藁 初集〕(柏木如亭)
 入谷仙介著「日本漢詩人選集8 柏木如亭」研文出版 1999 p69
菊慈童 (観世流) 楽物
 野上豊一郎編「新装解註 謡曲全集4」中央公論新社 2001 p75
菊叢 花 未だ開かず (大江匡衡)
 李寅生著「漢詩名作集成〈日本編〉」明徳出版社 2016 p170
菊池くずれ
 野村眞智子編「伝承文学資料集成20 肥後・琵琶語り集」三弥井書店 2006 p112
菊池容斎の龍の図に題す (藤田東湖)
 李寅生著「漢詩名作集成〈日本編〉」明徳出版社 2016 p577
菊枕 (市河寛斎)
 蔡毅, 西岡淳著「日本漢詩人選集9 市河寛斎」研文出版 2007 p130
 蔡毅, 西岡淳著「日本漢詩人選集9 市河寛斎」研文出版 2007 p148
「菊に出て」三つ物
 宮脇真彦執筆担当「新編 芭蕉大成」三省堂 1999 p307
菊の宴
 藤田徳太郎校訂「覆刻 日本古典全集〔文学編〕〔5〕 うつほ物語 二」現代思潮社 1982 p377

菊の香〔抄〕(風国編)
 嶋中道則編「新編 芭蕉大成」三省堂 1999 p794
 石川八朗ほか編「宝井其角全集〔2〕 資料篇」勉誠社 1994 p229
菊の塵
 石川八朗ほか編「宝井其角全集〔2〕 資料篇」勉誠社 1994 p428
「きくの露」詞書 (与謝蕪村)
 尾形仂, 山下一海校注「蕪村全集4 俳詩・俳文」講談社 1994 p104
菊の前 (鱗形屋板、一冊、絵入)
 朝倉治彦編「假名草子集成23」東京堂出版 1998 p19
菊の道
 石川八朗ほか編「宝井其角全集〔2〕 資料篇」勉誠社 1994 p315
菊畑 (享保二十年刊) (桐里編)
 加藤定彦, 外村展子編「関東俳諧叢書16 両毛・甲斐編2」関東俳諧叢書刊行会 1998 p61
菊葉和歌集 (宮内庁書陵部蔵本)
 「新編国歌大観6」角川書店 1988 p376
木くらげの (付合)
 満田達夫校注「蕪村全集2 連句」講談社 2001 p49
義経記
 「新編国歌大観5」角川書店 1987 p1194
 正宗敦夫校訂「覆刻 日本古典全集〔文学編〕〔14〕 義經記」現代思潮社 1983 p1
義経記 (現代語訳)
 西津弘美訳「現代語で読む歴史文学〔1〕 義経記」勉誠出版 2004 p1
義経双紙
 今西実編著「伝承文学資料集成7 義経双紙」三弥井書店 1988 p39
義経倭軍談 (江島其磧)
 石川了翻刻「八文字屋本全集7」汲古書院 1994 p287
機嫌天 (蝶夢編)
 田中道雄ほか編著「蝶夢全集」和泉書院 2013 p693
戯言養気集 (落首・狂歌抜粋)
 狂歌大観刊行会編「狂歌大観2 参考篇」明治書院 1984 p59
紀行 (建部綾足)
 建部綾足著作刊行会編「建部綾足全集5 (紀行・歌集)」国書刊行会 1987 p9
記行 (元文五年成) (翅紅編)
 加藤定彦, 外村展子編「関東俳諧叢書12 武蔵・相模編2」関東俳諧叢書刊行会 1997 p31
紀行芦のやどり (建部綾足)
 建部綾足著作刊行会編「建部綾足全集5 (紀行・歌集)」国書刊行会 1987 p21
 建部綾足著作刊行会編「建部綾足全集5 (紀行・歌集)」国書刊行会 1987 p151
紀行梅の便 (建部綾足)
 建部綾足著作刊行会編「建部綾足全集5 (紀行・歌集)」国書刊行会 1987 p53

きこう　　　　　　　　　　　　　　作品名

紀行浦づたひ（建部綾足）
　建部綾足著作刊行会編「建部綾足全集5（紀行・歌集）」国書刊行会 1987 p80
紀行笈の若葉（建部綾足）
　建部綾足著作刊行会編「建部綾足全集5（紀行・歌集）」国書刊行会 1987 p13
　建部綾足著作刊行会編「建部綾足全集5（紀行・歌集）」国書刊行会 1987 p137
其紅改号披露摺物（仮題）年次未詳
　丸山一彦校注「蕪村全集7 編著・追善」講談社 1995 p464
紀行笠の蠅（元禄十四年刊）（不角）
　加藤定彦, 外村展子編「関東俳諧叢書11 武蔵・相模編1」関東俳諧叢書刊行会 1995 p3
紀行かたらひ山（建部綾足）
　建部綾足著作刊行会編「建部綾足全集5（紀行・歌集）」国書刊行会 1987 p58
紀行草のいほり（建部綾足）
　建部綾足著作刊行会編「建部綾足全集5（紀行・歌集）」国書刊行会 1987 p69
紀行越の雪間（建部綾足）
　建部綾足著作刊行会編「建部綾足全集5（紀行・歌集）」国書刊行会 1987 p42
紀行三千里（素外編）
　建部綾足著作刊行会編「建部綾足全集5（紀行・歌集）」国書刊行会 1987 p165
紀行三千里（建部綾足）
　建部綾足著作刊行会編「建部綾足全集5（紀行・歌集）」国書刊行会 1987 p100
紀行霜のたもと（建部綾足）
　建部綾足著作刊行会編「建部綾足全集5（紀行・歌集）」国書刊行会 1987 p25
　建部綾足著作刊行会編「建部綾足全集5（紀行・歌集）」国書刊行会 1987 p155
紀行小柳録（建部綾足）
　建部綾足著作刊行会編「建部綾足全集5（紀行・歌集）」国書刊行会 1987 p106
紀行ちゝふ山（建部綾足）
　建部綾足著作刊行会編「建部綾足全集5（紀行・歌集）」国書刊行会 1987 p37
紀行誹談二十ース仙
　石川八朗ほか編「宝井其角全集〔2〕 資料篇」勉誠社 1994 p491
紀行花がたみ（建部綾足）
　建部綾足著作刊行会編「建部綾足全集5（紀行・歌集）」国書刊行会 1987 p92
紀行東山（建部綾足）
　建部綾足著作刊行会編「建部綾足全集5（紀行・歌集）」国書刊行会 1987 p75
紀行北南（建部綾足）
　建部綾足著作刊行会編「建部綾足全集5（紀行・歌集）」国書刊行会 1987 p47
紀行痩法師（建部綾足）
　建部綾足著作刊行会編「建部綾足全集5（紀行・歌集）」国書刊行会 1987 p29
　建部綾足著作刊行会編「建部綾足全集5（紀行・歌集）」国書刊行会 1987 p159

綺語抄（藤原仲実）
　「新編国歌大観5」角川書店 1987 p960
木樵歌
　橋本朝生翻刻・解題「西行全集」貴重本刊行会 1990 p1115
「稗柿や」三つ物
　宮脇真彦執筆担当「新編 芭蕉大成」三省堂 1999 p256
きさらき
　石川八朗ほか編「宝井其角全集〔2〕 資料篇」勉誠社 1994 p118
亀山神祠に登る（広瀬旭荘）
　大野修作著「日本漢詩人選集16 広瀬旭荘」研文出版 1999 p13
紀事（梁川星巌）
　李寅生著「漢詩名作集成〈日本編〉」明徳出版社 2016 p532
「亀子が良才」草稿（松尾芭蕉）
　嶋中道則ほか「新編 芭蕉大成」三省堂 1999 p441
義士実録の末に題す（良寛）
　井上慶隆著「日本漢詩人選集11 良寛」研文出版 2002 p180
雉子鳴や（百韻）
　満田達夫校注「蕪村全集2 連句」講談社 2001 p26
己巳の秋、信夫郡に到りて家兄に奉ず（新井白石）
　池澤一郎訳注「日本漢詩人選集5 新井白石」研文出版 2001 p16
真字手本義士之筆力（山東京傳）
　棚橋正博校訂「山東京傳全集1 黄表紙1」ぺりかん社 1992 p457
飛脚屋忠兵衛仮住居梅川奇事中洲譚話（山東京傳）
　棚橋正博校訂「山東京傳全集2 黄表紙2」ぺりかん社 1993 p43
帰舟（伊達政宗）
　李寅生著「漢詩名作集成〈日本編〉」明徳出版社 2016 p267
紀州御開発向之事〔落首・狂歌抜粋〕
　狂歌大観刊行会編「狂歌大観2 参考篇」明治書院 1984 p32
几秋亭訪問の文（加舎白雄）
　矢羽勝幸編「増補改訂 加舎白雄全集 上」国文社 2008 p394
几秋に与う文（加舎白雄）
　矢羽勝幸編「増補改訂 加舎白雄全集 上」国文社 2008 p393
其磧置土産（江島其磧）
　神谷勝広翻刻「八文字屋本全集14」汲古書院 1997 p241
其磧諸国物語（江島其磧）
　倉員正江翻刻「八文字屋本全集17」汲古書院 1998 p357
奇説つれづれ草紙〔抄〕（富天編）
　島津忠夫ほか編「西山宗因全集5 伝記・研究篇」

八木書店古書出版部 2013 p275
木曾（観世流）男舞物
　野上豊一郎編「新装解註 謡曲全集5」中央公論新社 2001 p137
璣叟に和答す（義堂周信）
　藤木英雄著「日本漢詩人選集3 義堂周信」研文出版 1999 p55
きその貉
　石川八朗ほか編「宝井其角全集〔2〕　資料篇」勉誠社 1994 p368
木曽の道の記
　津本信博著「江戸後期紀行文学全集3」新典社 2015 p31
寄宅嘯山兼東平安諸子（与謝蕪村）
　尾形仂、山下一海校注「蕪村全集4 俳詩・俳文」講談社 1994 p32
北野社百首和歌（建武三年）（書陵部蔵四五八・一）
　「新編国歌大観10」角川書店 1992 p480
北野宝前和歌（元徳二年）（内閣文庫蔵本）
　「新編国歌大観10」角川書店 1992 p471
北野法楽千句〔抄〕（西山宗因）
　島津忠夫ほか編「西山宗因全集5 伝記・研究篇」八木書店古書出版部 2013 p297
北野宮歌合 元久元年十一月（書陵部蔵五〇一・五八）
　「新編国歌大観5」角川書店 1987 p519
北の山
　石川八朗ほか編「宝井其角全集〔2〕　資料篇」勉誠社 1994 p119
北浜名物黒船噺（菅専助）
　土田衞ほか編「菅専助全集1」勉誠社 1990 p215
宜朝一周忌俳諧前文（蝶夢）
　田中道雄ほか編著「蝶夢全集」和泉書院 2013 p345
宜朝追悼集序（蝶夢）
　田中道雄ほか編著「蝶夢全集」和泉書院 2013 p244
橘園集〈静嘉堂文庫蔵本〉（坂資周）
　「連歌大観3」古典ライブラリー 2017 p539
菊花を詠ず（伊藤仁斎）
　浅山佳郎、厳明著「日本漢詩人選集4 伊藤仁斎」研文出版 2000 p56
菊花の約（上田秋成）
　浅三平校注「新潮日本古典集成 新装版〔3〕雨月物語 癇癖談」新潮社 2018 p28
　高田衞校訂・訳「日本の古典をよむ19 雨月物語・冥途の飛脚・心中天の網島」小学館 2008 p12
　田中康二注釈ほか「三弥井古典文庫〔3〕雨月物語」三弥井書店 2009 p32
　大庭みな子訳「わたしの古典19 大庭みな子の雨月物語」集英社 1987 p31
橘中亭の記（蝶夢）
　田中道雄ほか編著「蝶夢全集」和泉書院 2013 p286
「木啄も」の詞書（松尾芭蕉）
　嶋中道則ほか「新編 芭蕉大成」三省堂 1999 p400

狐の法師に化たる画賛（与謝蕪村）
　尾形仂、山下一海校注「蕪村全集4 俳詩・俳文」講談社 1994 p226
奇伝新話（蜉蝣子）
　大髙洋司、木越俊介校訂「江戸怪異綺想文芸大系1 初期江戸読本怪談集」国書刊行会 2000 p13
奇伝余話
　近藤瑞木校訂「江戸怪異綺想文芸大系1 初期江戸読本怪談集」国書刊行会 2000 p129
几董・月居十番句合（与謝蕪村判）
　尾形仂、山下一海校注「蕪村全集4 俳詩・俳文」講談社 1994 p330
几董追悼文（蝶夢）
　田中道雄ほか編著「蝶夢全集」和泉書院 2013 p327
安永六年几董 初懐紙（几董編）
　尾形仂編集代表「蕪村全集9 年譜・資料」講談社 2009 p463
几董初懐紙（安永五年・同九年・同十年・天明二年・同三年）（几董編）
　丸山一彦校注「蕪村全集7 編著・追善」講談社 1995 p586
几董発句（与謝蕪村評）
　尾形仂、山下一海校注「蕪村全集4 俳詩・俳文」講談社 1994 p271
祇徳判五十番発句合（延享三年成）（文子ほか編）
　加藤定彦、外村展子編「関東俳諧叢書5 四時観編1」関東俳諧叢書刊行会 1994 p215
帰途の作（広瀬淡窓）
　林田愼之助著「日本漢詩人選集15 広瀬淡窓」研文出版 2005 p186
蓋壽永軍記（菅専助、近松半二）
　土田衞ほか編「菅専助全集4」勉誠社 1993 p115
衣更着田
　石川八朗ほか編「宝井其角全集〔2〕　資料篇」勉誠社 1994 p489
砧（観世流）
　野上豊一郎編「新装解註 謡曲全集4」中央公論新社 2001 p367
「砧打ちて」の詞書（松尾芭蕉）
　嶋中道則ほか「新編 芭蕉大成」三省堂 1999 p380
杵の折れ（松尾芭蕉）
　嶋中道則ほか「新編 芭蕉大成」三省堂 1999 p441
杵折讃（松尾芭蕉）
　輿謝野寛ほか編纂校訂「覆刻 日本古典全集〔文学編〕〔40〕 芭蕉全集 前編」現代思潮社 1983 p144
飢年 感有り（釈元政）
　李寅生著「漢詩名作集成〈日本編〉」明徳出版社 2016 p287
「昨日つむ」百韻（一順）
　島津忠夫ほか編「西山宗因全集2 連歌篇二」八木書店 2007 p98

きのふはけふの物語〔落首・狂歌抜粋〕
　　狂歌大観刊行会編「狂歌大観2 参考篇」明治書院 1984 p60
甲辰の上巳、韻に次し戯れに了義田に答う（義堂周信）
　　藤木英雄著「日本漢詩人選集3 義堂周信」研文出版 1999 p81
甲寅の十月、泊船庵に遊び古を懐う（義堂周信）
　　藤木英雄著「日本漢詩人選集3 義堂周信」研文出版 1999 p145
狂歌気のくすり（三休斎白掏撰）
　　西島孜哉ほか編「近世上方狂歌叢書24 狂歌気のくすり」近世上方狂歌研究会 1997 p1
紀師匠曲水宴和歌（島原松平文庫蔵本）
　　「新編国歌大観5」角川書店 1987 p876
乙巳の春、予天平に帰居す。歳歓なり。又上人里に回る（義堂周信）
　　藤木英雄著「日本漢詩人選集3 義堂周信」研文出版 1999 p82
木のはしの（歌仙）
　　満田達夫校注「蕪村全集2 連句」講談社 2001 p162
「木のもとに」歌仙
　　宮脇真彦執筆担当「新編 芭蕉大成」三省堂 1999 p251
　　宮脇真彦執筆担当「新編 芭蕉大成」三省堂 1999 p253
「木の本に」付延歌仙
　　宮脇真彦執筆担当「新編 芭蕉大成」三省堂 1999 p251
帰白道院檀那無縁塔石文（蝶夢）
　　田中道雄ほか編著「蝶夢全集」和泉書院 2013 p343
「牙寒き」詞書（与謝蕪村）
　　尾形仂、山下一海校注「蕪村全集4 俳詩・俳文」講談社 1994 p179
「気はらしや」百韻
　　加藤定彦「西山宗因全集3 俳諧篇」八木書店 2004 p398
吉備雑題 十四首 選三首〔如亭山人藁 巻一〕（柏木如亭）
　　入谷仙介編「日本漢詩人選集8 柏木如亭」研文出版 1999 p118
吉備津の釜（上田秋成）
　　浅野三平校注「新潮日本古典集成 新装版〔3〕雨月物語 癇癖談」新潮社 2018 p84
　　高田衛校訂・訳「日本の古典をよむ19 雨月物語・冥途の飛脚・心中天の網島」小学館 2008 p70
　　木越俊介注釈ほか「三弥井古典文庫〔3〕雨月物語」三弥井書店 2009 p130
　　大庭みな子訳「わたしの古典19 大庭みな子の雨月物語」集英社 1987 p81
岐阜竹枝（森春濤）
　　李家正文著「漢詩名作集成〈日本編〉」明徳出版社 2016 p640

癸卯中秋感有り（新井白石）
　　池田一郎訳注「日本漢詩人選集5 新井白石」研文出版 2001 p5
既望賦（松尾芭蕉）
　　與謝野寛ほか編纂校訂「覆刻 日本古典全集〔文学編〕〔40〕芭蕉全集 前編」現代思潮社 1983 p134
君来岬 第四集〔志濃夫廼舎歌集〕（橘曙覧）
　　水島直文、橋本政宣編注「橘曙覧全歌集」岩波書店 1999 p191
君来草 第四集〔志濃夫廼舎歌集〕（橘曙覧）
　　井手今滋編、辻森秀英増補「新修 橘曙覧全集」桜楓社 1983 p118
君と我（歌仙）
　　長島弘明校注「蕪村全集2 連句」講談社 2001 p534
癸巳八月十九日男婦菊田氏一男を挙ぐ。口占二首（うち一首）（館柳湾）
　　鈴木瑞枝著「日本漢詩人選集13 館柳湾」研文出版 1999 p148
「君火を焚け」句文（松尾芭蕉）
　　嶋中道則ほか「新編 芭蕉大成」三省堂 1999 p384
「君も臣も」三つ物 二
　　宮脇真彦執筆担当「新編 芭蕉大成」三省堂 1999 p156
木村家横巻（九八首）（良寛）
　　谷川敏朗訳注「定本 良寛全集2 歌集」中央公論新社 2006 p128
机銘（松尾芭蕉）
　　與謝野寛ほか編纂校訂「覆刻 日本古典全集〔文学編〕〔40〕芭蕉全集 前編」現代思潮社 1983 p141
祇明発句帖（元文二年成）（莎鶏（祇明））
　　加藤定彦、外村展子編「関東俳諧叢書5 四時観編1」関東俳諧叢書刊行会 1994 p53
客衆肝照子（山東京傳）
　　棚橋正博校訂「山東京傳全集18 洒落本」ぺりかん社 2012 p45
客人女郎（山東京傳）
　　棚橋正博校訂「山東京傳全集1 黄表紙1」ぺりかん社 1992 p121
久安百首（書陵部蔵一五五・三六）
　　「新編国歌大観4」角川書店 1986 p281
久安百首（非部類本）
　　松野陽一、吉田薫編「藤原俊成全歌集」笠間書院 2007 p281
久安百首（部類本）
　　松野陽一、吉田薫編「藤原俊成全歌集」笠間書院 2007 p294
九位（世阿弥）
　　田中裕校注「新潮日本古典集成 新装版〔31〕世阿弥芸術論集」新潮社 2018 p163
九霞山樵の画山水歌〔如亭山人藁 初集〕（柏木如亭）
　　入谷仙介著「日本漢詩人選集8 柏木如亭」研文出版 1999 p87

休可亭記（蝶夢）
　田中道雄ほか編著「蝶夢全集」和泉書院 2013 p290

癸酉元旦（館柳湾）
　鈴木瑞枝註「日本漢詩人選集13 館柳湾」研文出版 1999 p66

窮巷（佐久間象山）
　李寅生著「漢詩名作集成〈日本編〉」明徳出版社 2016 p612

吸江庵（義堂周信）
　蔭木英雄著「日本漢詩人選集3 義堂周信」研文出版 1999 p31

牛蠱行（大須賀筠軒）
　李寅生著「漢詩名作集成〈日本編〉」明徳出版社 2016 p742

九日（梁田蛻巌）
　李寅生著「漢詩名作集成〈日本編〉」明徳出版社 2016 p329

九日宴に侍り、同じく「菊一叢の金を散らす」ということを賦す、応製（菅原道真）
　小島憲之, 山本登朗訓読ほか「日本漢詩人選集1 菅原道真」研文出版 1998 p131

九日後朝、同じく「秋の思い」ということを賦す、応製（菅原道真）
　小島憲之, 山本登朗訓読ほか「日本漢詩人選集1 菅原道真」研文出版 1998 p135

九日 故人に示す（新井白石）
　李寅生著「漢詩名作集成〈日本編〉」明徳出版社 2016 p305

九日 翠微に遊ぶ（雪村友梅）
　李寅生著「漢詩名作集成〈日本編〉」明徳出版社 2016 p205

九州下向記（是斎重鑑）
　石川一編・評釈「中世日記紀行文学全評釈集成7」勉誠出版 2004 p103

九州陣道の記〔落首・狂歌抜粋〕
　狂歌大観刊行会編「狂歌大観2 参考篇」明治書院 1984 p36

九州のみちの記（木下長嘯子）
　石川一編・評釈「中世日記紀行文学全評釈集成7」勉誠出版 2004 p125

九州道の記〔落首・狂歌抜粋〕
　狂歌大観刊行会編「狂歌大観2 参考篇」明治書院 1984 p34

久昌寺に夜集まる。江字を得たり（館柳湾）
　鈴木瑞枝註「日本漢詩人選集13 館柳湾」研文出版 1999 p39

急須図賛（与謝蕪村）
　尾形仂, 山下一海校注「蕪村全集4 俳詩・俳文」講談社 1994 p110

「旧跡の」狂歌（松尾芭蕉）
　宮脇真彦執筆担当「新編 芭蕉大成」三省堂 1999 p319

舊説拾遺物語〔抄〕
　朝倉治彦編「假名草子集成30」東京堂出版 2001 p266

癸酉冬至前の一日、崎陽の客舎にて感ずる有り（市河寛斎）
　蔡毅, 西岡淳著「日本漢詩人選集9 市河寛斎」研文出版 2007 p191

己酉の歳莫〔木工集〕（柏木如亭）
　入谷仙介著「日本漢詩人選集8 柏木如亭」研文出版 1999 p21

癸酉の初夏京を去りて琵琶湖上の最勝精舎に寓す〔如亭山人藁 巻二〕（柏木如亭）
　入谷仙介著「日本漢詩人選集8 柏木如亭」研文出版 1999 p129

旧日本伊勢物語 伊勢物語考異（建部綾足）
　建部綾足著作刊行会編「建部綾足全集7（国学）」国書刊行会 1988 p235

狂雲集（一休宗純）
　石井恭二訓読・訳「一休和尚大全 上」河出書房新社 2008 p245
　石井恭二訓読・訳「一休和尚大全 下」河出書房新社 2008 p5

狂雲集 上（一休宗純）
　平野宗浄訳注「一休和尚全集1 狂雲集 上」春秋社 1997 p1

狂雲集 下（一休宗純）
　蔭木英雄訳注「一休和尚全集2 狂雲集 下」春秋社 1997 p1

「京へなん」百韻
　加藤定彦「西山宗因全集3 俳諧篇」八木書店 2004 p236

郷を思ふ（中巌円月）
　李寅生著「漢詩名作集成〈日本編〉」明徳出版社 2016 p214

郷を思ふ（梁川紅蘭）
　李寅生著「漢詩名作集成〈日本編〉」明徳出版社 2016 p574

郷を思ふ（龍草廬）
　李寅生著「漢詩名作集成〈日本編〉」明徳出版社 2016 p388

郷を望むの詩（阿倍仲麻呂）
　李寅生著「漢詩名作集成〈日本編〉」明徳出版社 2016 p62

狂歌あきの野ら（萩の屋裏住編）
　久保田啓一翻刻「江戸狂歌本選集8」東京堂出版 2000 p297

狂歌蘆の角（雌雄軒蟹丸）
　西島孜哉, 羽生紀子編「近世上方狂歌叢書28 狂歌よつの友」近世上方狂歌研究会 2001 p23

狂歌芦の若葉（得閑斎繁雅撰）
　西島孜哉, 光井文雄編「近世上方狂歌叢書14 興歌かひこの鳥（他）」近世上方狂歌研究会 1990 p72

狂歌芦分船（園果亭義栗撰）
　西島孜哉編「近世上方狂歌叢書4 狂歌ならひの岡（他）」近世上方狂歌研究会 1986 p58

狂歌家の風（栗本軒貞国）
　西島孜哉編「近世上方狂歌叢書9 狂歌拾遺わすれ貝（他）」近世上方狂歌研究会 1987 p15

狂歌活玉集(法橋契因(紀海音)編)
　狂歌大観刊行会編「狂歌大観1 本篇」明治書院 1983 p790
狂謌いそちとり(白縁斎梅好編)
　西島孜哉ほか編「近世上方狂歌叢書21 古新狂歌酒」近世上方狂歌研究会 1995 p8
狂歌板橋集(揚籠廬楫友編)
　西島孜哉編「近世上方狂歌叢書6 狂歌肱枕(他)」近世上方狂歌研究会 1986 p57
狂歌一首。詩に代えて竜石上人の豊城に帰るに贈り、兼ねて金華の雲石禅師に簡す。一笑せん(義堂周信)
　藤木英雄著「日本漢詩人選集3 義堂周信」研文出版 1999 p121
狂歌一橙集(橙果亭島天地根)
　西島孜哉編「近世上方狂歌叢書7 狂歌柳下草(他)」近世上方狂歌研究会 1987 p59
狂歌糸の錦(百子堂潘山編)
　狂歌大観刊行会編「狂歌大観1 本篇」明治書院 1983 p706
狂歌今はむかし(土屋自休集)
　西島孜哉編「近世上方狂歌叢書12 狂歌三年物(他)」近世上方狂歌研究会 1989 p80
狂歌鵜の真似(山中千丈)
　西島孜哉編「近世上方狂歌叢書11 狂歌あさみとり(他)」近世上方狂歌研究会 1988 p84
狂歌浦の見わたし(葉流軒河丸、一文舎銭丸集)
　西島孜哉, 羽生紀子編「近世上方狂歌叢書29 狂歌浦の見わたし」近世上方狂歌研究会 2002 p1
狂歌得手かつて(凡鳥舎虫丸撰)
　西島孜哉, 羽生紀子編「近世上方狂歌叢書29 狂歌浦の見わたし」近世上方狂歌研究会 2002 p74
狂歌越天楽(棗由亭負米撰)
　西島孜哉編「近世上方狂歌叢書7 狂歌柳下草(他)」近世上方狂歌研究会 1987 p54
狂歌江都名所図会(天明老人(入道)内匠撰)
　粕谷宏紀, 小林ふみ子翻刻「江戸狂歌本選集13」東京堂出版 2004 p3
狂歌戎の鯛(永田柳因編)
　狂歌大観刊行会編「狂歌大観1 本篇」明治書院 1983 p739
きやうか圓(市中亭吾峒撰)
　西島孜哉編「近世上方狂歌叢書3 狂歌秋の花(他)」近世上方狂歌研究会 1985 p44
興歌老の胡馬(九如館鈍永編)
　西島孜哉ほか編「近世上方狂歌叢書23 興歌牧の笛」近世上方狂歌研究会 1996 p34
狂歌俤百人一首(得閑斎三大人撰(繁雅撰・茂喬補撰・砂長次撰))
　西島孜哉, 光井文華編「近世上方狂歌叢書18 狂歌俤百人一首」近世上方狂歌研究会 1993 p1
興歌かひこの鳥(得閑斎繁雅撰)
　西島孜哉, 光井文華編「近世上方狂歌叢書14 興歌かひこの鳥(他)」近世上方狂歌研究会 1990 p1

狂歌柿の核(麦里坊貞也撰)
　西島孜哉編「近世上方狂歌叢書12 狂歌三年物(他)」近世上方狂歌研究会 1989 p35
狂歌かたをなみ(雌雄軒蟹丸)
　西島孜哉, 羽生紀子編「近世上方狂歌叢書29 狂歌浦の見わたし」近世上方狂歌研究会 2002 p52
狂歌関東百題集(鈍々亭和樽編)
　久保田啓一翻刻「江戸狂歌本選集8」東京堂出版 2000 p227
狂歌君か側(塵尾庵乙介撰)
　西島孜哉編「近世上方狂歌叢書15 狂歌廿日月(他)」近世上方狂歌研究会 1991 p13
狂歌玉雲集(玉雲斎雄崎貞石撰)
　西島孜哉, 羽生紀子編「近世上方狂歌叢書26 嚩葉夷曲集」近世上方狂歌研究会 1999 p56
狂歌栗の下風(浜辺黒人輯)
　石川了翻刻「江戸狂歌本選集1」東京堂出版 1998 p129
狂歌栗下草(岫雲亭華産撰)
　西島孜哉編「近世上方狂歌叢書3 狂歌秋の花(他)」近世上方狂歌研究会 1985 p58
狂歌桑之弓(桑楊庵光編)
　小林勇翻刻「江戸狂歌本選集3」東京堂出版 1999 p283
狂歌艢初編(式亭三馬編著)
　吉丸雄哉翻刻箇所「江戸狂歌本選集15」東京堂出版 2007 p118
狂歌艢後編(式亭三馬編著)
　吉丸雄哉翻刻箇所「江戸狂歌本選集15」東京堂出版 2007 p151
狂歌紅葉集(文屋茂喬撰)
　西島孜哉, 光井文華編「近世上方狂歌叢書15 狂歌廿日月(他)」近世上方狂歌研究会 1991 p53
狂歌五十人一首(珍菓亭編)
　狂歌大観刊行会編「狂歌大観2 参考篇」明治書院 1984 p240
狂歌言玉集(篠目保雅楽選)
　西島孜哉, 羽生紀子編「近世上方狂歌叢書25 狂歌西都紀行」近世上方狂歌研究会 1998 p75
狂歌ことはの道(紫髯ほか編)
　西島孜哉ほか編「近世上方狂歌叢書23 興歌牧の笛」近世上方狂歌研究会 1996 p53
狂歌部領使
　粕谷宏紀, 佐藤悟翻刻「江戸狂歌本選集3」東京堂出版 1999 p195
狂歌古万沙良出(藍果亭拾栗)
　西島孜哉ほか編「近世上方狂歌叢書21 古新狂歌酒」近世上方狂歌研究会 1995 p88
狂歌後三栗集上(百尺楼桂雄、橙果亭天地根撰)
　西島孜哉編「近世上方狂歌叢書8 狂歌後三栗集(他)」近世上方狂歌研究会 1987 p1
狂歌後三栗集下(百尺楼桂雄、橙果亭天地根撰)
　西島孜哉編「近世上方狂歌叢書8 狂歌後三栗集(他)」近世上方狂歌研究会 1987 p26
狂歌才蔵集(四方赤良編)
　石川俊一郎翻刻「江戸狂歌本選集3」東京堂出版 1999 p95

狂歌酒百首（暁月坊）
　狂歌大観刊行会編「狂歌大観1 本篇」明治書院 1983 p13
狂歌三十六歌仙（千秋庵三陀羅（高野保光）編）
　宮崎修多翻刻「江戸狂歌本選集4」東京堂出版 1999 p69
　狂歌大観刊行会編「狂歌大観1 本篇」明治書院 1983 p681
狂歌三年物（麦里坊貞也撰）
　西島孜哉編「近世上方狂歌叢書12 狂歌三年物（他）」近世上方狂歌研究会 1989 p1
狂歌四季人物（天明老人尽語楼（下手内匠）編）
　宮崎修多翻刻「江戸狂歌本選集12」東京堂出版 2002 p219
狂歌時雨の橋
　海音研究会編「紀海音全集8」清文堂出版 1980 p215
狂歌師細見
　高橋啓之翻刻「江戸狂歌本選集15」東京堂出版 2007 p87
狂歌知足振（普栗釣方編）
　石川了翻刻「江戸狂歌本選集15」東京堂出版 2007 p101
狂歌師伝（梅本高節）
　山名順子翻刻「江戸狂歌本選集15」東京堂出版 2007 p399
狂歌四本柱
　佐藤悟翻刻「江戸狂歌本選集3」東京堂出版 1999 p247
狂歌杓子栗（便々館湖鯉鮒編）
　渡辺好久児翻刻「江戸狂歌本選集5」東京堂出版 1999 p151
今日歌集（木室卯雲）
　宇田敏彦翻刻「江戸狂歌本選集1」東京堂出版 1998 p89
狂歌拾遺家土産〔抄〕（一本亭芙蓉花編）
　島津忠夫ほか編「西山宗因全集5 伝記・研究篇」八木書店古書出版部 2013 p269
狂歌拾遺三栗集（橙果亭天地根撰）
　西島孜哉編「近世上方狂歌叢書9 狂歌拾遺わすれ貝（他）」近世上方狂歌研究会 1987 p59
狂歌拾遺わすれ貝（樵果亭栗圃ほか撰）
　西島孜哉編「近世上方狂歌叢書9 狂歌拾遺わすれ貝（他）」近世上方狂歌研究会 1987 p1
狂歌拾葉集（一静舎草丸撰）
　西島孜哉、羽生紀子編「近世上方狂歌叢書26 㽵葉典曲集」近世上方狂歌研究会 1999 p80
狂歌上段集（尚左堂俊満輯）
　石川了翻刻「江戸狂歌本選集4」東京堂出版 1999 p3
狂歌除元集（四穂園麦里撰）
　西島孜哉、光井文華編「近世上方狂歌叢書13 朋ちから（他）」近世上方狂歌研究会 1990 p76
狂歌初心抄（唐衣橘洲）
　渡辺好久児翻刻「江戸狂歌本選集15」東京堂出版 2007 p53

狂歌新後三栗集（橙果亭天地根, 清果亭桂影撰）
　西島孜哉編「近世上方狂歌叢書9 狂歌拾遺わすれ貝（他）」近世上方狂歌研究会 1987 p25
狂歌人物誌（絵馬屋額輔（四世））
　粕谷宏紀, 山名順子翻刻「江戸狂歌本選集15」東京堂出版 2007 p329
狂歌新三栗集上（橙果亭天地根撰）
　西島孜哉編「近世上方狂歌叢書8 狂歌後三栗集（他）」近世上方狂歌研究会 1987 p45
狂歌新三栗集下（橙果亭天地根撰）
　西島孜哉編「近世上方狂歌叢書8 狂歌後三栗集（他）」近世上方狂歌研究会 1987 p83
狂歌酔竹集（唐衣橘洲編）
　渡辺好久児翻刻「江戸狂歌本選集6」東京堂出版 1999 p43
狂歌数寄屋風呂（鹿都部真顔編）
　高橋啓之翻刻「江戸狂歌本選集3」東京堂出版 1999 p175
狂歌すまひ草（普栗釣方ほか）
　広部俊也翻刻「江戸狂歌本選集2」東京堂出版 1998 p3
狂歌角力草（桑田抱臍撰）
　西島孜哉ほか編「近世上方狂歌叢書19 興歌百一首嵯峨辺」近世上方狂歌研究会 1993 p30
狂歌西都紀行（含笑舎桑田抱臍）
　西島孜哉, 羽生紀子編「近世上方狂歌叢書25 狂歌西都紀行」近世上方狂歌研究会 1998 p1
狂歌雪月花（白縁斎梅好編）
　西島孜哉ほか編「近世上方狂歌叢書20 狂歌帆かけ船」近世上方狂歌研究会 1994 p56
狂歌選集楽（玉雲斎貞右）
　西島孜哉, 羽生紀子編「近世上方狂歌叢書27 狂歌泰平楽」近世上方狂歌研究会 2000 p19
狂歌千里同風
　粕谷宏紀翻刻「江戸狂歌本選集3」東京堂出版 1999 p143
狂歌続ますかがみ（栗柯亭木端編）
　狂歌大観刊行会編「狂歌大観1 本篇」明治書院 1983 p776
狂歌大体（朱楽菅江）
　伴野英一翻刻「江戸狂歌本選集15」東京堂出版 2007 p31
狂歌泰平楽（玉雲斎貞右）
　西島孜哉, 羽生紀子編「近世上方狂歌叢書27 狂歌泰平楽」近世上方狂歌研究会 2000 p1
狂歌手毎の花 初編（文屋茂喬撰）
　西島孜哉, 光井文華編「近世上方狂歌叢書16 狂歌手毎の花」近世上方狂歌研究会 1991 p1
狂歌手毎の花 二（文屋茂喬撰）
　西島孜哉, 光井文華編「近世上方狂歌叢書16 狂歌手毎の花」近世上方狂歌研究会 1991 p40
狂歌手毎の花 三編（文屋茂喬撰）
　西島孜哉, 光井文華編「近世上方狂歌叢書16 狂歌手毎の花」近世上方狂歌研究会 1991 p74
狂歌手毎の花 四編（文屋茂喬輯）
　西島孜哉, 光井文華編「近世上方狂歌叢書17 狂歌千種園」近世上方狂歌研究会 1992 p44

きよう　　　　　　　　　　作品名

狂歌手毎の花 五編（本城守棟輯）
　西島孜哉, 光井文華編「近世上方狂歌叢書17 狂歌千種園」近世上方狂歌研究会 1992 p78
狂歌辰の市（仙果亭嘉栗撰）
　西島孜哉編「近世上方狂歌叢書5 狂歌栗葉集（他）」近世上方狂歌研究会 1986 p40
狂歌溪の月（溪月庵宵眠）
　西島孜哉編「近世上方狂歌叢書2 狂歌手なれの鏡（他）」近世上方狂歌研究会 1985 p59
狂歌種ふくべ（永井走帆）
　狂歌大観刊行会編「狂歌大観1 本篇」明治書院 1983 p750
狂歌煙草百首（橘薫）
　粕谷宏紀翻刻「江戸狂歌本選集12」東京堂出版 2002 p189
狂歌旅枕（著者不明）
　狂歌大観刊行会編「狂歌大観1 本篇」明治書院 1983 p450
狂歌旅枕〔二巻二冊、天和二年、酒田屋刊、師宣絵入〕
　朝倉治彦, 伊藤慎吾編「假名草子集成24」東京堂出版 1999 p25
狂歌千種園 春（繁雅撰）
　西島孜哉, 光井文華編「近世上方狂歌叢書17 狂歌千種園」近世上方狂歌研究会 1992 p1
狂歌千種園 夏（繁雅撰）
　西島孜哉, 光井文華編「近世上方狂歌叢書17 狂歌千種園」近世上方狂歌研究会 1992 p28
狂歌千種園 秋（繁雅撰）
　西島孜哉, 光井文華編「近世上方狂歌叢書18 狂歌俳百人一首」近世上方狂歌研究会 1993 p63
狂歌千種園 冬（繁雅撰）
　西島孜哉, 光井文華編「近世上方狂歌叢書18 狂歌俳百人一首」近世上方狂歌研究会 1993 p86
狂歌千草園 恋（繁雅撰）
　西島孜哉ほか編「近世上方狂歌叢書19 興歌百人一首嵯峨辺」近世上方狂歌研究会 1993 p50
狂歌千草園 雑（繁雅撰）
　西島孜哉ほか編「近世上方狂歌叢書19 興歌百人一首嵯峨辺」近世上方狂歌研究会 1993 p76
狂歌月の影（二松庵万英）
　西島孜哉編「近世上方狂歌叢書10 狂歌月の影（他）」近世上方狂歌研究会 1988 p1
狂歌机の塵（永田貞竹編）
　海音研究会編「紀海音全集8」清文堂出版 1980 p154
　狂歌大観刊行会編「狂歌大観1 本篇」明治書院 1983 p716
狂歌つのくみ草（如棗亭栗洞撰）
　西島孜哉編「近世上方狂歌叢書10 狂歌月の影（他）」近世上方狂歌研究会 1988 p72
狂歌茅花集（四方歌垣（真顔）編）
　石川了翻刻「江戸狂歌本選集6」東京堂出版 1999 p291
狂歌東西集（千秋庵三陀羅法師編）
　石川俊一郎翻刻「江戸狂歌本選集5」東京堂出版 1999 p27

狂歌当載集（千秋庵三陀羅法師編）
　佐藤至子翻刻「江戸狂歌本選集7」東京堂出版 2000 p153
狂歌東来集（酒月米人（吾友軒）編）
　佐藤悟翻刻「江戸狂歌本選集5」東京堂出版 1999 p93
狂歌友かゝみ（如棗亭栗洞ほか詠）
　西島孜哉編「近世上方狂歌叢書2 狂歌手なれの鏡（他）」近世上方狂歌研究会 1985 p26
狂歌名越岡（籃果亭拾栗）
　西島孜哉ほか編「近世上方狂歌叢書21 古新狂酒」近世上方狂歌研究会 1995 p92
狂歌浪花のむめ（白縁斎梅好撰）
　西島孜哉ほか編「近世上方狂歌叢書21 古新狂酒」近世上方狂歌研究会 1995 p56
狂歌浪花丸（白縁斎梅好編）
　西島孜哉ほか編「近世上方狂歌叢書20 狂歌帆かけ船」近世上方狂歌研究会 1994 p15
狂歌二翁集（蝙蝠軒魚丸撰）
　西島孜哉, 羽生紀子編「近世上方狂歌叢書26 蝙蝶夷曲集」近世上方狂歌研究会 1999 p33
狂歌似物語（棗由負米）
　西島孜哉編「近世上方狂歌叢書6 狂歌胘枕（他）」近世上方狂歌研究会 1986 p83
狂歌之詠草（松永貞徳）
　狂歌大観刊行会編「狂歌大観1 本篇」明治書院 1983 p137
狂歌軒の松（園果亭義栗撰）
　西島孜哉編「近世上方狂歌叢書7 狂歌柳下草（他）」近世上方狂歌研究会 1987 p10
興歌野中の水（山田繁雅撰）
　西島孜哉, 光井文華編「近世上方狂歌叢書15 狂歌廿日月（他）」近世上方狂歌研究会 1991 p38
狂歌乗合船（永井走帆編）
　狂歌大観刊行会編「狂歌大観1 本篇」明治書院 1983 p608
狂歌廿日月（兎走亭倚柳, 可陽亭紅圓撰）
　西島孜哉, 光井文華編「近世上方狂歌叢書15 狂歌廿日月（他）」近世上方狂歌研究会 1991 p1
狂歌咄（寛文）（浅井了意）
　朝倉治彦編「假名草子集成23」東京堂出版 1998 p69
狂歌咄〔落首・狂歌抜粋〕
　狂歌大観刊行会編「狂歌大観2 参考篇」明治書院 1984 p117
狂歌花の友（前川淵龍）
　西島孜哉編「近世上方狂歌叢書5 狂歌栗葉集（他）」近世上方狂歌研究会 1986 p24
狂歌浜荻集（便々館湖鯉鮒編）
　神田正行翻刻「江戸狂歌本選集7」東京堂出版 2000 p3
狂歌はまのきさご（元木網）
　小林ふみ子翻刻「江戸狂歌本選集15」東京堂出版 2007 p5
狂歌春の光（得閑斎繁雅編）
　西島孜哉ほか編「近世上方狂歌叢書23 興歌牧の笛」近世上方狂歌研究会 1996 p12

狂歌胠枕（韓果亭栗嶝）
　　西島孜哉編「近世上方狂歌叢書6 狂歌胠枕（他）」近世上方狂歌研究会 1986 p1
狂歌左鞆絵（尚左堂俊満編）
　　渡辺好久児翻刻「江戸狂歌本選集6」東京堂出版 1999 p135
新撰狂歌百人一首（六樹園宿屋飯盛編）
　　粕谷宏紀翻刻「江戸狂歌本選集7」東京堂出版 2000 p263
興歌百人一首嵯峨辺（中川度量撰）
　　西島孜哉ほか編「近世上方狂歌叢書19 興歌百人一首嵯峨辺」近世上方狂歌研究会 1993 p1
狂歌ふくるま（麦里坊貞也撰）
　　西島孜哉編「近世上方狂歌叢書12 狂歌三年物（他）」近世上方狂歌研究会 1989 p49
狂歌ふくろ（栗枝亭蕪園選）
　　西島孜哉,羽生紀子編「近世上方狂歌叢書25 狂歌西都紀行」近世上方狂歌研究会 1998 p25
狂歌二見の礒（籃果亭拾栗）
　　西島孜哉編「近世上方狂歌叢書6 狂歌胠枕（他）」近世上方狂歌研究会 1986 p25
狂歌帆かけ船（雪縁斎一好）
　　西島孜哉ほか編「近世上方狂歌叢書20 狂歌帆かけ船」近世上方狂歌研究会 1994 p1
興歌牧の笛（素泉編）
　　西島孜哉ほか編「近世上方狂歌叢書23 興歌牧の笛」近世上方狂歌研究会 1996 p1
狂歌まことの道（如雲舎紫笛）
　　西島孜哉ほか編「近世上方狂歌叢書24 狂歌気のくすり」近世上方狂歌研究会 1997 p69
狂歌ますかがみ（栗柯亭木端編）
　　狂歌大観刊行会編「狂歌大観1 本篇」明治書院 1983 p727
狂歌水薦集（四方滝水楼米人編）
　　石川俊一郎翻刻「江戸狂歌本選集9」東京堂出版 2000 p3
狂歌水の面（麦里坊貞也撰）
　　西島孜哉編「近世上方狂歌叢書12 狂歌三年物（他）」近世上方狂歌研究会 1989 p20
狂歌水の鏡（山果亭紫笛）
　　西島孜哉ほか編「近世上方狂歌叢書24 狂歌気のくすり」近世上方狂歌研究会 1997 p46
狂歌三栗集（英果亭桂雄ほか）
　　西島孜哉編「近世上方狂歌叢書7 狂歌柳下草（他）」近世上方狂歌研究会 1987 p36
狂歌三津浦（白縁斎梅好編）
　　西島孜哉ほか編「近世上方狂歌叢書20 狂歌帆かけ船」近世上方狂歌研究会 1994 p38
狂歌武射志風流（四方真顔,森羅万象編）
　　渡辺好久児翻刻「江戸狂歌本選集6」東京堂出版 1999 p231
狂歌無心抄（如雲紫笛述作）
　　西島孜哉ほか編「近世上方狂歌叢書23 興歌牧の笛」近世上方狂歌研究会 1996 p72
狂歌棟上集（狂歌堂真顔,談凾楼焉馬撰）
　　延広真治翻刻「江戸狂歌本選集11」東京堂出版 2001 p5

狂歌藻塩草（揚果亭栗毬）
　　西島孜哉編「近世上方狂歌叢書4 狂歌ならひの岡（他）」近世上方狂歌研究会 1986 p24
狂歌餅月夜（塘潘山堂百子編）
　　海音研究会編「紀海音全集8」清文堂出版 1980 p214
　　狂歌大観刊行会編「狂歌大観1 本篇」明治書院 1983 p764
狂歌百千鳥（籃果亭拾栗）
　　西島孜哉編「近世上方狂歌叢書6 狂歌胠枕（他）」近世上方狂歌研究会 1986 p31
狂歌百羽搔（籃果亭拾栗）
　　西島孜哉編「近世上方狂歌叢書6 狂歌胠枕（他）」近世上方狂歌研究会 1986 p19
狂歌夜光玉（如棗亭栗洞）
　　西島孜哉編「近世上方狂歌叢書5 狂歌栗葉集（他）」近世上方狂歌研究会 1986 p76
狂歌大和拾遺（田中其翁編）
　　西島孜哉ほか編「近世上方狂歌叢書20 狂歌帆かけ船」近世上方狂歌研究会 1994 p73
狂歌吉原形四季細見（六樹園ほか撰）
　　高橋啓之翻刻「江戸狂歌本選集12」東京堂出版 2000 p165
狂歌よつの友（蝙蝠軒魚丸撰）
　　西島孜哉,羽生紀子編「近世上方狂歌叢書28 狂歌よつの友」近世上方狂歌研究会 2001 p1
狂歌落葉嚢
　　海音研究会編「紀海音全集8」清文堂出版 1980 p214
狂歌栗葉集（宣果亭朝省ほか撰）
　　西島孜哉編「近世上方狂歌叢書5 狂歌栗葉集（他）」近世上方狂歌研究会 1986 p1
狂歌わかみとり（今西五平（柳條亭小道）撰）
　　西島孜哉編「近世上方狂歌叢書10 狂歌月の影（他）」近世上方狂歌研究会 1988 p58
狂歌若緑岩代松（時雨庵萱根編）
　　渡辺好久児翻刻「江戸狂歌本選集8」東京堂出版 2000 p3
狂歌我身の土産（養老館路芳）
　　西島孜哉編「近世上方狂歌叢書11 狂歌あさみとり（他）」近世上方狂歌研究会 1988 p60
暁寒（市河寛斎）
　　蔡毅,西岡淳著「日本漢詩人選集9 市河寛斎」研文出版 2007 p165
張かへし行儀有良礼（山東京傳）
　　棚橋正博校訂「山東京傳全集2 黄表紙2」ぺりかん社 1993 p341
僑居三章の文（加舎白雄）
　　矢羽勝幸編「増補改訂 加舎白雄全集 上」国文社 2008 p375
僑居の壁に題す〔如亭山人藁 巻一〕（柏木如亭）
　　入谷仙介著「日本漢詩人選集8 柏木如亭」研文出版 1999 p111
僑居の辞（加舎白雄）
　　矢羽勝幸編「増補改訂 加舎白雄全集 上」国文社 2008 p375

きょう

「狂句木枯の」歌仙
　宮脇真彦執筆担当「新編 芭蕉大成」三省堂 1999 p188
「狂句木枯の」の詞書(松尾芭蕉)
　嶋中道則ほか「新編 芭蕉大成」三省堂 1999 p380
諸芸袖日記後篇 教訓私儘育(其笑ほか)
　花田富二夫翻刻「八文字屋本全集19」汲古書院 1999 p341
恭卿の郷に帰るを送る(市河寛斎)
　蔡毅、西岡淳著「日本漢詩人選集9 市河寛斎」研文出版 2007 p6
狂言鶯蛙集(朱楽漢江編著)
　宇田敏彦翻刻「江戸狂歌本選集2」東京堂出版 1998 p111
扇蟹目傘轍鰤 狂言末広栄(山東京傳)
　棚橋正博校訂「山東京傳全集1 黄表紙1」ぺりかん社 1992 p415
堯孝法印集(群書類従本)(堯孝)
　「新編国歌大観8」角川書店 1990 p53
共古翁雅友帖〔抄〕(三村竹清編)
　島津忠夫ほか編「西山宗因全集5 伝記・研究篇」八木書店古書出版部 2013 p301
京極為兼歳暮百首(京極為兼)
　岩佐美代子注釈「新注和歌文学叢書16 京極派揺籃期和歌 新注」青簡舎 2015 p158
京極為兼花三十首(京極為兼)
　岩佐美代子注釈「新注和歌文学叢書16 京極派揺籃期和歌 新注」青簡舎 2015 p189
京極為兼立春百首(京極為兼)
　岩佐美代子注釈「新注和歌文学叢書16 京極派揺籃期和歌 新注」青簡舎 2015 p126
京極為兼和歌詠草(京極為兼)
　岩佐美代子注釈「新注和歌文学叢書16 京極派揺籃期和歌 新注」青簡舎 2015 p229
　岩佐美代子注釈「新注和歌文学叢書16 京極派揺籃期和歌 新注」青簡舎 2015 p232
京極御息所歌合(陽明文庫蔵十巻本)
　「新編国歌大観5」角川書店 1987 p36
「狂居士の」の詞書(与謝蕪村)
　尾形仂、山下一海校注「蕪村全集4 俳詩・俳文」講談社 1994 p152
「けふ来ずは」百韻
　島津忠夫ほか編「西山宗因全集2 連歌篇二」八木書店 2007 p313
筑山の道中(広瀬旭荘)
　大野修作著「日本漢詩人選集16 広瀬旭荘」研文出版 1999 p83
行助句集〈書陵部蔵五〇九・二三〉(行助)
　「連歌大観1」古典ライブラリー 2016 p298
経旨和歌(書陵部蔵続群書類従本)
　「新編国歌大観10」角川書店 1992 p491
行尊大僧正集(書陵部蔵一五〇・五五六)(行尊)
　「新編国歌大観3」角川書店 1985 p463
興太郎(九如館鈍永撰)
　西島孜哉、光井文華編「近世上方狂歌叢書13 朋ちから(他)」近世上方狂歌研究会 1990 p23
「京て花や」百韻
　加藤定彦「西山宗因全集3 俳諧篇」八木書店 2004 p349
京伝憂世之酔醒(山東京傳)
　棚橋正博校訂「山東京傳全集2 黄表紙2」ぺりかん社 1993 p263
　棚橋正博校訂「山東京傳全集5 黄表紙5」ぺりかん社 2009 p523
京伝主十六相鑑(山東京傳)
　棚橋正博校訂「山東京傳全集4 黄表紙4」ぺりかん社 2004 p251
京伝予誌(山東京傳)
　棚橋正博校訂「山東京傳全集18 洒落本」ぺりかん社 2012 p373
京都東山(徳富蘇峰)
　李寅生著「漢詩名作集成〈日本編〉」明徳出版社 2016 p785
「京にあきて」八句断簡
　宮脇真彦執筆担当「新編 芭蕉大成」三省堂 1999 p268
郷に還る(良寛)
　井上慶隆著「日本漢詩人選集11 良寛」研文出版 2002 p133
けふの時雨(延享二年刊)(鳥酔編)
　加藤定彦、外村展子編「関東俳諧叢書12 武蔵・相模編2」関東俳諧叢書刊行会 1997 p135
けふの昔〔抄〕(朱拙編)
　嶋中道則編「新編 芭蕉大成」三省堂 1999 p796
　石川八朗ほか編「宝井其角全集〔2〕資料篇」勉誠社 1994 p296
　島津忠夫ほか編「西山宗因全集5 伝記・研究篇」八木書店古書出版部 2013 p251
「けふばかり」歌仙
　宮脇真彦執筆担当「新編 芭蕉大成」三省堂 1999 p271
享保前句集
　海音研究会編「紀海音全集8」清文堂出版 1980 p87
「京までは」歌仙
　宮脇真彦執筆担当「新編 芭蕉大成」三省堂 1999 p207
京土産名所井筒(長谷川千四)
　「義太夫節浄瑠璃未翻刻作品集成7 京土産名所井筒」玉川大学出版部 2007 p11
凶問に報う(大伴旅人)
　興膳宏著「日本漢詩人選集 別巻 古代漢詩選」研文出版 2005 p30
狂遊集(夢丸編)
　狂歌大観刊行会編「狂歌大観2 参考篇」明治書院 1984 p222
京童(明暦四年八文字屋五兵衛板、六巻六冊)(中川喜雲)
　朝倉治彦ほか編「假名草子集成22」東京堂出版 1998 p89
京童〔落首・狂歌抜粋〕
　狂歌大観刊行会編「狂歌大観2 参考篇」明治書院 1984 p139

京童あとをひ（寛文七年八文字屋五兵衛板、六巻六冊）
（中川喜雲）
　朝倉治彦ほか編「假名草子集成22」東京堂出版
　1998 p193
京童跡追〔落首・狂歌抜粋〕
　狂歌大観刊行会編「狂歌大観2 参考篇」明治書院
　1984 p140
居をトす（鷲津毅堂）
　李寅生著「漢詩名作集成〈日本編〉」明徳出版社
　2016 p666
漁家（大窪詩仏）
　李寅生著「漢詩名作集成〈日本編〉」明徳出版社
　2016 p479
漁歌　歌毎に「帯」の字を用ふ（嵯峨天皇）
　李寅生著「漢詩名作集成〈日本編〉」明徳出版社
　2016 p108
御忌の鐘（歌仙）
　光田和伸校注「蕪村全集2 連句」講談社 2001
　p332
玉蘊女史に贈る（中島棕隠）
　入谷仙介著「日本漢詩人選集14 中島棕隠」研文
　出版 2002 p104
玉吟集（藤原家隆）
　久保田淳校注「和歌文学大系62 玉吟集」明治書
　院 2018 p1
玉吟抄（潤甫周玉、三条西公条）
　狂歌大観刊行会編「狂歌大観1 本篇」明治書院
　1983 p46
曲水や（歌仙）
　永井一彰校注「蕪村全集2 連句」講談社 2001
　p526
玉屑集（祐徳稲荷神社中川文庫蔵本）（昌叱ほか付句）
　「連歌大観3」古典ライブラリー 2017 p18
旭荘（広瀬旭荘）
　大野修作著「日本漢詩人選集16 広瀬旭荘」研文
　出版 1999 p52
玉池雑藻〔抄〕（素外）
　島津忠夫ほか編「西山宗因全集5 伝記・研究篇」
　八木書店古書出版部 2013 p292
玉伝集和歌最頂
　「新編国歌大観10」角川書店 1992 p984
玉葉和歌集（宮内庁書陵部蔵 兼右筆「二十一代集」）（京極
為兼撰）
　「新編国歌大観1」角川書店 1983 p421
玉葉和歌集（巻第一～十三）（京極為兼撰）
　中川博夫校注「和歌文学大系39 玉葉和歌集
　（上）」明治書院 2016 p1
清輔集（藤原清輔）
　芦田耕一注釈「新注和歌文学叢書1 清輔集新注」
　青簡舎 2008 p1
清輔集（書陵部蔵五〇一・四三）（藤原清輔）
　「新編国歌大観3」角川書店 1985 p490
御製「江上落花詞」に和し奉る（菅原清公）
　興膳宏著「日本漢詩人選集 別巻 古代漢詩選」研
　文出版 2005 p149

清瀧物語（寛文十年うろこかた屋板、絵入）
　朝倉治彦ほか編「假名草子集成23」東京堂出版 1998
　p39
清正集（西本願寺蔵三十六人集）（藤原清正）
　「新編国歌大観3」角川書店 1985 p75
清経（世阿弥）
　伊藤正義校注「新潮日本古典集成 新装版〔64〕
　謡曲集 中」新潮社 2015 p15
清經（観世流）準カケリ物
　野上豊一郎編「新装解註 謡曲全集2」中央公論新
　社 2001 p175
挙白集（慶安二年板本）（木下長嘯子）
　「新編国歌大観9」角川書店 1991 p53
御風主人、予を那珂川の上りに觴す賦して贈
る（広瀬淡窓）
　林田愼之助著「日本漢詩人選集15 広瀬淡窓」研
　文出版 2005 p143
漁父図賛（与謝蕪村）
　尾形仂、山下一海校注「蕪村全集4 俳詩・俳文」
　講談社 1994 p39
俳諧拾遺清水記（宝暦七年刊）（秀谷編）
　加藤定彦、外村展子編「関東俳諧叢書10 江戸編
　2」関東俳諧叢書刊行会 1997 p75
清水物語（寛永十五年刊、二巻二冊）
　朝倉治彦ほか編「假名草子集成22」東京堂出版
　1998 p291
許宿消息〔抄〕（許六、野坡）
　嶋中道則編「新編 芭蕉大成」三省堂 1999 p803
去来今（享保十八年刊）（水光（祇徳）ほか編）
　加藤定彦、外村展子編「関東俳諧叢書5 四時観編
　1」関東俳諧叢書刊行会 1994 p3
『去来三部抄』奥書（蝶夢）
　田中道雄ほか編著「蝶夢全集」和泉書院 2013
　p310
去来抄（去来）
　雲英末雄著「古典名作リーディング3 芭蕉集」貴
　重本刊行会 2000 p279
　尾形仂編「新編 芭蕉大成」三省堂 1999 p587
　石川八朗ほか編「宝井其角全集〔2〕資料篇」勉
　誠社 1994 p363
　島津忠夫ほか編「西山宗因全集5 伝記・研究篇」
　八木書店古書出版部 2013 p256
　奥谷野寛ほか編纂校訂「覆刻 日本古典全集〔文
　学編〕〔40〕芭蕉全集 前編」現代思潮社 1983
　p203
去来丈岬伝（蝶夢）
　田中道雄ほか編著「蝶夢全集」和泉書院 2013
　p282
去来丈草発句集序（蝶夢）
　田中道雄ほか編著「蝶夢全集」和泉書院 2013
　p245
許六を送る詞（松尾芭蕉）
　嶋中道則ほか「新編 芭蕉大成」三省堂 1999
　p436
送許六解（松尾芭蕉）
　奥谷野寛ほか編纂校訂「覆刻 日本古典全集〔文
　学編〕〔40〕芭蕉全集 前編」現代思潮社 1983

p133

許六離別の詞(松尾芭蕉)
　富山奏校注「新潮日本古典集成 新装版〔47〕芭蕉文集」新潮社 2019 p231
　嶋中道則ほか「新編 芭蕉大成」三省堂 1999 p435

「きりぎりす」前書(与謝蕪村)
　尾形仂、山下一海校注「蕪村全集4 俳詩・俳文」講談社 1994 p43

吉利支丹御対治物語(寛永十六年八月刊、二巻二冊)
　朝倉治彦、柏川修一編「假名草子集成25」東京堂出版 1999 p1

鬼利至端破却論伝(浅井了意)
　中島次郎翻刻「浅井了意全集 仮名草子編4」岩田書院 2013 p485

鬼理志端破却論傳(山田市郎兵衛刊、三巻三冊、絵入)(浅井了意)
　朝倉治彦、柏川修一編「假名草子集成25」東京堂出版 1999 p35

桐壺(紫式部)
　石田穣二、清水好子校注「新潮日本古典集成 新装版〔10〕源氏物語 一」新潮社 2014 p9
　阿部秋生ほか校訂・訳「日本の古典をよむ9 源氏物語 上」小学館 2008 p14
　與謝野寬ほか編纂校訂「覆刻 日本古典全集〔文学編〕〔16〕源氏物語 一」現代思潮社 1982 p1
　円地文子訳「わたしの古典6 円地文子の源氏物語 巻1」集英社 1985 p9

桐の影(安永六年)(巨洲編)
　清登典子校注「蕪村全集8 関係俳書」講談社 1992 p416

桐火桶
　「新編国歌大観5」角川書店 1987 p1092

きれぎれ
　石川八朗ほか編「宝井其角全集〔2〕資料篇」勉誠社 1994 p319

記録曽我女黒船(江島其磧)
　倉員正江翻刻「八文字屋本全集10」汲古書院 1995 p77

記録曽我女黒船後本朝会稽山(江島其磧)
　倉員正江翻刻「八文字屋本全集10」汲古書院 1995 p147

記録曽我玉笄髷(戸川不鱗)
　「義太夫節浄瑠璃未翻刻作品集成14 記録曽我玉笄髷」玉川大学出版部 2011 p11

木六駄
　三枝和子訳「わたしの古典15 馬場あき子の謡曲集 三枝和子の狂言集」集英社 1987 p203

琴を弾ずるを習ふを停む(菅原道真)
　李寅生著「漢詩名作集成〈日本編〉」明德出版社 2016 p156

金槐集(源実朝)
　樋口芳麻呂校注「新潮日本古典集成 新装版〔9〕金槐和歌集」新潮社 2016 p9

金槐和歌集(高松宮蔵本)(源実朝)
　「新編国歌大観4」角川書店 1986 p72

公賢集(島原松平文庫蔵本)(中園公賢)
　「新編国歌大観7」角川書店 1989 p715

銀河の序(松尾芭蕉)
　嶋中道則ほか「新編 芭蕉大成」三省堂 1999 p408

銀河序(松尾芭蕉)
　與謝野寬ほか編纂校訂「覆刻 日本古典全集〔文学編〕〔40〕芭蕉全集 前編」現代思潮社 1983 p138

はいかい銀かわらけ
　海音研究会編「紀海音全集8」清文堂出版 1980 p88

近畿巡遊日記(曽良)
　中西啓翻刻「古典文学翻刻集成2 俳文学篇 元禄・蕉風・中興期」ゆまに書房 1998 p34

銀杏樹歌(広瀬旭荘)
　大野修作著「日本漢詩人選集16 広瀬旭荘」研文出版 1999 p64

金玉歌合(書陵部蔵五〇一・五八)(伏見院、京極為兼)
　「新編国歌大観10」角川書店 1992 p278

金玉和歌集(穂久邇文庫蔵本)(藤原公任撰)
　「新編国歌大観2」角川書店 1984 p256

栄花夢後日語金々先生造化夢(山東京傳)
　棚橋正博校訂「山東京傳全集3 黄表紙3」ぺりかん社 2001 p547

金言和歌集
　狂歌大観刊行会編「狂歌大観1 本篇」明治書院 1983 p17

近郊閑歩(館柳湾)
　鈴木瑞枝著「日本漢詩人選集13 館柳湾」研文出版 1999 p122

琴湖晩望(広瀬淡窓)
　林田愼之助著「日本漢詩人選集15 広瀬淡窓」研文出版 2005 p163

菫斎に贈る(市河寛斎)
　蔡毅、西岡淳著「日本漢詩人選集9 市河寛斎」研文出版 2007 p103

金札(喜多流)伽物
　野上豊一郎編「新装解註 謠曲全集1」中央公論新社 2001 p313

金山雑咏(十三首のうち七首)(館柳湾)
　鈴木瑞枝著「日本漢詩人選集13 館柳湾」研文出版 1999 p102

金州城下の作(乃木石樵)
　李寅生著「漢詩名作集成〈日本編〉」明德出版社 2016 p763

金心寺に過る(空海)
　興膳宏著「日本漢詩人選集 別巻 古代漢詩選」研文出版 2005 p169

錦水追善集(一周忌)(若槻発起・編)
　加藤定彦、外村展子編「関東俳諧叢書 編外1 半場里丸俳諧資料集」関東俳諧叢書刊行会 1995 p18

近世怪談霜夜星(柳亭種彦)
　須永朝彦訳「現代語訳 江戸の伝奇小説5 報仇奇

談自来也説話／近世怪談霜夜星」国書刊行会 2003 p287
近世奇跡考〔抄〕(山東京伝)
　石川八朗ほか編「宝井其角全集〔2〕　資料篇」勉誠社 1994 p686
琴声女房形気(山東京山)
　本多朱里校訂「江戸怪異綺想文芸大系4 山東京山伝奇小説集」国書刊行会 2003 p847
文展狂女手車之翁琴声美人伝(山東京傳)
　棚橋正博校訂「山東京傳全集13 合巻8」ぺりかん社 2018 p213
近代秀歌(遣送本・自筆本)(藤原定家)
　「新編国歌大観5」角川書店 1987 p1064
扶桑近代艶隠者　序(西鶴)
　竹野静雄校注「新編西鶴全集5 本文篇 下」勉誠出版 2007 p1263
公忠集(源公忠)
　新藤協三ほか全釈「私家集全釈叢書35 公忠集全釈」風間書房 2006 p59
公忠集(書陵部蔵五一一・二)(源公忠)
　「新編国歌大観3」角川書店 1985 p74
禁短気次編(自笑)
　岡雅彦翻刻「八文字屋本全集23」汲古書院 2000 p1
禁短気三編(自笑)
　渡辺守邦翻刻「八文字屋本全集23」汲古書院 2000 p55
公任集(藤原公任)
　伊井春樹ほか全釈「私家集全釈叢書7 公任集全釈」風間書房 1989 p53
　竹鼻績校注・訳「私家集注釈叢刊15 公任集注釈」貴重本刊行会 2004 p7
公任集(書陵部蔵五〇一・七三九)(藤原公任)
　「新編国歌大観3」角川書店 1985 p300
公衡集(書陵部蔵五〇一・六一)(藤原公衡)
　「新編国歌大観7」角川書店 1989 p204
公衡百首(『定家珠芳』所収本)(藤原公衡)
　「新編国歌大観10」角川書店 1992 p135
禁門を過ぐ(斎藤拙堂)
　李寅生著「漢詩名作集成〈日本編〉」明徳出版社 2016 p563
銀葉夷歌集(生白堂行風編)
　狂歌大観刊行会編「狂歌大観1 本篇」明治書院 1983 p405
金葉和歌集(源俊頼撰)
　正宗敦夫校訂「覆刻 日本古典全集〔文学編〕〔15〕金葉和歌集 詞花和歌集」現代思潮社 1982 p1
　錦仁校注「和歌文学大系34 金葉和歌集・詞花和歌集」明治書院 2006 p1
金葉和歌集 初度本(静嘉堂文庫蔵本)(源俊頼撰)
　「新編国歌大観6」角川書店 1988 p9
金葉和歌集 二度本(ノートルダム清心女子大学正宗文庫蔵本)(源俊頼撰)
　「連歌大観1」古典ライブラリー 2016 p163

金葉和歌集 二度本(ノートルダム清心女子大学附属図書館蔵本)(源俊頼撰)
　「新編国歌大観1」角川書店 1983 p141
金葉和歌集 三奏本(国民精神文化研究所刊影印本)(源俊頼撰)
　「新編国歌大観1」角川書店 1983 p158
金葉和歌集 三奏本(国立歴史民俗博物館高松宮旧蔵本)(源俊頼撰)
　「連歌大観1」古典ライブラリー 2016 p164
公義集(島原松平文庫蔵本)(薬師寺公義)
　「新編国歌大観7」角川書店 1989 p755
近来俳諧風隠体抄〔抜抄〕(惟中)
　加藤定彦「西山宗因全集3 俳諧篇」八木書店 2004 p530
　島津忠夫ほか「西山宗因全集5 伝記・研究篇」八木書店古書出版部 2013 p223
近来俳諧風躰抄〔抜抄〕(惟中)
　竹下義人校注「新編西鶴全集5 本文篇 上」勉誠出版 2007 p437
近来風体抄(二条良基)
　「新編国歌大観5」角川書店 1987 p1111
禁裏歌合 建保二年七月(内閣文庫蔵本)
　「新編国歌大観10」角川書店 1992 p225
金陵懐古(中巌円月)
　李寅生著「漢詩名作集成〈日本編〉」明徳出版社 2016 p212
金輪寺の後閣に上る(二首のうち一首)(館柳湾)
　鈴木瑞枝著「日本漢詩人選集13 館柳湾」研文出版 1999 p79

【く】

句合草稿断簡(与謝蕪村判)
　尾形仂,山下一海校注「蕪村全集4 俳詩・俳文」講談社 1994 p338
「水鶏啼と」半歌仙
　宮脇真彦執筆担当「新編 芭蕉大成」三省堂 1999 p295
苦雨(西郷隆盛)
　松尾善弘著「西郷隆盛漢詩全集 増補改訂版」斯文堂 2018 p207
偶詠(丹羽花南)
　李寅生著「漢詩名作集成〈日本編〉」明徳出版社 2016 p760
偶興(安積艮斎)
　李寅生著「漢詩名作集成〈日本編〉」明徳出版社 2016 p546
偶興廿日
　石川八朗ほか編「宝井其角全集〔2〕　資料篇」勉誠社 1994 p85
偶作(川田甕江)
　李寅生著「漢詩名作集成〈日本編〉」明徳出版社

2016 p692
偶作(雪村友梅)
　李寅生著「漢詩名作集成〈日本編〉」明徳出版社
　2016 p204
偶作(武田信玄)
　李寅生著「漢詩名作集成〈日本編〉」明徳出版社
　2016 p252
偶作(広瀬旭荘)
　大野修作著「日本漢詩人選集16 広瀬旭荘」研文
　出版 1999 p115
偶作(伝良寛)
　李寅生著「漢詩名作集成〈日本編〉」明徳出版社
　2016 p466
偶成(市河寛斎)
　蔡毅, 西岡淳著「日本漢詩人選集9 市河寛斎」研
　文出版 2007 p184
偶成(木戸松菊)
　李寅生著「漢詩名作集成〈日本編〉」明徳出版社
　2016 p699
偶成(西郷隆盛)
　李寅生著「漢詩名作集成〈日本編〉」明徳出版社
　2016 p675
　松尾善弘著「西郷隆盛漢詩全集 増補改訂版」斯文
　堂 2018 p3
　松尾善弘著「西郷隆盛漢詩全集 増補改訂版」斯文
　堂 2018 p10
　松尾善弘著「西郷隆盛漢詩全集 増補改訂版」斯文
　堂 2018 p21
　松尾善弘著「西郷隆盛漢詩全集 増補改訂版」斯文
　堂 2018 p23
　松尾善弘著「西郷隆盛漢詩全集 増補改訂版」斯文
　堂 2018 p35
　松尾善弘著「西郷隆盛漢詩全集 増補改訂版」斯文
　堂 2018 p42
　松尾善弘著「西郷隆盛漢詩全集 増補改訂版」斯文
　堂 2018 p47
　松尾善弘著「西郷隆盛漢詩全集 増補改訂版」斯文
　堂 2018 p49
　松尾善弘著「西郷隆盛漢詩全集 増補改訂版」斯文
　堂 2018 p76
　松尾善弘著「西郷隆盛漢詩全集 増補改訂版」斯文
　堂 2018 p86
　松尾善弘著「西郷隆盛漢詩全集 増補改訂版」斯文
　堂 2018 p91
　松尾善弘著「西郷隆盛漢詩全集 増補改訂版」斯文
　堂 2018 p97
　松尾善弘著「西郷隆盛漢詩全集 増補改訂版」斯文
　堂 2018 p100
　松尾善弘著「西郷隆盛漢詩全集 増補改訂版」斯文
　堂 2018 p105
　松尾善弘著「西郷隆盛漢詩全集 増補改訂版」斯文
　堂 2018 p112
　松尾善弘著「西郷隆盛漢詩全集 増補改訂版」斯文
　堂 2018 p126
　松尾善弘著「西郷隆盛漢詩全集 増補改訂版」斯文
　堂 2018 p157
　松尾善弘著「西郷隆盛漢詩全集 増補改訂版」斯文
　堂 2018 p188
　松尾善弘著「西郷隆盛漢詩全集 増補改訂版」斯文
　堂 2018 p198
　松尾善弘著「西郷隆盛漢詩全集 増補改訂版」斯文
　堂 2018 p205
　松尾善弘著「西郷隆盛漢詩全集 増補改訂版」斯文
　堂 2018 p247
偶成(館柳湾)
　鈴木瑞枝著「日本漢詩人選集13 館柳湾」研文出
　版 1999 p143
偶成(伊達政宗)
　李寅生著「漢詩名作集成〈日本編〉」明徳出版社
　2016 p265
偶成(広瀬淡窓)
　林田愼之助著「日本漢詩人選集15 広瀬淡窓」研
　文出版 2005 p12
偶成絶句 十首(五首載録中の第二首)(梁川星巌)
　山本和義, 福島理子著「日本漢詩人選集17 梁川
　星巌」研文出版 2008 p18
偶題(館柳湾)
　鈴木瑞枝著「日本漢詩人選集13 館柳湾」研文出
　版 1999 p10
空林風葉
　石川八朗ほか編「宝井其角全集〔2〕資料篇」勉
　誠社 1994 p31
狂伝和尚América中法語九界十年色地獄(山東京傳)
　棚橋正博校訂「山東京傳全集2 黄表紙2」ぺりか
　ん社 1993 p475
九月十日(菅原道真)
　小島憲之, 山本登朗訓読ほか「日本漢詩人選集1
　菅原道真」研文出版 1998 p149
九月十三夜(上杉謙信)
　李寅生著「漢詩名作集成〈日本編〉」明徳出版社
　2016 p255
九月十三夜の詞(鹿持雅澄)
　津本信博著「江戸後期紀行文学全集2」新典社
　2013 p307
九月十五日夜、子野の客舎にて月を賞して、韻
を分かつ(市河寛斎)
　蔡毅, 西岡淳著「日本漢詩人選集9 市河寛斎」研
　文出版 2007 p23
九月廿日餘りに津の國難波へ行く人を送る序
(賀茂真淵)
　與謝野寛ほか編纂校訂「覆刻 日本古典全集〔文学
　編〕〔13〕賀茂眞淵集」現代思潮社 1983 p110
久賀美(二六首)(良寛)
　谷川敏朗訳注「定本 良寛全集2 歌集」中央公論
　新社 2006 p51
句兄弟(宝井其角編)
　石川八朗ほか編「宝井其角全集〔1〕編著篇」勉
　誠社 1994 p213
句兄弟〔抄〕(其角撰)
　嶋中道則編「新編 芭蕉大成」三省堂 1999 p789
苦吟(市河寛斎)
　蔡毅, 西岡淳著「日本漢詩人選集9 市河寛斎」研
　文出版 2007 p182
愚句(肥前島原松平文庫蔵本)(飛鳥井雅親)
　「連歌大観1」古典ライブラリー 2016 p389

愚見抄
　「新編国歌大観5」角川書店　1987　p1086
救済付句〈神宮文庫蔵本〉（救済）
　「連歌大観1」古典ライブラリー　2016　p263
草刈笛〔抄〕（支考）
　嶋中道則編「新編 芭蕉大成」三省堂　1999　p798
草津集〈安永四年刊〉（一鳩編）
　加藤定彦、外村展子編「関東俳諧叢書28 両毛・甲斐編3」関東俳諧叢書刊行会　2005　p227
草薙（宝生流）準働物
　野上豊一郎編「新装解註 謡曲全集5」中央公論新社　2001　p425
「草に木に」百韻
　島津忠夫ほか編「西山宗因全集2 連歌篇二」八木書店　2007　p145
「草の戸も」の詞書（松尾芭蕉）
　嶋中道則ほか「新編 芭蕉大成」三省堂　1999　p399
「草の戸や」発句・脇
　宮脇真彦執筆担当「新編 芭蕉大成」三省堂　1999　p265
岬の道
　石川八朗ほか編「宝井其角全集〔2〕 資料篇」勉誠社　1994　p316
岬之道（宇鹿、紗柳編）
　白石悌三翻刻「古典文学翻刻集成4 続・俳文学篇 元禄・蕉風（上）」ゆまに書房　1999　p308
「草の屋の」百韻（西山宗因評点）
　井上敏幸、尾崎千佳校訂「西山宗因全集4 紀行・評点・書簡篇」八木書店　2006　p90
「草箒」発句・脇
　宮脇真彦執筆担当「新編 芭蕉大成」三省堂　1999　p249
草枕（旨恕編）
　竹下義人校注「新編西鶴全集5 本文篇 上」勉誠出版　2007　p86
草枕（建部綾足撰）
　建部綾足著作刊行会編「建部綾足全集3（俳諧Ⅲ）」国書刊行会　1986　p265
草枕〔松尾芭蕉著〕　→　野ざらし紀行（のざらしきこう）を見よ
孔雀（西郷隆盛）
　松尾善弘著「西郷隆盛漢詩全集 増補改訂版」斯文堂　2018　p255
「嚊にも」詞書（与謝蕪村）
　尾形仂、山下一海校注「蕪村全集4 俳詩・俳文」講談社　1994　p238
九条右大臣集〈三手文庫蔵本〉（藤原師輔）
　「新編国歌大観3」角川書店　1985　p154
九条殿師輔集（藤原師輔）
　藤川晶子ほか全釈「私家集全釈叢書31 小野宮殿実頼集・九条殿師輔集全釈」風間書房　2002　p183
國栖（金春流）準働物
　野上豊一郎編「新装解註 謡曲全集6」中央公論新社　2001　p7

葛の翁図賛（与謝蕪村）
　尾形仂、山下一海校注「蕪村全集4 俳詩・俳文」講談社　1994　p190
楠三代壮士（江島其磧）
　花田富二夫翻刻「八文字屋本全集7」汲古書院　1994　p513
楠長譜九州下向記（楠長譜）
　石川一編・評釈「中世日記紀行文学全評釈集成7」勉誠出版　2004　p251
南木莠日記（瑞笑、其笑）
　江本裕翻刻「八文字屋本全集22」汲古書院　2000　p1
楠正成軍法実録（並木宗助、安田蛙文）
　「義太夫節浄瑠璃未翻刻作品集成19 楠正成軍法実録」玉川大学出版部　2011　p11
楠露（観世流）男舞物
　野上豊一郎編「新装解註 謡曲全集5」中央公論新社　2001　p181
葛の葉表（加舎白雄代編）
　矢羽勝幸編「増補改訂 加舎白雄全集 下」国文社　2008　p297
『葛の葉表』跋（加舎白雄）
　矢羽勝幸編「増補改訂 加舎白雄全集 上」国文社　2008　p385
葛の松原〔抄〕（支考）
　石川八朗ほか編「宝井其角全集〔2〕 資料篇」勉誠社　1994　p120
　嶋中道則編「新編 芭蕉大成」三省堂　1999　p786
葛の別〈宝暦五年刊〉（雪炊庵二狂編）
　加藤定彦、外村展子編「関東俳諧叢書8 東武獅子門編2」関東俳諧叢書刊行会　1997　p81
葛葉〔抄〕（秀億編）
　島津忠夫ほか編「西山宗因全集5 伝記・研究篇」八木書店古書出版部　2013　p273
「薬喰や」百韻（西山宗因評点）
　井上敏幸、尾崎千佳校訂「西山宗因全集4 紀行・評点・書簡篇」八木書店　2006　p206
「薬飲む」発句・脇
　宮脇真彦執筆担当「新編 芭蕉大成」三省堂　1999　p210
九世戸（観世流）物
　野上豊一郎編「新装解註 謡曲全集1」中央公論新社　2001　p245
癇癖談（上田秋成）
　浅野三平校注「新潮日本古典集成 新装版〔3〕雨月物語 癇癖談」新潮社　2018　p161
癖物語〔抄〕（風律）
　嶋中道則編「新編 芭蕉大成」三省堂　1999　p803
具足館の（十句）
　長島弘明校注「蕪村全集2 連句」講談社　2001　p489
「口切に」歌仙
　宮脇真彦執筆担当「新編 芭蕉大成」三省堂　1999　p272
口髭塚序（蝶夢）
　田中道雄ほか編著「蝶夢全集」和泉書院　2013

p317
「口まねや」百韻（西山宗因）
　加藤定彦「西山宗因全集3 俳諧篇」八木書店 2004 p289
工藤左衛門富士日記（竹田出雲1世）
　「義太夫節浄瑠璃未翻刻作品集成3 工藤左衛門富士日記」玉川大学出版部 2006 p11
国を去て（歌仙）
　永井一彰校注「蕪村全集2 連句」講談社 2001 p516
邦高親王御集（続群書類従本）（邦高親王）
　「新編国歌大観8」角川書店 1990 p570
国の花（抄）（支考等編）
　島津忠夫ほか編「西山宗因全集5 伝記・研究篇」八木書店古書出版部 2013 p256
国の華
　石川八朗ほか編「宝井其角全集〔2〕資料篇」勉誠社 1994 p368
国冬祈雨百首（穂久邇文庫蔵本）（津守国冬）
　「新編国歌大観10」角川書店 1992 p166
国冬五十首（書陵部蔵特・七七）（津守国冬）
　「新編国歌大観10」角川書店 1992 p208
国冬百首（京都大附属図書館蔵本）（津守国冬）
　「新編国歌大観10」角川書店 1992 p164
国曲集（露川）
　服部直子翻刻「古典文学翻刻集成5 続・俳文学篇 元禄・蕉風（下）」ゆまに書房 1999 p342
国道百首（成城大図書館蔵本）（津守国道）
　「新編国歌大観10」角川書店 1992 p168
国用集（藤原国用）
　片桐洋一ほか全釈「私家集全釈叢書22 藤原仲文集全釈」風間書房 1998 p78
国基集（志香須賀文庫蔵本）（津守国基）
　「新編国歌大観3」角川書店 1985 p393
國讓 上
　藤田徳太郎校訂「覆刻 日本古典全集〔文学編〕〔7〕うつぼ物語 四」現代思潮社 1982 p785
國讓 中
　藤田徳太郎校訂「覆刻 日本古典全集〔文学編〕〔7〕うつぼ物語 四」現代思潮社 1982 p867
國讓 下
　藤田徳太郎校訂「覆刻 日本古典全集〔文学編〕〔7〕うつぼ物語 四」現代思潮社 1982 p947
苦熱（市河寛斎）
　蔡毅, 西岡淳著「日本漢詩人選集9 市河寛斎」研文出版 2007 p59
句箱（一水編か）
　竹下義人校注「新編西鶴全集5 本文篇 上」勉誠出版 2007 p341
愚秘抄
　「新編国歌大観5」角川書店 1987 p1087
虞美人草行（頼杏坪）
　李寅生著「漢詩名作集成〈日本編〉」明徳出版社 2016 p462

九品和歌（国文学研究資料館寄託本伝道増筆本）（藤原公任撰）
　「新編国歌大観5」角川書店 1987 p915
隈川雑詠（広瀬淡窓）
　林田愼之助著「日本漢詩人選集15 広瀬淡窓」研文出版 2005 p15
隈川に夜漁を観る（広瀬淡窓）
　林田愼之助著「日本漢詩人選集15 広瀬淡窓」研文出版 2005 p21
「隈々に」詞書（与謝蕪村）
　尾形仂, 山下一海校注「蕪村全集4 俳詩・俳文」講談社 1994 p195
熊坂（紀海音）
　海音研究会編「紀海音全集1」清文堂出版 1977 p65
熊坂（金春流）準働物
　野上豊一郎編「新装解註 謡曲全集6」中央公論新社 2001 p233
熊坂今物語（西沢一風）
　佐伯孝弘翻刻「西沢一風全集3」汲古書院 2003 p419
熊沢子の備前に還るを送る（中江藤樹）
　李寅生著「漢詩名作集成〈日本編〉」明徳出版社 2016 p278
熊野懐紙（古筆断簡）
　「新編国歌大観10」角川書店 1992 p403
くまのからす（寿柳軒南水編）
　竹下義人校注「新編西鶴全集5 本文篇 下」勉誠出版 2007 p1059
熊野からす
　石川八朗ほか編「宝井其角全集〔2〕資料篇」勉誠社 1994 p165
熊野からす（小中南水, 玉置安之編）
　竹下義人校注「新編西鶴全集5 本文篇 下」勉誠出版 2007 p1061
熊野紀行（蝶夢）
　田中道雄ほか編著「蝶夢全集」和泉書院 2013 p355
熊埜紀行 踏雲吟稿（三木克明稿）
　津本信博著「江戸後期紀行文学全集3」新典社 2015 p65
「雲を呑で」詞書（与謝蕪村）
　尾形仂, 山下一海校注「蕪村全集4 俳詩・俳文」講談社 1994 p200
雲隠（紫式部）
　石田穣二, 清水好子校注「新潮日本古典集成 新装版〔15〕源氏物語 六」新潮社 2014 p155
　與謝野寛ほか編纂校訂「覆刻 日本古典全集〔文学編〕〔19〕源氏物語 四」現代思潮社 1982 p88
　円地文子訳「わたしの古典7 円地文子の源氏物語 巻2」集英社 1985 p267
雲隠六帖
　「新編国歌大観10」角川書店 1992 p1076
雲隠六帖 別本
　「新編国歌大観10」角川書店 1992 p1077

「雲霧の」句文（松尾芭蕉）
　嶋中道則ほか「新編 芭蕉大成」三省堂 1999 p377
雲喰ひ（西国編）
　竹内義人校注「新編西鶴全集5 本文篇 上」勉誠出版 2007 p464
　加藤定彦「西山宗因全集3 俳諧篇」八木書店 2004 p533
　島津忠夫ほか編「西山宗因全集5 伝記・研究篇」八木書店古書出版部 2013 p239
雲散りて（十四句）
　長島弘明校注「蕪村全集2 連句」講談社 2001 p386
蜘蛛の網を作るを見る（島田忠臣）
　興膳宏著「日本漢詩人選集 別巻 古代漢詩選」研文出版 2005 p201
愚問賢注（二条良基問、頓阿答）
　「新編国歌大観5」角川書店 1987 p1108
悔草（三巻三冊、正保四年七月、吉野屋刊）
　朝倉治彦、伊藤慎吾編「假名草子集成24」東京堂出版 1999 p71
くやみ草
　石川八朗ほか編「宝井其角全集〔2〕 資料篇」勉誠社 1994 p129
位山集（江鴎撰）
　福田道子翻刻「古典文学翻刻集成5 続・俳文学篇 元禄・蕉風（下）」ゆまに書房 1999 p190
「蔵の陰」三つ物
　宮脇真彦執筆担当「新編 芭蕉大成」三省堂 1999 p219
内蔵頭長実家歌合 保安二年閏五月廿六日（陽明文庫蔵二十巻本）
　「新編国歌大観5」角川書店 1987 p162
内蔵頭長実白河家歌合 保安二年閏五月十三日（陽明文庫蔵二十巻本）
　「新編国歌大観5」角川書店 1987 p162
藏開 上
　藤田徳太郎校訂「覆刻 日本古典全集〔文学編〕〔6〕 うつほ物語 三」現代思潮社 1982 p589
藏開 中
　藤田徳太郎校訂「覆刻 日本古典全集〔文学編〕〔6〕 うつほ物語 三」現代思潮社 1982 p673
藏開 下
　藤田徳太郎校訂「覆刻 日本古典全集〔文学編〕〔6〕 うつほ物語 三」現代思潮社 1982 p723
くらま紀行（可風）
　田中道雄ほか編著「蝶夢全集」和泉書院 2013 p519
鞍馬天狗
　伊藤正義校注「新潮日本古典集成 新装版〔64〕 謡曲集 中」新潮社 2015 p27
鞍馬天狗（宝生流）働物
　野上豊一郎編「新装解註 謡曲全集6」中央公論新社 2001 p171
栗木菴之記 天の巻
　久富哲雄翻刻「古典文学翻刻集成7 続・俳文学篇 中興期（下）」ゆまに書房 1999 p61
栗木菴之記 地の巻・人の巻
　久富哲雄翻刻「古典文学翻刻集成7 続・俳文学篇 中興期（下）」ゆまに書房 1999 p76
「栗野老」三つ物
　宮脇真彦執筆担当「新編 芭蕉大成」三省堂 1999 p186
「来る春や」百韻（西山宗因）
　加藤定彦「西山宗因全集3 俳諧篇」八木書店 2004 p172
車還合戦桜（文耕堂）
　「義太夫節浄瑠璃未翻刻作品集成26 車還合戦桜」玉川大学出版部 2013 p11
車路
　石川八朗ほか編「宝井其角全集〔2〕 資料篇」勉誠社 1994 p310
車僧（喜多流）準働物
　野上豊一郎編「新装解註 謡曲全集6」中央公論新社 2001 p211
関中狂言廓大帳（山東京傳）
　棚橋正博校訂「山東京傳全集18 洒落本」ぺりかん社 2012 p343
暮れて思ふ亭に投ず（良寛）
　井上慶隆著「日本漢詩人選集11 良寛」研文出版 2002 p175
「紅の」百韻（一順）
　島津忠夫ほか編「西山宗因全集2 連歌篇二」八木書店 2007 p292
暮れに帰る（新井白石）
　一海知義、池澤一郎訳注「日本漢詩人選集5 新井白石」研文出版 2001 p90
暮に江上を過ぐ（新井白石）
　一海知義、池澤一郎訳注「日本漢詩人選集5 新井白石」研文出版 2001 p60
暮に故城に上る（西島蘭渓）
　李寅生著「漢詩名作集成〈日本編〉」明徳出版社 2016 p511
晩れに山居に帰る 五首（選二首）（市河寛斎）
　蔡毅、西岡淳著「日本漢詩人選集9 市河寛斎」研文出版 2007 p95
呉服
　伊藤正義校注「新潮日本古典集成 新装版〔64〕 謡曲集 中」新潮社 2015 p39
呉服（観世流）中働物
　野上豊一郎編「新装解註 謡曲全集1」中央公論新社 2001 p495
呉服文織時代三国志（都賀庭鐘）
　木越治校訂「江戸怪異綺想文芸大系2 都賀庭鐘・伊丹椿園集」国書刊行会 2001 p331
呉服絹
　石川八朗ほか編「宝井其角全集〔2〕 資料篇」勉誠社 1994 p203
蔵人所歌合 天暦十一年（尊経閣文庫蔵十巻本）
　「新編国歌大観5」角川書店 1987 p46

蔵人頭家歌合 永延二年七月七日（陽明文庫蔵二十巻本）
　「新編国歌大観5」角川書店 1987 p66
はいかい黒うるり（烏朴, 一鼠編）
　建部綾足著作刊行会編「建部綾足全集1（俳諧Ⅰ）」国書刊行会 1986 p357
「黒髪山」ほか句文（松尾芭蕉(存疑作)）
　嶋中道則ほか「新編 芭蕉大成」三省堂 1999 p444
黒塚（金春流）祈物
　野口豊一郎編「新装解註 謡曲全集5」中央公論新社 2001 p469
黒谷上人起請文（法然）
　與謝野寛ほか編纂校訂「覆刻 日本古典全集〔文学編〕〔44〕 法然上人集」現代思潮社 1983 p156
黒谷上人御法語（法然）
　與謝野寛ほか編纂校訂「覆刻 日本古典全集〔文学編〕〔44〕 法然上人集」現代思潮社 1983 p157
桑岡集
　石川八朗ほか編「宝井其角全集〔2〕 資料篇」勉誠社 1994 p609
鍬の図賛（与謝蕪村(存疑作)）
　尾形仂, 山下一海校注「蕪村全集4 俳詩・俳文」講談社 1994 p253
軍術出口柳（菅專助ほか）
　土田衞ほか編「菅專助全集3」勉誠社 1992 p197
訓蒙故事要言（宮川道達編）
　神谷勝広校訂「江戸怪異綺想文芸大系3 和製類書集」国書刊行会 2001 p11

【け】

偈（無学祖元）
　李寅生著「漢詩名作集成〈日本編〉」明徳出版社 2016 p192
慶運集（慶運）
　小林大輔校注「和歌文学大系65 草庵集・兼好法師集・浄弁集・慶運集」明治書院 2004 p311
慶運百首（神宮文庫蔵本）（慶運）
　「新編国歌大観10」角川書店 1992 p196
慶運法印集（天理図書館蔵本）（慶運）
　「新編国歌大観4」角川書店 1986 p207
桂園一枝（文政十三年板本）（香川景樹）
　「新編国歌大観9」角川書店 1991 p624
桂園一枝拾遺（嘉永三年板本）（香川景樹）
　「新編国歌大観9」角川書店 1991 p640
慶應丙寅十月上京船中作（西郷隆盛）
　松尾善弘著「西郷隆盛漢詩全集 増補改訂版」斯文堂 2018 p11
恵学の摂に帰るを送る（広瀬淡窓）
　林田慎之助著「日本漢詩人選集15 広瀬淡窓」研文出版 2005 p67

計黌独吟十百韻（西山宗因評点）
　井上敏幸, 尾崎千佳校訂「西山宗因全集4 紀行・評点・書簡篇」八木書店 2006 p256
瓊玉和歌集（宗尊親王）
　中川博夫注釈「新注和歌文学叢書14 瓊玉和歌集新注〈宗尊親王集全注1〉」青簡舎 2014 p1
　佐藤智広校注「和歌文学大系64 為家卿集・瓊玉和歌集・伏見院御集」明治書院 2014 p127
瓊玉和歌集（書陵部蔵五〇一・七三六）（宗尊親王）
　「新編国歌大観7」角川書店 1989 p376
溪行（石川丈山）
　李寅生著「漢詩名作集成〈日本編〉」明徳出版社 2016 p275
經國集（良岑安世ほか撰）
　與謝野寛ほか編校訂「覆刻 日本古典全集〔文学編〕〔12〕 懷風藻 凌雲集 文華秀麗集 經國集 本朝麗藻」現代思潮社 1982 p107
溪山の春暁（中内朴堂）
　李寅生著「漢詩名作集成〈日本編〉」明徳出版社 2016 p650
閨情（新井白石）
　一海知義, 池澤一郎訳注「日本漢詩人選集5 新井白石」研文出版 2001 p168
卿相侍臣歌合 建永元年七月（書陵部蔵五一〇・四一）
　「新編国歌大観5」角川書店 1987 p526
けいせい色三味線（江島其磧）
　長谷川強翻刻「八文字屋本全集1」汲古書院 1992 p1
けいせい哥三味線（江島其磧）
　神谷勝広翻刻「八文字屋本全集11」汲古書院 1996 p457
契情お国軃妓（江島其磧, 八文字自笑）
　若木太一翻刻「八文字屋本全集10」汲古書院 1995 p445
傾城思紕屋（紀海音）
　海音研究会編「紀海音全集7」清文堂出版 1980 p353
傾城買四十八手（山東京傳）
　棚橋正博校訂「山東京傳全集18 洒落本」ぺりかん社 2012 p411
けいせい竈照君
　林望翻刻「八文字屋本全集7」汲古書院 1994 p151
けいせい伽羅三味（西沢一風）
　井上和人翻刻「西沢一風全集3」汲古書院 2003 p1
傾城禁短気（江島其磧）
　江本裕翻刻「八文字屋本全集2」汲古書院 1993 p267
傾城艦（山東京傳）
　棚橋正博校訂「山東京傳全集18 洒落本」ぺりかん社 2012 p197
けいせい恋飛脚（菅專助, 若竹笛躬）
　土田衞ほか編「菅專助全集3」勉誠社 1992 p63
傾城國性爺（紀海音）
　海音研究会編「紀海音全集3」清文堂出版 1979

p287
傾城三度笠（紀海音）
　海音研究会編「紀海音全集1」清文堂出版 1977 p351
娘楠契情太平記（八文字自笑，八文字其笑）
　若木太一翻刻「八文字屋本全集17」汲古書院 1998 p233
けいせい手管三味線（紀海音（存疑作））
　海音研究会編「紀海音全集8」清文堂出版 1980 p256
けいせい伝受紙子（江島其磧）
　長谷川強翻刻「八文字屋本全集2」汲古書院 1993 p167
けいせい反魂香（近松門左衛門）
　工藤慶三郎訳「近松時代物現代語訳2 関八州繋馬ほか」北の街社 2001 p263
傾城武道桜（西沢一風）
　杉本和寛翻刻「西沢一風全集2」汲古書院 2003 p211
契情蓬莱山（八文字李秀，八文字自笑）
　岡雅彦翻刻「八文字屋本全集22」汲古書院 2000 p123
傾城枕軍談（並木千柳ほか）
　「義太夫節浄瑠璃未翻刻作品集成31 傾城枕軍談」玉川大学出版部 2013 p11
契情身持扇（山東京山）
　高木元校訂「江戸怪異綺想文芸大系4 山東京山伝奇小説集」国書刊行会 2003 p721
傾城無間鐘（紀海音）
　海音研究会編「紀海音全集7」清文堂出版 1980 p129
風俗傾性野群談（未練）
　花田富二夫翻刻「八文字屋本全集6」汲古書院 1994 p303
鶏足寺文書
　荒木博之，西岡陽子編著「伝承文学資料集成19 地神盲僧資料集」三弥井書店 1997 p43
契沖師門弟若沖聞書〔抄〕（今井以閑編）
　島津忠夫ほか編「西山宗因全集5 伝記・研究篇」八木書店古書出版部 2013 p259
慶長見聞集（三浦浄心）
　花田富二夫翻刻「假名草子集成57」東京堂出版 2017 p29
　花田富二夫翻刻「假名草子集成56」東京堂出版 2016 p203
倪有台の晩帆楼に寄題す（広瀬旭荘）
　大野修作著「日本漢詩人選集16 広瀬旭荘」研文出版 1999 p59
桂林集（島原松平文庫蔵本）（一色直朝）
　「新編国歌大観8」角川書店 1990 p775
桂林荘雑詠諸生に示す（広瀬淡窓）
　林田愼之助著「日本漢詩人選集15 広瀬淡窓」研文出版 2005 p60
桂林荘雑詠 諸生に示す四首 其の二（広瀬淡窓）
　李寅生著「漢詩名作集成〈日本編〉」明徳出版社 2016 p520

外宮北御門歌合 元亨元年（龍谷大図書館蔵本）
　「新編国歌大観10」角川書店 1992 p295
華厳寺の閣に登りて、長句四韻を賦す（梁川星巌）
　山本和義，福島理子著「日本漢詩人選集17 梁川星巌」研文出版 2008 p80
袈裟の衣縁に繡る（長屋王）
　李寅生著「漢詩名作集成〈日本編〉」明徳出版社 2016 p40
今朝春三組盃（三遊亭円朝作話）
　太平書屋編集部翻字「人情本選集3 花菖蒲澤の紫」太平書屋 2004 p167
けし合
　石川八朗ほか編「宝井其角全集〔2〕 資料篇」勉誠社 1994 p123
「消かへれ」百韻
　島津忠夫ほか編「西山宗因全集2 連歌篇二」八木書店 2007 p124
「消てふれ」百韻
　島津忠夫ほか編「西山宗因全集2 連歌篇二」八木書店 2007 p3
「消にきと」百韻（西山宗因）
　島津忠夫ほか編「西山宗因全集2 連歌篇二」八木書店 2007 p265
化女集（一冊、写本）
　朝倉治彦，伊藤慎吾編「假名草子集成24」東京堂出版 1999 p149
削かけの返事
　石川八朗ほか編「宝井其角全集〔2〕 資料篇」勉誠社 1994 p482
気多宮歌合
　安井重雄校注「和歌文学大系48 王朝歌合集」明治書院 2018 p119
気多宮歌合（群参類従本）
　「新編国歌大観5」角川書店 1987 p108
月庵酔醒記 上巻（月庵（一色直朝））
　服部幸造ほか校注「中世の文学〔1〕 月庵酔醒記（上）」三弥井書店 2007 p27
月庵酔醒記 中巻（月庵（一色直朝））
　服部幸造ほか校注「中世の文学〔2〕 月庵酔醒記（中）」三弥井書店 2008 p11
月庵酔醒記 下巻（月庵（一色直朝））
　服部幸造ほか校注「中世の文学〔3〕 月庵酔醒記（下）」三弥井書店 2010 p7
闕闕（西郷隆盛）
　松尾善弘著「西郷隆盛漢詩全集 増補改訂版」斯文堂 2018 p19
月下 旧に感じて作る（梁川星巌）
　山本和義，福島理子著「日本漢詩人選集17 梁川星巌」研文出版 2008 p20
月下即事（大江匡衡）
　李寅生著「漢詩名作集成〈日本編〉」明徳出版社 2016 p169
月下看梅（西郷隆盛）
　松尾善弘著「西郷隆盛漢詩全集 増補改訂版」斯文堂 2018 p180

| けつけ | 作品名 |

月卿雲客妬歌合 建保二年九月〈島原松平文庫蔵本〉
　「新編国歌大観5」角川書店 1987 p540
月卿雲客妬歌合 建保三年六月〈内閣文庫蔵本〉
　「新編国歌大観10」角川書店 1992 p226
月渓独吟歌仙（与謝蕪村点評）
　尾形仂, 山下一海校注「蕪村全集4 俳詩・俳文」
　講談社 1994 p265
月渓若菜売図一枚摺（仮題）安永八年春
　丸山一彦校注「蕪村全集7 編著・追善」講談社
　1995 p460
月照和尚忌上賦（西郷隆盛）
　松尾善弘著「西郷隆盛漢詩全集 増補改訂版」斯文
　堂 2018 p87
月照和尚の忌に賦す（西郷南洲）
　李寅生著「漢詩名作集成〈日本編〉」明徳出版社
　2016 p676
月前に花を見る（林羅山）
　李寅生著「漢詩名作集成〈日本編〉」明徳出版社
　2016 p270
月前遠情（西郷隆盛）
　松尾善弘著「西郷隆盛漢詩全集 増補改訂版」斯文
　堂 2018 p230
月村抜句〈宮内庁書陵部三五三・六六〉（宗碩）
　「連歌大観2」古典ライブラリー 2017 p260
訣別（梅田雲浜）
　李寅生著「漢詩名作集成〈日本編〉」明徳出版社
　2016 p627
月夜 禁垣の外に歩して笛を聞く（柴野栗山）
　李寅生著「漢詩名作集成〈日本編〉」明徳出版社
　2016 p415
月夜 三叉江に舟を泛ぶ（高野蘭亭）
　李寅生著「漢詩名作集成〈日本編〉」明徳出版社
　2016 p365
月夜に梅華を見る（菅原道真）
　小島憲之, 山本登朗訓読ほか「日本漢詩人選集1 菅原道真」研文出版 1998 p13
月夜 伯美を憶う（市河寛斎）
　蔡毅, 西岡淳著「日本漢詩人選集9 市河寛斎」研
　文出版 2007 p76
「実や月」歌仙
　宮脇真彦執筆担当「新編 芭蕉大成」三省堂 1999
　p168
「けぶりだに」四十八句（西山宗因）
　島津忠夫ほか編「西山宗因全集2 連歌篇二」八木
　書店 2007 p399
「煙つき」百韻（宗因）
　島津忠夫ほか編「西山宗因全集2 連歌篇二」八木
　書店 2007 p253
解良家横巻〈七首〉（良寛）
　谷川敏朗訳註「定本 良寛全集2 歌集」中央公論
　新社 2006 p63
建永元年七月二十五日卿相侍臣歌合
　久保田淳校訂・訳「藤原定家全歌集 下」筑摩書
　房 2017 p360
建永二年三月七日鴨御祖社歌合
　久保田淳校訂・訳「藤原定家全歌集 下」筑摩書
　房 2017 p360
建永二年三月七日賀茂別雷社歌合
　久保田淳校訂・訳「藤原定家全歌集 下」筑摩書
　房 2017 p362
玄恵追善詩歌〈書陵部蔵二一〇・七一五〉
　「新編国歌大観10」角川書店 1992 p487
元応二年八月十五夜月十首〈書陵部蔵伏・五七六〉
　「新編国歌大観10」角川書店 1992 p455
見花数寄〔抜抄〕（西国編）
　島津忠夫ほか編「西山宗因全集5 伝記・研究篇」
　八木書店古書出版部 2013 p222
俳諧十歌仙見花数寄（西国編）
　佐藤勝明編「新編西鶴全集5 本文篇 上」勉誠出
　版 2007 p338
検旱（館柳湾）
　鈴木瑞枝著「日本漢詩人選集13 館柳湾」研文出
　版 1999 p114
元久元年十一月十日春日社歌合
　久保田淳校訂・訳「藤原定家全歌集 下」筑摩書
　房 2017 p356
元久元年十一月十一日北野宮歌合（藤原定家）
　久保田淳校訂・訳「藤原定家全歌集 下」筑摩書
　房 2017 p356
　久保田淳校訂・訳「藤原定家全歌集 下」筑摩書
　房 2017 p438
建久九年夏仁和寺宮五十首、──（藤原定家）
　久保田淳校訂・訳「藤原定家全歌集 下」筑摩書
　房 2017 p238
元久詩歌合〈内閣文庫蔵本〉
　「新編国歌大観5」角川書店 1987 p523
元久法語（法然）
　奥謝野寛ほか編纂校訂「覆刻 日本古典全集〔文学
　編〕〔44〕法然上人集」現代思潮社 1983 p193
建久六年正月二十日民部卿家歌合
　久保田淳校訂・訳「藤原定家全歌集 下」筑摩書
　房 2017 p352
玄玉和歌集〈高松宮蔵本〉
　「新編国歌大観5」角川書店 1984 p355
賢愚湊銭湯新話（山東京傳）
　棚橋正博校訂「山東京傳全集4 黄表紙4」ぺりか
　ん社 2004 p511
源家七代集（並木宗助, 安田蛙文）
　「義太夫節浄瑠璃未翻刻作品集成20 源家七代集」
　玉川大学出版部 2011 p11
元々集（北畠親房）
　正宗敦夫校訂「覆刻 日本古典全集〔文学編〕〔33〕
　神皇正統記 元々集」現代思潮社 1983 p1
玄玄集〈彰考館蔵本〉（能因撰）
　「新編国歌大観1」角川書店 1984 p271
源賢法眼集〈書陵部蔵五〇一・六三〉（源賢）
　「新編国歌大観3」角川書店 1985 p179
兼好一代記（江島其磧）
　倉員正江翻刻「八文字屋本全集14」汲古書院
　1997 p169
兼好法師集（兼好）
　齋藤彰校注「和歌文学大系65 草庵集・兼好法師

集・浄弁集・慶運集」明治書院 2004 p247
兼好法師集〈尊経閣文庫蔵本〉(兼好)
　「新編国歌大観4」角川書店 1986 p160
玄湖集
　石川八朗ほか編「宝井其角全集〔2〕 資料篇」勉誠社 1994 p510
現在江口
　橋本朝生翻刻・解題「西行全集」貴重本刊行会 1990 p1084
現在七面〈観世流〉準働物〔神楽物〕
　野上豊一郎編「新装解註 謡曲全集6」中央公論新社 2001 p93
源宰相中将家和歌合 康和二年〈書陵部蔵一五〇・五二三〉
　「新編国歌大観5」角川書店 1987 p132
兼載雑談〈猪苗代兼載〉
　「新編国歌大観5」角川書店 1987 p1126
現在忠度〈金剛流〉男舞物
　野上豊一郎編「新装解註 謡曲全集5」中央公論新社 2001 p161
現在鵺〈金剛流〉準働物
　野上豊一郎編「新装解註 謡曲全集6」中央公論新社 2001 p151
兼載日発句〈大阪天満宮蔵本〉
　「連歌大観1」古典ライブラリー 2016 p250
けんさい物語〈三冊、絵入〉
　朝倉治彦、柏川修一編「假名草子集成25」東京堂出版 1999 p91
けんさい物語〔落首・狂歌抜粋〕
　狂歌大観刊行会編「狂歌大観2 参考篇」明治書院 1984 p135
源三位頼政集〈春～哀傷〉(源頼政)
　頼政集輪読会注釈ほか「新注和歌文学叢書10 頼政集新注 上」青簡舎 2011 p3
源三位頼政集〈恋〉(源頼政)
　頼政集輪読会注釈ほか「新注和歌文学叢書13 頼政集 新注 中」青簡舎 2014 p3
源三位頼政集〈雑〉(源頼政)
　頼政集輪読会注釈ほか「新注和歌文学叢書21 頼政集 新注 下」青簡舎 2016 p3
源氏〈ライデン大学蔵本〉(甲斐屋林右衛門)
　津本信博著「江戸後期紀行文学全集3」新典社 2015 p241
原士簡 乃堂を奉じて 柏崎旧寓に赴くを送る (館柳湾)
　鈴木瑞枝著「日本漢詩人選集13 館柳湾」研文出版 1999 p62
源氏供養
　伊藤正義校注「新潮日本古典集成 新装版〔64〕謡曲集 中」新潮社 2015 p51
源氏供養〈喜多流〉大小イロエ物
　野上豊一郎編「新装解註 謡曲全集3」中央公論新社 2001 p111
玄旨公御連歌〈九州大学附属図書館蔵本〉(細川幽斎)
　「連歌大観3」古典ライブラリー 2017 p228

原士萌に贈る (広瀬淡窓)
　林田愼之助著「日本漢詩人選集15 広瀬淡窓」研文出版 2005 p83
源氏物語〔収録歌〕(紫式部)
　「新編国歌大観5」角川書店 1987 p1344
源氏物語〈桐壺～篝火〉(紫式部)
　與謝野寛ほか校訂「覆刻 日本古典全集〔文学編〕〔17〕 源氏物語 二」現代思潮社 1982 p1
源氏物語〈総角～東屋〉(紫式部)
　石田穣二、清水好子校注「新潮日本古典集成 新装版〔16〕 源氏物語 七」新潮社 2014 p7
源氏物語〈浮舟～夢浮橋〉(紫式部)
　石田穣二、清水好子校注「新潮日本古典集成 新装版〔17〕 源氏物語 八」新潮社 2014 p7
源氏物語〈絵合～雲隠〉(紫式部)
　円地文子訳「わたしの古典7 円地文子の源氏物語 巻2」集英社 1985 p5
源氏物語〈桐壺～末摘花〉(紫式部)
　石田穣二、清水好子校注「新潮日本古典集成 新装版〔10〕 源氏物語 一」新潮社 2014 p7
源氏物語〈桐壺～須磨〉(紫式部)
　與謝野寛ほか校訂「覆刻 日本古典全集〔文学編〕〔16〕 源氏物語 一」現代思潮社 1982 p1
源氏物語〈桐壺～藤裏葉〉(紫式部)
　阿部秋生ほか校注・訳「日本の古典をよむ9 源氏物語 上」小学館 2008 p11
源氏物語〈桐壺～蓬生・関屋〉(紫式部)
　円地文子訳「わたしの古典6 円地文子の源氏物語 巻1」集英社 1985 p5
源氏物語〈野分～鈴蟲〉(紫式部)
　與謝野寛ほか校訂「覆刻 日本古典全集〔文学編〕〔18〕 源氏物語 三」現代思潮社 1982 p1
源氏物語〈橘姫～夢浮橋〉(紫式部)
　円地文子訳「わたしの古典8 円地文子の源氏物語 巻3」集英社 1986 p5
源氏物語〈初音～藤裏葉〉(紫式部)
　石田穣二、清水好子校注「新潮日本古典集成 新装版〔13〕 源氏物語 四」新潮社 2014 p7
源氏物語〈澪標～玉鬘〉(紫式部)
　石田穣二、清水好子校注「新潮日本古典集成 新装版〔12〕 源氏物語 三」新潮社 2014 p7
源氏物語〈紅葉賀～明石〉(紫式部)
　石田穣二、清水好子校注「新潮日本古典集成 新装版〔11〕 源氏物語 二」新潮社 2014 p7
源氏物語〈宿木～夢浮橋〉(紫式部)
　與謝野寛ほか校訂「覆刻 日本古典全集〔文学編〕〔20〕 源氏物語 五」現代思潮社 1982 p1
源氏物語〈夕霧～早蕨〉(紫式部)
　與謝野寛ほか校訂「覆刻 日本古典全集〔文学編〕〔19〕 源氏物語 四」現代思潮社 1982 p1
源氏物語〈夕霧～椎本〉(紫式部)
　石田穣二、清水好子校注「新潮日本古典集成 新装版〔15〕 源氏物語 六」新潮社 2014 p7
源氏物語〈若菜 上～鈴虫〉(紫式部)
　石田穣二、清水好子校注「新潮日本古典集成 新装版〔14〕 源氏物語 五」新潮社 2014 p7

けんし　　　　　　　　　　　　作品名

源氏物語〈若菜 上～夢浮橋〉(紫式部)
　阿部秋生ほか校訂・訳「日本の古典をよむ10 源氏物語 下」小学館 2008 p11
源氏物語歌合〈書陵部蔵五〇一・八五〉
　「新編国歌大観10」角川書店 1992 p305
源氏物語巻名和歌〈伝藤原定家〉
　久保田淳校訂・訳「藤原定家全歌集 下」筑摩書房 2017 p388
源氏物語古注釈書引用和歌
　「新編国歌大観10」角川書店 1992 p1026
幻住庵の記(松尾芭蕉)
　富山奏校注「新潮日本古典集成 新装版〔47〕 芭蕉文集」新潮社 2019 p166
　嶋中道則ほか「新編 芭蕉大成」三省堂 1999 p417
幻住庵記(松尾芭蕉)
　興謝野寛ほか編纂校訂「覆刻 日本古典全集〔文学編〕〔40〕 芭蕉全集 前編」現代思潮社 1983 p148
幻住庵賦(松尾芭蕉)
　興謝野寛ほか編纂校訂「覆刻 日本古典全集〔文学編〕〔40〕 芭蕉全集 前編」現代思潮社 1983 p150
建春門院中納言日記(建春門院中納言)
　「新編国歌大観5」角川書店 1987 p1273
建春門院北面歌合
　松野陽一, 吉田薫編「藤原俊成全歌集」笠間書院 2007 p537
建春門院北面歌合〈永青文庫蔵本〉
　「新編国歌大観5」角川書店 1987 p210
絃上(金剛流)早舞物
　野上豊一郎編「新装解註 謡曲全集6」中央公論新社 2001 p331
賢女心化粧(其磧)
　篠原進翻刻「八文字屋本全集18」汲古書院 1998 p73
賢女物語〈五巻五冊、寛文九年四月、秋田屋刊、絵入〉
　朝倉治彦, 伊藤慎吾編「假名草子集成24」東京堂出版 1999 p177
鵑声(森槐南)
　李寅生著「漢詩名作集成〈日本編〉」明徳出版社 2016 p781
譴せ被れて 豊後藤太守に別る(淡海福良満)
　李寅生著「漢詩名作集成〈日本編〉」明徳出版社 2016 p127
玄宗皇帝蓬來鸞(紀海音)
　海音研究会編「紀海音全集7」清文堂出版 1980 p63
現存卅六人詩歌〈慶応大斯道文庫蔵本〉(藤原資宣, 真観撰)
　「新編国歌大観10」角川書店 1992 p442
現存和歌六帖〈国書遺芳所収本〉(藤原光俊撰)
　「新編国歌大観6」角川書店 1988 p58
現存和歌六帖抜粋本〈永青文庫蔵本〉(藤原光俊撰)
　「新編国歌大観6」角川書店 1988 p74

源太夫(金春流)楽物
　野上豊一郎編「新装解註 謡曲全集1」中央公論新社 2001 p385
源大納言家歌合〈尊経閣文庫蔵本〉
　「新編国歌大観5」角川書店 1987 p80
源大納言家歌合 長久二年〈群書類従本〉
　「新編国歌大観5」角川書店 1987 p79
源大納言家歌合 長暦二年〈尊経閣文庫蔵本〉
　「新編国歌大観5」角川書店 1987 p76
源大納言家歌合 長暦二年九月〈尊経閣文庫蔵本〉
　「新編国歌大観5」角川書店 1987 p75
玄仲発句〈大版天満宮蔵本〉(里村玄仲)
　「連歌大観3」古典ライブラリー 2017 p294
玄中銘并序(洞山良价)
　飯田利行編訳「現代語訳 洞門禅文学集〔5〕 洞山」国書刊行会 2001 p231
建長伝芳の徒厚浚、信道元の回報を求む。乃ち偈を作り簡に代う(義堂周信)
　藤木英雄著「日本漢詩人選集3 義堂周信」研文出版 1999 p119
玄的連歌発句集〈金城学院大学図書館蔵本〉(里村玄的)
　「連歌大観3」古典ライブラリー 2017 p362
検田(館柳湾)
　鈴木瑞枝著「日本漢詩人選集13 館柳湾」研文出版 1999 p37
遣唐使を送る(横川景三)
　李寅生著「漢詩名作集成〈日本編〉」明徳出版社 2016 p249
玄冬集〈明和元年刊〉(心水編)
　加藤定ixon, 外村展子編「関東俳諧叢書23 四時観編 3」関東俳諧叢書刊行会 2002 p205
元徳二年七夕御会〈書陵部蔵一五〇・六八五〉
　「新編国歌大観10」角川書店 1992 p472
元徳二年八月一日御会〈書陵部蔵五〇一・三七八〉
　「新編国歌大観10」角川書店 1992 p474
元和帝御詠草聞書〈抄〉(後水尾院等(他撰))
　島津忠夫ほか編「西山宗因全集5 伝記・研究篇」八木書店古書出版部 2013 p245
劔南集を読む 二種 其一(広瀬旭荘)
　大野修作著「日本漢詩人選集16 広瀬旭荘」研文出版 1999 p72
兼如発句帳〈柿衛文庫蔵本〉(猪苗代兼如)
　「連歌大観3」古典ライブラリー 2017 p213
日本五山 建仁寺供養(西沢一風)
　長友千代治翻刻「西沢一風全集4」汲古書院 2004 p53
建仁の焼香、津絶海に寄惜す(義堂周信)
　藤木英雄著「日本漢詩人選集3 義堂周信」研文出版 1999 p34
建仁元年十首和歌〈有吉保氏蔵本〉
　「新編国歌大観10」角川書店 1992 p406
建仁元年三月二十九日新宮撰歌合
　久保田淳校訂・訳「藤原定家全歌集 下」筑摩書房 2017 p354

建仁元年四月三十日鳥羽殿影供歌合
　久保田淳校訂・訳「藤原定家全歌集 下」筑摩書房 2017 p422
建仁元年八月三日影供歌合
　久保田淳校訂・訳「藤原定家全歌集 下」筑摩書房 2017 p356
建仁二年五月二十六日鳥羽城南寺影供歌合
　久保田淳校訂・訳「藤原定家全歌集 下」筑摩書房 2017 p356
建仁二年六月水無瀬釣殿当座六首歌会
　久保田淳校訂・訳「藤原定家全歌集 下」筑摩書房 2017 p358
建仁三年六月十六日和歌所影供歌合
　久保田淳校訂・訳「藤原定家全歌集 下」筑摩書房 2017 p422
滑稽弁惑原俳論
　石川八朗ほか編「宝井其角全集〔2〕 資料篇」勉誠社 1994 p403
玄武庵発句集(寛政十二年刊) (玄武坊)
　加藤定彦、外村展子編「関東俳諧叢書24 東武獅子門集3」関東俳諧叢書刊行会 2002 p261
元服曾我(喜多流)男舞物
　野上豊一郎編「新装解註 謡曲全集5」中央公論新社 2001 p103
元文四己未歳旦(抄)(元文四年刊) (蓼和編)
　加藤定彦、外村展子編「関東俳諧叢書4 五色墨編2」関東俳諧叢書刊行会 1994 p273
源平盛衰記
　「新編国歌大観5」角川書店 1987 p1178
源平盛衰記(巻第二十五〜巻第三十)
　松尾葦江校注「中世の文学〔4〕 源平盛衰記（五）」三弥井書店 2007 p9
源平盛衰記(巻第三十七〜巻第四十二)
　久保田淳、松尾葦江校注「中世の文学〔5〕 源平盛衰記（七）」三弥井書店 2015 p9
源平盛衰記(完訳)(巻一〜巻五)
　岸睦子訳「現代語で読む歴史文学〔2〕完訳 源平盛衰記 一(巻一〜巻五)」勉誠出版 2005 p21
源平盛衰記(完訳)(巻六〜巻十一)
　中村晃訳「現代語で読む歴史文学〔3〕完訳 源平盛衰記 二(巻六〜巻十一)」勉誠出版 2005 p1
源平盛衰記(完訳)(巻十二〜巻十七)
　三野恵訳「現代語で読む歴史文学〔4〕完訳 源平盛衰記 三(巻十二〜巻十七)」勉誠出版 2005 p1
源平盛衰記(完訳)(巻十八〜巻二十一)
　田中幸江訳「現代語で読む歴史文学〔5〕完訳 源平盛衰記 四(巻十八〜巻二十四)」勉誠出版 p1
源平盛衰記(完訳)(巻二一〜巻二十四)
　緑川新訳「現代語で読む歴史文学〔5〕完訳 源平盛衰記 四(巻十八〜巻二十四)」勉誠出版 2005 p127
源平盛衰記(完訳)(巻二十五〜巻三十)
　酒井一字訳「現代語で読む歴史文学〔6〕完訳 源平盛衰記 五(巻二十五〜巻三十)」勉誠出版 2005 p1

源平盛衰記(完訳)(巻三十一〜巻三十六)
　中村晃訳「現代語で読む歴史文学〔7〕完訳 源平盛衰記 六(巻三十一〜巻三十六)」勉誠出版 2005 p1
源平盛衰記(完訳)(巻三十七〜巻四十二)
　西津弘美訳「現代語で読む歴史文学〔8〕完訳 源平盛衰記 七(巻三十七〜巻四十二)」勉誠出版 2005 p1
源平盛衰記(完訳)(巻四十三〜巻四十八)
　石黒吉次郎訳「現代語で読む歴史文学〔9〕完訳 源平盛衰記 八(巻四十三〜巻四十八)」勉誠出版 2005 p1
源平鵯越(豊竹万三ほか)
　土田衞ほか編「菅専助全集2」勉誠社 1991 p1
建保名所百首(曼殊院蔵本)
　「新編国歌大観4」角川書店 1986 p336
建保五年四月二十日歌合
　久保田淳校訂・訳「藤原定家全歌集 下」筑摩書房 2017 p362
建保五年六月定家卿百番自歌合
　久保田淳校訂・訳「藤原定家全歌集 下」筑摩書房 2017 p364
建保五年八月十五夜右大将家歌合
　久保田淳校訂・訳「藤原定家全歌集 下」筑摩書房 2017 p364
建保五年十一月四日内裏歌合
　久保田淳校訂・訳「藤原定家全歌集 下」筑摩書房 2017 p366
　久保田淳校訂・訳「藤原定家全歌集 下」筑摩書房 2017 p424
建保六年八月中殿御会(有吉保氏蔵本)
　「新編国歌大観10」角川書店 1992 p408
建武三年住吉社法楽和歌(尊経閣文庫蔵本)
　「新編国歌大観10」角川書店 1992 p477
けんもつさうし(写本、一冊)
　朝倉治彦、柏川修一編「假名草子集成25」東京堂出版 1999 p143
見聞軍抄(寛永頃刊、八巻八冊、うち巻一〜三) (三浦浄心)
　朝倉治彦、柏川修一編「假名草子集成25」東京堂出版 1999 p153
見聞軍抄(寛永中刊、八巻八冊、うち巻四〜八) (三浦浄心)
　朝倉治彦、柏川修一編「假名草子集成26」東京堂
遣悶(一)(義堂周信)
　藤木英雄著「日本漢詩人選集3 義堂周信」研文出版 1999 p17
遣悶(二)(義堂周信)
　藤木英雄著「日本漢詩人選集3 義堂周信」研文出版 1999 p19
言葉集(冷泉家時雨亭文庫蔵本) (惟宗広言撰)
　「新編国歌大観10」角川書店 1992 p521
建暦二年十二月院より召されし廿首(藤原定家)
　久保田淳校訂・訳「藤原定家全歌集 上」筑摩書

建暦三年八月七日内裏歌合
  久保田淳校訂・訳「藤原定家全歌集 下」筑摩書房 2017 p432
建礼門院右京大夫集（建礼門院右京大夫）
  糸賀きみ江校注「新潮日本古典集成 新装版〔18〕建礼門院右京大夫集」新潮社 2018 p7
  辻勝美、野沢拓夫評釈「中世日記紀行文学全評釈集成1」勉誠出版 2004 p1
  谷知子校注「和歌文学大系23 式子内親王集・建礼門院右京大夫集・俊成卿女集・艶詞」明治書院 2001 p63
建礼門院右京大夫集（九州大学蔵本）（建礼門院右京大夫）
  「新編国歌大観4」角川書店 1986 p109
元禄式
  真下良祐翻刻「古典文学翻刻集成4 続・俳文学篇 元禄・蕉風（上）」ゆまに書房 1999 p36
元禄七甲戌歳旦帳
  石川八朗ほか編「宝井其角全集〔2〕 資料篇」勉誠社 1994 p158
元禄十六年歳旦
  石川八朗ほか編「宝井其角全集〔2〕 資料篇」勉誠社 1994 p343
元禄八年宝井晋子消息連句
  石川八朗ほか編「宝井其角全集〔2〕 資料篇」勉誠社 1994 p201
元禄宝永珍話
  石川八朗ほか編「宝井其角全集〔2〕 資料篇」勉誠社 1994 p448
元禄四年歳旦帳
  石川八朗ほか編「宝井其角全集〔2〕 資料篇」勉誠社 1994 p101
  石川八朗ほか編「宝井其角全集〔2〕 資料篇」勉誠社 1994 p102

【こ】

小敦盛
  野村眞智子編「伝承文学資料集成20 肥後・琵琶語り集」三弥井書店 2006 p39
古意（松平天行）
  李寅生著「漢詩名作集成〈日本編〉」明徳出版社 2016 p783
語意考（賀茂眞淵）
  與謝野寛ほか編纂校訂「覆刻 日本古典全集〔文学編〕〔13〕 賀茂眞淵集」現代思潮社 1983 p218
小石聖園将に東に帰らんとして過訪す 賦して贈る 二首（広瀬淡窓）
  林田愼之助著「日本漢詩人選集15 広瀬淡窓」研文出版 2005 p199
恋路ゆかしき大将
  「新編国歌大観5」角川書店 1987 p1393
  宮田光校訂・訳注「中世王朝物語全集8 恋路ゆかしき大将 山路の露」笠間書院 2004 p7
古意追考（建部綾足）
  建部綾足著作刊行会編「建部綾足全集7（国学）」国書刊行会 1988 p275
五一色
  石川八朗ほか編「宝井其角全集〔2〕 資料篇」勉誠社 1994 p443
戀重荷（観世流）
  野上豊一郎編「新装解註 謡曲全集4」中央公論新社 2001 p355
恋の義理ほど（百韻付合）
  満田達夫校注「蕪村全集2 連句」講談社 2001 p22
語意ノ跋（賀茂眞淵）
  與謝野寛ほか編纂校訂「覆刻 日本古典全集〔文学編〕〔13〕 賀茂眞淵集」現代思潮社 1983 p105
涼帯独吟恋の百韻
  建部綾足著作刊行会編「建部綾足全集1（俳諧Ⅰ）」国書刊行会 1986 p183
弘安八年四月歌合
  岩佐美代子注釈「新注和歌文学叢書16 京極派揺籃期和歌 新注」青簡舎 2015 p53
項羽
  伊藤正義校注「新潮日本古典集成 新装版〔64〕謡曲集 中」新潮社 2015 p61
項羽（宝生流）働物
  野上豊一郎編「新装解註 謡曲全集5」中央公論新社 2001 p415
耕雲口伝（花山院長親）
  「新編国歌大観5」角川書店 1987 p1111
耕雲千首（書陵部蔵五〇八・二〇七）（耕雲）
  「新編国歌大観10」角川書店 1992 p24
耕雲百首（彰考館蔵本）（耕雲）
  「新編国歌大観10」角川書店 1992 p198
向栄庵記（西山宗因）
  島津忠夫ほか編「西山宗因全集6 解題・索引篇」八木書店古書出版部 2017 p69
紅於亭（広瀬旭荘）
  大野修作著「日本漢詩人選集16 広瀬旭荘」研文出版 1999 p160
江涯冬籠之俳諧摺物（仮題）安永三年冬
  丸山一彦校注「蕪村全集7 編著・追善」講談社 1995 p455
江漢西遊日記（司馬江漢）
  與謝野寛ほか校訂「覆刻 日本古典全集〔文学編〕〔21〕 江漢西遊日記」現代思潮社 1983 p1
合歓の歌（如亭山人藁 巻三）（柏木如亭）
  入谷仙介著「日本漢詩人選集8 柏木如亭」研文出版 1999 p149
与郷間禅上座（郷間の禅上座に与う）（道元）
  飯田利行編訳「現代語訳 洞門禅文学集〔4〕 道元」国書刊行会 2001 p155
甲峡紀行（加舎白雄）
  矢羽勝幸翻刻・注ほか「増補改訂 加舎白雄全集 上」国文社 2008 p423

傲具の詩 五十首(選六首)(市河寛斎)
　蔡毅、西岡淳著「日本漢詩人選集9 市河寛斎」研文出版 2007 p132
江月(亀田鵬斎)
　李寅生著「漢詩名作集成〈日本編〉」明徳出版社 2016 p457
江行(新井白石)
　一海知義、池澤一郎訳注「日本漢詩人選集5 新井白石」研文出版 2001 p58
郊行(新井白石)
　一海知義、池澤一郎訳注「日本漢詩人選集5 新井白石」研文出版 2001 p114
皇后宮歌合 治暦二年(陽明文庫蔵二十巻本)
　「新編国歌大観5」角川書店 1987 p103
皇后宮大輔百首(藤原定家)
　久保田淳校訂・訳「藤原定家全歌集 上」筑摩書房 2017 p50
皇后宮春秋歌合
　田島智子校注「和歌文学大系48 王朝歌合集」明治書院 2018 p109
皇后宮春秋歌合(陽明文庫蔵二十巻本)
　「新編国歌大観5」角川書店 1987 p93
孝行物語(浅井了意)
　湯浅佳子翻刻「浅井了意全集 仮名草子編1」岩田書院 2007 p189
孝行物語(万治三年刊、六巻、絵入)
　朝倉治彦、大久保順子編「假名草子集成27」東京堂出版 2000 p1
庚午元旦(西郷隆盛)
　松尾善弘著「西郷隆盛漢詩全集 増補改訂版」斯文堂 2018 p14
庚午歳旦(寛延三年刊)(馬光編)
　加藤定彦、外村展子編「関東俳諧叢書22 五色墨編3」関東俳諧叢書刊行会 2001 p3
光厳院御集(光厳院)
　岩佐美代子全釈「私家集全釈叢書27 光厳院御集全釈」風間書房 2000 p71
光厳院三十六番歌合 貞和五年八月(天理図書館蔵本)
　「新編国歌大観5」角川書店 1987 p716
黄参賛公度君 将に京を辞せんとし 留別の作 七律五篇有り 余 公度と交はること最も厚し 別れに臨んで黯然銷魂無き能はず 強ひて其の韻に和し平生を叙べて以て贈言に充つ(宮島栗香)
　李寅生著「漢詩名作集成〈日本編〉」明徳出版社 2016 p719
孔子(良寛)
　井上慶隆著「日本漢詩人選集11 良寛」研文出版 2002 p180
甲子元旦(西郷隆盛)
　松尾善弘著「西郷隆盛漢詩全集 増補改訂版」斯文堂 2018 p29
孔子縞于時藍染(山東京傳)
　棚橋正博校訂「山東京傳全集2 黄表紙2」ぺりかん社 1993 p177

孝子善之丞感得伝(直往談、厭求記)
　北城伸子校訂「江戸怪異綺想文芸大系5 近世民間異聞怪談集成」国書刊行会 2003 p989
江州(菅茶山)
　李寅生著「漢詩名作集成〈日本編〉」明徳出版社 2016 p445
「江州粟津義仲寺芭蕉堂再建募縁疏」前文(蝶夢)
　田中道雄ほか編著「蝶夢全集」和泉書院 2013 p350
甲州紀行狂歌(藤本由己編著)
　狂歌大観刊行会編「狂歌大観1 本篇」明治書院 1983 p569
甲戌歳旦(宝暦四年刊)(二世宗瑞編)
　加藤定彦、外村展子編「関東俳諧叢書22 五色墨編3」関東俳諧叢書刊行会 2001 p65
江春の閑歩 即瞩(釈ois如)
　李寅生著「漢詩名作集成〈日本編〉」明徳出版社 2016 p419
和訳好生録(延宝七年刊、二巻四冊)(王廣宜著, 釈洞水訳)
　朝倉治彦、柏川修一編「假名草子集成26」東京堂出版 2000 p167
好色伊勢物語(酒楽軒)
　西村本小説研究会編「西村本小説全集 下」勉誠社 1985 p51
好色一代男(井原西鶴)
　麻生磯次、冨士昭雄訳注「決定版 対訳西鶴全集1 好色一代男」明治書院 1992 p1
　谷脇理史、小川武彦校注「新編西鶴全集1 本文篇」勉誠出版 2000 p1
好色一代女(井原西鶴)
　麻生磯次、冨士昭雄訳注「決定版 対訳西鶴全集3 好色五人女・好色一代女」明治書院 1992 p149
　浅野晃、竹野静雄校注「新編西鶴全集1 本文篇」勉誠出版 2000 p497
　富岡多恵子訳「わたしの古典16 富岡多恵子の好色五人女」集英社 1986 p117
好色五人女(井原西鶴)
　麻生磯次、冨士昭雄訳注「決定版 対訳西鶴全集3 好色五人女・好色一代女」明治書院 1992 p1
　冨士昭雄、小川武彦校注「新編西鶴全集1 本文篇」勉誠出版 2000 p393
　富岡多恵子訳「わたしの古典16 富岡多恵子の好色五人女」集英社 1986 p11
好色三代男
　西村本小説研究会編「西村本小説全集 上」勉誠社 1985 p355
好色盛衰記(井原西鶴)
　麻生磯次、冨士昭雄訳注「決定版 対訳西鶴全集4 椀久一世の物語・好色盛衰記・嵐は無常物語」明治書院 1992 p67
　谷脇理史、井上和人校注「新編西鶴全集2 本文篇」勉誠出版 2002 p589

こうし　　　　　　　　　　作品名

好色二代男　→ 諸艶大鑑（しょえんおおかがみ）を見よ

好色初時雨
　西村本小説研究会編「西村本小説全集 下」勉誠社 1985 p415

甲辰元旦 佳孫の墨梅に題す（館柳湾）
　鈴木瑞枝著「日本漢詩人選集13 館柳湾」研文出版 1999 p171

庚申夜歌合 承暦三年（神宮文庫蔵本）
　「新編国歌大観5」角川書店 1987 p115

上野国一宮御縁起
　大島由紀夫編著「伝承文学資料集成6 神道縁起物語（二）」三弥井書店 2002 p5

上野国群馬郡船尾山縁起
　大島由紀夫編著「伝承文学資料集成6 神道縁起物語（二）」三弥井書店 2002 p61

上野国児持山縁起事
　榎本千賀編著「伝承文学資料集成5 神道縁起物語（一）」三弥井書店 2002 p100

上野国利根郡屋形原村正一位篠尾大明神之縁起
　榎本千賀編著「伝承文学資料集成5 神道縁起物語（一）」三弥井書店 2002 p157

上毛花園星神縁記
　大島由紀夫編著「伝承文学資料集成6 神道縁起物語（二）」三弥井書店 2002 p107

甲相弐百韻
　石川八朗ほか編「宝井其角全集〔2〕 資料篇」勉誠社 1994 p613

江帥集（書陵部蔵五〇一・一五三）（大江匡房）
　「新編国歌大観3」角川書店 1985 p402

江村（虎関師錬）
　李寅生著「漢詩名作集成〈日本編〉」明徳出版社 2016 p199

江村（広瀬淡窓）
　李寅生著「漢詩名作集成〈日本編〉」明徳出版社 2016 p522

皇太后宮歌合 東三条院（京大附属図書館蔵本）
　「新編国歌大観5」角川書店 1987 p65

皇太后宮大進集（彰考館蔵本）（皇太后宮大進）
　「新編国歌大観7」角川書店 1989 p174

亨大亨の讃岐の円席と皮韉を恵まるるに謝す 二首（義堂周信）
　藤木英雄著「日本漢詩人選集3 義堂周信」研文出版 1999 p229

江談抄（大江匡房談、藤原実兼筆録）
　「新編国歌大観5」角川書店 1987 p1196

弘智法印の像に題す（良寛）
　井上慶隆著「日本漢詩人選集11 良寛」研文出版 2002 p199

弘長三年二月十四日亀山殿御会（有吉保氏蔵本）
　「新編国歌大観10」角川書店 1992 p427

弘長百首（百首類板本）
　「新編国歌大観4」角川書店 1986 p447

皇帝（観世信光）
　伊藤正義校注「新潮日本古典集成 新装版〔64〕 謡曲集 中」新潮社 2015 p71

皇帝（観世流）働物
　野上豊一郎編「新装解註 謡曲全集5」中央公論新社 2001 p337

江天暮雪（天隠龍沢）
　李寅生著「漢詩名作集成〈日本編〉」明徳出版社 2016 p246

広幡句集〔天理図書館綿屋文庫蔵本〕（広幡自撰）
　「連歌大観1」古典ライブラリー 2016 p509

江頭の春暁（嵯峨天皇）
　李寅生著「漢詩名作集成〈日本編〉」明徳出版社 2016 p101
　興膳宏著「日本漢詩人選集 別巻 古代漢詩選」研文出版 2005 p89

高徳院発句会 夜半亭社中
　丸山一彦校注「蕪村全集3 句集・句稿・句会稿」講談社 1992 p359

江南の意（江村北海）
　李寅生著「漢詩名作集成〈日本編〉」明徳出版社 2016 p385

皎然の詩に和し、中竺道者の叡山に赴きて受戒するを送る（義堂周信）
　藤木英雄著「日本漢詩人選集3 義堂周信」研文出版 1999 p155

毫の帰雁
　石川八朗ほか編「宝井其角全集〔2〕 資料篇」勉誠社 1994 p400

紅梅（紫式部）
　石田穣二、清水好子校注「新潮日本古典集成 新装版〔15〕 源氏物語 六」新潮社 2014 p179
　阿部秋生ほか校訂・訳「日本の古典をよむ10 源氏物語 下」小学館 2008 p174
　興謝野寛ほか編纂校訂「覆刻 日本古典全集〔文学編〕〔19〕 源氏物語 四」現代思潮社 1982 p99

紅梅の（歌仙）
　満田達夫校注「蕪村全集2 連句」講談社 2001 p152

紅梅や（歌仙）
　光田和伸校注「蕪村全集2 連句」講談社 2001 p224

「かうはしや」唱和
　加藤定彦「西山宗因全集3 俳諧篇」八木書店 2004 p362

弘福寺の小池 分韻〔木工集〕（柏木如亭）
　入谷仙介著「日本漢詩人選集8 柏木如亭」研文出版 1999 p10

洪武皇の問はるるに対へて日本国を詠ず（遣明使）
　李寅生著「漢詩名作集成〈日本編〉」明徳出版社 2016 p235

孝婦集（明和八年）（宗春編）
　藤田真一校注「蕪村全集8 関係俳書」講談社 1993 p156

後篇古実今物語（清涼井蘇来）
　紅林健志校訂「江戸怪談文芸名作選3 清涼井蘇来集」国書刊行会 2018 p221

後篇はしがきぶり（建部綾足）
　建部綾足著作刊行会編「建部綾足全集7（国学）」国書刊行会 1988 p345
江北の古戦場を過ぐ（内藤湖南）
　李寅生著「漢詩名作集成〈日本編〉」明徳出版社 2016 p795
合浦誹談草稿〔抄〕（雁宕）
　島津忠夫ほか編「西山宗因全集5 伝記・研究篇」八木書店古書出版部 2013 p271
広茗荷集 前編（文政九年成）（野桂編）
　加藤定彦、外村展子編「関東俳諧叢書25 江戸編3」関東俳諧叢書刊行会 2003 p311
光明蔵三昧（孤雲懐奘）
　飯田利行編訳「現代語訳 洞門禅文学集〔1〕 懐奘・大智」国書刊行会 2001 p21
光明峰寺摂政家歌合（永青文庫蔵本）
　「新編国歌大観5」角川書店 1987 p577
高野山詣記（西山宗因）
　石川真弘、尾崎千佳校訂「西山宗因全集4 紀行・評点・書簡篇」八木書店 2006 p49
高野図会〔其角句〕
　石川八朗ほか編「宝井其角全集〔2〕 資料篇」勉誠社 1994 p686
高野道中衣を買わんとするに、直、銭のみ（良寛）
　井上慶隆著「日本漢詩人選集11 良寛」研文出版 2002 p127
「高野那智の」百韻
　加藤定彦「西山宗因全集3 俳諧篇」八木書店 2004 p260
高野物狂（宝生流）カケリ・中の舞物
　野上豊一郎編「新装解註 謡曲全集3」中央公論新社 2001 p475
孝雄狂歌集（豊蔵坊信海（孝雄は法諱）自筆か）
　狂歌大観刊行会編「狂歌大観1 本篇」明治書院 1983 p380
甲陽軍鑑今様姿（紀海音）
　海音研究会編「紀海音全集3」清文堂出版 1979 p1
黄葉集（元禄十二年板本）（烏丸資慶編纂）
　「新編国歌大観9」角川書店 1991 p22
紅葉の（歌仙）
　長島弘明校注「蕪村全集2 連句」講談社 2001 p52
甲陽の客中（荻生徂徠）
　李寅生著「漢詩名作集成〈日本編〉」明徳出版社 2016 p314
高麗茶碗図賛（与謝蕪村（存疑作））
　尾形仂、山下一海校注「蕪村全集4 俳詩・俳文」講談社 1994 p258
高良玉垂宮神秘書紙背和歌（高良大社蔵本）
　「新編国歌大観10」角川書店 1992 p846
香奩体 分けて源氏伝を賦し明石篇を得たり（館柳湾）
　鈴木瑞枝著「日本漢詩人選集13 館柳湾」研文出版 1999 p76

江楼賞月（西郷隆盛）
　松尾善弘著「西郷隆盛漢詩全集 増補改訂版」斯文堂 2018 p236
俳諧香爐峯
　建部綾足著作刊行会編「建部綾足全集2（俳諧Ⅱ）」国書刊行会 1986 p153
呉越軍談（紀海音）
　海音研究会編「紀海音全集6」清文堂出版 1979 p71
声ふりて（歌仙）
　満田達夫校注「蕪村全集2 連句」講談社 2001 p437
孤鴬（梁川星巌）
　山本和義、福島理子著「日本漢詩人選集17 梁川星巌」研文出版 2008 p31
五烟命号の文（加舎白雄）
　矢羽勝幸編「増補改訂 加舎白雄全集 上」国文社 2008 p364
子を言う（菅原道真）
　小島憲之、山本登朗訓読ほか「日本漢詩人選集1 菅原道真」研文出版 1998 p82
小大君集（小大君）
　竹鼻績校注・訳「私家集注釈叢刊1 小大君集注釈」貴重本刊行会 1989 p7
　徳原茂実校注「和歌文学大系52 三十六歌仙集（二）」明治書院 2012 p287
小大君集（書陵部蔵五〇一・九二）（小大君）
　「新編国歌大観3」角川書店 1985 p138
桑折宗臣日記〔抄〕（桑折宗臣）
　美山靖解説・翻刻「古典文学翻刻集成3 続・俳文学篇 貞門・談林」ゆまに書房 1999 p411
「木がくれも」百韻（一順）
　島津忠夫ほか編「西山宗因全集2 連歌篇二」八木書店 2007 p106
小鍛冶（喜多流）働物
　野上豊一郎編「新装解註 謡曲全集6」中央公論新社 2001 p105
染分手綱尾花馬市黄金花奥州細道（山東京傳）
　棚橋正博校訂「山東京傳全集12 合巻7」ぺりかん社 2017 p185
濡髪茶入放駒掛物黄金花万宝善書（山東京傳）
　棚橋正博校訂「山東京傳全集13 合巻8」ぺりかん社 2018 p157
こがらし〔抄〕（風国ほか）
　嶋中道則編「新編 芭蕉大成」三省堂 1999 p790
「木枯しに」半歌仙
　宮脇真彦執筆担当「新編 芭蕉大成」三省堂 1999 p275
「木枯に」発句・脇
　宮脇真彦執筆担当「新編 芭蕉大成」三省堂 1999 p265
凩の 歌仙未満
　宮脇真彦執筆担当「新編 芭蕉大成」三省堂 1999 p211
「小冠者出て」詞書（与謝蕪村）
　尾形仂、山下一海校注「蕪村全集4 俳詩・俳文」講談社 1994 p149

『後漢書』の竟宴にて 各々史を詠じて蔡邕を得たり(島田忠臣)
　李寅生著「漢詩名作集成〈日本編〉」明徳出版社 2016 p140
古稀賀吟帖(桃李園栗間戸詠・編)
　西島孜哉編「近世上方狂歌叢書11 狂歌あさみより(他)」近世上方狂歌研究会 1988 p76
弘徽殿女御歌合
　田島智子校注「和歌文学大系48 王朝歌合集」明治書院 2018 p91
弘徽殿女御歌合 長久二年(彰考館蔵本)
　「新編国歌大観5」角川書店 1987 p78
古郷帰の江戸咄(落首・狂歌抜粋)
　狂歌大観刊行会編「狂歌大観2 参考篇」明治書院 1984 p186
古俠行(梁川星巌)
　山本和義、福島理子著「日本漢詩人選集17 梁川星巌」研文出版 2008 p154
後京極殿御自歌合 建久九年(永青文庫蔵本)(藤原良経)
　「新編国歌大観5」角川書店 1987 p341
故郷塚百回法忌楽文(蝶夢)
　田中道雄ほか編著「蝶夢全集」和泉書院 2013 p299
故郷の扇の文(加舎白雄)
　矢羽勝幸編「増補改訂 加舎白雄全集 上」国文社 2008 p374
五形のさいもん
　岩田勝編著「伝承文学資料集成16 中国地方神楽祭文集」三弥井書店 1990 p237
五形之祭文
　岩田勝編著「伝承文学資料集成16 中国地方神楽祭文集」三弥井書店 1990 p244
五行霊土公神旧記
　岩田勝編著「伝承文学資料集成16 中国地方神楽祭文集」三弥井書店 1990 p125
古今集誹諧歌解序(蝶夢)
　田中道雄ほか編著「蝶夢全集」和泉書院 2013 p321
古今六帖の始に記るせる詞(賀茂真淵)
　與謝野寛ほか編纂校訂「覆刻 日本古典全集〔文学編〕〔13〕 賀茂眞淵集」現代思潮社 1983 p89
古今和歌集(紀友則ほか撰)
　片桐洋一訳・注「笠間文庫 原文&現代語訳シリーズ〔2〕 古今和歌集」笠間書院 2005 p12
　奥村恆哉校注「新潮日本古典集成 新装版〔19〕古今和歌集」新潮社 2017 p9
　小沢正夫ほか校注・訳, 鈴木宏子各歌解説「日本の古典をよむ5 古今和歌集・新古今和歌集」小学館 2008 p11
　與謝野寛ほか校訂「覆刻 日本古典全集〔文学編〕〔22〕 古今和歌集 附 古今集註」現代思潮社 1982 p1
　尾ң左永子訳「わたしの古典4 尾ң左永子の古今和歌集・新古今和歌集」集英社 1987 p9
古今和歌集(伊達家旧蔵本)
　「新編国歌大観1」角川書店 1983 p9
吾吟我集(石田未得)
　狂歌大観刊行会編「狂歌大観1 本篇」明治書院 1983 p148
古今和歌集 仮名序(紀貫之)
　片桐洋一訳・注「笠間文庫 原文&現代語訳シリーズ〔2〕 古今和歌集」笠間書院 2005 p12
　奥村恆哉校注「新潮日本古典集成 新装版〔19〕古今和歌集」新潮社 2017 p11
　小沢正夫ほか校訂「日本の古典をよむ5 古今和歌集・新古今和歌集」小学館 2008 p14
　與謝野寛ほか編纂校訂「覆刻 日本古典全集〔文学編〕〔22〕 古今和歌集 附 古今集註」現代思潮社 1982 p1
古今和歌集古注釈書引用和歌
　「新編国歌大観10」角川書店 1992 p1004
古今和歌集註(藤原教長)
　與謝野寛ほか編纂校訂「覆刻 日本古典全集〔文学編〕〔22〕 古今和歌集 附 古今集註」現代思潮社 1982 p1
古今若衆序
　狂歌大観刊行会編「狂歌大観1 本篇」明治書院 1983 p86
古今倭歌集 真名序(紀淑望)
　與謝野寛ほか編纂校訂「覆刻 日本古典全集〔文学編〕〔22〕 古今和歌集 附 古今集註」現代思潮社 1982 p153
古今和歌集 真名序(紀淑望)
　片桐洋一訳・注「笠間文庫 原文&現代語訳シリーズ〔2〕 古今和歌集」笠間書院 2005 p440
　奥村恆哉校注「新潮日本古典集成 新装版〔19〕古今和歌集」新潮社 2017 p379
古今和歌六帖(宮内庁書陵部蔵本)
　「新編国歌大観2」角川書店 1984 p193
古今和歌六帖 第一帖～第四帖
　室城秀之校注「和歌文学大系45 古今和歌六帖(上)」明治書院 2018 p1
酷暑有感(西郷隆盛)
　松尾善弘著「西郷隆盛漢詩全集 増補改訂版」斯文堂 2018 p12
国姓爺(堤静斎)
　李寅生著「漢詩名作集成〈日本編〉」明徳出版社 2016 p678
国性爺合戦(近松門左衛門)
　信多純一校注「新潮日本古典集成 新装版〔40〕近松門左衛門集」新潮社 2019 p151
　田中澄江訳「わたしの古典17 田中澄江の心中天の網島」集英社 1986 p141
国性爺御前軍談(西沢一風)
　佐伯孝夫翻刻「西沢一風全集3」汲古書院 2003 p177
国姓爺明朝太平記(江島其磧)
　岡雅彦翻刻「八文字屋本全集6」汲古書院 1994 p375
獄中有感(西郷隆盛)
　松尾善弘著「西郷隆盛漢詩全集 増補改訂版」斯文堂 2018 p1

獄中の作(児島強介)
　李寅生著「漢詩名作集成〈日本編〉」明徳出版社 2016 p708
獄中の作(高杉東行)
　李寅生著「漢詩名作集成〈日本編〉」明徳出版社 2016 p726
獄中の作三首 其の二(橋本景岳)
　李寅生著「漢詩名作集成〈日本編〉」明徳出版社 2016 p702
国分山幻住庵旧趾に石を建し記(蝶夢)
　田中道雄ほか編著「蝶夢全集」和泉書院 2013 p291
極楽願往生和歌(西念)
　岡﨑真紀子注釈「新注和歌文学叢書22 発心和歌集 極楽願往生和歌 新注」青簡舎 2017 p109
極楽願往生和歌(東京国立博物館蔵本)(西念)
　「新編国歌大観10」角川書店 1992 p900
小倉舟中(市河寛斎)
　蔡毅, 西岡淳著「日本漢詩人選集9 市河寛斎」研文出版 2007 p194
小倉千句(西山宗因)
　尾崎千佳編「西山宗因全集1 連歌篇一」八木書店 2004 p406
「小倾城」表八句
　宮脇真彦執筆担当「新編 芭蕉大成」三省堂 1999 p314
古契三娼(山東京傳)
　棚橋正博校訂「山東京傳全集18 洒落本」ぺりかん社 2012 p77
俳諧虎溪の橋(西鶴ほか吟)
　佐藤勝明校注「新編西鶴全集5 本文篇 上」勉誠出版 2007 p235
苔の衣
　「新編国歌大観5」角川書店 1987 p1387
　今井源衛校訂・訳注「中世王朝物語全集7 苔の衣」笠間書院 1996 p5
五元集(宝井其角自撰)
　石川八朗ほか編「宝井其角全集〔1〕 編著篇」勉誠社 1994 p439
五元集脱漏(江由誓撰)
　石川八朗ほか編「宝井其角全集〔2〕 資料篇」勉誠社 1994 p720
古言梯跋(賀茂真淵)
　興謝野寛ほか編纂校訂「覆刻 日本古典全集〔文学編〕〔13〕 賀茂眞淵集」現代思潮社 1983 p105
五湖庵句集(宝暦四年刊)(来徳編)
　加藤定彦, 外村展子編「関東俳諧叢書6 四時観編2」関東俳諧叢書刊行会 1996 p245
小督(金春流)男舞物
　野上豊一郎編「新装解註 謡曲全集5」中央公論新社 2001 p123
五合庵(良寛)
　井上慶隆著「日本漢詩人選集11 良寛」研文出版 2002 p42
孤高祠(広瀬旭荘)
　大野修作著「日本漢詩人選集16 広瀬旭荘」研文出版 1999 p158

「九重の」狂歌(松尾芭蕉)
　宮脇真彦執筆担当「新編 芭蕉大成」三省堂 1999 p319
九日 友人の詩を問うに答う(新井白石)
　一海知義, 池澤一郎訳注「日本漢詩人選集5 新井白石」研文出版 2001 p78
西鶴十三年忌歌仙こゝろ葉
　海音研究会編「紀海音全集8」清文堂出版 1980 p14
心ひとつ
　石川八朗ほか編「宝井其角全集〔2〕 資料篇」勉誠社 1994 p392
「こゝろよく」百韻
　島津忠夫ほか編「西山宗因全集6 解題・索引篇」八木書店古書出版部 2017 p55
古今夷曲集(生白庵行風編)
　狂歌大観刊行会編「狂歌大観1 本篇」明治書院 1983 p181
古今犬著聞集(写本、全十二巻十二冊、うち巻五〜十二)(一雪編)
　朝倉治彦, 大久保順子編「假名草子集成28」東京堂出版 2000 p1
古今犬著聞集(内一至 巻四)(椋梨一雪)
　朝倉治彦, 大久保順子編「假名草子集成27」東京堂出版 2000 p215
古今狂歌仙(愛香軒暁鼻子編)
　狂歌大観刊行会編「狂歌大観2 参考篇」明治書院 1984 p224
古今句集
　石川八朗ほか編「宝井其角全集〔2〕 資料篇」勉誠社 1994 p632
古今短冊集(与謝蕪村跋)
　尾形仂, 山下一海校注「蕪村全集4 俳詩・俳文」講談社 1994 p369
『古今短冊集』跋(与謝蕪村)
　尾形仂, 山下一海校注「蕪村全集4 俳詩・俳文」講談社 1994 p90
古今著聞集(橘成季)
　「新編国歌大観5」角川書店 1987 p1231
　西尾光一, 小林保治校注「新潮日本古典集成 新装版〔20〕 古今著聞集 上」新潮社 2019 p25
　西尾光一, 小林保治校注「新潮日本古典集成 新装版〔21〕 古今著聞集 下」新潮社 2019 p23
古今著聞集(巻一〜巻十)(橘成季)
　正宗敦夫校訂「覆刻 日本古典全集〔文学編〕〔23〕 古今著聞集 上」現代思潮社 1983 p1
古今著聞集(巻十一〜巻二十)(橘成季)
　正宗敦夫校訂「覆刻 日本古典全集〔文学編〕〔24〕 古今著聞集 下」現代思潮社 1983 p267
古今俳諧師手鑑(西鶴編)
　伴野英一校注「新編西鶴全集5 本文篇 上」勉誠出版 2007 p92
古今俳諧明題集(涼袋(建部綾足)撰)
　建部綾足著作刊行会編「建部綾足全集2 (俳諧Ⅱ)」国書刊行会 1986 p187

ここん　　　　　　　　　　　　作品名

古今百物語評判(貞享三年刊、五巻、絵入)(山岡元隣述,元恕補編)
　朝倉治彦編「假名草子集成29」東京堂出版 2001 p1
古今弁惑実物語(北尾雪坑斎作・画)
　堤邦彦校訂「江戸怪異綺想文芸大系5 近世民間異聞怪談集成」国書刊行会 2003 p919
古今物わすれ(建部綾足)
　建部綾足著作刊行会編「建部綾足全集6〈文集〉」国書刊行会 1987 p251
古今役者発句合
　石川八朗ほか編「宝井其角全集〔2〕資料篇」勉誠社 1994 p609
沽哉集(橘曙覧)
　井手今滋編、辻森秀英増補「新修 橘曙覧全集」桜楓社 1983 p179
小さかづき(寛文12年刊、5巻5冊、絵入)(山岡元隣)
　朝倉治彦、大久保順子編「假名草子集成28」東京堂出版 2000 p187
小桜姫風月奇観(山東京山)
　髙木元校訂「江戸怪異綺想文芸大系4 山東京山伝奇小説集」国書刊行会 2003 p67
「御座らねと」百韻
　加藤定彦「西山宗因全集3 俳諧篇」八木書店 2004 p386
後三条院四宮侍所歌合(陽明文庫蔵二十巻本)
　「新編国歌大観5」角川書店 1987 p117
古寺(絶海中津)
　李寅生著「漢詩名作集成〈日本編〉」明徳出版社 2016 p228
古事記
　西宮一民校訂「新潮日本古典集成 新装版〔22〕古事記」新潮社 2014 p15
　「新編国歌大観5」角川書店 1987 p1129
　山口佳紀、神野志隆光校訂・訳「日本の古典をよむ1 古事記」小学館 2007 p9
　田辺聖子訳「わたしの古典1 田辺聖子の古事記」集英社 1986 p7
古事記(現代語訳)(太朝臣安萬侶編纂)
　緒方惟章訳「現代語で読む歴史文学〔10〕古事記」勉誠出版 2004 p1
五色集(自然軒鈍全)
　西島孜哉ほか編「近世上方狂歌叢書22 五色集」近世上方狂歌研究会 1996 p1
五色墨
　石川八朗ほか編「宝井其角全集〔2〕資料篇」勉誠社 1994 p488
「乞食の翁」句文(松尾芭蕉)
　嶋中道則ほか編「新編 芭蕉大成」三省堂 1999 p375
乞食袋
　石川八朗ほか編「宝井其角全集〔2〕資料篇」勉誠社 1994 p636
小しぐれに(付合)
　満田達夫校注「蕪村全集2 連句」講談社 2001 p540

小侍従集(尊経閣文庫蔵本)(小侍従)
　「新編国歌大観7」角川書店 1989 p213
古事談(源顕兼編)
　川端善明、荒木浩校注「新 日本古典文学大系41 古事談 続古事談」岩波書店 2005 p1
　「新編国歌大観5」角川書店 1987 p1219
五七記(宝暦十年刊)(鳥酔編)
　加藤定彦、外村展子編「関東俳諧叢書4 五色墨編2」関東俳諧叢書刊行会 1994 p229
五七記付録(宝暦十年刊)(鳥酔編)
　加藤定彦、外村展子編「関東俳諧叢書22 五色墨編3」関東俳諧叢書刊行会 2001 p359
故侍中左金吾家集(萩原松平文庫蔵本)(源頼実)
　「新編国歌大観3」角川書店 1985 p327
古実明物語(清涼井蘇来)
　木越秀子校訂「江戸怪談文芸名作選3 清涼井蘇来集」国書刊行会 2018 p5
越の道の記(源さだき)
　津本信博著「江戸後期紀行文学全集1」新典社 2007 p141
越部禅尼消息(俊成卿女)
　「新編国歌大観5」角川書店 1987 p1073
児島高徳 桜樹に書するの図に題す(斎藤監物)
　李寅生著「漢詩名作集成〈日本編〉」明徳出版社 2016 p648
狂歌類題後杓子栗(便々館湖鯉鮒輯)
　広部俊也翻刻「江戸狂歌本選集11」東京堂出版 2001 p71
五社百首(社別)(藤原俊成)
　松野陽一、吉田薫編「藤原俊成全歌集」笠間書院 2007 p322
五社百首(題別)(藤原俊成)
　松野陽一、吉田薫編「藤原俊成全歌集」笠間書院 2007 p404
五社百首切(住吉切)集成(藤原俊成)
　松野陽一、吉田薫編「藤原俊成全歌集」笠間書院 2007 p452
五車反古(天明三年十一月)(維駒編、蕪村序)
　山下一海校注「蕪村全集7 編著・追善」講談社 1995 p531
『五車反古』序(与謝蕪村)
　尾形仂、山下一海校注「蕪村全集4 俳詩・俳文」講談社 1994 p225
後拾遺抄註(顕昭)
　川村晃生校訂「和泉古典叢書5 後拾遺和歌集」和泉書院 1991 p330
後拾遺和歌集(藤原通俊撰)
　川村晃生校訂「和泉古典叢書5 後拾遺和歌集」和泉書院 1991 p1
　正宗敦夫校訂「覆刻 日本古典全集〔文学編〕〔25〕後拾遺和歌集」現代思潮社 1982 p1
後拾遺和歌集(宮内庁書陵部蔵本)(藤原通俊撰)
　「新編国歌大観1」角川書店 1983 p108
後拾遺和歌抄目録序
　川村晃生校注・訳「和泉古典叢書5 後拾遺和歌集」和泉書院 1991 p310

五十四郡
石川八朗ほか編「宝井其角全集〔2〕 資料篇」勉誠社 1994 p369

五種歌合 正安元年（島原松平文庫蔵本）
「新編国歌大観10」角川書店 1992 p273

五十四番詩歌合 康永二年（内閣文庫蔵本）
「新編国歌大観10」角川書店 1992 p315

後十輪院内府集（書陵部蔵五〇一・六八三）（中院通村）
「新編国歌大観9」角川書店 1991 p86

虎杖庵記（加舎白雄）
矢羽勝幸編「増補改訂 加舎白雄全集 上」国文社 2008 p384

五升庵記（蝶夢）
田中道雄ほか編著「蝶夢全集」和泉書院 2013 p287

五升庵再興の記（蝶夢）
田中道雄ほか編著「蝶夢全集」和泉書院 2013 p288

五升庵文草 巻一（蝶夢）
田中道雄ほか編著「蝶夢全集」和泉書院 2013 p237

五升庵文草 巻二（蝶夢）
田中道雄ほか編著「蝶夢全集」和泉書院 2013 p265

五升庵文草 巻三（蝶夢）
田中道雄ほか編著「蝶夢全集」和泉書院 2013 p285

五升庵文草 巻四（蝶夢）
田中道雄ほか編著「蝶夢全集」和泉書院 2013 p355

五升庵文草 巻五（蝶夢）
田中道雄ほか編著「蝶夢全集」和泉書院 2013 p373

五畳敷（明和六年）（泰里編）
藤井真一校注「蕪村全集8 関係俳書」講談社 1993 p143

呉昌碩に寄す（井土霊山）
李寅生著「漢詩名作集成〈日本編〉」明徳出版社 2016 p774

五条殿筆詠草（藤原俊成）
松野陽一、吉田薫編「藤原俊成全歌集」笠間書院 2007 p240

湖上にて韻に次す（森槐南）
李寅生著「漢詩名作集成〈日本編〉」明徳出版社 2016 p780

古新狂歌酒（白縁斎梅好撰）
西島孜哉ほか編「近世上方狂歌叢書21 古新狂歌酒」近世上方狂歌研究会 1995 p1

故人五百題（加舎白雄撰）
矢羽勝幸編「増補改訂 加舎白雄全集 下」国文社 2008 p363

古人六印以上句
建部綾足著作刊行会編「建部綾足全集3（俳諧Ⅲ）」国書刊行会 1986 p147

湖水（伊藤仁斎）
浅山佳郎, 厳明著「日本漢詩人選集4 伊藤仁斎」研文出版 2000 p36

湖水に遊ぶ賦（蝶夢）
田中道雄ほか編著「蝶夢全集」和泉書院 2013 p267

「湖水より」三つ物
宮脇真彦執筆担当「新編 芭蕉大成」三省堂 1999 p316

古寿恵のゆき（淮南堂行澄、陽羨亭儘成書）
石川了翻刻「江戸狂歌本選集6」東京堂出版 1999 p3

古声と名つくる説（蝶夢）
田中道雄ほか編著「蝶夢全集」和泉書院 2013 p271

俳諧古選（嘯山編）
島津忠夫ほか編「西山宗因全集5 伝記・研究篇」八木書店古書出版部 2013 p270
櫻井武次郎校注「蕪村全集8 関係俳書」講談社 1993 p111

後撰夷曲集（生白庵行風編）
狂歌大観刊行会編「狂歌大観1 本篇」明治書院 1983 p252

後撰犬筑波集
加藤定彦「西山宗因全集3 俳諧篇」八木書店 2004 p515

呉扇を悼む文（加舎白雄）
矢羽勝幸編「増補改訂 加舎白雄全集 上」国文社 2008 p393

御前義経記（西沢一風）
井上和人翻刻「西沢一風全集1」汲古書院 2002 p89

後撰和歌集（源順ほか撰）
工藤重矩校注「和泉古典叢書3 後撰和歌集」和泉書院 1992 p1
奥謝野寛ほか校訂「覆刻 日本古典全集〔文学編〕〔26〕 後撰和歌集」現代思潮社 1982 p1

後撰和歌集（大総合図書館蔵本）（源順ほか撰）
「新編国歌大観1」角川書店 1983 p33

後撰和謌集 闕字氏片假名本（源順ほか撰）
奥謝野寛ほか校訂「覆刻 日本古典全集〔文学編〕〔26〕 後撰和歌集」現代思潮社 1982 p1

「御僧よなふ」唱和
加藤定彦「西山宗因全集3 俳諧篇」八木書店 2004 p263

胡曽詩抄（神宮文庫本）（玄恵）
黒田彰編著「伝承文学資料集成3 胡曽詩抄」三弥井書店 1988 p41

小袖曾我（金春流）男舞物
野上豊一郎編「新装解註 謡曲全集5」中央公論新社 2001 p89

「去年といはん」百韻（西山宗因評点）
井上敏幸, 尾崎千佳校訂「西山宗因全集4 紀行・評点・書簡篇」八木書店 2006 p174

手前勝手御存商売物（山東京傳）
棚橋正博校訂「山東京傳全集1 黄表紙1」ぺりかん社 1992 p103

| こたい | 作品名 |

「小鯛刺す」表六句
　宮脇真彦執筆担当「新編 芭蕉大成」三省堂 1999 p240
五代集歌枕(日本歌学大系)(藤原範兼編)
　「新編国歌大観10」角川書店 1992 p567
後太平記瓢実録(菅専助, 若竹笛躬)
　土田衛ほか編「菅専助全集2」勉誠社 1991 p173
五体和合談(山東京傳)
　棚橋正博校訂「山東京傳全集4 黄表紙4」ぺりかん社 2004 p289
小竹集 序(西鶴)
　竹野静雄校注「新編西鶴全集5 本文篇 下」勉誠出版 2007 p1261
小太郎
　石川八朗ほか編「宝井其角全集〔2〕資料篇」勉誠社 1994 p447
孤竹〈国立国会図書館蔵本〉(宗牧)
　「連歌大観2」古典ライブラリー 2017 p298
五竹・涼袋歌仙
　建部綾足著作刊行会編「建部綾足全集9（書簡・補遺）」国書刊行会 1990 p218
「御馳走を」百韻
　加藤定彦「西山宗因全集3 俳諧篇」八木書店 2004 p310
胡蝶(金剛流)大小中の舞物
　野上豊一郎「新装解註 謡曲全集3」中央公論新社 2001 p73
胡蝶(紫式部)
　石田穣二, 清水好子校注「新潮日本古典集成 新装版〔13〕源氏物語 四」新潮社 2014 p29
　阿部秋生ほか校訂・訳「日本の古典をよむ9 源氏物語 上」小学館 2008 p269
　與謝野寛ほか編纂校訂「覆刻 日本古典全集〔文学編〕〔17〕源氏物語 二」現代思潮社 1982 p219
こてふづか序(蝶夢)
　田中道雄ほか編著「蝶夢全集」和泉書院 2013 p327
「胡蝶にも」発句・脇
　宮脇真彦執筆担当「新編 芭蕉大成」三省堂 1999 p243
胡蝶判官(重徳, 信徳編)
　前田利治翻刻「古典文学翻刻集成2 俳文学篇 元禄・蕉風・中興期」ゆまに書房 1998 p56
「御饌座の」百韻(西山宗因)
　加藤定彦「西山宗因全集3 俳諧篇」八木書店 2004 p203
乞食(良寛)
　井上慶隆著「日本漢詩人選集11 良寛」研文出版 2002 p137
笏門(梁川星巌)
　山本和義, 福島理子著「日本漢詩人選集17 梁川星巌」研文出版 2008 p169
人間一代悟衞迷所独案内(山東京傳)
　棚橋正博校訂「山東京傳全集5 黄表紙5」ぺりかん社 2009 p35

俳諧五徳(編者未詳)
　竹下義人校注「新編西鶴全集5 本文篇 上」勉誠出版 2007 p279
今月廢太陰暦(西郷隆盛)
　松尾善弘「西郷隆盛漢詩全集 増補改訂版」斯文堂 2018 p174
琴後集(村田春海)
　田中康二校注「和歌文学大系72 琴後集」明治書院 2009 p1
琴後集(文化十年板本)(村田たせ子編)
　「新編国歌大観9」角川書店 1991 p544
「ことそへて」百韻
　島津忠夫ほか編「西山宗因全集2 連歌篇二」八木書店 2007 p309
事に感ず(橋本蓉塘)
　李寅生著「漢詩名作集成〈日本編〉」明徳出版社 2016 p756
ことのはし(延享四年刊)(斑鳩編)
　加藤定彦, 外村展子「関東俳譜叢書13 常総編1」関東俳譜叢書刊行会 1996 p149
「言の葉も」百韻A
　島津忠夫ほか編「西山宗因全集6 解題・索引篇」八木書店古書出版部 2017 p44
「言の葉も」百韻B
　島津忠夫ほか編「西山宗因全集6 解題・索引篇」八木書店古書出版部 2017 p47
後鳥羽院遠島百首(国立国会図書館蔵本)(後鳥羽院)
　「新編国歌大観10」角川書店 1992 p144
後鳥羽院御集(後鳥羽院)
　寺島恒世注釈「和歌文学大系24 後鳥羽院御集」明治書院 1997 p1
後鳥羽院御集(書陵部蔵五〇一・六三九)
　「新編国歌大観4」角川書店 1986 p124
後鳥羽院定家知家入道撰歌(書陵部蔵四〇六・二二)(衣笠家良)
　「新編国歌大観7」角川書店 1989 p335
後鳥羽院自合歌(内閣文庫蔵本)(後鳥羽院)
　「新編国歌大観5」角川書店 1987 p572
後鳥羽帝の祠に題す(義堂周信)
　藤木英雄著「日本漢詩人選集3 義堂周信」研文出版 1999 p24
後鳥羽天皇御口伝(後鳥羽天皇)
　「新編国歌大観5」角川書店 1987 p1063
諺下司話説(山東京傳)
　棚橋正博校訂「山東京傳全集4 黄表紙4」ぺりかん社 2004 p59
後難波日記(天府)
　杉浦正一郎翻刻「古典文学翻刻集成7 続・俳文学篇 中興期(下)」ゆまに書房 1999 p29
後二条院歌合 乾元二年七月(書陵部蔵特・六七)
　「新編国歌大観10」角川書店 1992 p287
後二条院御集(書陵部蔵一五四・五四〇)(後二条院)
　「新編国歌大観7」角川書店 1989 p584
後二条院百首(内閣文庫蔵本)(後二条天皇)
　「新編国歌大観10」角川書店 1992 p162

薩摩下芋兵衛砂糖団子兵衛 五人切西瓜斬売（山東京傳）
　棚橋正博校訂「山東京傳全集5 黄表紙5」ぺりかん社 2009 p239

「五人扶持」歌仙
　宮脇真彦執筆担当「新編 芭蕉大成」三省堂 1999 p290

「此海に」表六句
　宮脇真彦執筆担当「新編 芭蕉大成」三省堂 1999 p188

「此梅に」百韻（信章, 芭蕉両吟）
　宮脇真彦執筆担当「新編 芭蕉大成」三省堂 1999 p159

「此里は」歌仙
　宮脇真彦執筆担当「新編 芭蕉大成」三省堂 1999 p267

このついで
　池田利夫訳・注「笠間文庫 原文＆現代語訳シリーズ〔5〕堤中納言物語」笠間書院 2006 p23

木の葉経句文（与謝蕪村）
　尾形仂, 山下一海校注「蕪村全集4 俳詩・俳文」講談社 1994 p91

「木の葉散」の詞書（松尾芭蕉）
　嶋中道則ほか「新編 芭蕉大成」三省堂 1999 p380

この花
　石川八朗ほか編「宝井其角全集〔2〕資料篇」勉誠社 1994 p141

此法や（百韻）
　丸山一彦校注「蕪村全集2 連句」講談社 2001 p88

此ほとり一夜四哥仙 全（安永二年九月）（蕪村編）
　山下一海校注「蕪村全集7 編著・追善」講談社 1995 p39

『此ほとり一夜四哥仙』序（与謝蕪村）
　尾形仂, 山下一海校注「蕪村全集4 俳詩・俳文」講談社 1994 p135

菓争
　三枝和子訳「わたしの古典15 馬場あき子の謡曲集 三枝和子の狂言集」集英社 1987 p264

「此道や」半歌仙
　宮脇真彦執筆担当「新編 芭蕉大成」三省堂 1999 p309

「此宿は」句文（松尾芭蕉）
　嶋中道則ほか「新編 芭蕉大成」三省堂 1999 p440

湖白庵記（蝶夢）
　田中道雄ほか編著「蝶夢全集」和泉書院 2013 p285

古馬鐙（市河寛斎）
　蔡毅, 西岡淳著「日本漢詩人選集9 市河寛斎」研文出版 2007 p146

小春笠
　石川八朗ほか編「宝井其角全集〔2〕資料篇」勉誠社 1994 p509

狐媚鈔（写本, 一巻）
　朝倉治彦, 大久保順子編「假名草子集成27」東京堂出版 2000 p157

小人国穀桜（山東京傳）
　棚橋正博校訂「山東京傳全集3 黄表紙3」ぺりかん社 2001 p241

「御評判」百韻（西山宗因評点）
　井上敏幸, 尾崎千佳校訂「西山宗因全集4 紀行・評点・書簡編」八木書店 2006 p252

「後風」歌仙未満二十四句
　宮脇真彦執筆担当「新編 芭蕉大成」三省堂 1999 p287

虎伏巌（広瀬旭荘）
　大野修作著「日本漢詩人選集16 広瀬旭荘」研文出版 1999 p46

後普光園院百首（京都女子大附属図書館蔵本）（二条良基）
　「新編国歌大観10」角川書店 1992 p179

後堀河院民部卿典侍集（三手文庫蔵本）（後堀河院民部卿典侍）
　「新編国歌大観7」角川書店 1989 p287

古本説話集
　「新編国歌大観5」角川書店 1987 p1204

小本『芭蕉翁発句集』序（蝶夢）
　田中道雄ほか編著「蝶夢全集」和泉書院 2013 p313

「こまかなる」唱和
　加藤定彦「西山宗因全集3 俳諧篇」八木書店 2004 p210

小町画賛（松尾芭蕉）
　嶋中道則ほか「新編 芭蕉大成」三省堂 1999 p427

小町集（小野小町）
　室城秀之校注「和歌文学大系18 小町集・遍昭集・業平集・素性集・伊勢集・猿丸集」明治書院 1998 p1

小町集（陽明文庫蔵本）（小野小町）
　「新編国歌大観3」角川書店 1985 p21

新板小町のさうし（国会図書館本）
　秋谷治翻刻「西行全集」貴重本刊行会 1990 p1063

小松原
　石川八朗ほか編「宝井其角全集〔2〕資料篇」勉誠社 1994 p113

小馬命婦集（小馬命婦）
　藤本一恵, 木村初恵全釈「私家集全釈叢書24 深養父集・小馬命婦集全釈」風間書房 1999 p217

小馬命婦集（静嘉堂文庫蔵本）（小馬命婦）
　「新編国歌大観3」角川書店 1985 p176

後水尾院御集（後水尾天皇）
　鈴木健一校注「和歌文学大系68 後水尾院御集」明治書院 2003 p1

後水尾院御集（内閣文庫蔵本）（後水尾天皇）
　「新編国歌大観9」角川書店 1991 p165

「御明の」歌仙
　宮脇真彦執筆担当「新編 芭蕉大成」三省堂 1999 p264

「米くるゝ」発句・脇等付句 四
　宮脇真彦執筆担当「新編 芭蕉大成」三省堂 1999

p315
薦獅子集
　　石川八朗ほか編「宝井其角全集〔2〕 資料篇」勉誠社 1994 p151
子持神社紀
　　榎本千賀編著「伝承文学資料集成5 神道縁起物語（一）」三弥井書店 2002 p7
子持大明神御神徳略紀
　　榎本千賀編著「伝承文学資料集成5 神道縁起物語（一）」三弥井書店 2002 p112
嫗山姥（近松門左衛門）
　　工藤慶三郎訳「近松時代物現代語訳〔1〕 用明天皇職人鑑ほか」北の街社 1999 p73
児持山縁起
　　榎本千賀編著「伝承文学資料集成5 神道縁起物語（一）」三弥井書店 2002 p69
児持山宮紀
　　榎本千賀編著「伝承文学資料集成5 神道縁起物語（一）」三弥井書店 2002 p109
子持山御縁起
　　榎本千賀編著「伝承文学資料集成5 神道縁起物語（一）」三弥井書店 2002 p184
子持山釈宮紀
　　榎本千賀編著「伝承文学資料集成5 神道縁起物語（一）」三弥井書店 2002 p107
子持山大神紀
　　榎本千賀編著「伝承文学資料集成5 神道縁起物語（一）」三弥井書店 2002 p50
「籠り居て」表六句
　　宮脇真彦執筆担当「新編 芭蕉大成」三省堂 1999 p244
『隠口塚』序（与謝蕪村）
　　尾形仂, 山下一海校注「蕪村全集4 俳詩・俳文」講談社 1994 p228
後夜に佛法僧を聞く（空海）
　　興膳宏著「日本漢詩人選集 別巻 古代漢詩選」研文出版 2005 p178
後夜ノ遊ノ歌
　　岩田勝編著「伝承文学資料集成16 中国地方神楽祭文集」三弥井書店 1990 p285
後夜 仏法僧鳥を聞く（空海）
　　李寅生著「漢詩名作集成〈日本編〉」明徳出版社 2016 p81
小弓誹諧集
　　石川八朗ほか編「宝井其角全集〔2〕 資料篇」勉誠社 1994 p311
後葉和歌集（宮内庁書陵部蔵本）（藤原為経撰）
　　「新編国歌大観2」角川書店 1984 p288
暦（西鶴）
　　竹野静雄校注「新編西鶴全集5 本文篇 下」勉誠出版 2007 p1178
暦の裏序（蝶夢）
　　田中道雄ほか編著「蝶夢全集」和泉書院 2013 p322
古来風体抄（釈阿）
　　「新編国歌大観2」角川書店 1987 p1043

五龍王祭文
　　岩田勝編著「伝承文学資料集成16 中国地方神楽祭文集」三弥井書店 1990 p110
是貞親王家歌合（陽明文庫蔵二十巻本）
　　「新編国歌大観5」角川書店 1987 p22
惟成弁集（藤原惟成）
　　笹川博司全釈「私家集全釈叢書32 惟成弁集全釈」風間書房 2003 p67
惟成弁集（書陵部蔵五〇一・五九）（藤原惟成）
　　「新編国歌大観7」角川書店 1989 p53
惟任退治記（落首・狂歌抜粋）
　　狂歌大観刊行会編「狂歌大観2 参考篇」明治書院 1984 p212
「これにしく」百韻（西山宗因評点）
　　井上敏幸, 尾崎千佳校訂「西山宗因全集4 紀行・評点・書簡篇」八木書店 2006 p141
是則集（書陵部蔵五〇一・一二〇）（坂上是則）
　　「新編国歌大観3」角川書店 1985 p53
「これのりや」百韻
　　島津忠夫ほか編「西山宗因全集2 連歌篇二」八木書店 2007 p284
これまて草
　　石川八朗ほか編「宝井其角全集〔2〕 資料篇」勉誠社 1994 p459
「是や去年の」三物（西山宗因）
　　加藤定彦「西山宗因全集3 俳諧篇」八木書店 2004 p373
五老文集
　　石川八朗ほか編「宝井其角全集〔2〕 資料篇」勉誠社 1994 p151
五郎正宗
　　野村眞智子編「伝承文学資料集成20 肥後・琵琶語り集」三弥井書店 2006 p288
古老物語（万治四年求版刊、六巻、絵入）
　　朝倉治彦編「假名草子集成30」東京堂出版 2001 p1
後六々撰（群書類従本）（藤原範兼撰）
　　「新編国歌大観5」角川書店 1987 p915
木幡の時雨
　　「新編国歌大観5」角川書店 1987 p1397
　　大槻修, 田淵福子校訂・訳注「中世王朝物語全集6 木幡の時雨 風につれなき」笠間書院 1997 p7
昔男生得逞奇の見勢物語（山東京傳）
　　棚橋正博校訂「山東京傳全集4 黄表紙4」ぺりかん社 2004 p375
近院の山水の障子の詩、六首・其の六・海上の春意（菅原道真）
　　小島憲之, 山本登朗訓読ほか「日本漢詩人選集1 菅原道真」研文出版 1998 p133
魂帰来賦（与謝蕪村）
　　尾形仂, 山下一海校注「蕪村全集4 俳詩・俳文」講談社 1994 p41
権現千句（長秀ほか詠）
　　尾崎千佳編「西山宗因全集1 連歌篇一」八木書店 2004 p345

金剛三昧院奉納和歌（尊経閣文庫蔵本）
　「新編国歌大観10」角川書店 1992 p485
権七に示す（松尾芭蕉）
　嶋中道則ほか「新編 芭蕉大成」三省堂 1999 p387
今昔雑冥談（清涼井蘇来）
　郷津正校訂「江戸怪談文芸名作選3 清涼井蘇来集」国書刊行会 2018 p127
今昔物語集
　「新編国歌大観5」角川書店 1987 p1200
　馬淵和夫ほか校注・訳「日本の古典をよむ12 今昔物語集」小学館 2008 p11
　もろさわようこ訳「わたしの古典11 もろさわようこの今昔物語集」集英社 1986 p7
今昔物語集（巻第一～巻第十）
　正宗敦夫編纂校訂「覆刻 日本古典全集〔文学編〕〔27〕 今昔物語集 上」現代思潮社 1983 p1
今昔物語集（巻第十一～巻第二十）
　正宗敦夫編纂校訂「覆刻 日本古典全集〔文学編〕〔28〕 今昔物語集 中」現代思潮社 1983 p459
今昔物語集（巻第二十二～巻第二十四）
　阪倉篤義ほか校注「新潮日本古典集成 新装版〔23〕 今昔物語集 本朝世俗部1」新潮社 2015 p15
今昔物語集（巻第二十二～巻第三十一）
　正宗敦夫編纂校訂「覆刻 日本古典全集〔文学編〕〔29〕 今昔物語集 下」現代思潮社 1983 p1017
今昔物語集（巻第二十五～巻第二十六）
　阪倉篤義ほか校注「新潮日本古典集成 新装版〔24〕 今昔物語集 本朝世俗部2」新潮社 2015 p13
今昔物語集（巻第二十七～巻第二十八）
　阪倉篤義ほか校注「新潮日本古典集成 新装版〔25〕 今昔物語集 本朝世俗部3」新潮社 2015 p17
今昔物語集（巻第二十九～巻第三十一）
　阪倉篤義ほか校注「新潮日本古典集成 新装版〔26〕 今昔物語集 本朝世俗部4」新潮社 2015 p17
今撰和歌集（神宮文庫蔵本）（顕昭撰）
　「新編国歌大観2」角川書店 1984 p327
権僧正道我集（書陵部蔵五〇一・一九九）（道我）
　「新編国歌大観7」角川書店 1989 p701
権大僧都心敬集（心敬）
　伊藤伸江校注「和歌文学大系66 草根集・権大僧都心敬集・再昌」明治書院 2005 p57
権大納言家歌合 永長元年（五島美術館蔵本）
　「新編国歌大観5」角川書店 1987 p129
権大納言家卅首（藤原定家）
　久保田淳校訂・訳「藤原定家全歌集 上」筑摩書房 2017 p438
権大納言典侍集（書陵部蔵続群書類従本）（源親子）
　「新編国歌大観7」角川書店 1989 p682
魂胆色遊懐男（江島其磧）
　若木太一、佐伯孝弘翻刻「八文字屋本全集3」汲古書院 1993 p1

「蒟蒻に」歌仙未満
　宮脇真彦執筆担当「新編 芭蕉大成」三省堂 1999 p276
金毘羅会
　石川八朗ほか編「宝井其角全集〔2〕 資料篇」勉誠社 1994 p316
金福寺蔵俳諧資料蕪村追悼句抜書（天明四年～弘化四年か）
　丸山一彦校注「蕪村全集7 編著・追善」講談社 1995 p435
折琴姫宗玄婚礼累箪笥（山東京傳）
　清水正男、棚橋正博校訂「山東京傳全集11 合巻6」ぺりかん社 2015 p257

【 さ 】

柴雨・鳥奴二風子に対す（加舎白雄）
　矢羽勝幸編「増補改訂 加舎白雄全集 上」国文社 2008 p370
西園寺実兼五十首断簡（西園寺実兼）
　岩佐美代子注釈「新注和歌文学叢書16 京極派撰鑑期和歌 新注」青簡舎 2015 p226
西海太平記
　岡雅彦翻刻「八文字屋本全集4」汲古書院 1993 p363
西鶴大矢数（西鶴編）
　佐藤勝明校注「新編西鶴全集5 本文篇 上」勉誠出版 2007 p485
西鶴置土産（井原西鶴）
　麻生磯次、冨士昭雄訳注「決定版 対訳西鶴全集15 西鶴置土産・萬の文反古」明治書院 1993 p1
　谷脇理史、井上和人校注「新編西鶴全集4 本文篇」勉誠出版 2004 p215
西鶴織留（井原西鶴）
　麻生磯次、冨士昭雄訳注「決定版 対訳西鶴全集14 西鶴織留」明治書院 1993 p1
　竹野静雄校注「新編西鶴全集4 本文篇」勉誠出版 2004 p311
西鶴五百韻（西鶴編）
　竹下education校注「新編西鶴全集5 本文篇 上」勉誠出版 2007 p314
西鶴諸国はなし（井原西鶴）
　岡本勝校注「新編西鶴全集2 本文篇」勉誠出版 2002 p1
　西鶴研究会注釈ほか「三弥井古典文庫〔6〕 西鶴諸国はなし」三弥井書店 2009 p1
西鶴諸國ばなし（井原西鶴）
　麻生磯次、冨士昭雄訳注「決定版 対訳西鶴全集5 西鶴諸國ばなし・懐硯」明治書院 1992 p1
西鶴俗つれづれ（井原西鶴）
　麻生磯次、冨士昭雄訳注「決定版 対訳西鶴全集16 西鶴俗つれづれ・西鶴名残の友」明治書院 1993 p1
　西島孜哉校注「新編西鶴全集4 本文篇」勉誠出版

さいか　　　　　　　　　　　　　　　　作品名

西鶴独吟百韻自註絵巻〔抄〕(西鶴)
　島津忠夫ほか編「西山宗因全集5 伝記・研究篇」八木書店古書出版部 2013 p246
西鶴独吟百韵自註絵巻(西鶴)
　竹下義一校注「新編西鶴全集5 本文篇 下」勉誠出版 2007 p998
西鶴名残の友(井原西鶴)
　麻生磯次, 冨士昭雄訳注「決定版 対訳西鶴全集16 西鶴俗つれづれ・西鶴名残の友」明治書院 1993 p125
　楠本六男, 大木京子翻刻「西鶴選集〔25〕 西鶴名残の友〈翻刻〉」おうふう 2007 p67
　有働裕校注「新編西鶴全集4 本文篇」勉誠出版 2004 p613
西鶴評点歌水艶山両吟歌仙巻
　伴野英一校注「新編西鶴全集5 本文篇 下」勉誠出版 2007 p983
西鶴評点湖水等三吟百韻巻断簡
　伴野英一校注「新編西鶴全集5 本文篇 上」勉誠出版 2007 p479
西鶴評点如雲等五吟百韻巻
　伴野英一校注「新編西鶴全集5 本文篇 下」勉誠出版 2007 p1067
西鶴評点政昌等三吟百韻巻(政昌ほか)
　伴野英一校注「新編西鶴全集5 本文篇 下」勉誠出版 2007 p806
西鶴評点山太郎独吟歌仙巻山太郎再判
　伴野英一校注「新編西鶴全集5 本文篇 下」勉誠出版 2007 p988
西行桜(世阿弥)
　橋本朝生翻刻・解題「西行全集」貴重本刊行会 1990 p1090
　伊藤正義校注「新潮日本古典集成 新装版〔64〕謡曲集 中」新潮社 2015 p79
西行櫻(喜多流)太鼓序の舞物
　野上豊一郎編「新装解註 謠曲全集3」中央公論新社 2001 p179
西行集(伝甘露寺伊長筆本)(西行)
　藤田百合子翻刻「西行全集」貴重本刊行会 1990 p423
西行上人集(李花亭文庫本)(西行)
　藤田百合子翻刻「西行全集」貴重本刊行会 1990 p355
西行上人談抄(蓮阿筆録)
　「新編国歌大観5」角川書店 1987 p1063
西行塚
　橋本朝生翻刻・解題「西行全集」貴重本刊行会 1990 p1093
西行西住
　橋本朝生翻刻・解題「西行全集」貴重本刊行会 1990 p1086
西行像賛(松尾芭蕉)
　嶋中道則ほか「新編 芭蕉大成」三省堂 1999 p442
西行日記(中島宜門)
　津本信博著「江戸後期紀行文学全集3」新典社 2004 p431

西行日記(神宮文庫本)(西行談, 蓮阿聞書)
　西澤美仁翻刻「西行全集」貴重本刊行会 1990 p613
さいぎやうの物がたり(歓喜寺本)
　秋谷治翻刻「西行全集」貴重本刊行会 1990 p1049
西行法師家集(西行)
　久保田淳, 吉野朋美校注「西行全歌集」岩波書店 2013 p389
　久保田淳校注「和歌文学大系21 山家集・聞集・残集」明治書院 2003 p387
西行法師家集(石川県立図書館蔵本)(西行)
　「新編国歌大観3」角川書店 1985 p601
西行物語絵巻・詞書(久保家本)
　秋谷治翻刻「西行全集」貴重本刊行会 1990 p1019
西行物語絵巻・詞書(徳川家本)
　木下資一翻刻「西行全集」貴重本刊行会 1990 p999
西行物語絵巻・詞書(萬野家本)
　木下資一翻刻「西行全集」貴重本刊行会 1990 p1001
西行物語(伝阿仏尼筆本)
　秋谷治翻刻「西行全集」貴重本刊行会 1990 p1007
　「新編国歌大観5」角川書店 1987 p1248
西行物語(文明本)
　三角洋一翻刻「西行全集」貴重本刊行会 1990 p961
　「新編国歌大観5」角川書店 1987 p1243
斎宮貝合(陽明文庫蔵二十巻本)
　「新編国歌大観5」角川書店 1987 p77
斎宮女御集(斎宮女御)
　吉野瑞恵校注「和歌文学大系52 三十六歌仙集(二)」明治書院 2012 p85
斎宮女御集(西本願寺蔵三十六人集)(斎宮女御)
　「新編国歌大観3」角川書店 1985 p104
災後根津に偽居して偶たま一律を得たり(中島棕隠)
　入谷仙介著「日本漢詩人選集14 中島棕隠」研文出版 2002 p15
西国受領歌合(神宮文庫蔵本)
　「新編国歌大観5」角川書店 1987 p107
西国追善集
　井上敏幸翻刻「古典文学翻刻集成4 続・俳文学篇 元禄・蕉風(上)」ゆまに書房 1999 p298
西国道日記(西山宗因)
　島津忠夫ほか編「西山宗因全集6 解題・索引篇」八木書店古書出版部 2017 p70
忠見兼盛彩色歌相撲(八文字自笑ほか)
　佐伯孝弘翻刻「八文字屋本全集18」汲古書院 1998 p349
歳首の頌(蝶夢)
　田中道雄ほか編著「蝶夢全集」和泉書院 2013 p279

祭主林公荘園の諸勝二十四首(広瀬旭荘)
　大野修作著「日本漢詩人選集16 広瀬旭荘」研文出版 1999 p155
再昌(三条西実隆)
　伊藤敬校注「和歌文学大系66 草根集・権大僧都心敬集・再昌」明治書院 2005 p129
催情記(明暦三年刊)
　朝倉治彦編「假名草子集成31」東京堂出版 2002 p1
歳抄偶成(中島棕隠)
　入谷仙介著「日本漢詩人選集14 中島棕隠」研文出版 2002 p133
最勝四天王院障子和歌(後鳥羽院ほか詠)
　渡邉裕美子全釈「歌合・定数歌全釈叢書10 最勝四天王院障子和歌全釈」風間書房 2007 p7
最勝四天王院名所御障子歌(藤原定家)
　久保田淳校訂・訳「藤原定家全歌集 上」筑摩書房 2017 p398
最勝四天王院和歌(高松宮家蔵本)
　「新編国歌大観5」角川書店 1987 p896
再昌草(落首・狂歌抜粋)
　狂歌大観刊行会編「狂歌大観2 参考篇」明治書院 1984 p15
宰相中将君達応春秋歌合(平安朝歌合大成)
　「新編国歌大観5」角川書店 1987 p52
宰陀稿本
　石川八朗ほか編「宝井其角全集〔2〕 資料篇」勉誠社 1994 p457
辛西歳旦(元文六年刊)(魚貫編)
　加藤定彦、外村展子編「関東俳諧叢書5 四時観編1」関東俳諧叢書刊行会 1994 p111
つちのえ辰のとし歳旦
　石川八朗ほか編「宝井其角全集〔2〕 資料篇」勉誠社 1994 p80
歳旦(安永七年)(五雲編)
　藤田真一校注「蕪村全集8 関係俳書」講談社 1993 p427
歳旦(安永八年)(五雲編)
　藤田真一校注「蕪村全集8 関係俳書」講談社 1993 p440
歳旦(寛政九年刊)(歩牛編)
　加藤定彦、外村展子編「関東俳諧叢書24 東武獅子門編3」関東俳諧叢書刊行会 2002 p163
歳旦(明和二年刊)(吾山編)
　加藤定彦、外村展子編「関東俳諧叢書26 武蔵・相模編3」関東俳諧叢書刊行会 2004 p155
歳旦(明和二年刊)(白牛編)
　加藤定彦、外村展子編「関東俳諧叢書29 雪門編」関東俳諧叢書刊行会 2005 p281
歳旦不夜庵(明和八年)(太祇編)
　藤田真一校注「蕪村全集8 関係俳書」講談社 1993 p164
歳旦を(歌仙)
　永井一彰校注「蕪村全集2 連句」講談社 2001 p401

歳旦説(与謝蕪村)
　尾形仂、山下一海校注「蕪村全集4 俳詩・俳文」講談社 1994 p212
歳旦帖(天明二年刊)(燕志編)
　加藤定彦、外村展子編「関東俳諧叢書30 絵俳書編4」関東俳諧叢書刊行会 2006 p305
歳旦帳(元文四年)(楼川編)
　清登典子校注「蕪村全集8 関係俳書」講談社 1993 p21
歳旦牒(安永六年刊)(二世祇徳編)
　加藤定彦、外村展子編「関東俳諧叢書23 四時観編3」関東俳諧叢書刊行会 2002 p283
歳旦帳『俳諧三ツ物揃』
　石川八朗ほか編「宝井其角全集〔2〕 資料篇」勉誠社 1994 p374
歳旦発句(抜抄)(井筒屋庄兵衛編)
　島津忠夫ほか編「西山宗因全集5 伝記・研究篇」八木書店古書出版部 2013 p227
斎藤士訓の丹後に之くを送る(館柳湾)
　鈴木瑞枝著「日本漢詩人選集13 館柳湾」研文出版 1999 p71
西都雑詩(中井桜洲)
　李寅生著「漢詩名作集成〈日本編〉」明徳出版社 2016 p715
歳晩懐を書き春林上人に寄す(義堂周信)
　蔭木英雄著「日本漢詩人選集3 義堂周信」研文出版 1999 p134
歳晩 懐いを書す(市河寛斎)
　蔡毅、西岡淳著「日本漢詩人選集9 市河寛斎」研文出版 2007 p84
歳晩 懐ひを書す(大沼枕山)
　李寅生著「漢詩名作集成〈日本編〉」明徳出版社 2016 p634
宰府記行(蝶夢)
　田中道雄ほか編著「蝶夢全集」和泉書院 2013 p417
歳暮(頼山陽)
　李寅生著「漢詩名作集成〈日本編〉」明徳出版社 2016 p506
柴門辞(松尾芭蕉)
　與謝野寛ほか編纂校訂「覆刻 日本古典全集〔文学編〕〔40〕 芭蕉全集 前編」現代思潮社 1983 p132
哉留の弁(与謝蕪村)
　尾形仂、山下一海校注「蕪村全集4 俳詩・俳文」講談社 1994 p216
砂燕集
　石川八朗ほか編「宝井其角全集〔2〕 資料篇」勉誠社 1994 p330
佐保川(国立国会図書館蔵本)(鵜殿余野子)
　「新編国歌大観9」角川書店 1991 p394
佐保山(金春流)真序舞物
　野上豊一郎編「新装覆註 謡曲全集1」中央公論新社 2001 p483
堺宗訊付句発句(大阪天満宮蔵本)(宗訊)
　「連歌大観2」古典ライブラリー 2017 p369

嵯峨院に納涼して「帰」の字を探り得たり 応製（巨勢識人）
　李寅生著「漢詩名作集成〈日本編〉」明徳出版社 2016 p113
嵯峨院の納涼、探りて「帰」字を得たり 応製（巨勢識人）
　興膳宏著「日本漢詩人選集 別巻 古代漢詩選」研文出版 2005 p152
逆沢瀉鎧鑑（八文字自笑ほか）
　佐伯孝弘翻刻「八文字屋本全集15」汲古書院 1997 p447
榊（紫式部）
　奥謝野寛ほか編纂校訂「覆刻 日本古典全集〔文学編〕〔16〕 源氏物語 一」現代思潮社 1982 p203
賢木（紫式部）
　石田穣二、清水好子校注「新潮日本古典集成 新装版〔11〕 源氏物語 二」新潮社 2014 p125
　阿部秋生ほか校訂・訳「日本の古典をよむ9 源氏物語 上」小学館 2008 p139
榊の薫（橘曙覧）
　井手今滋編、辻森秀英増補「新修 橘曙覧全集」桜楓社 1983 p189
賢木・花散里（紫式部）
　円地文子訳「わたしの古典6 円地文子の源氏物語 巻1」集英社 1985 p159
榊原政房邸韻字詩歌
　島津忠夫ほか編「西山宗因全集6 解題・索引篇」八木書店古書出版部 2017 p65
佐嘉道の上（広瀬淡窓）
　林田愼之助著「日本漢詩人選集15 広瀬淡窓」研文出版 2005 p157
佐嘉に草佩川を訪れ、賦して贈る（広瀬淡窓）
　林田愼之助著「日本漢詩人選集15 広瀬淡窓」研文出版 2005 p158
嵯峨日記（松尾芭蕉）
　富山奏校注「新潮日本古典集成 新装版〔47〕 芭蕉文集」新潮社 2019 p183
　尾形仂、宮脇真彦編「新編 芭蕉大成」三省堂 1999 p366
　石川八朗ほか編「宝井其角全集〔2〕資料篇」勉誠社 1994 p103
　奥謝野寛ほか編纂校訂「覆刻 日本古典全集〔文学編〕〔40〕 芭蕉全集 前編」現代思潮社 1983 p122
嵯峨院
　藤田徳太郎校訂「覆刻 日本古典全集〔文学編〕〔4〕 うつほ物語 一」現代思潮社 1982 p139
坂上田村麿（紀海音）
　海音研究会編「紀海音全集6」清文堂出版 1979 p199
嵯峨の通い路（飛鳥井雅有）
　「新編国歌大観5」角川書店 1987 p1288
嵯峨の道中（龍皐廬）
　李寅生著「漢詩名作集成〈日本編〉」明徳出版社 2016 p389

嵯峨の途中（伊藤仁斎）
　李寅生著「漢詩名作集成〈日本編〉」明徳出版社 2016 p292
　浅山佳郎、厳明著「日本漢詩人選集4 伊藤仁斎」研文出版 2000 p143
逆矛（観世流）働物
　野上豊一郎編「新装解註 謡曲全集1」中央公論新社 2001 p195
相模集（書陵部蔵五〇一・四五）（相模）
　「新編国歌大観7」角川書店 1989 p102
相模集（浅野家本）（相模）
　「新編国歌大観3」角川書店 1985 p350
相模集（異本）（相模）
　武内はる恵ほか全釈「私家集全釈叢書12 相模集全釈」風間書房 1991 p563
相模集（流布本）（相模）
　武内はる恵ほか全釈「私家集全釈叢書12 相模集全釈」風間書房 1991 p67
伝行成筆針切相模集（相模）
　久保木哲夫注釈「新注和歌文学叢書24 伝行成和泉式部続集切 針切相模集 新注」青簡舎 2018 p118
嵯峨名所盡（万治四年成 一冊）
　朝倉治彦編「假名草子集成31」東京堂出版 2002 p33
嵯峨問答（寛文十二年序 二冊 絵入）（清水春流）
　朝倉治彦編「假名草子集成31」東京堂出版 2002 p47
相良為続連歌草子（慶應義塾図書館相良家旧蔵本）（相良為続）
　「連歌大観1」古典ライブラリー 2016 p411
相良日記（中島広足）
　津本信博著「江戸後期紀行文学全集1」新典社 2007 p157
鷺（観世流）乱物
　野上豊一郎編「新装解註 謡曲全集6」中央公論新社 2001 p399
瀧口左衛門横笛姫咲替花之二番目（山東京傳）
　清水正男、棚橋正博校訂「山東京傳全集10 合巻5」ぺりかん社 2014 p9
魁鐘岬（菅専助ほか）
　土田衞ほか編「菅専助全集2」勉誠社 1991 p87
宇治川藤戸海魁対盃（八文字自笑、八文字其笑）
　神谷勝広翻刻「八文字屋本全集16」汲古書院 1998 p1
福寿艸（志濃夫廼舎歌集補遺）（橘曙覧）
　水島直文、橋本政宣編注「橘曙覧全歌集」岩波書店 1999 p250
さきくさ日記（貞幸ほか）
　津本信博著「江戸後期紀行文学全集2」新典社 2013 p139
福寿草 補遺（志濃夫廼舎歌集）（橘曙覧）
　井手今滋編、辻森秀英増補「新修 橘曙覧全集」桜楓社 1983 p139
「鷺の足」五十韻
　宮脇真彦執筆担当「新編 芭蕉大成」三省堂 1999

p176

前右衛門佐経仲歌合〈二十巻本〉
　「新編国歌大観5」角川書店 1987 p110
前権典厩集〈書陵部蔵五〇一・一五一〉(藤原長綱)
　「新編国歌大観7」角川書店 1989 p459
前斎院摂津集〈書陵部蔵五〇一・一四九〉(摂津)
　「新編国歌大観7」角川書店 1989 p115
前十五番歌合(藤原公任撰)
　藏中さやか校注「和歌文学大系48 王朝歌合集」明治書院 2018 p47
前十五番歌合〈書陵部蔵特・六六〉(藤原公任撰)
　「新編国歌大観5」角川書店 1987 p70
前摂政家歌合 嘉吉三年〈永青文庫蔵本〉
　「新編国歌大観5」角川書店 1987 p760
前大納言公任卿集 → 藤原公任歌集(ふじわらのきんとうかしゅう)を見よ
前長門守時朝入京田舎打聞集(笠間時朝)
　長崎健ほか全釈「私家集全釈叢書18 前長門守時朝入京田舎打聞集全釈」風間書房 1996 p61
前長門守時朝入京田舎打聞集〈書陵部蔵五〇一・二八二〉(笠間時朝)
　「新編国歌大観7」角川書店 1989 p344
先日
　石川八朗ほか編「宝井其角全集〔2〕 資料篇」勉誠社 1994 p235
前麗景殿女御歌合〈陽明文庫蔵二十巻本〉
　「新編国歌大観5」角川書店 1987 p83
防人歌
　近藤信義著「コレクション日本歌人選022 東歌・防人歌」笠間書院 2012 p74
左京大夫八条山庄障子絵合〈二十巻本・五島美術館蔵本〉
　「新編国歌大観5」角川書店 1987 p89
沙玉集Ⅰ〈書陵部蔵伏・八〉(後崇光院)
　「新編国歌大観8」角川書店 1990 p58
沙玉集Ⅱ〈書陵部蔵五〇一・六四四〉(後崇光院)
　「新編国歌大観8」角川書店 1990 p64
咲分五人嬬(江島其磧)
　江本裕翻刻「八文字屋本全集13」汲古書院 1997 p171
北条時頼開分二女桜(江島其磧)
　花田富二夫翻刻「八文字屋本全集10」汲古書院 1995 p1
昨鳥伝書乙(加舎白雄)
　矢羽勝幸翻刻・注ほか「増補改訂 加舎白雄全集 上」国立社 2008 p459
作者胎内十月図(山東京傳)
　棚橋正博校訂「山東京傳全集5 黄表紙5」ぺりかん社 2009 p163
策伝和尚送答控〔落首・狂歌抜粋〕
　狂歌大観刊行会編「狂歌大観2 参考篇」明治書院 1984 p78
「咲花や」唱和
　加藤定彦「西山宗因全集3 俳諧篇」八木書店 2004 p239

昨木集〈静嘉堂文庫蔵本〉(石出吉深)
　「連歌大観3」古典ライブラリー 2017 p498
「さくや此」百韻
　島津忠夫ほか編「西山宗因全集2 連歌篇二」八木書店 2007 p341
桜(伊藤仁斎)
　浅山佳郎、厳明著「日本漢詩人選集4 伊藤仁斎」研文出版 2000 p125
櫻井驛(金槐流)男舞物
　野上豊一郎編「新装解註 謠曲全集5」中央公論新社 2001 p169
櫻井驛圖賛(西郷隆盛)
　松尾善弘著「西郷隆盛漢詩全集 増補改訂版」斯文堂 2018 p163
桜川
　伊藤正義校注「新潮日本古典集成 新装版〔64〕謠曲集中」新潮社 2015 p91
櫻川(観世流)カケリ・イロエ物
　野上豊一郎編「新装解註 謠曲全集3」中央公論新社 2001 p323
桜勧進(宝暦九年刊)(斑象編)
　加藤定彦、外村展子編「関東俳諧叢書10 江戸編2」関東俳諧叢書刊行会 1997 p157
桜五歌仙(宝暦五年刊)(紀逸編)
　加藤定彦、外村展子編「関東俳諧叢書21 江戸座編3」関東俳諧叢書刊行会 2001 p45
桜千句〔抜抄〕(友雪編)
　島津忠夫ほか編「西山宗因全集5 伝記・研究篇」八木書店古書出版部 2013 p221
大坂檀林桜千句(友雪編)
　佐藤勝明校注「新編西鶴全集5 本文篇 上」勉誠出版 2007 p198
桜曽我女時宗(江島其磧)
　篠原進翻刻「八文字屋本全集9」汲古書院 1995 p1
桜日記(建部綾足)
　建部綾足著作刊行会編「建部綾足全集5(紀行・歌集)」国書刊行会 1987 p206
桜御所千句(信尋ほか詠)
　宮脇真彦編「西山宗因全集1 連歌篇一」八木書店 2004 p284
櫻の詞(賀茂真淵)
　奥謝野寛ほか編纂校訂「覆刻 日本古典全集〔文学編〕〔13〕賀茂眞淵集」現代思潮社 1983 p121
桜姫全伝曙草紙(山東京伝)
　須永朝彦訳「現代語訳 江戸の伝奇小説1 復讐奇談安積沼／桜姫全伝曙草紙」国書刊行会 2002 p163
桜ひめ筆の再咲(山東京傳)
　水野稔ほか校訂「山東京傳全集9 合巻4」ぺりかん社 2006 p225
さくら道
　海音研究会編「紀海音全集8」清文堂出版 1980 p59
阪越の寓居(赤松滄洲)
　李寅生著「漢詩名作集成〈日本編〉」明徳出版社 2016 p400

狭衣物語
　「新編国歌大観5」角川書店 1987 p1364
左近権中将俊忠朝臣家歌合（陽明文庫蔵二十巻本）
　「新編国歌大観5」角川書店 1987 p140
左近権中将藤原宗通朝臣歌合（尊経閣文庫蔵本）
　「新編国歌大観5」角川書店 1987 p120
「さゝうたふ」百韻（西山宗因）
　加藤定彦「西山宗因全集3 俳諧篇」八木書店 2004 p244
「捧げたり」表八句
　宮脇真彦執筆担当「新編 芭蕉大成」三省堂 1999 p312
「さゝ竹を」歌仙（西山宗因）
　加藤定彦「西山宗因全集3 俳諧篇」八木書店 2004 p190
ささやき竹
　沢田耐三著「古典名作リーディング2 お伽草子」貴重本刊行会 2000 p39
笹湯の宴の文（加舎白雄）
　矢羽勝幸編「増補改訂 加舎白雄全集 上」国文社 2008 p390
さゝら井に（十五句）
　永井一彰校注「蕪村全集2 連句」講談社 2001 p491
沙石集（させきしゅう）→ "しゃせきしゅう"を見よ
佐世保盲僧祭文
　荒木博之, 西岡陽子編著「伝承文学資料集成19 地神盲僧資料集」三弥井書店 1997 p329
「さそひ行」百韻
　島津忠夫ほか編「西山宗因全集2 連歌篇二」八木書店 2007 p57
「さぞな都」百韻
　宮脇真彦執筆担当「新編 芭蕉大成」三省堂 1999 p167
左大臣家歌合
　蔵中さやか, 岸本理恵校注「和歌文学大系48 王朝歌合集」明治書院 2018 p39
左大臣家歌合 長保五年（陽明文庫蔵二十巻本）
　「新編国歌大観5」角川書店 1987 p69
貞秀集（続群書類従本）（松田貞秀）
　「新編国歌大観7」角川書店 1989 p753
定盛法師像賛（与謝蕪村）
　尾形仂, 山下一海校注「蕪村全集4 俳詩・俳文」講談社 1994 p107
定頼集（出光美術館蔵本）（藤原定頼）
　「新編国歌大観3」角川書店 1985 p330
定頼集（尊経閣文庫蔵本）（藤原定頼）
　「新編国歌大観7」角川書店 1989 p83
雑花錦集集〔抄〕（加々美紅星子編）
　島津忠夫ほか編「西山宗因全集5 伝記・研究篇」八木書店古書出版部 2013 p271
雑感二首（橋本景岳）
　李寅生著「漢詩名作集成〈日本編〉」明徳出版社 2016 p704

皇下旬虫干曾我（山東京傳）
　棚橋正博校訂「山東京傳全集3 黄表紙3」ぺりかん社 2001 p213
雑興〔如亭山人藁 巻二〕（柏木如亭）
　入谷仙介編「日本漢詩人選集8 柏木如亭」研文出版 1999 p134
　入谷仙介編「日本漢詩人選集8 柏木如亭」研文出版 1999 p140
雑詩 十五首（八首載録中の第一首）（梁川星巌）
　山本和義, 福島理子編「日本漢詩人選集17 梁川星巌」研文出版 2008 p23
「里へくだれば」〈吉野花筐〉（良寛）
　内山知也, 松本市壽執筆「定本 良寛全集3 書簡集・法華転・法華讃」中央公論新社 2007 p443
仏兄七くるま〔抄〕（鬼貫）
　島津忠夫ほか編「西山宗因全集5 伝記・研究篇」八木書店古書出版部 2013 p264
仏兄七久留万（鬼貫）
　櫻井武次郎翻刻「古典文学翻刻集成6 続・俳学篇 中興期（上）」ゆまに書房 1999 p135
佐渡怪談藻塩草
　本間純一校訂「江戸怪異綺想文芸大系5 近世民間異聞怪談集成」国書刊行会 2003 p49
佐渡狐
　三枝和彦訳「わたしの古典15 馬場あき子の謡曲集 三枝和子の狂言集」集英社 1987 p170
「里人は」句文（松尾芭蕉）
　嶋中道則ほか「新編 芭蕉大成」三省堂 1999 p392
里丸句稿（里丸）
　加藤定彦, 外村展子編「関東俳諧叢書 編外1 半場里丸俳諧資料集」関東俳諧叢書刊行会 1995 p43
里村玄川句集〈北九州市立図書館蔵本〉（里村玄川）
　「連歌大観3」古典ライブラリー 2017 p617
里村昌億法眼 蔵する所の東坡先生の真筆を観る（伊藤東涯）
　李寅生著「漢詩名作集成〈日本編〉」明徳出版社 2016 p322
「さなきたに」百韻
　加藤定彦「西山宗因全集3 俳諧篇」八木書店 2004 p479
讃岐守顕季家歌合（松籟切）
　「新編国歌大観5」角川書店 1987 p111
讃岐典侍日記（讃岐典侍）
　小谷野純一訳・注「笠間文庫 原文＆現代語訳シリーズ〔3〕 讃岐典侍日記」笠間書院 2015 p1
　「新編国歌大観5」角川書店 1987 p1268
信明集（源信明）
　平野由紀子校注・訳「私家集注釈叢刊13 信明集注釈」貴重本刊行会 2003 p7
信明集（正保版歌仙家集本）（源信明）
　「新編国歌大観3」角川書店 1985 p86
実家集（書陵部蔵五〇一・二二一）（藤原実家）
　「新編国歌大観7」角川書店 1989 p196

実方
　橋本朝生翻刻・解題「西行全集」貴重本刊行会　1990 p1096
実方集（藤原実方）
　竹鼻績校注・訳「私家集注釈叢刊5 実方集注釈」貴重本刊行会 1993 p7
実方集（書陵部蔵一五〇・五六〇）（藤原実方）
　「新編国歌大観3」角川書店 1985 p219
実方集（書陵部蔵五〇一・一八三）（藤原実方）
　「新編国歌大観7」角川書店 1989 p58
実兼集（書陵部蔵五〇一・六九一）（藤原実兼）
　「新編国歌大観7」角川書店 1989 p663
実兼百首（尊経閣文庫蔵本）（西園寺実兼）
　「新編国歌大観10」角川書店 1992 p158
実材母集（書陵部蔵五〇一・二九六）（権中納言藤原実材母）
　「新編国歌大観7」角川書店 1989 p355
実国家歌合（書陵部蔵五〇一・六〇七）
　「新編国歌大観5」角川書店 1987 p199
実国集（神宮文庫蔵本）（藤原実国）
　「新編国歌大観4」角川書店 1986 p27
実朝歌拾遺（源実朝）
　樋口芳麻呂校注「新潮日本古典集成 新装版〔9〕金槐和歌集」新潮社 2016 p191
実盛（世阿弥）
　伊藤正義校注「新潮日本古典集成 新装版〔64〕謡曲集 中」新潮社 2015 p105
實盛（宝生流）準カケリ物
　野上豊一郎編「新装解註 謡曲全集2」中央公論新社 2001 p115
真地曲輪錦（江島其磧）
　岡雅彦翻刻「八文字屋本全集12」汲古書院 1996 p425
佐野のわたり（宗碩）
　勢田勝郭編・評釈「中世日記紀行文学全評釈集成7」勉誠出版 2004 p149
左比志遠里〔抄〕（一音編）
　島津忠夫ほか編「西山宗因全集5 伝記・研究篇」八木書店古書出版部 2013 p275
『左比志遠理』序（与謝蕪村）
　尾形仂, 山下一海校注「蕪村全集4 俳詩・俳文」講談社 1994 p147
「さびしげに」の詞書（松尾芭蕉）
　嶋中道則ほか「新編 芭蕉大成」三省堂 1999 p412
「寂しさの」歌仙
　宮脇真彦執筆担当「新編 芭蕉大成」三省堂 1999 p313
「さびしさや」句文（松尾芭蕉）
　嶋中道則ほか「新編 芭蕉大成」三省堂 1999 p391
左兵衛佐定文歌合（尊経閣文庫蔵十巻本）
　「新編国歌大観5」角川書店 1987 p30
左兵衛佐師時家歌合（陽明文庫蔵二十巻本）
　「新編国歌大観5」角川書店 1987 p130

「さまざまの」発句・脇
　宮脇真彦執筆担当「新編 芭蕉大成」三省堂 1999 p217
「五月雨を」歌仙
　宮脇真彦執筆担当「新編 芭蕉大成」三省堂 1999 p233
「五月雨も」百韻
　島津忠夫ほか編「西山宗因全集2 連歌篇二」八木書店 2007 p383
「五月雨は」の詞書（松尾芭蕉）
　嶋中道則ほか「新編 芭蕉大成」三省堂 1999 p402
寒川入道手記〔落首・狂歌抜粋〕
　狂歌大観刊行会編「狂歌大観2 参考篇」明治書院 1984 p57
亮々遺稿（弘化四年板本）（浅野譲編集）
　「新編国歌大観9」角川書店 1991 p578
座右銘（松尾芭蕉）
　與謝野寛ほか編纂校訂「覆刻 日本古典全集〔文学編〕〔40〕 芭蕉全集 前編」現代思潮社 1983 p141
小夜衣
　「新編国歌大観5」角川書店 1987 p1395
　辛島正雄校訂・訳注「中世王朝物語全集9 小夜衣」笠間書院 1997 p5
小夜衣（城坤遊人茅屋子（西村市郎右衛門））
　西村本小説研究会編「西村本小説全集 上」勉誠 1985 p23
佐夜中山集
　加藤定彦「西山宗因全集3 俳諧篇」八木書店 2004 p511
佐良会佳喜〔抄〕（聴雨）
　島津忠夫ほか編「西山宗因全集5 伝記・研究篇」八木書店古書出版部 2013 p262
更科姨捨月の弁（松尾芭蕉）
　嶋中道則ほか「新編 芭蕉大成」三省堂 1999 p395
更科姨捨月之辨（松尾芭蕉）
　與謝野寛ほか編纂校訂「覆刻 日本古典全集〔文学編〕〔40〕 芭蕉全集 前編」現代思潮社 1983 p157
更科紀行（松尾芭蕉）
　富山奏校注「新潮日本古典集成 新装版〔47〕 芭蕉文集」新潮社 2019 p94
　尾形仂, 宮脇真彦編「新編 芭蕉大成」三省堂 1999 p335
　與謝野寛ほか編纂校訂「覆刻 日本古典全集〔文学編〕〔40〕 芭蕉全集 前編」現代思潮社 1983 p97
さらしな紀行 旧庵后の月見（寛政九年刊）（梅人編）
　加藤定彦, 外村展子編「関東俳諧叢書27 常総編3」関東俳諧叢書刊行会 2004 p311
更級日記（菅原孝標女）
　池田利夫訳・注「笠間文庫 原文&現代語訳シリーズ〔4〕 更級日記」笠間書院 2006 p11
　秋山虔校注「新潮日本古典集成 新装版〔27〕 更

級日記」新潮社 2017 p11
「新編国歌大観5」角川書店 1987 p1266
福家俊幸注釈ほか「日本古典評釈・全注釈叢書〔33〕 更級日記全注釈」KADOKAWA 2015 p9
正宗敦夫校訂「覆刻 日本古典全集〔文学編〕〔39〕 土佐日記 蜻蛉日記 更級日記」現代思潮社 1983 p185
阿部光子訳「わたしの古典10 阿部光子の更級日記・堤中納言物語」集英社 1986 p9

「更におし」百韻
島津忠夫ほか編「西山宗因全集2 連歌篇二」八木書店 2007 p228

佐郎山（芳水撰・紅雪撰・芳水補））
仁枝忠翻刻「古典文学翻刻集成4 続・俳文学篇 元禄・蕉風（上）」ゆまに書房 1999 p96

粟野女郎平奴之小蘭猨猴著聞水月談（山東京傳）
棚橋正博校訂「山東京傳全集12 合巻7」ぺりかん社 2017 p429

猿のこしかけ（浜辺黒人編）
久保田啓一翻刻「江戸狂歌本選集1」東京堂出版 1998 p277

猿丸集（猿丸大夫）
鈴木宏子校注「和歌文学大系18 小町集・遍昭集・業平集・素性集・伊勢集・猿丸集」明治書院 1998 p175

猿丸集（書陵部蔵五一〇・一二）（猿丸太夫）
「新編国歌大観3」角川書店 1985 p20

猿丸宮集
石川八朗ほか編「宝井其角全集〔2〕 資料篇」勉誠社 1994 p141

猿舞師〔抄〕（種文）
嶋中道則編「新編 芭蕉大成」三省堂 1999 p796

猿蓑
石川八朗ほか編「宝井其角全集〔2〕 資料篇」勉誠社 1994 p104

「猿蓑」歌仙
宮脇真彦執筆担当「新編 芭蕉大成」三省堂 1999 p306

猿利口（安永四年）（嵐山編）
藤田真一校注「蕪村全集8 関係俳書」講談社 1993 p314

「されはこそ」百韻
加ésta定彦「西山宗因全集3 俳諧篇」八木書店 2004 p358

沢村長四郎追善集（安永二年）（其答編）
清登典子校注「蕪村全集8 関係俳書」講談社 1993 p214

佐原日記
建部綾足著作刊行会編「建部綾足全集2（俳諧II）」国書刊行会 1986 p41

早蕨（紫式部）
石田穰二、清水好子校注「新潮日本古典集成 新装版〔16〕 源氏物語 七」新潮社 2014 p123
阿部秋生ほか校注・訳「日本の古典をよむ10 源氏物語 下」小学館 2008 p228
與謝野寛ほか編纂校訂「覆刻 日本古典全集〔文学編〕〔19〕 源氏物語 四」現代思潮社 1982 p267
円地文子訳「わたしの古典8 円地文子の源氏物語 巻3」集英社 1986 p79

宝永四年三惟歳旦
海音研究会編「紀海音全集8」清文堂出版 1980 p19

散位源広綱朝臣歌合 長治元年五月（書陵部蔵五〇一・五七六）
「新編国歌大観5」角川書店 1987 p138

散位源広綱朝臣歌合 長治元年五月廿日（書陵部蔵五〇一・五七六）
「新編国歌大観5」角川書店 1987 p139

散位源広綱朝臣歌合 長治元年五月二十日以前
藏中さやか校注「和歌文学大系48 王朝歌合集」明治書院 2018 p155

「山陰や」の詞書（松尾芭蕉）
嶋中道則ほか「新編 芭蕉大成」三省堂 1999 p394

「山陰や」発句・脇
宮脇真彦執筆担当「新編 芭蕉大成」三省堂 1999 p218

山駅梅花（館柳湾）
鈴木瑞枝著「日本漢詩人選集13 館柳湾」研文出版 1999 p113

山屋雜興（西郷隆盛）
松尾善弘著「西郷隆盛漢詩全集 増補改訂版」斯文堂 2018 p210

山家（絶海中津）
李寅生著「漢詩名作集成〈日本編〉」明徳出版社 2016 p226

讃海の帰舟 風悪しく 浪猛きに遭ひ 慨然として之を賦す（湯浅常山）
李寅生著「漢詩名作集成〈日本編〉」明徳出版社 2016 p375

山家五番歌合（書陵部蔵五〇一・五七二）
「新編国歌大観5」角川書店 1987 p142

山家三番歌合（国立歴史民俗博物館本）
「新編国歌大観10」角川書店 1992 p215

山家集（西行）
後藤重郎校注「新潮日本古典集成 新装版〔28〕 山家集」新潮社 2015 p7
西澤美仁校注「和歌文学大系21 山家集・聞書集・残集」明治書院 2003 p1
久保田淳, 吉野朋美校注「西行全歌集」岩波書店 2013 p9

山家集（松屋本）（西行）
久保田淳, 吉野朋美校注「西行全歌集」岩波書店 2013 p378
西澤美仁校注「和歌文学大系21 山家集・聞書集・残集」明治書院 2003 p371

山家集（松屋本書入六家集本）（西行）
久保田淳, 西澤美仁翻刻「西行全集」貴重本刊行会 1990 p157

山家集（陽明文庫本）（西行）
西澤美仁翻刻「西行全集」貴重本刊行会 1990 p15

「新編国歌大観3」角川書店 1985 p577
三家雋
　石川八朗ほか編「宝井其角全集〔2〕 資料篇」勉誠社 1994 p640
山家心中集(伝西行自筆本)(西行)
　久保田淳翻刻「西行全集」貴重本刊行会 1990 p477
山家心中集(伝冷泉為相筆本)(西行)
　久保田淳翻刻「西行全集」貴重本刊行会 1990 p501
山家心中集(内閣文庫本)(西行)
　藤原百合子翻刻「西行全集」貴重本刊行会 1990 p535
山家村を経(宇野醴泉)
　李寅生著「漢詩名作集成〈日本編〉」明徳出版社 2016 p403
三月三日感有り(伊藤仁斎)
　浅山佳郎, 厳明著「日本漢詩人選集4 伊藤仁斎」研文出版 2000 p206
三月十八日、病癒えて子成の招飲に赴く(梁川星巌)
　山本和義, 福島理子著「日本漢詩人選集17 梁川星巌」研文出版 2008 p75
三勝半七 二十五年忌(紀海音)
　海音研究会編「紀海音全集5」清文堂出版 1978 p65
三月二日 雨を聴く(愚中周及)
　李寅生著「漢詩名作集成〈日本編〉」明徳出版社 2016 p215
山家の風(伊藤東涯)
　李寅生著「漢詩名作集成〈日本編〉」明徳出版社 2016 p319
山家和歌集(六家選本版)(西行)
　久保田淳, 吉野朋美校注「西行全歌集」岩波書店 2013 p372
題殘菊(西郷隆盛)
　松尾善弘著「西郷隆盛漢詩全集 増補改訂版」斯文堂 2018 p242
残菊に対いて寒月を待つ(菅原道真)
　小島憲之, 山本登朗訓読ほか「日本漢詩人選集1 菅原道真」研文出版 1998 p128
山居(大田錦城)
　李寅生著「漢詩名作集成〈日本編〉」明徳出版社 2016 p476
山居(鉄庵道生)
　李寅生著「漢詩名作集成〈日本編〉」明徳出版社 2016 p194
山居(道元)
　李寅生著「漢詩名作集成〈日本編〉」明徳出版社 2016 p189
山居(藤原惺窩)
　李寅生著「漢詩名作集成〈日本編〉」明徳出版社 2016 p263
山居 雨後(土屋鳳洲)
　李寅生著「漢詩名作集成〈日本編〉」明徳出版社 2016 p745

山居 十五首(道元)
　飯田利行編訳「現代語訳 洞門禅文学集〔4〕 道元」国書刊行会 2001 p199
俳諧山居の春
　建部綾足著作刊行会編「建部綾足全集1 (俳諧Ⅰ)」国書刊行会 1986 p215
山居雪後(西郷隆盛)
　松尾善弘著「西郷隆盛漢詩全集 増補改訂版」斯文堂 2018 p251
残月 杜鵑(菊池三渓)
　李寅生著「漢詩名作集成〈日本編〉」明徳出版社 2016 p644
山行(西郷隆盛)
　松尾善弘著「西郷隆盛漢詩全集 増補改訂版」斯文堂 2018 p143
　松尾善弘著「西郷隆盛漢詩全集 増補改訂版」斯文堂 2018 p145
三綱行実圖(無记)
　朝倉治彦編「假名草子集成32」東京堂出版 2002 p1
三綱行実図(浅井了意)
　小川武彦翻刻「浅井了意全集 仮名草子編2」岩田書院 2011 p13
山行して雨に遭ひ戯れて長句を作る(館柳湾)
　鈴木瑞枝著「日本漢詩人選集13 館柳湾」研文出版 1999 p43
山行 同志に示す(草場佩川)
　李寅生著「漢詩名作集成〈日本編〉」明徳出版社 2016 p526
參考讀史餘論(新井君美(白石))
　與謝野寛ほか校訂「覆刻 日本古典全集〔文学編〕〔30〕 參考讀史餘論」現代思潮社 1983 p1
三五記
　「新編国歌大観5」角川書店 1987 p1087
三國物語(寛文七年四月刊記板 五冊 絵入)
　朝倉治彦編「假名草子集成31」東京堂出版 2002 p71
讃語三章(法然)
　與謝野寛ほか編纂校訂「覆刻 日本古典全集〔文学編〕〔44〕 法然上人集」現代思潮社 1983 p209
山斎(川島皇子)
　李寅生著「漢詩名作集成〈日本編〉」明徳出版社 2016 p33
　興膳宏著「日本漢詩人選集 別巻 古代漢詩選」研文出版 2005 p19
三斎様御筆狂歌(三斎細川忠興)
　狂歌大観刊行会編「狂歌大観1 本篇」明治書院 1983 p90
三歳図会稚講釈(山東京傳)
　棚橋正博校訂「山東京傳全集4 黄表紙4」ぺりかん社 2004 p121
山寺(神吉東郭)
　李寅生著「漢詩名作集成〈日本編〉」明徳出版社 2016 p465
山寺(菅原道真)
　李寅生著「漢詩名作集成〈日本編〉」明徳出版社 2016 p153

さんし　　　　　　　　　　　作品名

杉柿庵の記(蝶夢)
　田中道雄ほか編著「蝶夢全集」和泉書院 2013 p337
「散失せぬ」の詞書(松尾芭蕉)
　嶋中道則ほか「新編 芭蕉大成」三省堂 1999 p404
三日 杜生の醪を送るに謝す〔如亭山人藁 巻三〕(柏木如亭)
　入谷仙介著「日本漢詩人選集8 柏木如亭」研文出版 1999 p170
三日四日市の海楼に飲む〔如亭山人藁 巻一〕(柏木如亭)
　入谷仙介著「日本漢詩人選集8 柏木如亭」研文出版 1999 p104
三思亭に遊ぶ文(加舎白雄)
　矢羽勝幸編「増補改訂 加舎白雄全集 上」国文社 2008 p368
山寺秋雨(西郷隆盛)
　松尾善弘著「西郷隆盛漢詩全集 増補改訂版」斯文堂 2018 p229
残集(西行)
　久保田淳,吉野朋美校注「西行全歌集」岩波書店 2013 p300
　久保田淳校注「和歌文学大系21 山家集・聞書集・残集」明治書院 2003 p355
残集(宮内庁書陵部乙本)(西行)
　三角美冬翻刻・解題「西行全集」貴重本刊行会 1990 p345
残集(書陵部蔵五〇一・一六八)(西行)
　「新編国歌大観3」角川書店 1985 p618
三州奇談(堀麦水)
　堤邦彦校訂「江戸怪異綺想文芸大系5 近世民間異聞怪談集成」国書刊行会 2003 p105
山秀才の菅廟の即時に和すの韻に和す(新井白石)
　一海知義,池澤一郎訳注「日本漢詩人選集5 新井白石」研文出版 2001 p65
三十三回
　石川八朗ほか編「宝井其角全集〔2〕資料篇」勉誠社 1994 p498
三十二番職人歌合
　狂歌大観刊行会編「狂歌大観1 本篇」明治書院 1983 p31
三十二番職人歌合(天理図書館蔵本)
　「新編国歌大観10」角川書店 1992 p385
三十人撰(伝行成筆本)
　「新編国歌大観5」角川書店 1987 p909
三十番歌合(応安五年以前)(書陵部蔵五〇一・七四)(頓阿判)
　「新編国歌大観10」角川書店 1992 p334
三十番歌合(正安二年～嘉元元年)(群書類従本)
　「新編国歌大観10」角川書店 1992 p275
三十番歌合 伝後伏見院筆(貞和末)(静嘉堂文庫蔵本)
　「新編国歌大観10」角川書店 1992 p317

三十番俳諧合　→貝おほひ(かいおおい)を見よ
讃州福島〔如亭山人藁 巻三〕(柏木如亭)
　入谷仙介著「日本漢詩人選集8 柏木如亭」研文出版 1999 p161
三十六貝歌合(藤原定家)
　久保田淳校訂・訳「藤原定家全歌集 下」筑摩書房 2017 p418
三十六人歌合(元暦)(書陵部蔵五〇一・五三〇)
　「新編国歌大観10」角川書店 1992 p371
三十六人大歌合 弘長二年(書陵部蔵特・六一)
　「新編国歌大観5」角川書店 1987 p675
三十六人狂歌撰(四方赤良撰)
　石川了翻刻「江戸狂歌本選集3」東京堂出版 1999 p59
三十六人撰(書陵部蔵五〇一・一九)(藤原公任撰)
　「新編国歌大観5」角川書店 1987 p911
三拾六俳仙
　海音研究会編「紀海音全集8」清文堂出版 1980 p216
三十六俳仙図識語(与謝蕪村)(存疑作)
　尾形仂,山下一海校注「蕪村全集4 俳詩・俳文」講談社 1994 p260
三十六番相撲立詩歌(島原松平文庫蔵本)(藤原良経)
　「新編国歌大観10」角川書店 1992 p217
三十六歌仙集
　海音研究会編「紀海音全集8」清文堂出版 1980 p22
三首詠草(藤原定家)
　久保田淳校訂・訳「藤原定家全歌集 下」筑摩書房 2017 p230
三首懐紙(藤原定家)
　久保田淳校訂・訳「藤原定家全歌集 下」筑摩書房 2017 p234
三笑(観世流)楽物
　野上豊一郎編「新装解註 謡曲全集4」中央公論新社 2001 p137
三条右大臣集(書陵部蔵五〇一・六九)(藤原定方)
　「新編国歌大観3」角川書店 1985 p149
三上吟(宝井其角編)
　石川八朗ほか編「宝井其角全集〔1〕編著篇」勉誠社 1994 p293
三条左大臣殿前栽歌合(尊経閣文庫蔵十巻本)
　「新編国歌大観5」角川書店 1987 p60
さんせう太夫
　室木弥太郎校注「新潮日本古典集成 新装版〔33〕説経集」新潮社 2017 p79
山桝太夫葭原雀(紀海音)
　海音研究会編「紀海音全集4」清文堂出版 1979 p233
山桝太夫恋慕湊(紀海音)
　海音研究会編「紀海音全集2」清文堂出版 1977 p237
「残暑暫」半歌仙
　宮脇真彦執筆担当「新編 芭蕉大成」三省堂 1999 p240

三心義（法然）
　與謝野寬ほか編纂校訂「覆刻 日本古典全集〔文學編〕〔44〕 法然上人集」現代思潮社 1983 p190
定本山水経（『正法眼蔵』第二十九）（道元）
　飯田利行編訳「現代語訳 洞門禅文学集〔4〕 道元」国書刊行会 2001 p9
山水図賛（与謝蕪村）
　尾形仂、山下一海校注「蕪村全集4 俳詩・俳文」講談社 1994 p32
三冊子（土芳）
　尾形仂編「新編 芭蕉大成」三省堂 1999 p728
　石川八朗ほか編「宝井其角全集〔2〕 資料篇」勉誠社 1994 p342
　島津忠夫ほか編「西山宗因全集5 伝記・研究篇」八木書店古書出版部 2013 p254
『三冊子』奥書の付記（蝶夢）
　田中道雄ほか編著「蝶夢全集」和泉書院 2013 p344
三体和歌（天理図書館蔵本）
　「新編国歌大観5」角川書店 1987 p894
山中即事（市村器堂）
　李寅生著「漢詩名作集成〈日本編〉」明徳出版社 2016 p789
山中秋夜（西郷隆盛）
　松尾善弘著「西郷隆盛漢詩全集 増補改訂版」斯文堂 2018 p221
山中獨樂（西郷隆盛）
　松尾善弘著「西郷隆盛漢詩全集 増補改訂版」斯文堂 2018 p120
三甹詩（第一首）（梁川星巖）
　山本和義、福島理子著「日本漢詩人選集17 梁川星巖」研文出版 2008 p178
残燈奇譚案机塵（山東京傳）
　棚橋正博校訂「山東京傳全集5 黄表紙5」ぺりかん社 2009 p345
「三人七郎兵衛」句文（松尾芭蕉）
　嶋中道則ほか「新編 芭蕉大成」三省堂 1999 p381
三俳僧図賛（与謝蕪村）
　尾形仂、山下一海校注「蕪村全集4 俳詩・俳文」講談社 1994 p93
「三盃や」百韻
　加藤定彦「西山宗因全集3 俳諧篇」八木書店 2004 p299
三番続
　海音研究会編「紀海音全集8」清文堂出版 1980 p67
山鼻に游ぶ（頼山陽）
　李寅生著「漢詩名作集成〈日本編〉」明徳出版社 2016 p507
三百六十首和歌（島原松平文庫蔵本）
　「新編国歌大観10」角川書店 1992 p859
三百六十番歌合 正治二年（天理図書館蔵本）
　「新編国歌大観5」角川書店 1987 p363
蚕婦（釈大俊）
　李寅生著「漢詩名作集成〈日本編〉」明徳出版社 2016 p758
杉風句集（抄）（梅人編）
　嶋中道則編「新編 芭蕉大成」三省堂 1999 p804
三幅対（宝暦二年刊）（達斎範路編）
　加藤定彦、外村展子編「関東俳諧叢書8 東武獅子門編2」関東俳諧叢書刊行会 1997 p15
三宝絵（源為憲）
　「新編国歌大観5」角川書店 1987 p1196
山房の夜雨（木下犀潭）
　李寅生著「漢詩名作集成〈日本編〉」明徳出版社 2016 p576
散木奇歌集（書陵部蔵五〇一・七二三）（源俊頼）
　「新編国歌大観3」角川書店 1985 p426
　「連歌大観1」古典ライブラリー 2016 p169
散木奇歌集（冷泉家時雨亭文庫蔵本）（源俊頼自撰）
　「連歌大観1」古典ライブラリー 2016 p165
散歩の口号（広瀬淡窓）
　李寅生著「漢詩名作集成〈日本編〉」明徳出版社 2016 p525
三本木僑居雑述十六首（中島棕隠）
　入谷仙介著「日本漢詩人選集14 中島棕隠」研文出版 2002 p45
三夜の吟（延享三年刊）（吟雨、湖堂編）
　加藤定彦、外村展子編「関東俳諧叢書7 東武獅子門編1」関東俳諧叢書刊行会 1995 p189
三夜の月の記（蝶夢）
　田中道雄ほか編著「蝶夢全集」和泉書院 2013 p367
山路に楓を観る（夏目漱石）
　李寅生著「漢詩名作集成〈日本編〉」明徳出版社 2016 p798

【し】

「詩商人」歌仙
　宮脇真彦執筆担当「新編 芭蕉大成」三省堂 1999 p183
詩歌合（正和三年）（書陵部蔵五〇一・六二七）
　「新編国歌大観10」角川書店 1992 p292
詩歌合 文安三年（内閣文庫蔵本）
　「新編国歌大観10」角川書店 1992 p336
椎本（紫式部）
　石田穣二、清水好子校注「新潮日本古典集成 新装版〔15〕 源氏物語 六」新潮社 2014 p303
　阿部秋生ほか校訂・訳「日本の古典をよむ10 源氏物語 下」小学館 2008 p198
　與謝野寬ほか編纂校訂「覆刻 日本古典全集〔文学編〕〔19〕 源氏物語 四」現代思潮社 1982 p169
　円地文子訳「わたしの古典8 円地文子の源氏物語 巻3」集英社 1986 p25
椎本先生語類
　島本昌一翻刻「古典文学翻刻集成2 俳文学篇 元

次韻
　石川八朗ほか編「宝井其角全集〔2〕　資料篇」勉誠社　1994 p13
慈円難波百首（慈円）
　慈円和歌研究会全釈「歌合・定数歌全釈叢書12　慈円難波百首全釈」風間書房　2009 p11
師翁大祥忌追福俳諧独吟脇起〔天明五年十一月〕（月渓）
　丸山一彦校注「蕪村全集7　編著・追善」講談社　1995 p357
史を詠ず（亀谷省軒）
　李寅生著「漢詩名作集成〈日本編〉」明徳出版社　2016 p724
塩釜本地由来記〔宮城県立図書館蔵〕
　神田洋, 福田晃翻刻「伝承文学資料集成10　奥浄瑠璃集成（一）」三弥井書店　2000 p7
汐越
　石川八朗ほか編「宝井其角全集〔2〕　資料篇」勉誠社　1994 p449
「汐路の鐘」句文（松尾芭蕉(存疑作)）
　嶋中道則ほか「新編　芭蕉大成」三省堂　1999 p444
「塩にしても」歌仙
　宮脇真彦執筆担当「新編　芭蕉大成」三省堂　1999 p171
塩浜の元旦〔如亭山人藁　初集〕（柏木如亭）
　入谷仙介著「日本漢詩人選集8　柏木如亭」研究出版　1999 p41
汐干潟〔寛保頃刊〕（至芳編）
　加藤定彦, 外村展子編「関東俳諧叢書3　五色墨編1」関東俳諧叢書刊行会　1993 p271
「しをらしき」四十四
　宮脇真彦執筆担当「新編　芭蕉大成」三省堂　1999 p240
志賀
　伊藤正義校注「新潮日本古典集成　新装版〔64〕謡曲集　中」新潮社　2015 p119
志賀（宝生流）神舞等
　野上豊一郎編「新装解註　謡曲全集1」中央公論新社　2001 p123
自戒集（一休宗純）
　平野宗浄注「一休和尚全集3　自戒集・一休年譜」春秋社　2003 p107
　石井恭二訓読・訳「一休和尚大全　下」河出書房新社　2008 p161
仕懸文庫（山東京傳）
　棚橋正博校訂「山東京傳全集18　洒落本」ぺりかん社　2012 p475
詞花集注（顕昭）
　松野陽一校訂「和泉古典叢書7　詞花和歌集」和泉書院　1988 p123
しかた咄〔寛文十一年刊〕（中川喜雲）
　朝倉治彦編「假名草子集成33」東京堂出版　2003 p1
私可多咄〔落首・狂歌抜粋〕
　狂歌大観刊行会編「狂歌大観2　参考篇」明治書院

1984 p115
四月廿六日、再び嵯峨に遊び、邨田季秉、児順を携う。途中口占（中島棕隠）
　入谷仙介著「日本漢詩人選集14　中島棕隠」研究出版　2002 p43
至花道（世阿弥）
　田中裕校注「新潮日本古典集成　新装版〔31〕　世阿弥芸術論集」新潮社　2018 p99
「鹿の声」詞書（与謝蕪村）
　尾形仂, 山下一海校注「蕪村全集4　俳詩・俳文」講談社　1994 p159
似我蜂物語〔寛文元年刊〕
　朝倉治彦編「假名草子集成33」東京堂出版　2003 p105
詞花和歌集（藤原顕輔撰）
　松野陽一校訂「和泉古典叢書7　詞花和歌集」和泉書院　1988 p1
　正宗敦夫校訂「覆刻　日本古典全集〔文学編〕〔15〕金葉和歌集　詞花和歌集」現代思潮社　1982 p1
　柏木由夫校注「和歌文学大系34　金葉和歌集・詞花和歌集」明治書院　2006 p141
詞花和歌集(高松宮蔵本)（藤原顕輔撰）
　「新編国歌大観1」角川書店　1983 p174
子規（良寛）
　井上慶隆著「日本漢詩人選集11　良寛」研文出版　2002 p116
食を乞う（良寛）
　井上慶隆著「日本漢詩人選集11　良寛」研文出版　2002 p143
しきをんろん（徳永種久）
　朝倉治彦編「假名草子集成34」東京堂出版　2003 p1
四季恋三首歌合（神宮文庫蔵本）
　「新編国歌大観5」角川書店　1987 p68
四季混雑発句合
　加藤定彦, 外村展子編「関東俳諧叢書　編外1　半場里丸俳諧資料集」関東俳諧叢書刊行会　1995 p97
四ケ国俳諧大角力四季混雑発句合
　加藤定彦, 外村展子編「関東俳諧叢書　編外1　半場里丸俳諧資料集」関東俳諧叢書刊行会　1995 p85
四季混雑発句扣（里丸）
　加藤定彦, 外村展子編「関東俳諧叢書　編外1　半場里丸俳諧資料集」関東俳諧叢書刊行会　1995 p150
式子内親王集（式子内親王）
　奥野陽子全釈「私家集全釈叢書28　式子内親王集全釈」風間書房　2001 p29
　石川泰水校注「和歌文学大系23　式子内親王集・建礼門院右京大夫集・俊成卿女集・艶詞」明治書院　2001 p1
式子内親王集(書陵部蔵五〇一・三二)（式子内親王）
　「新編国歌大観4」角川書店　1986 p7
四季題百首（藤原定家）
　久保田淳校訂・訳「藤原定家全歌集　下」筑摩書房　2017 p120

四季題百首、花(藤原定家)
　久保田淳校訂・訳「藤原定家全歌集 下」筑摩書房 2017 p202
色道宝舟
　西村本小説研究会編「西村本小説全集 下」勉誠社 1985 p393
狂歌しきのはねかき(栗柯亭木端)
　西島孜哉編「近世上方狂歌叢書2 狂歌手なれの鏡(他)」近世上方狂歌研究会 1985 p38
二休咄
　西村本小説研究会編「西村本小説全集 下」勉誠社 1985 p321
似錦集
　海音研究会編「紀海音全集8」清文堂出版 1980 p40
紫禁和歌集(内閣文庫蔵本)(順徳院)
　「新編国歌大観7」角川書店 1989 p303
『しぐれ会』浮巣庵序の添書(蝶夢)
　田中道雄ほか編著「蝶夢全集」和泉書院 2013 p338
「時雨時雨に」十句
　宮脇真彦執筆担当「新編 芭蕉大成」三省堂 1999 p207
「時雨てや」発句・脇
　宮脇真彦執筆担当「新編 芭蕉大成」三省堂 1999 p217
しぐれの記(建部綾足)
　建部綾足著作刊行会編「建部綾足全集5(紀行・歌集)」国書刊行会 1987 p255
時雨の碑
　海音研究会編「紀海音全集8」清文堂出版 1980 p62
児訓影絵喩(山東京傳)
　棚橋正博校訂「山東京傳全集4 黄表紙4」ぺりかん社 2004 p209
此君集
　海音研究会編「紀海音全集8」清文堂出版 1980 p41
重家朝臣家歌合(藤原重家ほか詠)
　武田元治全釈「歌合・定数歌全釈叢書2 重家朝臣家歌合全釈」風間書房 2003 p5
重家集(尊経閣文庫蔵本、慶応大学蔵本)(藤原重家)
　「新編国歌大観3」角川書店 1985 p529
自警文(良寛)
　内山知也、松本市壽執筆「定本 良寛全集3 書簡集・法華転・法華讃」中央公論新社 2007 p437
繁千話(山東京傳)
　棚橋正博校訂「山東京傳全集18 洒落本」ぺりかん社 2012 p447
重之集(源重之)
　目加田さくを全釈「私家集全釈叢書4 源重之集・子の僧の集・重之女集全釈」風間書房 1988 p43
　徳島茂実校注「和歌文学大系52 三十六歌仙集(二)」明治書院 2012 p227

重之集(西本願寺蔵三十六人集)(源重之)
　「新編国歌大観3」角川書店 1985 p133
重之子僧集
　渦巻恵、武田早苗注釈「新注和歌文学叢書17 重之女集 重之子僧集 新注」青簡舎 2015 p115
重之集(古筆断簡)(重之子僧)
　「新編国歌大観3」角川書店 1989 p63
重之子の僧の集(源重之子僧)
　目加田さくを全釈「私家集全釈叢書4 源重之集・子の僧の集・重之女集全釈」風間書房 1988 p293
重之女集(源重之女)
　目加田さくを全釈「私家集全釈叢書4 源重之集・子の僧の集・重之女集全釈」風間書房 1988 p339
　渦巻恵、武田早苗注釈「新注和歌文学叢書17 重之女集 重之子僧集 新注」青簡舎 2015 p3
重之女集(書陵部蔵五〇一・一四六)(源重之女)
　「新編国歌大観7」角川書店 1989 p65
而後を悼む辞(蝶夢)
　田中道雄ほか編著「蝶夢全集」和泉書院 2013 p345
志候等六吟百韻点巻(松尾芭蕉批点)
　小林祥次郎執筆担当「新編 芭蕉大成」三省堂 1999 p565
四更の禅龍り、点燈して偈を作る(義堂周信)
　蔭木英雄著「日本漢詩人選集3 義堂周信」研文出版 1999 p130
俳諧四国猿(律友編)
　竹下義人校注「新編西鶴全集5 本文篇 下」勉誠出版 2007 p880
四国にわたる記(蝶夢)
　田中道雄ほか編著「蝶夢全集」和泉書院 2013 p378
地獄破(甲)(写本)
　朝倉治彦編「假名草子集成34」東京堂出版 2003 p33
地獄破(乙)(延宝五年奥書写本)
　朝倉治彦編「假名草子集成34」東京堂出版 2003 p61
自讃歌(京大附属図書館蔵本)
　「新編国歌大観5」角川書店 1987 p940
指山居士を奠る文(加舎白雄)
　矢羽勝幸編「増補改訂 加舎白雄全集 上」国文社 2008 p384
四山の瓢(松尾芭蕉)
　富山奏校注「新潮日本古典集成 新装版〔47〕 芭蕉文集」新潮社 2019 p49
「四山の瓢」句文(松尾芭蕉)
　嶋中道則ほか「新編 芭蕉大成」三省堂 1999 p382
此秋集(延宝二年刊)(許虹編)
　加藤定彦、外村展子編「関東俳諧叢書7 東武獅子門編1」関東俳諧叢書刊行会 1995 p197
四十二のみめあらそひ(写本、一冊)
　入口敦志翻刻「假名草子集成42」東京堂出版 2007 p71

四十八首歌合(藤原定家)
　久保田淳校訂・訳「藤原定家全歌集 下」筑摩書房 2017 p402
自述(中島棕隠)
　入谷仙介著「日本漢詩人選集14 中島棕隠」研文出版 2002 p175
治承三十六人歌合(三手文庫蔵本)
　「新編国歌大観5」角川書店 1987 p227
自笑楽日記(八文字自笑ほか)
　石川了翻刻「八文字屋本全集18」汲古書院 1998 p281
四条中納言定頼集(藤原定頼)
　森本元子全釈「私家集全釈叢書6 定頼集全釈」風間書房 1989 p33
四条中納言集(藤原定頼)
　森本元子全釈「私家集全釈叢書6 定頼集全釈」風間書房 1989 p313
治承二年三月十五日別雷社歌合
　久保田淳校訂・訳「藤原定家全歌集 下」筑摩書房 2017 p350
四しやうのうた合(上下)(無刊記古活字版、二冊、無彩色本)
　伊藤慎吾翻刻「假名草子集成42」東京堂出版 2007 p1
四条の河原涼み(松尾芭蕉)
　富山奏校注「新潮日本古典集成 新装版〔47〕芭蕉文集」新潮社 2019 p174
四条宮扇歌合(陽明文庫蔵二十巻本)
　「新編国歌大観5」角川書店 1987 p120
四条宮下野集(四条宮下野)
　安田徳子, 平野美樹全釈「私家集全釈叢書25 四条宮下野集全釈」風間書房 2000 p41
四条宮下野集(書陵部蔵五〇一・一五四)(四条宮下野)
　「新編国歌大観3」角川書店 1985 p363
四条宮主殿集(四条宮主殿)
　久保木寿子注釈「新注和歌文学叢書9 四条宮主殿集 新注」青簡舎 2011 p1
四条宮主殿集(書陵部蔵五〇一・一五六)(四条宮主殿)
　「新編国歌大観7」角川書店 1989 p92
思女集(相模)
　武内はる恵ほか全釈「私家集全釈叢書12 相模集全釈」風間書房 1991 p593
地震後の詩(良寛)
　井上慶隆著「日本漢詩人選集11 良寛」研文出版 2002 p211
雫ににごる
　室城秀之校訂・訳注「中世王朝物語全集11 雫ににごる 住吉物語」笠間書院 1995 p4
雫に濁る
　「新編国歌大観10」角川書店 1992 p1078
倭文子が墓の石に書き附けたる(賀茂真淵)
　與謝野寛ほか編纂校訂「覆刻 日本古典全集〔文学編〕〔13〕賀茂眞淵集」現代思潮社 1983 p148

志津屋敷
　石川八朗ほか編「宝井其角全集〔2〕資料篇」勉誠社 1994 p334
指雪斎発句集〈京都大学附属図書館蔵本〉(昌休自撰)
　「連歌大観2」古典ライブラリー 2017 p412
「時節曠」歌仙(桃青, 杉風両吟)
　宮脇真彦執筆担当「新編 芭蕉大成」三省堂 1999 p157
自撰家集切(存疑)(藤原俊成)
　松野陽一, 吉田薫編「藤原俊成全歌集」笠間書院 2007 p242
枝舟・百月・都因半歌仙
　建部綾足著作刊行会編「建部綾足全集9(書簡・補遺)」国書刊行会 1990 p218
枕詞増補詞草小苑(建部綾足)
　建部綾足著作刊行会編「建部綾足全集7(国学)」国書刊行会 1988 p371
自題(館柳湾)
　鈴木瑞枝著「日本漢詩人選集13 館柳湾」研文出版 1999 p167
将門秀郷時代世話二挺鈹(山東京傳)
　棚橋正博校訂「山東京傳全集5 黄表紙1」ぺりかん社 1992 p433
時代不同歌合(書陵部蔵五〇一・六〇九)(後鳥羽院撰)
　「新編国歌大観5」角川書店 1987 p586
下草〈書陵部蔵三五三・一一〇〉(宗祇自撰)
　「連歌大観1」古典ライブラリー 2016 p468
順集(源順)
　西山秀人校注「和歌文学大系52 三十六歌仙集(二)」明治書院 2012 p19
順集(書陵部蔵五一一・二)(源順)
　「新編国歌大観3」角川書店 1985 p98
順百首(源順)
　筑紫平安文学会全釈「歌合・定数歌全釈叢書18 順百首全釈」風間書房 2013 p7
下葉〈大阪天満宮蔵本〉(行本法師)
　「連歌大観1」古典ライブラリー 2016 p404
下葉集(書陵部蔵一五五・三八)(堯恵)
　「新編国歌大観8」角川書店 1990 p402
下町稲荷社三十三番御詠歌
　塩村耕翻刻「江戸狂歌本選集1」東京堂出版 1998 p83
下燃物語絵巻
　伊東祐子校訂・訳注「中世王朝物語全集22 物語絵巻集」笠間書院 2019 p267
七月一日(島田忠臣)
　興膳宏著「日本漢詩人選集 別巻 古代漢詩選」研文出版 2005 p200
七月七日、牛女に代わりて曉更を惜しむ、各一字を分かつ、応製(菅原道真)
　小島憲之, 山本登朗訓読ほか「日本漢詩人選集1 菅原道真」研文出版 1998 p96
七騎落(喜多流)男舞物
　野上豊一郎編「新装解註 謡曲全集5」中央公論新社 2001 p73

紫竹杖 上巻（宝永六年序）（倫和ほか編）
　加藤定彦、外村展子編「関東俳諧叢書9 江戸編1」
　関東俳諧叢書刊行会 1995 p15
七言、三日 同じく「花時 天酔えるに似たり」
　を賦す。応製（島田忠臣）
　興膳宏著「日本漢詩人選集 別巻 古代漢詩選」研
　文出版 2005 p213
七十一番職人歌合
　狂歌大観刊行会編「狂歌大観1 本篇」明治書院
　1983 p56
七十一番職人歌合（尊経閣文庫蔵本）
　「新編国歌大観10」角川書店 1992 p389
七十吟（市河寛斎）
　蔡毅、西岡淳著「日本漢詩人選集9 市河寛斎」研
　文出版 2007 p199
七夕（吉智首）
　興膳宏著「日本漢詩人選集 別巻 古代漢詩選」研
　文出版 2005 p75
七夕（百済和麻呂）
　興膳宏著「日本漢詩人選集 別巻 古代漢詩選」研
　文出版 2005 p77
七夕（藤原総前）
　興膳宏著「日本漢詩人選集 別巻 古代漢詩選」研
　文出版 2005 p79
七夕（山田三方）
　李寅生著「漢詩名作集成〈日本編〉」明徳出版社
　2016 p55
　興膳宏著「日本漢詩人選集 別巻 古代漢詩選」研
　文出版 2005 p72
七夕羅樹（元文元年刊）（露月編）
　加藤定彦、外村展子編「関東俳諧叢書1 江戸座編
　1」関東俳諧叢書刊行会 1994 p257
七人ひくに（寛永十二年刊）
　朝倉治彦編「假名草子集成34」東京堂出版 2003
　p98
七人ひくにん（横本、三冊、奈良絵本）
　朝倉治彦編「假名草子集成36」東京堂出版 2004
　p1
七部礫噺（遠藤日人）
　西村真砂子翻刻「古典文学翻刻集成7 続・俳文学
　篇 中興期（下）」ゆまに書房 1999 p380
「侍中翁主挽歌詞」に和し奉る（菅原清公）
　興膳宏著「日本漢詩人選集 別巻 古代漢詩選」研
　文出版 2005 p147
七友歌、小栗十洲に贈る〔如亭山人藁 巻一〕（柏木
　如亭）
　入谷仙介著「日本漢詩人選集8 柏木如亭」研究出
　版 1999 p113
七老亭之賦（蝶夢）
　田中道雄ほか編著「蝶夢全集」和泉書院 2013
　p265
慈鎮和尚自歌合（永青文庫蔵本）（慈円）
　「新編国歌大観5」角川書店 1987 p333
十花千句（西山宗因）
　宮脇真彦編「西山宗因全集1 連歌篇一」八木書店
　2004 p155

十訓抄
　「新編国歌大観5」角川書店 1987 p1226
　浅見和彦校訂・訳「日本の古典をよむ15 宇治拾
　遺物語・十訓抄」小学館 2007 p217
実語教幼稚講釈（山東京傳）
　棚橋正博校訂「山東京傳全集3 黄表紙3」ぺりか
　ん社 2001 p9
十載薦〔抄〕（莪陵編）
　島津忠夫ほか編「西山宗因全集5 伝記・研究篇」
　八木書店古書出版部 2013 p276
失題（久坂玄瑞）
　李寅生著「漢詩名作集成〈日本編〉」明徳出版社
　2016 p732
失題（西郷隆盛）
　松尾善弘著「西郷隆盛漢詩全集 増補改訂版」斯文
　堂 2018 p15
　松尾善弘著「西郷隆盛漢詩全集 増補改訂版」斯文
　堂 2018 p24
　松尾善弘著「西郷隆盛漢詩全集 増補改訂版」斯文
　堂 2018 p31
　松尾善弘著「西郷隆盛漢詩全集 増補改訂版」斯文
　堂 2018 p33
　松尾善弘著「西郷隆盛漢詩全集 増補改訂版」斯文
　堂 2018 p40
　松尾善弘著「西郷隆盛漢詩全集 増補改訂版」斯文
　堂 2018 p90
　松尾善弘著「西郷隆盛漢詩全集 増補改訂版」斯文
　堂 2018 p101
　松尾善弘著「西郷隆盛漢詩全集 増補改訂版」斯文
　堂 2018 p103
　松尾善弘著「西郷隆盛漢詩全集 増補改訂版」斯文
　堂 2018 p187
　松尾善弘著「西郷隆盛漢詩全集 増補改訂版」斯文
　堂 2018 p202
「自剃して」詞書（与謝蕪村）
　尾形仂、山下一海校注「蕪村全集4 俳詩・俳文」
　講談社 1994 p168
示子弟（西郷隆盛）
　松尾善弘著「西郷隆盛漢詩全集 増補改訂版」斯文
　堂 2018 p107
示子弟（一）（西郷隆盛）
　松尾善弘著「西郷隆盛漢詩全集 増補改訂版」斯文
　堂 2018 p111
示子弟（二）（西郷隆盛）
　松尾善弘著「西郷隆盛漢詩全集 増補改訂版」斯文
　堂 2018 p113
示子弟（三）（西郷隆盛）
　松尾善弘著「西郷隆盛漢詩全集 増補改訂版」斯文
　堂 2018 p116
志道軒往古講釈（山東京傳）
　水野稔ほか校訂「山東京傳全集8 合巻3」ぺりか
　ん社 2002 p219
慈道親王集（書陵部蔵一五〇・五六五）（慈道親王）
　「新編国歌大観7」角川書店 1989 p693
自得の箴（松尾芭蕉）
　富山奏校注「新潮日本古典集成 新装版〔47〕 芭
　蕉文集」新潮社 2019 p47

しとく　　　　　　　　　　　　　作品名

自得箴（松尾芭蕉）
　與謝野寛ほか編纂校訂「覆刻 日本古典全集〔文学編〕〔40〕 芭蕉全集 前編」現代思潮社 1983 p154

滋内史が「使いを奉じて遠行し、野焼きを観る」の作に和す（巨勢識人）
　興膳宏著「日本漢詩人選集 別巻 古代漢詩選」研文出版 2005 p157

「しなものや」歌仙（西山宗因評点）
　井上敏幸, 尾崎千佳校訂「西山宗因全集4 紀行・評点・書簡篇」八木書店 2006 p329

死首のゑがほ（上田秋成）
　美山靖校注「新潮日本古典集成 新装版〔48〕 春雨物語 書初機嫌海」新潮社 2014 p67

死首の咲顔（上田秋成）
　三浦一朗雅注釈ほか「三弥井古典文庫〔10〕 春雨物語」三弥井書店 2012 p116

地主巻（子持神社蔵）
　榎本千賀編著「伝承文学資料集成5 神道縁起物語（一）」三弥井書店 2002 p34

自然居士（観阿弥）
　伊藤正義校注「新潮日本古典集成 新装版〔64〕謡曲集 中」新潮社 2015 p129

自然居士（観世流）羯鼓・中の舞物
　野上豊一郎編「新装解註 謡曲全集4」中央公論新社 2001 p155

自然斎発句〈大阪天満宮文庫蔵本〉（宗祇）
　「連歌大観1」古典ライブラリー 2016 p487

「師の桜」歌仙
　宮脇真彦執筆担当「新編 芭蕉大成」三省堂 1999 p187

信田森女占（紀海音）
　海音研究会編「紀海音全集1」清文堂出版 1977 p295

「篠の露」歌仙
　宮脇真彦執筆担当「新編 芭蕉大成」三省堂 1999 p278

しのびね
　大槻修, 田淵福子校訂・訳注「中世王朝物語全集10 しのびね しら露」笠間書院 1999 p7

しのびね物語
　「新編国歌大観5」角川書店 1987 p1392

「しのぶさへ」発句・脇
　宮脇真彦執筆担当「新編 芭蕉大成」三省堂 1999 p188

俳諧 荵摺（等躬編）
　牛見正和翻刻「古典文学翻刻集成4 続・俳文学篇 元禄・蕉風（上）」ゆまに書房 1999 p19

忍摺の石（松尾芭蕉）
　與謝野寛ほか編纂校訂「覆刻 日本古典全集〔文学編〕〔40〕 芭蕉全集 前編」現代思潮社 1983 p154

志濃夫廼舎歌集（橘曙覧）
　井手今滋編「新修 橘曙覧全集」桜楓社 1983 p45
　井手今滋編ほか編注「橘曙覧全歌集」岩波書店 1999 p15
　久保田啓一校注「和歌文学大系74 布留散東・は

ちすの露・草径集・志濃夫廼舎歌集」明治書院 2007 p223

志濃夫廼舎歌集〈明治十一年板本〉（橘曙覧）
　井手今滋編「新編国歌大観9」角川書店 1991 p718

「忍ぶ世の」連歌百韻（以春ほか評点）
　島津忠夫ほか編「西山宗因全集6 解題・索引篇」八木書店古書出版部 2017 p92

「しのぶ世も」百韻（正方, 宗因両吟）
　島津忠夫ほか編「西山宗因全集2 連歌篇二」八木書店 2007 p221

芝居万人葛（江島其磧）
　渡辺守邦翻刻「八文字屋本全集9」汲古書院 1995 p79

「芝海老や」百韻
　加藤定彦「西山宗因全集3 俳諧篇」八木書店 2004 p443

芝草句内岩橋〈本能寺蔵本〉（心敬）
　「連歌大観1」古典ライブラリー 2016 p363

芝草句内発句〈本能寺蔵本〉（心敬）
　「連歌大観1」古典ライブラリー 2016 p378

司馬遷を賦し得たり（菅原清公）
　李寅生著「漢詩名作集成〈日本編〉」明徳出版社 2016 p76

柴の戸（松尾芭蕉）
　富山奏校注「新潮日本古典集成 新装版〔47〕 芭蕉文集」新潮社 2019 p15

「柴の戸に」句文（松尾芭蕉）
　嶋中道則ほか「新編 芭蕉大成」三省堂 1999 p375

「柴の戸や」句文（松尾芭蕉）
　嶋中道則ほか「新編 芭蕉大成」三省堂 1999 p430

柴橋
　石川八朗ほか編「宝井其角全集〔2〕 資料篇」勉誠社 1994 p331

支百追悼文（蝶夢）
　田中道雄ほか編著「蝶夢全集」和泉書院 2013 p331

しぶうちわ（去法師）
　島津忠夫ほか編「西山宗因全集5 伝記・研究篇」八木書店古書出版部 2013 p173

しぶ団返答（惟中）
　島津忠夫ほか編「西山宗因全集5 伝記・研究篇」八木書店古書出版部 2013 p191

地福寺文書
　高松敬吉編著「伝承文学資料集成18 宮崎県日南地域盲僧資料集」三弥井書店 2004 p123

紫文要領（本居宣長）
　日野龍夫校注「新潮日本古典集成 新装版〔62〕本居宣長集」新潮社 2018 p11

枝法と号説（蝶夢）
　田中道雄ほか編著「蝶夢全集」和泉書院 2013 p271

題子房房圖（西郷隆盛）
　松尾善弘著「西郷隆盛漢詩全集 増補改訂版」斯文

絞染五郎強勢談（山東京傳）
　水野稔ほか校訂「山東京傳全集6 合巻1」ぺりかん社 1995 p407
詩本草（柏木如亭詩）
　入谷仙介著「日本漢詩人選集8 柏木如亭」研文出版 1999 p32
島子玉の丑時の咀に和す（広瀬旭荘）
　大野修作著「日本漢詩人選集16 広瀬旭荘」研文出版 1999 p43
島田の時雨（松尾芭蕉）
　富山奏校注「新潮日本古典集成 新装版〔47〕芭蕉文集」新潮社 2019 p203
嶋原記（慶安二年七月板、三巻三冊）
　朝倉治彦編「假名草子集成36」東京堂出版 2004 p51
島山記行（元文二年刊）（岑水編）
　加藤定彦、外村展子編「関東俳諧叢書11 武蔵・相模編1」関東俳諧叢書刊行会 1995 p217
蠧集（宝井其角編）
　石川八朗ほか編「宝井其角全集〔1〕編著篇」勉誠社 1994 p33
清水正俊宅賛句文（西山宗因）
　石川真弘、尾崎千佳校訂「西山宗因全集4 紀行・評点・書簡篇」八木書店 2006 p66
持明院殿御歌合 康永元年十一月四日（書陵部蔵五〇一・五五三）
　「新編国歌大観10」角川書店 1992 p311
持明院殿御歌合 康永元年十一月廿一日（書陵部蔵五〇一・五五三）
　「新編国歌大観10」角川書店 1992 p313
持明院殿御会和歌（刈谷市中央図書館蔵本）
　「新編国歌大観10」角川書店 1992 p484
四民乗合船（紀海音）（存疑作）
　海音研究会編「紀海音全集8」清文堂出版 1980 p219
四鳴蟬（都賀庭鐘）
　稲田篤信校訂「江戸怪異綺想文芸大系2 都賀庭鐘・伊丹椿園集」国書刊行会 2001 p273
耳目肺腸（歌仙）
　永井一彰校注「蕪村全集2 連句」講談社 2001 p493
下里巴人巻（四方赤良）
　広部俊也翻刻「江戸狂歌本選集2」東京堂出版 1998 p305
「霜寒き」発句・脇
　宮脇真彦執筆担当「新編 芭蕉大成」三省堂 1999 p188
下田の開港を聞く（月性）
　李寅生著「漢詩名作集成〈日本編〉」明徳出版社 2016 p630
「霜月や」歌仙
　宮脇真彦執筆担当「新編 芭蕉大成」三省堂 1999 p191
下毛みやげ（文化頃刊）（秋天、秋英編）
　加藤定彦, 外村展子編「関東俳諧叢書28 両毛・甲斐編 3」関東俳諧叢書刊行会 2005 p347
「霜に今」歌仙
　宮脇真彦執筆担当「新編 芭蕉大成」三省堂 1999 p248
霜に嘆ず（歌仙）
　永井一彰校注「蕪村全集2 連句」講談社 2001 p357
霜に伏て（十一句）
　滿田達夫校注「蕪村全集2 連句」講談社 2001 p324
下関猫魔達（近松門左衛門）
　工藤慶三郎訳「近松時代物現代語訳3 日本振袖始ほか」北の街社 2003 p223
「釈迦すてに」百韻
　加藤定彦「西山宗因全集3 俳諧篇」八木書店 2004 p362
釈迦八相物語（寛文六年刊）
　朝倉治彦編「假名草子集成35」東京堂出版 2004 p1
写経社会清書懐紙（蕪村）
　尾形仂校注「蕪村全集3 句集・句稿・句会稿」講談社 1992 p419
写経社集 全（安永五年夏）（道立編、蕪村序）
　丸山一彦校注「蕪村全集7 編著・追善」講談社 1995 p497
寂身法師集（書陵部蔵続群書類従本）（寂身）
　「新編国歌大観7」角川書店 1989 p324
寂然法師集（書陵部蔵五〇一・三三三）（寂然）
　「新編国歌大観7」角川書店 1989 p195
若輩抄（写本、一冊）
　菊池真一ほか編「假名草子集成39」東京堂出版 2006 p1
尺八（一休宗純）
　李寅生著「漢詩名作集成〈日本編〉」明徳出版社 2016 p242
鵲尾冠
　石川八朗ほか編「宝井其角全集〔2〕資料篇」勉誠社 1994 p450
寂蓮結題百首（書陵部蔵五〇一・一五二）（寂蓮）
　「新編国歌大観10」角川書店 1992 p138
寂蓮法師集（書陵部蔵五〇一・七二五）（寂蓮）
　「新編国歌大観4」角川書店 1986 p38
寂蓮無題百首（広島大国文学研究室蔵本）（寂蓮）
　「新編国歌大観10」角川書店 1992 p137
子夜呉歌（安藤東野）
　李寅生著「漢詩名作集成〈日本編〉」明徳出版社 2016 p345
蛇性の婬（上田秋成）
　浅野三平校注「新編日本古典集成 新装版〔3〕雨月物語 癇癖談」新潮社 2018 p99
　天野聡一注釈ほか「三弥井古典文庫〔3〕雨月物語」三弥井書店 2009 p158
　大庭みな子訳「わたしの古典19 大庭みな子の雨月物語」集英社 1987 p95
沙石集（無住）
　「新編国歌大観5」角川書店 1987 p1249

石橋(観世流)獅子舞物
　野上豊一郎編「新装解註 謡曲全集6」中央公論新社 2001 p391
釈教三十六人歌合(早大図書館蔵本)(栄海撰)
　「新編国歌大観10」角川書店 1992 p378
洒堂に贈る(松尾芭蕉)
　嶋中道則ほか「新編 芭蕉大成」三省堂 1999 p439
沙弥蓮愉集(国立歴史民俗博物館蔵本)(宇都宮景綱)
　「新編国歌大観7」角川書店 1989 p505
沙弥蓮瑜集(宇都宮景綱(法名 蓮瑜))
　長崎健ほか全釈「私家集全釈叢書23 沙弥蓮瑜集全釈」風間書房 1999 p81
洒落堂記(松尾芭蕉)
　與謝野寛ほか編纂校訂「覆刻 日本古典全集〔文学編〕〔40〕 芭蕉全集 前編」現代思潮社 1983 p152
洒落堂の記(松尾芭蕉)
　富山奏校注「新潮日本古典集成 新装版〔47〕 芭蕉文集」新潮社 2019 p164
　嶋中道則ほか「新編 芭蕉大成」三省堂 1999 p416
舎利(観世流)働物
　野上豊一郎編「新装解註 謡曲全集5」中央公論新社 2001 p547
秋鴉主人の佳景に対す(松尾芭蕉)
　嶋中道則ほか「新編 芭蕉大成」三省堂 1999 p400
住庵の吟(良寛)
　井上慶隆著「日本漢詩人選集11 良寛」研文出版 2002 p146
拾遺愚草(書陵部蔵五-〇・五一一)(藤原定家)
　「新編国歌大観3」角川書店 1985 p787
拾遺愚草(名古屋大学本)(藤原定家)
　久保田淳校訂・訳「藤原定家全歌集 下」筑摩書房 2017 p424
拾遺愚草員外(書陵部蔵五一〇・五一一)(藤原定家)
　「新編国歌大観3」角川書店 1985 p831
拾遺愚草員外雑歌(藤原定家)
　久保田淳校訂・訳「藤原定家全歌集 下」筑摩書房 2017 p9
拾遺愚草員外之外(藤原定家)
　久保田淳校訂・訳「藤原定家全歌集 下」筑摩書房 2017 p205
拾遺愚草 上(藤原定家)
　久保田淳校訂・訳「藤原定家全歌集 上」筑摩書房 2017 p9
拾遺愚草 中(藤原定家)
　久保田淳校訂・訳「藤原定家全歌集 上」筑摩書房 2017 p323
拾遺愚草 下(藤原定家)
　久保田淳校訂・訳「藤原定家全歌集 上」筑摩書房 2017 p461
拾遺抄(宮内庁書陵部蔵本)
　「新編国歌大観1」角川書店 1983 p94

拾遺風体和歌集(有吉保氏蔵本)
　「新編国歌大観6」角川書店 1988 p258
拾遺藻塩草(揚果亭栗毬)
　西島孜哉編「近世上方狂歌叢書4 狂歌ならひの岡(他)」近世上方狂歌研究会 1986 p49
拾遺和歌集
　與謝野寛ほか編纂校訂「覆刻 日本古典全集〔文学編〕〔31〕 拾遺和歌集 藤原公任家集」現代思潮社 1982 p1
　増田繁夫校注「和歌文学大系32 拾遺和歌集」明治書院 2003 p1
拾遺和歌集(京大附属図書館蔵本)
　「新編国歌大観1」角川書店 1983 p65
秋雨(新井白石)
　一海知義, 池澤一郎訳注「日本漢詩人選集5 新井白石」研文出版 2001 p87
秋雨晏起(如亭山人藁 初集)(柏木如亭)
　入谷仙介著「日本漢詩人選集8 柏木如亭」研文出版 1999 p73
秋雨訪友(西郷隆盛)
　松尾善弘著「西郷隆盛漢詩全集 増補改訂版」斯文堂 2018 p225
秋雨排悶(西郷隆盛)
　松尾善弘著「西郷隆盛漢詩全集 増補改訂版」斯文堂 2018 p228
詩文会飲し、同じく「鶯声に誘引せられて花下に来たる」ということを賦す(菅原道真)
　小島憲之, 山本登朗訓読ほか「日本漢詩人選集1 菅原道真」研文出版 1998 p117
集外三十六歌仙(大東急記念文庫蔵本)
　「新編国歌大観10」角川書店 1992 p380
秋懐三首 其一(広瀬旭荘)
　大野修作著「日本漢詩人選集16 広瀬旭荘」研文出版 1999 p196
秋懐、陳後山の韻に追和す(市河寛斎)
　蔡毅, 西岡淳著「日本漢詩人選集9 市河寛斎」研文出版 2007 p93
秋海棠(加舎白雄)
　矢羽勝幸編「増補改訂 加舎白雄全集 上」国文社 2008 p368
秋華を翫ぶ(菅原道真)
　小島憲之, 山本登朗訓読ほか「日本漢詩人選集1 菅原道真」研文出版 1998 p22
秀歌大体(東大国文学研究室蔵本)(藤原定家撰)
　「新編国歌大観5」角川書店 1987 p929
秋興(新井白石)
　一海知義, 池澤一郎訳注「日本漢詩人選集5 新井白石」研文出版 2001 p170
秋暁(広瀬淡窓)
　林田愼之助著「日本漢詩人選集15 広瀬淡窓」研文出版 2005 p190
秋曉(西郷隆盛)
　松尾善弘著「西郷隆盛漢詩全集 増補改訂版」斯文堂 2018 p224
秋曉煎茶(西郷隆盛)
　松尾善弘著「西郷隆盛漢詩全集 増補改訂版」斯文

秋興八歌仙（明和八年刊）（吏鳥編）
　加藤定彦, 外村展子編「関東俳諧叢書28 両毛・甲斐編3」関東俳諧叢書刊行会 2005 p167
拾玉集（青蓮院蔵本）（慈円）
　「新編国歌大観3」角川書店 1985 p656
拾玉集 第一〜三（慈円）
　石川一, 山本一翻刻・校注「和歌文学大系58 拾玉集（上）」明治書院 2008 p1
拾玉集 第四〜五（慈円）
　石川一, 山本一校注「和歌文学大系59 拾玉集（下）」明治書院 2011 p1
周桂発句帖（肥前島原松平文庫蔵本）（周桂）
　「連歌大観2」古典ライブラリー 2017 p341
秋月 客中の作（村上仏山）
　李寅生著「漢詩名作集成〈日本編〉」明徳出版社 2016 p607
秋月に問う（菅原道真）
　小島憲之, 山本登朗訓読ほか「日本漢詩人選集1 菅原道真」研文出版 1998 p171
秋江（大田錦城）
　李寅生著「漢詩名作集成〈日本編〉」明徳出版社 2016 p477
秋江釣魚（西郷隆盛）
　松尾善弘編「西郷隆盛漢詩全集 増補改訂版」斯文堂 2018 p244
秋郊の閑望（伊藤東涯）
　李寅生著「漢詩名作集成〈日本編〉」明徳出版社 2016 p320
重厚の母を悼む文（加舎白雄）
　矢羽勝幸「増補改訂 加舎白雄全集 上」国文社 2008 p393
十五首歌（藤原定家）
　久保田淳校訂・訳「藤原定家全歌集 下」筑摩書房 2017 p86
秋湖の晩行（鉄庵道生）
　李寅生著「漢詩名作集成〈日本編〉」明徳出版社 2016 p195
十五番歌合（延慶二年〜応長元年）（尊経閣文庫蔵本）
　「新編国歌大観10」角川書店 1992 p290
十五番歌合（弘安）（尊経閣文庫蔵実躬卿記紙背）
　「新編国歌大観10」角川書店 1992 p260
十五夜 頌家家門前照明月（十五夜「家家の門前に明月照る」を頌す）（道元）
　飯田利行編訳「現代語訳 洞門禅文学集〔4〕 道元」国書刊行会 2001 p189
十五夜 頌雲散秋空（十五夜「雲の秋空に散ゆるを頌す）（道元）
　飯田利行編訳「現代語訳 洞門禅文学集〔4〕 道元」国書刊行会 2001 p186
十砂改号の文（加舎白雄）
　矢羽勝幸「増補改訂 加舎白雄全集 上」国文社 2008 p362
十三講俳諧集（宝暦十年刊）（竹外編）
　加藤定彦, 外村展子編「関東俳諧叢書22 五色墨編3」関東俳諧叢書刊行会 2001 p199
十三首歌（藤原定家）
　久保田淳校訂・訳「藤原定家全歌集 下」筑摩書房 2017 p90
秋山に過る（具平親王）
　李寅生著「漢詩名作集成〈日本編〉」明徳出版社 2016 p172
「十三夜」歌仙
　宮脇真彦執筆担当「新編 芭蕉大成」三省堂 1999 p282
秋思歌（藤原為家）
　岩佐美代子注釈「新注和歌文学叢書3 秋思歌 秋夢集 新注」青簡舎 2008 p3
酬思首座来韻（思首座の来韻に酬う）（道元）
　飯田利行編訳「現代語訳 洞門禅文学集〔4〕 道元」国書刊行会 2001 p157
十七夜 頌騎鯨捉月（十七夜 鯨に騎りて月を捉うに頌す）（道元）
　飯田利行編訳「現代語訳 洞門禅文学集〔4〕 道元」国書刊行会 2001 p191
十七夜 頌挙払子云看（十七夜「払子を挙げて云く看よ」を頌す）（道元）
　飯田利行編訳「現代語訳 洞門禅文学集〔4〕 道元」国書刊行会 2001 p188
秋日（伊東藍田）
　李寅生著「漢詩名作集成〈日本編〉」明徳出版社 2016 p411
秋日 叡山に登つて澄上人に謁す（藤原常嗣）
　李寅生著「漢詩名作集成〈日本編〉」明徳出版社 2016 p115
秋日旧を懐う（伊藤仁斎）
　浅山佳郎, 厳明考「日本漢詩人選集4 伊藤仁斎」研文出版 2000 p192
秋日 左僕射696王が宅に於て宴す（藤原宇合）
　興膳宏著「日本漢詩人選集 別巻 古代漢詩選」研文出版 2005 p66
秋日侍太上皇仙洞同詠百首応製和歌（藤原定家）
　久保田淳校訂・訳「藤原定家全歌集 上」筑摩書房 2017 p194
秋日 深山に入る（嵯峨天皇）
　李寅生著「漢詩名作集成〈日本編〉」明徳出版社 2016 p100
秋日 神泉苑を観る（空海）
　興膳宏著「日本漢詩人選集 別巻 古代漢詩選」研文出版 2005 p179
秋日 偶々吟ず（藤原忠通）
　李寅生著「漢詩名作集成〈日本編〉」明徳出版社 2016 p182
秋日 長王が宅に於て新羅の客を宴す 并びに序 賦して「前」字を得たり（下毛野蟲麻呂）
　興膳宏著「日本漢詩人選集 別巻 古代漢詩選」研文出版 2005 p51
秋日 長王が宅に於て新羅の客を宴す 賦して「稀」字を得たり（刀利宣令）
　興膳宏著「日本漢詩人選集 別巻 古代漢詩選」研

秋日 長王が宅に於て新羅の客を宴す 賦して「時」字を得たり（百済和麻呂）
　興膳宏著「日本漢詩人選集 別巻 古代漢詩選」研文出版 2005 p62

秋日 長王が宅に於て新羅の客を宴す 賦して「難」字を得たり（藤原総前）
　興膳宏著「日本漢詩人選集 別巻 古代漢詩選」研文出版 2005 p64

秋日 長王が宅に於て新羅の客を宴す 賦して「流」字を得たり（安倍広庭）
　興膳宏著「日本漢詩人選集 別巻 古代漢詩選」研文出版 2005 p60

秋日 長王の宅に於て新羅の客を宴し「稀」の字を賦し得たり（刀利宣令）
　李寅生著「漢詩名作集成〈日本編〉」明徳出版社 2016 p64

秋日 友に別る（巨勢識人）
　李寅生著「漢詩名作集成〈日本編〉」明徳出版社 2017 p112

秋日漫成（市河寛斎）
　蔡毅、西岡淳著「日本漢詩人選集9 市河寛斎」研文出版 2007 p69

秋日 野に遊ぶ（虎関師錬）
　李寅生著「漢詩名作集成〈日本編〉」明徳出版社 2016 p200

秋日 病に臥して感有り（松崎慊堂）
　李寅生著「漢詩名作集成〈日本編〉」明徳出版社 2016 p487

秋日 冷然院の新林池、探りて「池」字を得たり。応製（淳和天皇）
　興膳宏著「日本漢詩人選集 別巻 古代漢詩選」研文出版 2005 p132

秋尽（三首のうち一首）（館柳湾）
　鈴木瑞枝著「日本漢詩人選集13 館柳湾」研文出版 1999 p126

拾塵集（祐徳中川文庫蔵本）（大内政弘）
　「新編国歌大観8」角川書店 1990 p382

秋夕 琵琶湖に泛ぶ二首 其の一（梁田蛻巌）
　李寅生著「漢詩名作集成〈日本編〉」明徳出版社 2016 p327

鞦韆篇（嵯峨天皇）
　李寅生著「漢詩名作集成〈日本編〉」明徳出版社 2016 p106

拾藻鈔（書陵部蔵五〇一・二八三、東山御文庫蔵本）（公順）
　「新編国歌大観」角川書店 1989 p683

十題点位丸以上（建部綾足編（点））
　建部綾足著刊行会編「建部綾足全集3（俳諧Ⅲ）」国書刊行会 1986 p369

秋題点取帖（与謝蕪村点評）
　尾形仂、山下一海校注「蕪村全集4 俳詩・俳文」講談社 1994 p351

十題百首（藤原定家）
　久保田淳校訂・訳「藤原定家全歌集 上」筑摩書房 2017 p148

袖中抄（顕昭）
　「新編国歌大観5」角川書店 1987 p1022

秋蝶（館柳湾）
　鈴木瑞枝著「日本漢詩人選集13 館柳湾」研文出版 1999 p125

「十といひて」百韻（西山宗因評点）
　井上敏幸、尾崎千佳校訂「西山宗因全集4 紀行・評点・書簡篇」八木書店 2006 p198

十二月朔日、上毛より東都に帰る途中の作（館柳湾）
　鈴木瑞枝著「日本漢詩人選集13 館柳湾」研文出版 1999 p65

十二月箱
　石川八朗ほか編「宝井其角全集〔2〕 資料篇」勉誠社 1994 p431

十二関（写本、一冊）
　菊池真一翻刻「假名草子集成41」東京堂出版 2007 p163

十二橋の酒楼に題す（梁川星巌）
　山本和義、福島理子著「日本漢詩人選集17 梁川星巌」研文出版 2008 p166

十二小町戯裳（八文字其笑ほか）
　長友千代治翻刻「八文字屋本全集19」汲古書院 1999 p1

十二類歌合
　狂歌大観刊行会編「狂歌大観1 本篇」明治書院 1983 p11

十八番諸職之句合（立圃）
　下垣内和人ほか解題・翻刻「古典文学翻刻集成3 続・俳文学篇 貞門・談林」ゆまに書房 1999 p112

十八番発句合（松尾芭蕉評）
　小林祥次郎執筆担当「新編 芭蕉大成」三省堂 1999 p550

十八樓記（松尾芭蕉）
　輿謝野寛ほか編纂校訂「覆刻 日本古典全集〔文学編〕〔40〕 芭蕉全集 前編」現代思潮社 1983 p147

十八楼の記（松尾芭蕉）
　富山奏校注「新潮日本古典集成 新装版〔47〕 芭蕉文集」新潮社 2019 p91
　嶋中道則ほか「新編 芭蕉大成」三省堂 1999 p393

秋晩の出游（森春濤）
　李寅生著「漢詩名作集成〈日本編〉」明徳出版社 2016 p641

秋風菴月化發句集 上（秋風庵月化）
　大内初夫翻刻「古典文学翻刻集成7 続・俳文学篇 中興期（下）」ゆまに書房 1999 p148

秋風菴月化發句集 下（秋風庵月化）
　大内初夫翻刻「古典文学翻刻集成7 続・俳文学篇 中興期（下）」ゆまに書房 1999 p177

秋風抄（群書類従本）（小野春雄撰）
　「新編国歌大観6」角川書店 1988 p81

秋風和歌集（宮内庁書陵部蔵本）（真観撰）
　「新編国歌大観6」角川書店 1988 p89

重奉和早率百首(藤原定家)
　久保田淳校訂・訳「藤原定家全歌集 上」筑摩書房 2017 p110
秋浦吟行(元文四年刊)(可浩, 狂羅)
　加藤定彦, 外村展子編「関東俳諧叢書13 常総編1」関東俳諧叢書刊行会 1996 p27
衆妙集(東京大学国文学研究室蔵本)(飛鳥井雅章編纂)
　「新編国歌大観9」角川書店 1991 p7
秋夢集(後嵯峨院大納言典侍)
　岩佐美代子注釈「新注和歌文学叢書3 秋思歌 秋夢集 新注」青簡舎 2008 p115
秋夢集(書陵部蔵五〇一・一四二)(後嵯峨院大納言典侍)
　「新編国歌大観7」角川書店 1989 p480
秋夜詠三首応製和歌(藤原定家)
　久保田淳校訂・訳「藤原定家全歌集 下」筑摩書房 2017 p232
秋夜客舎聞砧(西郷隆盛)
　松尾善弘著「西郷隆盛漢詩全集 増補改訂版」斯文堂 2018 p232
秋夜 雁を聞く(伊藤蘭斎)
　李寅生著「漢詩名作集成〈日本編〉」明徳出版社 2016 p730
秋夜宿山寺(西郷隆盛)
　松尾善弘著「西郷隆盛漢詩全集 増補改訂版」斯文堂 2018 p267
秋夜独坐して即事を書し致遠に寄す(館柳湾)
　鈴木瑞枝著「日本漢詩人選集13 館柳湾」研文出版 1999 p87
秋夜の閨情(石上乙麻呂)
　李寅生著「漢詩名作集成〈日本編〉」明徳出版社 2016 p58
秋夜の作(広瀬旭荘)
　大野修作著「日本漢詩人選集16 広瀬旭荘」研文出版 1999 p192
舟夜 夢に帰る(梁川星巌)
　李寅生著「漢詩名作集成〈日本編〉」明徳出版社 2016 p537
十六利勘略縁起(山東京傳)
　棚橋正博校訂「山東京傳全集13 合巻8」ぺりかん社 2018 p65
十六景
　石川八朗ほか編「宝井其角全集〔2〕資料篇」勉誠社 1994 p432
十論為弁抄〔抄〕(支考)
　嶋中道則編「新編 芭蕉大成」三省堂 1999 p802
　石川八朗ほか編「宝井其角全集〔2〕資料篇」勉誠社 1994 p477
　島津忠夫ほか編「西山宗因全集5 伝記・研究篇」八木書店古書出版部 2013 p263
修学院御幸(谷采茶)
　津本信博著「江戸後期紀行文学全集1」新典社 2007 p495
守覚法親王集(神宮文庫蔵本)(守覚法親王)
　「新編国歌大観4」角川書店 1986 p11

首夏の山中病いより起つ〔如亭山人藁 巻三〕(柏木如亭)
　入谷仙介著「日本漢詩人選集8 柏木如亭」研文出版 1999 p174
修行地
　中西啓翻刻「古典文学翻刻集成6 続・俳文学篇 中興期(上)」ゆまに書房 1999 p125
塾生に示す(尾藤二洲)
　李寅生著「漢詩名作集成〈日本編〉」明徳出版社 2016 p437
取句法(与謝蕪村)
　尾形仂, 山下一海校注「蕪村全集4 俳詩・俳文」講談社 1994 p113
朱舜水先生の墓(小野湖山)
　李寅生著「漢詩名作集成〈日本編〉」明徳出版社 2016 p625
朱先生を夢む(安東省庵)
　李寅生著「漢詩名作集成〈日本編〉」明徳出版社 2016 p283
述懐(森庸軒)
　李寅生著「漢詩名作集成〈日本編〉」明徳出版社 2016 p620
述懐(文武天皇)
　李寅生著「漢詩名作集成〈日本編〉」明徳出版社 2016 p38
述懐(頼山陽)
　李寅生著「漢詩名作集成〈日本編〉」明徳出版社 2016 p501
出観集(書陵部蔵五〇一・九〇)(覚性法親王)
　「新編国歌大観7」角川書店 1989 p142
出世握虎稚物語(竹田出雲1世)
　「義太夫節浄瑠璃未翻刻作品集成1 出世握虎稚物語」玉川大学出版部 2006 p11
出世握虎昔物語(江島其磧)
　岡雅彦翻刻「八文字屋本全集9」汲古書院 1995 p259
出門(館柳湾)
　鈴木瑞枝著「日本漢詩人選集13 館柳湾」研文出版 1999 p42
酒呑童子
　沢井耐三著「古典名作リーディング2 お伽草子」貴重本刊行会 2000 p53
酒呑童子出生記(梁塵軒)
　「義太夫節浄瑠璃未翻刻作品集成50 酒呑童子出生記」玉川大学出版部 2018 p11
衆道物語(寛文元年板、二巻二冊)
　入口敦志翻刻「假名草子集成41」東京堂出版 2007 p169
従二位親子歌合(平安朝歌合大成)
　「新編国歌大観5」角川書店 1987 p122
主に朝する人に与ふ(釈弁正)
　李寅生著「漢詩名作集成〈日本編〉」明徳出版社 2016 p50
酒瓢に題す(広瀬淡窓)
　林田愼之助著「日本漢詩人選集15 広瀬淡窓」研文出版 2005 p106

守遍詩歌合(書陵部蔵五〇一・五八二)(守遍)
　「新編国歌大観10」角川書店 1992 p320
聚楽物語(寛永十七年五月版、三巻三冊)
　菊池真一ほか編「假名草子集成39」東京堂出版 2006 p27
春雨新晴(西郷隆盛)
　松尾善弘著「西郷隆盛漢詩全集 増補改訂版」斯文堂 2018 p197
春雨に 筆庵に到る(広瀬旭荘)
　李寅生著「漢詩名作集成〈日本編〉」明徳出版社 2016 p591
春雨 筆庵に到る(広瀬旭荘)
　大野修作著「日本漢詩人選集16 広瀬旭荘」研文出版 1999 p112
春栄
　伊藤正義校注「新潮日本古典集成 新装版〔64〕謡曲集 中」新潮社 2015 p143
春栄(観世流)男舞物
　野上豊一郎編「新装解註 謠曲全集5」中央公論新社 2001 p7
春霞集(内閣文庫蔵本)(大江元就)
　「新編国歌大観8」角川書店 1990 p772
俊寛
　伊藤正義校注「新潮日本古典集成 新装版〔64〕謡曲集 中」新潮社 2015 p159
俊寛(観世流)
　野上豊一郎編「新装解註 謠曲全集4」中央公論新社 2001 p491
春寒(西郷隆盛)
　松尾善弘著「西郷隆盛漢詩全集 増補改訂版」斯文堂 2018 p177
春寒(広瀬旭荘)
　李寅生著「漢詩名作集成〈日本編〉」明徳出版社 2016 p593
春寒[如亭山人藁 巻一](柏木如亭)
　入谷仙介著「日本漢詩人選集8 柏木如亭」研文出版 1999 p121
春鳩号を与うる文(加舎白雄)
　矢羽勝幸編「増補改訂 加舎白雄全集 上」国文社 2008 p391
春興(西郷隆盛)
　松尾善弘著「西郷隆盛漢詩全集 増補改訂版」斯文堂 2018 p184
春興(夏目漱石)
　李寅生著「漢詩名作集成〈日本編〉」明徳出版社 2016 p800
春興(松尾芭蕉)(存疑作)
　嶋中道則ほか「新編 芭蕉大成」三省堂 1999 p444
春興(安永五年)(斗酔編)
　藤田真一校注「蕪村全集8 関係俳書」講談社 1993 p341
春興(天明二年)(杜口編)
　藤田真一校注「蕪村全集8 関係俳書」講談社 1993 p517

春曉(西郷隆盛)
　松尾善弘著「西郷隆盛漢詩全集 増補改訂版」斯文堂 2018 p182
春興幾桜木
　建部綾足著作刊行会編「建部綾足全集2 (俳諧Ⅱ)」国書刊行会 1986 p123
『春興梅ひとへ』序(建部綾足)
　建部綾足著作刊行会編「建部綾足全集9 (書簡・補遺)」国書刊行会 1990 p325
春曉枕上(西郷隆盛)
　松尾善弘著「西郷隆盛漢詩全集 増補改訂版」斯文堂 2018 p183
春興俳諧発句無為集(安永四年)(樗良編)
　藤田真一校注「蕪村全集8 関係俳書」講談社 1993 p289
「春閨怨」に奉和す(朝野鹿取)
　李寅生著「漢詩名作集成〈日本編〉」明徳出版社 2016 p86
春慶引(安永二年)(武然編)
　清登典子校注「蕪村全集8 関係俳書」講談社 1993 p199
春慶引(安永三年)(武然編)
　清登典子校注「蕪村全集8 関係俳書」講談社 1993 p227
春慶引(安永九年)(文誰編)
　藤田真一校注「蕪村全集8 関係俳書」講談社 1993 p483
春慶引(明和五年)(武然編)
　藤田真一校注「蕪村全集8 関係俳書」講談社 1993 p126
春慶引(明和八年)(武然編)
　櫻井武次郎校注「蕪村全集8 関係俳書」講談社 1993 p170
春慶引(明和九年)(武然編)
　清登典子校注「蕪村全集8 関係俳書」講談社 1993 p185
春好(広瀬淡窓)
　林田愼之助著「日本漢詩人選集15 広瀬淡窓」研文出版 2005 p144
准后大相公に奉呈す(義堂周信)
　蔭木英雄著「日本漢詩人選集3 義堂周信」研文出版 1999 p173
春日偶興 五首(三首載録中の第二首)(梁川星巌)
　山本和義, 福島理子著「日本漢詩人選集17 梁川星巌」研文出版 2008 p159
春日偶成(西郷隆盛)
　松尾善弘著「西郷隆盛漢詩全集 増補改訂版」斯文堂 2018 p46
　松尾善弘著「西郷隆盛漢詩全集 増補改訂版」斯文堂 2018 p74
春日雑句(館柳湾)
　鈴木瑞枝著「日本漢詩人選集13 館柳湾」研文出版 1999 p72
春日雑題(新井白石)
　一海知義, 池澤一郎訳注「日本漢詩人選集5 新井白石」研文出版 2001 p140

春日雑題(館柳湾)
　鈴木瑞枝著「日本漢詩人選集13 館柳湾」研文出版 1999 p159
春日 山荘、塘・光・行・蒼を勒す(有智子内親王)
　興膳宏著「日本漢詩人選集 別巻 古代漢詩選」研文出版 2005 p118
春日、丞相が家門に過きる(菅原道真)
　小島憲之, 山本登朗訓読ほか「日本漢詩人選集1 菅原道真」研文出版 1998 p44
春日の雨中(伊藤東涯)
　李寅生著「漢詩名作集成〈日本編〉」明徳出版社 2016 p325
春日の作(新井白石)
　李寅生著「漢詩名作集成〈日本編〉」明徳出版社 2016 p306
春日の漫興(林春信)
　李寅生著「漢詩名作集成〈日本編〉」明徳出版社 2016 p294
春日晩歩(館柳湾)
　鈴木瑞枝著「日本漢詩人選集13 館柳湾」研文出版 1999 p157
春日人を送る(新井白石)
　一海知義, 池澤一郎訳注「日本漢詩人選集5 新井白石」研文出版 2001 p166
春日鵬斎先生を訪ひ奉る時 雷鳴り雪起こる。戯れに一絶を呈す(館柳湾)
　鈴木瑞枝著「日本漢詩人選集13 館柳湾」研文出版 1999 p73
春秋菴白雄居士記行(加舎白雄)
　矢羽勝幸翻刻・注ほか「増補改訂 加舎白雄全集 上」国文社 2008 p399
春秋庵月並書き抜き
　矢羽勝幸編「増補改訂 加舎白雄全集 下」国文社 2008 p405
春秋庵類焼の文(加舎白雄)
　矢羽勝幸編「増補改訂 加舎白雄全集 上」国文社 2008 p383
春秋稿 初編(加舎白雄編)
　矢羽勝幸編「増補改訂 加舎白雄全集 下」国文社 2008 p115
春秋稿 二編(加舎白雄編)
　矢羽勝幸編「増補改訂 加舎白雄全集 下」国文社 2008 p151
春秋稿 三編(加舎白雄編)
　矢羽勝幸編「増補改訂 加舎白雄全集 下」国文社 2008 p179
春秋稿 四編(加舎白雄編)
　矢羽勝幸編「増補改訂 加舎白雄全集 下」国文社 2008 p225
春秋稿 五編(加舎白雄編)
　矢羽勝幸編「増補改訂 加舎白雄全集 下」国文社 2008 p261
『春秋稿』五編序(加舎白雄)
　矢羽勝幸編「増補改訂 加舎白雄全集 上」国文社 2008 p385

春秋夜話(加舎白雄)
　矢羽勝幸翻刻・注ほか「増補改訂 加舎白雄全集 上」国文社 2008 p587
春色雪の梅(狂言亭春雅)
　太平主人校訂「人情本選集4 春色雪の梅」太平書屋 2005 p7
春初雑題(館柳湾)
　鈴木瑞枝著「日本漢詩人選集13 館柳湾」研文出版 1999 p68
　鈴木瑞枝著「日本漢詩人選集13 館柳湾」研文出版 1999 p80
　鈴木瑞枝著「日本漢詩人選集13 館柳湾」研文出版 1999 p91
春晴(市河寛斎)
　蔡毅, 西岡淳著「日本漢詩人選集9 市河寛斎」研文出版 2007 p121
俊成家集(藤原俊成)
　松野陽一, 吉田薫編「藤原俊成全歌集」笠間書院 2007 p111
俊成祇園百首(谷山茂氏蔵本)(俊成)
　「新編国歌大観10」角川書店 1992 p133
俊成卿女集(藤原俊成女)
　石川泰水校注「和歌文学大系23 式子内親王集・建礼門院右京大夫集・俊成卿女集・艶詞」明治書院 2001 p169
俊成卿女集(神宮文庫蔵本)(藤原俊成女)
　「新編国歌大観4」角川書店 1986 p147
俊成五社百首(書陵部蔵五〇一・七六三)(釈阿)
　「新編国歌大観10」角川書店 1992 p87
俊成三十六人歌合(書陵部蔵一五〇・三一七)(藤原俊成編)
　「新編国歌大観5」角川書店 1987 p234
俊成自歌百番歌合(藤原俊成)
　松野陽一, 吉田薫編「藤原俊成全歌集」笠間書院 2007 p920
俊成忠度(喜多流)カケリ物
　野上豊一郎編「新装解註 謡曲全集2」中央公論新社 2001 p91
春雪(広瀬旭荘)
　大野修作著「日本漢詩人選集16 広瀬旭荘」研文出版 1999 p82
春雪夜(春雪の夜)(道元)
　飯田利行編訳「現代語訳 洞門禅文学集〔4〕道元」国書刊行会 2001 p176
春草(梁川星巌)
　山本和義, 福島理子著「日本漢詩人選集17 梁川星巌」研文出版 2008 p133
春霜集〔抄〕(矩流編)
　島津忠夫ほか編「西山宗因全集5 伝記・研究篇」八木書店古書出版部 2013 p279
春草日記
　石川八朗ほか「宝井其角全集〔2〕資料篇」勉誠社 1994 p310
春泥句集序(与謝蕪村)
　揖斐高注訳・解説「古典名作リーディング1 蕪村・一茶集」貴重本刊行会 2000 p157

尾形仂, 山下一海校注「蕪村全集4 俳詩・俳文」講談社 1994 p171
『春泥句集』序草稿 (与謝蕪村)
　尾形仂, 山下一海校注「蕪村全集4 俳詩・俳文」講談社 1994 p170
順徳院百首 (書陵部蔵一五一・一八一) (順徳院詠出)
　「新編国歌大観10」角川書店 1992 p149
春晩 (新井白石)
　一海知義, 池澤一郎訳注「日本漢詩人選集5 新井白石」研文出版 2001 p143
春風に臨む、沈約が体に効ず。応製 (滋野貞主)
　興膳宏著「日本漢詩人選集 別巻 古代漢詩選」研文出版 2005 p162
春風馬堤曲 (与謝蕪村)
　揖斐高注訳・解説「古典名作リーディング1 蕪村・一茶集」貴重本刊行会 2000 p110
　揖斐高訳・鑑賞ほか「コレクション日本歌人選065 蕪村」笠間書院 2019 p6
　尾形仂, 山下一海校注「蕪村全集4 俳詩・俳文」講談社 1994 p16
　竹西寛子訳「わたしの古典18 竹西寛子の松尾芭蕉集・与謝蕪村集」集英社 1987 p237
春風馬堤曲草稿 (与謝蕪村)
　尾形仂, 山下一海校注「蕪村全集4 俳詩・俳文」講談社 1994 p23
「春風や」発句・脇
　宮脇真彦執筆担当「新編 芭蕉大成」三省堂 1999 p279
春歩 (新井白石)
　一海知義, 池澤一郎訳注「日本漢詩人選集5 新井白石」研文出版 2001 p111
春望 (虎関師錬)
　李寅生著「漢詩名作集成〈日本編〉」明徳出版社 2016 p198
春夢草 (寛政十二年板本) (肖柏)
　「新編国歌大観8」角川書店 1990 p532
春夢草 (京都大学附属図書館蔵本) (牡丹花肖柏)
　「連歌大観2」古典ライブラリー 2017 p141
春夜 (西郷隆盛)
　松尾善弘著「西郷隆盛漢詩全集 増補改訂版」斯文堂 2018 p185
春夜詠二首歌合 (二十巻本)
　「新編国歌大観5」角川書店 1987 p68
春夜玉笛を聞く辞 (加舎白雄)
　矢羽勝幸編「増補改訂 加舎白雄全集 上」国文社 2008 p365
春夜 江上に客を送る (服部白賁)
　李寅生著「漢詩名作集成〈日本編〉」明徳出版社 2016 p380
春夜 鴻臚館に宿し 渤海より入朝せる王大使に簡す (滋野貞主)
　李寅生著「漢詩名作集成〈日本編〉」明徳出版社 2016 p95
春夜の桜花を賦す、応製 (菅原道真)
　小島憲之, 山本登朗訓読ほか「日本漢詩人選集1 菅原道真」研文出版 1998 p93
鶉立集跋 (蝶夢)
　田中道雄ほか編著「蝶夢全集」和泉書院 2013 p262
順礼集 (天明六年刊) (安袋編)
　加藤定彦, 外村展子編「関東俳諧叢書25 江戸編3」関東俳諧叢書刊行会 2003 p271
順礼物語 (寛永中板、三巻三冊) (三浦浄心)
　朝倉治彦編「假名草子集成36」東京堂出版 2004 p115
春簾 雨窓 (頼鴨崖)
　李寅生著「漢詩名作集成〈日本編〉」明徳出版社 2016 p661
諸商人世帯形気 (江島其磧)
　石川了翻刻「八文字屋本全集14」汲古書院 1997 p1
書意考 (賀茂真淵)
　與謝野寛ほか編纂校訂「覆刻 日本古典全集〔文学編〕〔13〕賀茂眞淵集」現代思潮社 1983 p246
正因供養文 (蝶夢)
　田中道雄ほか編著「蝶夢全集」和泉書院 2013 p332
墻隠斎記 (蝶夢)
　田中道雄ほか編著「蝶夢全集」和泉書院 2013 p337
貞永元年八月十五日名所月歌合
　久保田淳校訂・訳「藤原定家全歌集 下」筑摩書房 2017 p368
小園即事 (市河寛斎)
　蔡毅, 西岡淳著「日本漢詩人選集9 市河寛斎」研文出版 2007 p108
小園の秋草 花盛んに開く (三首のうち一首) (館柳湾)
　鈴木瑞枝著「日本漢詩人選集13 館柳湾」研文出版 1999 p123
蕉翁画像賛 (蝶夢)
　田中道雄ほか編著「蝶夢全集」和泉書院 2013 p277
蕉翁百回忌集後序 (蝶夢)
　田中道雄ほか編著「蝶夢全集」和泉書院 2013 p259
正応二年三月和歌御会 (彰考館蔵本)
　「新編国歌大観10」角川書店 1992 p443
正応三年九月十三夜歌会歌 (神宮文庫蔵本)
　「新編国歌大観10」角川書店 1992 p444
正応五年厳島社頭和歌 (書陵部蔵続群書類従本)
　「新編国歌大観10」角川書店 1992 p445
昌億集 (静嘉堂文庫蔵本) (昌億)
　「連歌大観3」古典ライブラリー 2017 p368
生涯五十に近く (松尾芭蕉)
　與謝野寛ほか編纂校訂「覆刻 日本古典全集〔文学編〕〔40〕芭蕉全集 前編」現代思潮社 1983 p155
正定国師集 (元禄十二年板本) (夢窓疎石)
　「新編国歌大観7」角川書店 1989 p704

正嘉三年北山行幸和歌(書陵部蔵伏・四九四)
　「新編国歌大観10」角川書店 1992 p426
松下集(国会図書館蔵本)(正広)
　「新編国歌大観8」角川書店 1990 p315
小学館蔵住吉物語絵巻 翻刻
　桑原博史編「中世王朝物語全集11 雫ににごる 住吉物語」笠間書院 1995 p151
正月故叟談(山東京傳)
　棚橋正博校訂「山東京傳全集4 黄表紙4」ぺりかん社 2004 p83
正月十日、蛭子神祭を観る(広瀬旭荘)
　大野修作著「日本漢詩人選集16 広瀬旭荘」研文出版 1999 p216
松花和歌集(内閣文庫・国文学研究資料館・住吉神社・久曾神昇氏蔵本)
　「新編国歌大観6」角川書店 1988 p288
鍾馗(金春流)準働物
　野上豊一郎編「新装解註 謡曲全集5」中央公論新社 2001 p327
娼妓絹籭(山東京傳)
　棚橋正博校訂「山東京傳全集18 洒落本」ぺりかん社 2012 p515
承久記(古活字本)
　「新編国歌大観5」角川書店 1987 p1186
承久記(慈光寺本)
　「新編国歌大観5」角川書店 1987 p1185
貞享三年歳旦引付[抄]
　石川八朗ほか編「宝井其角全集〔2〕 資料篇」勉誠社 1994 p38
貞享五年歳旦集
　石川八朗ほか編「宝井其角全集〔2〕 資料篇」勉誠社 1994 p79
昭君(宝生流)働物
　野上豊一郎編「新装解註 謡曲全集5」中央公論新社 2001 p347
将軍家歌合 文明十四年六月(国立国会図書館蔵本)
　「新編国歌大観10」角川書店 1992 p350
小景(義堂周信)
　李寅生著「漢詩名作集成〈日本編〉」明徳出版社 2016 p218
小畦(市河寛斎)
　蔡毅、西岡淳著「日本漢詩人選集9 市河寛斎」研文出版 2007 p119
小柑子
　石川八朗ほか編「宝井其角全集〔2〕 資料篇」勉誠社 1994 p346
詣昌国見補陀路迦山因題(昌国見補陀路迦山に詣で因りて題ず)(道元)
　飯田利行編訳「現代語訳 洞門禅文学集〔4〕 道元」国書刊行会 2001 p158
小斎即時(新井白石)
　一海知義、池澤一郎訳注「日本漢詩人選集5 新井白石」研文出版 2001 p62
正治後度百首(内閣文庫蔵本)
　「新編国歌大観4」角川書店 1986 p323

勝侍者を送る(義堂周信)
　藤木英雄著「日本漢詩人選集3 義堂周信」研文出版 1999 p225
正治初度百首
　松野陽一、吉田薫編「藤原俊成全歌集」笠間書院 2007 p466
正治初度百首(書陵部蔵五〇一・九〇九)
　「新編国歌大観4」角川書店 1986 p298
松子登の蔵する所の蒙古兜を観る(広瀬旭荘)
　大野修作著「日本漢詩人選集16 広瀬旭荘」研文出版 1999 p127
正治二年石清水若宮社歌合
　久保田淳校訂・訳「藤原定家全歌集 下」筑摩書房 2017 p432
正治二年院初度百首
　久保田淳ほか校注「和歌文学大系49 正治二年院初度百首」明治書院 2016 p1
正治二年九月歌合廿四番
　久保田淳校訂・訳「藤原定家全歌集 下」筑摩書房 2017 p368
正治二年三百六十番歌合
　久保田淳校訂・訳「藤原定家全歌集 下」筑摩書房 2017 p354
正治二年十月一日歌合
　久保田淳校訂・訳「藤原定家全歌集 下」筑摩書房 2017 p354
松氏の韻に和す。自述三章 以て呈す(新井白石)
　一海知義、池澤一郎訳注「日本漢詩人選集5 新井白石」研文出版 2001 p124
小師梵和の金剛の元章法兄に見ゆるを送る(義堂周信)
　藤木英雄著「日本漢詩人選集3 義堂周信」研文出版 1999 p153
上巳前の一日、武庫渓に宿り、亀山の諸友に寄す(義堂周信)
　藤木英雄著「日本漢詩人選集3 義堂周信」研文出版 1999 p22
松雀老隠之伝(蝶夢)
　田中道雄ほか編著「蝶夢全集」和泉書院 2013 p283
二葉集
　加藤定彦「西山宗因全集3 俳諧篇」八木書店 2004 p526
上州群馬郡岩屋縁起
　大島由紀夫編著「伝承文学資料集成6 神道縁起物語(二)」三弥井書店 2002 p115
松秀才の病を弔うに和す(新井白石)
　一海知義、池澤一郎訳注「日本漢詩人選集5 新井白石」研文出版 2001 p121
此葉集序(蝶夢)
　田中道雄ほか編著「蝶夢全集」和泉書院 2013 p312
饒州絶句二首 其の二(本田種竹)
　李寅生著「漢詩名作集成〈日本編〉」明徳出版社 2016 p776

しよう　　　　　　　　　　　　作品名

常州の勝楽に方丈を剏建す〈義堂周信〉
　藤木英雄著「日本漢詩人選集3 義堂周信」研文出版 1999 p44
常州の旅館にて、浄智の不聞和尚の韻を用い、十首をば鹿苑の諸公の贈らるるに寄謝す〈義堂周信〉
　藤木英雄著「日本漢詩人選集3 義堂周信」研文出版 1999 p46
請受食文〈良寛〉
　内山知也、松本市壽執筆「定本 良寛全集3 書簡集・法華転・法華讃」中央公論新社 2007 p409
成就寺文書
　荒木博之、西岡陽子編著「伝承文学資料集成19 地神盲僧資料集」三弥井書店 1997 p311
松春谷に贈る三首〈広瀬旭荘〉
　大野修作著「日本漢詩人選集16 広瀬旭荘」研文出版 1999 p145
猩々
　伊藤正義校注「新潮日本古典集成 新装版〔64〕謡曲集 中」新潮社 2015 p169
猩猩〈喜多流〉中の舞物〔乱物〕
　野上豊一郎編「新装解註 謡曲全集6」中央公論新社 2001 p407
「少将の」句文〈松尾芭蕉〉
　嶋中道則ほか「新編 芭蕉大成」三省堂 1999 p415
「少将の」発句・脇
　宮脇真彦執筆担当「新編 芭蕉大成」三省堂 1999 p249
蕭条篇〈安永六年〉〈徐英編〉
　藤田真一校注「蕪村全集8 関係俳書」講談社 1993 p421
浄照房集〈書陵部蔵五〇一・一二八〉〈藤原光家〉
　「新編国歌大観7」角川書店 1989 p286
貞治六年二月廿一日和歌御会〈書陵部蔵五〇一・三七八〉
　「新編国歌大観10」角川書店 1992 p501
貞治六年三月廿九日歌会〈鳥原松平文庫蔵本〉
　「新編国歌大観10」角川書店 1992 p501
成尋阿闍梨母集〈成尋阿闍梨母〉
　伊井春樹全釈「私家集全釈叢書17 成尋阿闍梨母集全釈」風間書房 1996 p143
成尋阿闍梨母集〈書陵部蔵五〇一・一八二〉〈成尋阿闍梨母〉
　「新編国歌大観3」角川書店 1985 p370
精進魚類物語
　沢井耐三著「古典名作リーディング2 お伽草子」貴重本刊行会 2000 p303
精進鱠〈西鶴編〉
　尾崎千佳担当「西山宗因全集5 伝記・研究篇」八木書店古典出版部 2013 p97
俳諧本式百韵精進鱠〈西鶴編〉
　竹下義人校注「新編西鶴全集5 本文篇 下」勉誠出版 2007 p774

松節の雪の詩、其の能く韻を用うるを愛でて之に和す二首〈新井白石〉
　一海知義、池澤一郎訳注「日本漢詩人選集5 新井白石」研文出版 2001 p80
子陽先生の墓を訪う〈良寛〉
　井上慶隆著「日本漢詩人選集11 良寛」研文出版 2002 p22
正尊〈観世流〉切組物
　野上豊一郎編「新装解註 謡曲全集5」中央公論新社 2001 p259
昌琢発句帳〈大阪天満宮蔵本〉〈里村昌琢〉
　「連歌大観3」古典ライブラリー 2017 p281
昌琢等発句集〈早稲田大学図書館蔵本〉〈昌琢ほか〉
　「連歌大観3」古典ライブラリー 2017 p227
浄智の大虚の招かるるに赴かざるを寄謝す〈義堂周信〉
　藤木英雄著「日本漢詩人選集3 義堂周信」研文出版 1999 p148
正中三年禁庭御会和歌〈立教大日本文学研究室蔵本〉
　「新編国歌大観10」角川書店 1992 p470
小亭〈新井白石〉
　一海知義、池澤一郎訳注「日本漢詩人選集5 新井白石」研文出版 2001 p69
昌程抜句〈北島建孝氏蔵本〉〈里村昌程〉
　「連歌大観3」古典ライブラリー 2017 p483
小弟の既に江城に到るを聞くを喜ぶ〈伊藤仁斎〉
　浅山佳郞、厳明著「日本漢詩人選集4 伊藤仁斎」研文出版 2000 p93
昌程発句集〈富山県立図書館蔵本〉〈里村昌程〉
　「連歌大観3」古典ライブラリー 2017 p470
正徹千首〈広島大学蔵本〉〈正徹〉
　「新編国歌大観4」角川書店 1986 p651
正徹物語〈正徹談話筆録〉
　「新編国歌大観5」角川書店 1987 p1115
昇道の南肥に遊ぶを送る〈広瀬淡窓〉
　林田愼之助著「日本漢詩人選集15 広瀬淡窓」研文出版 2005 p68
上東門院菊合〈書陵部蔵五〇一・五五四〉
　「新編国歌大観5」角川書店 1987 p72
聖徳太子絵伝記〈近松門左衛門〉
　工藤慶三郎訳「近松時代物現代語訳3 日本振袖始ほか」北の街社 2003 p131
聖徳太子伝記
　牧野和夫校訂「伝承文学資料集成1 聖徳太子伝記」三弥井書店 1999 p5
淨土三部抄國釋ノ序〈賀茂真淵〉
　奥謝野寛ほか編纂校訂「覆刻 日本古典全集〔文学編〕〔13〕賀茂眞淵集」現代思潮社 1983 p83
浄土宗略抄〈法然〉
　奥謝野寛ほか編纂校訂「覆刻 日本古典全集〔文学編〕〔44〕法然上人集」現代思潮社 1983 p165
少年行〈荻生徂徠〉
　李寅生著「漢詩名作集成〈日本編〉」明徳出版社 2016 p313

少年行（頼元鼎）
　李寅生著「漢詩名作集成〈日本編〉」明徳出版社 2016 p540
召波旧蔵詠草（与謝蕪村）
　尾形仂校注「蕪村全集3 句集・句稿・句会稿」講談社 1992 p293
紹巴富士見道記（里村紹巴）
　岸田依子著・評釈「中世日記紀行文学全評釈集成7」勉誠出版 2004 p179
紹巴富士見道記（里村紹巴）
　大村敦子執筆, 島津忠夫検討「和泉古典文庫11 甲子庵文庫蔵 紹巴冨士見道記 影印・翻刻・研究」和泉書院 2016 p39
紹巴発句帳〈明治大学図書館蔵本〉（里村紹巴）
　「連歌大観3」古典ライブラリー 2017 p189
焦尾琴（宝井其角編）
　石川八朗ほか編「宝井其角全集〔1〕編著篇」勉誠社 1994 p307
焦尾琴説（与謝蕪村）
　尾形仂, 山下一海校注「蕪村全集4 俳詩・俳文」講談社 1994 p210
樵婦（広瀬旭荘）
　大野修作著「日本漢詩人選集16 広瀬旭荘」研文出版 1999 p124
正風体抄〈東大国文学研究室蔵本〉
　「新編国歌大観10」角川書店 1992 p565
正風廿五条（其角）
　中西啓翻刻「古典文学翻刻集成7 続・俳文学篇 中興期（下）」ゆまに書房 1999 p256
　石川八朗ほか編「宝井其角全集〔2〕資料篇」勉誠社 1994 p130
正風彦根躰〔抄〕（汶村）
　嶋中道則編「新編 芭蕉大成」三省堂 1999 p800
聖福寺に遊び巌公に贈る（広瀬淡窓）
　林田愼之助著「日本漢詩人選集15 広瀬淡窓」研文出版 2005 p151
正平二十年三百六十首〈三康図書館蔵本〉
　「新編国歌大観10」角川書店 1992 p493
昌平の春學（市河寛斎）
　蔡毅, 西岡淳著「日本漢詩人選集9 市河寛斎」研文出版 2007 p32
昌平橋納涼（野田笛浦）
　李寅生著「漢詩名作集成〈日本編〉」明徳出版社 2016 p557
浄弁集（浄弁）
　小ély大輔校注「和歌文学大系65 草庵集・兼好法師集・浄弁集・慶運集」明治書院 2004 p301
浄弁集〈書陵部蔵四〇六・二四〉（浄弁）
　「新編国歌大観7」角川書店 1989 p703
称名院集〈祐徳中川文庫蔵本〉（三条西公条）
　「新編国歌大観8」角川書店 1990 p741
蕉門三十六哲
　石川八朗ほか編「宝井其角全集〔2〕資料篇」勉誠社 1994 p613
蕉門諸生全伝〔抄〕（遠藤日人稿）
　石川八朗ほか編「宝井其角全集〔2〕資料篇」勉

誠社 1994 p707
蕉門千那俳諧之伝
　中西啓翻刻「古典文学翻刻集成6 続・俳文学篇 中興期（上）」ゆまに書房 1999 p239
蕉門俳諧語彙（蝶夢編著）
　田中道雄ほか編著「蝶夢全集」和泉書院 2013 p583
蕉門俳諧語録序（蝶夢）
　田中道雄ほか編「蝶夢全集」和泉書院 2013 p251
蕉門むかし語序（蝶夢）
　田中道雄ほか編「蝶夢全集」和泉書院 2013 p305
蕉門録
　石川八朗ほか編「宝井其角全集〔2〕資料篇」勉誠社 1994 p519
逍遊集〈延宝五年板本〉（和田以悦ほか編）
　「新編国歌大観9」角川書店 1991 p117
昭陽先生を挽む（広瀬淡窓）
　林田愼之助著「日本漢詩人選集15 広瀬淡窓」研文出版 2005 p131
昭陽先生の墓下の作（広瀬淡窓）
　林田愼之助著「日本漢詩人選集15 広瀬淡窓」研文出版 2005 p142
聖林上座過ぎらる。席上茶を煎じ詩を談ず（五首のうち一首）（館柳湾）
　鈴木瑞枝著「日本漢詩人選集13 館柳湾」研文出版 1999 p75
聖林禅子の越後に帰るを送る（二首のうち一首）（館柳湾）
　鈴木瑞枝著「日本漢詩人選集13 館柳湾」研文出版 1999 p78
青蓮院文書
　高松敬吉編著「伝承文学資料集成18 宮崎県日南地域首僧資料集」三弥井書店 2004 p101
鉦蓮寺芭蕉忌の文（加舎白雄）
　矢羽勝幸編「増補改訂 加舎白雄全集 上」国文社 2008 p379
抄録（加舎白雄）
　矢羽勝幸翻刻・注ほか「増補改訂 加舎白雄全集 上」国文社 2008 p449
自葉和歌集〈書陵部蔵五〇一・一八〇〉（中臣祐臣）
　「新編国歌大観7」角川書店 1989 p696
正和四年詠法華経和歌〈書陵部蔵管見記巻一六所収本〉
　「新編国歌大観10」角川書店 1992 p452
諸艶大鑑（井原西鶴）
　冨士昭雄ほか校注「新編西鶴全集1 本文篇」勉誠出版 2000 p177
好色二代男諸艶大鑑（井原西鶴）
　麻生磯次, 冨士昭雄訳注「決定版 対訳西鶴全集2 諸艶大鑑」明治書院 1992 p1
書懐（市河寛斎）
　蔡毅, 西岡淳著「日本漢詩人選集9 市河寛斎」研文出版 2007 p117
初夏偶成（松本愚山）
　李寅生著「漢詩名作集成〈日本編〉」明徳出版社

2016 p459

初学百首(藤原定家)
　久保田淳校訂・訳「藤原定家全歌集 上」筑摩書房 2017 p10

諸家月次聯歌抄〈尊経閣文庫蔵本〉(杉原賢盛(宗伊))
　「連歌大観1」古典ライブラリー 2016 p336

諸葛武侯像(市河寛斎)
　蔡毅, 西岡淳著「日本漢詩人選集9 市河寛斎」研文出版 2007 p72

初夏の閑居(牧野鉅野)
　李寅生著「漢詩名作集成〈日本編〉」明徳出版社 2016 p485

初夏月夜(西郷隆盛)
　松尾善弘著「西郷隆盛漢詩全集 増補改訂版」斯文堂 2018 p201

初夏の晩景(佐藤蕉廬)
　李寅生著「漢詩名作集成〈日本編〉」明徳出版社 2016 p601

「暑気を去」百韻
　加藤定彦「西山宗因全集3 俳諧篇」八木書店 2004 p352

続歌仙落書(彰考館蔵本)
　「新編国歌大観5」角川書店 1987 p925

続現葉和歌集(群書類従本)(二条為世撰)
　「新編国歌大観6」角川書店 1988 p272

続古今和歌集(藤原基家ほか撰)
　藤川功ほか校注「和歌文学大系38 続古今和歌集」明治書院 2019 p1

続古今和歌集(前田育徳会蔵本)
　「新編国歌大観1」角川書店 1983 p317

続後拾遺和歌集(二条為藤, 二条為定撰)
　深津睦夫校訂「和歌文学大系9 続後拾遺和歌集」明治書院 1997 p1

続後拾遺和歌集(宮内庁書陵部蔵 兼右筆「二十一代集」)(二条為藤, 二条為定撰)
　「新編国歌大観1」角川書店 1983 p525

続後撰和歌集(藤原為家撰)
　佐藤恒雄校注「和歌文学大系37 続後撰和歌集」明治書院 2017 p1

続後撰和歌集(宮内庁書陵部蔵本)(藤原為家撰)
　「新編国歌大観1」角川書店 1983 p288

続詞花和歌集(天理図書館蔵本)(藤原清輔撰)
　「新編国歌大観2」角川書店 1984 p303

続詞花和歌集(巻第一～巻第十二)(藤原清輔撰)
　鈴木徳男注釈「新注和歌文学叢書7 続詞花和歌集 新注 上」青簡舎 2010 p1

続詞花和歌集(巻第十三～巻第二十)(藤原清輔撰)
　鈴木徳男注釈「新注和歌文学叢書8 続詞花和歌集 新注 下」青簡舎 2011 p1

続拾遺和歌集(藤原為氏撰)
　小林一彦校注「和歌文学大系7 続拾遺和歌集」明治書院 2002 p1

続拾遺和歌集(前田育徳会蔵本)(藤原為氏撰集)
　「新編国歌大観1」角川書店 1983 p357

食筍(二首のうち一首)(館柳湾)
　鈴木瑞枝著「日本漢詩人選集13 館柳湾」研文出版 1999 p165

続千載和歌集(宮内庁書陵部蔵 兼右筆「二十一代集」)(二条為世撰)
　「新編国歌大観1」角川書店 1983 p481

蜀川夜話
　石川八朗ほか編「宝井其角全集〔2〕資料篇」勉誠社 1994 p609

続日本紀(菅野真道ほか撰)
　「新編国歌大観5」角川書店 1987 p1138

続日本後紀(藤原良房ほか撰)
　「新編国歌大観5」角川書店 1987 p1139

職人歌合(烏丸広光著か)
　「狂歌大観 1 本篇」明治院 1983 p146

職人尽狂歌合(六樹園飯盛判者)
　石川俊一郎翻刻「江戸狂歌本選集7」東京堂出版 2000 p99

続門葉和歌集(東大寺図書館蔵本)(吠若麿, 嘉宝麿撰)
　「新編国歌大観6」角川書店 1988 p236

諸君子発句集(広島大学図書館蔵本)
　「連歌大観3」古典ライブラリー 2017 p7

女訓抄(寛永十六年古活字本, 翻刻, 上・中巻)
　朝倉治彦編「假名草子集成37」東京堂出版 2005 p1

女訓抄(寛永十六年古活字本, 翻刻, 下巻)
　朝倉治彦編「假名草子集成38」東京堂出版 2005 p1

女訓抄(天理図書館蔵)
　美濃部重克編著「伝承文学資料集成17 女訓抄」三弥井書店 2003 p3

女訓抄(穂久邇文庫蔵)
　榊原千鶴編著「伝承文学資料集成17 女訓抄」三弥井書店 2003 p71

鎌倉諸芸袖日記(八文字自笑ほか)
　神谷勝広翻刻「八文字屋本全集17」汲古書院 1998 p1

所見(新井白石)
　一海知義, 池澤一郎訳注「日本漢詩人選集5 新井白石」研文出版 2001 p108

除元狂歌集(天明五年)(玉雲斎門人)
　西島孜哉, 羽生紀子編「近世上方狂歌叢書27 狂歌泰平楽」近世上方狂歌研究会 2000 p88

除元狂歌小集(天明三年)(混沌軒門人)
　西島孜哉, 羽生紀子編「近世上方狂歌叢書27 狂歌泰平楽」近世上方狂歌研究会 2000 p39

除元狂歌小集(天明四年)(混沌軒門人)
　西島孜哉, 羽生紀子編「近世上方狂歌叢書27 狂歌泰平楽」近世上方狂歌研究会 2000 p64

除元吟(安永八年)(茶裡編)
　清登典子校注「蕪村全集8 関係俳書」講談社 1993 p445

除元吟嚢(延享三年刊)(祇徳編)
　加藤定彦, 外村展子編「関東俳諧叢書23 四時観編3」関東俳諧叢書刊行会 2002 p3

諸国心中女〈西村未達〉
　西村本小説研究会編「西村本小説全集 上」勉誠社 1985 p445
諸国百物語〈延宝五年板、五巻十冊、絵入〉
　入口敦志翻刻「假名草子集成46」東京堂出版 2010 p1
諸国落首咄
　狂歌大観刊行会編「狂歌大観2 参考篇」明治書院 1984 p191
書与敦賀屋氏〈出雲崎町鳥井義賀氏宗家〉（良寛）
　内山知也、松本市壽執筆「定本 良寛全集3 書簡集・法華転・法華讃」中央公論新社 2007 p438
初冬江村即事〈三首 選一首〉（市河寛斎）
　蔡毅、西岡淳撰「日本漢詩人選集9 市河寛斎」研文出版 2007 p185
与茹秀才〈茹秀才に与う〉（道元）
　飯田利行編訳「現代語訳 洞門禅文学集〔4〕 道元」国書刊行会 2001 p138
初秋七日の雨星を弔う（松尾芭蕉）
　嶋中道則ほか「新編 芭蕉大成」三省堂 1999 p436
初春 宴に侍す（大伴旅人）
　興膳宏著「日本漢詩人選集 別巻 古代漢詩選」研文出版 2005 p27
「所々」百韻
　島津忠夫ほか編「西山宗因全集2 連歌篇二」八木書店 2007 p287
初晴の落景、初唐の体に効う（市河寛斎）
　蔡毅、西岡淳撰「日本漢詩人選集9 市河寛斎」研文出版 2007 p3
与茹千一娘〈茹千一の娘に与う〉（道元）
　飯田利行編訳「現代語訳 洞門禅文学集〔4〕 道元」国書刊行会 2001 p135
与茹千二秀才〈茹千二秀才に与う〉（道元）
　飯田利行編訳「現代語訳 洞門禅文学集〔4〕 道元」国書刊行会 2001 p160
書中に往事有り（一条天皇）
　李寅生著「漢詩名作集成〈日本編〉」明徳出版社 2016 p176
諸鳥之字（加舎白雄）
　矢羽勝幸翻刻・注ほか「増補改訂 加舎白雄全集 上」国文社 2008 p661
如亭山人遺藁（柏木如亭）
　入谷仙介著「日本漢詩人選集8 柏木如亭」研文出版 1999 p101
如亭山人藁 初集（柏木如亭）
　入谷仙介著「日本漢詩人選集8 柏木如亭」研文出版 1999 p41
徐福を詠ず（祇園南海）
　李寅生著「漢詩名作集成〈日本編〉」明徳出版社 2016 p333
除夜（西郷隆盛）
　松尾善弘著「西郷隆盛漢詩全集 増補改訂版」斯文堂 2018 p27
　松尾善弘著「西郷隆盛漢詩全集 増補改訂版」斯文堂 2018 p43
　松尾善弘著「西郷隆盛漢詩全集 増補改訂版」斯文

堂 2018 p252
除夜（嵯峨天皇）
　興膳宏著「日本漢詩人選集 別巻 古代漢詩選」研文出版 2005 p114
除夜〔如亭山人藁 初集〕（柏木如亭）
　入谷仙介著「日本漢詩人選集8 柏木如亭」研文出版 1999 p83
「除夜の風呂や」一折
　加藤定彦「西山宗因全集3 俳諧篇」八木書店 2004 p302
除夜〔木工集〕（柏木如亭）
　入谷仙介著「日本漢詩人選集8 柏木如亭」研文出版 1999 p11
諸友の入唐するに別る（賀陽豊年）
　李寅生著「漢詩名作集成〈日本編〉」明徳出版社 2016 p71
女郎蜘
　石川八朗ほか編「宝井其角全集〔2〕 資料篇」勉誠社 1994 p353
俳諧白井古城記〈宝暦十二年刊〉（烏明編）
　加藤定彦、外村展子編「関東俳諧叢書28 両毛・甲斐編3」関東俳諧叢書刊行会 2005 p39
自来也説話後編（感和亭鬼武）
　須永朝彦訳「現代語訳 江戸の伝奇小説5 報仇奇談自来也説話／近世怪談霜夜星」国書刊行会 2003 p151
白髪吟（松尾芭蕉）
　與謝野寛ほか編纂校訂「覆刻 日本古典全集〔文学編〕〔40〕 芭蕉全集 前編」現代思潮社 1983 p156
「白髪抜く」半歌仙
　宮脇真彦執筆担当「新編 芭蕉大成」三省堂 1999 p256
白河紀行（宗祇）
　両角倉一編・評釈「中世日記紀行文学全評釈集成6」勉誠出版 2004 p87
白川集〔抄〕（長水編）
　島津忠夫ほか編「西山宗因全集5 伝記・研究篇」八木書店古書出版部 2013 p247
白河殿七百首〈内閣文庫蔵本〉
　「新編国歌大観10」角川書店 1992 p428
志羅川夜船（山東京傳）
　棚橋正博校訂「山東京傳全集18 洒落本」ぺりかん社 2012 p253
白菊に（歌仙）
　滿田達夫校注「蕪村全集2 連句」講談社 2001 p249
「白菊に」半歌仙
　宮脇真彦執筆担当「新編 芭蕉大成」三省堂 1999 p222
「白菊の」歌仙
　宮脇真彦執筆担当「新編 芭蕉大成」三省堂 1999 p309
新羅の道者に与うる詩（空海）
　興膳宏著「日本漢詩人選集 別巻 古代漢詩選」研文出版 2005 p174

しらつゆ姫物語
　片岡利博校訂・訳注「中世王朝物語全集10 しのびね しら露」笠間書院 1999 p165
白露
　「新編国歌大観10」角川書店 1992 p1078
しらつゆ姫物語（貞享四年奥書刊）（片野長次郎）
　朝倉治彦編「假名草子集成34」東京堂出版 2003 p175
白鳥山温泉寓居雑詠（一）（西郷隆盛）
　松尾善弘著「西郷隆盛漢詩全集 増補改訂版」斯文堂 2018 p134
白鳥山温泉寓居雑詠（二）（西郷隆盛）
　松尾善弘著「西郷隆盛漢詩全集 増補改訂版」斯文堂 2018 p135
しらぬ翁（遠舟編）
　岡田彰子翻刻「古典文学翻刻集成4 続・俳文学篇 元禄・蕉風（上）」ゆまに書房 1999 p207
白根塚序文（蝶夢）
　田中道雄ほか編著「蝶夢全集」和泉書院 2013 p298
白鬚（金春流）楽物
　野上豊一郎編「新装解註 謠曲全集1」中央公論新社 2001 p347
白拍子富民静皷音（山東京傳）
　棚橋正博校訂「山東京傳全集1 黄表紙1」ぺりかん社 1992 p87
白藤源太談（山東京傳）
　水野稔ほか校訂「山東京傳全集7 合巻2」ぺりかん社 1999 p197
虱とる（付合）
　満田達夫校注「蕪村全集2 連句」講談社 2001 p25
白峯（上田秋成）
　浅野三平校訂「新潮日本古典集成 新装版〔3〕雨月物語 癇癖談」新潮社 2018 p13
　天野聡一注釈ほか「三弥井古典文庫〔3〕雨月物語」三弥井書店 2009 p4
　大庭みな子訳「わたしの古典19 大庭みな子の雨月物語」集英社 1987 p17
死霊解脱物語聞書（元禄三年十一月版、二巻二冊）
　菊池真一ほか編「假名草子集成39」東京堂出版 2006 p81
子陵の釣台（義堂周信）
　李寅生著「漢詩名作集成〈日本編〉」明徳出版社 2016 p219
「導して」発句・脇
　宮脇真彦執筆担当「新編 芭蕉大成」三省堂 1999 p218
「しれさんしよ」百韻（西山宗因）
　加藤定彦「西山宗因全集3 俳諧篇」八木書店 2004 p164
白兎余稿 下（明和元年刊）（二世宗瑞編）
　加藤定彦, 外村展子編「関東俳諧叢書22 五色墨編 3」関東俳諧叢書刊行会 2001 p255
白馬
　石川八朗ほか編「宝井其角全集〔2〕資料篇」勉誠社 1994 p331

「銀に」一巡十句
　宮脇真彦執筆担当「新編 芭蕉大成」三省堂 1999 p206
『白鳥集』書入れの識語（蝶夢）
　田中道雄ほか編著「蝶夢全集」和泉書院 2013 p304
「白妙の」百韻（宗因）
　島津忠夫ほか編「西山宗因全集2 連歌篇二」八木書店 2007 p194
代主（観世流）神舞物
　野上豊一郎編「新装解註 謠曲全集1」中央公論新社 2001 p135
白鼠の説（蝶夢）
　田中道雄ほか編著「蝶夢全集」和泉書院 2013 p271
白蛇草 第五集〔志濃夫廼舎歌集〕（橘曙覧）
　水島直文, 橋本政宣編注「橘曙覧全歌集」岩波書店 1999 p223
白蛇草 第五集〔志濃夫廼舎歌集〕（橘曙覧）
　井手今滋編, 辻森秀英増補「新修 橘曙覧全集」桜楓社 1983 p130
神威怪異奇談（南路志巻三十六・三十七）（武藤致和編）
　土屋順子校訂「江戸怪異綺想文芸大系5 近世民間異聞怪談集成」国書刊行会 2003 p735
信一州詞友留別の文（加舎白雄）
　矢羽勝幸編「増補改訂 加舎白雄全集 上」国文社 2008 p373
心遠所（広瀬淡窓）
　林田愼之助編「日本漢詩人選集15 広瀬淡窓」研文出版 2005 p126
真を写す道林道人に贈る（義堂周信）
　藤木英雄編「日本漢詩人選集3 義堂周信」研文出版 1999 p137
新御伽婢子（西村未達）
　西村本小説研究会編「西村本小説全集 上」勉誠社 1985 p91
信海狂歌拾遺（豊蔵坊信海）
　狂歌大観刊行会編「狂歌大観1 本篇」明治書院 1983 p392
心学早染草（稿本）（山東京傳）
　棚橋正博校訂「山東京傳全集14 合巻9」ぺりかん社 2018 p347
大極上請合売心学早染艸（山東京傳）
　棚橋正博校訂「山東京傳全集2 黄表紙2」ぺりかん社 1993 p323
新可笑記（井原西鶴）
　麻生磯次, 冨士昭雄訳注「決定版 対訳西鶴全集9 新可笑記」明治書院 1992 p1
　藤原英城校注「新編西鶴全集3 本文篇」勉誠出版 2003 p461
晋家秘伝抄
　石川八朗ほか編「宝井其角全集〔2〕資料篇」勉誠社 1994 p236
人家和歌集（大倉精神文化研究所蔵本）（藤原行家撰）
　「新編国歌大観6」角川書店 1988 p186

心巌の瑞泉に住するを賀す(義堂周信)
　藤木英雄著「日本漢詩人選集3 義堂周信」研文出版 1999 p242
晋其角採点筆跡(黒髪菴所蔵)
　石川八朗ほか編「宝井其角全集〔2〕資料篇」勉誠社 1994 p178
沈綺泉が揚州を話すを聴く(梁川星巌)
　山本和義、福島理子著「日本漢詩人選集17 梁川星巌」研文出版 2008 p57
神祇伯顕仲住吉歌合
　安井重雄校注「和歌文学大系48 王朝歌合集」明治書院 2018 p265
神祇伯顕仲西宮歌合
　安井重雄校注「和歌文学大系48 王朝歌合集」明治書院 2018 p249
新旧狂歌誹諧聞書(落首・狂歌抜粋)
　狂歌大観刊行会編「狂歌大観2 参考篇」明治書院 1984 p37
甚久法師狂歌集(甚久法師(楮袋))
　狂歌大観刊行会編「狂歌大観1 本篇」明治書院 1983 p576
新居(石川丈山)
　李寅生著「漢詩名作集成〈日本編〉」明徳出版社 2016 p272
新狂歌艦 初編(菅原長根編著)
　吉丸雄哉翻刻箇所「江戸狂歌本選集15」東京堂出版 2007 p187
新狂歌艦 二篇(菅原長根編著)
　吉丸雄哉翻刻箇所「江戸狂歌本選集15」東京堂出版 2007 p225
新郷県にて雨に阻まる 西風 寒きこと甚し(竹添井井)
　李寅生著「漢詩名作集成〈日本編〉」明徳出版社 2016 p750
新玉狂歌集(四方赤良編著)
　延広真治翻刻「江戸狂歌本選集3」東京堂出版 1999 p74
心玉集(静嘉堂文庫蔵本)(心敬)
　「連歌大観1」古典ライブラリー 2016 p349
新玉海集
　石川八朗ほか編「宝井其角全集〔2〕資料篇」勉誠社 1994 p38
神功皇后三韓責(紀海音)
　海音研究会編「紀海音全集5」清文堂出版 1978 p1
新宮撰歌合(藤原俊成判者)
　奥野陽子全釈「歌合・定数歌全釈叢書19 新宮撰歌合全釈」風間書房 2014 p7
　松野陽一、吉田薫編「藤原俊成全歌集」笠間書院 2007 p567
新宮撰歌合 建仁元年三月(内閣文庫蔵本)
　「新編国歌大観5」角川書店 1987 p391
心敬私語(心敬)
　「新編国歌大観5」角川書店 1987 p1121
心敬集(島原松平文庫蔵本)(心敬)
　「新編国歌大観8」角川書店 1990 p256

新語園(天和二年二月板、十巻十冊のうち巻之五まで)(浅井了意)
　花田富二夫、中島次郎翻刻「假名草子集成40」東京堂出版 2006 p125
新語園(天和二年二月板、十巻十冊のうち巻之六から巻之十五まで)(浅井了意)
　花田富二夫、中島次郎翻刻「假名草子集成41」東京堂出版 2007 p1
新古今竟宴和歌(横浜市大図書館蔵本)
　「新編国歌大観5」角川書店 1987 p895
新古今狂歌集
　粕谷宏紀翻刻「江戸狂歌本選集4」東京堂出版 1999 p85
新古今増抄 哀傷～離別(加藤磐斎)
　大坪利絹校注「中世の文学〔8〕新古今増抄(四)」三弥井書店 2005 p7
新古今増抄 羇旅(加藤磐斎)
　大坪利絹校注「中世の文学〔9〕新古今増抄(五)」三弥井書店 2010 p7
新古今増抄 恋一(加藤磐斎)
　大坪利絹校注「中世の文学〔10〕新古今増抄(六)」三弥井書店 2010 p7
新古今増抄 恋二～恋三(加藤磐斎)
　大坪利絹校注「中世の文学〔11〕新古今増抄(七)」三弥井書店 2017 p7
新古今和歌集(源通具ほか撰)
　峯村文人校訂・訳, 吉野朋美各歌解説「日本の古典をよむ5 古今和歌集・新古今和歌集」小学館 2008 p151
　正宗敦夫校訂「覆刻 日本古典全集〔文学編〕〔32〕新古今和歌集」現代思潮社 1982 p1
　尾崎左永子訳「わたしの古典4 尾崎左永子の古今和歌集・新古今和歌集」集英社 1987 p117
新古今和歌集(巻第一～巻第十)
　久保田淳校注「新潮日本古典集成 新装版〔29〕新古今和歌集 上」新潮社 2018 p7
新古今和歌集(巻第十一～巻第二十)
　久保田淳校注「新潮日本古典集成 新装版〔30〕新古今和歌集 下」新潮社 2018 p7
新古今和哥集(巻第一～第三)(源通具ほか撰)
　久保田淳注釈「日本古典評釈・全注釈叢書〔34〕新古今和歌集全注釈 一」角川学芸出版 2011 p43
新古今和哥集(巻第四～巻第六)(源通具ほか撰)
　久保田淳注釈「日本古典評釈・全注釈叢書〔35〕新古今和歌集全注釈 二」角川学芸出版 2011 p7
新古今和哥集(巻第七～巻第十)(源通具ほか撰)
　久保田淳注釈「日本古典評釈・全注釈叢書〔36〕新古今和歌集全注釈 三」角川学芸出版 2011 p7
新古今和哥集(巻第十一～巻第十四)(源通具ほか撰)
　久保田淳注釈「日本古典評釈・全注釈叢書〔37〕新古今和歌集全注釈 四」角川学芸出版 2012 p7
新古今和哥集(巻第十五～巻第十七)(源通具ほか撰)
　久保田淳注釈「日本古典評釈・全注釈叢書〔38〕

新古今和歌集全注釈 五」角川学芸出版 2012 p7
新古今和哥集（巻第十八〜巻第廿）（源通具ほか撰）
　久保田淳注釈「日本古典評釈・全注釈叢書〔39〕新古今和歌集全注釈 六」角川学芸出版 2012 p7
新古今和歌集（谷山茂氏蔵本）（源通具ほか撰）
　「新編国歌大観1」角川書店 1983 p216
新古今和歌集 仮名序（藤原良経）
　小沢正夫ほか校訂「日本の古典をよむ5 古今和歌集・新古今和歌集」小学館 2008 p14
　正宗敦夫編纂校訂「覆刻 日本古典全集〔文学編〕〔32〕新古今和歌集」現代思潮社 1982 p4
新古今和謌集 仮名序（藤原良経）
　久保田淳著「日本古典評釈・全注釈叢書〔34〕新古今和歌集全注釈 一」角川学芸出版 2011 p26
新古今和歌集 真名序（藤原親経）
　正宗敦夫編纂校訂「覆刻 日本古典全集〔文学編〕〔32〕新古今和歌集」現代思潮社 1982 p1
新古今和謌集 真名序（藤原親経）
　久保田淳著「日本古典評釈・全注釈叢書〔34〕新古今和歌集全注釈 一」角川学芸出版 2011 p8
清国公使参賛官の陳哲甫明遠 任満ちて将に帰らんとす 小蘋女史をして紅葉館にて別れを話るの図を制して俾め 題詠を索む為に一律を賦す（重野成斎）
　李寅生著「漢詩名作集成〈日本編〉」明徳出版社 2016 p681
新後拾遺和歌集（二条為遠、二条為重撰）
　松原一義ほか校注「和歌文学大系11 新後拾遺和歌集」明治書院 2017 p1
新後拾遺和歌集（宮内庁書陵部蔵 兼右筆「二十一代集」）（二条為遠、二条為重撰）
　「新編国歌大観1」角川書店 1983 p690
新後撰和歌集（宮内庁書陵部蔵 兼右筆「二十一代集」）（二条為世撰）
　「新編国歌大観1」角川書店 1983 p388
心斎橋（広瀬旭荘）
　大野修作著「日本漢詩人選集16 広瀬旭荘」研文出版 1999 p218
新斎夜語（梅朧館主人）
　浜田啓介校訂「江戸怪談文芸名作選2 前期読本怪談集」国書刊行会 2017 p121
新山家（宝井其角）
　石川八朗ほか編「宝井其角全集〔1〕編著篇」勉誠社 1994 p43
新三十六人撰 正元二年（静嘉堂文庫蔵本）
　「新編国歌大観10」角川書店 1992 p372
新三百韻
　石川八朗ほか編「宝井其角全集〔2〕資料篇」勉誠社 1994 p92
厓山楼に題す（武田耕雲斎）
　李寅生著「漢詩名作集成〈日本編〉」明徳出版社 2016 p571
晋子一伝録〔抄〕
　石川八朗ほか編「宝井其角全集〔2〕資料篇」勉誠社 1994 p711
晋子其角俳諧撰集
　石川八朗ほか編「宝井其角全集〔2〕資料篇」勉誠社 1994 p227
新色五巻書（西沢一風）
　倉員正江翻刻「西沢一風全集1」汲古書院 2002 p1
新時代不同歌合（内閣文庫蔵本）（藤原基家撰）
　「新編国歌大観5」角川書店 1987 p693
人日（新井白石）
　一海知義、池澤一郎訳注「日本漢詩人選集5 新井白石」研文出版 2001 p158
甚句義経真実情文桜（山東京傳）
　棚橋正博校訂「山東京傳全集2 黄表紙2」ぺりかん社 1993 p9
人日、偶々杜詩を読み感有り。復た前韻を用いて陽谷に呈す（義堂周信）
　藤木英雄著「日本漢詩人選集3 義堂周信」研文出版 1999 p78
新拾遺和歌集（宮内庁書陵部蔵 兼右筆「二十一代集」）（藤原為明撰修）
　「新編国歌大観1」角川書店 1983 p650
信州姨拾山（長谷川千四、文耕堂）
　「義太夫節浄瑠璃未翻刻作品集成8 信州姨拾山」玉川大学出版部 2007 p11
心中重井筒（近松門左衛門）
　信多純一校注「新潮日本古典集成 新装版〔40〕近松門左衛門集」新潮社 2019 p105
信州加沢郷薬湯縁起
　大島由紀夫編著「伝承文学資料集成6 神道縁起物語（二）」三弥井書店 2002 p165
心中天の網島（近松門左衛門）
　信多純一校注「新潮日本古典集成 新装版〔40〕近松門左衛門集」新潮社 2019 p265
　山根為雄校訂・訳「日本の古典をよむ19 雨月物語・冥途の飛脚・心中天の網島」小学館 2008 p213
　田中澄江訳「わたしの古典17 田中澄江の心中天の網島」集英社 1986 p181
信州戸倉留別文（加舎白雄）
　矢羽勝幸編「増補改訂 加舎白雄全集 上」国文社 2008 p362
心中涙の玉井（紀海音）
　海音研究会編「紀海音全集7」清文堂出版 1980 p281
心中二ッ腹帯（紀海音）
　海音研究会編「紀海音全集6」清文堂出版 1979 p325
壬戌の除夕に髪を下して戯れに題す〔如亭山人藁初集〕（柏木如亭）
　入谷仙介著「日本漢詩人選集8 柏木如亭」研文出版 1999 p71
神出別荘記（西山宗因）
　島津忠夫ほか編「西山宗因全集6 解題・索引篇」八木書店古書出版部 2017 p75

神事弓打立次第
  岩田勝編著「伝承文学資料集成16 中国地方神楽祭文集」三弥井書店 1990 p65

新正の口号〈武田信玄〉
  李寅生著「漢詩名作集成〈日本編〉」明徳出版社 2016 p253

信生法師集〈信生法師〉
  祐野隆三編・評釈「中世日記紀行文学全評釈集成2」勉誠出版 2004 p237

信生法師集〈書陵部蔵五〇一・一七〇〉〈信生法師〉
  「新編国歌大観7」角川書店 1989 p338

新続古今和歌集〈飛鳥井雅世撰〉
  村尾誠一校注「和歌文学大系12 新続古今和歌集」明治書院 2001 p1

新続古今和歌集〈宮内庁書陵部蔵 兼右筆「二十一代集」〉〈飛鳥井雅世撰〉
  「新編国歌大観1」角川書店 1983 p722

新書子持山大明神縁起
  榎本千賀編著「伝承文学資料集成5 神道縁起物語（一）」三弥井書店 2002 p176

深心院関白集〈書陵部蔵五〇一・二六三〉〈近衛基平〉
  「新編国歌大観7」角川書店 1989 p353

壬申元日〈新井白石〉
  一海知義、池澤一郎訳注「日本漢詩人選集5 新井白石」研文出版 2001 p222

壬申元旦の作〈市河寛斎〉
  蔡毅、西岡淳著「日本漢詩人選集9 市河寛斎」研文出版 2007 p180

新晴〈西郷隆盛〉
  松尾善弘著「西郷隆盛漢詩全集 増補改訂版」斯文堂 2018 p191

神泉苑に花宴し落花の篇を賦す〈嵯峨天皇〉
  李寅生著「漢詩名作集成〈日本編〉」明徳出版社 2016 p97

新撰狂歌集
  狂歌大観刊行会編「狂歌大観1 本篇」明治書院 1983 p117

新千載和歌集〈宮内庁書陵部蔵 兼右筆「二十一代集」〉〈二条為定撰〉
  「新編国歌大観1」角川書店 1983 p599

新撰猿玖波集〔抄〕〈素外編〉
  島津忠夫ほか編「西山宗因全集5 伝記・研究篇」八木書店古書出版部 2013 p277

新撰髄脳〈藤原公任〉
  「新編国歌大観5」角川書店 1987 p947

新撰菟玖波集〈筑波大学蔵本〉〈一条冬良、宗祇撰〉
  「連歌大観1」古典ライブラリー 2016 p1

新撰咄袋〈城坤遊人茅屋子〈西村市郎右衛門〉〉
  西村本小説研究会編「西村本小説全集 上」勉誠社 1985 p9

新撰万葉集〈寛永七年板本〉
  「新編国歌大観2」角川書店 1984 p179

新撰朗詠集〈藤原基俊編纂〉
  柳澤良一校注「和歌文学大系47 和漢朗詠集・新撰朗詠集」明治書院 2011 p265

新撰朗詠集〈梅沢記念館旧蔵本〉〈藤原基俊撰〉
  「新編国歌大観2」角川書店 1984 p274

新撰和歌〈島原公民館松平文庫蔵本〉〈紀貫之抽撰〉
  「新編国歌大観2」角川書店 1984 p189

新撰和歌髄脳
  「新編国歌大観5」角川書店 1987 p952

新撰和歌六帖〈日大総合図書館蔵本〉
  「新編国歌大観2」角川書店 1984 p369

青楼和談新造図彙〈山東京傳〉
  棚橋正博校訂「山東京傳全集18 洒落本」ぺりかん社 2012 p283

新雑談集〈天明五年秋〉〈几董〉
  丸山一彦校注「蕪村全集7 編著・追善」講談社 1995 p550

新雑談集跋〈蝶夢〉
  田中道雄ほか編著「蝶夢全集」和泉書院 2013 p262

深窓秘抄〈伝宗尊親王筆本〉〈藤原公任撰〉
  「新編国歌大観5」角川書店 1987 p913

新続犬筑波集〈季吟編〉
  島津忠夫ほか編「西山宗因全集6 解題・索引篇」八木書店古書出版部 2017 p144

新玉津島社歌合 貞治六年三月〈永青文庫蔵本〉
  「新編国歌大観5」角川書店 1987 p726

新竹〈新井白石〉
  一海知義、池澤一郎訳注「日本漢詩人選集5 新井白石」研文出版 2001 p51

新竹斎
  西村本小説研究会編「西村本小説全集 下」勉誠社 1985 p201

新竹斎〔落首・狂歌抜粋〕
  狂歌大観刊行会編「狂歌大観2 参考篇」明治書院 1984 p136

新中将家歌合〈陽明文庫蔵二十巻本〉
  「新編国歌大観5」角川書店 1987 p149

信中四時〈加舎白雄〉
  矢羽勝幸翻刻・注ほか「増補改訂 加舎白雄全集 上」国文社 2008 p424

信長記〈甫庵〉〔落首・狂歌抜粋〕
  狂歌大観刊行会編「狂歌大観2 参考篇」明治書院 1984 p31

信長公記〔落首・狂歌抜粋〕
  狂歌大観刊行会編「狂歌大観2 参考篇」明治書院 1984 p31

新彫光明蔵三昧序〈孤雲懐奘〉
  飯田利行編訳「現代語訳 洞門禅文学集〔1〕懐奘・大智」国書刊行会 2001 p17

新勅撰和歌集〈藤原定家撰〉
  中川博夫校注「和歌文学大系6 新勅撰和歌集」明治書院 2005 p1

新勅撰和歌集〈樋口芳麻呂氏蔵本〉〈藤原定家撰〉
  「新編国歌大観1」角川書店 1983 p259

新著聞集〈寛延二年板、十八巻十二冊〉〈椋梨一雪〉
  大久保順子翻刻「假名草子集成46」東京堂出版 2010 p121

しんて　　　　　　　　　　　　　作品名

新田侍従の母君の六十を祝ふ詞（賀茂真淵）
　　與謝野寛ほか編纂校訂「覆刻 日本古典全集〔文学編〕〔13〕 賀茂眞淵集」現代思潮社 1983 p116
神道祭文
　　岩田勝編著「伝承文学資料集成16 中国地方神楽祭文集」三弥井書店 1990 p119
しんとく丸
　　室木弥太郎校注「新潮日本古典集成 新装版〔33〕 説経集」新潮社 2017 p153
辞親（西郷隆盛）
　　松尾善弘著「西郷隆盛漢詩全集 増補改訂版」斯文堂 2018 p52
新年 親姻を宴す 十首（広瀬旭荘）
　　大野修作著「日本漢詩人選集16 広瀬旭荘」研文出版 1999 p95
新年 雪裡の梅花を賦す（有智子内親王）
　　興膳宏著「日本漢詩人選集 別巻 古代漢詩選」研文出版 2005 p129
新年の作（伊藤仁斎）
　　浅山佳郎, 厳明著「日本漢詩人選集4 伊藤仁斎」研文出版 2000 p182
神皇正統記（北畠親房）
　　正宗敦夫, 山田孝雄校訂「覆刻 日本古典全集〔文学編〕〔33〕 神皇正統記 元々集」現代思潮社 1983 p1
秦の始皇（鳥山芝軒）
　　李寅生著「漢詩名作集成〈日本編〉」明徳出版社 2016 p302
新華摘
　　石川八朗ほか編「宝井其角全集〔2〕 資料篇」勉誠社 1994 p629
新花摘（抄）（与謝蕪村）
　　揖斐高注訳・解説「古典名作リーディング1 蕪村・一茶集」貴重本刊行会 2000 p131
新花摘（安永六年）（蕪村）
　　山下一海校注「蕪村全集7 編著・追善」講談社 1995 p227
新花摘（文章篇）（与謝蕪村）
　　尾形仂, 山下一海校注「蕪村全集4 俳詩・俳文」講談社 1994 p57
新花鳥
　　石川八朗ほか編「宝井其角全集〔2〕 資料篇」勉誠社 1994 p106
冨士之白酒阿部川紙子新板替道中助六（山東京傳）
　　棚橋正博校訂「山東京傳全集3 黄表紙3」ぺりかん社 2001 p377
新板下り竹斎咄し（整版本、三巻三冊、絵入）（富山道冶）
　　入口敦志翻刻「假名草子集成52」東京堂出版 2014 p1
新板兵庫の築嶋（紀海音）
　　海音研究会編「紀海音全集4」清文堂出版 1979 p63
辛未元旦（西郷隆盛）
　　松尾善弘著「西郷隆盛漢詩全集 増補改訂版」斯文堂 2018 p176

辛未中秋和韻（新井白石）
　　一海知義, 池澤一郎訳注「日本漢詩人選集5 新井白石」研文出版 2001 p219
新百人一首（紀海音）
　　海音研究会編「紀海音全集3」清文堂出版 1979 p63
神巫行（太宰春台）
　　李寅生著「漢詩名作集成〈日本編〉」明徳出版社 2016 p341
新豊吟（洞山良价賦）
　　飯田利行編訳「現代語訳 洞門禅文学集〔5〕 洞山」国書刊行会 2001 p225
神保梅石を悼む文（加舎白雄）
　　矢羽勝幸編「増補改訂 加舎白雄全集 上」国文社 2008 p357
新三井和歌集（有吉保氏蔵本）
　　「新編国歌大観6」角川書店 1988 p405
新みなし栗
　　石川八朗ほか編「宝井其角全集〔2〕 資料篇」勉誠社 1994 p625
新みなし栗（安永六年）（麦水編）
　　藤田真一校注「蕪村全集8 関係俳書」講談社 1993 p396
「新麦は」歌仙
　　宮脇真彦執筆担当「新編 芭蕉大成」三省堂 1999 p294
晋明集二稿〔春夏〕（高井几董稿）
　　丸山一彦校注「蕪村全集3 句集・句稿・句会稿」講談社 1992 p601
晋明集二稿〔秋冬〕（高井几董稿）
　　丸山一彦校注「蕪村全集3 句集・句稿・句会稿」講談社 1992 p620
新明題和歌集（宝永七年板本）
　　「新編国歌大観6」角川書店 1988 p723
辛酉二月 寺を出でて蓄髪せし時の作（伴林蓊斎）
　　李寅生著「漢詩名作集成〈日本編〉」明徳出版社 2016 p616
新葉和歌集（宗良親王撰）
　　深津睦夫, 君嶋亜紀校注「和歌文学大系44 新葉和歌集」明治書院 2014 p1
新葉和歌集（国立公文書館内閣文庫蔵本）（宗良親王編纂）
　　「新編国歌大観1」角川書店 1983 p767
新吉原つねづね草（西鶴）
　　竹野静雄校注「新編西鶴全集5 本文篇 下」勉誠出版 2007 p1422
親鸞上人記（延宝板、二巻一冊）
　　深沢秋男翻刻「假名草子集成41」東京堂出版 2007 p187
新涼 書を読む（菊池三渓）
　　李寅生著「漢詩名作集成〈日本編〉」明徳出版社 2016 p645
俳諧新涼夜話（一鼠編）
　　建部綾足著作刊行会編「建部綾足全集1（俳諧Ⅰ）」国書刊行会 1986 p373

新類題発句集序（蝶夢）
　田中道雄ほか編著「蝶夢全集」和泉書院 2013 p256
新和歌集(彰考館蔵本)（藤原為氏撰）
　「新編国歌大観6」角川書店 1988 p152

【す】

水牯牛（義堂周信）
　藤木英雄著「日本漢詩人選集3 義堂周信」研文出版 1999 p236
随斎諧話〔抄〕（成美）
　石川八朗ほか編「宝井其角全集〔2〕 資料篇」勉誠社 1994 p701
　島津忠夫ほか編「西山宗因全集5 伝記・研究篇」八木書店古書出版 2013 p298
水哉będзие（広瀬旭荘）
　大野修作著「日本漢詩人選集16 広瀬旭荘」研文出版 1999 p61
水樹庵記（蝶夢）
　田中道雄ほか編著「蝶夢全集」和泉書院 2013 p287
水精宮
　石川八朗ほか編「宝井其角全集〔2〕 資料篇」勉誠社 1994 p479
水神相伝（良寛）
　内山知也、松本市壽執筆「定本 良寛全集3 書簡集・法華転・法華讃」中央公論新社 2007 p435
水僊伝
　石川八朗ほか編「宝井其角全集〔2〕 資料篇」勉誠社 1994 p483
水仙の（百韻）
　長島弘明校注「蕪村全集2 連句」講談社 2001 p126
水仙畑（田間鵞立編）
　大内初夫翻刻「古典文学翻刻集成4 続・俳文学篇 元禄・蕉風（上）」ゆまに書房 1999 p274
「水仙や」一巡九句
　宮脇真彦執筆担当「新編 芭蕉大成」三省堂 1999 p266
「水仙は」歌仙
　宮脇真彦執筆担当「新編 芭蕉大成」三省堂 1999 p226
酔中雅興集（湖月堂可吟）
　西島孜哉ほか編「近世上方狂歌叢書23 興歌牧の笛」近世上方狂歌研究会 1996 p23
水中の月（菅原道真）
　小島憲之、山本登朗訓読ほか「日本漢詩人選集1 菅原道真」研文出版 1998 p50
水鳥記（巻之上 巻之中 巻之下）(松会板、三巻三冊、絵入)（地黄坊樽次）
　花田富二夫翻刻「假名草子集成42」東京堂出版 2007 p133

水鳥記（上 下）(寛文七年五月中村五兵衛板、二巻二冊、絵入)（地黄坊樽次）
　花田富二夫翻刻「假名草子集成42」東京堂出版 2007 p83
水亭 酒に対するの歌（市河寛斎）
　蔡毅、西岡淳著「日本漢詩人選集9 市河寛斎」研文出版 2007 p10
随門記
　石川八朗ほか編「宝井其角全集〔2〕 資料篇」勉誠社 1994 p202
須恵客舎（広瀬淡窓）
　林田愼之助著「日本漢詩人選集15 広瀬淡窓」研文出版 2005 p70
季経集(書陵部蔵五〇一・三一七)（藤原季経）
　「新編国歌大観」角川書店 1989 p240
末摘花（紫式部）
　石田穰二、清水好子校注「新潮日本古典集成 新装版〔10〕 源氏物語 一」新潮社 2014 p243
　阿部秋生ほか校訂・訳「日本の古典をよむ9 源氏物語 上」小学館 2008 p94
　與謝野寛ほか編纂校訂「覆刻 日本古典全集〔文学編〕〔16〕 源氏物語 一」現代思潮社 1982 p122
　円地文子訳「わたしの古典6 円地文子の源氏物語 巻1」集英社 1985 p95
「末の露」百韻（正方、宗因両吟）
　島津忠夫ほか編「西山宗因全集2 連歌篇二」八木書店 2007 p218
末広がり
　三枝和子訳「わたしの古典15 馬場あき子の謡曲集 三枝和子の狂言集」集英社 1987 p157
末廣十二段（紀海音）
　海音研究会編「紀海音全集3」清文堂出版 1979 p127
周防内侍集(東海大学蔵本)（周防内侍）
　「新編国歌大観」角川書店 1985 p412
菅菰抄跋（蝶夢）
　田中道雄ほか編著「蝶夢全集」和泉書院 2013 p261
すかた哉
　石川八朗ほか編「宝井其角全集〔2〕 資料篇」勉誠社 1994 p118
誹諧菅のかぜ(宝暦三年)（夕静編）
　櫻井武次郎、清登典子校注「蕪村全集8 関係書」講談社 1993 p36
すがむしろ
　海音研究会編「紀海音全集8」清文堂出版 1980 p32
「すき鍬や」表八句
　加藤定彦「西山宗因全集3 俳諧篇」八木書店 2004 p422
杉間集（里丸編）
　加藤定彦、外村展子編「関東俳諧叢書 編外1 半場里丸俳諧資料集」関東俳諧叢書刊行会 1995 p103
「すきものと」百韻
　島津忠夫ほか編「西山宗因全集2 連歌篇二」八木

杉楊枝〈巻一・巻二・巻三・巻四・巻五・巻六〉〈延宝八年板、六巻六冊、絵入〉〔巻四〕元禄十六年板、六巻六冊、絵入〉(里木予一)
　花田富二夫翻刻「假名草子集成42」東京堂出版 2007 p173
杉楊枝〈落首・狂歌抜粋〉
　狂歌大観刊行会編「狂歌大観2 参考篇」明治書院 1984 p129
頭巾図賛〈与謝蕪村〈存疑作〉〉
　尾形仂、山下一海校注「蕪村全集4 俳詩・俳文」講談社 1994 p256
資賢集〈書陵部蔵五〇一・二一一〉(源資賢)
　「新編国歌大観4」角川書店 1986 p34
祐茂百首〈国立歴史民俗博物館蔵本〉(祐茂)
　「新編国歌大観10」角川書店 1992 p154
送菅先生(西郷隆盛)
　松尾善弘著「西郷隆盛漢詩全集 増補改訂版」斯文堂 2018 p89
奉送菅先生帰郷(西郷隆盛)
　松尾善弘著「西郷隆盛漢詩全集 増補改訂版」斯文堂 2018 p81
輔尹集〈彰考館蔵本〉(藤原輔尹)
　「新編国歌大観7」角川書店 1989 p56
輔尹先生東紀行(藤田輔尹)
　津本信博著「江戸後期紀行文学全集1」新典社 2007 p279
輔親集〈書陵部蔵一五四・五四九〉(大中臣輔親)
　「新編国歌大観3」角川書店 1985 p294
資平集〈書陵部蔵五〇一・三一六〉(源資平)
　「新編国歌大観7」角川書店 1989 p478
資広百首〈書陵部蔵五〇一・二六四〉(藤原資広)
　「新編国歌大観10」角川書店 1992 p170
「菅菰の」発句・脇
　宮脇真彦執筆担当「新編 芭蕉大成」三省堂 1999 p274
相如集〈内閣文庫蔵本〉(藤原相如)
　「新編国歌大観3」角川書店 1985 p216
朱雀院御集〈書陵部蔵五〇一・八四五〉(朱雀天皇)
　「新編国歌大観7」角川書店 1989 p27
「す▢風の」百韻
　加藤定彦「西山宗因全集3 俳諧篇」八木書店 2004 p186
鈴木陳造に贈る(良寛)
　井上慶隆著「日本漢詩人選集11 良寛」研文出版 2002 p165
　井上慶隆著「日本漢詩人選集11 良寛」研文出版 2002 p166
　井上慶隆著「日本漢詩人選集11 良寛」研文出版 2002 p167
「薄原」三つ物
　宮脇真彦執筆担当「新編 芭蕉大成」三省堂 1999 p317
薄見つ〈歌仙〉
　長島弘明、尾形仂校注「蕪村全集2 連句」講談社 2001 p244

鈴木隆造に贈る(良寛)
　井上慶隆著「日本漢詩人選集11 良寛」研文出版 2002 p162
　井上慶隆著「日本漢詩人選集11 良寛」研文出版 2002 p163
「涼しさを」歌仙
　宮脇真彦執筆担当「新編 芭蕉大成」三省堂 1999 p232
「涼しさの」百韻
　宮脇真彦執筆担当「新編 芭蕉大成」三省堂 1999 p197
涼さや〈半歌仙〉
　永井一彰校注「蕪村全集2 連句」講談社 2001 p523
「涼しさや」一巡七句
　宮脇真彦執筆担当「新編 芭蕉大成」三省堂 1999 p237
珠洲之海
　石川八朗ほか編「宝井其角全集〔2〕資料篇」勉誠社 1994 p315
鈴屋大人都日記(石塚龍麿編)
　津本信博著「江戸後期紀行文学全集1」新典社 2007 p293
鈴屋集〈寛政十年板本〉(本居宣長)
　「新編国歌大観9」角川書店 1991 p455
煤掃きの文(加舎白雄)
　矢羽勝幸編「増補改訂 加舎白雄全集 上」国文社 2008 p394
すずみぐさ(建部綾足)
　建部綾足著作刊行会編「建部綾足全集6(文集)」国書刊行会 1987 p267
鈴虫(紫式部)
　石田穣二、清水好子校注「新潮日本古典集成 新装版〔14〕源氏物語 五」新潮社 2014 p343
　阿部秋生ほか校訂・訳「日本の古典をよむ10 源氏物語 下」小学館 2008 p109
　与謝野寛ほか編纂校訂「覆刻 日本古典全集〔文学編〕〔18〕源氏物語 三」現代思潮社 1982 p310
雀の森(和及編)
　前田金五郎翻刻「古典文学翻刻集成2 俳文学篇 元禄・蕉風・中興期」ゆまに書房 1998 p11
「硯石」句文(松尾芭蕉〈存疑作〉)
　嶋中道則ほか「新編 芭蕉大成」三省堂 1999 p445
頭陀の時雨序(蝶夢)
　田中道雄ほか編著「蝶夢全集」和泉書院 2013 p239
頭陀袋
　石川八朗ほか編「宝井其角全集〔2〕資料篇」勉誠社 1994 p368
簾を詠じて源左金吾雪渓居士に呈し、兼せて独芳禅師に簡す(義堂周信)
　蔭木英雄著「日本漢詩人選集3 義堂周信」研文出版 1999 p197
捨石丸(上田秋成)
　美山靖校注「新潮日本古典集成 新装版〔48〕春

すみよ

雨物語 書初機嫌海」新潮社 2014 p82
山本絞子注釈ほか「三弥井古典文庫〔10〕 春雨物語」三弥井書店 2012 p145

「捨ぬ間に」狂歌（松尾芭蕉〈存疑作〉）
宮脇真彦執筆担当「新編 芭蕉大成」三省堂 1999 p321

捨火桶
海音研究会編「紀海音全集8」清文堂出版 1980 p43

須磨（紫式部）
石田穣二、清水好子校注「新潮日本古典集成 新装版〔11〕 源氏物語 二」新潮社 2014 p199
阿部秋生ほか校訂・訳「日本の古典をよむ9 源氏物語 上」小学館 2008 p162
與謝野寛ほか編纂校訂「覆刻 日本古典全集〔文学編〕〔16〕 源氏物語 一」現代思潮社 1982 p239
円地文子訳「わたしの古典6 円地文子の源氏物語 巻1」集英社 1985 p191

須磨紀行（加舎白雄）
矢羽勝幸翻刻・注ほか「増補改訂 加舎白雄全集 上」国文社 2008 p406

須磨源氏（宝生流）早舞物
野上豊一郎編「新装解註 謡曲全集6」中央公論新社 2001 p345

「須磨ぞ秋」百韻
宮脇真彦執筆担当「新編 芭蕉大成」三省堂 1999 p172

「すまでらの」（良寛）
内山知也、松本市壽執筆「定本 良寛全集3 書簡集・法華転・法華讃」中央公論新社 2007 p442

須磨日記（香川景周）
津本信博著「江戸後期紀行文学全集2」新典社 2013 p387

須磨の月（松尾芭蕉）
與謝野寛ほか編纂校訂「覆刻 日本古典全集〔文学編〕〔40〕 芭蕉全集 前編」現代思潮社 1983 p157

須磨都源平躑躅（文耕堂、長谷川千四）
「義太夫節浄瑠璃未翻刻作品集成10 須磨都源平躑躅」玉川大学出版部 2007 p11

「炭売の」歌仙
宮脇真彦執筆担当「新編 芭蕉大成」三省堂 1999 p190

墨絵合（宝暦八年刊）（蓼太編）
加藤定彦、外村展子編「関東俳諧叢書22 五色墨 編3」関東俳諧叢書刊行会 2001 p153

「隈々に」詞書（すみずみにことばがき）→ "くまぐまにことばかき"を見よ

角田川
伊藤正義校注「新潮日本古典集成 新装版〔64〕謡曲集 中」新潮社 2015 p175

隅田川
馬場あき子訳「わたしの古典15 馬場あき子の謡曲集 三枝和子の狂言集」集英社 1987 p84

隅田川（金春流）カケリ物
野上豊一郎編「新装解註 謡曲全集3」中央公論新社 2001 p377

四番目物 隅田川（観世元雅）
小山弘志、佐藤健一郎校訂・訳「日本の古典をよむ17 風姿花伝・謡曲名作選」小学館 2009 p244

隅田川に舟を泛べて月を翫ぶ序（賀茂真淵）
與謝野寛ほか編纂校訂「覆刻 日本古典全集〔文学編〕〔13〕 賀茂眞淵集」現代思潮社 1983 p107

炭俵〔抄〕
石川八朗ほか編「宝井其角全集〔2〕 資料篇」勉誠社 1994 p164
嶋中道則編「新編 芭蕉大成」三省堂 1999 p789

東武墨直し（宝暦七年刊）（玄安坊編）
加藤定彦、外村展子編「関東俳諧叢書24 東武獅子門集 3」関東俳諧叢書刊行会 2002 p31

墨直し序（蝶夢）
田中道雄ほか編著「蝶夢全集」和泉書院 2013 p239

墨流し わだち第五（轍士編）
雲英末雄翻刻「古典文学翻刻集成4 続・俳文学篇 元禄・蕉風（上）」ゆまに書房 1999 p251

墨の匂ひ跋（蝶夢）
田中道雄ほか編著「蝶夢全集」和泉書院 2013 p261

住吉相生物語（延宝六年板、五巻五冊、絵入）（一無軒道冶編）
小川武彦翻刻「假名草子集成43」東京堂出版 2008 p1

住吉歌合 大治三年（伝西行筆本）
「新編国歌大観5」角川書店 1987 p175

住吉社歌合（藤原敦頼勧進、藤原俊成加判）
武田元治全釈「歌合・定数歌全釈叢書7 住吉社歌合全釈」風間書房 2006 p5
松野陽一、吉田薫編「藤原俊成全歌集」笠間書院 2007 p533

住吉社歌合 嘉応二年（書陵部蔵五〇三・二五）
「新編国歌大観5」角川書店 1987 p203

住吉社歌合 弘長三年（書陵部蔵五〇一・五五三）
「新編国歌大観10」角川書店 1992 p254

住吉社三十五番歌合（建治二年）（京都府立総合資料館蔵本）
「新編国歌大観10」角川書店 1992 p258

住吉奉納〔柏崎住吉神社奉納百韻〕（岩田凉菟編）
矢羽勝幸翻刻「古典文学翻刻集成5 続・俳文学篇 元禄・蕉風（下）」ゆまに書房 1999 p423

住吉詣
石川一編・評釈「中世日記紀行文学全評釈集成6」勉誠出版 2004 p109

住吉詣（観世流）大小序の舞物
野上豊一郎編「新装解註 謡曲全集2」中央公論新社 2001 p427

住吉物語（青流編）
石川八朗ほか編「宝井其角全集〔2〕 資料篇」勉誠社 1994 p202

住吉物語
　　桑原博史校訂・訳注「中世王朝物語全集11 雫ににごる 住吉物語」笠間書院 1995 p51
　　正宗敦夫編纂校訂「覆刻 日本古典全集〔文学編〕36〕 竹取物語 大和物語 住吉物語 唐物語」現代思潮社 1982 p149
住吉物語(真銅本)
　　「新編国歌大観5」角川書店 1987 p1372
住吉物語(藤井本)
　　「新編国歌大観5」角川書店 1987 p1371
「すむ千鳥」百韻
　　島津忠夫ほか編「西山宗因全集2 連歌篇二」八木書店 2007 p366
相撲立詩歌合(書陵部蔵四五三・二)(基俊撰進)
　　「新編国歌大観5」角川書店 1987 p177
「摺こ木も」百韻(西山宗因)
　　加藤定彦「西山宗因全集3 俳諧篇」八木書店 2004 p221
駿国雑志(抄)(阿部正信)
　　堤邦彦校訂「江戸怪異綺想文芸大系5 近世民間異聞怪談集成」国書刊行会 2003 p297
駿州道中松魚を食う(如亭山人藁 巻一)(柏木如亭)
　　入谷仙介著「日本漢詩人選集8 柏木如亭」研文出版 1999 p101
寸心違(西郷隆盛)
　　松尾善弘著「西郷隆盛漢詩全集 増補改訂版」斯文堂 2018 p148

【せ】

井蛙抄(頓阿)
　　「新編国歌大観5」角川書店 1987 p1098
西王母(金春流)中老女
　　野上豊一郎編「新装解註 謡曲全集1」中央公論新社 2001 p507
西翁道之記(西山宗因)
　　石川真弘、尾崎千佳校訂「西山宗因全集4 紀行・書簡篇」八木書店 2006 p52
西海道節度使を奉ずるの作(藤原宇合)
　　李寅生著「漢詩名作集成〈日本編〉」明徳出版社 2016 p45
井華集〔抄〕(几董)
　　島津忠夫ほか編「西山宗因全集5 伝記・研究篇」八木書店古書部 2013 p283
惺窩集(惺窩文集所収本)(藤原惺窩)
　　「新編国歌大観8」角川書店 1990 p805
誓願寺
　　伊藤正義校注「新潮日本古典集成 新装版〔64〕謡曲集 中」新潮社 2015 p189
誓願寺(観世流)太鼓序の舞物
　　野上豊一郎編「新装解註 謡曲全集2」中央公論新社 2001 p545

静厳の贈らるるに酬ゆ(市河寛斎)
　　蔡毅、西岡淳著「日本漢詩人選集9 市河寛斎」研文出版 2007 p189
静姫歌舞の図(藤森弘庵)
　　李寅生著「漢詩名作集成〈日本編〉」明徳出版社 2016 p561
栖去の弁(松尾芭蕉)
　　富山奏校注「新潮日本古典集成 新装版〔47〕 芭蕉文集」新潮社 2019 p205
　　嶋中道則ほか「新編 芭蕉大成」三省堂 1999 p432
栖去辨(松尾芭蕉)
　　與謝野寛ほか編纂校訂「覆刻 日本古典全集〔文学編〕〔40〕 芭蕉全集 前編」現代思潮社 1983 p142
贅語(明和五年奥)(鳥酔編)
　　加藤定彦、外村展子「関東俳諧叢書22 五色墨編 3」関東俳諧叢書刊行会 2001 p287
青郊襲号記念集(享和元年刊)(幽竹庵編)
　　加藤定彦「関東俳諧叢書27 常総編 3」関東俳諧叢書刊行会 2004 p343
清公の筵に陪して苦寒を賦す(伊藤仁斎)
　　浅山佳郎、厳明著「日本漢詩人選集4 伊藤仁斎」研文出版 2000 p137
勢語講義(建部綾足)
　　建部綾足著作刊行会編「建部綾足全集7（国学）」国書刊行会 1988 p55
醒斎(広瀬淡窓)
　　林田愼之助著「日本漢詩人選集15 広瀬淡窓」研文出版 2005 p128
西施舌(梁川星巌)
　　山本和義、福島理子著「日本漢詩人選集17 梁川星巌」研文出版 2008 p48
生日作(館柳湾)
　　鈴木瑞枝著「日本漢詩人選集13 館柳湾」研文出版 1999 p13
清少納言家集(清少納言)
　　正宗敦夫校訂「覆刻 日本古典全集〔文学編〕〔57〕 紫式部日記 紫式部家集 枕草子 清少納言家集」現代思潮社 1982 p329
清少納言集(清少納言)
　　佐藤雅代校注「和歌文学大系20 賀茂保憲女集・赤染衛門集・清少納言集・紫式部集・藤三位集」明治書院 2000 p191
清少納言集(書陵部蔵五〇一・二八四)(清少納言)
　　「新編国歌大観3」角川書店 1985 p227
清慎公集(書陵部蔵五〇一・四六)(藤原実頼)
　　「新編国歌大観3」角川書店 1985 p164
醒睡笑(寛永正保頃板、八巻三冊)(安楽策伝)
　　柳沢昌紀翻刻「假名草子集成57」東京堂出版 2017 p237
　　柳沢昌紀翻刻「假名草子集成58」東京堂出版 2017 p229
醒睡笑(広本系写本、八巻八冊)(安楽庵策伝)
　　花田富二夫、柳沢昌紀翻刻「假名草子集成43」東京堂出版 2008 p57

醒睡笑〔落首・狂歌抜粋〕
　狂歌大観刊行会編「狂歌大観2　参考篇」明治書院　1984 p62
聖制の「旧宮に宿す」に和し奉る　応制（藤原冬嗣）
　李寅生著「漢詩名作集成〈日本編〉」明徳出版社　2016 p73
与成忠（成忠に与う）二首（道元）
　飯田利行編訳「現代語訳　洞門禅文学集〔4〕道元」国書刊行会　2001 p146
性通和尚の坊に題す（伊藤仁斎）
　浅山佳郎，厳田著「日本漢詩人選集4　伊藤仁斎」研文出版　2000 p201
蜻蜓百道の記（大堀守雄）
　津本信博著「江戸後期紀行文学全集2」新典社　2013 p279
狂歌晴天闘歌集（後巴人亭つむりの光編）
　宮崎修多翻刻「江戸狂歌本選集4」東京堂出版　1999 p253
西播怪談実記（春名忠成）
　北城伸子校訂「江戸怪異綺想文芸大系5　近世民間異聞怪談集成」国書刊行会　2003 p397
聖廟法楽日発句（大東急記念文庫蔵本）
　「連歌大観1」古典ライブラリー　2016 p222
『星布尼句集』跋（加舎白雄）
　矢羽勝幸編「増補改訂　加舎白雄全集　上」国文社　2008 p386
青幣白幣跋（蝶夢）
　田中道雄ほか編著「蝶夢全集」和泉書院　2013 p260
歳暮（松尾芭蕉）
　與謝野寛ほか編纂校訂「覆刻　日本古典全集〔文学編〕〔40〕芭蕉全集　前編」現代思潮社　1983 p156
星明珠跋（蝶夢）
　田中道雄ほか編著「蝶夢全集」和泉書院　2013 p260
安倍晴明物語（七巻，寛文二年刊，え入）
　朝倉治彦編「假名草子集成1」東京堂出版　1980 p363
「誓文で」俳諧百韻（元順）
　島津忠夫ほか編「西山宗因全集6　解題・索引篇」八木書店古書出版部　2017 p99
青嵐（宝暦九年成）（素丸）
　加藤定彦，外村展子編「関東俳諧叢書22　五色墨編 3」関東俳諧叢書刊行会　2001 p179
青龍寺の義操闍梨に留別す（空海）
　興膳宏著「日本漢詩人選集　別巻　古代漢詩選」研文出版　2005 p170
青龍寺の義操闍梨に別るるの詩（空海）
　李寅生著「漢詩名作集成〈日本編〉」明徳出版社　2016 p84
清和源氏十五段（並木宗助，安田蛙文）
　「義太夫節浄瑠璃未翻刻作品集成6　清和源氏十五段」玉川大学出版部　2006 p11

是界（金春流）働物
　野上豊一郎編「新装解註　謡曲全集6」中央公論新社　2001 p185
善界
　伊藤正義校注「新潮日本古典集成　新装版〔64〕謡曲集　中」新潮社　2015 p201
讀關原軍記（西郷隆盛）
　松尾善弘著「西郷隆盛漢詩全集　増補改訂版」斯文堂　2018 p254
弔關原戰死（西郷隆盛）
　松尾善弘著「西郷隆盛漢詩全集　増補改訂版」斯文堂　2018 p75
赤関を辞す（広瀬淡窓）
　林田愼之助著「日本漢詩人選集15　広瀬淡窓」研文出版　2005 p139
惜春（西郷隆盛）
　松尾善弘著「西郷隆盛漢詩全集　増補改訂版」斯文堂　2018 p192
石城祀
　海音研究会編「紀海音全集8」清文堂出版　1980 p60
席上筆を走らせ頼子成に贈る（広瀬淡窓）
　林田愼之助著「日本漢詩人選集15　広瀬淡窓」研文出版　2005 p102
石漱亭の号を与える文（加舎白雄）
　矢羽勝幸編「増補改訂　加舎白雄全集　上」国文社　2008 p383
石霜庵追善集
　海音研究会編「紀海音全集8」清文堂出版　1980 p38
石像観音之記（良寛）
　内山知也，松本市壽執筆「定本　良寛全集3　書簡集・法華転・法華讃」中央公論新社　2007 p430
関寺小町
　伊藤正義校注「新潮日本古典集成　新装版〔64〕謡曲集　中」新潮社　2015 p213
關寺小町（観世流）大小序の舞物
　野上豊一郎編「新装解註　謡曲全集2」中央公論新社　2001 p463
關原興市（喜多流）切組物
　野上豊一郎編「新装解註　謡曲全集5」中央公論新社　2001 p287
碩布翁忌の文（加舎白雄）
　矢羽勝幸編「増補改訂　加舎白雄全集　上」国文社　2008 p393
遊赤壁（西郷隆盛）
　松尾善弘著「西郷隆盛漢詩全集　増補改訂版」斯文堂　2018 p258
碩茂　蕎麺を供す。云う、「家人の製する所なり」と（市河寛斎）
　蔡毅，西岡淳著「日本漢詩人選集9　市河寛斎」研文出版　2007 p62
関屋（紫式部）
　石田穣二，清水好子校注「新潮日本古典集成　新装版〔12〕源氏物語　三」新潮社　2014 p83
　阿部秋生ほか校訂・訳「日本の古典をよむ9　源氏物語　上」小学館　2008 p208

与謝野寛ほか編纂校訂「覆刻 日本古典全集〔文学編〕〔17〕 源氏物語 二」現代思潮社 1982 p72
石友図賛（与謝蕪村）
　尾形仂, 山下一海校注「蕪村全集4 俳詩・俳文」講談社 1994 p39
「関は名のみ」百韻（西山宗因）
　加藤定彦「西山宗因全集3 俳諧篇」八木書店 2004 p195
浮世親仁形気後編 世間長者容気（自笑）
　篠原進翻刻「八文字屋本全集21」汲古書院 2000 p1
世間手代気質（江島其磧）
　岡雅彦翻刻「八文字屋本全集11」汲古書院 1996 p47
「世間に」百韻
　加藤定彦「西山宗因全集3 俳諧篇」八木書店 2004 p179
世間母親容気（南圭梅嶺翁（多田南嶺））
　藤原英城翻刻「八文字屋本全集20」汲古書院 1999 p309
世間手息気質（江島其磧）
　長友千代治翻刻「八文字屋本全集6」汲古書院 1994 p1
世間娘気質（江島其磧）
　長谷川強翻刻「八文字屋本全集6」汲古書院 1994 p475
世間胸算用（井原西鶴）
　金井寅之助, 松原秀江校注「新潮日本古典集成 新装版〔32〕 世間胸算用」新潮社 2018 p11
　広嶋進, 杉本好伸校注「新編西鶴全集4 本文篇」勉誠出版 2004 p1
　神保五彌校訂・訳「日本の古典をよむ18 世間胸算用・万の文反古・東海道中膝栗毛」小学館 2008 p11
世間胸算用 大晦日は一日千金（井原西鶴）
　麻生磯次, 冨士昭雄訳注「決定版 対訳西鶴全集13 世間胸算用」明治書院 1993 p1
世諺問答（古活字本, 一冊）（一条兼良）
　冨田成美翻刻「假名草子集成44」東京堂出版 2008 p23
世諺問答（写本, 一冊）（一条兼良）
　冨田成美翻刻「假名草子集成44」東京堂出版 2008 p1
世諺問答（万治三年板, 三巻三冊, 絵入）（一条兼良）
　冨田成美翻刻「假名草子集成44」東京堂出版 2008 p49
世子六十以後申楽談儀（世阿弥）
　田中裕校注「新潮日本古典集成 新装版〔31〕 世阿弥芸術論集」新潮社 2018 p171
世尊寺定成応令和歌（世尊寺定成）
　岩佐美代子注釈「新注和歌文学叢書16 京極派撰集期和歌 新注」青簡舎 2015 p203
世尊寺定成冬五十首（世尊寺定成）
　岩佐美代子注釈「新注和歌文学叢書16 京極派撰集期和歌 新注」青簡舎 2015 p199
勢多唐巴詩（銅脈先生）
　斎田作楽編「銅脈先生全集 下 和文戯作集」太平書屋 2009 p339
摂河二百韻
　石川八朗ほか編「宝井其角全集〔2〕 資料篇」勉誠社 1994 p459
雪暁 驢に騎つて秦涯を過ぐ（永井禾原）
　李寅生著「漢詩名作集成〈日本編〉」明徳出版社 2016 p766
雪玉集（寛文十年板本）（三条西実隆）
　「新編国歌大観8」角川書店 1990 p597
絶句〔如亭山人藁 巻二〕（柏木如亭）
　入谷仙介編「日本漢詩人選集8 柏木如亭」研文出版 1999 p142
雪光集〈宮内庁書陵部蔵一五四・五一二〉（藤野章甫）
　「連歌大観3」古典ライブラリー 2017 p603
摂州合邦辻（菅専助, 若竹笛躬）
　土田衞ほか編「菅専助全集2」勉誠社 1991 p241
摂政家月十首歌合（東大国文学研究室蔵本）
　「新編国歌大観5」角川書店 1987 p697
摂政左大臣家歌合 大治元年
　島井千佳子注釈「新注和歌文学叢書18 忠通家歌合新注」青簡舎 2015 p352
摂政左大臣家歌合 大治元年（内閣文庫蔵本）
　「新編国歌大観5」角川書店 1987 p171
殺生石
　伊藤正義校注「新潮日本古典集成 新装版〔64〕 謡曲集 中」新潮社 2015 p225
殺生石（紀海音）
　海音研究会編「紀海音全集4」清文堂出版 1979 p123
殺生石（金剛流）準備物
　野上豊一郎編「新装解註 謡曲全集6」中央公論新社 2001 p117
雪窓夜話（上野忠親）
　杉本好伸校訂「江戸怪異綺想文芸大系5 近世民間異聞怪談集成」国書刊行会 2003 p519
接待（宝生流）
　野上豊一郎編「新装解註 謡曲全集4」中央公論新社 2001 p471
雪中雑詠（市河寛斎）
　李寅生著「漢詩名作集成〈日本編〉」明徳出版社 2016 p454
雪中早衙（菅原道真）
　小島憲之, 山本登朗訓読ほか「日本漢詩人選集1 菅原道真」研文出版 1998 p29
雪中に三友の訪るるを謝す（義堂周信）
　藤木英雄著「日本漢詩人選集3 義堂周信」研文出版 1999 p244
摂津守有綱家歌合（書陵部蔵五〇一・六〇五）
　「新編国歌大観5」角川書店 1987 p109
摂津名所図会〈抄〉（秋里籬島編）
　島津忠夫ほか編「西山宗因全集5 伝記・研究篇」八木書店古書出版部 2013 p284
雪亭贈号記（与謝蕪村）
　尾形仂, 山下一海校注「蕪村全集4 俳詩・俳文」講談社 1994 p232

俳諧節文集
　石川八朗ほか編「宝井其角全集〔2〕　資料篇」勉誠社　1994 p491
絶命の詞（黒沢忠三郎）
　李寅生著「漢詩名作集成〈日本編〉」明徳出版社　2016 p728
摂陽奇観〔抄〕（浜松歌国）
　島津忠夫ほか編「西山宗因全集5 伝記・研究篇」八木書店古書出版部　2013 p301
摂陽の途中、勝尾・箕面の二山を望む（義堂周信）
　蔭木英雄著「日本漢詩人選集3 義堂周信」研文出版　1999 p184
「銭亀や」詞書（与謝蕪村）
　尾形仂、山下一海校注「蕪村全集4 俳詩・俳文」講談社　1994 p184
せみ丸（近松門左衛門）
　工藤慶三郎訳「近松時代物現代語訳2 関八州繋馬ほか」北の街社　2001 p207
蟬丸（金剛流）カケリ物
　野上豊一郎編「新装解註 謡曲全集3」中央公論新社　2001 p393
「せめて夢に」百韻断簡
　島津忠夫ほか編「西山宗因全集2 連歌篇二」八木書店　2007 p436
是楽物語（大本、三巻三冊、絵入）
　菊池真一翻刻「假名草子集成44」東京堂　2008 p83
せりのね（安永八年）（似鳩編）
　藤田真一校注「蕪村全集8 関係俳書」講談社　1993 p462
「芹焼や」歌仙
　宮脇真彦執筆担当「新編 芭蕉大成」三省堂　1999 p284
世話支那草（寛文四年板、三巻三冊）
　菊池真一翻刻「假名草子集成44」東京堂　2008 p135
往昔喩今世話善悪身持扇（江島其磧）
　江本裕翻刻「八文字屋本全集11」汲古書院　1996 p1
善悪両面常盤染（八文字自笑）
　杉本和寛翻刻「八文字屋本全集14」汲古書院　1997 p421
撰歌合
　松野陽一、吉田薫編「藤原俊成全歌集」笠間書院　2007 p572
撰歌合 建仁元年八月十五日（群書類従本）
　「新編国歌大観5」角川書店　1987 p400
泉岳寺（阪井虎山）
　李寅生著「漢詩名作集成〈日本編〉」明徳出版社　2016 p552
扇画十二詠（内三詠）并びに叙（義堂周信）
　蔭木英雄著「日本漢詩人選集3 義堂周信」研文出版　1999 p231
「千金の」詞書（与謝蕪村）
　尾形仂、山下一海校注「蕪村全集4 俳詩・俳文」講談社　1994 p235

千句後集（芳賀一晶）
　久富哲雄翻刻「古典文学翻刻集成5 続・俳文学篇 元禄・蕉風（下）」ゆまに書房　1999 p80
千句塚（除風撰）
　下垣内和人翻刻「古典文学翻刻集成5 続・俳文学篇 元禄・蕉風（下）」ゆまに書房　1999 p68
千句つか
　海音研究会編「紀海音全集8」清文堂出版　1980 p8
仙桂和尚（良寛）
　井上慶隆著「日本漢詩人選集11 良寛」研文出版　2002 p184
浅間の本地（源蔵人物語）
　沢井耐三著「古典名作リーディング2 お伽草子」貴重本刊行会　2000 p177
善光寺御堂供養（近松門左衛門）
　工藤慶三郎訳「近松時代物現代語訳3 日本振袖始ほか」北の街社　2003 p347
千五百番歌合
　松野陽一、吉田薫編「藤原俊成全歌集」笠間書院　2007 p577
千五百番歌合（高松宮家蔵本）
　「新編国歌大観5」角川書店　1987 p417
千五百番歌合百首（藤原俊成）
　川村晃生校注「和歌文学大系22 長秋詠藻・俊忠集」明治書院　1998 p175
千載和歌集（藤原俊成撰）
　上條彰次校注「和歌古典叢書8 千載和歌集」和泉書院　1994 p1
千載和歌集（陽明文庫蔵本）（藤原俊成撰）
　「新編国歌大観1」角川書店　1983 p184
禪師曾我（宝生流）切組物
　野上豊一郎編「新装解註 謡曲全集5」中央公論新社　2001 p213
次禅者来韻（禅者の来韻に次す）（道元）
　飯田利行編訳「現代語訳 洞門禅文学集〔4〕道元」国書刊行会　2001 p169
千手（金春流）大小序の舞物
　野上豊一郎編「新装解註 謡曲全集2」中央公論新社　2001 p399
撰集抄
　「新編国歌大観5」角川書店　1987 p1240
撰集抄（宮内庁書陵部本）
　浅見和彦翻刻「西行全集」貴重本刊行会　1990 p775
撰集抄（松平文庫本）
　小島孝之翻刻「西行全集」貴重本刊行会　1990 p653
撰集鈔（嵯峨本）
　木下資一翻刻「西行全集」貴重本刊行会　1990 p899
千手重衡
　伊藤正義校注「新潮日本古典集成 新装版〔64〕謡曲集 中」新潮社　2015 p239

せんし　作品名

前春秋菴白雄居士紀行(加舎白雄)
　矢羽勝幸翻刻・注ほか「増補改訂 加舎白雄全集 上」国文社 2008 p438
専順宗祇百句附〈大阪天満宮蔵本〉(専順)
　「連歌大観1」古典ライブラリー 2016 p318
専順等日発句(伊地知本)〈早稲田大学伊地知文庫蔵本〉(専順ほか発句)
　「連歌大観1」古典ライブラリー 2016 p217
専順等日発句(金子本)〈広島大学金子文庫蔵本〉(専順ほか発句)
　「連歌大観1」古典ライブラリー 2016 p213
禅定寺文書所載落書〔落首・狂歌抜粋〕
　狂歌大観刊行会編「狂歌大観2 参考篇」明治書院 1984 p5
選書の赤松山に帰るを送る并びに叙(義堂周信)
　藤木英雄著「日本漢詩人選集3 義堂周信」研文出版 1999 p103
与禅人(禅人に与う) 八首(道元)
　飯田利行編訳「現代語訳 洞門禅文学集〔4〕道元」国書刊行会 2001 p164
与禅人求頌(禅人の頌を求むるに与う)(道元)
　飯田利行編訳「現代語訳 洞門禅文学集〔4〕道元」国書刊行会 2001 p171
　飯田利行編訳「現代語訳 洞門禅文学集〔4〕道元」国書刊行会 2001 p172
訪全禅人亡子(全禅人の子を亡えるを訪う)(道元)
　飯田利行編訳「現代語訳 洞門禅文学集〔4〕道元」国書刊行会 2001 p147
「洗足に」歌仙
　宮脇真彦執筆担当「新編 芭蕉大成」三省堂 1999 p274
仙台大矢数〔抜抄〕(三千風編)
　竹下義人校注「新編西鶴全集5 本文篇 上」勉誠出版 2007 p308
　島津忠夫ほか編「西山宗因全集5 伝記・研究篇」八木書店古書出版部 2013 p222
千駄ケ谷・大座吟行(享保十一年刊)(丹志ほか編)
　加藤定彦、外村展子編「関東俳諧叢書9 江戸編1」関東俳諧叢書刊行会 1995 p41
先達物語(藤原長綱筆録)
　「新編国歌大観5」角川書店 1987 p1067
「千たびとへ」世吉
　島津忠夫ほか編「西山宗因全集2 連歌篇二」八木書店 2007 p387
選擇本願念佛集(法然)
　與謝野寛ほか編纂校訂「覆刻 日本古典全集〔文学編〕〔44〕法然上人集」現代思潮社 1983 p1
仙洞歌合 後崇光院 宝徳二年(書陵部蔵五〇一・五四五)
　「新編国歌大観10」角川書店 1992 p339
仙洞歌合 崇光院(応安三年〜四年)(国立歴史民俗博物館蔵本)
　「新編国歌大観10」角川書店 1992 p324
仙洞影供歌合
　松野陽一、吉田薫編「藤原俊成全歌集」笠間書院 2007 p576

仙洞影供歌合 建仁二年五月(東大国文学研究室蔵本)
　「新編国歌大観5」角川書店 1987 p406
錢塘懷古 次韻(絶海中津)
　李寅生著「漢詩名作集成〈日本編〉」明徳出版社 2016 p229
仙洞句題五十首(書陵部蔵五〇二・二三)
　「新編国歌大観4」角川書店 1986 p626
仙洞五十番歌合 乾元二年(書陵部蔵五〇一・五四四)
　「新編国歌大観5」角川書店 1987 p704
仙洞十人歌合(静嘉堂文庫蔵本)
　「新編国歌大観5」角川書店 1987 p350
沾徳随筆
　石川八朗ほか編「宝井其角全集〔2〕資料篇」勉誠社 1994 p455
千日行(釈大典)
　李寅生著「漢詩名作集成〈日本編〉」明徳出版社 2016 p393
餞別五百韻
　石川八朗ほか編「宝井其角全集〔2〕資料篇」勉誠社 1994 p115
扇面に題して、相陽の故人に寄す(義堂周信)
　藤木英雄著「日本漢詩人選集3 義堂周信」研文出版 1999 p200
扇面に題す二首(義堂周信)
　藤木英雄著「日本漢詩人選集3 義堂周信」研文出版 1999 p180
千葉集
　海音研究会編「紀海音全集8」清文堂出版 1980 p26
宣耀殿女御瞿麦合(陽明文庫蔵十巻本)
　「新編国歌大観5」角川書店 1987 p45
宣耀殿女御瞿麦合
　岸本理恵校注「和歌文学大系48 王朝歌合集」明治書院 2018 p25
錢竜賦
　石川八朗ほか編「宝井其角全集〔2〕資料篇」勉誠社 1994 p380
沾緑居士清浄本然忌の文(加舎白雄)
　矢羽勝幸「増補改訂 加舎白雄全集 上」国文社 2008 p67
禅林瘀葉集(書陵部蔵五〇一・一九四)(藤原資隆)
　「新編国歌大観7」角川書店 1989 p172

【そ】

宋阿三十三回忌追悼句文(与謝蕪村)
　尾形仂、山下一海校注「蕪村全集4 俳詩・俳文」講談社 1994 p140
宋阿真蹟書簡添書(与謝蕪村)
　尾形仂、山下一海校注「蕪村全集4 俳詩・俳文」講談社 1994 p144

宗安小歌集
　北川忠彦校注「新潮日本古典集成 新装版〔8〕閑吟集 宗安小歌集」新潮社 2018 p159
草庵式(宝暦四年刊)(梵薩、仏因編)
　加藤定彦、外村展子編「関東俳諧叢書6 四時観編2」関東俳諧叢書刊行会 1996 p149
草庵集(頓阿)
　酒井茂幸校注「和歌文学大系65 草庵集・兼好法師集・浄弁集・慶運集」明治書院 2004 p1
草庵集(承応二年板本)(頓阿)
　「新編国歌大観4」角川書店 1986 p166
草庵雪夜の作(良寛)
　井上慶隆著「日本漢詩人選集11 良寛」研文出版 2002 p125
桑衣の号を与える文(加舎白雄)
　矢羽勝幸編「増補改訂 加舎白雄全集 上」国文社 2008 p385
宗因付句
　尾崎千佳編「西山宗因全集1 連歌篇一」八木書店 2004 p199
宗因俳諧発句集〔抄〕(泊帆編)
　島津忠夫ほか編「西山宗因全集5 伝記・研究篇」八木書店古書出版部 2013 p284
宗因文集(一炊庵編)
　島津忠夫ほか編「西山宗因全集6 解題・索引篇」八木書店古書出版部 2017 p78
宗因発句素外賛(宗因)
　島津忠夫ほか編「西山宗因全集6 解題・索引篇」八木書店古書出版部 2017 p126
宗因発句帳(宗因自撰)
　尾崎千佳編「西山宗因全集1 連歌篇一」八木書店 2004 p137
宗因発句帳(大阪天満宮蔵本)(西山宗因)
　「連歌大観3」古典ライブラリー 2017 p391
『宗因連歌』巻末発句(西山宗因)
　島津忠夫ほか編「西山宗因全集6 解題・索引篇」八木書店古書出版部 2017 p88
『宗因連歌集』巻末発句(西山宗因)
　島津忠夫ほか編「西山宗因全集6 解題・索引篇」八木書店古書出版部 2017 p87
早桜(大窪詩仏)
　李寅生著「漢詩名作集成〈日本編〉」明徳出版社 2016 p480
宗屋追悼句文(与謝蕪村)
　尾形仂、山下一海校注「蕪村全集4 俳詩・俳文」講談社 1994 p96
「宗鑑・守武、貞徳像」賛(松尾芭蕉)
　嶋中道則ほか「新編 芭蕉大成」三省堂 1999 p381
早起(広瀬淡窓)
　林田愼之助著「日本漢詩人選集15 広瀬淡窓」研文出版 2005 p112
宗祇集(天理図書館蔵本)(宗祇)
　「新編国歌大観8」角川書店 1990 p415
宗祇諸国物語
　西村本小説研究会編「西村本小説全集 上」勉誠社 1985 p265
「宗祇・宗鑑・守武像」賛(松尾芭蕉)
　嶋中道則ほか「新編 芭蕉大成」三省堂 1999 p434
宗祇日発句(大阪天満宮蔵本)
　「連歌大観1」古典ライブラリー 2016 p241
宗祇百句(祐徳稲荷神社中川文庫蔵本)(宗祇)
　「連歌大観1」古典ライブラリー 2016 p419
増基法師集(群書類従本)(増基)
　「新編国歌大観3」角川書店 1985 p161
宗祇戻
　石川八朗ほか編「宝井其角全集〔2〕 資料篇」勉誠社 1994 p607
僧伽(良寛)
　井上慶隆著「日本漢詩人選集11 良寛」研文出版 2002 p188
霜暁(梁川紅蘭)
　李寅生著「漢詩名作集成〈日本編〉」明徳出版社 2016 p573
蔵玉集(島原松平文庫蔵本)
　「新編国歌大観5」角川書店 1987 p870
草径集(大隈言道)
　進藤康子校注「和歌文学大系74 布留散東・はちすの露・草径集・志濃夫廼舎歌集」明治書院 2007 p65
草径集(文久三年板本)(大隈言道)
　「新編国歌大観9」角川書店 1991 p700
送行未来記
　森川昭翻刻「古典文学翻刻集成5 続・俳文学篇 元禄・蕉風(下)」ゆまに書房 1999 p388
窓湖亭を訪う文(加舎白雄)
　矢羽勝幸編「増補改訂 加舎白雄全集 上」国文社 2008 p369
窓湖亭訪問の文(加舎白雄)
　矢羽勝幸編「増補改訂 加舎白雄全集 上」国文社 2008 p363
草根集(正徹)
　伊藤伸江校注「和歌文学大系66 草根集・権大僧都心敬集・再昌」明治書院 2005 p1
草根集(ノートルダム清心女子大学蔵本)(正徹)
　「新編国歌大観8」角川書店 1990 p82
草根発句集紫水本(蝶夢)
　田中道雄ほか編著「蝶夢全集」和泉書院 2013 p151
草根発句集酒竹甲本(蝶夢)
　田中道雄ほか編著「蝶夢全集」和泉書院 2013 p33
草根発句集酒竹乙本(蝶夢)
　田中道雄ほか編著「蝶夢全集」和泉書院 2013 p96
草根発句集宮田本(蝶夢)
　田中道雄ほか編著「蝶夢全集」和泉書院 2013 p117
草根発句集綿屋本(蝶夢)
　田中道雄ほか編著「蝶夢全集」和泉書院 2013 p3

喪祭身売ノ次第
　　岩田勝編著「伝承文学資料集成16 中国地方神楽祭文集」三弥井書店 1990 p290
草山の偶興（釈元政）
　　李寅生著「漢詩名作集成〈日本編〉」明徳出版社 2016 p286
草山和歌集〈寛文十二年板本〉（元政）
　　「新編国歌大観9」角川書店 1991 p162
草紙洗〈宝生流〉大小中の舞物
　　野上豊一郎編「新装解註 謡曲全集3」中央公論新社 2001 p47
雑司谷雑題〈六首のうち二首〉（館柳湾）
　　鈴木瑞枝著「日本漢詩人選集13 館柳湾」研文出版 1999 p127
荘子の像に題す（梁田蛻巌）
　　李寅生著「漢詩名作集成〈日本編〉」明徳出版社 2016 p330
惣社大明神草創縁起
　　大島由紀夫編著「伝承文学資料集成6 神道縁起物語（二）」三弥井書店 2002 p145
早秋（島田忠臣）
　　李寅生著「漢詩名作集成〈日本編〉」明徳出版社 2016 p135
因在相州鎌倉聞鶯蟄作〈相州鎌倉に在りて鶯蟄を聞くに因んで作る〉（道元）
　　飯田利行編訳「現代語訳 洞門禅文学集〔4〕 道元」国書刊行会 2001 p181
贈宗札庵主（西山宗因）
　　石川真弘、尾崎千佳校訂「西山宗因全集4 紀行・評点・書簡篇」八木書店 2006 p65
早秋の夜詠（菅原道真）
　　小島憲之、山本登朗訓読ほか「日本漢詩人選集1 菅原道真」研文出版 1998 p63
早春雑句（館柳湾）
　　鈴木瑞枝著「日本漢詩人選集13 館柳湾」研文出版 1999 p160
早春内宴に、清涼殿に侍りて同じく、「草樹暗に春を迎う」ということを賦す、応製（菅原道真）
　　小島憲之、山本登朗訓読ほか「日本漢詩人選集1 菅原道真」研文出版 1998 p125
早春に打毬を観る（嵯峨天皇）
　　李寅生著「漢詩名作集成〈日本編〉」明徳出版社 2016 p104
早春の感懐（新井滄洲）
　　李寅生著「漢詩名作集成〈日本編〉」明徳出版社 2016 p386
早春の雑興（梁川星巌）
　　李寅生著「漢詩名作集成〈日本編〉」明徳出版社 2016 p533
早春の途中（藤原令緒）
　　李寅生著「漢詩名作集成〈日本編〉」明徳出版社 2016 p133
宗匠点式幷宿所 1〔天理図書館綿屋文庫蔵〕〈寛延二年序〉（蜂巣編）
　　加藤定彦、外村展子編「関東俳諧叢書2 江戸座編2」関東俳諧叢書刊行会 1994 p183
宗匠点式幷宿所 2〔東京大学図書館酒竹文庫蔵〕〈寛延二年序〉（蜂巣編）
　　加藤定彦、外村展子編「関東俳諧叢書2 江戸座編2」関東俳諧叢書刊行会 1994 p223
宗訊句集〈大阪天満宮蔵本〉（宗訊）
　　「連歌大観2」古典ライブラリー 2017 p386
宗砌等日発句〈大東急記念文庫蔵本〉（宗砌撰）
　　「連歌大観1」古典ライブラリー 2016 p208
宗砌日発句〈九州大学蔵本〉
　　「連歌大観1」古典ライブラリー 2016 p236
宗砌発句幷付句拔抜〈小松天満宮蔵本〉（高山宗砌）
　　「連歌大観1」古典ライブラリー 2016 p277
宗碩回章〈京都大学附属図書館蔵本〉（宗碩）
　　「連歌大観2」古典ライブラリー 2017 p258
宗碩発句集〈京都大学附属図書館蔵本〉（宗碩）
　　「連歌大観2」古典ライブラリー 2017 p277
送僧専吟辭（松尾芭蕉）
　　與謝野寛ほか編纂校訂「覆刻 日本古典全集〔文学編〕40 芭蕉全集 前編」現代思潮社 1983 p133
僧専吟餞別の詞（松尾芭蕉）
　　嶋中道則ほか「新編 芭蕉大成」三省堂 1999 p434
雑談集〈抄〉（其角編）
　　嶋中道則編「新編 芭蕉大成」三省堂 1999 p784
　　石川八朗ほか編「宝井其角全集〔1〕 編著篇」勉誠社 1994 p141
　　島津忠夫ほか編「西山宗因全集5 伝記・研究篇」八木書店古書出版部 2013 p246
双蝶記（山東京傳）
　　徳田武校訂「山東京傳全集17 読本3」ぺりかん社 2003 p447
宗長手記（落首・狂歌抜粋）
　　狂歌大観刊行会編「狂歌大観2 参考篇」明治書院 1984 p27
宗長日記（宗長）
　　岸田依子編・評釈「中世日記紀行文学全評釈集成7」勉誠出版 2004 p339
宗長日発句（落首・狂歌抜粋）
　　狂歌大観刊行会編「狂歌大観2 参考篇」明治書院 1984 p29
宗長日発句〈天理図書館綿屋文庫蔵本〉
　　「連歌大観1」古典ライブラリー 2016 p254
草堂詩集 天巻〈一一四首〉（良寛）
　　内山知也訳注「定本 良寛全集1 詩集」中央公論新社 2006 p152
草堂詩集 地巻〈六八首〉（良寛）
　　内山知也訳注「定本 良寛全集1 詩集」中央公論新社 2006 p221
草堂詩集 人巻〈五三首〉（良寛）
　　内山知也訳注「定本 良寛全集1 詩集」中央公論新社 2006 p269
草堂集貫華〈一一八首〉（良寛）
　　内山知也訳注「定本 良寛全集1 詩集」中央公論新社 2006 p31

与宋土僧妙真禅人〈宋土の僧妙真禅人に与う〉（道元）
　飯田利行訳註「現代語訳 洞門禅文学集〔4〕 道元」国書刊行会 2001 p145
宋の高宗が秦檜に賜う壺尊の歌 引有り（梁川星巌）
　山本和義、福島理子著「日本漢詩人選集17 梁川星巌」研文出版 2008 p103
増補番匠童〔抄〕（和及）
　島津忠夫ほか編「西山宗因全集5 伝記・研究篇」八木書店古書出版部 2013 p245
総籬（山東京傳）
　棚橋正博校訂「山東京傳全集18 洒落本」ぺりかん社 2012 p157
相馬の懐古（梁川星巌）
　山本和義、福島理子著「日本漢詩人選集17 梁川星巌」研文出版 2008 p161
宗養発句帳〈京都大学附属図書館蔵本〉（宗養）
　「連歌大観2」古典ライブラリー 2017 p468
草萊物語〈慶安元年板、二巻二冊〉
　和田恭幸翻刻「假名草子集成44」東京堂出版 2008 p201
ふところにかへ服紗あり燕子花草履打所縁色揚（山東京傳）
　棚橋正博校訂「山東京傳全集12 合巻7」ぺりかん社 2017 p239
早涼（服部南郭）
　李寅生著「漢詩名作集成〈日本編〉」明徳出版社 2016 p350
双林寺鳥酔翁塚建立の文（加舎白雄）
　矢羽勝幸編「増補改訂 加舎白雄全集 上」国文社 2008 p381
双林寺物語（蝶夢）
　田中道雄ほか編著「蝶夢全集」和泉書院 2013 p557
桑老父〔抄〕（布門編）
　島津忠夫ほか編「西山宗因全集5 伝記・研究篇」八木書店古書出版部 2013 p269
素雲を訪う文（加舎白雄）
　矢羽勝幸編「増補改訂 加舎白雄全集 上」国文社 2008 p389
曾我姿富士（紀海音）
　海音研究会編「紀海音全集2」清文堂出版 1977 p57
曽我錦几帳（安田蛙文）
　「義太夫節浄瑠璃未翻刻作品集成15 曽我錦几帳」玉川大学出版部 2011 p11
曽我昔見台（近松門左衛門ほか）
　「義太夫節浄瑠璃未翻刻作品集成27 曽我昔見台」玉川大学出版部 2013 p11
曾我物語
　與謝野寛ほか校訂「覆刻 日本古典全集〔文学編〕〔35〕 曾我物語」現代思潮社 1983 p1
曾我物語（仮名）
　「新編国歌大観5」角川書店 1987 p1193
曾我物語（真名）
　「新編国歌大観5」角川書店 1987 p1191

曽我物語（現代語訳）
　葉山修平訳「現代語訳で読む歴史文学〔11〕 曽我物語」勉誠出版 2005 p1
曽我物語（太山寺本）
　村上美登志校註「和泉古典叢書10 太山寺本 曽我物語」和泉書院 1999 p11
一体分身扮接銀煙管（山東京傳）
　棚橋正博校訂「山東京傳全集1 黄表紙1」ぺりかん社 1992 p383
続亜槐集〈書陵部蔵五〇〇・一七二〉（飛鳥井雅親）
　「新編国歌大観8」角川書店 1990 p295
続明烏〈安永五年九月〉（几董編）
　山下一海校注「蕪村全集7 編著・追善」講談社 1995 p503
続有磯海〔抄〕
　嶋中道則編「新編 芭蕉大成」三省堂 1999 p796
　石川八朗ほか編「宝井其角全集〔2〕 資料篇」勉誠社 1994 p295
続家つと（由縁斎貞柳）
　狂歌大観刊行会編「狂歌大観1 本篇」明治書院 1983 p684
統一休咄
　飯塚大展訳注「一休和尚全集5 一休ばなし」春秋社 2010 p465
続いま宮草
　海音研究会編「紀海音全集8」清文堂出版 1980 p62
続瓜名月跋（蝶夢）
　田中道雄ほか編著「蝶夢全集」和泉書院 2013 p305
続笈のちり跋（蝶夢）
　田中道雄ほか編著「蝶夢全集」和泉書院 2013 p306
続河鼠〈天明四年刊〉（二世村翠編）
　加藤定彦、外村展子編「関東俳諧叢書23 四時観編 3」関東俳諧叢書刊行会 2002 p343
即興（伊藤仁斎）
　浅山佳郎、厳明著「日本漢詩人選集4 伊藤仁斎」研文出版 2000 p67
　浅山佳郎、厳明著「日本漢詩人選集4 伊藤仁斎」研文出版 2000 p99
続清水物語〈江戸前期板、二巻二冊〉（朝山意林庵）
　柳沢昌紀翻刻「假名草子集成45」東京堂出版 2009 p1
続古今竟宴和歌〈書陵部蔵二六五・一一一三〉
　「新編国歌大観5」角川書店 1987 p906
続古今誹手鑑
　石川八朗ほか編「宝井其角全集〔2〕 資料篇」勉誠社 1994 p317
続五元集
　石川八朗ほか編「宝井其角全集〔2〕 資料篇」勉誠社 1994 p526
続古事談
　川端善明、荒木浩校注「新 日本古典文学大系41 古事談 続古事談」岩波書店 2005 p601
　「新編国歌大観5」角川書店 1987 p1221

続五論 元禄十二年刊（支考稿）
　嶋中道則執筆担当「新編 芭蕉大成」三省堂 1999 p770

続五論〔抄〕（支考）
　島津忠夫ほか編「西山宗因全集5 伝記・研究篇」八木書店古書出版部 2013 p252

続境海草
　加藤定彦「西山宗因全集3 俳諧篇」八木書店 2004 p513

続猿蓑〔抄〕（支考）
　嶋中道則編「新編 芭蕉大成」三省堂 1999 p796
　石川八朗ほか編「宝井其角全集〔2〕 資料篇」勉誠社 1994 p287

続三十六番歌合（宮内庁書陵部本）（西行）
　藤田百合子翻刻・解題「西行全集」貴重本刊行会 1990 p583

俳諧続三疋猿
　建部綾足著作刊行会編「建部綾足全集1（俳諧Ⅰ）」国書刊行会 1986 p165

即事（市河寛斎）
　蔡毅, 西岡淳著「日本漢詩人選集9 市河寛斎」研文出版 2007 p98

即事（伊藤仁斎）
　李寅生著「漢詩名作集成〈日本編〉」明徳出版社 2016 p290

即事（広瀬旭荘）
　大野修作著「日本漢詩人選集16 広瀬旭荘」研文出版 1999 p191

即事（広瀬淡窓）
　林田愼之助著「日本漢詩人選集15 広瀬淡窓」研文出版 2005 p197

即時（新井白石）
　一海知義, 池澤一郎訳注「日本漢詩人選集5 新井白石」研文出版 2001 p92

即時（伊藤仁斎）
　浅山佳郎, 厳明著「日本漢詩人選集4 伊藤仁斎」研文出版 2000 p149

即時二首（その二）（伊藤仁斎）
　浅山佳郎, 厳明著「日本漢詩人選集4 伊藤仁斎」研文出版 2000 p118

続下総風俗（宝暦八年刊）（雲柱編）
　加藤定彦, 外村展子編「関東俳諧叢書16 両毛・甲斐編2」関東俳諧叢書刊行会 1998 p253

続新斎夜話（梅朧館主人）
　篗田将樹校訂「江戸怪談文芸名作選2 前期読本怪談集」国書刊行会 2017 p193

続新百韻
　石川八朗ほか編「宝井其角全集〔2〕 資料篇」勉誠社 1994 p512

伊勢続新百韻（梅路編）
　建部綾足著作刊行会編「建部綾足全集1（俳諧Ⅰ）」国書刊行会 1986 p73

即席に前韻を用いて、厳・海二書記、志・登二侍者に謝す（義堂周信）
　藤木英雄著「日本漢詩人選集3 義堂周信」研文出版 1999 p61

続千葉集
　海音研究会編「紀海音全集8」清文堂出版 1980 p34

続草庵集（承応二年板本）（頓阿）
　「新編国歌大観4」角川書店 1986 p193

続著聞集（写本、十巻五冊）
　大久保順子翻刻「假名草子集成45」東京堂出版 2009 p127

続つれづれ草（寛文十一年板、二巻二冊）
　菊池真一翻刻「假名草子集成44」東京堂出版 2008 p229

俗道の仮に合いて即ち離れ、去り易く留まり難きを悲嘆せし詩（山上憶良）
　興膳宏著「日本漢詩人選集 別巻 古代漢詩選」研文出版 2005 p32

続年矢誹諧集
　石川八朗ほか編「宝井其角全集〔2〕 資料篇」勉誠社 1994 p482

続七車〔抄〕（鬼貫）
　島津忠夫ほか編「西山宗因全集5 伝記・研究篇」八木書店古書出版部 2013 p267

続俳家奇人談〔抄〕
　石川八朗ほか編「宝井其角全集〔2〕 資料篇」勉誠社 1994 p719

続春駒狂歌集（藤本由己編著）
　狂歌大観刊行会編「狂歌大観1 本篇」明治書院 1983 p572

続百恋集（烏朴ほか編）
　建部綾足著作刊行会編「建部綾足全集1（俳諧Ⅰ）」国書刊行会 1986 p345

続ふかぐは集序（蝶夢）
　田中道雄ほか編著「蝶夢全集」和泉書院 2013 p329

続虚栗（宝井其角編）
　石川八朗ほか編「宝井其角全集〔1〕 編著篇」勉誠社 1994 p51

続棟上集（狂歌堂真顔, 談洲楼焉馬選）
　広部俊也翻刻「江戸狂歌本選集11」東京堂出版 2001 p60

続無名抄〔抜抄〕（惟中）
　島津忠夫ほか編「西山宗因全集5 伝記・研究篇」八木書店古書出版部 2013 p236

続山彦
　石川八朗ほか編「宝井其角全集〔2〕 資料篇」勉誠社 1994 p385

底抜磨（江崎幸和）
　前田金五郎翻刻「古典文学翻刻集成1 俳文学篇 貞門・談林」ゆまに書房 1998 p19

そこの花
　石川八朗ほか編「宝井其角全集〔2〕 資料篇」勉誠社 1994 p319

素性集（素性）
　室城秀之校注「和歌文学大系18 小町集・遍昭集・業平集・素性集・伊勢集・猿丸集」明治書院 1998 p63

素性集(西本願寺蔵三十六人集)(素性)
　「新編国歌大観3」角川書店 1985 p27
漫に書す(木工集)(柏木如亭)
　入谷仙介著「日本漢詩人選集8 柏木如亭」研文出版 1999 p13
漫に題す(中島棕隠)
　入谷仙介著「日本漢詩人選集14 中島棕隠」研文出版 2002 p170
漫ろに作る(市河寛斎)
　蔡毅, 西岡淳著「日本漢詩人選集9 市河寛斎」研文出版 2007 p167
そぞろ物語(写本、一冊)(三浦浄心)
　菊池真一翻刻「假名草子集成45」東京堂出版 2009 p41
素丹発句(大阪天満宮蔵本)(桜井素丹自撰)
　「連歌大観3」古典ライブラリー 2017 p270
帥中納言俊忠集(藤原俊忠)
　久保田淳校注「和歌文学大系22 長秋詠藻・俊忠集」明治書院 1998 p193
袖হ心得(加舎白雄)
　矢羽勝幸翻刻・注ほか「増補改訂 加舎白雄全集 上」国文社 2008 p703
袖湊夜雨在筑前(西山宗因)
　尾崎千佳編「西山宗因全集4 紀行・評点・書簡篇」八木書店 2006 p71
小歌蜂巣衛濡髪の小静袖之梅月土手節(山東京傳)
　棚橋正博校訂「山東京傳全集13 合巻8」ぺりかん社 2018 p327
袖みやけ(享保二十一年刊)(片石編)
　加藤定彦, 外村展子編「関東俳諧叢書7 東武獅子門編1」関東俳諧叢書刊行会 1995 p3
素堂菊園の遊び(松尾芭蕉)
　嶋中道則ほか「新編 芭蕉大成」三省堂 1999 p439
「素堂寿母七十七の賀」前文(松尾芭蕉)
　嶋中道則ほか「新編 芭蕉大成」三省堂 1999 p432
素堂亭十日菊(松尾芭蕉)
　嶋中道則ほか「新編 芭蕉大成」三省堂 1999 p396
素堂亭十日菊の句會序(松尾芭蕉)
　與謝野寛ほか編纂校訂「覆刻 日本古典全集〔文学編〕〔40〕芭蕉全集 前編」現代思潮社 1983 p154
卒都婆小町
　伊藤正義校注「新潮日本古典集成 新装版〔64〕謡曲集 中」新潮社 2015 p251
卒都婆小町(宝生流)イロエ物
　野上豊一郎編「新装解註 謡曲全集3」中央公論新社 2001 p461
卒塔婆小町讃(松尾芭蕉)
　與謝野寛ほか編纂校訂「覆刻 日本古典全集〔文学編〕〔40〕芭蕉全集 前編」現代思潮社 1983 p144
松風村雨磯馴松金糸腰蓑(山東京傳)
　棚橋正博校訂「山東京傳全集12 合巻7」ぺりかん社 2017 p9

曾根崎心中(近松門左衛門)
　信多純一校注「新潮日本古典集成 新装版〔40〕近松門左衛門集」新潮社 2019 p71
　田中澄江訳「わたしの古典17 田中澄江の心中天の網島」集英社 1986 p9
曾祢崎心中(紀海音)
　海音研究会編「紀海音全集7」清文堂出版 1980 p387
曽根崎情鵑(八文字自笑ほか)
　岡雅彦翻刻「八文字屋本全集18」汲古書院 1998 p223
曾禰好忠集(曾禰好忠)
　松本真奈美校注「和歌文学大系54 中古歌仙集(一)」明治書院 2004 p1
「其かたち」歌仙
　宮脇真彦執筆担当「新編 芭蕉大成」三省堂 1999 p223
「其かたち」の詞書(松尾芭蕉)
　嶋中道則ほか「新編 芭蕉大成」三省堂 1999 p396
そのきさらぎ(明和八年刊)(百明編)
　加藤定彦, 外村展子編「関東俳諧叢書26 武蔵・相模編3」関東俳諧叢書刊行会 2004 p213
其砧
　石川八朗ほか編「宝井其角全集〔2〕資料篇」勉誠社 1994 p509
其木からし
　石川八朗ほか編「宝井其角全集〔2〕資料篇」勉誠社 1994 p319
某木がらし〔抄〕(淡斎、惟然)
　嶋中道則編「新編 芭蕉大成」三省堂 1999 p797
そのしをり(安永八年)(泰里編)
　清登典子校注「蕪村全集8 関係俳書」講談社 1993 p471
其便
　石川八朗ほか編「宝井其角全集〔2〕資料篇」勉誠社 1994 p180
其手紙(明和三年刊)(忍連中編)
　加藤定彦, 外村展子編「関東俳諧叢書26 武蔵・相模編3」関東俳諧叢書刊行会 2004 p177
「其匂ひ」歌仙
　宮脇真彦執筆担当「新編 芭蕉大成」三省堂 1999 p266
園塵((第一・二・四)早稲田大学図書館蔵本(第三)宮内庁書陵部続群書類従本)(兼載自撰)
　「連歌大観2」古典ライブラリー 2017 p44
そのはしら
　石川八朗ほか編「宝井其角全集〔2〕資料篇」勉誠社 1994 p469
そのはちす
　石川八朗ほか編「宝井其角全集〔2〕資料篇」勉誠社 1994 p402
俳諧その日がへり
　建部綾足著作刊行会編「建部綾足全集2(俳諧Ⅱ)」国書刊行会 1986 p109

その人(安永二年)(浙江編)
　清登典子校注「蕪村全集8 関係俳書」講談社 1993 p218
其袋
　石川八朗ほか編「宝井其角全集〔2〕 資料篇」勉誠社 1994 p95
「其富士や」歌仙
　宮脇真彦執筆担当「新編 芭蕉大成」三省堂 1999 p279
其法師
　石川八朗ほか編「宝井其角全集〔2〕 資料篇」勉誠社 1994 p233
「其まゝよ」句文(松尾芭蕉)
　嶋中道則ほか編「新編 芭蕉大成」三省堂 1999 p414
其雪影(明和九年八月跋)(几董編、蕪村序)
　山下一海校注「蕪村全集7 編著・追善」講談社 1995 p469
『其雪影』序(与謝蕪村)
　尾形仂, 山下一海校注「蕪村全集4 俳詩・俳文」講談社 1994 p122
祖白発句帳(大阪天満宮蔵本)(里村祖白(昌通))
　「連歌大觀3」古典ライブラリー 2017 p386
蕎麦の歌(如亭山人藁 初集)(柏木如亭)
　入谷仙介著「日本漢詩人選集8 柏木如亭」研文出版 1999 p84
岨のふる畑
　石川八朗ほか編「宝井其角全集〔2〕 資料篇」勉誠社 1994 p346
蕎麥麵(新井白石)
　一海知義, 池澤一郎訳注「日本漢詩人選集5 新井白石」研文出版 2001 p199
そほやま樗木士を悼む文(加舎白雄)
　矢羽勝幸編「増補改訂 加舎白雄全集 上」国文社 2008 p381
染糸
　石川八朗ほか編「宝井其角全集〔2〕 資料篇」勉誠社 1994 p354
染模様妹背門松(菅専助)
　土田衞ほか編「菅専助全集1」勉誠社 1990 p1
染る間の(歌仙)
　長島弘明校注「蕪村全集2 連句」講談社 2001 p39
「曾良旅日記」(元禄二年三月二十日〜九月六日、七日以降省略)(曾良)
　尾形仂編「新編 芭蕉大成」三省堂 1999 p355
曽良日記、随行日記残部(曾良)
　中西啓翻刻「古典文学翻刻集成2 俳文学篇 元禄・蕉風・中興期」ゆまに書房 1998 p33
「空にみつ」百韻
　島津忠夫ほか編「西山宗因全集2 連歌篇二」八木書店 2007 p22
「空豆の」歌仙
　宮脇真彦執筆担当「新編 芭蕉大成」三省堂 1999 p292

剃るを止む(梁川星巌)
　山本和義, 福島理子著「日本漢詩人選集17 梁川星巌」研文出版 2008 p35
それぞれ草〔抄〕(友悦編)
　竹下義人校注「新編西鶴全集5 本文篇 下」勉誠出版 2007 p757
それぞれ草〔抄〕
　加藤定彦「西山宗因全集3 俳諧篇」八木書店 2004 p534
それぞれ草〔抄〕(乙州)
　嶋中道則編「新編 芭蕉大成」三省堂 1999 p800
「それぞれに」三つ物
　宮脇真彦執筆担当「新編 芭蕉大成」三省堂 1999 p244
「それ花に」歌仙
　加藤定彦「西山宗因全集3 俳諧篇」八木書店 2004 p292
曾呂里物語(寛文三年板、五巻五冊、絵入)
　湯浅佳子翻刻「假名草子集成45」東京堂出版 2009 p65
尊円親王詠法華経百首(内閣文庫蔵本)(尊円親王)
　「新編国歌大觀10」角川書店 1992 p173
尊円親王五十首(書陵部蔵五〇三・二五四)(尊円親王)
　「新編国歌大觀10」角川書店 1992 p209
尊円親王百首(書陵部蔵特・五六)(尊円親王)
　「新編国歌大觀10」角川書店 1992 p175
投村家喜而賦(西郷隆盛)
　松尾善弘著「西郷隆盛漢詩全集 増補改訂版」斯文堂 2018 p36
邨居戯題(館柳湾)
　鈴木瑞枝著「日本漢詩人選集13 館柳湾」研文出版 1999 p120
村居卽目(西郷隆盛)
　松尾善弘著「西郷隆盛漢詩全集 増補改訂版」斯文堂 2018 p222
寄村舎寓居諸君子(西郷隆盛)
　松尾善弘著「西郷隆盛漢詩全集 増補改訂版」斯文堂 2018 p118
村大夫邀えらるる(二首 選一首)(市河寛斎)
　蔡毅, 西岡淳著「日本漢詩人選集9 市河寛斎」研文出版 2007 p82

【た】

他阿上人集(彰考館蔵本)(他阿)
　「新編国歌大觀7」角川書店 1989 p644
大会
　伊藤正義校注「新潮日本古典集成 新装版〔64〕謡曲集 中」新潮社 2015 p261
大會(金春流)(脇物)
　野上豊一郎編「新装解註 謡曲全集6」中央公論新社 2001 p195

題を桜老泉に寄す（広瀬旭荘）
 大野修作著「日本漢詩人選集16 広瀬旭荘」研文出版 1999 p85
戴を訪う図（伊藤仁斎）
 浅山佳郎、厳明著「日本漢詩人選集4 伊藤仁斎」研文出版 2000 p38
大雅道人の歌（江村北海）
 李寅生著「漢詩名作集成〈日本編〉」明徳出版社 2016 p382
太祇句選（与謝蕪村序）
 尾形仂、山下一海校注「蕪村全集4 俳詩・俳文」講談社 1994 p415
『太祇句選』序（与謝蕪村）
 尾形仂、山下一海校注「蕪村全集4 俳詩・俳文」講談社 1994 p121
太祇十三回忌追慕句文（与謝蕪村）
 尾形仂、山下一海校注「蕪村全集4 俳詩・俳文」講談社 1994 p220
太祇馬提灯図賛（与謝蕪村）
 尾形仂、山下一海校注「蕪村全集4 俳詩・俳文」講談社 1994 p112
大経師昔暦（近松門左衛門）
 田中澄江訳「わたしの古典17 田中澄江の心中天の網島」集英社 1986 p101
退居し南禅を辞する口占 二首（義堂周信）
 蔭木英雄著「日本漢詩人選集3 義堂周信」研文出版 1999 p238
待賢門院堀河集（島原松平文庫蔵本）（待賢門院堀河）
 「新編国歌大観3」角川書店 1985 p481
待賢門夜軍（並木宗助、安田蛙文）
 「義太夫節浄瑠璃未翻刻作品集成33 待賢門夜軍」玉川大学出版部 2015 p11
太閤様軍記のうち（落首・狂歌抜粋）
 狂歌大観刊行会編「狂歌大観2 参考篇」明治書院 1984 p32
太皇太后宮小侍従集（書陵部蔵五一一・二〇）（小侍従）
 「新編国歌大観4」角川書店 1986 p14
太皇太后宮亮平経盛朝臣家歌合（永青文庫蔵本）
 「新編国歌大観5」角川書店 1987 p194
太皇太后宮大進清輔朝臣家歌合（永青文庫蔵本）
 「新編国歌大観5」角川書店 1987 p185
太公望 垂釣の図（佐藤一斎）
 李寅生著「漢詩名作集成〈日本編〉」明徳出版社 2016 p491
大黒図賛（与謝蕪村）
 尾形仂、山下一海校注「蕪村全集4 俳詩・俳文」講談社 1994 p162
大黒連歌
 三枝和子訳「わたしの古典15 馬場あき子の謡曲集 三枝和子の狂言集」集英社 1987 p151
醍醐随筆（寛文十年板、二巻四冊）（中山三柳）
 伊藤慎吾翻刻「假名草子集成47」東京堂出版 2011 p1

醍醐御時菊合（東京国立博物館蔵本）
 「新編国歌大観5」角川書店 1987 p40
大悟物狂（抄）（鬼貫）
 島津忠夫ほか編「西山宗因全集5 伝記・研究篇」八木書店古書出版部 2013 p244
誹講大悟物狂（鬼貫編）
 竹下義人校注「新編西鶴全集5 本文篇 下」勉誠出版 2007 p865
大斎院御集（選子内親王ほか）
 石井文夫、杉谷寿郎注釈「和歌文学注釈叢書2 大斎院御集注釈」新典社 2006 p7
大斎院御集（書陵部蔵五〇一・三〇二）（選子内親王ほか）
 「新編国歌大観3」角川書店 1985 p288
大斎院前の御集（選子内親王）
 天野紀代子ほか全釈「私家集全釈叢書37 大斎院前の御集全釈」風間書房 2009 p59
 石井文夫校注・訳「私家集注釈叢刊12 大斎院前の御集注釈」貴重本刊行会 2002 p7
大斎院前の御集（日本大学蔵本）（選子内親王）
 「新編国歌大観3」角川書店 1985 p279
「太山辺に」百韻
 島津忠夫編「西山宗因全集2 連歌篇二」八木書店 2007 p380
大釜曲（麦水編）
 田中道雄翻刻「古典文学翻刻集成6 続・俳文学篇 中興期（上）」ゆまに書房 1999 p388
第三皇子の花亭に陪り春酒を勧む、応教（菅原道真）
 小島憲之、山本登朗訓読ほか「日本漢詩人選集1 菅原道真」研文出版 1998 p122
泰山府君（金剛流）物
 野上豊一郎編「新装解註 謡曲全集6」中央公論新社 2001 p5
「太山木も」百韻（西山宗因評点）
 井上敏幸、尾崎千佳校訂「西山宗因全集4 紀行・評点・書簡篇」八木書店 2006 p117
代集
 「新編国歌大観5」角川書店 1987 p1083
大嘗会悠紀主基和歌（書陵部蔵五〇二・一五）
 「新編国歌大観10」角川書店 1992 p866
太政入道兵庫岬（竹田小出雲、竹田正蔵）
 「義太夫節浄瑠璃未翻刻作品集成47 太政入道兵庫岬」玉川大学出版部 2018 p11
大照に和答す（義堂周信）
 蔭木英雄著「日本漢詩人選集3 義堂周信」研文出版 1999 p53
大職冠（近松門左衛門）
 工藤慶三郎訳「近松時代物現代語訳〔1〕 用明天皇職人鑑 ほか」北の街社 1999 p11
太神宮参詣記（坂十仏）
 「新編国歌大観10」角川書店 1992 p1062
大尽三ツ盃（江島其磧）
 花田富二夫翻刻「八文字屋本全集1」汲古書院 1992 p209

大蔵経碑文〔良寛〕
　内山知也、松本市壽執筆「定本 良寛全集3 書簡集・法華転・法華讃」中央公論新社 2007 p433

答大宋李枢密〔大宋李枢密に答う〕二首〔道元〕
　飯田利行編訳「現代語訳 洞門禅文学集〔4〕 道元」国書刊行会 2001 p161

大内裏大友真鳥〔江島其磧〕
　江本裕翻刻「八文字屋本全集9」汲古書院 1995 p463

大智偈頌〔大智〕
　飯田利行編訳「現代語訳 洞門禅文学集〔1〕 懐奘・大智」国書刊行会 2001 p87

大典〔観世流〕神舞物
　野上豊一郎編「新装解註 謡曲全集6」中央公論新社 2001 p425

大刀魚〔如亭山人藁 巻一〕（柏木如亭）
　入谷仙介著「日本漢詩人選集8 柏木如亭」研文出版 1999 p109

大土公神祭文
　岩田勝編著「伝承文学資料集成16 中国地方神楽祭文集」三弥井書店 1990 p115

大納言公任集（藤原公任）
　竹鼻績校注「和歌文学大系54 中古歌仙集（一）」明治書院 2004 p161

大弐高遠集（藤原高遠）
　中川博夫校注・訳「私家集注釈叢刊17 大弐高遠集注釈」貴重本刊行会 2010 p7

大弐高遠集〔書陵部蔵五〇一・一九〇〕（藤原高遠）
　「新編国歌大観3」角川書店 1985 p237

大弐三位集〔書陵部蔵一五〇・五五三〕（大弐三位）
　「新編国歌大観3」角川書店 1985 p381

大秘伝白砂人集（許六）
　石川真弘、牛見正和翻刻「古典文学翻刻集成5 続・俳文学篇 元禄・蕉風（下）」ゆまに書房 1999 p400

大佛供養〔金剛流〕切組物
　野上豊一郎編「新装解註 謡曲全集5」中央公論新社 2001 p221

大仏殿万代石楚（西沢一風、田中千柳）
　大橋正叔翻刻・解題「西沢一風全集6」汲古書院 2005 p1

大佛のほとりに夏をむすびける折
　村上素道編「増補 蓮月尼全集」思文閣出版 1980 p59

大仏物語〔寛永二十一年板、二巻二冊〕
　和田恭幸翻刻「假名草子集成47」東京堂出版 2011 p59

太平遺響二編（銅脈先生）
　斎田作楽編「銅脈先生全集 下 和文戯作集」太平書屋 2009 p403

太平楽国字解〔安永五年正月刊 河南儀兵衛他板〕（銅脈先生）
　斎田作楽編「銅脈先生全集 下 和文戯作集」太平書屋 2009 p83

太平楽府（銅脈先生）
　斎田作楽編「銅脈先生全集 下 和文戯作集」太平書屋 2009 p321

太平記
　「新編国歌大観5」角川書店 1987 p1187
　長谷川端校訂・訳「日本の古典をよむ16 太平記」小学館 2008 p9
　山本藤枝訳「わたしの古典14 山本藤枝の太平記」集英社 1986 p7

太平記（現代語訳）〔巻第一～巻第十〕
　鈴木邑訳「現代語で読む歴史文学〔12〕 完訳 太平記（一）〔巻一～巻一〇〕」勉誠出版 2007 p1

太平記（現代語訳）〔巻十一～巻第二十〕
　鈴木邑ほか訳「現代語で読む歴史文学〔13〕 完訳 太平記（二）〔巻一一～巻二〇〕」勉誠出版 2007 p1

太平記（現代語訳）〔巻二一～巻三十〕
　上原作和、小番達共訳「現代語で読む歴史文学〔14〕 完訳 太平記（三）〔巻二一～巻三〇〕」勉誠出版 2007 p1

太平記（現代語訳）〔巻三一～巻四十〕
　上原作和、小番達共訳「現代語で読む歴史文学〔15〕 完訳 太平記（四）〔巻三一～巻四〇〕」勉誠出版 2007 p1

太平記〔巻第一～巻第八〕
　山下宏明校注「新潮日本古典集成 新装版〔34〕太平記1」新潮社 2016 p11

太平記〔巻第九～巻第十五〕
　山下宏明校注「新潮日本古典集成 新装版〔35〕太平記2」新潮社 2016 p11

太平記〔巻第十六～巻第二十二〕
　山下宏明校注「新潮日本古典集成 新装版〔36〕太平記3」新潮社 2016 p11

太平記〔巻第二十三～巻第三十一〕
　山下宏明校注「新潮日本古典集成 新装版〔37〕太平記4」新潮社 2016 p11

太平記〔巻第三十二～巻第四十〕
　山下宏明校注「新潮日本古典集成 新装版〔38〕太平記5」新潮社 2016 p11

太平記〔落首・狂歌抜粋〕
　狂歌大観刊行会編「狂歌大観2 参考篇」明治書院 1984 p6

大瓶猩猩〔観世流〕中の舞物
　野上豊一郎編「新装解註 謡曲全集6」中央公論新社 2001 p413

鯛屋貞柳蔵旦papers（菅専助ほか）
　土田衞ほか編「菅専助全集4」勉誠社 1993 p1

『大来堂発句集』蕪村追悼句抜書〔百池句稿〕
　丸山一彦校注「蕪村全集7 編著・追善」講談社 1995 p429

平重盛（西郷隆盛）
　松尾善弘著「西郷隆盛漢詩全集 増補改訂版」斯文堂 2018 p159

内裏歌合 永承四年
　田島智子校注「和歌文学大系48 王朝歌合集」明治書院 2018 p99

内裏歌合 永承四年〔尊経閣文庫歌十巻本〕
　「新編国歌大観5」角川書店 1987 p80

内裏歌合 応和二年〔尊経閣文庫歌十巻本〕
　「新編国歌大観5」角川書店 1987 p50

内裏歌合 寛和元年
　藏中さやか校注「和歌文学大系48 王朝歌合集」明治書院 2018 p35
内裏歌合 寛和元年（尊経閣文庫蔵十巻本）
　「新編国歌大観5」角川書店 1987 p64
内裏歌合 寛和元年（尊経閣文庫蔵十巻本）
　「新編国歌大観5」角川書店 1987 p64
内裏歌合 建保元年七月（書陵部蔵五〇一・二一）
　「新編国歌大観5」角川書店 1987 p533
内裏歌合 建保元年閏九月（三手文庫蔵本）
　「新編国歌大観5」角川書店 1987 p534
内裏歌合 建保二年（永青文庫蔵本）
　「新編国歌大観5」角川書店 1987 p535
内裏歌合 建暦三年八月七日（尊経閣文庫蔵本）
　「新編国歌大観10」角川書店 1992 p223
内裏歌合 承暦二年（平安朝歌合大成）
　「新編国歌大観5」角川書店 1987 p111
内裏歌合（天正七年）（彰考館蔵本）
　「新編国歌大観10」角川書店 1992 p369
内裏歌合 天徳四年（東京国立博物館蔵二十巻本）
　「新編国歌大観5」角川書店 1987 p46
内裏歌合 天暦九年（東京国立博物館蔵二十巻本）
　「新編国歌大観5」角川書店 1987 p44
内裏歌合 文亀三年六月十四日（島原松平文庫蔵本）
　「新編国歌大観10」角川書店 1992 p365
内裏菊合 延喜十三年（尊経閣文庫蔵十巻本）
　「新編国歌大観5」角川書店 1987 p35
内裏九十番歌合（書陵部蔵伏・四一）
　「新編国歌大観5」角川書店 1987 p755
内裏後番歌合 承暦二年（続群書類従本）
　「新編国歌大観5」角川書店 1987 p114
内裏詩歌合 建保元年二月（内閣文庫蔵本）
　「新編国歌大観5」角川書店 1987 p530
内裏前栽合 康保三年（書陵部蔵五〇一・五五四）
　「新編国歌大観5」角川書店 1987 p55
内裏根合 永承六年（尊経閣文庫蔵十巻本）
　「新編国歌大観5」角川書店 1987 p87
内裏百首（藤原定家）
　久保田淳校訂・訳「藤原定家全歌集 上」筑摩書房 2017 p256
内裏百番歌合 建保四年（書陵部蔵一五一・三六一）
　「新編国歌大観5」角川書店 1987 p546
内裏百番歌合 承久元年（久曾神昇氏蔵本）
　「新編国歌大観5」角川書店 1987 p566
大隆寺避暑 台字を得たり（館柳湾）
　鈴木瑞枝著「日本漢詩人選集13 館柳湾」研文出版 1999 p48
題林愚抄（寛永十四年板本）
　「新編国歌大観10」角川書店 1988 p413
大輪禅利に登る（加舎白雄）
　矢羽勝幸編「増補改訂 加舎白雄全集 上」国文社 2008 p372
大輪禅利に詣ず（加舎白雄）
　矢羽勝幸編「増補改訂 加舎白雄全集 上」国文社 2008 p383
第六天（観世流）働物
　野上豊一郎編「新装解註 謡曲全集6」中央公論新社 2001 p225
第二首（梁川星巌）
　山本和義, 福島理子著「日本漢詩人選集17 梁川星巌」研文出版 2008 p129
第十首（梁川星巌）
　山本和義, 福島理子著「日本漢詩人選集17 梁川星巌」研文出版 2008 p100
田植集（享保十五年刊）（紫桂編）
　加藤定彦, 外村展子編「関東俳諧叢書15 両毛・甲斐和１」関東俳諧叢書刊行会 1996 p213
当麻
　伊藤正義校注「新潮日本古典集成 新装版〔64〕謡曲集 中」新潮社 2015 p269
當麻（宝生流）早舞物
　野上豊一郎編「新装解註 謡曲全集6」中央公論新社 2001 p301
当麻寺まいり（松尾芭蕉）
　嶋中道則ほか「新編 芭蕉大成」三省堂 1999 p379
尊氏将軍二代鑑（並木宗助, 安田蛙文）
　「義太夫節浄瑠璃未翻刻作品集成5 尊氏将軍二代鑑」玉川大学出版部 2006 p11
高雄山（西郷隆盛）
　松尾善弘著「西郷隆盛漢詩全集 増補改訂版」斯文堂 2018 p238
鷹峰蕉窓主人の別業に遊ぶ（伊藤仁斎）
　浅山佳郎, 巌明影「日本漢詩人選集4 伊藤仁斎」研文出版 2000 p175
高倉院厳島御幸記（源通親）
　「新編国歌大観5」角川書店 1987 p1269
高倉院昇霞記（源通親）
　「新編国歌大観5」角川書店 1987 p1269
高崎五郎右衛門十七回忌日賦焉（一）（西郷隆盛）
　松尾善弘著「西郷隆盛漢詩全集 増補改訂版」斯文堂 2018 p66
高崎五郎右衛門十七回忌日賦焉（二）（西郷隆盛）
　松尾善弘著「西郷隆盛漢詩全集 増補改訂版」斯文堂 2018 p67
高砂
　伊藤正義校注「新潮日本古典集成 新装版〔64〕謡曲集 中」新潮社 2015 p281
　馬場あき子訳「わたしの古典15 馬場あき子の謡曲集 三枝和子の狂言集」集英社 1987 p73
高砂（観世流）神舞物
　野上豊一郎編「新装解註 謡曲全集1」中央公論新社 2001 p85
高砂大嶋台（江島其磧）
　石川了翻刻「八文字屋本全集12」汲古書院 1996 p75
隆祐集（書陵部蔵五〇一・八三八）（藤原隆祐）
　「新編国歌大観4」角川書店 1986 p151

高田静冲の郷に帰るを送る（三首中二首）（館柳湾）
　鈴木瑞枝著「日本漢詩人選集13 館柳湾」研文出版 1999 p59
贈高田平次郎（西郷隆盛）
　松尾善弘著「西郷隆盛漢詩全集 増補改訂版」斯文堂 2018 p56
送高田平次郎將去沖永良部島（西郷隆盛）
　松尾善弘著「西郷隆盛漢詩全集 増補改訂版」斯文堂 2018 p57
誰ため（宝暦四年刊）（二世一麿編）
　加藤定彦、外村展子編「関東俳諧叢書6 四時観編2」関東俳諧叢書刊行会 1996 p209
たかね
　石川八朗ほか編「宝井其角全集〔2〕 資料篇」勉誠社 1994 p316
隆信集（元久本）（藤原隆信）
　樋口芳麻呂全釈「私家集全釈叢書29 隆信集全釈」風間書房 2001 p29
隆信集（寿永本）（藤原隆信）
　樋口芳麻呂全釈「私家集全釈叢書29 隆信集全釈」風間書房 2001 p498
隆信集（書陵部蔵五〇一・一八四）（藤原隆信）
　「新編国歌大観7」角川書店 1989 p221
隆信集（竜谷大学蔵本）（藤原隆信）
　「新編国歌大観4」角川書店 1986 p46
高徳行宮題詩圖（西郷隆盛）
　松尾善弘著「西郷隆盛漢詩全集 増補改訂版」斯文堂 2018 p164
孝範集（九州大学附属図書館細川文庫蔵本）（木戸孝範）
　「新編国歌大観8」角川書店 1990 p421
高橋ノ秀倉を悲む詞（賀茂真淵）
　與謝野寛ほか編纂校訂「覆刻 日本古典全集〔文学編〕〔13〕 賀茂眞淵集」現代思潮社 1983 p117
東海道五十三駅人間一生五十年凸凹話（山東京傳）
　棚橋正博校訂「山東京傳全集4 黄表紙4」ぺりかん社 2004 p167
隆房集（書陵部蔵五〇一・一三四）（藤原隆房）
　「新編国歌大観7」角川書店 1989 p231
高光集（西本願寺蔵三十六人集）（藤原高光）
　「新編国歌大観3」角川書店 1985 p131
他我身のうへ（明暦三年板、六巻六冊、絵入）（山岡元隣）
　花田富二夫翻刻「假名草子集成48」東京堂出版 2012 p1
篁集（書陵部蔵五〇一・一七九）
　「新編国歌大観3」角川書店 1985 p142
高山官舍に題す（館柳湾）
　鈴木瑞枝著「日本漢詩人選集13 館柳湾」研文出版 1999 p24
高山郡斎独夜口号（館柳湾）
　鈴木瑞枝著「日本漢詩人選集13 館柳湾」研文出版 1999 p33
題高山先生圖（西郷隆盛）
　松尾善弘著「西郷隆盛漢詩全集 増補改訂版」斯文堂 2018 p167

滝口本所歌合（彰考館蔵本）
　「新編国歌大観5」角川書店 1987 p103
打毬の歌二首（良寛）
　井上慶隆著「日本漢詩人選集11 良寛」研文出版 2002 p52
沢庵和尚鎌倉記（写本、一冊）
　安原眞琴翻刻「假名草子集成48」東京堂出版 2012 p95
沢庵和尚鎌倉記（万治二年板、二巻二冊、絵入）
　安原眞琴翻刻「假名草子集成47」東京堂出版 2011 p91
沢菴順礼鎌倉記〔落首・狂歌抜粋〕
　狂歌大観刊行会編「狂歌大観2 参考篇」明治書院 1984 p180
多景楼（絶海中津）
　李寅生著「漢詩名作集成〈日本編〉」明德出版社 2016 p233
武雄（広瀬淡窓）
　林田愼之助著「日本漢詩人選集15 広瀬淡窓」研文出版 2005 p161
竹を移す（杉浦梅潭）
　李寅生著「漢詩名作集成〈日本編〉」明德出版社 2016 p672
たけ狩（川路高子）
　津本信博著「江戸後期紀行文学全集2」新典社 2013 p405
竹河（紫式部）
　石田穣二、清水好子校注「新潮日本古典集成 新装版〔15〕 源氏物語 六」新潮社 2014 p197
　阿部秋生ほか校訂・訳「日本の古典をよむ10 源氏物語 下」小学館 2008 p178
　與謝野寛ほか編纂校訂「覆刻 日本古典全集〔文学編〕〔19〕 源氏物語 四」現代思潮社 1982 p110
武田翁の招きに従うて仁和寺に花を翫ぶ（伊藤仁斎）
　浅山佳郎、厳明著「日本漢詩人選集4 伊藤仁斎」研文出版 2000 p123
竹取物語
　野口元大校注「新潮日本古典集成 新装版〔39〕 竹取物語」新潮社 2014 p7
　「新編国歌大観5」角川書店 1987 p1303
　片桐洋一校訂・訳「日本の古典をよむ6 竹取物語 伊勢物語 堤中納言物語」小学館 2008 p11
　正宗敦夫編纂校訂「覆刻 日本古典全集〔文学編〕〔36〕 竹取物語 大和物語 住吉物語 唐物語」現代思潮社 1982 p1
　大庭みな子訳「わたしの古典3 大庭みな子の竹取物語・伊勢物語」集英社 1986 p9
「竹に生て」百韻（西山宗因評点）
　井上敏幸、尾崎千佳校訂「西山宗因全集4 紀行・評点・書簡篇」八木書店 2006 p124
竹二首（藤森弘庵）
　李寅生著「漢詩名作集成〈日本編〉」明德出版社 2016 p559
竹の隙もる（五句）
　永井一彰校注「蕪村全集2 連句」講談社 2001

竹の友（天明七年刊）（瑞石）
　加藤定彦, 外村展子編「関東俳諧叢書27 常総編3」関東俳諧叢書刊行会 2004 p277
竹雪（宝生流）
　野上豊一郎編「新装解註 謡曲全集4」中央公論新社 2001 p455
武水別神社参詣の文（加舎白雄）
　矢羽勝幸編「増補改訂 加舎白雄全集 上」国文社 2008 p371
竹むきが記（日野名子）
　「新編国歌大観5」角川書店 1987 p1302
　渡辺静子編・評釈「中世日記紀行文学全評釈集成5」勉誠出版 2004 p127
武村卜居作（西郷隆盛）
　松尾善弘著「西郷隆盛漢詩全集 増補改訂版」斯文堂 2018 p95
蛸壺塚供養願文（蝶夢）
　田中道雄ほか編著「蝶夢全集」和泉書院 2013 p296
「蛸壺や」の詞書（松尾芭蕉）
　嶋中道則ほか「新編 芭蕉大成」三省堂 1999 p393
田ごとのはる（加舎白雄撰）
　矢羽勝幸編「増補改訂 加舎白雄全集 下」国文社 2008 p41
『田ごとのはる』序（加舎白雄）
　矢羽勝幸編「増補改訂 加舎白雄全集 上」国文社 2008 p371
多胡碑集
　石川八朗ほか編「宝井其角全集〔2〕 資料篇」勉誠社 1994 p625
太శ盧可佐
　石川八朗ほか編「宝井其角全集〔2〕 資料篇」勉誠社 1994 p362
太宰大弐資通卿家歌合（二十巻本）
　「新編国歌大観5」角川書店 1987 p90
太宰道室親の病を聞きて帰省するを送る（伊藤仁斎）
　浅山佳郎, 厳明著「日本漢詩人選集4 伊藤仁斎」研文出版 2000 p104
太宰徳夫を賛す 前に同じ（広瀬淡窓）
　林田愼之助著「日本漢詩人選集15 広瀬淡窓」研文出版 2005 p174
太宰府にて菅公廟に謁す（広瀬淡窓）
　林田愼之助著「日本漢詩人選集15 広瀬淡窓」研文出版 2005 p52
山車（広瀬淡窓）
　林田愼之助著「日本漢詩人選集15 広瀬淡窓」研文出版 2005 p24
たづのあし
　建部綾足著作刊行会編「建部綾足全集3（俳諧Ⅲ）」国書刊行会 1986 p61
田鶴の村鳥
　藤田徳太郎校訂「覆刻 日本古典全集〔文学編〕〔6〕 うつほ物語 三」現代思潮社 1982 p561

唯心鬼打豆（山東京傳）
　棚橋正博校訂「山東京傳全集3 黄表紙3」ぺりかん社 2001 p129
忠こそ
　藤田徳太郎校訂「覆刻 日本古典全集〔文学編〕〔4〕 うつほ物語 一」現代思潮社 1982 p195
イば（歌仙）
　満田達夫校注「蕪村全集2 連句」講談社 2001 p281
礼物語（明暦三年板、二巻二冊、絵入）（日心）
　和田恭幸翻刻「假名草子集成47」東京堂出版 2011 p119
忠信（宝生流）切組物
　野上豊一郎編「新装解註 謡曲全集5」中央公論新社 2001 p251
忠信百首（彰考館蔵本）（藤原忠信）
　「新編国歌大観10」角川書店 1992 p142
忠度
　伊藤正義校注「新潮日本古典集成 新装版〔64〕 謡曲集 中」新潮社 2015 p293
　馬場あき子訳「わたしの古典15 馬場あき子の謡曲集・三枝和子の狂言集」集英社 1987 p20
忠度（金春流）カケリ物
　野上豊一郎編「新装解註 謡曲全集2」中央公論新社 2001 p55
修羅物 忠度（世阿弥）
　小山弘志, 佐藤健一郎校訂・訳「日本の古典をよむ17 風姿花伝・謡曲名作選」小学館 2009 p188
忠度集（書陵部蔵五〇一・一五八）（平忠度）
　「新編国歌大観3」角川書店 1985 p559
忠見集（西本願寺蔵三十六人集）（壬生忠見）
　「新編国歌大観3」角川書店 1985 p78
忠通家歌合 元永元年十月二日
　鈴木徳男校注「和歌文学大系48 王朝歌合集」明治書院 2018 p175
田多民治集（書陵部蔵五〇一・四一）（藤原忠通）
　「新編国歌大観3」角川書店 1985 p486
忠岑集（壬生忠岑）
　藤岡忠美, 片山剛校注・訳「私家集注釈叢刊9 忠岑集注釈」貴重本刊行会 1997 p7
　菊地靖彦校注「和歌文学大系19 貫之集・躬恒集・友則集・忠岑集」明治書院 1997 p277
忠岑集（書陵部蔵五〇一・一二三）（壬生忠岑）
　「新編国歌大観3」角川書店 1985 p38
忠岑集（西本願寺蔵三十六人集）（壬生忠岑）
　「新編国歌大観7」角川書店 1989 p22
忠盛祇園桜（八文字自笑ほか）
　篠原進翻刻「八文字屋本全集15」汲古書院 1997 p295
忠盛集（日本大学蔵本）（平忠盛）
　「新編国歌大観3」角川書店 1985 p474
「たちぬはね」百韻
　島津忠夫ほか編「西山宗因全集2 連歌篇二」八木書店 2007 p46

帯刀陣歌合 正暦四年（尊経閣文庫蔵十巻本）
　「新編国歌大観5」角川書店 1987 p66
橘為仲朝臣集（甲本）（橘為仲）
　目加田さくを全釈「私家集全釈叢書21 橘為仲朝臣集全釈」風間書房 1998 p117
橘為仲朝臣集（乙本）（橘為仲）
　好村友江, 中嶋眞理子全釈「私家集全釈叢書21 橘為仲朝臣集全釈」風間書房 1998 p235
橘枝直が宅に九月十三夜宴する歌の序（賀茂真淵）
　與謝野寛ほか編纂校訂「覆刻 日本古典全集〔文学編〕〔13〕 賀茂眞淵集」現代思潮社 1983 p108
「橘の」詞書（与謝蕪村）
　尾形仂, 山下一海校注「蕪村全集4 俳詩・俳文」講談社 1994 p183
橘ノ常樹を悲む詞（賀茂真淵）
　與謝野寛ほか編纂校訂「覆刻 日本古典全集〔文学編〕〔13〕 賀茂眞淵集」現代思潮社 1983 p119
「立あとや」百韻
　加藤定彦「西山宗因全集3 俳諧篇」八木書店 2004 p373
たつか弓
　海音研究会編「紀海音全集8」清文堂出版 1980 p33
謫居偶成（西郷隆盛）
　松尾善弘著「西郷隆盛漢詩全集 増補改訂版」斯文堂 2018 p4
謫居の春雪（菅原道真）
　李寅生著「漢詩名作集成〈日本編〉」明徳出版社 2016 p163
　小島憲之, 山本登朗訓読ほか「日本漢詩人選集1 菅原道真」研文出版 1998 p175
龍田
　伊藤正義校注「新潮日本古典集成 新装版〔64〕 謡曲集 中」新潮社 2015 p307
龍田（喜多流）神楽物
　野上豊一郎編「新装解註 謡曲全集4」中央公論新社 2001 p35
「立年の」百韻（西山宗因）
　加藤定彦「西山宗因全集3 俳諧篇」八木書店 2004 p183
「たつ鳥の」百韻（西山宗因評点）
　井上敏幸, 尾崎千佳校訂「西山宗因全集4 紀行・評点・書簡篇」八木書店 2006 p159
たつのうら
　石川八朗ほか編「宝井其角全集〔2〕 資料篇」勉誠社 1994 p491
龍都俵名図（八文字自笑ほか）
　岡雅彦翻刻「八文字屋本全集15」汲古書院 1997 p371
浦嶋太郎龍宮壇鉢木（山東京傳）
　棚橋正博校訂「山東京傳全集3 黄表紙3」ぺりかん社 2001 p259
龍の宮津子（享和二年刊）（素外編）
　加藤定彦, 外村展子編「関東俳諧叢書31 絵俳書編 5」関東俳諧叢書刊行会 2006 p311

伊達髪五人男（西沢一風）
　江本裕翻刻「西沢一風全集2」汲古書院 2003 p307
伊達衣
　石川八朗ほか編「宝井其角全集〔2〕 資料篇」勉誠社 1994 p313
奉ル邊鎭稲荷ノ大神ノ御璽ヲ祝詞（賀茂真淵）
　與謝野寛ほか編纂校訂「覆刻 日本古典全集〔文学編〕〔13〕 賀茂眞淵集」現代思潮社 1983 p144
伊達娘恋緋鹿子（菅専助ほか）
　土田衞ほか編「菅専助全集2」勉誠社 1991 p293
田上集（島原松平文庫蔵本）（源俊頼）
　「新編国歌大観7」角川書店 1989 p117
はいかい棚さがし（安永五年）（蓼太述, 鼠腹記）
　藤田真一校注「蕪村全集8 関係俳書」講談社 1993 p360
七夕（たなばた）→ "しちせき"を見よ
七夕七十首（群書類従本）（藤原為理）
　「新編国歌大観10」角川書店 1992 p207
七夕の文（加舎白雄）
　矢羽勝幸編「増補改訂 加舎白雄全集 上」国社 2008 p376
谷行（下掛宝生流）祈物
　野上豊一郎編「新装解註 謡曲全集5」中央公論新社 2001 p567
「田螺とられて」世吉
　宮脇真彦執筆担当「新編 芭蕉大成」三省堂 1999 p181
谷の鶯（鈴木秋月編）
　白石悌三翻刻「古典文学翻刻集成5 続・俳文学篇 元禄・蕉風1」ゆまに書房 1999 p180
たにのむもれ木（写本, 一冊）
　花田富二夫翻刻「假名草子集成47」東京堂出版 2011 p167
「谷の戸は」百韻
　島津忠夫ほか編「西山宗因全集2 連歌篇二」八木書店 2007 p61
谷文晁の山水横巻に題し橋本元吉が為にす（中島棕隠）
　入谷仙介著「日本漢詩人選集14 中島棕隠」研文出版 2002 p101
狸の図賛（与謝蕪村）（存疑作）
　尾形仂, 山下一海校注「蕪村全集4 俳詩・俳文」講談社 1994 p259
「種芋や」歌仙
　宮脇真彦執筆担当「新編 芭蕉大成」三省堂 1999 p252
たね茄子
　石川八朗ほか編「宝井其角全集〔2〕 資料篇」勉誠社 1994 p636
「楽しさや」句文（松尾芭蕉）（存疑作）
　嶋中道則ほか「新編 芭蕉大成」三省堂 1999 p443
「たのむ陰」百韻（西山宗因）
　島津忠夫ほか編「西山宗因全集2 連歌篇二」八木書店 2007 p272

煙草二抄(山東京山)
　湯浅淑子校訂「江戸怪異綺想文芸大系4　山東京山伝奇小説集」国書刊行会 2003 p325

「旅衣」三つ物
　宮脇真彦執筆担当「新編　芭蕉大成」三省堂 1999 p230

「旅寐よし」半歌仙
　宮脇真彦執筆担当「新編　芭蕉大成」三省堂 1999 p214

旅寝論(去来)
　尾形仂編「新編　芭蕉大成」三省堂 1999 p640
　石川八朗ほか編「宝井其角全集〔2〕資料篇」勉誠社 1994 p305

旅のなぐさ(賀茂真淵)
　与謝野寛ほか編纂校訂「覆刻　日本古典全集〔文学編〕〔13〕賀茂眞淵集」現代思潮社 1983 p150

旅の日数(寛保元年刊)(宗瑞)
　加藤定彦, 外村展子編「関東俳諧叢書13 常総編1」関東俳諧叢書刊行会 1996 p41

堂飛乃日難美(松岡行義)
　津本信博著「江戸後期紀行文学全集2」新典社 2013 p375

「旅人と」半歌仙
　宮脇真彦執筆担当「新編　芭蕉大成」三省堂 1999 p213

「旅人と」世吉
　宮脇真彦執筆担当「新編　芭蕉大成」三省堂 1999 p205

旅袋集
　石川八朗ほか編「宝井其角全集〔2〕資料篇」勉誠社 1994 p310

玉葛(金春流)カケリ物
　野上豊一郎編「新装解註 謡曲全集3」中央公論新社 2001 p271

玉鬘
　伊藤正義校注「新潮日本古典集成 新装版〔64〕謡曲集 中」新潮社 2015 p319

玉鬘(紫式部)
　石田穣二, 清水好子校注「新潮日本古典集成 新装版〔12〕源氏物語 三」新潮社 2014 p279
　阿部秋生ほか校訂・訳「日本の古典をよむ9 源氏物語 上」小学館 2008 p260
　与謝野寛ほか編纂校訂「覆刻　日本古典全集〔文学編〕〔17〕源氏物語 二」現代思潮社 1982 p177
　円地文子訳「わたしの古典7 円地文子の源氏物語 巻2」集英社 1985 p75

たまきはる(建春門院中納言)
　大倉比呂志編・評釈「中世日記紀行文学全評釈集成2」勉誠出版 2004 p1

玉櫛笥(林義端)
　木越治, 金永昊校訂「江戸怪談文芸名作選1 新編浮世草子怪談集」国書刊行会 2016 p5

玉津島歌合 弘長三年(書陵部蔵五〇一・五五三)
　「新編国歌大観10」角川書店 1992 p256

玉手箱(抜粋)(蝶々子撰)
　島津忠夫ほか編「西山宗因全集5 伝記・研究篇」八木書店古書出版部 2013 p223

玉井(観世流)働物
　野上豊一郎編「新装解註 謠曲全集1」中央公論新社 2001 p289

玉浦、舟中見る所(梁川星巌)
　山本和義, 福島理子著「日本漢詩人選集17 梁川星巌」研文出版 2008 p43

玉箒子(林義端)
　木越治, 金永昊校訂「江戸怪談文芸名作選1 新編浮世草子怪談集」国書刊行会 2016 p189

たままつり
　石川八朗ほか編「宝井其角全集〔2〕資料篇」勉誠社 1994 p342

魂祭の文(加舎白雄)
　矢羽勝幸編「増補改訂 加舎白雄全集 上」国文社 2008 p377

太平記吾妻鑑玉磨青砥銭(山東京傳)
　棚橋正博校訂「山東京傳全集2 黄表紙2」ぺりかん社 1993 p209

魂迎えの文(加舎白雄)
　矢羽勝幸編「増補改訂 加舎白雄全集 上」国文社 2008 p393

たまも集(安永三年八月)(蕪村編)
　丸山一彦校注「蕪村全集7 編著・追善」講談社 1995 p85

玉屋景物(山東京傳)
　棚橋正博校訂「山東京傳全集5 黄表紙5」ぺりかん社 2009 p271

多美農草
　海音研究会編「紀海音全集8」清文堂出版 1980 p8
　石川八朗ほか編「宝井其角全集〔2〕資料篇」勉誠社 1994 p362

「手向には」百韻
　島津忠夫ほか編「西山宗因全集2 連歌篇二」八木書店 2007 p303

手向の声序(蝶夢)
　田中道雄ほか編著「蝶夢全集」和泉書院 2013 p243

他むら(享保五年刊)(貞佐, 潭北編)
　加藤定彦, 外村展子編「関東俳諧叢書15 両毛・甲斐編1」関東俳諧叢書刊行会 1996 p101

田村
　伊藤正義校注「新潮日本古典集成 新装版〔64〕謡曲集 中」新潮社 2015 p329

田村(観世流)カケリ物
　野上豊一郎編「新装解註 謡曲全集2」中央公論新社 2001 p15

田村麿鈴鹿合戦(浅田一鳥, 豊田正蔵)
　「義太夫節浄瑠璃未翻刻作品集成38 田村麿鈴鹿合戦」玉川大学出版部 2015 p11

為家一夜百首(永青文庫蔵本)(藤原為家)
　「新編国歌大観10」角川書店 1992 p156

為家卿集(藤原為家)
　山本啓介校注「和歌文学大系64 為家卿集・瓊玉和歌集・伏見院御集」明治書院 2014 p1

為家五社百首（書陵部蔵五〇一・八八）（藤原為家）
　「新編国歌大観10」角川書店 1992 p97
為家集（書陵部蔵五〇一・四三一）（藤原為家）
　「新編国歌大観7」角川書店 1989 p417
為家千首（書陵部蔵五〇一・一四一）（藤原為家）
　「新編国歌大観10」角川書店 1992 p15
為兼卿和歌抄（京極為兼）
　「新編国歌大観5」角川書店 1987 p1075
為兼家歌合（乾元二年）（書陵部蔵五〇一・五五三）
　「新編国歌大観10」角川書店 1992 p281
為兼鹿百首（書陵部蔵二〇六・七一五）（京極為兼）
　「新編国歌大観10」角川書店 1992 p160
為定集（書陵部蔵五〇一・七〇六）（二条為定）
　「新編国歌大観7」角川書店 1989 p712
為重集（書陵部蔵二〇六・七〇三）（二条為重）
　「新編国歌大観7」角川書店 1989 p766
為理集（書陵部蔵五〇一・一二六二）（藤原為理）
　「新編国歌大観7」角川書店 1989 p589
為忠家後度百首（藤原為忠ほか詠）
　家永香織全釈「歌合・定数歌全釈叢書15 為忠家後度百首全釈」風間書房 2011 p7
　松野陽一、吉田薫編「藤原俊成全歌集」笠間書院 2007 p264
為忠家後度百首（尊経閣文庫蔵本）（藤原為忠ほか詠）
　「新編国歌大観4」角川書店 1986 p272
為忠家初度百首（藤原為忠ほか詠）
　家永香織全釈「歌合・定数歌全釈叢書9 為忠家初度百首全釈」風間書房 2007 p7
　松野陽一、吉田薫編「藤原俊成全歌集」笠間書院 2007 p247
為忠家初度百首（尊経閣文庫蔵本）（藤原為忠ほか詠）
　「新編国歌大観4」角川書店 1986 p263
為忠集（神宮文庫蔵本）
　「新編国歌大観7」角川書店 1989 p124
為尹千首（ためただせんしゅ）→ "ためまさせんしゅ"を見よ
「ためつけて」歌仙
　宮脇真彦執筆担当「新編 芭蕉大成」三省堂 1999 p212
為富集（国立歴史民俗博物館蔵本）（下冷泉持為）
　「新編国歌大観8」角川書店 1990 p34
為仲集（群書類従本）（橘為仲）
　「新編国歌大観3」角川書店 1985 p382
為信集（書陵部蔵五〇一・一二九八）（為信）
　「新編国歌大観7」角川書店 1989 p37
為広集Ⅰ（東京大学史料編纂所蔵本）（上冷泉為広）
　「新編国歌大観8」角川書店 1990 p522
為広集Ⅱ（書陵部蔵五〇一・八二七）（上冷泉為広）
　「新編国歌大観8」角川書店 1990 p526
為広集Ⅲ（書陵部蔵五〇一・七九二）（上冷泉為広）
　「新編国歌大観8」角川書店 1990 p529

為尹千首（志香須賀文庫蔵本）（冷泉為尹）
　「新編国歌大観4」角川書店 1986 p632
為村集（龍谷大学蔵本）（冷泉為村）
　「新編国歌大観9」角川書店 1991 p356
為世集（井上宗雄氏蔵本）（二条為世）
　「新編国歌大観7」角川書店 1989 p370
為世十三回忌和歌（東大史料編纂所蔵本）
　「新編国歌大観10」角川書店 1992 p488
為頼集（藤原為頼）
　川村裕子ほか全釈「私家集全釈叢書14 為頼集全釈」風間書房 1994 p111
為頼集（三手文庫蔵本）（藤原為頼）
　「新編国歌大観3」角川書店 1985 p217
おそめ久松袂の白しぼり（紀海音）
　海音研究会編「紀海音全集1」清文堂出版 1977 p29
「田や麦や」句文（松尾芭蕉）
　嶋中道則ほか「新編 芭蕉大成」三省堂 1999 p400
太夫桜（遠舟編）
　竹下義人校注「新編西鶴全集5 本文篇 上」勉誠出版 2007 p461
たれか家（宝井其角編）
　石川八朗ほか編「宝井其角全集〔1〕編著篇」勉誠社 1994 p129
「誰か又」狂歌（松尾芭蕉（存疑作））
　宮脇真彦執筆担当「新編 芭蕉大成」三省堂 1999 p321
「誰れ住みて」前書（与謝蕪村）
　尾形仂、山下一海校注「蕪村全集4 俳詩・俳文」講談社 1994 p36
「誰も見よ」画賛狂歌（松尾芭蕉（存疑作））
　宮脇真彦執筆担当「新編 芭蕉大成」三省堂 1999 p320
一時軒会合太郎五百韻（惟中編）
　竹下義人校注「新編西鶴全集5 本文篇 上」勉誠出版 2007 p292
狂歌太郎殿犬百首（桑楊庵光編）
　岡雅彦翻刻「江戸狂歌本選集3」東京堂出版 1999 p293
たほれたよむおほむね（狂歌堂真顔）
　牧野悟資翻刻「江戸狂歌本選集15」東京堂出版 2007 p44
探荷集二編（天明六年刊）（白麻編）
　加藤定彦、外村展子編「関東俳諧叢書29 雪門編」関東俳諧叢書刊行会 2005 p339
探丸等三吟歌仙点巻（松尾芭蕉評点）
　小林祥次郎執筆担当「新編 芭蕉大成」三省堂 1999 p580
探丸等八吟歌仙点巻（松尾芭蕉評点）
　小林祥次郎執筆担当「新編 芭蕉大成」三省堂 1999 p581
弾琴を習うを停む（菅原道真）
　小島憲之、山本登朗訓読ほか「日本漢詩人選集1 菅原道真」研文出版 1998 p19

端午（一休宗純）
　李寅生著「漢詩名作集成〈日本編〉」明德出版社 2016 p241
丹後守公基朝臣歌合 康平六年（彰考館蔵本）
　「新編国歌大観5」角川書店 1987 p100
丹後守公基朝臣歌合 天喜六年（彰考館蔵本）
　「新編国歌大観5」角川書店 1987 p99
但州出石連中摺物（仮題）安永三年春
　丸山一彦校注「蕪村全集7 編著・追善」講談社 1995 p452
丹州爺打栗（竹田小出雲、三好松洛）
　「義太夫節浄瑠璃未翻刻作品集成30 丹州爺打栗」玉川大学出版部 2013 p11
談笑随筆（元文元年成）（軽子編）
　加藤定彦, 外村展子編「関東俳諧叢書3 五色墨編1」関東俳諧叢書刊行会 1993 p89
淡窓五首（広瀬淡窓）
　林田愼之助著「日本漢詩人選集15 広瀬淡窓」研文出版 2005 p114
探題集（寛延三年成）（樹徳編）
　加藤定彦, 外村展子編「関東俳諧叢書23 四時観編 3」関東俳諧叢書刊行会 2002 p73
膽大小心録異文〔抄〕（上田秋成）
　島津忠夫ほか編「西山宗因全集5 伝記・研究篇」八木書店古書出版部 2013 p291
淡々発句集
　石川八朗ほか編「宝井其角全集〔2〕　資料篇」勉誠社 1994 p512
断腸の文（蝶夢）
　田中道雄ほか編著「蝶夢全集」和泉書院 2013 p316
歎異抄（親鸞）
　安良岡康作校訂・訳「日本の古典をよむ14 方丈記・徒然草・歎異抄」小学館 2007 p239
湛然居士文集（耶律楚材撰）
　飯田利行編訳「現代語訳 洞門禅文学集〔6〕　耶律楚材」国書刊行会 2002 p31
壇の浦を過ぎ（村上仏山）
　李寅生著「漢詩名作集成〈日本編〉」明德出版社 2016 p605
檀浦女見台（其笑、瑞笑）
　石川了翻刻「八文字屋本全集20」汲古書院 1999 p449
壇浦夜泊（木下犀潭）
　李寅生著「漢詩名作集成〈日本編〉」明德出版社 2016 p575
丹波篠山連中摺物（仮題）安永二年か
　丸山一彦校注「蕪村全集7 編著・追善」講談社 1995 p450
丹波太郎物語（江島其磧）
　渡辺守邦翻刻「八文字屋本全集5」汲古書院 1994 p327
丹波与作無間鐘（八文字自笑）
　江本裕翻刻「八文字屋本全集15」汲古書院 1997 p153

壇風（下掛宝生流）準働物
　野上豊一郎編「新装解註 謡曲全集5」中央公論新社 2001 p387
俳諧団袋（団水編）
　竹下義人校注「新編西鶴全集5 本文篇 下」勉誠出版 2007 p876
旦暮発句（梅丸稿本）（梅丸輯）
　加藤定彦, 外村展子編「関東俳諧叢書 編外1 半場里丸俳諧資料集」関東俳諧叢書刊行会 1995 p153
談林十百韻〔抜粋〕（松意編）
　島津忠夫ほか編「西山宗因全集5 伝記・研究篇」八木書店古書出版部 2013 p219

【 ち 】

「ちいさくて」百韻（西山宗因評点）
　井上敏幸, 尾崎千佳校訂「西山宗因全集4 紀行・評点・書簡篇」八木書店 2006 p182
智恵鑑（万治三年板、十巻二冊、絵入）（橘軒散人）
　花田富二夫翻刻「假名草子集成48」東京堂出版 2012 p203
　柳沢昌紀翻刻「假名草子集成49」東京堂出版 2013 p1
千穎集（別田千穎）
　金子英世ほか全釈「私家集全釈叢書19 千穎集全釈」風間書房 1997 p51
千穎集（穂久邇文庫蔵本）（別田千穎）
　「新編国歌大観3」角川書店 1985 p197
親清五女集（書陵部蔵五〇一・三〇三）（平親清五女）
　「新編国歌大観7」角川書店 1989 p498
親清四女集（書陵部蔵五〇一・二四八）（平親清四女）
　「新編国歌大観7」角川書店 1989 p495
血かたびら（上田秋成）
　美山靖校注「新潮日本古典集成 新装版〔48〕　春雨物語 書初機嫌海」新潮社 2014 p12
　一戸渉注釈ほか「三弥井古典文庫〔10〕　春雨物語」三弥井書店 2012 p4
　大庭みな子訳「わたしの古典19 大庭みな子の雨月物語」集英社 1987 p149
親当句集〈旧横山重（赤木文庫）蔵本〉（蜷川親当）
　「連歌大観1」古典ライブラリー 2016 p266
親宗集（尊経閣文庫蔵本）（平親宗）
　「新編国歌大観7」角川書店 1989 p207
親盛集（彰考館蔵本）（藤原親盛）
　「新編国歌大観7」角川書店 1989 p209
力すまふ
　石川八朗ほか編「宝井其角全集〔2〕　資料篇」勉誠社 1994 p634
池館の晩景（清田龍川）
　李寅生著「漢詩名作集成〈日本編〉」明德出版社 2016 p433

千宜理記
　加藤定彦「西山宗因全集3 俳諧篇」八木書店 2004 p516
竹陰閑居訪友図賛(与謝蕪村)
　尾形仂, 山下一海校注「蕪村全集4 俳詩・俳文」講談社 1994 p40
竹園抄
　「新編国歌大観5」角川書店 1987 p1082
竹斎(寛永整版本、二巻二冊、絵入)(富山道冶)
　入口敦志翻刻「假名草子集成49」東京堂出版 2013 p107
竹斎(古活字十一行本、二巻二冊)(富山道冶)
　入口敦志翻刻「假名草子集成48」東京堂出版 2012 p115
竹斎(奈良絵本、一冊、絵入)(富山道冶)
　中島次郎翻刻「假名草子集成49」東京堂出版 2013 p179
竹斎〔落首・狂歌抜粋〕
　狂歌大観刊行会編「狂歌大観2 参考篇」明治書院 1984 p73
竹斎東下(写本、一冊)(富山道冶)
　入口敦志編「假名草子集成47」東京堂出版 2011 p185
竹斎狂歌物語〔落首・狂歌抜粋〕
　狂歌大観刊行会編「狂歌大観2 参考篇」明治書院 1984 p112
竹斎狂哥物語(正徳三年板、三巻三冊、絵入)
　中島次郎翻刻「假名草子集成48」東京堂出版 2012 p147
竹斎療治之評判(貞享二年板、二巻二冊、絵入)
　ラウラ・モレッティ翻刻「假名草子集成48」東京堂出版 2012 p175
竹枝詞(龍草廬)
　李寅生著「漢詩名作集成〈日本編〉」明徳出版社 2016 p390
筑紫太宰府記(西山宗因)
　石川真弘, 尾﨑千佳校訂「西山宗因全集4 紀行・評点・書簡編」八木書店 2006 p42
筑前城下の作(広瀬淡窓)
　李寅生著「漢詩名作集成〈日本編〉」明徳出版社 2016 p523
　林田愼之助著「日本漢詩人選集15 広瀬淡窓」研文出版 2005 p54
筑前道上(広瀬淡窓)
　林田愼之助著「日本漢詩人選集15 広瀬淡窓」研文出版 2005 p51
筑前原田説法
　野村眞智子編「伝承文学資料集成20 肥後・琵琶語り集」三弥井書店 2006 p174
ちくは集(元文三年刊)(祇徳編)
　加藤定彦, 外村展子編「関東俳諧叢書5 四時観編1」関東俳諧叢書刊行会 1994 p79
竹風和歌抄(愛知教育大付属図書館蔵本)(宗尊親王)
　「新編国歌大観7」角川書店 1989 p402
竹生島(金春流)(謡物)
　野上豊一郎編「新装解註 謡曲全集1」中央公論新社 2001 p243

竹生嶋弁財天御本地(斎藤報恩会蔵)
　真下美弥子翻刻「伝承文学資料集成10 奥浄瑠璃集成(一)」三弥井書店 2000 p123
竹生島弁才天由来記(斎藤報恩会蔵)
　真下美弥子翻刻「伝承文学資料集成10 奥浄瑠璃集成(一)」三弥井書店 2000 p173
竹圃を悼む辞(蝶夢)
　田中道雄ほか編著「蝶夢全集」和泉書院 2013 p344
千曲亭に泊まる文(加舎白雄)
　矢羽勝幸編「増補改訂 加舎白雄全集 上」国社 2008 p384
築梁の広瀬丈 招飲し賦して贈る(広瀬旭荘)
　大野修作著「日本漢詩人選集16 広瀬旭荘」研文出版 1999 p167
竹林の七賢図に題す(島田忠臣)
　興膳宏著「日本漢詩人選集 別巻 古代漢詩選」研文出版 2005 p217
江嶋古跡児ケ淵桜之振袖(山東京傳)
　清水正男, 棚橋正博校訂「山東京傳全集11 合巻6」ぺりかん社 2015 p301
千里集(大江千里)
　平野由紀子著「私家集全釈叢書36 千里集全釈」風間書房 2007 p37
千里集(書陵部蔵五一一・二三)(大江千里)
　「新編国歌大観3」角川書店 1985 p146
春興ちさとの花(明和六年刊)(祇園尼)
　加藤定彦, 外村展子編「関東俳諧叢書23 四時観編3」関東俳諧叢書刊行会 2002 p265
「菖はまだ」ほかの詞書(松尾芭蕉)
　嶋中道則ほか「新編 芭蕉大成」三省堂 1999 p440
智周発句集〔抄〕(梢風尼)
　嶋中道則ほか「新編 芭蕉大成」三省堂 1999 p803
千반眞言家に集ふる歌の序(賀茂真淵)
　與謝野寛ほか編纂校訂「覆刻 日本古典全集〔文学編〕〔13〕賀茂眞淵集」現代思潮社 1983 p109
父の恩
　石川八朗ほか編「宝井其角全集〔2〕資料篇」勉誠社 1994 p483
父の終焉日記〔抄〕(小林一茶)
　揖斐高注訳・解説「古典名作リーディング1 蕪村・一茶集」貴重本刊行会 2000 p281
「父母の」の句文(松尾芭蕉)
　嶋中道則ほか「新編 芭蕉大成」三省堂 1999 p392
三拾四処観音順礼秩父縁起霊験円通伝(円宗(建部綾足))
　建部綾足著作刊行会編「建部綾足全集6(文集)」国書刊行会 1987 p9
秩父順礼独案内記(円宗(建部綾足))
　建部綾足著作刊行会編「建部綾足全集6(文集)」国書刊行会 1987 p85
雉朋会談(藤貞陸編)
　近衛典子校訂「江戸怪談文芸名作選4 動物怪談集」国書刊行会 2018 p5

千鳥掛〔抄〕
石川八朗ほか編「宝井其角全集〔2〕 資料篇」勉誠社 1994 p92
千鳥掛〔序 抄〕（素堂）
嶋中道則編「新編 芭蕉大成」三省堂 1999 p800
ちどり塚跋（蝶夢）
田中道雄ほか編著「蝶夢全集」和泉書院 2013 p307
千どりの恩〔抄〕（芭蕉）
嶋中道則編「新編 芭蕉大成」三省堂 1999 p803
千鳥墳（宝暦十年刊）（徳雨編）
加藤定彦, 外村展子編「関東俳諧叢書14 常総編2」関東俳諧叢書刊行会 1998 p145
薙髪集（延享三年刊）（助貫ほか編）
加藤定彦, 外村展子編「関東俳諧叢書5 四時観編1」関東俳諧叢書刊行会 1994 p253
粽解て（付合）
長島弘明校注「蕪村全集2 連句」講談社 2001 p343
池無絃に贈る（中島棕隠）
入谷仙介著「日本漢詩人選集14 中島棕隠」研文出版 2002 p14
茶烟婚賀の文（加舎白雄）
矢羽勝幸編「増補改訂 加舎白雄全集 上」国文社 2008 p367
茶山菅先生に贈る（中島棕隠）
入谷仙介著「日本漢詩人選集14 中島棕隠」研文出版 2002 p95
茶席の文（加舎白雄）
矢羽勝幸編「増補改訂 加舎白雄全集 上」国文社 2008 p394
茶摘笠（宝暦五年刊）（玄武坊編）
加藤定彦, 外村展子編「関東俳諧叢書24 東武獅子門編 3」関東俳諧叢書刊行会 2002 p17
茶のさうし
石川八朗ほか編「宝井其角全集〔2〕 資料篇」勉誠社 1994 p298
茶の花見（安永元年刊）（買風編）
加藤定彦, 外村展子編「関東俳諧叢書27 常総編3」関東俳諧叢書刊行会 2004 p133
茶初穂（柚花翁林鰡山編）
富田志津子翻刻「古典文学翻刻集成6 続・俳文学篇 中興期（上）」ゆまに書房 1999 p9
中宮上総集（彰考館蔵本）（中宮上総）
「新編国歌大観7」角川書店 1989 p117
中宮権大夫家歌合 永長元年（五島美術館蔵本）
「新編国歌大観5」角川書店 1987 p129
中宮亮顕輔家歌合（群書類従本）
「新編国歌大観5」角川書店 1987 p178
中宮亮重家朝臣家歌合（内閣文庫蔵本）
「新編国歌大観5」角川書店 1987 p187
中元の歌（良寛）
井上慶隆著「日本漢詩人選集11 良寛」研文出版 2002 p176
忠孝大礒通（菅専助）
土田衞ほか編「菅専助全集1」勉誠社 1990 p49
忠孝寿門松（八文字自笑）
渡辺守邦翻刻「八文字屋本全集15」汲古書院 1997 p1
中国集
石川八朗ほか編「宝井其角全集〔2〕 資料篇」勉誠社 1994 p395
中古六歌仙（某家蔵本）
「新編国歌大観5」角川書店 1987 p921
中山和尚の建長に住するを賀す（義堂周信）
蔭木英雄著「日本漢詩人選集3 義堂周信」研文出版 1999 p192
中秋 那珂川に游ぶ（青山延光）
李寅生著「漢詩名作集成〈日本編〉」明德出版社 2016 p599
中秋賞月（西郷隆盛）
松尾善弘著「西郷隆盛漢詩全集 増補改訂版」斯文堂 2018 p235
中秋無月（一）（西郷隆盛）
松尾善弘著「西郷隆盛漢詩全集 増補改訂版」斯文堂 2018 p234
中秋無月（二）（西郷隆盛）
松尾善弘著「西郷隆盛漢詩全集 増補改訂版」斯文堂 2018 p264
中秋無月（三）（西郷隆盛）
松尾善弘著「西郷隆盛漢詩全集 増補改訂版」斯文堂 2018 p265
中秋の夜 江氏に陪して月を河範の亭上に賞す（新井白石）
一海知義, 池澤一郎訳注「日本漢詩人選集5 新井白石」研文出版 2001 p98
中秋豊水に舟を泛ぶ〔如亭山人藁 巻二〕（柏木如亭）
入谷仙介著「日本漢詩人選集8 柏木如亭」研文出版 1999 p136
仲春 兜盔山中 暁に発す〔如亭山人藁 巻三〕（柏木如亭）
入谷仙介著「日本漢詩人選集8 柏木如亭」研文出版 1999 p168
仲春の偶書（伊藤仁斎）
浅山佳郎, 厳明著「日本漢詩人選集4 伊藤仁斎」研文出版 2000 p188
中将教訓愚歌（藤原定家）
久保田淳校訂・訳「藤原定家全歌集 下」筑摩書房 2017 p232
中将姫誓糸遊（八文字其笑, 瑞笑）
花田富二夫翻刻「八文字屋本全集21」汲古書院 2000 p385
中書王御詠（書陵部蔵五〇一・八七）（宗尊親王）
「新編国歌大観7」角川書店 1989 p396
忠臣青砥刀（紀海音）
海音研究会編「紀海音全集7」清文堂出版 1980 p191
忠臣蔵人物評論（天明元年六月刊 銭屋惣四郎板）（銅脈先生）
斎田作楽編「銅脈先生全集 下 和文戯作集」太平書屋 2009 p125

忠臣蔵前世幕無（山東京傳）
　棚橋正博校訂「山東京傳全集3 黄表紙3」ぺりかん社 2001 p421
忠臣蔵即席料理（山東京傳）
　棚橋正博校訂「山東京傳全集3 黄表紙3」ぺりかん社 2001 p449
忠臣水滸伝 前編（山東京傳）
　水野稔, 徳田武校訂「山東京傳全集15 読本1」ぺりかん社 1994 p81
忠臣水滸伝 後編（山東京傳）
　水野稔, 徳田武校訂「山東京傳全集15 読本1」ぺりかん社 1994 p181
忠臣略太平記（江島其磧）
　倉員正江翻刻「八文字屋本全集3」汲古書院 1993 p169
蟲聲非一（西郷隆盛）
　松尾善弘著「西郷隆盛漢詩全集 増補改訂版」斯文堂 2018 p223
中途にして春を送る（菅原道真）
　小島憲之, 山本登朗訓読ほか「日本漢詩人選集1 菅原道真」研文出版 1998 p61
蝶（菅茶山）
　李寅生著「漢詩名作集成〈日本編〉」明徳出版社 2016 p442
長王の宅に宴す（境部王）
　李寅生著「漢詩名作集成〈日本編〉」明徳出版社 2016 p53
調鶴集（慶応三年板本）（井上文雄）
　「新編国歌大観9」角川書店 1991 p737
澄覚法親王集（書陵部蔵五〇一・二六六）（澄覚法親王）
　「新編国歌大観7」角川書店 1989 p480
長久寺文書
　荒木博之, 西岡陽子編著「伝承文学資料集成19 地神盲僧資料集」三弥井書店 1997 p173
長慶天皇千首（書陵部蔵谷・一七四）（長慶天皇）
　「新編国歌大観10」角川書店 1992 p82
雕刻左小刀（菅専助添削）
　土田衛ほか編「菅専助全集6」勉誠社 1995 p343
長斎遺草（落首・狂歌抜粋）
　狂歌大観刊行会編「狂歌大観2 参考篇」明治書院 1984 p108
長斎記（写本、一冊）
　伊藤慎吾翻刻「假名草子集成49」東京堂出版 2013 p231
長斎記（落首・狂歌抜粋）
　狂歌大観刊行会編「狂歌大観2 参考篇」明治書院 1984 p105
朝三日記（木下幸文）
　津本信博編「江戸後期紀行文学全集1」新典社 2007 p17
長者教（古活字版、一巻一冊）
　伊藤慎吾翻刻「假名草子集成49」東京堂出版 2013 p261
長者宅址之記（与謝蕪村《存疑作》）
　尾形仂, 山下一海校注「蕪村全集4 俳詩・俳文」講談社 1994 p250
長者房に贈る辞（蝶夢）
　田中道雄ほか編著「蝶夢全集」和泉書院 2013 p311
長秋詠藻（藤原俊成）
　與謝野寛ほか編纂校訂「覆刻 日本古典全集〔文学編〕〔37〕 長秋詠藻 西行和歌全集」現代思潮社 1982 p1
　川村晃生校注「和歌文学大系22 長秋詠藻・俊忠集」明治書院 1998 p1
長秋詠藻（一類本）（藤原俊成）
　松野陽一, 吉田薫編「藤原俊成全歌集」笠間書院 2007 p27
長秋詠藻（国会図書館蔵本）（藤原俊成）
　「新編国歌大観3」角川書店 1985 p619
長秀士に寄す（新井白石）
　一海知義, 池澤一郎訳注「日本漢詩人選集5 新井白石」研文出版 2001 p134
長秋草（書陵部蔵一五〇・六三八）（藤原俊成）
　「新編国歌大観7」角川書店 1989 p216
長秋草（抄出）（藤原俊成）
　川村晃生校注「和歌文学大系22 長秋詠藻・俊忠集」明治書院 1998 p155
潮信句集（大阪天満宮蔵本）（宗訊）
　「連歌大観2」古典ライブラリー 2017 p400
鳥酔翁遺語（加舎白雄編）
　矢羽勝幸翻刻・注ほか「増補改訂 加舎白雄全集 上」国文社 2008 p509
鳥酔魂祭りの文（加舎白雄）
　矢羽勝幸「増補改訂 加舎白雄全集 上」国文社 2008 p377
鳥酔追悼の文（加舎白雄）
　矢羽勝幸「増補改訂 加舎白雄全集 上」国文社 2008 p363
蝶すかた
　石川八朗ほか編「宝井其角全集〔2〕 資料篇」勉誠社 1994 p318
長生のみかど物語（元禄八年板、一巻一冊）
　伊藤慎吾翻刻「假名草子集成49」東京堂出版 2013 p269
蒙使於朝鮮国之命（西郷隆盛）
　松尾善弘著「西郷隆盛漢詩全集 増補改訂版」斯文堂 2018 p17
朝鮮征伐記（万治二年板、九巻九冊、絵入）
　速水香織翻刻「假名草子集成50」東京堂出版 2013 p1
大磯之丹前化粧坂編笠蝶衞曾我俤（山東京傳）
　棚橋正博校訂「山東京傳全集13 合巻8」ぺりかん社 2018 p271
調度歌合（三条西実隆著か）
　狂歌大観刊行会編「狂歌大観1 本篇」明治書院 1983 p43
朝棟亭歌会（神宮文庫蔵本）
　「新編国歌大観10」角川書店 1992 p475
長壽寺文書
　高松敬吉編著「伝承文学資料集成18 宮崎県日南

「長徳は」百韻
　島津忠夫ほか編「西山宗因全集2 連歌篇二」八木書店 2007 p355
釿始
　石川八朗ほか編「宝井其角全集〔2〕資料篇」勉誠社 1994 p129
長ノ茂樹が家の太鼓を愛づる詞（賀茂真淵）
　與謝野寛ほか編纂校訂「覆刻 日本古典全集〔文学編〕〔13〕 賀茂眞淵集」現代思潮社 1983 p122
調伏曾我（喜多流）準働物
　野上豊一郎編「新装解註 謡曲全集6」中央公論新社 2001 p57
蝶夢和尚文集 巻一・巻二・巻三（蝶夢）
　田中道雄ほか編著「蝶夢全集」和泉書院 2013 p237
蝶夢和尚文集 巻四・巻五（蝶夢）
　田中道雄ほか編著「蝶夢全集」和泉書院 2013 p355
長明集（書陵部蔵五一一・一二）（鴨長明）
　「新編国歌大観4」角川書店 1986 p70
「蝶も来て」の詞書（松尾芭蕉）
　嶋中道則ほか「新編 芭蕉大成」三省堂 1999 p427
重陽与兄弟言志（重陽に兄弟と志を言る）（道元）
　飯田利行編訳「現代語訳 洞門禅文学集〔4〕 道元」国書刊行会 2001 p180
重陽の後朝に、同じく「秋雁櫓声来たる」ということを賦す、応製（菅原道真）
　小島憲之、山本登朗訓読ほか「日本漢詩人選集1 菅原道真」研文出版 1998 p99
重陽、壁円寺に在り、病にて島の生薬を服す。（広瀬旭荘）
　大野修作著「日本漢詩人選集16 広瀬旭荘」研文出版 1999 p162
張良（宝生流）準働物
　野上豊一郎編「新装解註 謡曲全集6」中央公論新社 2001 p273
勅撰者部類付載作者異議（元盛）
　「新編国歌大観10」角川書店 1992 p982
千代女を悼むの辞（蝶夢）
　田中道雄ほか編著「蝶夢全集」和泉書院 2013 p344
狂歌千代のかけはし（桃縁斎芥河貞佐撰）
　西島孜哉編「近世上方狂歌叢書3 狂歌秋の花（他）」近世上方狂歌研究会 1985 p19
千代の浜松（島津重豪女）
　津本信博著「江戸後期紀行文学全集1」新典社 2007 p481
知理校書に寄す〔如亭山人藁 巻一〕（柏木如亭）
　入谷仙介著「日本漢詩人選集8 柏木如亭」研文出版 1999 p127
塵塚（元禄二年板、六巻六冊、絵入）
　冨田成美翻刻「假名草子集成50」東京堂出版 2013 p147

「散積る」百韻
　島津忠夫ほか編「西山宗因全集2 連歌篇二」八木書店 2007 p79
知里能粉
　海音研究会編「紀海音全集8」清文堂出版 1980 p33
散りのこり（寛政二年板本）（油谷倭文子）
　「新編国歌大観9」角川書店 1991 p328
「ちりひぢの」百韻
　島津忠夫ほか編「西山宗因全集6 解題・索引篇」八木書店古書出版部 2017 p37
椿園雑話（伊丹椿園）
　福田安典校訂「江戸怪異綺想文芸大系2 都賀庭鐘・伊丹椿園集」国書刊行会 2001 p671
椿園雑話〔抄〕（伊丹椿園）
　島津忠夫ほか編「西山宗因全集5 伝記・研究篇」八木書店古書出版部 2013 p277
答陳亭観察（陳亭観察に答う）（道元）
　飯田利行編訳「現代語訳 洞門禅文学集〔4〕 道元」国書刊行会 2001 p157
酬陳参政韻（陳参政の韻に酬う）（道元）
　飯田利行編訳「現代語訳 洞門禅文学集〔4〕 道元」国書刊行会 2001 p162
椿山、梅癖、玉川、草堂を訪れる。共に墅口に遊び、楓を観て茶を煮る。四絶句を得たり（うち一首）（館柳湾）
　鈴木瑞枝著「日本漢詩人選集13 館柳湾」研文出版 1999 p156
枕上（梁川星巌）
　山本和義、福島理子著「日本漢詩人選集17 梁川星巌」研文出版 2008 p157
枕上に雨を聴く〔如亭山人藁 初集〕（柏木如亭）
　入谷仙介著「日本漢詩人選集8 柏木如亭」研文出版 1999 p77
枕上の作（横山致堂）
　李寅生著「漢詩名作集成〈日本編〉」明徳出版社 2016 p495
鎮西八郎唐士舩（紀海音）
　海音研究会編「紀海音全集5」清文堂出版 1978 p157
枕石山絵指縁起
　林雅彦解説「伝承文学資料集成15 宗祖高僧絵伝（絵解き）集」三弥井書店 1996 p250
珍重集（石斎編）
　竹下義人校注「新編西鶴全集5 本文篇 上」勉誠出版 2007 p256
陳扮漢（八文舎自笑）
　長谷川強翻刻「八文字屋本全集23」汲古書院 2000 p361

【つ】

追善すて硯（天明三年刊）（宜長編）
　加藤定彦, 外村展子編「関東俳諧叢書28 両毛・甲斐編3」関東俳諧叢書刊行会 2005 p287
追善之唫 抄
　加藤定彦, 外村展子編「関東俳諧叢書23 四時観編3」関東俳諧叢書刊行会 2002 p121
追善もときし道 付、追善之唫（抄）（祇貞編）
　加藤定彦, 外村展子編「関東俳諧叢書23 四時観編3」関東俳諧叢書刊行会 2002 p101
追悼冬こだち
　建部綾足著作刊行会編「建部綾足全集3（俳諧Ⅲ）」国書刊行会 1986 p313
通気粋語伝（山東京傳）
　棚橋正博校訂「山東京傳全集18 洒落本」ぺりかん社 2012 p311
通玄庵に題す（義堂周信）
　藤木英雄著「日本漢詩人選集3 義堂周信」研文出版 1999 p202
通故集（宮内庁書陵部蔵一五四・五〇一）（山田通故）
　「連歌大観3」古典ライブラリー 2017 p562
通故発句集（宮内庁書陵部蔵一五四・五一〇）（山田通故）
　「連歌大観3」古典ライブラリー 2017 p583
通俗諸分床軍談（江島其磧）
　渡辺守邦翻刻「八文字屋本全集5」汲古書院 1994 p1
画図通俗大聖伝（山東京傳）
　水野稔, 徳田武校訂「山東京傳全集15 読本1」ぺりかん社 1994 p9
杖になる（四十四）
　満田達夫校注「蕪村全集2 連句」講談社 2001 p82
俳諧杖のさき（建部綾足編）
　建部綾足著作刊行会編「建部綾足全集1（俳諧Ⅰ）」国書刊行会 1986 p51
「月出ず」半歌仙
　宮脇真彦執筆担当「新編 芭蕉大成」三省堂 1999 p223
月うるみ（歌仙）
　光田和伸校注「蕪村全集2 連句」講談社 2001 p352
月を詠ず（文武天皇）
　李寅生著「漢詩名作集成〈日本編〉」明徳出版社 2016 p37
　興膳宏著「日本漢詩人選集 別巻 古代漢詩選」研文出版 2005 p25
継尾集
　石川八朗ほか編「宝井其角全集〔2〕資料篇」勉誠社 1994 p128

奉呈月形先生（西郷隆盛）
　松尾善弘著「西郷隆盛漢詩全集 増補改訂版」斯文堂 2018 p64
「月清し」歌仙
　島津忠夫ほか編「西山宗因全集2 連歌篇二」八木書店 2007 p259
「月清し」ほか句文（松尾芭蕉）
　嶋中道則ほか「新編 芭蕉大成」三省堂 1999 p413
「月さびよ」句文（松尾芭蕉）
　嶋中道則ほか「新編 芭蕉大成」三省堂 1999 p415
継色紙集（継色紙）
　「新編国歌大観6」角川書店 1988 p19
通気智之銭光記（山東京傳）
　棚橋正博校訂「山東京傳全集4 黄表紙4」ぺりかん社 2004 p447
「月代を」半歌仙未満
　宮脇真彦執筆担当「新編 芭蕉大成」三省堂 1999 p272
「月代や」百韻（西山宗因）
　加藤定彦「西山宗因全集3 俳諧篇」八木書店 2004 p22
「月代や」発句・脇
　宮脇真彦執筆担当「新編 芭蕉大成」三省堂 1999 p256
「月と泣夜」歌仙
　宮脇真彦執筆担当「新編 芭蕉大成」三省堂 1999 p182
辛丑春月並会句記 春夜社中（天明元年）（高井几董稿）
　丸山一彦校注「蕪村全集3 句集・句稿・句会稿」講談社 1992 p582
月次発句（長谷寺豊山文庫蔵本）
　「連歌大観1」古典ライブラリー 2016 p207
月次発句（延享二年刊）（鳥酔編）
　加藤定彦, 外村展子編「関東俳諧叢書13 常総編1」関東俳諧叢書刊行会 1996 p113
月並発句帖 夜半亭
　丸山一彦校注「蕪村全集3 句集・句稿・句会稿」講談社 1992 p375
月に代わりて答う（菅原道真）
　小島憲之, 山本登朗訓読ほか「日本漢詩人選集1 菅原道真」研文出版 1998 p173
月に漕（付合）
　満田達夫校注「蕪村全集2 連句」講談社 2001 p471
月に漕ぐ（四句）
　満田達夫校注「蕪村全集2 連句」講談社 2001 p470
「月に詩を」百韻
　加藤定彦「西山宗因全集3 俳諧篇」八木書店 2004 p405
月に乗じて舟を泛ぶ六首 其の三（虎関師錬）
　李寅生著「漢詩名作集成〈日本編〉」明徳出版社 2016 p200

月の明き（歌仙）
　永井一彰校注「蕪村全集2 連句」講談社 2001 p432
「月の扇」百韻（西山宗因評点）
　井上敏幸, 尾崎千佳校訂「西山宗因全集4 紀行・評点・書簡篇」八木書店 2006 p323
「月の外は」歌仙
　加藤定彦「西山宗因全集3 俳諧篇」八木書店 2004 p297
鹿島紀行月の直路（安永七年刊）（柳几, 篁雨編）
　加藤定彦, 外村展子編「関東俳諧叢書27 常総編3」関東俳諧叢書刊行会 2004 p167
月の月
　海音研究会編「紀海音全集8」清文堂出版 1980 p58
次の月（享保二十年刊）（和橋編）
　加藤定彦, 外村展子編「関東俳諧叢書16 両毛・甲斐編2」関東俳諧叢書刊行会 1998 p25
月の鶴
　石川八朗ほか編「宝井其角全集〔2〕資料篇」勉誠社 1994 p470
月の雪序（蝶夢）
　田中道雄ほか編著「蝶夢全集」和泉書院 2013 p334
「月花を」発句・脇
　宮脇真彦執筆担当「新編 芭蕉大成」三省堂 1999 p228
月百首〔露色随詠集〕（鑢也）
　室賀和子全釈「歌合・定数歌全釈叢書17 鑢也月百首・閑居百首全釈」風間書房 2013 p9
つぎほの梅（無岸編）
　建部綾足著作刊行会編「建部綾足全集1（俳諧I）」国書刊行会 1986 p203
月見座頭
　三枝和子訳「わたしの古典15 馬場あき子の謡曲集 三枝和子の狂言集」集英社 1987 p241
「月見する」歌仙
　宮脇真彦執筆担当「新編 芭蕉大成」三省堂 1999 p256
月見の友（元禄十六年板、上・下・追加、絵入）
　安原眞琴翻刻「假名草子集成50」東京堂出版 2013 p263
月見賦（松尾芭蕉）
　奥27田勲編纂校訂「覆刻 日本古典全集〔文学編〕〔40〕 芭蕉全集 前編」現代思潮社 1983 p158
「月見れば」詞書（与謝蕪村）
　尾形仂, 山下一海校注「蕪村全集4 俳詩・俳文」講談社 1994 p169
「月見れば」百韻
　加藤定彦「西山宗因全集3 俳諧篇」八木書店 2004 p408
月詣和歌集（静嘉堂文庫蔵続群書類従本）（賀茂重保撰）
　「新編国歌大観2」角川書店 1984 p332
「月やその」三つ物
　宮脇真彦執筆担当「新編 芭蕉大成」三省堂 1999 p283

月夜の卯兵衛図賛（与謝蕪村）
　尾形仂, 山下一海校注「蕪村全集4 俳詩・俳文」講談社 1994 p83
「月夜よし」百韻（宗因）
　島田弘夫ほか編「西山宗因全集2 連歌篇二」八木書店 2007 p197
月侘斎（松尾芭蕉）
　富山奏校注「新潮日本古典集成 新装版〔47〕 芭蕉文集」新潮社 2019 p16
月は二日（半歌仙）
　長島弘明校注「蕪村全集2 連句」講談社 2001 p442
机の銘（松尾芭蕉）
　富山奏校注「新潮日本古典集成 新装版〔47〕 芭蕉文集」新潮社 2019 p224
　嶋中道則ほか「新編 芭蕉大成」三省堂 1999 p441
つくしの海（内田橋水編）
　中西啓, 木原秋好翻刻「古典文学翻刻集成1 俳文学篇 貞門・談林」ゆまに書房 1998 p203
　加藤定彦「西山宗因全集3 俳諧篇」八木書店 2004 p526
筑紫道の記（宗祇）
　祐野隆三編・評釈「中世日記紀行文学全評釈集成6」勉誠出版 2004 p125
筑紫道記（宗祇）
　「新編国歌大観10」角川書店 1992 p1066
「つくづくと」歌仙
　宮脇真彦執筆担当「新編 芭蕉大成」三省堂 1999 p194
告天満宮文　→　有芳庵記(三)告天満宮文（ゆうほうあんき）を見よ
「つくねても」百韻（西山宗因評点）
　井上敏幸, 尾崎千佳校訂「西山宗因全集4 紀行・評点・書簡篇」八木書店 2006 p134
筑波子家集（文化十年板本）（土岐筑波子）
　「新編国歌大観9」角川書店 1991 p403
菟玖波集（広島大学蔵本）（二条良基, 救済編纂）
　「連歌大観1」古典ライブラリー 2016 p9
俳諧附合小鏡（安永四年）（蓼太編）
　櫻井武次郎校注「蕪村全集8 関係俳書」講談社 1993 p300
附合自侘之句法・発句病之事（加舎白雄）
　矢羽勝幸翻刻・注ほか「増補改訂 加舎白雄全集 上」国文社 2008 p529
附合てびき蔓（几董）
　丸山一夜解題「蕪村全集2 連句」講談社 2001 p544
付句四章
　永井一彰校注「蕪村全集2 連句」講談社 2001 p541
続の原
　石川八朗ほか編「宝井其角全集〔2〕資料篇」勉誠社 1994 p82
続の原（冬の部）（松尾芭蕉句合評）
　小林祥次郎執筆担当「新編 芭蕉大成」三省堂

續の原（四季之句合）
　與謝野寛ほか編纂校訂「覆刻 日本古典全集〔文学編〕〔40〕芭蕉全集 前編」現代思潮社 1983 p197

藤簍冊子（文化三年板本）（上田秋成）
　「新編国歌大観9」角川書店 1991 p527

蔦植ゑて」句文（松尾芭蕉）
　嶋中道則ほか「新編 芭蕉大成」三省堂 1999 p379

津田秋香の百虫画巻に題す（広瀬淡窓）
　林田愼之助著「日本漢詩人選集15 広瀬淡窓」研文出版 2005 p176

土大根〔抄〕（朱拙）
　嶋中道則編「新編 芭蕉大成」三省堂 1999 p798
　石川八朗ほか編「宝井其角全集〔2〕資料篇」勉誠社 1994 p368

土蜘蛛（金剛流）働物
　野上豊一郎編「新装解註 謠曲全集5」中央公論新社 2001 p519

土車（喜多流）
　野上豊一郎編「新装解註 謠曲全集3」中央公論新社 2001 p509

戊申閏六月十五日の立秋、大喜の韻に和す（義堂周信）
　藤木英雄著「日本漢詩人選集3 義堂周信」研文出版 1999 p107

戊子墨直し序（蝶夢）
　田中道雄ほか編著「蝶夢全集」和泉書院 2013 p307

己西の二月十三日事に因り瑞泉を謝事す。偈有り道人に留別す（義堂周信）
　藤木英雄著「日本漢詩人選集3 義堂周信」研文出版 1999 p113

土御門院御百首（土御門院）
　山崎桂子注釈「新注和歌文学叢書12 土御門院御百首 土御門院女房日記 新注」青簡舎 2013 p3

土御門院御集（書陵部蔵五一・九）（土御門院）
　「新編国歌大観7」角川書店 1989 p262

土御門院句題和歌 詠五十首和歌（土御門院）
　岩井宏子全釈「歌合・定数歌全釈叢書16 土御門院句題和歌全釈」風間書房 2012 p9

土御門院女房（土御門院女房）
　田渕句美子全釈「私家集全釈叢書40 民部卿典侍集・土御門院女房全釈」風間書房 2016 p337

土御門院女房日記
　山崎桂子注釈「新注和歌文学叢書12 土御門院御百首 土御門院女房日記 新注」青簡舎 2013 p153

土御門院百首（書陵部蔵一五一・一八一）（土御門院詠進）
　「新編国歌大観10」角川書店 1992 p145

敬んで斐大使の「重ねて題す」に和す「行」の韻（島田忠臣）
　李寅生著「漢詩名作集成〈日本編〉」明徳出版社 2016 p144

「包みかねて」歌仙
　宮脇真彦執筆担当「新編 芭蕉大成」三省堂 1999 p190

堤中納言物語
　池田利夫訳・注「笠間文庫 原文＆現代語訳シリーズ〔5〕堤中納言物語」笠間書院 2006 p7
　「新編国歌大観5」角川書店 1987 p1368
　稲賀敬二校訂・訳「日本の古典をよむ6 竹取物語 伊勢物語 堤中納言物語」小学館 2008 p239
　阿部光子訳「わたしの古典10 阿部光子の更級日記・堤中納言物語」集英社 1986 p121

早に深川を発す（平野金華）
　李寅生著「漢詩名作集成〈日本編〉」明徳出版社 2016 p360

経家集（書陵部蔵五〇一・二四七）（藤原経家）
　「新編国歌大観7」角川書店 1989 p238

経氏集（東大史料編纂所蔵本）（源経氏）
　「新編国歌大観7」角川書店 1989 p760

経信集（書陵部蔵五〇一・二〇〇）（源経信）
　「新編国歌大観3」角川書店 1985 p387

経信母集（書陵部蔵一五〇・五七四）（源経信母）
　「新編国歌大観3」角川書店 1985 p329

経衡集（藤原経衡）
　吉田茂全釈「私家集全釈叢書30 経衡集全釈」風間書房 2002 p75

経衡集（書陵部蔵一五一・四一三）（藤原経衡）
　「新編国歌大観7」角川書店 1989 p103

經正（金剛流）カケリ物
　野上豊一郎編「新装解註 謠曲全集2」中央公論新社 2001 p81

経正集（書陵部蔵一五〇・五六六）（平経正）
　「新編国歌大観7」角川書店 1989 p175

経盛集（神作光一氏蔵本）（平経盛）
　「新編国歌大観7」角川書店 1989 p177

常縁集（書陵部蔵一五二・二一五）（東常縁）
　「新編国歌大観7」角川書店 1990 p266

後太平記四十八巻目津国女夫池（近松門左衛門）
　工藤慶三郎訳「近松時代物現代語訳2 関八州繋馬ほか」北の街社 2001 p343

津の玉川
　石川八朗ほか編「宝井其角全集〔2〕資料篇」勉誠社 1994 p399

誹諧津の玉川（露白堂生水撰）
　杉浦正一郎翻刻「古典文学翻刻集成5 続・俳文学篇 元禄・蕉風（下）」ゆまに書房 1999 p120

つのもし
　石川八朗ほか編「宝井其角全集〔2〕資料篇」勉誠社 1994 p506

つはさ
　石川八朗ほか編「宝井其角全集〔2〕資料篇」勉誠社 1994 p399

「つぶつぶと」歌仙
　宮脇真彦執筆担当「新編 芭蕉大成」三省堂 1999 p304

「つふりもも」百韻（西山宗因）
　加藤定彦「西山宗因全集3 俳諧篇」八木書店

2004 p157

壺菫（源温故）
大高洋司, 木越俊介校訂「江戸怪異綺想文芸大系1 初期江戸読本怪談集」国書刊行会 2000 p335

摘菜集（延享四年刊）（松吟編）
加藤定彦, 外村展子編「関東俳諧叢書27 常総編3」関東俳諧叢書刊行会 2004 p3

津守和歌集（千葉義孝氏蔵本）
「新編国歌大観6」角川書店 1988 p370

艶詞（藤原隆房）
谷知子校注「和歌文学大系23 式子内親王集・建礼門院右京大夫集・俊成卿女集・艶詞」明治書院 2001 p201

艶詞（扶桑拾葉集本）（藤原隆房）
「新編国歌大観7」角川書店 1989 p235

津山紀行（一）美作道日記草稿（西山宗因）
石川真弘, 尾崎千佳校訂「西山宗因全集4 紀行・評点・書簡篇」八木書店 2006 p16

津山紀行（二）美作道日記（西山宗因）
石川真弘, 尾崎千佳校訂「西山宗因全集4 紀行・評点・書簡篇」八木書店 2006 p19

津山紀行（三）津山紀行（西山宗因）
石川真弘, 尾崎千佳校訂「西山宗因全集4 紀行・評点・書簡篇」八木書店 2006 p22

「露凍て」歌仙未満二十四句
宮脇真彦執筆担当「新編 芭蕉大成」三省堂 1999 p215

露色随詠集（書陵部蔵五〇一・一九五）（空体坊鑁也）
「新編国歌大観7」角川書店 1989 p254

露藁（宝暦八年刊）（烏明編）
加藤定彦, 外村展子編「関東俳諧叢書22 五色墨編3」関東俳諧叢書刊行会 2001 p147

露殿物語（絵巻, 三巻）
大久保順子翻刻「假名草子集成52」東京堂出版 2014 p55

貫之集（紀貫之）
田中喜美春, 田中恭子全釈「私家集全釈叢書20 貫之集全釈」風間書房 1997 p71
木村正中校注「新潮日本古典集成 新装版〔42〕土佐日記 貫之集」新潮社 2018 p51
田中喜美春校注「和歌文学大系19 貫之集・躬恒集・友則集・忠岑集」明治書院 1997 p1

貫之集（天理図書館蔵本）（紀貫之）
「新編国歌大観7」角川書店 1989 p25

貫之集（陽明文庫蔵本）（紀貫之）
「新編国歌大観3」角川書店 1985 p58

女忠信男子静釣狐昔塗笠（山東京傳）
清水正男, 棚橋正博校訂「山東京傳全集11 合巻6」ぺりかん社 2015 p9

鶴岡放生会職人歌合
狂歌大観刊行会編「狂歌大観1 本篇」明治書院 1983 p7

鶴岡放生会職人歌合（松下幸之助氏蔵本）
「新編国歌大観10」角川書店 1992 p384

鶴亀（宝生流）楽物
野上豊一郎編「新装解註 謡曲全集1」中央公論新社 2001 p431

鶴来酒
石川八朗ほか編「宝井其角全集〔2〕資料篇」勉誠社 1994 p124

鶴のあゆみ
石川八朗ほか編「宝井其角全集〔2〕資料篇」勉誠社 1994 p39
石川八朗ほか編「宝井其角全集〔2〕資料篇」勉誠社 1994 p492

鶴の屋どり（宝暦九年刊）（仙桂編）
加藤定彦, 外村展子編「関東俳諧叢書26 武蔵・相模編3」関東俳諧叢書刊行会 2004 p107

つれづれ御伽草（整版本, 一巻一冊, 絵入）
安原眞琴翻刻「假名草子集成54」東京堂出版 2015 p77

徒然草（卜部兼好）
稲田利徳著「古典名作リーディング4 徒然草」貴重本刊行会 2001 p29
木藤才蔵校注「新潮日本古典集成 新装版〔41〕徒然草」新潮社 2015 p19
「新編国歌大観5」角川書店 1987 p1301
永積安明校訂・訳「日本の古典をよむ14 方丈記・徒然草・歎異抄」小学館 2007 p65
奥謝野寛ほか校訂「覆刻 日本古典全集〔文学編〕〔38〕徒然草」現代思潮社 1983 p3
永井路子訳「わたしの古典13 永井路子の方丈記・徒然草」集英社 1987 p47

徒然草嫌評判（寛文十二年板, 二巻一冊）
安原眞琴翻刻「假名草子集成54」東京堂出版 2015 p89

【て】

定家
伊藤正義校注「新潮日本古典集成 新装版〔64〕謡曲集 中」新潮社 2015 p341

定家（金剛流）大小序の舞物
野上豊一郎編「新装解註 謡曲全集2」中央公論新社 2001 p437

定家家隆両卿撰歌合（天理図書館蔵本）（後鳥羽院撰）
「新編国歌大観5」角川書店 1987 p598

定家卿自歌合（藤原定家）
久保田淳校訂・訳「藤原定家全歌集 下」筑摩書房 2017 p400

定家卿にをくる文（扶桑拾葉集本）（西行）
久保田淳翻刻「西行全集」貴重本刊行会 1990 p599

定家卿百番自歌合（書陵部蔵五〇一・七四）（藤原定家自撰）
「新編国歌大観5」角川書店 1987 p558

定家卿枕屏風秘歌二十首（藤原定家）
久保田淳校訂・訳「藤原定家全歌集 下」筑摩書

房 2017 p426
定家十体〔書陵部蔵二六六・二一一〕
　「新編国歌大観5」角川書店 1987 p935
定家八代抄〔書陵部蔵二一〇・六七四〕〔藤原定家撰〕
　「新編国歌大観10」角川書店 1992 p529
定家名号七十首〔冷泉家時雨亭文庫蔵本〕〔藤原定家〕
　「新編国歌大観10」角川書店 1992 p206
定家物語
　「新編国歌大観5」角川書店 1987 p1068
帝鑑図説〔十二巻六冊、絵入〕
　入口敦志翻刻「假名草子集成52」東京堂出版 2014 p115
　入口敦志翻刻「假名草子集成53」東京堂出版 2015 p1
謝貞卿先醒之恩遇〔西郷隆盛〕
　松尾善弘著「西郷隆盛漢詩全集 増補改訂版」斯文堂 2018 p54
謝貞卿先醒惠茄〔西郷隆盛〕
　松尾善弘著「西郷隆盛漢詩全集 増補改訂版」斯文堂 2018 p58
貞山一周忌追善集〔寛延三年刊〕〔貞屋編〕
　加藤定彦, 外村展子編「関東俳諧叢書16 両毛・甲斐編 2」関東俳諧叢書刊行会 1998 p141
亭子院歌合〔尊経閣文庫蔵十巻本〕
　「新編国歌大観5」角川書店 1987 p31
亭子院女郎花合〔尊経閣文庫蔵十巻本〕
　「新編国歌大観5」角川書店 1987 p28
亭子院殿上人歌合〔尊経閣文庫蔵十巻本〕
　「新編国歌大観5」角川書店 1987 p36
媞子内親王家歌合〔陽明文庫蔵二十巻本〕
　「新編国歌大観5」角川書店 1987 p118
丁巳の元旦〔金本摩斎〕
　李寅生著「漢詩名作集成〈日本編〉」明徳出版社 2016 p686
丁丑元旦〔市河寛斎〕
　蔡毅, 西岡淳著「日本漢詩人選集9 市河寛斎」研文出版 2007 p197
貞徳狂歌集
　狂歌大観刊行会編「狂歌大観2 参考篇」明治書院 1984 p227
貞徳狂歌抄〔松永貞徳〕
　狂歌大観刊行会編「狂歌大観1 本篇」明治書院 1983 p142
『貞徳終焉記』奥書〔与謝蕪村〕
　尾形仂, 山下一海校注「蕪村全集4 俳詩・俳文」講談社 1994 p109
貞徳十三回忌追善「野は雪に」百韻
　宮脇真彦執筆担当「新編 芭蕉大成」三省堂 1999 p155
貞徳獨吟〔松永貞徳〕
　前田金五郎翻刻「古典文学翻刻集成3 続・俳文学篇 貞門・談林」ゆまに書房 1999 p17
貞徳百首狂歌〔松永貞徳〕
　狂歌大観刊行会編「狂歌大観1 本篇」明治書院 1983 p132

丁酉帖〔安永六年〕〔鷺喬編〕
　藤田真一, 清登典子校注「蕪村全集8 関係俳書」講談社 1993 p380
丁酉之句帖 巻六〔安永六年〕〔高井几董稿〕
　丸山一彦校注「蕪村全集3 句集・句稿・句会稿」講談社 1992 p521
「手を折て」百韻〔宗因〕
　島津忠夫ほか編「西山宗因全集2 連歌篇二」八木書店 2007 p190
手がひの虎をしめす言葉〔加舎白雄〕
　矢羽勝幸編「増補改訂 加舎白雄全集 上」国文社 2008 p391
出来斎京土産〔落首・狂歌抜粋〕
　狂歌大観刊行会編「狂歌大観2 参考篇」明治書院 1984 p141
摘葉集〔大阪天満宮蔵本〕〔昌周〕
　「連歌大観3」古典ライブラリー 2017 p546
「手ごたへの」詞書〔与謝蕪村〕
　尾形仂, 山下一海校注「蕪村全集4 俳詩・俳文」講談社 1994 p128
手漉紙〔延享三年刊〕〔芦角編〕
　加藤定彦, 外村展子編「関東俳諧叢書16 両毛・甲斐編 2」関東俳諧叢書刊行会 1998 p107
手代袖算盤
　岡雅彦翻刻「八文字屋本全集4」汲古書院 1993 p437
鉄拐峰に登る〔梁田蛻巌〕
　李寅生著「漢詩名作集成〈日本編〉」明徳出版社 2016 p328
手習〔紫式部〕
　石田穣二, 清水好子校注「新潮日本古典集成 新装版〔17〕源氏物語 八」新潮社 2014 p171
　阿部秋生ほか校訂・訳「日本の古典をよむ10 源氏物語 下」小学館 2008 p285
　與謝野寛ほか編纂校訂「覆刻 日本古典全集〔文学編〕〔20〕源氏物語 五」現代思潮社 1982 p219
　円地文子訳「わたしの古典8 円地文子の源氏物語 巻3」集英社 1986 p205
手習に物に書き附けたる詞〔賀茂真淵〕
　與謝野寛ほか編纂校訂「覆刻 日本古典全集〔文学編〕〔13〕賀茂眞淵集」現代思潮社 1983 p126
「手ならふや」百韻
　加藤定彦「西山宗因全集3 俳諧篇」八木書店 2004 p377
狂歌手なれの鏡〔栗柯亭木端撰〕
　西島孜哉編「近世上方狂歌叢書2 狂歌手なれの鏡 (他)」近世上方狂歌研究会 1985 p1
送寺田望南拝伊勢神宮〔西郷隆盛〕
　松尾善弘著「西郷隆盛漢詩全集 増補改訂版」斯文堂 2018 p68
寺の笛〔天〕〔使帆ほか編〕
　檀上正孝翻刻「古典文学翻刻集成5 続・俳文学篇 元禄・蕉風（下）」ゆまに書房 1999 p12
寺めぐり〔草稿〕〔川路高子〕
　津本信博著「江戸後期紀行文学全集2」新典社 2013 p415

田園雑興（中島棕隠）
　入谷仙介著「日本漢詩人選集14 中島棕隠」研文出版 2002 p54
田園雑興（一）（西郷隆盛）
　松尾善弘著「西郷隆盛漢詩全集 増補改訂版」斯文堂 2018 p206
田園雑興（二）（西郷隆盛）
　松尾善弘著「西郷隆盛漢詩全集 増補改訂版」斯文堂 2018 p209
田園秋興（西郷隆盛）
　松尾善弘著「西郷隆盛漢詩全集 増補改訂版」斯文堂 2018 p237
澱河歌（与謝蕪村）
　揖斐高注訳・解説「古典名作リーディング1 蕪村・一茶集」貴重本刊行会 2000 p126
　尾形仂、山下一海校注「蕪村全集4 俳詩・俳文」講談社 1994 p11
田家遇雨（西郷隆盛）
　松尾善弘著「西郷隆盛漢詩全集 増補改訂版」斯文堂 2018 p248
田家百首（建部綾足）
　建部綾足著作刊行会編「建部綾足全集3（俳諧Ⅲ）」国書刊行会 1986 p377
「天下矢数」百韻（一順）
　加藤定彦「西山宗因全集3 俳諧篇」八木書店 2004 p487
天岸首座の採石渡に和す（別源円旨）
　李寅生著「漢詩名作集成〈日本編〉」明徳出版社 2016 p210
点巻断簡（松尾芭蕉批点）
　小林祥次郎執筆担当「新編 芭蕉大成」三省堂 1999 p566
天喜三年五月三日六条斎院禖子内親王家歌合
　池田利夫訳・注「笠間文庫 原文＆現代語訳シリーズ〔5〕堤中納言物語」笠間書院 2006 p198
天慶古城記（宝暦五年刊）（鳥酔編）
　加藤定彦、外村展子編「関東俳諧叢書14 常総編2」関東俳諧叢書刊行会 1998 p83
天橋図賛（与謝蕪村）
　尾形仂、山下一海校注「蕪村全集4 俳詩・俳文」講談社 1994 p94
天慶和句文（山東京傳）
　棚橋正博校訂「山東京傳全集1 黄表紙1」ぺりかん社 1992 p135
天鼓
　伊藤正義校注「新潮日本古典集成 新装版〔64〕謡曲集 中」新潮社 2015 p353
天鼓（近松門左衛門）
　工藤慶三郎訳「近松時代物現代語訳3 日本振袖始ほか」北の街社 2003 p273
天皷（金剛流）楽物
　野上豊一郎編「新装解註 謡曲全集4」中央公論新社 2001 p89
天剛垂楊柳（山東京傳）
　棚橋正博校訂「山東京傳全集3 黄表紙3」ぺりかん社 2001 p79

典侍為子集（龍谷大学蔵本）（藤原為子）
　「新編国歌大観7」角川書店 1989 p680
田氏の女 玉藻の画ける常盤 孤を抱くの図（梁川星巖）
　李寅生著「漢詩名作集成〈日本編〉」明徳出版社 2016 p531
点取帖断簡（与謝蕪村点評）
　尾形仂、山下一海校注「蕪村全集4 俳詩・俳文」講談社 1994 p358
殿上歌合 承保二年（書陵部蔵五〇一・五五三）
　「新編国歌大観5」角川書店 1987 p110
殿上蔵人歌合（大治五年）（書陵部蔵五〇一・七〇四）
　「新編国歌大観5」角川書店 1987 p176
天正十九年洛中落書
　狂歌大観刊行会編「狂歌大観2 参考篇」明治書院 1984 p33
天神縁起
　大島由紀夫編著「伝承文学資料集成6 神道縁起物語（二）」三弥井書店 2002 p155
天神記（近松門左衛門）
　工藤慶三郎訳「近松時代物現代語訳〔1〕用明天皇職人鑑ほか」北の街社 1999 p269
天神法楽之発句（延宝四年刊）（蝶々子編）
　加藤定彦、外村展子編「関東俳諧叢書25 江戸編3」関東俳諧叢書刊行会 2003 p77
殿前の薔薇に感ず、一絶（菅原道真）
　小島憲之、山本登朗訓読ほか「日本漢詩人選集1 菅原道真」研文出版 1998 p111
天台の夜鐘（島田忠臣）
　興膳宏著「日本漢詩人選集 別巻 古代漢詩選」研文出版 2005 p199
讀田單傳（西郷隆盛）
　松尾善弘著「西郷隆盛漢詩全集 増補改訂版」斯文堂 2018 p170
天地人三階図絵（山東京傳）
　棚橋正博校訂「山東京傳全集1 黄表紙1」ぺりかん社 1992 p239
「天にあらは」百韻
　加藤定彦「西山宗因全集3 俳諧篇」八木書店 2004 p233
点の損諭論（与謝蕪村）
　尾形仂、山下一海校注「蕪村全集4 俳詩・俳文」講談社 1994 p124
「天のたかきもはかりつべし」（良寛）
　内山知也、松本市壽執筆「定本 良寛全集3 書簡集・法華転・法華讚」中央公論新社 2007 p440
伝伏見院宸筆判詞歌合（古筆断簡）
　「新編国歌大観10」角川書店 1992 p266
田夫物語（大本、一巻一冊、絵入）
　冨田成美翻刻「假名草子集成52」東京堂出版 2014 p99
天放老人（良寛）
　井上慶隆著「日本漢詩人選集11 良寛」研文出版 2002 p164
　井上慶隆著「日本漢詩人選集11 良寛」研文出版 2002 p165

天満千句
　加藤定彦「西山宗因全集3 俳諧篇」八木書店 2004 p319
天満の菜市〈広瀬旭荘〉
　大野修作著「日本漢詩人選集16 広瀬旭荘」研文出版 1999 p217
天満天神諱辰、次月夜見梅華本韻〈天満天神の諱辰に、月夜に梅華を見るの本韻に次する〉〈道元〉
　飯田利行編訳「現代語訳 洞門禅文学集〔4〕 道元」国書刊行会 2001 p183
天民が宅の新燕〈市河寛斎〉
　蔡毅、西岡淳著「日本漢詩人選集9 市河寛斎」研文出版 2007 p106
天宥法印追悼句文〈松尾芭蕉〉
　嶋中道則ほか「新編 芭蕉大成」三省堂 1999 p407
天竜川
　野村眞智子編「伝承文学資料集成20 肥後・琵琶語り集」三弥井書店 2006 p215
天竜の火後、四州に化縁す。山行作有り〈義堂周信〉
　蔭木英雄著「日本漢詩人選集3 義堂周信」研文出版 1999 p38
田猟〈西郷隆盛〉
　松尾善弘著「西郷隆盛漢詩全集 増補改訂版」斯文堂 2018 p142
　松尾善弘著「西郷隆盛漢詩全集 増補改訂版」斯文堂 2018 p155

【と】

都因・射石・麦瓜歌仙
　建部綾足著作刊行会編「建部綾足全集9（書簡・補遺）」国書刊行会 1990 p216
洞院摂政家百首〈西澤誠人蔵本〉
　「新編国歌大観4」角川書店 1986 p349
東院前栽合〈陽明文庫蔵二十巻本〉
　「新編国歌大観5」角川書店 1987 p40
棠陰比事加鈔〈整版本、三巻六冊〉
　花田富二夫翻刻「假名草子集成53」東京堂出版 2015 p47
　花田富二夫翻刻「假名草子集成54」東京堂出版 2015 p1
棠陰比事物語〈寛永頃無刊記版本、五巻五冊〉
　松村美奈翻刻「假名草子集成53」東京堂出版 2015 p143
桐雨居士伝〈蝶夢〉
　田中道雄ほか編著「蝶夢全集」和泉書院 2013 p321
桐雨の誄〈蝶夢〉
　田中道雄ほか編著「蝶夢全集」和泉書院 2013 p281

藤榮〈宝生流〉男舞・羯鼓物
　野上豊一郎編「新装解註 謡曲全集4」中央公論新社 2001 p541
桐淵氏の古筆を見る文〈加舎白雄〉
　矢羽勝幸編「増補改訂 加舎白雄全集 上」国文学 2008 p393
東海道各駅狂歌〈西山宗因評点〉
　狂歌大観刊行会編「狂歌大観1 本篇」明治書院 1983 p172
　井上敏彦、尾崎千佳校訂「西山宗因全集4 紀行・評点・書簡篇」八木書店 2006 p334
東海道中俳諧双六〈享保十六、十七年頃刊〉〈丁柳園編〉
　加藤定彦、外村展子編「関東俳諧叢書1 江戸座編1」関東俳諧叢書刊行会 1994 p275
東海道中膝栗毛〈十返舎一九〉
　中村幸彦、棚橋正博校訂・訳「日本の古典をよむ18 世間胸算用・万の文反古・東海道中膝栗毛」小学館 2008 p155
　池田みち子訳「わたしの古典20 池田みち子の東海道中膝栗毛」集英社 1987 p7
東海道名所記〈落首・狂歌抜粋〉
　狂歌大観刊行会編「狂歌大観2 参考篇」明治書院 1984 p180
東郭の居に題す〈島田忠臣〉
　興膳宏著「日本漢詩人選集 別巻 古代漢詩選」研文出版 2005 p206
東華集〈抄〉（支考）
　嶋中道則編「新編 芭蕉大成」三省堂 1999 p797
　石川八朗ほか編「宝井其角全集〔2〕 資料篇」勉誠社 1994 p316
東関紀行
　「新編国歌大観5」角川書店 1987 p1279
東岸居士
　伊藤正義校注「新潮日本古典集成 新装版〔64〕謡曲集 中」新潮社 2015 p365
東岸居士〈宝生流〉羯鼓・中の舞物
　野上豊一郎編「新装解註 謡曲全集4」中央公論新社 2001 p175
東宮学士藤原義忠朝臣歌合
　藏中さやか校注「和歌文学大系48 王朝歌合集」明治書院 2018 p59
東宮学士義忠歌合〈陽明文庫蔵二十巻本〉
　「新編国歌大観5」角川書店 1987 p71
伏見院春宮御集〈伏見院〉
　岩佐美代子注釈「新注和歌文学叢書16 京極派揺籃期和歌 新注」青簡舎 2015 p3
「冬景や」歌仙
　宮脇真彦執筆担当「新編 芭蕉大成」三省堂 1999 p202
東月評万句合〈宝暦十一年〉
　鴨下誌明校訂「他評万句合選集〔2〕 東月評・白亀評万句合」太平書屋 2007 p9
道元信侍者〈義堂周信〉
　蔭木英雄著「日本漢詩人選集3 義堂周信」研文出版 1999 p195

冬郊（宇野醴泉）
　李寅生著「漢詩名作集成〈日本編〉」明徳出版社 2016 p404
東国陣道記
　狂歌大観刊行会編「狂歌大観2 参考篇」明治書院 1984 p34
藤谷和歌集（萩原松平文庫蔵本）（冷泉為相）
　「新編国歌大観7」角川書店 1989 p674
東西集
　石川八朗ほか編「宝井其角全集〔2〕　資料篇」勉誠社 1994 p355
東西夜話〔抄〕（支考）
　嶋中道則編「新編 芭蕉大成」三省堂 1999 p798
当座はらひ
　石川八朗ほか編「宝井其角全集〔2〕　資料篇」勉誠社 1994 p352
嗒山送別（松尾芭蕉）
　嶋中道則ほか「新編 芭蕉大成」三省堂 1999 p442
藤三位集（大弐三位）
　中周子校注「和歌文学大系20 賀茂保憲女集・赤染衛門集・清少納言集・紫式部集・藤三位集」明治書院 2000 p233
「当山は」の詞書（松尾芭蕉〈存疑作〉）
　嶋中道則ほか「新編 芭蕉大成」三省堂 1999 p445
等持院百首（内閣文庫蔵本）（足利尊氏）
　「新編国歌大観10」角川書店 1992 p178
冬日、谷士先を送る（広瀬旭荘）
　大野修作著「日本漢詩人選集16 広瀬旭荘」研文出版 1999 p184
冬日雑吟（六首載録中の第一首）（梁川星巌）
　山本和義、福島理子著「日本漢詩人選集17 梁川星巌」研文出版 2008 p177
冬日雑詩（菅茶山）
　李寅生著「漢詩名作集成〈日本編〉」明徳出版社 2016 p447
冬日即事（館柳湾）
　鈴木瑞枝者「日本漢詩人選集13 館柳湾」研文出版 1999 p38
冬日池五山に懐いを寄す（中島棕隠）
　入谷仙介著「日本漢詩人選集14 中島棕隠」研文出版 2002 p9
冬日早行（西郷隆盛）
　松尾善弘著「西郷隆盛漢詩全集 増補改訂版」斯文堂 2018 p249
冬日　汴州の上源駅にて雪に逢う（菅原清公）
　興膳宏著「日本漢詩人選集 別巻 古代漢詩選」研文出版 2005 p145
冬日　汴州の上源駅にて雪に逢ふ（菅原清公）
　李寅生著「漢詩名作集成〈日本編〉」明徳出版社 2016 p75
冬至 二首（道元）
　飯田利行編訳「現代語訳 洞門禅文学集〔4〕　道元」国書刊行会 2001 p195

同社を記す（広瀬淡窓）
　林田愼之助著「日本漢詩人選集15 広瀬淡窓」研文出版 2005 p91
東順の伝（松尾芭蕉）
　嶋中道則ほか「新編 芭蕉大成」三省堂 1999 p438
東順傳（松尾芭蕉）
　與謝野寛ほか編纂校訂「覆刻 日本古典全集〔文学編〕〔40〕　芭蕉全集 前編」現代思潮社 1983 p145
悼蕉雨遺文（蝶夢）
　田中道雄ほか編著「蝶夢全集」和泉書院 2013 p280
道成寺
　伊藤正義校注「新潮日本古典集成 新装版〔64〕謡曲集 中」新潮社 2015 p373
道成寺（観世流）乱拍子・急の舞・祈物
　野上豊一郎編「新装解註 謡曲全集4」中央公論新社 2001 p415
道成寺物語（万治三年十月板、三巻三冊、絵入）
　伊藤慎吾翻刻「假名草子集成54」東京堂出版 2015 p157
道成寺岐柳（其笑、瑞笑）
　江本裕翻刻「八文字屋本全集20」汲古書院 1999 p75
冬初別所温泉に遊ぶ〔如亭山人藁 巻二〕（柏木如亭）
　入谷仙介著「日本漢詩人選集8 柏木如亭」研文出版 1999 p131
道助法親王家五十首（国立歴史民俗博物館蔵本）
　「新編国歌大観10」角川書店 1992 p409
東人 嵐山を写す者罕なり 独り谷文二のみ 喜んで 此の図を作す（藤井竹外）
　李寅生著「漢詩名作集成〈日本編〉」明徳出版社 2016 p597
燈心の（歌仙）
　長島弘明校注「蕪村全集2 連句」講談社 2001 p167
当世御伽曾我（江島其磧）
　中嶋隆翻刻「八文字屋本全集4」汲古書院 1993 p67
当世御伽曾我後編風流東鑑（江島其磧）
　中嶋隆翻刻「八文字屋本全集4」汲古書院 1993 p169
婦女教訓當世心筋立（寛政二年正月刊 佐々木惣四郎他板）（銅脈先生）
　斎田作楽編「銅脈先生全集 下 和文戯作集」太平書屋 2009 p147
当世信玄記
　中嶋隆翻刻「八文字屋本全集4」汲古書院 1993 p311
桃青伝（梅人）
　久富哲雄翻刻「古典文学翻刻集成7 続・俳文学篇 中興期（下）」ゆまに書房 1999 p269
当世誹諧楊梅
　石川八朗ほか編「宝井其角全集〔2〕　資料篇」勉誠社 1994 p334

当世操車（清涼井蘇来）
　宍戸道子校訂「江戸怪談文芸名作選3 清涼井蘇来集」国書刊行会 2018 p295

桃青門弟 独吟二十歌仙（桃青編）
　石川八朗ほか編「宝井其角全集〔2〕 資料篇」勉誠社 1994 p3

当世行次第（凌雲堂自笑）
　江本裕翻刻「八文字屋本全集23」汲古書院 2000 p117

唐船（宝生流）楽物
　野上豊一郎編「新装解註 謡曲全集4」中央公論新社 2001 p119

燈前新話（虎巌道説）
　土井大介校訂「江戸怪異綺想文芸大系5 近世民間異聞怪談集成」国書刊行会 2003 p15

東撰和歌六帖（島原松平文庫蔵本）（後藤基政撰）
　「新編国歌大観6」角川書店 1988 p170

東撰和歌六帖抜粋本（祐徳中川文庫蔵本）（後藤基政撰）
　「新編国歌大観6」角川書店 1988 p177

道増誹諧百首（聖護院門跡道増大僧正）
　狂歌大観刊行会編「狂歌大観1 本篇」明治書院 1983 p71

冬題歌合 建保五年（永青文庫蔵本）
　「新編国歌大観5」角川書店 1987 p554

銅駝橋納涼（中島棕隠）
　入谷仙介著「日本漢詩人選集14 中島棕隠」研文出版 2002 p36

堂中自座の宗鏡湖に挙似す（義堂周信）
　蔭木英雄著「日本漢詩人選集3 義堂周信」研文出版 1999 p190

冬柱法師句帳序（蝶夢）
　田中道雄ほか編著「蝶夢全集」和泉書院 2013 p315

稲亭物怪録（柏正甫）
　杉本好伸校訂「江戸怪異綺想文芸大系5 近世民間異聞怪談集成」国書刊行会 2003 p643

東道記行（加舎白雄）
　矢羽勝幸翻刻・注ほか「増補改訂 加舎白雄全集上」国文社 2008 p413

東藤桐葉 両吟歌仙点巻（一）（松尾芭蕉評点）
　小林祥次郎執筆担当「新編 芭蕉大成」三省堂 1999 p569

東藤桐葉 両吟歌仙点巻（二）（松尾芭蕉評点）
　小林祥次郎執筆担当「新編 芭蕉大成」三省堂 1999 p570

東藤桐葉 両吟表六句・付合一五点巻（松尾芭蕉評点）
　小林祥次郎執筆担当「新編 芭蕉大成」三省堂 1999 p571

東塔東谷歌合（尊経閣文庫蔵本）
　「新編国歌大観5」角川書店 1987 p131

「たふとかる」発句・脇
　宮脇真彦執筆担当「新編 芭蕉大成」三省堂 1999 p265

唐に在つて昶法和尚の小山を観る（空海）
　李寅生著「漢詩名作集成〈日本編〉」明徳出版社 2016 p83

唐に在つて本郷を憶ふ（釈弁正）
　李寅生著「漢詩名作集成〈日本編〉」明徳出版社 2016 p49

唐に在つて 本国の皇太子に奉ず（釈道慈）
　李寅生著「漢詩名作集成〈日本編〉」明徳出版社 2016 p47

唐に在りて、昶法和尚の小山を観る（空海）
　興膳宏著「日本漢詩人選集 別巻 古代漢詩選」研文出版 2005 p172

盗に問ふ（日柳燕石）
　李寅生著「漢詩名作集成〈日本編〉」明徳出版社 2016 p632

塔沢温泉に浴すること数日、小詩もて事をを紀す（六首 選二首）（市河寛斎）
　蔡毅、西岡淳著「日本漢詩人選集9 市河寛斎」研文出版 2007 p56

多武峰往生院千世君歌合（書陵部蔵五〇一・二四）
　「新編国歌大観5」角川書店 1987 p117

多武峰少将物語
　「新編国歌大観5」角川書店 1987 p1321

東坡集を読みて、偶たま其の後に題す（梁川星巌）
　山本和義、福島理子著「日本漢詩人選集17 梁川星巌」研文出版 2008 p65

東坡赤壁図に題す（広瀬旭荘）
　大野修作著「日本漢詩人選集16 広瀬旭荘」研文出版 1999 p122

東披赤壁の図（市河寛斎）
　李寅生著「漢詩名作集成〈日本編〉」明徳出版社 2016 p451

「とふ人も」等狂歌七首
　宮脇真彦執筆担当「新編 芭蕉大成」三省堂 1999 p322

洞房語園
　石川八朗ほか編「宝井其角全集〔2〕 資料篇」勉誠社 1994 p459
　石川八朗ほか編「宝井其角全集〔2〕 資料篇」勉誠社 1994 p497

東方朔（金春流）楽物
　野上豊一郎編「新装解註 謡曲全集1」中央公論新社 2001 p375

東北（金春流）大小序の舞物
　野上豊一郎編「新装解註 謡曲全集2」中央公論新社 2001 p235

東北院職人歌合
　狂歌大観刊行会編「狂歌大観1 本篇」明治書院 1983 p1

東北院職人歌合 五番本（東京国立博物館蔵本）
　「新編国歌大観10」角川書店 1992 p381

東北院職人歌合 十二番本（陽明文庫蔵本）
　「新編国歌大観10」角川書店 1992 p382

胴骨（西国編）
　佐藤勝明校注「新編西鶴全集5 本文篇 上」勉誠

出版 2007 p177
銅脈先生狂詩画譜（銅脈先生）
　斎田作楽編「銅脈先生全集 下 和文戯作集」太平書屋 2009 p381
銅脈先生太平遺響（銅脈先生）
　斎田作楽編「銅脈先生全集 下 和文戯作集」太平書屋 2009 p361
道命阿闍梨集（書陵部蔵五〇一・一七六）（道命）
　「新編国歌大観7」角川書店 1989 p70
道明寺
　伊藤正義校注「新潮日本古典集成 新装版〔64〕謡曲集 中」新潮社 2015 p385
道明寺（観世流）楽物
　野上豊一郎編「新装解註 謡曲全集1」中央公論新社 2001 p361
童蒙先習（元和・寛永初期頃板、十五巻二冊）（小瀬甫庵道喜）
　柳沢昌紀翻刻「假名草子集成56」東京堂出版 2016 p1
冬夜 客思（服部白賁）
　李寅生著「漢詩名作集成〈日本編〉」明徳出版社 2016 p379
冬夜九詠・其の二・独吟（菅原道真）
　小島憲之、山本登朗訓読ほか「日本漢詩人選集1 菅原道真」研文出版 1998 p88
冬夜九詠・其の七・野村の火（菅原道真）
　小島憲之、山本登朗訓読ほか「日本漢詩人選集1 菅原道真」研文出版 1998 p90
冬夜九詠・其の九・残灯（菅原道真）
　小島憲之、山本登朗訓読ほか「日本漢詩人選集1 菅原道真」研文出版 1998 p91
東野州聞書（東常縁）
　「新編国歌大観5」角川書店 1987 p1117
冬夜書懐〔木工集〕（柏木如亭）
　入谷仙介著「日本漢詩人選集8 柏木如亭」研文出版 1999 p19
冬夜諸兄弟言志（冬夜 諸兄弟と志を言う）（道元）
　飯田利行編訳「現代語訳 洞門禅文学集〔4〕道元」国書刊行会 2001 p181
冬夜読書（菅茶山）
　李寅生著「漢詩名作集成〈日本編〉」明徳出版社 2016 p444
冬夜長し（良寛）
　井上慶隆著「日本漢詩人選集11 良寛」研文出版 2002 p124
冬夜眠れず、起ちて庭上を歩く（広瀬旭荘）
　大野修作著「日本漢詩人選集16 広瀬旭荘」研文出版 1999 p153
冬夜讀書（西郷隆盛）
　松尾善弘著「西郷隆盛漢詩全集 増補改訂版」斯文堂 2018 p26
東遊紀行（外題）（蝶夢）
　田中道雄ほか編著「蝶夢全集」和泉書院 2013 p482
東遊道中（広瀬淡窓）
　林田愼之助著「日本漢詩人選集15 広瀬淡窓」研

文出版 2005 p169
藤葉和歌集（群書類従本）（小倉実教撰）
　「新編国歌大観6」角川書店 1988 p310
到来集
　加藤定彦「西山宗因全集3 俳諧篇」八木書店 2004 p520
当流小栗判官（近松門左衛門）
　工藤寛三郎訳「近松時代物現代語訳3 日本振袖始ほか」北の街社 2003 p11
当流曽我高名松
　石川了翻刻「八文字屋本全集6」汲古書院 1994 p135
納涼房にて雲雷を望む（空海）
　興膳宏著「日本漢詩人選集 別巻 古代漢詩選」研文出版 2005 p176
冬嶺先生手抄の放翁詩（市河寛斎）
　蔡毅、西岡淳著「日本漢詩人選集9 市河寛斎」研文出版 2007 p138
登蓮恋百首（静嘉堂文庫蔵続群書類従本）（登蓮）
　「新編国歌大観10」角川書店 1992 p132
登蓮法師集（徳川黎明会蔵本）（登蓮）
　「新編国歌大観3」角川書店 1985 p558
東楼（広瀬淡窓）
　林田愼之助著「日本漢詩人選集15 広瀬淡窓」研文出版 2005 p28
藤六集（書陵部蔵五〇一・一三一）（藤原輔相）
　「新編国歌大観3」角川書店 1985 p153
「とへは匂ふ」百韻（西山宗因）
　加藤定彦「西山宗因全集3 俳諧篇」八木書店 2004 p160
戸燕を訪ふ文（加舎白雄）
　矢羽勝幸編「増補改訂 加舎白雄全集 上」国文社 2008 p359
遠く辺城に使いす（小野岑守）
　興膳宏著「日本漢詩人選集 別巻 古代漢詩選」研文出版 2005 p140
遠く辺城に使す（小野岑守）
　李寅生著「漢詩名作集成〈日本編〉」明徳出版社 2016 p90
江戸大坂通し馬（梅朝編）
　竹下義人校注「新編西鶴全集5 本文篇 上」勉誠出版 2007 p467
とほたあふみのき（遠江の記）（蝶夢）
　田中道雄ほか編著「蝶夢全集」和泉書院 2013 p456
遠江の國濱松の郷ノ五社遷宮祝詞（賀茂真淵）
　與謝野寛ほか編纂校訂「覆刻 日本古典全集〔文学編〕〔13〕賀茂眞淵集」現代思潮社 1983 p140
とをのく（宝永五年刊）（百里編）
　加藤定彦、外村展子編「関東俳諧叢書29 雪門編」関東俳諧叢書刊行会 2005 p33
融
　伊藤正義校注「新潮日本古典集成 新装版〔64〕謡曲集 中」新潮社 2015 p397
融（金剛流）早舞物
　野上豊一郎編「新装解註 謡曲全集6」中央公論新

社 2001 p315
融大臣鹽竈櫻花(菅専助)
　土田衞ほか編「菅専助全集5」勉誠社 1993 p1
時明集(書陵部蔵五〇一・三九七)(源時明)
　「新編国歌大観7」角川書店 1989 p58
「時しあれや」百韻(西山宗因)
　島津忠夫ほか編「西山宗因全集2 連歌篇二」八木書店 2007 p246
　島津忠夫ほか編「西山宗因全集2 連歌篇二」八木書店 2007 p407
「磨直す」歌仙
　宮脇真彦執筆担当「新編 芭蕉大成」三省堂 1999 p211
斎非時
　石川八朗ほか編「宝井其角全集〔2〕資料篇」勉誠社 1994 p407
時広集(書陵部蔵五〇一・二一九)(北条時広)
　「新編国歌大観7」角川書店 1989 p468
伽婢子(寛文十一年板、正六巻六冊・続七巻七冊、絵入)
　花田富二夫翻刻「假名草子集成51」東京堂出版 2014 p1
「時や今」百韻
　島津忠夫ほか編「西山宗因全集2 連歌篇二」八木書店 2007 p134
蠹魚を詠ず(摩島松南)
　李寅生著「漢詩名作集成〈日本編〉」明徳出版社 2016 p542
「時は秋」歌仙
　宮脇真彦執筆担当「新編 芭蕉大成」三省堂 1999 p205
常盤木(正德・享保頃板、一冊、絵入)
　柳沢昌紀翻刻「假名草子集成53」東京堂出版 2015 p277
常盤の香(蕪村十七回忌・寛政十一年)(紫暁編)
　丸山一彦校注「蕪村全集7 編著・追善」講談社 1995 p406
常盤伏見の落ち
　野村眞智子編「伝承文学資料集成20 肥後・琵琶語り集」三弥井書店 2006 p309
常盤屋の句合(杉風子)
　小林祥次郎執筆担当「新編 芭蕉大成」三省堂 1999 p558
常盤屋之句合(杉風)
　與謝野寬ほか編纂校訂「覆刻 日本古典全集〔文学編〕〔40〕芭蕉全集 前編」現代思潮社 1983 p181
誹諧独吟一日千句(西鶴編・独吟)
　佐藤勝明校注「新編西鶴全集5 本文篇 上」勉誠出版 2007 p21
徳元等百韻五巻(斎藤徳元ほか)
　森川昭翻刻「古典文学翻刻集成3 続・俳文学篇 貞門・談林」ゆまに書房 1999 p38
木賊(観世流)序の舞物
　野上豊一郎編「新装解註 謡曲全集3」中央公論新社 2001 p551

独坐懐古(島田忠臣)
　興膳宏著「日本漢詩人選集 別巻 古代漢詩選」研文出版 2005 p208
独酌 故人の書を得たり(守屋東陽)
　李寅生著「漢詩名作集成〈日本編〉」明徳出版社 2016 p407
読書の詞(新井白石)
　一海知義, 池澤一郎訳注「日本漢詩人選集5 新井白石」研文出版 2001 p202
土公神延喜祭文祝
　岩田勝編著「伝承文学資料集成16 中国地方神楽祭文集」三弥井書店 1990 p151
土公祭文
　岩田勝編著「伝承文学資料集成16 中国地方神楽祭文集」三弥井書店 1990 p112
徳永種久紀行(写本、一冊)(徳永種久)
　中島次郎翻刻「假名草子集成54」東京堂出版 2015 p185
読老庵日札(抄)(岡田老樗軒)
　島津忠夫ほか編「西山宗因全集5 伝記・研究篇」八木書店古書出版部 2013 p298
徳和哥後万載集(四方山人(赤良)編著)
　宇田敏彦翻刻「江戸狂歌本選集2」東京堂出版 1998 p191
渡月橋図賛(与謝蕪村)
　尾形仂, 山下一海校注「蕪村全集4 俳詩・俳文」講談社 1994 p165
杜鵑枝に和す(新井白石)
　一海知義, 池澤一郎訳注「日本漢詩人選集5 新井白石」研文出版 2001 p94
常夏(紫式部)
　石田穣二, 清水好子校注「新潮日本古典集成 新装版〔13〕新潮文庫 四」新潮社 2014 p83
　阿部秋生ほか校注・訳「日本の古典をよむ9 源氏物語 上」小学館 2008 p283
　與謝野寬ほか編纂校訂「覆刻 日本古典全集〔文学編〕〔17〕源氏物語 二」現代思潮社 1982 p248
「どこまでも」表六句
　宮脇真彦執筆担当「新編 芭蕉大成」三省堂 1999 p219
とこよもの(尋幽亭載名編)
　延広真治翻刻「江戸狂歌本選集7」東京堂出版 2000 p139
土佐日記(紀貫之)
　木村正中注「新潮日本古典集成 新装版〔42〕土佐日記 貫之集」新潮社 2018 p9
　菊地靖彦校訂・訳「日本の古典をよむ7 土佐日記・蜻蛉日記・とはずがたり」小学館 2008 p11
　正宗敦夫校訂「覆刻 日本古典全集〔文学編〕〔39〕土佐日記 蜻蛉日記 更級日記」現代思潮社 1983 p3
土左日記(紀貫之)
　「新編国歌大観5」角川書店 1987 p1255

登山状　→　元久法語(げんきゅうほうご)を見よ

「年を経ば」百韻
　島津忠夫ほか編「西山宗因全集2 連歌篇二」八木書店 2007 p128

俊蔭
　藤田徳太郎校訂「覆刻 日本古典全集〔文学編〕〔4〕うつほ物語 一」現代思潮社 1982 p1

俊忠集(書陵部蔵五〇一・三八)(藤原俊忠)
　「新編国歌大観3」角川書店 1985 p417

「年立つや」表八句
　宮脇真彦執筆担当「新編 芭蕉大成」三省堂 1999 p288

「年月や」百韻(西山宗因)
　島津忠夫ほか編「西山宗因全集2 連歌篇二」八木書店 2007 p261
　島津忠夫ほか編「西山宗因全集6 解題・索引篇」八木書店古書出版部 2017 p58

歳徳五葉松(其笑、瑞笑)
　渡辺守邦翻刻「八文字屋本全集20」汲古書院 1999 p379

年波草跋(蝶夢)
　田中道雄ほか編著「蝶夢全集」和泉書院 2013 p262

「としの夜の」狂歌
　宮脇真彦執筆担当「新編 芭蕉大成」三省堂 1999 p322

歳ばいは(歌仙)
　満田達夫校注「蕪村全集2 連句」講談社 2001 p184

俊光集(書陵部蔵五〇一・六九〇)(日野俊光)
　「新編国歌大観7」角川書店 1989 p664

敏行集(西本願寺蔵三十六人集)(藤原敏行)
　「新編国歌大観3」角川書店 1985 p27

吐綬鶏
　石川八朗ほか編「宝井其角全集〔2〕資料篇」勉誠社 1994 p101

俊頼朝臣女子達歌合(書陵部蔵五〇一・七四)
　「新編国歌大観5」角川書店 1987 p141

俊頼述懐百首(源俊頼)
　木下華子ほか全釈「歌合・定数歌全釈叢書3 俊頼述懐百首全釈」風間書房 2003 p11

俊頼髄脳(源俊頼)
　「新編国歌大観5」角川書店 1987 p952

「年忘れ」三つ物
　宮脇真彦執筆担当「新編 芭蕉大成」三省堂 1999 p276

渡世商軍談(江島其磧)
　若木太一翻刻「八文字屋本全集3」汲古書院 1993 p323

渡世身持談義(江島其磧)
　若木太一翻刻「八文字屋本全集13」汲古書院 1997 p249

途中 花を看る(市河寛斎)
　蔡毅, 西岡淳著「日本漢詩人選集9 市河寛斎」研文出版 2007 p127

十百韻山水独吟梅翁批判(西山宗因評点)
　井上敏幸, 尾崎千佳校訂「西山宗因全集4 紀行・評点・書簡篇」八木書店 2006 p287

宿直草(延宝五年一月板、五巻五冊、絵入)
　湯浅佳子翻刻「假名草子集成55」東京堂出版 2016 p1

鳥羽殿影供歌合
　松野陽一, 吉田薫編「藤原俊成全歌集」笠間書院 2007 p568

鳥羽殿影供歌合 建仁元年四月(東大国文学研究室蔵本)
　「新編国歌大観5」角川書店 1987 p394

鳥羽殿北面歌合(平安朝歌合大成)
　「新編国歌大観5」角川書店 1987 p145

戸榛名山大権現御縁起
　大島由紀夫編著「伝承文学資料集成6 神道縁起物語(二)」三弥井書店 2002 p127

鳥羽蓮華
　石川八朗ほか編「宝井其角全集〔2〕資料篇」勉誠社 1994 p201

飛梅千句(西鶴編)
　竹下義人校訂「新編西鶴全集5 本文篇 上」勉誠出版 2007 p407

「鳶の羽も」歌仙
　宮脇真彦執筆担当「新編 芭蕉大成」三省堂 1999 p257

十符の菅薦(梅多楼撰)
　高橋啓之翻刻「江戸狂歌本選集12」東京堂出版 2002 p165

土峯(新井白石)
　一海知義, 池澤一郎訳注「日本漢詩人選集5 新井白石」研文出版 2001 p49

杜牧の集を読む(絶海中津)
　李寅生著「漢詩名作集成〈日本編〉」明徳出版社 2016 p231

斗墨坊如思雄髪の文(加舎白雄)
　矢羽勝幸編「増補改訂 加舎白雄全集 上」国文社 2008 p378

鹿島記行笘のやど(宝暦九年刊)(蓼太編)
　加藤定彦, 外村展子編「関東俳諧叢書14 常総編2」関東俳諧叢書刊行会 1998 p117

冨仁親王嵯峨錦(紀海音)
　海音研究会編「紀海音全集6」清文堂出版 1979 p137

弔初秋七日雨星文(松尾芭蕉)
　與謝野寛ほか編纂校訂「覆刻 日本古典全集〔文学編〕〔40〕芭蕉全集 前編」現代思潮社 1983 p143

知章(金剛流)準カケリ物
　野上豊一郎編「新装解註 謡曲全集2」中央公論新社 2001 p145

巴(金剛流)準カケリ物
　野上豊一郎編「新装解註 謡曲全集2」中央公論新社 2001 p189

待友不到(西郷隆盛)
　松尾善弘著「西郷隆盛漢詩全集 増補改訂版」斯文堂 2018 p189

ともか　　　　　　　　　　　　　　　　作品名

「ともかくも」の詞書（松尾芭蕉）
　嶋中道則ほか「新編 芭蕉大成」三省堂 1999
　p431
「ともかくも」百韻
　加藤定彦「西山宗因全集3 俳諧篇」八木書店
　2004 p263
灯滅ゆ、二絶・其の一（菅原道真）
　小島憲之、山本登朗訓読ほか「日本漢詩人選集1
　菅原道真」研文出版 1998 p166
灯滅ゆ、二絶・其の二（菅原道真）
　小島憲之、山本登朗訓読ほか「日本漢詩人選集1
　菅原道真」研文出版 1998 p168
俳諧友すゞめ
　石川八朗ほか編「宝井其角全集〔2〕資料篇」勉
　誠社 1994 p511
朋ちから（九如館鈍永撰）
　西島孜哉、光井文華編「近世上方狂歌叢書13 朋
　ちから（他）」近世上方狂歌研究会 1990 p1
朝長
　伊藤正義校注「新潮日本古典集成 新装版〔64〕
　謡曲集 中」新潮社 2015 p411
朝長（金春流）準カケリ物
　野上豊一郎編「新装解註 謡曲全集2」中央公論新
　社 2001 p159
友なし猿（市川団十郎白猿（五世））
　大谷篤蔵翻刻「古典文学翻刻集成2 俳文学篇 元
　禄・蕉風・中興期」ゆまに書房 1998 p553
伴ノ峯行を送る歌の序（賀茂真淵）
　興謝野寛ほか編纂校訂「覆刻 日本古典全集〔文学
　編〕〔13〕賀茂眞淵集」現代思潮社 1983 p115
友則集（紀友則）
　菊地靖彦校注「和歌文学大系19 貫之集・躬恒
　集・友則集・忠岑集」明治書院 1997 p263
友則集（西本願寺蔵三十六人集）（紀友則）
　「新編国歌大観3」角川書店 1985 p29
豊明絵巻
　伊東祐子校訂・訳注「中世王朝物語全集22 物語
　絵巻集」笠間書院 2019 p319
とら雄遺稿（安永五年）（大魯編）
　藤原真一校注「蕪村全集8 関係俳書」講談社
　1993 p374
虎屋景物（山東京傳）
　棚橋正博校訂「山東京傳全集5 黄表紙5」ぺりか
　ん社 2009 p495
鳥追舟（金剛流）
　野上豊一郎編「新装解註 謡曲全集4」中央公論新
　社 2001 p439
とりかへばや
　友久武文、西本寮子校訂・訳注「中世王朝物語全
　集12 とりかへばや」笠間書院 1998 p5
とりかへばや物語
　「新編国歌大観5」角川書店 1987 p1370
鳥かぶと
　海音研究会編「紀海音全集8」清文堂出版 1980
　p67

鳥塚願文（蝶夢）
　田中道雄ほか編著「蝶夢全集」和泉書院 2013
　p297
鳥遠く（歌仙）
　光田和伸校注「蕪村全集2 連句」講談社 2001
　p174
「とりどりの」五十韻
　宮脇真彦執筆担当「新編 芭蕉大成」三省堂 1999
　p247
鳥の迹（元禄十五年板本）（戸田茂睡撰）
　「新編国歌大観10」角川書店 1988 p708
鳥のみち〔抄〕（丈艸）
　嶋中道則編「新編 芭蕉大成」三省堂 1999 p794
鳥の道
　石川八朗ほか編「宝井其角全集〔2〕資料篇」勉
　誠社 1994 p213
鳥の都（秋瓜編）
　加藤定彦、外村展子編「関東俳諧叢書9 江戸編1」
　関東俳諧叢書刊行会 1995 p243
鳥山彦〔抄〕（沾涼編）
　石川八朗ほか編「宝井其角全集〔2〕資料篇」勉
　誠社 1994 p274
　島津忠夫ほか編「西山宗因全集5 伝記・研究篇」
　八木書店古書出版部 2013 p266
鶏は羽に（三つ物三組）
　満田達夫校注「蕪村全集2 連句」講談社 2001
　p50
泥絵御屏風（藤原定家）
　久保田淳校訂・訳「藤原定家全歌集 上」筑摩書
　房 2017 p458
泥絵御屏風和歌（藤原定家）
　久保田淳校訂・訳「藤原定家全歌集 上」筑摩書
　房 2017 p394
薯蕷飯の文（蝶夢）
　田中道雄ほか編著「蝶夢全集」和泉書院 2013
　p330
とはしぐさ（建部綾足）
　建部綾足著作刊行会編「建部綾足全集3（俳諧
　Ⅲ）」国書刊行会 1986 p319
とはずがたり（後深草院二条）
　福田秀一校注「新潮日本古典集成 新装版〔43〕
　とはずがたり」新潮社 2017 p7
　「新編国歌大観5」角川書店 1987 p1298
　西沢正史監修・注「中世日記紀行文学全評釈
　集成4」勉誠出版 2000 p1
　久保田淳校訂・訳「日本の古典をよむ7 土佐日
　記・蜻蛉日記・とはずがたり」小学館 2008
　p143
頓阿句題百首（参考館蔵本）（頓阿）
　「新編国歌大観10」角川書店 1992 p184
頓阿五十首（齋藤彰氏蔵本）（頓阿）
　「新編国歌大観10」角川書店 1992 p213
頓阿勝負付歌合（鳥原松平文庫蔵本）
　「新編国歌大観10」角川書店 1992 p332
頓阿百首A（有吉保氏蔵本）（頓阿）
　「新編国歌大観10」角川書店 1992 p181

頓阿百首B（書陵部蔵二六五・一一〇五）（頓阿）
　「新編国歌大観10」角川書店 1992 p183

【な】

内外記行（加舎白雄）
　矢羽勝幸翻刻・注ほか「増補改訂 加舎白雄全集 上」国文社 2008 p402
内訓巻之上（辻原元甫）
　柳沢昌紀翻刻「假名草子集成40」東京堂出版 2006 p91
内訓巻之下（辻原元甫）
　柳沢昌紀翻刻「假名草子集成40」東京堂出版 2006 p115
内史貞主が秋月歌に和す（嵯峨天皇）
　興膳宏著「日本漢詩人選集 別巻 古代漢詩選」研文出版 2005 p107
内大臣家歌合 永久三年十月（二十巻本）
　「新編国歌大観5」角川書店 1987 p144
内大臣家歌合 永久三年前度
　鳥井千佳子注釈「新注和歌文学叢書18 忠通家歌合新注」青簡舎 2015 p3
内大臣家歌合 永久三年後度
　鳥井千佳子注釈「新注和歌文学叢書18 忠通家歌合新注」青簡舎 2015 p12
内大臣家歌合 永久五年
　鳥井千佳子注釈「新注和歌文学叢書18 忠通家歌合新注」青簡舎 2015 p20
内大臣家歌合 元永元年十月二日
　鳥井千佳子注釈「新注和歌文学叢書18 忠通家歌合新注」青簡舎 2015 p22
内大臣家歌合 元永元年十月二日（群書類従本）
　「新編国歌大観5」角川書店 1987 p151
内大臣家歌合 元永元年十月十一日
　鳥井千佳子注釈「新注和歌文学叢書18 忠通家歌合新注」青簡舎 2015 p141
内大臣家歌合 元永元年十月十三日
　鳥井千佳子注釈「新注和歌文学叢書18 忠通家歌合新注」青簡舎 2015 p148
内大臣家歌合 元永元年十月十三日（書陵部蔵五〇一・六〇五）
　「新編国歌大観5」角川書店 1987 p156
内大臣家歌合 元永二年
　鳥井千佳子注釈「新注和歌文学叢書18 忠通家歌合新注」青簡舎 2015 p171
内大臣家歌合 元永二年（静嘉堂文庫蔵本）
　「新編国歌大観5」角川書店 1987 p157
内大臣家後度歌合 永久三年十月（二十巻本）
　「新編国歌大観5」角川書店 1987 p144
内大臣家百首（藤原定家）
　久保田淳校訂・訳「藤原定家全歌集 上」筑摩書房 2017 p234

尚賢五十首（書陵部蔵四一五・三四一）（大江尚賢）
　「新編国歌大観10」角川書店 1992 p210
「猶見たし」の詞書（松尾芭蕉）
　嶋中道則ほか「新編 芭蕉大成」三省堂 1999 p391
中垣の（百韻）
　丸山一彦校注「蕪村全集2 連句」講談社 2001 p100
長景集（書陵部蔵五〇一・三二〇）（城長景）
　「新編国歌大観7」角川書店 1989 p578
長方集（神宮文庫蔵本）（藤原長方）
　「新編国歌大観4」角川書店 1986 p35
「長刀」漢和俳諧十二句
　宮脇真彦執筆担当「新編 芭蕉大成」三省堂 1999 p317
笄甚五郎差櫛於六長髢姿蛇柳（山東京傳）
　棚橋正博校訂「山東京傳全集14 合巻9」ぺりかん社 2018 p63
長崎（広瀬淡窓）
　林田愼之助著「日本漢詩人選集15 広瀬淡窓」研文出版 2005 p165
長崎一見狂歌集（長崎一見）
　狂歌大観刊行会編「狂歌大観1 本篇」明治書院 1983 p464
長崎を発つ（広瀬淡窓）
　林田愼之助著「日本漢詩人選集15 広瀬淡窓」研文出版 2005 p180
長崎僑居雑題七首（中島棕隠）
　入谷仙介著「日本漢詩人選集14 中島棕隠」研文出版 2002 p136
長崎雑詠（長梅外）
　李寅生著「漢詩名作集成〈日本編〉」明徳出版社 2016 p609
長崎の山無逸、春大通、王梅菴撰する所の折玄序を伝示す 賦して二子に貽る 四首（広瀬淡窓）
　林田愼之助著「日本漢詩人選集15 広瀬淡窓」研文出版 2005 p192
長崎の長東洲の紫清夢境の巻首に題す（広瀬旭荘）
　大野修作著「日本漢詩人選集16 広瀬旭荘」研文出版 1999 p178
中島（広瀬淡窓）
　林田愼之助著「日本漢詩人選集15 広瀬淡窓」研文出版 2005 p146
中空の日記（香川景樹）
　津本信博著「江戸後期紀行文学全集1」新典社 2007 p229
中務集（書陵部蔵五一〇・一二）（中務）
　「新編国歌大観7」角川書店 1989 p28
中務集（西本願寺蔵三十六人集）（中務）
　「新編国歌大観3」角川書店 1985 p81
中務内侍日記（伏見院中務内侍）
　「新編国歌大観5」角川書店 1987 p1295
　青木賜љ編、渡辺静子編・評釈「中世日記紀行文学全評釈集成5」勉誠出版 2004 p1

長綱集〈書陵部蔵五〇一・一五五〉（藤原長綱）
　「新編国歌大観7」角川書店 1989 p462
長綱百首〈島原松平文庫蔵本〉（藤原長綱）
　「新編国歌大観10」角川書店 1992 p151
長能集〈神宮文庫蔵本〉（藤原長能）
　「新編国歌大観3」角川書店 1985 p228
「中々に」百韻
　島津忠夫ほか編「西山宗因全集2 連歌篇二」八木書店 2007 p161
中院集〈書陵部蔵一五三・二一六〉（藤原為家）
　「新編国歌大観7」角川書店 1989 p455
中院具顕百首附十首（中院具顕）
　岩佐美代子注釈「新注和歌文学叢書16 京極派揺籃期和歌 新注」青簡舎 2015 p82
中野の草堂〔如亭山人藁 初集〕（柏木如亭）
　入谷仙介著「日本漢詩人選集8 柏木如亭」研文出版 1999 p46
仲文集（藤原仲文）
　片桐洋一ほか全釈「私家集全釈叢書22 藤原仲文集全釈」風間書房 1998 p27
　片桐洋一ほか全釈「私家集全釈叢書22 藤原仲文集全釈」風間書房 1998 p109
仲文集〈書陵部蔵五〇一・一一八〉（藤原仲文）
　「新編国歌大観3」角川書店 1985 p90
中御門大納言殿集〈書陵部蔵一五〇・五四九〉
　「新編国歌大観7」角川書店 1989 p192
中御門為方詠五十首和歌懐紙（中御門為方）
　岩佐美代子注釈「新注和歌文学叢書16 京極派揺籃期和歌 新注」青簡舎 2015 p237
中道日記（片岡春乃）
　津本信博著「江戸後期紀行文学全集1」新典社 2007 p151
「ながむとて」百韻（西山宗因）
　加藤定彦「西山宗因全集3 俳諧篇」八木書店 2004 p152
中山七里（館柳湾）
　鈴木瑞枝著「日本漢詩人選集13 館柳湾」研文出版 1999 p31
長良大明神縁起之写
　大島由紀夫編著「伝承文学資料集成6 神道縁起物語（二）」三弥井書店 2002 p149
長良宮正伝記
　大島由紀夫編著「伝承文学資料集成6 神道縁起物語（二）」三弥井書店 2002 p151
流川集〈抄〉
　石川八朗ほか編「宝井其角全集〔2〕 資料篇」勉誠社 1994 p149
流川集〈序 抄〉（丈艸）
　嶋中道則編「新編 芭蕉大成」三省堂 1999 p789
渚藻屑〈『北野文叢』巻之九十六（一九一〇年、國學院大學出版部）〉（能桂）
　「連歌大観3」古典ライブラリー 2017 p587
啼捨の〈十六句〉
　光田和伸校注「蕪村全集2 連句」講談社 2001 p150

啼ながら〈歌仙〉
　光田和伸校注「蕪村全集2 連句」講談社 2001 p313
　光田和伸校注「蕪村全集2 連句」講談社 2001 p318
泣に来て〈半歌仙〉
　満田達夫校注「蕪村全集2 連句」講談社 2001 p459
「泣ふして」詞書（与謝蕪村）
　尾形仂、山下一海校注「蕪村全集4 俳詩・俳文」講談社 1994 p130
なぐさめ草（正徹）
　「新編国歌大観10」角川書店 1992 p1065
　外村展子編・評釈「中世日記紀行文学全評釈集成6」勉誠出版 2004 p185
梨園
　石川八朗ほか編「宝井其角全集〔2〕 資料篇」勉誠社 1994 p484
なづな集（鶯大編）
　矢羽勝幸翻刻「古典文学翻刻集成7 続・俳文学篇中興期（下）」ゆまに書房 1999 p98
謎歌合〈尊経閣文庫蔵本〉
　「新編国歌大観5」角川書店 1987 p63
「菜種干す」発句・脇
　宮脇真彦執筆担当「新編 芭蕉大成」三省堂 1999 p299
那智籠〈古典文庫第三七六冊『那智籠』〉（宗長自撰）
　「連歌大観2」古典ライブラリー 2017 p179
那智御山手管滝（江島其磧）
　若木太一翻刻「八文字屋本全集12」汲古書院 1996 p1
夏をばな
　石川八朗ほか編「宝井其角全集〔2〕 資料篇」勉誠社 1994 p442
「なつかしき」詞書（与謝蕪村）
　尾形仂、山下一海校注「蕪村全集4 俳詩・俳文」講談社 1994 p167
「夏草や」句文（松尾芭蕉）
　嶋中道則ほか「新編 芭蕉大成」三省堂 1999 p407
「夏草よ」発句・脇
　宮脇真彦執筆担当「新編 芭蕉大成」三省堂 1999 p197
夏野の画讃（松尾芭蕉）
　富山奏校注「新潮日本古典集成 新装版〔47〕 芭蕉文集」新潮社 2019 p23
夏の夜に、鴻臚館にして、北客の帰郷するに餞す（菅原道真）
　小島憲之、山本登朗訓読ほか「日本漢詩人選集1 菅原道真」研文出版 1998 p46
「夏の夜や」歌仙
　宮脇真彦執筆担当「新編 芭蕉大成」三省堂 1999 p299
夏夜如秋（西郷隆盛）
　松尾善弘著「西郷隆盛漢詩全集 増補改訂版」斯文堂 2018 p217

「夏の夜は」百韻（西山宗因評点）
　井上敏幸、尾崎千佳校訂「西山宗因全集4 紀行・評点・書簡篇」八木書店 2006 p93
夏の落葉（延享二年刊）（瑞五、白囲編）
　加藤定彦、外村展子編「関東俳諧叢書4 五色墨編2」関東俳諧叢書刊行会 1994 p175
夏浴衣清十郎染（菅専助、豊春助）
　土田衞ほか編「菅専助全集5」勉誠社 1993 p181
夏より　三菓社中句集
　丸山一彦校注「蕪村全集3 句集・句稿・句会稿」講談社 1992 p319
「夏はあれど」の詞書（松尾芭蕉）
　嶋中道則ほか「新編 芭蕉大成」三省堂 1999 p393
「撫物や」百韻
　加藤定彦「西山宗因全集3 俳諧篇」八木書店 2004 p168
俳諧七異跡集
　石川八朗ほか編「宝井其角全集〔2〕資料篇」勉誠社 1994 p391
栄花男二代目七色合点豆（山東京傳）
　棚橋正博校訂「山東京傳全集5 黄表紙5」ぺりかん社 2009 p213
七個條起請文（法然）
　與謝野寛ほか編纂校訂「覆刻 日本古典全集〔文学編〕〔44〕法然上人集」現代思潮社 1983 p158
七柏集〔抄〕（蓼太編）
　島津忠夫ほか編「西山宗因全集5 伝記・研究篇」八木書店古書出版部 2013 p280
七車集
　石川八朗ほか編「宝井其角全集〔2〕資料篇」勉誠社 1994 p166
七瀬川
　石川八朗ほか編「宝井其角全集〔2〕資料篇」勉誠社 1994 p129
七十自ら賀す（広瀬淡窓）
　林田愼之助著「日本漢詩人選集15 広瀬淡窓」研文出版 2005 p201
「何となう」発句・脇
　宮脇真彦執筆担当「新編 芭蕉大成」三省堂 1999 p186
何物語（寛文七年板、三巻三冊）（児玉信栄）
　花田富二夫翻刻「假名草子集成54」東京堂出版 2015 p201
難
　伊藤正義校注「新潮日本古典集成 新装版〔65〕謡曲集 下」新潮社 2015 p15
難波（宝生流）楽物
　野上豊一郎編「新装解註 謡曲全集1」中央公論新社 2001 p333
浪花置火燵
　石川八朗ほか編「宝井其角全集〔2〕資料篇」勉誠社 1994 p141
難波鑑〔落首・狂歌抜粋〕
　狂歌大観刊行会編「狂歌大観2 参考篇」明治書院 1984 p177

俳諧難波風（旨恕編）
　竹下義人校注「新編西鶴全集5 本文篇 上」勉誠出版 2007 p225
浪華雑詩十九首（広瀬旭荘）
　大野修作著「日本漢詩人選集16 広瀬旭荘」研文出版 1999 p216
俳諧難波順礼（瓠界編）
　今栄蔵翻刻「古典文学翻刻集成4 続・俳文学篇 元禄・蕉風（上）」ゆまに書房 1999 p236
浪華城の春望（篠崎小竹）
　李寅生著「漢詩名作集成〈日本編〉」明徳出版社 2016 p518
難波捨草（宮内庁書陵部蔵本）（浅井忠能編）
　「新編国歌大観6」角川書店 1988 p689
浪速住（天明元年）（江涯編）
　藤田真一校注「蕪村全集8 関係俳書」勉誠社 1993 p506
難波千句（高滝以仙編）
　板坂元翻刻「古典文学翻刻集成3 続・俳文学篇 貞門・談林」ゆまに書房 1999 p249
難波日記（天府）
　杉浦正一郎翻刻「古典文学翻刻集成7 続・俳文学篇 中興期（下）」ゆまに書房 1999 p25
難波の兄は伊勢の白粉（西鶴）
　竹野静雄校注「新編西鶴全集5 本文篇 下」勉誠出版 2007 p1139
浪華の客舎の壁に題す〔如亭山人藁 巻三〕（柏木如亭）
　入谷仙介著「日本漢詩人選集8 柏木如亭」研文出版 1999 p165
「難波人」七十二候
　島津忠夫ほか編「西山宗因全集2 連歌篇二」八木書店 2007 p10
浪華病臥の記（与謝蕪村）
　尾形仂、山下一海校注「蕪村全集4 俳詩・俳文」講談社 1994 p160
難波曲〔抄〕（自問編）
　島津忠夫ほか編「西山宗因全集5 伝記・研究篇」八木書店古書出版部 2013 p244
前句諸点難波土産（静竹窓菊子編）
　伴野英一校注「新編西鶴全集5 本文篇 下」勉誠出版 2007 p1047
名のうさ
　海音研究会編「紀海音全集8」清文堂出版 1980 p57
菜花金夢合（八文字自笑、八文字其笑）
　石川了翻刻「八文字屋本全集21」汲古書院 2000 p151
菜の花や（歌仙）
　長島弘明校注「蕪村全集2 連句」講談社 2001 p276
「浪風も」歌仙（一順）
　島津忠夫ほか編「西山宗因全集2 連歌篇二」八木書店 2007 p21
涕かみて（十句）
　永井一彰校注「蕪村全集2 連句」講談社 2001

p498
波の入日
　海音研究会編「紀海音全集8」清文堂出版　1980 p59
浪の手
　石川八朗ほか編「宝井其角全集〔2〕資料篇」勉誠社　1994 p375
なよ竹物語絵巻
　「新編国歌大観10」角川書店　1992 p1070
　伊東祐子校訂・訳注「中世王朝物語全集22 物語絵巻集」笠間書院　2019 p369
狂歌 ならひの岡(仙果亭嘉栗撰)
　西島孜哉編「近世上方狂歌叢書4 狂歌ならひの岡(他)」近世上方狂歌研究会　1986 p1
「奈良坂や」百韻
　加藤定彦「西山宗因全集3 俳諧篇」八木書店　2004 p369
奈良帝御集(書陵部蔵五〇六・七五)
　「新編国歌大観7」角川書店　1989 p11
楢葉和歌集(上巻 尊経閣文庫蔵本・下巻 天理図書館蔵本)(素俊撰)
　「新編国歌大観6」角川書店　1988 p36
並松
　石川八朗ほか編「宝井其角全集〔2〕資料篇」勉誠社　1994 p392
並松(宝永三年刊)(竹宇編)
　加藤定彦, 外村展子編「関東俳諧叢書1 江戸座編1」関東俳諧叢書刊行会　1994 p87
奈良土産(田宮言嚙編)
　伴野英一校注「新編西鶴全集5 本文篇 下」勉誠出版　2007 p1058
南蘭草(抄)(池田冠山編)
　島津忠夫ほか編「西山宗因全集5 伝記・研究篇」八木書店古書出版部　2013 p370
成仲集(穂久邇文庫蔵本)(祝部成仲)
　「新編国歌大観7」角川書店　1989 p183
成秀が庭上の松を讃める詞(松尾芭蕉)
　與謝野寛ほか編纂校訂「覆刻 日本古典全集〔文学編〕〔40〕 芭蕉全集 前編」現代思潮社　1983 p153
成秀庭上松を誉るお言葉(松尾芭蕉)
　嶋中道則ほか「新編 芭蕉大成」三省堂　1999 p429
なり瓢の文(加舎白雄)
　矢羽勝幸編「増補改訂 加舎白雄全集 上」国文社　2008 p393
業平集(在原業平)
　室城秀之校注「和歌文学大系18 小町集・遍昭集・業平集・素性集・伊勢集・猿丸集」明治書院　1998 p41
業平集(書陵部蔵五一〇・一二)(在原業平)
　「新編国歌大観7」角川書店　1989 p11
業平集(尊経閣文庫蔵本)(在原業平)
　「新編国歌大観3」角川書店　1985 p23
成通集(神宮文庫蔵本)(藤原成通)
　「新編国歌大観3」角川書店　1985 p484

雷神不動桜(八文字自笑ほか)
　江本裕翻刻「八文字屋本全集17」汲古書院　1998 p71
鳴子遺子
　橋本朝生翻刻・解題「西行全集」貴重本刊行会　1990 p1116
鳴門主簿の小院に題す(館柳湾)
　鈴木瑞枝著「日本漢詩人選集13 館柳湾」研文出版　1999 p82
なるべし(宝暦四年刊)(阿誰編)
　加藤定彦, 外村展子編「関東俳諧叢書14 常総編2」関東俳諧叢書刊行会　1998 p45
鳴海連衆歌仙点巻(松尾芭蕉評点)
　小林祥次郎執筆担当「新編 芭蕉大成」三省堂　1999 p579
名れむる花(梅丸七回忌追善集)(錦水ほか編)
　加藤定彦, 外村展子編「関東俳諧叢書 編外1 半場里丸俳諧資料集」関東俳諧叢書刊行会　1995 p7
「苗代の」百韻
　島津忠夫ほか編「西山宗因全集2 連歌篇二」八木書店　2007 p158
南塢(広瀬淡窓)
　林田愼之助著「日本漢詩人選集15 広瀬淡窓」研文出版　2005 p125
南紀紀行(加舎白雄)
　矢羽勝幸翻刻・注ほか「増補改訂 加舎白雄全集 上」国文社　2008 p408
南疆繹史を読む(広瀬旭荘)
　大野修作著「日本漢詩人選集16 広瀬旭荘」研文出版　1999 p54
南紀吟行(加舎白雄)
　矢羽勝幸翻刻・注ほか「増補改訂 加舎白雄全集 上」国文社　2008 p432
与南綱使(南綱使に与う)(道元)
　飯田利行編訳「現代語訳 洞門禅文学集〔4〕 道元」国書刊行会　2001 p136
南荒に瓢寓し 京に在す故友に贈る(石上乙麻呂)
　李寅生著「漢詩名作集成〈日本編〉」明徳出版社　2016 p57
題楠公圖(西郷隆盛)
　松尾善弘著「西郷隆盛漢詩全集 増補改訂版」斯文堂　2018 p162
難後拾遺(源経信)
　川村晃生校注「和泉古典叢書5 後拾遺和歌集」和泉書院　1991 p314
難後拾遺抄(源経信)
　「新編国歌大観5」角川書店　1987 p949
南山中にて新羅の道者に過らる(空海)
　李寅生著「漢詩名作集成〈日本編〉」明徳出版社　2016 p82
男色大鑑(井原西鶴)
　江本裕校注「新編西鶴全集2 本文篇」勉誠出版　2002 p199
本朝若風俗男色大鑑(井原西鶴)
　麻生磯次, 冨士昭雄訳注「決定版 対訳西鶴全集6

「男色大鑑」明治書院 1992 p1
南総里見八犬伝（曲亭馬琴）
　安西篤子訳「わたしの古典21　安西篤子の南総里見八犬伝」集英社 1986 p9
南総里見八犬伝（抄訳）（第一輯～第六輯）（滝沢馬琴）
　鈴木邑訳「現代語で読む歴史文学〔16〕　南総里見八犬伝（上巻）」勉誠出版 2004 p1
南総里見八犬伝（抄訳）（第七輯～第九輯）（滝沢馬琴）
　鈴木邑訳「現代語で読む歴史文学〔17〕　南総里見八犬伝（下巻）」勉誠出版 2004 p1
南総里見八犬伝（名場面集）（曲亭馬琴）
　湯浅佳子校訂・訳ほか「三弥井古典文庫〔7〕　南総里見八犬伝名場面集」三弥井書店 2007 p1
南朝五百番歌合（書陵部蔵五〇一・六二〇）
　「新編国歌大観5」角川書店 1987 p730
南朝三百番歌合 建徳二年（祐徳稲荷神社中川文庫蔵本）
　「新編国歌大観10」角川書店 1992 p327
男重宝記〔抄〕（苗村丈伯）
　島津忠夫ほか編「西山宗因全集5 伝記・研究篇」八木書店古書出版部 2013 p247
南都十三鐘（並木宗助, 安田蛙文）
　「義太夫節浄瑠璃未翻刻作品集成17 南都十三鐘」玉川大学出版部 2011 p11
南都百首（内閣文庫蔵本）（一条兼良）
　「新編国歌大観10」角川書店 1992 p202
南都名所集（落首・狂歌抜粋）
　狂歌大観刊行会編「狂歌大観2 参考篇」明治書院 1984 p180
「何とはなしに」歌仙
　宮脇真彦執筆担当「新編 芭蕉大成」三省堂 1999 p193
「なんにもはや」百韻（西山宗因）
　加藤定彦「西山宗因全集3 俳諧篇」八木書店 2004 p425
「何の木の」歌仙
　宮脇真彦執筆担当「新編 芭蕉大成」三省堂 1999 p215
「何の木の」の詞書（松尾芭蕉）
　嶋中道則ほか「新編 芭蕉大成」三省堂 1999 p389
難波橋上の眺望（伊藤仁斎）
　浅山佳郎, 厳明編「日本漢詩人選集4 伊藤仁斎」研文出版 2000 p154
なんば橋心中（紀海音）
　海音研究会編「紀海音全集1」清文堂出版 1977 p81
南北軍問答（西沢一風）
　沓名定翻刻「西沢一風全集5」汲古書院 2005 p111
南北新話後篇（建部綾足）
　建部綾足著作刊行会編「建部綾足全集1（俳諧 I）」国書刊行会 1986 p313
南冥先生の墓に謁す（広瀬淡窓）
　林田愼之助著「日本漢詩人選集15 広瀬淡窓」研文出版 2005 p77

【 に 】

新潟〔如亭山人藁 初編〕（柏木如亭）
　入谷仙介著「日本漢詩人選集8 柏木如亭」研文出版 1999 p49
にひまなび（賀茂真淵）
　與謝野寛ほか編纂校訂「覆刻 日本古典全集〔文学編〕〔13〕　賀茂眞淵集」現代思潮社 1983 p187
新室の稱辞（賀茂真淵）
　與謝野寛ほか編纂校訂「覆刻 日本古典全集〔文学編〕〔13〕　賀茂眞淵集」現代思潮社 1983 p129
匂ひ袋（延宝九年板、二巻二冊、絵入）
　大久保順子翻刻「假名草子集成55」東京堂出版 2016 p113
三国伝来無匂線香（山東京傳）
　棚橋正博校訂「山東京傳全集1 黄表紙1」ぺりかん社 1992 p221
匂宮（紫式部）
　與謝野寛ほか編纂校訂「覆刻 日本古典全集〔文学編〕〔19〕　源氏物語 四」現代思潮社 1982 p88
匂兵部卿（紫式部）
　石田穰二, 清水好子校注「新潮日本古典集成 新装版〔15〕　源氏物語 六」新潮社 2014 p159
　阿部秋生ほか校訂・訳「日本の古典をよむ10 源氏物語 下」小学館 2008 p166
鵃の二声序（蝶夢）
　田中道雄ほか編著「蝶夢全集」和泉書院 2013 p240
「匂はずは」連歌百韻（松田好則）
　島津忠夫ほか編「西山宗因全集6 解題・索引篇」八木書店古書出版部 2017 p96
二月廿九日、平椿孫・岡鈍夫・水文龍と偕に嵐峡に花を賞し、往還に随たま此の八首を得たり（中島棕隠）
　入谷仙介著「日本漢詩人選集14 中島棕隠」研文出版 2002 p40
二月二日の作（広瀬旭荘）
　大野修作著「日本漢詩人選集16 広瀬旭荘」研文出版 1999 p113
二季の杖（明和五年刊）（百明編）
　加藤定彦, 外村展子編「関東俳諧叢書27 常総編3」関東俳諧叢書刊行会 2004 p45
二笈集（寛延二年刊）（柳几編）
　加藤定彦, 外村展子編「関東俳諧叢書12 武蔵・相模編 2」関東俳諧叢書刊行会 1997 p223
二休咄（落首・狂歌抜粋）
　狂歌大観刊行会編「狂歌大観2 参考篇」明治書院 1984 p138
にぎはひ草（天和二年板、二巻二冊）（灰屋紹益）
　大久保順子翻刻「假名草子集成55」東京堂出版 2016 p137

二言抄（今川了俊）
　「新編国歌大観5」角川書店 1987 p1112
錦木
　伊藤正義校注「新潮日本古典集成 新装版〔65〕謡曲集 下」新潮社 2015 p27
錦木（観世流）男舞（黄鐘早舞）物
　野上豊一郎編「新装解註 謡曲全集4」中央公論新社 2001 p217
錦木（無切記板、五巻五冊、絵入）
　湯浅佳子翻刻「假名草子集成56」東京堂出版 2016 p67
錦木の（三つ物五組）
　光田和伸校注「蕪村全集2 連句」講談社 2001 p221
「錦てふ」百韻
　島津忠夫ほか編「西山宗因全集6 解題・索引篇」八木書店古書出版部 2017 p51
錦戸（宝生流）切組物
　野上豊一郎編「新装解註 謡曲全集5」中央公論新社 2001 p275
「錦どる」百韻
　宮脇真彦執筆担当「新編 芭蕉大成」三省堂 1999 p180
錦之裏（山東京傳）せいろうひるのせかい
　棚橋正博校訂「山東京傳全集18 洒落本」ぺりかん社 2012 p549
「西ぞみん」百韻
　島津忠夫ほか編「西山宗因全集2 連歌篇二」八木書店 2007 p68
西の雲
　石川八朗ほか編「宝井其角全集〔2〕 資料篇」勉誠社 1994 p115
西の詞
　石川八朗ほか編「宝井其角全集〔2〕 資料篇」勉誠社 1994 p329
西の詞集（釣壺編）
　大内初夫翻刻「古典文学翻刻集成4 続・俳文学篇 元禄・蕉風（上）」ゆまに書房 1999 p331
西宮歌合（群書類従本）
　「新編国歌大観5」角川書店 1987 p172
西宮左大臣集（書陵部蔵五〇一・六七）（源高明）
　「新編国歌大観3」角川書店 1985 p177
西野村に過る（山村蘇門）
　李寅生著「漢詩名作集成〈日本編〉」明徳出版社 2016 p423
西山三籟集（昌林編）
　奥野純一編「西山宗因全集1 連歌篇一」八木書店 2004 p3
西山三籟集〈大阪大学文学部・文学研究科蔵本〉（昌林編）
　「連歌大観3」古典ライブラリー 2017 p416
西山宗因追悼連歌
　尾崎千佳担当「西山宗因全集5 伝記・研究篇」八木書店古書出版部 2013 p100
西山梅翁点胤及・定直両吟集（西山宗因評点）
　井上敏幸, 尾崎千佳校訂「西山宗因全集4 紀行・評点・書簡篇」八木書店 2006 p227
西山梅法師二十五回忌懐旧之俳諧（惟中編）
　尾崎千佳担当「西山宗因全集5 伝記・研究篇」八木書店古書出版部 2013 p103
西山物語（建部綾足）
　建部綾足著作刊行会編「建部綾足全集4（物語）」国書刊行会 1986 p23
二十四孝（整版本、一巻一冊、絵入）
　湯浅佳子翻刻「假名草子集成56」東京堂出版 2016 p133
廿二番歌合 治承二年（永青文庫蔵本）
　「新編国歌大観5」角川書店 1987 p243
二十八品並九品詩歌（慶応大斯道文庫蔵本）
　「新編国歌大観10」角川書店 1992 p424
二十番歌合（嘉元〜徳治）（書陵部蔵五〇一・五三七）
　「新編国歌大観10」角川書店 1992 p283
二条院讃岐集（書陵部蔵五一一・二一）（二条院讃岐）
　「新編国歌大観4」角川書店 1986 p68
二条相国の命を奉じ将軍の扇に題す 二首（義堂周信）
　藤木英雄著「日本漢詩人選集3 義堂周信」研文出版 1999 p170
二条太皇太后宮大弐集（書陵部蔵五〇一・一三三）（二条太后宮大弐）
　「新編国歌大観7」角川書店 1989 p119
二条日記（高林方朗）
　津本信博著「江戸後期紀行文学全集1」新典社 2007 p501
二世立志終焉記
　石川八朗ほか編「宝井其角全集〔2〕 資料篇」勉誠社 1994 p385
二世の縁（上田秋成）
　美山靖校注「新潮日本古典集成 新装版〔48〕 春雨物語 書初機嫌海」新潮社 2014 p51
　井上泰至注釈ほか「三弥井古典文庫〔10〕 春雨物語」三弥井書店 2012 p85
仁勢物語（寛永ごろ整版本、二巻二冊、絵入）
　花田富二夫翻刻「假名草子集成55」東京堂出版 2016 p229
仁勢物語（落首・狂歌抜粋）
　狂歌大観刊行会編「狂歌大観2 参考篇」明治書院 1984 p92
二大家風雅（銅脈先生）
　斎田作楽編「銅脈先生全集 下 和文戯作集」太平書屋 2009 p387
二代長者（俊徳丸）
　野村眞智子編「伝承文学資料集成20 肥後・琵琶語り集」三弥井書店 2006 p98
日光紀行（寛延二年成）（樹徳, 祇仙）
　加藤定彦, 外村展子編「関東俳諧叢書12 武蔵・相模編2」関東俳諧叢書刊行会 1997 p211
日光山扈従私記（露の道芝）（成島司直）
　津本信博著「江戸後期紀行文学全集2」新典社 2013 p313
日光道の記 全（藤原定祥）
　津本信博著「江戸後期紀行文学全集2」新典社

2013 p225
日出（伊藤春畝）
　李寅生著「漢詩名作集成〈日本編〉」明徳出版社 2016 p738
日本永代蔵（井原西鶴）
　麻生磯次、冨士昭雄訳注「決定版 対訳西鶴全集12 日本永代蔵」明治書院 1993 p1
　村田穆校注「新潮日本古典集成 新装版〔44〕 日本永代蔵」新潮社 2016 p11
　杉本好伸、広嶋進校注「新編西鶴全集3 本文篇」勉誠出版 2003 p109
日本契情始（江島其磧）
　神谷勝広翻刻「八文字屋本全集8」汲古書院 1995 p223
二弟準縄
　石川八朗ほか編「宝井其角全集〔2〕 資料篇」勉誠社 1994 p616
「二度こしの」百韻（西山宗因評点）
　井上敏幸、尾崎千佳校訂「西山宗因全集4 紀行・評点・書簡篇」八木書店 2006 p152
蜷川親俊発句付句集〈宮内庁書陵部二〇七・五五六六〉（蜷川親俊）
　「連歌大観2」古典ライブラリー 2017 p474
二人行脚（沢露川編）
　服部直子翻刻「古典文学翻刻集成5 続・俳文学篇 元禄・蕉風（下）」ゆまに書房 1999 p218
二人比丘尼（堤六左衛門板、一冊、絵入）（鈴木正三）
　花田富二夫翻刻「假名草子集成56」東京堂出版 2016 p153
二番船
　石川八朗ほか編「宝井其角全集〔2〕 資料篇」勉誠社 1994 p353
丹生山田青海剣（並木宗輔）
　「義太夫節浄瑠璃未翻刻作品集成37 丹生山田青海剣」玉川大学出版部 2015 p11
日本行脚文集（三千風）
　竹下義人校注「新編西鶴全集5 本文篇 下」勉誠出版 2007 p780
日本紀竟宴和歌（伝宗尊親王筆本）
　「新編国歌大観5」角川書店 1987 p877
日本傾城始（紀海音）
　海音研究会編「紀海音全集5」清文堂出版 1978 p215
日本後紀（藤原緒嗣ほか撰）
　「新編国歌大観5」角川書店 1987 p1139
日本三代実録（藤原時平ほか撰）
　「新編国歌大観5」角川書店 1987 p1140
日本書紀（舎人親王ほか撰）
　「新編国歌大観5」角川書店 1987 p1133
日本書紀（巻第一〜巻第二十二）（舎人親王ほか撰）
　小島憲之ほか校注・訳「日本の古典をよむ2 日本書紀 上」小学館 2007 p11
日本書紀（巻第二十三〜巻第三十）（舎人親王ほか撰）
　小島憲之ほか校注・訳「日本の古典をよむ3 日本書紀 下・風土記」小学館 2007 p11

日本武士鑑（内題「古今武士鑑」元禄九年刊、五巻、絵入）（一雪）
　朝倉治彦編「假名草子集成29」東京堂出版 2001 p83
日本振袖始（近松門左衛門）
　工藤慶三郎訳「近松時代物現代語訳3 日本振袖始ほか」北の街社 2003 p61
日本霊異記（景戒）
　小泉道校注「新潮日本古典集成 新装版〔45〕 日本霊異記」新潮社 2018 p17
　「新編国歌大観5」角川書店 1987 p1195
二枚起請文　→　黒谷上人御法語（くろたにしょうにんごほうご）を見よ
二妙集
　岡雅彦翻刻「江戸狂歌本選集4」東京堂出版 1999 p243
入安狂歌百首（入安）
　狂歌大観刊行会編「狂歌大観1 本篇」明治書院 1983 p92
入道右大臣集（尊経閣文庫蔵本）（藤原頼宗）
　「新編国歌大観3」角川書店 1985 p344
入道皇太后宮大夫九十賀算屏風歌（藤原定家）
　久保田淳校訂・訳「藤原定家全歌集 上」筑摩書房 2017 p396
如意宝集（古筆断簡）
　「新編国歌大観6」角川書店 1988 p20
女御入内御屏風歌（藤原定家）
　久保田淳校訂・訳「藤原定家全歌集 上」筑摩書房 2017 p382
女房三十六人歌合（志香須賀文庫蔵本）
　「新編国歌大観10」角川書店 1992 p377
如願法師集（書陵部蔵五〇一・三二一、一五〇・五五一、一五〇・五五二）（如願）
　「新編国歌大観7」角川書店 1989 p288
如是庵日発句（天理図書館綿屋文庫蔵本）（西順）
　「連歌大観1」古典ライブラリー 2016 p259
庭竈集
　石川八朗ほか編「宝井其角全集〔2〕 資料篇」勉誠社 1994 p482
鶏聟
　三枝和子訳「わたしの古典15 馬場あき子の謡曲集 三枝和子の狂言集」集英社 1987 p216
庭の木のは序（蝶夢）
　田中道雄ほか編著「蝶夢全集」和泉書院 2013 p328
庭の巻下
　石川八朗ほか編「宝井其角全集〔2〕 資料篇」勉誠社 1994 p417
「庭やこれ」百韻
　島津忠夫ほか編「西山宗因全集2 連歌篇二」八木書店 2007 p275
悪魂後編人間一生胸算用（山東京傳）
　棚橋正博校訂「山東京傳全集2 黄表紙2」ぺりかん社 1993 p383

人間万事吹矢的(山東京傳)
　棚橋正博校訂「山東京傳全集5 黄表紙5」ぺりかん社 2009 p9
仁和御集(書陵部蔵五〇六・七五)(光孝天皇)
　「新編国歌大観3」角川書店 1985 p145
仁和寺宮五十首(藤原定家)
　久保田淳校訂・訳「藤原定家全歌集 上」筑摩書房 2017 p348
　久保田淳校訂・訳「藤原定家全歌集 上」筑摩書房 2017 p424

【 ぬ 】

鵼
　伊藤正義校注「新潮日本古典集成 新装版〔65〕謡曲集 下」新潮社 2015 p41
鵺(宝生流)準働物
　野上豊一郎編「新装解註 謡曲全集6」中央公論新社 2001 p137
「脱すてて」詞書(与謝蕪村)
　尾形仂, 山下一海校注「蕪村全集4 俳詩・俳文」講談社 1994 p240
「ぬけがらや」狂歌(松尾芭蕉(存疑作))
　宮脇真彦執筆担当「新編 芭蕉大成」三省堂 1999 p321
幣ぶくろ(安永三年)(士朗, 都貢)
　清登典子校注「蕪村全集8 関係俳書」講談社 1993 p267
布ゆかた
　石川八朗ほか編「宝井其角全集〔2〕 資料篇」勉誠社 1994 p436
笠付前句ぬりかさ(関水編)
　伴野英一校注「新編西鶴全集5 本文篇 下」勉誠出版 2007 p1066
不破名古屋濡燕子宿傘(山東京傳)
　棚橋正博校訂「山東京傳全集12 合巻7」ぺりかん社 2017 p117
「ぬれて行や」五十韻
　宮脇真彦執筆担当「新編 芭蕉大成」三省堂 1999 p241
ぬれ若葉
　石川八朗ほか編「宝井其角全集〔2〕 資料篇」勉誠社 1994 p518

【 ね 】

「埒せよ」三つ物
　宮脇真彦執筆担当「新編 芭蕉大成」三省堂 1999 p204

猫筑波集
　石川八朗ほか編「宝井其角全集〔2〕 資料篇」勉誠社 1994 p392
ねこと草(寛文二年板、二巻二冊、絵入)(小野久四郎)
　中島次郎翻刻「假名草子集成55」東京堂出版 2016 p287
猫の耳
　石川八朗ほか編「宝井其角全集〔2〕 資料篇」勉誠社 1994 p483
『ねころび草』序(蝶夢)
　田中道雄ほか編著「蝶夢全集」和泉書院 2013 p350
寝覺(觀世流)楽曲
　野上豊一郎編「新装解註 謡曲全集1」中央公論新社 2001 p409
寐さめ廿日
　石川八朗ほか編「宝井其角全集〔2〕 資料篇」勉誠社 1994 p79
不寝三章(加舎白雄)
　矢羽勝幸編「増補改訂 加舎白雄全集 上」国文社 2008 p376
根無草
　石川八朗ほか編「宝井其角全集〔2〕 資料篇」勉誠社 1994 p419
夫は水虎是は野狐根無草笔苟(山東京傳)
　棚橋正博校訂「山東京傳全集3 黄表紙3」ぺりかん社 2001 p497
合歓のいひき(下郷蝶羅)
　森川昭翻刻「古典文学翻刻集成2 俳文学篇 元禄・蕉風・中興期」ゆまに書房 1998 p507
「ねやの月に」百韻
　島津忠夫ほか編集「西山宗因全集2 連歌篇二」八木書店 2007 p404
「寐る迄の」歌仙一巡四句
　宮脇真彦執筆担当「新編 芭蕉大成」三省堂 1999 p239
年賀の頌(蝶夢)
　田中道雄ほか編著「蝶夢全集」和泉書院 2013 p279
拈香の頌(義堂周信)
　藤木英雄著「日本漢詩人選集3 義堂周信」研文出版 1999 p248
年斎拾唾(寛文三年九月以後板、二巻合一冊)(恵空)
　入口敦志翻刻「假名草子集成58」東京堂出版 2017 p1
看然子終焉語(然子が終焉の語を看む)二首(道元)
　飯田利行訳「現代語訳 洞門禅文学集〔4〕 道元」国書刊行会 2001 p143
年中行事歌合(国文学研究資料館蔵本)
　「新編国歌大観5」角川書店 1987 p719
年々草
　石川八朗ほか編「宝井其角全集〔2〕 資料篇」勉誠社 1994 p460
念佛往生義(法然)
　與謝野寛ほか編纂校訂「覆刻 日本古典全集〔文学編〕〔44〕 法然上人集」現代思潮社 1983 p178

念仏草紙〈堤六左衛門板、二巻一冊〉(鈴木正三)
　三浦雅彦翻刻「假名草子集成56」東京堂出版 2016 p175
念佛大意(法然)
　與謝野寬ほか編纂校訂「覆刻 日本古典全集〔文学編〕」〔44〕 法然上人集」現代思潮社 1983 p182

【の】

「野あらしに」半歌仙
　宮脇真彦執筆担当「新編 芭蕉大成」三省堂 1999 p244
能阿句集〈大阪天満宮蔵本〉(能阿)
　「連歌大観1」古典ライブラリー 2016 p334
能因歌枕〈広本〉(能因)
　「新編国歌大観5」角川書店 1987 p947
能因集(能因)
　川村晃生校注・訳「私家集注釈叢刊3 能因集注釈」貴重本刊行会 1992 p7
能因法師集〈榊原家蔵本〉(能因)
　「新編国歌大観3」角川書店 1985 p335
農事忙し(安藤東野)
　李寅生著「漢詩名作集成〈日本編〉」明徳出版社 2016 p346
「野を横に」の詞書(松尾芭蕉)
　嶋中道則ほか「新編 芭蕉大成」三省堂 1999 p401
「のがれ住む」狂歌(松尾芭蕉)
　宮脇真彦執筆担当「新編 芭蕉大成」三省堂 1999 p319
野菊の説(蝶夢)
　田中道雄ほか編著「蝶夢全集」和泉書院 2013 p268
軒伝ひ(露川)
　服部直子翻刻「古典文学翻刻集成5 続・俳文学篇 元禄・蕉風(下)」ゆまに書房 1999 p136
軒端梅
　伊藤正義校注「新潮日本古典集成 新装版〔65〕謡曲集 下」新潮社 2015 p53
「残る蚊に」歌仙未満三十句
　宮脇真彦執筆担当「新編 芭蕉大成」三省堂 1999 p301
「残る名に」百韻(宗因)
　島津忠夫ほか編「西山宗因全集2 連歌篇二」八木書店 2007 p225
野ざらし紀行(甲子吟行)(松尾芭蕉)
　富山奏校注「新潮日本古典集成 新装版〔47〕 芭蕉文集」新潮社 2019 p24
　尾形仂、宮脇真彦編「新編 芭蕉大成」三省堂 1999 p323
　與謝野寬ほか編纂校訂「覆刻 日本古典全集〔文学編〕」〔40〕 芭蕉全集 前編」現代思潮社 1983 p75

『野ざらし紀行絵巻』跋(松尾芭蕉)
　嶋中道則ほか「新編 芭蕉大成」三省堂 1999 p384
与野助光帰大宰府(野助光の大宰府に帰るに与う)(道元)
　飯田利行編訳「現代語訳 洞門禅文学集〔4〕 道元」国書刊行会 2001 p170
後の岡部の日記(賀茂真淵)
　與謝野寬ほか編纂校訂「覆刻 日本古典全集〔文学編〕」〔13〕 賀茂眞淵集」現代思潮社 1983 p180
後十五番歌合
　藏中さやか校注「和歌文学大系48 王朝歌合集」明治書院 2018 p53
後十五番歌合(書陵部蔵特・六六)
　「新編国歌大観5」角川書店 1987 p70
後の旅集
　石川八朗ほか編「宝井其角全集〔2〕 資料篇」勉誠社 1994 p188
後のたび序(蝶夢)
　田中道雄ほか編著「蝶夢全集」和泉書院 2013 p333
のちの日(宝暦五年刊)(門雪編)
　加ımı定彦, 外村展子編「関西俳諧叢書26 武蔵・相模編3」関西俳諧叢書刊行会 2004 p65
「長閑さや」三つ物
　宮脇真彦執筆担当「新編 芭蕉大成」三省堂 1999 p288
能登釜
　石川八朗ほか編「宝井其角全集〔2〕 資料篇」勉誠社 1994 p309
野の池や(二十三句)
　永井一彰校注「蕪村全集2 連句」講談社 2001 p466
野宮
　伊藤正義校注「新潮日本古典集成 新装版〔65〕謡曲集 下」新潮社 2015 p65
野宮(宝生流)大小序の舞物
　野上豊一郎編「新装解註 謡曲全集2」中央公論新社 2001 p359
信実集(静嘉堂文庫蔵本)(藤原信実)
　「新編国歌大観7」角川書店 1989 p349
惟規集(書陵部蔵一五〇・五六二)(藤原惟規)
　「新編国歌大観7」角川書店 1989 p67
のほりつる
　石川八朗ほか編「宝井其角全集〔2〕 資料篇」勉誠社 1994 p369
「のまれけり」歌仙
　宮脇真彦執筆担当「新編 芭蕉大成」三省堂 1999 p170
諸色買帳呑込多霊宝縁起(山東京傳)
　棚橋正博校訂「山東京傳全集4 黄表紙4」ぺりかん社 2004 p479
野守(金春流)働物
　野上豊一郎編「新装解註 謡曲全集5」中央公論新社 2001 p315

野守鏡
「新編国歌大観5」角川書店 1987 p1075
野山の歎き 完 (伴林光平)
津本信博著「江戸後期紀行文学全集3」新典社 2015 p115
野山のとぎ (文政十三年成) (楚青)
加藤定彦, 外村展子編「関東俳諧叢書24 東武獅子門編3」関東俳諧叢書刊行会 2002 p327
与野山忍禅人 (野山の忍禅人に与う) (道元)
飯田利行translated「現代語訳 洞門禅文学集〔4〕 道元」国書刊行会 2001 p164
「のらねこや」百韻
加藤定彦編「西山宗因全集3 俳諧篇」八木書店 2004 p415
祝詞考ノ序 (賀茂真淵)
輿謝野寛ほか編纂校訂「覆刻 日本古典全集〔文学編〕〔13〕 賀茂眞淵集」現代思潮社 1983 p85
教長集 (書陵部蔵続群書類従本) (藤原教長)
「新編国歌大観7」角川書店 1985 p541
範永集 (藤原範永)
久保木哲夫ほか注釈「新注和歌文学叢書19 範永集 新注」青簡舎 2016 p1
範永集 (書陵部蔵五〇一・三〇五) (藤原範永)
「新編国歌大観3」角川書店 1985 p346
範宗集 (書陵部蔵一五〇・五八五) (藤原範宗)
「新編国歌大観7」角川書店 1989 p272
「暖簾の」発句・脇
宮脇真彦執筆担当「新編 芭蕉大成」三省堂 1999 p217
野分 (紫式部)
石田穣二, 清水好子校注「新潮日本古典集成 新装版〔13〕 源氏物語 四」新潮社 2014 p121
阿部秋生ほか校訂・訳「日本の古典をよむ9 源氏物語 上」小学館 2008 p290
輿謝野寛ほか編纂校訂「覆刻 日本古典全集〔文学編〕〔18〕 源氏物語 三」現代思潮社 1982 p1
円地文子訳「わたしの古典7 円地文子の源氏物語 巻2」集英社 1985 p119
「野は雪に」歌仙
宮脇真彦執筆担当「新編 芭蕉大成」三省堂 1999 p276

【 は 】

梅影 (新井白石)
池澤一郎訳注「日本漢詩人選集5 新井白石」研文出版 2001 p25
梅翁宗因発句集〔抄〕(素外編)
島津忠夫ほか編「西山宗因全集5 伝記・研究篇」八木書店古書出版部 2013 p278
梅翁百年香 (津富編)
尾崎千佳担当「西山宗因全集5 伝記・研究篇」八木書店古書出版部 2013 p105

梅花 (西郷隆盛)
松尾善弘編「西郷隆盛漢詩全集 増補改訂版」斯文堂 2018 p179
はいかい朝起 (寛延三年刊) (蓼太編)
加藤定彦, 外村展子編「関東俳諧叢書29 雪門編」関東俳諧叢書刊行会 2005 p179
はいかい飛鳥山
石川八朗ほか編「宝井其角全集〔2〕 資料篇」勉誠社 1994 p508
俳諧生駒堂
石川八朗ほか編「宝井其角全集〔2〕 資料篇」勉誠社 1994 p98
誹諧生駒堂 (燈外編)
竹下義人校注「新編西鶴全集5 本文篇 下」勉誠出版 2007 p867
絵入物見車返俳諧石車 (西鶴)
伴野英一校注「新編西鶴全集5 本文篇 下」勉誠出版 2007 p885
俳諧一筆烏 (享保二十年刊) (柳条編)
加藤定彦, 外村展子編「関東俳諧叢書3 五色墨編1」関東俳諧叢書刊行会 1993 p29
誹諧糸切歯 (石painted)
島津忠夫ほか編「西山宗因全集5 伝記・研究篇」八木書店古書出版部 2013 p270
誹諧当世男
加藤定彦編「西山宗因全集3 俳諧篇」八木書店 2004 p519
俳諧石見銀
石川八朗ほか編「宝井其角全集〔2〕 資料篇」勉誠社 1994 p333
俳諧 海のきれ
建部綾足著作刊行会編「建部綾足全集9 (書簡・補遺)」国書刊行会 1990 p205
俳諧梅の牛
海音研究会編「紀海音全集8」清文堂出版 1980 p60
誹諧絵そらごと (万治三年刊) (加友編)
加藤定彦, 外村展子編「関東俳諧叢書17 絵俳書編1」関東俳諧叢書刊行会 1998 p3
誹諧江戸川〔抄〕(素外)
島津忠夫ほか編「西山宗因全集5 伝記・研究篇」八木書店古書出版部 2013 p282
誹諧絵風流 (宝暦五年刊) (万千百太編)
加藤定彦, 外村展子編「関東俳諧叢書18 絵俳書編2」関東俳諧叢書刊行会 1999 p265
西鶴俳諧大句数 (西鶴)
佐藤勝明校注「新編西鶴全集5 本文篇 上」勉誠出版 2007 p94
誹諧翁草
石川八朗ほか編「宝井其角全集〔2〕 資料篇」勉誠社 1994 p203
誹諧御蔵林
石川八朗ほか編「宝井其角全集〔2〕 資料篇」勉誠社 1994 p377
俳諧温故集〔抄〕(蓮谷撰)
島津忠夫ほか編「西山宗因全集5 伝記・研究篇」八木書店古書出版部 2013 p268

古今俳諧女哥仙 すかた絵入 (西鶴)
　伴野英一校注「新編西鶴全集5 本文篇 下」勉誠出版 2007 p784
俳諧帰る日 (延享四年刊) (秋瓜編)
　加藤定彦, 外村展子編「関東俳諧叢書13 常総編1」関東俳諧叢書刊行会 1996 p163
俳諧歌兄弟百首 (四方真顔選)
　石川俊一郎, 粕谷宏紀翻刻「江戸狂歌本選集9」東京堂出版 2000 p81
誹諧隠蓑 巻上 (富尾似船編)
　中村俊定校閲, 雲英末雄校訂「古典文学翻刻集成1 俳文学篇 貞門・談林」ゆまに書房 1998 p177
俳諧歌艫 (式亭三馬編著)
　吉丸雄哉翻刻箇所「江戸狂歌本選集15」東京堂出版 2007 p261
誹諧かさり藁
　石川八朗ほか編「宝井其角全集〔2〕 資料篇」勉誠社 1994 p344
俳諧風の恵 (吉沢鶏山)
　島居清翻刻「古典文学翻刻集成6 続・俳文学篇 中興期(上)」ゆまに書房 1999 p357
『誹諧歌仙』巻末発句 (西山宗因)
　島津忠夫ほか編「西山宗因全集6 解題・索引篇」八木書店古書出版部 2017 p91
誹諧家譜
　海音研究会編「紀海音全集8」清文堂出版 1980 p61
俳諧唐くれない
　海音研究会編「紀海音全集8」清文堂出版 1980 p144
俳諧川柳 (軽素, 凉袋 (建部綾足))
　建部綾足著作刊行会編「建部綾足全集1 (俳諧Ⅰ)」国書刊行会 1986 p227
俳諧勧進牒 [抄] (路通編)
　石川八朗ほか編「宝井其角全集〔2〕 資料篇」勉誠社 1994 p107
　嶋中道則編「新編 芭蕉大成」三省堂 1999 p786
誹諧狂歌発句
　狂歌大観刊行会編「狂歌大観2 参考篇」明治書院 1984 p76
誹諧句選 [抄] (祇徳編)
　石川八朗ほか編「宝井其角全集〔2〕 資料篇」勉誠社 1994 p494
　島津忠夫ほか編「西山宗因全集5 伝記・研究篇」八木書店古書出版部 2013 p266
俳諧くらみ坂 (安永九年刊) (桃二編)
　加藤定彦, 外村展子編「関東俳諧叢書24 東武獅子門編 3」関東俳諧叢書刊行会 2002 p43
誹諧呉竹
　石川八朗ほか編「宝井其角全集〔2〕 資料篇」勉誠社 1994 p145
誹諧解脱抄 [抄] (在色)
　石川八朗ほか編「宝井其角全集〔2〕 資料篇」勉誠社 1994 p452
　島津忠夫ほか編「西山宗因全集5 伝記・研究篇」八木書店古書出版部 2013 p259

俳諧氷餅集 (安永三年) (二柳編)
　藤田真一校注「蕪村全集8 関係俳書」講談社 1993 p273
誹諧此日
　石川八朗ほか編「宝井其角全集〔2〕 資料篇」勉誠社 1994 p159
誹諧根源集 [抄] (素外)
　島津忠夫ほか編「西山宗因全集5 伝記・研究篇」八木書店古書出版部 2013 p285
俳諧歳花文集 (宝暦七年刊) (紀逸編)
　加藤定彦, 外村展子編「関東俳諧叢書21 江戸座編 3」関東俳諧叢書刊行会 2001 p97
俳諧寂栞 (加舎白雄)
　矢羽勝幸翻刻・注ほか「増補改訂 加舎白雄全集 上」国文社 2008 p539
俳諧作法 (一) (加舎白雄)
　矢羽勝幸翻刻・注ほか「増補改訂 加舎白雄全集 上」国文社 2008 p605
俳諧作法 (二) (加舎白雄)
　矢羽勝幸翻刻・注ほか「増補改訂 加舎白雄全集 上」国文社 2008 p625
誹諧去嫌大概 (加舎白雄)
　矢羽勝幸翻刻・注ほか「増補改訂 加舎白雄全集 上」国文社 2008 p709
誹諧猿蓑 [抜粋] (随流)
　島津忠夫ほか編「西山宗因全集5 伝記・研究篇」八木書店古書出版部 2013 p232
俳諧茶話稿 (享保二十一年刊) (竹郎編)
　加藤定彦, 外村展子編「関東俳諧叢書3 五色墨編1」関東俳諧叢書刊行会 1993 p49
誹諧三国志
　海音研究会編「紀海音全集8」清文堂出版 1980 p70
俳諧三部抄 [抜粋] (惟中編)
　竹下義人校注「新編西鶴全集5 本文篇 上」勉誠出版 2007 p157
　加藤定彦「西山宗因全集3 俳諧篇」八木書店 2004 p520
　島津忠夫ほか編「西山宗因全集5 伝記・研究篇」八木書店古書出版部 2013 p220
俳諧寺記 [抄] (小林一茶)
　揖斐高注訳・解説「古典名作リーディング1 蕪村・一茶集」貴重本刊行会 2000 p312
俳諧四吟六日飛脚 (西鶴ら編)
　佐藤勝明校注「新編西鶴全集5 本文篇 上」勉誠出版 2007 p454
誹諧鎺鏡
　海音研究会編「紀海音全集8」清文堂出版 1980 p26
　石川八朗ほか編「宝井其角全集〔2〕 資料篇」勉誠社 1994 p442
俳諧十三条 [抄] (蓼太編)
　島津忠夫ほか編「西山宗因全集5 伝記・研究篇」八木書店古書出版部 2013 p272
俳諧十論 [抄] (鬼貫)
　島津忠夫ほか編「西山宗因全集5 伝記・研究篇」八木書店古書出版部 2013 p261

俳諧十論〔抄〕(支考)
　嶋中道則編「新編 芭蕉大成」三省堂 1999 p801
俳諧十論発蒙奥書(蝶夢)
　田中道雄ほか編著「蝶夢全集」和泉書院 2013 p304
俳諧職人尽
　石川八朗ほか編「宝井其角全集〔2〕 資料篇」勉誠社 1994 p511
俳諧新式極秘伝集(許六)
　石川真弘, 牛見正和翻刻「古典文学翻刻集成5 続・俳文学篇 元禄・蕉風(下)」ゆまに書房 1999 p418
誹諧新式十首之詠筆(松永貞徳)
　種茂勉解説・翻刻「古典文学翻刻集成3 続・俳文学篇 貞門・談林」ゆまに書房 1999 左開10
俳諧新々式(許六)
　石川真弘, 牛見正和翻刻「古典文学翻刻集成5 続・俳文学篇 元禄・蕉風(下)」ゆまに書房 1999 p408
俳諧関相撲(未達編)
　伴野英一校注「新編西鶴全集5 本文篇 下」勉誠出版 2007 p768
俳諧関のとびら(安永十年一月)(一実編)
　丸山一彦校注「蕪村全集7 編著・追善」講談社 1995 p277
誹諧世説
　石川八朗ほか編「宝井其角全集〔2〕 資料篇」勉誠社 1994 p632
俳諧雪月花(湖鏡楼見竜編)
　柳生四郎翻刻「古典文学翻刻集成6 続・俳文学篇 中興期(上)」ゆまに書房 1999 p190
誹諧草庵集
　加藤定彦「西山宗因全集3 俳諧篇」八木書店 2004 p534
誹諧曾我〔抄〕(桃先)
　嶋中道則編「新編 芭蕉大成」三省堂 1999 p796
　石川八朗ほか編「宝井其角全集〔2〕 資料篇」勉誠社 1994 p311
誹諧染糸〔抄〕(炭翁)
　島津忠夫ほか編「西山宗因全集5 伝記・研究篇」八木書店古書出版部 2013 p255
誹諧大成しんしき
　石川八朗ほか編「宝井其角全集〔2〕 資料篇」勉誠社 1994 p279
俳諧太平記〔抜抄〕(西漁子)
　島津忠夫ほか編「西山宗因全集5 伝記・研究篇」八木書店古書出版部 2013 p237
誹諧欅農能
　海音研究会編「紀海音全集8」清文堂出版 1980 p41
誹諧たつか弓〔抄〕(布門編)
　島津忠夫ほか編「西山宗因全集5 伝記・研究篇」八木書店古書出版部 2013 p265
俳諧たのもの梅(宝暦二年刊)(吾州編)
　加藤定彦, 外村展子編「関東俳諧叢書26 武蔵・相模編3」関東俳諧叢書刊行会 2004 p3

江府諸社俳諧たま尽し(宝暦六年刊)(宮崎如銑編)
　加藤定彦, 外村展子編「関東俳諧叢書10 江戸編2」関東俳諧叢書刊行会 1997 p25
俳諧つなぎ花(寛保二年刊)(百木編)
　加藤定彦, 外村展子編「関東俳諧叢書3 五色墨編1」関東俳諧叢書刊行会 1993 p139
俳諧角あはせ(軽素編)
　建部綾足著作刊行会編「建部綾足全集1 (俳諧Ⅰ)」国書刊行会 1986 p241
俳諧手引種〔抄〕(素外)
　島津忠夫ほか編「西山宗因全集5 伝記・研究篇」八木書店古書出版部 2013 p286
俳諧田家集(寛延四年刊)(羊素編)
　加藤定彦, 外村展子編「関東俳諧叢書2 江戸座編2」関東俳諧叢書刊行会 1994 p257
俳諧田家の春
　建部綾足著作刊行会編「建部綾足全集1 (俳諧Ⅰ)」国書刊行会 1986 p273
俳諧天上守
　大内初夫翻刻「古典文学翻刻集成6 続・俳文学篇 中興期(上)」ゆまに書房 1999 p22
俳諧童子教
　石川八朗ほか編「宝井其角全集〔2〕 資料篇」勉誠社 1994 p163
俳諧夏の月
　石川八朗ほか編「宝井其角全集〔2〕 資料篇」勉誠社 1994 p380
俳諧何枕
　海音研究会編「紀海音全集8」清文堂出版 1980 p11
俳諧習ひ事(西鶴)
　竹野静雄校注「新編西鶴全集5 本文篇 下」勉誠出版 2007 p845
俳諧南北新話(建部綾足)
　建部綾足著作刊行会編「建部綾足全集1 (俳諧Ⅰ)」国書刊行会 1986 p129
『俳諧塗笠』其角点
　石川八朗ほか編「宝井其角全集〔2〕 資料篇」勉誠社 1994 p212
俳諧野あそび(元文二年刊)(左佼ほか編)
　加藤定彦, 外村展子編「関東俳諧叢書29 雪門編」関東俳諧叢書刊行会 2005 p61
俳諧之口伝(西鶴)
　伴野英一校注「新編西鶴全集5 本文篇 上」勉誠出版 2007 p159
俳諧のならひ事(西鶴)
　竹野静雄校注「新編西鶴全集5 本文篇 下」勉誠出版 2007 p828
俳諧之連歌(一囊軒貞室独吟自註)
　母利司朗翻刻「古典文学翻刻集成3 続・俳文学篇 貞門・談林」ゆまに書房 1999 p217
来山十七回忌誹諧葉久母里
　海音研究会編「紀海音全集8」清文堂出版 1980 p36
誹諧箱伝授
　石川八朗ほか編「宝井其角全集〔2〕 資料篇」勉誠社 1994 p391

誹諧破邪顕正〔抜抄〕（随流）
　島津忠夫ほか編「西山宗因全集5 伝記・研究篇」八木書店古書出版部 2013 p225
俳諧八題集（明和五年頃刊）（百万編）
　加藤定彦、外村展子編「関東俳諧叢書21 江戸座編3」関東俳諧叢書刊行会 2001 p283
俳諧初尾花（寛延四年刊）（百蝶園夜白編）
　加藤定彦、外村展子編「関東俳諧叢書8 東武獅子門編2」関東俳諧叢書刊行会 1997 p3
俳諧はなたち花 巻之下（坂上羨鳥編）
　米谷厳翻刻「古典文学翻刻集成5 続・俳文学篇 元禄・蕉風（下）」ゆまに書房 1999 p326
誹諧万人講
　海音研究会編「紀海音全集8」清文堂出版 1980 p68
誹諧秘説集
　島本昌一翻刻「古典文学翻刻集成2 俳文学篇 元禄・蕉風・中興期」ゆまに書房 1998 p299
　島本昌一翻刻「古典文学翻刻集成2 俳文学篇 元禄・蕉風・中興期」ゆまに書房 1998 p302
誹諧昼網〔抄〕（貞因編か）
　竹下義人校注「新編西鶴全集5 本文篇 上」勉誠出版 2007 p84
誹諧昼網〔抄〕（西吟編）
　加藤定彦「西山宗因全集3 俳諧篇」八木書店 2004 p521
　島津忠夫ほか編「西山宗因全集5 伝記・研究篇」八木書店古書出版部 2013 p219
俳諧袋〔抄〕（大江丸）
　島津忠夫ほか編「西山宗因全集5 伝記・研究篇」八木書店古書出版部 2013 p285
俳諧ふところ子（享保八年自筆）（潭北自筆）
　加藤定彦、外村展子編「関東俳諧叢書15 両毛・甲斐編1」関東俳諧叢書刊行会 1996 p139
誹諧古渡集
　石川八朗ほか編「宝井其角全集〔2〕 資料篇」勉誠社 1994 p491
俳諧捲簾（元文二年成）（弄花編）
　加藤定彦、外村展子編「関東俳諧叢書3 五色墨編1」関東俳諧叢書刊行会 1993 p99
俳諧三ッ物揃
　雲英末雄翻刻「古典文学翻刻集成3 続・俳文学篇 貞門・談林」ゆまに書房 1999 p280
　雲英末雄翻刻「古典文学翻刻集成3 続・俳文学篇 貞門・談林」ゆまに書房 1999 p293
俳諧未来記
　石川八朗ほか編「宝井其角全集〔2〕 資料篇」勉誠社 1994 p612
俳諧向之岡 上巻（岡村不卜編）
　岡田彰子翻刻「古典文学翻刻集成3 続・俳文学篇 貞門・談林」ゆまに書房 1999 p387
誹諧麦ばたけ（李趙編）
　建部綾足著作刊行会編「建部綾足全集1（俳諧Ⅰ）」国書刊行会 1986 p121
俳諧六指〔抄〕（明和七年成）（栢舟編）
　加藤定彦、外村展子編「関東俳諧叢書22 五色墨編3」関東俳諧叢書刊行会 2001 p323

誹諧名家録（加舎白雄）
　矢羽勝幸翻刻・注ほか「増補改訂 加舎白雄全集 上」国文社 2008 p641
俳諧明題冬部（建部綾足撰）
　建部綾足著作刊行会編「建部綾足全集2（俳諧Ⅱ）」国書刊行会 1986 p377
俳諧名目集（宝暦五年刊）（心祇門人編）
　加藤定彦、外村展子編「関東俳諧叢書23 四時観編3」関東俳諧叢書刊行会 2002 p143
俳諧蒙求〔抜抄〕（惟中）
　佐藤勝明校注「新編西鶴全集5 本文篇 上」勉誠出版 2007 p11
　島津忠夫ほか編「西山宗因全集5 伝記・研究篇」八木書店古書出版部 2013 p216
誹諧桃桜
　石川八朗ほか編「宝井其角全集〔2〕 資料篇」勉誠社 1994 p502
俳諧問答（許六、去来）
　尾形仂編「新編 芭蕉大成」三省堂 1999 p656
　石川八朗ほか編「宝井其角全集〔2〕 資料篇」勉誠社 1994 p279
俳諧八重櫻集
　岡田利兵衛翻刻「古典文学翻刻集成4 続・俳文学篇 元禄・蕉風（上）」ゆまに書房 1999 p142
俳諧八重桜集 下巻
　大内初夫翻刻「古典文学翻刻集成4 続・俳文学篇 元禄・蕉風（上）」ゆまに書房 1999 p181
俳諧薮うぐひす（寛保二年成）（馬光編）
　加藤定彦、外村展子編「関東俳諧叢書3 五色墨編1」関東俳諧叢書刊行会 1993 p159
俳諧雪塚集（宝暦七年成）（竹因編）
　加藤定彦、外村展子編「関東俳諧叢書16 両毛・甲斐編2」関東俳諧叢書刊行会 1998 p237
誹諧寄垣諸抄大成（鷺水編）
　伴野英一校注「新編西鶴全集5 本文篇 下」勉誠出版 2007 p1065
誹諧寄相撲〔抄〕（書肆編）
　島津忠夫ほか編「西山宗因全集5 伝記・研究篇」八木書店古書出版部 2013 p254
誹諧よりくり
　石川八朗ほか編「宝井其角全集〔2〕 資料篇」勉誠社 1994 p354
誹諧頼政〔抜抄〕（春澄）
　島津忠夫ほか編「西山宗因全集5 伝記・研究篇」八木書店古書出版部 2013 p228
誹諧類句弁〔抄〕（素外）
　島津忠夫ほか編「西山宗因全集5 伝記・研究篇」八木書店古書出版部 2013 p279
誹諧類句弁後編〔抄〕（素外）
　島津忠夫ほか編「西山宗因全集5 伝記・研究篇」八木書店古書出版部 2013 p294
俳諧連理香 初帖（山河房烏朴編）
　建部綾足著作刊行会編「建部綾足全集2（俳諧Ⅱ）」国書刊行会 1986 p75
誹諧六歌仙〔抄〕（祇空）
　石川八朗ほか編「宝井其角全集〔2〕 資料篇」勉誠社 1994 p103

| はいか | 作品名 |

島津忠夫ほか編「西山宗因全集5 伝記・研究篇」八木書店古書出版部 2013 p265

俳諧六歌仙絵巻〔享保16、17年成〕(祇空)
　加藤定彦、外村展子編「関東俳諧叢書5 四時観編1」関東俳諧叢書刊行会 1994 p287

俳諧或問〔抄〕(脩竹堂)
　島津忠夫ほか編「西山宗因全集6 解題・索引篇」八木書店古書出版部 2017 p119

俳家奇人談〔抄〕(玄玄一)
　石川八朗ほか編「宝井其角全集〔2〕 資料篇」勉誠社 1994 p699
　島津忠夫ほか編「西山宗因全集5 伝記・研究篇」八木書店古書出版部 2013 p296

俳神楽(元文四年刊)(魚文編)
　加藤定彦、外村展子編「関東俳諧叢書11 武蔵・相模編1」関東俳諧叢書刊行会 1995 p245

梅下口号(新井白石)
　一海知義、池澤一郎訳注「日本漢詩人選集5 新井白石」研文出版 2001 p138

梅花七絶(与謝蕪村)
　尾形仂、山下一海校注「蕪村全集4 俳詩・俳文」講談社 1994 p37

誹花笑(宝暦九年刊)(湖十ほか編)
　加藤定彦、外村展子編「関東俳諧叢書21 江戸座編3」関東俳諧叢書刊行会 2001 p125

梅之与四兵衛物語 梅花氷裂(山東京伝)
　水野稔、徳田武校訂「山東京傳全集16 読本2」ぺりかん社 1997 p573

梅花落(平城天皇)
　李寅生著「漢詩名作集成〈日本編〉」明徳出版社 2016 p79

買山・自珍・橘仙年賀摺物(仮題)天明三年一月
　丸山一彦校注「蕪村全集7 編著・追善」講談社 1995 p461

禖子内親王桜柳歌合(書陵部蔵五〇一・五五四)
　「新編国歌大観5」角川書店 1987 p101

禖子内親王家歌合 延久二年(書陵部蔵五〇一・二四)
　「新編国歌大観5」角川書店 1987 p108

禖子内親王家歌合 庚申(神宮文庫蔵本)
　「新編国歌大観5」角川書店 1987 p101

禖子内親王家歌合 五月五日(書陵部蔵五〇一・五五四)
　「新編国歌大観5」角川書店 1987 p102

禖子内親王家歌合 承暦二年(彰考館蔵本)
　「新編国歌大観5」角川書店 1987 p115

禖子内親王家歌合 治暦二年(書陵部蔵五〇一・五五四)
　「新編国歌大観5」角川書店 1987 p104

禖子内親王家歌合 治暦四年(書陵部蔵五〇一・五五四)
　「新編国歌大観5」角川書店 1987 p105

禖子内親王家歌合 夏(書陵部蔵五〇一・五五四)
　「新編国歌大観5」角川書店 1987 p106

梅雀・桐蹊両吟歌仙点巻(松尾芭蕉評点)
　小林祥次郎執筆担当「新編 芭蕉大成」三省堂 1999 p578

梅酒十歌仙
　加藤定彦「西山宗因全集3 俳諧篇」八木書店 2004 p428

俳人名録(寛政十年以前成)(玄武坊筆録)
　加藤定彦、外村展子編「関東俳諧叢書24 東武獅子門編3」関東俳諧叢書刊行会 2002 p183

はいずみ
　池田利夫訳・注「笠間文庫 原文＆現代語訳シリーズ〔5〕堤中納言物語」笠間書院 2006 p161
　片桐洋一ほか校訂・訳「日本の古典をよむ6 竹取物語 伊勢物語 堤中納言物語」小学館 2008 p284

掃墨物語絵巻
　伊東祐子校訂・訳注「中世王朝物語全集22 物語絵巻集」笠間書院 2019 p447

俳席両面鑑〔抄〕(伊吹山陰編)
　島津忠夫ほか編「西山宗因全集5 伝記・研究篇」八木書店古書出版部 2013 p300

紀行俳仙窟(建部綾足)
　建部綾足著作刊行会編「建部綾足全集1(俳諧I)」国書刊行会 1986 p253

俳仙群会図賛(与謝蕪村)
　尾形仂、山下一海校注「蕪村全集4 俳詩・俳文」講談社 1994 p199

梅窓(市河寛斎)
　蔡毅、西岡淳著「日本漢詩人選集9 市河寛斎」研文出版 2007 p154

煤掃説(松尾芭蕉)
　與謝野寛ほか編纂校訂「覆刻 日本古典全集〔文学編〕〔40〕 芭蕉全集 前編」現代思潮社 1983 p158

裴大使の酬いられし作に答う(菅原道真)
　小島憲之、山本登朗訓読ほか「日本漢詩人選集1 菅原道真」研文出版 1998 p113

『俳題正名』序(与謝蕪村)
　尾形仂、山下一海校注「蕪村全集4 俳詩・俳文」講談社 1994 p209

俳調義論〔抄〕(上田秋成)
　島津忠夫ほか編「西山宗因全集5 伝記・研究篇」八木書店古書出版部 2013 p291

俳天(市河寛斎)
　蔡毅、西岡淳著「日本漢詩人選集9 市河寛斎」研文出版 2007 p66

俳度曲(享保七年刊)(識月編)
　加藤定彦、外村展子編「関東俳諧叢書18 絵俳書編2」関東俳諧叢書刊行会 1999 p3

誹風柳多留〔抄〕(呉陵軒可有ほか編)
　岩橋邦枝訳「わたしの古典22 岩橋邦枝の誹風柳多留」集英社 1987 p7

俳風弓
　石川八朗ほか編「宝井其角全集〔2〕 資料篇」勉誠社 1994 p149

梅圃 二首(市河寛斎)
　蔡毅、西岡淳著「日本漢詩人選集9 市河寛斎」研文出版 2007 p105

誹林一字幽蘭集
　石川八朗ほか編「宝井其角全集〔2〕 資料篇」勉

俳林良材集〔抄〕
　石川八朗ほか編「宝井其角全集〔2〕　資料篇」勉誠社　1994　p123
俳林良材集〔抄〕
　石川八朗ほか編「宝井其角全集〔2〕　資料篇」勉誠社　1994　p233
誹林良材集〔抄〕（鷺水）
　嶋中道則編「新編 芭蕉大成」三省堂　1999　p794
俳六帖〔抄〕（魚貫編）
　島津忠夫ほか編「西山宗因全集5 伝記・研究篇」八木書店古書出版部　2013　p268
俳六帖〔寛保元年頃刊〕（魚貫編）
　加藤定彦、外村展子編「関東俳諧叢書5 四時観編1」関東俳諧叢書刊行会　1994　p129
端唄（一）
　野村眞智子編「伝承文学資料集成20 肥後・琵琶語り集」三弥井書店　2006　p301
端唄（二）
　野村眞智子編「伝承文学資料集成20 肥後・琵琶語り集」三弥井書店　2006　p302
蝿打〔抜抄〕（貞恕）
　島津忠夫ほか編「西山宗因全集5 伝記・研究篇」八木書店古書出版部　2013　p216
「蠅並ぶ」歌仙
　宮脇真彦執筆担当「新編 芭蕉大成」三省堂　1999　p261
「葉をわかみ」五十韻
　島津忠夫ほか編「西山宗因全集2 連歌篇二」八木書店　2007　p16
「葉隠れを」歌仙
　宮脇真彦執筆担当「新編 芭蕉大成」三省堂　1999　p297
博士難（菅原道真）
　小島憲之、山本登朗訓読ほか「日本漢詩人選集1 菅原道真」研文出版　1998　p38
博士難　古調（菅原道真）
　興膳宏著「日本漢詩人選集 別巻 古代漢詩選」研文出版　2005　p223
博多織戀鏡（菅専助、中村魚眼）
　土田衞ほか編「菅専助全集6」勉誠社　1995　p205
萩の折はし（翠柳軒栗飯ほか撰）
　西島孜哉編「近世上方狂歌叢書6 狂歌肱六（他）」近世上方狂歌研究会　1986　p37
萩の露（宝井其角編）
　石川八朗ほか編「宝井其角全集〔1〕　編著篇」勉誠社　1994　p175
狂歌萩古枝（浅草庵市人編）
　久保田啓一翻刻「江戸狂歌本選集6」東京堂出版　1999　p81
破暁集
　石川八朗ほか編「宝井其角全集〔2〕　資料篇」勉誠社　1994　p100
破吉利支丹（寛文二年二月、堤六左衛門刊、一巻一冊）（鈴木正三）
　朝倉治彦、柏川修一編「假名草子集成25」東京堂出版　1999　p81
泊庵を引移す辞（蝶夢）
　田中道雄ほか編著「蝶夢全集」和泉書院　2013　p274
泊庵記（蝶夢）
　田中道雄ほか編著「蝶夢全集」和泉書院　2013　p324
白雲山に登る（太宰春台）
　李寅生著「漢詩名作集成〈日本編〉」明徳出版社　2016　p339
白亀評万句合（宝暦十三年）
　鴨下恭明校訂「他評万句合選集〔2〕　東月評・白亀評万句合」太平書屋　2007　p135
柏玉集〔寛文九年板本〕（後柏原院）
　「新編国歌大観8」角川書店　1990　p480
白砂人集
　小林祥次郎翻刻「古典文学翻刻集成7 続・俳文学篇 中興期（下）」ゆまに書房　1999　p45
「白砂人集・良薬集・未来記」奥書（蝶夢）
　田中道雄ほか編著「蝶夢全集」和泉書院　2013　p304
白山文集〔寛政二年以前成か〕（素桐編）
　加藤定彦、外村展子編「関東俳諧叢書24 東武獅子門編3」関東俳諧叢書刊行会　2002　p135
白山和詩集〔寛政十二年刊〕（玄武坊）
　加藤定彦、外村展子編「関東俳諧叢書24 東武獅子門編3」関東俳諧叢書刊行会　2002　p213
『白氏長慶集』を読む（尾藤二洲）
　李寅生著「漢詩名作集成〈日本編〉」明徳出版社　2016　p439
麦二の母を悼む文（加舎白雄）
　矢羽勝幸編「増補改訂 加舎白雄全集 上」国文社　2008　p365
麦二母歯固めを祝う文（加舎白雄）
　矢羽勝幸編「増補改訂 加舎白雄全集 上」国文社　2008　p360
白字録
　石川八朗ほか編「宝井其角全集〔2〕　資料篇」勉誠社　1994　p481
白身房（写本、一冊）
　伊藤慎吾翻刻「假名草子集成57」東京堂出版　2017　p1
泊船集〔抄〕（風国編）
　嶋中道則編「新編 芭蕉大成」三省堂　1999　p794
　石川八朗ほか編「宝井其角全集〔2〕　資料篇」勉誠社　1994　p296
白陀羅尼
　石川八朗ほか編「宝井其角全集〔2〕　資料篇」勉誠社　1994　p355
柏庭蔵主の紙を恵まるるに謝す（義堂周信）
　蔭木英雄著「日本漢詩人選集3 義堂周信」研文出版　1999　p249
白髪の嘆（鳥山芝軒）
　李寅生著「漢詩名作集成〈日本編〉」明徳出版社　2016　p301
白楽天
　伊藤正義校注「新潮日本古典集成 新装版〔65〕謡曲集 下」新潮社　2015　p77
白樂天（観世流）真序舞物
　野上豊一郎編「新装解註 謡曲全集1」中央公論新

はけつ　　　　　　　　　　　　作品名

刷毛序（太田巴静編）
　岡本勝翻刻「古典文学翻刻集成2 俳文学篇 元禄・蕉風・中興期」ゆまに書房 1998 p265
刷毛序〔抄〕
　石川八朗ほか編「宝井其角全集〔2〕 資料篇」勉誠社 1994 p399
怪物徒然草（山東京傳）
　棚橋正博校訂「山東京傳全集3 黄表紙3」ぺりかん社 2001 p115
化物和本草（山東京傳）
　棚橋正博校訂「山東京傳全集4 黄表紙4」ぺりかん社 2004 p231
箱入娘面屋人魚（山東京傳）
　棚橋正博校訂「山東京傳全集2 黄表紙2」ぺりかん社 1993 p431
「箱根越す」歌仙
　宮脇真彦執筆担当「新編 芭蕉大成」三省堂 1999 p213
「はこの松は」（良寛）
　内山知也、松本市壽執筆「定本 良寛全集3 書簡集・法華転・法華讃」中央公論新社 2007 p441
羽衣（観世流）太鼓序の舞物
　野上豊一郎編「新装解註 謡曲全集2」中央公論新社 2001 p559
はし書ぶり（加舎白雄）
　加藤定彦、外村展子編「関東俳諧叢書22 五色墨編3」関東俳諧叢書刊行会 2001 p312
　矢羽勝幸翻刻・注ほか「増補改訂 加舎白雄全集 上」国文社 2008 p685
はし書ぶり（建部綾足）
　建部綾足著作刊行会編「建部綾足全集7（国学）」国書刊行会 1988 p37
橋立一声供養塚祭文（蝶夢）
　田中道雄ほか編著「蝶夢全集」和泉書院 2013 p295
はし立のあき（明和三年）（鶯十編）
　清登典子校注「蕪村全集8 関係俳書」講談社 1993 p118
橋立の秋の記（蝶夢）
　田中道雄ほか編著「蝶夢全集」和泉書院 2013 p290
はしだてや（歌仙）
　光田和伸校注「蕪村全集2 連句」講談社 2001 p115
はし立や句文（蝶夢）
　田中道雄ほか編著「蝶夢全集」和泉書院 2013 p348
橋立寄句帳序（蝶夢）
　田中道雄ほか編著「蝶夢全集」和泉書院 2013 p336
半蔀（宝生流）大小序の舞物
　野上豊一郎編「新装解註 謡曲全集2」中央公論新社 2001 p309
俳諧はしのな
　建部綾足著作刊行会編「建部綾足全集2（俳諧Ⅱ）」国書刊行会 1986 p49

叙位賀集橋波志羅
　海音研究会編「紀海音全集8」清文堂出版 1980 p44
橋柱集〔抄〕（西吟編）
　島津忠夫ほか編「西山宗因全集5 伝記・研究篇」八木書店古書出版部 2013 p248
「橋柱」百韻
　島津忠夫ほか編「西山宗因全集2 連歌篇二」八木書店 2007 p117
橋姫（紫式部）
　石田穣二、清水好子校注「新潮日本古典集成 新装版〔15〕 源氏物語 六」新潮社 2014 p253
　阿部秋生ほか校訂・訳「日本の古典をよむ10 源氏物語 下」小学館 2008 p181
　輿謝野寛ほか編纂校訂「覆刻 日本古典全集〔文学編〕〔19〕 源氏物語 四」現代思潮社 1982 p140
　円地文子訳「わたしの古典8 円地文子の源氏物語 巻3」集英社 1986 p7
橋辨慶（観世流）切組物
　野上豊一郎編「新装解註 謡曲全集5」中央公論新社 2001 p233
橋南
　石川八朗ほか編「宝井其角全集〔2〕 資料篇」勉誠社 1994 p388
初めて大和上に謁す二首 序を并す（元開）
　李寅生著「漢詩名作集成〈日本編〉」明徳出版社 2016 p66
はしもり〔抄〕（荷兮）
　島津忠夫ほか編「西山宗因全集5 伝記・研究篇」八木書店古書出版部 2013 p249
橋守
　石川八朗ほか編「宝井其角全集〔2〕 資料篇」勉誠社 1994 p212
破邪顕正返答〔抜抄〕（惟中）
　島津忠夫ほか編「西山宗因全集5 伝記・研究篇」八木書店古書出版部 2013 p228
破邪顕正返答之評判〔抜抄〕（難波津散人）
　島津忠夫ほか編「西山宗因全集5 伝記・研究篇」八木書店古書出版部 2013 p231
はせを（祇丞, 買明編）
　雲英末雄翻刻「古典文学翻刻集成6 続・俳文学篇 中興期（上）」ゆまに書房 1999 p264
芭蕉
　伊藤正義校注「新潮日本古典集成 新装版〔65〕 謡曲集 下」新潮社 2015 p89
芭蕉（良寛）
　井上慶隆著「日本漢詩人選集11 良寛」研文出版 2002 p185
芭蕉（金春流）大小序の舞物
　野上豊一郎編「新装解註 謡曲全集2」中央公論新社 2001 p319
芭蕉庵十三夜（松尾芭蕉）
　富山奏校注「新潮日本古典集成 新装版〔47〕 芭蕉文集」新潮社 2019 p103
　嶋中道則ほか「新編 芭蕉大成」三省堂 1999 p396

芭蕉庵三ケ月日記（松尾芭蕉）
　尾形仂, 宮脇真彦編「新編 芭蕉大成」三省堂 1999 p369
芭蕉翁絵詞伝（蝶夢編著）
　田中道雄ほか編著「蝶夢全集」和泉書院 2013 p640
芭蕉翁俤塚 付、芭蕉翁俤塚造立勧進帳（宝暦十三年刊）（蓼太編）
　加藤定彦, 外村展子編「関東俳諧叢書29 雪門編」関東俳諧叢書刊行会 2005 p235
芭蕉翁九十回忌序（蝶夢）
　田中道雄ほか編著「蝶夢全集」和泉書院 2013 p254
芭蕉翁行状記（路通編）
　嶋中道則, 安田吉人編「新編 芭蕉大成」三省堂 1999 p808
芭蕉翁行状記〔抄〕（乙州）
　嶋中道則編「新編 芭蕉大成」三省堂 1999 p791
芭蕉翁古之俳諧〔抄〕（尺艾編）
　石川八朗ほか編「宝井其角全集〔2〕 資料篇」勉誠社 1994 p35
芭蕉翁三等之文（蝶夢）
　田中道雄ほか編著「蝶夢全集」和泉書院 2013 p568
芭蕉翁終焉記（其角）
　嶋中道則, 安田吉人編「新編 芭蕉大成」三省堂 1999 p805
　与謝野寛ほか編纂校訂「覆刻 日本古典全集〔文学編〕〔40〕 芭蕉全集 前編」現代思潮社 1983 p248
芭蕉翁正当日（加舎白雄）
　矢羽勝幸編「増補改訂 加舎白雄全集 上」国文社 2008 p382
芭蕉翁頭陀物語（建部綾足）
　建部綾足著作刊行会編「建部綾足全集6〈文集〉」国書刊行会 1987 p111
芭蕉翁追善之日記〔抄〕（支考）
　嶋中道則ほか編「新編 芭蕉大成」三省堂 1999 p790
　石川八朗ほか編「宝井其角全集〔2〕 資料篇」勉誠社 1994 p179
芭蕉翁付合集 上下（安永三年自序・安永五年九月）（蕪村編）
　丸山一彦校注「蕪村全集7 編著・追善」講談社 1995 p123
『芭蕉翁付合集』序（与謝蕪村）
　尾形仂, 山下一海校注「蕪村全集4 俳詩・俳文」講談社 1994 p141
芭蕉を移す詞（松尾芭蕉）
　富山奏校注「新潮日本古典集成 新装版〔47〕 芭蕉文集」新潮社 2019 p221
　嶋中道則ほか「新編 芭蕉大成」三省堂 1999 p432
移芭蕉辞（松尾芭蕉）
　与謝野寛ほか編纂校訂「覆刻 日本古典全集〔文学編〕〔40〕 芭蕉全集 前編」現代思潮社 1983 p131

芭蕉翁俳諧集序（蝶夢）
　田中道雄ほか編著「蝶夢全集」和泉書院 2013 p252
芭蕉翁八十回忌時雨会序（蝶夢）
　田中道雄ほか編著「蝶夢全集」和泉書院 2013 p253
芭蕉翁百回忌序（蝶夢）
　田中道雄ほか編著「蝶夢全集」和泉書院 2013 p257
芭蕉翁文集序（蝶夢）
　田中道雄ほか編著「蝶夢全集」和泉書院 2013 p255
芭蕉翁 奉扇會
　宮田正信翻刻「古典文学翻刻集成6 続・俳文学篇 中興期（上）」ゆまに書房 1999 p244
芭蕉翁発句集序（蝶夢）
　田中道雄ほか編著「蝶夢全集」和泉書院 2013 p248
芭蕉翁墓碑（宝暦六年刊）（鳥酔編）
　加藤定彦, 外村展子編「関東俳諧叢書22 五色墨編 3」関東俳諧叢書刊行会 2001 p89
芭蕉翁通の記　→ 野ざらし紀行（のざらしきこう）を見よ
芭蕉句解（蓼太述）
　島居清翻刻「古典文学翻刻集成6 続・俳文学篇 中興期（上）」ゆまに書房 1999 p316
「芭蕉去て」詞書（与謝蕪村）
　尾形仂, 山下一海校注「蕪村全集4 俳詩・俳文」講談社 1994 p163
芭蕉称号の一行書（蝶夢）
　田中道雄ほか編著「蝶夢全集」和泉書院 2013 p338
芭蕉真跡を再び得たるを喜ぶ文（蝶夢）
　田中道雄ほか編著「蝶夢全集」和泉書院 2013 p323
芭蕉真跡箱書（蝶夢）
　田中道雄ほか編著「蝶夢全集」和泉書院 2013 p323
芭蕉塚建立の文（加舎白雄）
　矢羽勝幸編「増補改訂 加舎白雄全集 上」国文社 2008 p380
芭蕉塚の適地を卜するの文（蝶夢）
　田中道雄ほか編著「蝶夢全集」和泉書院 2013 p325
芭蕉像三態の説（蝶夢）
　田中道雄ほか編著「蝶夢全集」和泉書院 2013 p349
ばせをだらひ〔抄〕（有隣編）
　嶋中道則編「新編 芭蕉大成」三省堂 1999 p801
　島津忠夫ほか編「西山宗因全集5 伝記・研究篇」八木書店古書出版部 2013 p262
誹諧はせをたらひ〔抄〕
　石川八朗ほか編「宝井其角全集〔2〕 資料篇」勉誠社 1994 p473
芭蕉堂供養願文（蝶夢）
　田中道雄ほか編著「蝶夢全集」和泉書院 2013

p293

「芭蕉野分」発句・脇
　宮脇真彦執筆担当「新編 芭蕉大成」三省堂 1999 p186
「芭蕉野分して」句文（松尾芭蕉）
　嶋中道則ほか「新編 芭蕉大成」三省堂 1999 p375
芭蕉林（寛保三年刊）（朶雲編）
　加藤定彦、外村展子編「関東俳諧叢書4 五色墨編2」関東俳諧叢書刊行会 1994 p45
柱暦
　石川八朗ほか編「宝井其角全集〔2〕 資料篇」勉誠社 1994 p219
巴人集（四方赤良）
　広部俊也翻刻「江戸狂歌本選集2」東京堂出版 1998 p55
「蓮池の」五十韻
　宮脇真彦執筆担当「新編 芭蕉大成」三省堂 1999 p219
俳諧蓮の花笠（朴翁編）
　伴野英一校注「新編西鶴全集5 本文篇 下」勉誠出版 2007 p1063
はすの葉の記行〔抄〕（孟遠）
　嶋中道則編「新編 芭蕉大成」三省堂 1999 p800
はすの実
　石川八朗ほか編「宝井其角全集〔2〕 資料篇」勉誠社 1994 p114
蓮実（賀子編）
　竹下義人校注「新編西鶴全集5 本文篇 下」勉誠出版 2007 p972
はたか麦
　石川八朗ほか編「宝井其角全集〔2〕 資料篇」勉誠社 1994 p318
「畑に田に」詞書（与謝蕪村）
　尾形仂、山下一海校注「蕪村全集4 俳詩・俳文」講談社 1994 p237
畠山匠作亭詩歌（国立歴史民俗博物館蔵本）
　「新編国歌大観10」角川書店 1992 p520
八被般若奈文字（山東京傳）
　棚橋正博校訂「山東京傳全集1 黄表紙1」ぺりかん社 1992 p203
八月十五夜（道元）
　飯田利行訳「現代語訳 洞門禅文学集〔4〕道元」国書刊行会 2001 p185
八月十五夜、月の前に旧を話る、各一字を分かつ（菅原道真）
　小島憲之、山本登朗訓読ほか「日本漢詩人選集1 菅原道真」研文出版 1998 p27
八月十五夜の宴に各おの志を言い、一字を探りて「亭」を得たり（島田忠臣）
　興膳宏著「日本漢詩人選集 別巻 古代漢詩選」研文出版 2005 p216
八月八日、広村にて田大介に遇う（広瀬旭荘）
　大野修作著「日本漢詩人選集16 広瀬旭荘」研文出版 1999 p34

「八九間」歌仙
　宮脇真彦執筆担当「新編 芭蕉大成」三省堂 1999 p290
はちすの露（良寛詠, 貞心尼編纂）
　鈴木健一校注「和歌文学大系74 布留散東・はちすの露・草径集・志濃夫廼舎歌集」明治書院 2007 p17
はちすの露（柏崎市立図書館蔵本）（良寛詠, 貞心尼編纂）
　「新編国歌大観9」角川書店 1991 p619
はちすの露 本篇（九四首）（良寛）
　松本市壽訳注「定本 良寛全集2 歌集」中央公論新社 2006 p174
はちすの露 唱和篇（三四首）（良寛）
　松本市壽訳注「定本 良寛全集2 歌集」中央公論新社 2006 p208
八代集秀逸（書陵部蔵五〇一・一五九）（藤原定家撰）
　「新編国歌大観10」角川書店 1992 p563
はちたゝき（蝶夢編）
　田中道雄ほか編著「蝶夢全集」和泉書院 2013 p695
鉢敲集序（蝶夢）
　田中道雄ほか編著「蝶夢全集」和泉書院 2013 p242
鉢木
　馬場あき子訳「わたしの古典15 馬場あき子の謡曲集 三枝和子の狂言集」集英社 1987 p98
鉢木（金春流）
　野上豊一郎編「新装解註 謡曲全集4」中央公論新社 2001 p519
蜂の巣の説（蝶夢）
　田中道雄ほか編著「蝶夢全集」和泉書院 2013 p269
鉢袋〔抄〕（樗路）
　嶋中道則編「新編 芭蕉大成」三省堂 1999 p803
八幡公（西郷隆盛）
　松尾善弘著「西郷隆盛漢詩全集 増補改訂版」斯文堂 2018 p158
八幡独楽庵越年の文（加舎白雄）
　矢羽勝幸編「増補改訂 加舎白雄全集 上」国文社 2008 p371
八幡太郎東初梅（紀海音）
　海音研究会編「紀海音全集6」清文堂出版 1979 p1
八幡若宮撰歌合
　松野陽一、吉田薫編「藤原俊成全歌集」笠間書院 2007 p631
八幡若宮撰歌合 建仁三年七月（書陵部蔵五〇一・五八）
　「新編国歌大観5」角川書店 1987 p517
「葉茶壺や」百韻
　加藤定彦「西山宗因全集3 俳諧篇」八木書店 2004 p303
初秋
　藤田徳太郎校訂「覆刻 日本古典全集〔文学編〕〔6〕 うつほ物語 三」現代思潮社 1982 p473

「初秋も」百韻(西山宗因評点)
　井上敏幸、尾崎千佳校訂「西山宗因全集4 紀行・評点・書簡篇」八木書店 2006 p106
「初秋は」歌仙
　宮脇真彦執筆担当「新編 芭蕉大成」三省堂 1999 p220
初衣抄(山東京傳)
　棚橋正博校訂「山東京傳全集18 洒落本」ぺりかん社 2012 p109
初懷紙(松尾芭蕉撰)
　與謝野寛ほか編纂校訂「覆刻 日本古典全集〔文学編〕〔40〕芭蕉全集 前編」現代思潮社 1983 p189
初懐紙 落柿舎(天明二年)(重厚編)
　藤田真一校注「蕪村全集8 関係俳書」講談社 1993 p515
初懐紙評注(松尾芭蕉評注)
　小林祥次郎執筆担当「新編 芭蕉大成」三省堂 1999 p572
　石川八朗ほか編「宝井其角全集〔2〕資料篇」勉誠社 1994 p43
狂歌波油加蛭子(宿屋飯盛撰)
　粕谷宏紀翻刻「江戸狂歌本選集8」東京堂出版 2000 p19
初霞(明和七年刊)(玉斧編)
　加藤定彦、外村展子編「関東俳諧叢書27 常総編3」関東俳諧叢書刊行会 2004 p97
はつか草
　海音研究会編「紀海音全集8」清文堂出版 1980 p40
葉月物語絵巻
　「新編国歌大観10」角川書店 1992 p1079
　伊東祐子校訂・訳注「中世王朝物語全集22 物語絵巻集」笠間書院 2019 p481
八景和歌(藤原定家)
　久保田淳校訂・訳「藤原定家全歌集 下」筑摩書房 2017 p416
初時雨(整版本、二巻二冊、絵入)
　伊藤慎吾翻刻「假名草子集成57」東京堂出版 2017 p9
「初しぐれ」の詞書(松尾芭蕉)
　嶋中道則ほか「新編 芭蕉大成」三省堂 1999 p415
初瀬西行甲
　橋本朝生翻刻・解題「西行全集」貴重本刊行会 1990 p1099
初瀬西行乙
　橋本朝生翻刻・解題「西行全集」貴重本刊行会 1990 p1103
初蟬〔抄〕
　石川八朗ほか編「宝井其角全集〔2〕資料篇」勉誠社 1994 p209
初蟬〔抄〕(惟然)
　嶋中道則「新編 芭蕉大成」三省堂 1999 p793
初蟬〔抄〕(風国編)
　島津忠夫ほか編「西山宗因全集5 伝記・研究篇」八木書店古書出版部 2013 p249

「初茸や」歌仙
　宮脇真彦執筆担当「新編 芭蕉大成」三省堂 1999 p280
はつたより
　石川八朗ほか編「宝井其角全集〔2〕資料篇」勉誠社 1994 p330
初音(紫式部)
　石田穣二、清水好子校注「新潮日本古典集成 新装版〔13〕源氏物語 四」新潮社 2014 p9
　阿部秋生ほか校訂・訳「日本の古典をよむ9 源氏物語 上」小学館 2008 p264
　與謝野寛ほか編纂校訂「覆刻 日本古典全集〔文学編〕〔17〕源氏物語 二」現代思潮社 1982 p208
初音・胡蝶(紫式部)
　円地文子訳「わたしの古典7 円地文子の源氏物語 巻2」集英社 1985 p89
「初春や」句文(松尾芭蕉)
　嶋中道則ほか「新編 芭蕉大成」三省堂 1999 p380
京伝勧謝神神名帳八百万両金神花(山東京傳)
　棚橋正博校訂「山東京傳全集2 黄表紙2」ぺりかん社 1993 p453
「初真桑」ほかの詞書(松尾芭蕉)
　嶋中道則ほか「新編 芭蕉大成」三省堂 1999 p408
初雪(金春流)太鼓中の舞物
　野上豊一郎編「新装解註 謡曲全集3」中央公論新社 2001 p91
「初雪の」歌仙
　宮脇真彦執筆担当「新編 芭蕉大成」三省堂 1999 p189
「初雪や」の詞書(松尾芭蕉)
　嶋中道則ほか「新編 芭蕉大成」三省堂 1999 p383
馬蹄二百句
　石川八朗ほか編「宝井其角全集〔2〕資料篇」勉誠社 1994 p28
端手姿鎌倉文談(菅専助)
　土田衞ほか「菅専助全集4」勉誠社 1993 p229
華担籠
　石川八朗ほか編「宝井其角全集〔2〕資料篇」勉誠社 1994 p483
花を売る人に贈る(小栗十洲)
　李寅生著「漢詩名作集成〈日本編〉」明徳出版社 2016 p470
「花を踏む」句文(与謝蕪村)
　尾形仂、山下一海校注「蕪村全集4 俳詩・俳文」講談社 1994 p150
「花を踏て」百韻
　加藤定彦「西山宗因全集3 俳諧篇」八木書店 2004 p383
花筐
　伊藤正義校注「新潮日本古典集成 新装版〔65〕謡曲集 下」新潮社 2015 p101
花筐(観世流)カケリ・イロエ物
　野上豊一郎編「新装解註 謡曲全集3」中央公論新

はなか　　　　　　　　　　　　　作品名

社 2001 p293
花かつみ
　石川八朗ほか編「宝井其角全集〔2〕 資料篇」勉誠社 1994 p195
花くらべ(蓮月尼)
　村上素道編「増補 蓮月尼全集」思文閣出版 1980 p52
花ごゝろ(寛延三年刊)(祇肖編)
　加藤定彦、外村展子編「関東俳諧叢書23 四時観編3」関東俳諧叢書刊行会 2002 p41
花衣いろは縁起(三好松洛、竹田小出雲)
　「義太夫節浄瑠璃未翻刻作品集成39 花衣いろは縁起」玉川大学出版部 2015 p11
花ざかり(三十句)
　長島弘明校注「蕪村全集2 連句」講談社 2001 p512
花咲て(十八句)
　長島弘明校注「蕪村全集2 連句」講談社 2001 p509
「花咲て」歌仙
　宮脇真彦執筆担当「新編 芭蕉大成」三省堂 1999 p201
芭蕉百回忌取越追善俳諧「花咲て」句稿(1・2)
　丸山一彦解題「蕪村全集2 連句」講談社 2001 p580
花さきの伝(宝暦二年刊)(心水編)
　加藤定彦、外村展子編「関東俳諧叢書6 四時観編2」関東俳諧叢書刊行会 1996 p97
花桜折る少将
　片桐洋一ほか校訂・訳「日本の古典をよむ6 竹取物語 伊勢物語 堤中納言物語」小学館 2008 p242
花桜折る中将
　池田利夫訳・注「笠間文庫 原文&現代語訳シリーズ〔5〕堤中納言物語」笠間書院 2006 p7
花皿
　石川八朗ほか編「宝井其角全集〔2〕 資料篇」勉誠社 1994 p351
はなしあいて(宝暦八年)(宋是編)
　櫻木武次郎校注「蕪村全集8 関係俳書」講談社 1993 p79
花色紙襲詞(八文字其笑、瑞笑)
　佐伯孝弘翻刻「八文字屋本全集21」汲古書院 2000 p451
花十首寄書(書陵部蔵五〇一・三八〇)
　「新編国歌大観10」角川書店 1992 p450
放鳥集
　石川八朗ほか編「宝井其角全集〔2〕 資料篇」勉誠社 1994 p318
囃物語(延宝八年八月板、三巻三冊)(髙田幸佐)
　速水香織翻刻「假名草子集成58」東京堂出版 2017 p191
花菖蒲澤の紫(三遊亭円朝作話)
　中込重明校訂「人情本選集3 花菖蒲澤の紫」太平書屋 2004 p7

花園院御集(書陵部蔵一五一・三七〇)(光厳院)
　「新編国歌大観7」角川書店 1989 p730
花欅会稽掲布染(菅専助、若竹笛躬)
　土田衞ほか編「菅専助全集3」勉誠社 1992 p111
花欅柳嶋(八文字自笑)
　藤原英城翻刻「八文字屋本全集15」汲古書院 1997 p225
花橘
　石川八朗ほか編「宝井其角全集〔2〕 資料篇」勉誠社 1994 p443
はなだの女御
　池田利夫訳・注「笠間文庫 原文&現代語訳シリーズ〔5〕堤中納言物語」笠間書院 2006 p137
「花ちりて」詞書(与謝蕪村)
　尾形仂、山下一海校注「蕪村全集4 俳詩・俳文」講談社 1994 p205
「花散りて」連歌百韻(信之、宗春)
　島津忠夫ほか編「西山宗因全集6 解題・索引篇」八木書店古書出版部 2017 p115
花散里(紫式部)
　石田穣二、清水好子校注「新潮日本古典集成 新装版〔11〕源氏物語 二」新潮社 2014 p191
　阿部秋生ほか校訂・訳「日本の古典をよむ9 源氏物語 上」小学館 2008 p154
　與謝野寛ほか編纂校訂「覆刻 日本古典全集〔文学編〕〔16〕源氏物語 一」現代思潮社 1982 p236
花摘(宝井其角編)
　石川八朗ほか編「宝井其角全集〔1〕編著篇」勉誠社 1994 p97
「花て候」百韻(西山宗因)
　加藤定彦「西山宗因全集3 俳諧篇」八木書店 2004 p206
花ながら(歌仙)
　満田達夫校注「蕪村全集2 連句」講談社 2001 p259
花七日(安永六年)(樗良編)
　清登典子校注「蕪村全集8 関係俳書」講談社 1993 p390
「花に遊ぶ」歌仙
　宮脇真彦執筆担当「新編 芭蕉大成」三省堂 1999 p204
「花にいはゝ」百韻(西山宗因評点)
　井上敏幸、尾崎千佳校訂「西山宗因全集4 紀行・評点・書簡篇」八木書店 2006 p167
「花に憂世」歌仙
　宮脇真彦執筆担当「新編 芭蕉大成」三省堂 1999 p184
「花に行」百韻(西山宗因評点)
　井上敏幸、尾崎千佳校訂「西山宗因全集4 紀行・評点・書簡篇」八木書店 2006 p130
花にぬれて(半歌仙)
　長島弘明校注「蕪村全集2 連句」講談社 2001 p367
「花に寝ぬ」句文(松尾芭蕉)
　嶋中道則ほか「新編 芭蕉大成」三省堂 1999 p432

華盗人(雲郎, 凉袋(建部綾足))
　建部綾足著作刊行会編「建部綾足全集1（俳諧Ⅰ）」国書刊行会 1986 p291
「鼻のあなや」百韻(西山宗因評点)
　井上敏幸, 尾崎千佳校訂「西山宗因全集4 紀行・評点・書簡篇」八木書店 2006 p178
花の市
　海音研究会編「紀海音全集8」清文堂出版 1980 p25
　石川八朗ほか編「宝井其角全集〔2〕 資料篇」勉誠社 1994 p432
花之笑七福参詣(山東京傳)
　棚橋正博校訂「山東京傳全集3 黄表紙3」ぺりかん社 2001 p281
花宴(紫式部)
　石田穣二, 清水好子校注「新潮日本古典集成 新装版〔11〕源氏物語 二」新潮社 2014 p47
　阿部秋生ほか校訂・訳「日本の古典をよむ9 源氏物語 上」小学館 2008 p113
　與謝野寛ほか編纂校訂「覆刻 日本古典全集〔文学編〕〔16〕源氏物語 一」現代思潮社 1982 p163
　円地文子訳「わたしの古典6 円地文子の源氏物語 巻1」集英社 1985 p125
花の縁物語(寛文六年三月以後板、二巻二冊、絵入)(器之子)
　冨田成美翻刻「假名草子集成58」東京堂出版 2017 p81
花東頼朝公御入(山東京傳)
　棚橋正博校訂「山東京傳全集2 黄表紙2」ぺりかん社 1993 p195
「花の垣」画賛(蝶夢)
　田中道雄ほか編著「蝶夢全集」和泉書院 2013 p337
「花の陰」の詞書(松尾芭蕉)
　嶋中道則ほか「新編 芭蕉大成」三省堂 1999 p391
花の雲
　石川八朗ほか編「宝井其角全集〔2〕 資料篇」勉誠社 1994 p335
花の雲(百韻)
　満田達夫校注「蕪村全集2 連句」講談社 2001 p301
はなのころ(安永五年刊)(欺雪、何来編)
　加藤定彦, 外村展子編「関東俳諧叢書28 両毛・甲斐編3」関東俳諧叢書刊行会 2005 p251
「花の咲」発句・脇
　宮脇真彦執筆担当「新編 芭蕉大成」三省堂 1999 p187
花硒沙久等(橘曙覧撰)
　井手今滋編, 辻森秀英補「新修 橘曙覧全集」桜楓社 1983 p201
花のちから 全(夜半亭月並句集・天明四年八月)(百池編、蕪村判)
　丸山一彦校注「蕪村全集7 編著・追善」講談社 1995 p297

花の名残(妙句)
　西村本小説研究会編「西村本小説全集 上」勉誠社 1985 p201
花の春(三つ物)
　光田和伸校注「蕪村全集2 連句」講談社 2001 p269
花の故事
　石川八朗ほか編「宝井其角全集〔2〕 資料篇」勉誠社 1994 p611
花圃
　石川八朗ほか編「宝井其角全集〔2〕 資料篇」勉誠社 1994 p150
鼻笛集(高瀬梅盛編)(或いは『俳諧書籍目録』にいう一イ子か))
　狂歌大観刊行会編「狂歌大観1 本篇」明治書院 1983 p176
花実義経記(江島其磧)
　藤原英城翻刻「八文字屋本全集7」汲古書院 1994 p367
花見車[抄](轍士編)
　石川八朗ほか編「宝井其角全集〔2〕 資料篇」勉誠社 1994 p331
　島津忠夫ほか編「西山宗因全集5 伝記・研究篇」八木書店古書出版部 2013 p252
花見たく(二十五句)
　永井一彰校注「蕪村全集2 連句」講談社 2001 p462
道頓堀花みち(富永辰壽編)
　竹下義人校注「新編西鶴全集5 本文篇 上」勉誠出版 2007 p445
　高安吸江翻刻「古典文学翻刻集成1 俳文学篇 貞門・談林」ゆまに書房 1998 p263
　高安吸江翻刻「古典文学翻刻集成1 俳文学篇 貞門・談林」ゆまに書房 1998 p273
はなむけ草(貞享三年六月版、二巻二冊、絵入)
　冨田成美翻刻「假名草子集成58」東京堂出版 2017 p97
はなむしろ序(蝶夢)
　田中道雄ほか編著「蝶夢全集」和泉書院 2013 p329
「花むしろ」百韻(西山宗因)
　加藤定彦「西山宗因全集3 俳諧篇」八木書店 2004 p176
花名所懐中暦(為永春水)
　武藤元昭校訂「人情本選集1 花名所懐中暦」太平書屋 1990 p27
華紅葉(万笈斎桑魚(桑名屋甚兵衛)編)
　狂歌大観刊行会編「狂歌大観1 本篇」明治書院 1983 p595
花楓剣本地(其笑, 瑞笑)
　佐伯孝弘翻刻「八文字屋本全集19」汲古書院 1999 p217
花楓都模様(菅専助)
　土田衞ほか編「菅専助全集6」勉誠社 1995 p417
「花やあらぬ」百韻
　島津忠夫ほか編「西山宗因全集2 連歌篇二」八木書店 2007 p141

はなわ　　　　　　　　　　　　作品名

_{先時怪談}花芳野犬斑点（山東京傳）
　棚橋正博校訂「山東京傳全集2　黄表紙2」ぺりかん社 1993 p249

帚木（紫式部）
　石川穎二、清水好子校注「新潮日本古典集成 新装版〔10〕　源氏物語一」新潮社 2014 p43
　阿部秋生ほか校訂・訳「日本の古典をよむ9　源氏物語 上」小学館 2008 p35
　與謝野寛ほか編纂校訂「覆刻 日本古典全集〔文学編〕　源氏物語一」現代思潮社 1982 p17
　円地文子訳「わたしの古典6　円地文子の源氏物語 巻1」集英社 1985 p23

柞原集
　石川八朗ほか編「宝井其角全集〔2〕　資料篇」勉誠社 1994 p123

馬瓢が山家の頌（蝶夢）
　田中道雄ほか編著「蝶夢全集」和泉書院 2013 p279

「破風口に」和漢歌仙
　宮脇真彦執筆担当「新編 芭蕉大成」三省堂 1999 p269

浜荻
　石川八朗ほか編「宝井其角全集〔2〕　資料篇」勉誠社 1994 p362

「浜荻や」百韻
　島津忠夫ほか編「西山宗因全集2　連歌篇二」八木書店 2007 p373

蛤与市
　石川八朗ほか編「宝井其角全集〔2〕　資料篇」勉誠社 1994 p354

はまの松葉（小山田與清）
　津本信博ほか編「江戸後期紀行文学全集2」新典社 2013 p165

浜松中納言物語
　「新編国歌大観5」角川書店 1987 p1361

浜宮千句（西山宗因）
　尾崎千佳編「西山宗因全集1　連歌篇一」八木書店 2004 p436

早道節用宇（山東京傳）
　棚橋正博校訂「山東京傳全集2　黄表紙2」ぺりかん社 1993 p107

_{市川蔵的中狂言}早業七人前（山東京傳）
　棚橋正博校訂「山東京傳全集4　黄表紙4」ぺりかん社 2004 p421

「はやう咲」歌仙
　宮脇真彦執筆担当「新編 芭蕉大成」三省堂 1999 p244

原芸庵諸友を招きて二条藤丞相別墅に遊ぶ（伊藤仁斎）
　浅山佳郎、厳明著「日本漢詩人選集4　伊藤仁斎」研文出版 2000 p167

針の供養（_{安永三年春刊 近江屋市兵衛他板}）（銅脈先生）
　斎田作楽編「銅脈先生全集 下　和文戯作集」太平書屋 2009 p3

張瓢（_{安永五年}）（江涯編）
　藤田真一校注「蕪村全集8　関係俳書」講談社 1993 p352

播磨守兼房朝臣歌合（_{彰考館蔵本}）
　「新編国歌大観5」角川書店 1987 p90

はる秋
　石川八朗ほか編「宝井其角全集〔2〕　資料篇」勉誠社 1994 p512

春明岬　第三集（_{志濃夫廼舎歌集}）（橘曙覽）
　水島直文、橋本政宣編注「橘曙覽全歌集」岩波書店 1999 p153

春明草　第三集（_{志濃夫廼舎歌集}）（橘曙覽）
　井手今滋編、辻森秀英増補「新修 橘曙覽全集」桜楓社 1983 p79

「春嬉し」三つ物
　宮脇真彦執筆担当「新編 芭蕉大成」三省堂 1999 p277

「春をうる」百韻
　島津忠夫ほか編「西山宗因全集2　連歌篇二」八木書店 2007 p43

春を送る（菅原道真）
　小島憲之、山本登朗訓読ほか「日本漢詩人選集1　菅原道真」研文出版 1998 p109

春惜しむ（歌仙）
　永井一彰校注「蕪村全集2　連句」講談社 2001 p427

春霞御鬢付（万屋景物）（山東京傳）
　棚橋正博校訂「山東京傳全集5　黄表紙5」ぺりかん社 2009 p509

「春霞」歌仙
　島津忠夫ほか編「西山宗因全集2　連歌篇二」八木書店 2007 p282

「春霞」独吟三物（西山宗因）
　加藤定彦「西山宗因全集3　俳諧篇」八木書店 2004 p172

春風（寛文頃板、一冊）
　速水香織翻刻「假名草子集成58」東京堂出版 2017 p115

春駒狂歌集（藤本由己編著）
　狂歌大観刊行会編「狂歌大観1　本篇」明治書院 1983 p560

春雨物がたり（上田秋成）
　美山靖校注「新編日本古典集成 新装版〔48〕　春雨物語 書初機嫌海」新潮社 2014 p9

春雨物語（上田秋成）
　井上泰至ほか編「三弥井古典文庫〔10〕　春雨物語」三弥井書店 2012 p1
　大庭みな子訳「わたしの古典19　大庭みな子の雨月物語」集英社 1987 p147

「春雨や」詞書（与謝蕪村）
　尾形仂、山下一海校注「蕪村全集4　俳詩・俳文」講談社 1994 p236

「春澄に問へ」百韻
　宮脇真彦執筆担当「新編 芭蕉大成」三省堂 1999 p177

_{濡髪蝶五郎放駒之蝶吉}春相撲花之錦絵（山東京傳）
　清水正男、棚橋正博校訂「山東京傳全集11　合巻6」ぺりかん社 2015 p357

春尽く（菅原道真）
　小島憲之、山本登朗訓読ほか「日本漢詩人選集1

「菅原道真」研文出版 1998 p70

榛名山本地
　大島由紀夫編著「伝承文学資料集成6 神道縁起物語（二）」三弥井書店 2002 p131

春夏之賦（正徳六年刊）（貞佐編）
　加藤定彦, 外村展子編「関東俳諧叢書15 両毛・甲斐編1」関東俳諧叢書刊行会 1996 p39

春寝覚（影写本, 一冊）
　速水香織翻刻「假名草子集成58」東京堂出版 2017 p125

はるのあけぼの（安永九年）（騏道編）
　清登典子校注「蕪村全集8 関係俳書」講談社 1993 p478

俳諧はるの遊び（明和七年刊）（春路編）
　加藤定彦, 外村展子編「関東俳諧叢書28 両毛・甲斐編3」関東俳諧叢書刊行会 2005 p127

葉留農音津麗（都久毛（呉水）あるいは春鴻編）
　矢羽勝幸編「増補改訂 加舎白雄全集 下」国文社 2008 p325

『春鹿集』天の巻（魯九編）
　中川真喜子翻刻「古典文学翻刻集成2 俳文学篇 元禄・蕉風・中興期」ゆまに書房 1998 p176

『春鹿集』地の巻（魯九編）
　富山奏翻刻「古典文学翻刻集成2 俳文学篇 元禄・蕉風・中興期」ゆまに書房 1998 p231

春の日に独り遊ぶ, 三首・其の二（菅原道真）
　小島憲之, 山本登朗訓読ほか「日本漢詩人選集1 菅原道真」研文出版 1998 p78

「春の日や」百韻（西山宗因）
　島津忠夫ほか編「西山宗因全集2 連歌篇二」八木書店 2007 p401

春のまこと（元文六年刊）（逸志編）
　加藤定彦, 外村展子編「関東俳諧叢書2 江戸座編2」関東俳諧叢書刊行会 1994 p119

春のみかり（新見正路ほか）
　津本信博著「江戸後期紀行文学全集2」新典社 2013 p205

春のみやまぢ（飛鳥井雅有）
　渡辺静子, 青木経雄編・評釈「中世日記紀行文学全評釈集成3」勉誠出版 2004 p229

春の深山路（飛鳥井雅有）
　「新編国歌大観5」角川書店 1987 p1290

春の物
　石川八朗ほか編「宝井其角全集〔2〕資料篇」勉誠社 1994 p117

春濃夜（麦水編）
　田中道雄翻刻「古典文学翻刻集成6 続・俳文学篇 中興期（上）」ゆまに書房 1999 p379

春の夜や（歌仙）
　光田和伸校注「蕪村全集2 連句」講談社 2001 p271

「春の夜や」詞書（与謝蕪村）
　尾形仂, 山下一海校注「蕪村全集4 俳詩・俳文」講談社 1994 p133

春原氏を訪ふ文（加舎白雄）
　矢羽勝幸編「増補改訂 加舎白雄全集 上」国文社 2008 p390

「春やあらぬ」百韻
　島津忠夫ほか編「西山宗因全集2 連歌篇二」八木書店 2007 p279

「春は世に」百韻（西山宗因評点）
　井上敏幸, 尾崎千佳校訂「西山宗因全集4 紀行・評点・書簡篇」八木書店 2006 p87

晴小袖
　加藤定彦「西山宗因全集3 俳諧篇」八木書店 2004 p515

樊噲（上田秋成）
　美山靖校注「新潮日本古典集成 新装版〔48〕春雨物語 書初機嫌海」新潮社 2014 p112
　三浦一朗注釈ほか「三弥井古典文庫〔10〕春雨物語」三弥井書店 2012 p199
　大庭みな子訳「わたしの古典19 大庭みな子の雨月物語」集英社 1987 p189

晩花集（文化十年板本）（下河辺長流）
　「新編国歌大観9」角川書店 1991 p208

晩帰（館柳湾）
　鈴木瑞枝編「日本漢詩人選集13 館柳湾」研文出版 1999 p27

伴姫が「秋夜の閨情に和す」（巨勢識人）
　興膳宏著「日本漢詩人選集 別巻 古代漢詩選」研文出版 2005 p155

「帆虱の」詞書（与謝蕪村）
　尾形仂, 山下一海校注「蕪村全集4 俳詩・俳文」講談社 1994 p145

晩秋（市河寛斎）
　蔡毅, 西岡淳著「日本漢詩人選集9 市河寛斎」研文出版 2007 p100

晩秋, 懐いを写す 二首（第二首）（梁川星巌）
　山本和義, 福島理子著「日本漢詩人選集17 梁川星巌」研文出版 2008 p174

播州皿屋敷物語（山東京傳）
　水野稔ほか校訂「山東京傳全集9 合巻4」ぺりかん社 2006 p399

晩秋 本邸に秋田侯を邀えて宴するに侍し奉り, 恭んで賦す（市河寛斎）
　蔡毅, 西岡淳著「日本漢詩人選集9 市河寛斎」研文出版 2007 p155

晩春三日の遊覧一首 幷びに序（大伴池主）
　興膳宏著「日本漢詩人選集 別巻 古代漢詩選」研文出版 2005 p35

班女
　伊藤正義校注「新潮日本古典集成 新装版〔65〕謡曲集 下」新潮社 2015 p115

班女（観世流）カケリ・中の舞物
　野上豊一郎編「新装解註 謠曲全集3」中央公論新社 2001 p207

半松付句〈宮内庁書陵部三五三・六七〉（宗養）
　「連歌大観2」古典ライブラリー 2017 p459

半仙遺稿（佐田仙馨）
　飯田利行編訳「現代語訳 洞門禅文学集〔3〕世阿弥・仙馨」国書刊行会 2001 p195

坂東太郎
　石川八朗ほか編「宝井其角全集〔2〕資料篇」勉誠社 1994 p3

晩に大隆寺に上る(館柳湾)
　　鈴木瑞枝著「日本漢詩人選集13 館柳湾」研文出版 1999 p29
「半日は」歌仙
　　宮脇真彦執筆担当「新編 芭蕉大成」三省堂 1999 p259
般若心経抄図会
　　飯塚大展訳注「一休和尚全集4 一休仮名法語集」春秋社 2000 p185
送藩兵爲天子親兵赴闕下(西郷隆盛)
　　松尾善弘著「西郷隆盛漢詩全集 増補改訂版」斯文堂 2018 p78
晩望(村上仏山)
　　李寅生著「漢詩名作集成〈日本編〉」明徳出版社 2016 p606
萬里の長城(田辺碧堂)
　　李寅生著「漢詩名作集成〈日本編〉」明徳出版社 2016 p787
晩涼(市河寛斎)
　　蔡毅、西岡淳著「日本漢詩人選集9 市河寛斎」研文出版 2007 p67
范蠡 西施を載するの図(朝川善庵)
　　李寅生著「漢詩名作集成〈日本編〉」明徳出版社 2016 p515

【ひ】

飛雲(宝生流)祈物
　　野上豊一郎編「新装解註 謡曲全集5」中央公論新社 2001 p539
比叡社歌合(志香須賀文庫蔵本)
　　「新編国歌大観10」角川書店 1992 p301
日吉社叡山行幸記 [落首・狂歌抜粋]
　　狂歌大観刊行会編「狂歌大観2 参考篇」明治書院 1984 p5
日吉社大宮歌合 承久元年(ノートルダム清心女子大蔵本)
　　「新編国歌大観10」角川書店 1992 p239
日吉社十禅師歌合 承久元年(ノートルダム清心女子大蔵本)
　　「新編国歌大観10」角川書店 1992 p240
日吉社撰歌合 寛喜四年(書陵部蔵五〇一・五六三)
　　「新編国歌大観10」角川書店 1992 p241
日吉社知家自歌合 嘉禎元年(神宮文庫蔵本)(藤原知家)
　　「新編国歌大観10」角川書店 1992 p243
「日を負て」半歌仙
　　宮脇真彦執筆担当「新編 芭蕉大成」三省堂 1999 p250
「火桶炭団を喰ふ事」詞書(与謝蕪村)
　　尾形仂, 山下一海校注「蕪村全集4 俳詩・俳文」講談社 1994 p87

卑懐集(宮城県図書館伊達文庫蔵本)(姉小路基綱)
　　「新編国歌大観8」角川書店 1990 p424
檜垣
　　伊藤正義校注「新潮日本古典集成 新装版〔65〕謡曲集 下」新潮社 2015 p127
檜垣(観世流)大小序の舞物
　　野上豊一郎編「新装解註 謡曲全集2」中央公論新社 2001 p477
檜垣嫗集(檜垣嫗)
　　西丸妙子全釈「私家集全釈叢書9 檜垣嫗集全釈」風間書房 1990 p3
檜垣嫗集(穂久邇文庫蔵本)(檜垣)
　　「新編国歌大観3」角川書店 1985 p157
東山殿幼稚物語(菅専助ほか)
　　土田衞ほか編「菅専助全集6」勉誠社 1995 p1
東山殿室町合戦(紀海音)
　　海音研究会編「紀海音全集7」清文堂出版 1980 p1
東山に月に歩む、韻豪を得たり(中島棕隠)
　　入谷仙介編「日本漢詩人選集14 中島棕隠」研文出版 2002 p5
東山の鐘の記(蝶夢)
　　田中道雄ほか編著「蝶夢全集」和泉書院 2013 p322
「引き起す」歌仙
　　宮脇真彦執筆担当「新編 芭蕉大成」三省堂 1999 p258
「低ふ来る」の詞書(松尾芭蕉(存疑作))
　　嶋中道則ほか「新編 芭蕉大成」三省堂 1999 p445
奉贈比丘尼(西郷隆盛)
　　松尾善弘著「西郷隆盛漢詩全集 増補改訂版」斯文堂 2018 p62
飛月集(三手文庫本)
　　「新編国歌大観10」角川書店 1992 p841
髭櫓
　　三枝和子訳「わたしの古典15 馬場あき子の謡曲集 三枝和子の狂言集」集英社 1987 p225
彦山(中島米華)
　　李寅生著「漢詩名作集成〈日本編〉」明徳出版社 2016 p554
彦山(広瀬淡窓)
　　李寅生著「漢詩名作集成〈日本編〉」明徳出版社 2016 p521
　　林田愼之助著「日本漢詩人選集15 広瀬淡窓」研文出版 2005 p73
肥後集(肥後)
　　久保木哲夫, 平安私家集研究会注釈「和歌文学注釈叢書3 肥後集全釈」新典社 2006 p7
肥後集(書陵部蔵一五〇・五六三)(肥後)
　　「新編国歌大観7」角川書店 1989 p111
肥後道記(西山宗因)
　　石川真弘, 尾崎千佳校訂「西山宗因全集4 紀行・評点・書簡篇」八木書店 2006 p3
「久かたや」歌仙
　　宮脇真彦執筆担当「新編 芭蕉大成」三省堂 1999

p203

瓢の銘(松尾芭蕉)
　嶋中道則ほか編「新編 芭蕉大成」三省堂 1999 p443

非傘序(蝶夢)
　田中道雄ほか編著「蝶夢全集」和泉書院 2013 p251

醬甕覆(延享五年刊)(宗阿編)
　加藤定彦, 外村展子編「関東俳諧叢書12 武蔵・相模編2」関東俳諧叢書刊行会 1997 p189

飛州の大井使君 益田の櫃子を寄恵せらるるを謝し奉る(二首のうち一首)(館柳湾)
　鈴木瑞枝著「日本漢詩人選集13 館柳湾」研文出版 1999 p166

避暑(西郷隆盛)
　松尾善弘著「西郷隆盛漢詩全集 増補改訂版」斯文堂 2018 p215

美人の風箏 六首(四首載録中の第四首)(梁川星巌)
　山本和義, 福島理子著「日本漢詩人選集17 梁川星巌」研文出版 2008 p138

美人 楼に倚る(市河寛斎)
　蔡毅, 西岡淳著「日本漢詩人選集9 市河寛斎」研文出版 2007 p19

備前海月(抜抄)(難波津散人)
　島津忠夫ほか編「西山宗因全集5 伝記・研究篇」八木書店古書出版部 2013 p235

肥前道上(広瀬淡窓)
　林田愼之助著「日本漢詩人選集15 広瀬淡窓」研文出版 2005 p177

秘蔵抄(島原松平文庫蔵本)
　「新編国歌大観5」角川書店 1987 p863

ひさうなきの辞の論(建部綾足)
　建部綾足著作刊行会編「建部綾足全集7 (国学)」国書刊行会 1988 p309

ひそめ草(正保二年板、三巻三冊)
　柳沢昌紀翻刻「假名草子集成58」東京堂出版 2017 p183
　柳沢昌紀翻刻「假名草子集成59」東京堂出版 2018 p1

飛騨竹母道の記序(蝶夢)
　田中道雄ほか編著「蝶夢全集」和泉書院 2013 p251

飛騨匠物語(六樹園)
　須永朝彦訳「現代語訳 江戸の伝奇小説3 飛騨匠物語／絵本玉藻譚」国書刊行会 2002 p5

筆海の序(蝶夢)
　田中道雄ほか編著「蝶夢全集」和泉書院 2013 p332

「ひつからげ」百韻
　加藤定彦「西山宗因全集3 俳諧篇」八木書店 2004 p366

莠句冊(都賀庭鐘)
　木越治校訂「江戸怪異綺想文芸大系2 都賀庭鐘・伊丹椿園集」国書刊行会 2001 p15

羊太夫栄枯記
　大島由紀夫編著「伝承文学資料集成6 神道縁起物語(二)」三弥井書店 2002 p215

備中守定綱朝臣家歌合(書陵部蔵五〇一・五七六)
　「新編国歌大観5」角川書店 1987 p104

備中守仲実朝臣女子根合(書陵部蔵五〇一・七四)
　「新編国歌大観5」角川書店 1987 p136

秀頼物語(写本、二巻二冊)
　柳沢昌紀翻刻「假名草子集成60」東京堂出版 2018 p197

批点歌仙懐紙(松尾芭蕉批点)
　小林祥次郎執筆担当「新編 芭蕉大成」三省堂 1999 p569

「人淳く」百韻
　島津忠夫ほか編「西山宗因全集2 連歌篇二」八木書店 2007 p369

女誡ひとへ衣(建部綾足)
　建部綾足著作刊行会編「建部綾足全集7 (国学)」国書刊行会 1988 p319

偶人に書かしめたる雪花の文字の記(賀茂真淵)
　輿謝野寛ほか編纂校訂「覆刻 日本古典全集〔文学編〕〔13〕 賀茂眞淵集」現代思潮社 1983 p131

人心鏡写絵(山東京傳)
　棚橋正博校訂「山東京傳全集4 黄表紙4」ぺりかん社 2004 p9

「人更に」百韻
　島津忠夫ほか編「西山宗因全集3 俳諧篇」八木書店 2004 p355

一橋
　石川八朗ほか編「宝井其角全集〔2〕 資料篇」勉誠社 1994 p54

孤松
　石川八朗ほか編「宝井其角全集〔2〕 資料篇」勉誠社 1994 p56

「一泊り」歌仙
　宮脇真彦執筆担当「新編 芭蕉大成」三省堂 1999 p245

人の錦衣を贈るを辞す(西山拙斎)
　李寅生著「漢詩名作集成〈日本編〉」明徳出版社 2016 p413

人の 長崎に帰るを送る(竹添井井)
　李寅生著「漢詩名作集成〈日本編〉」明徳出版社 2016 p749

一幅半(抄)
　石川八朗ほか編「宝井其角全集〔2〕 資料篇」勉誠社 1994 p316

一幅半(序 抄)(涼菟)
　嶋中道則編「新編 芭蕉大成」三省堂 1999 p797

人の 南に帰るを送る(高野蘭亭)
　李寅生著「漢詩名作集成〈日本編〉」明徳出版社 2016 p370

「人の世や」百韻
　島津忠夫ほか編「西山宗因全集2 連歌篇二」八木書店 2007 p121

一二草(振鷺亭)
　槙山雅之校訂「江戸怪異綺想文芸大系1 初期江戸読本怪談集」国書刊行会 2000 p389

人丸西行
　橋本朝生翻刻・解題「西行全集」貴重本刊行会 1990 p1105
人丸集（書陵部蔵五〇六・八）（柿本人麻呂）
　「新編国歌大観3」角川書店 1985 p9
人麻呂集（柿本人麻呂）
　阿蘇瑞枝校注「和歌文学大系17 人麻呂集・赤人集・家持集」明治書院 2004 p1
人麿集（柿本人麻呂）
　島田良二全釈「私家集全釈叢書34 人麿集全釈」風間書房 2004 p69
一目玉鉾（西鶴）
　竹野静雄校注「新編西鶴全集5 本文篇 下」勉誠出版 2007 p1266
独ごと〔抄〕（鬼貫）
　島津忠夫ほか編「西山宗因全集5 伝記・研究篇」八木書店古書出版部 2013 p260
独り坐して古を懐ふ（島田忠臣）
　李寅生著「漢詩名作集成〈日本編〉」明徳出版社 2016 p138
「人は見えぬ」百韻断簡
　島津忠夫ほか編「西山宗因全集2 連歌篇二」八木書店 2007 p388
「人は夢」百韻（西山宗因）
　島津忠夫ほか編「西山宗因全集2 連歌篇二」八木書店 2007 p411
夷歌百鬼夜狂
　粕谷宏紀翻刻「江戸狂歌本選集3」東京堂出版 1999 p43
雛形（伊藤信徳）
　殿田良作翻刻「古典文学翻刻集成4 続・俳文学篇 元禄・蕉風（上）」ゆまに書房 1999 p225
ひなつくば（享保二十年刊）（汶光編）
　加藤定彦, 外村展子編「関東俳諧叢書5 四時観編1」関東俳諧叢書刊行会 1994 p35
「雛ならで」夢想三つ物
　宮脇真彦執筆担当「新編 芭蕉大成」三省堂 1999 p277
鄙の綾（宝暦四年刊）（鶏口編）
　加藤定彦, 外村展子編「関東俳諧叢書26 武蔵・相模編 3」関東俳諧叢書刊行会 2004 p19
非人八助（良寛）
　井上慶隆著「日本漢詩人選集11 良寛」研文出版 2002 p73
丙戌墨直し序（蝶夢）
　田中道雄ほか編著「蝶夢全集」和泉書院 2013 p306
丙午の冬、暫く海雲を出で京師に游ぶ。作有り（義堂周信）
　藤木英雄著「日本漢詩人選集3 義堂周信」研文出版 1999 p85
簸河上（藤原光俊）
　「新編国歌大観5」角川書店 1987 p1073
「檜笠」発句・脇
　宮脇真彦執筆担当「新編 芭蕉大成」三省堂 1999 p192

日の筋や（半歌仙）
　満田達夫校注「蕪村全集2 連句」講談社 2001 p326
丁亥墨直し序（蝶夢）
　田中道雄ほか編著「蝶夢全集」和泉書院 2013 p306
丁未四月十日、寿福方丈無惑禅師の席上、古先・大喜・天岸の三師と同じく左武衛相公に会う。題を分ちて詩を賦す。各々三種なり（義堂周信）
　藤木英雄著「日本漢詩人選集3 義堂周信」研文出版 1999 p95
「日の春を」百韻
　宮脇真彦執筆担当「新編 芭蕉大成」三省堂 1999 p199
「日の光」百韻
　島津忠夫ほか編「西山宗因全集2 連歌篇二」八木書店 2007 p243
「日の御影」百韻
　島津忠夫ほか編「西山宗因全集2 連歌篇二」八木書店 2007 p269
雲雀山（宝生流）カケリ・中の舞物
　野上豊一郎編「新装解註 謡曲全集3」中央公論新社 2001 p223
「日々にうとき」百韻（玄的, 宗因両吟）
　島津忠夫ほか編「西山宗因全集2 連歌篇二」八木書店 2007 p232
「日比経しは」歌仙
　島津忠夫ほか編「西山宗因全集2 連歌篇二」八木書店 2007 p414
備忘集序（蝶夢）
　田中道雄ほか編著「蝶夢全集」和泉書院 2013 p307
日発句集（明和七年）（高井几董稿）
　丸山一彦校注「蕪村全集3 句集・句稿・句会稿」講談社 1992 p422
氷室
　伊藤正義校注「新潮日本古典集成 新装版〔65〕謡曲集 下」新潮社 2015 p137
氷室（金剛流）働物
　野上豊一郎編「新装解註 謡曲全集1」中央公論新社 2001 p205
比売鑑 紀行（正徳二年一月板、十九巻十九冊、絵入）（中村惕斎）
　湯浅佳子翻刻「假名草子集成59」東京堂出版 2018 p235
　湯浅佳子翻刻「假名草子集成60」東京堂出版 2018 p1
比売鑑 述言（宝永六年板、十二巻十二冊、絵入）（中村惕斎）
　花田富二夫翻刻「假名草子集成59」東京堂出版 2018 p23
二代目艶二郎碑文谷利生四竹節（山東京傳）
　棚橋正博校訂「山東京傳全集2 黄表紙2」ぺりかん社 1993 p29

百詠和歌（内閣文庫蔵本）（源光行）
　「新編国歌大観10」角川書店 1992 p948
「百景や」三つ物
　宮脇真彦執筆担当「新編 芭蕉大成」三省堂 1999 p317
百首歌合 建長八年（逸翁美術館蔵本）
　「新編国歌大観5」角川書店 1987 p628
百性盛衰記
　倉員正江翻刻「八文字屋本全集4」汲古書院 1993 p271
百姓玉手箱（山東京山）
　鵜飼伴子校訂「江戸怪異綺想文芸大系4 山東京山伝奇小説集」国書刊行会 2003 p823
百戦奇法（明暦四年五月板、七巻七冊、絵入）
　花田富二夫翻刻「假名草子集成61」東京堂出版 2019 p1
百題絵色紙序（蝶夢）
　田中道雄ほか編著「蝶夢全集」和泉書院 2013 p248
百人一句
　石川八朗ほか編「宝井其角全集〔2〕 資料篇」勉誠社 1994 p103
百人一首（書陵部蔵五〇三・二三六）（藤原定家撰）
　「新編国歌大観5」角川書店 1987 p933
百人一首戯講釈（山東京傳）
　棚橋正博校訂「山東京傳全集3 黄表紙3」ぺりかん社 2001 p525
百人一首古説ノ序（賀茂真淵）
　輿謝野寛ほか編纂校訂「覆刻 日本古典全集〔文学編〕〔13〕 賀茂眞淵集」現代思潮社 1983 p100
百人秀歌（書陵部蔵五〇一・八九）（藤原定家撰）
　「新編国歌大観5」角川書店 1987 p931
百八町記（寛文四年五月板、五巻五冊）（如儡子）
　飯野期美翻刻「假名草子集成61」東京堂出版 2019 p135
百番歌合（応安三年〜永和二年）（書陵部蔵伏・一八）
　「新編国歌大観10」角川書店 1992 p322
百番俳諧発句合（松山玖也判）
　檀上正孝翻刻「古典文学翻刻集成1 俳文学篇 貞門・談林」ゆまに書房 1998 p157
百尾寄句帳序（蝶夢）
　田中道雄ほか編著「蝶夢全集」和泉書院 2013 p310
百福寿（享保二年刊）（沾涼編）
　加藤定彦、外村展子編「関東俳諧叢書17 絵俳書編 1」関東俳諧叢書刊行会 1998 p113
百富士（明和八年刊）（岷雪編・画）
　加藤定彦、外村展子編「関東俳諧叢書31 絵俳書編 5」関東俳諧叢書刊行会 2006 p3
百万
　伊藤正義校注「新潮日本古典集成 新装版〔65〕謡曲集 下」新潮社 2015 p149
百萬（金春流）立廻・イロエ物
　野上豊一郎編「新装解註 謠曲全集3」中央公論新社 2001 p423

百物語（万治二年四月板、二巻二冊）
　松村美奈翻刻「假名草子集成58」東京堂出版 2017 p139
百物語（落首・狂歌抜粋）
　狂歌大観刊行会編「狂歌大観2 参考篇」明治書院 1984 p110
「百余年や」百韻
　加藤定彦「西山宗因全集3 俳諧篇」八木書店 2004 p487
百花斎随筆
　石川八朗ほか編「宝井其角全集〔2〕 資料篇」勉誠社 1994 p475
冷哉汲立清水記（山東京傳）
　棚橋正博校訂「山東京傳全集2 黄表紙2」ぺりかん社 1993 p281
白虎隊（佐原豊山）
　李寅生著「漢詩名作集成〈日本編〉」明徳出版社 2016 p668
「冷飯も」詞書（与謝蕪村）
　尾形仂、山下一海校注「蕪村全集4 俳詩・俳文」講談社 1994 p176
譬喩蓮華（宝暦十一年刊）（文月庵周東編）
　加藤定彦、外村展子編「関東俳諧叢書8 東武獅子門編 2」関東俳諧叢書刊行会 1997 p131
評巻景物（与謝蕪村評）
　尾形仂、山下一海校注「蕪村全集4 俳詩・俳文」講談社 1994 p363
兵庫点取帖（イ）（与謝蕪村点評）
　尾形仂、山下一海校注「蕪村全集4 俳詩・俳文」講談社 1994 p272
兵庫点取帖（ロ）（与謝蕪村点評）
　尾形仂、山下一海校注「蕪村全集4 俳詩・俳文」講談社 1994 p294
兵庫の藤田得三郎、来学すること数月、其の父撫山より家醸の名悦なる者を恵まる。賦して謝す。（広瀬旭荘）
　大野修作著「日本漢詩人選集16 広瀬旭荘」研文出版 1999 p172
兵庫評巻断簡（与謝蕪村点評）
　尾形仂、山下一海校注「蕪村全集4 俳詩・俳文」講談社 1994 p362
兵庫連中蕪村追慕摺物（仮題）（天明四年春）
　丸山一彦校注「蕪村全集7 編著・追善」講談社 1995 p349
瓢辞（建部綾足）
　建部綾足著作刊行会編「建部綾足全集9（書簡・補遺）」国書刊行会 1990 p325
瓢箪図賛（与謝蕪村）（存疑作）
　尾形仂、山下一海校注「蕪村全集4 俳詩・俳文」講談社 1994 p251
病中懐いを書す（新井白石）
　一海知義、池澤一郎訳注「日本漢詩人選集5 新井白石」研文出版 2001 p75
病中八首（新井白石）
　一海知義、池澤一郎訳注「日本漢詩人選集5 新井白石」研文出版 2001 p147

瓢之銘（松尾芭蕉）
　與謝野寬ほか編纂校訂「覆刻 日本古典全集〔文学編〕〔40〕 芭蕉全集 前編」現代思潮社 1983 p141
評判之返答（抜粋）（惟中）
　島津忠夫ほか編「西山宗因全集5 伝記・研究篇」八木書店古書出版部 2013 p231
兵部卿物語
　「新編国歌大観5」角川書店 1987 p1393
病来（木工集）（柏木如亭）
　入谷仙介著「日本漢詩人選集8 柏木如亭」研文出版 1999 p175
ひよろひよろと（付合）
　長島弘明校注「蕪村全集2 連句」講談社 2001 p426
「ひよろひよろと」発句・脇
　宮脇真彦執筆担当「新編 芭蕉大成」三省堂 1999 p315
平岡子玉の賁簹書屋（広瀬淡窓）
　林田愼之助著「日本漢詩人選集15 広瀬淡窓」研文出版 2005 p149
平仮名神問答（山東京傳）
　棚橋正博校訂「山東京傳全集4 黄表紙4」ぺりかん社 2004 p353
平河文庫（享保二十年刊）（紀逸編）
　加藤定彦, 外村展子編「関東俳諧叢書2 江戸座編2」関東俳諧叢書刊行会 1994 p3
ひらづゝみ（享保十一年刊）（貞山編）
　加藤定彦, 外村展子編「関東俳諧叢書15 両毛・甲斐編1」関東俳諧叢書刊行会 1996 p183
平野氏を訪う文（加舎白雄）
　矢羽勝幸編「増補改訂 加舎白雄全集 上」国文社 2008 p388
「ひらひらと」歌仙未満十三句
　宮脇真彦執筆担当「新編 芭蕉大成」三省堂 1999 p300
「昼顔の」歌仙
　宮脇真彦執筆担当「新編 芭蕉大成」三省堂 1999 p218
ひるねの種
　石川八朗ほか編「宝井其角全集〔2〕 資料篇」勉誠社 1994 p186
広言集（書陵部蔵一五四・五二九）（惟宗広言）
　「新編国歌大観4」角川書店 1986 p32
広沢輯藻（享保十一年板本）（望月長孝）
　「新編国歌大観5」角川書店 1991 p188
広田社歌合（道因勧進, 藤原俊成加判）
　武田元治全釈「歌合・定数歌全釈叢書13 広田社歌合全釈」風間書房 2009 p5
　松野陽一, 吉田薫編「藤原俊成全歌集」笠間書院 2007 p540
広田社歌合 承安二年（尊経閣文庫蔵本）
　「新編国歌大観5」角川書店 1987 p213
琵琶歌の魚づくし
　野村眞智子編「伝承文学資料集成20 肥後・琵琶語り集」三弥井書店 2006 p315

琵琶湖（祇園南海）
　李寅生著「漢詩名作集成〈日本編〉」明徳出版社 2016 p335
俳諧琵琶の雨（可登撰）
　建部綾足著作刊行会編「建部綾足全集1（俳諧 I）」国書刊行会 1986 p83
三原諸讌備後砂（草也編）
　竹下義人校注「新編西鶴全集5 本文篇 下」勉誠出版 2007 p1064
便船集（高瀬梅盛編）
　深井一郎翻刻「古典文学翻刻集成1 俳文学篇 貞門・談林」ゆまに書房 1998 p126
貧福両道中之記（山東京傳）
　棚橋正博校訂「山東京傳全集3 黄表紙3」ぺりかん社 2001 p193
貧福論（上田秋成）
　浅野三平校注「新潮日本古典集成 新装版〔3〕雨月物語 癇癖談」新潮社 2018 p146
　天野聡一注釈ほか「三弥井古典文庫〔3〕 雨月物語」三弥井書店 2009 p233
　大庭みな子訳「わたしの古典19 大庭みな子の雨月物語」集英社 1987 p137

【 ふ 】

不案配即席料理（山東京傳）
　棚橋正博校訂「山東京傳全集1 黄表紙1」ぺりかん社 1992 p149
風庵懐旧千句（西山宗因）
　尾崎千佳編「西山宗因全集1 連歌篇一」八木書店 2004 p316
風庵発句（野間光辰著『談林叢談』（一九八七年、岩波書店））（加藤正方（風庵）自撰）
　「連歌大観3」古典ライブラリー 2017 p330
風雅艶談 浮舟部（建部綾足）
　建部綾足著作刊行会編「建部綾足全集4（物語）」国書刊行会 1986 p9
風雅和歌集（九大附属図書館蔵本）（光厳上皇撰）
　「新編国歌大観1」角川書店 1983 p553
贈風弦子號（松尾芭蕉）
　與謝野寬ほか編纂校訂「覆刻 日本古典全集〔文学編〕〔40〕 芭蕉全集 前編」現代思潮社 1983 p156
風絃子の号を贈る（松尾芭蕉）
　嶋中道則ほか「新編 芭蕉大成」三省堂 1999 p442
風光集
　石川八朗ほか編「宝井其角全集〔2〕 資料篇」勉誠社 1994 p355
風姿花伝（世阿弥）
　飯田利行編訳「現代語訳 洞門禅文学集〔3〕 世阿弥・仙崖」国書刊行会 2001 p17
　田中裕校注「新潮日本古典集成 新装版〔31〕 世

阿弥芸術論集」新潮社 2018 p11
表章校訂・訳「日本の古典をよむ17 風姿花伝・謡曲名作選」小学館 2009 p9
風雪 藍関の図(中内朴堂)
 李寅生編「漢詩名作集成〈日本編〉」明徳出版社 2016 p651
写本風俗三石士(京都大学附属図書館所蔵)(銅脈先生)
 斎田作楽編「銅脈先生全集 下 和文戯作集」太平書屋 2009 p295
風俗三石士(弘化元年冬刊 林芳兵衛他板)(銅脈先生)
 斎田作楽編「銅脈先生全集 下 和文戯作集」太平書屋 2009 p245
封の儘(安永七年)(秋来編)
 櫻井武次郎校注「蕪村全集8 関係俳書」講談社 1993 p432
『封の儘』跋(与謝蕪村)
 尾形仂、山下一海校注「蕪村全集4 俳詩・俳文」講談社 1994 p178
夫婦宗論物語(寛永末正保頃板、一巻一冊)
 大久保順子翻刻「假名草子集成60」東京堂出版 2018 p253
風葉和歌集
 三角洋一、高木和子校注「和歌文学大系50 物語二百番歌合・風葉和歌集」明治書院 2019 p111
風葉和歌集(丹鶴叢書本)
 「新編国歌大観2」角川書店 1987 p823
風葉和歌集(巻第一～巻第三)
 名古屋国文学研究会注釈「新注和歌文学叢書20 風葉和歌集 新注1」青簡舎 2016 p1
風葉和歌集(巻第四～巻第八)
 名古屋国文学研究会注釈「新注和歌文学叢書23 風葉和歌集 新注2」青簡舎 2018 p1
風羅念仏房総の巻(天明二年刊)(暁台編)
 加藤定彦、外村展子編「関東俳諧叢書27 常総編3」関東俳諧叢書刊行会 2004 p211
『風羅念仏』序(与謝蕪村)
 尾形仂、山下一海校注「蕪村全集4 俳詩・俳文」講談社 1994 p196
風流東大全(江島其磧)
 篠原進翻刻「八文字屋本全集11」汲古書院 1996 p133
風流東大全後奥州軍記(江島其磧)
 篠原進翻刻「八文字屋本全集11」汲古書院 1996 p215
風流今平家(西沢一風)
 川元ひとみ翻刻「西沢一風全集2」汲古書院 2003 p123
風流宇治頼政(江島其磧)
 中嶋隆翻刻「八文字屋本全集8」汲古書院 1995 p1
風流川中嶋(八文字其笑、瑞笑)
 神谷勝広翻刻「八文字屋本全集21」汲古書院 2000 p67
風流邯鄲之枕
 西村本小説研究会編「西村本小説全集 下」勉誠社 1985 p383

風流狐夜咄(豊田軒可候)
 網野可苗校訂「江戸怪談文芸名作選4 動物怪談集」国書刊行会 2018 p107
風流曲三味線(江島其磧)
 篠原進翻刻「八文字屋本全集1」汲古書院 1992 p255
風流軍配団(江島其磧)
 佐伯孝弘翻刻「八文字屋本全集13」汲古書院 1997 p443
風流御前二代曽我(西沢一風)
 江本裕翻刻「西沢一風全集2」汲古書院 2003 p459
風流西海硯(江島其磧)
 花田富二夫翻刻「八文字屋本全集13」汲古書院 1997 p321
風流三国志(西沢一風)
 佐伯孝弘翻刻「西沢一風全集2」汲古書院 2003 p375
風流庭訓往来(自笑)
 中嶋隆翻刻「八文字屋本全集22」汲古書院 2000 p377
風流東海硯(江島其磧)
 花田富二夫翻刻「八文字屋本全集14」汲古書院 1997 p93
お夏清十郎風流伽三味線(山東京傳)
 水野稔ほか校訂「山東京傳全集8 合巻3」ぺりかん社 2002 p131
風流友三味線(江島其磧)
 渡辺守邦翻刻「八文字屋本全集11」汲古書院 1996 p537
風流七小町(江島其磧)
 長友千代治翻刻「八文字屋本全集8」汲古書院 1995 p451
「風流の」歌仙
 宮脇真彦執筆担当「新編 芭蕉大成」三省堂 1999 p230
 宮脇真彦執筆担当「新編 芭蕉大成」三省堂 1999 p278
「風流の」句文(松尾芭蕉)
 嶋中道則ほか「新編 芭蕉大成」三省堂 1999 p401
風流誂平家(未練)
 花田富二夫翻刻「八文字屋本全集5」汲古書院 1994 p361
風流連理穂(江島其磧)
 神谷勝広翻刻「八文字屋本全集13」汲古書院 1997 p399
笛之巻(観世流)切紙物
 野上豊一郎編「新装解註 謡曲全集5」中央公論新社 2001 p243
深川の雪の夜(松尾芭蕉)
 富山奏校注「新潮日本古典集成 新装版〔47〕 芭蕉文集」新潮社 2019 p54
「深川は」一巡五句
 宮脇真彦執筆担当「新編 芭蕉大成」三省堂 1999 p202

深川八貧(松尾芭蕉)
　富山奏校注「新潮日本古典集成 新装版〔47〕 芭蕉文集」新潮社 2019 p105
「深川八貧」句文(松尾芭蕉)
　嶋中道則ほか「新編 芭蕉大成」三省堂 1999 p397
富岳を詠ず(乃木石樵)
　李寅生著「漢詩名作集成〈日本編〉」明徳出版社 2016 p763
題富嶽圖(西郷隆盛)
　松尾善弘著「西郷隆盛漢詩全集 増補改訂版」斯文堂 2018 p253
芙岳楼訪問記(加舎白雄)
　矢羽勝幸編「増補改訂 加舎白雄全集 上」国文社 2008 p393
不可得物語(正保五年板、二巻二冊)
　大久保順子翻刻「假名草子集成60」東京堂出版 2018 p261
深養父集(清原深養父)
　藤本一惠、木村初惠全釈「私家集全釈叢書24 深養父集・小馬命婦集全釈」風間書房 1999 p35
深養父集(書陵部蔵五〇一・三四)(清原深養父)
　「新編国歌大観3」角川書店 1985 p145
吹上(上)
　藤田徳太郎校訂「覆刻 日本古典全集〔文学編〕〔5〕 うつほ物語 二」現代思潮社 1982 p257
吹上(下)
　藤田徳太郎校訂「覆刻 日本古典全集〔文学編〕〔5〕 うつほ物語 二」現代思潮社 1982 p351
「吹出す」百韻
　島津忠夫ほか編「西山宗因全集2 連歌篇二」八木書店 2007 p72
「茨やうを」三つ物
　宮脇真彦執筆担当「新編 芭蕉大成」三省堂 1999 p231
吹寄蒙求(銅脈先生)
　斎田作楽編「銅脈先生全集 下 和文戯作集」太平書屋 2009 p351
復讐奇談安積沼(山東京伝)
　須永朝彦訳「現代語訳 江戸の伝奇小説1 復讐奇談安積沼／桜姫全伝曙草紙」国書刊行会 2002 p5
伏水途中(中島棕隠)
　入谷仙介著「日本漢詩人選集14 中島棕隠」研文出版 2002 p117
福禅寺寓居雑題十首(中島棕隠)
　入谷仙介著「日本漢詩人選集14 中島棕隠」研文出版 2002 p108
腹中名所図絵(山東京傳)
　棚橋正博校訂「山東京傳全集14 合巻9」ぺりかん社 2018 p125
伏枕吟(桑原宮574)
　李寅生著「漢詩名作集成〈日本編〉」明徳出版社 2016 p379
福徳果報兵衛伝(山東京傳)
　棚橋正博校訂「山東京傳全集3 黄表紙3」ぺりかん社 2001 p301

覆盆子を賦す(藤原忠通)
　李寅生著「漢詩名作集成〈日本編〉」明徳出版社 2016 p185
梟日記〔抄〕(支考)
　嶋中道則ほか「新編 芭蕉大成」三省堂 1999 p795
袋草紙(藤原清輔)
　「新編国歌大観5」角川書店 1987 p1001
俳諧俤表紙(八田其明、加舎白雄編)
　矢羽勝幸編「増補改訂 加舎白雄全集 下」国文社 2008 p77
『俳諧ふくろ表紙』跋(加舎白雄)
　矢羽勝幸編「増補改訂 加舎白雄全集 上」国文社 2008 p379
武家歌合 康正三年(尊経閣文庫蔵本)
　「新編国歌大観10」角川書店 1992 p348
武家義理物語(井原西鶴)
　麻生磯次、冨士昭雄訳注「決定版 対訳西鶴全集8 武家義理物語」明治書院 1992 p1
　浅野晃校注「新編西鶴全集3 本文篇」勉誠出版 2003 p301
　井上泰至ほか注釈「三弥井古典文庫〔11〕 武家義理物語」三弥井書店 2018 p24
舞劔の歌(安積東海)
　李寅生著「漢詩名作集成〈日本編〉」明徳出版社 2016 p696
不孝嶺を過ぐ(山崎鯢山)
　李寅生著「漢詩名作集成〈日本編〉」明徳出版社 2016 p654
「巫山高」に奉和す(有智子)
　李寅生著「漢詩名作集成〈日本編〉」明徳出版社 2016 p123
「巫山は高し」に和し奉る 太上天皇 祚に在り(有智子内親王)
　興膳宏著「日本漢詩人選集 別巻 古代漢詩選」研文出版 2005 p121
藤(宝生流)太鼓序の舞物
　野上豊一郎編「新装解註 謡曲全集2」中央公論新社 2001 p513
富士浅間裾野桜(江島其磧)
　石川了翻刻「八文字屋本全集10」汲古書院 1995 p367
富士井の水(宝暦七年刊)(三城編)
　加藤定彦、外村展子編「関東俳諧叢書28 両毛・甲斐編3」関東俳諧叢書刊行会 2005 p3
武士鑑(附孝子伝)(写本)
　朝倉治彦編「假名草子集成30」東京堂出版 2001 p214
藤谷和歌集(ふじがやつわかしゅう)→"とうこくわかしゅう"を見よ
藤川五百首(寛文七年板本)
　「新編国歌大観4」角川書店 1986 p666
ふぢ河の記(一条兼良)
　「新編国歌大観10」角川書店 1992 p1067
藤河の記(一条兼良)
　外村展子編・評釈「中世日記紀行文学全評釈集成6」勉誠出版 2004 p235

藤川百首和歌（藤原定家）
　久保田淳校訂・訳「藤原定家全歌集 下」筑摩書房 2017 p178
不識庵 機山を撃つの図に題す（頼山陽）
　李寅生著「漢詩名作集成〈日本編〉」明徳出版社 2016 p502
富士山（安積艮斎）
　李寅生著「漢詩名作集成〈日本編〉」明徳出版社 2016 p548
富士山（石川丈山）
　李寅生著「漢詩名作集成〈日本編〉」明徳出版社 2016 p274
富士山（柴野栗山）
　李寅生著「漢詩名作集成〈日本編〉」明徳出版社 2016 p416
富士山（金剛流）脇物
　野上豊一郎編「新装解註 謡曲全集1」中央公論新社 2001 p301
富士図賛（与謝蕪村）
　尾形仂, 山下一海校注「蕪村全集4 俳詩・俳文」講談社 1994 p108
富士太鼓
　伊藤正義校注「新潮日本古典集成 新装版〔65〕謡曲集 下」新潮社 2015 p159
富士太鼓（金春流）楽物
　野上豊一郎編「新装解註 謡曲全集3」中央公論新社 2001 p437
賦して「折楊柳」を得たり（菅原道真）
　小島憲之, 山本登朗訓読ほか「日本漢詩人選集1 菅原道真」研文出版 1998 p15
藤戸
　伊藤正義校注「新潮日本古典集成 新装版〔65〕謡曲集 下」新潮社 2015 p169
藤戸（金剛流）
　野上豊一郎編「新装解註 謡曲全集4」中央公論新社 2001 p329
藤裏葉（紫式部）
　石田穣二, 清水好子校注「新潮日本古典集成 新装版〔13〕源氏物語 四」新潮社 2014 p277
　阿部秋生ほか校訂・訳「日本の古典をよむ9 源氏物語 上」小学館 2008 p311
　與謝野寛ほか編纂校訂「覆刻 日本古典全集〔文学編〕〔18〕源氏物語 三」現代思潮社 1982 p94
藤の衣物語絵巻
　伊東祐子校訂・訳注「中世王朝物語全集22 物語絵巻集」笠間書院 2019 p11
仁田四郎富士之人穴見物（山東京傳）
　棚橋正博校訂「山東京傳全集1 黄表紙1」ぺりかん社 1992 p475
藤の実
　石川八朗ほか編「宝井其角全集〔2〕資料篇」勉誠社 1994 p162
富士の嶺を観て記せる詞（賀茂真淵）
　與謝野寛ほか編纂校訂「覆刻 日本古典全集〔文学編〕〔13〕賀茂眞淵集」現代思潮社 1983 p122
「藤の実は」の詞書（松尾芭蕉）
　嶋中道則ほか「新編 芭蕉大成」三省堂 1999 p414
藤袴（紫式部）
　石田穣二, 清水好子校注「新潮日本古典集成 新装版〔13〕源氏物語 四」新潮社 2014 p181
　阿部秋生ほか校訂・訳「日本の古典をよむ9 源氏物語 上」小学館 2008 p297
　與謝野寛ほか編纂校訂「覆刻 日本古典全集〔文学編〕〔18〕源氏物語 三」現代思潮社 1982 p38
富士美行脚（木姿）
　田中道雄ほか編著「蝶夢全集」和泉書院 2013 p524
藤万句三物
　加藤定彦「西山宗因全集3 俳諧篇」八木書店 2004 p293
伏見院御集（伏見院）
　石澤一志校註「和歌文学大系64 為家卿集・瓊玉和歌集・伏見院御集」明治書院 2014 p213
伏見院御集（古筆断簡他）（伏見院）
　「新編国歌大観7」角川書店 1989 p606
伏見院御集 冬部（有吉保氏蔵本）（伏見院）
　「新編国歌大観10」角川書店 1992 p967
伏見千句（西山宗因）
　尾崎千佳編「西山宗因全集1 連歌篇一」八木書店 2004 p375
伏見の梅見の記（蝶夢）
　田中道雄ほか編著「蝶夢全集」和泉書院 2013 p347
富士詣
　石川八朗ほか編「宝井其角全集〔2〕資料篇」勉誠社 1994 p122
武州江戸歌合 文明六年（内閣文庫蔵本）
　「新編国歌大観10」角川書店 1992 p349
怤上人に和答す（義堂周信）
　蔭木英雄著「日本漢詩人選集3 義堂周信」研文出版 1999 p34
続溥侍郎韻（溥侍郎の韻を続ぐ）（道元）
　飯田利行編訳「現代語訳 洞門禅文学集〔4〕道元」国書刊行会 2001 p131
藤原の君
　藤田徳太郎校訂「覆刻 日本古典全集〔文学編〕〔4〕うつほ物語 一」現代思潮社 1982 p83
藤原公任歌集（藤原公任）
　與謝野寛ほか編纂校訂「覆刻 日本古典全集〔文学編〕〔31〕拾遺和歌集 藤原公任歌集」現代思潮社 1982 p187
藤原秀郷俵系図（並木宗助, 安田蛙文）
　「義太夫節浄瑠璃未翻刻作品集成2 藤原秀郷俵系図」玉川大学出版部 2006 p11
風情集（谷山氏蔵本）（藤原公重）
　「新編国歌大観7」角川書店 1989 p157
布施無経
　三枝和子訳「わたしの古典15 馬場あき子の謡曲集 三枝和子の狂言集」集英社 1987 p230
布施詣夜話（明和六年刊）（薪江, 砂迪編）
　加藤定彦, 外村展子編「関東俳諧叢書27 常総編3」関東俳諧叢書刊行会 2004 p67

| ふそう | 作品名 |

武総境地名集（安永八、九年頃刊）（松成編）
　加藤定彦, 外村展子編「関東俳諧叢書25 江戸編3」関東俳諧叢書刊行会 2003 p169
蕪村遺稿（塩屋忠兵衛集）
　丸山一彦校注「蕪村全集3 句集・句稿・句会稿」講談社 1992 p147
蕪村遺稿 露石本増補句（水落露石編）
　丸山一彦校注「蕪村全集3 句集・句稿・句会稿」講談社 1992 p182
蕪村遺墨集（与謝蕪村）
　尾形仂校注「蕪村全集3 句集・句稿・句会稿」講談社 1992 p299
蕪村翁文集（与謝蕪村）
　尾形仂, 山下一海校注「蕪村全集4 俳詩・俳文」講談社 1994 p453
蕪村画雨中人物図一枚摺（仮題）天明三年二月
　丸山一彦校注「蕪村全集7 編著・追善」講談社 1995 p462
蕪村画諌皷鳥図一枚摺（仮題）安永二年夏
　丸山一彦校注「蕪村全集7 編著・追善」講談社 1995 p451
蕪村句集（几董編）
　丸山一彦校注「蕪村全集3 句集・句稿・句会稿」講談社 1992 p83
蕪村自筆句帳（蕪村編）
　尾形仂校注「蕪村全集3 句集・句稿・句会稿」講談社 1992 p11
舞台三津扇（江島其磧ほか）
　藤原英城翻刻「八文字屋本全集8」汲古書院 1995 p369
双生隅田川（近松門左衛門）
　工藤隆三郎訳「近松時代物現代語訳2 関八州繋馬ほか」北の街社 2001 p425
再び聖福寺に遊び巌公に贈る（広瀬淡窓）
　林田愼之助著「日本漢詩人選集15 広瀬淡窓」研文出版 2005 p152
再び善光寺に遊ぶ（良寛）
　井上慶隆著「日本漢詩人選集11 良寛」研文出版 2002 p128
二つ盃（抜抄）（慶安）
　島津忠夫ほか編「西山宗因全集5 伝記・研究篇」八木書店古書出版部 2013 p228
二ッの竹
　石川八朗ほか編「宝井其角全集〔2〕 資料篇」勉誠社 1994 p333
雙紋筐巣籠（菅専助, 中邑阿契）
　土田衛ほか編「菅専助全集1」勉誠社 1990 p278
二のきれ
　石川八朗ほか編「宝井其角全集〔2〕 資料篇」勉誠社 1994 p440
俳諧新附合物種集追加二葉集（西治編）
　竹下義人校注「新編西鶴全集5 本文篇 上」勉誠出版 2007 p438
莠伶人吾妻雛形（並木宗助, 並木丈助）
　「義太夫節浄瑠璃未翻刻作品集成44 莠伶人吾妻雛形」玉川大学出版部 2018 p11

二見浦百首（藤原定家）
　久保田淳校訂・訳「藤原定家全歌集 上」筑摩書房 2017 p30
二見形文台記（与謝蕪村）
　尾形仂, 山下一海校注「蕪村全集4 俳詩・俳文」講談社 1994 p201
二見行（宝暦二年刊）（牛渚編）
　加藤定彦, 外村展子編「関東俳諧叢書24 東武獅子門編3」関東俳諧叢書刊行会 2002 p3
二もとの（付合）
　長島弘明校注「蕪村全集2 連句」講談社 2001 p270
俳諧ふたやどり（麦誉編）
　建部綾足著作刊行会編「建部綾足全集1（俳諧I）」国書刊行会 1986 p177
二夜歌仙（明和五年刊）（祇尹, 五葉編）
　加藤定彦, 外村展子編「関東俳諧叢書8 東武獅子門編2」関東俳諧叢書刊行会 1997 p185
梅川忠兵衛二人虚無僧（山東京傳）
　清水正男, 棚橋正博校訂「山東京傳全集10 合巻5」ぺりかん社 2014 p91
二人静
　伊藤正義校注「新潮日本古典集成 新装版〔65〕謡曲集 下」新潮社 2015 p179
二人静（観世流）大小序の舞物
　野上豊一郎編「新装解註 謡曲全集2」中央公論新社 2001 p387
「二人見し」句文（松尾芭蕉）
　嶋中道則ほか「新編 芭蕉大成」三省堂 1999 p397
「二日にも」の詞書（松尾芭蕉）
　嶋中道則ほか「新編 芭蕉大成」三省堂 1999 p388
仏鬼軍
　飯塚大展訳注「一休和尚全集4 一休仮名法語集」春秋社 2000 p147
仏国禅師集（元禄十二年板本）（高峰顕日）
　「新編国歌大観7」角川書店 1989 p588
仏成道焼香の偈（義堂周信）
　蔭木英雄著「日本漢詩人選集3 義堂周信」研文出版 1999 p101
佛ызиЯ石ノ記（賀茂真淵）

佛足石ノ記（賀茂真淵）
　與謝野寛ほか編纂校訂「覆刻 日本古典全集〔文学編〕〔13〕賀茂眞淵集」現代思潮社 1983 p132
仏法舎利都（紀海音）
　海音研究会編「紀海音全集2」清文堂出版 1977 p307
仏法僧（上田秋成）
　浅野三平校注「新潮日本古典集成 新装版〔3〕雨月物語 癇癖談」新潮社 2018 p71
　田中康二注釈ほか「三弥井古典文庫〔3〕 雨月物語」三弥井書店 2009 p109
　大庭みな子訳「わたしの古典19 大庭みな子の雨月物語」集英社 1987 p69
筆柿集序（蝶夢）
　田中道雄ほか編著「蝶夢全集」和泉書院 2013 p246

筆のまよひ（飛鳥井雅親）
　「新編国歌大観10」角川書店　1992　p1003
武道近江八景（江島其磧）
　篠原進翻刻「八文字屋本全集7」汲古書院　1994　p221
諸國敵討武道傳來記（井原西鶴）
　麻生磯次, 冨士昭雄訳注「決定版 対訳西鶴全集7 武道傳來記」明治書院　1992　p1
武道伝来記（井原西鶴）
　染谷智幸校注「新編西鶴全集2 本文篇」勉誠出版　2002　p409
風土記
　「新編国歌大観5」角川書店　1987　p1141
　植垣節也校訂・訳「日本の古典をよむ3 日本書紀 下・風土記」小学館　2007　p211
懐子
　加藤定彦「西山宗因全集3 俳諧篇」八木書店　2004　p498
懐硯（井原西鶴）
　麻生磯次, 冨士昭雄訳注「決定版 対訳西鶴全集5 西鶴諸國ばなし・懐硯」明治書院　1992　p141
　井上敏幸, 大久保順子校注「新編西鶴全集3 本文篇」勉誠出版　2003　p1
府内を発つ（広瀬淡窓）
　林田愼之助著「日本漢詩人選集15 広瀬淡窓」研文出版　2005　p184
府内侯の駕に陪して春別館に遊ぶ 二首 その二（広瀬淡窓）
　林田愼之助著「日本漢詩人選集15 広瀬淡窓」研文出版　2005　p173
船尾山記
　大島由紀夫編著「伝承文学資料集成6 神道縁起物語（二）」三弥井書店　2002　p87
舩庫集（東雅編）
　服部直子翻刻「古典文学翻刻集成5 続・俳文学篇 元禄・蕉風（下）」ゆまに書房　1999　p282
舟橋
　伊藤正義校注「新潮日本古典集成 新装版〔65〕謡曲集 下」新潮社　2015　p189
船橋（金春流）カケリ物
　野上豊一郎編「新装解註 謡曲全集4」中央公論新社　2001　p265
舟便（享保二年刊）（法竹編）
　加藤定彦, 外村展子編「関東俳諧叢書1 江戸座編1」関東俳諧叢書刊行会　1994　p107
舟弁慶
　伊藤正義校注「新潮日本古典集成 新装版〔65〕謡曲集 下」新潮社　2015　p201
船辨慶（喜多流）働物
　野上豊一郎編「新装解註 謡曲全集5」中央公論新社　2001　p435
切能 船弁慶（観世信光）
　小山弘志, 佐藤健一郎校訂・訳「日本の古典をよむ17 風姿花伝・謡曲名作選」小学館　2009　p272
舟 大垣を発し 桑名に赴く（頼山陽）
　李寅生著「漢詩名作集成〈日本編〉」明徳出版会　2016　p503
舟 広陵に抵る（梁川星巌）
　山本和義, 福島理子著「日本漢詩人選集17 梁川星巌」研文出版　2008　p45
傳大納言母上集（藤原道綱母）
　高橋由記校注「和歌文学大系54 中古歌仙集（一）」明治書院　2004　p105
和溥来韻（溥の来韻に和す）二首（道元）
　飯田利行編訳「現代語訳 洞門禅文学集〔4〕道元」国書刊行会　2001　p133
夫木和歌抄（静嘉堂文庫蔵本）（勝田（勝間田）長清撰）
　「新編国歌大観2」角川書店　1984　p477
文車（加舎白雄撰）
　矢羽勝幸編「増補改訂 加舎白雄全集 下」国文社　2008　p55
文月の記（加納諸平）
　津本信博著「江戸後期紀行文学全集1」新典社　2007　p453
「文月や」歌仙未満二十句
　宮脇真彦執筆担当「新編 芭蕉大成」三省堂　1999　p238
「文月や」の詞書（松尾芭蕉）
　嶋中道則ほか「新編 芭蕉大成」三省堂　1999　p410
文のこころのうち〔文意考〕（賀茂真淵）
　與謝野寛ほか編纂校訂「覆刻日本古典全集〔文学編〕〔13〕賀茂眞淵集」現代思潮社　1983　p211
不猫蛇
　石川八朗ほか編「宝井其角全集〔2〕資料篇」勉誠社　1994　p478
文蓬萊
　石川八朗ほか編「宝井其角全集〔2〕資料篇」勉誠社　1994　p320
狂歌ふもとの塵（揚景亭栗毯詠, 栗柯亭木端詠・撰）
　西条孜哉編「近世上方狂歌叢書2 狂歌手なれの鏡（他）」近世上方狂歌研究会　1985　p20
麓のちり（河瀬菅雄編）
　「新編国歌大観6」角川書店　1988　p676
「麓より」狂歌（松尾芭蕉）
　宮脇真彦執筆担当「新編 芭蕉大成」三省堂　1999　p320
不夜庵歳旦（安永五年）（五雲編）
　藤田真一校注「蕪村全集8 関係俳書」講談社　1993　p335
不夜庵春帖（明和七年）（太祇編）
　藤田真一校注「蕪村全集8 関係俳書」講談社　1993　p150
武遊双級巴（八文字自笑）
　中嶋隆翻刻「八文字屋本全集15」汲古書院　1997　p81
「冬枯ぬ」百韻
　島津忠夫ほか編「西山宗因全集2 連歌篇二」八木書店　2007　p316

冬木だち〔歌仙〕
　満田達夫、尾形仂校注「蕪村全集2 連句」講談社 2001 p484
冬ごもり〔半歌仙〕
　永井一彰校注「蕪村全集2 連句」講談社 2001 p531
「冬ごもる」百韻〔西山宗因評点〕
　井上敏幸、尾崎千佳校訂「西山宗因全集4 紀行・評点・書簡篇」八木書店 2006 p83
「冬こもれ」百韻
　加藤定彦「西山宗因全集3 俳諧篇」八木書店 2004 p313
「冬咲や」百韻
　加藤定彦「西山宗因全集3 俳諧篇」八木書店 2004 p307
「冬知らぬ」句文〔松尾芭蕉〕
　嶋中道則ほか「新編 芭蕉大成」三省堂 1999 p379
「冬ぞ見る」百韻
　島津忠夫ほか編「西山宗因全集2 連歌篇二」八木書店 2007 p362
俳諧冬野あそび〔元文五年刊〕〔鳥酔編〕
　加藤定彦, 外村展子編「関東俳諧叢書12 武蔵・相模編2」関東俳諧叢書刊行会 1997 p49
冬の日句解〔闌更述, 木陰庵車蓋編〕
　雲英末雄翻刻「古典文学翻刻集成7 続・俳文学篇 中興期（下）」ゆまに書房 1999 p128
冬の夜に閑居して旧を語る、「霜」を以て韻と為す〔菅原道真〕
　小島憲之, 山本登朗訓読ほか「日本漢詩人選集1 菅原道真」研文出版 1998 p74
冬紅葉
　石川八朗ほか編「宝井其角全集〔2〕 資料篇」勉誠社 1994 p508
冬康連歌集〔宮内庁書陵部五〇九・一九〕〔安宅冬康自撰〕
　「連歌大観2」古典ライブラリー 2017 p445
芙蓉峰に登る〔桜田虎門〕
　李寅生著「漢詩名作集成〈日本編〉」明徳出版社 2016 p493
「振売の」歌仙
　宮脇真彦執筆担当「新編 芭蕉大成」三省堂 1999 p283
「降つくせ」百韻断簡
　島津忠夫ほか編「西山宗因全集2 連歌篇二」八木書店 2007 p422
浮流・桐雨十三回忌悼詞〔蝶夢〕
　田中道雄ほか編著「蝶夢全集」和泉書院 2013 p336
浮流法師伝〔蝶夢〕
　田中道雄ほか編著「蝶夢全集」和泉書院 2013 p284
「古池や」発句・脇
　宮脇真彦執筆担当「新編 芭蕉大成」三省堂 1999 p202

古紙子〔抄〕〔虎角編〕
　島津忠夫ほか編「西山宗因全集5 伝記・研究篇」八木書店古書出版部 2013 p264
俳諧古紙子
　石川八朗ほか編「宝井其角全集〔2〕 資料篇」勉誠社 1994 p478
古河わたり集
　石川八朗ほか編「宝井其角全集〔2〕 資料篇」勉誠社 1994 p616
ふること〔享保十七年刊〕〔諸自編〕
　加藤定彦, 外村展子編「関東俳諧叢書15 両毛・甲斐編1」関東俳諧叢書刊行会 1996 p229
布留散東〔良寛〕
　鈴木健一校注「和歌文学大系74 布留散東・はちすの露・草径集・志濃夫廼舎歌集」明治書院 2007 p1
布留散東〔六一首〕〔良寛〕
　谷川敏朗訳注「定本 良寛全集2 歌集」中央公論新社 2006 p27
「古郷や」句文〔松尾芭蕉〕
　嶋中道則ほか「新編 芭蕉大成」三省堂 1999 p388
古机序〔蝶夢〕
　田中道雄ほか編著「蝶夢全集」和泉書院 2013 p309
ふるとね川〔安永四年刊〕〔法雨編〕
　加藤定彦, 外村展子編「関東俳諧叢書26 武蔵・相模編3」関東俳諧叢書刊行会 2004 p261
ふるの道くさ〔草稿〕〔川路高子〕
　津本信博著「江戸後期紀行文学全集3」新典社 2015 p15
ふるぶすま〔宝暦七年刊〕〔竹阿編〕
　加藤定彦, 外村展子編「関東俳諧叢書22 五色墨編3」関東俳諧叢書刊行会 2001 p103
「文をこのむ」百韻〔西山宗因評点〕
　井上敏幸, 尾崎千佳校訂「西山宗因全集4 紀行・評点・書簡篇」八木書店 2006 p170
分外
　石川八朗ほか編「宝井其角全集〔2〕 資料篇」勉誠社 1994 p360
分解道胸中双六〔山東京傳〕
　棚橋正博校訂「山東京傳全集5 黄表紙5」ぺりかん社 2009 p99
文華秀麗集〔藤原冬嗣ほか撰〕
　與謝野寛ほか校訂「覆刻 日本古典全集〔文学編〕〔12〕 懐風藻 凌雲集 文華秀麗集 經國集 本朝麗藻」現代思潮社 1982 p73
豊後菊男送別〔蝶夢〕
　田中道雄ほか編著「蝶夢全集」和泉書院 2013 p280
豊後浄瑠璃
　野村眞智子編「伝承文学資料集成20 肥後・琵琶語り集」三弥井書店 2006 p300
文治二年十月二十二日歌合
　久保田淳校訂・訳「藤原定家全歌集 下」筑摩書房 2017 p350

文正草子
　沢井耐三著「古典名作リーディング2 お伽草子」貴重本刊行会 2000 p111
文治六年女御入内和歌（島原松平文庫蔵本）
　「新編国歌大観5」角川書店 1987 p887
文台をゆづる辞（蝶夢）
　田中道雄ほか編著「蝶夢全集」和泉書院 2013 p330
文天祥の正気の歌に和す 序を幷す（藤田東湖）
　李寅生著「漢詩名作集成〈日本編〉」明徳出版社 2016 p578
文保百首（書陵部蔵五〇一・八九五）
　「新編国歌大観4」角川書店 1986 p504
和文本官人韻（文本官人の韻に和す）（道元）
　飯田利行編訳「現代語訳 洞門禅文学集〔4〕 道元」国書刊行会 2001 p132
和文本秀才韻（文本秀才の韻に和す）（道元）
　飯田利行編訳「現代語訳 洞門禅文学集〔4〕 道元」国書刊行会 2001 p126
文友に留別す（小野岑守）
　李寅生著「漢詩名作集成〈日本編〉」明徳出版社 2016 p91
　興膳宏著「日本漢詩人選集 別巻 古代漢詩選」研文出版 2005 p144

【へ】

平安城細石（紀海音）
　海音研究会編「紀海音全集2」清文堂出版 1977 p179
平安二十歌仙（与謝蕪村序）
　尾形仂, 山下一海校注「蕪村全集4 俳詩・俳文」講談社 1994 p387
『平安二十歌仙』序（与謝蕪村）
　尾形仂, 山下一海校注「蕪村全集4 俳詩・俳文」講談社 1994 p101
丙寅歳旦（延享三年刊）（鳥酔編）
　加藤定彦, 外村展子編「関東俳諧叢書13 常総編1」関東俳諧叢書刊行会 1996 p127
丙寅初懐紙
　石川八朗ほか編「宝井其角全集〔2〕 資料篇」勉誠社 1994 p610
米賀集序（蝶夢）
　田中道雄ほか編著「蝶夢全集」和泉書院 2013 p309
閉関の説（松尾芭蕉）
　富山奏校注「新潮日本古典集成 新装版〔47〕 芭蕉文集」新潮社 2019 p233
　嶋中道則ほか「新編 芭蕉大成」三省堂 1999 p437
閉關説（松尾芭蕉）
　與謝野寛ほか編纂校訂「覆刻 日本古典全集〔文学編〕〔40〕 芭蕉全集 前編」現代思潮社 1983 p136
平家女護嶋（近松門左衛門）
　工藤慶三郎訳「近松時代物現代語訳2 関八州繋馬ほか」北の街社 2001 p11
平家物語
　市古貞次校訂・訳「日本の古典をよむ13 平家物語」小学館 2007 p11
　大原富枝訳「わたしの古典12 大原富枝の平家物語」集英社 1987 p7
平家物語（巻第一〜巻第四）
　水原一校注「新潮日本古典集成 新装版〔49〕 平家物語 上」新潮社 2016 p21
平家物語（巻第五〜巻第八）
　水原一校注「新潮日本古典集成 新装版〔50〕 平家物語 中」新潮社 2016 p21
平家物語（巻第九〜巻第十二）
　水原一校注「新潮日本古典集成 新装版〔51〕 平家物語 下」新潮社 2016 p23
平家物語（巻第一〜巻第六）
　與謝野寛ほか校訂「覆刻 日本古典全集〔文学編〕〔42〕 平家物語 上」現代思潮社 1983 p1
平家物語（巻第七〜灌頂巻）
　與謝野寛ほか校訂「覆刻 日本古典全集〔文学編〕〔43〕 平家物語 下」現代思潮社 1983 p1
平家物語（延慶本）
　「新編国歌大観5」角川書店 1987 p1171
平家物語（覚一本）
　「新編国歌大観5」角川書店 1987 p1167
平家物語（現代語訳）巻一〜巻三
　西沢正史訳「現代語で読む歴史文学〔18〕 平家物語（一）」勉誠出版 2005 p1
平家物語（中院本）第一〜第六
　今井正之助校注「中世の文学〔6〕 校訂 中院本平家物語（上）」三弥井書店 2010 p5
平家物語（中院本）第七〜第十二
　千明守校注「中世の文学〔7〕 校訂 中院本平家物語（下）」三弥井書店 2011 p5
平家物語（落首・狂歌抜粋）
　狂歌大観刊行会編「狂歌大観2 参考篇」明治書院 1984 p1
丙子の歳晩 感懐（成島柳北）
　李寅生著「漢詩名作集成〈日本編〉」明徳出版社 2016 p711
丙子の除夕に穌子貫、黄是斐と祇園の東店に飲み酔後四絶を得たり（中島棕隠）
　入谷仙介著「日本漢詩人選集14 中島棕隠」研文出版 2002 p33
平治物語
　「新編国歌大観5」角川書店 1987 p1167
平治物語（語り本）
　山下宏明校注「中世の文学〔12〕 平治物語」三弥井書店 2010 p11
平治物語（現代語訳）
　中村晃訳「現代語で読む歴史文学〔19〕 平治物語」勉誠出版 2004 p1

平治物語(古活字版)〔落首・狂歌抜粋〕
　狂歌大観刊行会編「狂歌大観2　参考篇」明治書院
　1984 p1
平治物語(古本)
　山下宏明校注「中世の文学〔12〕　平治物語」三
　弥井書店 2010 p131
餅酒合戦(一)
　野村眞智子編「伝承文学資料集成20　肥後・琵琶
　語り集」三弥井書店 2006 p290
餅酒合戦(二)
　野村眞智子編「伝承文学資料集成20　肥後・琵琶
　語り集」三弥井書店 2006 p294
餅酒合戦(三)
　野村眞智子編「伝承文学資料集成20　肥後・琵琶
　語り集」三弥井書店 2006 p296
丙申之句帖 巻五(安永五年)(高井几董稿)
　丸山一彦校注「蕪村全集3　句集・句稿・句会稿」
　講談社 1992 p499
平中物語
　「新編国歌大観5」角川書店 1987 p1318
僻案抄(藤原定家)
　「新編国歌大観10」角川書店 1992 p1003
碧玉集(寛文十二年板本)(下冷泉政為)
　「新編国歌大観8」角川書店 1990 p454
壁に題す(永源寂室)
　李寅生著「漢詩名作集成〈日本編〉」明徳出版社
　2016 p207
別後〔如亭山人藁　初集〕(柏木如亭)
　入谷仙介著「日本漢詩人選集8　柏木如亭」研文出
　版 1999 p43
別座舗〔抄〕
　石川八朗ほか編「宝井其角全集〔2〕　資料篇」勉
　誠社 1994 p163
別座舗〔抄〕(子珊編)
　嶋中道則編「新編　芭蕉大成」三省堂 1999 p789
別府(広瀬淡窓)
　林田愼之助著「日本漢詩人選集15　広瀬淡窓」研
　文出版 2005 p171
別本山家集(西行)
　久保田淳, 吉野朋美校注「西行全歌集」岩波書店
　2013 p389
別本八重葎
　「新編国歌大観10」角川書店 1992 p1083
　神野藤昭夫校訂・訳注「中世王朝物語全集13　八
　重葎　別本八重葎」笠間書院 2019 p409
別本和漢兼作集(島津忠夫氏蔵本)
　「新編国歌大観6」角川書店 1988 p139
「胡草」歌仙
　宮脇真彦執筆担当「新編　芭蕉大成」三省堂 1999
　p185
天竺徳兵衛お初徳兵衛ヘマムシ入道昔話(山東京傳)
　清水正男, 棚橋正博校訂「山東京傳全集11　合巻
　6」ぺりかん社 2015 p207
弁慶図賛(与謝蕪村)
　尾形仂, 山下一海校注「蕪村全集4　俳詩・俳文」
　講談社 1994 p117

弁慶図賛〔抄〕(蕪村)
　島津忠夫ほか編「西山宗因全集5　伝記・研究篇」
　八木書店古書出版部 2013 p274
変化はなし(無刊記、板本、一冊)
　安原眞琴翻刻「假名草子集成61」東京堂出版
　2019 p253
辺城秋(新井白石)
　池澤一郎訳注「日本漢詩人選集5　新井白石」研文
　出版 2001 p13
遍昭集(遍昭)
　阿部俊子全釈「私家集全釈叢書15　遍昭集全釈」
　風間書房 1994 p147
　室城秀之校注「和歌文学大系18　小町集・遍昭
　集・業平集・素性集・伊勢集・猿丸集」明治書
　院 1998 p27
遍昭集(西本願寺蔵三十六人集)(遍昭)
　「新編国歌大観3」角川書店 1985 p25
片石上東記(寛保頃刊)(片石編)
　加藤定彦, 外村展子編「関東俳諧叢書7　東武獅子
　門編1」関東俳諧叢書刊行会 1995 p35
篇突(李由, 許六撰)
　尾形仂編「新編　芭蕉大成」三省堂 1999 p700
　石川八朗ほか編「宝井其角全集〔2〕　資料篇」勉
　誠社 1994 p294
弁内侍日記(後深草院弁内侍)
　「新編国歌大観5」角川書店 1987 p1281
弁乳母集(書陵部蔵五五三・一七)(弁乳母)
　「新編国歌大観3」角川書店 1985 p378

【ほ】

戊寅三月、黒谷別院の壁に題す〔如亭山人藁　巻三〕
(柏木如亭)
　入谷仙介著「日本漢詩人選集8　柏木如亭」研文出
　版 1999 p155
法印珍誉集(島原松平文庫蔵本)(珍誉)
　「新編国歌大観7」角川書店 1989 p355
芳雲集(天明七年板本)(武者小路実岳編集)
　「新編国歌大観9」角川書店 1991 p257
望雲集(建部綾足)
　建部綾足著作刊行会編「建部綾足全集5(紀行・
　歌)」国書刊行会 1987 p409
宝永落首
　狂歌大観刊行会編「狂歌大観2　参考篇」明治書院
　1984 p195
保延のころほひ(藤原俊成)
　松野陽一, 吉田薫編「藤原俊成全歌集」笠間書院
　2007 p234
倣王叔明山水図賛(与謝蕪村)
　尾形仂, 山下一海校注「蕪村全集4　俳詩・俳文」
　講談社 1994 p33
放翁の賛(頼山陽)
　李寅生著「漢詩名作集成〈日本編〉」明徳出版社

2016 p508
茅屋〔西郷隆盛〕
　松尾善弘著「西郷隆盛漢詩全集 増補改訂版」斯文堂 2018 p262
鳳尾の文〔加舎白雄〕
　矢羽勝幸編「増補改訂 加舎白雄全集 上」国文社 2008 p388
豊改庵に贈る二首〔如亭山人藁 初集〕〔柏木如亭〕
　入谷仙介著「日本漢詩人選集8 柏木如亭」研文出版 1999 p75
放歌行〔高野蘭亭〕
　李寅生著「漢詩名作集成〈日本編〉」明徳出版社 2016 p368
放下僧〔宝生流〕羯鼓物
　野上豊一郎編「新装解註 謡曲全集4」中央公論新社 2001 p199
法眼専順連歌〔旧横山重（赤木文庫）蔵本〕〔専順〕
　「連歌大観7」古典ライブラリー 2016 p330
宝篋印陀羅尼経料紙和歌〔金剛寺蔵本〕
　「新編国歌大観10」角川書店 1992 p401
宝篋院百首〔高城功夫氏蔵本〕〔足利義詮〕
　「新編国歌大観10」角川書店 1992 p194
宝慶記〔道元〕
　飯田利行編訳「現代語訳 洞門禅文学集〔4〕 道元」国書刊行会 2001 p41
宝鏡三昧〔洞山良价撰〕
　飯田利行編訳「現代語訳 洞門禅文学集〔5〕 洞山」国書刊行会 2001 p215
放言〔中島棕隠〕
　入谷仙介著「日本漢詩人選集14 中島棕隠」研文出版 2002 p153
保元物語
　「新編国歌大観5」角川書店 1987 p1166
保元物語〔現代語訳〕
　武田昌憲訳「現代語で読む歴史文学〔20〕 保元物語」勉誠出版 2005 p1
某侯の後園に菊を観る〔館柳湾〕
　鈴木瑞枝著「日本漢詩人選集13 館柳湾」研文出版 1999 p86
豊国連歌発句集〈早稲田大学図書館蔵本〉〔亀石園昌張編〕
　「連歌大観3」古典ライブラリー 2017 p165
鵬斎先生の畳山邨畳句十二首に和し奉る 次韻〔うち六首〕〔館柳湾〕
　鈴木瑞枝著「日本漢詩人選集13 館柳湾」研文出版 1999 p17
芳山懐古〔鈴木松塘〕
　李寅生著「漢詩名作集成〈日本編〉」明徳出版社 2016 p656
芳山楠帯刀の歌〔元田東野〕
　李寅生著「漢詩名作集成〈日本編〉」明徳出版社 2016 p637
与報慈庵〔報慈庵に与う〕〔道元〕
　飯田利行編訳「現代語訳 洞門禅文学集〔4〕 道元」国書刊行会 2001 p149

題報慈庵悟道〔報慈庵の悟道に題す〕〔道元〕
　飯田利行編訳「現代語訳 洞門禅文学集〔4〕 道元」国書刊行会 2001 p148
宝治元年後嵯峨院詠靏和歌〔静岡県立美術館蔵本〕
　「新編国歌大観10」角川書店 1992 p424
祝某氏之長壽〔西郷隆盛〕
　松尾善弘著「西郷隆盛漢詩全集 増補改訂版」斯文堂 2018 p260
宝治百首〔書陵部蔵五〇一・九一〇〕
　「新編国歌大観4」角川書店 1986 p371
茅舎の感〔松尾芭蕉〕
　富山奏校注「新潮日本古典集成 新装版〔47〕 芭蕉文集」新潮社 2019 p17
坊城右大臣殿歌合〔陽明文庫蔵二十巻本〕
　「新編国歌大観5」角川書店 1987 p45
放生川
　伊藤正義校注「新潮日本古典集成 新装版〔65〕 謡曲集 下」新潮社 2015 p217
放生川〔宝生流〕真序舞物
　野上豊一郎編「新装解註 謡曲全集1」中央公論新社 2001 p459
方丈記〔鴨長明〕
　浅見和彦訳・注「笠間文庫 原文＆現代語訳シリーズ〔6〕 方丈記」笠間書院 2012 p27
　三木紀人校注「新潮日本古典集成 新装版〔52〕 方丈記 発心集」新潮社 2016 p13
　神田秀夫校訂・訳「日本の古典をよむ14 方丈記・徒然草・歎異抄」小学館 2007 p13
　永井路子訳「わたしの古典13 永井路子の方丈記・徒然草」集英社 1987 p15
北条時頼記〔西沢一風，並木宗助〕
　長友千代治翻刻・解題，神津武男解題「西沢一風全集6」汲古書院 2005 p71
放生日
　石川八朗ほか編「宝井其角全集〔2〕 資料篇」勉誠社 1994 p481
奉試 朧頭秋月明を賦し得たり〔題中に韻を取ること六十字に限る〕〔小野篁〕
　李寅生著「漢詩名作集成〈日本編〉」明徳出版社 2016 p118
宝晋斎引付
　石川八朗ほか編「宝井其角全集〔2〕 資料篇」勉誠社 1994 p278
法振律師が奈良へ行くを送る序〔賀茂真淵〕
　與謝野寛ほか編纂校訂「覆刻 日本古典全集〔文学編〕〔13〕 賀茂眞淵集」現代思潮社 1983 p113
豊西俳諧古哲伝艸稿〔抄〕
　石川八朗ほか編「宝井其角全集〔2〕 資料篇」勉誠社 1994 p118
豊西俳諧古哲伝草稿〔抄〕
　島津忠夫ほか編「西山宗因全集5 伝記・研究篇」八木書店古書出版部 2013 p297
豊蔵坊信海狂歌集〔豊蔵坊信海〕
　狂歌大観刊行会編「狂歌大観1 本篇」明治書院 1983 p352

| ほうた | 作品名 |

宝宅に於て新羅の客を宴す（長屋王）
　李寅生著「漢詩名作集成〈日本編〉」明徳出版社 2016 p41
宝宅に於て新羅の客を宴す 賦して「烟」字を得たり（長屋王）
　興膳宏著「日本漢詩人選集 別巻 古代漢詩選」研文出版 2005 p58
続宝陀旧韻〈宝陀の旧韻に続ぐ〉（道元）
　飯田利行翻訳「現代語訳 洞門禅文学集〔4〕道元」国書刊行会 2001 p145
奉団会の手向の文（蝶夢）
　田中道雄ほか編著「蝶夢全集」和泉書院 2013 p346
包丁式拝見の記（蝶夢）
　田中道雄ほか編著「蝶夢全集」和泉書院 2013 p292
法然上人伝絵勧説
　小山正文解説「伝承文学資料集成15 宗祖高僧絵伝（絵解き）集」三弥井書店 1996 p123
奉納于飯野八幡宮（松山玖也）
　檀上正孝翻刻「古典文学翻刻集成3 続・俳文学篇 貞門・談林」ゆまに書房 1999 p163
奉納伊勢国能褒野日本武尊神陵 請華篇（建部綾足）
　建部綾足著作刊行会編「建部綾足全集5（紀行・歌集）」国書刊行会 1987 p421
宝物集（平康頼）
　「新編国歌大観5」角川書店 1987 p1207
保命酒を詠ず 備後中村氏の為に（広瀬淡窓）
　林田愼之助著「日本漢詩人選集15 広瀬淡窓」研文出版 2005 p135
法門百首（寂然）
　山本章博全釈「歌合・定数歌全釈叢書14 寂然法門百首全釈」風間書房 2010 p9
法門百首〈彰考館本〉（寂然）
　「新編国歌大観10」角川書店 1992 p124
弔亡友（西郷隆盛）
　松尾善弘編注「西郷隆盛漢詩全集 増補改訂版」斯文堂 2018 p72
蓬莱園記（橘守部）
　津本信博著「江戸後期紀行文学全集2」新典社 2013 p19
ほうらいの〈三つ物三組〉
　光田和伸校注「蕪村全集2 連句」講談社 2001 p330
法楽発句集〈神宮徴古館蔵本〉（荒木田守武）
　「連歌大観2」古典ライブラリー 2017 p346
法隆寺宝物和歌〈早大図書館蔵本〉（定円）
　「新編国歌大観10」角川書店 1992 p962
宝暦九年春興帖
　建部綾足著作刊行会編「建部綾足全集1（俳諧 I）」国書刊行会 1986 p327
奉和無動寺法印早率露胆百首（藤原定家）
　久保田淳校訂・訳「藤原定家全歌集 上」筑摩書房 2017 p190

木因翁紀行（谷木因）
　森川昭翻刻「古典文学翻刻集成5 続・俳文学篇 元禄・蕉風（下）」ゆまに書房 1999 p237
北塢（広瀬淡窓）
　林田愼之助著「日本漢詩人選集15 広瀬淡窓」研文出版 2005 p127
北越紀行（加舎白雄）
　矢羽勝幸翻刻・注ほか「増補改訂 加舎白雄全集 上」国文社 2008 p415
北山先生に呈し奉る〔木工集〕（柏木如亭）
　入谷仙介著「日本漢詩人選集8 柏木如亭」研文出版 1999 p18
北山に松蕈を採り帰途に星洲上人を訪う（中島棕隠）
　入谷仙介著「日本漢詩人選集14 中島棕隠」研文出版 2002 p83
北寿老仙をいたむ（与謝蕪村）
　揖斐高注訳・解説「古典名作リーディング1 蕪村・一茶集」貴重本刊行会 2000 p103
　尾形仂, 山下一海校注「蕪村全集4 俳詩・俳文」講談社 1994 p26
　竹西寛子訳「わたしの古典18 竹西寛子の松尾芭蕉集・与謝蕪村集」集英社 1987 p232
卜純句集〈大阪天満宮蔵本〉（卜純）
　「連歌大観2」古典ライブラリー 2017 p284
甲午之夏ほく帖巻の四〈安永三年〉（高井几董稿）
　丸山一彦校注「蕪村全集3 句集・句稿・句会稿」講談社 1992 p472
墨水秋夕（安積艮斎）
　李寅生著「漢詩名作集成〈日本編〉」明徳出版社 2016 p547
墨水の舟に懐いを写す（中島棕隠）
　入谷仙介著「日本漢詩人選集14 中島棕隠」研文出版 2002 p6
牧笛（鄂隠慧奯）
　李寅生著「漢詩名作集成〈日本編〉」明徳出版社 2016 p237
木百年に逢う〔如亭山人藁 巻二〕（柏木如亭）
　入谷仙介著「日本漢詩人選集8 柏木如亭」研文出版 1999 p146
木百年の所居に題す〔如亭山人藁 初集〕（柏木如亭）
　入谷仙介著「日本漢詩人選集8 柏木如亭」研文出版 1999 p53
卜養狂歌集（半井卜養）
　狂歌大観刊行会編「狂歌大観1 本篇」明治書院 1983 p325
卜養狂歌拾遺（半井卜養）
　狂歌大観刊行会編「狂歌大観1 本篇」明治書院 1983 p339
北里歌〈三十首 選四首〉（市河寛斎）
　蔡毅, 西岡淳著「日本漢詩人選集9 市河寛斎」研文出版 2007 p36
慕景集〈慶応大学蔵本〉
　「新編国歌大観4」角川書店 1986 p212
慕景集異本〈静嘉堂文庫蔵本〉
　「新編国歌大観8」角川書店 1990 p264

法花経利益物語（浅井了意）
　渡辺守邦翻刻「浅井了意全集 仮名草子編4」岩田書院 2013 p99
菜光寺の依嬾に寄題する詩 叙有り（義堂周信）
　蔭木英雄著「日本漢詩人選集3 義堂周信」研文出版 1999 p204
反古ぶすま（宝暦二年）（雁宕, 阿誰編）
　清登典子校注「蕪村全集8 関係俳書」講談社 1993 p29
星会集
　石川八朗ほか編「宝井其角全集〔2〕 資料篇」勉誠社 1994 p419
「星今宵」歌仙断簡
　宮脇真彦執筆担当「新編 芭蕉大成」三省堂 1999 p238
「星崎の」歌仙
　宮脇真彦執筆担当「新編 芭蕉大成」三省堂 1999 p208
「星崎の」の詞書（松尾芭蕉）
　嶋中道則ほか「新編 芭蕉大成」三省堂 1999 p386
蒲子承翁 将に長崎に游ばんとして 路に草廬に過りて留宿す 喜び賦して以て贈る 時に翁 阿州自り至る（菅恥庵）
　李寅生著「漢詩名作集成〈日本編〉」明徳出版社 2016 p482
星月夜
　石川八朗ほか編「宝井其角全集〔2〕 資料篇」勉誠社 1994 p342
俳諧星月夜
　石川八朗ほか編「宝井其角全集〔2〕 資料篇」勉誠社 1994 p503
星なくさ（寛延元年刊）（秋瓜編）
　加藤定彦, 外村展子編「関東俳諧叢書13 常総編1」関東俳諧叢書刊行会 1996 p203
暮秋 宇治の別業に於ける 即事（藤原道長）
　李寅生著「漢詩名作集成〈日本編〉」明徳出版社 2016 p174
暮秋 旧を話す（横川景三）
　李寅生著「漢詩名作集成〈日本編〉」明徳出版社 2016 p248
歩十居士追悼集（百ヶ日）（安袋ほか編）
　加藤定彦, 外村展子編「関東俳諧叢書 編外1 半場里丸俳諧資料集」関東俳諧叢書刊行会 1995 p155
暮秋の山行（荻生徂徠）
　李寅生著「漢詩名作集成〈日本編〉」明徳出版社 2016 p311
暮秋田家（西郷隆盛）
　松尾善弘著「西郷隆盛漢詩全集 増補改訂版」斯文堂 2018 p246
戊戌新春（舘柳湾）
　鈴木瑞枝著「日本漢詩人選集13 舘柳湾」研文出版 1999 p155
戊戌之句帖（安永七年）（高井几董稿）
　丸山一彦校注「蕪村全集3 句集・句稿・句会記」講談社 1992 p546

暮春（島田忠臣）
　李寅生著「漢詩名作集成〈日本編〉」明徳出版社 2016 p138
暮春、雨中、松園・渓琴・磐渓と与に墨堤にて花を観る（広瀬旭荘）
　大野修作著「日本漢詩人選集16 広瀬旭荘」研文出版 1999 p198
暮春白河尚歯会和歌（名大附属図書館蔵本）
　「新編国歌大観5」角川書店 1987 p886
暮春 竹館に小集す（梁田蛻巌）
　李寅生著「漢詩名作集成〈日本編〉」明徳出版社 2016 p331
暮春、南亜相の山荘の尚歯会を見る（菅原道真）
　小島憲之, 山本登朗訓読ほか「日本漢詩人選集1 菅原眞道」研文出版 1998 p34
暮春に清水寺に遊ぶ（藤原忠通）
　李寅生著「漢詩名作集成〈日本編〉」明徳出版社 2016 p184
暮春送別（西郷隆盛）
　松尾善弘著「西郷隆盛漢詩全集 増補改訂版」斯文堂 2018 p195
暮春閑歩（西郷隆盛）
　松尾善弘著「西郷隆盛漢詩全集 増補改訂版」斯文堂 2018 p196
暮春に山に登る（服部南郭）
　李寅生著「漢詩名作集成〈日本編〉」明徳出版社 2016 p351
戊申の元旦 二首（選一首）（市河寛斎）
　蔡毅, 西岡淳著「日本漢詩人選集9 市河寛斎」研文出版 2007 p51
穂積集ノ序（賀茂真淵）
　興謝野寛ほか編纂校訂「覆刻 日本古典全集〔文学編〕〔13〕 賀茂眞淵集」現代思潮社 1983 p95
細川大心院記（落首・狂歌抜粋）
　狂歌大観刊行会編「狂歌大観2 参考篇」明治書院 1984 p26
螢（紫式部）
　石田穣二, 清水好子校注「新潮日本古典集成 新装版〔13〕 源氏物語 四」新潮社 2014 p57
　阿部秋生ほか校訂・訳「日本の古典をよむ9 源氏物語 上」小学館 2008 p275
　興謝野寛ほか編纂校訂「覆刻 日本古典全集〔文学編〕〔17〕 源氏物語 二」現代思潮社 1982 p235
螢・常夏・篝火（紫式部）
　円地文子訳「わたしの古典7 円地文子の源氏物語 巻2」集英社 1985 p103
「牡丹葉深く」歌仙
　宮脇真彦執筆担当「新編 芭蕉大成」三省堂 1999 p196
「牡丹蘂分けて」の詞書（松尾芭蕉）
　嶋中道則ほか「新編 芭蕉大成」三省堂 1999 p381
牡丹散て（歌仙）
　満田達夫, 尾形仂校注「蕪村全集2 連句」講談社 2001 p479

渤海に入朝す（大伴氏上）
　李寅生著「漢詩名作集成〈日本編〉」明徳出版社 2016 p121
渤海の斐大使の真図を見て感有り（菅原道真）
　李寅生著「漢詩名作集成〈日本編〉」明徳出版社 2016 p162
卜居（広瀬淡窓）
　林田愼之助著「日本漢詩人選集15 広瀬淡窓」研文出版 2005 p84
発句聞書（菅原神社（滋賀県野洲市）蔵本）（仙澄）
　「連歌大観2」古典ライブラリー 2017 p36
発句愚草（西山宗春）
　尾崎千佳担当「西山宗因全集5 伝記・研究篇」八木書店古書出版部 2013 p102
発句集 巻之三（安永二年）（高井几董舎）
　丸山一彦校注「蕪村全集3 句集・句稿・句会稿」講談社 1992 p447
発句部類（祐徳稲荷神社中川文庫蔵本）
　「連歌大観3」古典ライブラリー 2017 p99
法華讃（良寛）
　飯田利行編訳「現代語訳 洞門禅文学集〔7〕 良寛」国書刊行会 2001 p7
　内山知也執筆「定本 良寛全集3 書簡集・法華転・法華讃」中央公論新社 2007 p513
法華賛（良寛）
　内山知也執筆「定本 良寛全集3 書簡集・法華讃」中央公論新社 2007 p575
法華転（良寛）
　内山知也執筆「定本 良寛全集3 書簡集・法華讃」中央公論新社 2007 p445
法性寺為信集（書陵部蔵五〇一・九）（藤原為信）
　「新編国歌大観7」角川書店 1989 p565
発心集（鴨長明）
　三木紀人校注「新潮日本古典集成 新装版〔52〕方丈記 発心集」新潮社 2016 p41
　「新編国歌大観5」角川書店 1987 p1218
発心和歌集（選子内親王）
　岡﨑真紀子注釈「新注和歌文学叢書22 発心和歌集 極楽願往生和歌 新注」青簡舎 2017 p3
発心和歌集（島原松平文庫蔵本）（選子内親王）
　「新編国歌大観3」角川書店 1985 p292
仏成道（仏成道す）（道元）
　飯田利行編訳「現代語訳 洞門禅文学集〔4〕 道元」国書刊行会 2001 p197
仏原
　伊藤正義校注「新潮日本古典集成 新装版〔65〕謡曲集 下」新潮社 2015 p227
佛原（観世流）大小序の舞物
　野上豊一郎編「新装解註 謡曲全集2」中央公論新社 2001 p287
ほとゝぎす（歌仙）
　長島弘明校注「蕪村全集2 連句」講談社 2001 p286
　永井一彰校注「蕪村全集2 連句」講談社 2001 p502

「ほとゝぎす」歌仙
　宮脇真彦執筆担当「新編 芭蕉大成」三省堂 1999 p195
「時鳥」歌仙（西山宗因評点）
　井上敏幸、尾崎千佳校訂「西山宗因全集4 紀行・評点・書簡篇」八木書店 2006 p327
ほどほどの懸想
　池田利夫訳・注「笠間文庫 原文＆現代語訳シリーズ〔5〕 堤中納言物語」笠間書院 2006 p61
慕風愚吟集（書陵部蔵五〇一・六六）（堯孝）
　「新編国歌大観8」角川書店 1990 p42
堀河院艶書合（書陵部蔵五〇一・七四七）
　「新編国歌大観5」角川書店 1987 p137
堀河院御時百首和歌（藤原基俊）
　滝澤貞夫全釈「私家集全釈叢書5 基俊集全釈」風間書房 1988 p203
堀河院百首（春部～秋部）（藤原公実ほか詠）
　滝澤貞夫全釈「歌合・定数歌全釈叢書5 堀河院百首全釈 上」風間書房 2004 p7
堀河院百首（冬部～雑部）（藤原公実ほか詠）
　滝澤貞夫全釈「歌合・定数歌全釈叢書6 堀河院百首全釈 下」風間書房 2004 p7
堀河院百首和歌
　青木賢豪ほか校注「和歌文学大系15 堀河院百首和歌」明治書院 2002 p1
堀川狂歌集
　狂歌大観刊行会編「狂歌大観1 本篇」明治書院 1983 p242
堀河題百首（藤原定家）
　久保田淳校訂・訳「藤原定家全歌集 下」筑摩書房 2017 p156
堀川中納言家歌合（書陵部蔵一五四・五五一）
　「新編国歌大観5」角川書店 1987 p59
堀川波鼓（近松門左衛門）
　田中澄江訳「わたしの古典17 田中澄江の心中天の網島」集英社 1986 p37
堀河百首（日本大学蔵本）
　「新編国歌大観4」角川書店 1986 p217
堀河百首題狂歌合（池田正式）
　狂歌大観刊行会編「狂歌大観1 本篇」明治書院 1983 p227
堀練誠に贈る歌（鹿持雅澄）
　津本信博著「江戸後期紀行文学全集2」新典社 2013 p310
「ほろほろと」画賛（松尾芭蕉）
　嶋中道則ほか「新編 芭蕉大成」三省堂 1999 p391
本院左大臣家歌合（陽明文庫蔵二十巻本）
　「新編国歌大観5」角川書店 1987 p31
本院侍従集
　藤川晶子ほか注釈「新注和歌文学叢書4 海人手子良集 本院侍従集 義孝集 新注」青簡舎 2010 p125
本院侍従集（群書類従本）（本院侍従）
　「新編国歌大観3」角川書店 1985 p173

本院侍従集（底本 松平文庫本）（本院侍従）
　目加田さくを, 中嶋眞理子全釈「私家集全釈叢書11 本院侍従集全釈」風間書房 1991 p23
本院侍従集（幻の本院侍従集〈A案推定年代順〉）（本院侍従）
　目加田さくを通釈ほか「私家集全釈叢書11 本院侍従集全釈」風間書房 1991 p87
本院侍従集（「幻の本院侍従集」想定本文）（本院侍従）
　中嶋眞理子全釈「私家集全釈叢書11 本院侍従集全釈」風間書房 1991 p69
盆踊り図賛（与謝蕪村）（存疑か）
　尾形仂, 山下一海校注「蕪村全集4 俳詩・俳文」講談社 1994 p255
香港（成島柳北）
　李寅生著「漢詩名作集成〈日本編〉」明徳出版社 2016 p710
盆山（市河寛斎）
　蔡毅, 西岡淳著「日本漢詩人選集9 市河寛斎」研文出版 2007 p143
本田善光日本鑑（為永太郎兵衛）
　「義太夫節浄瑠璃未翻刻作品集成48 本田善光日本鑑」玉川大学出版部 2018 p11
本朝桜陰比事（井原西鶴）
　麻生磯次, 冨士昭雄訳注「決定版 対訳西鶴全集11 本朝櫻陰比事」明治書院 1993 p1
　森田雅也校注「新編西鶴全集3 本文篇」勉誠出版 2003 p597
本朝五翠殿（紀海音）
　海音研究会編「紀海音全集4」清文堂出版 1979 p1
本朝水滸伝（建部綾足）
　建部綾足著作刊行会編「建部綾足全集4 （物語）」国書刊行会 1986 p61
本朝水滸伝 後篇（建部綾足）
　建部綾足著作刊行会編「建部綾足全集4 （物語）」国書刊行会 1986 p173
稲妻表紙後編本朝酔菩提全伝（山東京傳）
　徳田武校訂「山東京傳全集17 読本3」ぺりかん社 2003 p139
本朝檀特山（並木宗助, 安田蛙文）
　「義太夫節浄瑠璃未翻刻作品集成25 本朝檀特山」玉川大学出版部 2013 p11
本朝二十不孝（井原西鶴）
　麻生磯次, 冨士昭雄訳注「決定版 対訳西鶴全集10 本朝二十不孝」明治書院 1993 p1
　花田富二夫校注「新編西鶴全集2 本文篇」勉誠出版 2002 p103
本朝文鑑
　石川八朗ほか編「宝井其角全集〔2〕資料篇」勉誠社 1994 p452
本朝文選〔抄〕（許六ほか）
　嶋中道則編「新編 芭蕉大成」三省堂 1999 p799
　石川八朗ほか編「宝井其角全集〔2〕資料篇」勉誠社 1994 p395
本朝麗藻（高階積善撰）
　與謝野寛ほか校訂「覆刻 日本古典全集〔文学編〕〔12〕懷風藻 凌雲集 文華秀麗集 經國集 本朝麗藻」現代思潮社 1982 p199

梵天国
　沢井耐三著「古典名作リーディング2 お伽草子」貴重本刊行会 2000 p219
梵灯庵袖下集（梵灯）
　「新編国歌大観5」角川書店 1987 p1109
梵灯庵日発句（天満宮本）〈大阪天満宮蔵本〉
　「連歌大観1」古典ライブラリー 2016 p232
梵灯庵日発句（吉川本）〈吉川史料館蔵本〉
　「連歌大観1」古典ライブラリー 2016 p227
盆梅（市河寛斎）
　蔡毅, 西岡淳著「日本漢詩人選集9 市河寛斎」研文出版 2007 p91

【 ま 】

前うしろ（歌仙）
　滿田達夫校注「蕪村全集2 連句」講談社 2001 p67
前書発句集（元文五年成）（翅紅編）
　加藤定彦, 外村展子編「関東俳諧叢書12 武蔵・相模編 2」関東俳諧叢書刊行会 1997 p15
前句付並発句〈早稲田大学伊地知文庫蔵本〉（専順, 行助）
　「連歌大観1」古典ライブラリー 2016 p289
摩訶十五夜〔抄〕（黒露編）
　島津忠夫ほか編「西山宗因全集5 伝記・研究篇」八木書店古書出版部 2013 p272
罷出た（歌仙）
　光田和伸校注「蕪村全集2 連句」講談社 2001 p206
「罷出た」詞書（与謝蕪村）
　尾形仂, 山下一海校注「蕪村全集4 俳詩・俳文」講談社 1994 p127
巻絹（宝生流）神楽物
　野上豊一郎編「新装解註 謡曲全集4」中央公論新社 2001 p11
槇田ノ永昌が家の磐の水の器の記（賀茂真淵）
　與謝野寛ほか編纂校訂「覆刻 日本古典全集〔文学編〕〔13〕賀茂眞淵集」現代思潮社 1983 p131
真木柱（紫式部）
　石田穰二, 清水好子校注「新潮日本古典集成 新装版〔13〕源氏物語 四」新潮社 2014 p201
　阿部秋生ほか校訂・訳「日本の古典をよむ9 源氏物語 上」小学館 2008 p301
　與謝野寛ほか編纂校訂「覆刻 日本古典全集〔文学編〕〔18〕源氏物語 三」現代思潮社 1982 p50
　円地文子訳「わたしの古典7 円地文子の源氏物語 巻2」集英社 1985 p139
巻藻（宝暦四年刊）（存義ほか編）
　加藤定彦, 外村展子編「関東俳諧叢書21 江戸座編 3」関東俳諧叢書刊行会 2001 p3

| まくさ | 作品名 |

「秣負ふ」歌仙
　宮脇真彦執筆担当「新編 芭蕉大成」三省堂 1999 p228
「秣負ふ」の詞書(松尾芭蕉)
　嶋中道則ほか「新編 芭蕉大成」三省堂 1999 p400
枕慈童(観世流)楽物
　野上豊一郎編「新装解註 謡曲全集4」中央公論新社 2001 p83
枕草子(清少納言)
　増田繁夫校注「和泉古典叢書1 枕草子」和泉書院 1987 p1
　「新編国歌大観5」角川書店 1987 p1262
　松尾聰、永井和子校訂・訳「日本の古典をよむ8 枕草子」小学館 2007 p11
　正宗敦夫校訂「覆刻 日本古典全集〔文学編〕〔57〕 紫式部日記 紫式部家集 枕草子 清少納言家集」現代思潮社 1982 p113
　杉本苑子訳「わたしの古典9 杉本苑子の枕草子」集英社 1986 p11
枕草子(第一段—第一三六段)(清少納言)
　萩谷朴校注「新潮日本古典集成 新装版〔53〕 枕草子 上」新潮社 2017 p17
枕草子(第一三七段—第二八八段・一本一—二七・跋文)(清少納言)
　萩谷朴校注「新潮日本古典集成 新装版〔54〕 枕草子 下」新潮社 2017 p13
枕草子[能因本](清少納言)
　松尾聰、永井和子訳・注「笠間文庫 原文&現代語訳シリーズ〔7〕 枕草子[能因本]」笠間書院 2008 p21
まくら屏風
　石川八朗ほか編「宝井其角全集〔2〕 資料篇」勉誠社 1994 p209
まごの手(建部綾足)
　建部綾足著作刊行会編「建部綾足全集1 (俳諧I)」国書刊行会 1986 p13
孫はねは(半歌仙)
　満田達夫校注「蕪村全集2 連句」講談社 2001 p112
雅顕集(書陵部蔵五〇一・二九四)(飛鳥井雅顕)
　「新編国歌大観7」角川書店 1989 p474
雅有集(天理図書館蔵本)(飛鳥井雅有)
　「新編国歌大観7」角川書店 1989 p551
正方・宗因両吟千句
　宮脇真彦編「西山宗因全集1 連歌篇一」八木書店 2004 p225
正方送別歌文(西山宗因)
　石川真弘、尾崎千佳校訂「西山宗因全集4 紀行・評点・書簡篇」八木書店 2006 p60
　島津忠夫ほか編「西山宗因全集6 解題・索引篇」八木書店古書出版部 2017 p108
正方広島下向記(正方、宗因法師)
　島津忠夫ほか編「西山宗因全集6 解題・索引篇」八木書店古書出版部 2017 p109
雅兼集(書陵部蔵五〇九・四三)(源雅兼)
　「新編国歌大観3」角川書店 1985 p473

「真砂しく」百韻(一順)
　島津忠夫ほか編「西山宗因全集2 連歌篇二」八木書店 2007 p148
贈政照子(西郷隆盛)
　松尾善弘著「西郷隆盛漢詩全集 増補改訂版」斯文堂 2018 p8
留別政照子(西郷隆盛)
　松尾善弘著「西郷隆盛漢詩全集 増補改訂版」斯文堂 2018 p59
政照子賣僕以造船而備變感其志賦以贈(西郷隆盛)
　松尾善弘著「西郷隆盛漢詩全集 増補改訂版」斯文堂 2018 p6
雅成親王集(書陵部蔵五〇一・二一八)(雅成親王)
　「新編国歌大観7」角川書店 1989 p334
将に江戸を去らんとして感有り(中島棕隠)
　入谷仙介著「日本漢詩人選集14 中島棕隠」研文出版 2002 p21
将に江戸に帰らんとして、客舎の壁に留題す(市河寛斎)
　蔡毅、西岡淳著「日本漢詩人選集9 市河寛斎」研文出版 2007 p88
将に西遊せんとして前夜に作る(広瀬淡窓)
　林田愼之助著「日本漢詩人選集15 広瀬淡窓」研文出版 2005 p155
将に東遊せんとして 壁に題す(月性)
　李寅生著「漢詩名作集成〈日本編〉」明徳出版社 2016 p629
政範集(天理図書館蔵本)(藤原政範)
　「新編国歌大観7」角川書店 1989 p485
匡衡集(大江匡衡)
　林マリヤ全釈「私家集全釈叢書26 匡衡集全釈」風間書房 2000 p39
匡衡集(書陵部蔵五一一・二三)(大江匡衡)
　「新編国歌大観7」角川書店 1989 p67
匡房集(有吉保氏蔵本)(大江匡房)
　「新編国歌大観7」角川書店 1989 p108
雅康集(大阪市大図書館森文庫蔵本)(飛鳥井雅康)
　「新編国歌大観8」角川書店 1990 p440
雅世集(島原松平文庫蔵本)(飛鳥井雅世)
　「新編国歌大観8」角川書店 1990 p7
増鏡
　「新編国歌大観5」角川書店 1987 p1161
「升買て」歌仙
　宮脇真彦執筆担当「新編 芭蕉大成」三省堂 1999 p307
芭蕉「まづたのむ」短冊極め書(与謝蕪村)
　尾形仂、山下一海校注「蕪村全集4 俳詩・俳文」講談社 1994 p233
「先頼む」の詞書(松尾芭蕉)
　嶋中道則ほか「新編 芭蕉大成」三省堂 1999 p417
鹿子貫平五尺染五郎升繁男子鏡(山東京傳)
　清水正男、棚橋正博校訂「山東京傳全集10 合巻5」ぺりかん社 2014 p405

のしの書初若井の水引先開梅赤本（山東京傳）
　棚橋正博校訂「山東京傳全集3 黄表紙3」ぺりかん社 2001 p351
ますみ集（虚来編）
　楠元六男, 有座俊史翻刻「古典文学翻刻集成7 続・俳文学篇 中興期（下）」ゆまに書房 1999 p10
又（賀茂眞淵）
　與謝野寛ほか編纂校訂「覆刻 日本古典全集〔文学編〕〔13〕賀茂眞淵集」現代思潮社 1983 p127
又歌を解く事を理れる（賀茂眞淵）
　與謝野寛ほか編纂校訂「覆刻 日本古典全集〔文学編〕〔13〕賀茂眞淵集」現代思潮社 1983 p80
又巻三の始に記るせる詞（賀茂眞淵）
　與謝野寛ほか編纂校訂「覆刻 日本古典全集〔文学編〕〔13〕賀茂眞淵集」現代思潮社 1983 p81
又巻六の始に記るせる詞（賀茂眞淵）
　與謝野寛ほか編纂校訂「覆刻 日本古典全集〔文学編〕〔13〕賀茂眞淵集」現代思潮社 1983 p82
亦深川
　石川八朗ほか編「宝井其角全集〔2〕資料篇」勉誠社 1994 p404
「又平に」詞書（与謝蕪村）
　尾形仂, 山下一海校注「蕪村全集4 俳詩・俳文」講談社 1994 p167
「またも訪へ」の詞書（松尾芭蕉）
　嶋中道則ほか「新編 芭蕉大成」三省堂 1999 p385
「又やたぐひ」の詞書（松尾芭蕉）
　嶋中道則ほか「新編 芭蕉大成」三省堂 1999 p394
「又やみん」百韻
　島津忠夫ほか編「西山宗因全集6 解題・索引篇」八木書店古書出版部 2017 p34
「又やみん」百韻（表八句）
　島津忠夫ほか編「西山宗因全集2 連歌篇二」八木書店 2007 p157
まだら雁（天明三年）（陸史編）
　清登典子校注「蕪村全集8 関係俳書」講談社 1993 p525
松籟岬 第一集〔志濃夫廼舎歌集〕（橘曙覧）
　水島直文, 橋本政宣編注「橘曙覧全歌集」岩波書店 1999 p27
松籟草 第一集〔志濃夫廼舎歌集〕（橘曙覧）
　井手今滋編, 辻森秀英増補「新修 橘曙覧全集」桜楓社 1983 p52
「松梅は」百韻
　島津忠夫ほか編「西山宗因全集2 連歌篇二」八木書店 2007 p330
松浦万蔵、巻致遠、高田静沖、沖文輔及び家士建と同に信川に舟を浮かぶ（館柳湾）
　鈴木瑞枝著「日本漢詩人選集13 館柳湾」研文出版 1999 p134
松陰中納言
　阿部好臣校訂・訳注「中世王朝物語全集16 松陰中納言」笠間書院 2005 p5

松陰中納言物語
　「新編国歌大観10」角川書店 1992 p1079
誹諧松かさ
　石川八朗ほか編「宝井其角全集〔2〕資料篇」勉誠社 1994 p159
俳諧松かさり
　石川八朗ほか編「宝井其角全集〔2〕資料篇」勉誠社 1994 p614
松風
　伊藤正義校注「新潮日本古典集成 新装版〔65〕謡曲集 下」新潮社 2015 p237
松風（金春流）大小中の舞ов
　野上豊一郎編「新装解註 謠曲全集3」中央公論新社 2001 p29
松風（紫式部）
　石田穣二, 清水好子校注「新潮日本古典集成 新装版〔12〕源氏物語 三」新潮社 2014 p117
　阿部秋生ほか校訂・訳「日本の古典をよむ9 源氏物語 上」小学館 2008 p215
　與謝野寛ほか編纂校訂「覆刻 日本古典全集〔文学編〕〔17〕源氏物語 二」現代思潮社 1982 p89
　円地文子訳「わたしの古典7 円地文子の源氏物語 巻2」集英社 1985 p17
「松風に」五十韻
　宮脇真彦執筆担当「新編 芭蕉大成」三省堂 1999 p305
松供養
　岩田勝編著「伝承文学資料集成16 中国地方神楽祭文集」三弥井書店 1990 p299
松倉嵐蘭を悼む（松尾芭蕉）
　嶋中道則ほか「新編 芭蕉大成」三省堂 1999 p437
松崎慊堂先生の羽沢園居を過ぐ（館柳湾）
　鈴木瑞枝著「日本漢詩人選集13 館柳湾」研文出版 1999 p146
松三尺
　海音研究会編「紀海音全集8」清文堂出版 1980 p27
松下の（歌仙）
　光田和伸校注「蕪村全集2 連句」講談社 2001 p229
松島（岩渓裳川）
　李寅生著「漢詩名作集成〈日本編〉」明徳出版社 2016 p768
松島（頼春水）
　李寅生著「漢詩名作集成〈日本編〉」明徳出版社 2016 p435
松島一見記　→　奥州紀行（四）松島一見記（おうしゅうきこう）を見よ
松島の賦（松尾芭蕉）
　嶋中道則ほか「新編 芭蕉大成」三省堂 1999 p406
松しま道の記（蝶夢）
　田中道雄ほか編著「蝶夢全集」和泉書院 2013 p397

まつし／作品名

松島游記 (宝暦十三年刊)（徳雨編）
　加藤定彦, 外村展子編「関東俳諧叢書14 常総編2」関東俳諧叢書刊行会 1998 p235

「松杉に」本式表十句
　宮脇真彦執筆担当「新編 芭蕉大成」三省堂 1999 p316

「松茸に」表六句
　宮脇真彦執筆担当「新編 芭蕉大成」三省堂 1999 p303

「松茸や」歌仙
　宮脇真彦執筆担当「新編 芭蕉大成」三省堂 1999 p304

「松茸や」歌仙未満十六句
　宮脇真彦執筆担当「新編 芭蕉大成」三省堂 1999 p303

松梅竹取談 (山東京傳)
　水野稔ほか校訂「山東京傳全集7 合巻2」ぺりかん社 1999 p327

「松にはかり」百韻（西山宗因評点）
　井上敏幸, 尾崎千佳校訂「西山宗因全集4 紀行・評点・書簡篇」八木書店 2006 p190

松尾（宝生流）神舞物
　野上豊一郎編「新装解註 謡曲全集1」中央公論新社 2001 p147

松の香
　海音研究会編「紀海音全集8」清文堂出版 1980

「松の声」百韻
　島津忠夫ほか編「西山宗因全集2 連歌篇二」八木書店 2007 p94

松の答 (宝暦二年刊)（北窓竹阿編）
　加藤定彦, 外村展子編「関東俳諧叢書4 五色墨編2」関東俳諧叢書刊行会 1994 p191

松ノ本
　岩田勝編著「伝承文学資料集成16 中国地方神楽祭文集」三弥井書店 1990 p294

「松の葉は」百韻
　島津忠夫ほか編「西山宗因全集2 連歌篇二」八木書店 2007 p323

松のわらひ（下郷蝶羅）
　森川昭翻刻「古典文学翻刻集成2 俳文学篇 元禄・蕉風・中興期」ゆまに書房 1998 p494

松前城下の作（長尾秋水）
　李寅生著「漢詩名作集成〈日本編〉」明徳出版社 2016 p499

松虫
　伊藤正義校注「新潮日本古典集成 新装版〔65〕謡曲集 下」新潮社 2015 p251

松蟲 (喜多流)男舞(黄鐘早舞)
　野上豊一郎編「新装解註 謡曲全集4」中央公論新社 2001 p233

「松や君に」百韻（西山宗因評点）
　井上敏幸, 尾崎千佳校訂「西山宗因全集4 紀行・評点・書簡篇」八木書店 2006 p145

松山鏡（下掛宝生流）働
　野上豊一郎編「新装解註 謡曲全集5」中央公論新社 2001 p375

松山天狗
　橋本朝生翻刻・解題「西行全集」貴重本刊行会 1990 p1108

松山天狗（金剛流）早舞物
　野上豊一郎編「新装解註 謡曲全集6」中央公論新社 2001 p355

松山坊秀句 (松山玖也)
　新田孝子翻刻「古典文学翻刻集成3 続・俳文学篇 貞門・談林」ゆまに書房 1999 p151

松浦誕生記（小野豪信氏蔵）
　真下美弥子翻刻「伝承文学資料集成10 奥浄瑠璃集成(一)」三弥井書店 2000 p149

まつら長者
　室木弥太郎校注「新潮日本古典集成 新装版〔33〕説経集」新潮社 2017 p345

松浦宮物語
　「新編国歌大観5」角川書店 1987 p1377

祭の使
　藤田徳太郎校訂「覆刻 日本古典全集〔文学編〕〔5〕 うつほ物語 二」現代思潮社 1982 p303

真似鶴舟遊の文（加舎白雄）
　矢羽勝幸編「増補改訂 加舎白雄全集 上」国文社 2008 p382

幻（紫式部）
　石田穣二, 清水好子校注「新潮日本古典集成 新装版〔15〕源氏物語 六」新潮社 2014 p125
　阿部秋生ほか校訂・訳「日本の古典をよむ10 源氏物語 下」小学館 2008 p143
　與謝野寛ほか編纂校訂「覆刻 日本古典全集〔文学編〕〔19〕源氏物語 四」現代思潮社 1982 p71
　円地文子訳「わたしの古典7 円地文子の源氏物語 巻2」集英社 1985 p255

摩耶紀行〔抜粋〕（坂上頼長）
　島津忠夫ほか編「西山宗因全集5 伝記・研究篇」八木書店古書出版部 2013 p221

「眉計」詞書（与謝蕪村）
　尾形仂, 山下一海校注「蕪村全集4 俳詩・俳文」講談社 1994 p239

丸盆の（付合）
　長島弘明校注「蕪村全集2 連句」講談社 2001 p469

「まるめろは」詞書（与謝蕪村）
　尾形仂, 山下一海校注「蕪村全集4 俳詩・俳文」講談社 1994 p89

漫吟集（天明七年板本）（契沖）
　「新編国歌大観9」角川書店 1991 p214

万歳烏帽子
　石川八朗ほか編「宝井其角全集〔2〕 資料篇」勉誠社 1994 p345

万載狂歌集（四方赤良, 朱楽菅江編著）
　宇田敏彦翻刻「江戸狂歌本選集1」東京堂出版 1998 p219

満仲（宝生流）男舞物
　野上豊一郎編「新装解註 謡曲全集5」中央公論新社 2001 p145

万寿元年高陽院行幸和歌（高松宮家蔵本）
　「新編国歌大観5」角川書店 1987 p884

満勝寺略縁起
　大島由紀夫編著「伝承文学資料集成6 神道縁起物語（二）」三弥井書店 2002 p121
万代狂歌集（宿屋飯盛編）
　粕谷宏紀翻刻「江戸狂歌本選集8」東京堂出版 2000 p81
万代和歌集（巻第一～十）
　安田徳子校注「和歌文学大系13 万代和歌集（上）」明治書院 1998 p1
万代和歌集（巻第十一～廿）
　安田徳子校注「和歌文学大系14 万代和歌集（下）」明治書院 2000 p1
万代和歌集（竜門文庫蔵本）
　「新編国歌大観2」角川書店 1984 p402
万年蕉中禅師 東勤し趨謁する喜びを記し 兼ねて其の八十を寿し奉る（館柳湾）
　鈴木瑞枝著「日本漢詩人選集13 館柳湾」研文出版 1999 p15
万福長者栄華談（山東京傳）
　水野稔ほか校訂「山東京傳全集7 合巻2」ぺりかん社 1999 p299
漫遊記（建部綾足）
　建部綾足著作刊行会編「建部綾足全集6（文集）」国書刊行会 1987 p303
万葉綾足草（建部綾足）
　建部綾足著作刊行会編「建部綾足全集7（国学）」国書刊行会 1988 p483
万葉以佐詞考（建部綾足）
　建部綾足著作刊行会編「建部綾足全集7（国学）」国書刊行会 1988 p499
萬葉解序（賀茂真淵）
　與謝野寛ほか編纂校訂「覆刻 日本古典全集〔文学編〕〔13〕 賀茂眞淵集」現代思潮社 1983 p69
萬葉考の初めに記るせる詞（賀茂真淵）
　與謝野寛ほか編纂校訂「覆刻 日本古典全集〔文学編〕〔13〕 賀茂眞淵集」現代思潮社 1983 p73
萬葉私考（宮地春樹）
　正宗敦夫校訂「覆刻 日本古典全集〔文学編〕〔45〕 萬葉私考 萬葉集誤字愚考」現代思潮社 1982 p1
万葉集
　「新編国歌大観2」角川書店 1984 p7
　小島憲之ほか校注・訳, 鉄野昌弘解説「日本の古典をよむ4 万葉集」小学館 2008 p9
萬葉集
　井手至, 毛利正守校注「和泉古典叢書11 新校注萬葉集」和泉書院 2008 p3
　清川妙訳「わたしの古典2 清川妙の萬葉集」集英社 1986 p7
萬葉集（巻第一～巻第四）
　青木生子ほか校注「新潮日本古典集成 新装版〔55〕 萬葉集 一」新潮社 2015 p39
萬葉集（巻第一～巻第四）
　稲岡耕二校注「和歌文学大系1 萬葉集（一）」明治書院 1997 p1
萬葉集（巻第五～巻第九）
　青木生子ほか校注「新潮日本古典集成 新装版〔56〕 萬葉集 二」新潮社 2015 p41
萬葉集（巻第五～巻第九）
　稲岡耕二校注「和歌文学大系2 萬葉集（二）」明治書院 2002 p1
萬葉集（巻第十～巻第十二）
　青木生子ほか校注「新潮日本古典集成 新装版〔57〕 萬葉集 三」新潮社 2015 p15
萬葉集（巻第十～巻第十四）
　稲岡耕二校注「和歌文学大系3 萬葉集（三）」明治書院 2006 p1
萬葉集（巻第十三～巻第十六）
　青木生子ほか校注「新潮日本古典集成 新装版〔58〕 萬葉集 四」新潮社 2015 p19
萬葉集（巻第十五～巻第二十）
　稲岡耕二校注「和歌文学大系4 萬葉集（四）」明治書院 2015 p1
萬葉集（巻第十七～巻第二十）
　青木生子ほか校注「新潮日本古典集成 新装版〔59〕 萬葉集 五」新潮社 2015 p39
萬葉集誤字愚考（大村光枚）
　正宗敦夫校訂「覆刻 日本古典全集〔文学編〕〔45〕 萬葉私考 萬葉集誤字愚考」現代思潮社 1982 p1
万葉集時代難事（顕昭）
　「新編国歌大観3」角川書店 1987 p1019
萬葉集品物圖繪（鹿持雅澄）
　與謝野寛ほか校訂「覆刻 日本古典全集〔文学編〕〔46〕 萬葉集品物圖繪」現代思潮社 1982 p1
萬葉集略解（萬葉集 巻第一～巻第三）（加藤千蔭）
　與謝野寛ほか校訂「覆刻 日本古典全集〔文学編〕〔47〕 萬葉集略解 一」現代思潮社 1982 p1
萬葉集略解（萬葉集 巻第三下～巻第五））（加藤千蔭）
　與謝野寛ほか編纂校訂「覆刻 日本古典全集〔文学編〕〔48〕 萬葉集略解 二」現代思潮社 1982 p1
萬葉集略解（萬葉集 巻第六～巻第七）（加藤千蔭）
　與謝野寛ほか編纂校訂「覆刻 日本古典全集〔文学編〕〔49〕 萬葉集略解 三」現代思潮社 1982 p1
萬葉集略解（萬葉集 巻第八～巻第十）（加藤千蔭）
　與謝野寛ほか編纂校訂「覆刻 日本古典全集〔文学編〕〔50〕 萬葉集略解 四」現代思潮社 1982 p1
萬葉集略解（萬葉集 巻第十下～巻第十一））（加藤千蔭）
　與謝野寛ほか編纂校訂「覆刻 日本古典全集〔文学編〕〔51〕 萬葉集略解 五」現代思潮社 1982 p1
萬葉集略解（萬葉集 巻第十二～巻第十三））（加藤千蔭）
　與謝野寛ほか編纂校訂「覆刻 日本古典全集〔文学編〕〔52〕 萬葉集略解 六」現代思潮社 1982 p1
萬葉集略解（萬葉集 巻第十四～巻第十七））（加藤千蔭）
　與謝野寛ほか編纂校訂「覆刻 日本古典全集〔文学編〕〔53〕 萬葉集略解 七」現代思潮社 1982 p1
萬葉集略解（萬葉集 巻第十八～巻第二十）（加藤千蔭）
　與謝野寛ほか編纂校訂「覆刻 日本古典全集〔文

学編〕〔54〕 萬葉集略解 八」現代思潮社 1982 p1

萬葉集略解序（加藤千蔭）
　與謝野寛ほか編纂校訂「覆刻 日本古典全集〔文学編〕〔47〕 萬葉集略解 一」現代思潮社 1982 p1

萬葉新採百首解序（賀茂真淵）
　與謝野寛ほか編纂校訂「覆刻 日本古典全集〔文学編〕〔13〕 賀茂眞淵集」現代思潮社 1983 p72

【み】

御形宣旨集（書陵部蔵五〇一・一七八）（御形宣旨）
　「新編国歌大観7」角川書店 1989 p53

三井寺
　伊藤正義校注「新潮日本古典集成 新装版〔65〕 謡曲集 下」新潮社 2015 p263

三井寺（金春流）カケリ
　野上豊一郎校註「新装解註 謡曲全集3」中央公論新社 2001 p341

三井寺開帳（紀海音）
　海音研究会編「紀海音全集1」清文堂出版 1977 p235

三井寺山家歌合（書陵部蔵五〇一・一七四）
　「新編国歌大観5」角川書店 1987 p249

三井寺新羅社歌合（歌合部類板本）
　「新編国歌大観5」角川書店 1987 p221

「三井寺や」句文（与謝蕪村）
　尾形仂、山下一海校注「蕪村全集4 俳詩・俳文」講談社 1994 p185

三浦大助節分寿（江島其磧）
　藤原英城翻刻「八文字屋本全集12」汲古書院 1996 p267

「見送りの」発句・脇
　宮脇真彦執筆担当「新編 芭蕉大成」三省堂 1999 p222

澪標（紫式部）
　石田穣二、清水好子校注「新潮日本古典集成 新装版〔12〕 源氏物語 三」新潮社 2014 p9
　阿部秋生ほか校訂・訳「日本の古典をよむ9 源氏物語 上」小学館 2008 p196
　與謝野寛ほか編纂校訂「覆刻 日本古典全集〔文学編〕〔17〕 源氏物語 二」現代思潮社 1982 p31
　円地文子訳「わたしの古典6 円地文子の源氏物語 巻1」集英社 1985 p233

みかげのにき（氷室長翁）
　津本信博著「江戸後期紀行文学全集1」新典社 2007 p643

御藤日記（氷室豊長）
　津本信博著「江戸後期紀行文学全集1」新典社 2007 p653

三笠山の下に阿倍仲麻呂を懐ふ有り（梁川星巌）
　李寅生著「漢詩名作集成〈日本編〉」明徳出版社 2016 p536

三日月日記
　石川八朗ほか編「宝井其角全集〔2〕 資料篇」勉誠社 1994 p484

三日月形柳横櫛（朝妻船柳三日月）（山東京傳）
　棚橋正博校訂「山東京傳全集14 合巻9」ぺりかん社 2018 p425

三河小町〔抄〕（白雪）
　嶋中道則編「新編 芭蕉大成」三省堂 1999 p798
　石川八朗ほか編「宝井其角全集〔2〕 資料篇」勉誠社 1994 p336

三河島御不動記（山東京傳）
　棚橋正博校訂「山東京傳全集2 黄表紙2」ぺりかん社 1993 p79

三河の國の八橋の形書ける繪に記るせる詞（賀茂真淵）
　與謝野寛ほか編纂校訂「覆刻 日本古典全集〔文学編〕〔13〕 賀茂眞淵集」現代思潮社 1983 p124

美丈御前幸寿丸身替弰張弓（西沢一風）
　石川了翻刻「西沢一風全集5」汲古書院 2005 p185

蜜柑の色序（蝶夢）
　田中道雄ほか編著「蝶夢全集」和泉書院 2013 p240

三草集（文政十一年頃板本）（松平定信）
　「新編国歌大観9」角川書店 1991 p605

三種の筆篆の記（賀茂真淵）
　與謝野寛ほか編纂校訂「覆刻 日本古典全集〔文学編〕〔13〕 賀茂眞淵集」現代思潮社 1983 p130

国国三社権現縁起
　大島由紀夫編著「伝承文学資料集成6 神道縁起物語（二）」三弥井書店 2002 p161

箕間尺参人酩酊（山東京傳）
　棚橋正博校訂「山東京傳全集3 黄表紙3」ぺりかん社 2001 p475

眉間尺象貢（竹田出雲1世、長谷川千四）
　「義太夫節浄瑠璃未翻刻作品集成43 眉間尺象貢」玉川大学出版部 2018 p11

諱伝 神子の膳
　海音研究会編「紀海音全集8」清文堂出版 1980 p71

水薦刈序（蝶夢）
　田中道雄ほか編「蝶夢全集」和泉書院 2013 p335

三崎雑詠二首 其二（広瀬旭荘）
　大野修作著「日本漢詩人選集16 広瀬旭荘」研文出版 1999 p194

短夜や（二十句）
　永井一彰校注「蕪村全集2 連句」講談社 2001 p339

「見し人の」百韻
　島津忠夫ほか編「西山宗因全集2 連歌篇二」八木書店 2007 p64

「見し宿や」百韻
  島津忠夫ほか編「西山宗因全集2 連歌篇二」八木書店 2007 p429
「みしや夢」百韻
  島津忠夫ほか編「西山宗因全集2 連歌篇二」八木書店 2007 p292
湖に松（小林一茶）
  種茂勉解説・翻刻「古典文学翻刻集成3 続・俳文学篇 貞門・談林」ゆまに書房 1999 左開9
「水音々」半歌仙
  宮脇真彦執筆担当「新編 芭蕉大成」三省堂 1999 p292
水鏡（中山忠親）
  「新編国歌大観5」角川書店 1987 p1161
「水懸は」百韻（西山宗因評点）
  井上敏幸, 尾崎千佳校訂「西山宗因全集4 紀行・評点・書簡篇」八木書店 2006 p156
自ら著せる瑣事録の後に題す（広瀬旭荘）
  大野修作著「日本漢詩人選集16 広瀬旭荘」研文出版 1999 p189
自ら衣淄の小影に題す 十二首 引有り（第一首）（梁川星巌）
  山本和義, 福島理子著「日本漢詩人選集17 梁川星巌」研文出版 2008 p126
自ら詠ず（菅原道真）
  李寅生著「漢詩名作集成〈日本編〉」明徳出版社 2016 p160
  小島憲之, 山本登朗訓読ほか「日本漢詩人選集1 菅原道真」研文出版 1998 p141
自ら詠ず（伝豊臣秀吉）
  李寅生著「漢詩名作集成〈日本編〉」明徳出版社 2016 p256
自ら画ける墨竹に題す（渡辺崋山）
  李寅生著「漢詩名作集成〈日本編〉」明徳出版社 2016 p550
自ら肖像に題す（新井白石）
  李寅生著「漢詩名作集成〈日本編〉」明徳出版社 2016 p304
自ら遣る（高野蘭亭）
  李寅生著「漢詩名作集成〈日本編〉」明徳出版社 2016 p371
「水かれがれ」詞書（与謝蕪村）
  尾形仂, 山下一海校注「蕪村全集4 俳詩・俳文」講談社 1994 p241
水海月〈桜井武次郎著『俳譜攷』(一九七六年)〉（岩手宗也）
  「連歌大観3」古典ライブラリー 2017 p318
譜譜水くるま
  石川八朗ほか編「宝井其角全集〔2〕 資料篇」勉誠社 1994 p497
水澤寺之縁起
  大島由紀夫編著「伝承文学資料集成6 神道縁起物語（二）」三弥井書店 2002 p49
三筋緯客気植田（山東京傳）
  棚橋正博校訂「山東京傳全集1 黄表紙1」ぺりかん社 1992 p313

水鳥の歌入消息（藤原俊成）
  松野陽一, 吉田薫編「藤原俊成全歌集」笠間書院 2007 p524
「水鳥よ」歌仙
  宮脇真彦執筆担当「新編 芭蕉大成」三省堂 1999 p273
「水に散りて」前書（与謝蕪村）
  尾形仂, 山下一海校注「蕪村全集4 俳詩・俳文」講談社 1994 p38
壬寅の冬、瑞泉蘭若の席上、通叟の詩に和して、武衛将軍源公に贈り奉り、兼せて幕下の諸侯に簡す 二首（義堂周信）
  蔭木英雄著「日本漢詩人選集3 義堂周信」研文出版 1999 p68
壬寅の分歳（義堂周信）
  蔭木英雄著「日本漢詩人選集3 義堂周信」研文出版 1999 p73
「水の奥」三つ物
  宮脇真彦執筆担当「新編 芭蕉大成」三省堂 1999 p234
水の音〔抄〕（木導）
  嶋中道則編「新編 芭蕉大成」三省堂 1999 p801
水のさま（梅路編）
  岡本勝翻刻「古典文学翻刻集成6 続・俳文学篇 中興期（上）」ゆまに書房 1999 p228
癸亥の歳、御禊の会を観て作る（義堂周信）
  蔭木英雄著「日本漢詩人選集3 義堂周信」研文出版 1999 p212
癸丑歳旦（享保十八年刊）（調唯編）
  加藤定彦, 外村展子編「関東俳譜叢書16 両毛・甲斐編2」関東俳譜叢書刊行会 1998 p3
癸卯の分歳、自ら前韻に和す（義堂周信）
  蔭木英雄著「日本漢詩人選集3 義堂周信」研文出版 1999 p76
水の友〔抄〕（松琵編）
  嶋中道則編「新編 芭蕉大成」三省堂 1999 p801
  石川八朗ほか編「宝井其角全集〔2〕 資料篇」勉誠社 1994 p474
水ひらめ
  石川八朗ほか編「宝井其角全集〔2〕 資料篇」勉誠社 1994 p288
「水辺を」百韻
  加藤定彦「西山宗因全集3 俳諧篇」八木書店 2004 p276
「見せばやな」発句・脇
  宮脇真彦執筆担当「新編 芭蕉大成」三省堂 1999 p219
「三十日月なし」の詞書（松尾芭蕉）
  嶋中道則ほか「新編 芭蕉大成」三省堂 1999 p378
三十一字歌（藤原定家）
  久保田淳校訂・訳「藤原定家全歌集 下」筑摩書房 2017 p72
三十一字歌二度（藤原定家）
  久保田淳校訂・訳「藤原定家全歌集 下」筑摩書房 2017 p78

み田の尼君、肥の道の口に行き給ふを送る歌の序(賀茂真淵)
　與謝野寛ほか編纂校訂「覆刻 日本古典全集〔文学編〕〔13〕 賀茂眞淵集」現代思潮社 1983 p112
乱脛三本鑓(西沢一風)
　倉員正江翻刻「西沢一風全集3」汲古書院 2003 p323
道家百首(書陵部蔵五〇三・二四四)(藤原道家)
　「新編国歌大観10」角川書店 1992 p143
通勝集(東洋文庫蔵本)(中院通勝)
　「新編国歌大観8」角川書店 1990 p779
「満塩や」百韻(正方、宗因)
　島津忠夫ほか編「西山宗因全集2 連歌篇二」八木書店 2007 p214
通親亭影供歌合
　松野陽一、吉田薫編「藤原俊成全歌集」笠間書院 2007 p565
通親亭影供歌合 建仁元年三月(東大国文学研究室蔵本)
　「新編国歌大観5」角川書店 1987 p389
道綱母集(書陵部蔵五〇一・一一二)(藤原道綱母)
　「新編国歌大観3」角川書店 1985 p214
三千歳成云蚒蛇(山東京傳)
　棚橋正博校訂「山東京傳全集1 黄表紙1」ぺりかん社 1992 p353
通具俊成卿女歌合(古筆断簡)
　「新編国歌大観10」角川書店 1992 p215
道済集(書陵部蔵三五一・八三五)(源道済)
　「新編国歌大観7」角川書店 1989 p76
道成集(龍谷大学蔵本)(源道成)
　「新編国歌大観7」角川書店 1989 p82
路に白頭の翁に遇ふ(菅原道真)
　李寅生著「漢詩名作集成〈日本編〉」明徳出版社 2016 p148
みちのかたち(大立編)
　坂井華渓翻刻「古典文学翻刻集成5 続・俳文学篇 元禄・蕉風(下)」ゆまに書房 1999 p319
みちのき(立圃)
　白石悌三翻刻「古典文学翻刻集成3 続・俳文学篇 貞門・談林」ゆまに書房 1999 p59
みちのくふり
　石川八朗ほか編「宝井其角全集〔2〕 資料篇」勉誠社 1994 p632
道の枝折序(蝶夢)
　田中道雄ほか編著「蝶夢全集」和泉書院 2013 p247
道信集(藤原道信)
　平田喜信、徳植俊之校注「私家集注釈叢刊11 道信集注釈」貴重本刊行会 2001 p7
道信集(榊原家蔵本)(藤原道信)
　「新編国歌大観3」角川書店 1985 p204
「道の者」百韻(西山宗因評点)
　井上敏幸、尾崎千佳校訂「西山宗因全集4 紀行・評点・書簡篇」八木書店 2006 p331

通盛
　伊藤正義校注「新潮日本古典集成 新装版〔65〕謡曲集 下」新潮社 2015 p279
通盛(宝生流)カケリ物
　野上豊一郎編「新装解註 謠曲全集2」中央公論新社 2001 p69
道ゆきぶり(今川了俊)
　荒木尚編・評釈「中世日記紀行文学全評釈集成6」勉誠出版 2004 p285
道ゆきぶり(蝶夢、嵩蹊)
　田中道雄ほか編著「蝶夢全集」和泉書院 2013 p510
道行触(今川了俊)
　「新編国歌大観10」角川書店 1992 p1063
光昭少将家歌合(尊経閣文庫蔵十巻本)
　「新編国歌大観5」角川書店 1987 p64
三日歌仙(支考編)
　島居清翻刻「古典文学翻刻集成5 続・俳文学篇 元禄・蕉風(下)」ゆまに書房 1999 p104
大坂みつかしら(賀子編)
　竹下義人校注「新編西鶴全集5 本文篇 下」勉誠出版 2007 p761
三鉄集(編者未詳)
　佐藤勝明校注「新編西鶴全集5 本文篇 上」勉誠出版 2007 p272
光経集(彰考館蔵本)(藤原光経)
　「新編国歌大観7」角川書店 1989 p244
三津祢(麦水編)
　田中道雄翻刻「古典文学翻刻集成6 続・俳文学篇 中興期(上)」ゆまに書房 1999 p383
躬恒集(凡河内躬恒)
　藤岡忠美、徳原茂実校注「私家集注釈叢刊14 躬恒集注釈」貴重本刊行会 2003 p7
　平沢竜介校注「和歌文学大系19 貫之集・躬恒集・友則集・忠岑集」明治書院 1997 p177
躬恒集(書陵部蔵五一〇・一二)(凡河内躬恒)
　「新編国歌大観7」角川書店 1989 p16
躬恒集(西本願寺蔵三十六人集)(凡河内躬恒)
　「新編国歌大観3」角川書店 1985 p31
みつのかほ
　石川八朗ほか編「宝井其角全集〔2〕 資料篇」勉誠社 1994 p479
三津濱(天府)
　杉浦正一郎翻刻「古典文学翻刻集成7 続・俳文学篇 中興期(下)」ゆまに書房 1999 p31
三峯庵記(蝶夢)
　田中道雄ほか編著「蝶夢全集」和泉書院 2013 p326
元禄十七年俳諧三物揃
　海音研究会編「紀海音全集8」清文堂出版 1980 p3
宝永二年俳諧三物揃
　海音研究会編「紀海音全集8」清文堂出版 1980 p9
三山(宝生流)カケリ物
　野上豊一郎編「新装解註 謠曲全集3」中央公論新

光吉集（書陵部蔵五〇一・二八一）（惟宗光吉）
　「新編国歌大観7」角川書店 1989 p706
「見つる世の」百韻（西山宗因評点）
　井上敏幸, 尾崎千佳校訂「西山宗因全集4 紀行・評点・書簡編」八木書店 2006 p79
御堂關白記（長徳四年～寛弘八年）（藤原道長）
　與謝野寛ほか編纂校訂「覆刻 日本古典全集〔文学編〕〔55〕御堂關白記 上」現代思潮社 1982 p1
御堂關白記（寛弘九年～寛仁五年）（藤原道長）
　與謝野寛ほか編纂校訂「覆刻 日本古典全集〔文学編〕〔56〕御堂關白記 下」現代思潮社 1982 p1
御堂関白集（藤原道長）
　平野由紀子全釈「私家集全釈叢書38 御堂関白集全釈」風間書房 2012 p21
御堂関白集（島原松平文庫蔵本）（藤原道長）
　「新編国歌大観3」角川書店 1985 p277
御堂前菖蒲帷子（菅専助ほか）
　土田衞ほか編「菅専助全集5」勉誠社 1993 p91
みとせ草
　石川八朗ほか編「宝井其角全集〔2〕資料篇」勉誠社 1994 p234
俳諧みどりの友（明和九年刊）（素輪編）
　加藤定彦, 外村展子編「関東俳諧叢書28 両毛・甲斐編3」関東俳諧叢書刊行会 2005 p193
「皆拝め」歌仙未満
　宮脇真彦執筆担当「新編 芭蕉大成」三省堂 1999 p225
虚栗（宝井其角編）
　石川八朗ほか編「宝井其角全集〔1〕編著篇」勉誠社 1994 p5
『みなしぐり』跋（松尾芭蕉）
　嶋中道則ほか「新編 芭蕉大成」三省堂 1999 p376
水無月祓（観世流）カケリ・中の舞物
　野上豊一郎編「新装解註 謡曲全集3」中央公論新社 2001 p237
水無瀬（喜多流）
　野上豊一郎編「新装解註 謡曲全集4」中央公論新社 2001 p381
水無瀬恋十五首歌合（日大総合図書館蔵本）
　「新編国歌大観5」角川書店 1987 p408
水無瀬桜宮十五番歌合 建仁二年九月（書陵部蔵五〇一・七四）
　「新編国歌大観5」角川書店 1987 p415
水無瀬釣殿当座六首歌合 建仁二年六月（国文学研究資料館蔵本）
　「新編国歌大観5」角川書店 1987 p408
湊川所感（西郷隆盛）
　松尾善弘著「西郷隆盛漢詩全集 増補改訂版」斯文堂 2018 p275
「皆人は」百韻
　加藤定彦「西山宗因全集3 俳諧篇」八木書店 2004 p439

南宮歌合（群書類従本）
　「新編国歌大観5」角川書店 1987 p174
源兼澄集（松平文庫本）（源兼澄）
　春秋会全釈「私家集全釈叢書10 源兼澄集全釈」風間書房 1991 p59
源家長日記（源家長）
　「新編国歌大観5」角川書店 1987 p1273
　藤田一尊編・評釈「中世日記紀行文学全評釈集成3」勉誠出版 2004 p1
源順馬名歌合（尊経閣文庫蔵十巻本）
　「新編国歌大観5」角川書店 1987 p54
源ノ敏樹が母の七十を祝ふ詞（賀茂真淵）
　與謝野寛ほか編纂校訂「覆刻 日本古典全集〔文学編〕〔13〕賀茂眞淵集」現代思潮社 1983 p116
源道済集（源道済）
　桑原博史全釈「私家集全釈叢書2 源道済集全釈」風間書房 1987 p67
壬二集（蓬左文庫蔵本）（藤原家隆）
　「新編国歌大観3」角川書店 1985 p742
身の秋や（歌仙）
　永井一彰校注「蕪村全集2 連句」講談社 2001 p396
蓑笠
　石川八朗ほか編「宝井其角全集〔2〕資料篇」勉誠社 1994 p309
美濃口氏長子生立を祝ふ文（加舎白雄）
　矢羽勝幸編「増補改訂 加舎白雄全集 上」国文社 2008 p387
美濃路（加舎白雄）
　矢羽勝幸翻刻・注ほか「増補改訂 加舎白雄全集 上」国文社 2008 p427
水内橋を見るの辞（加舎白雄）
　矢羽勝幸編「増補改訂 加舎白雄全集 上」国文社 2008 p381
三野日記（建部綾足）
　建部綾足著作刊行会編「建部綾足全集5（紀行・歌集）」国書刊行会 1987 p175
身延（観世流）大小序の舞物
　野上豊一郎編「新装解註 謡曲全集2」中央公論新社 2001 p351
身延詣諸家染筆帖（翻刻および複製）（里丸）
　加藤定彦, 外村展子編「関東俳諧叢書 外1 半場里丸俳諧資料集」関東俳諧叢書刊行会 1995 p24
蓑虫の文（加舎白雄）
　矢羽勝幸編「増補改訂 加舎白雄全集 上」国文社 2008 p391
蓑虫庵句集序（蝶夢）
　田中道雄ほか編著「蝶夢全集」和泉書院 2013 p320
蓑虫庵集〔抄〕（土芳）
　嶋中道則編「新編 芭蕉大成」三省堂 1999 p797
簑虫庵集草稿（土芳）
　中西啓翻刻「古典文学翻刻集成4 続・俳文学篇 元禄・蕉風（上）」ゆまに書房 1999 p368

みのむし句文（建部綾足）
　建部綾足著作刊行会編「建部綾足全集9（書簡・補遺）」国書刊行会 1990 p326
蓑虫仿（与謝蕪村）
　尾形仂、山下一海校注「蕪村全集4 俳詩・俳文」講談社 1994 p118
「蓑虫説」跋（松尾芭蕉）
　嶋中道則ほか「新編 芭蕉大成」三省堂 1999 p385
みのむしの（歌仙）
　光田和伸校注「蕪村全集2 連句」講談社 2001 p362
簑蟲跋（松尾芭蕉）
　與謝野寛ほか編纂校訂「覆刻 日本古典全集〔文学編〕〔40〕芭蕉全集 前編」現代思潮社 1983 p139
御法（紫式部）
　石田穰二、清水好子校注「新潮日本古典集成 新装版〔15〕源氏物語 六」新潮社 2014 p99
　阿部秋生ほか校訂・訳「日本の古典をよむ10 源氏物語 下」小学館 2008 p126
　與謝野寛ほか編纂校訂「覆刻 日本古典全集〔文学編〕〔19〕源氏物語 四」現代思潮社 1982 p56
　円地文子訳「わたしの古典7 円地文子の源氏物語 巻2」集英社 1985 p243
御柱（正徳三、四年刊）（立鴨編）
　加藤定彦、外村展子編「関東俳諧叢書15 両毛・甲斐編1」関東俳諧叢書刊行会 1996 p3
「見ばや見し」百韻（西山宗因）
　島津忠夫ほか編「西山宗因全集2 連歌篇二」八木書店 2007 p149
美作道日記　→　津山紀行（二）美作道日記（つやまきこう）を見よ
美作道日記草稿　→　津山紀行（一）美作道日記草稿（つやまきこう）を見よ
「耳さむし」詞書（与謝蕪村）
　尾形仂、山下一海校注「蕪村全集4 俳詩・俳文」講談社 1994 p131
耳たむし（百池手記）
　丸山一彦校注「蕪村全集3 句集・句稿・句会稿」講談社 1992 p401
「耳ときや」百韻
　島津忠夫ほか編「西山宗因全集2 連歌篇二」八木書店 2007 p83
御裳濯（金春流）神舞物
　野上豊一郎編「新装翻註 謡曲全集1」中央公論新社 2001 p157
御裳濯河歌合（西行）
　久保田淳、吉野朋美校注「西行全歌集」岩波書店 2013 p312
　平田英夫注釈「新注和歌文学叢書11 御裳濯河歌合 宮河歌合 新注」青簡舎 2012 p3
御裳濯河歌合（中大図書館蔵本）（西行）
　「新編国歌大観5」角川書店 1987 p259
御裳濯河歌合（内閣文庫本）（西行）
　藤田百合子翻刻・解題「西行全集」貴重本刊行会 1990 p567
御裳濯和歌集（天理図書館蔵本）（寂延撰）
　「新編国歌大観6」角川書店 1988 p26
遷宮後の日の祝詞（賀茂真淵）
　與謝野寛ほか編纂校訂「覆刻 日本古典全集〔文学編〕〔13〕賀茂眞淵集」現代思潮社 1983 p142
宮河歌合（西行）
　久保田淳、吉野朋美校注「西行全歌集」岩波書店 2013 p343
　藤田百合子翻刻・解題「西行全集」貴重本刊行会 1990 p581
　平田英夫注釈「新注和歌文学叢書11 御裳濯河歌合 宮河歌合 新注」青簡舎 2012 p93
宮河歌合（続三十六番歌合）文治五年奥書
　久保田淳校訂・訳「藤原定家全歌集 下」筑摩書房 2017 p370
宮河歌合（中大図書館蔵本）（西行）
　「新編国歌大観5」角川書店 1987 p262
宮木が塚（上田秋成）
　美山靖校注「新潮日本古典集成 新装版〔48〕春雨物語 書初機嫌海」新潮社 2014 p94
　井上泰至注釈ほか「三弥井古典文庫〔10〕春雨物語」三弥井書店 2012 p171
都合戦筑紫下り（玉依姫一代記・牡丹長者・高安長者）
　野村眞智子編「伝承文学資料集成20 肥後・琵琶語り集」三弥井書店 2006 p125
都路の別れ（飛鳥井雅有）
　「新編国歌大観5」角川書店 1987 p1289
都鳥妻恋笛（江島其磧）
　木越治、加藤十握校訂「江戸怪談文芸名作選1 新編浮世草子怪談集」国書刊行会 2016 p317
　佐伯孝弘翻刻「八文字屋本全集12」汲古書院 1996 p347
都の秋集序（蝶夢）
　田中道雄ほか編著「蝶夢全集」和泉書院 2013 p311
都のつと（宗久）
　「新編国歌大観10」角川書店 1992 p1065
都の花めくり
　石川八朗ほか編「宝井其角全集〔2〕資料篇」勉誠社 1994 p697
京略ひながた十二段
　渡辺守邦翻刻「八文字屋本全集5」汲古書院 1994 p187
深山草（伊丹椿園）
　福田安典校訂「江戸怪異綺想文芸大系2 都賀庭鐘・伊丹椿園集」国書刊行会 2001 p615
太山楮（坂）阪）本雲郎編）
　建部綾足著作刊行会編「建部綾足全集1（俳諧I）」国書刊行会 1986 p191
行幸（紫式部）
　石田穰二、清水好子校注「新潮日本古典集成 新装版〔13〕源氏物語 四」新潮社 2014 p145
　阿部秋生ほか校訂・訳「日本の古典をよむ9 源氏物語 上」小学館 2008 p294
　與謝野寛ほか編纂校訂「覆刻 日本古典全集〔文学編〕〔18〕源氏物語 三」現代思潮社 1982 p15

行幸・藤袴（紫式部）
　円地文子訳「わたしの古典7 円地文子の源氏物語 巻2」集英社 1985 p127
明恵上人歌集（明恵）
　平野多恵校注「和歌文学大系60 秋篠月清集・明恵上人歌集」明治書院 2013 p267
明恵上人集（東洋文庫蔵本）（明恵）
　「新編国歌大観4」角川書店 1986 p120
妙見宮奉納画賛句募集一枚摺（仮題）天明三年か
　丸山一彦校注「蕪村全集7 編著・追善」講談社 1995 p465
妙見三神御神託
　岩田勝編著「伝承文学資料集成16 中国地方神楽祭文集」三弥井書店 1990 p307
名号七字十題和歌（藤原定家）
　久保田淳校訂・訳「藤原定家全歌集 下」筑摩書房 2017 p206
明照寺李由子に宿す（松尾芭蕉）
　嶋中道則ほか「新編 芭蕉大成」三省堂 1999 p431
和妙薄韻（妙薄の韻に和す）五首（道元）
　飯田利行編訳「現代語訳 洞門禅文学集〔4〕 道元」国書刊行会 2001 p139
三芳野句稿（仮称）（寛延三年成る）（祇徳）
　加藤定彦、外村展子編「関東俳諧叢書23 四時観編 3」関東俳諧叢書刊行会 2002 p53
未来記（伝藤原定家）
　久保田淳校訂・訳「藤原定家全歌集 下」筑摩書房 2017 p376
未来記（東大国文学研究室蔵本）（伝藤原定家）
　「新編国歌大観5」角川書店 1987 p943
「見る月を」百韻（英方、宗因両吟）
　島津忠夫ほか編「西山宗因全集2 連歌篇二」八木書店 2007 p180
「みるめおふる」百韻
　島津忠夫ほか編「西山宗因全集2 連歌篇二」八木書店 2007 p153
三輪
　伊藤正義校注「新潮日本古典集成 新装版〔65〕謡曲集 下」新潮社 2015 p291
三輪（観世流）神楽物
　野上豊一郎編「新装解註 謡曲全集4」中央公論新社 2001 p23
「見渡せば」百韻
　宮脇真彦執筆担当「新編 芭蕉大成」三省堂 1999 p174
三輪丹前能（紀海音）
　海音研究会編「紀海音全集5」清文堂出版 1978 p279
眠亭記（蝶夢）
　田中道雄ほか編「蝶夢全集」和泉書院 2013 p326
民部卿家歌合
　松野陽一、吉田薫編「藤原俊成全歌集」笠間書院 2007 p550
　岸本理恵校注「和歌文学大系48 王朝歌合集」明治書院 2018 p1
民部卿家歌合（群書類従本）
　「新編国歌大観5」角川書店 1987 p21
民部卿家歌合 建久六年（群書類従本）
　「新編国歌大観5」角川書店 1987 p324
民部卿典侍集（民部卿典侍因子）
　中世和歌の会著「私家集全釈叢書40 民部卿典侍集・土御門院女房全釈」風間書房 2016 p93

【 む 】

夢庵戯哥集（釈大我）
　小林勇翻刻「江戸狂歌本選集1」東京堂出版 1998 p3
夢応の鯉魚（上田秋成）
　浅野三平校注「新潮日本古典集成 新装版〔3〕雨月物語 癇癖談」新潮社 2018 p61
　田中康二注釈ほか「三弥井古典文庫〔3〕雨月物語」三弥井書店 2009 p90
　大庭みな子訳「わたしの古典19 大庭みな子の雨月物語」集英社 1987 p61
むかしを今 全（安永三年夏）（蕪村編）
　丸山一彦校注「蕪村全集7 編著・追善」講談社 1995 p75
『むかしを今』序（与謝蕪村）
　尾形仂、山下一海校注「蕪村全集4 俳詩・俳文」講談社 1994 p139
昔織博多小女郎（山東京傳）
　水野稔ほか校訂「山東京傳全集9 合巻4」ぺりかん社 2006 p161
昔女化粧桜（八文字其笑ほか）
　若木太一翻刻「八文字屋本全集19」汲古書院 1999 p79
昔話稲妻表紙（山東京傳）
　水野稔、徳田武校訂「山東京傳全集16 読本2」ぺりかん社 1997 p379
昔話成田之開帳（山東京山）
　鵜飼伴子校訂「江戸怪異綺想文芸大系4 山東京山伝奇小説集」国書刊行会 2003 p583
宿昔語筆操（山東京傳）
　棚橋正博校訂「山東京傳全集3 黄表紙3」ぺりかん社 2001 p403
むかし口（上田秋成編）
　塩崎俊彦担当「西山宗因全集5 伝記・研究篇」八木書店古書出版部 2013 p161
昔米万石通（西沢一風）
　長友千代治翻刻「西沢一風全集5」汲古書院 2005 p69
「麦生えて」三つ物
　宮脇真彦執筆担当「新編 芭蕉大成」三省堂 1999 p209
「麦蒔て」三つ物句文（松尾芭蕉）
　嶋中道則ほか「新編 芭蕉大成」三省堂 1999

むくけ　　　　　　　　　　　　　　作品名

槿（紫式部）
　奥謝野寛ほか編纂校訂「覆刻 日本古典全集〔文学編〕」〔17〕 源氏物語 二」現代思潮社 1982 p128
　円地文子訳「わたしの古典7 円地文子の源氏物語 巻2」集英社 1985 p43
むぐら
　「新編国歌大観10」角川書店 1992 p1082
　常磐井和子校訂・訳注「中世王朝物語全集15 風に紅葉 むぐら」笠間書院 2001 p143
無間之鐘娘縁記（山東京傳）
　清水正男, 棚橋正博校訂「山東京傳全集11 合巻6」ぺりかん社 2015 p413
無公子句集序（蝶夢）
　田中道雄ほか編著「蝶夢全集」和泉書院 2013 p257
武蔵野
　加藤定彦「西山宗因全集3 俳諧篇」八木書店 2004 p518
武蔵野紀行（北條氏康）
　石川一編・評釈「中世日記紀行文学全評釈集成7」勉誠出版 2004 p325
武蔵野紀行（延享三年刊）（楼川ほか編）
　加藤定彦, 外村展子編「関東俳諧叢書12 武蔵・相模編2」関東俳諧叢書刊行会 1997 p159
「むさし野や」歌仙（西山宗因）
　加藤定彦「西山宗因全集3 俳諧篇」八木書店 2004 p422
むさしふり〔抄〕
　石川八朗ほか編「宝井其角全集〔2〕 資料篇」勉誠社 1994 p20
「むざんやな」の詞書（松尾芭蕉）
　嶋中道則ほか「新編 芭蕉大成」三省堂 1999 p412
むしの野（宝暦十二年刊）（以哉坊編）
　加藤定彦, 外村展子編「関東俳諧叢書8 東武獅子門編2」関東俳諧叢書刊行会 1997 p173
虫めづる姫君
　池田利夫訳・注「笠間文庫 原文&現代語訳シリーズ〔5〕 堤中納言物語」笠間書院 2006 p37
　片桐洋一ほか校訂・訳「日本の古典をよむ6 竹取物語 伊勢物語 堤中納言物語」小学館 2008 p258
息子部屋（山東京傳）
　棚橋正博校訂「山東京傳全集18 洒落本」ぺりかん社 2012 p9
娘景清艨褸振袖（山東京傳）
　水野稔ほか校訂「山東京傳全集9 合巻4」ぺりかん社 2006 p453
娘敵討古郷錦（山東京傳）
　棚橋正博校訂「山東京傳全集1 黄表紙1」ぺりかん社 1992 p37
娘清玄振袖日記（山東京傳）
　棚橋正博校訂「山東京傳全集13 合巻8」ぺりかん社 2018 p9

夢想之俳諧（西鶴）
　竹下義人校注「新編西鶴全集5 本文篇 下」勉誠出版 2007 p772
夢想脇
　宮脇真彦執筆担当「新編 芭蕉大成」三省堂 1999 p314
無題（道元）
　飯田利行訳「現代語訳 洞門禅文学集〔4〕 道元」国書刊行会 2001 p127
　飯田利行訳「現代語訳 洞門禅文学集〔4〕 道元」国書刊行会 2001 p128
　飯田利行訳「現代語訳 洞門禅文学集〔4〕 道元」国書刊行会 2001 p128
　飯田利行訳「現代語訳 洞門禅文学集〔4〕 道元」国書刊行会 2001 p129
　飯田利行訳「現代語訳 洞門禅文学集〔4〕 道元」国書刊行会 2001 p130
無題（夏目漱石）
　李寅生著「漢詩名作集成〈日本編〉」明徳出版社 2016 p799
百文二朱寓骨牌（山東京傳）
　棚橋正博校訂「山東京傳全集1 黄表紙1」ぺりかん社 1992 p335
陸奥行脚記　→　奥州行脚（五）陸奥行脚記（おうしゅうきこう）を見よ
襁褓草 第二集〔志濃夫廼舎歌集〕（橘曙覧）
　井手今滋編, 辻森秀英増補「新修 橘曙覧全集」桜楓社 1983 p52
襁褓岬 第二集〔志濃夫廼舎歌集〕（橘曙覧）
　水島直文, 橋本政宣校注「橘曙覧全歌集」岩波書店 1999 p92
陸奥塩竈一見記　→　奥州紀行（三）陸奥塩竈一見記（おうしゅうきこう）を見よ
陸奥衛
　石川八朗ほか編「宝井其角全集〔2〕 資料篇」勉誠社 1994 p221
六の花
　石川八朗ほか編「宝井其角全集〔2〕 資料篇」勉誠社 1994 p481
六浦（金剛流）太鼓序の舞物
　野上豊一郎編「新装解註 謡曲全集2」中央公論新社 2001 p523
無量寺和尚賢聖院歌合（尊経閣文庫蔵十巻本）
　「新編国歌大観5」角川書店 1987 p100
無得励維那に酬ゆ（義堂周信）
　藤木英雄著「日本漢詩人選集3 義堂周信」研文出版 1999 p11
宗尊親王三百首（天理図書館蔵本）（宗尊親王）
　「新編国歌大観10」角川書店 1992 p118
宗尊親王百五十番歌合 弘長元年（尊経閣文庫蔵本）
　「新編国歌大観10」角川書店 1992 p247
宗良親王千首（群書類従本）（宗良親王）
　「新編国歌大観10」角川書店 1992 p44
宗于集（西本願寺蔵三十六人集）（源宗于）
　「新編国歌大観3」角川書店 1985 p54

無分別（天明二年刊）（紀迪編）
　加藤定彦, 外村展子編「関東俳諧叢書24 東武獅子門編 3」関東俳諧叢書刊行会 2002 p93
無名抄（鴨長明）
　「新編国歌大観5」角川書店 1987 p1061
無名草子
　桑原博史校注「新潮日本古典集成 新装版〔60〕無名草子」新潮社 2017 p5
　「新編国歌大観5」角川書店 1987 p1398
無名の記（飛鳥井雅有）
　「新編国歌大観5」角川書店 1987 p1287
無名和歌集（書陵部蔵五〇一・八二八）（慈円）
　「新編国歌大観7」角川書店 1989 p242
甲午仲春むめの吟（安永三年）（樗良編）
　櫻井武次郎校注「蕪村全集8 関係俳書」講談社 1993 p241
村上天皇御集（書陵部蔵五〇一・八四五）（村上天皇）
　「新編国歌大観7」角川書店 1989 p34
紫式部家集（紫式部）
　正宗敦夫校訂「覆刻 日本古典全集〔文学編〕〔57〕 紫式部日記 紫式部家集 枕草子 清少納言家集」現代思潮社 1982 p95
むらさき式部集（紫式部）
　山本利達校注「新潮日本古典集成 新装版〔61〕紫式部日記 紫式部集」新潮社 2016 p199
紫式部集（紫式部）
　笹川博司全釈「私家集全釈叢書39 紫式部集全釈」風間書房 2014 p81
　田中新一注釈「新注和歌文学叢書2 紫式部集新注」青簡舎 2008 p1
　山本利達校注「新潮日本古典集成 新装版〔61〕紫式部日記 紫式部集」新潮社 2016 p113
　中周子校注「和歌文学大系20 賀茂保憲女集・赤染衛門集・清少納言集・紫式部集・藤三位集」明治書院 2000 p203
紫式部集（実践女子大学蔵本）（紫式部）
　「新編国歌大観3」角川書店 1985 p245
紫式部日記（紫式部）
　小谷野純一訳・注「笠間文庫 原文＆現代語訳シリーズ〔8〕 紫式部日記」笠間書院 2007 p1
　山本利達校注「新潮日本古典集成 新装版〔61〕紫式部日記 紫式部集」新潮社 2016 p1263
　「新編国歌大観5」角川書店 1987 p1263
　正宗敦夫校訂「覆刻 日本古典全集〔文学編〕〔57〕 紫式部日記 紫式部家集 枕草子 清少納言家集」現代思潮社 1982 p39
村田春郷ノ墓ノ碑（賀茂真淵）
　與謝野寛ほか編纂校訂「覆刻 日本古典全集〔文学編〕〔13〕 賀茂眞淵集」現代思潮社 1983 p148
送村田新八子之歐洲（西郷隆盛）
　松尾善弘著「西郷隆盛漢詩全集 増補改訂版」斯文堂 2018 p80
村田水莊の望仙楼に題す（市河寛斎）
　蔡毅, 西岡淳著「日本漢詩人選集9 市河寛斎」研文出版 2007 p205
「むら紅葉」百韻
　島津忠夫ほか編「西山宗因全集2 連歌篇二」八木書店 2007 p169
室君（観世流）中の舞物
　野上豊一郎編「新装解註 謡曲全集4」中央公論新社 2001 p49
室町小歌
　小野恭靖著「コレクション日本歌人選064 室町小歌」笠間書院 2019 p2
室町殿御発句（柿衛文庫蔵本）（足利義政）
　「連歌大観1」古典ライブラリー 2016 p386

【め】

命を銜んで本国に使す（阿倍仲麻呂）
　李寅生著「漢詩名作集成〈日本編〉」明徳出版社 2016 p60
名玉女舞鶴（八文字自笑ほか）
　藤原英城翻刻「八文字屋本全集16」汲古書院 1998 p285
名挙集（宝暦七年成）（英一蝉編）
　加藤定彦, 外村展子編「関東俳諧叢書19 絵俳書編 3」関東俳諧叢書刊行会 1999 p221
明月
　石川八朗ほか編「宝井其角全集〔2〕 資料篇」勉誠社 1994 p188
俳諧明月談笑（明和四年刊）（人左編）
　加藤定彦, 外村展子編「関東俳諧叢書29 雪門編」関東俳諧叢書刊行会 2005 p311
明月篇 初唐の体に效ふ（服部南郭）
　李寅生著「漢詩名作集成〈日本編〉」明徳出版社 2016 p351
「名月や」半歌仙
　宮脇真彦執筆担当「新編 芭蕉大成」三省堂 1999 p269
名所句集（静嘉堂文庫蔵本）
　「連歌大観1」古典ライブラリー 2016 p173
名所小鏡序（蝶夢）
　田中道雄ほか編著「蝶夢全集」和泉書院 2013 p255
名所月歌合 貞永元年（永青文庫蔵本）
　「新編国歌大観1」角川書店 1987 p584
冥途の飛脚（近松門左衛門）
　阪口弘之校訂・訳「日本の古典をよむ19 雨月物語・冥途の飛脚・心中天の網島」小学館 2008 p123
　田中澄江訳「わたしの古典17 田中澄江の心中天の網島」集英社 1986 p69
京鹿子無間鐘箆梅枝伝賦（山東京傳）
　棚橋正博校訂「山東京傳全集1 黄表紙1」ぺりかん社 1992 p295
名物焼蛤
　長友千代治翻刻「八文字屋本全集6」汲古書院 1994 p71

めいわ　　　　　　　　　　　作品名

明和狂歌合(内山椿軒, 萩原宗固判者)
　石川俊一郎翻刻「江戸狂歌本選集1」東京堂出版 1998 p55
明和期類題発句集(加舎白雄撰)
　矢羽勝幸編「増補改訂 加舎白雄全集 下」国文社 2008 p335
明和三年春興帖
　建部綾足著作刊行会編「建部綾足全集3（俳諧Ⅲ）」国書刊行会 1986 p235
明和辛卯初春(明和八年春)(蕪村編)
　丸山一彦校注「蕪村全集7 編著・追善」講談社 1995 p23
目を病む(広瀬旭荘)
　大野修作著「日本漢詩人選集16 広瀬旭荘」研文出版 1999 p74
和布刈(宝生流)(動物)
　野上豊一郎編「新装解註 謡曲全集1」中央公論新社 2001 p253
「めくりあふや」百韻
　加藤定彦「西山宗因全集3 俳諧篇」八木書店 2004 p316
興歌めさし岬(丹青洞恭円編)
　久保田啓一翻刻「江戸狂歌本選集1」東京堂出版 1998 p107
目白台に移居し、城中諸友に寄す(舘柳湾)
　鈴木瑞枝著「日本漢詩人選集13 舘柳湾」研文出版 1999 p119
「めづらしや」歌仙
　宮脇真彦執筆担当「新編 芭蕉大成」三省堂 1999 p207
　宮脇真彦執筆担当「新編 芭蕉大成」三省堂 1999 p236
「芽出しより」一巡五句
　宮脇真彦執筆担当「新編 芭蕉大成」三省堂 1999 p261
「めでたき人の」の詞書(松尾芭蕉)
　嶋中道則ほか「新編 芭蕉大成」三省堂 1999 p381
「目出度人の」三つ物
　宮脇真彦執筆担当「新編 芭蕉大成」三省堂 1999 p199
瑪瑙の研山(市河寛斎)
　蔡毅, 西岡淳著「日本漢詩人選集9 市河寛斎」研文出版 2007 p136
目の下の(四句)
　永井一彰校注「蕪村全集2 連句」講談社 2001 p539
目ひとつの神(上田秋成)
　美山靖校注「新潮日本古典集成 新装版〔48〕春雨物語 書初機嫌海」新潮社 2014 p58
　山本綏子注釈ほか「三弥井古典文庫〔10〕春雨物語」三弥井書店 2012 p97

【も】

蒙求和歌 片仮名本(国立国会図書館蔵本)(源光行)
　「新編国歌大観10」角川書店 1992 p901
蒙求和歌 平仮名本(内閣文庫蔵本)(源光行)
　「新編国歌大観10」角川書店 1992 p928
孟浩然の詩を読む(釈萬庵)
　李寅生著「漢詩名作集成〈日本編〉」明徳出版社 2016 p315
猛虎行(石田東陵)
　李寅生著「漢詩名作集成〈日本編〉」明徳出版社 2016 p791
詣 諏訪廟・諏方社前(加舎白雄)
　矢羽勝幸翻刻・注ほか「増補改訂 加舎白雄全集 上」国文社 2008 p424
孟東野を賛す(一曇聖瑞)
　李寅生著「漢詩名作集成〈日本編〉」明徳出版社 2016 p239
最上の河路(飛鳥井雅有)
　「新編国歌大観5」角川書店 1987 p1289
黙止
　石川八朗ほか編「宝井其角全集〔2〕資料篇」勉誠社 1994 p512
木染義仲寺詣摺物(仮題)安永三年か
　丸山一彦校注「蕪村全集7 編著・追善」講談社 1995 p454
木母寺(柏木如亭)
　李寅生著「漢詩名作集成〈日本編〉」明徳出版社 2016 p474
　入谷仙介著「日本漢詩人選集8 柏木如亭」研文出版 1999 p79
もしほ草
　海音研究会編「紀海音全集8」清文堂出版 1980 p94
「もしほぐさ」詞書(与謝蕪村)
　尾形仂, 山下一海校注「蕪村全集4 俳詩・俳文」講談社 1994 p180
文字鋳敷廿首(藤原定家)
　久保田淳校訂・訳「藤原定家全歌集 下」筑摩書房 2017 p66
文字摺石(松尾芭蕉)
　嶋中道則ほか「新編 芭蕉大成」三省堂 1999 p402
餅酒歌合(書陵部蔵二一〇・六四一)
　「新編国歌大観5」角川書店 1987 p754
餅酒百首(落首・狂歌抜粋)
　狂歌大観刊行会編「狂歌大観2 参考篇」明治書院 1984 p9
茂重集(書陵部蔵五〇一・三〇四)(大江茂重)
　「新編国歌大観7」角川書店 1989 p581

望月(金春流)獅子舞物
　野上豊一郎編「新装解註 謡曲全集4」中央公論新社 2001 p559
持為集Ⅰ(国立歴史民俗博物館蔵本)(下冷泉持為)
　「新編国歌大観8」角川書店 1990 p23
持為集Ⅱ(書陵部蔵一五〇・六三六)(下冷泉持為)
　「新編国歌大観8」角川書店 1990 p28
持為集Ⅲ(書陵部蔵一五〇・六三〇)(下冷泉持為)
　「新編国歌大観8」角川書店 1990 p32
梼梨曲(広瀬旭荘)
　大野修作著「日本漢詩人選集16 広瀬旭荘」研文出版 1999 p92
木工集(柏木如亭)
　入谷仙介著「日本漢詩人選集8 柏木如亭」研文出版 1999 p3
模堂楷書記を悼む(義堂周信)
　藤木英雄著「日本漢詩人選集3 義堂周信」研文出版 1999 p133
元真集(西本願寺蔵三十六人集)(藤原元真)
　「新編国歌大観3」角川書店 1985 p93
基佐句集(書陵部斑山文庫蔵本)(桜井基佐)
　「連歌大観1」古典ライブラリー 2016 p514
基佐集(島原松平文庫蔵本)(桜井基佐)
　「新編国歌大観8」角川書店 1990 p307
元輔集(清原元輔)
　後藤祥子校注・訳「私家集注釈叢刊6 元輔集注釈」貴重本刊行会 1994 p7
　徳原茂実校注「和歌文学大系52 三十六歌仙集(二)」明治書院 2012 p137
元輔集(正保版歌仙家集本)(清原元輔)
　藤本一恵全釈「私家集全釈叢書8 清原元輔集全釈」風間書房 1989 p33
　「新編国歌大観3」角川書店 1985 p110
元輔集(尊経閣文庫蔵本)(清原元輔)
　「新編国歌大観7」角川書店 1989 p41
元輔集(前田尊経閣蔵本)(清原元輔)
　藤本一恵全釈「私家集全釈叢書8 清原元輔集全釈」風間書房 1989 p319
元輔集 特有歌(書陵部蔵桂宮丙本)(清原元輔)
　藤本一恵全釈「私家集全釈叢書8 清原元輔集全釈」風間書房 1989 p451
基綱集(国立歴史民俗博物館蔵本)(姉小路基綱)
　「新編国歌大観8」角川書店 1990 p435
基俊集(書陵部蔵 一五〇・五七八)(藤原基俊)
　滝澤貞夫全釈「私家集全釈叢書5 基俊集全釈」風間書房 1988 p179
　「新編国歌大観7」角川書店 1989 p130
基俊集(書陵部蔵 五〇一・七四三)(藤原基俊)
　滝澤貞夫全釈「私家集全釈叢書5 基俊集全釈」風間書房 1988 p35
　「新編国歌大観3」角川書店 1985 p468
もと・せのふゆ序(蝶夢)
　田中道雄ほか編著「蝶夢全集」和泉書院 2013 p333
もとの清水序(蝶夢)
　田中道雄ほか編著「蝶夢全集」和泉書院 2013 p318
もとのみづ(宝暦九年刊)(雪斎編)
　加藤定彦, 外村展子編「関西俳諧書21 江戸座編 3」関東俳諧叢刊行会 2001 p181
もとの水
　石川八朗ほか編「宝井其角全集〔2〕資料篇」勉誠社 1994 p394
元の木阿弥〔落首・狂歌抜粋〕
　狂歌大観刊行会編「狂歌大観2 参考篇」明治書院 1984 p134
求塚(宝生流)
　野上豊一郎編「新装解註 謡曲全集4」中央公論新社 2001 p315
元良親王集(元良親王)
　片桐洋一編, 関西私家集研究会注釈「和歌文学注釈叢書1 元良親王集全注釈」新典社 2006 p7
元良親王集(書陵部蔵五〇一・一二〇)(元良親王)
　「新編国歌大観3」角川書店 1985 p150
戻駕籠故郷錦絵(山東京山)
　津田眞弓校訂「江戸怪異綺想文芸大系4 山東京山伝奇小説集」国書刊行会 2003 p447
ものいへは
　石川八朗ほか編「宝井其角全集〔2〕資料篇」勉誠社 1994 p346
「ものいへば」の詞書(松尾芭蕉)
　嶋中道則ほか「新編 芭蕉大成」三省堂 1999 p397
物いふも(歌仙)
　長島弘明校注「蕪村全集2 連句」講談社 2001 p157
「もの書て」発句・脇
　宮脇真彦執筆担当「新編 芭蕉大成」三省堂 1999 p243
物語二百番歌合(藤原定家編)
　三角洋一校注「和歌文学大系50 物語二百番歌合・風葉和歌集」明治書院 2019 p1
物語二百番歌合(穂久邇文庫蔵本)
　「新編国歌大観5」角川書店 1987 p810
物ぐさ太郎(浅田一鳥ほか)
　「義太夫節浄瑠璃未翻刻作品集成52 物ぐさ太郎」玉川大学出版部 2018 p11
物種集
　加藤定彦「西山宗因全集3 俳諧篇」八木書店 2004 p523
俳諧 物種集
　佐藤勝明校注「新編西鶴全集5 本文篇 上」勉誠出版 2007 p263
喪の名残
　石川八朗ほか編「宝井其角全集〔2〕資料篇」勉誠社 1994 p233
もゝ親(天明三年)(葛人編)
　藤原真一校注「蕪村全集8 関係俳書」講談社 1993 p535
「物の名も」百韻
　宮脇真彦執筆担当「新編 芭蕉大成」三省堂 1999 p165

「武士の」表六句
 宮脇真彦執筆担当「新編 芭蕉大成」三省堂 1999 p286
物部守屋錦韈（八文字屋其笑ほか）
 渡辺守邦翻刻「八文字屋本全集18」汲古書院 1998 p419
物見車
 石川八朗ほか編「宝井其角全集〔2〕 資料篇」勉誠社 1994 p98
謡曲 物見車（可休編）
 伴野英一校注「新編西鶴全集5 本文篇 下」勉誠出版 2007 p868
物詣（建部綾足）
 建部綾足著作刊行会編「建部綾足全集5（紀行・歌集）」国書刊行会 1987 p235
紅葉狩
 伊藤正義校注「新潮日本古典集成 新装版〔65〕謡曲集 下」新潮社 2015 p301
 馬場あき子訳「わたしの古典15 馬場あき子の謡曲集 三枝和子の狂言集」集英社 1987 p61
紅葉狩（観世流）働等
 野上豊一郎校注「新装解註 謡曲全集5」中央公論新社 2001 p487
『紅葉草』所引「豊一」付句
 島津忠夫ほか編「西山宗因全集6 解題・索引篇」八木書店古書出版部 2017 p63
「紅葉せぬ」百韻
 島津忠夫ほか編「西山宗因全集2 連歌篇二」八木書店 2007 p131
紅葉賀（紫式部）
 石田穣二、清水好子校注「新潮日本古典集成 新装版〔11〕 源氏物語 二」新潮社 2014 p9
 阿部秋生ほか校訂・訳「日本の古典をよむ9 源氏物語 上」小学館 2008 p102
 與謝野寛ほか編纂校訂「覆刻 日本古典全集〔文学編〕〔16〕 源氏物語 一」現代思潮社 1982 p144
 円地文子訳「わたしの古典6 円地文子の源氏物語 巻1」集英社 1985 p109
「紅葉ばの」百韻
 島津忠夫ほか編「西山宗因全集2 連歌篇二」八木書店 2007 p419
「紅葉鮒」百韻
 加藤定彦「西山宗因全集3 俳諧篇」八木書店 2004 p269
木綿橋客樓口占（中島棕隠）
 入谷仙介著「日本漢詩人選集14 中島棕隠」研文出版 2002 p115
桃一見（天明五年刊）（翠兄編）
 加藤定彦、外村展子編「関東俳諧叢書27 常総編3」関東俳諧叢書刊行会 2004 p233
俳諧もゝすも、全（安永九年十一月）（蕪村編）
 山下一海校注「蕪村全集7 編著・追善」講談社 1995 p255
『もゝすも、』序（蕪村）
 尾形仂、山下一海校注「蕪村全集4 俳詩・俳文」講談社 1994 p193

蕪村・几董交筆『もゝすも、』草稿
 丸山一彦解題「蕪村全集2 連句」講談社 2001 p577
昔々桃太郎発端話説（山東京傳）
 棚橋正博校訂「山東京傳全集3 黄表紙3」ぺりかん社 2001 p35
桃舐集〔抄〕（路通撰）
 嶋中道則編「新編 芭蕉大成」三省堂 1999 p793
 石川八朗ほか編「宝井其角全集〔2〕 資料篇」勉誠社 1994 p212
桃の杖〔抄〕（孟遠）
 嶋中道則編「新編 芭蕉大成」三省堂 1999 p800
桃乃鳥（百梅編）
 建部綾足著作刊行会編「建部綾足全集1（俳諧 I）」国書刊行会 1986 p35
桃の笥（宝暦三年刊）（得牛編）
 加藤定彦、外村展子編「関東俳諧叢書6 四時観編2」関東俳諧叢書刊行会 1996 p117
桃の実
 石川八朗ほか編「宝井其角全集〔2〕 資料篇」勉誠社 1994 p142
俳諧桃八仙（青華楼麦洲編）
 建部綾足著作刊行会編「建部綾足全集1（俳諧 I）」国書刊行会 1986 p301
茂々代草（寛政九年刊）（其流ほか編）
 加藤定彦、外村展子編「関東俳諧叢書28 両毛・甲斐編3」関東俳諧叢書刊行会 2005 p309
もゝよ草
 石川八朗ほか編「宝井其角全集〔2〕 資料篇」勉誠社 1994 p636
百夜問答（建部綾足）
 建部綾足著作刊行会編「建部綾足全集3（俳諧 III）」国書刊行会 1986 p189
百夜問答二篇（建部綾足）
 建部綾足著作刊行会編「建部綾足全集3（俳諧 III）」国書刊行会 1986 p293
「漏らぬほど」半歌仙
 宮脇真彦執筆担当「新編 芭蕉大成」三省堂 1999 p265
盛久
 伊藤正義校注「新潮日本古典集成 新装版〔65〕謡曲集 下」新潮社 2015 p313
盛久（喜多流）男舞物
 野上豊一郎校注「新装解註 謡曲全集5」中央公論新社 2001 p29
盛久側柏葉（八文字屋其笑ほか）
 藤原英城翻刻「八文字屋本全集18」汲古書院 1998 p487
師兼千首（書陵部蔵五〇一・七七二）（師兼）
 「新編国歌大観10」角川書店 1992 p64
唐土奇談（寛政二年正月刊 斉藤庄兵衛他板）（銅脈先生）
 斎田作楽編「銅脈先生全集 下 和文戯作集」太平書屋 2009 p181
唐土の吉野（前川来太）
 飯倉洋一校訂「江戸怪談文芸名作選2 前期読本怪談集」国書刊行会 2017 p281

師光集（三手文庫蔵本）（源師光）
　「新編国歌大観4」角川書店 1986 p29
門を出でず（菅原道真）
　李寅生著「漢詩名作集成〈日本編〉」明徳出版社 2016 p154
　小島憲之, 山本登朗訓読ほか「日本漢詩人選集1 菅原道真」研文出版 1998 p143
文集百首（慈円ほか）
　文集百首研究会全釈「歌合・定数歌全釈叢書8 文集百首全釈」風間書房 2007 p11
　久保田淳校訂・訳「藤原定家全歌集 下」筑摩書房 2017 p94
文殊を礼し罷って、家に赴き親を省す（義堂周信）
　藤木英雄著「日本漢詩人選集3 義堂周信」研文出版 1999 p33
門のかをり（童子教）（蝶夢）
　田中道雄ほか編著「蝶夢全集」和泉書院 2013 p547

【 や 】

夜雨主人に贈る（良寛）
　井上慶隆著「日本漢詩人選集11 良寛」研文出版 2002 p174
夜雨寮（広瀬淡窓）
　林田愼之助著「日本漢詩人選集15 広瀬淡窓」研文出版 2005 p128
八重垣縁結（朱楽菅江編）
　小林勇翻刻「江戸狂歌本選集3」東京堂出版 1999 p185
八重霞かしくの仇討（山東京傳）
　水野稔ほか校訂「山東京傳全集7 合巻2」ぺりかん社 1999 p137
八重一重（遠舟編）
　竹下義人校注「新編西鶴全集5 本文篇 下」勉誠出版 2007 p996
やへむくら
　石川八朗ほか編「宝井其角全集〔2〕資料篇」勉誠社 1994 p202
八重葎
　「新編国歌大観10」角川書店 1992 p1082
　神野藤昭夫校訂・訳注「中世王朝物語全集13 八重葎 別本八重葎」笠間書院 2019 p3
八重葎 別本
　「新編国歌大観10」角川書店 1992 p1083
八百やお七（紀海音）
　海音研究会編「紀海音全集3」清文堂出版 1979 p183
野鶴頌（宝暦十二年刊）（素丸ほか編）
　加藤定彦, 外村展子編「関東俳諧叢書22 五色墨編」関東俳諧叢書刊行会 2001 p241

也哉抄〔抄〕（上田秋成）
　島津忠夫ほか編「西山宗因全集5 伝記・研究篇」八木書店古書出版部 2013 p282
『也哉抄』序（与謝蕪村）
　尾形仂, 山下一海校注「蕪村全集4 俳詩・俳文」講談社 1994 p137
家持集（大伴家持）
　島田良二全釈「私家集全釈叢書33 家持集全釈」風間書房 2003 p53
　阿蘇瑞枝校注「和歌文学大系17 人麻呂集・赤人集・家持集」明治書院 2004 p201
家持集（書陵部蔵五−○・一二）（大伴家持）
　「新編国歌大観3」角川書店 1985 p17
「やくわんやも」百韻（西山宗因）
　加藤定彦「西山宗因全集3 俳諧篇」八木書店 2004 p199
夜帰舟中 三首（第一首）（梁川星巌）
　山本和義, 福島理子著「日本漢詩人選集17 梁川星巌」研文出版 2008 p131
「焼飯や」表六句
　宮脇真彦執筆担当「新編 芭蕉大成」三省堂 1999 p209
団子兵衛御はゞ焼餅噺（山東京傳）
　棚橋正博校訂「山東京傳全集1 黄表紙1」ぺりかん社 1992 p55
有約阻雨（西郷隆盛）
　松尾善弘著「西郷隆盛漢詩全集 増補改訂版」斯文堂 2018 p190
役者色仕組（江島其磧）
　佐伯孝弘翻刻「八文字屋本全集8」汲古書院 1995 p73
八雲御抄（順徳院）
　「新編国歌大観5」角川書店 1987 p1068
「薬欄に」歌仙一巡四句
　宮脇真彦執筆担当「新編 芭蕉大成」三省堂 1999 p239
「薬欄に」の詞書（松尾芭蕉）
　嶋中道則ほか「新編 芭蕉大成」三省堂 1999 p411
野傾咲分色戸
　篠原進翻刻「八文字屋本全集7」汲古書院 1994 p73
野傾旅葛籠（江島其磧）
　花田富二夫翻刻「八文字屋本全集2」汲古書院 1993 p453
野狐 婚娶の図（大須賀筠軒）
　李寅生著「漢詩名作集成〈日本編〉」明徳出版社 2016 p739
也哉抄（やさいしょう）→ "やかなしょう"を見よ
野菜づくし
　野村眞智子編「伝承文学資料集成20 肥後・琵琶語り集」三弥井書店 2006 p299
優源平歌嚢（八文字笑ほか）
　長友千代治翻刻「八文字屋本全集20」汲古書院 1999 p1

八島
　伊藤正義校注「新潮日本古典集成 新装版〔65〕謡曲集 下」新潮社 2015 p327

八島(観世流)カケリ物
　野上豊一郎編「新装解註 謡曲全集2」中央公論新社 2001 p27

八島懐古 其の一(桂山彩巌)
　李寅生著「漢詩名作集成〈日本編〉」明徳出版社 2016 p337

保明親王帯刀陣歌合(尊経閣文庫蔵十巻本)
　「新編国歌大観5」角川書店 1987 p39

康資王母集(康資王母)
　久保木哲夫、花上和広校注・訳「私家集注釈叢刊8 康資王母集注釈」貴重本刊行会 1997 p7

康資王母集(群書類従本)(康資王母)
　「新編国歌大観3」角川書店 1985 p399

「やすすやと」歌仙
　宮脇真彦執筆担当「新編 芭蕉大成」三省堂 1999 p263

やすらい(享保五年刊)(雁山編)
　加藤定彦、外村展子編「関東俳諧叢書15 両毛・甲斐編1」関東俳諧叢書刊行会 1996 p71

野総紀行(雙松行義)
　津本信博著「江戸後期紀行文学全集2」新典社 2013 p195

八十浦之玉(天保四年・文政十二年・天保七年板本)(本居大平編)
　「新編国歌大観6」角川書店 1988 p843

矢卓鴨
　伊藤正義校注「新潮日本古典集成 新装版〔65〕謡曲集 下」新潮社 2015 p343

やたら草(宝暦八年刊)(淵光)
　加藤定彦、外村展子編「関東俳諧叢書26 武蔵・相模編3」関東俳諧叢書刊行会 2004 p83

野鳥
　石川八朗ほか編「宝井其角全集〔2〕 資料篇」勉誠社 1994 p333

奴勝山愛玉丹前(山東京山)
　津本眞弓校訂「江戸怪異綺想文芸大系4 山東京山伝奇小説集」国書刊行会 2003 p415

略平家都遷(江島其磧)
　渡辺守邦翻刻「八文字屋本全集13」汲古書院 1997 p77

やつれ蓑の日記―附録 雨瀧紀行・美徳山紀行―(衣川長秋)
　津本信博著「江戸後期紀行文学全集1」新典社 2007 p373

「宿からは」百韻
　加藤定彦「西山宗因全集3 俳諧篇」八木書店 2004 p145

「宿借りて」の詞書(松尾芭蕉)
　嶋中道則ほか「新編 芭蕉大成」三省堂 1999 p431

「宿かりて」三つ物
　宮脇真彦執筆担当「新編 芭蕉大成」三省堂 1999 p268

宿の日記(安永五年)(高井几董艸)
　丸山一彦校注「蕪村全集3 句集・句稿・句会稿」講談社 1992 p633

「宿まゐらせむ」発句・脇
　宮脇秋生執筆担当「新編 芭蕉大成」三省堂 1999 p187

宿木(紫式部)
　石田穣二、清水好子校注「新潮日本古典集成 新装版〔16〕 源氏物語 七」新潮社 2014 p149
　阿部秋生ほか校訂・訳「日本の古典をよむ10 源氏物語 下」小学館 2008 p234
　與謝野寛ほか編纂校訂「覆刻 日本古典全集〔文学編〕〔20〕 源氏物語 五」現代思潮社 1982 p1
　円地文子訳「わたしの古典8 円地文子の源氏物語 巻3」集英社 1986 p87

「やどりせむ」ほかの詞書(松尾芭蕉)
　嶋中道則ほか「新編 芭蕉大成」三省堂 1999 p393

やとりの松
　石川八朗ほか編「宝井其角全集〔2〕 資料篇」勉誠社 1994 p386

「やとれとの」百韻
　加藤定彦「西山宗因全集3 俳諧篇」八木書店 2004 p211

「柳行李」歌仙
　宮脇真彦執筆担当「新編 芭蕉大成」三省堂 1999 p295

柳ちり(歌仙)
　満田達夫校注「蕪村全集2 連句」講談社 2001 p57

「柳ちり」詞書(与謝蕪村)
　尾形仂、山下一海校注「蕪村全集4 俳詩・俳文」講談社 1994 p85

柳の糸(浅草庵市人編)
　宮崎修多翻刻「江戸狂歌本選集5」東京堂出版 1999 p3

柳の雫(柳下泉末竜)
　岡雅彦翻刻「江戸狂歌本選集1」東京堂出版 1998 p67

狂歌柳下草(柏木遊泉)
　西島孜哉編「近世上方狂歌叢書7 狂歌柳下草(他)」近世上方狂歌研究会 1987 p1

野奇仲 禅海に漁するに導く(広瀬旭荘)
　大野修作著「日本漢詩人選集16 広瀬旭荘」研文出版 1999 p29

野白内証鑑(江島其磧)
　石川了翻刻「八文字屋本全集2」汲古書院 1993 p11

耶馬渓(広瀬淡窓)
　林田愼之助著「日本漢詩人選集15 広瀬淡窓」研文出版 2005 p121

耶馬渓(梁川星巌)
　李寅生著「漢詩名作集成〈日本編〉」明徳出版社 2016 p535

夜半翁三年忌追福摺物(仮題)(天明五年十一月)(田福編)
　丸山一彦校注「蕪村全集7 編著・追善」講談社

夜半翁終焉記（几董）
　揖斐高注訳「古典名作リーディング1 蕪村・一茶集」貴重本刊行会 2000 p181
夜半翁蕪村艘消息抄（与謝蕪村）
　尾形仂校注「蕪村全集3 句集・句稿・句会稿」講談社 1992 p303
夜半雑録（与謝蕪村）
　尾形仂, 山下一海校注「蕪村全集4 俳詩・俳文」講談社 1994 p244
夜半艘句集（与謝蕪村）
　丸山一彦校注「蕪村全集3 句集・句稿・句会稿」講談社 1992 p243
夜半亭句筵控え（蕪村）
　尾形仂校注「蕪村全集3 句集・句稿・句会稿」講談社 1992 p418
夜半亭月並小摺物（仮題）明和八年（蕪村編）
　丸山一彦校注「蕪村全集7 編著・追善」講談社 1995 p449
夜半亭発句集（与謝蕪村）
　尾形仂校注「蕪村全集3 句集・句稿・句会稿」講談社 1992 p286
『夜半亭発句帖』跋（与謝蕪村）
　尾形仂, 山下一海校注「蕪村全集4 俳詩・俳文」講談社 1994 p92
夜半門冬題点取集（与謝蕪村点評）
　尾形仂, 山下一海校注「蕪村全集4 俳詩・俳文」講談社 1994 p339
夜半楽（安永六年一月）（蕪村編）
　山下一海校注「蕪村全集7 編著・追善」講談社 1995 p213
『夜半楽』序（与謝蕪村）
　尾形仂, 山下一海校注「蕪村全集4 俳詩・俳文」講談社 1994 p164
狂歌野夫鶯（九如館鈍永）
　西島孜哉, 光井文華編「近世上方狂歌叢書13 朋ちから（他）」近世上方狂歌研究会 1990 p56
病より起つ（新井白石）
　一海知義, 池澤一郎訳注「日本漢詩人選集5 新井白石」研文出版 2001 p117
「山里集草稿」
　矢羽勝幸翻刻「古典文学翻刻集成7 続・俳文学篇中興期（下）」ゆまに書房 1999 p118
山里塚
　石川八朗ほか編「宝井其角全集〔2〕資料篇」勉誠社 1994 p631
山里塚供養文（蝶夢）
　田中道雄ほか編著「蝶夢全集」和泉書院 2013 p298
山里ノ記（賀茂真淵）
　與謝野寛ほか編纂校訂「覆刻 日本古典全集〔文学編〕〔13〕賀茂眞淵集」現代思潮社 1983 p133
山路の露
　「新編国歌大観5」角川書店 1987 p1375
　稲賀敬二校訂・訳注「中世王朝物語全集8 恋路ゆかしき大将 山路の露」笠間書院 2004 p259
山路の露（妙仙尼）
　西村本小説研究会編「西村本小説全集 下」勉誠社 1985 p273
「山路見えて」百韻
　島津忠夫ほか編「西山宗因全集2 連歌篇二」八木書店 2007 p423
山田法師集（書陵部蔵五〇一・一八一）（山田法師）
　「新編国歌大観7」角川書店 1989 p27
倭歌月見松（菅専助ほか）
　土田衞ほか編「菅専助全集3」勉誠社 1992 p301
大和怪異記
　土屋順子校訂「江戸怪異綺想文芸大系5 近世民間異聞怪談集成」国書刊行会 2003 p819
大和怪異記（宝永六年刊、七巻、絵入）抄
　朝倉治彦編「假名草子集成29」東京堂出版 2001 p168
「大和仮名」詞書（与謝蕪村）
　尾形仂, 山下一海校注「蕪村全集4 俳詩・俳文」講談社 1994 p181
大和紀行（加舎白雄）
　矢羽勝幸翻刻・注ほか「増補改訂 加舎白雄全集 上」国文社 2008 p403
大倭二十四孝（浅井了意）
　柳沢昌紀翻刻「浅井了意全集 仮名草子編2」岩田書院 2011 p205
山と水（宝暦十三年刊）（烏明編）
　加藤定彦, 外村展子編「関東俳諧叢書26 武蔵・相模編 3」関東俳諧叢書刊行会 2004 p119
大和物語
　「新編国歌大観5」角川書店 1987 p1310
　正宗敦夫編纂校訂「覆刻 日本古典全集〔文学編〕〔36〕竹取物語 大和物語 住吉物語 唐物語」現代思潮社 1982 p37
大和物語の端に記るせる詞（賀茂真淵）
　與謝野寛ほか編纂校訂「覆刻 日本古典全集〔文学編〕〔13〕賀茂眞淵集」現代思潮社 1983 p97
「山鳥の」前書（与謝蕪村）
　尾形仂, 山下一海校注「蕪村全集4 俳詩・俳文」講談社 1994 p36
山中三吟評註（松尾芭蕉評語）
　小林祥次郎執筆担当「新編 芭蕉大成」三省堂 1999 p582
山中集
　石川八朗ほか編「宝井其角全集〔2〕資料篇」勉誠社 1994 p355
「山中や」句文（松尾芭蕉）
　嶋中道則ほか「新編 芭蕉大成」三省堂 1999 p412
山に游ぶ（田能村竹田）
　李寅生著「漢詩名作集成〈日本編〉」明徳出版社 2016 p497
山に入る興（空海）
　興膳宏著「日本漢詩人選集 別巻 古代漢詩選」研文出版 2005 p187
山にかゝる（歌仙）
　永田一彰校注「蕪村全集2 連句」講談社 2001 p472

「山霞む」四十八句〔西山宗因〕
　島津忠夫ほか編「西山宗因全集2 連歌篇二」八木書店 2007 p390

山の端千句
　加藤定彦「西山宗因全集3 俳諧篇」八木書店 2004 p446

山ひこ
　石川八朗ほか編「宝井其角全集〔2〕 資料篇」勉誠社 1994 p367

「山吹や」詞書〔与謝蕪村〕
　尾形仂, 山下一海校注「蕪村全集4 俳詩・俳文」講談社 1994 p211

山伏摺物〔仮題〕安永六年春〔蕪村, 几董編〕
　丸山一彦校注「蕪村全集7 編著・追善」講談社 1995 p458

山鼉鳩蹴転破瓜〔山東京傳〕
　棚橋正博校訂「山東京傳全集2 黄表紙2」ぺりかん社 1993 p301

山焼の辞〔加舎白雄〕
　矢羽勝幸編「増補改訂 加舎白雄全集 上」国文社 2008 p371

「山は時雨」百韻
　島津忠夫ほか編「西山宗因全集2 連歌篇二」八木書店 2007 p352

山姥
　伊藤正義校注「新潮日本古典集成 新装版〔65〕 謡曲集 下」新潮社 2015 p355

山姥〔金春流〕カケリ物
　野上豊一郎編「新装解註 謡曲全集6」中央公論新社 2001 p371

「やら涼し」百韻
　加藤定彦「西山宗因全集3 俳諧篇」八木書店 2004 p218

遺放三番続〔自笑ほか〕
　長友千代治翻刻「八文字屋本全集23」汲古書院 2000 p213

也寥禅師を悼む文〔加舎白雄〕
　矢羽勝幸編「増補改訂 加舎白雄全集 上」国文社 2008 p385

遺子
　橋本朝生翻刻・解題「西行全集」貴重本刊行会 1990 p1116

やはき堤
　石川八朗ほか編「宝井其角全集〔2〕 資料篇」勉誠社 1994 p199

夜話ぐるひ〔抄〕〔宇中〕
　嶋中道則編「新編 芭蕉大成」三省堂 1999 p798

やはたの道行ぶり〔建部綾足〕
　建部綾足著作刊行会編「建部綾足全集5（紀行・歌集）」国書刊行会 1987 p243

「やはらかに」発句・脇
　宮脇真彦執筆担当「新編 芭蕉大成」三省堂 1999 p294

【ゆ】

湯あみの日記〔蝶夢ほか〕
　田中道雄ほか編著「蝶夢全集」和泉書院 2013 p502

唯心房集〔書陵部蔵五〇一・一四七〕〔寂然〕
　「新編国歌大観7」角川書店 1989 p193

唯心房集〔高松宮蔵本〕〔寂然〕
　「新編国歌大観3」角川書店 1985 p568

夕顔
　伊藤正義校注「新潮日本古典集成 新装版〔65〕 謡曲集 下」新潮社 2015 p367

夕顔〔喜多流〕大小序の舞物
　野上豊一郎編「新装解註 謡曲全集2」中央公論新社 2001 p299

夕顔〔紫式部〕
　石田穣二, 清水好子校注「新潮日本古典集成 新装版〔10〕 源氏物語 一」新潮社 2014 p119
　阿部秋生ほか校訂・訳「日本の古典をよむ9 源氏物語 上」小学館 2008 p57
　輿謝野寛ほか編纂校訂「覆刻 日本古典全集〔文学編〕〔16〕 源氏物語 一」現代思潮社 1982 p57
　円地文子訳「わたしの古典6 円地文子の源氏物語 巻1」集英社 1985 p51

「夕㒵」集句
　宮脇真彦執筆担当「新編 芭蕉大成」三省堂 1999 p298

夕がほも〔歌仙〕
　満田達夫校注「蕪村全集2 連句」講談社 2001 p347

夕風に〔歌仙〕
　満田達夫校注「蕪村全集2 連句」講談社 2001 p411

夕風や〔歌仙〕
　長島弘明校注「蕪村全集2 連句」講談社 2001 p296

幽居 集句〔龍草廬〕
　李寅生著「漢詩名作集成〈日本編〉」明徳出版社 2016 p391

夕霧〔紫式部〕
　石田穣二, 清水好子校注「新潮日本古典集成 新装版〔15〕 源氏物語 六」新潮社 2014 p9
　阿部秋生ほか校訂・訳「日本の古典をよむ10 源氏物語 下」小学館 2008 p114
　輿謝野寛ほか編纂校訂「覆刻 日本古典全集〔文学編〕〔19〕 源氏物語 四」現代思潮社 1982 p1

夕霧有馬松〔八文字自笑, 八文字其笑〕
　岡雅彦翻刻「八文字屋本全集20」汲古書院 1999 p233

夕暮塚供養文〔蝶夢〕
　田中道雄ほか編著「蝶夢全集」和泉書院 2013 p299

「夕されば」百韻（一順）
　島津忠夫ほか編「西山宗因全集2 連歌篇二」八木書店 2007 p291
由之と酒を飲み楽しみ甚だし（良寛）
　井上慶隆著「日本漢詩人選集11 良寛」研文出版 2002 p151
祐子内親王家歌合 永承五年（尊経閣文庫蔵十巻本）
　「新編国歌大観5」角川書店 1987 p84
祐子内親王家紀伊集（穂久邇文庫蔵本）（祐子内親王家紀伊）
　「新編国歌大観3」角川書店 1985 p415
遊春〔如亭山人藁 初集〕（柏木如亭）
　入谷仙介著「日本漢詩人選集8 柏木如亭」研文出版 1999 p68
遊春、永日の韻に和す（九首 選一首）（市河寛斎）
　蔡毅、西岡淳著「日本漢詩人選集9 市河寛斎」研文出版 2007 p64
又（小亭）（新井白石）
　一海知義、池澤一郎訳注「日本漢詩人選集5 新井白石」研文出版 2001 p72
有職鎌倉山（菅専助、中村魚眼）
　土田衛ほか編「菅専助全集6」勉誠社 1995 p261
遊女懐中洗濯 付 野傾髪透浪・けいせい卵子酒（江島其磧）
　林望、長谷川強翻刻「八文字屋本全集1」汲古書院 1992 p455
有人乞仏語（良寛）
　内山知也、松本市壽執筆「定本 良寛全集3 書簡集・法華転・法華讃」中央公論新社 2007 p429
與友人共来賦送之（西郷隆盛）
　松尾善弘著「西郷隆盛漢詩全集 増補改訂版」斯文堂 2018 p139
寄友人某（西郷隆盛）
　松尾善弘著「西郷隆盛漢詩全集 増補改訂版」斯文堂 2018 p83
和友人所寄韻以答（西郷隆盛）
　松尾善弘著「西郷隆盛漢詩全集 増補改訂版」斯文堂 2018 p51
夕附日（十四句）
　永井一彰校注「蕪村全集2 連句」講談社 2001 p507
悠然様御詠草（田藩文化蔵本）（田安宗武）
　「新編国歌大観9」角川書店 1991 p348
「ゆふだすき」百韻（正方、宗因）
　島津忠夫ほか編「西山宗因全集2 連歌篇二」八木書店 2007 p207
「夕立」唱和
　加藤定彦「西山宗因全集3 俳諧篇」八木書店 2004 p287
雄長老狂歌
　狂歌大観刊行会編「狂歌大観2 参考篇」明治書院 1984 p58
雄長老狂歌百首（雄長老）
　狂歌大観刊行会編「狂歌大観1 本篇」明治書院 1983 p81

「夕晴や」の詞書（松尾芭蕉）
　嶋中道則ほか編「新編 芭蕉大成」三省堂 1999 p408
有芳庵記（一）有芳庵記 東長寺本（西山宗因）
　石川真弘、尾崎千佳校訂「西山宗因全集4 紀行・評点・書簡篇」八木書店 2006 p61
有芳庵記（二）有芳庵記 桜井本（西山宗因）
　石川真弘、尾崎千佳校訂「西山宗因全集4 紀行・評点・書簡篇」八木書店 2006 p62
有芳庵記（三）告天満宮文（西山宗因）
　石川真弘、尾崎千佳校訂「西山宗因全集4 紀行・評点・書簡篇」八木書店 2006 p64
夕やけや（蕪村）
　長島弘明校注「蕪村全集2 連句」講談社 2001 p62
幽蘭集
　石川八朗ほか編「宝井其角全集〔2〕資料篇」勉誠社 1994 p638
遊猟（大津皇子）
　興膳宏著「日本漢詩人選集 別巻 古代漢詩選」研文出版 2005 p20
游獵（西郷隆盛）
　松尾善弘著「西郷隆盛漢詩全集 増補改訂版」斯文堂 2018 p153
　松尾善弘著「西郷隆盛漢詩全集 増補改訂版」斯文堂 2018 p154
幽霊之事（一冊、写本）
　朝倉治彦、深沢秋男編「假名草子集成12」東京堂出版 1991 p311
ユーカラ
　篠原昌彦著「コレクション日本歌人選060 アイヌ神謡 ユーカラ」笠間書院 2013 p2
雪（金剛流）大小序の舞物
　野上豊一郎編「新装解註 謡曲全集2」中央公論新社 2001 p345
雪石ずり
　建部綾足著作刊行会編「建部綾足全集1（俳諧 I）」国書刊行会 1986 p61
雪折集（宝暦八年刊）（遊林舎文鳥編）
　加藤定彦、外村展子編「関東俳諧叢書8 東武獅子門編 2」関東俳諧叢書刊行会 1997 p105
「雪ごとに」歌仙
　宮脇真彦執筆担当「新編 芭蕉大成」三省堂 1999 p224
ゆき塚（宝暦十三年刊）（朔宇編）
　加藤定彦、外村展子編「関東俳諧叢書28 両毛・甲斐編 3」関東俳諧叢書刊行会 2005 p75
雪の味序（蝶夢）
　田中道雄ほか編「蝶夢全集」和泉書院 2013 p242
雪のかつら（里丸編）
　加藤定彦、外村展子編「関東俳諧叢書 外小1 半場里丸俳諧資料集」関東俳諧叢書刊行会 1995 p54
雪の枯尾花（松尾芭蕉）
　富山奏校注「新潮日本古典集成 新装版〔47〕芭蕉文集」新潮社 2019 p204

雪の声（安永九年）(凡夫編)
　藤田真一校注「蕪村全集8 関係俳書」講談社 1993 p493
雪頌（雪の頌）六首（道元）
　飯田利行編訳「現代語訳 洞門禅文学集〔4〕 道元」国書刊行会 2001 p191
雪の薄
　石川八朗ほか編「宝井其角全集〔2〕 資料篇」勉誠社 1994 p631
雪の流集
　石川八朗ほか編「宝井其角全集〔2〕 資料篇」勉誠社 1994 p511
雪の葉（抄）（東海）
　嶋中道則編「新編 芭蕉大成」三省堂 1999 p797
雪の光（几董七回忌・蕪村十三回忌・寛政七年）（紫暁編）
　丸山一彦校注「蕪村全集7 編著・追善」講談社 1995 p362
「雪の松」歌仙
　宮脇真彦執筆担当「新編 芭蕉大成」三省堂 1999 p287
雪の夜 両国橋を渡る（館柳湾）
　鈴木瑞枝著「日本漢詩人選集13 館柳湾」研文出版 1999 p89
「雪の夜は」歌仙
　宮脇真彦執筆担当「新編 芭蕉大成」三省堂 1999 p225
ゆきまるげ（周徳自筆本）（曽良編）
　久富哲雄校訂「古典文学翻刻集成2 俳文学篇 元禄・蕉風・中興期」ゆまに書房 1998 p535
雪丸げ（松尾芭蕉）
　富山奏校注「新潮日本古典集成 新装版〔47〕 芭蕉文集」新潮社 2019 p53
行宗集（書陵部蔵一五〇・五五四）（源行宗）
　「新編国歌大観7」角川書店 1989 p131
「雪や散る」半歌仙
　宮脇真彦執筆担当「新編 芭蕉大成」三省堂 1999 p288
遊行柳（観世信光）
　橋本朝生翻刻・解題「西行全集」貴重本刊行会 1990 p1110
　伊藤正義校注「新潮日本古典集成 新装版〔65〕 謡曲集 下」新潮社 2015 p377
遊行柳（宝生流）太鼓序の舞物
　野上豊一郎編「新装解註 謡曲全集3」中央公論新社 2001 p167
雪夜感準記室廿八字病中右筆（雪夜に準記室 二十八字の病中右筆に感ず）（道元）
　飯田利行編訳「現代語訳 洞門禅文学集〔4〕 道元」国書刊行会 2001 p198
行年（歌仙）
　長島弘明校注「蕪村全集2 連句」講談社 2001 p211
「行年の」詞書（与謝蕪村）
　尾形仂、山下一海校注「蕪村全集4 俳詩・俳文」講談社 1994 p242

湯島三興の説（蝶夢）
　田中道雄ほか編著「蝶夢全集」和泉書院 2013 p270
弓張月曙桜（八文字自笑ほか）
　長友千代治翻刻「八文字屋本全集17」汲古書院 1998 p155
弓八幡（観世流）神舞物
　野上豊一郎編「新装解註 謡曲全集1」中央公論新社 2001 p99
夢祝ひの頌（蝶夢）
　田中道雄ほか編著「蝶夢全集」和泉書院 2013 p278
「夢買ひに」詞書（与謝蕪村）
　尾形仂、山下一海校注「蕪村全集4 俳詩・俳文」講談社 1994 p243
「夢かとよ」百韻（西山宗因評点）
　井上敏幸、尾崎千佳校注「西山宗因全集4 紀行・評点・書簡篇」八木書店 2006 p76
夢三年
　石川八朗ほか編「宝井其角全集〔2〕 資料篇」勉誠社 1994 p637
夢浮橋（紫式部）
　石田穣二、清水好子校注「新潮日本古典集成 新装版〔17〕 源氏物語 八」新潮社 2014 p257
　阿部秋生ほか校訂・訳「日本の古典をよむ10 源氏物語 下」小学館 2008 p298
　奥謝野寛ほか編纂校訂「覆刻 日本古典全集〔文学編〕〔20〕 源氏物語 五」現代思潮社 1982 p269
　円地文子訳「わたしの古典8 円地文子の源氏物語 巻3」集英社 1986 p231
夢の通路
　「新編国歌大観10」角川書店 1992 p1084
夢の名残
　海音研究会編「紀海音全集8」清文堂出版 1980 p13
　石川八朗ほか編「宝井其角全集〔2〕 資料篇」勉誠社 1994 p375
ゆめみ草
　加藤定彦「西山宗因全集3 俳諧篇」八木書店 2004 p497
熊野
　馬場あき子訳「わたしの古典15 馬場あき子の謡曲集 三枝和子の狂言集」集英社 1987 p35
熊野（観世流）大小中の舞物
　野上豊一郎編「新装解註 謡曲全集3」中央公論新社 2001 p13
湯谷
　伊藤正義校注「新潮日本古典集成 新装版〔65〕 謡曲集 下」新潮社 2015 p389
湯山紀行（元文四年刊）（馬光）
　加藤定彦、外村展子編「関東俳諧叢書11 武蔵・相模編1」関東俳諧叢書刊行会 1995 p265
由良物語
　建部綾足著作刊行会編「建部綾足全集4（物語）」国書刊行会 1986 p339

「百合過て」歌仙断簡六句
　宮脇真彦執筆担当「新編 芭蕉大成」三省堂 1999 p303
百合稚高麗軍記(為永太郎兵衛作)
　「義太夫節浄瑠璃未翻刻作品集成40 百合稚高麗軍記」玉川大学出版部 2015 p11
百合若大臣野守鑑(近松門左衛門)
　工藤慶三郎ほか「近松時代物現代語訳〔1〕用明天皇職人鑑ほか」北の街社 1999 p207
百合稚錦嶋(其笑、瑞笑)
　杉本和寛翻刻「八文字屋本全集20」汲古書院 1999 p155

【よ】

「よい声や」百韻(西山宗因評点)
　井上敏幸, 尾崎千佳校訂「西山宗因全集4 紀行・評点・書簡篇」八木書店 2006 p245
「宵々は」狂歌(松尾芭蕉)
　宮脇真彦執筆担当「新編 芭蕉大成」三省堂 1999 p319
永縁奈良房歌合
　鈴木徳男校注「和歌文学大系48 王朝歌合集」明治書院 2018 p219
永縁奈良房歌合(天理図書館蔵本)
　「新編国歌大観5」角川書店 1987 p168
妖怪絵巻(与謝蕪村)
　尾形仂, 山下一海校注「蕪村全集4 俳詩・俳文」講談社 1994 p47
楊貴妃
　伊藤正義校注「新潮日本古典集成 新装版〔65〕謡曲集 下」新潮社 2015 p403
楊貴妃(金春流)大小序の舞物
　野上豊一郎編「新装解註 謡曲全集2」中央公論新社 2001 p373
やうきひ物語(浅井了意)
　安原眞琴翻刻「浅井了意全集 仮名草子編5」岩田書院 2015 p15
陽子を夢む(市河寛斎)
　蔡毅, 西岡淳著「日本漢詩人選集9 市河寛斎」研文出版 2007 p22
葉声(祇園南海)
　李寅生著「漢詩名作集成〈日本編〉」明徳出版社 2016 p334
陽成院一親王姫君達歌合
　岸本理恵校注「和歌文学大系48 王朝歌合集」明治書院 2018 p15
陽成院一親王姫君達歌合(陽明文庫蔵十巻本)
　「新編国歌大観5」角川書店 1987 p43
陽成院歌合(延喜十二年夏)(尊経閣文庫蔵十巻本)
　「新編国歌大観5」角川書店 1987 p33
陽成院歌合 延喜十三年九月(彰考館蔵本)
　「新編国歌大観5」角川書店 1987 p34
陽成院親王二人歌合(尊経閣文庫蔵十巻本)
　「新編国歌大観5」角川書店 1987 p42
夜討曾我(宝生流)切組物
　野上豊一郎編「新装解註 謡曲全集5」中央公論新社 2001 p191
用明天皇職人鑑(近松門左衛門)
　工藤慶三郎ほか「近松時代物現代語訳〔1〕用明天皇職人鑑ほか」北の街社 1999 p133
楊柳詩詞 三首(選一首)(市河寛斎)
　蔡毅, 西岡淳著「日本漢詩人選集9 市河寛斎」研文出版 2007 p53
養老(観世流)神舞物
　野上豊一郎編「新装解註 謡曲全集1」中央公論新社 2001 p111
養老瀧の記(蝶夢)
　田中道雄ほか編著「蝶夢全集」和泉書院 2013 p443
「世を照す」百韻
　島津忠夫ほか編「西山宗因全集2 連歌篇二」八木書店 2007 p249
余花千句(宝永二年刊)(沾徳編)
　加藤定彦, 外村展子編「関東俳諧叢書1 江戸座編1」関東俳諧叢書刊行会 1994 p3
余が量は蕉葉の勝えず、客途に雨に阻まれ酒を以て消遣する能わず。乃ち一絶を作す〔如亭山人藁 巻二〕(柏木如亭)
　入谷仙介著「日本漢詩人選集8 柏木如亭」研文出版 1999 p143
「よき家や」表六句
　宮脇真彦執筆担当「新編 芭蕉大成」三省堂 1999 p220
「よき家や」三つ物
　宮脇真彦執筆担当「新編 芭蕉大成」三省堂 1999 p315
「好程に」発句・脇
　宮脇真彦執筆担当「新編 芭蕉大成」三省堂 1999 p188
浴後(市河寛斎)
　蔡毅, 西岡淳著「日本漢詩人選集9 市河寛斎」研文出版 2007 p90
翌日大雪 前韻を用い 戯れに蘭軒に呈す(一首)(館柳湾)
　鈴木瑞枝著「日本漢詩人選集13 館柳湾」研文出版 1999 p131
横笛(紫式部)
　石田穣二, 清水好子校注「新潮日本古典集成 新装版〔14〕源氏物語 五」新潮社 2014 p317
　阿部秋生ほか校訂・訳「日本の古典をよむ10 源氏物語 下」小学館 2008 p104
　與謝野寛ほか編纂校訂「覆刻 日本古典全集〔文学編〕〔18〕源氏物語 三」現代思潮社 1982 p295
横笛・鈴虫(紫式部)
　円地文子訳「わたしの古典7 円地文子の源氏物語 巻2」集英社 1985 p229
夜桜(享保十二年刊)(蘭台編)
　加藤定彦, 外村展子編「関東俳諧叢書1 江戸座編

| よさむ | 作品名 |

1」関東俳諧叢書刊行会 1994 p179
夜さむの石ぶみ(宝暦三年刊)(紀逸編)
　加藤定彦、外村展子編「関東俳諧叢書10 江戸編2」関東俳諧叢書刊行会 1997 p3
奉寄(吉井)友實雅兄(西郷隆盛)
　松尾善弘著「西郷隆盛漢詩全集 増補改訂版」斯文堂 2018 p84
義貞艶軍配(八文字其笑ほか)
　神谷勝広翻刻「八文字屋本全集19」汲古書院 1999 p279
義貞 投剣の図(篠崎小竹)
　李寅生著「漢詩名作集成〈日本編〉」明徳出版社 2016 p517
義孝集(藤原義孝)
　岸本理恵ほか注釈「新注和歌文学叢書4 海人手子良集 本院侍従集 義孝集 新注」青簡舎 2010 p183
義孝集(九州大学蔵本)(藤原義孝)
　「新編国歌大観3」角川書店 1985 p174
好忠集(天理図書館蔵本)(曾禰好忠)
　「新編国歌大観3」角川書店 1985 p190
好忠百首(曾禰好忠)
　筑紫平安文学会全釈「歌合・定数歌全釈叢書20 好忠百首全釈」風間書房 2018 p7
吉親(知足)等十八吟百韻点巻(松尾芭蕉評点)
　小林祥次郎執筆担当「新編 芭蕉大成」三省堂 1999 p567
義經新高舘(紀海音)
　海音研究会編「紀海音全集4」清文堂出版 1979 p285
義経磐石伝(都賀庭鐘)
　稲田篤信校訂「江戸怪異綺想文芸大系2 都賀庭鐘・伊丹椿園集」国書刊行会 2001 p121
義経風流鑑(未練)
　神谷勝広翻刻「八文字屋本全集5」汲古書院 1994 p443
嘉言集(京都女子大学蔵本)(大江嘉言)
　「新編国歌大観3」角川書店 1985 p233
よしなしごと
　池田利夫訳・注「笠間文庫 原文＆現代語訳シリーズ〔5〕堤中納言物語」笠間書院 2006 p183
芳野(藤井竹外)
　李寅生著「漢詩名作集成〈日本編〉」明徳出版社 2016 p595
芳野懐古 其の一(国分青厓)
　李寅生著「漢詩名作集成〈日本編〉」明徳出版社 2016 p770
芳野懐古 其の二(国分青厓)
　李寅生著「漢詩名作集成〈日本編〉」明徳出版社 2016 p771
示吉野開墾社同人(西郷隆盛)
　松尾善弘著「西郷隆盛漢詩全集 増補改訂版」斯文堂 2018 p115
吉野川に遊ぶ(藤原宇合)
　李寅生著「漢詩名作集成〈日本編〉」明徳出版社 2016 p43

芳野紀行 → 笈の小文(おいのこぶみ)を見よ
よしの行記(川路高子)
　津本信博著「江戸後期紀行文学全集2」新典社 2013 p429
吉野靜(金春ököu)大小序の舞物
　野上豊一郎編「新装解註 謠曲全集2」中央公論新社 2001 p413
吉野拾遺
　「新編国歌大観10」角川書店 1992 p1069
吉野天人(観世流)太鼓中の舞物
　野上豊一郎編「新装解註 謠曲全集3」中央公論新社 2001 p413
芳野に遊ぶ(頼杏坪)
　李寅生著「漢詩名作集成〈日本編〉」明徳出版社 2016 p461
よしの丶冬の記(蝶夢)
　田中道雄ほか編著「蝶夢全集」和泉書院 2013 p448
能宣集(大中臣能宣)
　増田繁夫校注・訳「私家集注釈叢刊7 能宣集注釈」貴重本刊行会 1995 p7
能宣集(書陵部蔵五一〇・一二)(大中臣能宣)
　「新編国歌大観7」角川書店 1989 p44
能宣集(西本願寺蔵三十六人集)(大中臣能宣)
　「新編国歌大観3」角川書店 1985 p120
吉野屋酒楽(山東京傳)
　棚橋正博校訂「山東京傳全集1 黄表紙1」ぺりかん社 1992 p493
吉野山独案内〔落首・狂歌抜粋〕
　狂歌大観刊行会編「狂歌大観2 参考篇」明治書院 1984 p177
よしの山紀・芳野山・記行(加舎白雄)
　矢羽勝幸翻刻・注ほか「増補改訂 加舎白雄全集上」国文社 2008 p404
善光倭丹前(八文字自笑ほか)
　長友千代治翻刻「八文字屋本全集16」汲古書院 1998 p75
吉見行二本杖(寛政三年成)(古潮、梅志)
　加藤定彦、外村展子編「関東俳諧叢書26 武蔵・相模編3」関東俳諧叢書刊行会 2004 p353
吉原源氏五十四君(其角)
　石川八朗ほか編「宝井其角全集〔2〕資料篇」勉誠社 1994 p58
吉原詞 二十首 選五首〔詩本草〕(柏木如亭)
　入谷仙介著「日本漢詩人選集8 柏木如亭」研文出版 1999 p32
吉原十二時(石川雅望(六樹園飯盛)編)
　高橋啓之翻刻「江戸狂歌本選集10」東京堂出版 2001 p139
吉原やうし(山東京傳)
　棚橋正博校訂「山東京傳全集18 洒落本」ぺりかん社 2012 p227
余処の夜に(歌仙)
　永井一彰校注「蕪村全集2 連句」講談社 2001 p370

世継曾我（近松門左衛門）
　信多純一校注「新潮日本古典集成 新装版〔40〕近松門左衛門集」新潮社 2019 p9
世継物語
　「新編国歌大観5」角川書店 1987 p1223
「四つ五器の」の詞書（松尾芭蕉）
　嶋中道則ほか「新編 芭蕉大成」三省堂 1999 p439
淀河舟中の口号（伊藤仁斎）
　浅山佳郎, 厳明著「日本漢詩人選集4 伊藤仁斎」研文出版 2000 p159
「世に有て」百韻
　宮脇真彦執筆担当「新編 芭蕉大成」三省堂 1999 p178
「世に匂ひ」句文（松尾芭蕉）
　嶋中道則ほか「新編 芭蕉大成」三省堂 1999 p380
「世にふるも」句文（松尾芭蕉）
　嶋中道則ほか「新編 芭蕉大成」三省堂 1999 p376
凡悩即席菩提料理四人詰南片傀儡（山東京傳）
　棚橋正博校訂「山東京傳全集3 黄表紙3」ぺりかん社 2001 p327
四人法師（莠笴編）
　中村俊定翻刻「古典文学翻刻集成1 俳文学篇 貞門・談林」ゆまに書房 1998 p241
扇屋かなめ傘屋六郎兵衛米饅頭始（山東京傳）
　棚橋正博校訂「山東京傳全集1 黄表紙1」ぺりかん社 1992 p23
四年三月二十六日の作（菅原道真）
　小島憲之, 山本登朗訓読ほか「日本漢詩人選集1 菅原道真」研文出版 1998 p79
世上洒落見絵図（山東京傳）
　棚橋正博校訂「山東京傳全集2 黄表紙2」ぺりかん社 1993 p363
「世の中の」百韻（西山宗因）
　加藤定彦「西山宗因全集3 俳諧篇」八木書店 2004 p215
誹諧世中百韻
　石川八朗ほか編「宝井其角全集〔2〕資料篇」勉誠社 1994 p496
世中百首（神宮徴古館蔵本）（荒木田守武）
　「新編国歌大観10」角川書店 1992 p204
尾陽鳴海俳諧喚続集（下里吉親（知足）編）
　伴野英一校注「新編西鶴全集5 本文篇 上」勉誠出版 2007 p471
呼子鳥小栗実記（菅専助, 若竹笛躬）
　土田衛ほか編「菅専助全集3」勉誠社 1992 p1
「よみかへり」百韻（西山宗因）
　加藤定彦「西山宗因全集3 俳諧篇」八木書店 2004 p412
「よむとつきし」百韻
　加藤定彦「西山宗因全集3 俳諧篇」八木書店 2004 p248
蓬生（紫式部）
　石田穣二, 清水好子校注「新潮日本古典集成 新装版〔12〕 源氏物語 三」新潮社 2014 p53
　阿部秋生ほか校訂・訳「日本の古典をよむ9 源氏物語 上」小学館 2008 p203
　奥謝野寛ほか編纂校訂「覆刻 日本古典全集〔文学編〕〔17〕源氏物語 二」現代思潮社 1982 p55
蓬生・関屋（紫式部）
　円地文子訳「わたしの古典6 円地文子の源氏物語 巻1」集英社 1985 p247
四方歌垣翁追善集（森羅亭万象ほか編）
　石川了翻刻「江戸狂歌本選集12」東京堂出版 2002 p71
よものはる〔東京国立博物館蔵本〕（四方歌垣編か）
　小林ふみ子翻刻「江戸狂歌本選集4」東京堂出版 1999 p207
四方の巴流〔京都大学文学部頴原文庫本〕（狂歌堂真顔編）
　小林勇翻刻「江戸狂歌本選集4」東京堂出版 1999 p190
四方の巴流〔西尾市岩瀬文庫蔵〕（狂歌堂鹿都部真顔編）
　塩村耕翻刻「江戸狂歌本選集4」東京堂出版 1999 p156
「四方山の」百韻（西山宗因評点）
　井上敏幸, 尾崎千佳校訂「西山宗因全集4 紀行・評点・書簡集」八木書店 2006 p148
頼輔集（書陵部蔵五〇一・一八九）（藤原頼輔）
　「新編国歌大観7」角川書店 1989 p180
頼朝鎌倉実記（江島其磧）
　佐伯孝弘翻刻「八文字屋本全集9」汲古書院 1995 p397
頼朝三代鎌倉記
　倉員正江翻刻「八文字屋本全集3」汲古書院 1993 p91
頼信瑾軍記（其笑, 瑞笑）
　倉員正江翻刻「八文字屋本全集19」汲古書院 1999 p423
頼政
　伊藤正義校注「新潮日本古典集成 新装版〔65〕謡曲集 下」新潮社 2015 p415
頼政（喜多流）準カケリ物
　野上豊一郎編「新装解註 謡曲全集2」中央公論新社 2001 p101
頼政現在鵺（其笑, 瑞笑）
　藤原英城翻刻「八文字屋本全集21」汲古書院 2000 p225
頼政集（書陵部蔵五一一・一五）（源頼政）
　「新編国歌大観3」角川書店 1985 p515
頼政追善芝（西沢一風）
　大橋正叔翻刻「西沢一風全集4」汲古書院 2004 p125
頼基集（西本願寺蔵三十六人集）（大中臣頼基）
　「新編国歌大観3」角川書店 1985 p77
夜 漁歌を聞く（館柳湾）
　鈴木瑞枝著「日本漢詩人選集13 館柳湾」研文出版 1999 p138

夜 桑名を渡る（林羅山）
　李寅生著「漢詩名作集成〈日本編〉」明徳出版社 2016 p269
夜 鎮江を過ぐ三首 其の三（森槐南）
　李寅生著「漢詩名作集成〈日本編〉」明徳出版社 2016 p779
「寄る年の」狂歌
　宮脇真彦執筆担当「新編 芭蕉大成」三省堂 1999 p322
夜に桜花を看る（市河寛斎）
　蔡毅、西岡淳著「日本漢詩人選集9 市河寛斎」研文出版 2007 p54
夜の鶴（阿仏尼）
　「新編国歌大観5」角川書店 1987 p1075
夜のにしき（富永燕石）
　米谷巌解説・翻刻「古典文学翻刻集成3 続・俳文学篇 貞門・談林」ゆまに書房 1999 p82
夜の寝覚
　「新編国歌大観5」角川書店 1987 p1360
夜寝覚物語
　鈴木一雄ほか校訂・訳注「中世王朝物語全集19 夜寝覚物語」笠間書院 2009 p5
よるひる
　石川八朗ほか編「宝井其角全集〔2〕資料篇」勉誠社 1994 p115
夜 墨水を下る（服部南郭）
　李寅生著「漢詩名作集成〈日本編〉」明徳出版社 2016 p349
夜 落葉を聞く（秋山玉山）
　李寅生著「漢詩名作集成〈日本編〉」明徳出版社 2016 p363
「よれくまん」百韻
　加藤定彦「西山宗因全集3 俳諧篇」八木書店 2004 p283
万の文反古（井原西鶴）
　森田雅也、西島孜哉校注「新編西鶴全集4 本文篇」勉誠出版 2004 p517
　神保五彌校訂・訳「日本の古典をよむ18 世間胸算用・万の文反古・東海道中膝栗毛」小学館 2008 p105
萬の文反古（井原西鶴）
　麻生磯次、冨士昭雄訳注「決定版 対訳西鶴全集15 西鶴置土産・萬の文反古」明治書院 1993 p139
万屋助六二代襦（並木丈輔添削、並木宗輔作）
　「義太夫節浄瑠璃未翻刻作品集成29 万屋助六二代襦」玉川大学出版部 2013 p11
弱法師（金春流）イロエ物
　野上豊一郎編「新装解註 謡曲全集3」中央公論新社 2001 p523
「世は旅に」歌仙
　宮脇真彦執筆担当「新編 芭蕉大成」三省堂 1999 p294
四十番歌合 建保五年十月（書陵部蔵五〇一・六一四）
　「新編国歌大観10」角川書店 1992 p234
四生の歌合（木下長嘯子著か）
　狂歌大観刊行会編「狂歌大観1 本篇」明治書院 1983 p96

【ら】

頼光新跡目論（紀海音）
　海音研究会編「紀海音全集5」清文堂出版 1978 p95
雷電（観世流）準祈物
　野上豊一郎編「新装解註 謡曲全集5」中央公論新社 2001 p557
楽山亭の秋眺（西島蘭渓）
　李寅生著「漢詩名作集成〈日本編〉」明徳出版社 2016 p512
落柿舎去来忌序（蝶夢）
　田中道雄ほか編著「蝶夢全集」和泉書院 2013 p244
「落柿舎の記」（松尾芭蕉）
　嶋中道則ほか「新編 芭蕉大成」三省堂 1999 p428
落日菴句集（田福、百池筆録）
　丸山一彦校注「蕪村全集3 句集・句稿・句会稿」講談社 1992 p185
落書露顕（今川了俊）
　「新編国歌大観5」角川書店 1987 p1114
楽天が「北窓三友」詩を詠ず（菅原道真）
　興膳宏著「日本漢詩人選集 別巻 古代漢詩選」研文出版 2005 p230
洛東芭蕉庵再興記（与謝蕪村）
　揖斐高注訳・解説「古典名作リーディング1 蕪村・一茶集」貴重本刊行会 2000 p170
洛東芭蕉菴再興記（与謝蕪村）
　尾形仂、山下一海校注「蕪村全集4 俳詩・俳文」講談社 1994 p155
落梅の曲、女を哭す（市河寛斎）
　蔡毅、西岡淳著「日本漢詩人選集9 市河寛斎」研文出版 2007 p18
落髪千句（云也独吟）
　森川昭翻刻「古典文学翻刻集成1 俳文学篇 貞門・談林」ゆまに書房 1998 p48
落葉（西島蘭渓）
　李寅生著「漢詩名作集成〈日本編〉」明徳出版社 2016 p513
落葉（林春信）
　李寅生著「漢詩名作集成〈日本編〉」明徳出版社 2016 p299
「落葉を観る」に和し奉る（滋野貞主）
　興膳宏著「日本漢詩人選集 別巻 古代漢詩選」研文出版 2005 p161
落栗庵月並摺（元杢網編）
　岡雅彦翻刻「江戸狂歌本選集1」東京堂出版 1998 p293
羅生門（下掛宝生流）働物
　野上豊一郎編「新装解註 謡曲全集5」中央公論新

社 2001 p529
落花（鈴木松塘）
　李寅生著「漢詩名作集成〈日本編〉」明徳出版社 2016 p657
移蘭志感（西郷隆盛）
　松尾善弘著「西郷隆盛漢詩全集 増補改訂版」斯文堂 2018 p240
乱を避け 舟を江州の湖上に泛ぶ（足利義昭）
　李寅生著「漢詩名作集成〈日本編〉」明徳出版社 2016 p258
嵐窓記（良寛）
　内山知也、松本市壽執筆「定本 良寛全集3 書簡集・法華転・法華讃」中央公論新社 2007 p434
蘭亭先生の鎌山草堂に題するの歌（横谷藍水）
　李寅生著「漢詩名作集成〈日本編〉」明徳出版社 2016 p397
「蘭の香や」の詞書（松尾芭蕉）
　嶋中道則ほか編「新編 芭蕉大成」三省堂 1999 p379
蘭の図（平野五岳）
　李寅生著「漢詩名作集成〈日本編〉」明徳出版社 2016 p614
乱の後 京を出で 江州水口に到る（一条兼良）
　李寅生著「漢詩名作集成〈日本編〉」明徳出版社 2016 p244
攬葉夷曲集（原素館尾田初丸撰）
　西島孜哉、羽生紀子編「近世上方狂歌叢書26 攬葉夷曲集」近世上方狂歌研究会 1999 p1
嵐蘭誄（松尾芭蕉）
　輿謝野寛ほか編纂校訂「覆刻 日本古典全集〔文学編〕〔40〕 芭蕉全集 前編」現代思潮社 1983 p146

【り】

梨園集（寛政四年）（春日昌預）
　吉田英也翻刻「春日昌預全家集」山梨日日新聞社 2001 p113
梨園集（寛政十一年）（春日昌預）
　吉田英也翻刻「春日昌預全家集」山梨日日新聞社 2001 p187
梨園集（文政五年）（春日昌預）
　吉田英也翻刻「春日昌預全家集」山梨日日新聞社 2001 p318
梨園集（文政六年）（春日昌預）
　吉田英也翻刻「春日昌預全家集」山梨日日新聞社 2001 p384
李花和歌集（尊経閣文庫蔵本）（宗良親王）
　「新編国歌大観7」角川書店 1989 p733
和李奇成忠韻（李奇成忠の韻に和す）二首（道元）
　飯田利行編訳「現代語訳 洞門禅文学集〔4〕 道元」国書刊行会 2001 p134

六閒堂（広瀬旭荘）
　大野修作著「日本漢詩人選集16 広瀬旭荘」研文出版 1999 p155
六臣註文選を送り、京の管領武州太守に与う（義堂周信）
　蔭木英雄著「日本漢詩人選集3 義堂周信」研文出版 1999 p166
理斎随筆（抄）（志賀理斎）
　島津忠夫ほか編「西山宗因全集5 伝記・研究篇」八木書店古書出版部 2013 p299
和李通判韻（李通判の韻に和す）（道元）
　飯田利行編訳「現代語訳 洞門禅文学集〔4〕 道元」国書刊行会 2001 p153
栗花集（四方赤良編）
　石川了翻刻「江戸狂歌本選集2」東京堂出版 1998 p255
六花追悼集
　石川八朗編「宝井其角全集〔2〕 資料篇」勉誠社 1994 p518
栗軒偶題（八重のうち三首）（館柳湾）
　鈴木瑞枝著「日本漢詩人選集13 館柳湾」研文出版 1999 p97
立春（伊藤仁斎）
　浅山佳郎、厳明著「日本漢詩人選集4 伊藤仁斎」研文出版 2000 p60
立春（菅原道真）
　小島憲之、山本登朗訓読ほか「日本漢詩人選集1 菅原道真」研文出版 1998 p84
李杜の詩を読み、戯れに空谷応侍者に酬ゆ（義堂周信）
　蔭木英雄著「日本漢詩人選集3 義堂周信」研文出版 1999 p14
梨乃耶集（文化六年）（春日昌預）
　吉田英也翻刻「春日昌預全家集」山梨日日新聞社 2001 p243
吏部侍郎野美が辺城に使いするを聞き、帽裘を賜う（嵯峨天皇）
　興膳宏著「日本漢詩人選集 別巻 古代漢詩選」研文出版 2005 p143
略縁記出家形気（八文舎自笑）
　佐伯孝弘翻刻「八文字屋本全集23」汲古書院 2000 p163
暦応二年春日奉納和歌（穂久邇文庫蔵本）
　「新編国歌大観10」角川書店 1992 p482
柳居遊杖集 付、松籟行脚草稿・柳居羽黒詣・俳諧歌比丘尼（抄）（嵐也編）
　加藤定彦、外村展子編「関東俳諧叢書3 五色墨編1」関東俳諧叢書刊行会 1993 p205
隆源口伝（隆源）
　「新編国歌大観2」角川書店 1987 p951
柳塘晩霽図賛（与謝蕪村）
　尾形仂、山下一海校注「蕪村全集4 俳詩・俳文」講談社 1994 p34
柳風和歌抄（内閣文庫蔵本）
　「新編国歌大観6」角川書店 1988 p268

龍伏水先生に寄す（日下生駒）
　李寅生著「漢詩名作集成〈日本編〉」明德出版社
　2016 p377
留別（西郷隆盛）
　松尾善弘著「西郷隆盛漢詩全集 増補改訂版」斯文
　堂 2018 p194
流放の詩（菅原道真）
　李寅生著「漢詩名作集成〈日本編〉」明德出版社
　2016 p146
立圃句日記（立圃）
　白石悌三翻刻「古典文学翻刻集成3 続・俳文学篇
　貞門・談林」ゆまに書房 1999 p55
立圃自筆巻子本（昇山文庫蔵）（立圃）
　白石悌三翻刻「古典文学翻刻集成3 続・俳文学篇
　貞門・談林」ゆまに書房 1999 p64
立圃の承応癸巳紀行（野々口立圃）
　島田筑波翻刻「古典文学翻刻集成3 続・俳文学篇
　貞門・談林」ゆまに書房 1999 p67
竜門寺に遊び瀑布を観、観音堂壁に題す（義堂
周信）
　藤木英雄著「日本漢詩人選集3 義堂周信」研文出
　版 1999 p139
龍門寺に遊ぶ（菅原道真）
　小島憲之, 山本登朗訓読ほか「日本漢詩人選集1
　菅原道真」研文出版 1998 p103
柳葉和歌集（書陵部蔵一五一・四一四）（宗尊親王）
　「新編国歌大観7」角川書店 1989 p385
凌雲集（小野岑守ほか撰）
　輿謝野寛ほか校訂「覆刻 日本古典全集〔文学編〕
　〔12〕懐風藻 凌雲集 文華秀麗集 經國集 本朝
　麗藻」現代思潮社 1982 p45
良寛庵主に附す（良寛）
　井上慶隆著「日本漢詩人選集11 良寛」研文出版
　2002 p31
良寛禅師奇話（解良栄重）
　内山知也ほか編「定本 良寛全集3 書簡集・法華
　転・法華讃」中央公論新社 2007 p593
良寛尊者詩集（一七九首）（良寛）
　内山知也訳注「定本 良寛全集1 詩集」中央公論
　新社 2006 p290
良寛・由之兄弟和歌巻（一九首）（良寛）
　谷川敏朗訳注「定本 良寛全集2 歌集」中央公論
　新社 2006 p167
両吟一日千句（西鶴, 友雪編）
　佐藤勝明校注「新編西鶴全集5 本文篇 上」勉誠
　出版 2007 p346
龍虎（観世流）働物
　野上豊一郎編「新装解註 謠曲全集6」中央公論新
　社 2001 p159
梁山一歩談（山東京傳）
　棚橋正博校訂「山東京傳全集3 黄表紙3」ぺりか
　ん社 2001 p59
両児を拉きて東郊に梅を尋ぬ（市河寛斎）
　蔡毅, 西岡淳著「日本漢詩人選集9 市河寛斎」研
　文出版 2007 p79

了俊一子伝（今川了俊）
　「新編国歌大観5」角川書店 1987 p1113
了俊歌学書（今川了俊）
　「新編国歌大観10」角川書店 1992 p985
了俊日記（今川了俊）
　「新編国歌大観10」角川書店 1992 p987
良相公に贈る詩（空海）
　興膳宏著「日本漢詩人選集 別巻 古代漢詩選」研
　文出版 2005 p183
梁塵秘抄
　榎克朗校注「新潮日本古典集成 新装版〔66〕梁
　塵秘抄」新潮社 2018 p9
梁塵秘抄口伝集 巻第一
　榎克朗校注「新潮日本古典集成 新装版〔66〕梁
　塵秘抄」新潮社 2018 p223
梁塵秘抄口伝集 巻第十
　榎克朗校注「新潮日本古典集成 新装版〔66〕梁
　塵秘抄」新潮社 2018 p227
涼石
　石川八朗ほか編「宝井其角全集〔2〕資料篇」勉
　誠社 1994 p322
涼袋・烏朴・三麦三百韻
　建部綾足著作刊行会編「建部綾足全集9（書簡・
　補遺）」国書刊行会 1990 p221
涼袋・雲郎・麦州五十韻
　建部綾足著作刊行会編「建部綾足全集9（書簡・
　補遺）」国書刊行会 1990 p220
涼岱家稿（建部綾足）
　建部綾足著作刊行会編「建部綾足全集5（紀行・
　歌集）」国書刊行会 1987 p109
涼袋・鶏山・君山連句
　建部綾足著作刊行会編「建部綾足全集9（書簡・
　補遺）」国書刊行会 1990 p231
涼袋点一鼠・宜中両吟五十韻
　建部綾足著作刊行会編「建部綾足全集9（書簡・
　補遺）」国書刊行会 1990 p240
涼袋点虎岡独吟
　建部綾足著作刊行会編「建部綾足全集9（書簡・
　補遺）」国書刊行会 1990 p242
涼袋評
　建部綾足著作刊行会編「建部綾足全集9（書簡・
　補遺）」国書刊行会 1990 p253
涼袋評書抜
　建部綾足著作刊行会編「建部綾足全集9（書簡・
　補遺）」国書刊行会 1990 p251
涼袋評点句合
　建部綾足著作刊行会編「建部綾足全集9（書簡・
　補遺）」国書刊行会 1990 p245
獵中逢雨（西郷隆盛）
　松尾善弘著「西郷隆盛漢詩全集 増補改訂版」斯文
　堂 2018 p147
　松尾善弘著「西郷隆盛漢詩全集 増補改訂版」斯文
　堂 2018 p149
　松尾善弘著「西郷隆盛漢詩全集 増補改訂版」斯文
　堂 2018 p150

両頭笔善悪日記(山東京傳)
　棚橋正博校訂「山東京傳全集4 黄表紙4」ぺりかん社 2004 p311
「両の手に」歌仙
　宮脇真彦執筆担当「新編 芭蕉大成」三省堂 1999 p314
梁伯兎に逢う〔如亭山人藁 巻三〕(柏木如亭)
　入谷仙介著「日本漢詩人選集8 柏木如亭」研文出版 1999 p167
龍盤(菅茶山)
　李寅生著「漢詩名作集成〈日本編〉」明徳出版社 2016 p446
遼々篇(珍舎編)
　檀上正孝翻刻「古典文学翻刻集成5 続・俳文学篇 元禄・蕉風(下)」ゆまに書房 1999 p271
旅懐を書して仲建弟に寄す(梁川星巌)
　山本和義, 福島理子著「日本漢詩人選集17 梁川星巌」研文出版 2008 p12
旅雁を聞く(菅原道真)
　李寅生著「漢詩名作集成〈日本編〉」明徳出版社 2016 p161
旅舘日記
　石川八朗ほか編「宝井其角全集〔2〕資料篇」勉誠社 1994 p186
旅夕小酌、内に示す 二首(第一首)(梁川星巌)
　山本和義, 福島理子著「日本漢詩人選集17 梁川星巌」研文出版 2008 p92
臨永和歌集(神宮文庫蔵本)
　「新編国歌大観6」角川書店 1988 p294
林苑 花を待つ(清田龍川)
　李寅生著「漢詩名作集成〈日本編〉」明徳出版社 2016 p432
隣花(石島筑波)
　李寅生著「漢詩名作集成〈日本編〉」明徳出版社 2016 p373
林花 落ちて舟に灑ぐ(高階積善)
　李寅生著「漢詩名作集成〈日本編〉」明徳出版社 2016 p167
林下集(慶応大学蔵本)(後徳大寺実定)
　「新編国歌大観3」角川書店 1985 p561
林谷山人の詩譜に題す(広瀬旭荘)
　大野修作著「日本漢詩人選集16 広瀬旭荘」研文出版 1999 p211
臨終(大津皇子)
　興膳宏著「日本漢詩人選集 別巻 古代漢詩選」研文出版 2005 p23
隣松軒発句牒(仙台市民図書館蔵本)(猪苗代兼寿)
　「連歌大観3」古典ライブラリー 2017 p515
隣女集(内閣文庫蔵本)(飛鳥井雅有)
　「新編国歌大観7」角川書店 1989 p513
輪蔵(観世流)楽物
　野上豊一郎編「新装解註 謡曲全集1」中央公論新社 2001 p419
林葉累塵集(寛文十年板本)(下河辺長流編)
　「新編国歌大観6」角川書店 1988 p648

林葉和歌集(神宮文庫蔵本)(俊恵)
　「新編国歌大観3」角川書店 1985 p498

【 る 】

類柑子(宝井其角著・撰)
　石川八朗ほか編「宝井其角全集〔1〕編著篇」勉誠社 1994 p357
類柑子(再版)
　石川八朗ほか編「宝井其角全集〔2〕資料篇」勉誠社 1994 p457
類字名所狂歌集(佐心子賀近)
　狂歌大観刊行会編「狂歌大観1 本篇」明治書院 1983 p397
類聚証
　「新編国歌大観5」角川書店 1987 p948
類題発句集序(蝶夢)
　田中道雄ほか編著「蝶夢全集」和泉書院 2013 p245
留主こと
　石川八朗ほか編「宝井其角全集〔2〕資料篇」勉誠社 1994 p378
「留守に来て」の詞書(松尾芭蕉)
　嶋中道則ほか「新編 芭蕉大成」三省堂 1999 p384
留守見舞
　石川八朗ほか編「宝井其角全集〔2〕資料篇」勉誠社 1994 p204

【 れ 】

麗花集(古筆断簡)
　「新編国歌大観6」角川書店 1988 p22
霊感二章(法然)
　與謝野寛ほか編纂校訂「覆刻 日本古典全集〔文学編〕(44) 法然上人集」現代思潮社 1983 p206
麗景殿女御歌合(陽明文庫蔵十巻本)
　「新編国歌大観5」角川書店 1987 p44
霊元法皇御集(高松宮旧蔵本)(霊元院)
　「新編国歌大観9」角川書店 1991 p239
冷泉院御集(書陵部蔵五〇一・八四五)(冷泉天皇)
　「新編国歌大観7」角川書店 1989 p66
冷然院にて各おの一物を賦し、「澗底の松」を得たり(嵯峨天皇)
　興膳宏著「日本漢詩人選集 別巻 古代漢詩選」研文出版 2005 p99
冷然院にて各おの一物を賦し、「水中の影」を得たり。応製(桑原広田)
　興膳宏著「日本漢詩人選集 別巻 古代漢詩選」研

文出版 2005 p103
冷然院にて各おの一物を賦し、「曝布の水」を得たり。応製（桑原腹赤）
　興膳宏著「日本漢詩人選集 別巻 古代漢詩選」研文出版 2005 p101
冷泉家和歌秘々口伝
　「新編国歌大観10」角川書店 1992 p989
歴代滑稽伝〔抄〕（許六）
　石川八朗ほか編「宝井其角全集〔2〕 資料篇」勉誠社 1994 p448
　嶋中道則編「新編 芭蕉大成」三省堂 1999 p800
　島津忠夫ほか編「西山宗因全集5 伝記・研究篇」八木書店古書出版部 2013 p258
蓮阿記（内閣文庫本）（西行談、蓮阿聞書）
　西澤美仁翻刻「西行全集」貴重本刊行会 1990 p603
連雨遮獵（西郷隆盛）
　松尾善弘著「西郷隆盛漢詩全集 増補改訂版」斯文堂 2018 p152
連歌一座式（昌琢）
　島津忠夫ほか編「西山宗因全集5 伝記・研究篇」八木書店古書出版部 2013 p13
連歌五百句（書陵部蔵五〇九・一八）（専順）
　「連歌大観1」古典ライブラリー 2016 p306
連歌集書本西山三籟集〔抄〕（山田通孝編）
　島津忠夫ほか編「西山宗因全集5 伝記・研究篇」八木書店古書出版部 2013 p283
聯玉集（小松天満宮蔵本）（能順）
　「連歌大観3」古典ライブラリー 2017 p522
連句会草稿并定式且探題発句記（安永八年）（高井几董稿）
　丸山一彦校注「蕪村全集3 句集・句稿・句会稿」講談社 1992 p566
蓮月哥集（蓮月尼）
　村上素道編「増補 蓮月尼全集」思文閣出版 1980 p6
蓮社灯（寛保三年刊）（晩牛編）
　加藤定彦、外村展子編「関東俳諧叢書4 五色墨編2」関東俳諧叢書刊行会 1994 p89
蓮生寺松夢宗因追悼文（松夢）
　尾崎千佳担当「西山宗因全集5 伝記・研究篇」八木書店古書出版部 2013 p93
蓮性陳状（蓮性）
　「新編国歌大観10」角川書店 1992 p982
蓮如上人集（大谷大学栗津文庫蔵本）（蓮如）
　「新編国歌大観8」角川書店 1990 p401
蓮如上人西端伝記
　蒲池勢至解説「伝承文学資料集成15 宗祖高僧絵伝（絵解き）集」三弥井書店 1996 p92
恋々として（歌仙）
　長島弘明、尾形仂校注「蕪村全集2 連句」講談社 2001 p254

【ろ】

蘆陰句選（与謝蕪村序）
　尾形仂、山下一海校注「蕪村全集4 俳詩・俳文」講談社 1994 p435
『蘆陰句選』序（与謝蕪村）
　尾形仂、山下一海校注「蕪村全集4 俳詩・俳文」講談社 1994 p187
朗詠題詩歌（書陵部蔵続群書類従本）（尊円法親王選）
　「新編国歌大観10」角川書店 1992 p853
朗詠百首（群書類従本）（藤原隆房）
　「新編国歌大観10」角川書店 1992 p140
老翁坂図賛（与謝蕪村）
　尾形仂、山下一海校注「蕪村全集4 俳詩・俳文」講談社 1994 p31
弄花亭記（蝶夢）
　田中道雄ほか編著「蝶夢全集」和泉書院 2013 p336
浪化日記〔抄〕（去来、浪化）
　嶋中道則編「新編 芭蕉大成」三省堂 1999 p790
臘月念三日の作（梁川星巌）
　山本和義、福島理子著「日本漢詩人選集17 梁川星巌」研文出版 2008 p184
臘月二日、叔問子より芋及び李を恵まる、賦して臘以て答う（良寛）
　井上慶隆著「日本漢詩人選集11 良寛」研文出版 2002 p168
老将（宇野南村）
　李寅生著「漢詩名作集成〈日本編〉」明徳出版社 2016 p618
楼上雪霽（如亭山人藁 巻二）（柏木如亭）
　入谷仙介著「日本漢詩人選集8 柏木如亭」研文出版 1999 p133
老松篇 臥牛山人の六十を寿ぐ（館柳湾）
　鈴木瑞枝著「日本漢詩人選集13 館柳湾」研文出版 1999 p52
「らふそくの」詞書（与謝蕪村）
　尾形仂、山下一海校注「蕪村全集4 俳詩・俳文」講談社 1994 p111
老態（中島棕隠）
　入谷仙介著「日本漢詩人選集14 中島棕隠」研文出版 2002 p172
籠太鼓
　伊藤正義校注「新潮日本古典集成 新装版〔65〕謡曲集 下」新潮社 2015 p429
籠太皷（宝生流）カケリ物
　野上豊一郎編「新装解註 謡曲全集3」中央公論新社 2001 p407
老当益壮（与謝蕪村）
　尾形仂、山下一海校注「蕪村全集4 俳詩・俳文」講談社 1994 p206

老若五十首歌合（永青文庫蔵本）
　「新編国歌大観5」角川書店 1987 p379
楼の上　上
　藤田徳太郎校訂「覆刻 日本古典全集〔文学編〕〔8〕 うつほ物語 五」現代思潮社 1982 p1055
楼の上　下
　藤田徳太郎校訂「覆刻 日本古典全集〔文学編〕〔8〕 うつほ物語 五」現代思潮社 1982 p1125
老々庵之記（与謝蕪村）
　尾形仂, 山下一海校注「蕪村全集4 俳詩・俳文」講談社 1994 p231
炉を開く頌（義堂周信）
　蔭木英雄著「日本漢詩人選集3 義堂周信」研文出版 1999 p223
呂丸批点連句奥書〔抄〕（呂丸）
　嶋中道則編「新編 芭蕉大成」三省堂 1999 p786
鹿苑院殿厳島詣記（今川了俊）
　「新編国歌大観10」角川書店 1992 p1064
　荒木尚編・評釈「中世日記紀行文学全評釈集成6」勉誠出版 2004 p51
六月半示衆（六月半 衆に示す）（道元）
　飯田利行編訳「現代語訳 洞門禅文学集〔4〕 道元」国書刊行会 2001 p184
六月望、亀山伯秀、余が為に遊舫を倶いて新地の南港に飲む即事（中島棕隠）
　入谷仙介著「日本漢詩人選集14 中島棕隠」研文出版 2002 p99
六斎念仏の弁（蝶夢）
　田中道雄ほか編著「蝶夢全集」和泉書院 2013 p276
「六尺や」百韻
　加藤定彦「西山宗因全集3 俳諧篇」八木書店 2004 p266
六条院宣旨集（書陵部蔵五〇一・一三〇）（六条院宣旨）
　「新編国歌大観7」角川書店 1989 p140
六条右大臣家歌合（陽明文庫蔵二十巻本）
　「新編国歌大観5」角川書店 1987 p95
六帖詠草（小沢蘆庵）
　鈴木淳校注「和歌文学大系70 六帖詠草・六帖詠草拾遺」明治書院 2013 p1
六帖詠草（文化八年板本）（小沢蘆庵）
　「新編国歌大観9」角川書店 1991 p406
六帖詠草拾遺（小沢蘆庵）
　加藤弓枝校注「和歌文学大系70 六帖詠草・六帖詠草拾遺」明治書院 2013 p391
六帖詠草拾遺（嘉永二年板本）（小沢蘆庵）
　「新編国歌大観9」角川書店 1991 p448
六条斎院歌合　秋（陽明文庫蔵二十巻本）
　「新編国歌大観5」角川書店 1987 p99
六条斎院歌合　永承三年（陽明文庫蔵二十巻本）
　「新編国歌大観5」角川書店 1987 p80
六条斎院歌合　永承四年（陽明文庫蔵二十巻本）
　「新編国歌大観5」角川書店 1987 p81

六条斎院歌合　永承五年二月（陽明文庫蔵二十巻本）
　「新編国歌大観5」角川書店 1987 p82
六条斎院歌合　永承五年五月（陽明文庫蔵二十巻本）
　「新編国歌大観5」角川書店 1987 p84
六条斎院歌合　永承六年一月（陽明文庫蔵二十巻本）
　「新編国歌大観5」角川書店 1987 p86
六条斎院歌合　天喜三年（陽明文庫蔵二十巻本）
　「新編国歌大観5」角川書店 1987 p91
六条斎院歌合　天喜四年閏三月（陽明文庫蔵二十巻本）
　「新編国歌大観5」角川書店 1987 p92
六条斎院歌合　天喜四年五月（陽明文庫蔵二十巻本）
　「新編国歌大観5」角川書店 1987 p96
六条斎院歌合　天喜四年七月（陽明文庫蔵二十巻本）
　「新編国歌大観5」角川書店 1987 p96
六条斎院歌合　天喜五年五月（陽明文庫蔵二十巻本）
　「新編国歌大観5」角川書店 1987 p97
六条斎院歌合　天喜五年八月（陽明文庫蔵二十巻本）
　「新編国歌大観5」角川書店 1987 p97
六条斎院歌合　天喜五年九月（陽明文庫蔵二十巻本）
　「新編国歌大観5」角川書店 1987 p98
六条宰相家歌合（穂久邇文庫蔵本）
　「新編国歌大観5」角川書店 1987 p146
六条修理大夫集（大東急記念文庫蔵本）（藤原顕季）
　「新編国歌大観3」角川書店 1985 p419
六代勝事記
　「新編国歌大観5」角川書店 1987 p1187
六道開ノ本
　岩田勝編著「伝承文学資料集成16 中国地方神楽祭文集」三弥井書店 1990 p304
六道十三仏ノカン文
　岩田勝編著「伝承文学資料集成16 中国地方神楽祭文集」三弥井書店 1990 p274
六道ノ有様
　岩田勝編著「伝承文学資料集成16 中国地方神楽祭文集」三弥井書店 1990 p299
六日記（寛延元年刊）（青祇編）
　加藤定彦, 外村展子編「関東俳諧叢書6 四時観編2」関東俳諧叢書刊行会 1996 p3
六物集（享保十八年刊）（紀逸編）
　加藤定彦, 外村展子編「関東俳諧叢書11 武蔵・相模編1」関東俳諧叢書刊行会 1995 p191
六々行
　建部綾足著作刊行会編「建部綾足全集9（書簡・補遺）」国書刊行会 1990 p249
路虹に与う文（加舎白雄）
　矢羽勝幸編「増補改訂 加舎白雄全集 上」国文社 2008 p379
廬山の図に題す（義堂周信）
　李寅生著「漢詩名作集成〈日本編〉」明徳出版社 2016 p220
廬生夢魂其前日（山東京傳）
　棚橋正博校訂「山東京傳全集2 黄表紙2」ぺりかん社 1993 p409
露沾等六吟歌仙点巻（松尾芭蕉評点）
　小林祥次郎執筆担当「新編 芭蕉大成」三省堂

1999 p582
露沾俳諧集〔抄〕(露沾等著)
　島津忠夫ほか編「西山宗因全集5 伝記・研究篇」八木書店古書出版部 2013 p267
露柱庵記(宝暦十一年刊)(烏明編)
　加藤定彦, 外村展子編「関東俳諧叢書14 常総編2」関東俳諧叢書刊行会 1998 p175
露柱庵春鴻叟正像賛(加舎白雄)
　矢羽勝幸編「増補改訂 加舎白雄全集 上」国文社 2008 p386
路通伝書(路通)
　嶋中道則執筆担当「新編 芭蕉大成」三省堂 1999 p779
六花集注
　「新編国歌大観10」角川書店 1992 p1055
六家連歌抄(上)京都大学文学研究科図書館蔵本(下)高野山大学図書館蔵本
　「連歌大観2」古典ライブラリー 2017 p7
六華和歌集(島松平文庫蔵本)(由阿撰)
　「新編国歌大観6」角川書店 1988 p334
六百番歌合(日大総合図書館蔵本)
　「新編国歌大観5」角川書店 1987 p270
六百番陳状(顕昭)
　「新編国歌大観5」角川書店 1987 p1040
芦荻集(紀真顔)
　小林勇翻刻「江戸狂歌本選集10」東京堂出版 2001 p3
「炉に焼て」詞書(与謝蕪村)
　尾形仂, 山下一海校注「蕪村全集4 俳詩・俳文」講談社 1994 p142
露白歳旦帖(仮称)(寛延末年～宝暦初年刊)(露白編)
　加藤定彦, 外村展子編「関東俳諧叢書14 常総編2」関東俳諧叢書刊行会 1998 p3
魯白の首途を祝ふ辞(蝶夢)
　田中道雄ほか編著「蝶夢全集」和泉書院 2013 p348
炉辺の閑談(市河寛斎)
　蔡毅, 西岡淳著「日本漢詩人選集9 市河寛斎」研文出版 2007 p30
盧栗集跋(松尾芭蕉)
　与謝野寛ほか編纂校訂「覆刻 日本古典全集〔文学編〕〔40〕 芭蕉全集 前編」現代思潮社 1983 p140
『論語』を読む(山崎闇斎)
　李寅生著「漢詩名作集成〈日本編〉」明徳出版社 2016 p280
論春秋歌合
　岸本理恵校注「和歌文学大系48 王朝歌合集」明治書院 2018 p7
論春秋歌合(陽明文庫蔵十巻本)
　「新編国歌大観5」角川書店 1987 p38

【わ】

我か庵(轍士編)
　竹下義人校注「新編西鶴全集5 本文篇 下」勉誠出版 2007 p883
　石川八朗ほか編「宝井其角全集〔2〕 資料篇」勉誠社 1994 p106
和歌一字抄(書陵部蔵一五〇・六五三)(藤原清輔)
　「新編国歌大観1」角川書店 1987 p785
和歌色葉(上覚)
　「新編国歌大観5」角川書店 1987 p1054
和歌詠草(金沢文庫)(金沢文庫蔵本)
　「新編国歌大観10」角川書店 1992 p449
講藪若えびす
　石川八朗ほか編「宝井其角全集〔2〕 資料篇」勉誠社 1994 p330
和哥夷(永田貞也撰)
　西島孜哉, 光井文華編「近世上方狂歌叢書14 興歌かひこの鳥(他)」近世上方狂歌研究会 1990 p21
我おもしろ(手柄岡持)
　石川俊一郎翻刻「江戸狂歌本選集10」東京堂出版 2001 p237
和歌会次第(藤原定家)
　「新編国歌大観10」角川書店 1992 p981
「我影を」詞書(与謝蕪村)
　尾形仂, 山下一海校注「蕪村全集4 俳詩・俳文」講談社 1994 p174
和歌灌頂次第秘密抄
　「新編国歌大観10」角川書店 1992 p984
和歌肝要
　「新編国歌大観5」角川書店 1987 p1095
和歌口伝(源承)
　「新編国歌大観5」角川書店 1987 p1076
和歌口伝抄
　「新編国歌大観5」角川書店 1987 p1098
倭歌作式
　「新編国歌大観5」角川書店 1987 p946
「我桜」三つ物
　宮脇真彦執筆担当「新編 芭蕉大成」三省堂 1999 p193
若狭守通宗朝臣女子達歌合(書陵部蔵五一〇・四〇)
　「新編国歌大観5」角川書店 1987 p118
和歌式
　「新編国歌大観5」角川書店 1987 p946
和歌十体(書陵部蔵一五〇・六二九)
　「新編国歌大観5」角川書店 1987 p908
和歌初学抄(藤原清輔)
　「新編国歌大観5」角川書店 1987 p1016
和歌深秘抄(堯憲)
　「新編国歌大観10」角川書店 1992 p1002

和歌大綱
　「新編国歌大観5」角川書店 1987 p1095
和歌体十種(伝御子左忠家筆本)
　「新編国歌大観5」角川書店 1987 p907
若竹笠(寛保三年刊)(翠紅編)
　加藤定彦, 外村展子編「関東俳諧叢書3 五色墨編1」関東俳諧叢書刊行会 1993 p251
「若竹の」百韻
　加藤定彦「西山宗因全集3 俳諧篇」八木書店 2004 p273
「若たばこ」百韻(西山宗因評点)
　井上敏幸, 尾崎千佳校訂「西山宗因全集4 紀行・評点・書簡篇」八木書店 2006 p248
「我ためか」の詞書(松尾芭蕉)
　嶋中道則ほか「新編 芭蕉大成」三省堂 1999 p377
和歌庭訓(二条為世)
　「新編国歌大観5」角川書店 1987 p1085
和歌童蒙抄(藤原範兼)
　「新編国歌大観5」角川書店 1987 p970
和歌所影供歌合
　松野陽一, 吉田薫編「藤原俊成全歌集」笠間書院 2007 p570
和歌所影供歌合 建仁元年八月(群書類従本)
　「新編国歌大観5」角川書店 1987 p395
和歌所影供歌合 建仁元年九月(東大国文学研究室蔵本)
　「新編国歌大観5」角川書店 1987 p403
若菜集
　石川八朗ほか編「宝井其角全集〔2〕 資料篇」勉誠社 1994 p200
若菜の文(加舎白雄)
　矢羽勝幸編「増補改訂 加舎白雄全集 上」国文社 2008 p371
「我泪」詞書(与謝蕪村)
　尾形仂, 山下一海校注「蕪村全集4 俳詩・俳文」講談社 1994 p82
若菜 上(紫式部)
　石田穣二, 清水好子校注「新潮日本古典集成 新装版〔14〕 源氏物語 五」新潮社 2014 p9
　阿部秋生ほか校訂・訳「日本の古典をよむ10 源氏物語 下」小学館 2008 p14
　與謝野寛ほか編纂校訂「覆刻 日本古典全集〔文学編〕〔18〕 源氏物語 三」現代思潮社 1982 p113
　円地文子訳「わたしの古典7 円地文子の源氏物語 巻2」集英社 1985 p161
若菜 下(紫式部)
　石田穣二, 清水好子校注「新潮日本古典集成 新装版〔14〕 源氏物語 五」新潮社 2014 p137
　阿部秋生ほか校訂・訳「日本の古典をよむ10 源氏物語 下」小学館 2008 p39
　與謝野寛ほか編纂校訂「覆刻 日本古典全集〔文学編〕〔18〕 源氏物語 三」現代思潮社 1982 p189
　円地文子訳「わたしの古典7 円地文子の源氏物語 巻2」集英社 1985 p187

若葉合
　石川八朗ほか編「宝井其角全集〔2〕 資料篇」勉誠社 1994 p205
倭哥誹諧大意秘抄(松花堂欠壺)
　中西啓翻刻「古典文学翻刻集成6 続・俳文学篇 中興期(上)」ゆまに書房 1999 p117
「若葉さす」百韻
　島津忠夫ほか編「西山宗因全集2 連歌篇二」八木書店 2007 p327
狂歌若葉集(唐衣橘洲編著)
　宇田敏彦翻刻「江戸狂歌本選集1」東京堂出版 1998 p157
「若葉にも」百韻
　島津忠夫ほか編「西山宗因全集6 解題・索引篇」八木書店古書出版部 2017 p40
若水
　石川八朗ほか編「宝井其角全集〔2〕 資料篇」勉誠社 1994 p86
若水(元文六年刊)(吏登編)
　加藤定彦, 外村展子編「関東俳諧叢書29 雪門編」関東俳諧叢書刊行会 2005 p95
和歌密書
　「新編国歌大観10」角川書店 1992 p983
我が身にたどる姫君
　「新編国歌大観5」角川書店 1987 p1389
我が身にたどる姫君(巻一～巻四)
　大槻修, 大槻福子校訂・訳注「中世王朝物語全集20 我が身にたどる姫君 上」笠間書院 2009 p5
我が身にたどる姫君(巻五～巻八)
　片岡利博校訂・訳注「中世王朝物語全集21 我が身にたどる姫君 下」笠間書院 2010 p5
若宮社歌合 建久二年三月(群書類従本)
　「新編国歌大観5」角川書店 1987 p265
若宮撰歌合 建仁二年九月(有吉保氏蔵本)
　「新編国歌大観5」角川書店 1987 p414
和歌無底抄
　「新編国歌大観5」角川書店 1987 p1097
若紫(紫式部)
　石田穣二, 清水好子校注「新潮日本古典集成 新装版〔10〕 源氏物語 一」新潮社 2014 p181
　阿部秋生ほか校訂・訳「日本の古典をよむ9 源氏物語 上」小学館 2008 p76
　與謝野寛ほか編纂校訂「覆刻 日本古典全集〔文学編〕〔16〕 源氏物語 一」現代思潮社 1982 p89
　円地文子訳「わたしの古典6 円地文子の源氏物語 巻1」集英社 1985 p75
我宿と(半歌仙)
　満田達夫校注「蕪村全集2 連句」講談社 2001 p138
「若ゆてふ」表八句(西山宗因)
　島津忠夫ほか編「西山宗因全集6 解題・索引篇」八木書店古書出版部 2017 p63
和歌用意条々
　「新編国歌大観5」角川書店 1987 p1085
「分からゝ」歌仙
　加藤定彦「西山宗因全集3 俳諧篇」八木書店

わかん　　　　　　　　　　　　　　　　作品名

2004 p485
和漢兼作集(宮内庁書陵部蔵本)
　「新編国歌大観6」角川書店 1988 p196
和漢名所詩歌合(書陵部蔵五〇一・五二六)(藤原基家)
　「新編国歌大観10」角川書店 1992 p261
和漢遊女容気(江島其磧)
　江本裕翻刻「八文字屋本全集7」汲古書院 1994 p1
倭漢聯句(部分)(義堂周信)
　藁木英雄著「日本漢詩人選集3 義堂周信」研文出版 1999 p220
和漢朗詠集(藤原公任編纂)
　大曽根章介, 堀内秀晃校注「新潮日本古典集成 新装版〔67〕 和漢朗詠集」新潮社 2018 p7
　佐藤道生校注「和歌文学大系47 和漢朗詠集・新撰朗詠集」明治書院 2011 p1
和漢朗詠集(御物伝藤原行成筆本)(藤原公任撰)
　「新編国歌大観2」角川書店 1984 p258
篶纏輪(方竟千梅選)
　島居清翻刻「古典文学翻刻集成2 俳文学篇 元禄・蕉風・中興期」ゆまに書房 1998 p334
　島居清翻刻「古典文学翻刻集成2 俳文学篇 元禄・蕉風・中興期」ゆまに書房 1998 p353
　島居清翻刻「古典文学翻刻集成2 俳文学篇 元禄・蕉風・中興期」ゆまに書房 1998 p375
　島居清翻刻「古典文学翻刻集成2 俳文学篇 元禄・蕉風・中興期」ゆまに書房 1998 p401
　島居清翻刻「古典文学翻刻集成2 俳文学篇 元禄・蕉風・中興期」ゆまに書房 1998 p419
　島居清翻刻「古典文学翻刻集成2 俳文学篇 元禄・蕉風・中興期」ゆまに書房 1998 p457
或問珍続(元文五年刊)(吏登編)
　加藤定彦, 外村展子編「関東俳諧叢書29 雪門編」関東俳諧叢書刊行会 2005 p79
老葉(再編本)〈明治大学旧毛利家蔵本〉(宗祇自撰)
　「連歌大観1」古典ライブラリー 2016 p445
別雷社歌合
　松野陽一, 吉田薫編「藤原俊成全歌集」笠間書院 2007 p542
別雷社歌合(書陵部蔵五〇一・五八五)
　「新編国歌大観5」角川書店 1987 p236
分里艶行脚(未練ほか)
　石川了翻刻「八文字屋本全集6」汲古書院 1994 p197
狂歌評判俳優風(唐衣橘洲ほか編)
　高橋啓之翻刻「江戸狂歌本選集3」東京堂出版 1999 p3
和字選択集(法然)
　與謝野寛ほか編纂校訂「覆刻 日本古典全集〔文学編〕〔44〕 法然上人集」現代思潮社 1983 p75
鷲の尾
　海音研究会編「紀海音全集8」清文堂出版 1980 p21
鷲談伝奇桃花流水(山東京山)
　髙木元校訂「江戸怪異綺想文芸大系4 山東京山伝奇小説集」国書刊行会 2003 p177

和州竹内訪問歌文(西山宗因)
　石川真弘, 尾崎千佳校訂「西山宗因全集4 紀行・評点・書簡篇」八木書店 2006 p61
和荘兵衛後日話(山東京傳)
　棚橋正博校訂「山東京傳全集4 黄表紙4」ぺりかん社 2004 p103
「忘るなよ」余興四句
　宮脇真彦執筆担当「新編 芭蕉大成」三省堂 1999 p238
忘梅
　石川八朗ほか編「宝井其角全集〔2〕 資料篇」勉誠社 1994 p117
忘梅序(蝶夢)
　田中道雄ほか編著「蝶夢全集」和泉書院 2013 p314
『忘梅』の序(松尾芭蕉)
　嶋中道則ほか「新編 芭蕉大成」三省堂 1999 p430
萱草〈早稲田大学伊地知文庫蔵本〉(宗祇自撰)
　「連歌大観1」古典ライブラリー 2016 p422
「わすれ草」歌仙
　宮脇真彦執筆担当「新編 芭蕉大成」三省堂 1999 p172
「わすれ水」奥書(蝶夢)
　田中道雄ほか編著「蝶夢全集」和泉書院 2013 p344
俳譜わせのみち
　石川八朗ほか編「宝井其角全集〔2〕 資料篇」勉誠社 1994 p611
わたし船(旨恕編)
　竹下義人校注「新編西鶴全集5 本文篇 上」勉誠出版 2007 p448
わたし舩(片岡旨恕編)
　米谷巌翻刻「古典文学翻刻集成3 続・俳文学篇 貞門・談林」ゆまに書房 1999 p367
渡し舟
　石川八朗ほか編「宝井其角全集〔2〕 資料篇」勉誠社 1994 p102
誹譜渡し船(順水編)
　竹下義人校注「新編西鶴全集5 本文篇 下」勉誠出版 2007 p873
「わたづみの」百韻(正方, 宗因)
　島津忠夫ほか編「西山宗因全集2 連歌篇二」八木書店 2007 p211
わたまし
　野村眞智子編「伝承文学資料集成20 肥後・琵琶語り集」三弥井書店 2006 p23
わたまし抄
　石川八朗ほか編「宝井其角全集〔2〕 資料篇」勉誠社 1994 p117
俳譜わたまし抄(春色編著)
　竹下義人翻刻「古典文学翻刻集成4 続・俳文学篇 元禄・蕉風(上)」ゆまに書房 1999 p65
　竹下義人校注「新編西鶴全集5 本文篇 下」勉誠出版 2007 p994

わたまし神事
  野村眞智子編「伝承文学資料集成20 肥後・琵琶語り集」三弥井書店 2006 p14

「綿弓や」句文（松尾芭蕉）
  嶋中道則ほか「新編 芭蕉大成」三省堂 1999 p379

渡鳥
  石川八朗ほか編「宝井其角全集〔2〕 資料篇」勉誠社 1994 p202

渡るを待つ（市河寛斎）
  李寅生著「漢詩名作集成〈日本編〉」明徳出版社 2016 p453

「侘てすめ」の詞書（松尾芭蕉）
  嶋中道則ほか「新編 芭蕉大成」三省堂 1999 p375

閧七福茶番（山東京山）
  本多朱里校訂「江戸怪異綺想文芸大系4 山東京山伝奇小説集」国書刊行会 2003 p571

藁人形〔抄〕（会木編）
  嶋中道則編「新編 芭蕉大成」三省堂 1999 p798
  石川八朗ほか編「宝井其角全集〔2〕 資料篇」勉誠社 1994 p360

藁屋詠艸（橘曙覧）
  井手今滋編,辻森秀英増補「新修 橘曙覧全集」桜楓社 1983 p149

藁屋文集（橘曙覧）
  井手今滋編,辻森秀英増補「新修 橘曙覧全集」桜楓社 1983 p156

和利宮縁起
  榎本千賀編著「伝承文学資料集成5 神道縁起物語（一）」三弥井書店 2002 p164

「我帰る」詞書（与謝蕪村）
  尾形仂,山下一海校注「蕪村全集4 俳詩・俳文」講談社 1994 p176

「われもさびよ」発句・脇
  宮脇真彦執筆担当「新編 芭蕉大成」三省堂 1999 p193

椀久一世の物語（井原西鶴）
  麻生磯次,冨士昭雄訳注「決定版 対訳西鶴全集4 椀久一世の物語・好色盛衰記・嵐は無常物語」明治書院 1992 p1
  浅野晃校注「新編西鶴全集1 本文篇」勉誠出版 2000 p359

椀久末松山（紀海音）
  海音研究会編「紀海音全集1」清文堂出版 1977 p1

解説・資料

見出し一覧

上　代
- 大伴家持 …… 240
- 柿本人麻呂 …… 240
- 漢詩 …… 241
- 聖徳太子 …… 241
- 山上憶良 …… 241
- 山部赤人 …… 241
- 歴史書・地誌
  - 古事記 …… 241
  - 日本書紀 …… 243
  - 風土記 …… 244
- 和歌 …… 244
  - 万葉集 …… 245

中　古
- 赤染衛門 …… 247
- 在原業平 …… 248
- 和泉式部 …… 248
- 伊勢 …… 249
- 歌物語 …… 250
  - 伊勢物語 …… 250
  - 篁物語 …… 251
- 大江匡房 …… 251
- 凡河内躬恒 …… 251
- 小野小町 …… 252
- 歌謡 …… 252
  - 新撰朗詠集 …… 252
  - 梁塵秘抄 …… 252
  - 和漢朗詠集 …… 252
- 漢詩 …… 253
- 紀貫之 …… 253
- 清原元輔 …… 254
- 相模 …… 254
- 讃岐典侍 …… 255
- 菅原道真 …… 255
- 清少納言 …… 255
- 説話 …… 257
  - 今昔物語集 …… 257
  - 日本霊異記 …… 258
- 選子内親王 …… 258
- 日記・紀行 …… 259
  - 更級日記 …… 259
- 能因 …… 260
- 檜垣嫗 …… 260
- 肥後 …… 261
- 藤原公任 …… 261
- 藤原道綱母 …… 262
- 本院侍従 …… 262
- 源俊頼 …… 263
- 壬生忠岑 …… 263
- 紫式部 …… 264
- 物語 …… 266
  - うつほ物語 …… 267
  - 落窪物語 …… 267
  - 竹取物語 …… 267
  - 堤中納言物語 …… 267
  - とりかへばや物語 …… 268
  - 夜の寝覚 …… 268
- 歴史物語・歴史書 …… 269
  - 栄花物語 …… 269
  - 大鏡 …… 269
- 和歌 …… 270
- 和歌（歌合） …… 271
- 和歌（歌学書） …… 278
- 和歌（家集） …… 278
- 和歌（私撰集） …… 289
- 和歌（勅撰集） …… 289
  - 金葉和歌集 …… 289
  - 古今和歌集 …… 290
  - 後拾遺和歌集 …… 290
  - 詞花和歌集 …… 291
  - 拾遺和歌集 …… 291
- 和歌（定数歌） …… 291

中　世
- 阿仏尼 …… 292
- 飯尾宗祇 …… 293
- 一休宗純 …… 293
- 卜部兼好 …… 294
- 学術・思想 …… 295
- 鴨長明 …… 295
- 歌謡
  - おもろさうし …… 296
  - 閑吟集 …… 296
  - 室町小歌 …… 297
- 漢詩 …… 297
- 軍記 …… 297
  - 義経記 …… 297
  - 源平盛衰記 …… 298
  - 曽我物語 …… 298
  - 太平記 …… 298
  - 平家物語 …… 300
  - 平治物語 …… 302
  - 保元物語 …… 303
- 建礼門院右京大夫 …… 303
- 後鳥羽院 …… 303
- 西行 …… 304
- 在地縁起類 …… 305
- 祭文 …… 305
- 里村紹巴 …… 305
- 詩歌合 …… 306
- 慈円 …… 306
- 式子内親王 …… 307
- 正徹 …… 307
- 心敬 …… 307
- 親鸞 …… 308
- 世阿弥 …… 308
- 説話 …… 309
  - 宇治拾遺物語 …… 310
  - 古今著聞集 …… 310
  - 十訓抄 …… 310
- 頓阿 …… 311
- 日記・紀行 …… 311
  - とはずがたり …… 313
  - たまきはる …… 314
- 能・狂言 …… 314
- 鑁也 …… 317
- 伏見院 …… 317
- 藤原定家 …… 317
- 藤原為家 …… 318

藤原俊成	319
藤原俊成女	320
藤原良経	320
仏教文学・仏教書	320
源実朝	321
物語	321
住吉物語	325
物語評論	
無名草子	325
歴史物語・歴史書	325
連歌	326
和歌	327
小倉百人一首	331
和歌（歌合）	331
和歌（歌学書）	334
和歌（家集）	335
和歌（自歌合）	340
和歌（私撰集）	340
和歌（勅撰集）	341
後撰和歌集	342
新古今和歌集	343
千載和歌集	343
和歌（定数歌）	344
和歌（物語歌集）	345

近 世

浅井了意	346
石川雅望	347
井原西鶴	347
上田秋成	352
江島其磧	353
榎本星布	354
大田垣蓮月	355
学術・思想	355
春日昌預	355
賀茂真淵	355
加舎白雄	356
歌謡	356
漢詩	356
紀海音	357
狂歌	357
小林一茶	361
在地縁起類	361

祭文	362
山東京山	363
山東京伝	363
十返舎一九	370
小説	370
小説（浮世草子）	373
小説（仮名草子）	375
浄瑠璃	381
浄瑠璃（古浄瑠璃）	384
菅専助	385
説経節	386
川柳	386
高井几董	386
宝井其角	387
滝沢馬琴	387
竹田出雲	388
建部綾足	388
橘曙覧	391
近松門左衛門	392
蝶夢	393
銅脈先生	394
西沢一風	395
西山宗因	396
日記・紀行	397
能・狂言	398
俳諧	399
咄本	404
仏教文学・仏教書	404
松尾芭蕉	405
向井去来	407
本居宣長	407
与謝蕪村	407
良寛	411
歴史物語・歴史書	412
連歌	412
和歌	413
和歌（家集）	414
和歌（私撰集）	415

上　代

大伴家持

【解説】
　解説（島田良二）
　　「私家集全釈叢書33 家持集全釈」風間書房 2003 p1
　解説「大伴家持の絶唱と残映」（小野寛）
　　「コレクション日本歌人選042 大伴家持」笠間書院 2013 p110
　〔解説〕はじめに（阿蘇瑞枝）
　　「和歌文学大系17 人麻呂集・赤人集・家持集」明治書院 2004 p297
　〔解説〕家持集（阿蘇瑞枝）
　　「和歌文学大系17 人麻呂集・赤人集・家持集」明治書院 2004 p316
　〔解題〕家持集（片桐洋一、山崎節子）
　　「新編国歌大観3」角川書店 1985 p847
　歌人略伝
　　「コレクション日本歌人選042 大伴家持」笠間書院 2013 p107
　〔付録エッセイ〕大伴家持 ―その悲壮なるもの（青木和夫）
　　「コレクション日本歌人選042 大伴家持」笠間書院 2013 p120

【年表】
　略年譜
　　「コレクション日本歌人選042 大伴家持」笠間書院 2013 p108

【資料】
　初句索引
　　「和歌文学大系17 人麻呂集・赤人集・家持集」明治書院 2004 p362
　初二句索引
　　「私家集全釈叢書33 家持集全釈」風間書房 2003 p305
　地名一覧
　　「和歌文学大系17 人麻呂集・赤人集・家持集」明治書院 2004 p352
　地名索引
　　「私家集全釈叢書33 家持集全釈」風間書房 2003 p312
　読書案内
　　「コレクション日本歌人選042 大伴家持」笠間書院 2013 p118
　補注 家持集（阿蘇瑞枝）
　　「和歌文学大系17 人麻呂集・赤人集・家持集」明治書院 2004 p282
　和歌他出一覧 家持集
　　「和歌文学大系17 人麻呂集・赤人集・家持集」明治書院 2004 p345

柿本人麻呂

【解説】
　解説（島田良二）
　　「私家集全釈叢書34 人麿集全釈」風間書房 2004 p1
　〔解説〕はじめに（阿蘇瑞枝）
　　「和歌文学大系17 人麻呂集・赤人集・家持集」明治書院 2004 p297
　〔解説〕人麻呂集（阿蘇瑞枝）
　　「和歌文学大系17 人麻呂集・赤人集・家持集」明治書院 2004 p303
　解説「和歌文学草創期の大成者 柿本人麻呂」（高松寿夫）
　　「コレクション日本歌人選001 柿本人麻呂」笠間書院 2011 p110
　〔解題〕柿本人麻呂勘文（竹下豊）
　　「新編国歌大観5」角川書店 1987 p1488
　〔解題〕人丸集（片桐洋一、山崎節子）
　　「新編国歌大観3」角川書店 1985 p845
　歌人略伝
　　「コレクション日本歌人選001 柿本人麻呂」笠間書院 2011 p107
　他出歌と関わって〔解説 人麻呂集〕（阿蘇瑞枝）
　　「和歌文学大系17 人麻呂集・赤人集・家持集」明治書院 2004 p309
　〔付録エッセイ〕詩と自然―人麻呂ノート1（抄）（佐佐木幸綱）
　　「コレクション日本歌人選001 柿本人麻呂」笠間書院 2011 p119

【年表】
　略年譜
　　「コレクション日本歌人選001 柿本人麻呂」笠間書院 2011 p108

【資料】
　初句索引
　　「和歌文学大系17 人麻呂集・赤人集・家持集」明治書院 2004 p362
　初二句索引
　　「私家集全釈叢書34 人麿集全釈」風間書房 2004 p381
　地名一覧
　　「和歌文学大系17 人麻呂集・赤人集・家持集」明治書院 2004 p352
　地名索引
　　「私家集全釈叢書34 人麿集全釈」風間書房 2004 p389
　読書案内
　　「コレクション日本歌人選001 柿本人麻呂」笠間書院 2011 p117
　補注 人麻呂集（阿蘇瑞枝）
　　「和歌文学大系17 人麻呂集・赤人集・家持集」明治書院 2004 p256

和歌他出一覧 人麻呂集
　「和歌文学大系17 人麻呂集・赤人集・家持集」明治書院 2004 p321

漢詩

【解説】
あとがき（興膳宏）
　「日本漢詩人選集 別巻 古代漢詩選」研文出版 2005 p255
「懐風藻」等五詩集解題（與謝野寛ほか）
　「覆刻 日本古典全集〔文学編〕〔12〕 懐風藻 凌雲集 文華秀麗集 経國集 本朝麗藻」現代思潮社 1982 p1
監訳者あとがき（松野敏之）
　「漢詩名作集成〈日本編〉」明徳出版社 2016 p851
原書まえがき（李寅生, 宇野直人）
　「漢詩名作集成〈日本編〉」明徳出版社 2016 p1
後記（李寅生, 宇野直人）
　「漢詩名作集成〈日本編〉」明徳出版社 2016 p849
古代日本人の漢詩新学び（興膳宏）
　「日本漢詩人選集 別巻 古代漢詩選」研文出版 2005 p3
日本語版 例言（宇野直人）
　「漢詩名作集成〈日本編〉」明徳出版社 2016 p11

【資料】
主要参考文献
　「漢詩名作集成〈日本編〉」明徳出版社 2016 p847

聖徳太子

【解説】
略解題（牧野和夫）
　「伝承文学資料集成1 聖徳太子伝記」三弥井書店 1999 p1

【資料】
校異
　「伝承文学資料集成1 聖徳太子伝記」三弥井書店 1999 p291
校異一覧
　「伝承文学資料集成1 聖徳太子伝記」三弥井書店 1999 p287

山上憶良

【解説】
解説「生きることの意味を問い続けた歌人 山上憶良」（辰巳正明）
　「コレクション日本歌人選002 山上憶良」笠間書院 2011 p106
歌人略伝
　「コレクション日本歌人選002 山上憶良」笠間書院 2011 p103
〔付録エッセイ〕「士」として歩んだ生涯―みずからの死―（中西進）
　「コレクション日本歌人選002 山上憶良」笠間書院 2011 p116

【年表】
略年譜
　「コレクション日本歌人選002 山上憶良」笠間書院 2011 p104

【資料】
読書案内
　「コレクション日本歌人選002 山上憶良」笠間書院 2011 p114

山部赤人

【解説】
〔解説〕赤人集（阿蘇瑞枝）
　「和歌文学大系17 人麻呂集・赤人集・家持集」明治書院 2004 p313
〔解説〕はじめに（阿蘇瑞枝）
　「和歌文学大系17 人麻呂集・赤人集・家持集」明治書院 2004 p297
解説「表現史の中の虫麻呂・赤人」（多田一臣）
　「コレクション日本歌人選061 高橋虫麻呂と山部赤人」笠間書院 2018 p113
〔解題〕赤人集（片桐洋一, 山崎節子）
　「新編国歌大観3」角川書店 1985 p845
歌人略伝 山部赤人（多田一臣）
　「コレクション日本歌人選061 高橋虫麻呂と山部赤人」笠間書院 2018 p108

【年表】
山部赤人略年譜
　「コレクション日本歌人選061 高橋虫麻呂と山部赤人」笠間書院 2018 p111

【資料】
初句索引
　「和歌文学大系17 人麻呂集・赤人集・家持集」明治書院 2004 p362
地名一覧
　「和歌文学大系17 人麻呂集・赤人集・家持集」明治書院 2004 p352
読書案内
　「コレクション日本歌人選061 高橋虫麻呂と山部赤人」笠間書院 2018 p119
補注 赤人集（阿蘇瑞枝）
　「和歌文学大系17 人麻呂集・赤人集・家持集」明治書院 2004 p272
和歌他出一覧 赤人集
　「和歌文学大系17 人麻呂集・赤人集・家持集」明治書院 2004 p337

歴史書・地誌

古事記

【解説】
解説（金沢英之）
　「日本の古典をよむ1 古事記」小学館 2007 p306

解説（鈴鹿千代乃）
　「わたしの古典1　田辺聖子の古事記」集英社　1986 p307
解説（西宮一民）
　「新潮日本古典集成　新装版〔22〕　古事記」新潮社　2014 p273
〔解題〕古事記（後藤重郎，村瀬憲夫）
　「新編国歌大観5」角川書店　1987 p1489
古事記　上巻　あらすじ（金沢英之）
　「日本の古典をよむ1　古事記」小学館　2007 p10
古事記　中巻　あらすじ（金沢英之）
　「日本の古典をよむ1　古事記」小学館　2007 p136
古事記　下巻　あらすじ（金沢英之）
　「日本の古典をよむ1　古事記」小学館　2007 p248
古事記の風景 1　出雲大社（佐々木和歌子，金沢英之）
　「日本の古典をよむ1　古事記」小学館　2007 p88
古事記の風景 2　高千穂（佐々木和歌子，金沢英之）
　「日本の古典をよむ1　古事記」小学館　2007 p118
古事記の風景 3　熊野（佐々木和歌子，金沢英之）
　「日本の古典をよむ1　古事記」小学館　2007 p159
古事記の風景 4　三輪山（佐々木和歌子，金沢英之）
　「日本の古典をよむ1　古事記」小学館　2007 p176
古事記の風景 5　能煩野（佐々木和歌子，金沢英之）
　「日本の古典をよむ1　古事記」小学館　2007 p224
写本をよむ─真福寺本古事記
　「日本の古典をよむ1　古事記」小学館　2007 巻頭
書をよむ─古事記創成記（石川九楊）
　「日本の古典をよむ1　古事記」小学館　2007 巻頭
序章（田辺聖子）
　「わたしの古典1　田辺聖子の古事記」集英社　1986 p9
神名の釈義　付索引
　「新潮日本古典集成　新装版〔22〕　古事記」新潮社　2014 p319
はじめに─日本最古の書物の魅力（金沢英之）
　「日本の古典をよむ1　古事記」小学館　2007 p3
美をよむ─神々の姿（島尾新）
　「日本の古典をよむ1　古事記」小学館　2007 巻頭
［メモ］1　「削偽定実」─古事記撰録の意図（緒方惟章）
　「現代語で読む歴史文学〔10〕　古事記」勉誠出版　2004 p9
［メモ］2　ウマシアシカビヒコジの神─〈葦の文化圏〉の残影（緒方惟章）
　「現代語で読む歴史文学〔10〕　古事記」勉誠出版　2004 p14
［メモ］3〈天の浮橋〉と〈オノゴロ島〉─イザナキ・イザナミ二神の系統1（緒方惟章）
　「現代語で読む歴史文学〔10〕　古事記」勉誠出版　2004 p19

［メモ］4〈天のみ柱〉巡り─イザナキ・イザナミ二神の系統2（緒方惟章）
　「現代語で読む歴史文学〔10〕　古事記」勉誠出版　2004 p24
［メモ］5〈大八島国生み神話〉に見る後代的特質（緒方惟章）
　「現代語で読む歴史文学〔10〕　古事記」勉誠出版　2004 p28
［メモ］6〈ヨモツヘグイ〉（緒方惟章）
　「現代語で読む歴史文学〔10〕　古事記」勉誠出版　2004 p40
［メモ］7〈三貴子構想〉の解体と〈二貴子構想〉の構築（緒方惟章）
　「現代語で読む歴史文学〔10〕　古事記」勉誠出版　2004 p46
［メモ］8〈妣の国〉・〈根の堅州国〉（緒方惟章）
　「現代語で読む歴史文学〔10〕　古事記」勉誠出版　2004 p50
［メモ］9〈天の安の河の誓約〉の謎（緒方惟章）
　「現代語で読む歴史文学〔10〕　古事記」勉誠出版　2004 p56
［メモ］10〈天の石屋戸籠り神話〉の本義と「神代記」の構想（緒方惟章）
　「現代語で読む歴史文学〔10〕　古事記」勉誠出版　2004 p63
［メモ］11〈ヤマタノオロチ退治神話〉の本義と「神代記」に占める位置（緒方惟章）
　「現代語で読む歴史文学〔10〕　古事記」勉誠出版　2004 p72
［メモ］12　鰐は鰐鮫か？─〈稲羽の素兎神話〉の原形（緒方惟章）
　「現代語で読む歴史文学〔10〕　古事記」勉誠出版　2004 p78
［メモ］13〈根の国訪問神話〉の本義─〈大国主の神〉の誕生（緒方惟章）
　「現代語で読む歴史文学〔10〕　古事記」勉誠出版　2004 p86
［メモ］14　歌謡と人称（緒方惟章）
　「現代語で読む歴史文学〔10〕　古事記」勉誠出版　2004 p97
［メモ］15〈十七世の神〉（緒方惟章）
　「現代語で読む歴史文学〔10〕　古事記」勉誠出版　2004 p103
［メモ］16　オオアナムチの神及びスクナビコナの神の実像（緒方惟章）
　「現代語で読む歴史文学〔10〕　古事記」勉誠出版　2004 p106
［メモ］17　オオトシの神の神裔（緒方惟章）
　「現代語で読む歴史文学〔10〕　古事記」勉誠出版　2004 p109
［メモ］18〈コトシロヌシの神〉と〈タケミナカタの神〉（緒方惟章）
　「現代語で読む歴史文学〔10〕　古事記」勉誠出版　2004 p119

［メモ］19 降臨する神の変更の理由（緒方惟章）
　「現代語で読む歴史文学〔10〕 古事記」勉誠出版 2004 p126
［メモ］20〈出雲〉と〈日向〉―〈天孫降臨〉の地をめぐる謎（緒方惟章）
　「現代語で読む歴史文学〔10〕 古事記」勉誠出版 2004 p133
［メモ］21 天皇の〈寿命〉（緒方惟章）
　「現代語で読む歴史文学〔10〕 古事記」勉誠出版 2004 p141
［メモ］22〈海幸・山幸神話〉の本義（緒方惟章）
　「現代語で読む歴史文学〔10〕 古事記」勉誠出版 2004 p152
［メモ］23〈妣の国〉と〈常世の国〉（緒方惟章）
　「現代語で読む歴史文学〔10〕 古事記」勉誠出版 2004 p159
［メモ］24〈神武東征伝説〉の本義（緒方惟章）
　「現代語で読む歴史文学〔10〕 古事記」勉誠出版 2004 p177
［メモ］25〈歌垣〉―〈片歌問答〉と〈物名歌〉（緒方惟章）
　「現代語で読む歴史文学〔10〕 古事記」勉誠出版 2004 p185
［メモ］26〈八代欠史〉の時代（緒方惟章）
　「現代語で読む歴史文学〔10〕 古事記」勉誠出版 2004 p199
［メモ］27〈三輪の神〉の本義（緒方惟章）
　「現代語で読む歴史文学〔10〕 古事記」勉誠出版 2004 p205
［メモ］28〈ハツクニシラス天皇〉の本義（緒方惟章）
　「現代語で読む歴史文学〔10〕 古事記」勉誠出版 2004 p214
［メモ］29〈妹の力〉（緒方惟章）
　「現代語で読む歴史文学〔10〕 古事記」勉誠出版 2004 p224
［メモ］30〈ヤマトタケルの命〉の本義（緒方惟章）
　「現代語で読む歴史文学〔10〕 古事記」勉誠出版 2004 p252
［メモ］31〈神功皇后新羅征討伝承〉の本義（緒方惟章）
　「現代語で読む歴史文学〔10〕 古事記」勉誠出版 2004 p267
［メモ］32 ホムダワケ王（応神天皇）のみ子の総数（緒方惟章）
　「現代語で読む歴史文学〔10〕 古事記」勉誠出版 2004 p275
［メモ］33〈仁徳天皇国見伝説〉と〈国見〉の本義（緒方惟章）
　「現代語で読む歴史文学〔10〕 古事記」勉誠出版 2004 p297

［メモ］34〈近親相婚〉はなぜ罪であるのか？（緒方惟章）
　「現代語で読む歴史文学〔10〕 古事記」勉誠出版 2004 p331
［メモ］35〈引田部のアカイコ〉の実体（緒方惟章）
　「現代語で読む歴史文学〔10〕 古事記」勉誠出版 2004 p349
［メモ］36〈報復の道義〉―〈儒教的天子像〉の形成（緒方惟章）
　「現代語で読む歴史文学〔10〕 古事記」勉誠出版 2004 p370
わたしと『古事記』（田辺聖子）
　「わたしの古典1 田辺聖子の古事記」集英社 1986 p1

【資料】
参考図（穂積和夫）
　「わたしの古典1 田辺聖子の古事記」集英社 1986 p315
神代・歴代天皇系図
　「日本の古典をよむ1 古事記」小学館 2007 p315

日本書紀

【解説】
解説（中嶋真也）
　「日本の古典をよむ3 日本書紀 下・風土記」小学館 2007 p303
〔解題〕日本書紀（後藤重郎，村瀬憲夫）
　「新編国歌大観5」角川書店 1987 p1489
写本をよむ―岩崎本 日本書紀
　「日本の古典をよむ3 日本書紀 下・風土記」小学館 2007 巻頭
写本をよむ―佐佐木本 日本書紀
　「日本の古典をよむ2 日本書紀 上」小学館 2007 巻頭
書をよむ―「写経」（石川九楊）
　「日本の古典をよむ2 日本書紀 上」小学館 2007 巻頭
書をよむ―天皇・皇后の書（石川九楊）
　「日本の古典をよむ3 日本書紀 下・風土記」小学館 2007 巻頭
日本書紀 巻第一～巻第二十二 あらすじ（中嶋真也）
　「日本の古典をよむ2 日本書紀 上」小学館 2007 p12
日本書紀 巻第二十三～巻第三十 あらすじ（中嶋真也）
　「日本の古典をよむ3 日本書紀 下・風土記」小学館 2007 p12
日本書紀の風景1 山辺の道の古墳群（安田清人，佐々木和歌子）
　「日本の古典をよむ2 日本書紀 上」小学館 2007 p117

日本書紀の風景 2 熱田神宮（安田清人, 佐々木和歌子）
　　「日本の古典をよむ2 日本書紀 上」小学館 2007 p175
　日本書紀の風景 3 難波宮（安田清人, 佐々木和歌子）
　　「日本の古典をよむ2 日本書紀 上」小学館 2007 p224
　日本書紀の風景 4 稲荷山古墳（安田清人, 佐々木和歌子）
　　「日本の古典をよむ2 日本書紀 上」小学館 2007 p250
　日本書紀の風景 5 今城塚古墳（安田清人, 佐々木和歌子）
　　「日本の古典をよむ2 日本書紀 上」小学館 2007 p272
　日本書紀の風景 6 板蓋宮伝承地（安田清人, 中村和裕）
　　「日本の古典をよむ3 日本書紀 下・風土記」小学館 2007 p42
　日本書紀の風景 7 酒船石と亀形石造物（安田清人, 中村和裕）
　　「日本の古典をよむ3 日本書紀 下・風土記」小学館 2007 p90
　日本書紀の風景 8 水城（安田清人, 中村和裕）
　　「日本の古典をよむ3 日本書紀 下・風土記」小学館 2007 p120
　日本書紀の風景 9 天武・持統天皇陵（安田清人, 中村和裕）
　　「日本の古典をよむ3 日本書紀 下・風土記」小学館 2007 p195
　日本書紀の風景 10 藤原宮跡（安田清人, 中村和裕）
　　「日本の古典をよむ3 日本書紀 下・風土記」小学館 2007 p210
　はじめに―古代史の一級資料として（中嶋真也）
　　「日本の古典をよむ3 日本書紀 下・風土記」小学館 2007 p3
　はじめに―歴史をつくる使命感と喜びに溢れた書（中嶋真也）
　　「日本の古典をよむ2 日本書紀 上」小学館 2007 p3
　美をよむ―神話の積層（島尾新）
　　「日本の古典をよむ3 日本書紀 下・風土記」小学館 2007 巻頭
　美をよむ―仏教としての仏像（島尾新）
　　「日本の古典をよむ2 日本書紀 上」小学館 2007 巻頭
【資料】
　歴代天皇系図
　　「日本の古典をよむ3 日本書紀 下・風土記」小学館 2007 p314

風土記
【解説】
　解説（中嶋真也）
　　「日本の古典をよむ3 日本書紀 下・風土記」小学館 2007 p303
　〔解題〕風土記（後藤重郎, 村瀬憲夫）
　　「新編国歌大観5」角川書店 1987 p1489
　風土記 あらすじ（中嶋真也）
　　「日本の古典をよむ3 日本書紀 下・風土記」小学館 2007 p212
　風土記の風景 1 筑波山（安田清人, 中村和裕）
　　「日本の古典をよむ3 日本書紀 下・風土記」小学館 2007 p230
　風土記の風景 2 国引き神話（安田清人, 中村和裕）
　　「日本の古典をよむ3 日本書紀 下・風土記」小学館 2007 p252
　風土記の風景 3 鏡山（安田清人, 中村和裕）
　　「日本の古典をよむ3 日本書紀 下・風土記」小学館 2007 p281
【資料】
　歴代天皇系図
　　「日本の古典をよむ3 日本書紀 下・風土記」小学館 2007 p314

和歌
【解説】
　おみくじの歌概観（平野多恵）
　　「コレクション日本歌人選076 おみくじの歌」笠間書院 2019 p103
　解説（遠藤宏）
　　「コレクション日本歌人選062 笠女郎」笠間書院 2019 p112
　解説「おみくじの和歌」（平野多恵）
　　「コレクション日本歌人選076 おみくじの歌」笠間書院 2019 p106
　解説「古代の声を聞くために」（梶川信行）
　　「コレクション日本歌人選021 額田王と初期万葉歌人」笠間書院 2012 p106
　解説「酒・酒の歌・文学」（松村雄二）
　　「コレクション日本歌人選080 酒の歌」笠間書院 2019 p120
　解説「僧侶の和歌の種類とその特徴」（小池一行）
　　「コレクション日本歌人選059 僧侶の歌」笠間書院 2012 p107
　解説「人間旅人の魅力」（中嶋真也）
　　「コレクション日本歌人選041 大伴旅人」笠間書院 2012 p100
　解説「表現史の中の虫麻呂・赤人」（多田一臣）
　　「コレクション日本歌人選061 高橋虫麻呂と山部赤人」笠間書院 2018 p113

〔解題〕歌経標式(真本)(橋本不美男、滝沢貞夫)
「新編国歌大観5」角川書店 1987 p1487
〔解題〕古事記(後藤重郎、村瀬憲夫)
「新編国歌大観5」角川書店 1987 p1489
〔解題〕日本書紀(後藤重郎、村瀬憲夫)
「新編国歌大観5」角川書店 1987 p1489
〔解題〕風土記(後藤重郎、村瀬憲夫)
「新編国歌大観5」角川書店 1987 p1489
笠女郎を読み終って(遠藤宏)
「コレクション日本歌人選062 笠女郎」笠間書院 2019 p109
歌人略伝
「コレクション日本歌人選041 大伴旅人」笠間書院 2012 p97
歌人略伝 高橋虫麻呂(多田一臣)
「コレクション日本歌人選061 高橋虫麻呂と山部赤人」笠間書院 2018 p107
酒の歌概観
「コレクション日本歌人選080 酒の歌」笠間書院 2019 p115
僧侶の和歌概観
「コレクション日本歌人選059 僧侶の歌」笠間書院 2012 p103
額田王の略伝
「コレクション日本歌人選021 額田王と初期万葉歌人」笠間書院 2012 p101
始めに(遠藤宏)
「コレクション日本歌人選062 笠女郎」笠間書院 2019 p iii
〔付録エッセイ〕梅花の宴の論(抄)(大岡信)
「コレクション日本歌人選041 大伴旅人」笠間書院 2012 p108

【年表】
おみくじの歌関連略年譜
「コレクション日本歌人選076 おみくじの歌」笠間書院 2019 p104
初期万葉関係年表
「コレクション日本歌人選021 額田王と初期万葉歌人」笠間書院 2012 p102
高橋虫麻呂略年譜
「コレクション日本歌人選061 高橋虫麻呂と山部赤人」笠間書院 2018 p109
略年譜
「コレクション日本歌人選041 大伴旅人」笠間書院 2012 p98

【資料】
紀賤丸撰『道家百人一首』から僧侶の歌44首
「コレクション日本歌人選059 僧侶の歌」笠間書院 2012 p117
作者一覧
「コレクション日本歌人選080 酒の歌」笠間書院 2019 p116
初期万葉系図
「コレクション日本歌人選021 額田王と初期万葉歌人」笠間書院 2012 p105
人物一覧
「コレクション日本歌人選059 僧侶の歌」笠間書院 2012 p104
読書案内
「コレクション日本歌人選021 額田王と初期万葉歌人」笠間書院 2012 p112
「コレクション日本歌人選041 大伴旅人」笠間書院 2012 p106
「コレクション日本歌人選059 僧侶の歌」笠間書院 2012 p115
「コレクション日本歌人選061 高橋虫麻呂と山部赤人」笠間書院 2018 p119
「コレクション日本歌人選062 笠女郎」笠間書院 2019 p117
「コレクション日本歌人選076 おみくじの歌」笠間書院 2019 p115
「コレクション日本歌人選080 酒の歌」笠間書院 2019 p131

万葉集

【解説】
飛鳥井雅澄〔土佐偉人傳〕
「覆刻 日本古典全集〔文学編〕〔46〕 萬葉集品物圖繪」現代思潮社 1982 p1
東歌・防人歌の作者達
「コレクション日本歌人選022 東歌・防人歌」笠間書院 2012 p103
解説(阿蘇瑞枝)
「わたしの古典2 清川妙の萬葉集」集英社 1986 p267
解説(鉄野昌弘)
「日本の古典をよむ4 万葉集」小学館 2008 p304
〔解説〕「東歌」(近藤信義)
「コレクション日本歌人選022 東歌・防人歌」笠間書院 2012 p106
〔解説〕「防人歌」(近藤信義)
「コレクション日本歌人選022 東歌・防人歌」笠間書院 2012 p110
〔解題〕万葉集
「新編国歌大観2」角川書店 1984 p861
〔解説〕万葉集時代難事(竹下豊)
「新編国歌大観5」角川書店 1987 p1488
写本をよむ―桂本万葉集
「日本の古典をよむ4 万葉集」小学館 2008 巻頭
書をよむ―万葉歌を楽しむ(石川九楊)
「日本の古典をよむ4 万葉集」小学館 2008 巻頭
はじめに―和歌の起こり(鉄野昌弘)
「日本の古典をよむ4 万葉集」小学館 2008 p3
美をよむ―白鳳のアールヌーボー(佐野みどり)
「日本の古典をよむ4 万葉集」小学館 2008 巻頭
百二十年にして世に出でたる萬葉集誤字愚考(山田孝雄)
「覆刻 日本古典全集〔文学編〕〔45〕 萬葉私考 萬葉集誤字愚考」現代思潮社 1982 p1

[付録エッセイ]古代の旅(抄)(野田浩子)
　「コレクション日本歌人選022 東歌・防人歌」笠間書院 2012 p116
[付録エッセイ]万葉集と〈音〉喩 ―和歌における転換機能(近藤信義)
　「コレクション日本歌人選021 額田王と初期万葉歌人」笠間書院 2012 p114
萬葉私考解題(正宗敦夫)
　「覆刻 日本古典全集〔文学編〕〔45〕 萬葉私考 萬葉集誤字愚考」現代思潮社 1982 p1
萬葉集への案内(稲岡耕二)
　「和歌文学大系1 萬葉集(一)」明治書院 1997 p407
萬葉集への案内(二)(稲岡耕二)
　「和歌文学大系2 萬葉集(二)」明治書院 2002 p483
萬葉集への案内(三)(稲岡耕二)
　「和歌文学大系3 萬葉集(三)」明治書院 2006 p521
萬葉集への案内(四)(稲岡耕二)
　「和歌文学大系4 萬葉集(四)」明治書院 2015 p597
萬葉集誤字愚考 解題(正宗敦夫)
　「覆刻 日本古典全集〔文学編〕〔45〕 萬葉私考 萬葉集誤字愚考」現代思潮社 1982 p6
萬葉集の生いたち(一)巻一～巻四の生いたち(伊藤博)
　「新潮日本古典集成 新装版〔55〕 萬葉集 一」新潮社 2015 p373
萬葉集の生いたち(二)巻五～巻十の生いたち(伊藤博)
　「新潮日本古典集成 新装版〔56〕 萬葉集 二」新潮社 2015 p467
萬葉集の生いたち(三)巻十一～巻十二の生いたち(伊藤博)
　「新潮日本古典集成 新装版〔57〕 萬葉集 三」新潮社 2015 p441
萬葉集の生いたち(四)巻十三～巻十六の生いたち(伊藤博)
　「新潮日本古典集成 新装版〔58〕 萬葉集 四」新潮社 2015 p317
萬葉集の生いたち(五)巻十七～巻二十の生いたち(伊藤博)
　「新潮日本古典集成 新装版〔59〕 萬葉集 五」新潮社 2015 p367
萬葉集の世界(一)萬葉の魅力(清水克彦)
　「新潮日本古典集成 新装版〔55〕 萬葉集 一」新潮社 2015 p361
萬葉集の世界(二)萬葉歌の流れⅠ(青木生子)
　「新潮日本古典集成 新装版〔56〕 萬葉集 二」新潮社 2015 p437
萬葉集の世界(三)萬葉歌の流れⅡ(青木生子)
　「新潮日本古典集成 新装版〔57〕 萬葉集 三」新潮社 2015 p407
萬葉集の世界(四)萬葉集の歌の場(橋本四郎)
　「新潮日本古典集成 新装版〔58〕 萬葉集 四」新潮社 2015 p275
萬葉集の世界(五)萬葉びとの「ことば」とこころ(井手至)
　「新潮日本古典集成 新装版〔59〕 萬葉集 五」新潮社 2015 p335
万葉集の風景 1 大和三山(佐々木和歌子)
　「日本の古典をよむ4 万葉集」小学館 2008 p45
万葉集の風景 2 岩代の結び松(佐々木和歌子)
　「日本の古典をよむ4 万葉集」小学館 2008 p87
万葉集の風景 3 雷丘(佐々木和歌子)
　「日本の古典をよむ4 万葉集」小学館 2008 p127
万葉集の風景 4 大宰府政庁跡(佐々木和歌子)
　「日本の古典をよむ4 万葉集」小学館 2008 p163
万葉集の風景 5 吉野宮滝(佐々木和歌子)
　「日本の古典をよむ4 万葉集」小学館 2008 p185
万葉集の風景 6 飛鳥川(佐々木和歌子)
　「日本の古典をよむ4 万葉集」小学館 2008 p229
万葉集の風景 7 奈良県立万葉文化館(佐々木和歌子)
　「日本の古典をよむ4 万葉集」小学館 2008 p243
万葉集の風景 8 高岡市万葉歴史館(佐々木和歌子)
　「日本の古典をよむ4 万葉集」小学館 2008 p287
萬葉集品物圖繪解題(與謝野寛ほか)
　「覆刻 日本古典全集〔文学編〕〔46〕 萬葉集品物圖繪」現代思潮社 1982 p1
萬葉集品物圖繪解題追記
　「覆刻 日本古典全集〔文学編〕〔46〕 萬葉集品物圖繪」現代思潮社 1982 p1
萬葉集略解解題(與謝野寛ほか)
　「覆刻 日本古典全集〔文学編〕〔47〕 萬葉集略解 一」現代思潮社 1982 p1
わたしと『萬葉集』(清川妙)
　「わたしの古典2 清川妙の萬葉集」集英社 1986 p1

【年表】

萬葉集編纂年表(巻一～巻四)
　「新潮日本古典集成 新装版〔55〕 萬葉集 一」新潮社 2015 p412
萬葉集編纂年表(巻五～巻十)
　「新潮日本古典集成 新装版〔56〕 萬葉集 二」新潮社 2015 p508
萬葉集編纂年表(巻十一～巻十二)
　「新潮日本古典集成 新装版〔57〕 萬葉集 三」新潮社 2015 p478
萬葉集編纂年表(巻十三～巻十六)
　「新潮日本古典集成 新装版〔58〕 萬葉集 四」新潮社 2015 p366
萬葉集編纂年表(巻十七～巻二十)
　「新潮日本古典集成 新装版〔59〕 萬葉集 五」新潮社 2015 p408

【資料】

近江国地図
　「日本の古典をよむ4 万葉集」小学館 2008 p315

皇族・諸氏系図
「新潮日本古典集成 新装版〔59〕 萬葉集 五」新潮社 2015 p433

校訂一覧〔萬葉集巻第一〜四〕（稲岡耕二）
「和歌文学大系1 萬葉集（一）」明治書院 1997 p397

校訂一覧〔萬葉集巻第五〜九〕（稲岡耕二）
「和歌文学大系2 萬葉集（二）」明治書院 2002 p475

校訂一覧〔萬葉集 巻第十一〜十四〕（稲岡耕二）
「和歌文学大系3 萬葉集（三）」明治書院 2006 p513

校訂一覧〔萬葉集 巻第十五〜二十〕（稲岡耕二）
「和歌文学大系4 萬葉集（四）」明治書院 2015 p585

作者名索引〔萬葉集巻第一〜四〕
「和歌文学大系1 萬葉集（一）」明治書院 1997 p471

作者名索引〔萬葉集巻第五〜九〕
「和歌文学大系2 萬葉集（二）」明治書院 2002 p553

作者名索引〔萬葉集 巻第十一〜十四〕
「和歌文学大系3 萬葉集（三）」明治書院 2006 p567

作者名索引〔萬葉集 巻第十五〜二十〕
「和歌文学大系4 萬葉集（四）」明治書院 2015 p647

参考図（穂積和夫）
「わたしの古典2 清川妙の萬葉集」集英社 1986 p277

参考地図
「新潮日本古典集成 新装版〔55〕 萬葉集 一」新潮社 2015 p427
「新潮日本古典集成 新装版〔56〕 萬葉集 二」新潮社 2015 p523
「新潮日本古典集成 新装版〔58〕 萬葉集 四」新潮社 2015 p381
「新潮日本古典集成 新装版〔59〕 萬葉集 五」新潮社 2015 p425

上代官位相当表
「新潮日本古典集成 新装版〔59〕 萬葉集 五」新潮社 2015 p439

初句索引
「日本の古典をよむ4 万葉集」小学館 2008 左318
「わたしの古典2 清川妙の萬葉集」集英社 1986 p282

初句索引〔萬葉集巻第一〜四〕
「和歌文学大系1 萬葉集（一）」明治書院 1997 p486

初句索引〔萬葉集巻第五〜九〕
「和歌文学大系2 萬葉集（二）」明治書院 2002 p569

初句索引〔萬葉集 巻第十一〜十四〕
「和歌文学大系3 萬葉集（三）」明治書院 2006 p569

初句索引〔萬葉集 巻第十五〜二十〕
「和歌文学大系4 萬葉集（四）」明治書院 2015 p661

舒明皇統系図
「新潮日本古典集成 新装版〔55〕 萬葉集 一」新潮社 2015 p411

人物紹介（阿蘇瑞枝）
「わたしの古典2 清川妙の萬葉集」集英社 1986 p265

人名索引
「新潮日本古典集成 新装版〔59〕 萬葉集 五」新潮社 2015 p445

東国地図（含東山道・東海道宿駅）
「コレクション日本歌人選022 東歌・防人歌」笠間書院 2012 p104

読書案内
「コレクション日本歌人選022 東歌・防人歌」笠間書院 2012 p114

補注〔萬葉集巻第一〜四〕（稲岡耕二）
「和歌文学大系1 萬葉集（一）」明治書院 1997 p459

補注〔萬葉集巻第五〜九〕（稲岡耕二）
「和歌文学大系2 萬葉集（二）」明治書院 2002 p537

補注〔萬葉集 巻第十一〜十四〕（稲岡耕二）
「和歌文学大系3 萬葉集（三）」明治書院 2006 p559

補注〔萬葉集 巻第十五〜二十〕（稲岡耕二）
「和歌文学大系4 萬葉集（四）」明治書院 2015 p642

万葉集 主要歌人紹介（鉄野昌弘）
「日本の古典をよむ4 万葉集」小学館 2008 p10

大和国地図
「日本の古典をよむ4 万葉集」小学館 2008 p314

中古

赤染衛門

【解説】
赤染衛門集について（林マリヤ）
「私家集全釈叢書1 赤染衛門集全釈」風間書房 1986 p3

赤染衛門について（田中恭子）
「私家集全釈叢書1 赤染衛門集全釈」風間書房 1986 p14

〔解説〕赤染衛門集（武田早苗）
「和歌文学大系20 賀茂保憲女集・赤染衛門集・清少納言集・紫式部集・藤三位集」明治書院 2000 p274

〔解題〕赤染衛門集（斎藤熙子）
「新編国歌大観3」角川書店 1985 p891

【年表】
年表（田中恭子）
「私家集全釈叢書1 赤染衛門集全釈」風間書房 1986 p569

【資料】
　桂宮本の錯簡・脱落（林マリヤ）
　　「私家集全釈叢書1　赤染衛門集全釈」風間書房 1986 p557
　系図（田中恭子）
　　「私家集全釈叢書1　赤染衛門集全釈」風間書房 1986 p561
　参考文献の紹介（北村杏子）
　　「私家集全釈叢書1　赤染衛門集全釈」風間書房 1986 p32
　初句索引
　　「和歌文学大系20　賀茂保憲女集・赤染衛門集・清少納言集・紫式部集・藤三位集」明治書院 2000 p380
　人名索引
　　「和歌文学大系20　賀茂保憲女集・赤染衛門集・清少納言集・紫式部集・藤三位集」明治書院 2000 p341
　地名索引
　　「和歌文学大系20　賀茂保憲女集・赤染衛門集・清少納言集・紫式部集・藤三位集」明治書院 2000 p363
　補注　赤染衛門集（武田早苗）
　　「和歌文学大系20　賀茂保憲女集・赤染衛門集・清少納言集・紫式部集・藤三位集」明治書院 2000 p251
　和歌索引（林マリヤ, 北村杏子）
　　「私家集全釈叢書1　赤染衛門集全釈」風間書房 1986 p575

在原業平

【解説】
　解説「伝説の基層からの輝き―業平の和歌を読むために」（中野方子）
　　「コレクション日本歌人選004　在原業平」笠間書院 2011 p104
　〔解説〕業平集（室城秀之）
　　「和歌文学大系18　小町集・遍昭集・業平集・素性集・伊勢集・猿丸集」明治書院 1998 p232
　〔解題〕業平集（青木賜鶴子）
　　「新編国歌大観7」角川書店 1989 p777
　〔解説〕業平集（片桐洋一）
　　「新編国歌大観3」角川書店 1985 p850
　歌人略伝
　　「コレクション日本歌人選004　在原業平」笠間書院 2011 p101
　[付録エッセイ]在原業平（抄）（目崎徳衛）
　　「コレクション日本歌人選004　在原業平」笠間書院 2011 p115

【年表】
　略年譜
　　「コレクション日本歌人選004　在原業平」笠間書院 2011 p102

【資料】
　初句索引
　　「和歌文学大系18　小町集・遍昭集・業平集・素性集・伊勢集・猿丸集」明治書院 1998 p344
　人名索引
　　「和歌文学大系18　小町集・遍昭集・業平集・素性集・伊勢集・猿丸集」明治書院 1998 p321
　地名索引
　　「和歌文学大系18　小町集・遍昭集・業平集・素性集・伊勢集・猿丸集」明治書院 1998 p331
　読書案内
　　「コレクション日本歌人選004　在原業平」笠間書院 2011 p112

和泉式部

【解説】
　あとがき（久保木哲夫）
　　「新注和歌文学叢書24　伝信成筆和泉式部続集切　針切相模集　新注」青簡舎 2018 p237
　あとがき（久保木寿子）
　　「歌合・定数歌全釈叢書4　和泉式部百首全釈」風間書房 2004 p253
　和泉式部全集解題（與謝野寛ほか）
　　「覆刻　日本古典全集〔文学編〕〔1〕　和泉式部集」現代思潮社 1983 p1
　解説（久保木哲夫）
　　「新注和歌文学叢書24　伝信成筆和泉式部続集切　針切相模集　新注」青簡舎 2018 p153
　解説（久保木寿子）
　　「歌合・定数歌全釈叢書4　和泉式部百首全釈」風間書房 2004 p207
　解説（野村精一）
　　「新潮日本古典集成　新装版〔1〕　和泉式部日記　和泉式部集」新潮社 2017 p139
　〔解説〕和泉式部日記（上村悦子）
　　「わたしの古典5　生方たつゑの蜻蛉日記・和泉式部日記」集英社 1986 p263
　解説「歌に生き恋に生き　和泉式部」（高木和子）
　　「コレクション日本歌人選006　和泉式部」笠間書院 2011 p106
　〔解題〕和泉式部集（藤岡忠美）
　　「新編国歌大観3」角川書店 1985 p886
　〔解題〕和泉式部続集（藤岡忠美）
　　「新編国歌大観3」角川書店 1985 p888
　〔解題〕和泉式部日記（萩谷朴, 北村章）
　　「新編国歌大観5」角川書店 1987 p1491
　歌人略伝
　　「コレクション日本歌人選006　和泉式部」笠間書院 2011 p103
　[付録エッセイ]和泉式部、虚像化の道（藤岡忠美）
　　「コレクション日本歌人選006　和泉式部」笠間書院 2011 p115

わたしと『蜻蛉日記』『和泉式部日記』―二つの愛の告白をめぐって（生方たつゑ）
「わたしの古典5 生方たつゑの蜻蛉日記・和泉式部日記」集英社 1986 p1

【年表】
略年譜
「コレクション日本歌人選006 和泉式部」笠間書院 2011 p104

【資料】
各句索引
「歌合・定数歌全釈叢書4 和泉式部百首全釈」風間書房 2004 p245
語注 和泉式部日記（上村悦子）
「わたしの古典5 生方たつゑの蜻蛉日記・和泉式部日記」集英社 1986 p256
参考図（穂積和夫）
「わたしの古典5 生方たつゑの蜻蛉日記・和泉式部日記」集英社 1986 p269
参考文献
「歌合・定数歌全釈叢書4 和泉式部百首全釈」風間書房 2004 p242
「新注和歌文学叢書24 伝行成筆和泉式部続集切 針切相模集 新注」青簡舎 2018 p173
初句索引
「新潮日本古典集成 新装版〔1〕 和泉式部日記 和泉式部集」新潮社 2017 p243
宸翰本所収歌対照表
「新潮日本古典集成 新装版〔1〕 和泉式部日記 和泉式部集」新潮社 2017 p202
図録
「新潮日本古典集成 新装版〔1〕 和泉式部日記 和泉式部集」新潮社 2017 p251
正集所引日記歌
「新潮日本古典集成 新装版〔1〕 和泉式部日記 和泉式部集」新潮社 2017 p197
〔断簡・流布本対照一覧〕和泉式部続集（榊原家本）
「新注和歌文学叢書24 伝行成筆和泉式部続集切 針切相模集 新注」青簡舎 2018 p177
読書案内
「コレクション日本歌人選006 和泉式部」笠間書院 2011 p113
和歌初句索引
「新注和歌文学叢書24 伝行成筆和泉式部続集切 針切相模集 新注」青簡舎 2018 p233

伊勢

【解説】
あとがき（倉田実）
「日本古典評釈・全注釈叢書〔32〕 伊勢集全注釈」KADOKAWA 2016 p877
あとがき（関根慶子）
「私家集全釈叢書16 伊勢集全釈」風間書房 1996 p577
解説（関根慶子, 山下道代）
「私家集全釈叢書16 伊勢集全釈」風間書房 1996 p1
〔解説〕伊勢集（高野晴代）
「和歌文学大系18 小町集・遍昭集・業平集・素性集・伊勢集・猿丸集」明治書院 1998 p288
解説 『伊勢集』を読むために（倉田実）
「日本古典評釈・全注釈叢書〔32〕 伊勢集全注釈」KADOKAWA 2016 p807
解説「理想の女房 伊勢」（中島輝賢）
「コレクション日本歌人選023 伊勢」笠間書院 2011 p116
〔解題〕伊勢集（片桐洋一）
「新編国歌大観3」角川書店 1985 p854
歌人略伝
「コレクション日本歌人選023 伊勢」笠間書院 2011 p113
〔付録エッセイ〕伊勢 女の晴れ歌（抄）（馬場あき子）
「コレクション日本歌人選023 伊勢」笠間書院 2011 p124

【年表】
伊勢年譜
「私家集全釈叢書16 伊勢集全釈」風間書房 1996 p554
伊勢年譜（倉田実）
「日本古典評釈・全注釈叢書〔32〕 伊勢集全注釈」KADOKAWA 2016 p845
略年譜
「コレクション日本歌人選023 伊勢」笠間書院 2011 p114

【資料】
歌語・事項歌番号索引（倉田実）
「日本古典評釈・全注釈叢書〔32〕 伊勢集全注釈」KADOKAWA 2016 p865
皇室略系図（倉田実）
「日本古典評釈・全注釈叢書〔32〕 伊勢集全注釈」KADOKAWA 2016 p844
参考文献
「私家集全釈叢書16 伊勢集全釈」風間書房 1996 p56
主要研究文献一覧（倉田実）
「日本古典評釈・全注釈叢書〔32〕 伊勢集全注釈」KADOKAWA 2016 p851
初句索引
「私家集全釈叢書16 伊勢集全釈」風間書房 1996 p565
「和歌文学大系18 小町集・遍昭集・業平集・素性集・伊勢集・猿丸集」明治書院 1998 p344
初句索引（倉田実）
「日本古典評釈・全注釈叢書〔32〕 伊勢集全注釈」KADOKAWA 2016 p871
人名索引
「和歌文学大系18 小町集・遍昭集・業平集・素性集・伊勢集・猿丸集」明治書院 1998 p321

第四句索引
　「私家集全釈叢書16 伊勢集全釈」風間書房 1996 p571
地名索引
　「和歌文学大系18 小町集・遍昭集・業平集・素性集・伊勢集・猿丸集」明治書院 1998 p331
読書案内
　「コレクション日本歌人選023 伊勢」笠間書院 2011 p122
藤原氏略系図（倉田実）
　「日本古典評釈・全注釈叢書〔32〕 伊勢集全注釈」KADOKAWA 2016 p842
補注
　「コレクション日本歌人選023 伊勢」笠間書院 2011 p105
略系図
　「私家集全釈叢書16 伊勢集全釈」風間書房 1996 p551

歌物語
【解説】
〔解題〕多武峰少将物語（片桐洋一，清水婦久子）
　「新編国歌大観5」角川書店 1987 p1492
〔解題〕平中物語（片桐洋一，清水婦久子）
　「新編国歌大観5」角川書店 1987 p1492
〔解題〕大和物語（片桐洋一，清水婦久子）
　「新編国歌大観5」角川書店 1987 p1491
大和物語解題（正宗敦夫）
　「覆刻 日本古典全集〔文学編〕〔36〕 竹取物語 大和物語 住吉物語 唐物語」現代思潮社 1982 p8

伊勢物語
【解説】
伊勢物語 あらすじ（吉田幹生）
　「日本の古典をよむ6 竹取物語 伊勢物語 堤中納言物語」小学館 2008 p134
伊勢物語解説（正宗敦夫）
　「覆刻 日本古典全集〔文学編〕〔2〕 伝一条兼良自筆 伊勢物語」現代思潮社 1982 p1
伊勢物語の風景1 不退寺（佐々木和歌子）
　「日本の古典をよむ6 竹取物語 伊勢物語 堤中納言物語」小学館 2008 p142
伊勢物語の風景2 八橋（佐々木和歌子）
　「日本の古典をよむ6 竹取物語 伊勢物語 堤中納言物語」小学館 2008 p148
伊勢物語の風景3 在原神社（佐々木和歌子）
　「日本の古典をよむ6 竹取物語 伊勢物語 堤中納言物語」小学館 2008 p173
伊勢物語の風景4 長岡京大極殿跡（佐々木和歌子）
　「日本の古典をよむ6 竹取物語 伊勢物語 堤中納言物語」小学館 2008 p190
伊勢物語の風景5 惟喬親王の墓（佐々木和歌子）
　「日本の古典をよむ6 竹取物語 伊勢物語 堤中納言物語」小学館 2008 p223
伊勢物語の風景6 十輪寺（佐々木和歌子）
　「日本の古典をよむ6 竹取物語 伊勢物語 堤中納言物語」小学館 2008 p238
解説（永井和子）
　「笠間文庫 原文＆現代語訳シリーズ〔1〕 伊勢物語」笠間書院 2008 p215
解説
　「わたしの古典3 大庭みな子の竹取物語・伊勢物語」集英社 1986 p253
〔解説〕伊勢物語（吉田幹生）
　「日本の古典をよむ6 竹取物語 伊勢物語 堤中納言物語」小学館 2008 p311
解説 伊勢物語の世界（渡辺実）
　「新潮日本古典集成 新装版〔2〕 伊勢物語」新潮社 2017 p137
〔解説〕伊勢物語（片桐洋一，清水婦久子）
　「新編国歌大観5」角川書店 1987 p1491
〔解説〕伊勢物語古注釈書引用和歌（片桐洋一，青木賜鶴子）
　「新編国歌大観10」角川書店 1992 p1199
学習院大学蔵伝定家自筆天福本『伊勢物語』本文の様態（室伏信助）
　「笠間文庫 原文＆現代語訳シリーズ〔1〕 伊勢物語」笠間書院 2008 p239
口絵について（永井和子）
　「笠間文庫 原文＆現代語訳シリーズ〔1〕 伊勢物語」笠間書院 2008 巻頭
写本をよむ─天福本 伊勢物語
　「日本の古典をよむ6 竹取物語 伊勢物語 堤中納言物語」小学館 2008 巻頭
傳兼良筆、伊勢物語を刊行するに就て（正宗敦夫）
　「覆刻 日本古典全集〔文学編〕〔2〕 伝一条兼良自筆 伊勢物語」現代思潮社 1982 p1
はじめに─伊勢物語覚え書（永井和子）
　「笠間文庫 原文＆現代語訳シリーズ〔1〕 伊勢物語」笠間書院 2008 p1
美をよむ─物語の姫君たち。（佐野みどり）
　「日本の古典をよむ6 竹取物語 伊勢物語 堤中納言物語」小学館 2008 巻頭
附説 原伊勢物語を探る
　「新潮日本古典集成 新装版〔2〕 伊勢物語」新潮社 2017 p195
わたしと『竹取物語』『伊勢物語』（大庭みな子）
　「わたしの古典3 大庭みな子の竹取物語・伊勢物語」集英社 1986 p1

【資料】
伊勢物語〔影印〕
　「覆刻 日本古典全集〔文学編〕〔2〕 伝一条兼良自筆 伊勢物語」現代思潮社 1982 p1

伊勢物語人物系図
　「日本の古典をよむ6 竹取物語 伊勢物語 堤中納言物語」小学館 2008 p318
伊勢物語登場人物関係系図（皇室・在原氏・藤原氏・紀氏）
　「わたしの古典3 大庭みな子の竹取物語・伊勢物語」集英社 1986 p58
系図
　「笠間文庫 原文＆現代語訳シリーズ〔1〕 伊勢物語」笠間書院 2008 p208
語注 伊勢物語（目加田さくを）
　「わたしの古典3 大庭みな子の竹取物語・伊勢物語」集英社 1986 p252
参考図（穂積和夫）
　「わたしの古典3 大庭みな子の竹取物語・伊勢物語」集英社 1986 p266
諸本・参考文献（永井和子）
　「笠間文庫 原文＆現代語訳シリーズ〔1〕 伊勢物語」笠間書院 2008 p224
底本の勘物・奥書等
　「笠間文庫 原文＆現代語訳シリーズ〔1〕 伊勢物語」笠間書院 2008 p206
附録 伊勢物語和歌綜覧
　「新潮日本古典集成 新装版〔2〕 伊勢物語」新潮社 2017 p227
和歌初句索引
　「笠間文庫 原文＆現代語訳シリーズ〔1〕 伊勢物語」笠間書院 2008 p231

篁物語

【解説】
「いもせ」考（平野由紀子）
　「私家集全釈叢書3 小野篁集全釈」風間書房 1988 p183
解説（平野由紀子）
　「私家集全釈叢書3 小野篁集全釈」風間書房 1988 p3
〔解題〕篁集（野口元大）
　「新編国歌大観3」角川書店 1985 p867
「だいわうの宮」考（平野由紀子）
　「私家集全釈叢書3 小野篁集全釈」風間書房 1988 p199
篁物語の和歌（贈答三組詳論／ただすの神と石神／身をうき雲と／夢の魂）（平野由紀子）
　「私家集全釈叢書3 小野篁集全釈」風間書房 1988 p165
【資料】
固有名詞索引
　「私家集全釈叢書3 小野篁集全釈」風間書房 1988 p226
用語索引
　「私家集全釈叢書3 小野篁集全釈」風間書房 1988 p222
和歌各句索引
　「私家集全釈叢書3 小野篁集全釈」風間書房 1988 p219

大江匡房

【解説】
〔解題〕江帥集（匡房）（有吉保）
　「新編国歌大観3」角川書店 1985 p902
〔解題〕江談抄（小峯和明）
　「新編国歌大観5」角川書店 1987 p1490
〔解題〕匡房集（有吉保）
　「新編国歌大観7」角川書店 1989 p792

凡河内躬恒

【解説】
解説「忠岑・躬恒の評価へ向けて」（青木太朗）
　「コレクション日本歌人選024 忠岑と躬恒」笠間書院 2012 p106
〔解説〕躬恒集（平沢竜介）
　「和歌文学大系19 貫之集・躬恒集・友則集・忠岑集」明治書院 1997 p357
〔解題〕躬恒集（片野達郎）
　「新編国歌大観3」角川書店 1985 p853
〔解題〕躬恒集（徳原茂実）
　「新編国歌大観7」角川書店 1989 p779
歌人略伝 凡河内躬恒
　「コレクション日本歌人選024 忠岑と躬恒」笠間書院 2012 p103
西本願寺本『躬恒集』（徳原茂実）
　「私家集注釈叢刊14 躬恒集注釈」貴重本刊行会 2003 p364
［付録エッセイ］擬人感覚と序詞の詩性（馬場あき子）
　「コレクション日本歌人選024 忠岑と躬恒」笠間書院 2012 p117
『躬恒集』の伝本（徳原茂実）
　「私家集注釈叢刊14 躬恒集注釈」貴重本刊行会 2003 p361
躬恒の伝記と和歌（藤岡忠美）
　「私家集注釈叢刊14 躬恒集注釈」貴重本刊行会 2003 p349
【年表】
略年譜
　「コレクション日本歌人選024 忠岑と躬恒」笠間書院 2012 p104
【資料】
主要語句索引
　「私家集注釈叢刊14 躬恒集注釈」貴重本刊行会 2003 p369
初句索引
　「私家集注釈叢刊14 躬恒集注釈」貴重本刊行会 2003 p378
　「和歌文学大系19 貫之集・躬恒集・友則集・忠岑集」明治書院 1997 p417
人名索引
　「和歌文学大系19 貫之集・躬恒集・友則集・忠岑

集」明治書院 1997 p407
地名索引
　「和歌文学大系19 貫之集・躬恒集・友則集・忠岑集」明治書院 1997 p411
読書案内
　「コレクション日本歌人選024 忠岑と躬恒」笠間書院 2012 p115

小野小町

【解説】
〔解説〕小町集（室城秀之）
　「和歌文学大系18 小町集・遍昭集・業平集・素性集・伊勢集・猿丸集」明治書院 1998 p189
解説「最初の女流文学者小野小町」（大塚英子）
　「コレクション日本歌人選003 小野小町」笠間書院 2011 p106
〔解題〕小町集（片桐洋一）
　「新編国歌大観3」角川書店 1985 p849
歌人略伝
　「コレクション日本歌人選003 小野小町」笠間書院 2011 p103
〔付録エッセイ〕小野小町（抄）（目崎徳衛）
　「コレクション日本歌人選003 小野小町」笠間書院 2011 p114

【年表】
略年譜
　「コレクション日本歌人選003 小野小町」笠間書院 2011 p104

【資料】
初句索引
　「和歌文学大系18 小町集・遍昭集・業平集・素性集・伊勢集・猿丸集」明治書院 1998 p344
人名索引
　「和歌文学大系18 小町集・遍昭集・業平集・素性集・伊勢集・猿丸集」明治書院 1998 p321
地名索引
　「和歌文学大系18 小町集・遍昭集・業平集・素性集・伊勢集・猿丸集」明治書院 1998 p331
読書案内
　「コレクション日本歌人選003 小野小町」笠間書院 2011 p112

歌謡

【解説】
解説「平安時代末期の流行歌謡・今様」（植木朝子）
　「コレクション日本歌人選025 今様」笠間書院 2011 p106
〔付録エッセイ〕風景（田吉明）
　「コレクション日本歌人選025 今様」笠間書院 2011 p114

【資料】
読書案内
　「コレクション日本歌人選025 今様」笠間書院 2011 p112

新撰朗詠集

【解説】
〔解説〕『新撰朗詠集』（柳澤良一）
　「和歌文学大系47 和漢朗詠集・新撰朗詠集」明治書院 2011 p543
〔解題〕新撰朗詠集（堀内秀晃）
　「新編国歌大観2」角川書店 1984 p871

【資料】
漢詩初句索引
　「和歌文学大系47 和漢朗詠集・新撰朗詠集」明治書院 2011 p638
故事索引（中国人名・地名索引）
　「和歌文学大系47 和漢朗詠集・新撰朗詠集」明治書院 2011 p618
作者一覧
　「和歌文学大系47 和漢朗詠集・新撰朗詠集」明治書院 2011 p579
文題・詩題索引
　「和歌文学大系47 和漢朗詠集・新撰朗詠集」明治書院 2011 p627
補注（柳澤良一）
　「和歌文学大系47 和漢朗詠集・新撰朗詠集」明治書院 2011 p495
和歌初句索引
　「和歌文学大系47 和漢朗詠集・新撰朗詠集」明治書院 2011 p651

梁塵秘抄

【解説】
解説（榎克朗）
　「新潮日本古典集成 新装版〔66〕 梁塵秘抄」新潮社 2018 p271
はじめに（榎克朗）
　「新潮日本古典集成 新装版〔66〕 梁塵秘抄」新潮社 2018 p3
編者略伝
　「コレクション日本歌人選025 今様」笠間書院 2011 p103

【年表】
略年譜
　「コレクション日本歌人選025 今様」笠間書院 2011 p104

和漢朗詠集

【解説】
解説（大曽根章介, 堀内秀晃）
　「新潮日本古典集成 新装版〔67〕 和漢朗詠集」新潮社 2018 p301

〔解説〕『和漢朗詠集』(佐藤道生)
　「和歌文学大系47 和漢朗詠集・新撰朗詠集」明治書院 2011 p522
〔解題〕和漢朗詠集(大曽根章介)
　「新編国歌大観2」角川書店 1984 p869

【資料】

影響文献一覧(大曽根章介, 堀内秀晃)
　「新潮日本古典集成 新装版〔67〕 和漢朗詠集」新潮社 2018 p378
漢詩初句索引
　「和歌文学大系47 和漢朗詠集・新撰朗詠集」明治書院 2011 p638
故事索引(中国人名・地名索引)
　「和歌文学大系47 和漢朗詠集・新撰朗詠集」明治書院 2011 p618
作者一覧
　「和歌文学大系47 和漢朗詠集・新撰朗詠集」明治書院 2011 p579
作者一覧(大曽根章介, 堀内秀晃)
　「新潮日本古典集成 新装版〔67〕 和漢朗詠集」新潮社 2018 p424
典拠一覧(大曽根章介, 堀内秀晃)
　「新潮日本古典集成 新装版〔67〕 和漢朗詠集」新潮社 2018 p347
文題・詩題索引
　「和歌文学大系47 和漢朗詠集・新撰朗詠集」明治書院 2011 p627
和歌初句索引
　「和歌文学大系47 和漢朗詠集・新撰朗詠集」明治書院 2011 p651

漢詩

【解説】

あとがき(興膳宏)
　「日本漢詩人選集 別巻 古代漢詩選」研文出版 2005 p255
〔解題〕相撲立詩歌合(谷山茂)
　「新編国歌大観5」角川書店 1987 p1439
監訳者あとがき(松野敏之)
　「漢詩名作集成〈日本編〉」明徳出版社 2016 p851
原書まえがき(李寅生, 宇野直人)
　「漢詩名作集成〈日本編〉」明徳出版社 2016 p1
後記(李寅生, 宇野直人)
　「漢詩名作集成〈日本編〉」明徳出版社 2016 p849
古代日本人の漢詩新学び(興膳宏)
　「日本漢詩人選集 別巻 古代漢詩選」研文出版 2005 p3
日本語版 例言(宇野直人)
　「漢詩名作集成〈日本編〉」明徳出版社 2016 p11

【資料】

主要参考文献
　「漢詩名作集成〈日本編〉」明徳出版社 2016 p847

紀貫之

【解説】

あとがき(田中喜美春, 田中恭子)
　「私家集全釈叢書20 貫之集全釈」風間書房 1997 p693
解説(木村正中)
　「新潮日本古典集成 新装版〔42〕 土佐日記 貫之集」新潮社 2018 p307
解説(田中喜美春, 田中恭子)
　「私家集全釈叢書20 貫之集全釈」風間書房 1997 p1
〔解説〕歌人紀貫之の日記─『土佐日記』(吉野瑞恵)
　「日本の古典をよむ7 土佐日記・蜻蛉日記・とはずがたり」小学館 2008 p303
〔解説〕貫之集(田中喜美春)
　「和歌文学大系19 貫之集・躬恒集・友則集・忠岑集」明治書院 1997 p319
解説「平安文学の開拓者 紀貫之」(田中登)
　「コレクション日本歌人選005 紀貫之」笠間書院 2011 p106
〔解題〕貫之集(田中登)
　「新編国歌大観3」角川書店 1985 p856
　「新編国歌大観7」角川書店 1989 p780
〔解題〕土左日記(萩谷朴, 浜口俊裕)
　「新編国歌大観5」角川書店 1987 p1491
歌人略伝
　「コレクション日本歌人選005 紀貫之」笠間書院 2011 p103
写本をよむ─為家本 土佐日記
　「日本の古典をよむ7 土佐日記・蜻蛉日記・とはずがたり」小学館 2008 巻頭
土佐日記 あらすじ(吉野瑞恵)
　「日本の古典をよむ7 土佐日記・蜻蛉日記・とはずがたり」小学館 2008 p12
土佐日記解題(正宗敦夫)
　「覆刻 日本古典全集〔文学編〕〔39〕 土佐日記 蜻蛉日記 更級日記」現代思潮社 1983 p1
土佐日記の風景1 土佐国衙跡(佐々木和歌子)
　「日本の古典をよむ7 土佐日記・蜻蛉日記・とはずがたり」小学館 2008 p28
土佐日記の風景2 貫之邸跡(佐々木和歌子)
　「日本の古典をよむ7 土佐日記・蜻蛉日記・とはずがたり」小学館 2008 p54
〔付録エッセイ〕古今集の新しさ─言語の自覚的組織化について(抄)(大岡信)
　「コレクション日本歌人選005 紀貫之」笠間書院 2011 p115

【年表】

紀貫之略年譜
　「新潮日本古典集成 新装版〔42〕 土佐日記 貫之集」新潮社 2018 p388
略年譜
　「コレクション日本歌人選005 紀貫之」笠間書院 2011 p104

清原元輔（続き）

【資料】

初句索引
「私家集全釈叢書20 貫之集全釈」風間書房 1997 p679
「和歌文学大系19 貫之集・躬恒集・友則集・忠岑集」明治書院 1997 p417

人名索引
「和歌文学大系19 貫之集・躬恒集・友則集・忠岑集」明治書院 1997 p407

地名索引
「和歌文学大系19 貫之集・躬恒集・友則集・忠岑集」明治書院 1997 p411

『貫之集』初句索引〔貫之集〕
「新潮日本古典集成 新装版〔42〕 土佐日記 貫之集」新潮社 2018 p377

読書案内
「コレクション日本歌人選005 紀貫之」笠間書院 2011 p113

土佐日記関係地図〔土佐日記〕
「新潮日本古典集成 新装版〔42〕 土佐日記 貫之集」新潮社 2018 p390

服飾・調度・乗物図
「日本の古典をよむ7 土佐日記・蜻蛉日記・とはずがたり」小学館 2008 p316

清原元輔

【解説】

解説（後藤祥子）
「私家集注釈叢刊6 元輔集注釈」貴重本刊行会 1994 p497

解説（藤本一惠）
「私家集全釈叢書8 清原元輔集全釈」風間書房 1989 p1

〔解説〕元輔集（徳原茂実）
「和歌文学大系52 三十六歌仙集（二）」明治書院 2012 p419

〔解題〕元輔集（後藤祥子）
「新編国歌大観3」角川書店 1985 p863

〔解題〕元輔集（新藤協三）
「新編国歌大観7」角川書店 1989 p782

【資料】

歌仙本・書陵部本 初句索引
「私家集全釈叢書8 清原元輔集全釈」風間書房 1989 p506

関係系図
「私家集全釈叢書8 清原元輔集全釈」風間書房 1989 p502

参考文献
「私家集全釈叢書8 清原元輔集全釈」風間書房 1989 p499

初句索引
「和歌文学大系52 三十六歌仙集（二）」明治書院 2012 p489

諸本対照表
「私家集注釈叢刊6 元輔集注釈」貴重本刊行会 1994 p532

人名索引
「私家集全釈叢書8 清原元輔集全釈」風間書房 1989 p514
「和歌文学大系52 三十六歌仙集（二）」明治書院 2012 p475

尊経閣本 初句索引
「私家集全釈叢書8 清原元輔集全釈」風間書房 1989 p510

地名索引
「和歌文学大系52 三十六歌仙集（二）」明治書院 2012 p483

内容目録
「私家集注釈叢刊6 元輔集注釈」貴重本刊行会 1994 p555

和歌初句索引
「私家集注釈叢刊6 元輔集注釈」貴重本刊行会 1994 p547

相模

【解説】

あとがき（久保木哲夫）
「新注和歌文学叢書24 伝行成筆和泉式部続集切 針切相模集 新注」青簡舎 2018 p237

あとがき（林マリヤ，吉田ミズズ）
「私家集全釈叢書12 相模集全釈」風間書房 1991 p631

異本相模集と思女集について（林マリヤ）
「私家集全釈叢書12 相模集全釈」風間書房 1991 p46

解説（久保木哲夫）
「新注和歌文学叢書24 伝行成筆和泉式部続集切 針切相模集 新注」青簡舎 2018 p153

解説 歌人「相模」（武田早苗）
「コレクション日本歌人選009 相模」笠間書院 2011 p106

〔解題〕相模集（斎藤熙子）
「新編国歌大観3」角川書店 1985 p896

〔解題〕相模集（武内はる恵）
「新編国歌大観7」角川書店 1989 p791

歌人略伝
「コレクション日本歌人選009 相模」笠間書院 2011 p103

相模について（林マリヤ）
「私家集全釈叢書12 相模集全釈」風間書房 1991 p47

序（関根慶子）
「私家集全釈叢書12 相模集全釈」風間書房 1991 p1

[付録エッセイ]「うらみわび」の歌について（森本元子）
「コレクション日本歌人選009 相模」笠間書院 2011 p115

流布本相模集について（武内はる恵）
「私家集全釈叢書12 相模集全釈」風間書房 1991 p3

【年表】
  年表
    「私家集全釈叢書12 相模集全釈」風間書房 1991 p609
  略年譜
    「コレクション日本歌人選009 相模」笠間書院 2011 p104
【資料】
  異本相模集・思女集 初句索引
    「私家集全釈叢書12 相模集全釈」風間書房 1991 p629
  異本相模集・思女集 第四句索引
    「私家集全釈叢書12 相模集全釈」風間書房 1991 p630
  系図
    「私家集全釈叢書12 相模集全釈」風間書房 1991 p612
  参考文献
    「新注和歌文学叢書24 伝行成筆和泉式部続集切 針切相模集 新注」青簡舎 2018 p173
  〔断簡・流布本対照一覧〕相模集、初事百首歌群（浅野家本）
    「新注和歌文学叢書24 伝行成筆和泉式部続集切 針切相模集 新注」青簡舎 2018 p228
  読書案内
    「コレクション日本歌人選009 相模」笠間書院 2011 p113
  流本相模集 初句索引
    「私家集全釈叢書12 相模集全釈」風間書房 1991 p615
  流本相模集 第四句索引
    「私家集全釈叢書12 相模集全釈」風間書房 1991 p622
  和歌初句索引
    「新注和歌文学叢書24 伝行成筆和泉式部続集切 針切相模集 新注」青簡舎 2018 p233

讃岐典侍
【解説】
  解説（小谷野純一）
    「笠間文庫 原文＆現代語訳シリーズ〔3〕 讃岐典侍日記」笠間書院 2015 p175
  〔解題〕讃岐典侍日記（萩谷朴, 北村章）
    「新編国歌大観5」角川書店 1987 p1491
【資料】
  改訂本文一覧（小谷野純一）
    「笠間文庫 原文＆現代語訳シリーズ〔3〕 讃岐典侍日記」笠間書院 2015 p210
  脚注語句索引
    「笠間文庫 原文＆現代語訳シリーズ〔3〕 讃岐典侍日記」笠間書院 2015 p214
  主要研究文献（小谷野純一）
    「笠間文庫 原文＆現代語訳シリーズ〔3〕 讃岐典侍日記」笠間書院 2015 p207
  和歌各句索引
    「笠間文庫 原文＆現代語訳シリーズ〔3〕 讃岐典侍日記」笠間書院 2015 p230

菅原道真
【解説】
  あとがき（山本登朗）
    「日本漢詩人選集1 菅原道真」研文出版 1998 p179
  解説「歌人であり政治家もあった詩人 菅原道真」（佐藤信一）
    「コレクション日本歌人選043 菅原道真」笠間書院 2012 p110
  歌人略伝
    「コレクション日本歌人選043 菅原道真」笠間書院 2012 p107
  はじめに（小島憲之, 山本登朗）
    「日本漢詩人選集1 菅原道真」研文出版 1998 p3
  〔付録エッセイ〕古代モダニズムの内と外（抄）（大岡信）
    「コレクション日本歌人選043 菅原道真」笠間書院 2012 p120
【年表】
  略年譜
    「コレクション日本歌人選043 菅原道真」笠間書院 2012 p108
【資料】
  読書案内
    「コレクション日本歌人選043 菅原道真」笠間書院 2012 p118

清少納言
【解説】
  解説（永井和子）
    「わたしの古典9 杉本苑子の枕草子」集英社 1986 p253
  解説（藤本宗利）
    「日本の古典をよむ8 枕草子」小学館 2007 p302
  解説（増田繁夫）
    「和泉古典叢書1 枕草子」和泉書院 1987 p10
  解説（松尾聰）
    「笠間文庫 原文＆現代語訳シリーズ〔7〕 枕草子〔能因本〕」笠間書院 2008 p631
  解説「時代を越えた新しい表現者 清少納言」（圷美奈子）
    「コレクション日本歌人選007 清少納言」笠間書院 2011 p108
  〔解説〕清少納言集（佐藤雅代）
    「和歌文学大系20 賀茂保憲女集・赤染衛門集・清少納言集・紫式部集・藤三位集」明治書院 2000 p288
  解説 清少納言枕草子―人と作品（萩谷朴）
    「新潮日本古典集成 新装版〔53〕 枕草子 上」新潮社 2017 p331

清少納言　　　　　　　解説・資料　　　　　　　中古

〔解題〕清少納言家集（正宗敦夫）
　「覆刻 日本古典全集〔文学編〕〔57〕　紫式部日記　紫式部家集　枕草子　清少納言家集」現代思潮社　1982 p15
〔解題〕清少納言集（杉谷寿郎）
　「新編国歌大観3」角川書店 1985 p883
〔解題〕枕草子（萩谷朴, 浜口俊裕）
　「新編国歌大観5」角川書店 1987 p1491
歌人略伝
　「コレクション日本歌人選007 清少納言」笠間書院　2011 p105
先しのびやかに短く（栞（月報より））（松尾聰）
　「笠間文庫 原文＆現代語訳シリーズ〔7〕　枕草子〔能因本〕」笠間書院 2008 p678
写本をよむ――能因本 枕草子
　「日本の古典をよむ8 枕草子」小学館 2007 巻頭
書をよむ――枕草子と和漢朗詠集（石川九楊）
　「日本の古典をよむ8 枕草子」小学館 2007 巻頭
清少納言（枕草子）解題（正宗敦夫）
　「覆刻 日本古典全集〔文学編〕〔57〕　紫式部日記　紫式部家集　枕草子　清少納言家集」現代思潮社　1982 p2
中宮様のことば（栞（月報より））（永井和子）
　「笠間文庫 原文＆現代語訳シリーズ〔7〕　枕草子〔能因本〕」笠間書院 2008 p682
はじめに――不思議世界への扉（藤本宗利）
　「日本の古典をよむ8 枕草子」小学館 2007 p3
美をよむ――ならぬ名のたちにけるかな（佐野みどり）
　「日本の古典をよむ8 枕草子」小学館 2007 巻頭
〔付録エッセイ〕宮詣でと寺詣り（抄）（田中澄江）
　「コレクション日本歌人選007 清少納言」笠間書院 2011 p116
枕草子 内容紹介（藤本宗利）
　「日本の古典をよむ8 枕草子」小学館 2007 p12
枕草子の風景 1 清涼殿（佐々木和歌子）
　「日本の古典をよむ8 枕草子」小学館 2007 p34
枕草子の風景 2 弘徽殿の上の御局（佐々木和歌子）
　「日本の古典をよむ8 枕草子」小学館 2007 p57
枕草子の風景 3 賀茂祭（佐々木和歌子）
　「日本の古典をよむ8 枕草子」小学館 2007 p128
枕草子の風景 4 鳥辺野陵（佐々木和歌子）
　「日本の古典をよむ8 枕草子」小学館 2007 p163
枕草子の風景 5 泉涌寺（佐々木和歌子）
　「日本の古典をよむ8 枕草子」小学館 2007 p297
わたしと『枕草子』――ただ、過ぎに過ぐるもの（杉本苑子）
　「わたしの古典9 杉本苑子の枕草子」集英社 1986 p1

【年表】
年表
　「和泉古典叢書1 枕草子」和泉書院 1987 p332
枕草子解釈年表
　「新潮日本古典集成 新装版〔54〕　枕草子 下」新潮社 2017 p281
枕草子年表（岸上慎二）
　「笠間文庫 原文＆現代語訳シリーズ〔7〕　枕草子〔能因本〕」笠間書院 2008 p656
略年譜
　「コレクション日本歌人選007 清少納言」笠間書院 2011 p106

【資料】
系図一・清原氏、高階氏略系
　「和泉古典叢書1 枕草子」和泉書院 1987 p325
系図二・皇族
　「和泉古典叢書1 枕草子」和泉書院 1987 p326
系図三・藤原氏略系
　「和泉古典叢書1 枕草子」和泉書院 1987 p326
系図四・橘氏略系
　「和泉古典叢書1 枕草子」和泉書院 1987 p327
系図五・藤原兼家略系
　「和泉古典叢書1 枕草子」和泉書院 1987 p328
系図六・藤原道隆略系
　「和泉古典叢書1 枕草子」和泉書院 1987 p328
語彙索引
　「和泉古典叢書1 枕草子」和泉書院 1987 p341
校訂付記（松尾聰, 永井和子）
　「笠間文庫 原文＆現代語訳シリーズ〔7〕　枕草子〔能因本〕」笠間書院 2008 p613
語注（永井和子）
　「わたしの古典9 杉本苑子の枕草子」集英社 1986 p251
三巻本枕草子本文解釈論文一覧
　「新潮日本古典集成 新装版〔54〕　枕草子 下」新潮社 2017 p371
参考図（穂積和夫）
　「わたしの古典9 杉本苑子の枕草子」集英社 1986 p261
参考文献
　「笠間文庫 原文＆現代語訳シリーズ〔7〕　枕草子〔能因本〕」笠間書院 2008 p653
主要人物氏別系譜
　「新潮日本古典集成 新装版〔54〕　枕草子 下」新潮社 2017 p310
主要人物年齢対照表
　「新潮日本古典集成 新装版〔54〕　枕草子 下」新潮社 2017 p316
初句索引
　「和歌文学大系20 賀茂保憲女集・赤染衛門集・清少納言集・紫式部集・藤三位集」明治書院 2000 p380
人名索引
　「和歌文学大系20 賀茂保憲女集・赤染衛門集・清少納言集・紫式部集・藤三位集」明治書院 2000 p341
清少納言系図
　「笠間文庫 原文＆現代語訳シリーズ〔7〕　枕草子

［能因本］」笠間書院　2008　p677
清涼殿・後涼殿図
　「日本の古典をよむ8　枕草子」小学館　2007　p313
内裏図
　「日本の古典をよむ8　枕草子」小学館　2007　p312
橘氏系図
　「笠間文庫　原文＆現代語訳シリーズ〔7〕　枕草子
　　　［能因本］」笠間書院　2008　p677
地名索引
　「和歌文学大系20　賀茂保憲女集・赤染衛門集・清
　　少納言集・紫式部集・藤三位集」明治書院
　　2000　p363
底本本文訂正一覧
　「新潮日本古典集成　新装版〔54〕　枕草子　下」新
　　潮社　2017　p361
天皇・藤原氏系図
　「日本の古典をよむ8　枕草子」小学館　2007　p318
読書案内
　「コレクション日本歌人選007　清少納言」笠間書
　　院　2011　p114
服飾・調度・乗物図
　「日本の古典をよむ8　枕草子」小学館　2007　p314
藤原氏系図（一）
　「笠間文庫　原文＆現代語訳シリーズ〔7〕　枕草子
　　　［能因本］」笠間書院　2008　p674
藤原氏系図（二）
　「笠間文庫　原文＆現代語訳シリーズ〔7〕　枕草子
　　　［能因本］」笠間書院　2008　p676
附図
　「新潮日本古典集成　新装版〔54〕　枕草子　下」新
　　潮社　2017　p377
附図1・内裏図
　「和泉古典叢書1　枕草子」和泉書院　1987　p329
附図2・清涼殿図
　「和泉古典叢書1　枕草子」和泉書院　1987　p330
附図3・一条院内裏図（長保元年）
　「和泉古典叢書1　枕草子」和泉書院　1987　p331
平氏・源氏・高階氏系図
　「笠間文庫　原文＆現代語訳シリーズ〔7〕　枕草子
　　　［能因本］」笠間書院　2008　p673
補注（増田繁夫）
　「和泉古典叢書1　枕草子」和泉書院　1987　p243
補注　清少納言集（佐藤雅代）
　「和歌文学大系20　賀茂保憲女集・赤染衛門集・清
　　少納言集・紫式部集・藤三位集」明治書院
　　2000　p253
枕草子関係系図
　「笠間文庫　原文＆現代語訳シリーズ〔7〕　枕草子
　　　［能因本］」笠間書院　2008　p672
枕草子現存人名一覧
　「新潮日本古典集成　新装版〔54〕　枕草子　下」新
　　潮社　2017　p319
『枕草子』段数表示　対照表
　「コレクション日本歌人選007　清少納言」笠間書
　　院　2011　p102

枕草子地所名一覧
　「新潮日本古典集成　新装版〔54〕　枕草子　下」新
　　潮社　2017　p337
枕草子動植物名一覧
　「新潮日本古典集成　新装版〔54〕　枕草子　下」新
　　潮社　2017　p347

説話

【解説】
〔解題〕三宝絵（小峯和明）
　「新編国歌大観5」角川書店　1987　p1490
〔解題〕宝物集（浅見和彦、小島孝之）
　「新編国歌大観5」角川書店　1987　p1490
唐物語解題（正宗敦夫）
　「覆刻　日本古典全集〔文学編〕〔36〕　竹取物語
　　大和物語　住吉物語　唐物語」現代思潮社　1982
　　p16

今昔物語集

【解説】
解説（蔦尾和宏）
　「日本の古典をよむ12　今昔物語集」小学館　2008
　　p309
解説（山口仲美）
　「わたしの古典11　もろさわようこの今昔物語集」集
　　英社　1986　p261
解説　今昔物語集の誕生（本田義憲）
　「新潮日本古典集成　新装版〔23〕　今昔物語集　本
　　朝世俗部1」新潮社　2015　p273
解説　「辺境」説話の説（本田義憲）
　「新潮日本古典集成　新装版〔24〕　今昔物語集　本
　　朝世俗部2」新潮社　2015　p227
〔解題〕今昔物語集（小峯和明）
　「新編国歌大観5」角川書店　1987　p1490
今昔物語集の風景1　四天王寺（佐々木和歌子）
　「日本の古典をよむ12　今昔物語集」小学館　2008
　　p19
今昔物語集の風景2　道成寺（佐々木和歌子）
　「日本の古典をよむ12　今昔物語集」小学館　2008
　　p49
今昔物語集の風景3　満濃池（佐々木和歌子）
　「日本の古典をよむ12　今昔物語集」小学館　2008
　　p122
今昔物語集の風景4　宴の松原と豊楽院（佐々
　木和歌子）
　「日本の古典をよむ12　今昔物語集」小学館　2008
　　p157
今昔物語集の風景5　大覚寺の滝殿（佐々木和
　歌子）
　「日本の古典をよむ12　今昔物語集」小学館　2008
　　p171
今昔物語集の風景6　中山神社（佐々木和歌子）
　「日本の古典をよむ12　今昔物語集」小学館　2008
　　p219

今昔物語集の風景 7 平安神宮の応天門（佐々木和歌子）
　「日本の古典をよむ12 今昔物語集」小学館 2008 p240
今昔物語集の風景 8 大枝山（佐々木和歌子）
　「日本の古典をよむ12 今昔物語集」小学館 2008 p301
今昔物語集 本朝世俗部 内容紹介（蔦尾和宏）
　「日本の古典をよむ12 今昔物語集」小学館 2008 p124
今昔物語集 本朝仏法部 内容紹介（蔦尾和宏）
　「日本の古典をよむ12 今昔物語集」小学館 2008 p12
写本をよむ―鈴鹿本 今昔物語集
　「日本の古典をよむ12 今昔物語集」小学館 2008 巻頭
書をよむ―鈴鹿本 写本は語る（石川九楊）
　「日本の古典をよむ12 今昔物語集」小学館 2008 巻頭
説話的世界のひろがり
　「新潮日本古典集成 新装版〔23〕 今昔物語集 本朝世俗部 1」新潮社 2015 p315
　「新潮日本古典集成 新装版〔24〕 今昔物語集 本朝世俗部 2」新潮社 2015 p271
　「新潮日本古典集成 新装版〔25〕 今昔物語集 本朝世俗部 3」新潮社 2015 p295
　「新潮日本古典集成 新装版〔26〕 今昔物語集 本朝世俗部 4」新潮社 2015 p343
東北帝國大學狩野文庫の今昔物語（星加宗一）
　「覆刻 日本古典全集〔文学編〕〔29〕 今昔物語集 下」現代思潮社 1983 p1
はじめに―あらゆる生を描く説話集（蔦尾和宏）
　「日本の古典をよむ12 今昔物語集」小学館 2008 p3
美をよむ―汝が神力を以て、我が成仏を観よ（佐野みどり）
　「日本の古典をよむ12 今昔物語集」小学館 2008 巻頭
わたしと『今昔物語集』（もろさわようこ）
　「わたしの古典11 もろさわようこの今昔物語集」集英社 1986 p1

【年表】
巻第二十五武者たちと合戦（年表）
　「新潮日本古典集成 新装版〔24〕 今昔物語集 本朝世俗部 2」新潮社 2015 p292
登場人物年表
　「新潮日本古典集成 新装版〔23〕 今昔物語集 本朝世俗部 1」新潮社 2015 左370
年表「盗・闘」
　「新潮日本古典集成 新装版〔26〕 今昔物語集 本朝世俗部 4」新潮社 2015 p382

【資料】
巻第二十五系図
　「新潮日本古典集成 新装版〔24〕 今昔物語集 本朝世俗部 2」新潮社 2015 p315

関東および奥州合戦地図
　「新潮日本古典集成 新装版〔24〕 今昔物語集 本朝世俗部 2」新潮社 2015 p318
京師内外図
　「新潮日本古典集成 新装版〔23〕 今昔物語集 本朝世俗部 1」新潮社 2015 p354
参考図（穂積和夫）
　「わたしの古典11 もろさわようこの今昔物語集」集英社 1986 p269
「説話的世界のひろがり」見出し索引
　「新潮日本古典集成 新装版〔26〕 今昔物語集 本朝世俗部 4」新潮社 2015 p410
地図
　「新潮日本古典集成 新装版〔25〕 今昔物語集 本朝世俗部 3」新潮社 2015 p333
　「新潮日本古典集成 新装版〔26〕 今昔物語集 本朝世俗部 4」新潮社 2015 p406
頭注索引
　「新潮日本古典集成 新装版〔26〕 今昔物語集 本朝世俗部 4」新潮社 2015 p413
平安京図
　「日本の古典をよむ12 今昔物語集」小学館 2008 p9

日本霊異記

【解説】
解説（小泉道）
　「新潮日本古典集成 新装版〔45〕 日本霊異記」新潮社 2018 p315
〔解題〕日本霊異記（小峯和明）
　「新編国歌大観5」角川書店 1987 p1490
古代説話の流れ
　「新潮日本古典集成 新装版〔45〕 日本霊異記」新潮社 2018 p361

【資料】
説話事項目次
　「新潮日本古典集成 新装版〔45〕 日本霊異記」新潮社 2018 p360
説話分布表
　「新潮日本古典集成 新装版〔45〕 日本霊異記」新潮社 2018 p423
説話分布図
　「新潮日本古典集成 新装版〔45〕 日本霊異記」新潮社 2018 p426

選子内親王

【解説】
あとがき（天野紀代子）
　「私家集全釈叢書37 大斎院前の御集全釈」風間書房 2009 p509
あとがき（石井文夫, 杉谷寿郎）
　「和歌文学注釈叢書2 大斎院御集全注釈」新典社 2006 p316
あとがき（岡﨑真紀子）
　「新注和歌文学叢書22 発心和歌集 極楽願往生和

歌 新注」青簡舎 2017 p249
解説（石井文夫, 杉谷寿郎）
　「和歌文学注釈叢書2 大斎院御集全注釈」新典社 2006 p212
解説（杉谷寿郎）
　「私家集注釈叢刊12 大斎院前の御集注釈」貴重本刊行会 2002 p465
解説（園明美）
　「私家集全釈叢書37 大斎院前の御集全釈」風間書房 2009 p3
〔解説〕発心和歌集（岡﨑真紀子）
　「新注和歌文学叢書22 発心和歌集 極楽願往生和歌 新注」青簡舎 2017 p195
〔解題〕大斎院御集（橋本ゆり）
　「新編国歌大観3」角川書店 1985 p889
〔解題〕大斎院前の御集（橋本ゆり）
　「新編国歌大観3」角川書店 1985 p889
〔解題〕発心和歌集（選子内親王）（橋本ゆり）
　「新編国歌大観3」角川書店 1985 p890

【年表】
　選子内親王関係年譜
　「私家集全釈叢書37 大斎院前の御集全釈」風間書房 2009 p454

【資料】
　系図
　「和歌文学注釈叢書2 大斎院御集全注釈」新典社 2006 p294
　皇室・源氏の略系図
　「私家集注釈叢刊12 大斎院前の御集注釈」貴重本刊行会 2002 p503
　語句・事項索引
　「私家集全釈叢書37 大斎院前の御集全釈」風間書房 2009 p483
　「私家集注釈叢刊12 大斎院前の御集注釈」貴重本刊行会 2002 p511
　参考文献
　「私家集注釈叢刊12 大斎院前の御集注釈」貴重本刊行会 2002 p505
　「和歌文学注釈叢書2 大斎院御集全注釈」新典社 2006 p296
　参考文献一覧
　「私家集全釈叢書37 大斎院前の御集全釈」風間書房 2009 p472
　人名・件名索引
　「和歌文学注釈叢書2 大斎院御集全注釈」新典社 2006 p303
　選子内親王参考系図
　「私家集全釈叢書37 大斎院前の御集全釈」風間書房 2009 p470
　藤原氏（北家）の略系図
　「私家集注釈叢刊12 大斎院前の御集注釈」貴重本刊行会 2002 p504
　和歌初句索引
　「新注和歌文学叢書22 発心和歌集 極楽願往生和歌 新注」青簡舎 2017 p247

和歌（初句・四句）連歌索引
　「私家集全釈叢書37 大斎院前の御集全釈」風間書房 2009 p500
和歌・連歌初句索引
　「私家集注釈叢刊12 大斎院前の御集注釈」貴重本刊行会 2002 p519
和歌・連歌全句索引
　「和歌文学注釈叢書2 大斎院御集全注釈」新典社 2006 p308

日記・紀行

【解説】
〔解題〕高倉院厳島御幸記（久保田淳）
　「新編国歌大観5」角川書店 1987 p1491
〔解題〕高倉院昇霞記（久保田淳）
　「新編国歌大観5」角川書店 1987 p1491
書をよむ―誕生期の女手の姿を幻視する（石川九楊）
　「日本の古典をよむ7 土佐日記・蜻蛉日記・とはずがたり」小学館 2008 巻頭
はじめに―日記を書くこと、そして自己を語ること（吉野瑞恵）
　「日本の古典をよむ7 土佐日記・蜻蛉日記・とはずがたり」小学館 2008 p3
美をよむ―恩愛の境界を別れて（佐野みどり）
　「日本の古典をよむ7 土佐日記・蜻蛉日記・とはずがたり」小学館 2008 巻頭
御堂關白記解題（與謝野寛ほか）
　「覆刻 日本古典全集〔文学編〕〔55〕 御堂關白記 上」現代思潮社 1982 p1

更級日記

【解説】
あとがき（福家俊幸）
　「日本古典評釈・全注釈叢書〔33〕 更級日記全注釈」KADOKAWA 2015 p397
解説（池田利夫）
　「笠間文庫 原文＆現代語訳シリーズ〔4〕 更級日記」笠間書院 2006 p163
解説（福家俊幸）
　「日本古典評釈・全注釈叢書〔33〕 更級日記全注釈」KADOKAWA 2015 p315
〔解説〕更級日記（森本元子）
　「わたしの古典10 阿部光子の更級日記・堤中納言物語」集英社 1986 p284
解説 更級日記の世界―その内と外（秋山虔）
　「新潮日本古典集成 新装版〔27〕 更級日記」新潮社 2017 p113
〔解題〕更級日記（萩谷朴, 北村章）
　「新編国歌大観5」角川書店 1987 p1491
更級日記解題（正宗敦夫）
　「覆刻 日本古典全集〔文学編〕〔39〕 土佐日記 蜻蛉日記 更級日記」現代思潮社 1983 p10

更級日記における和泉下りの位相―孝標女と
兄定義との永承年間―（池田利夫）
　「笠間文庫 原文＆現代語訳シリーズ〔4〕 更級日
　記」笠間書院 2006 p195
わたしと『更級日記』『堤中納言物語』（阿部
光子）
　「わたしの古典10 阿部光子の更級日記・堤中納言
　物語」集英社 1986 p1

【年表】
更級日記 年譜
　「笠間文庫 原文＆現代語訳シリーズ〔4〕 更級日
　記」笠間書院 2006 p186
　「日本古典評釈・全注釈叢書〔33〕 更級日記全注
　釈」KADOKAWA 2015 p338
年譜
　「新潮日本古典集成 新装版〔27〕 更級日記」新
　潮社 2017 p173

【資料】
奥書・勘物
　「笠間文庫 原文＆現代語訳シリーズ〔4〕 更級日
　記」笠間書院 2006 p158
　「新潮日本古典集成 新装版〔27〕 更級日記」新
　潮社 2017 p167
系図
　「新潮日本古典集成 新装版〔27〕 更級日記」新
　潮社 2017 p191
皇室関係系図
　「新潮日本古典集成 新装版〔27〕 更級日記」新
　潮社 2017 p191
語釈見出し語句索引
　「日本古典評釈・全注釈叢書〔33〕 更級日記全注
　釈」KADOKAWA 2015 p372
語注 更級日記（森本元子）
　「わたしの古典10 阿部光子の更級日記・堤中納言
　物語」集英社 1986 p282
作者関係系図
　「新潮日本古典集成 新装版〔27〕 更級日記」新
　潮社 2017 p192
更級日記 関係系図
　「日本古典評釈・全注釈叢書〔33〕 更級日記全注
　釈」KADOKAWA 2015 p335
更級日記 関係地図
　「日本古典評釈・全注釈叢書〔33〕 更級日記全注
　釈」KADOKAWA 2015 p336
更級日記地図
　「笠間文庫 原文＆現代語訳シリーズ〔4〕 更級日
　記」笠間書院 2006 p8
更級日記 初瀬・和泉国紀行地図
　「日本古典評釈・全注釈叢書〔33〕 更級日記全注
　釈」KADOKAWA 2015 p336
参考図（穂積和夫）
　「わたしの古典10 阿部光子の更級日記・堤中納言
　物語」集英社 1986 p293
主要研究文献目録
　「日本古典評釈・全注釈叢書〔33〕 更級日記全注
　釈」KADOKAWA 2015 p343

菅原定義詩文詩句拾遺
　「笠間文庫 原文＆現代語訳シリーズ〔4〕 更級日
　記」笠間書院 2006 p224
地図
　「新潮日本古典集成 新装版〔27〕 更級日記」新
　潮社 2017 p186
和歌索引
　「新潮日本古典集成 新装版〔27〕 更級日記」新
　潮社 2017 p194
　「日本古典評釈・全注釈叢書〔33〕 更級日記全注
　釈」KADOKAWA 2015 p370
和歌初句索引
　「笠間文庫 原文＆現代語訳シリーズ〔4〕 更級日
　記」笠間書院 2006 p236

能因

【解説】
解説（川村晃生）
　「私家集注釈叢刊3 能因集注釈」貴重本刊行会
　1992 p345
解説「友と生き 旅に生きた歌人 能因」（高重
久美）
　「コレクション日本歌人選045 能因」笠間書院
　2012 p129
〔解題〕能因歌枕（広本）（橋本不美男, 滝沢貞
夫）
　「新編国歌大観5」角川書店 1987 p1487
〔解題〕能因法師集（小町谷照彦）
　「新編国歌大観3」角川書店 1985 p894
歌人略伝
　「コレクション日本歌人選045 能因」笠間書院
　2012 p123
〔付録エッセイ〕能因（安田章生）
　「コレクション日本歌人選045 能因」笠間書院
　2012 p137

【年表】
略年譜
　「コレクション日本歌人選045 能因」笠間書院
　2012 p124

【資料】
読書案内
　「コレクション日本歌人選045 能因」笠間書院
　2012 p134
和歌初句索引
　「私家集注釈叢刊3 能因集注釈」貴重本刊行会
　1992 p361

檜垣嫗

【解説】
解説（西丸妙子）
　「私家集全釈叢書9 檜垣嫗集全釈」風間書房
　1990 p99
〔解題〕檜垣嫗集（山口博）
　「新編国歌大観3」角川書店 1985 p870

【資料】
語彙索引
「私家集全釈叢書9 檜垣嫗集全釈」風間書房 1990 p199
地図
「私家集全釈叢書9 檜垣嫗集全釈」風間書房 1990 p195
伝説についての資料（近世まで）
「私家集全釈叢書9 檜垣嫗集全釈」風間書房 1990 p167
翻刻 檜垣嫗考
「私家集全釈叢書9 檜垣嫗集全釈」風間書房 1990 p186
翻刻 檜垣嫗集愚注
「私家集全釈叢書9 檜垣嫗集全釈」風間書房 1990 p189
翻刻 檜垣君家集 冠注附録
「私家集全釈叢書9 檜垣嫗集全釈」風間書房 1990 p176
和歌五句索引
「私家集全釈叢書9 檜垣嫗集全釈」風間書房 1990 p197

肥後

【解説】
あとがき（久保木哲夫）
「和歌文学注釈叢書3 肥後集全注釈」新典社 2006 p349
〔解説〕家集（久保木哲夫）
「和歌文学注釈叢書3 肥後集全注釈」新典社 2006 p309
〔解説〕作者（高野瀬惠子）
「和歌文学注釈叢書3 肥後集全注釈」新典社 2006 p320
〔解題〕肥後集（川村晃生）
「新編国歌大観7」角川書店 1989 p793
【年表】
肥後集関係略年譜（高野瀬惠子）
「和歌文学注釈叢書3 肥後集全注釈」新典社 2006 p339
【資料】
参考文献一覧
「和歌文学注釈叢書3 肥後集全注釈」新典社 2006 p337
登場人物索引
「和歌文学注釈叢書3 肥後集全注釈」新典社 2006 p341
和歌初句索引
「和歌文学注釈叢書3 肥後集全注釈」新典社 2006 p343

藤原公任

【解説】
あとがき（伊井春樹）
「私家集全釈叢書7 公任集全釈」風間書房 1989 p453
あとがき（竹鼻績）
「私家集注釈叢刊15 公任集注釈」貴重本刊行会 2004 p749
解説（竹鼻績）
「私家集注釈叢刊15 公任集注釈」貴重本刊行会 2004 p685
〔解説〕大納言公任集（竹鼻績）
「和歌文学大系54 中古歌仙集（一）」明治書院 2004 p335
〔解題〕公任集（阪口和子）
「新編国歌大観3」角川書店 1985 p891
〔解題〕九品和歌（井上宗雄、川村裕子）
「新編国歌大観5」角川書店 1987 p1483
〔解題〕新撰髄脳（橋本不美男、滝沢貞夫）
「新編国歌大観5」角川書店 1987 p1487
公任集解説（新藤協三ほか）
「私家集全釈叢書7 公任集全釈」風間書房 1989 p1
「拾遺和歌集」及び「藤原公任歌集」解題（與謝野寛ほか）
「覆刻 日本古典全集〔文学編〕〔31〕 拾遺和歌集 藤原公任歌集」現代思潮社 1982 p1
【資料】
公任集初句索引（伊井春樹）
「私家集全釈叢書7 公任集全釈」風間書房 1989 p427
主要語句・人名索引
「私家集注釈叢刊15 公任集注釈」貴重本刊行会 2004 p727
初句索引〔大納言公任集〕（高橋由記）
「和歌文学大系54 中古歌仙集（一）」明治書院 2004 p389
人名索引〔大納言公任集〕（高橋由記）
「和歌文学大系54 中古歌仙集（一）」明治書院 2004 p353
地名索引〔大納言公任集〕（高橋由記）
「和歌文学大系54 中古歌仙集（一）」明治書院 2004 p372
藤原公任文献目録（伊井春樹）
「私家集全釈叢書7 公任集全釈」風間書房 1989 p447
補注 大納言公任集（竹鼻績）
「和歌文学大系54 中古歌仙集（一）」明治書院 2004 p291
和歌初句索引
「私家集注釈叢刊15 公任集注釈」貴重本刊行会 2004 p741

藤原道綱母

【解説】
解説（犬養廉）
　「新潮日本古典集成 新装版〔7〕 蜻蛉日記」新潮社 2017 p289
〔解説〕蜻蛉日記（上村悦子）
　「わたしの古典5 生方たつゑの蜻蛉日記・和泉式部日記」集英社 1986 p258
〔解説〕権力者の妻の日記―『蜻蛉日記』（吉野瑞恵）
　「日本の古典をよむ7 土佐日記・蜻蛉日記・とはずがたり」小学館 2008 p305
〔解説〕傅大納言母上集（高橋由記）
　「和歌文学大系54 中古歌仙集（一）」明治書院 2004 p322
〔解題〕蜻蛉日記（萩谷朴，浜口俊裕）
　「新編国歌大観5」角川書店 1987 p1491
〔解題〕道綱母集（木村正中）
　「新編国歌大観3」角川書店 1985 p881
蜻蛉日記 あらすじ（吉野瑞恵）
　「日本の古典をよむ7 土佐日記・蜻蛉日記・とはずがたり」小学館 2008 p56
蜻蛉日記解題（正宗敦夫）
　「覆刻 日本古典全集〔文学編〕〔39〕 土佐日記 蜻蛉日記 更級日記」現代思潮社 1983 p4
蜻蛉日記の風景 1 海石榴市と長谷寺（佐々木和歌子）
　「日本の古典をよむ7 土佐日記・蜻蛉日記・とはずがたり」小学館 2008 p97
蜻蛉日記の風景 2 石山寺（佐々木和歌子）
　「日本の古典をよむ7 土佐日記・蜻蛉日記・とはずがたり」小学館 2008 p125
わたしと『蜻蛉日記』『和泉式部日記』―二つの愛の告白をめぐって（生方たつゑ）
　「わたしの古典5 生方たつゑの蜻蛉日記・和泉式部日記」集英社 1986 p1

【年表】
蜻蛉日記関係年表
　「新潮日本古典集成 新装版〔7〕 蜻蛉日記」新潮社 2017 p346

【資料】
蜻蛉日記関係系図
　「新潮日本古典集成 新装版〔7〕 蜻蛉日記」新潮社 2017 p352
蜻蛉日記 人物関係図
　「日本の古典をよむ7 土佐日記・蜻蛉日記・とはずがたり」小学館 2008 p314
語注 蜻蛉日記（上村悦子）
　「わたしの古典5 生方たつゑの蜻蛉日記・和泉式部日記」集英社 1986 p257
参考図（穂積和夫）
　「わたしの古典5 生方たつゑの蜻蛉日記・和泉式部日記」集英社 1986 p269

初句索引〔傅大納言母上集〕（高橋由記）
　「和歌文学大系54 中古歌仙集（一）」明治書院 2004 p389
人名索引〔傅大納言母上集〕（高橋由記）
　「和歌文学大系54 中古歌仙集（一）」明治書院 2004 p353
地名索引〔傅大納言母上集〕（高橋由記）
　「和歌文学大系54 中古歌仙集（一）」明治書院 2004 p372
服飾・調度・乗物図
　「日本の古典をよむ7 土佐日記・蜻蛉日記・とはずがたり」小学館 2008 p316
補注 傅大納言母上集（高橋由記）
　「和歌文学大系54 中古歌仙集（一）」明治書院 2004 p280
和歌索引
　「新潮日本古典集成 新装版〔7〕 蜻蛉日記」新潮社 2017 p354

本院侍従

【解説】
解題（目加田さくを）
　「私家集全釈叢書11 本院侍従集全釈」風間書房 1991 p173
〔解題〕本院侍従集（守屋省吾）
　「新編国歌大観3」角川書店 1985 p873
現存本「本院侍従集」の諸本について（中嶋眞理子）
　「私家集全釈叢書11 本院侍従集全釈」風間書房 1991 p3
緒言（片桐洋一）
　「新注和歌文学叢書4 海人手子良集 本院侍従集 義孝集 新注」青簡舎 2010 p iii
『本院侍従集』解説（藤川晶子）
　「新注和歌文学叢書4 海人手子良集 本院侍従集 義孝集 新注」青簡舎 2010 p343
本院侍従集考（中嶋眞理子）
　「私家集全釈叢書11 本院侍従集全釈」風間書房 1991 p217
「本院侍従集」諸本の解説（高橋正治，中嶋眞理子）
　「私家集全釈叢書11 本院侍従集全釈」風間書房 1991 p6

【年表】
本院侍従年表
　「私家集全釈叢書11 本院侍従集全釈」風間書房 1991 巻末

【資料】
関係系図
　「新注和歌文学叢書4 海人手子良集 本院侍従集 義孝集 新注」青簡舎 2010 p386
系図（目加田さくを）
　「私家集全釈叢書11 本院侍従集全釈」風間書房 1991 p267

〔参考文献〕本院侍従集
「新注和歌文学叢書4 海人手子良集 本院侍従集 義孝集 新注」青簡舎 2010 p379
初句索引
「私家集全釈叢書11 本院侍従集全釈」風間書房 1991 p281
資料（目加田さくを）
「私家集全釈叢書11 本院侍従集全釈」風間書房 1991 p272
「幻の本院侍従集」歌序表
「私家集全釈叢書11 本院侍従集全釈」風間書房 1991 p81

源俊頼
【解説】
あとがき（吉野朋美）
「歌合・定数歌全釈叢書3 俊頼述懐百首全釈」風間書房 2003 p259
解説（木下華子ほか）
「歌合・定数歌全釈叢書3 俊頼述懐百首全釈」風間書房 2003 p145
解説「源俊頼―平安後期歌人にふれる楽しさ―」（高野瀬惠子）
「コレクション日本歌人選046 源俊頼」笠間書院 2012 p106
〔解題〕散木奇歌集（岡﨑真紀子）
「連歌大観1」古典ライブラリー 2016 p538
〔解題〕散木奇歌集（俊頼）（峯村文人、柏木由夫）
「新編国歌大観3」角川書店 1985 p905
〔解題〕田上集（俊頼）（川村裕子）
「新編国歌大観7」角川書店 1989 p794
〔解題〕俊頼髄脳（橋本不美男、滝沢貞夫）
「新編国歌大観5」角川書店 1987 p1487
歌人略伝
「コレクション日本歌人選046 源俊頼」笠間書院 2012 p103
〔付録エッセイ〕俊頼と好忠（馬場あき子）
「コレクション日本歌人選046 源俊頼」笠間書院 2012 p114
冷泉家本解題（五月女肇志）
「歌合・定数歌全釈叢書3 俊頼述懐百首全釈」風間書房 2003 p241
【年表】
略年譜
「コレクション日本歌人選046 源俊頼」笠間書院 2012 p104
【資料】
索引
「歌合・定数歌全釈叢書3 俊頼述懐百首全釈」風間書房 2003 p249
参考文献
「歌合・定数歌全釈叢書3 俊頼述懐百首全釈」風間書房 2003 p245

読書案内
「コレクション日本歌人選046 源俊頼」笠間書院 2012 p112

壬生忠岑
【解説】
〔解説〕忠岑集（菊地靖彦）
「和歌文学大系19 貫之集・躬恒集・友則集・忠岑集」明治書院 1997 p397
解説「忠岑・躬恒の評価へ向けて」（青木太朗）
「コレクション日本歌人選024 忠岑と躬恒」笠間書院 2012 p106
〔解題〕忠岑集（片野達郎）
「新編国歌大観3」角川書店 1985 p853
〔解題〕忠岑集（吉川栄治）
「新編国歌大観7」角川書店 1989 p779
歌人略伝 壬生忠岑
「コレクション日本歌人選024 忠岑と躬恒」笠間書院 2012 p103
『忠岑集』の伝本（片山剛）
「私家集注釈叢刊9 忠岑集注釈」貴重本刊行会 1997 p359
〔忠岑集〕四系統の関係（片山剛）
「私家集注釈叢刊9 忠岑集注釈」貴重本刊行会 1997 p393
〔付録エッセイ〕擬人感覚と序詞の詩性（馬場あき子）
「コレクション日本歌人選024 忠岑と躬恒」笠間書院 2012 p117
壬生忠岑の伝記（藤岡忠美）
「私家集注釈叢刊9 忠岑集注釈」貴重本刊行会 1997 p412
【年表】
略年譜
「コレクション日本歌人選024 忠岑と躬恒」笠間書院 2012 p104
【資料】
初句索引
「和歌文学大系19 貫之集・躬恒集・友則集・忠岑集」明治書院 1997 p417
人名索引
「和歌文学大系19 貫之集・躬恒集・友則集・忠岑集」明治書院 1997 p407
地名索引
「和歌文学大系19 貫之集・躬恒集・友則集・忠岑集」明治書院 1997 p411
読書案内
「コレクション日本歌人選024 忠岑と躬恒」笠間書院 2012 p115
和歌初句索引
「私家集注釈叢刊9 忠岑集注釈」貴重本刊行会 1997 p423

紫式部

【解説】
あとがき（笹川博司）
　「私家集全釈叢書39 紫式部集全釈」風間書房 2014 p361
後書き（田中新一）
　「新注和歌文学叢書2 紫式部集新注」青簡舎 2008 p275
解説（石田穣二, 清水好子）
　「新潮日本古典集成 新装版〔10〕 源氏物語 一」新潮社 2014 p285
解説（小谷野純一）
　「笠間文庫 原文＆現代語訳シリーズ〔8〕 紫式部日記」笠間書院 2007 p197
解説（笹川博司）
　「私家集全釈叢書39 紫式部集全釈」風間書房 2014 p1
解説（高田祐彦）
　「日本の古典をよむ10 源氏物語 下」小学館 2008 p310
解説（山本利達）
　「新潮日本古典集成 新装版〔61〕 紫式部日記 紫式部集」新潮社 2016 p165
解説〈源氏物語 桐壺～蓬生・関屋〉（清水好子）
　「わたしの古典6 円地文子の源氏物語 巻一」集英社 1985 p262
解説〈源氏物語 絵合～雲隠〉（清水好子）
　「わたしの古典7 円地文子の源氏物語 巻二」集英社 1985 p272
解説〈源氏物語 橋姫～夢浮橋〉（清水好子）
　「わたしの古典8 円地文子の源氏物語 巻三」集英社 1986 p241
解説―「集」の基礎的考察―（田中新一）
　「新注和歌文学叢書2 紫式部集新注」青簡舎 2008 p195
解説「紫式部をとりまく人々」（植田恭代）
　「コレクション日本歌人選044 紫式部」笠間書院 2012 p112
〔解説〕紫式部集（中周子）
　「和歌文学大系20 賀茂保憲女集・赤染衛門集・清少納言集・紫式部集・藤三位集」明治書院 2000 p301
解説「和歌から解く『源氏物語』世界の機微」（高野晴代）
　「コレクション日本歌人選008 源氏物語の和歌」笠間書院 2011 p115
〔解題〕源氏物語（今井源衛）
　「新編国歌大観5」角川書店 1987 p1492
〔解題〕源氏物語古注釈書引用和歌（片桐洋一）
　「新編国歌大観10」角川書店 1992 p1199
〔解題〕紫式部集（山本利達）
　「新編国歌大観3」角川書店 1985 p885
〔解題〕紫式部日記（萩谷朴, 北村章）
　「新編国歌大観5」角川書店 1987 p1491

歌人略伝
　「コレクション日本歌人選044 紫式部」笠間書院 2012 p109
源氏物語 桐壺―末摘花 あらすじ（高田祐彦）
　「日本の古典をよむ9 源氏物語 上」小学館 2008 p12
源氏物語 紅葉賀―花散里 あらすじ（高田祐彦）
　「日本の古典をよむ9 源氏物語 上」小学館 2008 p100
源氏物語 須磨―朝顔 あらすじ（高田祐彦）
　「日本の古典をよむ9 源氏物語 上」小学館 2008 p160
源氏物語 少女―藤裏葉 あらすじ（高田祐彦）
　「日本の古典をよむ9 源氏物語 上」小学館 2008 p250
源氏物語 若菜 上―柏木 あらすじ（高田祐彦）
　「日本の古典をよむ10 源氏物語 下」小学館 2008 p12
源氏物語 横笛―幻 あらすじ（高田祐彦）
　「日本の古典をよむ10 源氏物語 下」小学館 2008 p102
源氏物語 匂兵部卿―早蕨 あらすじ（高田祐彦）
　「日本の古典をよむ10 源氏物語 下」小学館 2008 p164
源氏物語 宿木―夢浮橋 あらすじ（高田祐彦）
　「日本の古典をよむ10 源氏物語 下」小学館 2008 p232
源氏物語解題（與謝野寛ほか）
　「覆刻 日本古典全集〔文学編〕〔16〕 源氏物語 一」現代思潮社 1982 p1
源氏物語の風景 1 飛香舎（佐々木和歌子）
　「日本の古典をよむ9 源氏物語 上」小学館 2008 p34
源氏物語の風景 2 青海波の舞（佐々木和歌子）
　「日本の古典をよむ9 源氏物語 上」小学館 2008 p112
源氏物語の風景 3 野宮神社（佐々木和歌子）
　「日本の古典をよむ9 源氏物語 上」小学館 2008 p153
源氏物語の風景 4 須磨関（佐々木和歌子）
　「日本の古典をよむ9 源氏物語 上」小学館 2008 p182
源氏物語の風景 5 石山寺（佐々木和歌子）
　「日本の古典をよむ9 源氏物語 上」小学館 2008 p211
源氏物語の風景 6 渉成園（佐々木和歌子）
　「日本の古典をよむ9 源氏物語 上」小学館 2008 p268
源氏物語の風景 7 小野（佐々木和歌子）
　「日本の古典をよむ10 源氏物語 下」小学館 2008 p125
源氏物語の風景 8 追儺（佐々木和歌子）
　「日本の古典をよむ10 源氏物語 下」小学館 2008 p162

源氏物語の風景 9 宇治（佐々木和歌子）
　「日本の古典をよむ10 源氏物語 下」小学館 2008
　　p197
源氏物語の風景 10 横川中堂（佐々木和歌子）
　「日本の古典をよむ10 源氏物語 下」小学館 2008
　　p297
『源氏物語』の和歌概観
　「コレクション日本歌人選008 源氏物語の和歌」
　　笠間書院 2011 p111
写本をよむ―大島本 源氏物語
　「日本の古典をよむ10 源氏物語 下」小学館 2008
　　巻頭
写本をよむ―明融本 源氏物語
　「日本の古典をよむ9 源氏物語 上」小学館 2008
　　巻頭
書をよむ―筆蹟定め帖（石川九楊）
　「日本の古典をよむ9 源氏物語 上」小学館 2008
　　巻頭
書をよむ―非対称と序破急の美学（石川九楊）
　「日本の古典をよむ10 源氏物語 下」小学館 2008
　　巻頭
はじめに（田中新一）
　「新注和歌文学叢書2 紫式部集新注」青簡舎
　　2008 p iii
はじめに―『源氏物語』を読み味わうために
　（高田祐彦）
　「日本の古典をよむ9 源氏物語 上」小学館 2008
　　p3
はじめに―物語文学未踏の地へ（高田祐彦）
　「日本の古典をよむ10 源氏物語 下」小学館 2008
　　p3
美をよむ―語り出す女房たち（佐野みどり）
　「日本の古典をよむ9 源氏物語 上」小学館 2008
　　巻頭
美をよむ―はるばると見わたさるる物語世界
　（佐野みどり）
　「日本の古典をよむ10 源氏物語 下」小学館 2008
　　巻頭
[付録エッセイ]源氏物語の四季（抄）（秋山虔）
　「コレクション日本歌人選008 源氏物語の和歌」
　　笠間書院 2011 p123
[付録エッセイ]紫式部（抄）（清水好子）
　「コレクション日本歌人選044 紫式部」笠間書院
　　2012 p120
紫式部日記及び紫式部家集解題（正宗敦夫）
　「覆刻 日本古典全集〔文学編〕〔57〕 紫式部日記
　　紫式部家集 枕草子 清少納言家集」現代思潮社
　　1982 p1
紫式部日記考（星加宗一）
　「覆刻 日本古典全集〔文学編〕〔57〕 紫式部日記
　　紫式部家集 枕草子 清少納言家集」現代思潮社
　　1982 p1
紫式部略伝
　「新注和歌文学叢書2 紫式部集新注」青簡舎
　　2008 p253
わたしと『源氏物語』（円地文子）
　「わたしの古典6 円地文子の源氏物語 巻一」集英社
　　1985 p1

【年表】
光源氏・薫略年譜
　「コレクション日本歌人選008 源氏物語の和歌」
　　笠間書院 2011 p112
紫式部関連略年譜
　「私家集全釈叢書39 紫式部集全釈」風間書房
　　2014 p346
略年譜
　「コレクション日本歌人選044 紫式部」笠間書院
　　2012 p110

【資料】
海漫々
　「新潮日本古典集成 新装版〔13〕 源氏物語 四」
　　新潮社 2014 p340
改定本文一覧（小谷野純一）
　「笠間文庫 原文＆現代語訳シリーズ〔8〕 紫式部
　　日記」笠間書院 2007 p228
官位相当表
　「新潮日本古典集成 新装版〔13〕 源氏物語 四」
　　新潮社 2014 p359
京都歴史地図
　「日本の古典をよむ10 源氏物語 下」小学館 2008
　　p9
薫集類抄
　「新潮日本古典集成 新装版〔13〕 源氏物語 四」
　　新潮社 2014 p330
系図
　「新潮日本古典集成 新装版〔10〕 源氏物語 一」
　　新潮社 2014 p332
　「新潮日本古典集成 新装版〔11〕 源氏物語 二」
　　新潮社 2014 p323
　「新潮日本古典集成 新装版〔12〕 源氏物語 三」
　　新潮社 2014 p348
　「新潮日本古典集成 新装版〔13〕 源氏物語 四」
　　新潮社 2014 p342
　「新潮日本古典集成 新装版〔14〕 源氏物語 五」
　　新潮社 2014 p365
　「新潮日本古典集成 新装版〔15〕 源氏物語 六」
　　新潮社 2014 p355
　「新潮日本古典集成 新装版〔16〕 源氏物語 七」
　　新潮社 2014 p356
　「新潮日本古典集成 新装版〔17〕 源氏物語 八」
　　新潮社 2014 p286
皇室関係図
　「新潮日本古典集成 新装版〔61〕 紫式部日記 紫
　　式部集」新潮社 2016 p254
語注〔源氏物語 桐壺～蓬生・関屋〕（清水好子）
　「わたしの古典6 円地文子の源氏物語 巻一」集英社
　　1985 p259
語注〔源氏物語 絵合～雲隠〕（清水好子）
　「わたしの古典7 円地文子の源氏物語 巻二」集英社
　　1985 p271
語注〔源氏物語 橋姫～夢浮橋〕（清水好子）
　「わたしの古典8 円地文子の源氏物語 巻三」集英社
　　1986 p240

催馬楽ほか
「新潮日本古典集成 新装版〔11〕 源氏物語 二」新潮社 2014 p313
参考図〔源氏物語 桐壺〜蓬生・関屋〕（穂積和夫）
「わたしの古典6 円地文子の源氏物語 巻一」集英社 1985 p274
参考図〔源氏物語 絵合〜雲隠〕（穂積和夫）
「わたしの古典7 円地文子の源氏物語 巻二」集英社 1985 p280
参考図〔源氏物語 橋姫〜夢浮橋〕（穂積和夫）
「わたしの古典8 円地文子の源氏物語 巻三」集英社 1986 p251
実践本「紫式部集」所収歌の詠出年次順配列一覧表
「新注和歌文学叢書2 紫式部集新注」青簡舎 2008 p259
主場面想定図
「新潮日本古典集成 新装版〔61〕 紫式部日記 紫式部集」新潮社 2016 p239
主要語彙索引
「私家集全釈叢書39 紫式部集全釈」風間書房 2014 p349
春秋優劣の論
「新潮日本古典集成 新装版〔13〕 源氏物語 四」新潮社 2014 p311
初句索引
「新潮日本古典集成 新装版〔61〕 紫式部日記 紫式部集」新潮社 2016 p259
「和歌文学大系20 賀茂保憲女集・赤染衛門集・清少納言集・紫式部集・藤三位集」明治書院 2000 p380
人名索引
「和歌文学大系20 賀茂保憲女集・赤染衛門集・清少納言集・紫式部集・藤三位集」明治書院 2000 p341
図録
「新潮日本古典集成 新装版〔10〕 源氏物語 一」新潮社 2014 p335
「新潮日本古典集成 新装版〔11〕 源氏物語 二」新潮社 2014 p326
「新潮日本古典集成 新装版〔12〕 源氏物語 三」新潮社 2014 p351
「新潮日本古典集成 新装版〔13〕 源氏物語 四」新潮社 2014 p345
「新潮日本古典集成 新装版〔14〕 源氏物語 五」新潮社 2014 p368
「新潮日本古典集成 新装版〔15〕 源氏物語 六」新潮社 2014 p359
「新潮日本古典集成 新装版〔16〕 源氏物語 七」新潮社 2014 p360
「新潮日本古典集成 新装版〔17〕 源氏物語 八」新潮社 2014 p290
「新潮日本古典集成 新装版〔61〕 紫式部日記 紫式部集」新潮社 2016 p245
内裏図
「日本の古典をよむ9 源氏物語 上」小学館 2008 p9

橘氏関係図
「新潮日本古典集成 新装版〔61〕 紫式部日記 紫式部集」新潮社 2016 p258
地名索引
「和歌文学大系20 賀茂保憲女集・赤染衛門集・清少納言集・紫式部集・藤三位集」明治書院 2000 p363
長恨歌
「新潮日本古典集成 新装版〔10〕 源氏物語 一」新潮社 2014 p325
天徳四年内裏歌合
「新潮日本古典集成 新装版〔12〕 源氏物語 三」新潮社 2014 p333
読書案内
「コレクション日本歌人選008 源氏物語の和歌」笠間書院 2011 p121
「コレクション日本歌人選044 紫式部」笠間書院 2012 p118
年立
「新潮日本古典集成 新装版〔17〕 源氏物語 八」新潮社 2014 p295
飛香舎藤花の宴
「新潮日本古典集成 新装版〔16〕 源氏物語 七」新潮社 2014 p349
琵琶引
「新潮日本古典集成 新装版〔11〕 源氏物語 二」新潮社 2014 p316
藤原氏関係図
「新潮日本古典集成 新装版〔61〕 紫式部日記 紫式部集」新潮社 2016 p256
本書掲出歌五句索引
「新注和歌文学叢書2 紫式部集新注」青簡舎 2008 p267
三日夜の儀
「新潮日本古典集成 新装版〔16〕 源氏物語 七」新潮社 2014 p352
李夫人
「新潮日本古典集成 新装版〔16〕 源氏物語 七」新潮社 2014 p353
陵園妾
「新潮日本古典集成 新装版〔17〕 源氏物語 八」新潮社 2014 p283
和歌各句索引
「笠間文庫 原文＆現代語訳シリーズ〔8〕 紫式部日記」笠間書院 2007 p232
和歌初句索引
「私家集全釈叢書39 紫式部集全釈」風間書房 2014 p359

物語

【解説】
〔解題〕有明の別れ（樋口芳麻呂、三角洋一）
「新編国歌大観5」角川書店 1987 p1492
〔解題〕狭衣物語（今井源衛）
「新編国歌大観5」角川書店 1987 p1492

〔解題〕浜松中納言物語（今井源衛）
「新編国歌大観5」角川書店 1987 p1492
書をよむ―平仮名と物語の発生 連続の発見（石川九楊）
「日本の古典をよむ6 竹取物語 伊勢物語 堤中納言物語」小学館 2008 巻頭
はじめに―平安の物語とは（吉田幹生）
「日本の古典をよむ6 竹取物語 伊勢物語 堤中納言物語」小学館 2008 p3

うつほ物語

【解説】
うつほ物語考（藤田徳太郎）
「覆刻 日本古典全集〔文学編〕〔8〕 うつほ物語 五」現代思潮社 1982 p7
〔解題〕宇津保物語（片桐洋一、清水婦久子）
「新編国歌大観5」角川書店 1987 p1492
後記（藤田徳太郎）
「覆刻 日本古典全集〔文学編〕〔8〕 うつほ物語 五」現代思潮社 1982 p1

【資料】
宇都保物語年立（藤田徳太郎）
「覆刻 日本古典全集〔文学編〕〔8〕 うつほ物語 五」現代思潮社 1982 p67

落窪物語

【解説】
解説 表現のかなたに作者を探る（稲賀敬二）
「新潮日本古典集成 新装版〔6〕 落窪物語」新潮社 2017 p297
〔解題〕落窪物語（片桐洋一、清水婦久子）
「新編国歌大観5」角川書店 1987 p1492

【資料】
年立・付系図
「新潮日本古典集成 新装版〔6〕 落窪物語」新潮社 2017 p336
本文校訂部分一覧表
「新潮日本古典集成 新装版〔6〕 落窪物語」新潮社 2017 p327

竹取物語

【解説】
解説（目加田さくを）
「わたしの古典3 大庭みな子の竹取物語・伊勢物語」集英社 1986 p253
〔解説〕竹取物語（吉田幹生）
「日本の古典をよむ6 竹取物語 伊勢物語 堤中納言物語」小学館 2008 p308
解説 伝承から文学への飛躍（野口元大）
「新潮日本古典集成 新装版〔39〕 竹取物語」新潮社 2014 p87
〔解題〕竹取物語（片桐洋一、清水婦久子）
「新編国歌大観5」角川書店 1987 p1491

竹取物語 あらすじ（吉田幹生）
「日本の古典をよむ6 竹取物語 伊勢物語 堤中納言物語」小学館 2008 p12
竹取物語解題（正宗敦夫）
「覆刻 日本古典全集〔文学編〕〔36〕 竹取物語 大和物語 住吉物語 唐物語」現代思潮社 1982 p1
附説 作中人物の命名法（野口元大）
「新潮日本古典集成 新装版〔39〕 竹取物語」新潮社 2014 p185
わたしと『竹取物語』『伊勢物語』（大庭みな子）
「わたしの古典3 大庭みな子の竹取物語・伊勢物語」集英社 1986 p1

【資料】
語注 竹取物語（目加田さくを）
「わたしの古典3 大庭みな子の竹取物語・伊勢物語」集英社 1986 p251
参考図（穂積和夫）
「わたしの古典3 大庭みな子の竹取物語・伊勢物語」集英社 1986 p266
図録
「新潮日本古典集成 新装版〔39〕 竹取物語」新潮社 2014 p259
『竹取物語』関係資料
「新潮日本古典集成 新装版〔39〕 竹取物語」新潮社 2014 p200
本文校訂一覧
「新潮日本古典集成 新装版〔39〕 竹取物語」新潮社 2014 p256

堤中納言物語

【解説】
ある堤中納言物語論―藤田徳太郎の遺稿『新釈』より―
「笠間文庫 原文＆現代語訳シリーズ〔5〕 堤中納言物語」笠間書院 2006 p235
逢坂越えぬ権中納言（評）（藤田徳太郎）
「笠間文庫 原文＆現代語訳シリーズ〔5〕 堤中納言物語」笠間書院 2006 p209
思はぬ方にとまりする少将（評）（藤田徳太郎）
「笠間文庫 原文＆現代語訳シリーズ〔5〕 堤中納言物語」笠間書院 2006 p259
貝合（評）（藤田徳太郎）
「笠間文庫 原文＆現代語訳シリーズ〔5〕 堤中納言物語」笠間書院 2006 p254
解説（池田利夫）
「笠間文庫 原文＆現代語訳シリーズ〔5〕 堤中納言物語」笠間書院 2006 p209
〔解説〕堤中納言物語（森本元子）
「わたしの古典10 阿部光子の更級日記・堤中納言物語」集英社 1986 p288
〔解説〕堤中納言物語（吉田幹生）
「日本の古典をよむ6 竹取物語 伊勢物語 堤中納言物語」小学館 2008 p314

〔解題〕堤中納言物語（今井源衛）
　「新編国歌大観5」角川書店　1987　p1492
このついで（評）（藤田徳太郎）
　「笠間文庫　原文＆現代語訳シリーズ〔5〕　堤中納言物語」笠間書院　2006　p241
断章（評）（藤田徳太郎）
　「笠間文庫　原文＆現代語訳シリーズ〔5〕　堤中納言物語」笠間書院　2006　p272
堤中納言物語　あらすじ（吉田幹生）
　「日本の古典をよむ6　竹取物語　伊勢物語　堤中納言物語」小学館　2008　p240
はいずみ（評）（藤田徳太郎）
　「笠間文庫　原文＆現代語訳シリーズ〔5〕　堤中納言物語」笠間書院　2006　p264
花桜折る中将（評）（藤田徳太郎）
　「笠間文庫　原文＆現代語訳シリーズ〔5〕　堤中納言物語」笠間書院　2006　p237
はなだの女御（評）（藤田徳太郎）
　「笠間文庫　原文＆現代語訳シリーズ〔5〕　堤中納言物語」笠間書院　2006　p262
美をよむ―物語の姫君たち。（佐野みどり）
　「日本の古典をよむ6　竹取物語　伊勢物語　堤中納言物語」小学館　2008　巻頭
ほどほどの懸想（評）（藤田徳太郎）
　「笠間文庫　原文＆現代語訳シリーズ〔5〕　堤中納言物語」笠間書院　2006　p249
虫めづる姫君（評）（藤田徳太郎）
　「笠間文庫　原文＆現代語訳シリーズ〔5〕　堤中納言物語」笠間書院　2006　p245
よしなしごと（評）（藤田徳太郎）
　「笠間文庫　原文＆現代語訳シリーズ〔5〕　堤中納言物語」笠間書院　2006　p269
わたしと『更級日記』『堤中納言物語』（阿部光子）
　「わたしの古典10　阿部光子の更級日記・堤中納言物語」集英社　1986　p1

【資料】
校訂付記
　「笠間文庫　原文＆現代語訳シリーズ〔5〕　堤中納言物語」笠間書院　2006　p274
語注　堤中納言物語（森本元子）
　「わたしの古典10　阿部光子の更級日記・堤中納言物語」集英社　1986　p283
参考図（穂積和夫）
　「わたしの古典10　阿部光子の更級日記・堤中納言物語」集英社　1986　p293
高松宮本「堤中納言物語　花桜折る中将」書影
　「笠間文庫　原文＆現代語訳シリーズ〔5〕　堤中納言物語」笠間書院　2006　p273
和歌初二句索引
　「笠間文庫　原文＆現代語訳シリーズ〔5〕　堤中納言物語」笠間書院　2006　p278

とりかへばや物語

【解説】
解説（友久武文，西本寮子）
　「中世王朝物語全集12　とりかへばや」笠間書院　1998　p349
〔解題〕とりかへばや物語（今井源衛）
　「新編国歌大観5」角川書店　1987　p1492
梗概（友久武文，西本寮子）
　「中世王朝物語全集12　とりかへばや」笠間書院　1998　p346

【年表】
年立（友久武文，西本寮子）
　「中世王朝物語全集12　とりかへばや」笠間書院　1998　p334

【資料】
参考資料　一、『無名草子』
　「中世王朝物語全集12　とりかへばや」笠間書院　1998　p362
参考資料　二、『物語二百番歌合』（後百番歌合）
　「中世王朝物語全集12　とりかへばや」笠間書院　1998　p364
参考資料　三、『風葉和歌集』
　「中世王朝物語全集12　とりかへばや」笠間書院　1998　p366
登場人物系図（友久武文，西本寮子）
　「中世王朝物語全集12　とりかへばや」笠間書院　1998　p342

夜の寝覚

【解説】
解題（鈴木一雄ほか）
　「中世王朝物語全集19　夜寝覚物語」笠間書院　2009　p410
〔解題〕夜の寝覚（今井源衛）
　「新編国歌大観5」角川書店　1987　p1492
梗概（鈴木一雄ほか）
　「中世王朝物語全集19　夜寝覚物語」笠間書院　2009　p406

【年表】
年立（鈴木一雄ほか）
　「中世王朝物語全集19　夜寝覚物語」笠間書院　2009　p384

【資料】
登場人物一覧（鈴木一雄ほか）
　「中世王朝物語全集19　夜寝覚物語」笠間書院　2009　p401
登場人物系図（鈴木一雄ほか）
　「中世王朝物語全集19　夜寝覚物語」笠間書院　2009　p396

歴史物語・歴史書

【解題】
〔解題〕今鏡（井上宗雄，中村文）
　「新編国歌大観5」角川書店　1987　p1489
〔解題〕続日本紀（後藤重郎，村瀬憲夫）
　「新編国歌大観5」角川書店　1987　p1489
〔解題〕続日本後紀（後藤重郎，村瀬憲夫）
　「新編国歌大観5」角川書店　1987　p1489
〔解題〕日本後紀（後藤重郎，村瀬憲夫）
　「新編国歌大観5」角川書店　1987　p1489
〔解題〕日本三代実録（後藤重郎，村瀬憲夫）
　「新編国歌大観5」角川書店　1987　p1489
書をよむ―道長の書の力量（石川九楊）
　「日本の古典をよむ11　大鏡・栄花物語」小学館　2008　巻頭

栄花物語

【解説】
栄花物語 あらすじ（植田恭代）
　「日本の古典をよむ11　大鏡・栄花物語」小学館　2008　p184
栄花物語の風景1　宇治陵（佐々木和歌子）
　「日本の古典をよむ11　大鏡・栄花物語」小学館　2008　p264
栄花物語の風景2　平等院（佐々木和歌子）
　「日本の古典をよむ11　大鏡・栄花物語」小学館　2008　p304
榮華物語上巻解題（與謝野寬ほか）
　「覆刻　日本古典全集〔文學編〕〔9〕　榮華物語 上」現代思潮社　1983　p1
榮華物語下巻解題（與謝野寬ほか）
　「覆刻　日本古典全集〔文學編〕〔11〕　榮華物語 下　赤染衛門歌集」現代思潮社　1983　p1
〔解説〕『栄花物語』―道長一族の物語を歳月を追って描く（植田恭代）
　「日本の古典をよむ11　大鏡・栄花物語」小学館　2008　p309
〔解題〕栄花物語（井上宗雄，川村裕子）
　「新編国歌大観5」角川書店　1987　p1489
はじめに―道長の栄華を見つめる二つの歴史物語（植田恭代）
　「日本の古典をよむ11　大鏡・栄花物語」小学館　2008　p3

【資料】
天皇・源氏系図
　「日本の古典をよむ11　大鏡・栄花物語」小学館　2008　p315
藤原氏系図
　「日本の古典をよむ11　大鏡・栄花物語」小学館　2008　p316
平安京図
　「日本の古典をよむ11　大鏡・栄花物語」小学館　2008　p9

大鏡

【解説】
大鏡 あらすじ（植田恭代）
　「日本の古典をよむ11　大鏡・栄花物語」小学館　2008　p12
大鏡の風景1　北野天満宮（佐々木和歌子）
　「日本の古典をよむ11　大鏡・栄花物語」小学館　2008　p75
大鏡の風景2　東三条殿（佐々木和歌子）
　「日本の古典をよむ11　大鏡・栄花物語」小学館　2008　p171
大鏡の風景3　九体阿弥陀仏と法成寺（佐々木和歌子）
　「日本の古典をよむ11　大鏡・栄花物語」小学館　2008　p182
解説（石川徹）
　「新潮日本古典集成 新装版〔5〕　大鏡」新潮社　2017　p349
〔解説〕『大鏡』―歴史語りの場を立体的に描く（植田恭代）
　「日本の古典をよむ11　大鏡・栄花物語」小学館　2008　p305
〔解題〕大鏡（井上宗雄，中村文）
　「新編国歌大観5」角川書店　1987　p1489
写本をよむ―近衛本　大鏡
　「日本の古典をよむ11　大鏡・栄花物語」小学館　2008　巻頭
はじめに―道長の栄華を見つめる二つの歴史物語（植田恭代）
　「日本の古典をよむ11　大鏡・栄花物語」小学館　2008　巻頭
美をよむ―いとおそろしく雷鳴りひらめき（佐野みどり）
　「日本の古典をよむ11　大鏡・栄花物語」小学館　2008　巻頭

【資料】
皇室・源氏系図
　「新潮日本古典集成 新装版〔5〕　大鏡」新潮社　2017　p404
皇室・藤原氏外戚関係図
　「新潮日本古典集成 新装版〔5〕　大鏡」新潮社　2017　p408
十干十二支組み合せ一覧表
　「新潮日本古典集成 新装版〔5〕　大鏡」新潮社　2017　p400
天皇・源氏系図
　「日本の古典をよむ11　大鏡・栄花物語」小学館　2008　p315
年号読み方諸説一覧
　「新潮日本古典集成 新装版〔5〕　大鏡」新潮社　2017　p402
藤原氏系図
　「新潮日本古典集成 新装版〔5〕　大鏡」新潮社　2017　p405
　「日本の古典をよむ11　大鏡・栄花物語」小学館

2008 p316
付図（内裏略図ほか）
「新潮日本古典集成 新装版〔5〕 大鏡」新潮社 2017 p410
平安京図
「日本の古典をよむ11 大鏡・栄花物語」小学館 2008 p9

和歌

【解説】
おみくじの歌概観（平野多恵）
「コレクション日本歌人選076 おみくじの歌」笠間書院 2019 p103
解説「おみくじの和歌」（平野多恵）
「コレクション日本歌人選076 おみくじの歌」笠間書院 2019 p106
解説「酒・酒の歌・文学」（松村雄二）
「コレクション日本歌人選080 酒の歌」笠間書院 2019 p120
解説「僧侶の和歌の種類とその特徴」（小池一行）
「コレクション日本歌人選059 僧侶の歌」笠間書院 2012 p107
解説「超越する和歌―「武者ノ世」に継承された共同体意識」（上宇都ゆりほ）
「コレクション日本歌人選047 源平の武将歌人」笠間書院 2012 p106
解説「天皇の和歌概観」（盛田帝子）
「コレクション日本歌人選077 天皇・親王の歌」笠間書院 2019 p111
〔解題〕有明の別れ（樋口芳麻呂, 三角洋一）
「新編国歌大観5」角川書店 1987 p1492
〔解題〕伊勢物語（片桐洋一, 清水婦久子）
「新編国歌大観5」角川書店 1987 p1491
〔解題〕一品経和歌懐紙（久保田淳, 家永香織）
「新編国歌大観10」角川書店 1992 p1153
〔解題〕今鏡（井上宗雄, 中村文）
「新編国歌大観5」角川書店 1987 p1489
〔解題〕宇津保物語（片桐洋一, 清水婦久子）
「新編国歌大観5」角川書店 1987 p1491
〔解題〕栄花物語（井上宗雄, 川村裕子）
「新編国歌大観5」角川書店 1987 p1489
〔解題〕大鏡（井上宗雄, 中村文）
「新編国歌大観5」角川書店 1987 p1489
〔解題〕落窪物語（片桐洋一, 清水婦久子）
「新編国歌大観5」角川書店 1987 p1492
〔解題〕嘉応元年宇治別業和歌（後藤重郎）
「新編国歌大観5」角川書店 1987 p1480
〔解題〕紀師匠曲水宴和歌（橋本不美男, 滝沢貞夫）
「新編国歌大観5」角川書店 1987 p1479
〔解題〕源氏物語（今井源衛）
「新編国歌大観5」角川書店 1987 p1492

〔解題〕今昔物語集（小峯和明）
「新編国歌大観5」角川書店 1987 p1490
〔解題〕狭衣物語（今井源衛）
「新編国歌大観5」角川書店 1987 p1492
〔解題〕讃岐典侍日記（萩谷朴, 北村章）
「新編国歌大観5」角川書店 1987 p1491
〔解題〕更級日記（萩谷朴, 北村章）
「新編国歌大観5」角川書店 1987 p1491
〔解題〕三宝絵（小峯和明）
「新編国歌大観5」角川書店 1987 p1490
〔解題〕続日本紀（後藤重郎, 村瀬憲夫）
「新編国歌大観5」角川書店 1987 p1489
〔解題〕続日本後紀（後藤重郎, 村瀬憲夫）
「新編国歌大観5」角川書店 1987 p1489
〔解題〕相撲立詩歌合（谷山茂）
「新編国歌大観5」角川書店 1987 p1439
〔解題〕高倉院厳島御幸記（久保田淳）
「新編国歌大観5」角川書店 1987 p1491
〔解題〕高倉院昇霞記（久保田淳）
「新編国歌大観5」角川書店 1987 p1491
〔解題〕竹取物語（片桐洋一, 清水婦久子）
「新編国歌大観5」角川書店 1987 p1491
〔解題〕堤中納言物語（今井源衛）
「新編国歌大観5」角川書店 1987 p1492
〔解題〕多武峰少将物語（片桐洋一, 清水婦久子）
「新編国歌大観5」角川書店 1987 p1492
〔解題〕とりかへばや物語（今井源衛）
「新編国歌大観5」角川書店 1987 p1492
〔解題〕日本紀竟宴和歌（橋本不美男, 滝沢貞夫）
「新編国歌大観5」角川書店 1987 p1479
〔解題〕日本後紀（後藤重郎, 村瀬憲夫）
「新編国歌大観5」角川書店 1987 p1489
〔解題〕日本三代実録（後藤重郎, 村瀬憲夫）
「新編国歌大観5」角川書店 1987 p1489
〔解題〕日本霊異記（小峯和明）
「新編国歌大観5」角川書店 1987 p1490
〔解題〕浜松中納言物語（今井源衛）
「新編国歌大観5」角川書店 1987 p1492
〔解題〕文治六年女御入内和歌（後藤重郎）
「新編国歌大観5」角川書店 1987 p1480
〔解題〕平中物語（片桐洋一, 清水婦久子）
「新編国歌大観5」角川書店 1987 p1492
〔解題〕宝篋印陀羅尼経料紙和歌（中村文）
「新編国歌大観10」角川書店 1992 p1153
〔解題〕宝物集（浅見和彦, 小島孝之）
「新編国歌大観5」角川書店 1987 p1492
〔解題〕暮春白河尚歯会和歌（後藤重郎）
「新編国歌大観5」角川書店 1987 p1480
〔解題〕増鏡（井上宗雄, 中村文）
「新編国歌大観5」角川書店 1987 p1490

〔解題〕万寿元年高陽院行幸和歌（橋本不美男，滝沢貞夫）
「新編国歌大観5」角川書店 1987 p1480
〔解題〕大和物語（片桐洋一，清水婦久子）
「新編国歌大観5」角川書店 1987 p1491
〔解題〕夜の寝覚（今井源衛）
「新編国歌大観5」角川書店 1987 p1492
源平の武将歌人概観
「コレクション日本歌人選047 源平の武将歌人」笠間書院 2012 p103
酒の歌概観
「コレクション日本歌人選080 酒の歌」笠間書院 2019 p115
僧侶の和歌概観
「コレクション日本歌人選059 僧侶の歌」笠間書院 2012 p103
御堂關白歌集の後に（與謝野晶子）
「覆刻 日本古典全集〔文学編〕〔56〕 御堂關白記 下」現代思潮社 1982 p1

【年表】
おみくじの歌関連略年譜
「コレクション日本歌人選076 おみくじの歌」笠間書院 2019 p104
藤原忠通略年譜
「新注和歌文学叢書18 忠通家歌合新注」青簡舎 2015 p455
御子左六代略年表（久保田淳）
「和歌文学大系22 長秋詠藻・俊忠集」明治書院 1998 p247
源順関係年表
「歌合・定数歌全釈叢書18 順百首全釈」風間書房 2013 p339
略年譜
「コレクション日本歌人選047 源平の武将歌人」笠間書院 2012 p104
「コレクション日本歌人選077 天皇・親王の歌」笠間書院 2019 p108

【資料】
紀賤丸撰『道家百人一首』から僧侶の歌44首
「コレクション日本歌人選059 僧侶の歌」笠間書院 2012 p117
作者一覧
「コレクション日本歌人選080 酒の歌」笠間書院 2019 p116
人物一覧
「コレクション日本歌人選059 僧侶の歌」笠間書院 2012 p104
読書案内
「コレクション日本歌人選047 源平の武将歌人」笠間書院 2012 p112
「コレクション日本歌人選059 僧侶の歌」笠間書院 2012 p115
「コレクション日本歌人選076 おみくじの歌」笠間書院 2019 p115
「コレクション日本歌人選077 天皇・親王の歌」笠間書院 2019 p121
「コレクション日本歌人選080 酒の歌」笠間書院 2019 p131
御子左家系図
「新注和歌文学叢書5 藤原為家勅撰集詠 詠歌一躰新注」青簡舎 2010 p429

和歌（歌合）

【解説】
あとがき（武田元治）
「歌合・定数歌全釈叢書2 重家朝臣家歌合全釈」風間書房 2003 p207
「歌合・定数歌全釈叢書7 住吉社歌合全釈」風間書房 2006 p187
「歌合・定数歌全釈叢書13 広田社歌合全釈」風間書房 2009 p225
あとがき（鳥井千佳子）
「新注和歌文学叢書18 忠通家歌合新注」青簡舎 2015 p513
解説（武田元治）
「歌合・定数歌全釈叢書2 重家朝臣家歌合全釈」風間書房 2003 p171
「歌合・定数歌全釈叢書7 住吉社歌合全釈」風間書房 2006 p167
「歌合・定数歌全釈叢書13 広田社歌合全釈」風間書房 2009 p197
解説（鳥井千佳子）
「新注和歌文学叢書18 忠通家歌合新注」青簡舎 2015 p371
〔解説〕雲居寺結縁経後宴歌合（安井重雄）
「和歌文学大系48 王朝歌合集」明治書院 2018 p357
〔解説〕高陽院七番歌合（鈴木徳男）
「和歌文学大系48 王朝歌合集」明治書院 2018 p352
〔解説〕賀陽院水閣歌合（田島智子）
「和歌文学大系48 王朝歌合集」明治書院 2018 p336
〔解説〕河原院歌合（藏中さやか）
「和歌文学大系48 王朝歌合集」明治書院 2018 p321
〔解説〕気多宮歌合（安井重雄）
「和歌文学大系48 王朝歌合集」明治書院 2018 p350
〔解説〕皇后宮春秋歌合（田島智子）
「和歌文学大系48 王朝歌合集」明治書院 2018 p347
〔解説〕弘徽殿女御歌合（田島智子）
「和歌文学大系48 王朝歌合集」明治書院 2018 p341
〔解説〕前十五番歌合（藏中さやか）
「和歌文学大系48 王朝歌合集」明治書院 2018 p329
〔解説〕左大臣家歌合（藏中さやか）
「和歌文学大系48 王朝歌合集」明治書院 2018 p326

和歌（歌合）

〔解説〕散位源広綱朝臣歌合 長治元年五月二十日以前（藏中さやか）
「和歌文学大系48 王朝歌合集」明治書院 2018 p354

〔解説〕神祇伯顕仲住吉歌合（安井重雄）
「和歌文学大系48 王朝歌合集」明治書院 2018 p367

〔解説〕神祇伯顕仲西宮歌合（安井重雄）
「和歌文学大系48 王朝歌合集」明治書院 2018 p365

〔解説〕宣耀殿女御瞿麦合（岸本理恵）
「和歌文学大系48 王朝歌合集」明治書院 2018 p319

〔解説〕内裏歌合 永承四年（田島智子）
「和歌文学大系48 王朝歌合集」明治書院 2018 p343

〔解説〕内裏歌合 寛和元年（藏中さやか）
「和歌文学大系48 王朝歌合集」明治書院 2018 p324

〔解説〕忠通家歌合 元永元年十月二日（鈴木徳男）
「和歌文学大系48 王朝歌合集」明治書院 2018 p359

〔解説〕東宮学士藤原義忠朝臣歌合（藏中さやか）
「和歌文学大系48 王朝歌合集」明治書院 2018 p334

〔解説〕後十五番歌合（藏中さやか）
「和歌文学大系48 王朝歌合集」明治書院 2018 p331

〔解説〕民部卿家歌合（岸本理恵）
「和歌文学大系48 王朝歌合集」明治書院 2018 p312

〔解説〕永縁奈良房歌合（鈴木徳男）
「和歌文学大系48 王朝歌合集」明治書院 2018 p362

〔解説〕陽成院一親王姫君達歌合（岸本理恵）
「和歌文学大系48 王朝歌合集」明治書院 2018 p316

〔解説〕論春秋歌合（岸本理恵）
「和歌文学大系48 王朝歌合集」明治書院 2018 p314

〔解説〕或所歌合 天喜四年四月（川村晃生）
「新編国歌大観5」角川書店 1987 p1423

〔解説〕或所紅葉歌合（上野理）
「新編国歌大観5」角川書店 1987 p1428

〔解説〕郁芳門院根合（久曾神昇）
「新編国歌大観5」角川書店 1987 p1432

〔解説〕出雲守経仲歌合（清水彰）
「新編国歌大観5」角川書店 1987 p1430

〔解説〕一条大納言家石名取歌合（片桐洋一，中周子）
「新編国歌大観5」角川書店 1987 p1412

〔解説〕一条大納言家歌合（片桐洋一，中周子）
「新編国歌大観5」角川書店 1987 p1411

〔解説〕右衛門督家歌合 久安五年（谷山茂）
「新編国歌大観5」角川書店 1987 p1439

〔解題〕歌合 文治二年（久保田淳）
「新編国歌大観5」角川書店 1987 p1446

〔解題〕右大臣家歌合 安元元年（大岡賢典）
「新編国歌大観5」角川書店 1987 p1443

〔解題〕右大臣家歌合 治承三年（川平ひとし）
「新編国歌大観5」角川書店 1987 p1445

〔解題〕宇多院歌合（片桐洋一，中周子）
「新編国歌大観5」角川書店 1987 p1404

〔解題〕右兵衛督家歌合（井上宗雄，山田洋嗣）
「新編国歌大観5」角川書店 1987 p1435

〔解題〕雲居寺結縁経後宴歌合（橋本不美男，滝沢貞夫）
「新編国歌大観5」角川書店 1987 p1435

〔解題〕越中守頼家歌合（千葉義孝）
「新編国歌大観5」角川書店 1987 p1421

〔解題〕円融院扇合（片桐洋一，中周子）
「新編国歌大観5」角川書店 1987 p1411

〔解題〕近江御息所歌合（杉谷寿郎）
「新編国歌大観5」角川書店 1987 p1407

〔解題〕小野宮右衛門督君達歌合（片桐洋一，中周子）
「新編国歌大観5」角川書店 1987 p1412

〔解題〕女四宮歌合（片桐洋一，中周子）
「新編国歌大観5」角川書店 1987 p1410

〔解題〕花山院歌合（増田繁夫）
「新編国歌大観5」角川書店 1987 p1415

〔解題〕高陽院七番歌合（橋本不美男，小池一行）
「新編国歌大観5」角川書店 1987 p1432

〔解題〕賀陽院水閣歌合（千葉義孝）
「新編国歌大観5」角川書店 1987 p1417

〔解題〕河原院歌合（久保木哲夫）
「新編国歌大観5」角川書店 1987 p1409

〔解題〕関白殿蔵人所歌合（千葉義孝）
「新編国歌大観5」角川書店 1987 p1421

〔解題〕関白内大臣歌合 保安二年（川上新一郎）
「新編国歌大観5」角川書店 1987 p1437

〔解題〕寛平御時菊合（村瀬敏夫）
「新編国歌大観5」角川書店 1987 p1403

〔解題〕寛平御時后宮歌合（村瀬敏夫）
「新編国歌大観5」角川書店 1987 p1403

〔解題〕寛平御時中宮歌合（片桐洋一，中周子）
「新編国歌大観5」角川書店 1987 p1403

〔解題〕京極御息所歌合（藤岡忠美）
「新編国歌大観5」角川書店 1987 p1406

〔解題〕内蔵頭長実家歌合 保安二年閏五月廿六日（川上新一郎）
「新編国歌大観5」角川書店 1987 p1437

〔解題〕内蔵頭長実白河家歌合 保安二年閏五月十三日（川上新一郎）
「新編国歌大観5」角川書店 1987 p1437

〔解題〕蔵人所歌合 天暦十一年（杉谷寿郎）
「新編国歌大観5」角川書店 1987 p1409

〔解題〕蔵人頭家歌合 永延二年七月七日（増田繁夫）
「新編国歌大観5」角川書店 1987 p1414
〔解題〕気多宮歌合（上野理）
「新編国歌大観5」角川書店 1987 p1428
〔解題〕源宰相中将家和歌合 康和二年（小池一行）
「新編国歌大観5」角川書店 1987 p1433
〔解題〕建春門院北面歌合（八嶌正治）
「新編国歌大観5」角川書店 1987 p1442
〔解題〕皇后宮歌合 治暦二年（後藤祥子）
「新編国歌大観5」角川書店 1987 p1426
〔解題〕皇后宮春秋歌合（藤本一恵）
「新編国歌大観5」角川書店 1987 p1423
〔解題〕庚申夜歌合 承暦三年（清水彰）
「新編国歌大観5」角川書店 1987 p1429
〔解題〕皇太后宮歌合 東三条院（増田繁夫）
「新編国歌大観5」角川書店 1987 p1414
〔解題〕弘徽殿女御歌合 長久二年（斎藤熙子）
「新編国歌大観5」角川書店 1987 p1418
〔解題〕後三条院四宮侍所歌合（清水彰）
「新編国歌大観5」角川書店 1987 p1430
〔解題〕是貞親王家歌合（村瀬敏夫）
「新編国歌大観5」角川書店 1987 p1403
〔解題〕権大納言家歌合 永長元年（小池一行）
「新編国歌大観5」角川書店 1987 p1432
〔解題〕斎宮貝合（糸井通浩）
「新編国歌大観5」角川書店 1987 p1418
〔解題〕西国受領歌合（犬養廉）
「新編国歌大観5」角川書店 1987 p1427
〔解題〕宰相中将君達春秋歌合（久保木哲夫）
「新編国歌大観5」角川書店 1987 p1409
〔解題〕前右衛門佐経仲歌合（清水彰）
「新編国歌大観5」角川書店 1987 p1428
〔解題〕前十五番歌合（樋口芳麻呂）
「新編国歌大観5」角川書店 1987 p1416
〔解題〕前麗景殿女御歌合（楠橋開）
「新編国歌大観5」角川書店 1987 p1420
〔解題〕左京大夫八条山庄障子絵合（千葉義孝）
「新編国歌大観5」角川書店 1987 p1421
〔解題〕左近権中将俊忠朝臣家歌合（橋本不美男, 小池一行）
「新編国歌大観5」角川書店 1987 p1434
〔解題〕左近権中将藤原宗通朝臣歌合（糸井通浩）
「新編国歌大観5」角川書店 1987 p1431
〔解題〕左大臣家歌合 長保五年（小町谷照彦）
「新編国歌大観5」角川書店 1987 p1415
〔解題〕讃岐守顕季家歌合（川上新一郎）
「新編国歌大観5」角川書店 1987 p1429
〔解題〕実国家歌合（森本元子）
「新編国歌大観5」角川書店 1987 p1441

〔解題〕左兵衛佐定文歌合（片桐洋一, 中周子）
「新編国歌大観5」角川書店 1987 p1404
〔解題〕左兵衛佐師時家歌合（小池一行）
「新編国歌大観5」角川書店 1987 p1432
〔解題〕散位源広綱朝臣歌合 長治元年五月（森本元子）
「新編国歌大観5」角川書店 1987 p1433
〔解題〕散位源広綱朝臣歌合 長治元年五月廿日（森本元子）
「新編国歌大観5」角川書店 1987 p1434
〔解題〕山家五番歌合（川上新一郎）
「新編国歌大観5」角川書店 1987 p1434
〔解題〕山家三番歌合（上野理）
「新編国歌大観10」角川書店 1992 p1124
〔解題〕三条左大臣殿前栽歌合（片桐洋一, 中周子）
「新編国歌大観5」角川書店 1987 p1412
〔解題〕四季恋三首歌合（増田繁夫）
「新編国歌大観5」角川書店 1987 p1415
〔解題〕治承三十六人歌合（樋口芳麻呂）
「新編国歌大観5」角川書店 1987 p1444
〔解題〕四条宮扇歌合（後藤祥子）
「新編国歌大観5」角川書店 1987 p1431
〔解題〕従二位親子歌合（川上新一郎）
「新編国歌大観5」角川書店 1987 p1432
〔解題〕俊成三十六人歌合（樋口芳麻呂）
「新編国歌大観5」角川書店 1987 p1444
〔解題〕春夜詠二首歌合（増田繁夫）
「新編国歌大観5」角川書店 1987 p1415
〔解題〕上東門院菊合（千葉義孝）
「新編国歌大観5」角川書店 1987 p1416
〔解題〕新中将家歌合（井上宗雄, 山田洋嗣）
「新編国歌大観5」角川書店 1987 p1435
〔解題〕祐子内親王家歌合 永承五年（楠橋開）
「新編国歌大観5」角川書店 1987 p1420
〔解題〕住吉歌合 大治三年（野中春水）
「新編国歌大観5」角川書店 1987 p1438
〔解題〕住吉社歌合 嘉応二年（八嶌正治）
「新編国歌大観5」角川書店 1987 p1442
〔解題〕摂政左大臣家歌合 大治元年（上野理）
「新編国歌大観5」角川書店 1987 p1437
〔解題〕摂津守有綱家歌合（上野理）
「新編国歌大観5」角川書店 1987 p1428
〔解題〕宣耀殿女御瞿麦合（杉谷寿郎）
「新編国歌大観5」角川書店 1987 p1408
〔解題〕太皇太后宮亮平経盛朝臣家歌合（福田百合子）
「新編国歌大観5」角川書店 1987 p1441
〔解題〕太皇太后宮大進清輔朝臣歌合（大取一馬）
「新編国歌大観5」角川書店 1987 p1440
〔解題〕醍醐御時菊合（杉谷寿郎）
「新編国歌大観5」角川書店 1987 p1407

〔解題〕内裏歌合 永承四年（楠橋開）
「新編国歌大観5」角川書店 1987 p1419
〔解題〕内裏歌合 応和二年（久保木哲夫）
「新編国歌大観5」角川書店 1987 p1409
〔解題〕内裏歌合 寛和元年（小町谷照彦）
「新編国歌大観5」角川書店 1987 p1413
〔解題〕内裏歌合 寛和二年（小町谷照彦）
「新編国歌大観5」角川書店 1987 p1413
〔解題〕内裏歌合 承暦二年（犬養廉）
「新編国歌大観5」角川書店 1987 p1429
〔解題〕内裏歌合 天徳四年（杉谷寿郎）
「新編国歌大観5」角川書店 1987 p1409
〔解題〕内裏歌合 天暦九年（杉谷寿郎）
「新編国歌大観5」角川書店 1987 p1408
〔解題〕内裏菊合 延喜十三年（藤岡忠美）
「新編国歌大観5」角川書店 1987 p1406
〔解題〕内裏後番歌合 承暦二年（犬養廉）
「新編国歌大観5」角川書店 1987 p1429
〔解題〕内裏前栽合 康保三年（久保木哲夫）
「新編国歌大観5」角川書店 1987 p1410
〔解題〕内裏根合 永承六年（斎藤熙子）
「新編国歌大観5」角川書店 1987 p1421
〔解題〕滝口本所歌合（後藤祥子）
「新編国歌大観5」角川書店 1987 p1426
〔解題〕太宰大弐資通卿家歌合（川村晃生）
「新編国歌大観5」角川書店 1987 p1422
〔解題〕帯刀陣歌合 正暦四年（増田繁夫）
「新編国歌大観5」角川書店 1987 p1414
〔解題〕丹後守公基朝臣歌合 康平六年（橋本ゆり）
「新編国歌大観5」角川書店 1987 p1425
〔解題〕丹後守公基朝臣歌合 天喜六年（橋本ゆり）
「新編国歌大観5」角川書店 1987 p1425
〔解題〕中宮権大夫家歌合 永長元年（小池一行）
「新編国歌大観5」角川書店 1987 p1432
〔解題〕中宮亮顕輔家歌合（大取一馬）
「新編国歌大観5」角川書店 1987 p1439
〔解題〕中宮亮重家朝臣家歌合（谷山茂）
「新編国歌大観5」角川書店 1987 p1440
〔解題〕亭子院殿上人歌合（藤岡忠美）
「新編国歌大観5」角川書店 1987 p1406
〔解題〕媞子内親王家歌合（清水彰）
「新編国歌大観5」角川書店 1987 p1431
〔解題〕亭子院歌合（藤岡忠美）
「新編国歌大観5」角川書店 1987 p1405
〔解題〕亭子院女郎花合（片桐洋一，中周子）
「新編国歌大観5」角川書店 1987 p1404
〔解題〕殿上歌合 承保二年（上野理）
「新編国歌大観5」角川書店 1987 p1428
〔解題〕殿上蔵人歌合 大治五年（谷山茂）
「新編国歌大観5」角川書店 1987 p1438

〔解題〕東院前栽合（杉谷寿郎）
「新編国歌大観5」角川書店 1987 p1407
〔解題〕東宮学士義忠歌合（千葉義孝）
「新編国歌大観5」角川書店 1987 p1416
〔解題〕東塔東谷歌合（小池一行）
「新編国歌大観5」角川書店 1987 p1433
〔解題〕多武峰往生院千世君歌合（清水彰）
「新編国歌大観5」角川書店 1987 p1430
〔解題〕俊頼朝臣女子達歌合（川上新一郎）
「新編国歌大観5」角川書店 1987 p1434
〔解題〕鳥羽殿北面歌合（川上新一郎）
「新編国歌大観5」角川書店 1987 p1434
〔解題〕内大臣家歌合 永久三年十月（川上新一郎）
「新編国歌大観5」角川書店 1987 p1434
〔解題〕内大臣家歌合 元永元年十月二日（上野理）
「新編国歌大観5」角川書店 1987 p1435
〔解題〕内大臣家歌合 元永元年十月十三日（上野理）
「新編国歌大観5」角川書店 1987 p1436
〔解題〕内大臣家歌合 元永二年（上野理）
「新編国歌大観5」角川書店 1987 p1436
〔解題〕内大臣家後度歌合 永久三年十月（川上新一郎）
「新編国歌大観5」角川書店 1987 p1434
〔解題〕謎歌合（片桐洋一，中周子）
「新編国歌大観5」角川書店 1987 p1412
〔解題〕西宮歌合（野中春水）
「新編国歌大観5」角川書店 1987 p1438
〔解題〕廿二番歌合 治承二年（田中裕）
「新編国歌大観5」角川書店 1987 p1445
〔解題〕後十五番歌合（樋口芳麻呂）
「新編国歌大観5」角川書店 1987 p1416
〔解題〕禖子内親王桜柳歌合（嘉藤久美子）
「新編国歌大観5」角川書店 1987 p1425
〔解題〕禖子内親王家歌合 延久二年（嘉藤久美子）
「新編国歌大観5」角川書店 1987 p1428
〔解題〕禖子内親王家歌合 庚申（嘉藤久美子）
「新編国歌大観5」角川書店 1987 p1426
〔解題〕禖子内親王家歌合 五月五日（嘉藤久美子）
「新編国歌大観5」角川書店 1987 p1426
〔解題〕禖子内親王家歌合 承暦二年（嘉藤久美子）
「新編国歌大観5」角川書店 1987 p1429
〔解題〕禖子内親王家歌合 治承二年（嘉藤久美子）
「新編国歌大観5」角川書店 1987 p1427
〔解題〕禖子内親王家歌合 治暦四年（嘉藤久美子）
「新編国歌大観5」角川書店 1987 p1427
〔解題〕禖子内親王家歌合 夏（嘉藤久美子）
「新編国歌大観5」角川書店 1987 p1427

〔解題〕播磨守兼房朝臣歌合（川村晃生）
「新編国歌大観5」角川書店 1987 p1421

〔解題〕備中守定綱朝臣家歌合（後藤祥子）
「新編国歌大観5」角川書店 1987 p1427

〔解題〕備中守仲実朝臣女子根合（小池一行）
「新編国歌大観5」角川書店 1987 p1433

〔解題〕広田社歌合 承安二年（久保木寿子）
「新編国歌大観5」角川書店 1987 p1443

〔解題〕坊城右大臣殿歌合（杉谷寿郎）
「新編国歌大観5」角川書店 1987 p1408

〔解題〕堀河院艶書合（橋本不美男、小池一行）
「新編国歌大観5」角川書店 1987 p1433

〔解題〕堀河中納言家歌合（片桐洋一、中周子）
「新編国歌大観5」角川書店 1987 p1411

〔解題〕本院左大臣家歌合（片桐洋一、中周子）
「新編国歌大観5」角川書店 1987 p1405

〔解題〕三井寺山家歌合（松野陽一）
「新編国歌大観5」角川書店 1987 p1446

〔解題〕三井寺新羅社歌合（谷山茂）
「新編国歌大観5」角川書店 1987 p1443

〔解題〕光昭少将家歌合（片桐洋一、中周子）
「新編国歌大観5」角川書店 1987 p1413

〔解題〕南宮歌合（野中春水）
「新編国歌大観5」角川書店 1987 p1438

〔解題〕源順馬名歌合（久保木哲夫）
「新編国歌大観5」角川書店 1987 p1410

〔解題〕源大納言家歌合（斎藤熙子）
「新編国歌大観5」角川書店 1987 p1419

〔解題〕源大納言家歌合 長久二年（斎藤熙子）
「新編国歌大観5」角川書店 1987 p1419

〔解題〕源大納言家歌合 長暦二年（糸井通浩）
「新編国歌大観5」角川書店 1987 p1418

〔解題〕源大納言家歌合 長暦二年九月（糸井通浩）
「新編国歌大観5」角川書店 1987 p1418

〔解題〕民部卿家歌合（村瀬敏夫）
「新編国歌大観5」角川書店 1987 p1403

〔解題〕無動寺和尚賢聖院歌合（橋本ゆり）
「新編国歌大観5」角川書店 1987 p1425

〔解題〕保明親王帯刀陣歌合（杉谷寿郎）
「新編国歌大観5」角川書店 1987 p1407

〔解題〕永縁奈良房歌合（橋本不美男、滝沢貞夫）
「新編国歌大観5」角川書店 1987 p1437

〔解題〕陽成院一親王姫君歌合（杉谷寿郎）
「新編国歌大観5」角川書店 1987 p1408

〔解題〕陽成院歌合 延喜十二年夏（藤岡忠美）
「新編国歌大観5」角川書店 1987 p1405

〔解題〕陽成院歌合 延喜十三年九月（藤岡忠美）
「新編国歌大観5」角川書店 1987 p1406

〔解題〕陽成院親王二人歌合（杉谷寿郎）
「新編国歌大観5」角川書店 1987 p1407

〔解題〕麗景殿女御歌合（杉谷寿郎）
「新編国歌大観5」角川書店 1987 p1408

〔解題〕六条右大臣家歌合（藤本一恵）
「新編国歌大観5」角川書店 1987 p1423

〔解題〕六条斎院歌合 秋（名和修）
「新編国歌大観5」角川書店 1987 p1425

〔解題〕六条斎院歌合 永承三年（神尾暢子）
「新編国歌大観5」角川書店 1987 p1419

〔解題〕六条斎院歌合 永承四年（神尾暢子）
「新編国歌大観5」角川書店 1987 p1419

〔解題〕六条斎院歌合 永承五年二月（神尾暢子）
「新編国歌大観5」角川書店 1987 p1420

〔解題〕六条斎院歌合 永承五年五月（神尾暢子）
「新編国歌大観5」角川書店 1987 p1420

〔解題〕六条斎院歌合 永承六年一月（神尾暢子）
「新編国歌大観5」角川書店 1987 p1420

〔解題〕六条斎院歌合 天喜三年（藤本一恵）
「新編国歌大観5」角川書店 1987 p1422

〔解題〕六条斎院歌合 天喜四年閏三月（神尾暢子）
「新編国歌大観5」角川書店 1987 p1422

〔解題〕六条斎院歌合 天喜四年五月（名和修）
「新編国歌大観5」角川書店 1987 p1424

〔解題〕六条斎院歌合 天喜四年七月（名和修）
「新編国歌大観5」角川書店 1987 p1424

〔解題〕六条斎院歌合 天喜五年五月（名和修）
「新編国歌大観5」角川書店 1987 p1424

〔解題〕六条斎院歌合 天喜五年八月（名和修）
「新編国歌大観5」角川書店 1987 p1424

〔解題〕六条斎院歌合 天喜五年九月（名和修）
「新編国歌大観5」角川書店 1987 p1424

〔解題〕六条宰相家歌合（久曾神昇）
「新編国歌大観5」角川書店 1987 p1435

〔解題〕論春秋歌合（杉谷寿郎）
「新編国歌大観5」角川書店 1987 p1406

〔解題〕若狭守通宗朝臣女子達歌合（斎藤熙子）
「新編国歌大観5」角川書店 1987 p1431

〔解題〕若宮社歌合 建久二年三月（西村加代子）
「新編国歌大観5」角川書店 1987 p1447

〔解題〕別雷社歌合（田中裕）
「新編国歌大観5」角川書店 1987 p1445

判詞覚書―『中宮亮重家朝臣家歌合』の俊成の批評についての覚書（武田元治）
「歌合・定数歌全釈叢書2 重家朝臣家歌合全釈」風間書房 2003 p177

【資料】
各句索引
「新注和歌文学叢書18 忠通家歌合新注」青簡舎 2015 p486

〔校訂一覧〕雲居寺結縁経後宴歌合（安井重雄）
「和歌文学大系48 王朝歌合集」明治書院 2018 p373

和歌（歌合）

〔校訂一覧〕高陽院七番歌合（鈴木徳男, 安井重雄）
「和歌文学大系48 王朝歌合集」明治書院 2018 p373

〔校訂一覧〕賀陽院水閣歌合（田島智子）
「和歌文学大系48 王朝歌合集」明治書院 2018 p372

〔校訂一覧〕河原院歌合（藏中さやか）
「和歌文学大系48 王朝歌合集」明治書院 2018 p370

〔校訂一覧〕皇后宮春秋歌合（田島智子）
「和歌文学大系48 王朝歌合集」明治書院 2018 p372

〔校訂一覧〕弘徽殿女御歌合（田島智子）
「和歌文学大系48 王朝歌合集」明治書院 2018 p372

〔校訂一覧〕前十五番歌合（藏中さやか）
「和歌文学大系48 王朝歌合集」明治書院 2018 p371

〔校訂一覧〕左大臣家歌合（藏中さやか, 岸本理恵）
「和歌文学大系48 王朝歌合集」明治書院 2018 p371

〔校訂一覧〕散位源広綱朝臣歌合 長治元年五月二十日以前（藏中さやか）
「和歌文学大系48 王朝歌合集」明治書院 2018 p373

〔校訂一覧〕神祇伯顕仲住吉歌合（安井重雄）
「和歌文学大系48 王朝歌合集」明治書院 2018 p375

〔校訂一覧〕神祇伯顕仲西宮歌合（安井重雄）
「和歌文学大系48 王朝歌合集」明治書院 2018 p375

〔校訂一覧〕宣耀殿女御瞿麦合（岸本理恵）
「和歌文学大系48 王朝歌合集」明治書院 2018 p370

〔校訂一覧〕内裏歌合 永承四年（田島智子）
「和歌文学大系48 王朝歌合集」明治書院 2018 p372

〔校訂一覧〕内裏歌合 寛和元年（藏中さやか）
「和歌文学大系48 王朝歌合集」明治書院 2018 p371

〔校訂一覧〕忠通家歌合 元永元年十月二日（鈴木徳男）
「和歌文学大系48 王朝歌合集」明治書院 2018 p374

〔校訂一覧〕東宮学士藤原義忠朝臣歌合（藏中さやか）
「和歌文学大系48 王朝歌合集」明治書院 2018 p371

〔校訂一覧〕後十五番歌合（藏中さやか）
「和歌文学大系48 王朝歌合集」明治書院 2018 p371

〔校訂一覧〕民部卿家歌合（岸本理恵）
「和歌文学大系48 王朝歌合集」明治書院 2018 p370

〔校訂一覧〕永縁奈良房歌合（鈴木徳男）
「和歌文学大系48 王朝歌合集」明治書院 2018 p375

語句索引
「歌合・定数歌全釈叢書2 重家朝臣家歌合全釈」風間書房 2003 p201
「歌合・定数歌全釈叢書7 住吉社歌合全釈」風間書房 2006 p181
「歌合・定数歌全釈叢書13 広田社歌合全釈」風間書房 2009 p217

作者一覧
「歌合・定数歌全釈叢書2 重家朝臣家歌合全釈」風間書房 2003 p196
「歌合・定数歌全釈叢書7 住吉社歌合全釈」風間書房 2006 p175
「歌合・定数歌全釈叢書13 広田社歌合全釈」風間書房 2009 p211
「和歌文学大系48 王朝歌合集」明治書院 2018 p402

作者索引
「新注和歌文学叢書18 忠通家歌合新注」青簡舎 2015 p509

主要参考文献
「新注和歌文学叢書18 忠通家歌合新注」青簡舎 2015 p453

初句索引
「和歌文学大系48 王朝歌合集」明治書院 2018 p430

〔他出一覧〕雲居寺結縁経後宴歌合
「和歌文学大系48 王朝歌合集」明治書院 2018 p397

〔他出一覧〕高陽院七番歌合
「和歌文学大系48 王朝歌合集」明治書院 2018 p394

〔他出一覧〕賀陽院水閣歌合
「和歌文学大系48 王朝歌合集」明治書院 2018 p389

〔他出一覧〕河原院歌合
「和歌文学大系48 王朝歌合集」明治書院 2018 p377

〔他出一覧〕気多宮歌合
「和歌文学大系48 王朝歌合集」明治書院 2018 p393

〔他出一覧〕皇后宮春秋歌合
「和歌文学大系48 王朝歌合集」明治書院 2018 p392

〔他出一覧〕弘徽殿女御歌合
「和歌文学大系48 王朝歌合集」明治書院 2018 p391

〔他出一覧〕前十五番歌合
「和歌文学大系48 王朝歌合集」明治書院 2018 p380

〔他出一覧〕左大臣家歌合
「和歌文学大系48 王朝歌合集」明治書院 2018 p379

〔他出一覧〕散位源広綱朝臣歌合 長治元年五月二十日以前
「和歌文学大系48 王朝歌合集」明治書院 2018 p397

〔他出一覧〕神祇伯顕仲住吉歌合
「和歌文学大系48 王朝歌合集」明治書院 2018 p401

〔他出一覧〕神祇伯顕仲西宮歌合
「和歌文学大系48 王朝歌合集」明治書院 2018 p400

〔他出一覧〕宣耀殿女御瞿麦合
「和歌文学大系48 王朝歌合集」明治書院 2018 p377

〔他出一覧〕内裏歌合 永承四年
「和歌文学大系48 王朝歌合集」明治書院 2018 p391

〔他出一覧〕内裏歌合 寛和元年
「和歌文学大系48 王朝歌合集」明治書院 2018 p378

〔他出一覧〕忠通家歌合 元永元年十月二日
「和歌文学大系48 王朝歌合集」明治書院 2018 p398

〔他出一覧〕東宮学士藤原義忠朝臣歌合
「和歌文学大系48 王朝歌合集」明治書院 2018 p389

〔他出一覧〕後十五番歌合
「和歌文学大系48 王朝歌合集」明治書院 2018 p385

〔他出一覧〕民部卿家歌合
「和歌文学大系48 王朝歌合集」明治書院 2018 p376

〔他出一覧〕永縁奈良房歌合
「和歌文学大系48 王朝歌合集」明治書院 2018 p399

〔他出一覧〕陽成院一親王姫君達歌合
「和歌文学大系48 王朝歌合集」明治書院 2018 p377

忠通家歌会関連歌一覧
「新注和歌文学叢書18 忠通家歌合新注」青簡舎 2015 p459

地名一覧
「和歌文学大系48 王朝歌合集」明治書院 2018 p422

判詞索引
「新注和歌文学叢書18 忠通家歌合新注」青簡舎 2015 p476

補注 雲居寺結縁経後宴歌合（安井重雄）
「和歌文学大系48 王朝歌合集」明治書院 2018 p302

補注 高陽院七番歌合（鈴木徳男,安井重雄）
「和歌文学大系48 王朝歌合集」明治書院 2018 p296

補注 賀陽院水閣歌合（田島智子）
「和歌文学大系48 王朝歌合集」明治書院 2018 p288

補注 河原院歌合（藏中さやか）
「和歌文学大系48 王朝歌合集」明治書院 2018 p280

補注 皇后宮春秋歌合（田島智子）
「和歌文学大系48 王朝歌合集」明治書院 2018 p295

補注 弘徽殿女御歌合（田島智子）
「和歌文学大系48 王朝歌合集」明治書院 2018 p292

補注 前十五番歌合（藏中さやか）
「和歌文学大系48 王朝歌合集」明治書院 2018 p284

補注 左大臣家歌合（藏中さやか, 岸本理恵）
「和歌文学大系48 王朝歌合集」明治書院 2018 p283

補注 散位源広綱朝臣歌合 長治元年五月二十日以前（藏中さやか）
「和歌文学大系48 王朝歌合集」明治書院 2018 p300

補注 神祇伯顕仲住吉歌合（安井重雄）
「和歌文学大系48 王朝歌合集」明治書院 2018 p309

補注 神祇伯顕仲西宮歌合（安井重雄）
「和歌文学大系48 王朝歌合集」明治書院 2018 p308

補注 宣耀殿女御瞿麦合（岸本理恵）
「和歌文学大系48 王朝歌合集」明治書院 2018 p279

補注 内裏歌合 永承四年（田島智子）
「和歌文学大系48 王朝歌合集」明治書院 2018 p293

補注 内裏歌合 寛和元年（藏中さやか）
「和歌文学大系48 王朝歌合集」明治書院 2018 p281

補注 忠通家歌合 元永元年十月二日（鈴木徳男）
「和歌文学大系48 王朝歌合集」明治書院 2018 p303

補注 東宮学士藤原義忠朝臣歌合（藏中さやか）
「和歌文学大系48 王朝歌合集」明治書院 2018 p287

補注 後十五番歌合（藏中さやか）
「和歌文学大系48 王朝歌合集」明治書院 2018 p285

補注 民部卿家歌合（岸本理恵）
「和歌文学大系48 王朝歌合集」明治書院 2018 p274

補注 永縁奈良房歌合（鈴木徳男）
「和歌文学大系48 王朝歌合集」明治書院 2018 p306

補注 陽成院一親王姫君達歌合（岸本理恵）
「和歌文学大系48 王朝歌合集」明治書院 2018 p276

補注 論春秋歌合（岸本理恵）
「和歌文学大系48 王朝歌合集」明治書院 2018 p275

和歌索引
「歌合・定数歌全釈叢書2 重家朝臣家歌合全釈」風間書房 2003 p204

「歌合・定数歌全釈叢書7 住吉社歌合全釈」風間書房 2006 p184
「歌合・定数歌全釈叢書13 広田社歌合全釈」風間書房 2009 p221

和歌（歌学書）
【解説】
〔解題〕石見女式（橋本不美男, 滝沢貞夫）
「新編国歌大観5」角川書店 1987 p1487
〔解題〕奥儀抄（橋本不美男, 滝沢貞夫）
「新編国歌大観5」角川書店 1987 p1488
〔解題〕柿本人麻呂勘文（竹下豊）
「新編国歌大観5」角川書店 1987 p1488
〔解題〕歌仙落書（有吉保）
「新編国歌大観5」角川書店 1987 p1483
〔解題〕綺語抄（橋本不美男, 滝沢貞夫）
「新編国歌大観5」角川書店 1987 p1487
〔解題〕五代集歌枕（有吉保ほか）
「新編国歌大観10」角川書店 1992 p1180
〔解題〕袖中抄（竹下豊）
「新編国歌大観5」角川書店 1987 p1488
〔解題〕新撰和歌髄脳（橋本不美男, 滝沢貞夫）
「新編国歌大観5」角川書店 1987 p1487
〔解題〕難後拾遺抄（橋本不美男, 滝沢貞夫）
「新編国歌大観5」角川書店 1987 p1487
〔解題〕袋草紙（有吉保ほか）
「新編国歌大観5」角川書店 1987 p1488
〔解題〕万葉集時代難事（竹下豊）
「新編国歌大観5」角川書店 1987 p1488
〔解題〕隆源口伝（橋本不美男, 滝沢貞夫）
「新編国歌大観5」角川書店 1987 p1487
〔解題〕類聚証（橋本不美男, 滝沢貞夫）
「新編国歌大観5」角川書店 1987 p1487
〔解題〕和歌一字抄（井上宗雄, 西村加代子）
「新編国歌大観5」角川書店 1987 p1472
〔解題〕倭歌作式（橋本不美男, 滝沢貞夫）
「新編国歌大観5」角川書店 1987 p1487
〔解題〕和歌式（橋本不美男, 滝沢貞夫）
「新編国歌大観5」角川書店 1987 p1487
〔解題〕和歌十体（井上宗雄, 川村裕子）
「新編国歌大観5」角川書店 1987 p1482
〔解題〕和歌初学抄（松野陽一）
「新編国歌大観5」角川書店 1987 p1488
〔解題〕和歌体十種（井上宗雄）
「新編国歌大観5」角川書店 1987 p1482
〔解題〕和歌童蒙抄（井上宗雄, 山田洋嗣）
「新編国歌大観5」角川書店 1987 p1488
〔解題〕和歌無底抄（三輪正胤）
「新編国歌大観5」角川書店 1987 p1489
藤原教長著「古今集註」（吉澤義則）
「覆刻 日本古典全集〔文学編〕〔22〕 古今和歌集 附 古今集註」現代思潮社 1982 p1

和歌（家集）
【解説】
あとがき（阿部秋生）
「私家集全釈叢書15 遍昭集全釈」風間書房 1994 p433
あとがき（伊井春樹）
「私家集全釈叢書17 成尋阿闍梨母集全釈」風間書房 1996 p415
あとがき（渦巻恵）
「新注和歌文学叢書15 賀茂保憲女集 新注」青簡舎 2015 p369
あとがき（渦巻恵, 武田早苗）
「新注和歌文学叢書17 重之女集 重之子僧集 新注」青簡舎 2015 p255
あとがき（岡﨑真紀子）
「新注和歌文学叢書22 発心和歌集 極楽願往生和歌 新注」青簡舎 2017 p249
あとがき（片桐洋一）
「私家集全釈叢書22 藤原仲文集全釈」風間書房 1998 p179
「私家集全釈叢書31 小野宮殿実頼集・九条殿師輔集全釈」風間書房 2002 p371
「和歌文学注釈叢書1 元良親王集全釈」新典社 2006 p299
あとがき（金子英世ほか）
「私家集全釈叢書19 千穎集全釈」風間書房 1997 p197
あとがき（工藤重矩）
「私家集全釈叢書10 源兼澄集全釈」風間書房 1991 p301
あとがき（久保木哲夫）
「新注和歌文学叢書6 出羽弁集新注」青簡舎 2010 p193
「新注和歌文学叢書19 範永集 新注」青簡舎 2016 p377
あとがき（久保木寿子）
「新注和歌文学叢書9 四条宮主殿集 新注」青簡舎 2011 p271
あとがき（笹川博司）
「私家集全釈叢書32 惟成弁集全釈」風間書房 2003 p227
あとがき（新藤協三）
「私家集全釈叢書35 公忠集全釈」風間書房 2006 p253
あとがき（徳植俊之）
「私家集注釈叢刊11 道信集注釈」貴重本刊行会 2001 p313
あとがき（中村文）
「新注和歌文学叢書21 頼政集 新注 下」青簡舎 2016 p342
あとがき（林マリヤ）
「私家集全釈叢書13 殷富門院大輔集全釈」風間書房 1993 p319
あとがき（樋口芳麻呂）
「私家集全釈叢書29 隆信集全釈」風間書房 2001 p527

あとがき（平野由紀子）
　「私家集全釈叢書36 千里集全釈」風間書房 2007 p291
あとがき（藤本一恵）
　「私家集全釈叢書24 深養父集・小馬命婦集全釈」風間書房 1999 p331
あとがき（森田兼吉）
　「私家集全釈叢書14 為頼集全釈」風間書房 1994 p301
あとがき（安田徳子）
　「私家集全釈叢書25 四条宮下野集全釈」風間書房 2000 p296
あとがき（吉田茂）
　「私家集全釈叢書30 経衡集全釈」風間書房 2002 p333
『海人手子良集』解説（三木麻子）
　「新注和歌文学叢書4 海人手子良集 本院侍従集 義孝集 新注」青簡舎 2010 p325
小野宮殿実頼と九条殿師輔（片桐洋一）
　「私家集全釈叢書31 小野宮殿実頼集・九条殿師輔集全釈」風間書房 2002 p3
『小野宮殿集』『九条殿集』登場人物解説（藤川晶子、早川やよい）
　「私家集全釈叢書31 小野宮殿実頼集・九条殿師輔集全釈」風間書房 2002 p329
解説（芦田耕一）
　「新注和歌文学叢書1 清輔集新注」青簡舎 2008 p357
解説（阿部俊子）
　「私家集全釈叢書15 遍昭集全釈」風間書房 1994 p1
解説（渦巻恵）
　「新注和歌文学叢書15 賀茂保憲女集 新注」青簡舎 2015 p333
解説（片桐洋一）
　「私家集全釈叢書22 藤原仲文集全釈」風間書房 1998 p1
解説（川村晃生、松本真奈美）
　「私家集注釈叢刊16 恵慶集注釈」貴重本刊行会 2006 p417
解説（久保木哲夫）
　「私家集注釈叢刊2 伊勢大輔集注釈」貴重本刊行会 1992 p203
　「新注和歌文学叢書6 出羽弁集新注」青簡舎 2010 p109
　「和歌文学注釈叢書1 元良親王集全注釈」新典社 2006 p245
解説（久保木哲夫、花上和広）
　「私家集注釈叢刊8 康資王母集注釈」貴重本刊行会 1997 p213
解説（久保木寿子）
　「新注和歌文学叢書9 四条宮主殿集 新注」青簡舎 2011 p215
解説（笹川博司）
　「私家集全釈叢書32 惟成弁集全釈」風間書房 2003 p1

解説（高橋正治）
　「私家集注釈叢刊4 兼盛集注釈」貴重本刊行会 1993 p479
解説（滝澤貞夫）
　「私家集全釈叢書5 基俊集全釈」風間書房 1988 p1
解説（竹鼻績）
　「私家集注釈叢刊1 小大君集注釈」貴重本刊行会 1989 p233
　「私家集注釈叢刊5 実方集注釈」貴重本刊行会 1993 p481
　「私家集注釈叢刊10 馬内侍集注釈」貴重本刊行会 1998 p281
解説（徳植俊之）
　「私家集注釈叢刊11 道信集注釈」貴重本刊行会 2001 p223
解説（中川博夫）
　「私家集注釈叢刊17 大弐高遠集注釈」貴重本刊行会 2010 p433
解説（中村文）
　「新注和歌文学叢書21 頼政集 新注 下」青簡舎 2016 p191
解説（林マリヤ）
　「私家集全釈叢書26 匡衡集全釈」風間書房 2000 p1
解説（樋口芳麻呂）
　「私家集全釈叢書29 隆信集全釈」風間書房 2001 p1
解説（平野由紀子）
　「私家集全釈叢書36 千里集全釈」風間書房 2007 p1
　「私家集全釈叢書38 御堂関白集全釈」風間書房 2012 p1
　「私家集注釈叢刊13 信明集注釈」貴重本刊行会 2003 p197
解説（増田繁夫）
　「私家集注釈叢刊7 能宣集注釈」貴重本刊行会 1995 p529
解説（目加田さくを）
　「私家集全釈叢書21 橘為仲朝臣集全釈」風間書房 1998 p1
解説（森本元子）
　「私家集全釈叢書6 定頼集全釈」風間書房 1989 p1
　「私家集全釈叢書13 殷富門院大輔集全釈」風間書房 1993 p1
〔解説〕朝忠集（新藤協三）
　「和歌文学大系52 三十六歌仙集（二）」明治書院 2012 p367
〔解説〕馬内侍集（高橋由記）
　「和歌文学大系54 中古歌仙集（一）」明治書院 2004 p328
〔解説〕兼盛集（徳原茂実）
　「和歌文学大系52 三十六歌仙集（二）」明治書院 2012 p433
〔解説〕賀茂保憲女集（武田早苗）
　「和歌文学大系20 賀茂保憲女集・赤染衛門集・清

少納言集・紫式部集・藤三位集」明治書院 2000 p259
〔解説〕極楽願往生和歌(岡﨑真紀子)
「新注和歌文学叢書22 発心和歌集 極楽願往生和歌 新注」青簡舎 2017 p215
〔解説〕小大君集(徳原茂実)
「和歌文学大系52 三十六歌仙集(二)」明治書院 2012 p461
解説〔小馬命婦集〕(藤本一恵)
「私家集全釈叢書24 深養父集・小馬命婦集全釈」風間書房 1999 p169
〔解説〕斎宮女御集(吉野瑞恵)
「和歌文学大系52 三十六歌仙集(二)」明治書院 2012 p402
〔解説〕猿丸集(鈴木宏子)
「和歌文学大系18 小町集・遍昭集・業平集・素性集・伊勢集・猿丸集」明治書院 1998 p303
〔解説〕重之集(徳原茂実)
「和歌文学大系52 三十六歌仙集(二)」明治書院 2012 p448
〔解説〕重之集(目加田さくを)
「私家集全釈叢書4 源重之集・子の僧の集・重之女集全釈」風間書房 1988 p13
〔解説〕重之の子の僧の集(目加田さくを)
「私家集全釈叢書4 源重之集・子の僧の集・重之女集全釈」風間書房 1988 p25
〔解説〕順集(西山秀人)
「和歌文学大系52 三十六歌仙集(二)」明治書院 2012 p384
〔解説〕素性集(室城秀之)
「和歌文学大系18 小町集・遍昭集・業平集・素性集・伊勢集・猿丸集」明治書院 1998 p260
〔解説〕帥中納言俊忠集(久保田淳)
「和歌文学大系22 長秋詠藻・俊忠集」明治書院 1998 p234
〔解説〕曾禰好忠集(松本真奈美)
「和歌文学大系54 中古歌仙集(一)」明治書院 2004 p307
〔解説〕藤三位集(中周子)
「和歌文学大系20 賀茂保憲女集・赤染衛門集・清少納言集・紫式部集・藤三位集」明治書院 2000 p319
〔解説〕友則集(菊地靖彦)
「和歌文学大系19 貫之集・躬恒集・友則集・忠岑集」明治書院 1997 p388
解説〔深養父集〕(木村初恵)
「私家集全釈叢書24 深養父集・小馬命婦集全釈」風間書房 1999 p3
〔解説〕遍昭集(室城秀之)
「和歌文学大系18 小町集・遍昭集・業平集・素性集・伊勢集・猿丸集」明治書院 1998 p214
〔解説〕源重之(目加田さくを)
「私家集全釈叢書4 源重之集・子の僧の集・重之女集全釈」風間書房 1988 p3
〔解説〕源重之女集(目加田さくを)
「私家集全釈叢書4 源重之集・子の僧の集・重之女集全釈」風間書房 1988 p35

解説 源道済集について(桑原博史)
「私家集全釈叢書2 源道済集全釈」風間書房 1987 p1
解題(伊井春樹)
「私家集全釈叢書17 成尋阿闍梨母集全釈」風間書房 1996 p1
〔解説〕顕輔集(川上新一郎)
「新編国歌大観3」角川書店 1985 p908
〔解題〕顕綱集(青木賢豪)
「新編国歌大観3」角川書店 1985 p901
〔解説〕朝忠集(平野由紀子)
「新編国歌大観3」角川書店 1985 p859
〔解題〕朝光集(増田繁夫)
「新編国歌大観3」角川書店 1985 p881
〔解説〕敦忠集(島田良二)
「新編国歌大観3」角川書店 1985 p856
〔解題〕海人手古良集(師氏)(山口博)
「新編国歌大観3」角川書店 1985 p872
〔解説〕有房集(石川泰水)
「新編国歌大観7」角川書店 1989 p798
〔解題〕有房集(西澤美仁, 石川泰水)
「新編国歌大観4」角川書店 1986 p683
〔解説〕在良集(福井迪子)
「新編国歌大観3」角川書店 1985 p903
〔解題〕粟田口別当入道集(惟方)(西澤美仁)
「新編国歌大観7」角川書店 1989 p800
〔解題〕安法法師集(犬養廉)
「新編国歌大観3」角川書店 1985 p871
〔解題〕家経集(千葉義孝)
「新編国歌大観7」角川書店 1989 p791
〔解題〕郁芳門院安芸集(赤羽淑)
「新編国歌大観7」角川書店 1989 p796
〔解題〕唯心房集(寂然)(大坪利絹)
「新編国歌大観3」角川書店 1985 p915
〔解題〕唯心房集(寂然)(松野陽一)
「新編国歌大観7」角川書店 1989 p801
〔解題〕伊勢大輔集(上野理)
「新編国歌大観3」角川書店 1985 p894
〔解題〕伊勢大輔集(後藤祥子)
「新編国歌大観7」角川書店 1989 p791
〔解題〕一条摂政御集(伊尹)(片桐洋一)
「新編国歌大観3」角川書店 1985 p873
〔解題〕出羽弁集(斎藤熙子)
「新編国歌大観3」角川書店 1985 p897
〔解題〕殷富門院大輔集(井上宗雄, 中村文)
「新編国歌大観7」角川書店 1989 p803
〔解題〕殷富門院大輔集(楠橋開)
「新編国歌大観3」角川書店 1985 p915
〔解題〕馬内侍集(福井迪子)
「新編国歌大観3」角川書店 1985 p880
〔解題〕恵慶法師集(熊本守雄)
「新編国歌大観3」角川書店 1985 p876
〔解題〕延喜御集(醍醐天皇)(片桐洋一)
「新編国歌大観7」角川書店 1989 p778

〔解題〕円融院御集（鬼塚厚子）
「新編国歌大観7」角川書店 1989 p784

〔解題〕興風集（蔵中スミ）
「新編国歌大観3」角川書店 1985 p852

〔解題〕覚綱集（杉山重行）
「新編国歌大観7」角川書店 1989 p798

〔解題〕桂大納言入道殿御集（光頼）（西澤美仁）
「新編国歌大観7」角川書店 1989 p797

〔解題〕兼輔集（工藤重矩）
「新編国歌大観3」角川書店 1985 p854

〔解題〕兼澄集（小町谷照彦）
「新編国歌大観3」角川書店 1985 p877

〔解題〕兼盛集（小町谷照彦）
「新編国歌大観3」角川書店 1985 p864

〔解題〕賀茂保憲女集（稲賀敬二）
「新編国歌大観3」角川書店 1985 p878

〔解題〕寛平御集（宇多天皇）（片桐洋一）
「新編国歌大観7」角川書店 1989 p778

〔解題〕行尊大僧正集（近藤潤一）
「新編国歌大観3」角川書店 1985 p906

〔解題〕清輔集（福崎春雄）
「新編国歌大観3」角川書店 1985 p910

〔解題〕清正集（杉谷寿郎）
「新編国歌大観3」角川書店 1985 p857

〔解題〕公忠集（高橋正治）
「新編国歌大観3」角川書店 1985 p857

〔解題〕公衡集（久保田淳, 渡部泰明）
「新編国歌大観7」角川書店 1989 p802

〔解題〕九条右大臣集（師輔）（杉谷寿郎）
「新編国歌大観3」角川書店 1985 p870

〔解題〕国基集（上野理）
「新編国歌大観3」角川書店 1985 p901

〔解題〕源賢法眼集（神作光一）
「新編国歌大観3」角川書店 1985 p875

〔解題〕皇太后宮大進集（松野陽一）
「新編国歌大観7」角川書店 1989 p799

〔解題〕小大君集（久保木哲夫）
「新編国歌大観3」角川書店 1985 p866

〔解題〕極楽願往生和歌（石原清志）
「新編国歌大観10」角川書店 1992 p1190

〔解題〕小侍従集（藤平春男）
「新編国歌大観7」角川書店 1989 p803

〔解題〕故侍中左金吾家集（頼実）（千葉義孝）
「新編国歌大観3」角川書店 1985 p892

〔解題〕小馬命婦集（藤本一恵）
「新編国歌大観3」角川書店 1985 p875

〔解題〕惟成弁集（中周子）
「新編国歌大観3」角川書店 1985 p784

〔解題〕是則集（島田良二）
「新編国歌大観3」角川書店 1985 p855

〔解題〕斎宮女御集（片桐洋一, 福嶋昭治）
「新編国歌大観3」角川書店 1985 p862

〔解題〕前斎院摂津集（嘉藤久美子）
「新編国歌大観7」角川書店 1989 p793

〔解題〕定頼集（柏木由夫）
「新編国歌大観7」角川書店 1989 p790

〔解題〕定頼集（森本元子）
「新編国歌大観3」角川書店 1985 p893

〔解題〕信明集（桑原博史）
「新編国歌大観3」角川書店 1985 p859

〔解題〕実家集（石川泰水）
「新編国歌大観7」角川書店 1989 p802

〔解題〕実方集（杉谷寿郎）
「新編国歌大観3」角川書店 1985 p882

〔解題〕実方集（仁尾雅信）
「新編国歌大観7」角川書店 1989 p785

〔解題〕実国集（森本元子）
「新編国歌大観4」角川書店 1986 p684

〔解題〕猿丸集（小林茂美）
「新編国歌大観3」角川書店 1985 p848

〔解題〕三条右大臣集（定方）（工藤重矩）
「新編国歌大観3」角川書店 1985 p869

〔解題〕重家集（岩松研吉郎, 川村晃生）
「新編国歌大観3」角川書店 1985 p912

〔解題〕重之集（新藤協三）
「新編国歌大観3」角川書店 1985 p865

〔解題〕重之子僧集（久保木哲夫）
「新編国歌大観7」角川書店 1989 p786

〔解題〕重之女集（久保木哲夫）
「新編国歌大観7」角川書店 1989 p786

〔解題〕四条宮主殿集（今西祐一郎）
「新編国歌大観7」角川書店 1989 p790

〔解題〕四条宮下野集（清水彰）
「新編国歌大観3」角川書店 1985 p897

〔解題〕順集（神作光一）
「新編国歌大観3」角川書店 1985 p861

〔解題〕寂然法師集（松野陽一）
「新編国歌大観7」角川書店 1989 p802

〔解題〕出観集（覚性法親王）（黒川昌享）
「新編国歌大観7」角川書店 1989 p796

〔解題〕成尋阿闍梨母集（青木賢豪）
「新編国歌大観3」角川書店 1985 p898

〔解題〕周防内侍集（稲賀敬二）
「新編国歌大観3」角川書店 1985 p903

〔解題〕資賢集（柳澤良一）
「新編国歌大観4」角川書店 1986 p686

〔解題〕輔尹集（平野由紀子）
「新編国歌大観7」角川書店 1989 p784

〔解題〕輔親集（増田繁夫）
「新編国歌大観3」角川書店 1985 p890

〔解題〕相如集（山口博）
「新編国歌大観3」角川書店 1985 p882

〔解題〕朱雀院御集（工藤重矩）
「新編国歌大観7」角川書店 1989 p780

〔解題〕清慎公集(実頼)(片桐洋一)
「新編国歌大観3」角川書店 1985 p872
〔解題〕禅林瘀葉集(資隆)(杉山重行)
「新編国歌大観7」角川書店 1989 p798
〔解題〕増基法師集(増淵勝一)
「新編国歌大観3」角川書店 1985 p871
〔解題〕素性集(蔵中スミ)
「新編国歌大観3」角川書店 1985 p851
〔解題〕待賢門院堀河集(坂本真理子)
「新編国歌大観3」角川書店 1985 p908
〔解題〕大弐高遠集(有吉保)
「新編国歌大観3」角川書店 1985 p885
〔解題〕大弐三位集(増田繁夫)
「新編国歌大観3」角川書店 1985 p899
〔解題〕高光集(芦田耕一)
「新編国歌大観3」角川書店 1985 p865
〔解題〕忠度集(上條彰次)
「新編国歌大観3」角川書店 1985 p914
〔解題〕忠見集(杉谷寿郎)
「新編国歌大観3」角川書店 1985 p858
〔解題〕田多民治集(忠通)(福崎春雄)
「新編国歌大観3」角川書店 1985 p909
〔解題〕忠盛集(有吉保)
「新編国歌大観3」角川書店 1985 p907
〔解題〕為忠集(大岡賢典)
「新編国歌大観7」角川書店 1989 p794
〔解題〕為仲集(久保木哲夫)
「新編国歌大観3」角川書店 1985 p899
〔解題〕為信集(増田繁夫)
「新編国歌大観7」角川書店 1989 p782
〔解題〕為頼集(増田繁夫)
「新編国歌大観3」角川書店 1985 p882
〔解題〕千穎集(山口博)
「新編国歌大観3」角川書店 1985 p878
〔解題〕親宗集(井上宗雄,中村文)
「新編国歌大観7」角川書店 1989 p803
〔解題〕親盛集(半田公平)
「新編国歌大観7」角川書店 1989 p803
〔解題〕千里集(木越隆)
「新編国歌大観3」角川書店 1985 p868
〔解題〕中宮上総集(久保田淳,近藤みゆき)
「新編国歌大観7」角川書店 1989 p793
〔解題〕経信集(嘉藤久美子)
「新編国歌大観3」角川書店 1985 p900
〔解題〕経信母集(嘉藤久美子)
「新編国歌大観3」角川書店 1985 p893
〔解題〕経衡集(上野理)
「新編国歌大観7」角川書店 1989 p792
〔解題〕経正集(糸賀きみ江)
「新編国歌大観7」角川書店 1989 p799
〔解題〕経盛集(神作光一,糸賀きみ江)
「新編国歌大観7」角川書店 1989 p799

〔解題〕道命阿闍梨集(三保サト子)
「新編国歌大観7」角川書店 1989 p788
〔解題〕登蓮法師集(坂本真理子)
「新編国歌大観3」角川書店 1985 p913
〔解題〕藤六集(輔相)(阪口和子)
「新編国歌大観3」角川書店 1985 p869
〔解題〕時明集(平田喜信)
「新編国歌大観7」角川書店 1989 p785
〔解題〕俊忠集(森本元子)
「新編国歌大観3」角川書店 1985 p904
〔解題〕敏行集(片桐洋一)
「新編国歌大観3」角川書店 1985 p851
〔解題〕友則集(片桐洋一)
「新編国歌大観3」角川書店 1985 p852
〔解題〕長方集(竹下豊)
「新編国歌大観4」角川書店 1986 p686
〔解題〕中務集(桑原博史)
「新編国歌大観3」角川書店 1985 p859
〔解題〕中務集(杉谷寿郎)
「新編国歌大観7」角川書店 1989 p781
〔解題〕長能集(平田喜信)
「新編国歌大観3」角川書店 1985 p884
〔解題〕仲文集(平野由紀子)
「新編国歌大観3」角川書店 1985 p860
〔解題〕中御門大納言殿集(松野陽一)
「新編国歌大観7」角川書店 1989 p801
〔解題〕奈良帝御集(片桐洋一)
「新編国歌大観7」角川書店 1989 p777
〔解題〕成仲集(久保田淳)
「新編国歌大観7」角川書店 1989 p800
〔解題〕成通集(神作光一)
「新編国歌大観3」角川書店 1985 p908
〔解題〕西宮左大臣集(高明)(村瀬敏夫)
「新編国歌大観3」角川書店 1985 p875
〔解題〕二条太皇太后宮大弐集(久保田淳,近藤みゆき)
「新編国歌大観7」角川書店 1989 p794
〔解題〕入道右大臣集(頼宗)(樋口芳麻呂)
「新編国歌大観3」角川書店 1985 p895
〔解題〕仁和御集(光孝天皇)(橋本不美男)
「新編国歌大観3」角川書店 1985 p867
〔解題〕惟規集(福井迪子)
「新編国歌大観7」角川書店 1989 p787
〔解題〕教長集(岡野弘彦,鈴木淳)
「新編国歌大観3」角川書店 1985 p913
〔解題〕範永集(犬養廉)
「新編国歌大観3」角川書店 1985 p895
〔解題〕広言集(松村雄二)
「新編国歌大観4」角川書店 1986 p685
〔解題〕深養父集(橋本不美男)
「新編国歌大観3」角川書店 1985 p868
〔解題〕風情集(公重)(上條彰次)
「新編国歌大観7」角川書店 1989 p797

〔解題〕遍昭集（片桐洋一，片岡利博）
「新編国歌大観3」角川書店 1985 p850
〔解題〕弁乳母集（斎藤熙子）
「新編国歌大観3」角川書店 1985 p898
〔解題〕雅兼集（上野理）
「新編国歌大観3」角川書店 1985 p907
〔解題〕匡衡集（小町谷照彦）
「新編国歌大観7」角川書店 1989 p787
〔解題〕御形宣旨集（中周子）
「新編国歌大観7」角川書店 1989 p783
〔解題〕道済集（竹下豊）
「新編国歌大観7」角川書店 1989 p788
〔解題〕道成集（杉谷寿郎）
「新編国歌大観7」角川書店 1989 p789
〔解題〕道信集（久保木哲夫）
「新編国歌大観3」角川書店 1985 p880
〔解題〕御堂関白集（道長）（増田繁夫）
「新編国歌大観3」角川書店 1985 p888
〔解題〕宗于集（島田良二）
「新編国歌大観3」角川書店 1985 p855
〔解題〕村上天皇御集（橋本ゆり）
「新編国歌大観7」角川書店 1989 p781
〔解題〕元真集（神作光一）
「新編国歌大観3」角川書店 1985 p861
〔解題〕基俊集（橋本不美男）
「新編国歌大観7」角川書店 1989 p795
〔解題〕基俊集（森本元子）
「新編国歌大観3」角川書店 1985 p906
〔解題〕元良親王集（高橋正治）
「新編国歌大観3」角川書店 1985 p869
〔解題〕師光集（森本元子）
「新編国歌大観4」角川書店 1986 p684
〔解題〕康資王母集（保坂都）
「新編国歌大観3」角川書店 1985 p902
〔解題〕山田法師集（工藤重矩）
「新編国歌大観7」角川書店 1989 p780
〔解題〕祐子内親王家紀伊集（後藤祥子）
「新編国歌大観3」角川書店 1985 p903
〔解題〕行宗集（上條彰次）
「新編国歌大観7」角川書店 1989 p795
〔解題〕義孝集（今井源衛）
「新編国歌大観3」角川書店 1985 p874
〔解題〕好忠集（島田良二）
「新編国歌大観3」角川書店 1985 p877
〔解題〕嘉言集（藤本一惠，神山重彦）
「新編国歌大観3」角川書店 1985 p884
〔解題〕能宣集（新藤協三）
「新編国歌大観7」角川書店 1989 p783
〔解題〕能宣集（村瀬敏夫）
「新編国歌大観3」角川書店 1985 p865
〔解題〕頼輔集（辻勝美）
「新編国歌大観7」角川書店 1989 p800

〔解題〕頼政集（大取一馬）
「新編国歌大観3」角川書店 1985 p912
〔解題〕頼基集（杉谷寿郎）
「新編国歌大観3」角川書店 1985 p858
〔解題〕林下集（実定）（岩松研吉郎，川村晃生）
「新編国歌大観3」角川書店 1985 p914
〔解題〕林葉和歌集（俊恵）（上條彰次）
「新編国歌大観3」角川書店 1985 p910
〔解題〕冷泉院御集（福井迪子）
「新編国歌大観7」角川書店 1989 p786
〔解題〕六条院宣旨集（赤羽淑）
「新編国歌大観7」角川書店 1989 p796
〔解題〕六条修理大夫集（顕季）（川上新一郎）
「新編国歌大観3」角川書店 1985 p904
刊行に当たって（編集委員会）
「私家集注釈叢刊11 道信集注釈」貴重本刊行会 2001 p313
公忠集の諸本（河井謙治）
「私家集全釈叢書35 公忠集全釈」風間書房 2006 p10
公忠の勅撰集入集歌と公忠集の注釈史（藤田洋治）
「私家集全釈叢書35 公忠集全釈」風間書房 2006 p47
『九条右丞相集』の伝本と『九条殿集』（片桐洋一）
「私家集全釈叢書31 小野宮殿実頼集・九条殿師輔集全釈」風間書房 2002 p26
研究史について（森本元子）
「私家集全釈叢書13 殷富門院大輔集全釈」風間書房 1993 p303
研究文献について（森本元子）
「私家集全釈叢書6 定頼集全釈」風間書房 1989 p401
後記（目加田さくを）
「私家集全釈叢書21 橘為仲朝臣集全釈」風間書房 1998 p321
四条宮下野集について（安田徳子，平野美樹）
「私家集全釈叢書25 四条宮下野集全釈」風間書房 2000 p3
主要人物略伝
「私家集全釈叢書38 御堂関白集全釈」風間書房 2012 p187
序（今井源衛）
「私家集全釈叢書10 源兼澄集全釈」風間書房 1991 p1
序―『私家集全釈叢書』刊行に寄せて―（関根慶子，阿部俊子）
「私家集全釈叢書1 赤染衛門集全釈」風間書房 1986 p1
緒言（片桐洋一）
「新注和歌文学叢書4 海人手子良集 本院侍従集 義孝集 新注」青簡舎 2010 p iii
受領家司歌人藤原範永（加藤静子）
「新注和歌文学叢書19 範永集 新注」青簡舎 2016 p292

『清慎公集』と『小野宮殿集』(片桐洋一)
「私家集全釈叢書31 小野宮殿実頼集・九条殿師輔集全釈」風間書房 2002 p5

『為頼集』の構造とその歌風(田坂憲二)
「私家集全釈叢書14 為頼集全釈」風間書房 1994 p3

『為頼集』の伝本(曽根誠一)
「私家集全釈叢書14 為頼集全釈」風間書房 1994 p32

〔千穎集〕伝本について(西山秀人)
「私家集全釈叢書19 千穎集全釈」風間書房 1997 p3

〔千穎集〕内容と特色(金子英世)
「私家集全釈叢書19 千穎集全釈」風間書房 1997 p20

『千穎集』の位置—初期定数歌との関係性を中心に—(金子英世)
「私家集全釈叢書19 千穎集全釈」風間書房 1997 p29

経衡集解読(吉田茂)
「私家集全釈叢書30 経衡集全釈」風間書房 2002 p3

登場人物解説(藤川晶子)
「私家集全釈叢書22 藤原仲文集全釈」風間書房 1998 p159

具平親王と為頼(森田兼吉)
「私家集全釈叢書14 為頼集全釈」風間書房 1994 p80

範永集の伝本(久保木哲夫)
「新注和歌文学叢書19 範永集 新注」青簡舎 2016 p279

藤原為頼小伝(川村裕子)
「私家集全釈叢書14 為頼集全釈」風間書房 1994 p54

源兼澄の伝記と詠歌活動(福井迪子)
「私家集全釈叢書10 源兼澄全釈」風間書房 1991 p19

『源兼澄集』の伝本と本文(田坂憲二)
「私家集全釈叢書10 源兼澄全釈」風間書房 1991 p1

源公忠伝(新藤協三)
「私家集全釈叢書35 公忠集全釈」風間書房 2006 p5

源重之女・源重之子僧 詠草とその人生(渦巻恵, 武田早苗)
「新注和歌文学叢書17 重之女集 重之子僧集 新注」青簡舎 2015 p201

『義孝集』解説(岸本理恵)
「新注和歌文学叢書4 海人手子良集 本院侍従集 義孝集 新注」青簡舎 2010 p363

【年表】
『海人手子良集』関連年表
「新注和歌文学叢書4 海人手子良集 本院侍従集 義孝集 新注」青簡舎 2010 p340

出羽弁関係年表
「新注和歌文学叢書6 出羽弁集新注」青簡舎 2010 p183

殷富門院大輔年譜
「私家集全釈叢書13 殷富門院大輔集全釈」風間書房 1993 p305

大江匡衡略年譜
「私家集全釈叢書26 匡衡集全釈」風間書房 2000 p187

『小野宮殿集』『九条殿集』関係年表(髙木輝代, 金石哲)
「私家集全釈叢書31 小野宮殿実頼集・九条殿師輔集全釈」風間書房 2002 p338

惟成年譜
「私家集全釈叢書32 惟成弁集全釈」風間書房 2003 p209

重之一門年表(目加田さくを)
「私家集全釈叢書4 源重之集・子の僧の集・重之女集全釈」風間書房 1988 p5

『成尋阿闍梨母集』関係年表
「私家集全釈叢書17 成尋阿闍梨母集全釈」風間書房 1996 p403

平兼盛年譜
「私家集注釈叢刊4 兼盛集注釈」貴重本刊行会 1993 p522

橘為仲年表
「私家集全釈叢書21 橘為仲朝臣集全釈」風間書房 1998 p23

同時代の人々
「私家集注釈叢刊4 兼盛集注釈」貴重本刊行会 1993 p524

範永関係年表(加藤静子, 熊田洋子)
「新注和歌文学叢書19 範永集 新注」青簡舎 2016 p336

藤原兼通年表
「新注和歌文学叢書4 海人手子良集 本院侍従集 義孝集 新注」青簡舎 2010 p360

藤原経衡 略年譜
「私家集全釈叢書30 経衡集全釈」風間書房 2002 p309

藤原道信略年譜
「私家集注釈叢刊11 道信集注釈」貴重本刊行会 2001 p294

源公忠略年譜(河井謙治)
「私家集全釈叢書35 公忠集全釈」風間書房 2006 p217

基俊年譜
「私家集全釈叢書5 基俊集全釈」風間書房 1988 p311

『義孝集』関連年表
「新注和歌文学叢書4 海人手子良集 本院侍従集 義孝集 新注」青簡舎 2010 p376

略年譜
「私家集全釈叢書6 定頼集全釈」風間書房 1989 p403
「私家集全釈叢書15 遍昭集全釈」風間書房 1994 p401

【資料】
　出羽弁集関係系図
　　「新注和歌文学叢書6 出羽弁集新注」青簡舎
　　　2010 p142
　出羽弁和歌関係資料
　　「新注和歌文学叢書6 出羽弁集新注」青簡舎
　　　2010 p144
　引用歌初句索引
　　「私家集全釈叢書38 御堂関白集全釈」風間書房
　　　2012 p196
　引用和歌索引
　　「私家集全釈叢書35 公忠集全釈」風間書房 2006
　　　p237
　　「私家集全釈叢書36 千里集全釈」風間書房 2007
　　　p277
　歌索引
　　「私家集全釈叢書25 四条宮下野集全釈」風間書房 2000 p279
　会記一覧
　　「新注和歌文学叢書21 頼政集 新注 下」青簡舎
　　　2016 p279
　各句索引
　　「新注和歌文学叢書15 賀茂保憲女集 新注」青簡舎 2015 p355
　各句索引（山田洋嗣）
　　「私家集全釈叢書14 為頼集全釈」風間書房 1994
　　　p294
　歌題索引
　　「私家集全釈叢書6 定頼集全釈」風間書房 1989
　　　p425
　　「私家集全釈叢書30 経衡集全釈」風間書房 2002
　　　p331
　歌題索引（辛島正雄）
　　「私家集全釈叢書10 源兼澄集全釈」風間書房
　　　1991 p296
　関係系図
　　「私家集全釈叢書6 定頼集全釈」風間書房 1989
　　　p408
　　「私家集全釈叢書17 成尋阿闍梨母集全釈」風間書房 1996 p411
　　「私家集全釈叢書32 惟成弁集全釈」風間書房
　　　2003 p215
　　「私家集全釈叢書35 公忠集全釈」風間書房 2006
　　　p225
　　「新注和歌文学叢書4 海人手子良集 本院侍従集 義孝集 新注」青簡舎 2010 p386
　関係系図〔小馬命婦集〕
　　「私家集全釈叢書24 深養父集・小馬命婦集全釈」風間書房 1999 p317
　関係系図〔深養父集〕
　　「私家集全釈叢書24 深養父集・小馬命婦集全釈」風間書房 1999 p162
　関係図 内麻呂流
　　「私家集全釈叢書30 経衡集全釈」風間書房 2002
　　　p311
　句題索引
　　「私家集全釈叢書36 千里集全釈」風間書房 2007
　　　p275
　系図
　　「私家集全釈叢書26 匡衡集全釈」風間書房 2000
　　　p185
　語彙索引
　　「私家集全釈叢書38 御堂関白集全釈」風間書房
　　　2012 p200
　項目索引
　　「私家集全釈叢書36 千里集全釈」風間書房 2007
　　　p284
　語句索引
　　「私家集全釈叢書15 遍昭集全釈」風間書房 1994
　　　p426
　語句・事項索引
　　「私家集注釈叢刊13 信明集注釈」貴重本刊行会
　　　2003 p257
　語釈索引
　　「私家集全釈叢書6 定頼集全釈」風間書房 1989
　　　p426
　詞書人物索引
　　「私家集全釈叢書38 御堂関白集全釈」風間書房
　　　2012 p195
　小馬命婦集各句索引
　　「私家集全釈叢書24 深養父集・小馬命婦集全釈」風間書房 1999 p326
　索引
　　「新注和歌文学叢書9 四条宮主殿集 新注」青簡舎
　　　2011 p251
　参考資料
　　「私家集全釈叢書17 成尋阿闍梨母集全釈」風間書房 1996 p408
　参考文献
　　「私家集全釈叢書2 源道済集全釈」風間書房
　　　1987 p240
　　「私家集全釈叢書25 四条宮下野集全釈」風間書房 2000 p273
　　「私家集全釈叢書29 隆信集全釈」風間書房 2001
　　　p21
　　「私家集全釈叢書30 経衡集全釈」風間書房 2002
　　　p67
　　「私家集全釈叢書32 惟成弁集全釈」風間書房
　　　2003 p217
　　「私家集全釈叢書36 千里集全釈」風間書房 2007
　　　p29
　　「新注和歌文学叢書6 出羽弁集新注」青簡舎
　　　2010 p140
　　「新注和歌文学叢書9 四条宮主殿集 新注」青簡舎
　　　2011 p247
　　「新注和歌文学叢書15 賀茂保憲女集 新注」青簡舎 2015 p354
　　「新注和歌文学叢書17 重之女集 重之子僧集 新注」青簡舎 2015 p248
　参考文献（加藤静子, 熊田洋子）
　　「新注和歌文学叢書19 範永集 新注」青簡舎 2016
　　　p331
　〔参考文献〕海人手子良集
　　「新注和歌文学叢書4 海人手子良集 本院侍従集 義孝集 新注」青簡舎 2010 p377

参考文献一覧（泉紀子，三木麻子）
　「私家集全釈叢書31　小野宮殿実頼集・九条殿師輔集全釈」風間書房 2002 p346
参考文献一覧（小倉嘉夫，金石哲）
　「和歌文学注釈叢書1　元良親王集全注釈」新典社 2006 p275
参考文献一覧（金任淑）
　「私家集全釈叢書22　藤原仲文集全釈」風間書房 1998 p176
参考文献一覧（中島あや子）
　「私家集全釈叢書10　源兼澄集全釈」風間書房 1991 p55
参考文献〔小馬命婦集〕
　「私家集全釈叢書24　深養父集・小馬命婦集全釈」風間書房 1999 p315
参考文献〔深養父集〕
　「私家集全釈叢書24　深養父集・小馬命婦集全釈」風間書房 1999 p160
〔参考文献〕義孝集
　「新注和歌文学叢書4　海人手子良集　本院侍従集　義孝集　新注」青簡舎 2010 p381
四句索引
　「私家集全釈叢書26　匡衡集全釈」風間書房 2000 p198
『重之子僧集』歌番号対照表（渦巻恵，武田早苗）
　「新注和歌文学叢書17　重之女集　重之子僧集　新注」青簡舎 2015 p247
『重之女集』校異一覧表（渦巻恵，武田早苗）
　「新注和歌文学叢書17　重之女集　重之子僧集　新注」青簡舎 2015 p242
寿永本隆信集・元久本隆信集歌対照表
　「私家集全釈叢書29　隆信集全釈」風間書房 p26
主要語彙索引
　「私家集全釈叢書32　惟成弁集全釈」風間書房 2003 p219
　「私家集注釈叢刊7　能宣集注釈」貴重本刊行会 1995 p553
主要語句索引
　「私家集注釈叢刊17　大弐高遠集注釈」貴重本刊行会 2010 p527
主要語句・事項索引
　「私家集注釈叢刊10　馬内侍集注釈」貴重本刊行会 1998 p339
　「私家集注釈叢刊11　道信集注釈」貴重本刊行会 2001 p303
主要参考文献
　「新注和歌文学叢書1　清輔集新注」青簡舎 2008 p395
主要参考文献（河井謙治，藤田洋治）
　「私家集全釈叢書35　公忠集全釈」風間書房 2006 p227
初句索引
　「私家集全釈叢書4　源重之集・子の僧の集・重之女集群」風間書房 1988 p403
　「私家集全釈叢書26　匡衡集全釈」風間書房 2000 p196
　「私家集全釈叢書29　隆信集全釈」風間書房 2001 p513
　「私家集全釈叢書38　御堂関白集全釈」風間書房 2012 p193
　「新注和歌文学叢書1　清輔集新注」青簡舎 2008 p397
　「新注和歌文学叢書17　重之女集　重之子僧集　新注」青簡舎 2015 p251
　「和歌文学大系18　小町集・遍昭集・業平集・素性集・伊勢集・猿丸集」明治書院 1998 p344
　「和歌文学大系19　貫之集・躬恒集・友則集・忠岑集」明治書院 1997 p417
　「和歌文学大系20　賀茂保憲女集・赤染衛門集・清少納言集・紫式部集・藤三位集」明治書院 2000 p380
　「和歌文学大系52　三十六歌仙集（二）」明治書院 2012 p489
初句索引（武谷恵美子）
　「私家集全釈叢書10　源兼澄集全釈」風間書房 1991 p299
初句索引（中嶋眞理子）
　「私家集全釈叢書21　橘為仲朝臣集全釈」風間書房 1998 p313
初句索引〔曾禰好忠集・傅大納言母上集・馬内侍集・大納言公任集〕（髙橋由記）
　「和歌文学大系54　中古歌仙集（一）」明治書院 2004 p389
植物索引（中嶋眞理子）
　「私家集全釈叢書21　橘為仲朝臣集全釈」風間書房 1998 p320
諸氏系図
　「私家集全釈叢書21　橘為仲朝臣集全釈」風間書房 1998 p86
初二句索引
　「私家集全釈叢書15　遍昭集全釈」風間書房 1994 p422
諸本対照
　「私家集注釈叢刊7　能宣集注釈」貴重本刊行会 1995 p549
　「私家集注釈叢刊11　道信集注釈」貴重本刊行会 2001 p296
諸本配列一覧表（『小野宮殿集』『九条殿集』）（中葉芳子，三木麻子）
　「私家集全釈叢書31　小野宮殿実頼集・九条殿師輔集全釈」風間書房 2002 p321
書名索引
　「私家集全釈叢書25　四条宮下野集全釈」風間書房 2000 p290
自立語索引（辛島正雄）
　「私家集全釈叢書10　源兼澄集全釈」風間書房 1991 p272
人物索引
　「私家集注釈叢刊2　伊勢大輔集注釈」貴重本刊行会 1992 p248
　「私家集注釈叢刊8　康資王母集注釈」貴重本刊行会 1997 p238

人物索引（加藤静子，熊田洋子）
　「新注和歌文学叢書19 範永集 新注」青簡舎 2016 p372
人名一覧
　「新注和歌文学叢書21 頼政集 新注 下」青簡舎 2016 p260
人名索引
　「私家集全釈叢書2 源道済集全釈」風間書房 1987 p263
　「私家集全釈叢書6 定頼集全釈」風間書房 1989 p421
　「私家集全釈叢書13 殷富門院大輔集全釈」風間書房 1993 p317
　「私家集全釈叢書25 四条宮下野集全釈」風間書房 2000 p285
　「私家集全釈叢書30 経衡集全釈」風間書房 2002 p329
　「私家集全釈叢書35 公忠集全釈」風間書房 2006 p248
　「和歌文学大系18 小町集・遍昭集・業平集・素性集・伊勢集・猿丸集」明治書院 1998 p321
　「和歌文学大系19 貫之集・躬恒集・友則集・忠岑集」明治書院 1997 p407
　「和歌文学大系20 賀茂保憲女集・赤染衛門集・清少納言集・紫式部集・藤三位集」明治書院 2000 p341
　「和歌文学大系52 三十六歌仙集（二）」明治書院 2012 p475
人名索引（磯山直子）
　「和歌文学注釈叢書1 元良親王集全注釈」新典社 2006 p277
人名索引（辛島正雄）
　「私家集全釈叢書10 源兼澄集全釈」風間書房 1991 p297
人名索引（中嶋眞理子）
　「私家集全釈叢書21 橘為仲朝臣集全釈」風間書房 1998 p316
人名索引（中葉芳子）
　「私家集全釈叢書22 藤原仲文集全釈」風間書房 1998 p169
人名索引（中葉芳子，磯山直子）
　「私家集全釈叢書31 小野宮殿実頼집・九条殿師輔集全釈」風間書房 2002 p351
人名索引〔曾禰好忠集・傅大納言母上集・馬内侍集・大納言公任集〕（高橋由記）
　「和歌文学大系54 中古歌仙集（一）」明治書院 2004 p353
資経本『恵慶集』歌番号対照表
　「歌合・定数歌全釈叢書11 恵慶百首全釈」風間書房 2008 p325
帥中納言俊忠集 初句索引
　「和歌文学大系22 長秋詠藻・俊忠集」明治書院 1998 p294
帥中納言俊忠集 人名一覧
　「和歌文学大系22 長秋詠藻・俊忠集」明治書院 1998 p266
帥中納言俊忠集 地名一覧
　「和歌文学大系22 長秋詠藻・俊忠集」明治書院

1998 p281
尊卑文脈〔参考資料〕
　「私家集全釈叢書2 源道済集全釈」風間書房 1987 p237
第四句索引
　「私家集全釈叢書15 遍昭集全釈」風間書房 1994 p424
他文献に見える範永関係資料（加藤静子，熊田洋子）
　「新注和歌文学叢書19 範永集 新注」青簡舎 2016 p354
為仲の旅〔地図〕（中嶋眞理子）
　「私家集全釈叢書21 橘為仲朝臣集全釈」風間書房 1998 p305
為頼集勘物翻刻（米谷悦子，宮田京子）
　「私家集全釈叢書14 為頼集全釈」風間書房 1994 p263
為頼集参考文献（福田智子）
　「私家集全釈叢書14 為頼集全釈」風間書房 1994 p259
『為頼集』並びに拾遺歌 詠歌年次索引（黒木香）
　「私家集全釈叢書14 為頼集全釈」風間書房 1994 p264
〔千穎集〕引用歌初句索引（小池博明ほか）
　「私家集全釈叢書19 千穎集全釈」風間書房 1997 p187
千穎集初句索引（小池博明ほか）
　「私家集全釈叢書19 千穎集全釈」風間書房 1997 p185
地図
　「私家集全釈叢書4 源重之集・子の僧の集・重之女集全釈」風間書房 1988 p37
地名索引
　「私家集全釈叢書2 源道済集全釈」風間書房 1987 p264
　「和歌文学大系18 小町集・遍昭集・業平集・素性集・伊勢集・猿丸集」明治書院 1998 p331
　「和歌文学大系19 貫之集・躬恒集・友則集・忠岑集」明治書院 1997 p411
　「和歌文学大系20 賀茂保憲女集・赤染衛門集・清少納言集・紫式部集・藤三位集」明治書院 2000 p363
　「和歌文学大系52 三十六歌仙集（二）」明治書院 2012 p483
地名索引（中嶋眞理子）
　「私家集全釈叢書21 橘為仲朝臣集全釈」風間書房 1998 p318
地名索引〔曾禰好忠集・傅大納言母上集・馬内侍集・大納言公任集〕（高橋由記）
　「和歌文学大系54 中古歌仙集（一）」明治書院 2004 p372
地名寺社名等索引
　「私家集全釈叢書6 定頼集全釈」風間書房 1989 p423
地名・寺社名等索引
　「私家集全釈叢書30 経衡集全釈」風間書房 2002

中古歌仙三十六人傳〔参考資料〕
「私家集全釈叢書2 源道済集全釈」風間書房 1987 p237

天皇家略系図
「新注和歌文学叢書1 清輔集新注」青簡舎 2008 p396

登場人物索引
「新注和歌文学叢書6 出羽弁集新注」青簡舎 2010 p188

範永集関係系図（加藤静子，熊田洋子）
「新注和歌文学叢書19 範永集 新注」青簡舎 2016 p333

深養父集各句索引
「私家集全釈叢書24 深養父集・小馬命婦集全釈」風間書房 1999 p321

藤原隆信関係略系図
「私家集全釈叢書29 隆信集全釈」風間書房 2001 p24

補注 朝忠集（新藤協三）
「和歌文学大系52 三十六歌仙集（二）」明治書院 2012 p330

補注 馬内侍集（高橋由記）
「和歌文学大系54 中古歌仙集（一）」明治書院 2004 p283

補注 賀茂保憲女集（武田早苗）
「和歌文学大系20 賀茂保憲女集・赤染衛門集・清少納言集・紫式部集・藤三位集」明治書院 2000 p248

補注 斎宮女御集（吉野瑞恵）
「和歌文学大系52 三十六歌仙集（二）」明治書院 2012 p356

補注 順集（西山秀人）
「和歌文学大系52 三十六歌仙集（二）」明治書院 2012 p334

補注 曾禰好忠集（松本真奈美）
「和歌文学大系54 中古歌仙集（一）」明治書院 2004 p269

本書に用いた伝本の書誌
「私家集全釈叢書36 千里集全釈」風間書房 2007 p33

道済十體（奥儀抄）〔参考資料〕
「私家集全釈叢書2 源道済集全釈」風間書房 1987 p238

源重之一家の系図（目加田さくを）
「私家集全釈叢書4 源重之集・子の僧の集・重之女集全釈」風間書房 1988 p10

『義孝集』諸本番号対照表
「新注和歌文学叢書4 海人手子良集 本院侍従集 義孝集 新注」青簡舎 2010 p375

義孝没後の説話一覧
「新注和歌文学叢書4 海人手子良集 本院侍従集 義孝集 新注」青簡舎 2010 p317

頼政集諸伝本歌順対照表
「新注和歌文学叢書21 頼政集 新注 下」青簡舎 2016 p295

『頼政集新注』正誤表
「新注和歌文学叢書21 頼政集 新注 下」青簡舎 2016 p338

龍谷大学図書館蔵写字台文庫旧蔵「子馬命婦集」巻頭
「私家集全釈叢書24 深養父集・小馬命婦集全釈」風間書房 1999 p168

六条藤原家略系図
「新注和歌文学叢書1 清輔集新注」青簡舎 2008 p396

和歌各句索引
「新注和歌文学叢書4 海人手子良集 本院侍従集 義孝集 新注」青簡舎 2010 p389

和歌各句索引（小倉嘉夫）
「私家集全釈叢書22 藤原仲文集全釈」風間書房 1998 p171

和歌各句索引（小倉嘉夫，岸本理恵）
「私家集全釈叢書31 小野宮實頼集・九条殿師輔集全釈」風間書房 2002 p354

和歌各句索引（岸本理恵）
「和歌文学注釈叢書1 元良親王集全注釈」新典社 2006 p281

和歌索引
「私家集全釈叢書2 源道済集全釈」風間書房 1987 p243

「私家集全釈叢書5 基俊集全釈」風間書房 1988 p315

「私家集全釈叢書6 定頼集全釈」風間書房 1989 p412

「私家集全釈叢書13 殷富門院大輔集全釈」風間書房 1993 p311

「私家集全釈叢書35 公忠集全釈」風間書房 2006 p235

和歌初句索引
「私家集全釈叢書17 成尋阿闍梨母集全釈」風間書房 1996 p412

「私家集全釈叢書32 惟成弁集全釈」風間書房 2003 p226

「私家集注釈叢刊1 小大君集注釈」貴重本刊行会 1989 p273

「私家集注釈叢刊2 伊勢大輔集注釈」貴重本刊行会 1992 p245

「私家集注釈叢刊4 兼盛集注釈」貴重本刊行会 1993 p526

「私家集注釈叢刊5 実方集注釈」貴重本刊行会 1993 p560

「私家集注釈叢刊7 能宣集注釈」貴重本刊行会 1995 p569

「私家集注釈叢刊8 康資王母集注釈」貴重本刊行会 1997 p235

「私家集注釈叢刊10 馬内侍集注釈」貴重本刊行会 1998 p349

「私家集注釈叢刊11 道信集注釈」貴重本刊行会 2001 p310

「私家集注釈叢刊13 信明集注釈」貴重本刊行会 2003 p263

「私家集注釈叢刊16 恵慶集注釈」貴重本刊行会 2006 p441

「私家集注釈叢刊17 大弐高遠集注釈」貴重本刊行会 2010 p537
「新注和歌文学叢書6 出羽弁集新注」青簡舎 2010 p190
「新注和歌文学叢書21 頼政集 新注 下」青簡舎 2016 p328
「新注和歌文学叢書22 発心和歌集 極楽願往生和歌 新注」青簡舎 2017 p247
和歌初句索引（加藤静子，熊田洋子）
「新注和歌文学叢書19 範永集 新注」青簡舎 2016 p374
和歌初句・四句索引
「私家集全釈叢書36 千里集全釈」風間書房 2007 p271
和歌自立語索引（山田洋嗣）
「私家集全釈叢書14 為頼集全釈」風間書房 1994 p269
和歌全句索引
「私家集全釈叢書30 経衡集全釈」風間書房 2002 p315

和歌（私撰集）

【解説】
あとがき（鈴木徳男）
「新注和歌文学叢書8 続詞花和歌集 新注 下」青簡舎 2011 p433
解説（鈴木徳男）
「新注和歌文学叢書8 続詞花和歌集 新注 下」青簡舎 2011 p333
〔解題〕秋萩集（樋口芳麻呂）
「新編国歌大観6」角川書店 1988 p934
〔解題〕金玉和歌集（小町谷照彦）
「新編国歌大観2」角川書店 1984 p869
〔解題〕玄玄集（久保木哲夫，平野由紀子）
「新編国歌大観2」角川書店 1984 p870
〔解題〕古今和歌六帖（橋本不美男ほか）
「新編国歌大観2」角川書店 1984 p867
〔解題〕後葉和歌集（簗瀬一雄）
「新編国歌大観2」角川書店 1984 p872
〔解題〕後六々撰（井上宗雄，山田洋嗣）
「新編国歌大観5」角川書店 1987 p1483
〔解題〕今撰和歌集（国枝利久）
「新編国歌大観2」角川書店 1984 p874
〔解題〕三十人撰（樋口芳麻呂）
「新編国歌大観5」角川書店 1987 p1482
〔解題〕拾遺抄（片桐洋一）
「新編国歌大観1」角川書店 1983 p804
〔解題〕続詞花和歌集（久保田淳ほか）
「新編国歌大観2」角川書店 1984 p873
〔解題〕新撰万葉集（木越隆）
「新編国歌大観2」角川書店 1984 p866
〔解題〕新撰和歌（迫徹朗）
「新編国歌大観2」角川書店 1984 p866
〔解題〕中古六歌仙（橋本不美男ほか）
「新編国歌大観5」角川書店 1987 p1483
〔解題〕継色紙集（久保木哲夫）
「新編国歌大観6」角川書店 1988 p935
〔解題〕月詣和歌集（杉山重行）
「新編国歌大観2」角川書店 1984 p875
〔解題〕如意宝集（古筆断簡）（久保木哲夫）
「新編国歌大観6」角川書店 1988 p935
〔解題〕麗花集（古筆断簡）（久保木哲夫）
「新編国歌大観6」角川書店 1988 p935

【資料】
参考文献
「新注和歌文学叢書8 続詞花和歌集 新注 下」青簡舎 2011 p365
初句索引
「新注和歌文学叢書8 続詞花和歌集 新注 下」青簡舎 2011 p419
入集作者略伝
「新注和歌文学叢書8 続詞花和歌集 新注 下」青簡舎 2011 p369

和歌（勅撰集）

【解説】
はじめに―勅撰和歌集の歴史（鈴木宏子）
「日本の古典をよむ5 古今和歌集・新古今和歌集」小学館 2008 p3

【資料】
八代集一覧
「日本の古典をよむ5 古今和歌集・新古今和歌集」小学館 2008 p304

金葉和歌集

【解説】
〔解説〕金葉和歌集（錦仁）
「和歌文学大系34 金葉和歌集・詞花和歌集」明治書院 2006 p247
〔解題〕金葉和歌集（岡﨑真紀子）
「連歌大観1」古典ライブラリー 2016 p535
〔解題〕金葉和歌集初度本（橋本不美男）
「新編国歌大観6」角川書店 1988 p933
〔解題〕金葉和歌集（二度本・三奏本）（橋本不美男ほか）
「新編国歌大観1」角川書店 1983 p807
金葉和歌集解題（正宗敦夫）
「覆刻 日本古典全集〔文学編〕〔15〕 金葉和歌集 詞花和歌集」現代思潮社 1982 p1

【資料】
金葉和歌集 校異一覧（錦仁）
「和歌文学大系34 金葉和歌集・詞花和歌集」明治書院 2006 p237
初句索引
「和歌文学大系34 金葉和歌集・詞花和歌集」明治書院 2006 p351
人名一覧（錦仁，柏木由夫）
「和歌文学大系34 金葉和歌集・詞花和歌集」明治

書院 2006 p281
　地名一覧（錦仁，柏木由夫）
　　「和歌文学大系34 金葉和歌集・詞花和歌集」明治書院 2006 p331

古今和歌集

【解説】
　解説（片桐洋一）
　　「笠間文庫 原文＆現代語訳シリーズ〔2〕 古今和歌集」笠間書院 2005 p452
　解説（後藤祥子）
　　「わたしの古典4 尾崎左永子の古今和歌集・新古今和歌集」集英社 1987 p258
　解説 古今集のめざしたもの（奥村恆哉）
　　「新潮日本古典集成 新装版〔19〕 古今和歌集」新潮社 2017 p389
　〔解説〕『古今和歌集』の成立（鈴木宏子）
　　「日本の古典をよむ5 古今和歌集・新古今和歌集」小学館 2008 p294
　〔解説〕『古今和歌集』の配列（鈴木宏子）
　　「日本の古典をよむ5 古今和歌集・新古今和歌集」小学館 2008 p297
　〔解説〕『古今和歌集』の表現（鈴木宏子）
　　「日本の古典をよむ5 古今和歌集・新古今和歌集」小学館 2008 p295
　〔解題〕古今和歌集（藤平春男）
　　「新編国歌大観1」角川書店 1983 p801
　〔解題〕古今和歌集古注釈書引用和歌（片桐洋一，青木賜鶴子）
　　「新編国歌大観10」角川書店 1992 p1198
　古今集の風景 1 竜田川（佐々木和歌子）
　　「日本の古典をよむ5 古今和歌集・新古今和歌集」小学館 2008 p70
　古今集の風景 2 小倉山（佐々木和歌子）
　　「日本の古典をよむ5 古今和歌集・新古今和歌集」小学館 2008 p91
　「古今和歌集」及び「古今集注」解題（與謝野寛ほか）
　　「覆刻 日本古典全集〔文学編〕〔22〕 古今和歌集 附 古今集註」現代思潮社 1982 p1
　古今和歌集 内容紹介（鈴木宏子）
　　「日本の古典をよむ5 古今和歌集・新古今和歌集」小学館 2008 p12
　写本をよむ―元永本 古今和歌集
　　「日本の古典をよむ5 古今和歌集・新古今和歌集」小学館 2008 巻頭
　〔主要歌人紹介〕古今和歌集
　　「わたしの古典4 尾崎左永子の古今和歌集・新古今和歌集」集英社 1987 p255
　書をよむ―女手表現の三百年（石川九楊）
　　「日本の古典をよむ5 古今和歌集・新古今和歌集」小学館 2008 巻頭
　はじめに（片桐洋一）
　　「笠間文庫 原文＆現代語訳シリーズ〔2〕 古今和歌集」笠間書院 2005 p3

　藤原教長著「古今集註」（吉澤義則）
　　「覆刻 日本古典全集〔文学編〕〔22〕 古今和歌集 附 古今集註」現代思潮社 1982 p1
　わたしと『古今和歌集』『新古今和歌集』（尾崎左永子）
　　「わたしの古典4 尾崎左永子の古今和歌集・新古今和歌集」集英社 1987 p1

【資料】
　歌人一覧
　　「日本の古典をよむ5 古今和歌集・新古今和歌集」小学館 2008 p315
　関連地図
　　「日本の古典をよむ5 古今和歌集・新古今和歌集」小学館 2008 p9
　校訂付記
　　「新潮日本古典集成 新装版〔19〕 古今和歌集」新潮社 2017 p412
　作者別索引
　　「新潮日本古典集成 新装版〔19〕 古今和歌集」新潮社 2017 p416
　作者名索引 付 作者解説
　　「笠間文庫 原文＆現代語訳シリーズ〔2〕 古今和歌集」笠間書院 2005 p473
　参考文献
　　「笠間文庫 原文＆現代語訳シリーズ〔2〕 古今和歌集」笠間書院 2005 p467
　初句索引
　　「新潮日本古典集成 新装版〔19〕 古今和歌集」新潮社 2017 p421
　　「わたしの古典4 尾崎左永子の古今和歌集・新古今和歌集」集英社 1987 p267
　　「日本の古典をよむ5 古今和歌集・新古今和歌集」小学館 2008 p318
　和歌各句索引
　　「笠間文庫 原文＆現代語訳シリーズ〔2〕 古今和歌集」笠間書院 2005 p491

後拾遺和歌集

【解説】
　解題（川村晃生）
　　「和泉古典叢書5 後拾遺和歌集」和泉書院 1991 p（3）
　〔解題〕後拾遺和歌集（後藤祥子）
　　「新編国歌大観1」角川書店 1983 p805
　〔解題〕難後拾遺抄（橋本不美男，滝沢貞夫）
　　「新編国歌大観5」角川書店 1987 p1487
　後拾遺和歌集解題（正宗敦夫）
　　「覆刻 日本古典全集〔文学編〕〔25〕 後拾遺和歌集」現代思潮社 1982 p1

【資料】
　詞書人名索引（川村晃生）
　　「和泉古典叢書5 後拾遺和歌集」和泉書院 1991 p443
　作者略伝（川村晃生）
　　「和泉古典叢書5 後拾遺和歌集」和泉書院 1991

補注（川村晃生）
　　　「和泉古典叢書5 後拾遺和歌集」和泉書院 1991
　　　p353
　　和歌初句索引（西端幸雄）
　　　「和泉古典叢書5 後拾遺和歌集」和泉書院 1991
　　　p451

詞花和歌集

【解説】
　〔解説〕詞花和歌集（柏木由夫）
　　「和歌文学大系34 金葉和歌集・詞花和歌集」明治
　　書院 2006 p265
　解題（松野陽一）
　　「和泉古典叢書7 詞花和歌集」和泉書院 1988 p
　　（5）
　〔解題〕詞花和歌集（井上宗雄）
　　「新編国歌大観1」角川書店 1983 p811
　詞花和歌集解題（正宗敦夫）
　　「覆刻 日本古典全集〔文学編〕〔15〕 金葉和歌集
　　詞花和歌集」現代思潮社 1982 p1

【資料】
　歌枕地名一覧（松野陽一）
　　「和泉古典叢書7 詞花和歌集」和泉書院 1988
　　p197
　校訂付記（松野陽一）
　　「和泉古典叢書7 詞花和歌集」和泉書院 1988
　　p121
　詞書人名索引（松野陽一）
　　「和泉古典叢書7 詞花和歌集」和泉書院 1988
　　p222
　作者略伝（松野陽一）
　　「和泉古典叢書7 詞花和歌集」和泉書院 1988
　　p205
　詞花後葉共通歌対照表（松野陽一）
　　「和泉古典叢書7 詞花和歌集」和泉書院 1988
　　p191
　詞花和歌集 校異一覧（柏木由夫）
　　「和歌文学大系34 金葉和歌集・詞花和歌集」明治
　　書院 2006 p238
　主要撰集資料一覧（詞花後葉対照）（松野陽一）
　　「和泉古典叢書7 詞花和歌集」和泉書院 1988
　　p189
　初句索引
　　「和歌文学大系34 金葉和歌集・詞花和歌集」明治
　　書院 2006 p351
　人名一覧（錦仁, 柏木由夫）
　　「和歌文学大系34 金葉和歌集・詞花和歌集」明治
　　書院 2006 p281
　地名一覧（錦仁, 柏木由夫）
　　「和歌文学大系34 金葉和歌集・詞花和歌集」明治
　　書院 2006 p331
　補注（松野陽一）
　　「和泉古典叢書7 詞花和歌集」和泉書院 1988
　　p153
　和歌初句索引（西端幸雄）
　　「和泉古典叢書7 詞花和歌集」和泉書院 1988
　　p226

拾遺和歌集

【解説】
　解説（増田繁夫）
　　「和歌文学大系32 拾遺和歌集」明治書院 2003
　　p263
　〔解題〕拾遺和歌集（片桐洋一）
　　「新編国歌大観1」角川書店 1983 p803
　「拾遺和歌集」及び「藤原公任歌集」解題（與
　　謝野寛ほか）
　　「覆刻 日本古典全集〔文学編〕〔31〕 拾遺和歌集
　　藤原公任歌集」現代思潮社 1982 p1

【資料】
　作者・詞書中人名一覧
　　「和歌文学大系32 拾遺和歌集」明治書院 2003
　　p279
　初句索引
　　「和歌文学大系32 拾遺和歌集」明治書院 2003
　　p310
　地名・寺社名一覧
　　「和歌文学大系32 拾遺和歌集」明治書院 2003
　　p300

和歌（定数歌）

【解説】
　あとがき（家永香織）
　　「歌合・定数歌全釈叢書9 為忠家初度百首全釈」
　　風間書房 2007 p559
　　「歌合・定数歌全釈叢書15 為忠家後度百首全釈」
　　風間書房 2011 p631
　あとがき（曽根誠一）
　　「歌合・定数歌全釈叢書18 順百首全釈」風間書房
　　2013 p351
　あとがき（滝澤貞夫）
　　「歌合・定数歌全釈叢書6 堀河院百首全釈 下」風
　　間書房 2004 p485
　あとがき（田坂憲二）
　　「歌合・定数歌全釈叢書11 恵慶百首全釈」風間書
　　房 2008 p343
　あとがき（福田智子）
　　「歌合・定数歌全釈叢書20 好忠百首全釈」風間書
　　房 2012 p397
　あとがき（山本章博）
　　「歌合・定数歌全釈叢書14 寂然法門百首全釈」風
　　間書房 2010 p241
　解説（家永香織）
　　「歌合・定数歌全釈叢書9 為忠家初度百首全釈」
　　風間書房 2007 p501
　　「歌合・定数歌全釈叢書15 為忠家後度百首全釈」
　　風間書房 2011 p563

阿仏尼　　　　　　　　　　解説・資料　　　　　　　　　　中世

解説（久保田淳ほか）
　「和歌文学大系15 堀河院百首和歌」明治書院 2002 p307
解説（滝澤貞夫）
　「歌合・定数歌全釈叢書6 堀河院百首全釈 下」風間書房 2004 p421
解説（福田智子ほか）
　「歌合・定数歌全釈叢書11 恵慶百首全釈」風間書房 2008 p229
　「歌合・定数歌全釈叢書18 順百首全釈」風間書房 2013 p217
　「歌合・定数歌全釈叢書20 好忠百首全釈」風間書房 2018 p241
解説（山本章博）
　「歌合・定数歌全釈叢書14 寂然法門百首全釈」風間書房 2010 p201
〔解題〕永久百首（橋本不美男、滝澤貞夫）
　「新編国歌大観4」角川書店 1986 p702
〔解題〕久安百首（井上宗雄ほか）
　「新編国歌大観4」角川書店 1986 p704
〔解題〕忠信百首（川平ひとし）
　「新編国歌大観10」角川書店 1992 p1105
〔解題〕為忠家初度百首・為忠家後度百首（井上宗雄、松野陽一）
　「新編国歌大観4」角川書店 1986 p702
〔解題〕登蓮恋百首（上野理、内田徹）
　「新編国歌大観10」角川書店 1992 p1102
〔解題〕法門百首（寂然）（井上宗雄、中村文）
　「新編国歌大観10」角川書店 1992 p1101
〔解題〕堀河百首（橋本不美男、滝澤貞夫）
　「新編国歌大観4」角川書店 1986 p700

【資料】
〈恵慶百首〉各句索引
　「歌合・定数歌全釈叢書11 恵慶百首全釈」風間書房 2008 p334
〈恵慶百首〉〈好忠百首〉〈順百首〉本文対照表
　「歌合・定数歌全釈叢書11 恵慶百首全釈」風間書房 2008 p305
歌語索引
　「歌合・定数歌全釈叢書9 為忠家初度百首全釈」風間書房 2007 p553
　「歌合・定数歌全釈叢書15 為忠家後度百首全釈」風間書房 2011 p623
研究文献一覧
　「歌合・定数歌全釈叢書11 恵慶百首全釈」風間書房 2008 p329
〈順百首〉各句索引
　「歌合・定数歌全釈叢書18 順百首全釈」風間書房 2013 p344
主要参考文献一覧
　「歌合・定数歌全釈叢書18 順百首全釈」風間書房 2013 p336
　「歌合・定数歌全釈叢書20 好忠百首全釈」風間書房 2018 p386
初句索引
　「歌合・定数歌全釈叢書6 堀河院百首全釈 下」風間書房 2004 p461
　「歌合・定数歌全釈叢書9 為忠家初度百首全釈」風間書房 2007 p541
　「歌合・定数歌全釈叢書14 寂然法門百首全釈」風間書房 2010 p235
　「歌合・定数歌全釈叢書15 為忠家後度百首全釈」風間書房 2011 p611
　「和歌文学大系15 堀河院百首和歌」明治書院 2002 p353
初出一覧
　「歌合・定数歌全釈叢書11 恵慶百首全釈」風間書房 2008 p341
書名索引
　「歌合・定数歌全釈叢書14 寂然法門百首全釈」風間書房 2010 p237
題出典一覧
　「歌合・定数歌全釈叢書14 寂然法門百首全釈」風間書房 2010 p223
地名索引
　「歌合・定数歌全釈叢書9 為忠家初度百首全釈」風間書房 2007 p550
　「歌合・定数歌全釈叢書15 為忠家後度百首全釈」風間書房 2011 p620
地名索引（桜田芳子）
　「和歌文学大系15 堀河院百首和歌」明治書院 2002 p339
補注（青木賢豪ほか）
　「和歌文学大系15 堀河院百首和歌」明治書院 2002 p295
〔堀河百首〕異伝歌拾遺
　「新編国歌大観4」角川書店 1986 p700
〈好忠百首〉各句索引
　「歌合・定数歌全釈叢書20 好忠百首全釈」風間書房 2018 p390
〈好忠百首〉〈順百首〉〈恵慶百首〉本文対照
　「歌合・定数歌全釈叢書20 好忠百首全釈」風間書房 2018 p371
〈好忠百首〉〈順百首〉本文対照
　「歌合・定数歌全釈叢書18 順百首全釈」風間書房 2013 p319

中　世

阿仏尼

【解説】
解説〔十六夜日記〕（祐野隆三）
　「中世日記紀行文学全評釈集成2」勉誠出版 2004 p215
解説〔うたたね〕（村田紀子）
　「中世日記紀行文学全評釈集成2」勉誠出版 2004 p150

〔解題〕安嘉門院四条五百首（長谷完治）
　　「新編国歌大観10」角川書店 1992 p1095
〔解題〕十六夜日記（福田秀一）
　　「新編国歌大観5」角川書店 1987 p1491
〔解題〕うたたね（福田秀一）
　　「新編国歌大観5」角川書店 1987 p1491
〔解題〕夜の鶴（田中裕）
　　「新編国歌大観5」角川書店 1987 p1488

【年表】
年譜〔十六夜日記〕
　　「中世日記紀行文学全評釈集成2」勉誠出版 2004
　　　p232
略年譜〔うたたね〕
　　「中世日記紀行文学全評釈集成2」勉誠出版 2004
　　　p154

【資料】
関係略系図〔うたたね〕
　　「中世日記紀行文学全評釈集成2」勉誠出版 2004
　　　p156
系図〔十六夜日記〕
　　「中世日記紀行文学全評釈集成2」勉誠出版 2004
　　　p233
校異表〔十六夜日記〕
　　「中世日記紀行文学全評釈集成2」勉誠出版 2004
　　　p230
参考文献〔十六夜日記〕
　　「中世日記紀行文学全評釈集成2」勉誠出版 2004
　　　p234
参考文献〔うたたね〕
　　「中世日記紀行文学全評釈集成2」勉誠出版 2004
　　　p157
旅程図〔うたたね〕
　　「中世日記紀行文学全評釈集成2」勉誠出版 2004
　　　p162

飯尾宗祇

【解説】
解説〔白河紀行〕（両角倉一）
　　「中世日記紀行文学全評釈集成6」勉誠出版 2004
　　　p105
解説〔筑紫道の記〕（祐野隆三）
　　「中世日記紀行文学全評釈集成6」勉誠出版 2004
　　　p170
〔解題〕下草（書陵部蔵三五三・一一〇）（杉山和也）
　　「連歌大観1」古典ライブラリー 2016 p577
〔解題〕自然斎発句（大阪天満宮文庫蔵本）（山本啓介）
　　「連歌大観1」古典ライブラリー 2016 p579
〔解題〕専順宗祇百句附（大阪天満宮文庫蔵本）（木村尚志）
　　「連歌大観1」古典ライブラリー 2016 p562
〔解題〕宗祇集（赤瀬信吾）
　　「新編国歌大観8」角川書店 1990 p837
〔解題〕宗祇日発句（大阪天満宮蔵本）（生田慶穂）
　　「連歌大観1」古典ライブラリー 2016 p551
〔解題〕宗祇百句（祐徳稲荷神社中川文庫蔵本）（廣木一人）
　　「連歌大観1」古典ライブラリー 2016 p574
〔解題〕筑紫道記（乾安代）
　　「新編国歌大観10」角川書店 1992 p1199
〔解題〕老葉〈再編本〉（伊藤伸江）
　　「連歌大観1」古典ライブラリー 2016 p575
〔解題〕萱草（早稲田大学伊地知文庫蔵本）（廣木一人、宮腰寿子）
　　「連歌大観1」古典ライブラリー 2016 p574

【年表】
宗祇年譜（祐野隆三）
　　「中世日記紀行文学全評釈集成6」勉誠出版 2004
　　　p179

一休宗純

【解説】
あとがき（石井恭二）
　　「一休和尚大全 下」河出書房新社 2008 p411
あとがき（藤木英雄）
　　「一休和尚全集2 狂雲集 下」春秋社 1997 p374
あとがき（寺山旦中）
　　「一休和尚全集 別巻 一休墨跡」春秋社 1997
　　　p119
『阿弥陀裸物語』について（飯塚大展）
　　「一休和尚全集4 一休仮名法語集」春秋社 2000
　　　p339
一休和尚の生涯（石井恭二）
　　「一休和尚大全 上」河出書房新社 2008 p17
『一休和尚法語』について（飯塚大展）
　　「一休和尚全集4 一休仮名法語集」春秋社 2000
　　　p334
『一休骸骨』について（飯塚大展）
　　「一休和尚全集4 一休仮名法語集」春秋社 2000
　　　p330
一休墨跡について（寺山旦中）
　　「一休和尚全集 別巻 一休墨跡」春秋社 1997
　　　p110
『一休水鏡』について（飯塚大展）
　　「一休和尚全集4 一休仮名法語集」春秋社 2000
　　　p328
解題（飯塚大展）
　　「一休和尚全集5 一休ばなし」春秋社 2010 p615
解題（石井恭二）
　　「一休和尚大全 上」河出書房新社 2008 p5
解題（藤木英雄）
　　「一休和尚全集2 狂雲集 下」春秋社 1997 p371
解題『一休和尚年譜』（平野宗浄）
　　「一休和尚全集3 自戒集・一休年譜」春秋社
　　　2003 p503
〔解題 一休仮名法語集〕はじめに（飯塚大展）
　　「一休和尚全集4 一休仮名法語集」春秋社 2000

p319
〔解題〕一休関東咄（朝倉治彦）
　「假名草子集成3」東京堂出版　1982　p500
〔解題〕一休諸国物語（朝倉治彦）
　「假名草子集成3」東京堂出版　1982　p502
〔解題〕一休はなし（朝倉治彦）
　「假名草子集成3」東京堂出版　1982　p505
〔解題〕一休水鏡（朝倉治彦）
　「假名草子集成5」東京堂出版　1984　p375
解題『開祖下火録』（平野宗浄）
　「一休和尚全集3　自戒集・一休年譜」春秋社
　　2003　p507
解題『狂雲集補遺』（平野宗浄）
　「一休和尚全集3　自戒集・一休年譜」春秋社
　　2003　p507
解題『自戒集』（平野宗浄）
　「一休和尚全集3　自戒集・一休年譜」春秋社
　　2003　p504
『幻中草打画』について（飯塚大展）
　「一休和尚全集4　一休仮名法語集」春秋社　2000
　　p321
序にかえて（平野宗浄）
　「一休和尚全集1　狂雲集　上」春秋社　1997　p1
序文（平野宗浄）
　「一休和尚全集　別巻　一休墨跡」春秋社　1997　p1
はじめに（平野宗浄）
　「一休和尚全集1　狂雲集　上」春秋社　1997　p5
『般若心経抄図会』について（飯塚大展）
　「一休和尚全集4　一休仮名法語集」春秋社　2000
　　p344
『仏鬼軍』について（飯塚大展）
　「一休和尚全集4　一休仮名法語集」春秋社　2000
　　p342
【年表】
一休略年譜
　「一休和尚全集　別巻　一休墨跡」春秋社　1997
　　p117
東海一休和尚年譜（平野宗浄訳注）
　「一休和尚全集3　自戒集・一休年譜」春秋社
　　2003　p3
東海一休和尚年譜訓読文（石井恭二）
　「一休和尚大全　上」河出書房新社　2008　p224
東海一休和尚年譜　原文
　「一休和尚全集3　自戒集・一休年譜」春秋社
　　2003　p79
東海一休和尚年譜白文
　「一休和尚大全　下」河出書房新社　2008　p398
【資料】
一休宗純関連伝灯略系図
　「一休和尚大全　下」河出書房新社　2008　p191
一休法利はなし
　「一休和尚全集4　一休仮名法語集」春秋社　2000
　　p253

狂雲集〔白文原典〕
　「一休和尚大全　下」河出書房新社　2008　p247
語句索引
　「一休和尚全集1　狂雲集　上」春秋社　1997　p569
　「一休和尚全集2　狂雲集　下」春秋社　1997　p387
固有名詞索引
　「一休和尚全集2　狂雲集　下」春秋社　1997　p409
三本対照表（幻中草打画・一休水鏡・一休骸骨）
　「一休和尚全集4　一休仮名法語集」春秋社　2000
　　p267
自戒集〔白文原典〕
　「一休和尚大全　下」河出書房新社　2008　p381
主要参考文献
　「一休和尚全集　別巻　一休墨跡」春秋社　1997
　　p118
初句一覧
　「一休和尚全集1　狂雲集　上」春秋社　1997　p557
　「一休和尚全集2　狂雲集　下」春秋社　1997　p377
初句索引
　「一休和尚全集4　一休仮名法語集」春秋社　2000
　　p345
墨跡（寺山旦中編・釈文）
　「一休和尚全集　別巻　一休墨跡」春秋社　1997　p9
補注（藤木英雄）
　「一休和尚全集2　狂雲集　下」春秋社　1997　p355
補注（平野宗浄）
　「一休和尚全集1　狂雲集　上」春秋社　1997　p543
補注　阿弥陀裸物語（飯塚大展）
　「一休和尚全集4　一休仮名法語集」春秋社　2000
　　p316
補注　一休和尚法語（飯塚大展）
　「一休和尚全集4　一休仮名法語集」春秋社　2000
　　p303
補注　一休骸骨（飯塚大展）
　「一休和尚全集4　一休仮名法語集」春秋社　2000
　　p303
補注　一休水鏡（飯塚大展）
　「一休和尚全集4　一休仮名法語集」春秋社　2000
　　p309
落款一覧
　「一休和尚全集　別巻　一休墨跡」春秋社　1997
　　p100

卜部兼好

【解説】
解説（木藤才蔵）
　「新潮日本古典集成　新装版〔41〕　徒然草」新潮
　　社　2015　p259
解説「歌人　兼好法師―生涯の記録『兼好法師
　集』」（丸山陽子）
　「コレクション日本歌人選013　兼好法師」笠間書
　　院　2011　p106
〔解説〕兼好と『徒然草』（平野多恵）
　「日本の古典をよむ14　方丈記・徒然草・歎異抄」
　　小学館　2007　p311

〔解説〕兼好法師集（齋藤彰）
　「和歌文学大系65　草庵集・兼好法師集・浄弁集・慶運集」明治書院　2004　p394
〔解説〕徒然草（小泉和）
　「わたしの古典13　永井路子の方丈記・徒然草」集英社　1987　p249
〔解題〕兼好法師集（小原幹雄）
　「新編国歌大観4」角川書店　1986　p696
〔解題〕徒然草（福田秀一）
　「新編国歌大観5」角川書店　1987　p1491
歌人略伝
　「コレクション日本歌人選013　兼好法師」笠間書院　2011　p103
総説（稲田利徳）
　「古典名作リーディング4　徒然草」貴重本刊行会　2001　p11
徒然草　あらすじ（平野多恵）
　「日本の古典をよむ14　方丈記・徒然草・歎異抄」小学館　2007　p66
徒然草解題（與謝野寛ほか）
　「覆刻　日本古典全集〔文学編〕〔38〕　徒然草」現代思潮社　1983　p1
徒然草の風景1　化野（佐々木和歌子）
　「日本の古典をよむ14　方丈記・徒然草・歎異抄」小学館　2007　p76
徒然草の風景2　上賀茂神社の競馬（佐々木和歌子）
　「日本の古典をよむ14　方丈記・徒然草・歎異抄」小学館　2007　p109
徒然草の風景3　仁和寺（佐々木和歌子）
　「日本の古典をよむ14　方丈記・徒然草・歎異抄」小学館　2007　p120
徒然草の風景4　金沢文庫（佐々木和歌子）
　「日本の古典をよむ14　方丈記・徒然草・歎異抄」小学館　2007　p169
徒然草の風景5　双ヶ丘（佐々木和歌子）
　「日本の古典をよむ14　方丈記・徒然草・歎異抄」小学館　2007　p238
はじめに―中世人の希求（平野多恵）
　「日本の古典をよむ14　方丈記・徒然草・歎異抄」小学館　2007　p3
美をよむ―隠逸の造形（島尾新）
　「日本の古典をよむ14　方丈記・徒然草・歎異抄」小学館　2007　巻頭
［付録エッセイ］長明・兼好の歌（山崎敏夫）
　「コレクション日本歌人選013　兼好法師」笠間書院　2011　p113
わたしと『方丈記』『徒然草』（永井路子）
　「わたしの古典13　永井路子の方丈記・徒然草」集英社　1987　p1
〔年表〕
略年譜
　「コレクション日本歌人選013　兼好法師」笠間書院　2011　p104

【資料】
参考図（穂積和夫）
　「わたしの古典13　永井路子の方丈記・徒然草」集英社　1987　p253
初句索引
　「和歌文学大系65　草庵集・兼好法師集・浄弁集・慶運集」明治書院　2004　p470
人名索引（酒井茂幸）
　「和歌文学大系65　草庵集・兼好法師集・浄弁集・慶運集」明治書院　2004　p439
地名索引（酒井茂幸）
　「和歌文学大系65　草庵集・兼好法師集・浄弁集・慶運集」明治書院　2004　p453
徒然草（帝室御物　烏丸光廣自筆つれづれ草複製）
　「覆刻　日本古典全集〔文学編〕〔38〕　徒然草」現代思潮社　1983　p17
読書案内
　「コレクション日本歌人選013　兼好法師」笠間書院　2011　p111
付録（図録）
　「新潮日本古典集成　新装版〔41〕　徒然草」新潮社　2015　p327
補注　兼好法師集（齋藤彰）
　「和歌文学大系65　草庵集・兼好法師集・浄弁集・慶運集」明治書院　2004　p369

学術・思想

【解説】
『医説』解題（福田安典）
　「伝承文学資料集成21　医説」三弥井書店　2002　p379
元々集解題と凡例（正宗敦夫）
　「覆刻　日本古典全集〔文学編〕〔33〕　神皇正統記　元々集」現代思潮社　1983　p1

【年表】
北畠親房卿年譜略（山田孝雄）
　「覆刻　日本古典全集〔文学編〕〔33〕　神皇正統記　元々集」現代思潮社　1983　p3

【資料】
北畠親房卿系譜略
　「覆刻　日本古典全集〔文学編〕〔33〕　神皇正統記　元々集」現代思潮社　1983　p1
元々集巻第八異本神宮下〔写真版〕
　「覆刻　日本古典全集〔文学編〕〔33〕　神皇正統記　元々集」現代思潮社　1983　p271

鴨長明

【解説】
〔解説〕鴨長明と『方丈記』（平野多恵）
　「日本の古典をよむ14　方丈記・徒然草・歎異抄」小学館　2007　p308

解説「激動・争乱の時代の芸術至上主義」(小林一彦)
　「コレクション日本歌人選049 鴨長明と寂蓮」笠間書院 2012 p106
解説 長明小伝(三木紀人)
　「新潮日本古典集成 新装版〔52〕 方丈記 発心集」新潮社 2016 p387
〔解説〕方丈記(小泉和)
　「わたしの古典13 永井路子の方丈記・徒然草」集英社 1987 p241
〔解題〕長明集(辻勝美)
　「新編国歌大観4」角川書店 1986 p690
〔解題〕発心集(浅見和彦,小島孝之)
　「新編国歌大観5」角川書店 1987 p1490
〔解題〕無名抄(有吉保)
　「新編国歌大観5」角川書店 1987 p1488
歌人略伝
　「コレクション日本歌人選049 鴨長明と寂蓮」笠間書院 2012 p103
写本をよむ―大福光寺本 方丈記
　「日本の古典をよむ14 方丈記・徒然草・歎異抄」小学館 2007 巻頭
総説(浅見和彦)
　「笠間文庫 原文&現代語訳シリーズ〔6〕 方丈記」笠間書院 2012 p5
はじめに―中世人の希求(平野多恵)
　「日本の古典をよむ14 方丈記・徒然草・歎異抄」小学館 2007 p3
美をよむ―隠逸の造形(島尾新)
　「日本の古典をよむ14 方丈記・徒然草・歎異抄」小学館 2007 巻頭
[付録エッセイ]あはれ無益の事かな(抄)(堀田善衞)
　「コレクション日本歌人選049 鴨長明と寂蓮」笠間書院 2012 p121
方丈記 あらすじ(平野多恵)
　「日本の古典をよむ14 方丈記・徒然草・歎異抄」小学館 2007 p14
方丈記の風景 1 下鴨神社(佐々木和歌子)
　「日本の古典をよむ14 方丈記・徒然草・歎異抄」小学館 2007 p41
方丈記の風景 2 岩間寺(佐々木和歌子)
　「日本の古典をよむ14 方丈記・徒然草・歎異抄」小学館 2007 p50
方丈記の風景 3 方丈石(佐々木和歌子)
　「日本の古典をよむ14 方丈記・徒然草・歎異抄」小学館 2007 p64
わたしと『方丈記』『徒然草』(永井路子)
　「わたしの古典13 永井路子の方丈記・徒然草」集英社 1987 p1
【年表】
長明年譜
　「新潮日本古典集成 新装版〔52〕 方丈記 発心集」新潮社 2016 p425
同時代関係年表
　「笠間文庫 原文&現代語訳シリーズ〔6〕 方丈記」笠間書院 2012 p144
略年譜
　「コレクション日本歌人選049 鴨長明と寂蓮」笠間書院 2012 p104
【資料】
鴨長明・方丈記 参考文献
　「笠間文庫 原文&現代語訳シリーズ〔6〕 方丈記」笠間書院 2012 p148
関係地図
　「笠間文庫 原文&現代語訳シリーズ〔6〕 方丈記」笠間書院 2012 p151
校訂個所一覧
　「新潮日本古典集成 新装版〔52〕 方丈記 発心集」新潮社 2016 p433
参考図(穂積和夫)
　「わたしの古典13 永井路子の方丈記・徒然草」集英社 1987 p253
参考地図
　「新潮日本古典集成 新装版〔52〕 方丈記 発心集」新潮社 2016 p436
読書案内
　「コレクション日本歌人選049 鴨長明と寂蓮」笠間書院 2012 p119

歌謡

おもろさうし

【解説】
解説 『おもろさうし』―特に、編纂と構成を中心に―(島村幸一)
　「コレクション日本歌人選056 おもろさうし」笠間書院 2012 p129
[付録エッセイ]おもろの「鼓」(池宮正治)
　「コレクション日本歌人選056 おもろさうし」笠間書院 2012 p138
【資料】
読書案内
　「コレクション日本歌人選056 おもろさうし」笠間書院 2012 p136

閑吟集

【解説】
解説 室町小歌の世界―俗と雅の交錯(北川忠彦)
　「新潮日本古典集成 新装版〔8〕 閑吟集 宗安小歌集」新潮社 2018 p227
【資料】
関係狂言歌謡一覧
　「新潮日本古典集成 新装版〔8〕 閑吟集 宗安小歌集」新潮社 2018 p281
参考地図
　「新潮日本古典集成 新装版〔8〕 閑吟集 宗安小歌集」新潮社 2018 p286

初句索引
「新潮日本古典集成 新装版〔8〕 閑吟集 宗安小歌集」新潮社 2018 p289

室町小歌

【解説】
解説 室町小歌の世界―俗と雅の交錯〔閑吟集・宗安小歌集〕(北川忠彦)
「新潮日本古典集成 新装版〔8〕 閑吟集 宗安小歌集」新潮社 2018 p227
解説「隆達節―戦国人の青春のメロディー―」(小野恭靖)
「コレクション日本歌人選064 室町小歌」笠間書院 2019 p114

【年表】
略年譜
「コレクション日本歌人選064 室町小歌」笠間書院 2019 p112

【資料】
関係狂言歌謡一覧
「新潮日本古典集成 新装版〔8〕 閑吟集 宗安小歌集」新潮社 2018 p281
参考地図
「新潮日本古典集成 新装版〔8〕 閑吟集 宗安小歌集」新潮社 2018 p286
初句索引
「新潮日本古典集成 新装版〔8〕 閑吟集 宗安小歌集」新潮社 2018 p289
宗安小歌集原文
「新潮日本古典集成 新装版〔8〕 閑吟集 宗安小歌集」新潮社 2018 p271
読書案内
「コレクション日本歌人選064 室町小歌」笠間書院 2019 p119

漢詩

【解説】
おわりに(藤木英雄)
「日本漢詩人選集3 義堂周信」研文出版 1999 p259
〔解題〕別本和漢兼作集(後藤昭雄)
「新編国歌大観6」角川書店 1988 p945
〔解題〕和漢作集(大曽根章介)
「新編国歌大観6」角川書店 1988 p949
監訳者あとがき(松野敏之)
「漢詩名作集成〈日本編〉」明徳出版社 2016 p851
原書まえがき(李寅生, 宇野直人)
「漢詩名作集成〈日本編〉」明徳出版社 2016 p1
後記(李寅生, 宇野直人)
「漢詩名作集成〈日本編〉」明徳出版社 2016 p849
日本語版 例言(宇野直人)
「漢詩名作集成〈日本編〉」明徳出版社 2016 p11

はじめに(藤木英雄)
「日本漢詩人選集3 義堂周信」研文出版 1999 p3

【年表】
義堂周信略年譜
「日本漢詩人選集3 義堂周信」研文出版 1999 p263

【資料】
『胡曾詩鈔』〈書陵部本影印〉(宮脇弥一撰)
「伝承文学資料集成3 胡曽詩抄」三弥井書店 1988 p193
主要参考文献
「漢詩名作集成〈日本編〉」明徳出版社 2016 p847

軍記

【解説】
〔解題〕承久記(古活字本)(黒田彰, 島津忠夫)
「新編国歌大観5」角川書店 1987 p1490
〔解題〕承久記(慈光寺本)(黒田彰, 島津忠夫)
「新編国歌大観5」角川書店 1987 p1490

義経記

【解説】
解説(今西実)
「伝承文学資料集成7 義経双紙」三弥井書店 1988 p3
解説(和田琢磨)
「現代語で読む歴史文学〔1〕 義経記」勉誠出版 2004 p415
〔解題〕義経記(黒田彰, 島津忠夫)
「新編国歌大観5」角川書店 1987 p1490
義經記解題(正宗敦夫)
「覆刻 日本古典全集〔文学編〕〔14〕 義経記」現代思潮社 1983 p1

【年表】
『義経記』関係年表(和田琢磨)
「現代語で読む歴史文学〔1〕 義経記」勉誠出版 2004 p437

【資料】
関係系図(清和源氏)
「現代語で読む歴史文学〔1〕 義経記」勉誠出版 2004 p (10)
『義経記』関係地図(和田琢磨)
「現代語で読む歴史文学〔1〕 義経記」勉誠出版 2004 p446
書誌(今西実)
「伝承文学資料集成7 義経双紙」三弥井書店 1988 p1
登場人物紹介(和田琢磨)
「現代語で読む歴史文学〔1〕 義経記」勉誠出版 2004 p (6)
補注(今西実)
「伝承文学資料集成7 義経双紙」三弥井書店

1988 p303

源平盛衰記

【解説】
〔解題〕源平盛衰記（黒田彰，島津忠夫）
　「新編国歌大観5」角川書店 1987 p1490
『源平盛衰記』の世界（矢代和夫）
　「現代語で読む歴史文学〔2〕　完訳 源平盛衰記 一
　（巻一～巻五）」勉誠出版 2005 p1

【資料】
研究文献（矢代和夫）
　「現代語で読む歴史文学〔2〕　完訳 源平盛衰記 一
　（巻一～巻五）」勉誠出版 2005 p17
源平盛衰記と諸本の記事対照表〔巻第二十五～巻第三十〕（榊原千鶴）
　「中世の文学〔4〕　源平盛衰記（五）」三弥井書店 2007 p283
源平盛衰記と諸本の記事対照表〔巻第三十七～巻第四十二〕（伊藤悦子）
　「中世の文学〔5〕　源平盛衰記（七）」三弥井書店 2015 p283
校異〔源平盛衰記 巻第二十五～巻第三十〕（松尾葦江）
　「中世の文学〔4〕　源平盛衰記（五）」三弥井書店 2007 p221
校異〔源平盛衰記 巻第三十七～巻第四十二〕（松尾葦江）
　「中世の文学〔5〕　源平盛衰記（七）」三弥井書店 2015 p221
文書類の訓読文〔源平盛衰記 巻第二十五～巻第三十〕（松尾葦江）
　「中世の文学〔4〕　源平盛衰記（五）」三弥井書店 2007 p209
文書類の訓読文〔源平盛衰記 巻第三十七～巻第四十二〕（松尾葦江）
　「中世の文学〔5〕　源平盛衰記（七）」三弥井書店 2015 p209
補注〔源平盛衰記 巻第二十五～巻第三十〕（松尾葦江）
　「中世の文学〔4〕　源平盛衰記（五）」三弥井書店 2007 p229
補注〔源平盛衰記 巻第三十七～巻第四十二〕（久保田淳）
　「中世の文学〔5〕　源平盛衰記（七）」三弥井書店 2015 p229

曽我物語

【解説】
あとがき（村上美登志）
　「和泉古典叢書10　太山寺本 曽我物語」和泉書院 1999 p349
解説（村上美登志）
　「和泉古典叢書10　太山寺本 曽我物語」和泉書院 1999 p311
解説（和田琢磨）
　「現代語で読む歴史文学〔11〕　曽我物語」勉誠出版 2005 p337

〔解題〕曾我物語(仮名)（黒田彰，島津忠夫）
　「新編国歌大観5」角川書店 1987 p1490
〔解題〕曾我物語(真名)（黒田彰，島津忠夫）
　「新編国歌大観5」角川書店 1987 p1490
曾我物語解題（與謝野寛ほか）
　「覆刻 日本古典全集〔文学編〕〔35〕　曾我物語」現代思潮社 1983 p1
「曾我物語」と史實（正宗敦夫）
　「覆刻 日本古典全集〔文学編〕〔35〕　曾我物語」現代思潮社 1983 p1
「曾我物語」につきて（御橋悳言）
　「覆刻 日本古典全集〔文学編〕〔35〕　曾我物語」現代思潮社 1983 p1

【資料】
関係系図
　「現代語で読む歴史文学〔11〕　曽我物語」勉誠出版 2005 p（11）
系図
　「和泉古典叢書10　太山寺本 曽我物語」和泉書院 1999 p319
参考文献一覧
　「和泉古典叢書10　太山寺本 曽我物語」和泉書院 1999 p324
書名索引
　「和泉古典叢書10　太山寺本 曽我物語」和泉書院 1999 p339
人名索引
　「和泉古典叢書10　太山寺本 曽我物語」和泉書院 1999 p328
『曽我物語』関係地図
　「現代語で読む歴史文学〔11〕　曽我物語」勉誠出版 2005 p（12）
曽我物語地図
　「和泉古典叢書10　太山寺本 曽我物語」和泉書院 1999 p322
地名索引
　「和泉古典叢書10　太山寺本 曽我物語」和泉書院 1999 p342
登場人物紹介（和田琢磨）
　「現代語で読む歴史文学〔11〕　曽我物語」勉誠出版 2005 p（8）

太平記

【解説】
解説（池田敬子）
　「わたしの古典14 山本藤枝の太平記」集英社 1986 p258
解説（小秋元段）
　「日本の古典をよむ16　太平記」小学館 2008 p307
解説（和田琢磨）
　「現代語で読む歴史文学〔15〕　完訳 太平記（四）
　（巻三一～巻四〇）」勉誠出版 2007 p441
解説 太平記を読むにあたって（山下宏明）
　「新潮日本古典集成 新装版〔34〕　太平記 1」新

解説 太平記と女性（山下宏明）
　「新潮日本古典集成 新装版〔36〕　太平記 3」新潮社 2016 p469
解説 太平記と落書（山下宏明）
　「新潮日本古典集成 新装版〔35〕　太平記 2」新潮社 2016 p445
解説 太平記の挿話（山下宏明）
　「新潮日本古典集成 新装版〔37〕　太平記 4」新潮社 2016 p475
解説 太平記は、いかなる物語か（山下宏明）
　「新潮日本古典集成 新装版〔38〕　太平記 5」新潮社 2016 p493
〔解題〕太平記（黒田彰, 島津忠夫）
　「新編国歌大観5」角川書店 1987 p1490
写本をよむ―吉川本 太平記
　「日本の古典をよむ16 太平記」小学館 2008 巻頭
書をよむ―天皇、武将に破れる（石川九楊）
　「日本の古典をよむ16 太平記」小学館 2008 巻頭
太平記 第一部 鎌倉幕府の滅亡 あらすじ（小秋元段）
　「日本の古典をよむ16 太平記」小学館 2008 p10
太平記 第二部 後醍醐と尊氏 あらすじ（小秋元段）
　「日本の古典をよむ16 太平記」小学館 2008 p122
太平記 第三部 幕府内の権力闘争 あらすじ（小秋元段）
　「日本の古典をよむ16 太平記」小学館 2008 p174
太平記 第四部 争乱終結 あらすじ（小秋元段）
　「日本の古典をよむ16 太平記」小学館 2008 p232
太平記の風景 1 千早城（安田清人）
　「日本の古典をよむ16 太平記」小学館 2008 p90
太平記の風景 2 蓮華寺（安田清人）
　「日本の古典をよむ16 太平記」小学館 2008 p108
太平記の風景 3 鎌倉幕府跡（安田清人）
　「日本の古典をよむ16 太平記」小学館 2008 p120
太平記の風景 4 鎌倉宮（安田清人）
　「日本の古典をよむ16 太平記」小学館 2008 p133
太平記の風景 5 大覚寺（安田清人）
　「日本の古典をよむ16 太平記」小学館 2008 p165
太平記の風景 6 称念寺（安田清人）
　「日本の古典をよむ16 太平記」小学館 2008 p172
太平記の風景 7 塔尾陵（安田清人）
　「日本の古典をよむ16 太平記」小学館 2008 p181
はじめに―時代を映しえた文学遺産（小秋元段）
　「日本の古典をよむ16 太平記」小学館 2008 p3

美をよむ―バサラと唐物（島尾新）
　「日本の古典をよむ16 太平記」小学館 2008 巻頭
わたしと『太平記』（山本藤枝）
　「わたしの古典14 山本藤枝の太平記」集英社 1986 p1

【年表】
太平記年表（今井正之助, 山下宏明）
　「新潮日本古典集成 新装版〔35〕　太平記 2」新潮社 2016 p464
　「新潮日本古典集成 新装版〔37〕　太平記 4」新潮社 2016 p498
太平記年表（長坂成行, 山下宏明）
　「新潮日本古典集成 新装版〔34〕　太平記 1」新潮社 2016 p414
　「新潮日本古典集成 新装版〔36〕　太平記 3」新潮社 2016 p484
　「新潮日本古典集成 新装版〔38〕　太平記 5」新潮社 2016 p514
南北朝時代（太平記の時代）の略年譜（和田琢磨）
　「現代語で読む歴史文学〔12〕 完訳 太平記（一）（巻一〜巻一〇）」勉誠出版 2007 p409
　「現代語で読む歴史文学〔13〕 完訳 太平記（二）（巻一一〜巻二〇）」勉誠出版 2007 p521
　「現代語で読む歴史文学〔14〕 完訳 太平記（三）（巻二一〜巻三〇）」勉誠出版 2007 p387
　「現代語で読む歴史文学〔15〕 完訳 太平記（四）（巻三一〜巻四〇）」勉誠出版 2007 p395

【資料】
赤松氏略系図
　「新潮日本古典集成 新装版〔37〕　太平記 4」新潮社 2016 p523
赤松略系図
　「新潮日本古典集成 新装版〔34〕　太平記 1」新潮社 2016 p437
上杉氏略系図
　「新潮日本古典集成 新装版〔37〕　太平記 4」新潮社 2016 p523
宇多源氏 佐々木氏略系図
　「新潮日本古典集成 新装版〔38〕　太平記 5」新潮社 2016 p535
皇室系図
　「新潮日本古典集成 新装版〔34〕　太平記 1」新潮社 2016 p436
　「新潮日本古典集成 新装版〔35〕　太平記 2」新潮社 2016 p492
　「新潮日本古典集成 新装版〔36〕　太平記 3」新潮社 2016 p508
　「新潮日本古典集成 新装版〔37〕　太平記 4」新潮社 2016 p522
　「新潮日本古典集成 新装版〔38〕　太平記 5」新潮社 2016 p534
　「日本の古典をよむ16 太平記」小学館 2008 p318
皇室略系図（和田琢磨）
　「現代語で読む歴史文学〔12〕 完訳 太平記（一）（巻一〜巻一〇）」勉誠出版 2007 p421

「現代語で読む歴史文学〔13〕 完訳 太平記(二)
（巻一一～巻二〇）」勉誠出版 2007 p533
「現代語で読む歴史文学〔14〕 完訳 太平記(三)
（巻二一～巻三〇）」勉誠出版 2007 p399
「現代語で読む歴史文学〔15〕 完訳 太平記(四)
（巻三一～巻四〇）」勉誠出版 2007 p407

語注（池田敬子）
「わたしの古典14 山本藤枝の太平記」集英社 1986 p257

参考図（穂積和夫）
「わたしの古典14 山本藤枝の太平記」集英社 1986 p267

参考文献（和田琢磨）
「現代語で読む歴史文学〔15〕 完訳 太平記(四)
（巻三一～巻四〇）」勉誠出版 2007 p443

清和源氏系図
「新潮日本古典集成 新装版〔37〕 太平記 4」新潮社 2016 p518

清和源氏 斯波氏略系図
「新潮日本古典集成 新装版〔38〕 太平記 5」新潮社 2016 p535

清和源氏 仁木氏略系図
「新潮日本古典集成 新装版〔38〕 太平記 5」新潮社 2016 p535

清和源氏 細川氏略系図
「新潮日本古典集成 新装版〔38〕 太平記 5」新潮社 2016 p535

清和源氏略系図
「新潮日本古典集成 新装版〔35〕 太平記 2」新潮社 2016 p488
「新潮日本古典集成 新装版〔38〕 太平記 5」新潮社 2016 p536

清和源氏略系図（和田琢磨）
「現代語で読む歴史文学〔12〕 完訳 太平記(一)
（巻一～巻一〇）」勉誠出版 2007 p422
「現代語で読む歴史文学〔13〕 完訳 太平記(二)
（巻一一～巻二〇）」勉誠出版 2007 p534
「現代語で読む歴史文学〔14〕 完訳 太平記(三)
（巻二一～巻三〇）」勉誠出版 2007 p400
「現代語で読む歴史文学〔15〕 完訳 太平記(四)
（巻三一～巻四〇）」勉誠出版 2007 p408

清和源氏略系図一
「新潮日本古典集成 新装版〔36〕 太平記 3」新潮社 2016 p501

清和源氏略系図二
「新潮日本古典集成 新装版〔36〕 太平記 3」新潮社 2016 p502

『太平記』関係地図（和田琢磨）
「現代語で読む歴史文学〔12〕 完訳 太平記(一)
（巻一～巻一〇）」勉誠出版 2007 p423
「現代語で読む歴史文学〔13〕 完訳 太平記(二)
（巻一一～巻二〇）」勉誠出版 2007 p535
「現代語で読む歴史文学〔14〕 完訳 太平記(三)
（巻二一～巻三〇）」勉誠出版 2007 p401
「現代語で読む歴史文学〔15〕 完訳 太平記(四)
（巻三一～巻四〇）」勉誠出版 2007 p409

高階氏略系図
「新潮日本古典集成 新装版〔36〕 太平記 3」新潮社 2016 p506
「新潮日本古典集成 新装版〔37〕 太平記 4」新潮社 2016 p523

地図
「新潮日本古典集成 新装版〔34〕 太平記 1」新潮社 2016 p442
「新潮日本古典集成 新装版〔35〕 太平記 2」新潮社 2016 p493
「新潮日本古典集成 新装版〔36〕 太平記 3」新潮社 2016 p509
「新潮日本古典集成 新装版〔37〕 太平記 4」新潮社 2016 p524
「新潮日本古典集成 新装版〔38〕 太平記 5」新潮社 2016 p540

登場人物（和田琢磨）
「現代語で読む歴史文学〔12〕 完訳 太平記(一)
（巻一～巻一〇）」勉誠出版 2007 p(8)
「現代語で読む歴史文学〔13〕 完訳 太平記(二)
（巻一一～巻二〇）」勉誠出版 2007 p(10)
「現代語で読む歴史文学〔14〕 完訳 太平記(三)
（巻二一～巻三〇）」勉誠出版 2007 p(8)
「現代語で読む歴史文学〔15〕 完訳 太平記(四)
（巻三一～巻四〇）」勉誠出版 2007 p(9)

新田氏・足利氏系図
「日本の古典をよむ16 太平記」小学館 2008 p316

藤原略系図
「新潮日本古典集成 新装版〔34〕 太平記 1」新潮社 2016 p438
「新潮日本古典集成 新装版〔35〕 太平記 2」新潮社 2016 p490
「新潮日本古典集成 新装版〔37〕 太平記 4」新潮社 2016 p520
「新潮日本古典集成 新装版〔38〕 太平記 5」新潮社 2016 p538

藤原略系図一
「新潮日本古典集成 新装版〔36〕 太平記 3」新潮社 2016 p504

藤原略系図二
「新潮日本古典集成 新装版〔36〕 太平記 3」新潮社 2016 p506

北条系図
「新潮日本古典集成 新装版〔35〕 太平記 2」新潮社 2016 p486

北条略系図
「新潮日本古典集成 新装版〔34〕 太平記 1」新潮社 2016 p440

村上源氏略系図
「新潮日本古典集成 新装版〔36〕 太平記 3」新潮社 2016 p507

平家物語

【解説】
あとがき（松尾葦江）
「中世の文学〔7〕 校訂 中院本平家物語(下)」三弥井書店 2011 p403

解説（麻原美子）
　「わたしの古典12 大原富枝の平家物語」集英社 1987 p257
解説（櫻井陽子）
　「日本の古典をよむ13 平家物語」小学館 2007 p301
解説 中院本の句切り点について（鈴木孝庸）
　「中世の文学〔7〕 校訂 中院本平家物語（下）」三弥井書店 2011 p387
解説『平家物語』への途（水原一）
　「新潮日本古典集成 新装版〔49〕 平家物語 上」新潮社 2016 p375
解説『平家物語』の流れ（水原一）
　「新潮日本古典集成 新装版〔51〕 平家物語 下」新潮社 2016 p391
解説 歴史と文学・広本と略本（水原一）
　「新潮日本古典集成 新装版〔50〕 平家物語 中」新潮社 2016 p313
解題 中院本・三条西本の諸問題―書誌事項を中心に（今井正之助）
　「中世の文学〔6〕 校訂 中院本平家物語（上）」三弥井書店 2010 p363
〔解題〕平家物語（延慶本）（黒田彰, 島津忠夫）
　「新編国歌大観5」角川書店 1987 p1490
〔解題〕平家物語（覚一本）（黒田彰, 島津忠夫）
　「新編国歌大観5」角川書店 1987 p1490
解題 平家物語諸本における中院本の位置（千明守）
　「中世の文学〔7〕 校訂 中院本平家物語（下）」三弥井書店 2011 p357
写本をよむ―覚一本系平家物語
　「日本の古典をよむ13 平家物語」小学館 2007 巻頭
書をよむ―清盛の書（石川九楊）
　「日本の古典をよむ13 平家物語」小学館 2007 巻頭
はじめに―歴史に取材した「物語」（櫻井陽子）
　「日本の古典をよむ13 平家物語」小学館 2007 p3
美をよむ―戦場の記憶（島尾新）
　「日本の古典をよむ13 平家物語」小学館 2007 巻頭
〔付録エッセイ〕平家物語（抄）（小林秀雄）
　「コレクション日本歌人選047 源平の武将歌人」笠間書院 2012 p114
平家物語解題（與謝野寛ほか）
　「覆刻 日本古典全集〔文学編〕〔42〕 平家物語 上」現代思潮社 1983 p1
平家物語 巻第一 あらすじ（櫻井陽子）
　「日本の古典をよむ13 平家物語」小学館 2007 p12
平家物語 巻第二 あらすじ（櫻井陽子）
　「日本の古典をよむ13 平家物語」小学館 2007 p34
平家物語 巻第三 あらすじ（櫻井陽子）
　「日本の古典をよむ13 平家物語」小学館 2007 p46
平家物語 巻第四 あらすじ（櫻井陽子）
　「日本の古典をよむ13 平家物語」小学館 2007 p64
平家物語 巻第五 あらすじ（櫻井陽子）
　「日本の古典をよむ13 平家物語」小学館 2007 p80
平家物語 巻第六 あらすじ（櫻井陽子）
　「日本の古典をよむ13 平家物語」小学館 2007 p104
平家物語 巻第七 あらすじ（櫻井陽子）
　「日本の古典をよむ13 平家物語」小学館 2007 p116
平家物語 巻第八 あらすじ（櫻井陽子）
　「日本の古典をよむ13 平家物語」小学館 2007 p142
平家物語 巻第九 あらすじ（櫻井陽子）
　「日本の古典をよむ13 平家物語」小学館 2007 p154
平家物語 巻第十 あらすじ（櫻井陽子）
　「日本の古典をよむ13 平家物語」小学館 2007 p198
平家物語 巻第十一 あらすじ（櫻井陽子）
　「日本の古典をよむ13 平家物語」小学館 2007 p214
平家物語 巻第十二 あらすじ（櫻井陽子）
　「日本の古典をよむ13 平家物語」小学館 2007 p268
平家物語 灌頂巻 あらすじ（櫻井陽子）
　「日本の古典をよむ13 平家物語」小学館 2007 p282
平家物語序説（山田孝雄）
　「覆刻 日本古典全集〔文学編〕〔42〕 平家物語 上」現代思潮社 1983 p1
平家物語の風景1 厳島神社（佐々木和歌子）
　「日本の古典をよむ13 平家物語」小学館 2007 p33
平家物語の風景2 硫黄島（佐々木和歌子）
　「日本の古典をよむ13 平家物語」小学館 2007 p63
平家物語の風景3 三井寺（佐々木和歌子）
　「日本の古典をよむ13 平家物語」小学館 2007 p79
平家物語の風景4 倶梨迦羅峠（佐々木和歌子）
　「日本の古典をよむ13 平家物語」小学館 2007 p141
平家物語の風景5 義仲寺（佐々木和歌子）
　「日本の古典をよむ13 平家物語」小学館 2007 p153
平家物語の風景6 一谷（佐々木和歌子）
　「日本の古典をよむ13 平家物語」小学館 2007 p197
平家物語の風景7 屋島（佐々木和歌子）
　「日本の古典をよむ13 平家物語」小学館 2007 p213

平家物語の風景 8 壇浦(佐々木和歌子)
「日本の古典をよむ13 平家物語」小学館 2007 p267
わたしと『平家物語』(大原富枝)
「わたしの古典12 大原富枝の平家物語」集英社 1987 p1

【年表】
年表
「新潮日本古典集成 新装版〔51〕 平家物語 下」新潮社 2016 p446
『平家物語』関係略年譜(和田琢磨)
「現代語で読む歴史文学〔18〕 平家物語(一)」勉誠出版 2005 p315

【資料】
桓武平氏及び縁戚系図
「新潮日本古典集成 新装版〔51〕 平家物語 下」新潮社 2016 p442
系図
「新潮日本古典集成 新装版〔51〕 平家物語 下」新潮社 2016 p441
源氏系図
「新潮日本古典集成 新装版〔50〕 平家物語 中」新潮社 2016 p356
源氏系図(和田琢磨)
「現代語で読む歴史文学〔18〕 平家物語(一)」勉誠出版 2005 p325
皇室及び外戚図
「新潮日本古典集成 新装版〔51〕 平家物語 下」新潮社 2016 p441
皇室・貴族諸流関係系図
「新潮日本古典集成 新装版〔49〕 平家物語 上」新潮社 2016 p408
皇室系図
「新潮日本古典集成 新装版〔50〕 平家物語 中」新潮社 2016 p350
皇室・平氏・源氏略系図
「わたしの古典12 大原富枝の平家物語」集英社 1987 p270
語注(麻原美子)
「わたしの古典12 大原富枝の平家物語」集英社 1987 p255
参考図(穂積和夫)
「わたしの古典12 大原富枝の平家物語」集英社 1987 p265
図録
「新潮日本古典集成 新装版〔49〕 平家物語 上」新潮社 2016 p403
「新潮日本古典集成 新装版〔50〕 平家物語 中」新潮社 2016 p350
「新潮日本古典集成 新装版〔51〕 平家物語 下」新潮社 2016 p440
清和源氏及び縁戚系図
「新潮日本古典集成 新装版〔51〕 平家物語 下」新潮社 2016 p444
地図
「新潮日本古典集成 新装版〔50〕 平家物語 中」新潮社 2016 p347
「新潮日本古典集成 新装版〔51〕 平家物語 下」新潮社 2016 p438
テキスト・参考文献
「中世の文学〔7〕 校訂 中院本平家物語(下)」三弥井書店 2011 p399
天皇家系図(和田琢磨)
「現代語で読む歴史文学〔18〕 平家物語(一)」勉誠出版 2005 p323
登場人物紹介(和田琢磨)
「現代語で読む歴史文学〔18〕 平家物語(一)」勉誠出版 2005 p(8)
中院本伝本一覧
「中世の文学〔6〕 校訂 中院本平家物語(上)」三弥井書店 2010 p396
『平家物語』関係地図(和田琢磨)
「現代語で読む歴史文学〔18〕 平家物語(一)」勉誠出版 2005 p326
平家物語主要人物一覧
「日本の古典をよむ13 平家物語」小学館 2007 p318
平家物語章段一覧
「日本の古典をよむ13 平家物語」小学館 2007 p310
平家物語・人物別名文抄(西沢正史編)
「現代語で読む歴史文学〔18〕 平家物語(一)」勉誠出版 2005 p239
平氏系図(和田琢磨)
「現代語で読む歴史文学〔18〕 平家物語(一)」勉誠出版 2005 p324
平氏系図・源氏系図・皇室系図
「日本の古典をよむ13 平家物語」小学館 2007 p312
平氏系図 その1
「新潮日本古典集成 新装版〔50〕 平家物語 中」新潮社 2016 p352
平氏系図 その2
「新潮日本古典集成 新装版〔50〕 平家物語 中」新潮社 2016 p354
補記〔中院本 第一〜第六〕
「中世の文学〔6〕 校訂 中院本平家物語(上)」三弥井書店 2010 p355
補記〔中院本 第七〜第十二〕
「中世の文学〔7〕 校訂 中院本平家物語(下)」三弥井書店 2011 p354
補説索引
「新潮日本古典集成 新装版〔51〕 平家物語 下」新潮社 2016 p448
本文修正一覧
「新潮日本古典集成 新装版〔51〕 平家物語 下」新潮社 2016 p431

平治物語

【解説】
解説―『平治物語』を読むために(山下宏明)
「中世の文学〔12〕 平治物語」三弥井書店 2010

平治物語

p405
解説 平治物語の世界（中村晃）
「現代語で読む歴史文学〔19〕 平治物語」勉誠出版 2004 p181
〔解題〕平治物語（黒田彰、島津忠夫）
「新編国歌大観5」角川書店 1987 p1490

【資料】
底本比較対照表（山下宏明）
「中世の文学〔12〕 平治物語」三弥井書店 2010 p367
登場人物紹介
「現代語で読む歴史文学〔19〕 平治物語」勉誠出版 2004 p（8）
平治物語関係系図
「現代語で読む歴史文学〔19〕 平治物語」勉誠出版 2004 p（15）
平治物語関係地図
「現代語で読む歴史文学〔19〕 平治物語」勉誠出版 2004 p211
補注（山下宏明）
「中世の文学〔12〕 平治物語」三弥井書店 2010 p259

保元物語

【解説】
解説（武田昌憲）
「現代語で読む歴史文学〔20〕 保元物語」勉誠出版 2005 p213
〔解題〕保元物語（黒田彰、島津忠夫）
「新編国歌大観5」角川書店 1987 p1490

【資料】
主要登場人物
「現代語で読む歴史文学〔20〕 保元物語」勉誠出版 2005 p（8）
保元物語関係系図
「現代語で読む歴史文学〔20〕 保元物語」勉誠出版 2005 p（13）
保元物語関係地図
「現代語で読む歴史文学〔20〕 保元物語」勉誠出版 2005 p（16）

建礼門院右京大夫

【解説】
〔解説〕建礼門院右京大夫集（谷知子）
「和歌文学大系23 式子内親王集・建礼門院右京大夫集・俊成卿女集・艶詞」明治書院 2001 p249
解説〔建礼門院右京大夫集〕（辻勝美、野沢拓夫）
「中世日記紀行文学全評釈集成1」勉誠出版 2004 p181
解説 恋と追憶のモノローグ（糸賀きみ江）
「新潮日本古典集成 新装版〔18〕 建礼門院右京大夫集」新潮社 2018 p171

〔解題〕建礼門院右京大夫集（久徳高文）
「新編国歌大観4」角川書店 1986 p692

【年表】
年譜〔建礼門院右京大夫集〕（辻勝美）
「中世日記紀行文学全評釈集成1」勉誠出版 2004 p202

【資料】
京都周辺地図〔建礼門院右京大夫集〕
「中世日記紀行文学全評釈集成1」勉誠出版 2004 p209
系図〔建礼門院右京大夫集〕（辻勝美）
「中世日記紀行文学全評釈集成1」勉誠出版 2004 p206
『建礼門院右京大夫集』和歌初句索引（野沢拓夫）
「中世日記紀行文学全評釈集成1」勉誠出版 2004 左1
参考文献〔建礼門院右京大夫集〕（野沢拓夫）
「中世日記紀行文学全評釈集成1」勉誠出版 2004 p210
初句索引（高橋由紀）
「和歌文学大系23 式子内親王集・建礼門院右京大夫集・俊成卿女集・艶詞」明治書院 2001 p333
人名一覧
「新潮日本古典集成 新装版〔18〕 建礼門院右京大夫集」新潮社 2018 p213
人名索引（高橋由紀）
「和歌文学大系23 式子内親王集・建礼門院右京大夫集・俊成卿女集・艶詞」明治書院 2001 p307
地名索引（高橋由紀）
「和歌文学大系23 式子内親王集・建礼門院右京大夫集・俊成卿女集・艶詞」明治書院 2001 p321
勅撰集入集歌
「新潮日本古典集成 新装版〔18〕 建礼門院右京大夫集」新潮社 2018 p219
本文校訂表〔建礼門院右京大夫集〕（野沢拓夫, 辻勝美）
「中世日記紀行文学全評釈集成1」勉誠出版 2004 p197

後鳥羽院

【解説】
解説（寺島恒世）
「和歌文学大系24 後鳥羽院御集」明治書院 1997 p321
解説「後鳥羽院に見出された二人の歌人」（稲葉美樹）
「コレクション日本歌人選026 飛鳥井雅経と藤原秀能」笠間書院 2011 p106
〔解説〕『新古今和歌集』の成立と後鳥羽院（吉野朋美）
「日本の古典をよむ5 古今和歌集・新古今和歌集」小学館 2008 p299

解説「帝王後鳥羽院とその和歌」(吉野朋美)
「コレクション日本歌人選028 後鳥羽院」笠間書院 2012 p104
〔解題〕後鳥羽院遠島百首 (田村柳壹)
「新編国歌大観10」角川書店 1992 p1105
〔解題〕後鳥羽院御集 (久保田淳, 村尾誠一)
「新編国歌大観4」角川書店 1986 p693
〔解題〕後鳥羽院自歌合 (寺島恒世)
「新編国歌大観5」角川書店 1987 p1462
〔解題〕後鳥羽天皇御口伝 (松野陽一)
「新編国歌大観5」角川書店 1987 p1488
歌人略伝
「コレクション日本歌人選028 後鳥羽院」笠間書院 2012 p101
[付録エッセイ] 宮廷文化と政治と文学 (抄) (丸谷才一)
「コレクション日本歌人選028 後鳥羽院」笠間書院 2012 p113

【年表】
略年譜
「コレクション日本歌人選028 後鳥羽院」笠間書院 2012 p102

【資料】
初句索引
「和歌文学大系24 後鳥羽院御集」明治書院 1997 p363
地名索引
「和歌文学大系24 後鳥羽院御集」明治書院 1997 p345
読書案内
「コレクション日本歌人選028 後鳥羽院」笠間書院 2012 p111

西行

【解説】
あとがき (平田英夫)
「新注和歌文学叢書11 御裳濯河歌合 宮河歌合 新注」青簡舎 2012 p201
解説 (久保田淳)
「西行全歌集」岩波書店 2013 p475
解説 (後藤重郎)
「新潮日本古典集成 新装版〔28〕 山家集」新潮社 2015 p435
解説 (平田英夫)
「新注和歌文学叢書11 御裳濯河歌合 宮河歌合 新注」青簡舎 2012 p177
〔解説〕聞書集 (宇津木言行)
「和歌文学大系21 山家集・聞書集・残集」明治書院 2003 p478
〔解説〕西行法師家集 (久保田淳)
「和歌文学大系21 山家集・聞書集・残集」明治書院 2003 p493
〔解説〕山家集 (西澤美仁)
「和歌文学大系21 山家集・聞書集・残集」明治書院 2003 p463
〔解説〕残集 (久保田淳)
「和歌文学大系21 山家集・聞書集・残集」明治書院 2003 p489
解説「時代を超えて生きる遁世歌人 西行」(橋本美香)
「コレクション日本歌人選048 西行」笠間書院 2012 p106
〔解説〕松屋本山家集 (久保田淳)
「和歌文学大系21 山家集・聞書集・残集」明治書院 2003 p491
〔解題〕聞書集 (西行) (糸賀きみ江)
「新編国歌大観3」角川書店 1985 p918
〔解題〕西行上人談抄 (松野陽一)
「新編国歌大観3」角川書店 1987 p1488
〔解題〕西行法師家集 (山木幸一)
「新編国歌大観3」角川書店 1985 p917
〔解題〕西行物語 (伝阿仏尼筆本) (久保田淳)
「新編国歌大観5」角川書店 1987 p1490
〔解題〕西行物語 (文明本) (久保田淳)
「新編国歌大観5」角川書店 1987 p1490
〔解題〕山家集 (西行) (大坪利絹)
「新編国歌大観3」角川書店 1985 p916
〔解題〕残集 (西行) (糸賀きみ江)
「新編国歌大観3」角川書店 1985 p918
〔解題〕御裳濯河歌合 (細谷直樹, 久保田淳)
「新編国歌大観5」角川書店 1987 p1446
〔解題〕宮河歌合 (細谷直樹, 久保田淳)
「新編国歌大観5」角川書店 1987 p1446
歌人略伝
「コレクション日本歌人選048 西行」笠間書院 2012 p103
刊行のことば (久保田淳)
「西行全集」貴重本刊行会 1996 p3
「長秋詠藻」及び「山家集」解題 (與謝野寛ほか)
「覆刻 日本古典全集〔文学編〕〔37〕長秋詠藻 西行和歌全集」現代思潮社 1982 p1
[付録エッセイ] 西行 ―その漂泊なるもの (上田三四二)
「コレクション日本歌人選048 西行」笠間書院 2012 p114
〔謡曲・狂言〕各曲解題 (橋本朝生)
「西行全集」貴重本刊行会 1996 p1118

【年表】
西行関係略年表
「新潮日本古典集成 新装版〔28〕 山家集」新潮社 2015 p472
略年譜
「コレクション日本歌人選048 西行」笠間書院 2012 p104

【資料】
校訂一覧 (久保田淳, 吉野朋美)
「西行全歌集」岩波書店 2013 p463

校訂補記
「新潮日本古典集成 新装版〔28〕 山家集」新潮社 2015 p468

参考文献
「新注和歌文学叢書11 御裳濯河歌合 宮河歌合 新注」青簡舎 2012 p195
「和歌文学大系21 山家集・聞書集・残集」明治書院 2003 p496

初句索引
「西行全歌集」岩波書店 2013 p493
「西行全集」貴重本刊行会 1996 p1203
「新注和歌文学叢書11 御裳濯河歌合 宮河歌合 新注」青簡舎 2012 p198
「和歌文学大系21 山家集・聞書集・残集」明治書院 2003 p549

人名一覧
「和歌文学大系21 山家集・聞書集・残集」明治書院 2003 p518

地名一覧
「和歌文学大系21 山家集・聞書集・残集」明治書院 2003 p529

読書案内
「コレクション日本歌人選048 西行」笠間書院 2012 p112

補注（久保田淳、吉野朋美）
「西行全歌集」岩波書店 2013 p425

補注 聞書集（宇津木言行）
「和歌文学大系21 山家集・聞書集・残集」明治書院 2003 p451

補注 西行法師家集（久保田淳）
「和歌文学大系21 山家集・聞書集・残集」明治書院 2003 p457

補注 山家集（西澤美仁）
「和歌文学大系21 山家集・聞書集・残集」明治書院 2003 p416

補注 残集（久保田淳）
「和歌文学大系21 山家集・聞書集・残集」明治書院 2003 p457

和歌初句索引
「新潮日本古典集成 新装版〔28〕 山家集」新潮社 2015 p477

〔和歌他出一覧〕聞書集
「和歌文学大系21 山家集・聞書集・残集」明治書院 2003 p513

〔和歌他出一覧〕西行法師家集
「和歌文学大系21 山家集・聞書集・残集」明治書院 2003 p515

〔和歌他出一覧〕山家集
「和歌文学大系21 山家集・聞書集・残集」明治書院 2003 p502

〔和歌他出一覧〕残集
「和歌文学大系21 山家集・聞書集・残集」明治書院 2003 p514

〔和歌他出一覧〕松屋本山家集
「和歌文学大系21 山家集・聞書集・残集」明治書院 2003 p515

在地縁起類
【解説】
赤城記〔解題〕（大島由紀夫）
「伝承文学資料集成6 神道縁起物語（二）」三弥井書店 2002 p300

赤城明神由来記〔解題〕（大島由紀夫）
「伝承文学資料集成6 神道縁起物語（二）」三弥井書店 2002 p303

上野国一宮御縁記〔解題〕（大島由紀夫）
「伝承文学資料集成6 神道縁起物語（二）」三弥井書店 2002 p299

緒言（大島由紀夫）
「伝承文学資料集成6 神道縁起物語（二）」三弥井書店 2002 p3

祭文
【解説】
神楽祭文 総説（岩田勝）
「伝承文学資料集成16 中国地方神楽祭文集」三弥井書店 1990 p23

書誌解題（岩田勝）
「伝承文学資料集成16 中国地方神楽祭文集」三弥井書店 1990 p7

土公祭文 解説（岩田勝）
「伝承文学資料集成16 中国地方神楽祭文集」三弥井書店 1990 p176

里村紹巴
【解説】
解説〔紹巴富士見道記〕（岸田依子）
「中世日記紀行文学全評釈集成7」勉誠出版 2004 p234

〔解題〕紹巴発句帳（両角倉一）
「連歌大観3」古典ライブラリー 2017 p680

後記—甲子庵文庫本との出会い、解説を兼ねて—（島津忠夫）
「和泉古典文庫11 甲子庵文庫蔵 紹巴富士見道記 影印・翻刻・研究」和泉書院 2016 p127

〔紹巴富士見道記〕諸本略解題—校合本を中心に—（島津忠夫）
「和泉古典文庫11 甲子庵文庫蔵 紹巴富士見道記 影印・翻刻・研究」和泉書院 2016 p65

〔紹巴富士見道記〕本文校合箚記（島津忠夫）
「和泉古典文庫11 甲子庵文庫蔵 紹巴富士見道記 影印・翻刻・研究」和泉書院 2016 p69

〔紹巴富士見道記〕本文の崩れゆく過程（島津忠夫）
「和泉古典文庫11 甲子庵文庫蔵 紹巴富士見道記 影印・翻刻・研究」和泉書院 2016 p109

書誌 甲子庵文庫蔵『紹巴富士見道記』一巻（島津忠夫）
「和泉古典文庫11 甲子庵文庫蔵 紹巴富士見道記 影印・翻刻・研究」和泉書院 2016 p63

はじめに(島津忠夫)
「和泉古典文庫11 甲子庵文庫蔵 紹巴冨士見道記 影印・翻刻・研究」和泉書院 2016 p1

【資料】
〔紹巴冨士見道記〕影印
「和泉古典文庫11 甲子庵文庫蔵 紹巴冨士見道記 影印・翻刻・研究」和泉書院 2016 p3
『紹巴富士見道記』研究文献目録(岸田依子)
「中世日記紀行文学全評釈集成7」勉誠出版 2004 p245
地図〔紹巴富士見道記〕
「中世日記紀行文学全評釈集成7」勉誠出版 2004 p248

詩歌合

【解説】
〔解題〕玄恵追善詩歌(久保田淳, 堀川貴司)
「新編国歌大観10」角川書店 1992 p1165
〔解題〕元久詩歌合(後藤重郎)
「新編国歌大観5」角川書店 1987 p1457
〔解題〕現存卅六人詩歌(岩松研吉郎, 中川博夫)
「新編国歌大観10」角川書店 1992 p1158
〔解題〕五十四番詩歌合 康永二年(鹿目俊彦)
「新編国歌大観10」角川書店 1992 p1140
〔解題〕詩歌合 正和三年(小林一彦, 中川博夫)
「新編国歌大観10」角川書店 1992 p1137
〔解題〕詩歌合 文安三年(今井明)
「新編国歌大観10」角川書店 1992 p1145
〔解題〕守遍詩歌合(齋藤彰)
「新編国歌大観10」角川書店 1992 p1142
〔解題〕内裏詩歌合 建保元年二月(藤平春男, 兼築信行)
「新編国歌大観5」角川書店 1987 p1458
〔解題〕二十八品並九品詩歌(岩松研吉郎, 中川博夫)
「新編国歌大観10」角川書店 1992 p1157
〔解題〕畠山匠作亭詩歌(稲田利徳)
「新編国歌大観10」角川書店 1992 p1173
〔解題〕朗詠題詩歌(佐藤道生)
「新編国歌大観10」角川書店 1992 p1188
〔解題〕和漢名所詩歌合(佐々木孝浩, 中川博夫)
「新編国歌大観10」角川書店 1992 p1132

慈円

【解説】
あとがき(片山享)
「歌合・定数歌全釈叢書8 文集百首全釈」風間書房 2007 p589
あとがき(山本章博)
「歌合・定数歌全釈叢書12 慈円難波百首全釈」風間書房 2009 p257
解説(石川一)
「和歌文学大系59 拾玉集(下)」明治書院 2011 p291
解説(片山享ほか)
「歌合・定数歌全釈叢書8 文集百首全釈」風間書房 2007 p477
解説(渡部泰明)
「歌合・定数歌全釈叢書12 慈円難波百首全釈」風間書房 2009 p239
〔解説〕慈円について(石川一)
「和歌文学大系58 拾玉集(上)」明治書院 2008 p534
〔解題〕慈鎮和尚自歌合(藤平春男, 石川一)
「新編国歌大観5」角川書店 1987 p1448
〔解題〕拾玉集(慈円)(石原清志)
「新編国歌大観3」角川書店 1985 p920
〔解題〕無名和歌集(慈円)(石川一)
「新編国歌大観7」角川書店 1989 p807
下巻所収の冊の特徴と、注における扱いについて(山本一)
「和歌文学大系59 拾玉集(下)」明治書院 2011 p2

【資料】
句題・原詩句異同一覧
「歌合・定数歌全釈叢書8 文集百首全釈」風間書房 2007 p571
句題の出典及び[句題の他出状況]一覧
「歌合・定数歌全釈叢書8 文集百首全釈」風間書房 2007 p563
索引
「歌合・定数歌全釈叢書8 文集百首全釈」風間書房 2007 p579
「歌合・定数歌全釈叢書12 慈円難波百首全釈」風間書房 2009 p253
参考文献
「和歌文学大系59 拾玉集(下)」明治書院 2011 p301
初句索引
「和歌文学大系59 拾玉集(下)」明治書院 2011 p340
人名一覧(石川一)
「和歌文学大系59 拾玉集(下)」明治書院 2011 p305
地名一覧(石川一)
「和歌文学大系59 拾玉集(下)」明治書院 2011 p316
補注(石川一, 山本一)
「和歌文学大系58 拾玉集(上)」明治書院 2008 p511
「和歌文学大系59 拾玉集(下)」明治書院 2011 p281

式子内親王

【解説】
あとがき（奥野陽子）
　「私家集全釈叢書28　式子内親王集全釈」風間書房　2001 p759
解説（奥野陽子）
　「私家集全釈叢書28　式子内親王集全釈」風間書房　2001 p1
解説「斎院の思い出を胸に　式子内親王」（平井啓子）
　「コレクション日本歌人選010　式子内親王」笠間書院　2011 p106
〔解説〕式子内親王集（石川泰水）
　「和歌文学大系23　式子内親王集・建礼門院右京大夫集・俊成卿女集・艶詞」明治書院　2001 p231
〔解題〕式子内親王集（近藤潤一）
　「新編国歌大観4」角川書店　1986 p679
歌人略伝
　「コレクション日本歌人選010　式子内親王」笠間書院　2011 p103
〔付録エッセイ〕花を見送る非力者の哀しみ（抄）—作歌態度としての〈詠め〉の姿勢（馬場あき子）
　「コレクション日本歌人選010　式子内親王」笠間書院　2011 p115

【年表】
略年譜
　「コレクション日本歌人選010　式子内親王」笠間書院　2011 p104

【資料】
式子内親王関係研究文献目録
　「私家集全釈叢書28　式子内親王集全釈」風間書房　2001 p703
初句索引（高橋由紀）
　「和歌文学大系23　式子内親王集・建礼門院右京大夫集・俊成卿女集・艶詞」明治書院　2001 p333
人名索引（高橋由紀）
　「和歌文学大系23　式子内親王集・建礼門院右京大夫集・俊成卿女集・艶詞」明治書院　2001 p307
地名索引（高橋由紀）
　「和歌文学大系23　式子内親王集・建礼門院右京大夫集・俊成卿女集・艶詞」明治書院　2001 p321
読書案内
　「コレクション日本歌人選010　式子内親王」笠間書院　2011 p113
和歌各句索引
　「私家集全釈叢書28　式子内親王集全釈」風間書房　2001 p733

正徹

【解説】
解説「正徹から心敬へ—定家の風を継いで—」（伊藤伸江）
　「コレクション日本歌人選054　正徹と心敬」笠間書院　2012 p104

〔解説〕草根集（伊藤伸江）
　「和歌文学大系66　草根集・権大僧都心敬集・再昌」明治書院　2005 p341
解説〔なぐさめ草〕（外村展子）
　「中世日記紀行文学全評釈集成6」勉誠出版　2004 p220
〔解題〕正徹千首（田中新一）
　「新編国歌大観4」角川書店　1986 p721
〔解題〕正徹物語（田中裕）
　「新編国歌大観5」角川書店　1987 p1489
〔解題〕草根集（正徹）（赤羽淑ほか）
　「新編国歌大観8」角川書店　1990 p821
〔解題〕なぐさめ草（乾安代）
　「新編国歌大観10」角川書店　1992 p1199
歌人略伝
　「コレクション日本歌人選054　正徹と心敬」笠間書院　2012 p101
〔付録エッセイ〕正徹の歌一首（那珂太郎）
　「コレクション日本歌人選054　正徹と心敬」笠間書院　2012 p116

【年表】
略年譜
　「コレクション日本歌人選054　正徹と心敬」笠間書院　2012 p102

【資料】
初句索引
　「和歌文学大系66　草根集・権大僧都心敬集・再昌」明治書院　2005 p392
人名索引
　「和歌文学大系66　草根集・権大僧都心敬集・再昌」明治書院　2005 p381
地名索引
　「和歌文学大系66　草根集・権大僧都心敬集・再昌」明治書院　2005 p387
読書案内
　「コレクション日本歌人選054　正徹と心敬」笠間書院　2012 p114
補注
　「コレクション日本歌人選054　正徹と心敬」笠間書院　2012 p97
補注　草根集（伊藤伸江）
　「和歌文学大系66　草根集・権大僧都心敬集・再昌」明治書院　2005 p308

心敬

【解説】
〔解説〕権大僧都心敬集（伊藤伸江）
　「和歌文学大系66　草根集・権大僧都心敬集・再昌」明治書院　2005 p351
解説「正徹から心敬へ—定家の風を継いで—」（伊藤伸江）
　「コレクション日本歌人選054　正徹と心敬」笠間書院　2012 p104

〔解題〕芝草句内発句(本能寺蔵本)（大村敦子）
　「連歌大観1」古典ライブラリー　2016　p569
〔解題〕芝草句内岩橋(本能寺蔵本)（大村敦子）
　「連歌大観1」古典ライブラリー　2016　p568
〔解題〕心玉集(静嘉堂文庫蔵本)（大村敦子）
　「連歌大観1」古典ライブラリー　2016　p566
〔解題〕心敬私語（島津忠夫）
　「新編国歌大観5」角川書店　1987　p1489
〔解題〕心敬集（乾安代）
　「新編国歌大観8」角川書店　1990　p825
歌人略伝
　「コレクション日本歌人選054 正徹と心敬」笠間書院　2012　p101

【年表】
略年譜
　「コレクション日本歌人選054 正徹と心敬」笠間書院　2012　p102

【資料】
初句索引
　「和歌文学大系66 草根集・権大僧都心敬集・再昌」明治書院　2005　p392
人名索引
　「和歌文学大系66 草根集・権大僧都心敬集・再昌」明治書院　2005　p381
地名索引
　「和歌文学大系66 草根集・権大僧都心敬集・再昌」明治書院　2005　p387
読書案内
　「コレクション日本歌人選054 正徹と心敬」笠間書院　2012　p114
補注 権大僧都心敬集（伊藤伸江）
　「和歌文学大系66 草根集・権大僧都心敬集・再昌」明治書院　2005　p316

親鸞

【解説】
〔解説〕親鸞と『歎異抄』（平野多恵）
　「日本の古典をよむ14 方丈記・徒然草・歎異抄」小学館　2007　p315
書をよむ―親鸞の書（石川九楊）
　「日本の古典をよむ14 方丈記・徒然草・歎異抄」小学館　2007　巻頭
親鸞の風景 1 六角堂（佐々木和歌子）
　「日本の古典をよむ14 方丈記・徒然草・歎異抄」小学館　2007　p261
親鸞の風景 2 居多ヶ浜（佐々木和歌子）
　「日本の古典をよむ14 方丈記・徒然草・歎異抄」小学館　2007　p297
親鸞の風景 3 西念寺（佐々木和歌子）
　「日本の古典をよむ14 方丈記・徒然草・歎異抄」小学館　2007　p307
歎異抄 あらすじ（平野多恵）
　「日本の古典をよむ14 方丈記・徒然草・歎異抄」小学館　2007　p240

はじめに―中世人の希求（平野多恵）
　「日本の古典をよむ14 方丈記・徒然草・歎異抄」小学館　2007　p3

世阿弥

【解説】
あとがき（飯田利行）
　「現代語訳 洞門禅文学集〔3〕 世阿弥・仙馨」国書刊行会　2001　p349
解説（石井倫子）
　「日本の古典をよむ17 風姿花伝・謡曲名作選」小学館　2009　p310
解説（田中裕）
　「新潮日本古典集成 新装版〔31〕 世阿弥芸術論集」新潮社　2018　p265
〔各曲解題〕蟻通
　「新潮日本古典集成 新装版〔63〕 謡曲集 上」新潮社　2015　p402
〔各曲解題〕井筒
　「新潮日本古典集成 新装版〔63〕 謡曲集 上」新潮社　2015　p403
〔各曲解題〕浮舟
　「新潮日本古典集成 新装版〔63〕 謡曲集 上」新潮社　2015　p406
〔各曲解題〕右近
　「新潮日本古典集成 新装版〔63〕 謡曲集 上」新潮社　2015　p407
〔各曲解題〕鵜羽
　「新潮日本古典集成 新装版〔63〕 謡曲集 上」新潮社　2015　p411
〔各曲解題〕江口
　「新潮日本古典集成 新装版〔63〕 謡曲集 上」新潮社　2015　p413
〔各曲解題〕老松
　「新潮日本古典集成 新装版〔63〕 謡曲集 上」新潮社　2015　p415
〔各曲解題〕清経
　「新潮日本古典集成 新装版〔64〕 謡曲集 中」新潮社　2015　p429
〔各曲解題〕西行桜
　「新潮日本古典集成 新装版〔64〕 謡曲集 中」新潮社　2015　p440
〔各曲解題〕桜川
　「新潮日本古典集成 新装版〔64〕 謡曲集 中」新潮社　2015　p442
〔各曲解題〕実盛
　「新潮日本古典集成 新装版〔64〕 謡曲集 中」新潮社　2015　p444
〔各曲解題〕春栄
　「新潮日本古典集成 新装版〔64〕 謡曲集 中」新潮社　2015　p451
〔各曲解題〕当麻
　「新潮日本古典集成 新装版〔64〕 謡曲集 中」新潮社　2015　p472
〔各曲解題〕高砂
　「新潮日本古典集成 新装版〔64〕 謡曲集 中」新

〔各曲解題〕忠度
「新潮日本古典集成 新装版〔64〕謠曲集 中」新潮社 2015 p476
〔各曲解題〕融
「新潮日本古典集成 新装版〔64〕謠曲集 中」新潮社 2015 p496
〔各曲解題〕難波
「新潮日本古典集成 新装版〔65〕謠曲集 下」新潮社 2015 p441
〔各曲解題〕錦木
「新潮日本古典集成 新装版〔65〕謠曲集 下」新潮社 2015 p444
〔各曲解題〕鵺
「新潮日本古典集成 新装版〔65〕謠曲集 下」新潮社 2015 p446
〔各曲解題〕花筐
「新潮日本古典集成 新装版〔65〕謠曲集 下」新潮社 2015 p458
〔各曲解題〕班女
「新潮日本古典集成 新装版〔65〕謠曲集 下」新潮社 2015 p461
〔各曲解題〕檜垣
「新潮日本古典集成 新装版〔65〕謠曲集 下」新潮社 2015 p464
〔各曲解題〕舟橋
「新潮日本古典集成 新装版〔65〕謠曲集 下」新潮社 2015 p476
〔各曲解題〕松風
「新潮日本古典集成 新装版〔65〕謠曲集 下」新潮社 2015 p483
〔各曲解題〕八島
「新潮日本古典集成 新装版〔65〕謠曲集 下」新潮社 2015 p496
〔各曲解題〕頼政
「新潮日本古典集成 新装版〔65〕謠曲集 下」新潮社 2015 p509
自筆本をよむ―世阿弥筆 花伝第六花修
「日本の古典をよむ17 風姿花伝・謠曲名作選」小学館 2009 巻頭
書をよむ―世阿弥と声（石川九楊）
「日本の古典をよむ17 風姿花伝・謠曲名作選」小学館 2009 巻頭
〔はしがき〕世阿弥研究と洞門禅（飯田利行）
「現代語訳 洞門禅文学集〔3〕世阿弥・仙馨」国書刊行会 2001 p9
〔はしがき〕洞門禅の面授と世阿弥の花伝（授伝）（飯田利行）
「現代語訳 洞門禅文学集〔3〕世阿弥・仙馨」国書刊行会 2001 p15
はじめに―ショービジネスとしての能（石井倫子）
「日本の古典をよむ17 風姿花伝・謠曲名作選」小学館 2009 p3
美をよむ―幽玄と花（島尾新）
「日本の古典をよむ17 風姿花伝・謠曲名作選」小学館 2009 巻頭

風姿花伝 内容紹介（石井倫子）
「日本の古典をよむ17 風姿花伝・謠曲名作選」小学館 2009 p10

説話

【解説】

医談抄 解説（美濃部重克ほか）
「伝承文学資料集成22 医談抄」三弥井書店 2006 p1
〔解題〕今物語（久保田淳）
「新編国歌大観5」角川書店 1987 p1490
〔解題〕唐物語（樋口芳麻呂、三角洋一）
「新編国歌大観5」角川書店 1987 p1492
〔解題〕古事談（浅見和彦、小島孝之）
「新編国歌大観5」角川書店 1987 p1490
〔解題〕古本説話集（小峯和明）
「新編国歌大観5」角川書店 1987 p1490
〔解題〕沙石集（小島孝之）
「新編国歌大観5」角川書店 1987 p1490
〔解題〕撰集抄（小島孝之）
「新編国歌大観5」角川書店 1987 p1490
〔解題〕続古事談（浅見和彦、小島孝之）
「新編国歌大観5」角川書店 1987 p1490
〔解題〕吉野拾遺（鶴崎裕雄）
「新編国歌大観10」角川書店 1992 p1199
〔解題〕世継物語（久保田淳）
「新編国歌大観5」角川書店 1987 p1490
『古事談』解説（川端善明）
「新 日本古典文学大系41 古事談 続古事談」岩波書店 2005 p853
『古事談』『続古事談』の本文について（荒木浩）
「新 日本古典文学大系41 古事談 続古事談」岩波書店 2005 p895
『続古事談』解説（荒木浩）
「新 日本古典文学大系41 古事談 続古事談」岩波書店 2005 p873

【資料】

出典一覧
「伝承文学資料集成22 医談抄」三弥井書店 2006 p221
人名一覧
「新 日本古典文学大系41 古事談 続古事談」岩波書店 2005 左1
人名索引
「伝承文学資料集成22 医談抄」三弥井書店 2006 p i
注記一覧〔続古事談〕
「新 日本古典文学大系41 古事談 続古事談」岩波書店 2005 p847

説話　　　　　　　　　　解説・資料　　　　　　　　　　　　　　中世

宇治拾遺物語

【解説】
宇治拾遺物語解説（正宗敦夫）
　「覆刻 日本古典全集〔文学編〕〔3〕 宇治拾遺物語」現代思潮社 1983 p1
宇治拾遺物語 内容紹介（渡辺麻里子）
　「日本の古典をよむ15 宇治拾遺物語・十訓抄」小学館 2007 p12
宇治拾遺物語の風景 1 晴明神社（佐々木和歌子）
　「日本の古典をよむ15 宇治拾遺物語・十訓抄」小学館 2007 p41
宇治拾遺物語の風景 2 雲林院（佐々木和歌子）
　「日本の古典をよむ15 宇治拾遺物語・十訓抄」小学館 2007 p99
宇治拾遺物語の風景 3 長谷寺（佐々木和歌子）
　「日本の古典をよむ15 宇治拾遺物語・十訓抄」小学館 2007 p143
解説（大島建彦）
　「新潮日本古典集成 新装版〔4〕 宇治拾遺物語」新潮社 2019 p543
〔解説〕『宇治大納言物語』の幻影（渡辺麻里子）
　「日本の古典をよむ15 宇治拾遺物語・十訓抄」小学館 2007 p310
〔解説〕『宇治拾遺物語』の深淵（渡辺麻里子）
　「日本の古典をよむ15 宇治拾遺物語・十訓抄」小学館 2007 p312
〔解説〕『宇治拾遺物語』の成立（渡辺麻里子）
　「日本の古典をよむ15 宇治拾遺物語・十訓抄」小学館 2007 p308
〔解題〕宇治拾遺物語（浅見和彦, 小島孝之）
　「新編国歌大観5」角川書店 1987 p1490
古活字体をよむ—古活字本 宇治拾遺物語
　「日本の古典をよむ15 宇治拾遺物語・十訓抄」小学館 2007 巻頭
書をよむ—葦手の楽しみ（石川九楊）
　「日本の古典をよむ15 宇治拾遺物語・十訓抄」小学館 2007 巻頭
はじめに—説話集の魅力（渡辺麻里子）
　「日本の古典をよむ15 宇治拾遺物語・十訓抄」小学館 2007 p3
美をよむ—走る、走る、ナンバで走る（佐野みどり）
　「日本の古典をよむ15 宇治拾遺物語・十訓抄」小学館 2007 巻頭

【資料】
昔話「腰折雀」伝承分布表
　「新潮日本古典集成 新装版〔4〕 宇治拾遺物語」新潮社 2019 p577
昔話「瘤取爺」伝承分布表
　「新潮日本古典集成 新装版〔4〕 宇治拾遺物語」新潮社 2019 p573

古今著聞集

【解説】
解説（西尾光一）
　「新潮日本古典集成 新装版〔20〕 古今著聞集 上」新潮社 2019 p473
解説（西尾光一, 小林保治）
　「新潮日本古典集成 新装版〔21〕 古今著聞集 下」新潮社 2019 p421
〔解題〕古今著聞集（小島孝之）
　「新編国歌大観5」角川書店 1987 p1490
古今著聞集考（大森志朗）
　「覆刻 日本古典全集〔文学編〕〔24〕 古今著聞集 下」現代思潮社 1983 p1
「古今著聞集考」補訂
　「覆刻 日本古典全集〔文学編〕〔24〕 古今著聞集 下」現代思潮社 1983 p1
古今著聞集の終に（正宗敦夫）
　「覆刻 日本古典全集〔文学編〕〔24〕 古今著聞集 下」現代思潮社 1983 p1

【資料】
主要原漢文
　「新潮日本古典集成 新装版〔20〕 古今著聞集 上」新潮社 2019 p519
　「新潮日本古典集成 新装版〔21〕 古今著聞集 下」新潮社 2019 p465
人名・神仏名索引
　「新潮日本古典集成 新装版〔21〕 古今著聞集 下」新潮社 2019 p467
図録
　「新潮日本古典集成 新装版〔20〕 古今著聞集 上」新潮社 2019 p524

十訓抄

【解説】
〔解説〕『十訓抄』の編者と武士への視座（渡辺麻里子）
　「日本の古典をよむ15 宇治拾遺物語・十訓抄」小学館 2007 p315
〔解説〕『十訓抄』の魅力の根源（渡辺麻里子）
　「日本の古典をよむ15 宇治拾遺物語・十訓抄」小学館 2007 p317
〔解題〕十訓抄（久保田淳）
　「新編国歌大観5」角川書店 1987 p1490
十訓抄 内容紹介（渡辺麻里子）
　「日本の古典をよむ15 宇治拾遺物語・十訓抄」小学館 2007 p218
十訓抄の風景 1 養老の滝（佐々木和歌子）
　「日本の古典をよむ15 宇治拾遺物語・十訓抄」小学館 2007 p272
十訓抄の風景 2 鵜大明神と鵜池（佐々木和歌子）
　「日本の古典をよむ15 宇治拾遺物語・十訓抄」小学館 2007 p307

はじめに―説話集の魅力（渡辺麻里子）
　「日本の古典をよむ15 宇治拾遺物語・十訓抄」小学館 2007 p3

頓阿

【解説】
　解説「「歌ことば」のプロフェッショナル」
　　（小林大輔）
　　「コレクション日本歌人選031 頓阿」笠間書院 2012 p106
　〔解説〕草庵集（酒井茂幸）
　　「和歌文学大系65 草庵集・兼好法師集・浄弁集・慶運集」明治書院 2004 p379
　〔解題〕愚問賢注（田中裕）
　　「新編国歌大観5」角川書店 1987 p1489
　〔解題〕井蛙抄（田中裕）
　　「新編国歌大観5」角川書店 1987 p1489
　〔解題〕草庵集（頓阿）（深津睦夫）
　　「新編国歌大観4」角川書店 1986 p696
　〔解題〕続草庵集（頓阿）（深津睦夫）
　　「新編国歌大観4」角川書店 1986 p698
　〔解題〕頓阿句題百首（有吉保、齋藤彰）
　　「新編国歌大観10」角川書店 1992 p1118
　〔解題〕頓阿五十首（齋藤彰）
　　「新編国歌大観10」角川書店 1992 p1124
　〔解題〕頓阿百首A（有吉保、齋藤彰）
　　「新編国歌大観10」角川書店 1992 p1117
　〔解題〕頓阿百首B（有吉保、齋藤彰）
　　「新編国歌大観10」角川書店 1992 p1118
　歌人略伝
　　「コレクション日本歌人選031 頓阿」笠間書院 2012 p103
　〔付録エッセイ〕『玉葉』『風雅』の叙景歌の功績、頓阿の歌（風巻景次郎）
　　「コレクション日本歌人選031 頓阿」笠間書院 2012 p114

【年表】
　略年譜
　　「コレクション日本歌人選031 頓阿」笠間書院 2012 p104

【資料】
　初句索引
　　「和歌文学大系65 草庵集・兼好法師集・浄弁集・慶運集」明治書院 2004 p470
　人名索引（酒井茂幸）
　　「和歌文学大系65 草庵集・兼好法師集・浄弁集・慶運集」明治書院 2004 p439
　地名索引（酒井茂幸）
　　「和歌文学大系65 草庵集・兼好法師集・浄弁集・慶運集」明治書院 2004 p453
　読書案内
　　「コレクション日本歌人選031 頓阿」笠間書院 2012 p112

補注 草庵集（酒井茂幸）
　「和歌文学大系65 草庵集・兼好法師集・浄弁集・慶運集」明治書院 2004 p364

日記・紀行

【解説】
　解説〔東路のつと〕（伊藤伸江）
　　「中世日記紀行文学全評釈集成7」勉誠出版 2004 p313
　解説〔小島のすさみ〕（伊藤敬）
　　「中世日記紀行文学全評釈集成6」勉誠出版 2004 p34
　解説〔廻国雑記〕（高橋良雄）
　　「中世日記紀行文学全評釈集成7」勉誠出版 2004 p88
　解説〔九州下向記〕（石川一）
　　「中世日記紀行文学全評釈集成7」勉誠出版 2004 p119
　解説〔九州のみちの記〕（石川一）
　　「中世日記紀行文学全評釈集成7」勉誠出版 2004 p145
　解説〔楠長譜九州下向記〕（石川一）
　　「中世日記紀行文学全評釈集成7」勉誠出版 2004 p274
　解説〔佐野のわたり〕（勢田勝郭）
　　「中世日記紀行文学全評釈集成7」勉誠出版 2004 p167
　解説〔白河紀行〕（両角倉一）
　　「中世日記紀行文学全評釈集成6」勉誠出版 2004 p105
　解説〔信生法師集〕（祐野隆三）
　　「中世日記紀行文学全評釈集成2」勉誠出版 2004 p302
　解説〔住吉詣〕（石川一）
　　「中世日記紀行文学全評釈集成6」勉誠出版 2004 p119
　解説〔宗長日記〕（岸田依子）
　　「中世日記紀行文学全評釈集成7」勉誠出版 2004 p407
　解説〔竹むきが記〕（渡辺静子）
　　「中世日記紀行文学全評釈集成5」勉誠出版 2004 p259
　解説〔筑紫道の記〕（祐野隆三）
　　「中世日記紀行文学全評釈集成6」勉誠出版 2004 p170
　〔解説〕土御門院女房日記（山崎桂子）
　　「新注和歌文学叢書12 土御門院御百首 土御門院女房日記 新注」青簡舎 2013 p266
　解説〔中務内侍日記〕（青木経雄、渡辺静子）
　　「中世日記紀行文学全評釈集成5」勉誠出版 2004 p110
　解説〔なぐさめ草〕（外村展子）
　　「中世日記紀行文学全評釈集成6」勉誠出版 2004 p220
　解説〔春のみやまぢ〕（渡辺静子, 青木経雄）
　　「中世日記紀行文学全評釈集成3」勉誠出版 2004

p337
解説〔藤河の記〕(外村展子)
　「中世日記紀行文学全評釈集成6」勉誠出版 2004 p269
解説〔道ゆきぶり〕(荒木尚)
　「中世日記紀行文学全評釈集成6」勉誠出版 2004 p331
解説〔源家長日記〕(藤田一尊)
　「中世日記紀行文学全評釈集成3」勉誠出版 2004 p127
解説〔武蔵野紀行〕(石川一)
　「中世日記紀行文学全評釈集成7」勉誠出版 2004 p332
解説〔鹿苑院殿厳島詣記〕(荒木尚)
　「中世日記紀行文学全評釈集成6」勉誠出版 2004 p82
〔解題〕小島の口ずさみ(乾安代)
　「新編国歌大観10」角川書店 1992 p1199
〔解題〕海道記(福田秀一)
　「新編国歌大観5」角川書店 1987 p1491
〔解題〕嵯峨の通ひ路(福田秀一)
　「新編国歌大観5」角川書店 1987 p1491
〔解題〕太神宮参詣記(乾安代)
　「新編国歌大観10」角川書店 1992 p1199
〔解題〕竹むきが記(福田秀一)
　「新編国歌大観5」角川書店 1987 p1491
〔解題〕東関紀行(福田秀一)
　「新編国歌大観5」角川書店 1987 p1491
〔解題〕中務内侍日記(福田秀一)
　「新編国歌大観5」角川書店 1987 p1491
〔解題〕春の深山路(福田秀一)
　「新編国歌大観5」角川書店 1987 p1491
〔解題〕ふぢ河の記(乾安代)
　「新編国歌大観10」角川書店 1992 p1199
〔解題〕弁内侍日記(福田秀一)
　「新編国歌大観5」角川書店 1987 p1491
〔解題〕道行触(乾安代)
　「新編国歌大観10」角川書店 1992 p1199
〔解題〕源家長日記(福田秀一)
　「新編国歌大観5」角川書店 1987 p1491
〔解題〕都路の別れ(福田秀一)
　「新編国歌大観5」角川書店 1987 p1491
〔解題〕都のつと(乾安代)
　「新編国歌大観10」角川書店 1992 p1199
〔解題〕無名の記(福田秀一)
　「新編国歌大観5」角川書店 1987 p1491
〔解題〕最上の河路(福田秀一)
　「新編国歌大観5」角川書店 1987 p1491
〔解題〕鹿苑院殿厳島詣記(乾安代)
　「新編国歌大観10」角川書店 1992 p1199
書をよむ—誕生期の女手の姿を幻視する(石川九楊)
　「日本の古典をよむ7 土佐日記・蜻蛉日記・とはずがたり」小学館 2008 巻頭

はじめに—日記を書くこと、そして自己を語ること(吉野瑞恵)
　「日本の古典をよむ7 土佐日記・蜻蛉日記・とはずがたり」小学館 2008 p3
美をよむ—恩愛の境界を別れて(佐野みどり)
　「日本の古典をよむ7 土佐日記・蜻蛉日記・とはずがたり」小学館 2008 巻頭

【年表】
飛鳥井雅有 略年譜
　「中世日記紀行文学全評釈集成3」勉誠出版 2004 p345
年表〔中務内侍日記(藤原経子)〕
　「中世日記紀行文学全評釈集成5」勉誠出版 2004 p120
年譜〔竹むきが記(日野名子)〕
　「中世日記紀行文学全評釈集成5」勉誠出版 2004 p285
年譜〔源家長日記〕
　「中世日記紀行文学全評釈集成3」勉誠出版 2004 p145

【資料】
飛鳥井雅有旅程図
　「中世日記紀行文学全評釈集成3」勉誠出版 2004 p358
系図〔竹むきが記(日野名子)〕
　「中世日記紀行文学全評釈集成5」勉誠出版 2004 p297
系図〔中務内侍日記(藤原経子)〕
　「中世日記紀行文学全評釈集成5」勉誠出版 2004 p118
系図〔春のみやまぢ(飛鳥井雅有)〕
　「中世日記紀行文学全評釈集成3」勉誠出版 2004 p354
系図〔源家長日記〕
　「中世日記紀行文学全評釈集成3」勉誠出版 2004 p147
校異・朱書一覧〔飛鳥井雅有卿記事〕
　「中世日記紀行文学全評釈集成3」勉誠出版 2004 p224
校訂覚書〔源家長日記〕
　「中世日記紀行文学全評釈集成3」勉誠出版 2004 p140
参考文献〔信生法師集〕
　「中世日記紀行文学全評釈集成2」勉誠出版 2004 p327
〔参考文献〕土御門院女房日記
　「新注和歌文学叢書12 土御門院御百首 土御門院女房日記 新注」青簡舎 2013 p297
参考文献〔中務内侍日記〕
　「中世日記紀行文学全評釈集成5」勉誠出版 2004 p116
参考文献〔春のみやまぢ〕
　「中世日記紀行文学全評釈集成3」勉誠出版 2004 p344

参考文献〔源家長日記〕
　「中世日記紀行文学全評釈集成3」勉誠出版 2004 p149
大内裏周辺図〔春のみやまぢ〕
　「中世日記紀行文学全評釈集成3」勉誠出版 2004 p357
地図〔宗長日記〕
　「中世日記紀行文学全評釈集成7」勉誠出版 2004 p426
地図〔藤河の記〕
　「中世日記紀行文学全評釈集成6」勉誠出版 2004 p282
地図〔道ゆきぶり〕
　「中世日記紀行文学全評釈集成6」勉誠出版 2004 p330
旅程図〔信生法師集〕
　「中世日記紀行文学全評釈集成2」勉誠出版 2004 p333
和歌各句索引
　「新注和歌文学叢書12 土御門院御百首 土御門院女房日記 新注」青簡舎 2013 p299

とはずがたり

【解説】
解説（福田秀一）
　「新潮日本古典集成 新装版〔43〕 とはずがたり」新潮社 2017 p333
〔解説〕院の思い人の物語的な日記—『とはずがたり』（吉野瑞恵）
　「日本の古典をよむ7 土佐日記・蜻蛉日記・とはずがたり」小学館 2008 p308
解説〔とはずがたり〕（標宮子）
　「中世日記紀行文学全評釈集成4」勉誠出版 2000 p419
〔解題〕とはずがたり（福田秀一）
　「新編国歌大観5」角川書店 1987 p1491
とはずがたり あらすじ（吉野瑞恵）
　「日本の古典をよむ7 土佐日記・蜻蛉日記・とはずがたり」小学館 2008 p144
とはずがたりの風景1 二条富小路殿跡（佐々木和歌子）
　「日本の古典をよむ7 土佐日記・蜻蛉日記・とはずがたり」小学館 2008 p201
とはずがたりの風景2 石清水八幡宮（佐々木和歌子）
　「日本の古典をよむ7 土佐日記・蜻蛉日記・とはずがたり」小学館 2008 p286
とはずがたりの風景3 深草北陵（佐々木和歌子）
　「日本の古典をよむ7 土佐日記・蜻蛉日記・とはずがたり」小学館 2008 p302
美をよむ—恩愛の境界を別れて（佐野みどり）
　「日本の古典をよむ7 土佐日記・蜻蛉日記・とはずがたり」小学館 2008 巻頭

【年表】
年表
　「新潮日本古典集成 新装版〔43〕 とはずがたり」新潮社 2017 p392
年譜〔とはずがたり（後深草院二条）〕（吉野知子ほか）
　「中世日記紀行文学全評釈集成4」勉誠出版 2000 p465

【資料】
〔系図〕皇室（一）
　「新潮日本古典集成 新装版〔43〕 とはずがたり」新潮社 2017 p413
系図〔とはずがたり（後深草院二条）〕（吉野知子ほか）
　「中世日記紀行文学全評釈集成4」勉誠出版 2000 p468
〔系図〕藤原氏（一）四条家（作者の母方）
　「新潮日本古典集成 新装版〔43〕 とはずがたり」新潮社 2017 p414
〔系図〕藤原氏（二）西園寺・洞院家
　「新潮日本古典集成 新装版〔43〕 とはずがたり」新潮社 2017 p415
〔系図〕藤原氏（三）近衛・鷹司家
　「新潮日本古典集成 新装版〔43〕 とはずがたり」新潮社 2017 p415
〔系図〕藤原氏（四）藤原仲綱一族（作者の乳父）
　「新潮日本古典集成 新装版〔43〕 とはずがたり」新潮社 2017 p415
〔系図〕村上源氏（作者の父方）
　「新潮日本古典集成 新装版〔43〕 とはずがたり」新潮社 2017 p414
研究文献総目録〔とはずがたり〕（標珠美，標宮子）
　「中世日記紀行文学全評釈集成4」勉誠出版 2000 p471
主要人物の関係
　「新潮日本古典集成 新装版〔43〕 とはずがたり」新潮社 2017 p416
図録
　「新潮日本古典集成 新装版〔43〕 とはずがたり」新潮社 2017 p417
地図〔とはずがたり〕（吉野知子ほか）
　「中世日記紀行文学全評釈集成4」勉誠出版 2000 p470
とはずがたり 人物関係図
　「日本の古典をよむ7 土佐日記・蜻蛉日記・とはずがたり」小学館 2008 p315
服飾・調度・乗物図
　「日本の古典をよむ7 土佐日記・蜻蛉日記・とはずがたり」小学館 2008 p316

たまきはる

【解説】
解説〔たまきはる〕(大倉比呂志)
「中世日記紀行文学全評釈集成2」勉誠出版 2004 p92
〔解題〕建春門院中納言日記(福田秀一)
「新編国歌大観5」角川書店 1987 p1491

【年表】
年譜
「中世日記紀行文学全評釈集成2」勉誠出版 2004 p98

【資料】
系図
「中世日記紀行文学全評釈集成2」勉誠出版 2004 p102
参考文献
「中世日記紀行文学全評釈集成2」勉誠出版 2004 p104
主要校異一覧
「中世日記紀行文学全評釈集成2」勉誠出版 2004 p97

能・狂言

【解説】
解説(寿岳章子)
「わたしの古典15 馬場あき子の謡曲集 三枝和子の狂言集」集英社 1987 p279
解説 謡曲の展望のために(伊藤正義)
「新潮日本古典集成 新装版〔63〕謡曲集 上」新潮社 2015 p361

〔各曲解題〕葵上
「新潮日本古典集成 新装版〔63〕謡曲集 上」新潮社 2015 p393

〔各曲解題〕阿漕
「新潮日本古典集成 新装版〔63〕謡曲集 上」新潮社 2015 p394

〔各曲解題〕朝顔
「新潮日本古典集成 新装版〔63〕謡曲集 上」新潮社 2015 p395

〔各曲解題〕安宅
「新潮日本古典集成 新装版〔63〕謡曲集 上」新潮社 2015 p397

〔各曲解題〕安達原
「新潮日本古典集成 新装版〔63〕謡曲集 上」新潮社 2015 p398

〔各曲解題〕海士
「新潮日本古典集成 新装版〔63〕謡曲集 上」新潮社 2015 p399

〔各曲解題〕蟻通
「新潮日本古典集成 新装版〔63〕謡曲集 上」新潮社 2015 p402

〔各曲解題〕井筒
「新潮日本古典集成 新装版〔63〕謡曲集 上」新潮社 2015 p403

〔各曲解題〕鵜飼
「新潮日本古典集成 新装版〔63〕謡曲集 上」新潮社 2015 p405

〔各曲解題〕浮舟
「新潮日本古典集成 新装版〔63〕謡曲集 上」新潮社 2015 p406

〔各曲解題〕右近
「新潮日本古典集成 新装版〔63〕謡曲集 上」新潮社 2015 p407

〔各曲解題〕善知鳥
「新潮日本古典集成 新装版〔63〕謡曲集 上」新潮社 2015 p409

〔各曲解題〕采女
「新潮日本古典集成 新装版〔63〕謡曲集 上」新潮社 2015 p410

〔各曲解題〕鵜羽
「新潮日本古典集成 新装版〔63〕謡曲集 上」新潮社 2015 p411

〔各曲解題〕梅枝
「新潮日本古典集成 新装版〔63〕謡曲集 上」新潮社 2015 p412

〔各曲解題〕江口
「新潮日本古典集成 新装版〔63〕謡曲集 上」新潮社 2015 p413

〔各曲解題〕老松
「新潮日本古典集成 新装版〔63〕謡曲集 上」新潮社 2015 p415

〔各曲解題〕鸚鵡小町
「新潮日本古典集成 新装版〔63〕謡曲集 上」新潮社 2015 p416

〔各曲解題〕小塩
「新潮日本古典集成 新装版〔63〕謡曲集 上」新潮社 2015 p417

〔各曲解題〕姨捨
「新潮日本古典集成 新装版〔63〕謡曲集 上」新潮社 2015 p418

〔各曲解題〕女郎花
「新潮日本古典集成 新装版〔63〕謡曲集 上」新潮社 2015 p420

〔各曲解題〕杜若
「新潮日本古典集成 新装版〔63〕謡曲集 上」新潮社 2015 p422

〔各曲解題〕景清
「新潮日本古典集成 新装版〔63〕謡曲集 上」新潮社 2015 p424

〔各曲解題〕柏崎
「新潮日本古典集成 新装版〔63〕謡曲集 上」新潮社 2015 p425

〔各曲解題〕春日龍神
「新潮日本古典集成 新装版〔63〕謡曲集 上」新潮社 2015 p426

〔各曲解題〕葛城
「新潮日本古典集成 新装版〔63〕謡曲集 上」新潮社 2015 p428

〔各曲解題〕鉄輪
「新潮日本古典集成 新装版〔63〕謡曲集 上」新潮社 2015 p429

〔各曲解題〕兼平
「新潮日本古典集成 新装版〔63〕 謡曲集 上」新潮社 2015 p430

〔各曲解題〕通小町
「新潮日本古典集成 新装版〔63〕 謡曲集 上」新潮社 2015 p431

〔各曲解題〕邯鄲
「新潮日本古典集成 新装版〔63〕 謡曲集 上」新潮社 2015 p433

〔各曲解題〕清経
「新潮日本古典集成 新装版〔64〕 謡曲集 中」新潮社 2015 p429

〔各曲解題〕鞍馬天狗
「新潮日本古典集成 新装版〔64〕 謡曲集 中」新潮社 2015 p431

〔各曲解題〕呉服
「新潮日本古典集成 新装版〔64〕 謡曲集 中」新潮社 2015 p433

〔各曲解題〕源氏供養
「新潮日本古典集成 新装版〔64〕 謡曲集 中」新潮社 2015 p434

〔各曲解題〕項羽
「新潮日本古典集成 新装版〔64〕 謡曲集 中」新潮社 2015 p437

〔各曲解題〕皇帝
「新潮日本古典集成 新装版〔64〕 謡曲集 中」新潮社 2015 p439

〔各曲解題〕西行桜
「新潮日本古典集成 新装版〔64〕 謡曲集 中」新潮社 2015 p440

〔各曲解題〕桜川
「新潮日本古典集成 新装版〔64〕 謡曲集 中」新潮社 2015 p442

〔各曲解題〕実盛
「新潮日本古典集成 新装版〔64〕 謡曲集 中」新潮社 2015 p444

〔各曲解題〕志賀
「新潮日本古典集成 新装版〔64〕 謡曲集 中」新潮社 2015 p446

〔各曲解題〕自然居士
「新潮日本古典集成 新装版〔64〕 謡曲集 中」新潮社 2015 p448

〔各曲解題〕春栄
「新潮日本古典集成 新装版〔64〕 謡曲集 中」新潮社 2015 p451

〔各曲解題〕俊寛
「新潮日本古典集成 新装版〔64〕 謡曲集 中」新潮社 2015 p452

〔各曲解題〕猩々
「新潮日本古典集成 新装版〔64〕 謡曲集 中」新潮社 2015 p455

〔各曲解題〕角田川
「新潮日本古典集成 新装版〔64〕 謡曲集 中」新潮社 2015 p458

〔各曲解題〕誓願寺
「新潮日本古典集成 新装版〔64〕 謡曲集 中」新潮社 2015 p461

〔各曲解題〕善界
「新潮日本古典集成 新装版〔64〕 謡曲集 中」新潮社 2015 p462

〔各曲解題〕関寺小町
「新潮日本古典集成 新装版〔64〕 謡曲集 中」新潮社 2015 p463

〔各曲解題〕殺生石
「新潮日本古典集成 新装版〔64〕 謡曲集 中」新潮社 2015 p464

〔各曲解題〕千手重衡
「新潮日本古典集成 新装版〔64〕 謡曲集 中」新潮社 2015 p466

〔各曲解題〕卒都婆小町
「新潮日本古典集成 新装版〔64〕 謡曲集 中」新潮社 2015 p470

〔各曲解題〕大会
「新潮日本古典集成 新装版〔64〕 謡曲集 中」新潮社 2015 p471

〔各曲解題〕当麻
「新潮日本古典集成 新装版〔64〕 謡曲集 中」新潮社 2015 p472

〔各曲解題〕高砂
「新潮日本古典集成 新装版〔64〕 謡曲集 中」新潮社 2015 p474

〔各曲解題〕忠度
「新潮日本古典集成 新装版〔64〕 謡曲集 中」新潮社 2015 p476

〔各曲解題〕龍田
「新潮日本古典集成 新装版〔64〕 謡曲集 中」新潮社 2015 p478

〔各曲解題〕玉鬘
「新潮日本古典集成 新装版〔64〕 謡曲集 中」新潮社 2015 p480

〔各曲解題〕田村
「新潮日本古典集成 新装版〔64〕 謡曲集 中」新潮社 2015 p482

〔各曲解題〕定家
「新潮日本古典集成 新装版〔64〕 謡曲集 中」新潮社 2015 p484

〔各曲解題〕天鼓
「新潮日本古典集成 新装版〔64〕 謡曲集 中」新潮社 2015 p485

〔各曲解題〕東岸居士
「新潮日本古典集成 新装版〔64〕 謡曲集 中」新潮社 2015 p488

〔各曲解題〕道成寺
「新潮日本古典集成 新装版〔64〕 謡曲集 中」新潮社 2015 p489

〔各曲解題〕道明寺
「新潮日本古典集成 新装版〔64〕 謡曲集 中」新潮社 2015 p494

〔各曲解題〕融
「新潮日本古典集成 新装版〔64〕 謡曲集 中」新潮社 2015 p496

〔各曲解題〕朝長
「新潮日本古典集成 新装版〔64〕 謡曲集 中」新潮社 2015 p498

〔各曲解題〕難波
　「新潮日本古典集成 新装版〔65〕謡曲集 下」新潮社 2015 p441

〔各曲解題〕錦木
　「新潮日本古典集成 新装版〔65〕謡曲集 下」新潮社 2015 p444

〔各曲解題〕鵺
　「新潮日本古典集成 新装版〔65〕謡曲集 下」新潮社 2015 p446

〔各曲解題〕軒端梅
　「新潮日本古典集成 新装版〔65〕謡曲集 下」新潮社 2015 p448

〔各曲解題〕野宮
　「新潮日本古典集成 新装版〔65〕謡曲集 下」新潮社 2015 p450

〔各曲解題〕白楽天
　「新潮日本古典集成 新装版〔65〕謡曲集 下」新潮社 2015 p453

〔各曲解題〕芭蕉
　「新潮日本古典集成 新装版〔65〕謡曲集 下」新潮社 2015 p456

〔各曲解題〕花筐
　「新潮日本古典集成 新装版〔65〕謡曲集 下」新潮社 2015 p458

〔各曲解題〕班女
　「新潮日本古典集成 新装版〔65〕謡曲集 下」新潮社 2015 p461

〔各曲解題〕檜垣
　「新潮日本古典集成 新装版〔65〕謡曲集 下」新潮社 2015 p464

〔各曲解題〕氷室
　「新潮日本古典集成 新装版〔65〕謡曲集 下」新潮社 2015 p466

〔各曲解題〕百万
　「新潮日本古典集成 新装版〔65〕謡曲集 下」新潮社 2015 p467

〔各曲解題〕富士太鼓
　「新潮日本古典集成 新装版〔65〕謡曲集 下」新潮社 2015 p471

〔各曲解題〕藤戸
　「新潮日本古典集成 新装版〔65〕謡曲集 下」新潮社 2015 p473

〔各曲解題〕二人静
　「新潮日本古典集成 新装版〔65〕謡曲集 下」新潮社 2015 p475

〔各曲解題〕舟橋
　「新潮日本古典集成 新装版〔65〕謡曲集 下」新潮社 2015 p476

〔各曲解題〕舟弁慶
　「新潮日本古典集成 新装版〔65〕謡曲集 下」新潮社 2015 p477

〔各曲解題〕放生川
　「新潮日本古典集成 新装版〔65〕謡曲集 下」新潮社 2015 p479

〔各曲解題〕仏原
　「新潮日本古典集成 新装版〔65〕謡曲集 下」新潮社 2015 p481

〔各曲解題〕松風
　「新潮日本古典集成 新装版〔65〕謡曲集 下」新潮社 2015 p483

〔各曲解題〕松虫
　「新潮日本古典集成 新装版〔65〕謡曲集 下」新潮社 2015 p485

〔各曲解題〕三井寺
　「新潮日本古典集成 新装版〔65〕謡曲集 下」新潮社 2015 p487

〔各曲解題〕通盛
　「新潮日本古典集成 新装版〔65〕謡曲集 下」新潮社 2015 p489

〔各曲解題〕三輪
　「新潮日本古典集成 新装版〔65〕謡曲集 下」新潮社 2015 p490

〔各曲解題〕紅葉狩
　「新潮日本古典集成 新装版〔65〕謡曲集 下」新潮社 2015 p492

〔各曲解題〕盛久
　「新潮日本古典集成 新装版〔65〕謡曲集 下」新潮社 2015 p494

〔各曲解題〕八島
　「新潮日本古典集成 新装版〔65〕謡曲集 下」新潮社 2015 p496

〔各曲解題〕矢卓鴨
　「新潮日本古典集成 新装版〔65〕謡曲集 下」新潮社 2015 p498

〔各曲解題〕山姥
　「新潮日本古典集成 新装版〔65〕謡曲集 下」新潮社 2015 p500

〔各曲解題〕夕顔
　「新潮日本古典集成 新装版〔65〕謡曲集 下」新潮社 2015 p501

〔各曲解題〕遊行柳
　「新潮日本古典集成 新装版〔65〕謡曲集 下」新潮社 2015 p504

〔各曲解題〕湯谷
　「新潮日本古典集成 新装版〔65〕謡曲集 下」新潮社 2015 p506

〔各曲解題〕楊貴妃
　「新潮日本古典集成 新装版〔65〕謡曲集 下」新潮社 2015 p508

〔各曲解題〕頼政
　「新潮日本古典集成 新装版〔65〕謡曲集 下」新潮社 2015 p509

〔各曲解題〕籠太鼓
　「新潮日本古典集成 新装版〔65〕謡曲集 下」新潮社 2015 p510

わたしと狂言（三枝和子）
　「わたしの古典15 馬場あき子の謡曲集 三枝和子の狂言集」集英社 1987 p149

わたしと謡曲（馬場あき子）
　「わたしの古典15 馬場あき子の謡曲集 三枝和子の狂言集」集英社 1987 p7

【資料】
　光悦本・古版本・間狂言版本・主要注釈一覧
　〔謡曲集 上〕
　　「新潮日本古典集成 新装版〔63〕謡曲集 上」新潮社 2015 p438
　語注 謡曲集（寿岳章子）
　　「わたしの古典15 馬場あき子の謡曲集 三枝和子の狂言集」集英社 1987 p276
　小道具・作り物一覧
　　「新潮日本古典集成 新装版〔64〕謡曲集 中」新潮社 2015 p508
　参考図（穂積和夫）
　　「わたしの古典15 馬場あき子の謡曲集 三枝和子の狂言集」集英社 1987 p291
　装束一覧
　　「新潮日本古典集成 新装版〔64〕謡曲集 中」新潮社 2015 p506
　能楽諸流一覧
　　「新潮日本古典集成 新装版〔64〕謡曲集 中」新潮社 2015 p503
　能面一覧
　　「新潮日本古典集成 新装版〔64〕謡曲集 中」新潮社 2015 p504
　謡曲と狂言の分類一覧
　　「わたしの古典15 馬場あき子の謡曲集 三枝和子の狂言集」集英社 1987 p290
　謡曲本文・注釈・現代語訳一覧
　　「新潮日本古典集成 新装版〔63〕謡曲集 上」新潮社 2015 p442

鑁也
【解説】
　あとがき（室賀和子）
　　「歌合・定数歌全釈叢書17 鑁也月百首・閑居百首全釈」風間書房 2013 p305
　〔解題〕露色随詠集（鑁也）（藤平春男）
　　「新編国歌大観7」角川書店 1989 p808
　「閑居百首」について（室賀和子）
　　「歌合・定数歌全釈叢書17 鑁也月百首・閑居百首全釈」風間書房 2013 p199
　「月百首」について（室賀和子）
　　「歌合・定数歌全釈叢書17 鑁也月百首・閑居百首全釈」風間書房 2013 p175
　〔鑁也〕事蹟をめぐって（室賀和子）
　　「歌合・定数歌全釈叢書17 鑁也月百首・閑居百首全釈」風間書房 2013 p224
　『露色随詠集』ならびに鑁也歌評（室賀和子）
　　「歌合・定数歌全釈叢書17 鑁也月百首・閑居百首全釈」風間書房 2013 p169
【資料】
　各句索引
　　「歌合・定数歌全釈叢書17 鑁也月百首・閑居百首全釈」風間書房 2013 p291

伏見院
【解説】
　解説「王朝文化の黄旨を生きた天皇 伏見院」（阿尾あすか）
　　「コレクション日本歌人選012 伏見院」笠間書院 2011 p104
　〔解題〕伏見院御集（小池一行ほか）
　　「新編国歌大観7」角川書店 1989 p830
　〔解題〕伏見院御集 冬部（有吉保）
　　「新編国歌大観10」角川書店 1992 p1198
　歌人略伝
　　「コレクション日本歌人選012 伏見院」笠間書院 2011 p101
　伏見院と『伏見院御集』（石澤一志）
　　「和歌文学大系64 為家卿集・瓊玉和歌集・伏見院御集」明治書院 2014 p414
　〔付録エッセイ〕今日の春雨（抄）（岩佐美代子）
　　「コレクション日本歌人選012 伏見院」笠間書院 2011 p110
【年表】
　略年譜
　　「コレクション日本歌人選012 伏見院」笠間書院 2011 p102
【資料】
　初句索引
　　「和歌文学大系64 為家卿集・瓊玉和歌集・伏見院御集」明治書院 2014 p444
　人名一覧（久保田淳）
　　「和歌文学大系64 為家卿集・瓊玉和歌集・伏見院御集」明治書院 2014 p428
　地名一覧（久保田淳）
　　「和歌文学大系64 為家卿集・瓊玉和歌集・伏見院御集」明治書院 2014 p434
　読書案内
　　「コレクション日本歌人選012 伏見院」笠間書院 2011 p108
　補注 伏見院御集（石澤一志）
　　「和歌文学大系64 為家卿集・瓊玉和歌集・伏見院御集」明治書院 2014 p344

藤原定家
【解説】
　あとがき（片山享）
　　「歌合・定数歌全釈叢書8 文集百首全釈」風間書房 2007 p589
　解説（片山享ほか）
　　「歌合・定数歌全釈叢書8 文集百首全釈」風間書房 2007 p477
　解説（久保田淳）
　　「藤原定家全歌集 下」筑摩書房 2017 p514
　解説「藤原定家の文学」（村尾誠一）
　　「コレクション日本歌人選011 藤原定家」笠間書院 2011 p106

〔解題〕詠歌大概（有吉保）
　「新編国歌大観5」角川書店　1987　p1488
〔解題〕近代秀歌（遣送本・自筆本）（有吉保）
　「新編国歌大観5」角川書店　1987　p1488
〔解題〕後鳥羽院定家知家入道撰歌（家良）（佐藤恒雄）
　「新編国歌大観7」角川書店　1989　p814
〔解題〕拾遺愚草・拾遺愚草員外（定家）（石川常彦）
　「新編国歌大観3」角川書店　1985　p922
〔解題〕先達物語（田中裕）
　「新編国歌大観5」角川書店　1987　p1488
〔解題〕定家隆両卿撰歌合（寺島恒世）
　「新編国歌大観5」角川書店　1987　p1465
〔解題〕定家卿百番自歌合（樋口芳麻呂）
　「新編国歌大観5」角川書店　1987　p1461
〔解題〕定家十体（久保田淳）
　「新編国歌大観5」角川書店　1987　p1485
〔解題〕定家八代抄（後藤重郎，樋口芳麻呂）
　「新編国歌大観10」角川書店　1992　p1176
〔解題〕定家名号七十首（赤瀬信吾，岩坪健）
　「新編国歌大観10」角川書店　1992　p1122
〔解題〕定家物語（三輪正胤）
　「新編国歌大観5」角川書店　1987　p1488
〔解題〕僻案抄（川平ひとし，浅田徹）
　「新編国歌大観10」角川書店　1992　p1198
〔解題〕和歌会次第（武井和人）
　「新編国歌大観10」角川書店　1992　p1198
歌人略伝
　「コレクション日本歌人選011　藤原定家」笠間書院　2011　p103
〔付録エッセイ〕古京はすでにあれて新都はいまだならず（唐木順三）
　「コレクション日本歌人選011　藤原定家」笠間書院　2011　p114
文庫版あとがき（久保田淳）
　「藤原定家全歌集 下」筑摩書房　2017　p549

【年表】
定家略年譜
　「藤原定家全歌集 下」筑摩書房　2017　p507
略年譜
　「コレクション日本歌人選011　藤原定家」笠間書院　2011　p104

【資料】
歌枕一覧
　「藤原定家全歌集 下」筑摩書房　2017　p466
句題・原詩句異同一覧
　「歌合・定数歌全釈叢書8　文集百首全釈」風間書房　2007　p571
句題の出典及び〔句題の他出状況〕一覧
　「歌合・定数歌全釈叢書8　文集百首全釈」風間書房　2007　p563

索引
　「歌合・定数歌全釈叢書8　文集百首全釈」風間書房　2007　p579
初句索引
　「藤原定家全歌集 下」筑摩書房　2017　p554
読書案内
　「コレクション日本歌人選011　藤原定家」笠間書院　2011　p112
補注〔拾遺愚草〕（久保田淳）
　「藤原定家全歌集 上」筑摩書房　2017　p676
補注〔拾遺愚草員外雑歌・拾遺愚草員外之外〕（久保田淳）
　「藤原定家全歌集 下」筑摩書房　2017　p444

藤原為家

【解説】
あとがき（岩佐美代子）
　「新注和歌文学叢書3　秋思歌　秋夢集　新注」青簡舎　2008　p191
　「新注和歌文学叢書5　藤原為家勅撰集詠　詠歌一躰　新注」青簡舎　2010　p467
解説（岩佐美代子）
　「新注和歌文学叢書5　藤原為家勅撰集詠　詠歌一躰　新注」青簡舎　2010　p355
解説「三代の勅撰者　藤原為家」（佐藤恒雄）
　「コレクション日本歌人選052　藤原為家」笠間書院　2012　p100
解説　主要典拠資料について（佐藤恒雄）
　「藤原為家全歌集〔1〕」風間書房　2002　p715
〔解題〕詠歌一体（田中裕）
　「新編国歌大観5」角川書店　1987　p1488
〔解題〕為家一夜百首（辻勝美）
　「新編国歌大観10」角川書店　1992　p1109
〔解題〕為家五社百首（有吉保）
　「新編国歌大観10」角川書店　1992　p1095
〔解題〕為家集（有吉保）
　「新編国歌大観7」角川書店　1989　p819
〔解題〕為家千首（佐藤恒雄）
　「新編国歌大観10」角川書店　1992　p1089
〔解題〕中院集（為家）（有吉保）
　「新編国歌大観7」角川書店　1989　p819
歌人略伝
　「コレクション日本歌人選052　藤原為家」笠間書院　2012　p97
後記（佐藤恒雄）
　「藤原為家全歌集〔1〕」風間書房　2002　p941
秋思歌　解説（岩佐美代子）
　「新注和歌文学叢書3　秋思歌　秋夢集　新注」青簡舎　2008　p143
新撰六帖題和歌の諸本と成立（佐藤恒雄）
　「藤原為家全歌集〔1〕」風間書房　2002　p824
大納言為家集の諸本（佐藤恒雄）
　「藤原為家全歌集〔1〕」風間書房　2002　p763

中世

大納言為家集の編纂と成立（佐藤恒雄）
「藤原為家全歌集〔1〕」風間書房 2002 p782

『為家卿集』と藤原為家（山本啓介）
「和歌文学大系64 為家卿集・瓊玉和歌集・伏見院御集」明治書院 2014 p360

洞院摂政家百首の成立（佐藤恒雄）
「藤原為家全歌集〔1〕」風間書房 2002 p815

［付録エッセイ］為家歌風考（抄）（岩佐美代子）
「コレクション日本歌人選052 藤原為家」笠間書院 2012 p109

【年表】

藤原為家略年譜
「藤原為家全歌集〔1〕」風間書房 2002 p857

略年譜
「コレクション日本歌人選052 藤原為家」笠間書院 2012 p98

【資料】

詞書題詞人名索引
「藤原為家全歌集〔1〕」風間書房 2002 p938

参考文献
「新注和歌文学叢書5 藤原為家勅撰集詠 詠歌一躰 新注」青簡舎 2010 p448

秋思歌 初句索引
「新注和歌文学叢書3 秋思歌 秋夢集 新注」青簡舎 2008 p187

初句索引
「和歌文学大系64 為家卿集・瓊玉和歌集・伏見院御集」明治書院 2014 p274

人名一覧（久保田淳）
「和歌文学大系64 為家卿集・瓊玉和歌集・伏見院御集」明治書院 2014 p428

為家作品集別入集表
「新注和歌文学叢書5 藤原為家勅撰集詠 詠歌一躰 新注」青簡舎 2010 p437

為家作品勅撰集入集一覧表
「新注和歌文学叢書5 藤原為家勅撰集詠 詠歌一躰 新注」青簡舎 2010 p431

地名一覧（久保田淳）
「和歌文学大系64 為家卿集・瓊玉和歌集・伏見院御集」明治書院 2014 p434

読書案内
「コレクション日本歌人選052 藤原為家」笠間書院 2012 p107

補注 為家卿集（山本啓介）
「和歌文学大系64 為家卿集・瓊玉和歌集・伏見院御集」明治書院 2014 p292

御子左家系図
「新注和歌文学叢書5 藤原為家勅撰集詠 詠歌一躰 新注」青簡舎 2010 p429

和歌初句索引
「新注和歌文学叢書5 藤原為家勅撰集詠 詠歌一躰 新注」青簡舎 2010 p461
「藤原為家全歌集〔1〕」風間書房 2002 p875

藤原俊成

【解説】

あとがき（松野陽一、吉田薫）
「藤原俊成全歌集」笠間書院 2007 p1070

解説「詩心と世知と」〔藤原俊成〕（渡邉裕美子）
「コレクション日本歌人選063 藤原俊成」笠間書院 2018 p111

〔解説〕長秋詠藻（川村晃生）
「和歌文学大系22 長秋詠藻・俊忠集」明治書院 1998 p217

〔解題〕家集（松野陽一、吉田薫）
「藤原俊成全歌集」笠間書院 2007 p999

〔解題〕古来風体抄（松野陽一）
「新編国歌大観5」角川書店 1987 p1488

〔解題〕俊成祇園百首（谷山茂）
「新編国歌大観10」角川書店 1992 p1103

〔解題〕俊成五社百首（松野陽一、兼築信行）
「新編国歌大観10」角川書店 1992 p1095

〔解題〕俊成三十六人歌合（樋口芳麻呂）
「新編国歌大観5」角川書店 1987 p1444

〔解題〕資料1（松野陽一、吉田薫）
「藤原俊成全歌集」笠間書院 2007 p1014

〔解題〕資料2（松野陽一、吉田薫）
「藤原俊成全歌集」笠間書院 2007 p1038

〔解題〕長秋詠藻（俊成）（黒ц昌亨）
「新編国歌大観3」角川書店 1985 p918

〔解題〕長秋草（俊成）（藤平春男）
「新編国歌大観7」角川書店 1989 p804

〔解題〕定数歌（松野陽一、吉田薫）
「藤原俊成全歌集」笠間書院 2007 p1005

歌人略伝
「コレクション日本歌人選063 藤原俊成」笠間書院 2018 p107

序（松野陽一、吉田薫）
「藤原俊成全歌集」笠間書院 2007 p1

「長秋詠藻」及び「山家集」解題（与謝野寛ほか）
「覆刻 日本古典全集〔文学編〕〔37〕 長秋詠藻 西行和歌全集」現代思潮社 1982 p1

判詞覚書—『中宮亮重家朝臣家歌合』の俊成の批評についての覚書（武田元治）
「歌合・定数歌全釈叢書2 重家朝臣家歌合全釈」風間書房 2003 p177

【年表】

詠作略年譜
「藤原俊成全歌集」笠間書院 2007 p1065

御子左六代略年表（久保田淳）
「和歌文学大系22 長秋詠藻・俊忠集」明治書院 1998 p247

略年譜
「コレクション日本歌人選063 藤原俊成」笠間書院 2018 p108

藤原俊成女

【資料】
初句索引
　「藤原俊成全歌集」笠間書院 2007 左1
新編国歌大観所収資料(除、注釈書)中の俊成歌番号一覧
　「藤原俊成全歌集」笠間書院 2007 左42
長秋詠藻その他 初句索引
　「和歌文学大系22 長秋詠藻・俊忠集」明治書院 1998 p284
長秋詠藻その他 人名一覧
　「和歌文学大系22 長秋詠藻・俊忠集」明治書院 1998 p259
長秋詠藻その他 地名一覧
　「和歌文学大系22 長秋詠藻・俊忠集」明治書院 1998 p268
読書案内
　「コレクション日本歌人選063 藤原俊成」笠間書院 2018 p119

藤原俊成女

【解説】
〔解説〕俊成卿女集(石川泰水)
　「和歌文学大系23 式子内親王集・建礼門院右京大夫集・俊成卿女集・艶詞」明治書院 2001 p275
解説「新古今集の二人の才媛」(近藤香)
　「コレクション日本歌人選050 俊成卿女と宮内卿」笠間書院 2012 p106
〔解題〕越部禅尼消息(田中裕)
　「新編国歌大観5」角川書店 1987 p1488
〔解題〕俊成卿女集(糸賀きみ江)
　「新編国歌大観4」角川書店 1986 p694
〔解題〕通具俊成卿女歌合(久保田淳、渡部泰明)
　「新編国歌大観10」角川書店 1992 p1124
歌人略伝 俊成卿女
　「コレクション日本歌人選050 俊成卿女と宮内卿」笠間書院 2012 p103

【年表】
略年譜
　「コレクション日本歌人選050 俊成卿女と宮内卿」笠間書院 2012 p104

【資料】
初句索引(高橋由紀)
　「和歌文学大系23 式子内親王集・建礼門院右京大夫集・俊成卿女集・艶詞」明治書院 2001 p333
人名索引(高橋由紀)
　「和歌文学大系23 式子内親王集・建礼門院右京大夫集・俊成卿女集・艶詞」明治書院 2001 p307
地名索引(高橋由紀)
　「和歌文学大系23 式子内親王集・建礼門院右京大夫集・俊成卿女集・艶詞」明治書院 2001 p321
読書案内
　「コレクション日本歌人選050 俊成卿女と宮内卿」笠間書院 2012 p112

藤原良経

【解説】
〔解説〕秋篠月清集(谷知子)
　「和歌文学大系60 秋篠月清集・明恵上人歌集」明治書院 2013 p343
解説「新古今和歌集を飾る美玉 藤原良経」(小山順子)
　「コレクション日本歌人選027 藤原良経」笠間書院 2012 p106
〔解題〕秋篠月清集(良経)(片山享)
　「新編国歌大観3」角川書店 1985 p919
〔解題〕後京極殿御自歌合 建久九年(片山享)
　「新編国歌大観5」角川書店 1987 p1449
〔解題〕三十六番相撲立詩歌(大伏春美)
　「新編国歌大観10」角川書店 1992 p1125
歌人略伝
　「コレクション日本歌人選027 藤原良経」笠間書院 2012 p103
〔付録エッセイ〕心底の秋(抄)(塚本邦雄)
　「コレクション日本歌人選027 藤原良経」笠間書院 2012 p114

【年表】
略年譜
　「コレクション日本歌人選027 藤原良経」笠間書院 2012 p104

【資料】
初句索引
　「和歌文学大系60 秋篠月清集・明恵上人歌集」明治書院 2013 p420
〔人名一覧〕秋篠月清集
　「和歌文学大系60 秋篠月清集・明恵上人歌集」明治書院 2013 p396
〔地名一覧〕秋篠月清集
　「和歌文学大系60 秋篠月清集・明恵上人歌集」明治書院 2013 p406
読書案内
　「コレクション日本歌人選027 藤原良経」笠間書院 2012 p112
補注 秋篠月清集(谷知子)
　「和歌文学大系60 秋篠月清集・明恵上人歌集」明治書院 2013 p313

仏教文学・仏教書

【解説】
あとがき(林雅彦)
　「伝承文学資料集成15 宗祖高僧絵伝(絵解き)集」三弥井書店 1996 p341
(解説)尾道浄土寺の弘法大師絵伝と他大師絵伝の比較(渡邊昭五)
　「伝承文学資料集成15 宗祖高僧絵伝(絵解き)集」三弥井書店 1996 p33

（解説総論）宗祖高僧絵伝の絵解き（渡邊昭五、堤邦彦）
「伝承文学資料集成15 宗祖高僧絵伝（絵解き）集」三弥井書店 1996 p3
（解説）法然上人伝絵勧説について（小山正文）
「伝承文学資料集成15 宗祖高僧絵伝（絵解き）集」三弥井書店 1996 p115
（解説）三河西端の蓮如絵伝と絵解き（蒲池勢至）
「伝承文学資料集成15 宗祖高僧絵伝（絵解き）集」三弥井書店 1996 p75
久我龍胆の賦（飯田利行）
「現代語訳 洞門禅文学集〔4〕 道元」国書刊行会 2001 p209
総持寺開山 第五十四祖（日本四祖・太祖）瑩山紹瑾略伝（瀧谷琢宗撰）
「現代語訳 洞門禅文学集〔2〕 瑩山」国書刊行会 2002 p233
はしがき（飯田利行）
「現代語訳 洞門禅文学集〔4〕 道元」国書刊行会 2001 p1
「現代語訳 洞門禅文学集〔5〕 洞山」国書刊行会 2001 p1
「現代語訳 洞門禅文学集〔6〕 耶律楚材」国書刊行会 2002 p1
はしがき〔瑩山和尚伝光録〕（飯田利行）
「現代語訳 洞門禅文学集〔2〕 瑩山」国書刊行会 2002 p1
はしがき〔光明蔵三昧〕（飯田利行）
「現代語訳 洞門禅文学集〔1〕 懐奘・大智」国書刊行会 2001 p13
はしがき〔大智偈頌〕（飯田利行）
「現代語訳 洞門禅文学集〔1〕 懐奘・大智」国書刊行会 2001 p83
法然上人集解題（與謝野寛ほか）
「覆刻 日本古典全集〔文学編〕〔44〕 法然上人集」現代思潮社 1983 p1

源実朝

【解説】
解説 金槐和歌集―無垢な詩魂の遺書（樋口芳麻呂）
「新潮日本古典集成 新装版〔9〕 金槐和歌集」新潮社 2016 p227
解説〈源実朝の和歌〉（三木麻子）
「コレクション日本歌人選051 源実朝」笠間書院 2012 p106
〔解説〕金槐和歌集（実朝）（川平ひとし）
「新編国歌大観4」角川書店 1986 p690
歌人略伝
「コレクション日本歌人選051 源実朝」笠間書院 2012 p103
〔付録エッセイ〕古典は生きている（橋本治）
「コレクション日本歌人選051 源実朝」笠間書院 2012 p114

【年表】
実朝年譜
「新潮日本古典集成 新装版〔9〕 金槐和歌集」新潮社 2016 p302
略年譜
「コレクション日本歌人選051 源実朝」笠間書院 2012 p104

【資料】
校異一覧
「新潮日本古典集成 新装版〔9〕 金槐和歌集」新潮社 2016 p267
参考歌一覧
「新潮日本古典集成 新装版〔9〕 金槐和歌集」新潮社 2016 p269
初句索引
「新潮日本古典集成 新装版〔9〕 金槐和歌集」新潮社 2016 p318
勅撰和歌集入集歌一覧
「新潮日本古典集成 新装版〔9〕 金槐和歌集」新潮社 2016 p298
読書案内
「コレクション日本歌人選051 源実朝」笠間書院 2012 p112

物語

【解説】
絵の説明〔下燃物語絵巻〕（伊東祐子）
「中世王朝物語全集22 物語絵巻集」笠間書院 2019 p292
絵の説明〔豊明絵巻〕（伊東祐子）
「中世王朝物語全集22 物語絵巻集」笠間書院 2019 p346
絵の説明〔なよ竹物語絵巻〕（伊東祐子）
「中世王朝物語全集22 物語絵巻集」笠間書院 2019 p402
絵の説明〔掃墨物語絵巻〕（伊東祐子）
「中世王朝物語全集22 物語絵巻集」笠間書院 2019 p464
解題（阿部好臣）
「中世王朝物語全集16 松陰中納言」笠間書院 2005 p277
解題（今井源衛）
「中世王朝物語全集7 苔の衣」笠間書院 1996 p319
解題（片岡利博）
「中世王朝物語全集21 我が身にたどる姫君 下」笠間書院 2010 p228
解題（辛島正雄）
「中世王朝物語全集9 小夜衣」笠間書院 1997 p234
解題（妹尾好信）
「中世王朝物語全集2 海人の刈藻」笠間書院 1995 p226
解題（永井和子）
「中世王朝物語全集4 いはでしのぶ」笠間書院

2017 p449
解題（三角洋一）
「中世王朝物語全集5 石清水物語」笠間書院 2016 p310
〔解題〕あきぎり（樋口芳麻呂, 三角洋一）
「新編国歌大観10」角川書店 1992 p1199
解題〔あきぎり〕（福田百合子）
「中世王朝物語全集1 あきぎり 浅茅が露」笠間書院 1999 p164
解題〔浅茅が露〕（鈴木一雄ほか）
「中世王朝物語全集1 あきぎり 浅茅が露」笠間書院 1999 p314
〔解題〕浅茅が露（樋口芳麻呂, 三角洋一）
「新編国歌大観5」角川書店 1987 p1492
〔解題〕海人の刈藻（樋口芳麻呂, 三角洋一）
「新編国歌大観10」角川書店 1992 p1199
〔解題〕石清水物語（樋口芳麻呂, 三角洋一）
「新編国歌大観5」角川書店 1987 p1492
〔解題〕言はで忍ぶ（樋口芳麻呂, 三角洋一）
「新編国歌大観5」角川書店 1987 p1492
解題〔風につれなき〕（森下純昭）
「中世王朝物語全集6 木幡の時雨 風につれなき」笠間書院 1997 p206
〔解題〕風につれなき物語（樋口芳麻呂, 三角洋一）
「新編国歌大観5」角川書店 1987 p1492
解題〔風に紅葉〕（中西健治）
「中世王朝物語全集15 風に紅葉 むぐら」笠間書院 2001 p132
〔解題〕風に紅葉（樋口芳麻呂, 三角洋一）
「新編国歌大観10」角川書店 1992 p1199
〔解題〕雲隠六帖（樋口芳麻呂, 三角洋一）
「新編国歌大観10」角川書店 1992 p1199
〔解題〕雲隠六帖 別本（樋口芳麻呂, 三角洋一）
「新編国歌大観10」角川書店 1992 p1199
〔解題〕恋路ゆかしき大将（樋口芳麻呂, 三角洋一）
「新編国歌大観5」角川書店 1987 p1492
解題〔恋路ゆかしき大将〕（宮田光）
「中世王朝物語全集8 恋路ゆかしき大将 山路の露」笠間書院 2004 p239
〔解題〕苔の衣（樋口芳麻呂, 三角洋一）
「新編国歌大観5」角川書店 1987 p1492
解題〔木幡の時雨〕（大槻修, 田淵福子）
「中世王朝物語全集6 木幡の時雨 風につれなき」笠間書院 1997 p96
〔解題〕木幡の時雨（樋口芳麻呂, 三角洋一）
「新編国歌大観5」角川書店 1987 p1492
〔解題〕小夜衣（樋口芳麻呂, 三角洋一）
「新編国歌大観5」角川書店 1987 p1492
解題〔雫ににごる〕（室城秀之）
「中世王朝物語全集11 雫ににごる 住吉物語」笠間書院 1995 p44

〔解題〕雫に濁る（樋口芳麻呂, 三角洋一）
「新編国歌大観10」角川書店 1992 p1199
解題〔下燃物語絵巻〕（伊東祐子）
「中世王朝物語全集22 物語絵巻集」笠間書院 2019 p295
解題〔しのびね〕（大槻修, 田淵福子）
「中世王朝物語全集10 しのびね しら露」笠間書院 1999 p142
〔解題〕しのびね物語（樋口芳麻呂, 三角洋一）
「新編国歌大観5」角川書店 1987 p1492
解題〔しら露〕（片岡利博）
「中世王朝物語全集10 しのびね しら露」笠間書院 1999 p272
〔解題〕白露（樋口芳麻呂, 三角洋一）
「新編国歌大観10」角川書店 1992 p1199
解題〔豊明絵巻〕（伊東祐子）
「中世王朝物語全集22 物語絵巻集」笠間書院 2019 p349
解題〔なよ竹物語絵巻〕（伊東祐子）
「中世王朝物語全集22 物語絵巻集」笠間書院 2019 p406
〔解題〕なよ竹物語絵巻（樋口芳麻呂, 三角洋一）
「新編国歌大観10」角川書店 1992 p1199
解題〔掃墨物語絵巻〕（伊東祐子）
「中世王朝物語全集22 物語絵巻集」笠間書院 2019 p466
解題〔葉月物語絵巻〕（伊東祐子）
「中世王朝物語全集22 物語絵巻集」笠間書院 2019 p504
〔解題〕葉月物語絵巻（樋口芳麻呂, 三角洋一）
「新編国歌大観10」角川書店 1992 p1199
〔解題〕兵部卿物語（樋口芳麻呂, 三角洋一）
「新編国歌大観5」角川書店 1987 p1492
解題〔藤の衣物語絵巻〕（伊東祐子）
「中世王朝物語全集22 物語絵巻集」笠間書院 2019 p239
解題〔別本八重葎〕（神野藤昭夫）
「中世王朝物語全集13 八重葎 別本八重葎」笠間書院 2019 p462
〔解題〕松陰中納言物語（樋口芳麻呂, 三角洋一）
「新編国歌大観10」角川書店 1992 p1200
〔解題〕松浦宮物語（樋口芳麻呂, 三角洋一）
「新編国歌大観5」角川書店 1987 p1492
解題〔むぐら〕（常磐井和子）
「中世王朝物語全集15 風に紅葉 むぐら」笠間書院 2001 p232
〔解題〕むぐら（樋口芳麻呂, 三角洋一）
「新編国歌大観10」角川書店 1992 p1200
解題〔八重葎〕（神野藤昭夫）
「中世王朝物語全集13 八重葎 別本八重葎」笠間書院 2019 p143
〔解題〕八重葎（樋口芳麻呂, 三角洋一）
「新編国歌大観10」角川書店 1992 p1200

〔解題〕八重葎 別本（樋口芳麻呂, 三角洋一）
「新編国歌大観10」角川書店 1992 p1200
解題〔山路の露〕（妹尾好信, 稲賀敬二）
「中世王朝物語全集8 恋路ゆかしき大将 山路の露」笠間書院 2004 p327
〔解題〕山路の露（樋口芳麻呂, 三角洋一）
「新編国歌大観5」角川書店 1987 p1492
〔解題〕夢の通路（樋口芳麻呂, 三角洋一）
「新編国歌大観10」角川書店 1992 p1200
〔解題〕我が身にたどる姫君（樋口芳麻呂, 三角洋一）
「新編国歌大観5」角川書店 1987 p1492
梗概（阿部好臣）
「中世王朝物語全集16 松陰中納言」笠間書院 2005 p232
梗概（井真弓）
「中世王朝物語全集5 石清水物語」笠間書院 2016 p262
梗概（今井源衛）
「中世王朝物語全集7 苔の衣」笠間書院 1996 p312
梗概（辛島正雄）
「中世王朝物語全集9 小夜衣」笠間書院 1997 p230
梗概（永井和子）
「中世王朝物語全集4 いはでしのぶ」笠間書院 2017 p390
梗概〔浅茅が露〕（鈴木一雄ほか）
「中世王朝物語全集1 あきぎり 浅茅が露」笠間書院 1999 p310
梗概・絵の説明〔葉月物語絵巻〕（伊東祐子）
「中世王朝物語全集22 物語絵巻集」笠間書院 2019 p495
梗概・絵の説明〔藤の衣物語絵巻〕（伊東祐子）
「中世王朝物語全集22 物語絵巻集」笠間書院 2019 p213
梗概〔風につれなき〕（森下純昭）
「中世王朝物語全集6 木幡の時雨 風につれなき」笠間書院 1997 p204
梗概〔恋路ゆかしき大将〕（宮田光）
「中世王朝物語全集8 恋路ゆかしき大将 山路の露」笠間書院 2004 p235
梗概〔木幡の時雨〕（大槻修, 田淵福子）
「中世王朝物語全集6 木幡の時雨 風につれなき」笠間書院 1997 p94
梗概（錯簡を訂正したもの）〔雫ににごる〕（室城秀之）
「中世王朝物語全集11 雫ににごる 住吉物語」笠間書院 1995 p40
梗概〔下燃物語絵巻〕（伊東祐子）
「中世王朝物語全集22 物語絵巻集」笠間書院 2019 p289
梗概〔しのびね〕（大槻修, 田淵福子）
「中世王朝物語全集10 しのびね しら露」笠間書院 1999 p140
梗概〔豊明絵巻〕（伊東祐子）
「中世王朝物語全集22 物語絵巻集」笠間書院 2019 p344
梗概〔なよ竹物語絵巻〕（伊東祐子）
「中世王朝物語全集22 物語絵巻集」笠間書院 2019 p398
梗概〔掃墨物語絵巻〕（伊東祐子）
「中世王朝物語全集22 物語絵巻集」笠間書院 2019 p463
梗概〔別本八重葎〕（神野藤昭夫）
「中世王朝物語全集13 八重葎 別本八重葎」笠間書院 2019 p459
梗概〔むぐら〕（常磐井和子）
「中世王朝物語全集15 風に紅葉 むぐら」笠間書院 2001 p226
梗概（錯簡を訂正したもの）〔八重葎〕（神野藤昭夫）
「中世王朝物語全集13 八重葎 別本八重葎」笠間書院 2019 p138
梗概〔山路の露〕（岡陽子）
「中世王朝物語全集8 恋路ゆかしき大将 山路の露」笠間書院 2004 p324
総説（沢井耐三）
「古典名作リーディング2 お伽草子」貴重本刊行会 2000 p3
〔付載論文〕「山路の露」の二系統と共通祖形の性格―本文成立と場面の「分割」「統合」機能―（稲賀敬二）
「中世王朝物語全集8 恋路ゆかしき大将 山路の露」笠間書院 2004 p340

【年表】
年立（阿部好臣）
「中世王朝物語全集16 松陰中納言」笠間書院 2005 p226
年立（井真弓）
「中世王朝物語全集5 石清水物語」笠間書院 2016 p265
年立（今井源衛）
「中世王朝物語全集7 苔の衣」笠間書院 1996 p286
年立（辛島正雄）
「中世王朝物語全集9 小夜衣」笠間書院 1997 p222
年立（妹尾好信）
「中世王朝物語全集2 海人の刈藻」笠間書院 1995 p214
年立（永井和子）
「中世王朝物語全集4 いはでしのぶ」笠間書院 2017 p407
年立〔あきぎり〕（福田百合子）
「中世王朝物語全集1 あきぎり 浅茅が露」笠間書院 1999 p158
年立〔浅茅が露〕（鈴木一雄ほか）
「中世王朝物語全集1 あきぎり 浅茅が露」笠間書院 1999 p302

年立〔風につれなき〕(森下純昭)
「中世王朝物語全集6 木幡の時雨 風につれなき」笠間書院 1997 p196
年立〔風に紅葉〕(中西健治)
「中世王朝物語全集15 風に紅葉 むぐら」笠間書院 2001 p122
年立〔恋路ゆかしき大将〕(宮田光)
「中世王朝物語全集8 恋路ゆかしき大将 山路の露」笠間書院 2004 p224
年立〔木幡の時雨〕(大槻修, 田淵福子)
「中世王朝物語全集6 木幡の時雨 風につれなき」笠間書院 1997 p80
年立〔しのびね〕(大槻修, 田淵福子)
「中世王朝物語全集10 しのびね しら露」笠間書院 1999 p126
年立〔しら露〕(片岡利博)
「中世王朝物語全集10 しのびね しら露」笠間書院 1999 p268
年立〔我が身にたどる姫君 巻一～巻四〕(大槻修, 大槻福子)
「中世王朝物語全集20 我が身にたどる姫君 上」笠間書院 2009 p242
年立〔我が身にたどる姫君 巻五～巻八〕(片岡利博)
「中世王朝物語全集21 我が身にたどる姫君 下」笠間書院 2010 p218

【資料】
校訂一覧(永井和子)
「中世王朝物語全集4 いはでしのぶ」笠間書院 2017 p434
校訂付記(阿部好臣)
「中世王朝物語全集16 松蔭中納言」笠間書院 2005 p248
校訂付記(今井源衛)
「中世王朝物語全集7 苔の衣」笠間書院 1996 p296
校訂付記(三角洋一)
「中世王朝物語全集5 石清水物語」笠間書院 2016 p287
呼称一覧(阿部好臣)
「中世王朝物語全集16 松蔭中納言」笠間書院 2005 p242
参考地図
「中世王朝物語全集16 松蔭中納言」笠間書院 2005 p269
参考文献(大槻修, 大槻福子)
「中世王朝物語全集20 我が身にたどる姫君 上」笠間書院 2009 p269
参考文献〔山路の露〕(岡陽子)
「中世王朝物語全集8 恋路ゆかしき大将 山路の露」笠間書院 2004 p336
主要人物呼称一覧(今井源衛)
「中世王朝物語全集7 苔の衣」笠間書院 1996 p294
〔主要文献目録〕〔しのびね〕(吉海直人)
「中世王朝物語全集10 しのびね しら露」笠間書院 1999 p161
書陵部本巻末歌〔しのびね〕
「中世王朝物語全集10 しのびね しら露」笠間書院 1999 p105
底本傍記の仮名遣い校訂表〔あきぎり〕(福田百合子)
「中世王朝物語全集1 あきぎり 浅茅が露」笠間書院 1999 p154
登場人物一覧(井真弓)
「中世王朝物語全集5 石清水物語」笠間書院 2016 p280
登場人物一覧〔藤の衣物語絵巻〕(伊東祐子)
「中世王朝物語全集22 物語絵巻集」笠間書院 2019 p237
登場人物一覧〔別本八重葎〕(神野藤昭夫)
「中世王朝物語全集13 八重葎 別本八重葎」笠間書院 2019 p458
登場人物系図(阿部好臣)
「中世王朝物語全集16 松蔭中納言」笠間書院 2005 p266
登場人物系図(井真弓)
「中世王朝物語全集5 石清水物語」笠間書院 2016 p276
登場人物系図(辛島正雄)
「中世王朝物語全集9 小夜衣」笠間書院 1997 p228
登場人物系図(妹尾好信)
「中世王朝物語全集2 海人の刈藻」笠間書院 1995 p224
登場人物系図(永井和子)
「中世王朝物語全集4 いはでしのぶ」笠間書院 2017 p422
登場人物系図〔あきぎり〕(福田百合子)
「中世王朝物語全集1 あきぎり 浅茅が露」笠間書院 1999 p162
登場人物系図〔浅茅が露〕(鈴木一雄ほか)
「中世王朝物語全集1 あきぎり 浅茅が露」笠間書院 1999 p308
登場人物系図〔風につれなき〕(森下純昭)
「中世王朝物語全集6 木幡の時雨 風につれなき」笠間書院 1997 p202
登場人物系図〔風に紅葉〕(中西健治)
「中世王朝物語全集15 風に紅葉 むぐら」笠間書院 2001 p130
登場人物系図〔恋路ゆかしき大将〕(宮田光)
「中世王朝物語全集8 恋路ゆかしき大将 山路の露」笠間書院 2004 p230
登場人物系図〔苔の衣 春〕(今井源衛)
「中世王朝物語全集7 苔の衣」笠間書院 1996 p66
登場人物系図〔苔の衣 夏〕(今井源衛)
「中世王朝物語全集7 苔の衣」笠間書院 1996 p124
登場人物系図〔苔の衣 秋〕(今井源衛)
「中世王朝物語全集7 苔の衣」笠間書院 1996 p198

登場人物系図〔苔の衣 冬〕(今井源衛)
　「中世王朝物語全集7 苔の衣」笠間書院 1996 p282
登場人物系図〔木幡の時雨〕(大槻修, 田淵福子)
　「中世王朝物語全集6 木幡の時雨 風につれなき」笠間書院 1997 p92
登場人物系図〔雫ににごる〕(室城秀之)
　「中世王朝物語全集11 雫ににごる 住吉物語」笠間書院 1995 p43
登場人物系図〔下燃物語絵巻〕(伊東祐子)
　「中世王朝物語全集22 物語絵巻集」笠間書院 2019 p294
登場人物系図〔しのびね〕(大槻修, 田淵福子)
　「中世王朝物語全集10 しのびね しら露」笠間書院 1999 p139
登場人物系図〔しら露〕(片岡利博)
　「中世王朝物語全集10 しのびね しら露」笠間書院 1999 p270
登場人物系図〔豊明絵巻〕(伊東祐子)
　「中世王朝物語全集22 物語絵巻集」笠間書院 2019 p348
登場人物系図〔なよ竹物語絵巻〕(伊東祐子)
　「中世王朝物語全集22 物語絵巻集」笠間書院 2019 p405
登場人物系図〔掃墨物語絵巻〕(伊東祐子)
　「中世王朝物語全集22 物語絵巻集」笠間書院 2019 p465
登場人物系図〔葉月物語絵巻〕(伊東祐子)
　「中世王朝物語全集22 物語絵巻集」笠間書院 2019 p502
登場人物系図〔藤の衣物語絵巻〕(伊東祐子)
　「中世王朝物語全集22 物語絵巻集」笠間書院 2019 p236
登場人物系図〔むぐら〕(常磐井和子)
　「中世王朝物語全集15 風に紅葉 むぐら」笠間書院 2001 p230
登場人物系図〔八重葎〕(神野藤昭夫)
　「中世王朝物語全集13 八重葎 別本八重葎」笠間書院 2019 p136
登場人物系図〔山路の露〕(岡陽子)
　「中世王朝物語全集8 恋路ゆかしき大将 山路の露」笠間書院 2004 p326
八重葎 諸本現態本文翻刻一覧(神野藤昭夫)
　「中世王朝物語全集13 八重葎 別本八重葎」笠間書院 2019 p227
和歌総覧(阿部好臣)
　「中世王朝物語全集16 松陰中納言」笠間書院 2005 p270

住吉物語

【解説】
〔解題〕住吉物語(樋口芳麻呂, 三角洋一)
　「新編国歌大観5」角川書店 1987 p1492

解題―住吉物語を読むために〔住吉物語〕(桑原博史)
　「中世王朝物語全集11 雫ににごる 住吉物語」笠間書院 1995 p134
梗概〔住吉物語〕(桑原博史)
　「中世王朝物語全集11 雫ににごる 住吉物語」笠間書院 1995 p132
小学館蔵住吉物語絵巻 翻刻解題(桑原博史)
　「中世王朝物語全集11 雫ににごる 住吉物語」笠間書院 1995 p152
住吉物語解題(正宗敦夫)
　「覆刻 日本古典全集〔文学編〕〔36〕 竹取物語 大和物語 住吉物語 唐物語」現代思潮社 1982 p14
住吉物語の話(井上通泰)
　「覆刻 日本古典全集〔文学編〕〔36〕 竹取物語 大和物語 住吉物語 唐物語」現代思潮社 1982 p137

【資料】
登場人物系図〔住吉物語〕(桑原博史)
　「中世王朝物語全集11 雫ににごる 住吉物語」笠間書院 1995 p133

物語評論

無名草子
【解説】
解説(桑原博史)
　「新潮日本古典集成 新装版〔60〕 無名草子」新潮社 2017 p131
〔解題〕無名草子(樋口芳麻呂, 三角洋一)
　「新編国歌大観5」角川書店 1987 p1492

【資料】
索引
　「新潮日本古典集成 新装版〔60〕 無名草子」新潮社 2017 p159
本文訂正一覧
　「新潮日本古典集成 新装版〔60〕 無名草子」新潮社 2017 p157

歴史物語・歴史書

【解説】
〔解題〕増鏡(井上宗雄, 中村文)
　「新編国歌大観5」角川書店 1987 p1490
〔解題〕水鏡(井上宗雄, 中村文)
　「新編国歌大観5」角川書店 1987 p1490
〔解題〕六代勝事記(黒田彰, 島津忠夫)
　「新編国歌大観5」角川書店 1987 p1490
神皇正統記諸本解説略(山田孝雄)
　「覆刻 日本古典全集〔文学編〕〔33〕 神皇正統記 元々集」現代思潮社 1983 p13
神皇正統記のはしに(正宗敦夫)
　「覆刻 日本古典全集〔文学編〕〔33〕 神皇正統記 元々集」現代思潮社 1983 p98

神皇正統記論（山田孝雄）
「覆刻 日本古典全集〔文学編〕〔33〕 神皇正統記 元々集」現代思潮社 1983 p42

【年表】
北畠親房卿年譜略（山田孝雄）
「覆刻 日本古典全集〔文学編〕〔33〕 神皇正統記 元々集」現代思潮社 1983 p3

【資料】
北畠親房卿系譜略
「覆刻 日本古典全集〔文学編〕〔33〕 神皇正統記 元々集」現代思潮社 1983 p1

連歌

【解説】
〔解題〕揚波集（川崎佐知子）
「連歌大観2」古典ライブラリー 2017 p508
〔解題〕石苔（鶴﨑裕雄）
「連歌大観2」古典ライブラリー 2017 p509
〔解題〕永運句集（書陵部蔵九・一六八七）（ボニー・マックルーア）
「連歌大観1」古典ライブラリー 2016 p557
〔解題〕老耳（鶴﨑裕雄）
「連歌大観2」古典ライブラリー 2017 p492
〔解題〕大江元就詠草（深沢眞二）
「連歌大観3」古典ライブラリー 2017 p679
〔解題〕小槻量実句集（早稲田大学横山重旧蔵本）（渡瀬淳子）
「連歌大観1」古典ライブラリー 2016 p556
〔解題〕合点之句（川崎佐知子）
「連歌大観2」古典ライブラリー 2017 p502
〔解題〕壁草（石澤一志）
「連歌大観2」古典ライブラリー 2017 p489
〔解題〕神路山（廣木一人）
「連歌大観2」古典ライブラリー 2017 p486
〔解題〕上手達発句（廣木一人）
「連歌大観2」古典ライブラリー 2017 p482
〔解題〕行助句集（書陵部蔵五〇九・二三）（稲葉有祐）
「連歌大観1」古典ライブラリー 2016 p560
〔解題〕玉屑集（松本麻子）
「連歌大観3」古典ライブラリー 2017 p675
〔解題〕愚句（肥前島原松平文庫蔵本）（佐々木孝浩）
「連歌大観1」古典ライブラリー 2016 p571
〔解題〕救済付句（神宮文庫蔵本）（廣木一人）
「連歌大観1」古典ライブラリー 2016 p556
〔解題〕月村抜句（岩下紀之）
「連歌大観2」古典ライブラリー 2017 p494
〔解題〕兼載雑談（田中裕）
「新編国歌大観5」角川書店 1987 p1489
〔解題〕兼載日発句（大阪天満宮蔵本）（生田慶穂）
「連歌大観1」古典ライブラリー 2016 p552

〔解題〕広幢句集（天理図書館綿屋文庫蔵本）（深沢眞二）
「連歌大観1」古典ライブラリー 2016 p580
〔解題〕孤竹（長谷川千尋）
「連歌大観2」古典ライブラリー 2017 p497
〔解題〕堺宗訥付句発句（長谷川千尋）
「連歌大観2」古典ライブラリー 2017 p503
〔解題〕相良為続連歌草子（慶應義塾図書館相良家旧蔵本）（佐々木孝浩）
「連歌大観1」古典ライブラリー 2016 p572
〔解題〕指雪斎発句集（岸田依子）
「連歌大観2」古典ライブラリー 2017 p506
〔解題〕下葉（大阪天満宮蔵本）（廣木一人）
「連歌大観1」古典ライブラリー 2016 p572
〔解題〕周桂発句帖（福井咲久良）
「連歌大観2」古典ライブラリー 2017 p498
〔解題〕春夢草（久保木秀夫）
「連歌大観2」古典ライブラリー 2017 p487
〔解題〕諸家月次聯歌抄（尊経閣文庫蔵本）（廣木一人）
「連歌大観1」古典ライブラリー 2016 p565
〔解題〕諸君子発句集（嘉村雅江）
「連歌大観3」古典ライブラリー 2017 p675
〔解題〕新撰菟玖波集（筑波大学蔵本）（廣木一人）
「連歌大観1」古典ライブラリー 2016 p534
〔解題〕聖廟法楽日発句（大東急記念文庫蔵本）（生田慶穂）
「連歌大観1」古典ライブラリー 2016 p545
〔解題〕専順等日発句（伊地知本）（生田慶穂）
「連歌大観1」古典ライブラリー 2016 p543
〔解題〕専順等日発句（金子本）（生田慶穂）
「連歌大観1」古典ライブラリー 2016 p542
〔解題〕宗訥句集（長谷川千尋）
「連歌大観2」古典ライブラリー 2017 p504
〔解題〕宗砌等日発句（大東急記念文庫蔵本）（生田慶穂）
「連歌大観1」古典ライブラリー 2016 p541
〔解題〕宗砌日発句（九州大学蔵本）（生田慶穂）
「連歌大観1」古典ライブラリー 2016 p550
〔解題〕宗砌発句幷付句抜書（小松天満宮蔵本）（梅田径）
「連歌大観1」古典ライブラリー 2016 p558
〔解題〕宗碩回章（岩下紀之）
「連歌大観2」古典ライブラリー 2017 p493
〔解題〕宗碩発句集（浅井美峰）
「連歌大観2」古典ライブラリー 2017 p495
〔解題〕宗長日発句（天理図書館綿屋文庫蔵本）（生田慶穂）
「連歌大観1」古典ライブラリー 2016 p553
〔解題〕宗養発句帳（小林善帆）
「連歌大観2」古典ライブラリー 2017 p513
〔解題〕園塵（松本麻子）
「連歌大観2」古典ライブラリー 2017 p483

〔解題〕親当句集(旧横山重(赤木文庫)蔵本)(廣木一人)
「連歌大観1」古典ライブラリー 2016 p557
〔解題〕潮信句集(長谷川千尋)
「連歌大観2」古典ライブラリー 2017 p505
〔解題〕月次発句(長谷寺豊山文庫蔵本)(廣木一人)
「連歌大観1」古典ライブラリー 2016 p540
〔解題〕菟玖波集(広島大学蔵本)(石川一)
「連歌大観1」古典ライブラリー 2016 p533
〔解題〕那智籠(岸田依子)
「連歌大観2」古典ライブラリー 2017 p491
〔解題〕蜷川親俊発句付句集(深沢眞二)
「連歌大観2」古典ライブラリー 2017 p514
〔解題〕如是庵日発句(天理図書館綿屋文庫蔵本)(生田慶穂)
「連歌大観1」古典ライブラリー 2016 p555
〔解題〕能阿句集(大阪天満宮蔵本)(浅井美峰)
「連歌大観1」古典ライブラリー 2016 p564
〔解題〕半松付句(廣木一人)
「連歌大観2」古典ライブラリー 2017 p512
〔解題〕冬康連歌集(小林善帆)
「連歌大観2」古典ライブラリー 2017 p511
〔解題〕法眼専順連歌(旧横山重(赤木文庫)蔵本)(木村尚志)
「連歌大観1」古典ライブラリー 2016 p563
〔解題〕法楽発句集(川崎佐知子)
「連歌大観2」古典ライブラリー 2017 p501
〔解題〕卜純句集(廣木一人)
「連歌大観1」古典ライブラリー 2016 p496
〔解題〕発句聞書(福井咲久良)
「連歌大観2」古典ライブラリー 2017 p482
〔解題〕発句部類(岡﨑真紀子)
「連歌大観3」古典ライブラリー 2017 p677
〔解題〕梵灯庵日発句(天満宮本)(生田慶穂)
「連歌大観1」古典ライブラリー 2016 p548
〔解題〕梵灯庵日発句(吉川本)(生田慶穂)
「連歌大観1」古典ライブラリー 2016 p547
〔解題〕前句付並発句(早稲田大学伊地知文庫蔵本)(岸田依子)
「連歌大観1」古典ライブラリー 2016 p559
〔解題〕室町殿御発句(柿衞文庫蔵本)(渡瀬淳子)
「連歌大観1」古典ライブラリー 2016 p570
〔解題〕名所句集(静嘉堂文庫蔵本)(嘉村雅江)
「連歌大観1」古典ライブラリー 2016 p539
〔解題〕基佐句集(書陵部斑山文庫蔵本)(竹島一希)
「連歌大観1」古典ライブラリー 2016 p581
〔解題〕落書露顕(田中裕)
「新編国歌大観5」角川書店 1987 p1489
〔解題〕了俊歌学書(岸田依子)
「新編国歌大観10」角川書店 1992 p1198
〔解題〕了俊日記(岸田依子)
「新編国歌大観10」角川書店 1992 p1198

〔解題〕連歌五百句(書陵部蔵五〇九・一八)(福井咲久良)
「連歌大観1」古典ライブラリー 2016 p561
〔解題〕六家連歌抄(小山順子)
「連歌大観2」古典ライブラリー 2017 p481
刊行のことば(廣木一人、松本麻子)
「連歌大観1」古典ライブラリー 2016 巻頭
西ベルリンの犬筑波集(沢井耐三)
「古典文學翻刻集成1 俳文学篇 貞門・談林」ゆまに書房 1998 p7

和歌

【解説】
あとがき(岩佐美代子)
「新注和歌文学叢書16 京極派揺籃期和歌 新注」青簡舎 2015 p273
あとがき(渡邉裕美子)
「歌合・定数歌全釈叢書10 最勝四天王院障子和歌全釈」風間書房 2007 p547
おみくじの歌概観(平野多恵)
「コレクション日本歌人選076 おみくじの歌」笠間書院 2019 p103
解説(岩佐美代子)
「新注和歌文学叢書16 京極派揺籃期和歌 新注」青簡舎 2015 p243
解説(渡邉裕美子)
「歌合・定数歌全釈叢書10 最勝四天王院障子和歌全釈」風間書房 2007 p415
解説「おみくじの和歌」(平野多恵)
「コレクション日本歌人選076 おみくじの歌」笠間書院 2019 p106
解説「「京極派」と歌人・京極為兼」(石澤一志)
「コレクション日本歌人選053 京極為兼」笠間書院 2012 p106
解説「激動・争乱の時代の芸術至上主義」(小林一彦)
「コレクション日本歌人選049 鴨長明と寂蓮」笠間書院 2012 p106
解説「後鳥羽院に見出された二人の歌人」(稲葉美樹)
「コレクション日本歌人選026 飛鳥井雅経と藤原秀能」笠間書院 2011 p106
解説「酒・酒の歌・文学」(松村雄二)
「コレクション日本歌人選080 酒の歌」笠間書院 2019 p120
解説「実隆にとっての和歌とは何か」(豊田恵子)
「コレクション日本歌人選055 三条西実隆」笠間書院 2012 p107
解説「辞世―言葉の虚と実」(松村雄二)
「コレクション日本歌人選020 辞世の歌」笠間書院 2011 p107
解説「新古今集の二人の才媛」(近藤香)
「コレクション日本歌人選050 俊成卿女と宮内

卿」笠間書院 2012 p106
解説「清新な中世女流歌人」(小林守)
「コレクション日本歌人選030 永福門院」笠間書院 2011 p106
解説「戦国武将の歌」(綿抜豊昭)
「コレクション日本歌人選014 戦国武将の歌」笠間書院 2011 p110
解説「僧侶の和歌の種類とその特徴」(小池一行)
「コレクション日本歌人選059 僧侶の歌」笠間書院 2012 p107
解説「超越する和歌―「武者ノ世」に継承された共同体意識」(上宇都ゆりほ)
「コレクション日本歌人選047 源平の武将歌人」笠間書院 2012 p106
〔解説〕土御門院(山崎桂子)
「新注和歌文学叢書12 土御門院御百首 土御門院女房日記 新注」青簡舎 2013 p213
解説「伝統の継承者・為氏と為世―次世代への架け橋」(日比野浩信)
「コレクション日本歌人選029 二条為氏と為世」笠間書院 2012 p110
解説「天皇の和歌概観」(盛田帝子)
「コレクション日本歌人選077 天皇・親王の歌」笠間書院 2019 p111
〔解題〕浅茅が露(樋口芳麻呂, 三角洋一)
「新編国歌大観5」角川書店 1987 p1492
〔解題〕熱田本日本書紀紙背紙和歌(田中新一)
「新編国歌大観10」角川書店 1992 p1172
〔解題〕十六夜日記(福田秀一)
「新編国歌大観5」角川書店 1987 p1491
〔解題〕今物語(久保田淳)
「新編国歌大観5」角川書店 1987 p1490
〔解題〕石清水物語(樋口芳麻呂, 三角洋一)
「新編国歌大観5」角川書店 1987 p1492
〔解題〕言はで忍ぶ(樋口芳麻呂, 三角洋一)
「新編国歌大観5」角川書店 1987 p1492
〔解題〕宇治拾遺物語(浅見和彦, 小島孝之)
「新編国歌大観5」角川書店 1987 p1490
〔解題〕永仁元年内裏御会(大岡賢典)
「新編国歌大観10」角川書店 1992 p1160
〔解題〕応安二年内裏和歌(紙宏行)
「新編国歌大観10」角川書店 1992 p1170
〔解題〕海道記(福田秀一)
「新編国歌大観5」角川書店 1987 p1491
〔解題〕風につれなき物語(樋口芳麻呂, 三角洋一)
「新編国歌大観5」角川書店 1987 p1492
〔解題〕唐物語(樋口芳麻呂, 三角洋一)
「新編国歌大観5」角川書店 1987 p1492
〔解題〕寛喜女御入内和歌(後藤重郎)
「新編国歌大観5」角川書店 1987 p1481

〔解題〕義経記(黒田彰, 島津忠夫)
「新編国歌大観5」角川書店 1987 p1490
〔解題〕北野宝前和歌 元徳二年(田中登)
「新編国歌大観10」角川書店 1992 p1162
〔解題〕経旨和歌(伊藤敬)
「新編国歌大観10」角川書店 1992 p1166
〔解題〕熊野懐紙(田村柳壹)
「新編国歌大観10」角川書店 1992 p1154
〔解題〕建春門院中納言日記(福田秀一)
「新編国歌大観5」角川書店 1987 p1491
〔解題〕元徳二年七夕御会(長崎健)
「新編国歌大観10」角川書店 1992 p1163
〔解題〕元徳二年八月一日御会(紙宏行)
「新編国歌大観10」角川書店 1992 p1163
〔解題〕源平盛衰記(黒田彰, 島津忠夫)
「新編国歌大観5」角川書店 1987 p1490
〔解題〕建保六年八月中殿御会(有吉保)
「新編国歌大観10」角川書店 1992 p1155
〔解題〕建武三年住吉社法楽和歌(井上宗雄, 紙宏行)
「新編国歌大観10」角川書店 1992 p1163
〔解題〕恋路ゆかしき大将(樋口芳麻呂, 三角洋一)
「新編国歌大観5」角川書店 1987 p1492
〔解題〕弘長三年二月十四日亀山殿御会(有吉保)
「新編国歌大観10」角川書店 1992 p1157
〔解題〕高良玉垂宮神秘紙背和歌(荒木尚, 赤塚睦男)
「新編国歌大観10」角川書店 1992 p1187
〔解題〕苔の衣(樋口芳麻呂, 三角洋一)
「新編国歌大観5」角川書店 1987 p1492
〔解題〕古今著聞集(小島孝之)
「新編国歌大観5」角川書店 1987 p1490
〔解題〕古事談(浅見和彦, 小島孝之)
「新編国歌大観5」角川書店 1987 p1490
〔解題〕古本説話集(小峯和明)
「新編国歌大観5」角川書店 1987 p1490
〔解題〕木幡の時雨(樋口芳麻呂, 三角洋一)
「新編国歌大観5」角川書店 1987 p1492
〔解題〕金剛三昧院奉納和歌(長崎健)
「新編国歌大観10」角川書店 1992 p1165
〔解題〕最勝四天王院和歌(後藤重郎)
「新編国歌大観5」角川書店 1987 p1481
〔解題〕嵯峨の通ひ路(福田秀一)
「新編国歌大観5」角川書店 1987 p1491
〔解題〕小夜衣(樋口芳麻呂, 三角洋一)
「新編国歌大観5」角川書店 1987 p1492
〔解題〕三体和歌(赤瀬信吾)
「新編国歌大観5」角川書店 1987 p1480
〔解題〕自讃歌(赤瀬信吾)
「新編国歌大観5」角川書店 1987 p1486

〔解題〕十訓抄(久保田淳)
「新編国歌大観5」角川書店 1987 p1490
〔解題〕しのびね物語(樋口芳麻呂, 三角洋一)
「新編国歌大観5」角川書店 1987 p1492
〔解題〕持明院殿御会和歌(長崎健)
「新編国歌大観10」角川書店 1992 p1165
〔解題〕沙石集(小島孝之)
「新編国歌大観5」角川書店 1987 p1490
〔解題〕正応二年三月和歌御会(井上宗雄)
「新編国歌大観10」角川書店 1992 p1158
〔解題〕正応三年九月十三夜歌会歌(福田秀一, 深津睦夫)
「新編国歌大観10」角川書店 1992 p1159
〔解題〕正応五年厳島社頭和歌(稲賀敬二)
「新編国歌大観10」角川書店 1992 p1159
〔解題〕正嘉三年北山行幸和歌(岩佐美代子)
「新編国歌大観10」角川書店 1992 p1157
〔解題〕承久記(古活字本)(黒田彰, 島津忠夫)
「新編国歌大観5」角川書店 1987 p1490
〔解題〕承久記(慈光寺本)(黒田彰, 島津忠夫)
「新編国歌大観5」角川書店 1987 p1490
〔解題〕貞治六年二月廿一日和歌御会(紙宏行)
「新編国歌大観10」角川書店 1992 p1170
〔解題〕貞治六年三月廿九日歌会(紙宏行)
「新編国歌大観10」角川書店 1992 p1170
〔解題〕正中三年禁庭御会和歌(井上宗雄)
「新編国歌大観10」角川書店 1992 p1162
〔解題〕正和四年詠法華経和歌(岩佐美代子)
「新編国歌大観10」角川書店 1992 p1161
〔解題〕白露(樋口芳麻呂, 三角洋一)
「新編国歌大観5」角川書店 1987 p1199
〔解題〕新古今竟宴和歌(後藤重郎)
「新編国歌大観5」角川書店 1987 p1481
〔解題〕住吉物語(樋口芳麻呂, 三角洋一)
「新編国歌大観5」角川書店 1987 p1492
〔解題〕撰集抄(小島孝之)
「新編国歌大観5」角川書店 1987 p1490
〔解題〕曾我物語(仮名)(黒田彰, 島津忠夫)
「新編国歌大観5」角川書店 1987 p1490
〔解題〕曾我物語(真名)(黒田彰, 島津忠夫)
「新編国歌大観5」角川書店 1987 p1490
〔解題〕続古今竟宴和歌(後藤重郎)
「新編国歌大観5」角川書店 1987 p1481
〔解題〕続古事談(浅見和彦, 小島孝之)
「新編国歌大観5」角川書店 1987 p1490
〔解題〕大嘗会悠紀主基和歌(青木賢豪ほか)
「新編国歌大観10」角川書店 1992 p1189
〔解題〕太平記(黒田彰, 島津忠夫)
「新編国歌大観5」角川書店 1987 p1490
〔解題〕竹むきが記(福田秀一)
「新編国歌大観5」角川書店 1987 p1491

〔解題〕為世十三回忌和歌(久保田淳, 島内裕子)
「新編国歌大観10」角川書店 1992 p1166
〔解題〕朝棟亭歌会(福田秀一, 深津睦夫)
「新編国歌大観10」角川書店 1992 p1163
〔解題〕徒然草(福田秀一)
「新編国歌大観5」角川書店 1987 p1491
〔解題〕東関紀行(福田秀一)
「新編国歌大観5」角川書店 1987 p1491
〔解題〕とはずがたり(福田秀一)
「新編国歌大観5」角川書店 1987 p1491
〔解題〕中務内侍日記(福田秀一)
「新編国歌大観5」角川書店 1987 p1491
〔解題〕春の深山路(福田秀一)
「新編国歌大観5」角川書店 1987 p1491
〔解題〕飛月集(鈴木徳男)
「新編国歌大観10」角川書店 1992 p1186
〔解題〕百詠和歌(池田利夫, 佐藤道生)
「新編国歌大観10」角川書店 1992 p1192
〔解題〕兵部卿物語(樋口芳麻呂, 三角洋一)
「新編国歌大観5」角川書店 1987 p1492
〔解題〕平家物語(延慶本)(黒田彰, 島津忠夫)
「新編国歌大観5」角川書店 1987 p1490
〔解題〕平家物語(覚一本)(黒田彰, 島津忠夫)
「新編国歌大観5」角川書店 1987 p1490
〔解題〕平治物語(黒田彰, 島津忠夫)
「新編国歌大観5」角川書店 1987 p1490
〔解題〕弁内侍日記(福田秀一)
「新編国歌大観5」角川書店 1987 p1491
〔解題〕保元物語(黒田彰, 島津忠夫)
「新編国歌大観5」角川書店 1987 p1490
〔解題〕宝治元年後嵯峨院詠瓶花和歌(松野陽一, 中川博夫)
「新編国歌大観10」角川書店 1992 p1157
〔解題〕松浦宮物語(樋口芳麻呂, 三角洋一)
「新編国歌大観5」角川書店 1987 p1492
〔解題〕水鏡(井上宗雄, 中村文)
「新編国歌大観5」角川書店 1987 p1490
〔解題〕源家長日記(福田秀一)
「新編国歌大観5」角川書店 1987 p1491
〔解題〕都路の別れ(福田秀一)
「新編国歌大観5」角川書店 1987 p1491
〔解題〕無名草子(樋口芳麻呂, 三角洋一)
「新編国歌大観5」角川書店 1987 p1492
〔解題〕無名の記(福田秀一)
「新編国歌大観5」角川書店 1987 p1491
〔解題〕蒙求和歌 片仮名本 平仮名本(池田利夫, 佐藤道生)
「新編国歌大観10」角川書店 1992 p1190
〔解題〕最上の河路(福田秀一)
「新編国歌大観5」角川書店 1987 p1491
〔解題〕山路の露(樋口芳麻呂, 三角洋一)
「新編国歌大観5」角川書店 1987 p1492

〔解題〕世継物語（久保田淳）
　「新編国歌大観5」角川書店 1987 p1490
〔解題〕暦応二年春日奉納和歌（後藤重郎, 池尾和也）
　「新編国歌大観10」角川書店 1992 p1164
〔解題〕六代勝事記（黒田彰, 島津忠夫）
　「新編国歌大観5」角川書店 1987 p1490
〔解題〕和歌詠草（金沢文庫）（久保田淳, 渡部泰明）
　「新編国歌大観10」角川書店 1992 p1160
〔解題〕我が身にたどる姫君（樋口芳麻呂, 三角洋一）
　「新編国歌大観5」角川書店 1987 p1492
歌人略伝
　「コレクション日本歌人選029 二条為氏と為世」笠間書院 2012 p107
　「コレクション日本歌人選030 永福門院」笠間書院 2011 p103
　「コレクション日本歌人選049 鴨長明と寂蓮」笠間書院 2012 p103
　「コレクション日本歌人選053 京極為兼」笠間書院 2012 p103
　「コレクション日本歌人選055 三条西実隆」笠間書院 2012 p103
歌人略伝 飛鳥井雅経
　「コレクション日本歌人選026 飛鳥井雅経と藤原秀能」笠間書院 2011 p103
歌人略伝 宮内卿
　「コレクション日本歌人選050 俊成卿女と宮内卿」笠間書院 2012 p103
歌人略伝 藤原秀能
　「コレクション日本歌人選026 飛鳥井雅経と藤原秀能」笠間書院 2011 p103
源平の武将歌人概観
　「コレクション日本歌人選047 源平の武将歌人」笠間書院 2012 p103
酒の歌概観
　「コレクション日本歌人選080 酒の歌」笠間書院 2019 p115
辞世史概観
　「コレクション日本歌人選020 辞世の歌」笠間書院 2011 p103
戦国武将の歌概観
　「コレクション日本歌人選014 戦国武将の歌」笠間書院 2011 p105
僧侶の和歌概観
　「コレクション日本歌人選059 僧侶の歌」笠間書院 2012 p103
〔付録エッセイ〕「永福門院」（抄）（久松潜一）
　「コレクション日本歌人選030 永福門院」笠間書院 2011 p116
〔付録エッセイ〕京極派和歌の盛衰（井上宗雄）
　「コレクション日本歌人選053 京極為兼」笠間書院 2012 p114

〔付録エッセイ〕「実隆評伝」老晩年期（抄）（伊藤敬）
　「コレクション日本歌人選055 三条西実隆」笠間書院 2012 p117
〔付録エッセイ〕夏・宮内卿（丸谷才一）
　「コレクション日本歌人選050 俊成卿女と宮内卿」笠間書院 2012 p114
〔付録エッセイ〕春・藤原為氏（丸谷才一）
　「コレクション日本歌人選029 二条為氏と為世」笠間書院 2012 p133
〔付録エッセイ〕文の道・武の道（抄）（小和田哲男）
　「コレクション日本歌人選014 戦国武将の歌」笠間書院 2011 p119
〔付録エッセイ〕北面の歌人秀能（川田順）
　「コレクション日本歌人選026 飛鳥井雅経と藤原秀能」笠間書院 2011 p114

【年表】
おみくじの歌関連略年譜
　「コレクション日本歌人選076 おみくじの歌」笠間書院 2019 p104
関係年譜
　「歌合・定数歌全釈叢書10 最勝四天王院障子和歌全釈」風間書房 2007 p506
人物一覧
　「コレクション日本歌人選014 戦国武将の歌」笠間書院 2011 p106
　「コレクション日本歌人選020 辞世の歌」笠間書院 2011 p104
土御門院関係略年譜（山崎桂子）
　「新注和歌文学叢書12 土御門院御百首 土御門院女房日記 新注」青簡舎 2013 p224
御子左六代略年表（久保田淳）
　「和歌文学大系22 長秋詠藻・俊忠集」明治書院 1998 p247
略年譜
　「コレクション日本歌人選026 飛鳥井雅経と藤原秀能」笠間書院 2011 p104
　「コレクション日本歌人選029 二条為氏と為世」笠間書院 2012 p108
　「コレクション日本歌人選030 永福門院」笠間書院 2011 p104
　「コレクション日本歌人選047 源平の武将歌人」笠間書院 2012 p104
　「コレクション日本歌人選049 鴨長明と寂蓮」笠間書院 2012 p104
　「コレクション日本歌人選050 俊成卿女と宮内卿」笠間書院 2012 p104
　「コレクション日本歌人選053 京極為兼」笠間書院 2012 p104
　「コレクション日本歌人選055 三条西実隆」笠間書院 2012 p104
　「コレクション日本歌人選077 天皇・親王の歌」笠間書院 2019 p108

【資料】
各句索引
　「歌合・定数歌全釈叢書10 最勝四天王院障子和

歌全釈」風間書房 2007 p517
紀賤丸撰『道家百人一首』から僧侶の歌44首
「コレクション日本歌人選059 僧侶の歌」笠間書院 2012 p117
景物一覧
「歌合・定数歌全釈叢書10 最勝四天王院障子和歌全釈」風間書房 2007 p502
作者一覧
「コレクション日本歌人選080 酒の歌」笠間書院 2019 p116
参考文献
「歌合・定数歌全釈叢書10 最勝四天王院障子和歌全釈」風間書房 2007 p511
「新注和歌文学叢書16 京極派揺籃期和歌 新注」青簡舎 2015 p264
人物一覧
「コレクション日本歌人選059 僧侶の歌」笠間書院 2012 p104
先行名所障屏画一覧
「歌合・定数歌全釈叢書10 最勝四天王院障子和歌全釈」風間書房 2007 p500
読書案内
「コレクション日本歌人選014 戦国武将の歌」笠間書院 2011 p117
「コレクション日本歌人選020 辞世の歌」笠間書院 2011 p113
「コレクション日本歌人選026 飛鳥井雅経と藤原秀能」笠間書院 2011 p112
「コレクション日本歌人選029 二条為氏と為世」笠間書院 2012 p120
「コレクション日本歌人選030 永福門院」笠間書院 2011 p114
「コレクション日本歌人選047 源平の武将歌人」笠間書院 2012 p112
「コレクション日本歌人選049 鴨長明と寂蓮」笠間書院 2012 p119
「コレクション日本歌人選050 俊成卿女と宮内卿」笠間書院 2012 p112
「コレクション日本歌人選053 京極為兼」笠間書院 2012 p112
「コレクション日本歌人選055 三条西実隆」笠間書院 2012 p115
「コレクション日本歌人選059 僧侶の歌」笠間書院 2012 p115
「コレクション日本歌人選076 おみくじの歌」笠間書院 2019 p115
「コレクション日本歌人選077 天皇・親王の歌」笠間書院 2019 p121
「コレクション日本歌人選080 酒の歌」笠間書院 2019 p131
附録
「コレクション日本歌人選020 辞世の歌」笠間書院 2011 p115
御子左家系図
「新注和歌文学叢書5 藤原為家勅撰集詠 詠歌一躰新注」青簡舎 2010 p429
名所一覧
「歌合・定数歌全釈叢書10 最勝四天王院障子和歌全釈」風間書房 2007 p492
名所撰定過程
「歌合・定数歌全釈叢書10 最勝四天王院障子和歌全釈」風間書房 2007 p490
和歌初句索引
「新注和歌文学叢書16 京極派揺籃期和歌 新注」青簡舎 2015 p265

小倉百人一首

【解説】
〔解題〕百人一首（有吉保）
「新編国歌大観5」角川書店 1987 p1485
百人一首と王朝和歌（尾崎左永子）
「わたしの古典4 尾崎左永子の古今和歌集・新古今和歌集」集英社 1987 p237

【資料】
小倉百人一首
「わたしの古典4 尾崎左永子の古今和歌集・新古今和歌集」集英社 1987 p251

和歌（歌合）

【解説】
あとがき（奥野陽子）
「歌合・定数歌全釈叢書19 新宮撰歌合全釈」風間書房 2014 p213
解説（奥野陽子）
「歌合・定数歌全釈叢書19 新宮撰歌合全釈」風間書房 2014 p155
〔解題〕伊勢新名所絵歌合（深津睦夫）
「新編国歌大観10」角川書店 1992 p1133
〔解題〕石清水社歌合 建仁元年十二月（樋口芳麻呂）
「新編国歌大観5」角川書店 1987 p1453
〔解題〕石清水社歌合 元亨四年（久保田淳）
「新編国歌大観10」角川書店 1992 p1138
〔解題〕石清水若宮歌合 寛喜四年（田尻嘉信）
「新編国歌大観5」角川書店 1987 p1462
〔解題〕石清水若宮歌合 元久元年十月（簗瀬一雄）
「新編国歌大観5」角川書店 1987 p1456
〔解題〕石清水若宮歌合 正治二年（井上宗雄、中村文）
「新編国歌大観5」角川書店 1987 p1450
〔解題〕院御歌合 宝治元年（家郷隆文）
「新編国歌大観5」角川書店 1987 p1466
〔解題〕院四十五番歌合 建保三年（後藤重郎）
「新編国歌大観5」角川書店 1987 p1459
〔解題〕院当座歌合 正治二年九月（有吉保）
「新編国歌大観5」角川書店 1987 p1450
〔解題〕院当座歌合 正治二年十月（有吉保）
「新編国歌大観5」角川書店 1987 p1450
〔解題〕院六首歌合 康永二年（有吉保、鹿目俊彦）
「新編国歌大観5」角川書店 1987 p1470

和歌（歌合） 解説・資料 中世

〔解題〕歌合 正安元年〜嘉元二年（中川博夫, 小林一彦）
「新編国歌大観10」角川書店 1992 p1134
〔解題〕歌合 永仁五年当座（福田秀一）
「新編国歌大観5」角川書店 1987 p1469
〔解題〕歌合 永仁五年八月十五夜（久保田淳, 渡部泰明）
「新編国歌大観10」角川書店 1992 p1133
〔解題〕歌合 嘉元三年三月（久保田淳, 家永香織）
「新編国歌大観10」角川書店 1992 p1137
〔解題〕歌合 乾元二年五月（濱口博章）
「新編国歌大観10」角川書店 1992 p1136
〔解題〕歌合 建保四年八月廿二日（久保田淳, 村尾誠一）
「新編国歌大観10」角川書店 1992 p1127
〔解題〕歌合 建保四年八月廿四日（久保田淳, 村尾誠一）
「新編国歌大観10」角川書店 1992 p1127
〔解題〕歌合 建保五年四月廿日（久保田淳, 田仲洋己）
「新編国歌大観10」角川書店 1992 p1127
〔解題〕歌合 建保七年二月十一日（久保田淳, 谷知子）
「新編国歌大観10」角川書店 1992 p1128
〔解題〕歌合 建保七年二月十二日（久保田淳, 谷知子）
「新編国歌大観10」角川書店 1992 p1128
〔解題〕歌合 建暦三年八月十二日（久保田淳, 家永香織）
「新編国歌大観10」角川書店 1992 p1126
〔解題〕歌合 建暦三年九月十三夜（久保田淳, 谷知子）
「新編国歌大観10」角川書店 1992 p1126
〔解題〕歌合 弘安八年四月（田中登）
「新編国歌大観10」角川書店 1992 p1132
〔解題〕歌合 後光厳院文和之比（鹿目俊彦）
「新編国歌大観10」角川書店 1992 p1141
〔解題〕歌合 正安四年六月十一日（久保田淳, 谷知子）
「新編国歌大観10」角川書店 1992 p1135
〔解題〕歌合 伝後伏見院筆（延慶二年〜三年）（井上宗雄）
「新編国歌大観10」角川書店 1992 p1137
〔解題〕歌合 文永二年七月（井上宗雄）
「新編国歌大観5」角川書店 1987 p1468
〔解題〕歌合 文永二年八月十五夜（井上宗雄, 大岡賢典）
「新編国歌大観5」角川書店 1987 p1468
〔解題〕歌合 文明十六年十二月（井上宗雄, 中村文）
「新編国歌大観10」角川書店 1992 p1147
〔解題〕右大将家歌合 建保五年八月（久保田淳, 田仲洋己）
「新編国歌大観10」角川書店 1992 p1128

〔解題〕右大臣家歌合 建保五年九月（川平ひとし）
「新編国歌大観5」角川書店 1987 p1460
〔解題〕影供歌合 建長三年九月（安田徳子）
「新編国歌大観5」角川書店 1987 p1466
〔解題〕影供歌合 建仁三年六月（久保田淳）
「新編国歌大観5」角川書店 1987 p1456
〔解題〕永福門院歌合 嘉元三年正月（岩佐美代子）
「新編国歌大観5」角川書店 1987 p1137
〔解題〕遠島御歌合（荒木尚, 樋口芳麻呂）
「新編国歌大観5」角川書店 1987 p1464
〔解題〕御室撰歌合（田村柳壹）
「新編国歌大観10」角川書店 1992 p1125
〔解題〕春日社歌合 元久元年（久保木寿子）
「新編国歌大観5」角川書店 1987 p1456
〔解題〕春日若宮社歌合 寛元四年十二月（黒田彰子）
「新編国歌大観5」角川書店 1987 p1465
〔解題〕亀山殿五首歌合 文永二年九月（井上宗雄）
「新編国歌大観5」角川書店 1987 p1468
〔解題〕鴨御祖社歌合 建永二年（藤平春男, 今井明）
「新編国歌大観5」角川書店 1987 p1457
〔解題〕賀茂別雷社歌合 建永二年二月（藤平春男, 今井明）
「新編国歌大観5」角川書店 1987 p1458
〔解題〕河合社歌合 寛元元年十一月（黒田彰子）
「新編国歌大観5」角川書店 1987 p1465
〔解題〕閑窓撰歌合 建長三年（安井久善）
「新編国歌大観10」角川書店 1992 p1130
〔解題〕北野宮歌合 元久元年十一月（有吉保）
「新編国歌大観5」角川書店 1987 p1456
〔解題〕金玉歌合（鹿目俊彦）
「新編国歌大観10」角川書店 1992 p1134
〔解題〕禁裏歌合 建保二年七月（久保田淳, 村尾誠一）
「新編国歌大観10」角川書店 1992 p1126
〔解題〕卿相侍臣歌合 建永元年七月（川平ひとし）
「新編国歌大観5」角川書店 1987 p1457
〔解題〕外宮北御門歌合 元亨元年（大取一馬, 部矢祥子）
「新編国歌大観10」角川書店 1992 p1138
〔解題〕月卿雲客妬歌合 建保二年九月（久保田淳）
「新編国歌大観5」角川書店 1987 p1459
〔解題〕月卿雲客妬歌合 建保三年六月（久保田淳, 家永香織）
「新編国歌大観10」角川書店 1992 p1127
〔解題〕光厳院三十六番歌合 貞和五年八月（福田秀一）
「新編国歌大観5」角川書店 1987 p1470
〔解題〕光明峰寺摂政家歌合（佐藤恒雄）
「新編国歌大観5」角川書店 1987 p1463
〔解題〕五種歌合 正安元年（中川博夫, 小林一彦）
「新編国歌大観10」角川書店 1992 p1134

中世　解説・資料　和歌（歌合）

〔解題〕後二条院歌合 乾元二年七月（深津睦夫）
「新編国歌大観10」角川書店 1992 p1136
〔解題〕前摂政家歌合 嘉吉三年（伊藤敬）
「新編国歌大観5」角川書店 1987 p1472
〔解題〕三十二番職人歌合（岩崎佳枝）
「新編国歌大観10」角川書店 1992 p1152
〔解題〕三十番歌合 応安五年以前（齋藤彰）
「新編国歌大観10」角川書店 1992 p1145
〔解題〕三十番歌合 正安二年〜嘉元元年（久保田淳、村尾誠一）
「新編国歌大観10」角川書店 1992 p1134
〔解題〕三十番歌合 伏見院筆（貞和末）（鹿目俊彦）
「新編国歌大観10」角川書店 1992 p1141
〔解題〕三十六人歌合（元暦）（大伏春美）
「新編国歌大観10」角川書店 1992 p1148
〔解題〕三十六人大歌合 弘長二年（佐藤恒雄）
「新編国歌大観5」角川書店 1987 p1467
〔解題〕三百六十番歌合 正安二年（峯村文人）
「新編国歌大観5」角川書店 1987 p1451
〔解題〕時代不同歌合（樋口芳麻呂）
「新編国歌大観5」角川書店 1987 p1463
〔解題〕七十一番職人歌合（下房俊一）
「新編国歌大観10」角川書店 1992 p1152
〔解題〕持明院殿御歌合 康永元年十一月四日、持明院殿御歌合 康永元年十一月廿一日（鹿目俊彦）
「新編国歌大観10」角川書店 1992 p1139
〔解題〕釈教三十六人歌合（井上宗雄、大岡賢典）
「新編国歌大観10」角川書店 1992 p1149
〔解題〕集外三十六歌仙（島津忠夫）
「新編国歌大観10」角川書店 1992 p1150
〔解題〕十五番歌合 延慶二年〜応長元年（紙宏行）
「新編国歌大観10」角川書店 1992 p1137
〔解題〕十五番歌合（弘安）（井上宗雄、岡利幸）
「新編国歌大観10」角川書店 1992 p1131
〔解題〕将軍家歌合 文明十四年六月（兼築信行、浅田徹）
「新編国歌大観10」角川書店 1992 p1146
〔解題〕新宮撰歌合 建仁元年三月（上條彰次）
「新編国歌大観5」角川書店 1987 p1452
〔解題〕新三十六人撰 正元二年（中川博夫、小林一彦）
「新編国歌大観10」角川書店 1992 p1148
〔解題〕新時代不同歌合（黒田彰子）
「新編国歌大観5」角川書店 1987 p1468
〔解題〕新玉津島社歌合 貞治六年三月（伊地知鐵男、髙梨素子）
「新編国歌大観5」角川書店 1987 p1471
〔解題〕住吉社歌合 弘長三年（外村展子）
「新編国歌大観10」角川書店 1992 p1130

〔解題〕住吉社三十五番歌合 建治二年（大取一馬、小林強）
「新編国歌大観10」角川書店 1992 p1131
〔解題〕摂政家月十首歌合（大島貴子）
「新編国歌大観5」角川書店 1987 p1469
〔解題〕撰歌合 建仁元年八月十五日（上條彰次）
「新編国歌大観5」角川書店 1987 p1452
〔解題〕千五百番歌合（有吉保ほか）
「新編国歌大観5」角川書店 1987 p1454
〔解題〕仙洞歌合 後崇光院 宝徳二年（今井明）
「新編国歌大観10」角川書店 1992 p1145
〔解題〕仙洞歌合 崇光院（応安三年〜四年）（井上宗雄、高崎由理）
「新編国歌大観10」角川書店 1992 p1143
〔解題〕仙洞影供歌合 建仁二年五月（久保田淳）
「新編国歌大観5」角川書店 1987 p1453
〔解題〕仙洞五十番歌合 乾元二年（岩佐美代子）
「新編国歌大観5」角川書店 1987 p1469
〔解題〕仙洞十人歌合（久保田淳）
「新編国歌大観5」角川書店 1987 p1450
〔解題〕内裏歌合 建保元年七月（藤平春男、兼築信行）
「新編国歌大観5」角川書店 1987 p1458
〔解題〕内裏歌合 建保元年閏九月（藤平春男、兼築信行）
「新編国歌大観5」角川書店 1987 p1458
〔解題〕内裏歌合 建保二年（久保田淳）
「新編国歌大観5」角川書店 1987 p1459
〔解題〕内裏歌合 建暦三年八月七日（久保田淳）
「新編国歌大観10」角川書店 1992 p1126
〔解題〕内裏歌合 天正七年（武井和人）
「新編国歌大観10」角川書店 1992 p1147
〔解題〕内裏歌合 文亀三年六月十四日（荒木尚、赤塚睦男）
「新編国歌大観10」角川書店 1992 p1147
〔解題〕内裏九十番歌合（三村晃功）
「新編国歌大観5」角川書店 1987 p1472
〔解題〕内裏百番歌合 建保四年（藤平春男ほか）
「新編国歌大観5」角川書店 1987 p1458
〔解題〕内裏百番歌合 承久元年（谷山茂）
「新編国歌大観5」角川書店 1987 p1461
〔解題〕玉津島歌合 弘長三年（外村展子）
「新編国歌大観10」角川書店 1992 p1131
〔解題〕為兼家歌合 乾元二年（濱口博章）
「新編国歌大観10」角川書店 1992 p1135
〔解題〕鶴岡放生会職人歌合（岩崎佳枝）
「新編国歌大観10」角川書店 1992 p1152
〔解題〕定家家隆両卿撰歌合（寺島恒世）
「新編国歌大観5」角川書店 1987 p1465
〔解題〕伝伏見院宸筆判詞歌合（岩佐美代子）
「新編国歌大観10」角川書店 1992 p1133
〔解題〕冬題歌合 建保五年（久保田淳）
「新編国歌大観5」角川書店 1987 p1460

和歌（歌学書）

〔解題〕東北院職人歌合（五番本〈岩崎佳枝〉）
「新編国歌大観10」角川書店 1992 p1151
〔解題〕東北院職人歌合（十二番本〈岩崎佳枝〉）
「新編国歌大観10」角川書店 1992 p1151
〔解題〕鳥羽殿影供歌合 建仁元年四月（久保田淳）
「新編国歌大観5」角川書店 1987 p1452
〔解題〕頓阿勝負付歌合（齋藤彰）
「新編国歌大観10」角川書店 1992 p1144
〔解題〕南朝五百番歌合（伊地知鐵男, 高梨素子）
「新編国歌大観5」角川書店 1987 p1471
〔解題〕南朝三百番歌合 建徳二年（山田洋嗣）
「新編国歌大観10」角川書店 1992 p1143
〔解題〕二十番歌合（嘉元～徳治）（紙宏行）
「新編国歌大観10」角川書店 1992 p1135
〔解題〕女房三十六人歌合（大伏春美）
「新編国歌大観10」角川書店 1992 p1149
〔解題〕年中行事歌合（荒木尚）
「新編国歌大観5」角川書店 1987 p1471
〔解題〕八幡若宮撰歌合 建仁三年七月（有吉保）
「新編国歌大観5」角川書店 1987 p1456
〔解題〕比叡社歌合（久曾神昇）
「新編国歌大観10」角川書店 1992 p1139
〔解題〕日吉社大宮歌合 承久元年, 日吉社十禅師歌合 承久元年（藤平春男, 草野隆）
「新編国歌大観10」角川書店 1992 p1128
〔解題〕日吉社撰歌合 寛喜四年（藤平春男, 草野隆）
「新編国歌大観10」角川書店 1992 p1129
〔解題〕百首歌合 建長八年（福田秀一）
「新編国歌大観5」角川書店 1987 p1467
〔解題〕百番歌合 応安三年～永和二年（中村文）
「新編国歌大観10」角川書店 1992 p1142
〔解題〕武家歌合 康正三年（稲田利徳）
「新編国歌大観10」角川書店 1992 p1146
〔解題〕武州江戸歌合 文明六年（三村晃功）
「新編国歌大観10」角川書店 1992 p1146
〔解題〕通親亭影供歌合 建仁元年三月（久保田淳）
「新編国歌大観5」角川書店 1987 p1452
〔解題〕通具俊成卿女歌合（久保田淳, 渡部泰明）
「新編国歌大観10」角川書店 1992 p1124
〔解題〕水無瀬恋十五首歌合（有吉保）
「新編国歌大観5」角川書店 1987 p1454
〔解題〕水無瀬桜宮十五番歌合 建仁二年九月（有吉保）
「新編国歌大観5」角川書店 1987 p1454
〔解題〕水無瀬釣殿当座六首歌合 建仁二年六月（福田秀一, 樋口芳麻呂）
「新編国歌大観5」角川書店 1987 p1453
〔解題〕民部卿家歌合 建久六年（久保田淳）
「新編国歌大観5」角川書店 1987 p1448

〔解題〕宗尊親王百五十番歌合 弘長元年（大取一馬, 鈴木徳男）
「新編国歌大観10」角川書店 1992 p1130
〔解題〕名所月歌合 貞永元年（佐藤恒雄）
「新編国歌大観5」角川書店 1987 p1463
〔解題〕餅酒歌合（大島貴子）
「新編国歌大観5」角川書店 1987 p1472
〔解題〕四十番歌合 建保五年十月（久保田淳, 加藤睦）
「新編国歌大観10」角川書店 1992 p1128
〔解題〕老若五十首歌合（後藤重郎）
「新編国歌大観5」角川書店 1987 p1451
〔解題〕六百番歌合（有吉保, 田村柳壹）
「新編国歌大観5」角川書店 1987 p1447
〔解題〕和歌所影供歌合 建仁元年八月（久保田淳）
「新編国歌大観5」角川書店 1987 p1452
〔解題〕和歌所影供歌合 建仁元年九月（久保田淳）
「新編国歌大観5」角川書店 1987 p1453
〔解題〕若宮撰歌合 建仁二年九月（有吉保）
「新編国歌大観5」角川書店 1987 p1454

【資料】
作者略歴
「歌合・定数歌全釈叢書19 新宮撰歌合全釈」風間書房 2014 p199
判詞語句索引
「歌合・定数歌全釈叢書19 新宮撰歌合全釈」風間書房 2014 p211
和歌各句索引
「歌合・定数歌全釈叢書19 新宮撰歌合全釈」風間書房 2014 p207

和歌（歌学書）

【解説】

〔解題〕色葉和難集（久曾神昇）
「新編国歌大観10」角川書店 1992 p1198
〔解題〕歌枕名寄（福田秀一ほか）
「新編国歌大観10」角川書店 1992 p1182
〔解題〕雨中吟（赤瀬信吾）
「新編国歌大観5」角川書店 1987 p1487
〔解題〕瑩玉集（有吉保）
「新編国歌大観5」角川書店 1987 p1488
〔解題〕悦目抄（三輪正胤）
「新編国歌大観5」角川書店 1987 p1489
〔解題〕延慶両卿訴陳状（福田秀一）
「新編国歌大観5」角川書店 1987 p1488
〔解題〕歌苑連署事書（福田秀一）
「新編国歌大観5」角川書店 1987 p1488
〔解題〕歌林良材（武井和人）
「新編国歌大観10」角川書店 1992 p1198
〔解題〕玉伝集和歌最頂（武井和人）
「新編国歌大観10」角川書店 1992 p1198
〔解題〕桐火桶（三輪正胤）
「新編国歌大観5」角川書店 1987 p1489

〔解題〕近来風体抄（田中裕）
「新編国歌大観5」角川書店 1987 p1489
〔解題〕愚見抄（三輪正胤）
「新編国歌大観5」角川書店 1987 p1489
〔解題〕愚秘抄（三輪正胤）
「新編国歌大観5」角川書店 1987 p1489
〔解題〕耕雲口伝（田中裕）
「新編国歌大観5」角川書店 1987 p1489
〔解題〕三五記（三輪正胤）
「新編国歌大観5」角川書店 1987 p1489
〔解題〕秀歌大体（有吉保）
「新編国歌大観5」角川書店 1987 p1485
〔解題〕正風体抄（田中裕）
「新編国歌大観10」角川書店 1992 p1180
〔解題〕続歌仙落書（井上宗雄）
「新編国歌大観5」角川書店 1987 p1485
〔解題〕蔵玉集（赤瀬信吾）
「新編国歌大観5」角川書店 1987 p1478
〔解題〕代集（福田秀一）
「新編国歌大観5」角川書店 1987 p1488
〔解題〕為兼卿和歌抄（福田秀一）
「新編国歌大観5」角川書店 1987 p1488
〔解題〕竹園抄（三輪正胤）
「新編国歌大観5」角川書店 1987 p1488
〔解題〕勅撰作者部類付載作者異議（上野理）
「新編国歌大観10」角川書店 1992 p1198
〔解題〕追加（田中裕）
「新編国歌大観5」角川書店 1987 p1488
〔解題〕定家十体（久保田淳）
「新編国歌大観5」角川書店 1987 p1485
〔解題〕東野州聞書（稲田利徳）
「新編国歌大観5」角川書店 1987 p1489
〔解題〕二言抄（田中裕）
「新編国歌大観5」角川書店 1987 p1489
〔解題〕野守鏡（福田秀一）
「新編国歌大観5」角川書店 1987 p1488
〔解題〕秘蔵抄（赤瀬信吾）
「新編国歌大観5」角川書店 1987 p1477
〔解題〕籤河上（安井久善）
「新編国歌大観5」角川書店 1987 p1488
〔解題〕筆のまよひ（武井和人）
「新編国歌大観10」角川書店 1992 p1198
〔解題〕梵灯庵袖下集（島津忠夫）
「新編国歌大観5」角川書店 1987 p1489
〔解題〕未来記（赤瀬信吾）
「新編国歌大観5」角川書店 1987 p1486
〔解題〕八雲御抄（松野陽一）
「新編国歌大観5」角川書店 1987 p1488
〔解題〕落書露顕（田中裕）
「新編国歌大観5」角川書店 1987 p1489
〔解題〕了俊一子伝（田中裕）
「新編国歌大観5」角川書店 1987 p1489

〔解題〕了俊歌学書（岸田依子）
「新編国歌大観10」角川書店 1992 p1198
〔解題〕了俊日記（岸田依子）
「新編国歌大観10」角川書店 1992 p1198
〔解題〕冷泉家和歌秘々口伝（岸田依子）
「新編国歌大観10」角川書店 1992 p1198
〔解題〕蓮性陳状（佐々木孝浩、中川博夫）
「新編国歌大観10」角川書店 1992 p1198
〔解題〕六花集注（三村晃功）
「新編国歌大観10」角川書店 1992 p1199
〔解題〕六百番陳状（竹下豊）
「新編国歌大観5」角川書店 1987 p1488
〔解題〕和歌色葉（松野陽一）
「新編国歌大観5」角川書店 1987 p1488
〔解題〕和歌灌頂次第秘密抄（武井和人）
「新編国歌大観10」角川書店 1992 p1198
〔解題〕和歌肝要（三輪正胤）
「新編国歌大観5」角川書店 1987 p1489
〔解題〕和歌口伝（福田秀一）
「新編国歌大観5」角川書店 1987 p1488
〔解題〕和歌口伝抄（三輪正胤）
「新編国歌大観5」角川書店 1987 p1489
〔解題〕和歌深秘抄（武井和人）
「新編国歌大観10」角川書店 1992 p1198
〔解題〕和歌大綱（三輪正胤）
「新編国歌大観5」角川書店 1987 p1489
〔解題〕和歌庭訓（福田秀一）
「新編国歌大観5」角川書店 1987 p1488
〔解題〕和歌密書（武井和人）
「新編国歌大観10」角川書店 1992 p1198
〔解題〕和歌用意条々（福田秀一）
「新編国歌大観5」角川書店 1987 p1489

和歌（家集）
【解説】
あとがき（岩井宏子）
「歌合・定数歌全釈叢書16 土御門院句題和歌全釈」風間書房 2012 p299
あとがき（岩佐美代子）
「私家集全釈叢書27 光厳院御集全釈」風間書房 2000 p207
「新注和歌文学叢書3 秋思歌 秋夢集 新注」青簡舎 2008 p191
あとがき（田渕句美子）
「私家集全釈叢書40 民部卿典侍集・土御門院女房全釈」風間書房 2016 p407
あとがき（長崎健）
「私家集全釈叢書18 前長門守時朝入京田舎打聞集全釈」風間書房 1996 p313
「私家集全釈叢書23 沙弥蓮瑜集全釈」風間書房 1999 p569
解説（岩井宏子）
「歌合・定数歌全釈叢書16 土御門院句題和歌全釈」風間書房 2012 p265

和歌（家集）　　解説・資料　　中世

〔解説〕（岩佐美代子）
「私家集全釈叢書27 光厳院御集全釈」風間書房 2000 p1
〔解説〕（久保田淳）
「和歌文学大系62 玉吟集」明治書院 2018 p485
〔解説〕（田渕句美子）
「私家集全釈叢書40 民部卿典侍集・土御門院女房全釈」風間書房 2016 p317
〔解説〕（中川博夫）
「新注和歌文学叢書14 瓊玉和歌集 新注〈宗尊親王集全注1〉」青簡舎 2014 p523
〔解説〕慶運集（小林大輔）
「和歌文学大系65 草庵集・兼好法師集・浄弁集・慶運集」明治書院 2004 p419
〔解説〕再昌（伊藤敬）
「和歌文学大系66 草根集・権大僧都心敬集・再昌」明治書院 2005 p361
〔解説〕浄弁集（小林大輔）
「和歌文学大系65 草庵集・兼好法師集・浄弁集・慶運集」明治書院 2004 p405
〔解説〕艶詞（谷知子）
「和歌文学大系23 式子内親王集・建礼門院右京大夫集・俊成卿女集・艶詞」明治書院 2001 p285
〔解説〕明恵上人歌集（平野多恵）
「和歌文学大系60 秋篠月清集・明恵上人歌集」明治書院 2013 p361
〔解説〕民部卿典侍因子について（田渕句美子）
「私家集全釈叢書40 民部卿典侍集・土御門院女房全釈」風間書房 2016 p3
〔解説〕『民部卿典侍集』とその周辺（大野順子ほか）
「私家集全釈叢書40 民部卿典侍集・土御門院女房全釈」風間書房 2016 p54
〔解説〕『民部卿典侍集』について（幾浦裕之、田渕句美子）
「私家集全釈叢書40 民部卿典侍集・土御門院女房全釈」風間書房 2016 p16
〔解題〕亜槐集・続亜槐集（雅親）（佐藤恒雄、大伏春美）
「新編国歌大観8」角川書店 1990 p828
〔解題〕顕氏集（家郷隆文）
「新編国歌大観7」角川書店 1989 p818
〔解題〕明日香井和歌集（雅経）（田村柳壹）
「新編国歌大観4」角川書店 1986 p691
〔解題〕荒木田久元集（久保田淳）
「新編国歌大観10」角川書店 1992 p1197
〔解題〕佚名歌集（徳川美術館）（中村文）
「新編国歌大観10」角川書店 1992 p1196
〔解題〕佚名歌集（穂久邇文庫）（後藤重郎、池尾和也）
「新編国歌大観10」角川書店 1992 p1197
〔解題〕雲玉集（馴窓）（赤瀬知子）
「新編国歌大観8」角川書店 1990 p848

〔解題〕円明寺関白集（実経）（家郷隆文）
「新編国歌大観7」角川書店 1989 p822
〔解題〕嘉喜門院集（福田秀一）
「新編国歌大観7」角川書店 1989 p840
〔解題〕兼行集（岩佐美代子）
「新編国歌大観7」角川書店 1989 p828
〔解題〕亀山院御集（久保田淳）
「新編国歌大観7」角川書店 1989 p828
〔解題〕閑谷集（青木賢豪）
「新編国歌大観7」角川書店 1989 p806
〔解題〕閑塵集（兼載）（岸田依子）
「新編国歌大観8」角川書店 1990 p843
〔解題〕閑放集（光俊）（家郷隆文）
「新編国歌大観7」角川書店 1989 p822
〔解題〕堯孝法印集（小池一行）
「新編国歌大観8」角川書店 1990 p817
〔解題〕公賢集（齋藤彰）
「新編国歌大観7」角川書店 1989 p837
〔解題〕公義集（齋藤彰）
「新編国歌大観7」角川書店 1989 p841
〔解題〕邦高親王御集（片桐洋一）
「新編国歌大観8」角川書店 1990 p847
〔解題〕慶運法印集（稲田利徳）
「新編国歌大観4」角川書店 1986 p698
〔解題〕瓊玉和歌集（宗尊親王）（黒田彰子）
「新編国歌大観7」角川書店 1989 p818
〔解題〕桂林集（直朝）（赤瀬知子）
「新編国歌大観7」角川書店 1989 p854
〔解題〕後鳥羽院定家知家入道撰歌（家良）（佐藤恒雄）
「新編国歌大観7」角川書店 1989 p814
〔解題〕後二条院御集（荒木尚）
「新編国歌大観7」角川書店 1989 p829
〔解題〕後堀河院民部卿典侍集（森本元子）
「新編国歌大観7」角川書店 1989 p810
〔解題〕権僧正道我集（石川一）
「新編国歌大観7」角川書店 1989 p836
〔解題〕権大納言典侍集（親子）（岩佐美代子）
「新編国歌大観7」角川書店 1989 p834
〔解題〕前権典厩集（長綱）（川平ひとし）
「新編国歌大観7」角川書店 1989 p820
〔解題〕前長門守時朝入京田舎打聞集（久保田淳、中川博夫）
「新編国歌大観7」角川書店 1989 p815
〔解題〕沙玉集Ⅰ・Ⅱ（後崇光院）（八嶌正治）
「新編国歌大観8」角川書店 1990 p818
〔解題〕貞秀集（福田秀一）
「新編国歌大観7」角川書店 1989 p841
〔解題〕実兼集（久保田淳）
「新編国歌大観7」角川書店 1989 p833
〔解題〕実材母集（樋口芳麻呂）
「新編国歌大観7」角川書店 1989 p817

〔解題〕　紫禁和歌集(順徳院)(大取一馬)
「新編国歌大観7」角川書店 1989 p811
〔解題〕　下葉集(堯恵)(紙宏行)
「新編国歌大観8」角川書店 1990 p837
〔解題〕　慈道親王集(石川一)
「新編国歌大観7」角川書店 1989 p835
〔解題〕　寂身法師集(半田公平)
「新編国歌大観7」角川書店 1989 p813
〔解題〕　寂蓮法師集(半田公平)
「新編国歌大観4」角川書店 1986 p687
〔解題〕　沙弥蓮愉集(安田徳子)
「新編国歌大観7」角川書店 1989 p824
〔解題〕　拾塵集(政弘)(荒木尚)
「新編国歌大観8」角川書店 1990 p835
〔解題〕　拾藻鈔(公順)(錦仁)
「新編国歌大観7」角川書店 1989 p834
〔解題〕　秋夢集(後嵯峨院大納言典侍〈為子〉)(岩佐美代子)
「新編国歌大観7」角川書店 1989 p823
〔解題〕　守覚法親王集(上條彰次)
「新編国歌大観4」角川書店 1986 p679
〔解題〕　春霞集(元就)(武井和人)
「新編国歌大観8」角川書店 1990 p853
〔解題〕　春夢草(肖柏)(大島貴子ほか)
「新編国歌大観8」角川書店 1990 p846
〔解題〕　正覚国師集(塚田晃信)
「新編国歌大観7」角川書店 1989 p836
〔解題〕　松下集(正広)(有吉保ほか)
「新編国歌大観8」角川書店 1990 p832
〔解題〕　浄照房集(光家)(久保田淳)
「新編国歌大観7」角川書店 1989 p810
〔解題〕　浄弁集(齋藤彰)
「新編国歌大観7」角川書店 1989 p836
〔解題〕　称名院集(公条)(伊藤敬)
「新編国歌大観8」角川書店 1990 p852
〔解題〕　自葉和歌集(祐臣)(錦仁)
「新編国歌大観7」角川書店 1989 p835
〔解題〕　信生法師集(長崎健)
「新編国歌大観7」角川書店 1989 p815
〔解題〕　深心院関白集(基平)(久保田淳, 村尾誠一)
「新編国歌大観7」角川書店 1989 p816
〔解題〕　季経集(辻勝美)
「新編国歌大観7」角川書店 1989 p807
〔解題〕　資平集(家郷隆文)
「新編国歌大観7」角川書店 1989 p822
〔解題〕　雪玉集(実隆)(井上宗雄ほか)
「新編国歌大観8」角川書店 1990 p850
〔解題〕　他阿上人集(石原清志, 大取一馬)
「新編国歌大観7」角川書店 1989 p832
〔解題〕　太皇太后宮小侍従集(遠田晤良)
「新編国歌大観4」角川書店 1986 p682

〔解題〕　隆祐集(久保田淳)
「新編国歌大観4」角川書店 1986 p695
〔解題〕　隆信集(樋口芳麻呂)
「新編国歌大観7」角川書店 1989 p805
〔解題〕　隆信集(樋口芳麻呂ほか)
「新編国歌大観4」角川書店 1986 p688
〔解題〕　孝範集(井上宗雄, 長崎健)
「新編国歌大観8」角川書店 1990 p840
〔解題〕　隆房集(三角洋一)
「新編国歌大観7」角川書店 1989 p806
〔解題〕　為定集(紙宏行)
「新編国歌大観7」角川書店 1989 p837
〔解題〕　為重集(三村晃功)
「新編国歌大観7」角川書店 1989 p876
〔解題〕　為理集(濱口博章)
「新編国歌大観7」角川書店 1989 p830
〔解題〕　為富集(持為)(後藤重郎, 安田徳子)
「新編国歌大観8」角川書店 1990 p816
〔解題〕　為広集Ⅰ・Ⅱ・Ⅲ(久保田淳, 片岡伸江)
「新編国歌大観8」角川書店 1990 p845
〔解題〕　為尹千首(島津忠夫)
「新編国歌大観4」角川書店 1986 p720
〔解題〕　為世集(井上宗雄, 山田洋嗣)
「新編国歌大観7」角川書店 1989 p817
〔解題〕　親清五女集(菊地仁)
「新編国歌大観7」角川書店 1989 p824
〔解題〕　親清四女集(菊地仁)
「新編国歌大観7」角川書店 1989 p824
〔解題〕　竹風和歌抄(宗尊親王)(樋口芳麻呂, 黒柳孝夫)
「新編国歌大観7」角川書店 1989 p819
〔解題〕　中書王御詠(宗尊親王)(黒田彰子)
「新編国歌大観7」角川書店 1989 p819
〔解題〕　澄覚法親王集(石川一)
「新編国歌大観7」角川書店 1989 p823
〔解題〕　土御門院御集(寺島恒世)
「新編国歌大観7」角川書店 1989 p809
〔解題〕　経家集(松野陽一)
「新編国歌大観7」角川書店 1989 p807
〔解題〕　経氏集(福田秀一)
「新編国歌大観7」角川書店 1989 p842
〔解題〕　常縁集(赤瀬信吾)
「新編国歌大観8」角川書店 1990 p826
〔解題〕　艶詞(隆房)(三角洋一)
「新編国歌大観7」角川書店 1989 p806
〔解題〕　典侍為子集(岩佐美代子)
「新編国歌大観7」角川書店 1989 p834
〔解題〕　藤谷和歌集(為相)(荒木尚)
「新編国歌大観7」角川書店 1989 p833
〔解題〕　時広集(濱口博章)
「新編国歌大観7」角川書店 1989 p821
〔解題〕　俊光集(鹿目俊彦)
「新編国歌大観7」角川書店 1989 p833

〔解題〕長景集（濱口博章）
「新編国歌大観7」角川書店 1989 p828
〔解題〕長綱集（川平ひとし）
「新編国歌大観7」角川書店 1989 p821
〔解題〕二条院讃岐集（遠藤晤良）
「新編国歌大観4」角川書店 1986 p699
〔解題〕如願法師集（有吉保, 藤平泉）
「新編国歌大観7」角川書店 1989 p811
〔解題〕信実集（久保田淳, 村尾誠一）
「新編国歌大観7」角川書店 1989 p816
〔解題〕範宗集（兼築信行）
「新編国歌大観7」角川書店 1989 p809
〔解題〕柏玉集（後柏原院）（井上宗雄ほか）
「新編国歌大観8」角川書店 1990 p844
〔解題〕花園院御集（光厳院）（鹿目俊彦）
「新編国歌大観7」角川書店 1989 p838
〔解題〕卑懐集（基綱）（松野陽一, 紙宏行）
「新編国歌大観8」角川書店 1990 p841
〔解題〕仏国禅師集（塚田晃信）
「新編国歌大観7」角川書店 1989 p829
〔解題〕碧玉集（政為）（久保田淳, 鈴木健一）
「新編国歌大観8」角川書店 1990 p844
〔解題〕法印珍誉集（石川一）
「新編国歌大観7」角川書店 1989 p817
〔解題〕法隆寺宝物和歌（田中登）
「新編国歌大観10」角川書店 1992 p1196
〔解題〕慕景集（井上宗雄, 福崎春雄）
「新編国歌大観4」角川書店 1986 p699
〔解題〕慕景集異本（武井和人）
「新編国歌大観8」角川書店 1990 p825
〔解題〕法性寺為信集（久保田淳, 村尾誠一）
「新編国歌大観7」角川書店 1989 p827
〔解題〕慕風愚吟集（尭孝）（小池一行）
「新編国歌大観7」角川書店 1990 p817
〔解題〕雅顕集（田村柳壹）
「新編国歌大観7」角川書店 1989 p822
〔解題〕雅有集（青木賢豪, 田村柳壹）
「新編国歌大観7」角川書店 1989 p827
〔解題〕雅成親王集（寺島恒世）
「新編国歌大観7」角川書店 1989 p813
〔解題〕政範集（外村展子）
「新編国歌大観7」角川書店 1989 p823
〔解題〕雅康集（兼築信行）
「新編国歌大観8」角川書店 1990 p842
〔解題〕雅世集（田中新一, 樋口芳麻呂）
「新編国歌大観8」角川書店 1990 p815
〔解題〕光経集（青木賢豪）
「新編国歌大観7」角川書店 1989 p807
〔解題〕光吉集（錦仁）
「新編国歌大観7」角川書店 1989 p837
〔解題〕壬二集（家隆）（有吉保, 齋藤彰）
「新編国歌大観3」角川書店 1985 p921

〔解題〕明恵上人集（久保田淳）
「新編国歌大観4」角川書店 1986 p693
〔解題〕茂重集（濱口博章）
「新編国歌大観7」角川書店 1989 p829
〔解題〕持為集Ⅰ・Ⅱ・Ⅲ（後藤重郎, 安田徳子）
「新編国歌大観7」角川書店 1989 p816
〔解題〕基佐集（中川博夫, 福田秀一）
「新編国歌大観8」角川書店 1990 p831
〔解題〕基綱集（松野陽一, 紙宏行）
「新編国歌大観8」角川書店 1990 p841
〔解題〕李花和歌集（宗良親王）（福田秀一, 湯浅忠夫）
「新編国歌大観7」角川書店 1989 p839
〔解題〕柳葉和歌集（宗尊親王）（黒田彰子）
「新編国歌大観7」角川書店 1989 p819
〔解題〕隣女集（雅有）（青木賢豪, 田村柳壹）
「新編国歌大観7」角川書店 1989 p825
〔解題〕蓮如上人集（大取一馬）
「新編国歌大観8」角川書店 1990 p836
『瓊玉和歌集』の諸本
「新注和歌文学叢書14 瓊玉和歌集 新注〈宗尊親王集全注1〉」青簡舎 2014 p530
『瓊玉和歌集』の和歌
「新注和歌文学叢書14 瓊玉和歌集 新注〈宗尊親王集全注1〉」青簡舎 2014 p562
『沙弥蓮瑜集』の作者と和歌（外村展子）
「私家集全釈叢書23 沙弥蓮瑜集全釈」風間書房 1999 p3
秋夢集 解説（岩佐美代子）
「新注和歌文学叢書3 秋思歌 秋夢集 新注」青簡舎 2008 p161
序 ―『私家集全釈叢書』刊行に寄せて―（関根慶子, 阿部俊子）
「私家集全釈叢書1 赤染衛門集全釈」風間書房 1986 p1
『時賢集』の成立（中川博夫）
「私家集全釈叢書18 前長門守時朝入京田舎打聞集全釈」風間書房 1996 p3
宗尊親王と『瓊玉和歌集』（佐藤智広）
「和歌文学大系64 為家卿集・瓊玉和歌集・伏見院御集」明治書院 2014 p400

【年表】
民部卿典侍因子年譜（田渕句美子, 米田有里）
「私家集全釈叢書40 民部卿典侍集・土御門院女房全釈」風間書房 2016 p269
略年譜
「私家集全釈叢書27 光厳院御集全釈」風間書房 2000 p191

【資料】
一首の古歌を本歌にする瓊玉集歌一覧
「新注和歌文学叢書14 瓊玉和歌集 新注〈宗尊親王集全注1〉」青簡舎 2014 p634
各句索引
「私家集全釈叢書27 光厳院御集全釈」風間書房

2000 p195
瓊玉集歌出典一覧
　「新注和歌文学叢書14　瓊玉和歌集　新注〈宗尊親王集全注1〉」青簡舎　2014　p629
瓊玉集歌他出一覧
　「新注和歌文学叢書14　瓊玉和歌集　新注〈宗尊親王集全注1〉」青簡舎　2014　p631
瓊玉集歌の影響歌一覧
　「新注和歌文学叢書14　瓊玉和歌集　新注〈宗尊親王集全注1〉」青簡舎　2014　p661
瓊玉集歌の享受歌一覧
　「新注和歌文学叢書14　瓊玉和歌集　新注〈宗尊親王集全注1〉」青簡舎　2014　p662
瓊玉集歌の参考歌(依拠歌)歌人別一覧
　「新注和歌文学叢書14　瓊玉和歌集　新注〈宗尊親王集全注1〉」青簡舎　2014　p651
瓊玉集歌の参考歌(依拠歌)集別一覧
　「新注和歌文学叢書14　瓊玉和歌集　新注〈宗尊親王集全注1〉」青簡舎　2014　p642
瓊玉集歌の類歌一覧
　「新注和歌文学叢書14　瓊玉和歌集　新注〈宗尊親王集全注1〉」青簡舎　2014　p659
皇室周辺略系図・御子左家周辺略系図〔土御門院女房〕
　「私家集全釈叢書40　民部卿典侍集・土御門院女房全釈」風間書房　2016　p403
詞書索引
　「私家集全釈叢書18　前長門守時朝入京田舎打聞集全釈」風間書房　1996　p308
詞書索引(外村展子)
　「私家集全釈叢書23　沙弥蓮瑜集全釈」風間書房　1999　p566
索引
　「歌合・定数歌全釈叢書16　土御門院句題和歌全釈」風間書房　2012　p293
参考文献
　「私家集全釈叢書27　光厳院御集全釈」風間書房　2000　p67
三首の古歌を本歌にする瓊玉集歌一覧
　「新注和歌文学叢書14　瓊玉和歌集　新注〈宗尊親王集全注1〉」青簡舎　2014　p641
秋夢集　初句索引
　「新注和歌文学叢書3　秋思歌　秋夢集　新注」青簡舎　2008　p190
〔守覚法親王集〕書陵部本拾遺
　「新編国歌大観4」角川書店　1986　p680
主要参考文献
　「新注和歌文学叢書14　瓊玉和歌集　新注〈宗尊親王集全注1〉」青簡舎　2014　p626
初句索引
　「新注和歌文学叢書14　瓊玉和歌集　新注〈宗尊親王集全注1〉」青簡舎　2014　p663
　「和歌文学大系60　秋篠月清集・明恵上人歌集」明治書院　2013　p420
　「和歌文学大系62　玉吟集」明治書院　2018　p551
　「和歌文学大系64　為家卿集・瓊玉和歌集・伏見院御集」明治書院　2014　p444
　「和歌文学大系65　草庵集・兼好法師集・浄弁集・慶運集」明治書院　2004　p470
　「和歌文学大系66　草根集・権大僧都心敬集・再昌」明治書院　2005　p392
初句索引(高橋由紀)
　「和歌文学大系23　式子内親王集・建礼門院右京大夫集・俊成卿女集・艶詞」明治書院　2001　p333
初出一覧
　「新注和歌文学叢書14　瓊玉和歌集　新注〈宗尊親王集全注1〉」青簡舎　2014　p670
人名一覧
　「和歌文学大系62　玉吟集」明治書院　2018　p513
人名一覧(久保田淳)
　「和歌文学大系64　為家卿集・瓊玉和歌集・伏見院御集」明治書院　2014　p428
〔人名一覧〕明恵上人歌集
　「和歌文学大系60　秋篠月清集・明恵上人歌集」明治書院　2013　p400
人名索引
　「和歌文学大系66　草根集・権大僧都心敬集・再昌」明治書院　2005　p381
人名索引(酒井茂幸)
　「和歌文学大系65　草庵集・兼好法師集・浄弁集・慶運集」明治書院　2004　p439
人名索引(高橋由紀)
　「和歌文学大系23　式子内親王集・建礼門院右京大夫集・俊成卿女集・艶詞」明治書院　2001　p307
地名一覧
　「和歌文学大系62　玉吟集」明治書院　2018　p522
地名一覧(久保田淳)
　「和歌文学大系64　為家卿集・瓊玉和歌集・伏見院御集」明治書院　2014　p434
〔地名一覧〕明恵上人歌集
　「和歌文学大系60　秋篠月清集・明恵上人歌集」明治書院　2013　p416
地名索引
　「和歌文学大系66　草根集・権大僧都心敬集・再昌」明治書院　2005　p387
地名索引(酒井茂幸)
　「和歌文学大系65　草庵集・兼好法師集・浄弁集・慶運集」明治書院　2004　p453
地名索引(高橋由紀)
　「和歌文学大系23　式子内親王集・建礼門院右京大夫集・俊成卿女集・艶詞」明治書院　2001　p321
二首の古歌を本歌にする瓊玉集歌一覧
　「新注和歌文学叢書14　瓊玉和歌集　新注〈宗尊親王集全注1〉」青簡舎　2014　p639
補注(久保田淳)
　「和歌文学大系62　玉吟集」明治書院　2018　p465
補注　慶運集(小林大輔)
　「和歌文学大系65　草庵集・兼好法師集・浄弁集・慶運集」明治書院　2004　p374
補注　瓊玉和歌集(佐藤智広)
　「和歌文学大系64　為家卿集・瓊玉和歌集・伏見院御集」明治書院　2014　p330

補注 明恵上人歌集（平野多恵）
「和歌文学大系60 秋篠月清集・明恵上人歌集」明治書院 2013 p333
民部卿典侍因子詠歌集成（大野順子）
「私家集全釈叢書40 民部卿典侍集・土御門院女房全釈」風間書房 2016 p288
『民部卿典侍集』諸本校異一覧（幾浦裕之）
「私家集全釈叢書40 民部卿典侍集・土御門院女房全釈」風間書房 2016 p303
和歌索引
「私家集全釈叢書18 前長門守時朝入京田舎打聞集全釈」風間書房 1996 p303
和歌索引（小林一彦）
「私家集全釈叢書23 沙弥蓮瑜集全釈」風間書房 1999 p557
和歌初句索引〔土御門院女房〕
「私家集全釈叢書40 民部卿典侍集・土御門院女房全釈」風間書房 2016 p405

和歌（自歌合）
【解説】
あとがき（岩佐美代子）
「歌合・定数歌全釈叢書1 永福門院百番自歌合全釈」風間書房 2003 p217
解説（岩佐美代子）
「歌合・定数歌全釈叢書1 永福門院百番自歌合全釈」風間書房 2003 p137
〔解題〕家隆卿百番自歌合（久保田淳）
「新編国歌大観5」角川書店 1987 p1461
〔解題〕永福門院百番自歌合（岩佐美代子）
「新編国歌大観5」角川書店 1987 p1470
〔解題〕日吉社知家自歌合 嘉禎元年（藤平春男、草野隆）
「新編国歌大観10」角川書店 1992 p1129

【資料】
各句索引
「歌合・定数歌全釈叢書1 永福門院百番自歌合全釈」風間書房 2003 p203
系図
「歌合・定数歌全釈叢書1 永福門院百番自歌合全釈」風間書房 2003 p198
参考文献
「歌合・定数歌全釈叢書1 永福門院百番自歌合全釈」風間書房 2003 p200

和歌（私撰集）
【解説】
解説（安田徳子）
「和歌文学大系14 万代和歌集（下）」明治書院 2000 p289
〔解題〕安撰和歌集（田中裕）
「新編国歌大観6」角川書店 1988 p960
〔解題〕遺塵和歌集（橋本不美男、小池一行）
「新編国歌大観6」角川書店 1988 p951

〔解題〕雲葉和歌集（後藤重郎、安田徳子）
「新編国歌大観6」角川書店 1988 p943
〔解題〕閑月和歌集（川村晃生、中川博夫）
「新編国歌大観6」角川書店 1988 p950
〔解題〕菊葉和歌集（伊藤敬）
「新編国歌大観6」角川書店 1988 p963
〔解題〕玄玉和歌集（松野陽一）
「新編国歌大観6」角川書店 1984 p876
〔解題〕現存和歌六帖（佐藤恒雄）
「新編国歌大観6」角川書店 1988 p938
〔解題〕言葉集（赤瀬信吾、岩坪健）
「新編国歌大観10」角川書店 1992 p1174
〔解題〕三十六人撰（樋口芳麻呂）
「新編国歌大観5」角川書店 1987 p1482
〔解題〕拾遺風体和歌集（有吉保）
「新編国歌大観6」角川書店 1988 p953
〔解題〕秋風抄（後藤重郎ほか）
「新編国歌大観6」角川書店 1988 p942
〔解題〕秋風和歌集（橋本不美男、小池一行）
「新編国歌大観6」角川書店 1988 p942
〔解題〕松花和歌集（福田秀一、今西祐一郎）
「新編国歌大観6」角川書店 1988 p955
〔解題〕続現葉和歌集（井上宗雄）
「新編国歌大観6」角川書店 1988 p954
〔解題〕続門葉和歌集（福田秀一、湯浅忠夫）
「新編国歌大観6」角川書店 1988 p952
〔解題〕人家和歌集（岩佐美代子）
「新編国歌大観6」角川書店 1988 p948
〔解題〕新撰和歌六帖（安井久善）
「新編国歌大観2」角川書店 1984 p877
〔解題〕深窓秘抄（樋口芳麻呂）
「新編国歌大観5」角川書店 1987 p1483
〔解題〕新三井和歌集（有吉保）
「新編国歌大観6」角川書店 1988 p963
〔解題〕新和歌集（長崎健）
「新編国歌大観6」角川書店 1988 p946
〔解題〕津守和歌集（有吉保、千葉義孝）
「新編国歌大観6」角川書店 1988 p962
〔解題〕定家八代抄（後藤重郎、樋口芳麻呂）
「新編国歌大観10」角川書店 1992 p1176
〔解題〕東撰和歌六帖（荒木尚）
「新編国歌大観6」角川書店 1988 p947
〔解題〕藤葉和歌集（稲田利徳）
「新編国歌大観6」角川書店 1988 p959
〔解題〕楢葉和歌集（井上宗雄ほか）
「新編国歌大観6」角川書店 1988 p937
〔解題〕八代集秀逸（樋口芳麻呂）
「新編国歌大観10」角川書店 1992 p1180
〔解題〕百人秀歌（有吉保）
「新編国歌大観5」角川書店 1987 p1485
〔解題〕夫木和歌抄（濱口博章、福田秀一）
「新編国歌大観2」角川書店 1984 p879

〔解題〕別本和漢兼作集（後藤昭雄）
　「新編国歌大観6」角川書店　1988　p945
〔解題〕万代和歌集（後藤重郎，安田徳子）
　「新編国歌大観2」角川書店　1984　p878
〔解題〕御裳濯和歌集（久保田淳）
　「新編国歌大観6」角川書店　1988　p936
〔解題〕柳風和歌抄（有吉保）
　「新編国歌大観6」角川書店　1988　p954
〔解題〕臨永和歌集（福田秀一，湯浅忠夫）
　「新編国歌大観6」角川書店　1988　p958
〔解題〕六華和歌集（井上宗雄，山田洋嗣）
　「新編国歌大観6」角川書店　1988　p961
〔解題〕和漢兼作集（大曽根章介）
　「新編国歌大観6」角川書店　1988　p949
現存和歌六帖抜粋本（佐藤恒雄）
　「新編国歌大観6」角川書店　1988　p938
東撰和歌六帖抜粋本（荒木尚）
　「新編国歌大観6」角川書店　1988　p947
『万代和歌集』とその時代（安田徳子）
　「和歌文学大系13 万代和歌集（上）」明治書院
　　1998　p359

【資料】
詞書等人名索引
　「和歌文学大系14 万代和歌集（下）」明治書院
　　2000　p386
作者名索引
　「和歌文学大系14 万代和歌集（下）」明治書院
　　2000　p311
初句索引
　「和歌文学大系14 万代和歌集（下）」明治書院
　　2000　p437
地名索引
　「和歌文学大系14 万代和歌集（下）」明治書院
　　2000　p398

和歌（勅撰集）

【解説】
解説（小林一彦）
　「和歌文学大系7 続拾遺和歌集」明治書院　2002
　　p263
解説（中川博夫）
　「和歌文学大系6 新勅撰和歌集」明治書院　2005
　　p367
解説（深津睦夫）
　「和歌文学大系9 続後拾遺和歌集」明治書院
　　1997　p249
解説（村尾誠一）
　「和歌文学大系12 新続古今和歌集」明治書院
　　2001　p397
解説 続古今和歌集（藤川功和，久保田淳）
　「和歌文学大系38 続古今和歌集」明治書院　2019
　　p444
〔解説〕続後撰和歌集（佐藤恒雄）
　「和歌文学大系37 続後撰和歌集」明治書院　2017
　　p256
〔解説〕新後拾遺和歌集（松原一義）
　「和歌文学大系11 新後拾遺和歌集」明治書院
　　2017　p288
〔解説〕新葉和歌集（深津睦夫，君嶋亜紀）
　「和歌文学大系44 新葉和歌集」明治書院　2014
　　p310
〔解題〕玉葉和歌集（福田秀一，岩松研吉郎）
　「新編国歌大観1」角川書店　1983　p825
〔解題〕続古今和歌集（久保田淳）
　「新編国歌大観1」角川書店　1983　p820
〔解題〕続後拾遺和歌集（岩佐美代子）
　「新編国歌大観1」角川書店　1983　p827
〔解題〕続後撰和歌集（樋口芳麻呂）
　「新編国歌大観1」角川書店　1983　p819
〔解題〕続拾遺和歌集（佐藤恒雄）
　「新編国歌大観1」角川書店　1983　p821
〔解題〕続千載和歌集（谷山茂，楠橋開）
　「新編国歌大観1」角川書店　1983　p826
〔解題〕新後拾遺和歌集（島津忠夫）
　「新編国歌大観1」角川書店　1983　p831
〔解題〕新後撰和歌集（濱口博章）
　「新編国歌大観1」角川書店　1983　p824
〔解題〕新拾遺和歌集（有吉保）
　「新編国歌大観1」角川書店　1983　p830
〔解題〕新続古今和歌集（稲田利徳）
　「新編国歌大観1」角川書店　1983　p832
〔解題〕新千載和歌集（伊藤敬）
　「新編国歌大観1」角川書店　1983　p829
〔解題〕新勅撰和歌集（田中裕，長谷完治）
　「新編国歌大観1」角川書店　1983　p819
〔解題〕新葉和歌集（井上宗雄，三輪正胤）
　「新編国歌大観1」角川書店　1983　p833
〔解題〕風雅和歌集（荒木尚）
　「新編国歌大観1」角川書店　1983　p828
〔解題〕吉田兼右筆 二十一代集（橋本不美男）
　「新編国歌大観1」角川書店　1983　p823
はじめに―勅撰和歌集の歴史（鈴木宏子）
　「日本の古典をよむ5 古今和歌集・新古今和歌
　　集」小学館　2008　p3

【資料】
校訂一覧（深津睦夫，君嶋亜紀）
　「和歌文学大系44 新葉和歌集」明治書院　2014
　　p307
詞書等人名一覧
　「和歌文学大系7 続拾遺和歌集」明治書院　2002
　　p350
　「和歌文学大系37 続後撰和歌集」明治書院　2017
　　p382
　「和歌文学大系44 新葉和歌集」明治書院　2014
　　p359
詞書等人名索引
　「和歌文学大系9 続後拾遺和歌集」明治書院
　　1997　p336

和歌（勅撰集）　　　　　解説・資料　　　　　中世

　　「和歌文学大系12 新続古今和歌集」明治書院
　　　2001 p467
　作者・詞書人名一覧
　　「和歌文学大系6 新勅撰和歌集」明治書院 2005
　　　p413
　　「和歌文学大系11 新後拾遺和歌集」明治書院
　　　2017 p361
　作者名一覧
　　「和歌文学大系7 続拾遺和歌集」明治書院 2002
　　　p289
　　「和歌文学大系37 続後撰和歌集」明治書院 2017
　　　p312
　　「和歌文学大系44 新葉和歌集」明治書院 2014
　　　p342
　作者名索引
　　「和歌文学大系9 続後拾遺和歌集」明治書院
　　　1997 p279
　　「和歌文学大系12 新続古今和歌集」明治書院
　　　2001 p417
　十三代集一覧
　　「新注和歌文学叢書5 藤原為家勅撰集詠 詠歌一躰
　　　新注」青簡舎 2010 p430
　主要参考文献一覧
　　「和歌文学大系6 新勅撰和歌集」明治書院 2005
　　　p406
　初句索引
　　「和歌文学大系6 新勅撰和歌集」明治書院 2005
　　　p495
　　「和歌文学大系7 続拾遺和歌集」明治書院 2002
　　　p372
　　「和歌文学大系9 続後拾遺和歌集」明治書院
　　　1997 p364
　　「和歌文学大系11 新後拾遺和歌集」明治書院
　　　2017 p440
　　「和歌文学大系12 新続古今和歌集」明治書院
　　　2001 p490
　　「和歌文学大系37 続後撰和歌集」明治書院 2017
　　　p408
　　「和歌文学大系38 続古今和歌集」明治書院 2019
　　　p581
　　「和歌文学大系44 新葉和歌集」明治書院 2014
　　　p376
　人名一覧
　　「和歌文学大系38 続古今和歌集」明治書院 2019
　　　p484
　地名一覧
　　「和歌文学大系37 続後撰和歌集」明治書院 2017
　　　p390
　　「和歌文学大系38 続古今和歌集」明治書院 2019
　　　p544
　地名一覧（君嶋亜紀）
　　「和歌文学大系44 新葉和歌集」明治書院 2014
　　　p363
　地名・建造物名一覧
　　「和歌文学大系6 新勅撰和歌集」明治書院 2005
　　　p471
　　「和歌文学大系7 続拾遺和歌集」明治書院 2002
　　　p356

　　「和歌文学大系11 新後拾遺和歌集」明治書院
　　　2017 p418
　地名索引
　　「和歌文学大系9 続後拾遺和歌集」明治書院
　　　1997 p345
　　「和歌文学大系12 新続古今和歌集」明治書院
　　　2001 p474
　八代集一覧
　　「日本の古典をよむ5 古今和歌集・新古今和歌
　　　集」小学館 2008 p304
　補注（佐藤恒雄）
　　「和歌文学大系37 続後撰和歌集」明治書院 2017
　　　p243
　補注（中川博夫）
　　「和歌文学大系6 新勅撰和歌集」明治書院 2005
　　　p267
　　「和歌文学大系39 玉葉和歌集（上）」明治書院
　　　2016 p323
　補注（深津睦夫, 君嶋亜紀）
　　「和歌文学大系44 新葉和歌集」明治書院 2014
　　　p273
　補注（藤川功和ほか）
　　「和歌文学大系38 続古今和歌集」明治書院 2019
　　　p383
　補注（松原一義ほか）
　　「和歌文学大系11 新後拾遺和歌集」明治書院
　　　2017 p275

後撰和歌集
【解説】
　解題（工藤重矩）
　　「和泉古典叢書3 後撰和歌集」和泉書院 1992 p
　　　(3)
　〔解題〕後撰和歌集（杉谷寿郎）
　　「新編国歌大観1」角川書店 1983 p802
　後撰和歌集解題（與謝野寛ほか）
　　「覆刻 日本古典全集〔文学編〕〔26〕 後撰和歌
　　　集」現代思潮社 1982 p1
【資料】
　作者詞書人名索引（工藤重矩）
　　「和泉古典叢書3 後撰和歌集」和泉書院 1992
　　　p369
　他出文献一覧（工藤重矩）
　　「和泉古典叢書3 後撰和歌集」和泉書院 1992
　　　p353
　補注（工藤重矩）
　　「和泉古典叢書3 後撰和歌集」和泉書院 1992
　　　p313
　和歌初句索引
　　「和泉古典叢書3 後撰和歌集」和泉書院 1992
　　　p398

新古今和歌集
【解説】
あとがき（久保田淳）
「日本古典評釈・全注釈叢書〔39〕 新古今和歌集全注釈 六」角川学芸出版 2012 p556
引用書目解題（久保田淳）
「日本古典評釈・全注釈叢書〔39〕 新古今和歌集全注釈 六」角川学芸出版 2012 p385
解説（久保田淳）
「新潮日本古典集成 新装版〔29〕 新古今和歌集 上」新潮社 2018 p339
「日本古典評釈・全注釈叢書〔39〕 新古今和歌集全注釈 六」角川学芸出版 2012 p356
解説（後藤祥子）
「わたしの古典4 尾崎左永子の古今和歌集・新古今和歌集」集英社 1987 p258
〔解説〕『新古今和歌集』入集歌の方法と特質（吉野朋美）
「日本の古典をよむ5 古今和歌集・新古今和歌集」小学館 2008 p301
〔解説〕『新古今和歌集』の成立と後鳥羽院（吉野朋美）
「日本の古典をよむ5 古今和歌集・新古今和歌集」小学館 2008 p299
〔解題〕新古今和歌集（後藤重郎、杉戸千洋）
「新編国歌大観1」角川書店 1983 p813
書をよむ―女手表現の三百年（石川九楊）
「日本の古典をよむ5 古今和歌集・新古今和歌集」小学館 2008 巻頭
新古今集の風景 1 吉野山（佐々木和歌子）
「日本の古典をよむ5 古今和歌集・新古今和歌集」小学館 2008 p174
新古今集の風景 2 水無瀬神宮（佐々木和歌子）
「日本の古典をよむ5 古今和歌集・新古今和歌集」小学館 2008 p248
新古今集の風景 3 住吉大社（佐々木和歌子）
「日本の古典をよむ5 古今和歌集・新古今和歌集」小学館 2008 p282
新古今和歌集解題（正宗敦夫）
「覆刻 日本古典全集〔文学編〕〔32〕 新古今和歌集」現代思潮社 1982 p1
新古今和歌集〔主要歌人紹介〕
「わたしの古典4 尾崎左永子の古今和歌集・新古今和歌集」集英社 1987 p256
新古今和歌集 内容紹介（吉野朋美）
「日本の古典をよむ5 古今和歌集・新古今和歌集」小学館 2008 p152
美をよむ―真葛が原に風騒ぐなり（佐野みどり）
「日本の古典をよむ5 古今和歌集・新古今和歌集」小学館 2008 巻頭
わたしと『古今和歌集』『新古今和歌集』（尾崎左永子）
「わたしの古典4 尾崎左永子の古今和歌集・新古今和歌集」集英社 1987 p1

【資料】
各句索引
「日本古典評釈・全注釈叢書〔39〕 新古今和歌集全注釈 六」角川学芸出版 2012 p486
歌人一覧
「日本の古典をよむ5 古今和歌集・新古今和歌集」小学館 2008 p315
関連地図
「日本の古典をよむ5 古今和歌集・新古今和歌集」小学館 2008 p9
校訂補記
「新潮日本古典集成 新装版〔30〕 新古今和歌集 下」新潮社 2018 p329
作者一覧・作者別索引
「日本古典評釈・全注釈叢書〔39〕 新古今和歌集全注釈 六」角川学芸出版 2012 p404
作者略伝
「新潮日本古典集成 新装版〔30〕 新古今和歌集 下」新潮社 2018 p371
出典、隠岐本合点・撰者名注記一覧
「新潮日本古典集成 新装版〔30〕 新古今和歌集 下」新潮社 2018 p332
初句索引
「新潮日本古典集成 新装版〔30〕 新古今和歌集 下」新潮社 2018 p400
「わたしの古典4 尾崎左永子の古今和歌集・新古今和歌集」集英社 1987 p267
初句索引〔古今和歌集・新古今和歌集〕
「日本の古典をよむ5 古今和歌集・新古今和歌集」小学館 2008 p318
注継続〔新古今増抄 哀傷～離別〕
「中世の文学〔8〕 新古今増抄（四）」三弥井書店 2005 p129
注継続〔新古今増抄 羈旅〕
「中世の文学〔9〕 新古今増抄（五）」三弥井書店 2010 p91
注継続〔新古今増抄 恋一〕
「中世の文学〔10〕 新古今増抄（六）」三弥井書店 2010 p83
注継続〔新古今増抄 恋二～恋三〕
「中世の文学〔11〕 新古今増抄（七）」三弥井書店 2017 p139

千載和歌集
【解説】
解題（上條彰次）
「和泉古典叢書8 千載和歌集」和泉書院 1994 p(3)
〔解題〕千載和歌集（松野陽一）
「新編国歌大観1」角川書店 1983 p812
千載和歌集解題（正宗敦夫）
「覆刻 日本古典全集〔文学編〕〔34〕 千載和歌集」現代思潮社 1982 p1

和歌（定数歌）

【資料】
歌枕地名一覧
　「和泉古典叢書8　千載和歌集」和泉書院　1994
　　p558
歌題一覧
　「和泉古典叢書8　千載和歌集」和泉書院　1994
　　p548
校訂付記（上條彰次）
　「和泉古典叢書8　千載和歌集」和泉書院　1994
　　p369
詞書人名索引
　「和泉古典叢書8　千載和歌集」和泉書院　1994
　　p626
作者略伝
　「和泉古典叢書8　千載和歌集」和泉書院　1994
　　p582
補注（上條彰次）
　「和泉古典叢書8　千載和歌集」和泉書院　1994
　　p373
和歌初句索引
　「和泉古典叢書8　千載和歌集」和泉書院　1994
　　p632

和歌（定数歌）

【解説】
あとがき（片山享）
　「歌合・定数歌全釈叢書8　文集百首全釈」風間書
　　房　2007 p589
解説（片山享ほか）
　「歌合・定数歌全釈叢書8　文集百首全釈」風間書
　　房　2007 p477
〔解説〕正治二年院初度百首（久保田淳）
　「和歌文学大系49　正治二年院初度百首」明治書
　　院　2016 p462
〔解説〕土御門院御百首（山崎桂子）
　「新注和歌文学叢書12　土御門院御百首　土御門院
　　女房日記　新注」青簡舎　2013 p228
〔解題〕一宮百首（尊良親王）（井上宗雄, 中村文）
　「新編国歌大観10」角川書店　1992 p1114
〔解題〕雲窓臆語（耕雲）（後藤重郎, 池尾和也）
　「新編国歌大観10」角川書店　1992 p1121
〔解題〕永享百首（稲田利徳）
　「新編国歌大観4」角川書店　1986 p718
〔解題〕詠五十首和歌（金沢文庫）（久保田淳, 渡
　　部泰明）
　「新編国歌大観10」角川書店　1992 p1160
〔解題〕詠十首和歌（久保田淳, 堀川貴司）
　「新編国歌大観10」角川書店　1992 p1156
〔解題〕延文百首（井上宗雄, 長崎健）
　「新編国歌大観4」角川書店　1986 p717
〔解題〕延明神主和歌（深津睦夫, 福田秀一）
　「新編国歌大観10」角川書店　1992 p1124
〔解題〕大山祇神社百首和歌（和田克司）
　「新編国歌大観10」角川書店　1992 p1171
〔解題〕隠岐高田明神百首（小原幹雄）
　「新編国歌大観10」角川書店　1992 p1173
〔解題〕御室五十首（有吉保）
　「新編国歌大観4」角川書店　1986 p719
〔解題〕嘉元百首（井上宗雄ほか）
　「新編国歌大観4」角川書店　1986 p715
〔解題〕亀山殿七百首（有吉保）
　「新編国歌大観10」角川書店　1992 p1161
〔解題〕徽安門院一条集（福田秀一）
　「新編国歌大観10」角川書店　1992 p1116
〔解題〕北野社百首和歌　建武三年（井上宗雄, 中
　　村文）
　「新編国歌大観10」角川書店　1992 p1164
〔解題〕公衡百首（兼築信行）
　「新編国歌大観10」角川書店　1992 p1103
〔解題〕国冬祈雨百首（高城功夫）
　「新編国歌大観10」角川書店　1992 p1112
〔解題〕国冬五十首（吉海直人）
　「新編国歌大観10」角川書店　1992 p1123
〔解題〕国冬百首（吉海直人）
　「新編国歌大観10」角川書店　1992 p1112
〔解題〕国道百首（福田秀一, 井上宗雄）
　「新編国歌大観10」角川書店　1992 p1113
〔解題〕慶運百首（杉浦清志）
　「新編国歌大観10」角川書店　1992 p1120
〔解題〕元応二年八月十五夜月十首（久保田
　　淳）
　「新編国歌大観10」角川書店　1992 p1161
〔解題〕建仁元年十首和歌（有吉保）
　「新編国歌大観10」角川書店　1992 p1155
〔解題〕建保名所百首（片野達郎）
　「新編国歌大観4」角川書店　1986 p707
〔解題〕耕雲千首（小池一行ほか）
　「新編国歌大観10」角川書店　1992 p1090
〔解題〕耕雲百首（高梨素子）
　「新編国歌大観10」角川書店　1992 p1120
〔解題〕弘長百首（佐藤恒雄）
　「新編国歌大観4」角川書店　1986 p714
〔解題〕後二条院百首（有吉保, 田村柳壹）
　「新編国歌大観10」角川書店　1992 p1111
〔解題〕後普光園院百首（良基）（杉浦清志）
　「新編国歌大観10」角川書店　1992 p1116
〔解題〕実兼百首（井上宗雄）
　「新編国歌大観10」角川書店　1992 p1109
〔解題〕三百六十首和歌（荒木尚, 赤塚睦男）
　「新編国歌大観10」角川書店　1992 p1188
〔解題〕寂蓮結題百首（半田公平）
　「新編国歌大観10」角川書店　1992 p1104
〔解題〕寂蓮無題百首（半田公平）
　「新編国歌大観10」角川書店　1992 p1103
〔解題〕順徳院百首（唐沢正実）
　「新編国歌大観10」角川書店　1992 p1107

〔解題〕正治後度百首(久保田淳ほか)
「新編国歌大観4」角川書店 1986 p706
〔解題〕正治初度百首(久保田淳ほか)
「新編国歌大観4」角川書店 1986 p705
〔解題〕正平二十年三百六十首(井上宗雄、山田洋嗣)
「新編国歌大観10」角川書店 1992 p1167
〔解題〕白河殿七百首(井上宗雄、小林強)
「新編国歌大観10」角川書店 1992 p1157
〔解題〕祐茂百首(井上宗雄、高崎由理)
「新編国歌大観10」角川書店 1992 p1109
〔解題〕資広百首(井上宗雄)
「新編国歌大観10」角川書店 1992 p1113
〔解題〕仙洞句題五十首(有吉保、鹿目俊彦)
「新編国歌大観10」角川書店 1992 p1119
〔解題〕尊円親王詠法華経百首(紙宏行)
「新編国歌大観10」角川書店 1992 p1114
〔解題〕尊円親王五十首(小池一行)
「新編国歌大観10」角川書店 1992 p1123
〔解題〕尊円親王百首(小池一行)
「新編国歌大観10」角川書店 1992 p1114
〔解題〕七夕七十首(為増)(上野理、内田徹)
「新編国歌大観10」角川書店 1992 p1123
〔解題〕為兼鹿百首(田村柳壹)
「新編国歌大観10」角川書店 1992 p1110
〔解題〕長慶天皇千首(高梨素子)
「新編国歌大観10」角川書店 1992 p1094
〔解題〕土御門院百首(藤平泉)
「新編国歌大観10」角川書店 1992 p1106
〔解題〕洞院摂政家百首(有吉保ほか)
「新編国歌大観4」角川書店 1986 p708
〔解題〕等持院百首(尊氏)(蒲原義明)
「新編国歌大観10」角川書店 1992 p1116
〔解題〕道助法親王家五十首(久保田淳、加藤睦)
「新編国歌大観10」角川書店 1992 p1155
〔解題〕尚賢五十首(吉海直人、伊藤一男)
「新編国歌大観10」角川書店 1992 p1123
〔解題〕長綱百首(川平ひとし)
「新編国歌大観10」角川書店 1992 p1108
〔解題〕南都百首(兼良)(外村展子)
「新編国歌大観10」角川書店 1992 p1121
〔解題〕花十首寄書(井上宗雄、大岡賢典)
「新編国歌大観10」角川書店 1992 p1160
〔解題〕藤川五百首(三村晃功)
「新編国歌大観4」角川書店 1986 p721
〔解題〕文保百首(相馬万里子ほか)
「新編国歌大観4」角川書店 1986 p716
〔解題〕宝篋院百首(義詮)(高城功夫)
「新編国歌大観10」角川書店 1992 p1119
〔解題〕宝治百首(樋口芳麻呂、田中新一)
「新編国歌大観4」角川書店 1986 p712

〔解題〕道家百首(辻勝美)
「新編国歌大観10」角川書店 1992 p1105
〔解題〕宗尊親王三百首(井上宗雄ほか)
「新編国歌大観10」角川書店 1992 p1096
〔解題〕宗良親王千首(小池一行ほか)
「新編国歌大観10」角川書店 1992 p1092
〔解題〕師兼千首(安井久善)
「新編国歌大観10」角川書店 1992 p1094
〔解題〕世中百首(守武)(深津睦夫)
「新編国歌大観10」角川書店 1992 p1121
〔解題〕朗詠百首(隆房)(鈴木徳男)
「新編国歌大観10」角川書店 1992 p1104

【資料】
句題・原詩句異同一覧
「歌合・定数歌全釈叢書8 文集百首全釈」風間書房 2007 p571
句題の出典及び[句題の他出状況]一覧
「歌合・定数歌全釈叢書8 文集百首全釈」風間書房 2007 p563
索引
「歌合・定数歌全釈叢書8 文集百首全釈」風間書房 2007 p579
〔参考文献〕土御門院御百首
「新注和歌文学叢書12 土御門院御百首 土御門院女房日記 新注」青簡舎 2013 p296
初句索引
「和歌文学大系49 正治二年院初度百首」明治書院 2016 p542
人名一覧
「和歌文学大系49 正治二年院初度百首」明治書院 2016 p513
他出一覧
「和歌文学大系49 正治二年院初度百首」明治書院 2016 p493
地名一覧
「和歌文学大系49 正治二年院初度百首」明治書院 2016 p526
〔洞院摂政家百首〕東北大学本拾遺
「新編国歌大観4」角川書店 1986 p708
補注(久保田淳ほか)
「和歌文学大系49 正治二年院初度百首」明治書院 2016 p397
本文の異同・改訂一覧(久保田淳ほか)
「和歌文学大系49 正治二年院初度百首」明治書院 2016 p487
和歌各句索引
「新注和歌文学叢書12 土御門院御百首 土御門院女房日記 新注」青簡舎 2013 p299

和歌(物語歌集)

【解説】
〔解説〕風葉和歌集(三角洋一、高木和子)
「和歌文学大系50 物語二百番歌合・風葉和歌集」明治書院 2019 p426

〔解説〕物語二百番歌合（三角洋一，久保田淳）
　「和歌文学大系50　物語二百番歌合・風葉和歌集」
　　明治書院　2019　p416
〔解題〕源氏物語歌合（樋口芳麻呂）
　「新編国歌大観10」角川書店　1992　p1139
〔解題〕風葉和歌集（藤井隆）
　「新編国歌大観5」角川書店　1987　p1476
〔解題〕物語二百番歌合（久曽神昇）
　「新編国歌大観5」角川書店　1987　p1476
はしがき（安田徳子）
　「新注和歌文学叢書20　風葉和歌集　新注1」青簡舎
　　2016　p ⅲ

【資料】
作者名一覧
　「和歌文学大系50　物語二百番歌合・風葉和歌集」
　　明治書院　2019　p451
初句索引
　「和歌文学大系50　物語二百番歌合・風葉和歌集」
　　明治書院　2019　p474
地名一覧
　「和歌文学大系50　物語二百番歌合・風葉和歌集」
　　明治書院　2019　p469
『風葉和歌集』四季部類題（歌材）構成一覧
　「新注和歌文学叢書20　風葉和歌集　新注1」青簡舎
　　2016　p421
『風葉和歌集』所蔵物語別一覧
　「新注和歌文学叢書20　風葉和歌集　新注1」青簡舎
　　2016　p409

近　世

浅井了意

【解説】
浅井了意『戒殺物語・放生物語』と袾宏『戒殺放生文』（小川武彦）
　「仮名草子集成14」東京堂出版　1993　p421
〔解題〕天草四郎　半紙本二巻一冊（中島次郎）
　「浅井了意全集　仮名草子編4」岩田書院　2013　p577
〔解題〕狗張子（朝倉治彦）
　「仮名草子集成4」東京堂出版　1983　p436
〔解題〕狗張子　大本七巻七冊（江本裕）
　「浅井了意全集　仮名草子編5」岩田書院　2015　p432
〔解題〕因果物語　大本六巻六冊（江本裕，土屋順子）
　「浅井了意全集　仮名草子編4」岩田書院　2013　p549
〔解題〕浮世ばなし　五巻五冊（深沢秋男）
　「浅井了意全集　仮名草子編1」岩田書院　2007　p493
〔解題〕うき世物語（朝倉治彦）
　「仮名草子集成6」東京堂出版　1985　p377
〔解題〕浮世物語　大本五巻五冊（深沢秋男）
　「浅井了意全集　仮名草子編1」岩田書院　2007　p491

〔解題〕江戸名所記（朝倉治彦）
　「仮名草子集成7」東京堂出版　1986　p435
〔解題〕伽婢子　大本十三巻十三冊（花田富二夫）
　「浅井了意全集　仮名草子編5」岩田書院　2015　p426
〔解題〕御伽碑子（朝倉治彦）
　「仮名草子集成7」東京堂出版　1986　p444
〔解題〕戒殺物語・放生物語　大本四巻二冊（湯浅佳子）
　「浅井了意全集　仮名草子編4」岩田書院　2013　p565
〔解題〕可笑記評判　巻八～巻九
　「仮名草子集成16」東京堂出版　1995　p287
〔解題〕可笑記評判　大本十巻十冊（深沢秋男）
　「浅井了意全集　仮名草子編3」岩田書院　2011　p469
〔解題〕葛城物語
　「仮名草子集成19」東京堂出版　1997　p249
〔解題〕堪忍記
　「仮名草子集成20」東京堂出版　1997　p303
〔解題〕堪忍記　特大本八巻八冊（小川武彦）
　「浅井了意全集　仮名草子編1」岩田書院　2007　p485
〔解題〕狂歌咄（朝倉治彦）
　「仮名草子集成23」東京堂出版　1998　p252
〔解題〕鬼理志端破却論伝
　「仮名草子集成25」東京堂出版　1999　p246
〔解題〕鬼利至端破却論伝　大本三巻合一冊（中島次郎）
　「浅井了意全集　仮名草子編4」岩田書院　2013　p572
〔解題〕孝行物語　大本六巻六冊（湯浅佳子）
　「浅井了意全集　仮名草子編1」岩田書院　2007　p488
〔解題〕三綱行実図　大本三巻九冊（小川武彦）
　「浅井了意全集　仮名草子編2」岩田書院　2011　p451
〔解題〕『新語園』（花田富二夫）
　「仮名草子集成41」東京堂出版　2007　p209
〔解題〕法花経利益物語　大本十二巻十二冊（渡辺守邦）
　「浅井了意全集　仮名草子編4」岩田書院　2013　p559
〔解題〕大倭二十四孝　大本二十四巻十二冊（柳沢昌紀）
　「浅井了意全集　仮名草子編2」岩田書院　2011　p462
〔解題〕やうきひ物語　大本三巻三冊（安原眞琴）
　「浅井了意全集　仮名草子編5」岩田書院　2015　p421
刊行のことば（浅井了意全集刊行会）
　「浅井了意全集　仮名草子編1」岩田書院　2007　p ⅰ

【資料】
〔『可笑記』『可笑記評判』〕章段数対照表
　「浅井了意全集　仮名草子編3」岩田書院　2011　p476
『可笑記』『可笑記評判』章段対照表
　「浅井了意全集　仮名草子編3」岩田書院　2011　p474
収録書細目
　「浅井了意全集　仮名草子編2」岩田書院　2011　p7
　「浅井了意全集　仮名草子編3」岩田書院　2011　p7
　「浅井了意全集　仮名草子編4」岩田書院　2013　p7
　「浅井了意全集　仮名草子編5」岩田書院　2015　p7

収録書目細目
「浅井了意全集 仮名草子編1」岩田書院 2007 p7
書林の目録に見る了意の作品（一）（朝倉治彦）
「假名草子集成32」東京堂出版 2002 p287
書林の目録に見る了意の作品（二）（朝倉治彦）
「假名草子集成33」東京堂出版 2003 p282
書林の目録に見る了意の作品（三）（朝倉治彦）
「假名草子集成34」東京堂出版 2003 p271
書林の目録に見る了意の作品（四）（朝倉治彦）
「假名草子集成38」東京堂出版 2005 p270
書林の目録に見る了意の作品（五）（朝倉治彦）
「假名草子集成39」東京堂出版 2006 p309

石川雅望
【解説】
〔解題〕石川雅望と『飛驒匠物語』（須永朝彦）
「現代語訳 江戸の伝奇小説3 飛驒匠物語／絵本玉藻譚」国書刊行会 2002 p539
解題 評判飲食狂歌合（粕谷宏紀）
「江戸狂歌本選集9」東京堂出版 2000 p20
解題 狂歌すまひ草（広部俊也）
「江戸狂歌本選集2」東京堂出版 1998 p2
解題 新撰狂歌百人一首（粕谷宏紀）
「江戸狂歌本選集7」東京堂出版 2000 p262
解題 狂歌吉原形四季細見（高橋啓之）
「江戸狂歌本選集12」東京堂出版 2002 p2
解題 職人尽狂歌合（石川俊一郎）
「江戸狂歌本選集4」東京堂出版 2000 p98
解題 狂歌 波津加蛭子（粕谷宏紀）
「江戸狂歌本選集8」東京堂出版 2000 p18
解題 万代狂歌集（粕谷宏紀）
「江戸狂歌本選集8」東京堂出版 2000 p80
解題 吉原十二時（高橋啓之）
「江戸狂歌本選集10」東京堂出版 2001 p138

【資料】
『飛驒匠物語』補註（須永朝彦）
「現代語訳 江戸の伝奇小説3 飛驒匠物語／絵本玉藻譚」国書刊行会 2002 p499

井原西鶴
【解説】
あとがき（浅野晃）
「新編西鶴全集1 自立語索引篇 下」勉誠出版 2000 巻末
「新編西鶴全集2 自立語索引篇 下」勉誠出版 2002 巻末
「新編西鶴全集3 自立語索引篇 下」勉誠出版 2003 巻末
「新編西鶴全集4 自立語索引篇 下」勉誠出版 2004 巻末
あとがき（有働裕）
「三弥井古典文庫〔6〕 西鶴諸国はなし」三弥井書店 2009 p216
あとがき（谷脇理史）
「新編西鶴全集5 索引篇 下」勉誠出版 2007 巻末
井原西鶴について（浜田泰彦）
「三弥井古典文庫〔11〕 武家義理物語」三弥井書店 2018 p1
永遠のバロック―『西鶴諸国はなし』は終わらない（篠原進）
「三弥井古典文庫〔6〕 西鶴諸国はなし」三弥井書店 2009 p v
延宝四年西鶴歳旦帳（森川昭）
「古典文学翻刻集成3 続・俳文学篇 貞門・談林」ゆまに書房 1999 p227
解説（楠元六男、大木京子）
「西鶴選集〔25〕 西鶴名残の友〈翻刻〉」おうふう 2007 p7
解説（村田穆）
「新潮日本古典集成 新装版〔44〕 日本永代蔵」新潮社 2016 p211
〔解説〕嵐は無常物語（麻生磯次、冨士昭雄）
「決定版 対訳西鶴全集4 椀久一世の物語・好色盛衰記・嵐は無常物語」明治書院 1992 p307
〔解説〕色里三所世帯（冨士昭雄）
「決定版 対訳西鶴全集17 色里三所世帯・浮世榮花一代男」明治書院 2007 p268
〔解説〕浮世栄花一代男（冨士昭雄）
「決定版 対訳西鶴全集17 色里三所世帯・浮世榮花一代男」明治書院 2007 p274
〔解説〕好色一代男（麻生磯次、冨士昭雄）
「決定版 対訳西鶴全集1 好色一代男」明治書院 1992 p306
〔解説〕好色一代女（麻生磯次、冨士昭雄）
「決定版 対訳西鶴全集3 好色五人女・好色一代女」明治書院 1992 p354
〔解説〕好色五人女（麻生磯次、冨士昭雄）
「決定版 対訳西鶴全集3 好色五人女・好色一代女」明治書院 1992 p347
解説〔好色五人女・好色一代女〕（安田富貴子）
「わたしの古典16 富岡多恵子の好色五人女」集英社 1986 p248
〔解説〕好色盛衰記（麻生磯次、冨士昭雄）
「決定版 対訳西鶴全集4 椀久一世の物語・好色盛衰記・嵐は無常物語」明治書院 1992 p303
〔解説〕西鶴置土産（麻生磯次、冨士昭雄）
「決定版 対訳西鶴全集15 西鶴置土產・萬の文反古」明治書院 1993 p274
〔解説〕西鶴織留（麻生磯次、冨士昭雄）
「決定版 対訳西鶴全集14 西鶴織留」明治書院 1993 p209
〔解説〕西鶴諸国ばなし（麻生磯次、冨士昭雄）
「決定版 対訳西鶴全集5 西鶴諸國ばなし・懐硯」明治書院 1992 p304

井原西鶴

〔解説〕西鶴俗つれづれ（麻生磯次，冨士昭雄）
「決定版 対訳西鶴全集16 西鶴俗つれづれ・西鶴名残の友」明治書院 1993 p240

〔解説〕西鶴名残の友（麻生磯次，冨士昭雄）
「決定版 対訳西鶴全集16 西鶴俗つれづれ・西鶴名残の友」明治書院 1993 p246

〔解説〕西鶴の浮世草子の作風（佐伯孝弘）
「日本の古典をよむ18 世間胸算用・万の文反古・東海道中膝栗毛」小学館 2008 p308

〔解説〕諸艶大鑑（麻生磯次，冨士昭雄）
「決定版 対訳西鶴全集2 諸艶大鑑」明治書院 1992 p334

〔解説〕新可笑記（麻生磯次，冨士昭雄）
「決定版 対訳西鶴全集9 新可笑記」明治書院 1992 p177

〔解説〕世間胸算用（麻生磯次，冨士昭雄）
「決定版 対訳西鶴全集13 世間胸算用」明治書院 1993 p155

〔解説〕『世間胸算用』（佐伯孝弘）
「日本の古典をよむ18 世間胸算用・万の文反古・東海道中膝栗毛」小学館 2008 p310

〔解説〕男色大鑑（麻生磯次，冨士昭雄）
「決定版 対訳西鶴全集6 男色大鑑」明治書院 1992 p348

〔解説〕日本永代蔵（麻生磯次，冨士昭雄）
「決定版 対訳西鶴全集12 日本永代藏」明治書院 1993 p209

〔解説〕武家義理物語（麻生磯次，冨士昭雄）
「決定版 対訳西鶴全集8 武家義理物語」明治書院 1992 p160

〔解説〕武道伝来記（麻生磯次，冨士昭雄）
「決定版 対訳西鶴全集7 武道傳來記」明治書院 1992 p309

〔解説〕懐硯（麻生磯次，冨士昭雄）
「決定版 対訳西鶴全集5 西鶴諸國ばなし・懐硯」明治書院 1992 p313

〔解説〕本朝桜陰比事（麻生磯次，冨士昭雄）
「決定版 対訳西鶴全集11 本朝櫻陰比事」明治書院 1993 p190

〔解説〕本朝二十不孝（麻生磯次，冨士昭雄）
「決定版 対訳西鶴全集10 本朝二十不孝」明治書院 1993 p145

解説一世にあるものは金銀の物語（松原秀江）
「新潮日本古典集成 新装版〔32〕 世間胸算用」新潮社 2018 p169

〔解説〕万の文反古（麻生磯次，冨士昭雄）
「決定版 対訳西鶴全集15 西鶴置土產・萬の文反古」明治書院 1993 p279

〔解説〕『万の文反古』（佐伯孝弘）
「日本の古典をよむ18 世間胸算用・万の文反古・東海道中膝栗毛」小学館 2008 p312

〔解説〕椀久一世の物語（麻生磯次，冨士昭雄）
「決定版 対訳西鶴全集4 椀久一世の物語・好色盛衰記・嵐は無常物語」明治書院 1992 p300

解題（楠元六男，大木京子）
「西鶴選集〔26〕 西鶴名残の友〈影印〉」おうふう 2007 p131

鑑賞の手引き「油さし」の謎―西鶴の問いかけ〔巻五の六〕（有働裕）
「三弥井古典文庫〔6〕 西鶴諸国はなし」三弥井書店 2009 p194

鑑賞の手引き 淡島の女神と男たち〔巻二の二〕（水谷隆之）
「三弥井古典文庫〔6〕 西鶴諸国はなし」三弥井書店 2009 p52

鑑賞の手引き 異郷訪問譚のダークサイド〔巻三の五〕（藤川雅恵）
「三弥井古典文庫〔6〕 西鶴諸国はなし」三弥井書店 2009 p113

鑑賞の手引き 異世界の記号〔巻二の五〕（宮本祐規子）
「三弥井古典文庫〔6〕 西鶴諸国はなし」三弥井書店 2009 p71

鑑賞の手引き 一番欲深いのは誰？〔巻二の七〕（早川由美）
「三弥井古典文庫〔6〕 西鶴諸国はなし」三弥井書店 2009 p82

鑑賞の手引き 学頭の「知恵」と伝承―序文との連続性〔巻一の一〕（有働裕）
「三弥井古典文庫〔6〕 西鶴諸国はなし」三弥井書店 2009 p7

鑑賞の手引き 狐の復讐〔巻一の七〕（森田雅也）
「三弥井古典文庫〔6〕 西鶴諸国はなし」三弥井書店 2009 p42

鑑賞の手引き「奇」の所在―かれこれ武士のつきあひ，格別ぞかし〔巻一の三〕（南陽子）
「三弥井古典文庫〔6〕 西鶴諸国はなし」三弥井書店 2009 p19

鑑賞の手引き 境界上の独身者〔巻四の七〕（空井伸一）
「三弥井古典文庫〔6〕 西鶴諸国はなし」三弥井書店 2009 p160

鑑賞の手引き「キレイなお姉さんは好きですか」〔巻二の一〕（畑中千晶）
「三弥井古典文庫〔6〕 西鶴諸国はなし」三弥井書店 2009 p47

鑑賞の手引き 軽妙さの向こう側に〔巻三の一〕（糸川武志）
「三弥井古典文庫〔6〕 西鶴諸国はなし」三弥井書店 2009 p90

鑑賞の手引き サイカク・コード〔巻一の六〕（濱口順一）
「三弥井古典文庫〔6〕 西鶴諸国はなし」三弥井書店 2009 p36

鑑賞の手引き 西鶴と荘子〔巻五の五〕（藤川雅恵）
「三弥井古典文庫〔6〕 西鶴諸国はなし」三弥井書店 2009 p188

鑑賞の手引き 西鶴の「はなし」を聞く―序文の提示するもの（有働裕）
「三弥井古典文庫〔6〕 西鶴諸国はなし」三弥井書店 2009 p2

鑑賞の手引き 西鶴の利用した話のパターンと創作の方法〔巻一の四〕（加藤裕一）
「三弥井古典文庫〔6〕 西鶴諸国はなし」三弥井書店 2009 p24

鑑賞の手引き さかさまの惨劇〔巻三の七〕（広嶋進）
「三弥井古典文庫〔6〕 西鶴諸国はなし」三弥井書店 2009 p124

鑑賞の手引き 酒の失敗が招いた「馬鹿」話〔巻三の三〕（佐伯友紀子）
「三弥井古典文庫〔6〕 西鶴諸国はなし」三弥井書店 2009 p101

鑑賞の手引き 三十七羽の呪い〔巻四の四〕（市毛舞子）
「三弥井古典文庫〔6〕 西鶴諸国はなし」三弥井書店 2009 p145

鑑賞の手引き 死への手形〔巻五の四〕（鈴木千恵子）
「三弥井古典文庫〔6〕 西鶴諸国はなし」三弥井書店 2009 p183

鑑賞の手引き 死の伝達者・鱒鮨〔巻五の三〕（浜田泰彦）
「三弥井古典文庫〔6〕 西鶴諸国はなし」三弥井書店 2009 p177

鑑賞の手引き 仙人ってどういう人？〔巻二の四〕（早川由美）
「三弥井古典文庫〔6〕 西鶴諸国はなし」三弥井書店 2009 p64

鑑賞の手引き 男装の女主人は大阪で何を買うのか〔巻一の五〕（染谷智幸）
「三弥井古典文庫〔6〕 西鶴諸国はなし」三弥井書店 2009 p30

鑑賞の手引き 茶の湯は江戸の「社長のゴルフ」だった〔巻五の一〕（石塚修）
「三弥井古典文庫〔6〕 西鶴諸国はなし」三弥井書店 2009 p165

鑑賞の手引き 都市型犯罪の不思議〔巻二の六〕（森耕一）
「三弥井古典文庫〔6〕 西鶴諸国はなし」三弥井書店 2009 p76

鑑賞の手引き 〈謎〉と〈ぬけ〉手法―読者に求められる話の背後への透視〔巻五の二〕（杉本好伸）
「三弥井古典文庫〔6〕 西鶴諸国はなし」三弥井書店 2009 p170

鑑賞の手引き 日常風景に見る「錬磨」のわざ〔巻四の六〕（河合眞澄）
「三弥井古典文庫〔6〕 西鶴諸国はなし」三弥井書店 2009 p155

鑑賞の手引き 人形芝居に「執心」したのは誰？〔巻四の一〕（速水香織）
「三弥井古典文庫〔6〕 西鶴諸国はなし」三弥井書店 2009 p129

鑑賞の手引き 反転する陽画〔巻五の七〕（篠原進）
「三弥井古典文庫〔6〕 西鶴諸国はなし」三弥井書店 2009 p199

鑑賞の手引き 藤の精の苦しみ〔巻四の五〕（平林香織）
「三弥井古典文庫〔6〕 西鶴諸国はなし」三弥井書店

書店 2009 p150

鑑賞の手引き 宝亀院は高野山を救えたのか!?〔巻四の三〕（松村美奈）
「三弥井古典文庫〔6〕 西鶴諸国はなし」三弥井書店 2009 p140

鑑賞の手引き 身分違いの恋〔巻四の二〕（水谷隆之）
「三弥井古典文庫〔6〕 西鶴諸国はなし」三弥井書店 2009 p135

鑑賞の手引き 屋守の怪異と女の世界〔巻一の二〕（岡島由佳）
「三弥井古典文庫〔6〕 西鶴諸国はなし」三弥井書店 2009 p12

鑑賞の手引き ゆがむ因果〔巻二の三〕（神山瑞生）
「三弥井古典文庫〔6〕 西鶴諸国はなし」三弥井書店 2009 p58

鑑賞の手引き 妖女の「雅」と「俗」〔巻三の四〕（大久保順子）
「三弥井古典文庫〔6〕 西鶴諸国はなし」三弥井書店 2009 p107

鑑賞の手引き よみがえりは幸か不幸か〔巻三の二〕（井上和人）
「三弥井古典文庫〔6〕 西鶴諸国はなし」三弥井書店 2009 p96

鑑賞の手引き 「竜の天上」から「策彦の涙」へ―謎掛けと咄の原点〔巻三の六〕（宮澤照恵）
「三弥井古典文庫〔6〕 西鶴諸国はなし」三弥井書店 2009 p118

後記（楠元六男）
「西鶴選集〔25〕 西鶴名残の友〈翻刻〉」おうふう 2007 p173

コラム 江戸時代のお金（佐々木和歌子）
「日本の古典をよむ18 世間胸算用・万の文反古・東海道中膝栗毛」小学館 2008 p104

西鶴小伝（麻生磯次, 冨士昭雄）
「決定版 対訳西鶴全集1 好色一代男」明治書院 1992 p291

『西鶴全句集 解釈と鑑賞』に就いて（吉江久彌）
「西鶴全句集 解釈と鑑賞〔1〕」笠間書院 2008 p1

作品の魅力（木越俊介）
「三弥井古典文庫〔11〕 武家義理物語」三弥井書店 2018 p6

小説の焦点―『武家義理物語』における「義理」の位置（井上泰至）
「三弥井古典文庫〔11〕 武家義理物語」三弥井書店 2018 p10

書をよむ―女手から平仮名へ（石川九楊）
「日本の古典をよむ18 世間胸算用・万の文反古・東海道中膝栗毛」小学館 2008 巻頭

世間胸算用 あらすじ（佐伯孝弘）
「日本の古典をよむ18 世間胸算用・万の文反古・東海道中膝栗毛」小学館 2008 p12

定点観測の時代―動く芭蕉、動かない西鶴（染谷智幸）
「三弥井古典文庫〔6〕 西鶴諸国はなし」三弥井書店 2009 p211

井原西鶴

はじめに(冨士昭雄)
「決定版 対訳西鶴全集18 総索引」明治書院 2007 p1

はじめに――江戸町人文学の魅力(佐伯孝弘)
「日本の古典をよむ18 世間胸算用・万の文反古・東海道中膝栗毛」小学館 2008 p3

板本の袋をよむ――東海道中膝栗毛八編の袋
「日本の古典をよむ18 世間胸算用・万の文反古・東海道中膝栗毛」小学館 2008 巻頭

美をよむ――物語としての風景(島尾新)
「日本の古典をよむ18 世間胸算用・万の文反古・東海道中膝栗毛」小学館 2008 巻頭

まえがき(浅野晃)
「新編西鶴全集1 本文篇」勉誠出版 2000 p(1)
「新編西鶴全集2 本文篇」勉誠出版 2002 p(1)
「新編西鶴全集3 本文篇」勉誠出版 2003 p(1)
「新編西鶴全集4 本文篇」勉誠出版 2004 p(1)

まえがき(谷脇理史)
「新編西鶴全集5 本文篇 上」勉誠出版 2007 p(1)

読みの手引き(井上泰至)
「三弥井古典文庫〔11〕 武家義理物語」三弥井書店 2018 p25
「三弥井古典文庫〔11〕 武家義理物語」三弥井書店 2018 p32
「三弥井古典文庫〔11〕 武家義理物語」三弥井書店 2018 p98
「三弥井古典文庫〔11〕 武家義理物語」三弥井書店 2018 p113
「三弥井古典文庫〔11〕 武家義理物語」三弥井書店 2018 p118
「三弥井古典文庫〔11〕 武家義理物語」三弥井書店 2018 p128
「三弥井古典文庫〔11〕 武家義理物語」三弥井書店 2018 p164
「三弥井古典文庫〔11〕 武家義理物語」三弥井書店 2018 p187
「三弥井古典文庫〔11〕 武家義理物語」三弥井書店 2018 p217
「三弥井古典文庫〔11〕 武家義理物語」三弥井書店 2018 p238

読みの手引き(木越俊介)
「三弥井古典文庫〔11〕 武家義理物語」三弥井書店 2018 p42
「三弥井古典文庫〔11〕 武家義理物語」三弥井書店 2018 p59
「三弥井古典文庫〔11〕 武家義理物語」三弥井書店 2018 p93
「三弥井古典文庫〔11〕 武家義理物語」三弥井書店 2018 p107
「三弥井古典文庫〔11〕 武家義理物語」三弥井書店 2018 p157
「三弥井古典文庫〔11〕 武家義理物語」三弥井書店 2018 p181
「三弥井古典文庫〔11〕 武家義理物語」三弥井書店 2018 p194
「三弥井古典文庫〔11〕 武家義理物語」三弥井書店 2018 p199

「三弥井古典文庫〔11〕 武家義理物語」三弥井書店 2018 p228

読みの手引き(浜田泰彦)
「三弥井古典文庫〔11〕 武家義理物語」三弥井書店 2018 p51
「三弥井古典文庫〔11〕 武家義理物語」三弥井書店 2018 p66
「三弥井古典文庫〔11〕 武家義理物語」三弥井書店 2018 p81
「三弥井古典文庫〔11〕 武家義理物語」三弥井書店 2018 p136
「三弥井古典文庫〔11〕 武家義理物語」三弥井書店 2018 p146
「三弥井古典文庫〔11〕 武家義理物語」三弥井書店 2018 p171
「三弥井古典文庫〔11〕 武家義理物語」三弥井書店 2018 p207
「三弥井古典文庫〔11〕 武家義理物語」三弥井書店 2018 p246

万の文反古 あらすじ(佐伯孝弘)
「日本の古典をよむ18 世間胸算用・万の文反古・東海道中膝栗毛」小学館 2008 p106

わたしと西鶴(富岡多恵子)
「わたしの古典16 富岡多恵子の好色五人女」集英社 1986 p1

【年表】

西鶴作品年譜
「わたしの古典16 富岡多恵子の好色五人女」集英社 1986 p262

西鶴略年表
「西鶴選集〔25〕 西鶴名残の友〈翻刻〉」おうふう 2007 p149
「新潮日本古典集成 新装版〔32〕 世間胸算用」新潮社 2018 p207

西鶴略年譜
「決定版 対訳西鶴全集1 好色一代男」明治書院 1992 p311
「新潮日本古典集成 新装版〔44〕 日本永代蔵」新潮社 2016 p235

【資料】

貨幣
「決定版 対訳西鶴全集12 日本永代蔵」明治書院 1993 p218

近世の貨幣をめぐる常識
「新潮日本古典集成 新装版〔44〕 日本永代蔵」新潮社 2016 p246

近世の時刻制度
「新潮日本古典集成 新装版〔44〕 日本永代蔵」新潮社 2016 p242

語注〔好色五人女・好色一代女〕(安田富貴子)
「わたしの古典16 富岡多恵子の好色五人女」集英社 1986 p246

西鶴名残の友 影印
「西鶴選集〔26〕 西鶴名残の友〈影印〉」おうふう 2007 p3

参考資料―典拠となったと思われる文章
「三弥井古典文庫〔6〕　西鶴諸国はなし」三弥井書店　2009 p201
参考図〔好色五人女・好色一代女〕
「わたしの古典16 富岡多恵子の好色五人女」集英社　1986 p259
参考文献
「三弥井古典文庫〔11〕　武家義理物語」三弥井書店　2018 p251
主要語句索引
「決定版 対訳西鶴全集1 好色一代男」明治書院　1992 p1
「決定版 対訳西鶴全集2 諸艷大鑑」明治書院　1992 p1
「決定版 対訳西鶴全集3 好色五人女・好色一代女」明治書院　1992 p1
「決定版 対訳西鶴全集4 椀久一世の物語・好色盛衰記・嵐は無常物語」明治書院　1992 p1
「決定版 対訳西鶴全集5 西鶴諸國ばなし・懐硯」明治書院　1992 p1
「決定版 対訳西鶴全集6 男色大鑑」明治書院　1992 p1
「決定版 対訳西鶴全集7 武道傳來記」明治書院　1992 p1
「決定版 対訳西鶴全集8 武家義理物語」明治書院　1992 p1
「決定版 対訳西鶴全集9 新可笑記」明治書院　1992 p1
「決定版 対訳西鶴全集10 本朝二十不孝」明治書院　1993 p1
「決定版 対訳西鶴全集11 本朝櫻陰比事」明治書院　1993 p1
「決定版 対訳西鶴全集12 日本永代蔵」明治書院　1993 p1
「決定版 対訳西鶴全集13 世間胸算用」明治書院　1993 p1
「決定版 対訳西鶴全集14 西鶴織留」明治書院　1993 p1
「決定版 対訳西鶴全集15 西鶴置土産・萬の文反古」明治書院　1993 p1
「決定版 対訳西鶴全集16 西鶴俗つれづれ・西鶴名殘の友」明治書院　1993 左1
「決定版 対訳西鶴全集17 色里三所世帶・浮世榮花一代男」明治書院　2007 p1
初句索引
「西鶴全句集 解釈と鑑賞〔1〕」笠間書院　2008 左開1
自立語索引〔新編西鶴全集1 あ〜す〕
「新編西鶴全集1 自立語索引篇 上」勉誠出版　2000 p1
自立語索引〔新編西鶴全集1 せ〜わ〕
「新編西鶴全集1 自立語索引篇 下」勉誠出版　2000 p1
自立語索引〔新編西鶴全集2 あ〜す〕
「新編西鶴全集2 自立語索引篇 上」勉誠出版　2002 p1
自立語索引〔新編西鶴全集2 せ〜わ〕
「新編西鶴全集2 自立語索引篇 下」勉誠出版　2002 p1
自立語索引〔新編西鶴全集3 あ〜す〕
「新編西鶴全集3 自立語索引篇 上」勉誠出版　2003 p1
自立語索引〔新編西鶴全集3 せ〜わ〕
「新編西鶴全集3 自立語索引篇 下」勉誠出版　2003 p1
自立語索引〔新編西鶴全集4 あ〜す〕
「新編西鶴全集4 自立語索引篇 上」勉誠出版　2004 p1
自立語索引〔新編西鶴全集4 せ〜わ〕
「新編西鶴全集4 自立語索引篇 下」勉誠出版　2004 p1
〔自立語索引〕その他 あ〜わ
「新編西鶴全集5 索引篇 下」勉誠出版　2007 p1
〔自立語索引〕俳書 あ〜ひ
「新編西鶴全集5 索引篇 上」勉誠出版　2007 p1
〔自立語索引〕俳書 ふ〜を
「新編西鶴全集5 索引篇 下」勉誠出版　2007 p1
〔自立語索引〕発句 あ〜わ
「新編西鶴全集5 索引篇 下」勉誠出版　2007 p1
総索引（冨士昭雄、中村隆嗣編）
「決定版 対訳西鶴全集18 総索引」明治書院　2007 p1
俳諧と発句についての参考
「西鶴全句集 解釈と鑑賞〔1〕」笠間書院　2008 p17
俳人一覧
「西鶴選集〔25〕　西鶴名残の友〈翻刻〉」おうふう　2007 p153
俳人名索引
「西鶴選集〔25〕　西鶴名残の友〈翻刻〉」おうふう　2007 p169
付図
「決定版 対訳西鶴全集1 好色一代男」明治書院　1992 p315
「決定版 対訳西鶴全集2 諸艷大鑑」明治書院　1992 p343
「決定版 対訳西鶴全集3 好色五人女・好色一代女」明治書院　1992 p364
「決定版 対訳西鶴全集4 椀久一世の物語・好色盛衰記・嵐は無常物語」明治書院　1992 p311
「決定版 対訳西鶴全集5 西鶴諸國ばなし・懐硯」明治書院　1992 p317
「決定版 対訳西鶴全集6 男色大鑑」明治書院　1992 p357
「決定版 対訳西鶴全集7 武道傳來記」明治書院　1992 p316
「決定版 対訳西鶴全集8 武家義理物語」明治書院　1992 p170
「決定版 対訳西鶴全集9 新可笑記」明治書院　1992 p188
「決定版 対訳西鶴全集10 本朝二十不孝」明治書院　1993 p158
「決定版 対訳西鶴全集11 本朝櫻陰比事」明治書院　1993 p200
「決定版 対訳西鶴全集12 日本永代蔵」明治書院　1993 p213
「決定版 対訳西鶴全集13 世間胸算用」明治書院

1993 p161
「決定版 対訳西鶴全集14 西鶴織留」明治書院 1993 p217
「決定版 対訳西鶴全集15 西鶴置土產・萬の文反古」明治書院 1993 p288
「決定版 対訳西鶴全集16 西鶴俗つれづれ・西鶴名殘の友」明治書院 1993 p252
「決定版 対訳西鶴全集17 色里三所世帶・浮世榮花一代男」明治書院 2007 p282
目録（章題と副題および語釈）
「三弥井古典文庫〔11〕 武家義理物語」三弥井書店 2018 p17

上田秋成

【解説】
秋成作品解題（浅野三平）
「増訂 秋成全歌集とその研究〔1〕」おうふう 2007 p383
秋成の桜花七十章（浅野三平）
「増訂 秋成全歌集とその研究〔1〕」おうふう 2007 p448
秋成の歌論（浅野三平）
「増訂 秋成全歌集とその研究〔1〕」おうふう 2007 p532
秋成の『五十番歌合』について（浅野三平）
「増訂 秋成全歌集とその研究〔1〕」おうふう 2007 p723
秋成晩年の歌集『毎月集』について（浅野三平）
「増訂 秋成全歌集とその研究〔1〕」おうふう 2007 p477
秋成和歌研究史（浅野三平）
「増訂 秋成全歌集とその研究〔1〕」おうふう 2007 p432
あとがき（浅野三平）
「増訂 秋成全歌集とその研究〔1〕」おうふう 2007 p581
「増訂 秋成全歌集とその研究〔1〕」おうふう 2007 p773
上田秋成歌巻と追擬十春 ―享和三年の歌業について―（浅野三平）
「増訂 秋成全歌集とその研究〔1〕」おうふう 2007 p464
雨月物語 あらすじ（池山晃）
「日本の古典をよむ19 雨月物語・冥途の飛脚・心中天の網島」小学館 2008 p10
雨月物語の風景1 山富田城（佐々木和歌子）
「日本の古典をよむ19 雨月物語・冥途の飛脚・心中天の網島」小学館 2008 p40
雨月物語の風景2 吉備津神社（佐々木和歌子）
「日本の古典をよむ19 雨月物語・冥途の飛脚・心中天の網島」小学館 2008 p98
解説（美山靖）
「新潮日本古典集成 新装版〔48〕 春雨物語 書初機嫌海」新潮社 2014 p197

解説〔上田秋成・近松門左衛門〕（池山晃）
「日本の古典をよむ19 雨月物語・冥途の飛脚・心中天の網島」小学館 2008 p309
〔解説〕上田秋成と『雨月物語』（天野聡一）
「三弥井古典文庫〔3〕 雨月物語」三弥井書店 2009 p i
〔解説〕上田秋成と『春雨物語』（山本綏子）
「三弥井古典文庫〔10〕 春雨物語」三弥井書店 2012 p i
解説〔雨月物語・春雨物語〕（板坂則子）
「わたしの古典19 大庭みな子の雨月物語」集英社 1987 p240
〔解説〕研究史・受容史のなかの『雨月物語』（田中康二）
「三弥井古典文庫〔3〕 雨月物語」三弥井書店 2009 p xi
〔解説〕研究史・受容史の中の『春雨物語』（三浦一朗）
「三弥井古典文庫〔10〕 春雨物語」三弥井書店 2012 p v
解説 執着―上田秋成の生涯と文学（浅野三平）
「新潮日本古典集成 新装版〔3〕 雨月物語 癇癖談」新潮社 2018 p229
〔解説〕文学史上の『雨月物語』（木越俊介）
「三弥井古典文庫〔3〕 雨月物語」三弥井書店 2009 p vii
〔解説〕文化五年本『春雨物語』の可能性（井上泰至）
「三弥井古典文庫〔10〕 春雨物語」三弥井書店 2012 p xii
〔解題〕藤簍冊子（秋成）（長島弘明）
「新編国歌大観」角川書店 1991 p787
『海道狂歌合図巻』をめぐって（浅野三平）
「増訂 秋成全歌集とその研究〔1〕」おうふう 2007 p744
歌人秋成の位置（浅野三平）
「増訂 秋成全歌集とその研究〔1〕」おうふう 2007 p510
拾遺篇作品解題（浅野三平）
「増訂 秋成全歌集とその研究〔1〕」おうふう 2007 p699
序（久松潜一）
「増訂 秋成全歌集とその研究〔1〕」おうふう 2007 巻頭
「正月三十首」「水無月三十首」から『毎月集』へ（浅野三平）
「増訂 秋成全歌集とその研究〔1〕」おうふう 2007 p756
書をよむ―近松と秋成、秋成と宣長（石川九楊）
「日本の古典をよむ19 雨月物語・冥途の飛脚・心中天の網島」小学館 2008 巻頭
はじめに―「享保」という時期を手がかりに（池山晃）
「日本の古典をよむ19 雨月物語・冥途の飛脚・心

中天の網島」小学館 2008 p3
　美をよむ―「鬼」と「狂」と（島尾新）
　　「日本の古典をよむ19 雨月物語・冥途の飛脚・心
　　中天の網島」小学館 2008 巻頭
　わたしと『雨月物語』『春雨物語』（大庭みな
　　子）
　　「わたしの古典19 大庭みな子の雨月物語」集英社
　　1987 p1

【年表】
　秋成略年譜（浅野三平）
　　「増訂 秋成全歌集とその研究〔1〕」おうふう
　　2007 p547
　上田秋成略年譜
　　「新潮日本古典集成 新装版〔48〕 春雨物語 書初
　　機嫌海」新潮社 2014 p233
　「血かたびら」「天津をとめ」「海賊」「歌のほ
　　まれ」略年表
　　「新潮日本古典集成 新装版〔48〕 春雨物語 書初
　　機嫌海」新潮社 2014 p230

【資料】
　秋成和歌（拾遺篇）索引
　　「増訂 秋成全歌集とその研究〔1〕」おうふう
　　2007 p685
　秋成和歌（本篇）索引
　　「増訂 秋成全歌集とその研究〔1〕」おうふう
　　2007 p339
　雨月物語紀行〔関連地図ほか〕
　　「新潮日本古典集成 新装版〔3〕 雨月物語 癇癖
　　談」新潮社 2018 p260
　参考文献一覧（天野聡一）
　　「三弥井古典文庫〔3〕 雨月物語」三弥井書店
　　2009 p261
　参考文献一覧（一戸渉）
　　「三弥井古典文庫〔10〕 春雨物語」三弥井書店
　　2012 p270
　「血かたびら」「天津をとめ」系図
　　「新潮日本古典集成 新装版〔48〕 春雨物語 書初
　　機嫌海」新潮社 2014 p229

江島其磧

【解説】
　〔解題〕愛護初冠女筆始（長友千代治）
　　「八文字屋本全集13」汲古書院 1997 p513
　〔解題〕商人家職訓（倉員正江）
　　「八文字屋本全集8」汲古書院 1995 p540
　〔解題〕商人軍配団（江本裕）
　　「八文字屋本全集3」汲古書院 1993 p512
　〔解題〕曦太平記（倉員正江）
　　「八文字屋本全集11」汲古書院 1996 p621
　〔解題〕曦太平記後楠軍法鎧桜（藤原英城）
　　「八文字屋本全集11」汲古書院 1996 p624
　〔解題〕安倍清明白狐玉（神谷勝広）
　　「八文字屋本全集9」汲古書院 1995 p547

　〔解題〕豆右衛門後日女男色遊（石川了）
　　「八文字屋本全集5」汲古書院 1994 p545
　〔解題〕浮世親仁形気（江本裕）
　　「八文字屋本全集7」汲古書院 1994 p601
　〔解題〕御伽名題紙衣（岡雅彦）
　　「八文字屋本全集14」汲古書院 1997 p515
　〔解題〕御伽平家（長友千代治）
　　「八文字屋本全集10」汲古書院 1995 p533
　〔解題〕御伽平家後風流扇子軍（長友千代治）
　　「八文字屋本全集10」汲古書院 1995 p535
　〔解題〕女曽我兄弟鑑（神谷勝広）
　　「八文字屋本全集8」汲古書院 1995 p535
　〔解題〕女将門七人化粧（中嶋隆）
　　「八文字屋本全集9」汲古書院 1995 p550
　〔解題〕鎌倉武家鑑（篠原進）
　　「八文字屋本全集3」汲古書院 1993 p521
　〔解題〕寛濶役者片気（中嶋隆）
　　「八文字屋本全集2」汲古書院 1993 p561
　〔解題〕鬼一法眼虎の巻（倉員正江）
　　「八文字屋本全集12」汲古書院 1996 p511
　〔解題〕義経倭軍談（石川了）
　　「八文字屋本全集7」汲古書院 1994 p595
　〔解題〕其磧置土産（神谷勝広）
　　「八文字屋本全集14」汲古書院 1997 p513
　〔解題〕其磧諸国物語（倉員正江）
　　「八文字屋本全集17」汲古書院 1998 p530
　〔解題〕記録曽我女黒船（倉員正江）
　　「八文字屋本全集10」汲古書院 1995 p528
　〔解題〕記録曽我女黒船後本朝会稽山（倉員正
　　江）
　　「八文字屋本全集10」汲古書院 1995 p530
　〔解題〕楠三代壮士（花田富二夫）
　　「八文字屋本全集7」汲古書院 1994 p605
　〔解題〕けいせい色三味線（長谷川強）
　　「八文字屋本全集1」汲古書院 1992 p591
　〔解題〕けいせい哥三味線（神谷勝広）
　　「八文字屋本全集11」汲古書院 1996 p626
　〔解題〕契情お国㔟妓（若木太一）
　　「八文字屋本全集10」汲古書院 1995 p543
　〔解題〕傾城禁短気（江本裕）
　　「八文字屋本全集2」汲古書院 1993 p557
　〔解題〕けいせい伝受紙子（長谷川強）
　　「八文字屋本全集2」汲古書院 1993 p550
　〔解題〕兼好一代記（倉員正江）
　　「八文字屋本全集14」汲古書院 1997 p510
　〔解題〕賢女心化粧（篠原進）
　　「八文字屋本全集18」汲古書院 1998 p555
　〔解題〕国姓爺明朝太平記（岡雅彦）
　　「八文字屋本全集6」汲古書院 1994 p579
　〔解題〕魂胆色遊懐男（佐伯孝弘）
　　「八文字屋本全集3」汲古書院 1993 p493
　〔解題〕咲分五人娘（江本裕）
　　「八文字屋本全集13」汲古書院 1997 p520

〔解題〕北条時頼開分二女桜（花田富二夫）
「八文字屋本全集10」汲古書院 1995 p525
〔解題〕桜曽我女時宗（篠原進）
「八文字屋本全集9」汲古書院 1995 p539
〔解題〕真盛曲輪錦（岡雅彦）
「八文字屋本全集12」汲古書院 1996 p526
〔解題〕芝居万人葛（渡辺守邦）
「八文字屋本全集9」汲古書院 1995 p541
〔解題〕出世握虎昔物語（岡雅彦）
「八文字屋本全集9」汲古書院 1995 p549
〔解題〕諸商人世帯形気（石川了）
「八文字屋本全集14」汲古書院 1997 p503
〔解題〕世間手代気質（岡雅彦，長谷川強）
「八文字屋本全集11」汲古書院 1996 p615
〔解題〕世間子息気質（長友千代治）
「八文字屋本全集6」汲古書院 1994 p565
〔解題〕世間娘気質（長谷川強）
「八文字屋本全集6」汲古書院 1994 p581
〔解題〕往昔喩今世話善悪身持扇（江本裕）
「八文字屋本全集11」汲古書院 1996 p611
〔解題〕大尽三ツ盃（花田富二夫）
「八文字屋本全集1」汲古書院 1992 p595
〔解題〕大内裏大友真鳥（江本裕）
「八文字屋本全集9」汲古書院 1995 p555
〔解題〕高砂大嶋台（石川了）
「八文字屋本全集12」汲古書院 1996 p508
〔解題〕丹波太郎物語（渡辺守邦）
「八文字屋本全集5」汲古書院 1994 p554
〔解題〕忠臣略太平記（倉員正江）
「八文字屋本全集3」汲古書院 1993 p509
〔解題〕通俗諸分床軍談（渡辺守邦）
「八文字屋本全集5」汲古書院 1994 p533
〔解題〕当世御伽曽我（中嶋隆）
「八文字屋本全集4」汲古書院 1993 p511
〔解題〕当世御伽曽我後風流東鑑（中嶋隆）
「八文字屋本全集4」汲古書院 1993 p514
〔解題〕渡世商軍談（石川了）
「八文字屋本全集3」汲古書院 1993 p517
〔解題〕渡世身持談義（若木太一）
「八文字屋本全集13」汲古書院 1997 p524
〔解題〕那智御山手管滝（若木太一）
「八文字屋本全集12」汲古書院 1996 p503
〔解題〕日本契情starter（神谷勝広）
「八文字屋本全集14」汲古書院 1995 p537
〔解題〕花実義経記（藤原英城）
「八文字屋本全集7」汲古書院 1994 p598
〔解題〕風流東大全（篠原進）
「八文字屋本全集11」汲古書院 1996 p618
〔解題〕風流東大全後奥州軍記（篠原進）
「八文字屋本全集11」汲古書院 1996 p620
〔解題〕風流宇治頼政（中嶋隆）
「八文字屋本全集8」汲古書院 1995 p529
〔解題〕風流曲三味線（篠原進）
「八文字屋本全集1」汲古書院 1992 p597
〔解題〕風流軍配団（佐伯孝弘）
「八文字屋本全集13」汲古書院 1997 p531
〔解題〕風流西海硯（花田富二夫）
「八文字屋本全集13」汲古書院 1997 p526
〔解題〕風流東海硯（花田富二夫）
「八文字屋本全集14」汲古書院 1997 p505
〔解題〕風流友三味線（渡辺守邦）
「八文字屋本全集11」汲古書院 1996 p629
〔解題〕風流七小町（長友千代治）
「八文字屋本全集8」汲古書院 1995 p547
〔解題〕風流連理榲（神谷勝広）
「八文字屋本全集13」汲古書院 1997 p529
〔解題〕富士浅間裾野桜（石川了）
「八文字屋本全集10」汲古書院 1995 p537
〔解題〕舞台三津扇（藤原英城）
「八文字屋本全集8」汲古書院 1995 p543
〔解題〕武道近江八景（篠原進）
「八文字屋本全集7」汲古書院 1994 p593
〔解題〕三浦大助節分寿（藤原英城）
「八文字屋本全集12」汲古書院 1996 p513
〔解題〕都鳥妻恋笛（佐伯孝弘）
「八文字屋本全集12」汲古書院 1996 p517
〔解題〕役者色仕組（佐伯孝弘）
「八文字屋本全集8」汲古書院 1995 p531
〔解題〕野傾旅葛籠（花田富二夫, 長谷川強）
「八文字屋本全集2」汲古書院 1993 p562
〔解題〕略平家都遷（渡辺守邦）
「八文字屋本全集13」汲古書院 1997 p518
〔解題〕野白内証鑑（石川了）
「八文字屋本全集2」汲古書院 1993 p542
〔解題〕遊女懐中洗濯 付 野傾髪透油・けいせい卵子酒（長谷川強）
「八文字屋本全集1」汲古書院 1992 p600
〔解題〕頼朝鎌倉実記（佐伯孝弘）
「八文字屋本全集9」汲古書院 1995 p552
〔解題〕和漢遊女容気（江本裕）
「八文字屋本全集7」汲古書院 1994 p581
『都鳥妻恋笛』解説（木越治ほか）
「江戸怪談文芸名作選1 新編浮世草子怪談集」国書刊行会 2016 p451

【資料】

『遊女懐中洗濯』全巻構成表
「八文字屋本全集1」汲古書院 1992 p457

榎本星布

【解説】

あとがき（小磯純子）
「榎本星布全句集〔1〕」勉誠出版 2011 p188
序（矢羽勝幸）
「榎本星布全句集〔1〕」勉誠出版 2011 p（1）

【年表】
榎本星布年譜(小磯純子)
「榎本星布全句集〔1〕」勉誠出版 2011 p172
【資料】
榎本家系図
「榎本星布全句集〔1〕」勉誠出版 2011 p174
句集所蔵・出典一覧
「榎本星布全句集〔1〕」勉誠出版 2011 p169
初句索引
「榎本星布全句集〔1〕」勉誠出版 2011 p175

大田垣蓮月

【解説】
解説—消息一「中野莊次氏蔵」書簡について
「増補 蓮月尼全集」思文閣出版 1980 p57
解説—消息二「田結莊家」書簡について(土田衛)
「増補 蓮月尼全集」思文閣出版 1980 p77
解説『花くらべ』について
「増補 蓮月尼全集」思文閣出版 1980 p37
解説『蓮月歌集』について
「増補 蓮月尼全集」思文閣出版 1980 p5
〔解題〕海人の刈藻(蓮月)(白石悌三, 山田洋嗣)
「新編国歌大観9」角川書店 1991 p795
勧修寺門跡和田大圓僧上序(和田大圓)
「増補 蓮月尼全集」思文閣出版 1980 p1
感謝數件(村上素道)
「増補 蓮月尼全集」思文閣出版 1980 p1
文學博士吉澤義則先生序(吉澤義則)
「増補 蓮月尼全集」思文閣出版 1980 p1
與謝野晶子先生跋(與謝野晶子)
「増補 蓮月尼全集」思文閣出版 1980 p1
例言及感謝(村上素道)
「増補 蓮月尼全集」思文閣出版 1980 p1
例言〔傳記・逸事篇〕(村上素道)
「増補 蓮月尼全集」思文閣出版 1980 p1
例言〔和歌篇〕(村上素道)
「増補 蓮月尼全集」思文閣出版 1980 p1
蓮月尼の事ども(與謝野寬)
「増補 蓮月尼全集」思文閣出版 1980 p1
【年表】
年譜(村上素道)
「増補 蓮月尼全集」思文閣出版 1980 p1
【資料】
大田垣蓮月傳(村上素道)
「増補 蓮月尼全集」思文閣出版 1980 p1
花くらべ 影印
「増補 蓮月尼全集」思文閣出版 1980 p38

学術・思想

【解説】
『医説』解題(福田安典)
「伝承文学資料集成21 医説」三弥井書店 2002 p379
『月庵酔醒記』略解題(服部幸造)
「中世の文学〔1〕 月庵酔醒記(上)」三弥井書店 2007 p9
【年表】
白石先生年譜(三田葆光)
「覆刻 日本古典全集〔文学編〕〔30〕 参考讀史餘論」現代思潮社 1983 p1
【資料】
〔月庵酔醒記〕上・中巻補説・訂正
「中世の文学〔3〕 月庵酔醒記(下)」三弥井書店 2010 p308
参考文献
「中世の文学〔1〕 月庵酔醒記(上)」三弥井書店 2007 p286
「中世の文学〔2〕 月庵酔醒記(中)」三弥井書店 2008 p318
「中世の文学〔3〕 月庵酔醒記(下)」三弥井書店 2010 p316
補注(服部幸造ほか)
「中世の文学〔1〕 月庵酔醒記(上)」三弥井書店 2007 p151
「中世の文学〔2〕 月庵酔醒記(中)」三弥井書店 2008 p119
「中世の文学〔3〕 月庵酔醒記(下)」三弥井書店 2010 p123

春日昌預

【解説】
乙骨耐軒の研究 人とその作品について(吉田英也)
「春日昌預全家集」山梨日日新聞社 2001 p432
序(石川孝)
「春日昌預全家集」山梨日日新聞社 2001 p i
若松屋・加藤家の人びと(吉田英也)
「春日昌預全家集」山梨日日新聞社 2001 p424
【年表】
春日昌預関係略年譜(吉田英也)
「春日昌預全家集」山梨日日新聞社 2001 p430

賀茂真淵

【解説】
〔解題〕賀茂翁家集(真淵)(岡中正行)
「新編国歌大観9」角川書店 1991 p779
賀茂眞淵集解題(與謝野寬ほか)
「覆刻 日本古典全集〔文学編〕〔13〕 賀茂眞淵集」現代思潮社 1983 p1

【年表】
　賀茂ノ眞淵年譜（與謝野寛ほか）
　　「覆刻 日本古典全集〔文学編〕〔13〕 賀茂眞淵集」現代思潮社 1983 p1

加舎白雄
【解説】
　あとがき（矢羽勝幸）
　　「増補改訂 加舎白雄全集 下」国文社 2008 p633
　出典Ⅰ（生前刊行書）〔増補改訂 加舎白雄全集 発句篇〕（矢羽勝幸）
　　「増補改訂 加舎白雄全集 上」国文社 2008 p176
　出典Ⅱ（没後刊行成立書）〔増補改訂 加舎白雄全集 発句篇〕（矢羽勝幸）
　　「増補改訂 加舎白雄全集 上」国文社 2008 p188
　『俳諧苗代水』について（矢羽勝幸）
　　「増補改訂 加舎白雄全集 下」国文社 2008 p621

【年表】
　年譜（矢羽勝幸）
　　「増補改訂 加舎白雄全集 下」国文社 2008 p581

【資料】
　加舎家系図
　　「増補改訂 加舎白雄全集 下」国文社 2008 p626
　白雄伝資料
　　「増補改訂 加舎白雄全集 下」国文社 2008 p622
　人名索引〔増補改訂 加舎白雄全集〕
　　「増補改訂 加舎白雄全集 下」国文社 2008 左667
　発句篇 初句索引
　　「増補改訂 加舎白雄全集 上」国文社 2008 p739
　連句篇 発句初句索引
　　「増補改訂 加舎白雄全集 上」国文社 2008 p717

歌謡
【解説】
　『アイヌ神謡』残り十編のあらすじ
　　「コレクション日本歌人選060 アイヌ神謡 ユーカラ」笠間書院 2013 p93
　あとがき（野村眞智子）
　　「伝承文学資料集成20 肥後・琵琶語り集」三弥井書店 2006 p357
　解説（篠原昌彦）
　　「コレクション日本歌人選060 アイヌ神謡 ユーカラ」笠間書院 2013 p88
　歌人略伝〔高三隆達〕
　　「コレクション日本歌人選064 室町小歌」笠間書院 2019 p111
　肥後琵琶採訪報告（野村眞智子）
　　「伝承文学資料集成20 肥後・琵琶語り集」三弥井書店 2006 p317
　〔付録エッセイ〕イヨマンテの日（抄）（本多勝一）
　　「コレクション日本歌人選060 アイヌ神謡 ユーカラ」笠間書院 2013（右開き）1

【資料】
　読書案内
　　「コレクション日本歌人選060 アイヌ神謡 ユーカラ」笠間書院 2013 p107

漢詩
【解説】
　あとがき（大野修作）
　　「日本漢詩人選集16 広瀬旭荘」研文出版 1999 p229
　あとがき（鈴木瑞枝）
　　「日本漢詩人選集13 館柳湾」研文出版 1999 p243
　あとがき（林田愼之助）
　　「日本漢詩人選集15 広瀬淡窓」研文出版 2005 p207
　あとがき（松尾善弘）
　　「西郷隆盛漢詩全集 増補改訂版」斯文堂 2018 p284
　市川寛斎について（蔡毅, 西岡淳）
　　「日本漢詩人選集9 市河寛斎」研文出版 2007 p208
　おわりに（浅山佳郎, 厳明）
　　「日本漢詩人選集4 伊藤仁斎」研文出版 2000 p209
　おわりに（入谷仙介）
　　「日本漢詩人選集14 中島棕隠」研文出版 2002 p180
　柏木如亭について（入谷仙介）
　　「日本漢詩人選集8 柏木如亭」研文出版 1999 p179
　監訳者あとがき（松野敏之）
　　「漢詩名作集成〈日本編〉」明徳出版社 2016 p851
　原書まえがき（李寅生, 宇野直人）
　　「漢詩名作集成〈日本編〉」明徳出版社 2016 p1
　後記（山本和義）
　　「日本漢詩人選集17 梁川星巌」研文出版 2008 p201
　後記（李寅生, 宇野直人）
　　「漢詩名作集成〈日本編〉」明徳出版社 2016 p849
　詩人星巌の誕生とその謎（山本和義, 福島理子）
　　「日本漢詩人選集17 梁川星巌」研文出版 2008 p3
　星巌遺稿の世界（山本和義, 福島理子）
　　「日本漢詩人選集17 梁川星巌」研文出版 2008 p190
　増補改訂版 あとがき（松尾善弘）
　　「西郷隆盛漢詩全集 増補改訂版」斯文堂 2018 p286
　館柳湾について（鈴木瑞枝）
　　「日本漢詩人選集13 館柳湾」研文出版 1999 p173
　日本語版 例言（宇野直人）
　　「漢詩名作集成〈日本編〉」明徳出版社 2016 p11
　はしがき（松尾善弘）
　　「西郷隆盛漢詩全集 増補改訂版」斯文堂 2018 巻頭

はじめに（浅山佳郎, 厳明）
　「日本漢詩人選集4 伊藤仁斎」研文出版 2000 p3
はじめに（大野修作）
　「日本漢詩人選集16 広瀬旭荘」研文出版 1999 p3
はじめに（鈴木瑞枝）
　「日本漢詩人選集13 館柳湾」研文出版 1999 p3
はじめに（林田愼之助）
　「日本漢詩人選集15 広瀬淡窓」研文出版 2005 p3
跋（一海知義）
　「日本漢詩人選集5 新井白石」研文出版 2001 p241
若き日の白石 ― 新井白石と宋詩（池澤一郎）
　「日本漢詩人選集5 新井白石」研文出版 2001 p3
【年表】
市川寛斎略年譜
　「日本漢詩人選集9 市河寛斎」研文出版 2007 p229
柏木如亭年譜
　「日本漢詩人選集8 柏木如亭」研文出版 1999 p211
星巌略年譜
　「日本漢詩人選集17 梁川星巌」研文出版 2008 p204
中島棕隠年譜
　「日本漢詩人選集14 中島棕隠」研文出版 2002 p180
【資料】
主な語彙形式索引
　「日本漢詩人選集4 伊藤仁斎」研文出版 2000 左iii
主な事項索引
　「日本漢詩人選集4 伊藤仁斎」研文出版 2000 左i
主要参考文献
　「漢詩名作集成〈日本編〉」明徳出版社 2016 p847
星巌関係文献一覧
　「日本漢詩人選集17 梁川星巌」研文出版 2008 p207

紀海音
【解説】
解題
　「紀海音全集8」清文堂出版 1980 p349
はじめに（横山正）
　「紀海音全集1」清文堂出版 1977 巻頭
【資料】
歌系図
　「紀海音全集8」清文堂出版 1980 p335
狂歌戎の鯛
　「紀海音全集8」清文堂出版 1980 p340
大坂点者高点集
　「紀海音全集8」清文堂出版 1980 p339
狂歌落葉嚢〔系図抜粋〕
　「紀海音全集8」清文堂出版 1980 p341
狂歌時雨の橋
　「紀海音全集8」清文堂出版 1980 p341
狂哥松の隣
　「紀海音全集8」清文堂出版 1980 p346
琴線和歌の糸
　「紀海音全集8」清文堂出版 1980 p335
御用雑記
　「紀海音全集8」清文堂出版 1980 p339
時雨の碑
　「紀海音全集8」清文堂出版 1980 p345
正誤表（第一巻～第七巻）
　「紀海音全集8」清文堂出版 1980 p377
摂津名所図会大成〔抜粋「紀海音の墓」〕
　「紀海音全集8」清文堂出版 1980 p347
狂歌貞柳伝〔抜粋「貞裟」〕
　「紀海音全集8」清文堂出版 1980 p347
誹諧家譜〔抜粋〕
　「紀海音全集8」清文堂出版 1980 p345
叙位質集橋波志羅
　「紀海音全集8」清文堂出版 1980 p340
墓碑・過去帳
　「紀海音全集8」清文堂出版 1980 p348
六条家古今和歌集伝授
　「紀海音全集8」清文堂出版 1980 p343

狂歌
【解説】
あとがき（信多純一）
　「狂歌大観3 索引篇」明治書院 1985 p735
解説（西島孜哉）
　「近世上方狂歌叢書1 狂歌かゞみやま」近世上方狂歌研究会 1984 p93
解説（光井文華）
　「近世上方狂歌叢書22 五色集」近世上方狂歌研究会 1996 p106
解説〔狂歌秋の花, 狂歌千代のかけはし, きやうか圓, 狂歌栗下草〕（西島孜哉）
　「近世上方狂歌叢書3 狂歌秋の花（他）」近世上方狂歌研究会 1985 p89
解説〔狂歌あさみとり, 狂歌我身の土産, 古稀賀吟帖, 狂歌鵜の真似〕（西島孜哉）
　「近世上方狂歌叢書11 狂歌あさみとり（他）」近世上方狂歌研究会 1988 p97
解説〔狂歌浦の見わたし, 狂歌かたをなみ, 狂歌得手かつて〕（西島孜哉, 羽生紀子）
　「近世上方狂歌叢書29 狂歌浦の見わたし」近世上方狂歌研究会 2002 p88
解説〔狂歌俳百人一首, 狂歌千種園 秋, 冬〕（西島孜哉, 光井文華）
　「近世上方狂歌叢書18 狂歌俳百人一首」近世上方狂歌研究会 1993 p102

解説〔興歌かひこの鳥, 和哥夷, 狂歌芦の若葉〕(西島孜哉, 光井文華)
「近世上方狂歌叢書14 興歌かひこの鳥(他)」近世上方狂歌研究会 1990 p95
解説〔狂歌気のくすり, 狂歌落穂集, 狂歌阿伏兎土産, 狂歌水の鏡, 狂歌まことの道〕(西島孜哉ほか)
「近世上方狂歌叢書24 狂歌気のくすり」近世上方狂歌研究会 1997 p86
解説〔狂歌後三栗集, 狂歌新三栗集〕(西島孜哉)
「近世上方狂歌叢書8 狂歌後三栗集(他)」近世上方狂歌研究会 1987 p111
解説〔狂歌三年物, 狂歌水の面, 狂歌柿の核, 狂歌ふくるま, 狂歌今はむかし〕(西島孜哉)
「近世上方狂歌叢書12 狂歌三年物(他)」近世上方狂歌研究会 1989 p103
解説〔狂歌拾遺わすれ貝, 狂歌家の風, 狂歌新後三栗集, 狂歌拾遺三栗集〕(西島孜哉)
「近世上方狂歌叢書9 狂歌拾遺わすれ貝(他)」近世上方狂歌研究会 1987 p96
解説〔狂歌西都紀行, 狂歌ふくろ, 狂歌言玉集〕(西島孜哉, 羽生紀子)
「近世上方狂歌叢書25 狂歌西都紀行」近世上方狂歌研究会 1998 p110
解説〔狂歌泰平楽, 狂歌選集楽, 除元狂歌小集, 除元狂歌小集, 除元狂歌集〕(西島孜哉, 羽生紀子)
「近世上方狂歌叢書27 狂歌泰平楽」近世上方狂歌研究会 2000 p110
解説〔狂歌千種園 春, 夏, 狂歌手毎の花 4編, 5編〕(西島孜哉, 光井文華)
「近世上方狂歌叢書17 狂歌千種園」近世上方狂歌研究会 1992 p94
解説〔狂歌月の影, 狂歌粟のおち穂, 狂歌わかみとり, 狂歌つのくみ草〕(西島孜哉)
「近世上方狂歌叢書10 狂歌月の影(他)」近世上方狂歌研究会 1988 p94
解説〔狂歌手毎の花 初編〜3編〕(西島孜哉, 光井文華)
「近世上方狂歌叢書16 狂歌手毎の花」近世上方狂歌研究会 1991 p112
解説〔狂歌手なれの鏡, 狂歌ふもとの塵, 狂歌友かヽみ, 狂歌しきのはねかき, 狂歌溪の月〕(西島孜哉)
「近世上方狂歌叢書2 狂歌手なれの鏡(他)」近世上方狂歌研究会 1985 p88
解説〔狂歌ならひの岡, 狂歌藻塩草, 拾遺藻塩草, 狂歌芦分船〕(西島孜哉)
「近世上方狂歌叢書4 狂歌ならひの岡(他)」近世上方狂歌研究会 1986 p90
解説〔狂歌廿日月, 狂歌君か俎, 夷曲哥ねふつ, 興歌野中の水, 狂歌紅葉集〕(西島孜哉, 光井文華)
「近世上方狂歌叢書15 狂歌廿日月(他)」近世上方狂歌研究会 1991 p99
解説〔狂歌肱枕, 狂歌百羽掻, 狂歌二見の礒, 狂歌百千鳥, 萩の折はし, 狂歌板橋集, 狂歌似世物語〕(西島孜哉)
「近世上方狂歌叢書6 狂歌肱枕(他)」近世上方狂歌研究会 1986 p92
解説〔興歌百人一首嵯峨辺, 狂歌角力草, 狂歌千種園 恋, 狂歌千種園 雑〕(西島孜哉ほか)
「近世上方狂歌叢書19 興歌百人一首嵯峨辺」近世上方狂歌研究会 1993 p100
解説〔狂歌帆かけ船, 狂歌浪花丸, 狂歌三津浦, 狂歌雪月花, 狂歌大和拾遺〕(西島孜哉ほか)
「近世上方狂歌叢書20 狂歌帆かけ船」近世上方狂歌研究会 1994 p95
解説〔興歌牧の笛, 狂歌春の光, 酔中雅興集, 興歌老の胡馬, 狂歌ことはの道, 狂歌無心抄〕(西島孜哉ほか)
「近世上方狂歌叢書23 興歌牧の笛」近世上方狂歌研究会 1996 p88
解説〔狂歌柳下草, 狂歌軒の松, 狂歌三栗集, 狂歌越天楽, 狂歌一橙集〕(西島孜哉)
「近世上方狂歌叢書7 狂歌柳下草(他)」近世上方狂歌研究会 1987 p89
解説〔狂歌よつの友, 狂歌蘆の角, 絵賛常の山〕(西島孜哉, 羽生紀子)
「近世上方狂歌叢書28 狂歌よつの友」近世上方狂歌研究会 2001 p93
解説〔狂歌栗葉集, 狂歌花の友, 狂歌辰の市, 狂歌夜光玉〕(西島孜哉)
「近世上方狂歌叢書5 狂歌栗葉集(他)」近世上方狂歌研究会 1986 p88
解説〔古新狂歌酒, 狂謌いそちとり, 浪花のながめ, 浪花のむめ, 狂歌古万沙良辺, 狂歌名越岡〕(西島孜哉ほか)
「近世上方狂歌叢書21 古新狂歌酒」近世上方狂歌研究会 1995 p97
解説〔朋ちから, 興太郎, 興歌河内羽二重, 狂歌野夫鶯, 狂歌除元集〕(西島孜哉)
「近世上方狂歌叢書13 朋ちから(他)」近世上方狂歌研究会 1990 p93
解説〔孋葉夷曲集, 狂歌二翁集, 狂歌玉雲集, 狂歌拾葉集〕(西島孜哉, 羽生紀子)
「近世上方狂歌叢書26 孋葉夷曲集」近世上方狂歌研究会 1999 p99
解題 あさくさくさ(石川俊一郎)
「江戸狂歌本選集11」東京堂出版 2001 p250
解題 新玉帖(延広真治)
「江戸狂歌本選集12」東京堂出版 2002 p42
解題 五十鈴川狂歌車(石川俊一郎)
「江戸狂歌本選集6」東京堂出版 1999 p22
解題 評判飲食狂歌合(粕谷宏紀)
「江戸狂歌本選集9」東京堂出版 2000 p20
解題 江戸名物百題狂歌集(石川了)
「江戸狂歌本選集12」東京堂出版 2002 p92

解題 鸚鵡盃(小林勇)
「江戸狂歌本選集3」東京堂出版 1999 p162
解題 狂歌あきの野ら(久保田啓一)
「江戸狂歌本選集8」東京堂出版 2000 p296
解題 狂歌江都名所図会(石川了)
「江戸狂歌本選集13」東京堂出版 2004 p2
解題 狂歌関東百題集(久保田啓一)
「江戸狂歌本選集8」東京堂出版 2000 p226
解題 狂歌栗の下風(石川了)
「江戸狂歌本選集1」東京堂出版 1998 p128
解題 狂歌桑之弓(小林勇)
「江戸狂歌本選集3」東京堂出版 1999 p282
解題 狂歌觿初編(吉丸雄哉)
「江戸狂歌本選集15」東京堂出版 2007 p116
解題 狂歌觿後編(吉丸雄哉)
「江戸狂歌本選集15」東京堂出版 2007 p150
解題 狂歌部領使(佐藤悟)
「江戸狂歌本選集3」東京堂出版 1999 p194
解題 狂歌才蔵集(石川俊一郎)
「江戸狂歌本選集3」東京堂出版 1999 p94
解題 狂歌三十六歌仙(宮崎修多)
「江戸狂歌本選集4」東京堂出版 1999 p68
解題 狂歌四季人物(宮崎修多)
「江戸狂歌本選集12」東京堂出版 2002 p218
解題 狂歌師細見(高橋啓之)
「江戸狂歌本選集15」東京堂出版 2007 p86
解題 狂歌知足振(石川了)
「江戸狂歌本選集15」東京堂出版 2007 p100
解題 狂歌師伝(山名順子)
「江戸狂歌本選集15」東京堂出版 2007 p398
解題 狂歌四本柱(佐藤悟)
「江戸狂歌本選集3」東京堂出版 1999 p246
解題 狂歌杓子栗(渡辺好久児)
「江戸狂歌本選集5」東京堂出版 1999 p150
解題 今日歌集(宇田敏彦)
「江戸狂歌本選集1」東京堂出版 1998 p88
解題 狂歌上段集(石川了)
「江戸狂歌本選集4」東京堂出版 1999 p2
解題 狂歌初心抄(渡辺好久児)
「江戸狂歌本選集15」東京堂出版 2007 p52
解題 狂歌人物誌(粕谷宏紀)
「江戸狂歌本選集15」東京堂出版 2007 p328
解題 狂歌酔竹集(渡辺好久児)
「江戸狂歌本選集6」東京堂出版 1999 p42
解題 狂歌数寄屋風呂(高橋啓之)
「江戸狂歌本選集3」東京堂出版 1999 p174
解題 狂歌すまひ草(広部俊也)
「江戸狂歌本選集2」東京堂出版 1998 p2
解題 狂歌千里同風(粕谷宏紀)
「江戸狂歌本選集3」東京堂出版 1999 p142
解題 狂歌大体(伴野英一)
「江戸狂歌本選集15」東京堂出版 2007 p30

解題 狂歌煙草百首(粕谷宏紀)
「江戸狂歌本選集12」東京堂出版 2002 p188
解題 狂歌茅花集(石川了)
「江戸狂歌本選集6」東京堂出版 1999 p290
解題 狂歌東西集(石川俊一郎)
「江戸狂歌本選集5」東京堂出版 1999 p26
解題 狂歌当載集(佐藤至子)
「江戸狂歌本選集7」東京堂出版 2000 p152
解題 狂歌東来集(佐藤悟)
「江戸狂歌本選集5」東京堂出版 1999 p92
解題 狂歌浜荻集(神田正行)
「江戸狂歌本選集7」東京堂出版 2000 p2
解題 狂歌はまのきさご(小林ふみ子)
「江戸狂歌本選集15」東京堂出版 2007 p4
解題 狂歌左鞆絵(渡辺好久児)
「江戸狂歌本選集6」東京堂出版 1999 p134
解題 新撰狂歌百人一首(粕谷宏紀)
「江戸狂歌本選集7」東京堂出版 2000 p262
解題 狂歌水薦集(石川俊一郎)
「江戸狂歌本選集9」東京堂出版 2000 p2
解題 狂歌武射志風流(渡辺好久児)
「江戸狂歌本選集4」東京堂出版 1999 p230
解題 狂歌棟上集・続棟上集(延広真治)
「江戸狂歌本選集11」東京堂出版 2001 p2
解題 狂歌吉原形四季細見(高橋啓之)
「江戸狂歌本選集12」東京堂出版 2002 p2
解題 狂歌若緑岩代松(渡辺好久児)
「江戸狂歌本選集8」東京堂出版 2000 p2
解題 狂言鶯蛙集(宇田敏彦)
「江戸狂歌本選集2」東京堂出版 1998 p110
解題 狂歌類題後杓子栗(石川了)
「江戸狂歌本選集11」東京堂出版 2001 p70
解題 古寿恵のゆき(石川了)
「江戸狂歌本選集6」東京堂出版 1999 p2
解題 猿のこしかけ(久保田啓一)
「江戸狂歌本選集1」東京堂出版 1998 p276
解題 三十六人狂歌撰(石川了)
「江戸狂歌本選集4」東京堂出版 1999 p58
解題 下町稲荷社三十三番御詠歌(塩村耕)
「江戸狂歌本選集1」東京堂出版 1998 p82
解題 下里巴人巻(広部俊也)
「江戸狂歌本選集2」東京堂出版 1998 p304
解題 職人尽狂歌合(石川俊一郎)
「江戸狂歌本選集7」東京堂出版 2000 p98
解題 新狂歌觿 初編・二篇(吉丸雄哉)
「江戸狂歌本選集15」東京堂出版 2007 p186
解題 新玉狂歌集(延広真治)
「江戸狂歌本選集3」東京堂出版 1999 p72
解題 新古今狂歌集(粕谷宏紀)
「江戸狂歌本選集4」東京堂出版 1999 p84
解題 狂歌晴天闢歌集(宮崎修多)
「江戸狂歌本選集4」東京堂出版 1999 p252

解題 狂歌太郎殿犬百首（岡雅彦）
　「江戸狂歌本選集3」東京堂出版 1999 p292
解題 たはれうたよむおほむね（牧野悟資）
　「江戸狂歌本選集15」東京堂出版 2007 p42
解題 徳和哥後万載集（宇田敏彦）
　「江戸狂歌本選集2」東京堂出版 1998 p190
解題 とこよもの（延広真治）
　「江戸狂歌本選集7」東京堂出版 2000 p138
解題 十符の菅薦（高橋啓之）
　「江戸狂歌本選集12」東京堂出版 2002 p164
解題 二妙集（岡雅彦）
　「江戸狂歌本選集4」東京堂出版 1999 p242
解題 俳諧歌兄弟百首（石川俊一郎）
　「江戸狂歌本選集9」東京堂出版 2000 p80
解題 俳諧歌艦（吉丸雄哉）
　「江戸狂歌本選集15」東京堂出版 2007 p260
解題 狂歌萩古枝（久保田啓一）
　「江戸狂歌本選集6」東京堂出版 1999 p80
解題 巴人集（広部俊也）
　「江戸狂歌本選集2」東京堂出版 1998 p54
解題 狂歌波津加蛭子（粕谷宏紀）
　「江戸狂歌本選集8」東京堂出版 2000 p18
解題 夷歌百鬼夜狂（粕谷宏紀）
　「江戸狂歌本選集3」東京堂出版 1999 p42
解題 狂歌評判俳優風（高橋啓之）
　「江戸狂歌本選集3」東京堂出版 1999 p2
解題 万載狂歌集（宇田敏彦）
　「江戸狂歌本選集1」東京堂出版 1998 p218
解題 万代狂歌集（粕谷宏紀）
　「江戸狂歌本選集8」東京堂出版 2000 p80
解題 夢庵戯哥集（小林勇）
　「江戸狂歌本選集1」東京堂出版 1998 p2
解題 明和狂歌合（石川俊一郎）
　「江戸狂歌本選集1」東京堂出版 1998 p54
解題 興歌めさし岬（久保田啓一）
　「江戸狂歌本選集1」東京堂出版 1998 p106
解題 八重垣縁結（小林勇）
　「江戸狂歌本選集7」東京堂出版 2000 p184
解題 柳の糸（宮崎修多）
　「江戸狂歌本選集5」東京堂出版 1999 p2
解題 柳の雫（岡雅彦）
　「江戸狂歌本選集1」東京堂出版 1998 p66
解題 吉原十二時（高橋啓之）
　「江戸狂歌本選集10」東京堂出版 2001 p138
解題 四方歌垣翁追善集（石川了）
　「江戸狂歌本選集12」東京堂出版 2002 p70
解題 よものはる〔東京国立博物館蔵本〕（小林ふみ子）
　「江戸狂歌本選集4」東京堂出版 1999 p205
解題 四方の巴流〔京都大学文学部穎原文庫本〕（小林勇）
　「江戸狂歌本選集4」東京堂出版 1999 p189
解題 四方の巴流〔西尾市岩瀬文庫蔵〕（塩村耕）
　「江戸狂歌本選集4」東京堂出版 1999 p154
解題 落栗庵月並摺（岡雅彦）
　「江戸狂歌本選集1」東京堂出版 1998 p292
解題 栗花集（石川了）
　「江戸狂歌本選集2」東京堂出版 1998 p254
解題 芦荻集（小林勇）
　「江戸狂歌本選集10」東京堂出版 2001 p2
解題 我おもしろ（石川俊一郎）
　「江戸狂歌本選集10」東京堂出版 2001 p236
解題 狂歌若葉集（宇田敏彦）
　「江戸狂歌本選集1」東京堂出版 1998 p156
刊行にあたって（江戸狂歌本選集刊行会）
　「江戸狂歌本選集1」東京堂出版 1998 p1
終刊にあたって（粕谷宏紀）
　「江戸狂歌本選集15」東京堂出版 2007 p473
序（狂歌大観刊行会）
　「狂歌大観1 本篇」明治書院 1983 巻頭
　「狂歌大観2 参考篇」明治書院 1984 巻頭
　「狂歌大観3 索引篇」明治書院 1985 巻頭

【資料】
犬百人一首〔影印〕
　「狂歌大観2 参考篇」明治書院 1984 p493
江戸名所百人一首〔影印〕
　「狂歌大観2 参考篇」明治書院 1984 p563
絵本御伽品鏡〔影印〕
　「狂歌大観2 参考篇」明治書院 1984 p591
雅筵酔狂集〔影印〕
　「狂歌大観2 参考篇」明治書院 1984 p342
各句索引
　「狂歌大観3 索引篇」明治書院 1985 p1
狂歌活玉集〔影印〕
　「狂歌大観2 参考篇」明治書院 1984 p454
狂歌絵本集〔影印〕
　「狂歌大観2 参考篇」明治書院 1984 p493
狂歌俤百人一首 西宮市立図書館所蔵本 影印・翻刻
　「近世上方狂歌叢書18 狂歌俤百人一首」近世上方狂歌研究会 1993 p108
狂歌五十人一首〔影印〕
　「狂歌大観2 参考篇」明治書院 1984 p577
狂歌酒百首〔影印〕
　「狂歌大観2 参考篇」明治書院 1984 p261
狂歌ならひの岡 書込み 頭注
　「近世上方狂歌叢書4 狂歌ならひの岡（他）」近世上方狂歌研究会 1986 p103
古今狂歌仙〔影印〕
　「狂歌大観2 参考篇」明治書院 1984 p520
収載書目一覧
　「狂歌大観3 索引篇」明治書院 1985 巻頭
甚久法師狂歌集〔影印〕
　「狂歌大観2 参考篇」明治書院 1984 p314

人名索引
「江戸狂歌本選集14 人名索引」東京堂出版 2006 p1
「江戸狂歌本選集15」東京堂出版 2007 p415
「狂歌大観3 索引篇」明治書院 1985 p683
貞徳狂歌集〔影印〕
「狂歌大観2 参考篇」明治書院 1984 p540
入安狂歌百首〔影印〕
「狂歌大観2 参考篇」明治書院 1984 p275
鼻笛集〔影印〕
「狂歌大観2 参考篇」明治書院 1984 p285
春駒狂歌集〔影印〕
「狂歌大観2 参考篇」明治書院 1984 p292

小林一茶

【解説】
作者紹介（鈴木健一）
「日本の古典をよむ20 おくのほそ道 芭蕉・蕪村・一茶名句集」小学館 2008 p134
総説（揖斐高）
「古典名作リーディング1 蕪村・一茶集」貴重本刊行会 2000 p205
貞徳『誹諧新式十首之詠筆』季吟『如渡得船』一茶『湖に松』（種茂勉）
「古典文学翻刻集成3 続・俳文学篇 貞門・談林」ゆまに書房 1999 左開12

【年表】
一茶略年譜
「古典名作リーディング1 蕪村・一茶集」貴重本刊行会 2000 p317

【資料】
一茶初句索引
「古典名作リーディング1 蕪村・一茶集」貴重本刊行会 2000 p329
初句索引 一茶名句
「日本の古典をよむ20 おくのほそ道 芭蕉・蕪村・一茶名句集」小学館 2008 左314

在地縁起類

【解説】
（解説）教信上人掛幅絵伝（難行図・易行図）の絵解き―加古川教信寺の絵解き―（渡邊昭五）
「伝承文学資料集成15 宗祖高僧絵伝（絵解き）集」三弥井書店 1996 p255
解説―子持山の縁起と『神道集』巻六の三十四「上野国児持山之事」―（榎本千賀）
「伝承文学資料集成5 神道縁起物語（一）」三弥井書店 2002 p200
〔解題〕青木山元榛名満行大権現由来伝記
「伝承文学資料集成6 神道縁起物語（二）」三弥井書店 2002 p334

〔解題〕赤城山大明神御本地（大島由紀夫）
「伝承文学資料集成6 神道縁起物語（二）」三弥井書店 2002 p304
〔解題〕『我妻郡七社縁起』（榎本千賀）
「伝承文学資料集成5 神道縁起物語（一）」三弥井書店 2002 p196
〔解題〕『我妻郡七社明神縁起』（榎本千賀）
「伝承文学資料集成5 神道縁起物語（一）」三弥井書店 2002 p198
〔解題〕『吾妻七社大明神』（榎本千賀）
「伝承文学資料集成5 神道縁起物語（一）」三弥井書店 2002 p197
〔解題〕『我妻七社大明神縁起』（榎本千賀）
「伝承文学資料集成5 神道縁起物語（一）」三弥井書店 2002 p197
〔解題〕『吾妻七社明神根元』（榎本千賀）
「伝承文学資料集成5 神道縁起物語（一）」三弥井書店 2002 p197
〔解題〕鹿島合戦〔萩原三津夫氏蔵〕（大島由紀夫）
「伝承文学資料集成6 神道縁起物語（二）」三弥井書店 2002 p328
〔解題〕鹿島合戦〔富田健二氏蔵〕（大島由紀夫）
「伝承文学資料集成6 神道縁起物語（二）」三弥井書店 2002 p326
〔解題〕唐沢姫雄氏蔵『和利宮縁起』（榎本千賀）
「伝承文学資料集成5 神道縁起物語（一）」三弥井書店 2002 p198
〔解題〕群馬高井岩屋縁起
「伝承文学資料集成6 神道縁起物語（二）」三弥井書店 2002 p333
〔解題〕上野鎮守赤城山大明神縁起
「伝承文学資料集成6 神道縁起物語（二）」三弥井書店 2002 p332
〔解題〕上野国群馬郡船尾山御本地記
「伝承文学資料集成6 神道縁起物語（二）」三弥井書店 2002 p332
〔解題〕上野国群馬郡船尾山物語（大島由紀夫）
「伝承文学資料集成6 神道縁起物語（二）」三弥井書店 2002 p306
〔解題〕『上野国利根郡屋形原村正一位篠尾大明神之縁起』（榎本千賀）
「伝承文学資料集成5 神道縁起物語（一）」三弥井書店 2002 p198
〔解題〕上毛花園星神記（大島由紀夫）
「伝承文学資料集成6 神道縁起物語（二）」三弥井書店 2002 p305
〔解題〕子持神社蔵『縁起書』（榎本千賀）
「伝承文学資料集成5 神道縁起物語（一）」三弥井書店 2002 p194
〔解題〕子持神社蔵『上野国児持山縁起事』（榎本千賀）
「伝承文学資料集成5 神道縁起物語（一）」三弥井

〔解題〕子持神社蔵『子持神社紀』(榎本千賀)
「伝承文学資料集成5 神道縁起物語(一)」三弥井書店 2002 p193

〔解題〕子持神社蔵『子持大明神御神徳略紀』(榎本千賀)
「伝承文学資料集成5 神道縁起物語(一)」三弥井書店 2002 p196

〔解題〕子持神社蔵『児持山縁起』(榎本千賀)
「伝承文学資料集成5 神道縁起物語(一)」三弥井書店 2002 p194

〔解題〕子持神社蔵『児持山宮紀』(榎本千賀)
「伝承文学資料集成5 神道縁起物語(一)」三弥井書店 2002 p196

〔解題〕子持神社蔵『子持山釈宮紀』(榎本千賀)
「伝承文学資料集成5 神道縁起物語(一)」三弥井書店 2002 p195

〔解題〕子持神社蔵『子持山大神紀』(榎本千賀)
「伝承文学資料集成5 神道縁起物語(一)」三弥井書店 2002 p194

〔解題〕子持神社蔵『地主巻』(榎本千賀)
「伝承文学資料集成5 神道縁起物語(一)」三弥井書店 2002 p193

〔解題〕『子持山御縁起』(榎本千賀)
「伝承文学資料集成5 神道縁起物語(一)」三弥井書店 2002 p199

〔解題〕上州群馬郡岩屋縁起(大島由紀夫)
「伝承文学資料集成6 神道縁起物語(二)」三弥井書店 2002 p312

〔解題〕信州加沢郷薬湯縁起(大島由紀夫)
「伝承文学資料集成6 神道縁起物語(二)」三弥井書店 2002 p324

〔解題〕『新書子持山大明神紀』(榎本千賀)
「伝承文学資料集成5 神道縁起物語(一)」三弥井書店 2002 p199

〔解題〕惣社大明神草創縁起(大島由紀夫)
「伝承文学資料集成6 神道縁起物語(二)」三弥井書店 2002 p318

〔解題〕天神縁起(大島由紀夫)
「伝承文学資料集成6 神道縁起物語(二)」三弥井書店 2002 p321

〔解題〕戸榛名山大権現御縁起(大島由紀夫)
「伝承文学資料集成6 神道縁起物語(二)」三弥井書店 2002 p315

〔解題〕長良大明神縁起之写(大島由紀夫)
「伝承文学資料集成6 神道縁起物語(二)」三弥井書店 2002 p319

〔解題〕長良宮正伝記(大島由紀夫)
「伝承文学資料集成6 神道縁起物語(二)」三弥井書店 2002 p320

〔解題〕榛名山本地(大島由紀夫)
「伝承文学資料集成6 神道縁起物語(二)」三弥井書店 2002 p316

〔解題〕羊太夫栄枯記(大島由紀夫)
「伝承文学資料集成6 神道縁起物語(二)」三弥井書店 2002 p329

〔解題〕船尾山記(大島由紀夫)
「伝承文学資料集成6 神道縁起物語(二)」三弥井書店 2002 p310

〔解題〕満勝寺略縁起(大島由紀夫)
「伝承文学資料集成6 神道縁起物語(二)」三弥井書店 2002 p314

〔解題〕三国三社権現縁起(大島由紀夫)
「伝承文学資料集成6 神道縁起物語(二)」三弥井書店 2002 p322

〔解題〕水澤寺之縁起(大島由紀夫)
「伝承文学資料集成6 神道縁起物語(二)」三弥井書店 2002 p305

緒言(大島由紀夫)
「伝承文学資料集成6 神道縁起物語(二)」三弥井書店 2002 p3

【資料】

安永四年(一七七五)『子持神社紀』と『日本書紀』の対照(榎本千賀)
「伝承文学資料集成5 神道縁起物語(一)」三弥井書店 2002 p223

安永七年(一七七八)『子持山大神紀』と『鎌倉管領九代記』の対照(榎本千賀)
「伝承文学資料集成5 神道縁起物語(一)」三弥井書店 2002 p224

〔影印〕青木山元榛名満行大権現由来伝記
「伝承文学資料集成6 神道縁起物語(二)」三弥井書店 2002 p279

〔影印〕群馬高井岩屋縁起
「伝承文学資料集成6 神道縁起物語(二)」三弥井書店 2002 p271

〔影印〕上野鎮守赤城山大明神縁起
「伝承文学資料集成6 神道縁起物語(二)」三弥井書店 2002 p237

〔影印〕上野国群馬郡船尾山御本地記
「伝承文学資料集成6 神道縁起物語(二)」三弥井書店 2002 p255

子持神社所蔵縁起の典拠(榎本千賀)
「伝承文学資料集成5 神道縁起物語(一)」三弥井書店 2002 p218

祭文

【解説】

神楽祭文 総説(岩田勝)
「伝承文学資料集成16 中国地方神楽祭文集」三弥井書店 1990 p23

書誌解題(岩田勝)
「伝承文学資料集成16 中国地方神楽祭文集」三弥井書店 1990 p7

死霊のしずめの祭文と再生の祭文 解説(岩田勝)
「伝承文学資料集成16 中国地方神楽祭文集」三弥井書店 1990 p312

土公祭文 解説（岩田勝）
「伝承文学資料集成16 中国地方神楽祭文集」三弥井書店 1990 p176

祝師による祭文 解説（岩田勝）
「伝承文学資料集成16 中国地方神楽祭文集」三弥井書店 1990 p247

弓神楽の祭文 解説（岩田勝）
「伝承文学資料集成16 中国地方神楽祭文集」三弥井書店 1990 p79

山東京山

【解説】

〔解題〕熱海温泉図彙（津田眞弓）
「江戸怪異綺想文芸大系4 山東京山伝奇小説集」国書刊行会 2003 p1034

〔解題〕家桜継穂鉢植（本多朱里）
「江戸怪異綺想文芸大系4 山東京山伝奇小説集」国書刊行会 2003 p1029

〔解題〕絵半切かしくの文月（髙木元）
「江戸怪異綺想文芸大系4 山東京山伝奇小説集」国書刊行会 2003 p1023

〔解題〕復讐妹背山物語（髙木元）
「江戸怪異綺想文芸大系4 山東京山伝奇小説集」国書刊行会 2003 p986

〔解題〕敵討貞女鑑（髙木元）
「江戸怪異綺想文芸大系4 山東京山伝奇小説集」国書刊行会 2003 p1043

〔解題〕劇春大江山入（三浦洋美）
「江戸怪異綺想文芸大系4 山東京山伝奇小説集」国書刊行会 2003 p1000

〔解題〕琴声女房形気（本多朱里）
「江戸怪異綺想文芸大系4 山東京山伝奇小説集」国書刊行会 2003 p1041

〔解題〕契情身持扇（髙木元）
「江戸怪異綺想文芸大系4 山東京山伝奇小説集」国書刊行会 2003 p1032

〔解題〕小桜姫風月奇観（髙木元）
「江戸怪異綺想文芸大系4 山東京山伝奇小説集」国書刊行会 2003 p988

〔解題〕煙草二抄（湯浅淑子）
「江戸怪異綺想文芸大系4 山東京山伝奇小説集」国書刊行会 2003 p995

〔解題〕はじめに（髙木元）
「江戸怪異綺想文芸大系4 山東京山伝奇小説集」国書刊行会 2003 p979

〔解題〕百姓玉手箱（鵜飼伴子）
「江戸怪異綺想文芸大系4 山東京山伝奇小説集」国書刊行会 2003 p1038

〔解題〕昔語成田之開帳（鵜飼伴子）
「江戸怪異綺想文芸大系4 山東京山伝奇小説集」国書刊行会 2003 p1027

〔解題〕戻駕籠故郷錦絵（津田眞弓）
「江戸怪異綺想文芸大系4 山東京山伝奇小説集」国書刊行会 2003 p1012

〔解題〕奴勝山愛玉丹前（津田眞弓）
「江戸怪異綺想文芸大系4 山東京山伝奇小説集」国書刊行会 2003 p1007

〔解題〕鷺談伝奇桃花流水（髙木元）
「江戸怪異綺想文芸大系4 山東京山伝奇小説集」国書刊行会 2003 p992

〔解題〕閏七福茶番（本多朱里）
「江戸怪異綺想文芸大系4 山東京山伝奇小説集」国書刊行会 2003 p1024

山東京山略伝（髙木元）
「江戸怪異綺想文芸大系4 山東京山伝奇小説集」国書刊行会 2003 p981

【資料】

参考文献
「江戸怪異綺想文芸大系4 山東京山伝奇小説集」国書刊行会 2003 p1045

山東京伝

【解説】

〔解題〕［淀屋宝物東都名物］嗚呼奇々羅金鶏（棚橋正博）
「山東京傳全集2 黄表紙2」ぺりかん社 1993 p501

〔解題〕暁傘時雨古手屋（清水正男）
「山東京傳全集9 合巻4」ぺりかん社 2006 p520

〔解題〕明矣七変目景清（上巻絵題簽）（棚橋正博）
「山東京傳全集1 黄表紙1」ぺりかん社 1992 p532

〔解題〕侠中俠悪言鮫骨（袋）（棚橋正博）
「山東京傳全集1 黄表紙1」ぺりかん社 1992 p527

〔解題〕桜姫全伝曙草紙（徳田武）
「山東京傳全集16 読本2」ぺりかん社 1997 p672

〔解題〕桜姫全伝曙草紙挿絵典拠考証付記（鈴木重三）
「山東京傳全集16 読本2」ぺりかん社 1997 p680

〔解題〕復讐奇談安積沼（徳田武）
「山東京傳全集15 読本1」ぺりかん社 1994 p580

〔解題〕こばだ小平次安積沼後日仇討（棚橋正博）
「山東京傳全集6 合巻1」ぺりかん社 1995 p458

〔解題〕金烏帽子於寒鍾馗判九郎朝妻船柳三日月（棚橋正博）
「山東京傳全集11 合巻6」ぺりかん社 2015 p470

〔解題〕団七黒茶椀釣船之花入朝茶湯一寸口切（棚橋正博）
「山東京傳全集10 合巻5」ぺりかん社 2014 p526

〔解題〕おそろしきもの師走の月安達原氷之姿見（棚橋正博）
「山東京傳全集11 合巻6」ぺりかん社 2015 p473

〔解題〕口中乃不曇鏡甘哉名利研（上巻絵題簽）（棚橋正博）
「山東京傳全集4 黄表紙4」ぺりかん社 2004 p608

〔解題〕助六総角家桜継穂鉢植（棚橋正博）
「山東京傳全集14 合巻9」ぺりかん社 2018 p467

山東京伝

〔解題〕鳴神左衛門希代行法勇雲外気節（棚橋正博）
「山東京傳全集10 合巻5」ぺりかん社 2014 p516

〔解題〕姥池由来一家昔語石枕春宵抄（棚橋正博）
「山東京傳全集13 合巻8」ぺりかん社 2018 p458

〔解題〕式刻価万両回春（上巻絵題簽）（棚橋正博）
「山東京傳全集4 黄表紙4」ぺりかん社 2004 p600

〔解題〕一生入福兵衛幸（上巻絵題簽）（棚橋正博）
「山東京傳全集2 黄表紙2」ぺりかん社 1993 p506

〔解題〕一百三升芋地獄（上巻絵題簽）（棚橋正博）
「山東京傳全集2 黄表紙2」ぺりかん社 1993 p505

〔解題〕安達ヶ原那須野原糸車九尾狐（棚橋正博）
「山東京傳全集6 合巻1」ぺりかん社 1995 p465

〔解題〕糸桜本朝文粋（棚橋正博）
「山東京傳全集8 合巻3」ぺりかん社 2002 p489

〔解題〕留袖の於駒振袖の於駒今昔八丈揃（棚橋正博）
「山東京傳全集10 合巻5」ぺりかん社 2014 p512

〔解題〕久我之助ひな鳥妹背山長柄文台（棚橋正博）
「山東京傳全集10 合巻5」ぺりかん社 2014 p514

〔解題〕岩井櫛粂野仇討（棚橋正博）
「山東京傳全集6 合巻1」ぺりかん社 1995 p468

〔解題〕岩戸神楽剣威徳（清水正男）
「山東京傳全集8 合巻3」ぺりかん社 2002 p487

〔解題〕浮牡丹全伝（徳田武）
「山東京傳全集17 読本3」ぺりかん社 2003 p636

〔解題〕浮牡丹全伝　補説（鈴木重三）
「山東京傳全集17 読本3」ぺりかん社 2003 p652

〔解題〕焦尾琴調子伝薄雲猫旧話（棚橋正博）
「山東京傳全集10 合巻5」ぺりかん社 2014 p521

〔解題〕虚生実草紙（上巻絵題簽）（棚橋正博）
「山東京傳全集4 黄表紙4」ぺりかん社 2004 p597

〔解題〕親敵うとふの俤（鈴木重三）
「山東京傳全集9 合巻4」ぺりかん社 2006 p506

〔解題〕善知安方忠義伝（徳田武）
「山東京傳全集16 読本2」ぺりかん社 1997 p681

〔解題〕善知安方忠義伝　補説（鈴木重三）
「山東京傳全集16 読本2」ぺりかん社 1997 p692

〔解題〕優曇華物語（徳田武）
「山東京傳全集15 読本1」ぺりかん社 1994 p585

〔解題〕禿池昔語梅之於由女丹前（清水正男）
「山東京傳全集8 合巻3」ぺりかん社 2002 p492

〔解題〕梅由兵衛紫頭巾（清水正男）
「山東京傳全集9 合巻4」ぺりかん社 2006 p529

〔解題〕人相手裡家箒見通坐敷（上巻絵題簽）（棚橋正博）
「山東京傳全集5 黄表紙5」ぺりかん社 2009 p547

〔解題〕摂州有馬於藤之伝妬湯仇討話（棚橋正博）
「山東京傳全集6 合巻1」ぺりかん社 1995 p471

〔解題〕緑青邑組朱塗蔦葛絵看板子持山姥（棚橋正博）
「山東京傳全集12 合巻7」ぺりかん社 2017 p500

〔解題〕江戸生艶気樺焼（上巻絵題簽）（棚橋正博）
「山東京傳全集1 黄表紙1」ぺりかん社 1992 p525

〔解題〕荏土自慢名産杖（上巻絵題簽）（棚橋正博）
「山東京傳全集5 黄表紙5」ぺりかん社 2009 p558

〔解題〕黄金長者白金長者江戸砂子娘敵討（上巻絵題簽）（棚橋正博）
「山東京傳全集5 黄表紙5」ぺりかん社 2009 p550

〔解題〕江戸春一夜千両（上巻絵題簽）（棚橋正博）
「山東京傳全集1 黄表紙1」ぺりかん社 1992 p530

〔解題〕仙伝延寿反魂談（上巻絵題簽）（棚橋正博）
「山東京傳全集2 黄表紙2」ぺりかん社 1993 p499

〔解題〕早雲小金軽業希術艶哉女俤人（上巻絵題簽）（棚橋正博）
「山東京傳全集2 黄表紙2」ぺりかん社 1993 p504

〔解題〕小金帽子彦惣頭巾大磯俄練物（棚橋正博）
「山東京傳全集14 合巻9」ぺりかん社 2018 p460

〔解題〕笑話於臍茶（上巻絵題簽）（棚橋正博）
「山東京傳全集1 黄表紙1」ぺりかん社 1992 p516

〔解題〕小倉山時雨珍説（上巻絵題簽）（棚橋正博）
「山東京傳全集1 黄表紙1」ぺりかん社 1992 p543

〔解題〕於杉於玉二身之仇討（棚橋正博）
「山東京傳全集6 合巻1」ぺりかん社 1995 p463

〔解題〕岩藤左衛門尾上之助男草履打（棚橋正博）
「山東京傳全集9 合巻4」ぺりかん社 2006 p527

〔解題〕濡髪放駒侠侠双蜘蜨（棚橋正博）
「山東京傳全集7 合巻2」ぺりかん社 1999 p464

〔解題〕踊発会金糸腰蓑（礒馴松金糸腰蓑）（棚橋正博）
「山東京傳全集14 合巻9」ぺりかん社 2018 p487

〔解題〕酒神餅神鬼殺心角樽（上巻絵題簽）（棚橋正博）
「山東京傳全集4 黄表紙4」ぺりかん社 2004 p591

〔解題〕於花半七物語（十種香萩硾白露）（棚橋正博）
「山東京傳全集14 合巻9」ぺりかん社 2018 p490

〔解題〕於六櫛木曾仇討（棚橋正博）
「山東京傳全集6 合巻1」ぺりかん社 1995 p452

〔解題〕延命長尺御誂染長寿小紋（上巻絵題簽）（棚橋正博）
「山東京傳全集4 黄表紙4」ぺりかん社 2004 p619

〔解題〕女俊寛雪花道（棚橋正博）
「山東京傳全集10 合巻5」ぺりかん社 2014 p506

〔解題〕女達三日月於僊（棚橋正博）
「山東京傳全集7 合巻2」ぺりかん社 1999 p466
〔解題〕女達磨之由来文法語（棚橋正博）
「山東京傳全集12 合巻7」ぺりかん社 2017 p503
〔解題〕神田利生王子神徳女将門七人化粧（絵題簽）（棚橋正博）
「山東京傳全集3 黄表紙3」ぺりかん社 2001 p578
〔解題〕さらやしきろくろむすめかさね会談三組盃（棚橋正博）
「山東京傳全集12 合巻7」ぺりかん社 2017 p486
〔解題〕怪談摸摸夢字彙（上巻絵題簽）（棚橋正博）
「山東京傳全集5 黄表紙5」ぺりかん社 2009 p544
〔解題〕お花半七開帳利益札遊合（上巻絵題簽）（棚橋正博）
「山東京傳全集1 黄表紙1」ぺりかん社 1992 p512
〔解題〕会通己恍惚照子（上巻絵題簽）（棚橋正博）
「山東京傳全集1 黄表紙1」ぺりかん社 1992 p539
〔解題〕地獄一面照子浄頗梨（上巻絵題簽）（棚橋正博）
「山東京傳全集2 黄表紙2」ぺりかん社 1993 p511
〔解題〕廓中丁子（上巻絵題簽）（棚橋正博）
「山東京傳全集1 黄表紙1」ぺりかん社 1992 p524
〔解題〕籠釣瓶丹前八橋（棚橋正博）
「山東京傳全集10 合巻5」ぺりかん社 2014 p518
〔解題〕重井筒娘千代能（棚橋正博）
「山東京傳全集11 合巻6」ぺりかん社 2015 p475
〔解題〕於房徳兵衛累井筒紅葉打敷（棚橋正博）
「山東京傳全集8 合巻3」ぺりかん社 2002 p478
〔解題〕笠森娘錦之笈摺（清水正男）
「山東京傳全集8 合巻3」ぺりかん社 2002 p479
〔解題〕霞之偶春朝日名（上巻絵題簽）（棚橋正博）
「山東京傳全集3 黄表紙3」ぺりかん社 2001 p575
〔解題〕復讐後祭祀（上巻絵題簽）（棚橋正博）
「山東京傳全集1 黄表紙1」ぺりかん社 1992 p538
〔解題〕敵討狼河原（前編上巻絵題簽）（棚橋正博）
「山東京傳全集5 黄表紙5」ぺりかん社 2009 p562
〔解題〕敵討岡崎女郎衆（棚橋正博）
「山東京傳全集6 合巻1」ぺりかん社 1995 p461
〔解題〕濡髪初駒全伝復讐曲輪達引（棚橋正博）
「山東京傳全集14 合巻9」ぺりかん社 2018 p469
〔解題〕売茶翁祇園梶復讐煎茶濫觴（上巻絵題簽）（棚橋正博）
「山東京傳全集5 黄表紙5」ぺりかん社 2009 p556
〔解題〕敵討衛玉川（棚橋正博）
「山東京傳全集6 合巻1」ぺりかん社 1995 p456

〔解題〕敵討天竺徳兵衛（棚橋正博）
「山東京傳全集7 合巻2」ぺりかん社 1999 p473
〔解題〕河内老嫗火近江手孕村敵討両輌車（前編上巻絵題簽）（棚橋正博）
「山東京傳全集5 黄表紙5」ぺりかん社 2009 p565
〔解題〕敵討孫太郎虫（後編上巻絵題簽）（棚橋正博）
「山東京傳全集5 黄表紙5」ぺりかん社 2009 p566
〔解題〕喩意馬筆曲馬仮多手綱忠臣鞍（上巻絵題簽）（棚橋正博）
「山東京傳全集4 黄表紙4」ぺりかん社 2004 p612
〔解題〕仮名手本胸之鏡（上巻絵題簽）（棚橋正博）
「山東京傳全集4 黄表紙4」ぺりかん社 2004 p605
〔解題〕［鐘は上野哉］（棚橋正博）
「山東京傳全集1 黄表紙1」ぺりかん社 1992 p532
〔解題〕戯場花牡丹燈籠（鈴木重三）
「山東京傳全集9 合巻4」ぺりかん社 2006 p514
〔解題〕枯樹花大悲利益（上巻絵題簽）（棚橋正博）
「山東京傳全集4 黄表紙4」ぺりかん社 2004 p618
〔解題〕堪忍袋緒〆善玉（中巻絵題簽）（棚橋正博）
「山東京傳全集3 黄表紙3」ぺりかん社 2001 p580
〔解題〕気替而戯作問答（棚橋正博）
「山東京傳全集13 合巻8」ぺりかん社 2018 p476
〔解題〕真字手本義士之筆力（上巻絵題簽）（棚橋正博）
「山東京傳全集1 黄表紙1」ぺりかん社 1992 p544
〔解題〕飛脚屋忠兵衛仮住居梅川奇事中洲話（上巻絵題簽）（棚橋正博）
「山東京傳全集2 黄表紙2」ぺりかん社 1993 p497
〔解題〕客衆肝照子（題簽）（棚橋正博）
「山東京傳全集18 洒落本」ぺりかん社 2012 p587
〔解題〕客人女郎（袋）（棚橋正博）
「山東京傳全集1 黄表紙1」ぺりかん社 1992 p520
〔解題〕張かへし行儀有良礼（袋）（棚橋正博）
「山東京傳全集2 黄表紙2」ぺりかん社 1993 p520
〔解題〕扇蟹目傘籠輴狂言末広栄（上巻絵題簽）（棚橋正博）
「山東京傳全集1 黄表紙1」ぺりかん社 1992 p541
〔解題〕京伝憂世之酔醒（上巻絵題簽）（棚橋正博）
「山東京傳全集2 黄表紙2」ぺりかん社 1993 p514
〔解題〕京伝憂世之酔醒（中巻絵題簽）（棚橋正博）
「山東京傳全集5 黄表紙5」ぺりかん社 2009

〔解題〕京伝主十六利鑑（上巻題簽）（棚橋正博）
「山東京傳全集4 黄表紙4」ぺりかん社 2004 p603

〔解題〕京伝予誌（題簽）（棚橋正博）
「山東京傳全集18 洒落本」ぺりかん社 2012 p608

〔解題〕栄花夢後日話金々先生造化夢（上巻題簽）（棚橋正博）
「山東京傳全集3 黄表紙3」ぺりかん社 2001 p601

〔解題〕文徒狂女手車之翁琴声美人伝（棚橋正博）
「山東京傳全集13 合巻8」ぺりかん社 2018 p466

〔解題〕狂伝和尚願中法語九界十年色地獄（上巻絵題簽）（棚橋正博）
「山東京傳全集2 黄表紙2」ぺりかん社 1993 p528

〔解題〕閏中狂言廓大帳（題簽）（棚橋正博）
「山東京傳全集18 洒落本」ぺりかん社 2012 p606

〔解題〕傾城買四十八手（題簽）（棚橋正博）
「山東京傳全集18 洒落本」ぺりかん社 2012 p610

〔解題〕傾城艣（題簽）（棚橋正博）
「山東京傳全集18 洒落本」ぺりかん社 2012 p595

〔解題〕賢愚湊銭湯新話（上巻題簽）（棚橋正博）
「山東京傳全集4 黄表紙4」ぺりかん社 2004 p617

〔解題〕孔子縞于時藍染（上巻題簽）（棚橋正博）
「山東京傳全集2 黄表紙2」ぺりかん社 1993 p507

〔解題〕染分手綱尾花馬市黄金花奥州細道（棚橋正博）
「山東京傳全集12 合巻7」ぺりかん社 2017 p495

〔解題〕濡髪茶入放駒掛物黄金花万宝善書（棚橋正博）
「山東京傳全集13 合巻8」ぺりかん社 2018 p460

〔解題〕古契三娼（題簽）（棚橋正博）
「山東京傳全集18 洒落本」ぺりかん社 2012 p590

〔解題〕手前勝手御存商売物（上巻絵題簽）（棚橋正博）
「山東京傳全集1 黄表紙1」ぺりかん社 1992 p519

〔解題〕五体和合談（上巻題簽）（棚橋正博）
「山東京傳全集4 黄表紙4」ぺりかん社 2004 p606

〔解題〕人間一代悟徹迷所独案内（上巻絵題簽）（棚橋正博）
「山東京傳全集5 黄表紙5」ぺりかん社 2009 p543

〔解題〕諺下司集説（上巻題簽）（棚橋正博）
「山東京傳全集4 黄表紙4」ぺりかん社 2004 p592

〔解題〕薩摩下芋兵衛砂糖団子兵衛五人切西瓜斬売（上巻絵題簽）（棚橋正博）
「山東京傳全集5 黄表紙5」ぺりかん社 2009 p554

〔解題〕小人国殻桜（上巻絵題簽）（棚橋正博）
「山東京傳全集3 黄表紙3」ぺりかん社 2001 p584

〔解題〕昔男生得這奇の見勢物語（上巻絵題簽）（棚橋正博）
「山東京傳全集4 黄表紙4」ぺりかん社 2004 p610

〔解題〕折琴姫宗玄婚礼累箪笥（棚橋正博）
「山東京傳全集11 合巻6」ぺりかん社 2015 p480

〔解題〕瀧口左衛門横笛姫咲替花之二番目（棚橋正博）
「山東京傳全集10 合巻5」ぺりかん社 2014 p504

〔解題〕作者胎内十月図（上巻絵題簽）（棚橋正博）
「山東京傳全集5 黄表紙5」ぺりかん社 2009 p549

〔解題〕作者胎内十月図（草稿）（棚橋正博）
「山東京傳全集14 合巻9」ぺりかん社 2018 p483

〔解題〕『桜姫全伝曙草紙』（須永朝彦）
「現代語訳 江戸の伝奇小説1 復讐奇談安積沼／桜姫全伝曙草紙」国書刊行会 2002 p612

〔解題〕桜ひめ筆の再咲（清水正男）
「山東京傳全集9 合巻4」ぺりかん社 2006 p524

〔解題〕皐下旬虫千曾我（上巻題簽）（棚橋正博）
「山東京傳全集3 黄表紙3」ぺりかん社 2001 p582

〔解題〕粟野女郎平奴之小蘭猨猴著聞水月談（棚橋正博）
「山東京傳全集12 合巻7」ぺりかん社 2017 p506

〔解題〕三歳図会稚講釈（上巻題簽）（棚橋正博）
「山東京傳全集4 黄表紙4」ぺりかん社 2004 p596

〔解題〕残燈奇譚案机塵（上巻絵題簽）（棚橋正博）
「山東京傳全集5 黄表紙5」ぺりかん社 2009 p560

〔解題〕仕懸文庫（題簽）（棚橋正博）
「山東京傳全集18 洒落本」ぺりかん社 2012 p619

〔解題〕児訓影絵喩（上巻絵題簽）（棚橋正博）
「山東京傳全集4 黄表紙4」ぺりかん社 2004 p601

〔解題〕繁千話（題簽）（棚橋正博）
「山東京傳全集18 洒落本」ぺりかん社 2012 p615

〔解題〕将門秀郷時代世話二挺皷（上巻絵題簽）（棚橋正博）
「山東京傳全集1 黄表紙1」ぺりかん社 1992 p542

〔解題〕実語教幼稚講釈（上巻題簽）（棚橋正博）
「山東京傳全集3 黄表紙3」ぺりかん社 2001 p570

〔解題〕志道軒往古講釈（棚橋正博）
「山東京傳全集8 合巻3」ぺりかん社 2002 p484

〔解題〕絞染五郎強勢談（棚橋正博）
「山東京傳全集6 合巻1」ぺりかん社 1995 p473
〔解題〕十六利勘略縁起（棚橋正博）
「山東京傳全集13 合巻8」ぺりかん社 2018 p456
〔解題〕正月故㝵談（上巻絵題簽）（棚橋正博）
「山東京傳全集4 黄表紙4」ぺりかん社 2004 p594
〔解題〕娼妓絹籭（題簽）（棚橋正博）
「山東京傳全集18 洒落本」ぺりかん社 2012 p624
〔解題〕志羅川夜船（題簽）（棚橋正博）
「山東京傳全集18 洒落本」ぺりかん社 2012 p599
〔解題〕白拍子富民静皷音（袋）（棚橋正博）
「山東京傳全集1 黄表紙1」ぺりかん社 1992 p517
〔解題〕白藤源太談（棚橋正博）
「山東京傳全集7 合巻2」ぺりかん社 1999 p470
〔解題〕心学早染草（稿本）（棚橋正博）
「山東京傳全集14 合巻9」ぺりかん社 2018 p473
〔解題〕大極上請合売心学早染艸（上巻絵題簽）（棚橋正博）
「山東京傳全集2 黄表紙2」ぺりかん社 1993 p517
〔解題〕甚句義経真実情文桜（上巻絵題簽）（棚橋正博）
「山東京傳全集2 黄表紙2」ぺりかん社 1993 p496
〔解題〕青楼和談新造図彙（題簽）（棚橋正博）
「山東京傳全集18 洒落本」ぺりかん社 2012 p603
〔解題〕冨士之白酒阿部川紙子新板替道中助六（袋）（棚橋正博）
「山東京傳全集3 黄表紙3」ぺりかん社 2001 p591
〔解題〕双蝶記（徳田武）
「山東京傳全集17 読本3」ぺりかん社 2003 p690
〔解題 双蝶記〕補説（鈴木重三）
「山東京傳全集17 読本3」ぺりかん社 2003 p709
〔解題〕総籭（題簽）（棚橋正博）
「山東京傳全集18 洒落本」ぺりかん社 2012 p593
〔解題〕ふところにかへ服紗あり燕子花草履打所縁色揚（棚橋正博）
「山東京傳全集12 合巻7」ぺりかん社 2017 p498
〔解題〕一体分身扮接銀煙管（上巻絵題簽）（棚橋正博）
「山東京傳全集1 黄表紙1」ぺりかん社 1992 p539
〔解題〕小歌蜂兵衛濡髪の小静袖之梅月土手節（棚橋正博）
「山東京傳全集13 合巻8」ぺりかん社 2018 p472
〔解題〕松風村雨磯馴松金糸腰蓑（棚橋正博）
「山東京傳全集12 合巻7」ぺりかん社 2017 p484

〔解題〕東海道五十三駅人間一生五十年凸凹話（上巻絵題簽）（棚橋正博）
「山東京傳全集4 黄表紙4」ぺりかん社 2004 p598
〔解題〕唯心鬼打豆（上巻絵題簽）（棚橋正博）
「山東京傳全集3 黄表紙3」ぺりかん社 2001 p577
〔解題〕浦嶋太郎龍宮玃鉢木（上巻絵題簽）（棚橋正博）
「山東京傳全集3 黄表紙3」ぺりかん社 2001 p585
〔解題〕太平記吾妻鑑玉磨青砥銭（上巻絵題簽）（棚橋正博）
「山東京傳全集2 黄表紙2」ぺりかん社 1993 p510
〔解題〕［玉屋景物］（棚橋正博）
「山東京傳全集5 黄表紙5」ぺりかん社 2009 p555
〔解題〕江嶋古跡児ケ淵桜之振袖（棚橋正博）
「山東京傳全集11 合巻6」ぺりかん社 2015 p483
〔解題〕忠臣蔵前世幕無（上巻絵題簽）（棚橋正博）
「山東京傳全集3 黄表紙3」ぺりかん社 2001 p593
〔解題〕忠臣蔵即席料理（上巻絵題簽）（棚橋正博）
「山東京傳全集3 黄表紙3」ぺりかん社 2001 p594
〔解題〕忠臣水滸伝 前編・後編（徳田武）
「山東京傳全集15 読本1」ぺりかん社 1994 p572
〔解題〕大磯之丹前化粧坂編笠蝶衛曾我俤（棚橋正博）
「山東京傳全集13 合巻8」ぺりかん社 2018 p469
〔解題〕長篇読本と山東京伝（須永朝彦）
「現代語訳 江戸の伝奇小説1 復讐奇談安積沼／桜姫全伝曙草紙」国書刊行会 2002 p415
〔解題〕通気粋語伝（題簽）（棚橋正博）
「山東京傳全集18 洒落本」ぺりかん社 2012 p604
〔解題〕画図通俗大聖伝（徳田武）
「山東京傳全集15 読本1」ぺりかん社 1994 p566
〔解題〕通気智之銭光記（棚橋正博）
「山東京傳全集4 黄表紙4」ぺりかん社 2004 p614
〔解題〕女忠信男子静釣狐昔塗笠（棚橋正博）
「山東京傳全集11 合巻6」ぺりかん社 2015 p468
〔解題〕天慶和句文（上巻絵題簽）（棚橋正博）
「山東京傳全集1 黄表紙1」ぺりかん社 1992 p522
〔解題〕天剛垂楊柳（上巻絵題簽）（棚橋正博）
「山東京傳全集3 黄表紙3」ぺりかん社 2001 p574
〔解題〕［天地人三階図絵］（新板広告）（棚橋正博）
「山東京傳全集1 黄表紙1」ぺりかん社 1992 p529
〔解題〕［虎屋景物］（棚橋正博）
「山東京傳全集5 黄表紙5」ぺりかん社 2009

p568

〔解題〕䇊甚五郎差櫛於六長髱姿蛇柳（棚橋正博）
「山東京傳全集14 合巻9」ぺりかん社 2018 p462

〔解題〕栄花男二代目七色合点豆（棚橋正博）
「山東京傳全集5 黄表紙5」ぺりかん社 2009 p552

〔解題〕三国伝来無匂線香（上巻絵題簽）（棚橋正博）
「山東京傳全集1 黄表紙1」ぺりかん社 1992 p528

〔解題〕せいろうひるのせかい錦之裏（題簽）（棚橋正博）
「山東京傳全集18 洒落本」ぺりかん社 2012 p628

〔解題〕悪魂後編人間一生胸算用（上巻絵題簽）（棚橋正博）
「山東京傳全集2 黄表紙2」ぺりかん社 1993 p523

〔解題〕人間万事吹矢的（上巻絵題簽）（棚橋正博）
「山東京傳全集5 黄表紙5」ぺりかん社 2009 p542

〔解題〕人間万事吹矢的（草稿）（棚橋正博）
「山東京傳全集14 合巻9」ぺりかん社 2018 p479

〔解題〕不破名古屋濡燕子宿傘（棚橋正博）
「山東京傳全集12 合巻7」ぺりかん社 2017 p490

〔解題〕夫は水虎はは野狐根無草笔芿（上巻絵題簽）（棚橋正博）
「山東京傳全集3 黄表紙3」ぺりかん社 2001 p597

〔解題〕諸色買帳呑込多霊宝縁起（上巻絵題簽）（棚橋正博）
「山東京傳全集4 黄表紙4」ぺりかん社 2004 p616

〔解題〕諸色買帳呑込多霊宝縁記（草稿）（棚橋正博）
「山東京傳全集14 合巻9」ぺりかん社 2018 p477

〔解題〕梅之与四兵衛物語梅花氷裂（徳田武）
「山東京傳全集16 読本2」ぺりかん社 1997 p709

〔解題〕怪物徒然草（上巻絵題簽）（棚橋正博）
「山東京傳全集3 黄表紙3」ぺりかん社 2001 p576

〔解題〕化物和本草（上巻絵題簽）（棚橋正博）
「山東京傳全集4 黄表紙4」ぺりかん社 2004 p602

〔解題〕箱入娘面屋人魚（上巻絵題簽）（棚橋正博）
「山東京傳全集2 黄表紙2」ぺりかん社 1993 p525

〔解題〕八被般若角文字（袋）（棚橋正博）
「山東京傳全集1 黄表紙1」ぺりかん社 1992 p526

〔解題〕初衣抄（題簽）（棚橋正博）
「山東京傳全集18 洒落本」ぺりかん社 2012 p591

〔解題〕京伝勧請新神名帳八百万両金神花（上巻絵題簽）（棚橋正博）
「山東京傳全集2 黄表紙2」ぺりかん社 1993 p527

〔解題〕花之笑七福参詣（上巻絵題簽）（棚橋正博）
「山東京傳全集3 黄表紙3」ぺりかん社 2001 p586

〔解題〕花東頼朝公御入（上巻絵題簽）（棚橋正博）
「山東京傳全集2 黄表紙2」ぺりかん社 1993 p509

〔解題〕先時怪談花芳野犬斑点（上巻絵題簽）（棚橋正博）
「山東京傳全集2 黄表紙2」ぺりかん社 1993 p512

〔解題〕早道節用守（上巻絵題簽）（棚橋正博）
「山東京傳全集2 黄表紙2」ぺりかん社 1993 p502

〔解題〕市川団蔵的中狂言早業七人前（上巻絵題簽）（棚橋正博）
「山東京傳全集4 黄表紙4」ぺりかん社 2004 p613

〔解題〕［春霞御鬢付（万屋景物）］（棚橋正博）
「山東京傳全集5 黄表紙5」ぺりかん社 2009 p569

〔解題〕濡髪蝶五郎放駒之蝶吉春相撲花之錦絵（棚橋正博）
「山東京傳全集11 合巻6」ぺりかん社 2015 p485

〔解題〕播州皿屋敷物語（棚橋正博）
「山東京傳全集9 合巻4」ぺりかん社 2006 p533

〔解題〕人心鏡写絵（上巻絵題簽）（棚橋正博）
「山東京傳全集4 黄表紙4」ぺりかん社 2004 p590

〔解題〕二代目艶二郎碑文谷利生四竹節（上巻絵題簽）（棚橋正博）
「山東京傳全集2 黄表紙2」ぺりかん社 1993 p496

〔解題〕百人一首戯講釈（上巻絵題簽）（棚橋正博）
「山東京傳全集3 黄表紙3」ぺりかん社 2001 p598

〔解題〕冷哉汲立清水記（上巻絵題簽）（棚橋正博）
「山東京傳全集2 黄表紙2」ぺりかん社 1993 p515

〔解題〕平仮名銭神問答（上巻絵題簽）（棚橋正博）
「山東京傳全集4 黄表紙4」ぺりかん社 2004 p609

〔解題〕貧福両道中之記（上巻絵題簽）（棚橋正博）
「山東京傳全集3 黄表紙3」ぺりかん社 2001 p581

〔解題〕不案配即席料理（上巻絵題簽）（棚橋正博）
「山東京傳全集1 黄表紙1」ぺりかん社 1992 p523

〔解題〕お夏清十郎風流伽三味線（清水正男）
「山東京傳全集8 合巻3」ぺりかん社 2002 p481

〔解題〕『復讐奇談安積沼』（須永朝彦）
「現代語訳 江戸の伝奇小説1 復讐奇談安積沼／桜姫全伝曙草紙」国書刊行会 2002 p422

〔解題〕腹中名所図絵（棚橋正博）
「山東京傳全集14 合巻9」ぺりかん社 2018 p465

〔解題〕福徳果報兵衛伝（上巻絵題簽）（棚橋正博）
「山東京傳全集3 黄表紙3」ぺりかん社 2001

p587
〔解題〕福禄寿（金の成木阿止見与蕪和歌）（棚橋正博）
　「山東京傳全集14 合巻9」ぺりかん社 2018 p489
〔解題〕仁田四郎富士之人穴見物（上巻絵題簽）（棚橋正博）
　「山東京傳全集1 黄表紙1」ぺりかん社 1992 p545
〔解題〕梅川忠兵衛二人虚無僧（棚橋正博）
　「山東京傳全集10 合巻5」ぺりかん社 2014 p509
〔解題〕分解道胸中双六（上巻絵題簽）（棚橋正博）
　「山東京傳全集5 黄表紙5」ぺりかん社 2009 p545
〔解題〕天竺徳兵衛お初徳兵衛ヘマムシ入道昔話（棚橋正博）
　「山東京傳全集11 合巻6」ぺりかん社 2015 p477
〔解題〕稲妻表紙後編本朝酔菩提全伝（徳田武）
　「山東京傳全集17 読本3」ぺりかん社 2003 p655
〔解題〕稲妻表紙後編本朝酔菩提全伝〕補説（鈴木重三）
　「山東京傳全集17 読本3」ぺりかん社 2003 p689
〔解題〕鹿子貫平五尺染五郎升繋男子鏡（棚橋正博）
　「山東京傳全集10 合巻5」ぺりかん社 2014 p524
〔解題〕のしの書初若井の水引先開梅赤本（上巻絵題簽）（棚橋正博）
　「山東京傳全集3 黄表紙3」ぺりかん社 2001 p589
〔解題〕八百屋於七伝松梅竹取談（清水正男）
　「山東京傳全集7 合巻2」ぺりかん社 1999 p478
〔解題〕万福長者栄華談（棚橋正博）
　「山東京傳全集7 合巻2」ぺりかん社 1999 p475
〔解題〕三日月形柳横櫛（朝妻船柳三日月）（棚橋正博）
　「山東京傳全集14 合巻9」ぺりかん社 2018 p486
〔解題〕三河島御不動記（上巻絵題簽）（棚橋正博）
　「山東京傳全集2 黄表紙2」ぺりかん社 1993 p500
〔解題〕箕間尺参人酩酊（上巻絵題簽）（棚橋正博）
　「山東京傳全集3 黄表紙3」ぺりかん社 2001 p595
〔解題〕三筋緯客気植田（上巻絵題簽）（水野稔）
　「山東京傳全集1 黄表紙1」ぺりかん社 1992 p535
〔解題〕三千歳成云蚰蛇（上巻絵題簽）（棚橋正博）
　「山東京傳全集1 黄表紙1」ぺりかん社 1992 p537
〔解題〕昔織博多小女郎（棚橋正博）
　「山東京傳全集9 合巻4」ぺりかん社 2006 p523
〔解題〕昔話稲妻表紙（徳田武）
　「山東京傳全集16 読本2」ぺりかん社 1997 p695
〔解題〕宿昔語笔操（上巻絵題簽）（棚橋正博）
　「山東京傳全集3 黄表紙3」ぺりかん社 2001 p592
〔解題〕無間之鐘娘縁記（棚橋正博）
　「山東京傳全集11 合巻6」ぺりかん社 2015 p488

〔解題〕無間之鐘娘縁記（草稿）（棚橋正博）
　「山東京傳全集14 合巻9」ぺりかん社 2018 p484
〔解題〕息子部屋（題簽）（棚橋正博）
　「山東京傳全集18 洒落本」ぺりかん社 2012 p582
〔解題〕娘景清艦褸振袖（清水正男）
　「山東京傳全集9 合巻4」ぺりかん社 2006 p535
〔解題〕娘敵討古郷錦（上巻絵題簽）（棚橋正博）
　「山東京傳全集1 黄表紙1」ぺりかん社 1992 p514
〔解題〕娘清玄振袖日記（棚橋正博）
　「山東京傳全集13 合巻8」ぺりかん社 2018 p454
〔解題〕百文二朱寓骨牌（上巻絵題簽）（棚橋正博）
　「山東京傳全集1 黄表紙1」ぺりかん社 1992 p536
〔解題〕京鹿子無間鐘 筐梅枝伝賦（上巻絵題簽）（棚橋正博）
　「山東京傳全集1 黄表紙1」ぺりかん社 1992 p533
〔解題〕昔々桃太郎発端話説（上巻絵題簽）（棚橋正博）
　「山東京傳全集3 黄表紙3」ぺりかん社 2001 p571
〔解題〕八重霞かしくの仇討（棚橋正博）
　「山東京傳全集7 合巻2」ぺりかん社 1999 p468
〔解題〕団子兵衛御ばゞ焼餅噺（上巻絵題簽）（棚橋正博）
　「山東京傳全集1 黄表紙1」ぺりかん社 1992 p515
〔解題〕山鷗鳩蹴転破瓜（上巻絵題簽）（棚橋正博）
　「山東京傳全集2 黄表紙2」ぺりかん社 1993 p516
〔解題〕［吉野屋酒楽］（複製絵題簽）（棚橋正博）
　「山東京傳全集1 黄表紙1」ぺりかん社 1992 p546
〔解題〕［吉野屋酒薬］・［絵本東大全］・［新板落語太郎花］（棚橋正博）
　「山東京傳全集14 合巻9」ぺりかん社 2018 p470
〔解題〕吉原やうし（題簽）（棚橋正博）
　「山東京傳全集18 洒落本」ぺりかん社 2012 p597
〔解題〕凡悩即席菩提料理四人詰南片傀儡（上巻絵題簽）（棚橋正博）
　「山東京傳全集3 黄表紙3」ぺりかん社 2001 p588
〔解題〕扇屋かなめ傘屋六郎兵衛米饅頭始（上巻絵題簽）（棚橋正博）
　「山東京傳全集1 黄表紙1」ぺりかん社 1992 p513
〔解題〕世上洒落見絵図（上巻絵題簽）（棚橋正博）
　「山東京傳全集2 黄表紙2」ぺりかん社 1993 p522
〔解題〕梁山一歩談（上巻絵題簽）（棚橋正博）
　「山東京傳全集3 黄表紙3」ぺりかん社 2001 p573

十返舎一九　　　　　　　　　　解説・資料　　　　　　　　　　近世

〔解題〕両頭笔善悪日記（上巻絵題簽）（棚橋正博）
　「山東京傳全集4　黃表紙4」ぺりかん社　2004
　　p607
〔解題〕盧生夢魂其前日（上巻絵題簽）（棚橋正博）
　「山東京傳全集2　黃表紙2」ぺりかん社　1993
　　p524
〔解題〕和荘兵衛後日話（上巻絵題簽）（棚橋正博）
　「山東京傳全集4　黃表紙4」ぺりかん社　2004
　　p595

【資料】
絵本東大全〔影印〕
　「山東京傳全集14　合巻9」ぺりかん社　2018　p335
於花半七物語（おはなはんしちものがたり）（十種香萩筵白露）〔影印〕
　「山東京傳全集14　合巻9」ぺりかん社　2018　p451
作者胎内十月図（草稿）〔影印〕
　「山東京傳全集14　合巻9」ぺりかん社　2018　p393
『桜姫全伝曙草紙』補註（須永朝彦）
　「現代語訳 江戸の伝奇小説1　復讐奇談安積沼／桜姫全伝曙草紙」国書刊行会　2002　p392
新板落話太郎花〔影印〕
　「山東京傳全集14　合巻9」ぺりかん社　2018　p340
人間万事欠矢的（草稿）〔影印〕
　「山東京傳全集14　合巻9」ぺりかん社　2018　p381
諸色買帳呑込多霊宝縁記（草稿）〔影印〕
　「山東京傳全集14　合巻9」ぺりかん社　2018　p369
『復讐奇談安積沼』補註（須永朝彦）
　「現代語訳 江戸の伝奇小説1　復讐奇談安積沼／桜姫全伝曙草紙」国書刊行会　2002　p371
福禄寿（ふくろくじゅ）（金の成木阿止見与蘓和歌）〔影印〕
　「山東京傳全集14　合巻9」ぺりかん社　2018　p441
無間之鐘娘縁記（草稿）〔影印〕
　「山東京傳全集14　合巻9」ぺりかん社　2018　p403
吉野屋酒楽〔影印〕
　「山東京傳全集14　合巻9」ぺりかん社　2018　p330

十返舎一九
【解説】
解説（板坂耀子）
　「わたしの古典20　池田みち子の東海道中膝栗毛」集英社　1987　p282
〔解説〕一九の戯作の作風と『東海道中膝栗毛』（佐伯孝弘）
　「日本の古典をよむ18　世間胸算用・万の文反古・東海道中膝栗毛」小学館　2008　p313
書をよむ—女手から平仮名へ（石川九楊）
　「日本の古典をよむ18　世間胸算用・万の文反古・東海道中膝栗毛」小学館　2008　巻頭
東海道中膝栗毛 あらすじ（佐伯孝弘）
　「日本の古典をよむ18　世間胸算用・万の文反古・東海道中膝栗毛」小学館　2008　p156
東海道中膝栗毛の風景1　箱根旧街道（佐々木和歌子）
　「日本の古典をよむ18　世間胸算用・万の文反古・東海道中膝栗毛」小学館　2008　p190
東海道中膝栗毛の風景2　丸子宿（佐々木和歌子）
　「日本の古典をよむ18　世間胸算用・万の文反古・東海道中膝栗毛」小学館　2008　p236
東海道中膝栗毛の風景3　大井川川越遺跡（佐々木和歌子）
　「日本の古典をよむ18　世間胸算用・万の文反古・東海道中膝栗毛」小学館　2008　p245
はじめに—江戸町人文学の魅力（佐伯孝弘）
　「日本の古典をよむ18　世間胸算用・万の文反古・東海道中膝栗毛」小学館　2008　p3
美をよむ—物語としての風景（島尾新）
　「日本の古典をよむ18　世間胸算用・万の文反古・東海道中膝栗毛」小学館　2008　巻頭
わたしと『東海道中膝栗毛』（池田みち子）
　「わたしの古典20　池田みち子の東海道中膝栗毛」集英社　1987　p1

【資料】
参考図（穂積和夫）
　「わたしの古典20　池田みち子の東海道中膝栗毛」集英社　1987　p290

小説
【解説】
あとがき（藤川雅恵）
　「三弥井古典文庫〔5〕　御伽百物語」三弥井書店　2017　p256
伊丹椿園について（福田安典）
　「江戸怪異綺想文芸大系2　都賀庭鐘・伊丹椿園集」国書刊行会　2001　p744
『恐可志』解説（武藤元昭）
　「人情本選集2　恐可志」太平書屋　1993　p39
解説（井上泰至ほか）
　「江戸怪談文芸名作選3　清涼井蘇来集」国書刊行会　2018　p373
解説（太平主人）
　「人情本選集4　春色雪の梅」太平書屋　2005　p369
解説（中込重明）
　「人情本選集3　花菖蒲澤の紫」太平書屋　2004　p243
〔解題〕秋månadsvis物語（近藤瑞木）
　「江戸怪異綺想文芸大系1　初期江戸読本怪談集」国書刊行会　2000　p692
〔解題〕蜑捨草（近藤瑞木）
　「江戸怪異綺想文芸大系1　初期江戸読本怪談集」国書刊行会　2000　p694
〔解題〕因幡怪談集（伊藤龍平）
　「江戸怪異綺想文芸大系5　近世民間異聞怪談集成」国書刊行会　2003　p1074
〔解題〕菟道園（大高洋司）
　「江戸怪異綺想文芸大系1　初期江戸読本怪談集」

〔解題〕『絵本故事談』(神谷勝広)
「江戸怪異綺想文芸大系3 和製類書集」国書刊行会 2001 p754

〔解題〕絵本物読本と『絵本玉藻譚』(須永朝彦)
「現代語訳 江戸の伝奇小説4 飛驒匠物語／絵本玉藻譚」国書刊行会 2002 p543

〔解題〕絵本弓張月(福田安典)
「江戸怪異綺想文芸大系2 都賀庭鐘・伊丹椿園集」国書刊行会 2001 p777

〔解題〕翁草(福田安典)
「江戸怪異綺想文芸大系2 都賀庭鐘・伊丹椿園集」国書刊行会 2001 p770

〔解題〕おなつ蘇甦物語(平田徳)
「江戸怪異綺想文芸大系5 近世民間異聞怪談集成」国書刊行会 2003 p1086

〔解題〕怪異前席夜話(近藤瑞木)
「江戸怪異綺想文芸大系1 初期江戸読本怪談集」国書刊行会 2000 p688

〔解題〕怪婦録(木越俊介)
「江戸怪異綺想文芸大系1 初期江戸読本怪談集」国書刊行会 2000 p695

〔解題〕過目抄(木越治)
「江戸怪異綺想文芸大系2 都賀庭鐘・伊丹椿園集」国書刊行会 2001 p765

〔解題〕唐錦(福田安典)
「江戸怪異綺想文芸大系2 都賀庭鐘・伊丹椿園集」国書刊行会 2001 p771

〔解題〕聞書雨夜友(近藤瑞木)
「江戸怪異綺想文芸大系1 初期江戸読本怪談集」国書刊行会 2000 p696

〔解題〕奇伝新話・奇伝余話(近藤瑞木)
「江戸怪異綺想文芸大系1 初期江戸読本怪談集」国書刊行会 2000 p685

〔解題〕呉服文織時代三国志(木越治)
「江戸怪異綺想文芸大系2 都賀庭鐘・伊丹椿園集」国書刊行会 2001 p761

〔解題〕『訓蒙故事要言』(神谷勝広)
「江戸怪異綺想文芸大系3 和製類書集」国書刊行会 2001 p750

〔解題〕孝子善之丞感得伝(北城伸子)
「江戸怪異綺想文芸大系5 近世民間異聞怪談集成」国書刊行会 2003 p1087

〔解題〕古今弁惑実物語(堤邦彦)
「江戸怪異綺想文芸大系5 近世民間異聞怪談集成」国書刊行会 2003 p1085

〔解題〕佐渡怪談藻塩草(本間純一)
「江戸怪異綺想文芸大系5 近世民間異聞怪談集成」国書刊行会 2003 p1068

〔解題〕三州奇談(堤邦彦)
「江戸怪異綺想文芸大系5 近世民間異聞怪談集成」国書刊行会 2003 p1069

〔解題〕四鳴蟬(稲田篤信)
「江戸怪異綺想文芸大系2 都賀庭鐘・伊丹椿園集」国書刊行会 2001 p760

〔解題〕『自来也説話』と蝦蟇の稗史小説(須永朝彦)
「現代語訳 江戸の伝奇小説5 報仇奇談自来也説話／近世怪談霜夜星」国書刊行会 2003 p473

〔解題〕神威怪異奇談(南路志巻三十六・三十七)(土屋順子)
「江戸怪異綺想文芸大系5 近世民間異聞怪談集成」国書刊行会 2003 p1081

〔解題〕駿国雑志(抄)(堤邦彦)
「江戸怪異綺想文芸大系5 近世民間異聞怪談集成」国書刊行会 2003 p1071

〔解題〕西播怪談実記(北城伸子)
「江戸怪異綺想文芸大系5 近世民間異聞怪談集成」国書刊行会 2003 p1073

〔解題〕雪窓夜話(杉本好伸)
「江戸怪異綺想文芸大系5 近世民間異聞怪談集成」国書刊行会 2003 p1077

〔解題〕椿園雑話(福田安典)
「江戸怪異綺想文芸大系2 都賀庭鐘・伊丹椿園集」国書刊行会 2001 p775

〔解題〕壺菫(大高洋司)
「江戸怪異綺想文芸大系1 初期江戸読本怪談集」国書刊行会 2000 p690

〔解題〕燈前新話(土井大介)
「江戸怪異綺想文芸大系5 近世民間異聞怪談集成」国書刊行会 2003 p1065

〔解題〕稲亭物怪録(杉本好伸)
「江戸怪異綺想文芸大系5 近世民間異聞怪談集成」国書刊行会 2003 p1078

〔解題〕はじめに(堤邦彦)
「江戸怪異綺想文芸大系5 近世民間異聞怪談集成」国書刊行会 2003 p1059

〔解題〕芳句冊(木越治)
「江戸怪異綺想文芸大系2 都賀庭鐘・伊丹椿園集」国書刊行会 2001 p755

〔解題〕一二草(槙山雅之)
「江戸怪異綺想文芸大系1 初期江戸読本怪談集」国書刊行会 2000 p691

〔解題〕深山草(福田安典)
「江戸怪異綺想文芸大系2 都賀庭鐘・伊丹椿園集」国書刊行会 2001 p773

〔解題〕大和怪異記(土屋順子)
「江戸怪異綺想文芸大系5 近世民間異聞怪談集成」国書刊行会 2003 p1083

〔解題〕義経磐石伝(稲田篤信)
「江戸怪異綺想文芸大系2 都賀庭鐘・伊丹椿園集」国書刊行会 2001 p758

〔解題〕柳亭種彦と『近世怪談霜夜星』(須永朝彦)
「現代語訳 江戸の伝奇小説5 報仇奇談自来也説話／近世怪談霜夜星」国書刊行会 2003 p480

『怪談記野狐名玉』解説(高松亮太)
「江戸怪談文芸名作選4 動物怪談集」国書刊行会 2018 p402

『怪談見聞実記』解説(近衞典子)
「江戸怪談文芸名作選4 動物怪談集」国書刊行会 2018 p422

『怪談名香富貴玉』解説（近衛典子）
　「江戸怪談文芸名作選4　動物怪談集」国書刊行会　2018 p414

『垣根草』解説（有澤知世）
　「江戸怪談文芸名作選2　前期読本怪談集」国書刊行会　2017 p354

元禄バブルの走馬灯―『御伽百物語』という作品の魅力（藤川雅恵）
　「三弥井古典文庫〔5〕　御伽百物語」三弥井書店　2017 p ⅳ

『新斎夜語』解説（篠田将樹）
　「江戸怪談文芸名作選2　前期読本怪談集」国書刊行会　2017 p365

総説（大高洋司）
　「江戸怪異綺想文芸大系1　初期江戸読本怪談集」国書刊行会　2000 p675

『続新斎夜語』解説（篠田将樹）
　「江戸怪談文芸名作選2　前期読本怪談集」国書刊行会　2017 p274

『玉櫛笥』『玉箒子』解説（木越治ほか）
　「江戸怪談文芸名作選1　新編浮世草子怪談集」国書刊行会　2016 p438

『雉鼎会談』解説（近衛典子）
　「江戸怪談文芸名作選4　動物怪談集」国書刊行会　2018 p386

都賀庭鐘について（福田安典）
　「江戸怪異綺想文芸大系2　都賀庭鐘・伊丹椿園集」国書刊行会　2001 p731

『花名所懐中暦』解説（武藤元昭）
　「人情本選集1　花名所懐中暦」太平書屋　1990 p3

『風流狐夜咄』解説（網野可苗）
　「江戸怪談文芸名作選4　動物怪談集」国書刊行会　2018 p393

見どころ・読みどころ―芋粥の誤読―〔巻四の一〕（藤川雅恵）
　「三弥井古典文庫〔5〕　御伽百物語」三弥井書店　2017 p146

見どころ・読みどころ―江戸のポルターガイスト―〔巻三の一〕（藤川雅恵）
　「三弥井古典文庫〔5〕　御伽百物語」三弥井書店　2017 p100

見どころ・読みどころ―怪談に利用された浮世絵師―〔巻四の四〕（藤川雅恵）
　「三弥井古典文庫〔5〕　御伽百物語」三弥井書店　2017 p174

見どころ・読みどころ―重なり合う因果―〔巻四の三〕（藤川雅恵）
　「三弥井古典文庫〔5〕　御伽百物語」三弥井書店　2017 p166

見どころ・読みどころ―鬼神否定の儒者―〔巻五の一〕（藤川雅恵）
　「三弥井古典文庫〔5〕　御伽百物語」三弥井書店　2017 p185

見どころ・読みどころ―元禄の豪商と日本画壇―〔巻二の三〕（藤川雅恵）
　「三弥井古典文庫〔5〕　御伽百物語」三弥井書店　2017 p72

見どころ・読みどころ―小泉八雲が好んだ恋物語―〔巻二の二〕（藤川雅恵）
　「三弥井古典文庫〔5〕　御伽百物語」三弥井書店　2017 p64

見どころ・読みどころ―高僧の条件―〔巻六の二〕（藤川雅恵）
　「三弥井古典文庫〔5〕　御伽百物語」三弥井書店　2017 p232

見どころ・読みどころ―古墳盗掘の呪い―〔巻一の三〕（藤川雅恵）
　「三弥井古典文庫〔5〕　御伽百物語」三弥井書店　2017 p27

見どころ・読みどころ―堺のミステリー―〔巻二の四〕（藤川雅恵）
　「三弥井古典文庫〔5〕　御伽百物語」三弥井書店　2017 p81

見どころ・読みどころ―死後の世界の有無―〔巻三の五〕（藤川雅恵）
　「三弥井古典文庫〔5〕　御伽百物語」三弥井書店　2017 p133

見どころ・読みどころ―相撲禁令と生類憐れみの令―〔巻二の一〕（藤川雅恵）
　「三弥井古典文庫〔5〕　御伽百物語」三弥井書店　2017 p55

見どころ・読みどころ―仙人たちの楽園―〔巻三の二〕（藤川雅恵）
　「三弥井古典文庫〔5〕　御伽百物語」三弥井書店　2017 p109

見どころ・読みどころ―人間以外との恋―〔巻三の三〕（藤川雅恵）
　「三弥井古典文庫〔5〕　御伽百物語」三弥井書店　2017 p119

見どころ・読みどころ―人間の欲が呼び寄せる妖怪―〔巻一の五〕（藤川雅恵）
　「三弥井古典文庫〔5〕　御伽百物語」三弥井書店　2017 p46

見どころ・読みどころ―吐き出す妖術―〔巻四の二〕（藤川雅恵）
　「三弥井古典文庫〔5〕　御伽百物語」三弥井書店　2017 p154

見どころ・読みどころ―化け物は誰？―〔巻五の二〕（藤川雅恵）
　「三弥井古典文庫〔5〕　御伽百物語」三弥井書店　2017 p200

見どころ・読みどころ―箱庭の忠臣蔵―〔巻六の一〕（藤川雅恵）
　「三弥井古典文庫〔5〕　御伽百物語」三弥井書店　2017 p222

見どころ・読みどころ―離れない女の怨霊―〔巻一の四〕（藤川雅恵）
　「三弥井古典文庫〔5〕　御伽百物語」三弥井書店　2017 p36

見どころ・読みどころ―人を化かすのはだれ？―〔巻一の二〕（藤川雅恵）
　「三弥井古典文庫〔5〕　御伽百物語」三弥井書店

2017 p18
見どころ・読みどころ―百物語から化け物が出る？―〔巻六の五〕（藤川雅恵）
「三弥井古典文庫〔5〕　御伽百物語」三弥井書店　2017 p254
見どころ・読みどころ―二人の息子の謎―〔巻二の五〕（藤川雅恵）
「三弥井古典文庫〔5〕　御伽百物語」三弥井書店　2017 p90
見どころ・読みどころ―不治の病の妙薬―〔巻五の四〕（藤川雅恵）
「三弥井古典文庫〔5〕　御伽百物語」三弥井書店　2017 p211
見どころ・読みどころ―本陣妖怪事件―〔巻六の三〕（藤川雅恵）
「三弥井古典文庫〔5〕　御伽百物語」三弥井書店　2017 p238
見どころ・読みどころ―冥界を往来する高僧―〔巻三の四〕（藤川雅恵）
「三弥井古典文庫〔5〕　御伽百物語」三弥井書店　2017 p125
見どころ・読みどころ―竜宮と道真の縁―〔巻一の一〕（藤川雅恵）
「三弥井古典文庫〔5〕　御伽百物語」三弥井書店　2017 p10
見どころ・読みどころ―恋愛というファンタジー―〔巻六の四〕（藤川雅恵）
「三弥井古典文庫〔5〕　御伽百物語」三弥井書店　2017 p248
『唐土の吉野』解説（飯倉洋一）
「江戸怪談文芸名作選2　前期読本怪談集」国書刊行会　2017 p380
和製類書と怪談・奇談（神谷勝広）
「江戸怪異綺想文芸大系3　和製類書集」国書刊行会　2001 p748
和製類書とは―中国故事を伝達するパイプ役（神谷勝広）
「江戸怪異綺想文芸大系3　和製類書集」国書刊行会　2001 p747

【資料】
『絵本玉藻譚』補註（須永朝彦）
「現代語訳 江戸の伝奇小説3　飛騨匠物語／絵本玉藻譚」国書刊行会　2002 p510
『報仇奇談自来也説話』補註（須永朝彦）
「現代語訳 江戸の伝奇小説5　報仇奇談自来也説話／近世怪談霜夜星」国書刊行会　2003 p441
『近世怪談霜夜星』補註（須永朝彦）
「現代語訳 江戸の伝奇小説5　報仇奇談自来也説話／近世怪談霜夜星」国書刊行会　2003 p449
『訓蒙故事要言』『絵本故事談』書名索引・主要人名索引
「江戸怪異綺想文芸大系3　和製類書集」国書刊行会　2001 左Ⅰ
語彙索引
「人情本選集4　春色雪の梅」太平書屋　2005 p405

再刻改修版と初版の主な異同
「人情本選集4　春色雪の梅」太平書屋　2005 p403
『自来也説話後編』補註（須永朝彦）
「現代語訳 江戸の伝奇小説5　報仇奇談自来也説話／近世怪談霜夜星」国書刊行会　2003 p445

小説（浮世草子）

【解説】
商人軍配記〔書誌等〕（石川了）
「八文字屋本全集23」汲古書院　2000 p420
敦盛源平桃〔書誌等〕（神谷勝広）
「八文字屋本全集23」汲古書院　2000 p422
〔解題〕愛敬昔色好（篠原進）
「八文字屋本全集5」汲古書院　1994 p537
〔解題〕阿漕浦三巴（渡辺守邦）
「八文字屋本全集」汲古書院　1998 p534
〔解題〕浅草拾遺物語
「西村本小説全集 下」勉誠社　1985 p441
〔解題〕敦盛源平桃（中嶋隆）
「八文字屋本全集16」汲古書院　1998 p530
〔解題〕今川一睡記（倉員正江）
「八文字屋本全集4」汲古書院　1993 p507
〔解題〕今昔九重桜（佐伯孝弘）
「八文字屋本全集22」汲古書院　2000 p448
〔解題〕今昔出世扇（中嶋隆）
「八文字屋本全集18」汲古書院　1998 p553
〔解題〕女男伊勢風流（篠原進）
「八文字屋本全集5」汲古書院　1994 p535
〔解題〕浮世壱分五厘（神谷勝広）
「八文字屋本全集23」汲古書院　2000 p408
〔解題〕浮世祝言揃巻五
「西村本小説全集 下」勉誠社　1985 p454
〔解題〕薄雪音羽滝（佐伯孝弘）
「八文字屋本全集16」汲古書院　1998 p544
〔解題〕哥行脚懐硯（渡辺守邦）
「八文字屋本全集22」汲古書院　2000 p451
〔解題〕大系図蝦夷噺（石川了）
「八文字屋本全集17」汲古書院　1998 p526
〔解題〕御伽太平記（倉員正江）
「八文字屋本全集21」汲古書院　2000 p526
〔解題〕御伽比丘尼
「西村本小説全集 下」勉誠社　1985 p444
〔解題〕小野篁恋釣船（中嶋隆）
「八文字屋本全集19」汲古書院　1999 p496
〔解題〕女非人綴錦（花田富二夫）
「八文字屋本全集16」汲古書院　1998 p540
〔解題〕柿本人麿誕生記（長友千代治）
「八文字屋本全集22」汲古書院　2000 p453
〔解題〕陽炎日高川（杉本和寛）
「八文字屋本全集22」汲古書院　2000 p439
〔解題〕刈萱二面鏡（杉本和寛）
「八文字屋本全集16」汲古書院　1998 p533

〔解題〕勧進能舞台桜（花田富二夫）
「八文字屋本全集18」汲古書院 1998 p558
〔解題〕諸芸袖日記後篇教訓私盛育（花田富二夫）
「八文字屋本全集19」汲古書院 1999 p505
〔解題〕禁短気次編（岡雅彦）
「八文字屋本全集23」汲古書院 2000 p395
〔解題〕禁短気三編（渡辺守邦）
「八文字屋本全集23」汲古書院 2000 p397
〔解題〕南木莠日記（江本裕）
「八文字屋本全集22」汲古書院 2000 p437
〔解題〕けいせい竈照君（佐伯孝弘）
「八文字屋本全集7」汲古書院 1994 p588
〔解題〕娘楠契情太平記（若木太一）
「八文字屋本全集17」汲古書院 1998 p524
〔解題〕契情蓬莱山（岡雅彦）
「八文字屋本全集22」汲古書院 2000 p442
〔解題〕風俗傾性野群談（花田富二夫）
「八文字屋本全集6」汲古書院 1994 p576
〔解題〕好色伊勢物語
「西村本小説全集 下」勉誠社 1985 p442
〔解題〕好色かんたもの枕
「西村本小説全集 下」勉誠社 1985 p450
〔解題〕好色邯鄲の枕巻五
「西村本小説全集 下」勉誠社 1985 p457
〔解題〕好色三代男
「西村本小説全集 上」勉誠社 1985 p547
〔解題〕好色初時雨
「西村本小説全集 下」勉誠社 1985 p452
〔解題〕好色ひるながた巻三
「西村本小説全集 下」勉誠社 1985 p456
〔解題〕西海太平記（岡雅彦）
「八文字屋本全集4」汲古書院 1993 p521
〔解題〕忠見兼盛彩色歌相撲（佐伯孝弘）
「八文字屋本全集18」汲古書院 1998 p567
〔解題〕逆沢瀉鎧鑑（佐伯孝弘）
「八文字屋本全集15」汲古書院 1997 p527
〔解題〕宇治川藤戸海魁対盃（神谷勝広）
「八文字屋本全集16」汲古書院 1998 p523
〔解題〕小夜衣
「西村本小説全集 上」勉誠社 1985 p542
〔解題〕色道たから船
「西村本小説全集 下」勉誠社 1985 p451
〔解題〕二休咄
「西村本小説全集 下」勉誠社 1985 p449
〔解題〕自笑楽日記（石川了）
「八文字屋本全集18」汲古書院 1998 p563
〔解題〕十二小町曦裳（長友千代治）
「八文字屋本全集19」汲古書院 1999 p491
〔解題〕鎌倉諸芸袖日記（神谷勝広）
「八文字屋本全集17」汲古書院 1998 p515
〔解題〕諸国心中え
「西村本小説全集 上」勉誠社 1985 p549

〔解題〕新御伽婢子
「西村本小説全集 上」勉誠社 1985 p543
〔解題〕新撰咄揃
「西村本小説全集 上」勉誠社 1985 p541
〔解題〕新竹斎
「西村本小説全集 下」勉誠社 1985 p445
〔解題〕浮世親仁形気後編世間長者容気（篠原進）
「八文字屋本全集21」汲古書院 2000 p515
〔解題〕世間母親容気（藤原英城）
「八文字屋本全集20」汲古書院 1999 p535
〔解題〕善悪両面常盤染（杉本和寛）
「八文字屋本全集14」汲古書院 1997 p517
〔解題〕宗祇諸国物語
「西村本小説全集 上」勉誠社 1985 p546
〔解題〕曽根崎情鵠（岡雅彦）
「八文字屋本全集18」汲古書院 1998 p562
〔解題〕忠盛祇園桜（篠原進）
「八文字屋本全集15」汲古書院 1997 p524
〔解題〕龍都俵系図（岡雅彦）
「八文字屋本全集15」汲古書院 1997 p526
〔解題〕檀浦女見台（石川了）
「八文字屋本全集20」汲古書院 1999 p541
〔解題〕丹波与作無間鐘（江本裕）
「八文字屋本全集15」汲古書院 1997 p519
〔解題〕忠孝寿門松（渡辺守邦）
「八文字屋本全集15」汲古書院 1997 p515
〔解題〕中将姫誓糸遊（花田富二夫）
「八文字屋本全集21」汲古書院 2000 p528
〔解題〕陳扮漢（長谷川強）
「八文字屋本全集23」汲古書院 2000 p412
〔解題〕手代袖算盤（岡雅彦, 倉員正江）
「八文字屋本全集4」汲古書院 1993 p523
〔解題〕道成寺岐柳（江本裕）
「八文字屋本全集20」汲古書院 1999 p527
〔解題〕当世信玄記（倉員正江）
「八文字屋本全集4」汲古書院 1993 p519
〔解題〕当世行次第（江本裕）
「八文字屋本全集23」汲古書院 2000 p398
〔解題〕当流曽我高名松（石川了）
「八文字屋本全集6」汲古書院 1994 p571
〔解題〕歳徳五葉松（渡辺守邦）
「八文字屋本全集20」汲古書院 1999 p538
〔解題〕菜花金夢合（石川了）
「八文字屋本全集21」汲古書院 2000 p520
〔解題〕雷神不動桜（江本裕）
「八文字屋本全集17」汲古書院 1998 p518
〔解題〕花色紙襲詞（佐伯孝弘）
「八文字屋本全集21」汲古書院 2000 p530
〔解題〕花襷厳柳嶋（藤原英城）
「八文字屋本全集15」汲古書院 1997 p521
〔解題〕花の名残
「西村本小説全集 上」勉誠社 1985 p545

〔解題〕花楓剣本地(佐伯孝弘)
「八文字屋本全集19」汲古書院 1999 p499
〔解題〕百性盛衰記(倉員正江)
「八文字屋本全集4」汲古書院 1993 p516
〔解題〕風流川中嶋(神谷勝広)
「八文字屋本全集21」汲古書院 2000 p517
〔解題〕風流庭訓往来(中嶋隆)
「八文字屋本全集22」汲古書院 2000 p455
〔解題〕武遊双級巴(中嶋隆)
「八文字屋本全集15」汲古書院 1997 p516
〔解題〕〔京略ひながた十二段〕(渡辺守邦)
「八文字屋本全集5」汲古書院 1994 p544
〔解題〕昔女化粧桜(若木太一)
「八文字屋本全集19」汲古書院 1999 p494
〔解題〕名玉女舞鶴(藤原英城)
「八文字屋本全集16」汲古書院 1998 p535
〔解題〕名物焼蛤(長友千代治)
「八文字屋本全集6」汲古書院 1994 p567
〔解題〕物部守屋錦韈(渡辺守邦)
「八文字屋本全集18」汲古書院 1998 p570
〔解題〕盛久側柏葉(藤原英城)
「八文字屋本全集18」汲古書院 1998 p572
〔解題〕野傾咲分色孖(篠原進)
「八文字屋本全集7」汲古書院 1994 p585
〔解題〕優源平歌嚢(長友千代治)
「八文字屋本全集20」汲古書院 1999 p525
〔解題〕山路の露
「西村本小説全集 下」勉誠社 1985 p447
〔解題〕遺放三番続(長友千代治)
「八文字屋本全集23」汲古書院 2000 p404
〔解題〕夕霧有馬松(岡雅彦)
「八文字屋本全集20」汲古書院 1999 p533
〔解題〕弓張月曙桜(長友千代治)
「八文字屋本全集17」汲古書院 1998 p521
〔解題〕百合稚錦嶋(杉本和寛)
「八文字屋本全集20」汲古書院 1999 p530
〔解題〕義貞艶軍配(神谷勝広)
「八文字屋本全集19」汲古書院 1999 p503
〔解題〕義経風流鑑(神谷勝広)
「八文字屋本全集5」汲古書院 1994 p559
〔解題〕善光倭丹前(長友千代治)
「八文字屋本全集16」汲古書院 1998 p527
〔解題〕頼朝三代鎌倉記(倉員正江)
「八文字屋本全集3」汲古書院 1993 p499
〔解題〕頼信瑋軍記(倉員正江)
「八文字屋本全集19」汲古書院 1999 p509
〔解題〕頼政現在鵺(藤原英城)
「八文字屋本全集21」汲古書院 2000 p522
〔解題〕略縁記出家形気(佐伯孝弘)
「八文字屋本全集23」汲古書院 2000 p400
〔解題〕分里艶行脚(石川了)
「八文字屋本全集6」汲古書院 1994 p573

完結に当って(長谷川強)
「八文字屋本全集23」汲古書院 2000 p469
刊行のことば(長谷川強)
「八文字屋本全集1」汲古書院 1992 p1
序(長谷川強)
「八文字屋本全集 索引」汲古書院 2013 p1
忠臣金短冊〔書誌等〕(長谷川強)
「八文字屋本全集23」汲古書院 2000 p419
はじめに(編者)
「西村本小説全集 上」勉誠社 1985 p1
「西村本小説全集 下」勉誠社 1985 p1
花榫厳柳嶋〔書誌等〕(藤原英城)
「八文字屋本全集23」汲古書院 2000 p421
風流詼平家〔解題〕(花田富二夫)
「八文字屋本全集5」汲古書院 1994 p555
【年表】
年表(長谷川強)
「八文字屋本全集23」汲古書院 2000 p424
【資料】
索引(長谷川強)
「八文字屋本全集23」汲古書院 2000 p449
正誤表
「八文字屋本全集23」汲古書院 2000 p459
西村本研究文献目録
「西村本小説全集 下」勉誠社 1985 p458
八文字屋本全集 索引 語句編
「八文字屋本全集 索引」汲古書院 2013 p1
八文字屋本全集 索引 人名編
「八文字屋本全集 索引」汲古書院 2013 p899
八文字屋本全集 索引 地名編
「八文字屋本全集 索引」汲古書院 2013 p1101
附録(長谷川強)
「八文字屋本全集23」汲古書院 2000 p453

小説(仮名草子)

【解説】
浅井了意『戒殺物語・放生物語』と袾宏『戒殺放生文』(小川武彦)
「假名草子集成14」東京堂出版 1993 p421
〔解題〕秋寝覚(朝倉治彦)
「假名草子集成1」東京堂出版 1980 p501
〔解題〕あくた物語(朝倉治彦)
「假名草子集成1」東京堂出版 1980 p503
〔解題〕浅井物語(朝倉治彦)
「假名草子集成1」東京堂出版 1980 p504
〔解題〕浅草物語(朝倉治彦)
「假名草子集成1」東京堂出版 1980 p507
〔解題〕芦分船
「假名草子集成11」東京堂出版 1990 p249
〔解題〕飛鳥川(朝倉治彦)
「假名草子集成1」東京堂出版 1980 p508

〔解題〕愛宕山物語（朝倉治彦）
「假名草子集成1」東京堂出版 1980 p509
〔解題〕あた物語（朝倉治彦）
「假名草子集成1」東京堂出版 1980 p510
〔解題〕あつま物語（朝倉治彦）
「假名草子集成1」東京堂出版 1980 p517
〔解題〕阿弥陀裸物語（朝倉治彦）
「假名草子集成1」東京堂出版 1980 p527
〔解題〕有馬山名所記
「假名草子集成10」東京堂出版 1989 p321
〔解題〕案内者（朝倉治彦）
「假名草子集成2」東京堂出版 1981 p455
〔解題〕為愚痴物語（朝倉治彦）
「假名草子集成2」東京堂出版 1981 p459
〔解題〕石山寺入相鐘（朝倉治彦）
「假名草子集成2」東京堂出版 1981 p465
〔解題〕為人鈔（朝倉治彦）
「假名草子集成5」東京堂出版 1984 p373
〔解題〕医世物語（朝倉治彦）
「假名草子集成2」東京堂出版 1981 p467
〔解題〕伊曾保物語（朝倉治彦）
「假名草子集成2」東京堂出版 1981 p468
〔解題〕伊曾保物語（寛永十六年、古活字版、十二行）
（朝倉治彦）
「假名草子集成3」東京堂出版 1982 p487
〔解題〕伊曾保物語（十二行、寛永古活字版）（朝倉治彦）
「假名草子集成3」東京堂出版 1982 p483
〔解題〕伊曾保物語（万治二年板、ゑ入）（朝倉治彦）
「假名草子集成3」東京堂出版 1982 p492
〔解題〕いなもの（朝倉治彦）
「假名草子集成5」東京堂出版 1984 p377
〔解題〕犬著聞集 抜書（朝倉治彦）
「假名草子集成29」東京堂出版 2001 p290
〔解題〕犬つれづれ（朝倉治彦）
「假名草子集成4」東京堂出版 1983 p425
〔解題〕犬方丈記（朝倉治彦）
「假名草子集成4」東京堂出版 1983 p443
〔解題〕犬枕（朝倉治彦）
「假名草子集成5」東京堂出版 1984 p379
〔解題〕今長者物語（朝倉治彦）
「假名草子集成5」東京堂出版 1984 p383
〔解題〕色物語（朝倉治彦）
「假名草子集成4」東京堂出版 1983 p445
〔解題〕いわつゝし（朝倉治彦）
「假名草子集成5」東京堂出版 1984 p384
〔解題〕因果物語（ゑ入、平仮名本）（朝倉治彦）
「假名草子集成4」東京堂出版 1983 p447
〔解題〕因果物語（片仮名本）（朝倉治彦）
「假名草子集成4」東京堂出版 1983 p456
〔解題〕うす雲物語（朝倉治彦）
「假名草子集成6」東京堂出版 1985 p385

〔解題〕浮雲物語（朝倉治彦）
「假名草子集成6」東京堂出版 1985 p375
〔解題〕うしかひ草（朝倉治彦）
「假名草子集成6」東京堂出版 1985 p383
〔解題〕うすゆき物語（朝倉治彦）
「假名草子集成6」東京堂出版 1985 p387
〔解題〕うらみのすけ（朝倉治彦）
「假名草子集成6」東京堂出版 1985 p393
〔解題〕〈影印〉異国物語（三巻、万治元年刊、ゑ入）
（朝倉治彦）
「假名草子集成4」東京堂出版 1983 p459
〔解題〕ゑもん桜物語（朝倉治彦）
「假名草子集成7」東京堂出版 1986 p443
〔解題〕大坂物語（朝倉治彦）
「假名草子集成9」東京堂出版 1988 p279
〔解題〕大坂物語（古活字版）（朝倉治彦）
「假名草子集成8」東京堂出版 1987 p327
〔解題〕『大坂物語』古活字第二種本（お茶の水図書館蔵）（菊池真一）
「假名草子集成11」東京堂出版 1990 p256
〔解題〕小倉物語（朝倉治彦）
「假名草子集成8」東京堂出版 1987 p313
〔解題〕遠近草（朝倉治彦）
「假名草子集成23」東京堂出版 1998 p263
〔解題〕女郎花物語（刊本）（朝倉治彦）
「假名草子集成8」東京堂出版 1987 p317
〔解題〕女郎花物語（写本）（朝倉治彦）
「假名草子集成8」東京堂出版 1987 p325
〔解題〕尾張大根（朝倉治彦）
「假名草子集成8」東京堂出版 1987 p322
〔解題〕をむなかみ
「假名草子集成10」東京堂出版 1989 p291
〔解題〕女五経
「假名草子集成10」東京堂出版 1989 p298
〔解題〕女式目
「假名草子集成11」東京堂出版 1990 p270
〔解題〕女式目并儒仏物語
「假名草子集成11」東京堂出版 1990 p261
〔解題〕『女四書』（柳沢昌紀）
「假名草子集成40」東京堂出版 2006 p287
〔解題〕をんな仁義物語
「假名草子集成10」東京堂出版 1989 p303
〔解題〕女みだれかミけうくん物語
「假名草子集成10」東京堂出版 1989 p319
〔解題〕海上物語
「假名草子集成13」東京堂出版 1992 p269
〔解題〕戒殺放生物語
「假名草子集成13」東京堂出版 1992 p277
〔解題〕戒殺放生文
「假名草子集成14」東京堂出版 1993 p420
〔解題〕恠談（写本、一巻一冊、片仮名本）
「假名草子集成12」東京堂出版 1991 p361

〔解題〕怪談（写本、二巻一冊、平仮名本）
「假名草子集成12」東京堂出版 1991 p364
〔解題〕怪談全書
「假名草子集成12」東京堂出版 1991 p351
〔解題〕怪談録
「假名草子集成12」東京堂出版 1991 p367
〔解題〕鑑草
「假名草子集成14」東京堂出版 1993 p379
〔解題〕陰山茗話（朝倉治彦）
「假名草子集成29」東京堂出版 2001 p294
〔解題〕かさぬ草子
「假名草子集成18」東京堂出版 1996 p329
〔解題〕花山物語
「假名草子集成17」東京堂出版 1996 p267
〔解題〕可笑記
「假名草子集成14」東京堂出版 1993 p397
〔解題〕可笑記跡追
「假名草子集成16」東京堂出版 1995 p303
〔解題〕堅田物語
「假名草子集成17」東京堂出版 1996 p270
〔解題〕枯杭集
「假名草子集成18」東京堂出版 1996 p332
〔解題〕かなめいし
「假名草子集成18」東京堂出版 1996 p337
〔解題〕仮名列女伝
「假名草子集成17」東京堂出版 1996 p272
〔解題〕鎌倉物語
「假名草子集成18」東京堂出版 1996 p343
〔解題〕假枕
「假名草子集成21」東京堂出版 1998 p303
〔解題〕河内鑑名所記
「假名草子集成19」東京堂出版 1997 p256
〔解題〕〔漢考〕怪談録前集
「假名草子集成13」東京堂出版 1992 p282
〔解題〕勧孝記
「假名草子集成20」東京堂出版 1997 p297
〔解題〕堪忍弁義抄
「假名草子集成19」東京堂出版 1997 p265
〔解題〕寛文版『竹斎』（中島次郎）
「假名草子集成49」東京堂出版 2013 p313
〔解題〕奇異怪談抄
「假名草子集成13」東京堂出版 1992 p290
〔解題〕奇異雑談集
「假名草子集成21」東京堂出版 1998 p304
〔解題〕宜應物語
「假名草子集成24」東京堂出版 1999 p248
〔解題〕祇園物語
「假名草子集成22」東京堂出版 1998 p347
〔解題〕きくわく物語（朝倉治彦）
「假名草子集成23」東京堂出版 1998 p242
〔解題〕菊の前（朝倉治彦）
「假名草子集成23」東京堂出版 1998 p245

〔解題〕舊説拾遺物語（朝倉治彦）
「假名草子集成30」東京堂出版 2001 p287
〔解題〕狂歌旅枕
「假名草子集成24」東京堂出版 1999 p254
〔解題〕京童
「假名草子集成22」東京堂出版 1998 p352
〔解題〕京童あとをひ
「假名草子集成22」東京堂出版 1998 p365
〔解題〕清瀧物語（朝倉治彦）
「假名草子集成23」東京堂出版 1998 p248
〔解題〕清水物語（朝倉治彦）
「假名草子集成22」東京堂出版 1998 p373
〔解題〕吉利支丹御対治物語
「假名草子集成25」東京堂出版 1999 p240
〔解題〕悔草
「假名草子集成24」東京堂出版 1999 p258
〔解題〕慶長見聞集（承前）（花田富二夫）
「假名草子集成57」東京堂出版 2017 p306
〔解題〕化女集
「假名草子集成24」東京堂出版 1999 p265
〔解題〕けんさい物語
「假名草子集成25」東京堂出版 1999 p256
〔解題〕賢女物語
「假名草子集成24」東京堂出版 1999 p267
〔解題〕けんもつさうし
「假名草子集成25」東京堂出版 1999 p259
〔解題〕見聞軍抄
「假名草子集成26」東京堂出版 2000 p251
〔解題〕孝行物語
「假名草子集成27」東京堂出版 2000 p309
〔解題〕和訳 好生録
「假名草子集成26」東京堂出版 2000 p261
〔解題〕古今犬著聞集
「假名草子集成28」東京堂出版 2000 p295
〔解題〕古今百物語評判（朝倉治彦）
「假名草子集成29」東京堂出版 2001 p263
〔解題〕小さかづき
「假名草子集成28」東京堂出版 2000 p299
〔解題〕狐媚鈔
「假名草子集成27」東京堂出版 2000 p321
〔解題〕古老物語（朝倉治彦）
「假名草子集成30」東京堂出版 2001 p275
〔解題〕催情記（朝倉治彦）
「假名草子集成31」東京堂出版 2002 p243
〔解題〕嵯峨名所盡（朝倉治彦）
「假名草子集成31」東京堂出版 2002 p251
〔解題〕嵯峨問答（朝倉治彦）
「假名草子集成31」東京堂出版 2002 p258
〔解題〕三綱行実圖（朝倉治彦）
「假名草子集成32」東京堂出版 2002 p255
〔解題〕三國物語（朝倉治彦）
「假名草子集成31」東京堂出版 2002 p262

〔解題〕しかた咄（朝倉治彦）
「假名草子集成33」東京堂出版 2003 p235
〔解題〕似我蜂物語（朝倉治彦）
「假名草子集成33」東京堂出版 2003 p250
〔解題〕しきをんろん（朝倉治彦）
「假名草子集成34」東京堂出版 2003 p221
〔解題〕地獄破（朝倉治彦）
「假名草子集成34」東京堂出版 2003 p233
〔解題〕『四十二のみめあらそひ』（入口敦志）
「假名草子集成42」東京堂出版 2007 p291
〔解題〕七人ひくに（朝倉治彦）
「假名草子集成34」東京堂出版 2003 p238
〔解題〕七人ひくにん（朝倉治彦）
「假名草子集成36」東京堂出版 2004 p231
〔解題〕嶋原記（朝倉治彦）
「假名草子集成36」東京堂出版 2004 p235
〔解題〕釈迦八相物語（朝倉治彦）
「假名草子集成35」東京堂出版 2004 p209
〔解題〕『若輩抄』（深沢秋男）
「假名草子集成39」東京堂出版 2006 p297
〔解題〕『十二関』（菊池真一）
「假名草子集成41」東京堂出版 2007 p221
〔解題〕『衆道物語』（入口敦志）
「假名草子集成41」東京堂出版 2007 p224
〔解題〕儒仏物語
「假名草子集成11」東京堂出版 1990 p267
〔解題〕『聚楽物語』（菊池真一）
「假名草子集成39」東京堂出版 2006 p299
〔解題〕順礼物語（朝倉治彦）
「假名草子集成36」東京堂出版 2004 p237
〔解題〕『女訓抄』（深沢秋男）
「假名草子集成39」東京堂出版 2006 p305
〔解題〕『諸国百物語』（入口敦志）
「假名草子集成46」東京堂出版 2010 p353
〔解題〕しらつゆ姫物語（朝倉治彦）
「假名草子集成34」東京堂出版 2003 p267
〔解題〕『死霊解脱物語聞書』（和田恭幸）
「假名草子集成39」東京堂出版 2006 p301
〔解題〕『新著聞集』（大久保順子）
「假名草子集成46」東京堂出版 2010 p355
〔解題〕新板下り竹斎咄し（入口敦志）
「假名草子集成52」東京堂出版 2014 p279
〔解題〕『親鸞上人記』（深沢秋男）
「假名草子集成41」東京堂出版 2007 p229
〔解題〕『水鳥記』（花田富二夫）
「假名草子集成42」東京堂出版 2007 p293
〔解題〕『杉楊枝』（花田富二夫）
「假名草子集成42」東京堂出版 2007 p311
〔解題〕『住吉相生物語』（小川武彦）
「假名草子集成43」東京堂出版 2008 p335
〔解題〕醒睡笑（柳沢昌紀）
「假名草子集成43」東京堂出版 2008 p340

〔解題〕醒睡笑（承前）（柳沢昌紀）
「假名草子集成58」東京堂出版 2017 p283
〔解題〕安倍晴明物語（朝倉治彦）
「假名草子集成1」東京堂出版 1980 p524
〔解題〕『世諺問答』（古活字本）（冨田成美）
「假名草子集成44」東京堂出版 2008 p317
〔解題〕『世諺問答』（写本）（冨田成美）
「假名草子集成44」東京堂出版 2008 p313
〔解題〕『世諺問答』（万治三年板）（冨田成美）
「假名草子集成44」東京堂出版 2008 p319
〔解題〕『是楽物語』（菊池真一）
「假名草子集成44」東京堂出版 2008 p325
〔解題〕『世話支那草』（菊池真一）
「假名草子集成44」東京堂出版 2008 p328
〔解題〕『草菜物語』（和田恭幸）
「假名草子集成44」東京堂出版 2008 p330
〔解題〕『続清水物語』（写本）（柳沢昌紀）
「假名草子集成45」東京堂出版 2009 p269
〔解題〕『続つれづれ草』（菊池真一）
「假名草子集成44」東京堂出版 2008 p331
〔解題〕『そぞろ物語』（古活字本）（菊池真一）
「假名草子集成45」東京堂出版 2009 p272
〔解題〕『曾呂里物語』（万治三年板）（湯浅佳子）
「假名草子集成45」東京堂出版 2009 p273
〔解題〕醍醐随筆（伊藤慎吾）
「假名草子集成47」東京堂出版 2011 p221
〔解題〕大仏物語（和田恭幸）
「假名草子集成47」東京堂出版 2011 p230
〔解題〕他我身のうへ（花田富二夫）
「假名草子集成48」東京堂出版 2012 p311
〔解題〕沢庵和尚鎌倉記（安原眞琴）
「假名草子集成47」東京堂出版 2011 p232
〔解題〕『たき木』（入口敦志）
「假名草子集成48」東京堂出版 2012 p315
〔解題〕乱物語（和田恭幸）
「假名草子集成47」東京堂出版 2011 p244
〔解題〕たにのむもれ木（花田富二夫）
「假名草子集成47」東京堂出版 2011 p248
〔解題〕智恵鑑（承前）（柳沢昌紀）
「假名草子集成49」東京堂出版 2013 p287
〔解題〕竹斎（入口敦志）
「假名草子集成48」東京堂出版 2012 p321
〔解題〕竹斎（寛永整版本）（入口敦志）
「假名草子集成49」東京堂出版 2013 p310
〔解題〕竹斎（奈良絵本）（中島次郎）
「假名草子集成49」東京堂出版 2013 p316
〔解題〕竹斎東下（入口敦志）
「假名草子集成47」東京堂出版 2011 p252
〔解題〕竹斎狂哥物語（中島次郎）
「假名草子集成48」東京堂出版 2012 p323
〔解題〕竹斎療治之評判（ラウラ・モレッティ）
「假名草子集成48」東京堂出版 2012 p328
〔解題〕長斎記（伊藤慎吾）
「假名草子集成49」東京堂出版 2013 p321

〔解題〕長者教（伊藤慎吾）
「仮名草子集成49」東京堂出版 2013 p326
〔解題〕長生のみかど物語（伊藤慎吾）
「仮名草子集成49」東京堂出版 2013 p332
〔解題〕朝鮮征伐記（速水香織）
「仮名草子集成50」東京堂出版 2013 p311
〔解題〕塵塚（冨田成美）
「仮名草子集成50」東京堂出版 2013 p316
〔解題〕月見の友（安原眞琴）
「仮名草子集成50」東京堂出版 2013 p321
〔解題〕露殿物語（大久保順子）
「仮名草子集成52」東京堂出版 2014 p282
〔解題〕つれづれ御伽草（安原眞琴）
「仮名草子集成54」東京堂出版 2015 p252
〔解題〕徒然草嫌評判（安原眞琴）
「仮名草子集成54」東京堂出版 2015 p256
〔解題〕帝鑑図説（承前）（入口敦志）
「仮名草子集成53」東京堂出版 2015 p291
〔解題〕田夫物語（冨田成美）
「仮名草子集成52」東京堂出版 2014 p287
〔解題〕棠陰比事加鈔（承前）（整版本）（花田富二夫）
「仮名草子集成54」東京堂出版 2015 p249
〔解題〕棠陰比事物語（寛永頃無刊記板）（花田富二夫）
「仮名草子集成53」東京堂出版 2015 p296
〔解題〕道成寺物語（伊藤慎吾）
「仮名草子集成54」東京堂出版 2015 p260
〔解題〕童蒙先習（柳沢昌紀）
「仮名草子集成60」東京堂出版 2016 p255
〔解題〕伽婢子（花田富二夫）
「仮名草子集成51」東京堂出版 2014 p369
〔解題〕常盤木（柳沢昌紀）
「仮名草子集成53」東京堂出版 2015 p298
〔解題〕徳永種久紀行（中島次郎）
「仮名草子集成54」東京堂出版 2015 p263
〔解題〕宿直草（湯浅佳子）
「仮名草子集成55」東京堂出版 2016 p315
〔解題〕何物語（花田富二夫）
「仮名草子集成54」東京堂出版 2015 p268
〔解題〕匂ひ袋（大久保順子）
「仮名草子集成55」東京堂出版 2016 p317
〔解題〕にぎはひ草（大久保順子）
「仮名草子集成55」東京堂出版 2016 p319
〔解題〕錦木（湯浅佳子）
「仮名草子集成56」東京堂出版 2016 p261
〔解題〕二十四孝（湯浅佳子）
「仮名草子集成56」東京堂出版 2016 p264
〔解題〕仁勢物語（花田富二夫）
「仮名草子集成55」東京堂出版 2016 p322
〔解題〕二人比丘尼（花田富二夫）
「仮名草子集成56」東京堂出版 2016 p265

〔解題〕日本武士鑑（朝倉治彦）
「仮名草子集成29」東京堂出版 2001 p269
〔解題〕ねこと草（中島次郎）
「仮名草子集成55」東京堂出版 2016 p328
〔解題〕年斎拾唾（入口敦志）
「仮名草子集成58」東京堂出版 2017 p259
〔解題〕念仏草紙（三浦雅彦）
「仮名草子集成55」東京堂出版 2016 p273
〔解題〕破吉利支丹
「仮名草子集成25」東京堂出版 1999 p251
〔解題〕白身房（伊藤慎吾）
「仮名草子集成57」東京堂出版 2017 p301
〔解題〕初時雨（伊藤慎吾）
「仮名草子集成57」東京堂出版 2017 p304
〔解題〕囃物語（速水香織）
「仮名草子集成58」東京堂出版 2017 p261
〔解題〕花の縁物語（冨田成美）
「仮名草子集成58」東京堂出版 2017 p265
〔解題〕はなむけ草（冨田成美）
「仮名草子集成58」東京堂出版 2017 p267
〔解題〕春風（速水香織）
「仮名草子集成58」東京堂出版 2017 p274
〔解題〕春寝覚（速水香織）
「仮名草子集成58」東京堂出版 2017 p275
〔解題〕ひそめ草（承前）（柳沢昌紀）
「仮名草子集成59」東京堂出版 2018 p301
〔解題〕秀頼物語（柳沢昌紀）
「仮名草子集成60」東京堂出版 2018 p322
〔解題〕比売鑑（湯浅佳子）
「仮名草子集成60」東京堂出版 2018 p315
〔解題〕百戦奇法（花田富二夫）
「仮名草子集成61」東京堂出版 2019 p265
〔解題〕百八町記（飯野朋美）
「仮名草子集成61」東京堂出版 2019 p269
〔解題〕百物語（松村美奈）
「仮名草子集成58」東京堂出版 2017 p278
〔解題〕夫婦宗論物語（大久保順子）
「仮名草子集成60」東京堂出版 2018 p325
〔解題〕不可得物語（大久保順子）
「仮名草子集成60」東京堂出版 2018 p326
〔解題〕武士鑑（朝倉治彦）
「仮名草子集成30」東京堂出版 2001 p285
〔解題〕変化はなし（安原眞琴）
「仮名草子集成61」東京堂出版 2019 p271
〔解題〕大和怪異記（朝倉治彦）
「仮名草子集成29」東京堂出版 2001 p277
〔解題〕幽霊之事
「仮名草子集成12」東京堂出版 1991 p369
〔解題〕『四しやうのうた合』（伊藤慎吾）
「仮名草子集成42」東京堂出版 2007 p273
仮名草子の目次小言（朝倉治彦）
「仮名草子集成19」東京堂出版 1997 p277

享保二年求版『可笑記』(深沢秋男)
　「假名草子集成19」東京堂出版 1997 p271
『清水物語』解題 (承前) (朝倉治彦)
　「假名草子集成23」東京堂出版 1998 p265
　参考資料 (一) 師宣の初期絵入本に就て (田中喜作)
　「假名草子集成33」東京堂出版 2003 p260
『三國物語』解題 (続) (朝倉治彦)
　「假名草子集成32」東京堂出版 2002 p277
『三國物語』の二本に関して―小城鍋島文庫本と広島大学蔵本― (大久保順子)
　「假名草子集成32」東京堂出版 2002 p277
三網行実圖 (朝鮮版和刻本) (大久保順子)
　「假名草子集成32」東京堂出版 2002 p270
三網行実圖 (和訳本) (大久保順子)
　「假名草子集成32」東京堂出版 2002 p263
『嶋原記』解題 (朝倉治彦)
　「假名草子集成38」東京堂出版 2005 p194
写本『大坂物語』解説 (青木晃)
　「假名草子集成11」東京堂出版 1990 p257
写本『可笑記跡追』(深沢秋男)
　「假名草子集成19」東京堂出版 1997 p273
『女訓抄』解題 (朝倉治彦)
　「假名草子集成38」東京堂出版 2005 p159
『草莱物語』解題追加 (和田恭幸)
　「假名草子集成45」東京堂出版 2009 p289
『続著聞集』解題 (大久保順子)
　「假名草子集成46」東京堂出版 2010 p368
『朝鮮征伐記』解題 正誤・追加 (速水香織)
　「假名草子集成51」東京堂出版 2014 p382
天理図書館蔵『女訓抄』解説 (美濃部重克)
　「伝承文学資料集成17 女訓抄」三弥井書店 2003 p188
『棠陰比事物語』解題追補 (松村美奈)
　「假名草子集成54」東京堂出版 2015 p271
『童蒙先習』解題追加 (柳沢昌紀)
　「假名草子集成57」東京堂出版 2017 p310
『宿直草』解題追加 (湯浅佳子)
　「假名草子集成56」東京堂出版 2016 p276
『二十四孝』解題追加 (湯浅佳子)
　「假名草子集成58」東京堂出版 2017 p287
『念仏草子』解題追加 (三浦雅彦)
　「假名草子集成61」東京堂出版 2019 p274
穂久邇文庫蔵『女訓抄』解説 (榊原千鶴)
　「伝承文学資料集成17 女訓抄」三弥井書店 2003 p228
ホノルル美術館所蔵リチャード・レインコレクション『伽婢子』紹介 (英文) (南清恵)
　「假名草子集成51」東京堂出版 2014 p9
ホノルル美術館所蔵リチャード・レインコレクション『伽婢子』紹介 (翻訳) (南清恵)
　「假名草子集成51」東京堂出版 2014 p11
例言 (朝倉治彦)
　「假名草子集成1」東京堂出版 1980 p1

「假名草子集成2」東京堂出版 1981 p1
「假名草子集成3」東京堂出版 1982 p1
「假名草子集成4」東京堂出版 1983 p1
「假名草子集成5」東京堂出版 1984 p1
「假名草子集成6」東京堂出版 1985 p1
「假名草子集成7」東京堂出版 1986 p1
「假名草子集成8」東京堂出版 1987 p1
「假名草子集成9」東京堂出版 1988 p1
「假名草子集成10」東京堂出版 1989 p1
「假名草子集成23」東京堂出版 1998 p1
「假名草子集成24」東京堂出版 1999 p1
「假名草子集成25」東京堂出版 1999 p1
「假名草子集成26」東京堂出版 2000 p1
「假名草子集成27」東京堂出版 2000 p1
「假名草子集成28」東京堂出版 2000 p1
「假名草子集成29」東京堂出版 2001 p1
「假名草子集成30」東京堂出版 2001 p1
「假名草子集成31」東京堂出版 2002 p1
「假名草子集成32」東京堂出版 2002 p1
「假名草子集成33」東京堂出版 2003 p1
「假名草子集成34」東京堂出版 2003 p1
「假名草子集成35」東京堂出版 2004 p1
「假名草子集成36」東京堂出版 2004 p1
「假名草子集成37」東京堂出版 2005 p1
「假名草子集成38」東京堂出版 2005 p1
「假名草子集成39」東京堂出版 2006 p1
「假名草子集成40」東京堂出版 2006 p1
「假名草子集成41」東京堂出版 2007 p1
「假名草子集成42」東京堂出版 2007 p1
「假名草子集成43」東京堂出版 2008 p1
「假名草子集成44」東京堂出版 2008 p1
「假名草子集成45」東京堂出版 2009 p1
「假名草子集成46」東京堂出版 2010 p1
「假名草子集成47」東京堂出版 2011 p1
「假名草子集成48」東京堂出版 2012 p1
「假名草子集成49」東京堂出版 2013 p1
例言 (朝倉治彦ほか)
「假名草子集成50」東京堂出版 2013 p1
「假名草子集成51」東京堂出版 2014 p1
「假名草子集成52」東京堂出版 2014 p1
「假名草子集成53」東京堂出版 2015 p1
「假名草子集成54」東京堂出版 2015 p1
「假名草子集成55」東京堂出版 2016 p1
「假名草子集成56」東京堂出版 2016 p1
「假名草子集成57」東京堂出版 2017 p1
「假名草子集成58」東京堂出版 2017 p1
「假名草子集成59」東京堂出版 2018 p1
「假名草子集成60」東京堂出版 2018 p1
「假名草子集成61」東京堂出版 2019 p1
例言 (朝倉治彦, 深沢秋男)
「假名草子集成11」東京堂出版 1990 p1
「假名草子集成12」東京堂出版 1991 p1
「假名草子集成13」東京堂出版 1992 p1
「假名草子集成14」東京堂出版 1993 p1
「假名草子集成15」東京堂出版 1994 p1

「假名草子集成16」東京堂出版 1995 p1
「假名草子集成17」東京堂出版 1996 p1
「假名草子集成18」東京堂出版 1996 p1
「假名草子集成19」東京堂出版 1997 p1
「假名草子集成20」東京堂出版 1997 p1
「假名草子集成21」東京堂出版 1998 p1
「假名草子集成22」東京堂出版 1998 p1

【年表】
仮名草子刊行年表(稿)
　「假名草子集成25」東京堂出版 1999 p269
元隣年譜(稿)(朝倉治彦)
　「假名草子集成31」東京堂出版 2002 p269

【資料】
〈影印〉異国物語(三巻、万治元年刊、ゑ入)
　「假名草子集成4」東京堂出版 1983 p369
〈影印〉うすゆき物語(下巻一冊、古活字、十行本)
　「假名草子集成6」東京堂出版 1985 p317
〈影印〉大坂物語(古活字版、一冊)
　「假名草子集成8」東京堂出版 1987 p235
(影印)女訓抄(寛永十九年整版本、上・中巻)
　「假名草子集成37」東京堂出版 2005 p171
(影印)女訓抄(承前)(寛永十九年整版本、下巻)
　「假名草子集成38」東京堂出版 2005 p107
(影印)女訓抄(古活字版、寛永十四年三月刊、上下二冊、中巻欠)
　「假名草子集成39」東京堂出版 2006 p125
(影印)伽婢子
　「假名草子集成51」東京堂出版 2014 p223
大坂物語(正保整版)挿絵
　「假名草子集成9」東京堂出版 1988 p271
お伽草子・仮名草子、書肆別目録稿(朝倉治彦、伊藤慎吾)
　「假名草子集成24」東京堂出版 1999 p273
女みだれかミけうくん物語(写真版)
　「假名草子集成10」東京堂出版 1989 p207
戒殺放生文(影印)
　「假名草子集成14」東京堂出版 1993 p437
(解題 付)『名所和歌集』(『順礼物語』改題)全挿絵
　「假名草子集成36」東京堂出版 2004 p249
『鑑草』延宝三年板挿絵
　「假名草子集成14」東京堂出版 1993 p450
『可笑記』万治二年板挿絵
　「假名草子集成14」東京堂出版 1993 p465
寛文十年板挿絵集
　「假名草子集成13」東京堂出版 1992 p293
寛文板『竹斎』全挿絵(寛文板、四巻四冊、絵入)(中島次郎)
　「假名草子集成49」東京堂出版 2013 p163
刊本挿絵〔奇異雑談集〕
　「假名草子集成21」東京堂出版 1998 p294

『吉利支丹退治物語』挿絵
　「假名草子集成25」東京堂出版 1999 p273
「好生録」索引(人名、動物名、書名)
　「假名草子集成26」東京堂出版 2000 p267
『古今犬著聞集』関連資料所収説話対照(大久保順子)
　「假名草子集成30」東京堂出版 2001 p297
参考資料(二)『骨董集』上編上(七)〔影印〕
　「假名草子集成33」東京堂出版 2003 p278
『七人比丘尼』写本・刊本 本文比較表(後半)
　「假名草子集成37」東京堂出版 2005 p253
『七人ひくにん』写本・刊本比較表(前半)
　「假名草子集成36」東京堂出版 2004 p262
『嶋原記』(寛文十三年板)全挿絵
　「假名草子集成38」東京堂出版 2005 p241
『嶋原記』(貞享五年板)全挿絵
　「假名草子集成38」東京堂出版 2005 p251
『嶋原記』(無刊記板)全挿絵
　「假名草子集成38」東京堂出版 2005 p261
『釈迦如来一代記』(改題)全挿絵
　「假名草子集成35」東京堂出版 2004 p233
『釈迦如来一代記鼓吹』全目次〔影印〕
　「假名草子集成35」東京堂出版 2004 p261
収録題目一覧表
　「假名草子集成12」東京堂出版 1991 p371
『女訓抄』(万治板)全挿絵
　「假名草子集成38」東京堂出版 2005 p207
『醒睡笑』解題(柳沢昌紀)
　「假名草子集成44」東京堂出版 2008 p333
『智恵鑑』解題 正誤(柳沢昌紀)
　「假名草子集成50」東京堂出版 2013 p323
『智恵鑑』(巻一〜巻五)正誤
　「假名草子集成49」東京堂出版 2013 p337
『童蒙先習』正誤(柳沢昌紀)
　「假名草子集成57」東京堂出版 2017 p313
『尼物かたり』書誌
　「假名草子集成37」東京堂出版 2005 p290

浄瑠璃

【解説】
あとがき(坂本清恵)
　「義太夫節浄瑠璃未翻刻作品集成 索引9 『鬼一法眼三略巻』自立語索引」玉川大学出版部 2011 巻末
解題(飯島満)
　「義太夫節浄瑠璃未翻刻作品集成5 尊氏将軍二代鑑」玉川大学出版部 2006 p135
　「義太夫節浄瑠璃未翻刻作品集成14 記録曽我玉笄鬮」玉川大学出版部 2011 p93
　「義太夫節浄瑠璃未翻刻作品集成26 車還合戦桜」玉川大学出版部 2013 p125
　「義太夫節浄瑠璃未翻刻作品集成37 丹生山田青海剣」玉川大学出版部 2015 p119

浄瑠璃　　　　　　　　　　　解説・資料　　　　　　　　　　　　　　　　近世

解題（伊藤りさ）
「義太夫節浄瑠璃未翻刻作品集成32　一谷嫩軍記」玉川大学出版部　2013　p137
解題（上野左絵）
「義太夫節浄瑠璃未翻刻作品集成28　元日金年越」玉川大学出版部　2013　p85
「義太夫節浄瑠璃未翻刻作品集成48　本田善光日本鑑」玉川大学出版部　2018　p127
解題（内山美樹子）
「義太夫節浄瑠璃未翻刻作品集成6　清和源氏十五段」玉川大学出版部　2006　p131
解題（川口節子）
「義太夫節浄瑠璃未翻刻作品集成2　藤原秀郷俵系図」玉川大学出版部　2006　p137
「義太夫節浄瑠璃未翻刻作品集成17　南都十三鐘」玉川大学出版部　2011　p129
「義太夫節浄瑠璃未翻刻作品集成34　苅萱桑門築紫楾」玉川大学出版部　2015　p117
解題（黒石陽子）
「義太夫節浄瑠璃未翻刻作品集成12　赤沢山伊東伝記」玉川大学出版部　2007　p117
「義太夫節浄瑠璃未翻刻作品集成20　源家七代集」玉川大学出版部　2011　p121
「義太夫節浄瑠璃未翻刻作品集成24　蒲冠者藤戸合戦」玉川大学出版部　2013　p135
「義太夫節浄瑠璃未翻刻作品集成41　石橋山鎧襲」玉川大学出版部　2015　p137
解題（神津武男）
「義太夫節浄瑠璃未翻刻作品集成7　京土産名所井筒」玉川大学出版部　2007　p95
解題（坂本清恵）
「義太夫節浄瑠璃未翻刻作品集成10　須磨都源平躑躅」玉川大学出版部　2007　p129
解題（桜井弘）
「義太夫節浄瑠璃未翻刻作品集成9　鬼一法眼三略巻」玉川大学出版部　2007　p131
「義太夫節浄瑠璃未翻刻作品集成36　釜渕双級巴」玉川大学出版部　2015　p79
「義太夫節浄瑠璃未翻刻作品集成46　安倍宗任松浦簦」玉川大学出版部　2018　p119
解題（佐藤麻衣子）
「義太夫節浄瑠璃未翻刻作品集成29　万屋助六二代襏」玉川大学出版部　2013　p83
解題（田草川みずき）
「義太夫節浄瑠璃未翻刻作品集成21　和泉国浮名溜池」玉川大学出版部　2011　p95
「義太夫節浄瑠璃未翻刻作品集成38　田村麿鈴鹿合戦」玉川大学出版部　2015　p127
「義太夫節浄瑠璃未翻刻作品集成50　酒呑童子出生記」玉川大学出版部　2018　p141
解題（原田真澄）
「義太夫節浄瑠璃未翻刻作品集成40　百合稚高麗軍記」玉川大学出版部　2015　p135
「義太夫節浄瑠璃未翻刻作品集成52　物ぐさ太郎」玉川大学出版部　2018　p159
解題（東晴美）
「義太夫節浄瑠璃未翻刻作品集成8　信州姨拾山」玉川大学出版部　2007　p123

「義太夫節浄瑠璃未翻刻作品集成18　梅屋渋浮名色揚」玉川大学出版部　2011　p69
「義太夫節浄瑠璃未翻刻作品集成25　本朝檀特山」玉川大学出版部　2013　p125
「義太夫節浄瑠璃未翻刻作品集成35　今様東二色」玉川大学出版部　2015　p99
「義太夫節浄瑠璃未翻刻作品集成49　鎌倉大系図」玉川大学出版部　2018　p141
解題（渕田裕介）
「義太夫節浄瑠璃未翻刻作品集成16　敵討御未刻太鼓」玉川大学出版部　2011　p87
「義太夫節浄瑠璃未翻刻作品集成44　芳伶人吾妻雛形」玉川大学出版部　2018　p113
解題（山之内英明）
「義太夫節浄瑠璃未翻刻作品集成15　曽我錦几帳」玉川大学出版部　2011　p109
「義太夫節浄瑠璃未翻刻作品集成19　楠正成軍法実録」玉川大学出版部　2011　p131
「義太夫節浄瑠璃未翻刻作品集成22　鎌倉比事青砥銭」玉川大学出版部　2011　p117
「義太夫節浄瑠璃未翻刻作品集成33　待賢門夜軍」玉川大学出版部　2015　p117
「義太夫節浄瑠璃未翻刻作品集成45　赤松円心緑陣幕」玉川大学出版部　2018　p127
解題—河内国姥火（桜井弘）
「義太夫節浄瑠璃未翻刻作品集成13　河内国姥火」玉川大学出版部　2011　p105
刊行にあたって（義太夫節正本刊行会）
「義太夫節浄瑠璃未翻刻作品集成1　出世握虎稚物語」玉川大学出版部　2006　p3
「義太夫節浄瑠璃未翻刻作品集成2　藤原秀郷俵系図」玉川大学出版部　2006　p3
「義太夫節浄瑠璃未翻刻作品集成3　工藤左衛門富士日記」玉川大学出版部　2006　p3
「義太夫節浄瑠璃未翻刻作品集成4　伊勢平氏年々鑑」玉川大学出版部　2006　p3
「義太夫節浄瑠璃未翻刻作品集成5　尊氏将軍二代鑑」玉川大学出版部　2006　p3
「義太夫節浄瑠璃未翻刻作品集成6　清和源氏十五段」玉川大学出版部　2006　p3
「義太夫節浄瑠璃未翻刻作品集成7　京土産名所井筒」玉川大学出版部　2007　p3
「義太夫節浄瑠璃未翻刻作品集成8　信州姨拾山」玉川大学出版部　2007　p3
「義太夫節浄瑠璃未翻刻作品集成9　鬼一法眼三略巻」玉川大学出版部　2007　p3
「義太夫節浄瑠璃未翻刻作品集成10　須磨都源平躑躅」玉川大学出版部　2007　p3
「義太夫節浄瑠璃未翻刻作品集成11　右大将鎌倉実記」玉川大学出版部　2007　p3
「義太夫節浄瑠璃未翻刻作品集成12　赤沢山伊東伝記」玉川大学出版部　2007　p3
「義太夫節浄瑠璃未翻刻作品集成13　河内国姥火」玉川大学出版部　2011　p3
「義太夫節浄瑠璃未翻刻作品集成14　記録曽我玉笄髻」玉川大学出版部　2011　p3
「義太夫節浄瑠璃未翻刻作品集成15　曽我錦几帳」玉川大学出版部　2011　p3
「義太夫節浄瑠璃未翻刻作品集成16　敵討御未刻

太鼓」玉川大学出版部 2011 p3
「義太夫節浄瑠璃未翻刻作品集成17 南都十三鐘」玉川大学出版部 2011 p3
「義太夫節浄瑠璃未翻刻作品集成18 梅屋渋浮名色揚」玉川大学出版部 2011 p3
「義太夫節浄瑠璃未翻刻作品集成19 楠正成軍法実録」玉川大学出版部 2011 p3
「義太夫節浄瑠璃未翻刻作品集成20 源家七代集」玉川大学出版部 2011 p3
「義太夫節浄瑠璃未翻刻作品集成21 和泉国浮名溜池」玉川大学出版部 2011 p3
「義太夫節浄瑠璃未翻刻作品集成22 鎌倉比事青砥銭」玉川大学出版部 2011 p3
「義太夫節浄瑠璃未翻刻作品集成23 尼御台由比浜出」玉川大学出版部 2013 p3
「義太夫節浄瑠璃未翻刻作品集成24 蒲冠者藤戸合戦」玉川大学出版部 2013 p3
「義太夫節浄瑠璃未翻刻作品集成25 本朝檀特山」玉川大学出版部 2013 p3
「義太夫節浄瑠璃未翻刻作品集成26 車還合戦桜」玉川大学出版部 2013 p3
「義太夫節浄瑠璃未翻刻作品集成27 曽我昔見台」玉川大学出版部 2013 p3
「義太夫節浄瑠璃未翻刻作品集成28 元日金年越」玉川大学出版部 2013 p3
「義太夫節浄瑠璃未翻刻作品集成29 万屋助六二代襠」玉川大学出版部 2013 p3
「義太夫節浄瑠璃未翻刻作品集成30 丹州爺打栗」玉川大学出版部 2013 p3
「義太夫節浄瑠璃未翻刻作品集成31 傾城枕軍談」玉川大学出版部 2013 p3
「義太夫節浄瑠璃未翻刻作品集成32 一谷嫩軍記」玉川大学出版部 2013 p3
「義太夫節浄瑠璃未翻刻作品集成33 待賢門夜軍」玉川大学出版部 2015 p3
「義太夫節浄瑠璃未翻刻作品集成34 苅萱桑門築紫𨏍」玉川大学出版部 2015 p3
「義太夫節浄瑠璃未翻刻作品集成35 今様東二色」玉川大学出版部 2015 p3
「義太夫節浄瑠璃未翻刻作品集成36 釜渕双級巴」玉川大学出版部 2015 p3
「義太夫節浄瑠璃未翻刻作品集成37 丹生山田青海剣」玉川大学出版部 2015 p3
「義太夫節浄瑠璃未翻刻作品集成38 田村麿鈴鹿合戦」玉川大学出版部 2015 p3
「義太夫節浄瑠璃未翻刻作品集成39 花衣いろは縁起」玉川大学出版部 2015 p3
「義太夫節浄瑠璃未翻刻作品集成40 百合稚高麗軍記」玉川大学出版部 2015 p3
「義太夫節浄瑠璃未翻刻作品集成41 石橋山鎧襲」玉川大学出版部 2015 p3
「義太夫節浄瑠璃未翻刻作品集成42 いろは日蓮記」玉川大学出版部 2015 p3
「義太夫節浄瑠璃未翻刻作品集成43 眉間尺家貢」玉川大学出版部 2018 p3
「義太夫節浄瑠璃未翻刻作品集成44 莠伶人吾妻雛形」玉川大学出版部 2018 p3
「義太夫節浄瑠璃未翻刻作品集成45 赤松円心緑陣幕」玉川大学出版部 2018 p3
「義太夫節浄瑠璃未翻刻作品集成46 安倍宗任松

浦登」玉川大学出版部 2018 p3
「義太夫節浄瑠璃未翻刻作品集成47 太政入道兵庫岬」玉川大学出版部 2018 p3
「義太夫節浄瑠璃未翻刻作品集成48 本田善光日本鑑」玉川大学出版部 2018 p3
「義太夫節浄瑠璃未翻刻作品集成49 鎌倉大系図」玉川大学出版部 2018 p3
「義太夫節浄瑠璃未翻刻作品集成50 酒呑童子出生記」玉川大学出版部 2018 p3
「義太夫節浄瑠璃未翻刻作品集成51 粟島譜嫁入雛形」玉川大学出版部 2018 p3
「義太夫節浄瑠璃未翻刻作品集成52 物ぐさ太郎」玉川大学出版部 2018 p3
浄瑠璃の風景1 新町遊廓(佐々木和歌子)
「日本の古典をよむ19 雨月物語・冥途の飛脚・心中天の網島」小学館 2008 p212
浄瑠璃の風景2 国立文楽劇場(佐々木和歌子)
「日本の古典をよむ19 雨月物語・冥途の飛脚・心中天の網島」小学館 2008 p308
はじめに
「義太夫節浄瑠璃未翻刻作品集成 索引9 『鬼一法眼三略巻』自立語索引」玉川大学出版部 2011 pⅰ
【年表】
義太夫節人形浄瑠璃上演年表(一七一六-一七五一)(義太夫節正本刊行会監修)
「義太夫節浄瑠璃未翻刻作品集成13 河内国姥火」玉川大学出版部 2011 p111
「義太夫節浄瑠璃未翻刻作品集成14 記録曽我玉䇳蟠」玉川大学出版部 2011 p102
「義太夫節浄瑠璃未翻刻作品集成15 曽我錦几帳」玉川大学出版部 2011 p118
「義太夫節浄瑠璃未翻刻作品集成16 敵討御未刻太鼓」玉川大学出版部 2011 p94
「義太夫節浄瑠璃未翻刻作品集成17 南都十三鐘」玉川大学出版部 2011 p139
「義太夫節浄瑠璃未翻刻作品集成18 梅屋渋浮名色揚」玉川大学出版部 2011 p74
「義太夫節浄瑠璃未翻刻作品集成19 楠正成軍法実録」玉川大学出版部 2011 p142
「義太夫節浄瑠璃未翻刻作品集成20 源家七代集」玉川大学出版部 2011 p128
「義太夫節浄瑠璃未翻刻作品集成21 和泉国浮名溜池」玉川大学出版部 2011 p122
「義太夫節浄瑠璃未翻刻作品集成22 鎌倉比事青砥銭」玉川大学出版部 2011 p127
「義太夫節浄瑠璃未翻刻作品集成23 尼御台由比浜出」玉川大学出版部 2013 p136
「義太夫節浄瑠璃未翻刻作品集成24 蒲冠者藤戸合戦」玉川大学出版部 2013 p142
「義太夫節浄瑠璃未翻刻作品集成25 本朝檀特山」玉川大学出版部 2013 p135
「義太夫節浄瑠璃未翻刻作品集成26 車還合戦桜」玉川大学出版部 2013 p135
「義太夫節浄瑠璃未翻刻作品集成27 曽我昔見台」玉川大学出版部 2013 p108
「義太夫節浄瑠璃未翻刻作品集成28 元日金年越」玉川大学出版部 2013 p72

「義太夫節浄瑠璃未翻刻作品集成29 万屋助六二代楯」玉川大学出版部 2013 p92
「義太夫節浄瑠璃未翻刻作品集成30 丹州爺打栗」玉川大学出版部 2013 p142
「義太夫節浄瑠璃未翻刻作品集成31 傾城枕軍談」玉川大学出版部 2013 p128
「義太夫節浄瑠璃未翻刻作品集成32 一谷嫩軍記」玉川大学出版部 2013 p144
「義太夫節浄瑠璃未翻刻作品集成33 待賢門夜軍」玉川大学出版部 2015 p126
「義太夫節浄瑠璃未翻刻作品集成34 苅萱桑門築紫榮」玉川大学出版部 2015 p127
「義太夫節浄瑠璃未翻刻作品集成35 今様東二色」玉川大学出版部 2015 p104
「義太夫節浄瑠璃未翻刻作品集成36 釜淵双級巴」玉川大学出版部 2015 p86
「義太夫節浄瑠璃未翻刻作品集成37 丹生山田青海剣」玉川大学出版部 2015 p128
「義太夫節浄瑠璃未翻刻作品集成38 田村麿鈴鹿合戦」玉川大学出版部 2015 p136
「義太夫節浄瑠璃未翻刻作品集成39 花衣いろは縁起」玉川大学出版部 2015 p147
「義太夫節浄瑠璃未翻刻作品集成40 百合稚高麗軍記」玉川大学出版部 2015 p144
「義太夫節浄瑠璃未翻刻作品集成41 石橋山鎧襲」玉川大学出版部 2015 p147
「義太夫節浄瑠璃未翻刻作品集成42 いろは日蓮記」玉川大学出版部 2015 p121
「義太夫節浄瑠璃未翻刻作品集成43 眉間尺象貢」玉川大学出版部 2018 p139
「義太夫節浄瑠璃未翻刻作品集成44 菷伶人吾妻雛形」玉川大学出版部 2018 p120
「義太夫節浄瑠璃未翻刻作品集成45 赤松円心緑陣幕」玉川大学出版部 2018 p135
「義太夫節浄瑠璃未翻刻作品集成46 安倍宗任松浦箆」玉川大学出版部 2018 p129
「義太夫節浄瑠璃未翻刻作品集成47 太政入道兵庫岬」玉川大学出版部 2018 p136
「義太夫節浄瑠璃未翻刻作品集成48 本田善光日本鑑」玉川大学出版部 2018 p137
「義太夫節浄瑠璃未翻刻作品集成49 鎌倉大系図」玉川大学出版部 2018 p151
「義太夫節浄瑠璃未翻刻作品集成50 酒呑童子出生記」玉川大学出版部 2018 p150
「義太夫節浄瑠璃未翻刻作品集成51 粟島譜嫁入雛形」玉川大学出版部 2018 p136
「義太夫節浄瑠璃未翻刻作品集成52 物ぐさ太郎」玉川大学出版部 2018 p170
享保期興行年表(神津武男)
「義太夫節浄瑠璃未翻刻作品集成1 出世握虎稚物語」玉川大学出版部 2006 p124
「義太夫節浄瑠璃未翻刻作品集成2 藤原秀郷俵系図」玉川大学出版部 2006 p144
「義太夫節浄瑠璃未翻刻作品集成3 工藤左衛門富士日記」玉川大学出版部 2006 p156
「義太夫節浄瑠璃未翻刻作品集成4 伊勢平氏年々鑑」玉川大学出版部 2006 p120
「義太夫節浄瑠璃未翻刻作品集成5 尊氏将軍二代鑑」玉川大学出版部 2006 p142
「義太夫節浄瑠璃未翻刻作品集成6 清和源氏十五段」玉川大学出版部 2006 p138
「義太夫節浄瑠璃未翻刻作品集成7 京土産名所井筒」玉川大学出版部 2007 p102
「義太夫節浄瑠璃未翻刻作品集成8 信州姨拾山」玉川大学出版部 2007 p130
「義太夫節浄瑠璃未翻刻作品集成9 鬼一法眼三略巻」玉川大学出版部 2007 p138
「義太夫節浄瑠璃未翻刻作品集成10 須磨都源平躅」玉川大学出版部 2007 p136
「義太夫節浄瑠璃未翻刻作品集成11 右大将鎌倉実記」玉川大学出版部 2007 p118
「義太夫節浄瑠璃未翻刻作品集成12 赤沢山伊東伝記」玉川大学出版部 2007 p126

【資料】
影印〔今様東二色〕
　「義太夫節浄瑠璃未翻刻作品集成35 今様東二色」玉川大学出版部 2015 p39
『鬼一法眼三略巻』自立語索引(佐藤麻衣子ほか編)
　「義太夫節浄瑠璃未翻刻作品集成 索引9 『鬼一法眼三略巻』自立語索引」玉川大学出版部 2011 p1
校異(佐藤麻衣子ほか編)
　「義太夫節浄瑠璃未翻刻作品集成 索引9 『鬼一法眼三略巻』自立語索引」玉川大学出版部 2011 p338

浄瑠璃(古浄瑠璃)

【解説】
あとがき—奥浄瑠璃研究会消息(真下美弥子)
　「伝承文学資料集成10 奥浄瑠璃集成(一)」三弥井書店 2000 p345
奥浄瑠璃テキストの性格(真下美弥子)
　「伝承文学資料集成10 奥浄瑠璃集成(一)」三弥井書店 2000 p205
〔塩釜御本地〕解題・解説〕斎藤報恩会「奥州一ノ宮御本地由来之事」(神田洋、福田晃)
　「伝承文学資料集成10 奥浄瑠璃集成(一)」三弥井書店 2000 p260
〔塩釜御本地〕解題・解説〕斎藤報恩会蔵「一宮御本地一生記」(神田洋、福田晃)
　「伝承文学資料集成10 奥浄瑠璃集成(一)」三弥井書店 2000 p238
〔塩釜御本地〕解題・解説〕斎藤報恩会蔵「奥州一ノ宮御本地」(神田洋、福田晃)
　「伝承文学資料集成10 奥浄瑠璃集成(一)」三弥井書店 2000 p224
〔塩釜御本地〕解題・解説〕「塩釜御本地」の諸本(神田洋、福田晃)
　「伝承文学資料集成10 奥浄瑠璃集成(一)」三弥井書店 2000 p280
〔塩釜御本地〕解題・解説〕宮城県立図書館蔵「塩釜本地由来記」(神田洋、福田晃)
　「伝承文学資料集成10 奥浄瑠璃集成(一)」三弥井書店 2000 p228

〔「竹生島の本地」解題・解説〕小野豪信氏蔵「松浦誕生記」について（真下美弥子）
　「伝承文学資料集成10 奥浄瑠璃集成（一）」三弥井書店 2000 p305
〔「竹生島の本地」解題・解説〕斎藤報恩会蔵「竹生嶋弁財天御本地」（大場本）について（真下美弥子）
　「伝承文学資料集成10 奥浄瑠璃集成（一）」三弥井書店 2000 p302
〔「竹生島の本地」解題・解説〕斎藤報恩会蔵「竹生島弁才天由来記」（菊地本）（真下美弥子）
　「伝承文学資料集成10 奥浄瑠璃集成（一）」三弥井書店 2000 p307
〔「竹生島の本地」解題・解説〕「竹生島の本地」の諸本（真下美弥子）
　「伝承文学資料集成10 奥浄瑠璃集成（一）」三弥井書店 2000 p296
〔「竹生島の本地」解題・解説〕伝承とテキスト（真下美弥子）
　「伝承文学資料集成10 奥浄瑠璃集成（一）」三弥井書店 2000 p313
例言（福田晃）
　「伝承文学資料集成10 奥浄瑠璃集成（一）」三弥井書店 2000 p3

【資料】
奥浄瑠璃諸本目録（奥浄瑠璃研究会）
　「伝承文学資料集成10 奥浄瑠璃集成（一）」三弥井書店 2000 p315

菅専助

【解説】
解題 稲荷街道墨染桜
　「菅専助全集6」勉誠社 1995 p100
解題 今盛戀緋桜
　「菅専助全集5」勉誠社 1993 p320
解題 近江國源五郎鮒
　「菅専助全集5」勉誠社 1993 p226
解題 置土産今織上布
　「菅専助全集4」勉誠社 1993 p322
解題 小田館雙生日記
　「菅専助全集1」勉誠社 1990 p312
解題 桂川連理柵
　「菅専助全集4」勉誠社 1993 p192
解題 紙子仕立両面鑑
　「菅専助全集1」勉誠社 1990 p154
解題 北浜名物黒船噺・雙紋筐巣籠
　「菅専助全集1」勉誠社 1990 p214
解題 蓋壽永軍記
　「菅専助全集4」勉誠社 1993 p116
解題 軍術出口柳
　「菅専助全集3」勉誠社 1992 p198
解題 けいせい恋飛脚
　「菅専助全集3」勉誠社 1992 p64

解題 源平鴨鳥越
　「菅専助全集2」勉誠社 1991 p2
解題 後太平記瓢実録
　「菅専助全集2」勉誠社 1991 p174
解題 魁鐘岬
　「菅専助全集2」勉誠社 1991 p88
解題 摂州合邦辻
　「菅専助全集2」勉誠社 1991 p242
解題 染模様妹背門松
　「菅専助全集1」勉誠社 1990 p2
解題 鯛屋貞柳歳旦闔
　「菅専助全集4」勉誠社 1993 p2
解題 伊達娘恋緋鹿子
　「菅専助全集2」勉誠社 1991 p294
解題 忠孝大磯通
　「菅専助全集1」勉誠社 1990 p50
解題 雕刻左小刀
　「菅専助全集6」勉誠社 1995 p344
解題 融大臣鹽竈櫻花
　「菅専助全集5」勉誠社 1993 p2
解題 夏浴衣清十郎染
　「菅専助全集5」勉誠社 1993 p182
解題 博多織戀鏑
　「菅専助全集6」勉誠社 1995 p206
解題 端手姿鎌倉文談
　「菅専助全集4」勉誠社 1993 p230
解題 花欅会稽揭布染
　「菅専助全集3」勉誠社 1992 p112
解題 花楓都模様
　「菅専助全集6」勉誠社 1995 p418
解題 東山殿幼稚物語
　「菅専助全集6」勉誠社 1995 p2
解題 御堂前菖蒲帷子
　「菅専助全集5」勉誠社 1993 p92
解題 倭歌月見松
　「菅専助全集3」勉誠社 1992 p302
解題 有職鎌倉山
　「菅専助全集6」勉誠社 1995 p262
解題 呼子鳥小栗実記
　「菅専助全集3」勉誠社 1992 p2

【資料】
稲荷街道墨染桜 絵尽し
　「菅専助全集6」勉誠社 1995 p485
近江國源五郎鮒 絵尽し
　「菅専助全集5」勉誠社 1993 p405
近江國源五郎鮒 辻番付
　「菅専助全集5」勉誠社 1993 p363
女小学平治見臺 絵尽し
　「菅専助全集5」勉誠社 1993 p381
桂川連理柵 絵尽し
　「菅専助全集4」勉誠社 1993 p407
紙子仕立両面鑑 絵尽し
　「菅専助全集1」勉誠社 1990 p431

紙子仕立両面鑑 番付
　「菅専助全集1」勉誠社 1990 p404
北浜名物黒船噺 絵尽し
　「菅専助全集1」勉誠社 1990 p443
蓋寿永軍記 絵尽し
　「菅専助全集4」勉誠社 1993 p395
軍術出口柳（二種）絵尽し
　「菅専助全集3」勉誠社 1992 p421
源平鵯越 番付
　「菅専助全集2」勉誠社 1991 p377
源平鵯越 絵尽し
　「菅専助全集2」勉誠社 1991 p383
後太平記瓢実録 絵尽し
　「菅専助全集2」勉誠社 1991 p407
魁鐘岬 絵尽し
　「菅専助全集2」勉誠社 1991 p395
魁鐘岬 番付
　「菅専助全集2」勉誠社 1991 p379
人名索引
　「菅専助全集6」勉誠社 1995 左1
摂州合邦辻 絵尽し
　「菅専助全集2」勉誠社 1991 p419
染模様妹背門松 絵尽し
　「菅専助全集1」勉誠社 1990 p407
染模様妹背門松 番付
　「菅専助全集1」勉誠社 1990 p403
鯛屋貞柳歳旦闇 絵尽し
　「菅専助全集4」勉誠社 1993 p383
地名索引
　「菅専助全集6」勉誠社 1995 左19
忠孝大磯通 絵尽し
　「菅専助全集1」勉誠社 1990 p419
雕刻左小刀 番付
　「菅専助全集6」勉誠社 1995 p471
融大臣鹽竈櫻花 絵尽し
　「菅専助全集5」勉誠社 1993 p369
博多織戀錦 番付
　「菅専助全集6」勉誠社 1995 p467
端手姿鎌倉文談 絵尽し
　「菅専助全集4」勉誠社 1993 p419
端手姿鎌倉文談 番付
　「菅専助全集4」勉誠社 1993 p379
花襷会稽掲布染 絵尽し
　「菅専助全集3」勉誠社 1992 p409
花襷会稽掲布染 番付
　「菅専助全集3」勉誠社 1992 p403
花楓都模様 番付
　「菅専助全集6」勉誠社 1995 p473
東山殿幼稚物語 絵尽し
　「菅専助全集6」勉誠社 1995 p477
御堂前菖蒲帷子 絵尽し
　「菅専助全集5」勉誠社 1993 p393

倭歌月見松 絵尽し
　「菅専助全集3」勉誠社 1992 p445
倭歌月見松 番付
　「菅専助全集3」勉誠社 1992 p405
有職鎌倉山 番付
　「菅専助全集6」勉誠社 1995 p469

説経節
【解説】
解説（室木弥太郎）
　「新潮日本古典集成 新装版〔33〕 説経集」新潮社 2017 p391
【資料】
校異等一覧
　「新潮日本古典集成 新装版〔33〕 説経集」新潮社 2017 p438
参考地図
　「新潮日本古典集成 新装版〔33〕 説経集」新潮社 2017 p457
地名・寺社名一覧
　「新潮日本古典集成 新装版〔33〕 説経集」新潮社 2017 p427
本文挿絵一覧
　「新潮日本古典集成 新装版〔33〕 説経集」新潮社 2017 p450

川柳
【解説】
解説（坂内泰子）
　「わたしの古典22 岩橋邦枝の誹風柳多留」集英社 1987 p261
わたしと『誹風柳多留』（岩橋邦枝）
　「わたしの古典22 岩橋邦枝の誹風柳多留」集英社 1987 p1
【資料】
初句索引
　「わたしの古典22 岩橋邦枝の誹風柳多留」集英社 1987 p269

高井几董
【解説】
後記（浅見美智子）
　「几董発句全集〔1〕」八木書店 1997 p193
序（木村三四吾）
　「几董発句全集〔1〕」八木書店 1997 p1
几董初懐紙 解題（丸山一彦）
　「蕪村全集7 編著・追善」講談社 1995 p586
晋明集二稿 解題（丸山一彦）
　「蕪村全集3 句集・句稿・句会稿」講談社 1992 p601
辛丑春月並会句記 解題（丸山一彦）
　「蕪村全集3 句集・句稿・句会稿」講談社 1992 p582

丁酉之句帖 巻六 解題（丸山一彦）
「蕪村全集3 句集・句稿・句会稿」講談社 1992 p521
日発句集 解題（丸山一彦）
「蕪村全集3 句集・句稿・句会稿」講談社 1992 p422
丙申之句帖 巻五 解題（丸山一彦）
「蕪村全集3 句集・句稿・句会稿」講談社 1992 p499
甲午之夏ほく帖 巻の四 解題（丸山一彦）
「蕪村全集3 句集・句稿・句会稿」講談社 1992 p472
戊戌之句帖 解題（丸山一彦）
「蕪村全集3 句集・句稿・句会稿」講談社 1992 p546
発句集 巻之三 解題（丸山一彦）
「蕪村全集3 句集・句稿・句会稿」講談社 1992 p447
俳諧もゝすもゝ 解題（山下一海）
「蕪村全集7 編著・追善」講談社 1995 p254
『俳諧もゝすもゝ』関係几董宛蕪村書簡 解題（丸山一彦）
「蕪村全集2 連句」講談社 2001 p566
蕪村・几董交筆『もゝすもゝ』草稿 解題（丸山一彦）
「蕪村全集2 連句」講談社 2001 p577
宿の日記 解題（丸山一彦）
「蕪村全集3 句集・句稿・句会稿」講談社 1992 p633
連句会草稿 解題（丸山一彦）
「蕪村全集3 句集・句稿・句会稿」講談社 1992 p566

【年表】
年譜
「几董発句全集〔1〕」八木書店 1997 p1

【資料】
引用書目録
「几董発句全集〔1〕」八木書店 1997 p177
三句索引
「几董発句全集〔1〕」八木書店 1997 p39
人名索引
「几董発句全集〔1〕」八木書店 1997 p171

宝井其角

【解説】
〔解題〕いつを昔
「宝井其角全集〔1〕 編著篇」勉誠社 1994 p542
〔解題〕末若葉
「宝井其角全集〔1〕 編著篇」勉誠社 1994 p555
〔解題〕枯尾華
「宝井其角全集〔1〕 編著篇」勉誠社 1994 p550
〔解題〕句兄弟
「宝井其角全集〔1〕 編著篇」勉誠社 1994 p552
〔解題〕五元集
「宝井其角全集〔1〕 編著篇」勉誠社 1994 p563
〔解題〕三上吟
「宝井其角全集〔1〕 編著篇」勉誠社 1994 p556
〔解題〕蟲集
「宝井其角全集〔1〕 編著篇」勉誠社 1994 p537
〔解題〕焦尾琴
「宝井其角全集〔1〕 編著篇」勉誠社 1994 p558
〔解題〕新山家
「宝井其角全集〔1〕 編著篇」勉誠社 1994 p538
〔解題〕雑談集
「宝井其角全集〔1〕 編著篇」勉誠社 1994 p547
〔解題〕続虚栗
「宝井其角全集〔1〕 編著篇」勉誠社 1994 p540
〔解題〕たれか家
「宝井其角全集〔1〕 編著篇」勉誠社 1994 p546
〔解題〕萩の露
「宝井其角全集〔1〕 編著篇」勉誠社 1994 p549
〔解題〕花摘
「宝井其角全集〔1〕 編著篇」勉誠社 1994 p544
〔解題〕虚栗
「宝井其角全集〔1〕 編著篇」勉誠社 1994 p535
〔解題〕類柑子
「宝井其角全集〔1〕 編著篇」勉誠社 1994 p560
其角伝書「正風二十五条」（中西啓）
「古典文学翻刻集成7 続・俳文学篇 中興期（下）」ゆまに書房 1999 p253
はじめに（編者）
「宝井其角全集〔1〕 編著篇」勉誠社 1994 p（1）

【年表】
年譜篇
「宝井其角全集〔3〕 年譜篇」勉誠社 1994 p3
〔年譜篇〕注
「宝井其角全集〔3〕 年譜篇」勉誠社 1994 p95
年譜篇補遺
「宝井其角全集〔3〕 年譜篇」勉誠社 1994 p184

【資料】
一言俳談〔抄〕
「宝井其角全集〔2〕 資料篇」勉誠社 1994 p420
近世奇跡考補遺〔影印〕
「宝井其角全集〔2〕 資料篇」勉誠社 1994 p725
事項索引（古相正美，波平八郎）
「宝井其角全集〔4〕 索引篇」勉誠社 1994 p835
人名索引（古相正美，波平八郎）
「宝井其角全集〔4〕 索引篇」勉誠社 1994 p753
発句・付句索引（古相正美，波平八郎）
「宝井其角全集〔4〕 索引篇」勉誠社 1994 p1

滝沢馬琴

【解説】
解説（板坂則子）
「わたしの古典21 安西篤子の南総里見八犬伝」集

英社 1986 p262
解説（鈴木邑）
「現代語で読む歴史文学〔16〕 南総里見八犬伝（上巻）」勉誠出版 2004 p351
解説（湯浅佳子）
「三弥井古典文庫〔7〕 南総里見八犬伝名場面集」三弥井書店 2007 p ⅰ
わたしと『南総里見八犬伝』（安西篤子）
「わたしの古典21 安西篤子の南総里見八犬伝」集英社 1986 p1

【資料】
主な登場人物
「現代語で読む歴史文学〔16〕 南総里見八犬伝（上巻）」勉誠出版 2004 p（6）
「現代語で読む歴史文学〔17〕 南総里見八犬伝（下巻）」勉誠出版 2004 p（6）
作中地名所在地
「現代語で読む歴史文学〔16〕 南総里見八犬伝（上巻）」勉誠出版 2004 p369
参考図 南総里見八犬伝ゆかりの地（穂積和夫）
「わたしの古典21 安西篤子の南総里見八犬伝」集英社 1986 p270
登場人物紹介（板坂則子）
「わたしの古典21 安西篤子の南総里見八犬伝」集英社 1986 p257
南総里見八犬伝関係地図
「現代語で読む歴史文学〔16〕 南総里見八犬伝（上巻）」勉誠出版 2004 p348
『八犬伝』諸本、書誌についての参考文献（湯浅佳子）
「三弥井古典文庫〔7〕 南総里見八犬伝名場面集」三弥井書店 2007 p ⅹⅴⅱ

竹田出雲

【解説】
あとがき（坂本清恵）
「義太夫節浄瑠璃未翻刻作品集成 索引1 『出世握虎稚物語』自立語索引」玉川大学出版部 2010 巻末
解題（飯島満）
「義太夫節浄瑠璃未翻刻作品集成51 粟島譜嫁入雛形」玉川大学出版部 2018 p123
解題（伊藤りさ）
「義太夫節浄瑠璃未翻刻作品集成47 太政入道兵庫岬」玉川大学出版部 2018 p129
解題（川口節子）
「義太夫節浄瑠璃未翻刻作品集成43 眉間尺象貢」玉川大学出版部 2018 p131
解題（黒石陽子）
「義太夫節浄瑠璃未翻刻作品集成3 工藤左衛門富士日記」玉川大学出版部 2006 p149
解題（坂本清恵）
「義太夫節浄瑠璃未翻刻作品集成1 出世握虎稚物語」玉川大学出版部 2006 p117
「義太夫節浄瑠璃未翻刻作品集成23 尼御台由比浜出」玉川大学出版部 2013 p127
解題（鳥越文蔵）
「義太夫節浄瑠璃未翻刻作品集成11 右大将鎌倉実記」玉川大学出版部 2007 p111
解題（原田真澄）
「義太夫節浄瑠璃未翻刻作品集成31 傾城枕軍談」玉川大学出版部 2013 p121
解題（東晴美）
「義太夫節浄瑠璃未翻刻作品集成4 伊勢平氏年々鑑」玉川大学出版部 2006 p113
解題（渕田裕介）
「義太夫節浄瑠璃未翻刻作品集成30 丹州爺打栗」玉川大学出版部 2013 p131
「義太夫節浄瑠璃未翻刻作品集成39 花衣いろは縁起」玉川大学出版部 2015 p139
はじめに
「義太夫節浄瑠璃未翻刻作品集成 索引1 『出世握虎稚物語』自立語索引」玉川大学出版部 2010 p ⅰ

【資料】
『出世握虎稚物語』自立語索引（坂本清恵ほか）
「義太夫節浄瑠璃未翻刻作品集成 索引1 『出世握虎稚物語』自立語索引」玉川大学出版部 2010 p1
注記（坂本清恵ほか）
「義太夫節浄瑠璃未翻刻作品集成 索引1 『出世握虎稚物語』自立語索引」玉川大学出版部 2010 p255

建部綾足

【解説】
伊香保山日記 書誌・解題（松尾勝郎）
「建部綾足全集1（俳諧 Ⅰ）」国書刊行会 1986 p26
俳諧いせのはなし 書誌・解題（長島弘明）
「建部綾足全集1（俳諧 Ⅰ）」国書刊行会 1986 p88
いははぐさ 書誌・解題（玉城司）
「建部綾足全集3（俳諧 Ⅲ）」国書刊行会 1986 p346
俳譜絵の山陰 書誌・解題（高田衛）
「建部綾足全集2（俳諧 Ⅱ）」国書刊行会 1986 p10
おぎのかぜ 書誌・解題（高田衛）
「建部綾足全集2（俳諧 Ⅱ）」国書刊行会 1986 p34
をぐななぶり 書誌・解題（玉城司）
「建部綾足全集3（俳諧 Ⅲ）」国書刊行会 1986 p102
〔解題〕東の道行ぶり（長島弘明）
「建部綾足全集5（紀行・歌集）」国書刊行会 1987 p458
〔解題〕綾足家集（玉城司）
「建部綾足全集5（紀行・歌集）」国書刊行会 1987 p463

〔解題〕綾足講真字伊勢物語（稲田篤信）
「建部綾足全集7（国学）」国書刊行会 1988 p518
〔解題〕梅日記 桜日記 卯の花日記（風間誠史）
「建部綾足全集5（紀行・歌集）」国書刊行会
　1987 p443
〔解題〕折々草（風間誠史）
「建部綾足全集6（文集）」国書刊行会 1987 p374
〔解題〕歌文要語（稲田篤信）
「建部綾足全集7（国学）」国書刊行会 1988 p507
〔解題〕紀行（稲田篤信）
「建部綾足全集5（紀行・歌集）」国書刊行会
　1987 p427
〔解題〕紀行三千里（松尾勝郎）
「建部綾足全集5（紀行・歌集）」国書刊行会
　1987 p437
〔解題〕旧本伊勢物語 伊勢物語考異（稲田篤信）
「建部綾足全集7（国学）」国書刊行会 1988 p522
〔解題〕古意追考（稲田篤信）
「建部綾足全集7（国学）」国書刊行会 1988 p526
解題〔後車戒・艶書〕
「建部綾足全集9（書簡・補遺）」国書刊行会
　1990 p330
〔解題〕後篇はしがきぶり（風間誠史）
「建部綾足全集7（国学）」国書刊行会 1988 p540
〔解題〕古今物わすれ（玉城司）
「建部綾足全集6（文集）」国書刊行会 1987 p386
〔解題〕しぐれの記（風間誠史）
「建部綾足全集5（紀行・歌集）」国書刊行会
　1987 p454
〔解題〕枕詞増補詞草小苑（風間誠史）
「建部綾足全集7（国学）」国書刊行会 1988 p544
解題〔序跋・短文〕
「建部綾足全集9（書簡・補遺）」国書刊行会
　1990 p324
〔解題〕すずみぐさ（松尾勝郎）
「建部綾足全集1（文集）」国書刊行会 1987 p389
〔解題〕勢語講義（長島弘明）
「建部綾足全集7（国学）」国書刊行会 1988 p515
〔解題〕三拾四処観音順礼秩父縁起霊験円通伝（風間誠史）
「建部綾足全集6（文集）」国書刊行会 1987 p359
〔解題〕秩父順礼独案内記
「建部綾足全集6（文集）」国書刊行会 1987 p366
〔解題〕西山物語（稲田篤信）
「建部綾足全集4（物語）」国書刊行会 1986 p386
〔解題〕はし書ぶり（風間誠史）
「建部綾足全集7（国学）」国書刊行会 1988 p510
〔解題〕芭蕉翁頭陀物語（玉城司）
「建部綾足全集6（文集）」国書刊行会 1987 p371
〔解題〕ひさうなきの辞の論（風間誠史）
「建部綾足全集7（国学）」国書刊行会 1988 p532
〔解題〕女誡ひとへ衣（風間誠史）
「建部綾足全集7（国学）」国書刊行会 1988 p536

解題〔評点〕
「建部綾足全集9（書簡・補遺）」国書刊行会
　1990 p233
〔解題〕風雅艶談 浮舟部（玉城司）
「建部綾足全集4（物語）」国書刊行会 1986 p381
〔解題〕望雲集（長島弘明）
「建部綾足全集5（紀行・歌集）」国書刊行会
　1987 p471
〔解題〕奉納伊勢国能褒野日本武尊神陵 請華篇（長島弘明）
「建部綾足全集5（紀行・歌集）」国書刊行会
　1987 p476
〔解題〕本朝水滸伝（風間誠史）
「建部綾足全集4（物語）」国書刊行会 1986 p391
〔解題〕本朝水滸伝 後篇（長島弘明）
「建部綾足全集4（物語）」国書刊行会 1986 p396
〔解題〕漫遊記（稲田篤信）
「建部綾足全集6（文集）」国書刊行会 1987 p393
〔解題〕万葉綾비草（長島弘明）
「建部綾足全集7（国学）」国書刊行会 1988 p549
〔解題〕万葉以佐詞考（長島弘明）
「建部綾足全集7（国学）」国書刊行会 1988 p551
〔解題〕三野日記（風間誠史）
「建部綾足全集5（紀行・歌集）」国書刊行会
　1987 p440
〔解題〕物詣（風間誠史）
「建部綾足全集5（紀行・歌集）」国書刊行会
　1987 p449
〔解題〕やはたの道行ぶり（長島弘明）
「建部綾足全集5（紀行・歌集）」国書刊行会
　1987 p452
〔解題〕由良物語（風間誠史）
「建部綾足全集4（物語）」国書刊行会 1986 p403
〔解題〕凉俗家稿（稲田篤信）
「建部綾足全集5（紀行・歌集）」国書刊行会
　1987 p433
解題〔連句〕
「建部綾足全集9（書簡・補遺）」国書刊行会
　1990 p213
春興かすみをとこ 書誌・解題（松尾勝郎）
「建部綾足全集3（俳諧Ⅲ）」国書刊行会 1986
　p116
片歌あさふすま 書誌・解題（高田衛）
「建部綾足全集3（俳諧Ⅲ）」国書刊行会 1986
　p70
片歌東風俗 書誌・解題（風間誠史）
「建部綾足全集3（俳諧Ⅲ）」国書刊行会 1986
　p160
片歌磯の玉藻 書誌・解題（長島弘明）
「建部綾足全集3（俳諧Ⅲ）」国書刊行会 1986
　p224
片歌旧宜集 書誌・解題（玉城司）
「建部綾足全集3（俳諧Ⅲ）」国書刊行会 1986
　p276
片歌草のはり道 書誌・解題（松尾勝郎）
「建部綾足全集3（俳諧Ⅲ）」国書刊行会 1986

建部綾足　　　　　　　解説・資料　　　　　　近世

　　p50
片歌二夜問答 書誌・解題（玉城司）
　「建部綾足全集3（俳諧 Ⅲ）」国書刊行会 1986
　　p32
片歌弁 書誌・解題（玉城司）
　「建部綾足全集3（俳諧 Ⅲ）」国書刊行会 1986
　　p384
片歌道のはじめ 書誌・解題（玉城司）
　「建部綾足全集3（俳諧 Ⅲ）」国書刊行会 1986
　　p12
俳諧枯野問答 書誌・解題（玉城司）
　「建部綾足全集1（俳諧 Ⅰ）」国書刊行会 1986
　　p98
希因涼袋百題集 書誌・解題（稲田篤信）
　「建部綾足全集1（俳諧 Ⅰ）」国書刊行会 1986
　　p112
草枕 書誌・解題（玉城司）
　「建部綾足全集3（俳諧 Ⅲ）」国書刊行会 1986
　　p264
はいかい黒うるり 書誌・解題（稲田篤信）
　「建部綾足全集1（俳諧 Ⅰ）」国書刊行会 1986
　　p356
涼帒独吟恋の百韻 書誌・解題（稲田篤信）
　「建部綾足全集1（俳諧 Ⅰ）」国書刊行会 1986
　　p182
俳諧香爐峯 書誌・解題（長島弘明）
　「建部綾足全集2（俳諧 Ⅱ）」国書刊行会 1986
　　p152
古今俳諧明題集 書誌・解題（松尾勝郎）
　「建部綾足全集2（俳諧 Ⅱ）」国書刊行会 1986
　　p184
〔古人六印以上句〕書誌・解題（長島弘明）
　「建部綾足全集3（俳諧 Ⅲ）」国書刊行会 1986
　　p146
〔佐原日記〕書誌・解題（高田衛）
　「建部綾足全集2（俳諧 Ⅱ）」国書刊行会 1986
　　p40
俳諧山居の春 書誌・解題（松尾勝郎）
　「建部綾足全集1（俳諧 Ⅰ）」国書刊行会 1986
　　p214
十題点位丸以上 書誌・解題（長島弘明）
　「建部綾足全集3（俳諧 Ⅲ）」国書刊行会 1986
　　p368
春興幾桜木 書誌・解題（風間誠史）
　「建部綾足全集2（俳諧 Ⅱ）」国書刊行会 1986
　　p122
俳諧新凉夜話 書誌・解題（松尾勝郎）
　「建部綾足全集1（俳諧 Ⅰ）」国書刊行会 1986
　　p372
俳諧続三疋猿 書誌・解題（玉城司）
　「建部綾足全集1（俳諧 Ⅰ）」国書刊行会 1986
　　p164
伊勢続新百韻 書誌・解題（松尾勝郎）
　「建部綾足全集1（俳諧 Ⅰ）」国書刊行会 1986
　　p72
続百恋集 書誌・解題（稲田篤信）
　「建部綾足全集1（俳諧 Ⅰ）」国書刊行会 1986

　　p344
俳諧その日がへり 書誌・解題（玉城司）
　「建部綾足全集2（俳諧 Ⅱ）」国書刊行会 1986
　　p108
たづのあし 書誌・解題（玉城司）
　「建部綾足全集3（俳諧 Ⅲ）」国書刊行会 1986
　　p60
追悼冬こだち 書誌・解題（高田衛）
　「建部綾足全集3（俳諧 Ⅲ）」国書刊行会 1986
　　p312
俳諧杖のさき 書誌・解題（松尾勝郎）
　「建部綾足全集1（俳諧 Ⅰ）」国書刊行会 1986
　　p50
つぎほの梅 書誌・解題（松尾勝郎）
　「建部綾足全集1（俳諧 Ⅰ）」国書刊行会 1986
　　p202
田家百首 書誌・解題（松尾勝郎）
　「建部綾足全集3（俳諧 Ⅲ）」国書刊行会 1986
　　p376
俳諧桃八仙 書誌・解題（高田衛）
　「建部綾足全集1（俳諧 Ⅰ）」国書刊行会 1986
　　p300
とはしぐさ 書誌・解題（稲田篤信）
　「建部綾足全集3（俳諧 Ⅲ）」国書刊行会 1986
　　p318
南北新話後篇 書誌・解題（玉城司）
　「建部綾足全集1（俳諧 Ⅰ）」国書刊行会 1986
　　p312
俳諧 海のきれ 書誌・解題
　「建部綾足全集9（書簡・補遺）」国書刊行会
　　1990 p204
俳諧川柳 書誌・解題（高田衛）
　「建部綾足全集1（俳諧 Ⅰ）」国書刊行会 1986
　　p226
俳諧角あはせ 書誌・解題（玉城司）
　「建部綾足全集1（俳諧 Ⅰ）」国書刊行会 1986
　　p240
俳諧田家の春 書誌・解題（長島弘明）
　「建部綾足全集1（俳諧 Ⅰ）」国書刊行会 1986
　　p272
俳諧南北新話 書誌・解題（玉城司）
　「建部綾足全集1（俳諧 Ⅰ）」国書刊行会 1986
　　p128
俳諧麦ばたけ 書誌・解題（松尾勝郎）
　「建部綾足全集1（俳諧 Ⅰ）」国書刊行会 1986
　　p120
俳諧明題冬部 書誌・解題（玉城司）
　「建部綾足全集2（俳諧 Ⅱ）」国書刊行会 1986
　　p376
俳諧連理香 初帖 書誌・解題（風間誠史）
　「建部綾足全集2（俳諧 Ⅱ）」国書刊行会 1986
　　p74
紀行俳仙窟 書誌・解題（玉城司）
　「建部綾足全集1（俳諧 Ⅰ）」国書刊行会 1986
　　p252
俳諧はしのな 書誌・解題（松尾勝郎）
　「建部綾足全集2（俳諧 Ⅱ）」国書刊行会 1986

p48
華盗人 書誌・解題(松尾勝郎)
「建部綾足全集1(俳諧Ⅰ)」国書刊行会 1986 p290
俳諧琵琶の雨 書誌・解題(玉城司)
「建部綾足全集1(俳諧Ⅰ)」国書刊行会 1986 p82
俳諧ふたやどり 書誌・解題(風間誠史)
「建部綾足全集1(俳諧Ⅰ)」国書刊行会 1986 p176
編集のことば(建部綾足著作刊行会)
「建部綾足全集1(俳諧Ⅰ)」国書刊行会 1986 p1
「建部綾足全集2(俳諧Ⅱ)」国書刊行会 1986 p1
「建部綾足全集3(俳諧Ⅲ)」国書刊行会 1986 p1
「建部綾足全集4(物語)」国書刊行会 1986 p1
「建部綾足全集5(紀行・歌集)」国書刊行会 1987 p1
「建部綾足全集6(文集)」国書刊行会 1987 p1
「建部綾足全集7(国学)」国書刊行会 1988 p1
「建部綾足全集8(画譜)」国書刊行会 1987 p1
「建部綾足全集9(書簡・補遺)」国書刊行会 1990 p1
〔宝暦九年春興帖〕書誌・解題(玉城司)
「建部綾足全集1(俳諧Ⅰ)」国書刊行会 1986 p326
まごの手 書誌・解題(松尾勝郎)
「建部綾足全集1(俳諧Ⅰ)」国書刊行会 1986 p12
太山樒 書誌・解題(玉城司)
「建部綾足全集1(俳諧Ⅰ)」国書刊行会 1986 p190
明和三年春興帖 書誌・解題(高田衛)
「建部綾足全集3(俳諧Ⅲ)」国書刊行会 1986 p234
桃乃鳥 書誌・解題(松尾勝郎)
「建部綾足全集1(俳諧Ⅰ)」国書刊行会 1986 p34
百夜問答 書誌・解題(玉城司)
「建部綾足全集3(俳諧Ⅲ)」国書刊行会 1986 p188
百夜問答二篇 書誌・解題(玉城司)
「建部綾足全集3(俳諧Ⅲ)」国書刊行会 1986 p292
雪石ずり 書誌・解題(松尾勝郎)
「建部綾足全集1(俳諧Ⅰ)」国書刊行会 1986 p60

【年表】
建部綾足略年譜(建部綾足著作刊行会)
「建部綾足全集9(書簡・補遺)」国書刊行会 1990 p437

【資料】
〔梅日記 桜日記 卯の花日記〕校異
「建部綾足全集5(紀行・歌集)」国書刊行会 1987 p229
艶書
「建部綾足全集9(書簡・補遺)」国書刊行会 1990 p335
〔折々草〕校異
「建部綾足全集6(文集)」国書刊行会 1987 p241
紀行笈の若葉〔写真版〕
「建部綾足全集5(紀行・歌集)」国書刊行会 1987 p111
後車戒
「建部綾足全集9(書簡・補遺)」国書刊行会 1990 p331
〔しぐれの記〕校異
「建部綾足全集5(紀行・歌集)」国書刊行会 1987 p274
出典書目一覧〔建部綾足全句集〕
「建部綾足全集9(書簡・補遺)」国書刊行会 1990 p429
書簡年次順索引
「建部綾足全集9(書簡・補遺)」国書刊行会 1990 p195
初句索引
「建部綾足全集9(書簡・補遺)」国書刊行会 1990 p409
〔東の道行ぶり〕校異
「建部綾足全集5(紀行・歌集)」国書刊行会 1987 p329
〔本朝水滸伝 後篇〕校異
「建部綾足全集4(物語)」国書刊行会 1986 p315
〔三野日記〕校異
「建部綾足全集5(紀行・歌集)」国書刊行会 1987 p193
〔物詣〕校異
「建部綾足全集5(紀行・歌集)」国書刊行会 1987 p242

橘曙覧

【解説】
解説(水島直文, 橋本政宣)
「橘曙覧全歌集」岩波書店 1999 p389
〔解説〕志濃夫廼舎歌集(久保田啓一)
「和歌文学大系74 布留散東・はちすの露・草径集・志濃夫廼舎歌集」明治書院 2007 p459
〔解題〕井手曙覧翁墓碣銘(辻森秀英)
「新修 橘曙覧全集」桜楓社 1983 p13
〔解題〕囲炉裡譚(辻森秀英)
「新修 橘曙覧全集」桜楓社 1983 p21
〔解題〕沽哉集(辻森秀英)
「新修 橘曙覧全集」桜楓社 1983 p20
〔解題〕志濃夫廼舎歌集(辻森秀英)
「新修 橘曙覧全集」桜楓社 1983 p14
〔解題〕志濃夫廼舎歌集(曙覧)(藤平春男)
「新編国歌大観7」角川書店 1991 p794
〔解題〕書簡補遺(辻森秀英)
「新修 橘曙覧全集」桜楓社 1983 p23

〔解題〕短歌拾遺(辻森秀英)
　「新修 橘曙覧全集」桜楓社 1983 p27
〔解題〕橘曙覧小伝(辻森秀英)
　「新修 橘曙覧全集」桜楓社 1983 p13
〔解題〕花廼沙久等(辻森秀英)
　「新修 橘曙覧全集」桜楓社 1983 p22
〔解題〕付録・橘氏泝源(辻森秀英)
　「新修 橘曙覧全集」桜楓社 1983 p27
〔解題〕累代忌日目安付略伝(辻森秀英)
　「新修 橘曙覧全集」桜楓社 1983 p28
〔解題〕累代追遠年表(辻森秀英)
　「新修 橘曙覧全集」桜楓社 1983 p28
〔解題〕藁屋詠艸(辻森秀英)
　「新修 橘曙覧全集」桜楓社 1983 p15
〔解題〕藁屋文集(辻森秀英)
　「新修 橘曙覧全集」桜楓社 1983 p18
橘曙覧小伝(橘今滋)
　「新修 橘曙覧全集」桜楓社 1983 p34
橘曙覧伝とその作品(辻森秀英)
　「新修 橘曙覧全集」桜楓社 1983 p445
橘氏泝源(井手今滋)
　「新修 橘曙覧全集」桜楓社 1983 p411

【年表】
累代追遠年表
　「新修 橘曙覧全集」桜楓社 1983 p439

【資料】
井手曙覧翁墓碣銘(依田百川撰)
　「新修 橘曙覧全集」桜楓社 1983 p33
初句索引
　「和歌文学大系74 布留散東・はちすの露・草径集・志濃夫廼舎歌集」明治書院 2007 p482
初句・四句索引
　「橘曙覧全歌集」岩波書店 1999 p407
人名一覧
　「和歌文学大系74 布留散東・はちすの露・草径集・志濃夫廼舎歌集」明治書院 2007 p469
人名・地名索引
　「橘曙覧全歌集」岩波書店 1999 p443
橘曙覧和歌出典一覧
　「橘曙覧全歌集」岩波書店 1999 p8
地名一覧
　「和歌文学大系74 布留散東・はちすの露・草径集・志濃夫廼舎歌集」明治書院 2007 p477
補注 志濃夫廼舎歌集(久保田啓一)
　「和歌文学大系74 布留散東・はちすの露・草径集・志濃夫廼舎歌集」明治書院 2007 p421
明治四〇年福井市戸籍除籍簿
　「新修 橘曙覧全集」桜楓社 1983 p441
累代忌日目安付略伝
　「新修 橘曙覧全集」桜楓社 1983 p436

近松門左衛門

【解説】
解説(信多純一)
　「新潮日本古典集成 新装版〔40〕 近松門左衛門集」新潮社 2019 p317
解説〔上田秋成・近松門左衛門〕(池山晃)
　「日本の古典をよむ19 雨月物語・冥途の飛脚・心中天の網島」小学館 2008 p309
解説〔関八州繋馬〕(工藤慶三郎)
　「近松時代物現代語訳2 関八州繋馬 ほか」北の街社 2001 p93
解説〔けいせい反魂香〕(工藤慶三郎)
　「近松時代物現代語訳2 関八州繋馬 ほか」北の街社 2001 p263
解説〔後太平記四十八巻目 津国女夫池〕(工藤慶三郎)
　「近松時代物現代語訳2 関八州繋馬 ほか」北の街社 2001 p343
解説〔嫗山姥〕(工藤慶三郎)
　「近松時代物現代語訳〔1〕 用明天皇職人鑑 ほか」北の街社 1999 p73
解説〔下関猫魔達〕(工藤慶三郎)
　「近松時代物現代語訳3 日本振袖始 ほか」北の街社 2003 p223
解説〔聖徳太子絵伝記〕(工藤慶三郎)
　「近松時代物現代語訳3 日本振袖始 ほか」北の街社 2003 p131
解説〔せみ丸〕(工藤慶三郎)
　「近松時代物現代語訳2 関八州繋馬 ほか」北の街社 2001 p207
解説〔善光寺御堂供養〕(工藤慶三郎)
　「近松時代物現代語訳3 日本振袖始 ほか」北の街社 2003 p347
解説〔大職冠〕(工藤慶三郎)
　「近松時代物現代語訳〔1〕 用明天皇職人鑑 ほか」北の街社 1999 p11
解説〔近松門左衛門〕(内山美樹子)
　「わたしの古典17 田中澄江の心中天の網島」集英社 1986 p261
解説〔天鼓〕(工藤慶三郎)
　「近松時代物現代語訳3 日本振袖始 ほか」北の街社 2003 p273
解説〔天神記〕(工藤慶三郎)
　「近松時代物現代語訳〔1〕 用明天皇職人鑑 ほか」北の街社 1999 p269
解説〔当流小栗判官〕(工藤慶三郎)
　「近松時代物現代語訳3 日本振袖始 ほか」北の街社 2003 p11
解説〔日本振袖始〕(工藤慶三郎)
　「近松時代物現代語訳3 日本振袖始 ほか」北の街社 2003 p61
解説〔双生隅田川〕(工藤慶三郎)
　「近松時代物現代語訳2 関八州繋馬 ほか」北の街社 2001 p425
解説〔平家女護嶋〕(工藤慶三郎)
　「近松時代物現代語訳2 関八州繋馬 ほか」北の街

社　2001　p11

解説〔百合若大臣野守鑑〕
「近松時代物現代語訳〔1〕　用明天皇職人鑑 ほか」北の街社　1999　p207

解説〔用明天皇職人鑑〕(工藤慶三郎)
「近松時代物現代語訳〔1〕　用明天皇職人鑑 ほか」北の街社　1999　p133

解題(坂本清恵)
「義太夫節浄瑠璃未翻刻作品集成42　いろは日蓮記」玉川大学出版部　2015　p111

解題(田草川みずき)
「義太夫節浄瑠璃未翻刻作品集成27　曽我昔見台」玉川大学出版部　2013　p101

浄瑠璃本をよむ―冥途の飛脚　七行本
「日本の古典をよむ19　雨月物語・冥途の飛脚・心中天の網島」小学館　2008　巻頭

書をよむ―近松と秋成、秋成と宣長(石川九楊)
「日本の古典をよむ19　雨月物語・冥途の飛脚・心中天の網島」小学館　2008　巻頭

心中天の網島 あらすじ(池山晃)
「日本の古典をよむ19　雨月物語・冥途の飛脚・心中天の網島」小学館　2008　p214

はしがき(工藤慶三郎)
「近松時代物現代語訳〔1〕　用明天皇職人鑑 ほか」北の街社　1999　p1
「近松時代物現代語訳2　関八州繋馬 ほか」北の街社　2001　p1
「近松時代物現代語訳3　日本振袖始 ほか」北の街社　2003　p1

はじめに―「享保」という時期を手がかりに(池山晃)
「日本の古典をよむ19　雨月物語・冥途の飛脚・心中天の網島」小学館　2008　p3

美をよむ―「鬼」と「狂」と(島尾新)
「日本の古典をよむ19　雨月物語・冥途の飛脚・心中天の網島」小学館　2008　巻頭

冥途の飛脚 あらすじ(池山晃)
「日本の古典をよむ19　雨月物語・冥途の飛脚・心中天の網島」小学館　2008　p124

わたくしと近松(田中澄江)
「わたしの古典17　田中澄江の心中天の網島」集英社　1986　p1

【年表】
近松門左衛門略年譜
「新潮日本古典集成　新装版〔40〕　近松門左衛門集」新潮社　2019　p369

【資料】
語注〔曾根崎心中・堀川波鼓・冥途の飛脚・大経師昔暦・国性爺合戦・心中天の網島・女殺油地獄〕(田中澄江)
「わたしの古典17　田中澄江の心中天の網島」集英社　1986　p259

挿絵中の文字翻刻
「新潮日本古典集成　新装版〔40〕　近松門左衛門集」新潮社　2019　p372

参考図(穂積和夫)
「わたしの古典17　田中澄江の心中天の網島」集英社　1986　p269

〔参考地図〕大坂三十三所観音廻り略図(『曾根崎心中』)
「新潮日本古典集成　新装版〔40〕　近松門左衛門集」新潮社　2019　p380

〔参考地図〕南京城図(『国性爺合戦』)
「新潮日本古典集成　新装版〔40〕　近松門左衛門集」新潮社　2019　p382

〔参考地図〕橋づくし図(『心中天の網島』)
「新潮日本古典集成　新装版〔40〕　近松門左衛門集」新潮社　2019　p384

蝶夢

【解説】
あとがき(田中道雄)
「蝶夢全集」和泉書院　2013　p969

〔解題〕紀行篇(田坂英俊)
「蝶夢全集」和泉書院　2013　p742

〔解題〕蕉門俳諧語録(中森康之)
「蝶夢全集」和泉書院　2013　p767

〔解題〕俳論篇(中森康之)
「蝶夢全集」和泉書院　2013　p755

〔解題〕芭蕉翁絵詞伝(田中道雄)
「蝶夢全集」和泉書院　2013　p769

〔解題〕文章篇(田中道雄)
「蝶夢全集」和泉書院　2013　p714

〔解題〕編纂した撰集(田中道雄)
「蝶夢全集」和泉書院　2013　p771

〔解題〕発句篇(田中道雄)
「蝶夢全集」和泉書院　2013　p709

待望の全集―甦る文人僧蝶夢―(島津忠夫)
「蝶夢全集」和泉書院　2013　p i

文人僧蝶夢―その事績の史的意義(田中道雄)
「蝶夢全集」和泉書院　2013　p777

【年表】
年譜
「蝶夢全集」和泉書院　2013　p851

【資料】
人名索引
「蝶夢全集」和泉書院　2013　p916

蝶夢書簡所在一覧
「蝶夢全集」和泉書院　2013　p912

蝶夢同座の連句目録
「蝶夢全集」和泉書院　2013　p895

同時代の主な蝶夢伝資料
「蝶夢全集」和泉書院　2013　p882

発句索引
「蝶夢全集」和泉書院　2013　p926

銅脈先生
【解説】
　あとがき（斎田作楽）
　　「銅脈先生全集　下　和文戯作集」太平書屋　2009
　　p601
　〔解説〕勢多唐巴詩（斎田作楽）
　　「銅脈先生全集　上　狂詩狂文集（影印）」太平書屋
　　2008 p403
　〔解説〕太平遺響　二編（斎田作楽）
　　「銅脈先生全集　上　狂詩狂文集（影印）」太平書屋
　　2008 p452
　〔解説〕太平楽国字解（斎田作楽）
　　「銅脈先生全集　下　和文戯作集」太平書屋　2009
　　p551
　〔解説〕太平楽府（斎田作楽）
　　「銅脈先生全集　上　狂詩狂文集（影印）」太平書屋
　　2008 p385
　〔解説〕忠臣蔵人物評論（斎田作楽）
　　「銅脈先生全集　下　和文戯作集」太平書屋　2009
　　p555
　〔解説〕婦女教訓当世心筋立（斎田作楽）
　　「銅脈先生全集　下　和文戯作集」太平書屋　2009
　　p560
　〔解説〕銅脈先生狂詩画譜（斎田作楽）
　　「銅脈先生全集　上　狂詩狂文集（影印）」太平書屋
　　2008 p428
　〔解説〕銅脈先生太平遺響（斎田作楽）
　　「銅脈先生全集　上　狂詩狂文集（影印）」太平書屋
　　2008 p419
　〔解説〕二大家風雅（斎田作楽）
　　「銅脈先生全集　上　狂詩狂文集（影印）」太平書屋
　　2008 p444
　〔解説〕針の供養（斎田作楽）
　　「銅脈先生全集　下　和文戯作集」太平書屋　2009
　　p547
　〔解説〕風俗三石士（斎田作楽）
　　「銅脈先生全集　下　和文戯作集」太平書屋　2009
　　p573
　〔解説〕写本風俗三石士（斎田作楽）
　　「銅脈先生全集　下　和文戯作集」太平書屋　2009
　　p580
　〔解説〕吹寄蒙求（斎田作楽）
　　「銅脈先生全集　上　狂詩狂文集（影印）」太平書屋
　　2008 p412
　〔解説〕唐土奇談（斎田作楽）
　　「銅脈先生全集　下　和文戯作集」太平書屋　2009
　　p564
　〔解説〕口絵解説（斎田作楽）
　　「銅脈先生全集　下　和文戯作集」太平書屋　2009
　　p583
　〔解説〕聖護院と聖護院村（斎田作楽）
　　「銅脈先生全集　下　和文戯作集」太平書屋　2009
　　p468
　〔解説〕序跋画賛集・解説（斎田作楽）
　　「銅脈先生全集　下　和文戯作集」太平書屋　2009
　　p445

　畠中家居宅考（斎田作楽）
　　「銅脈先生全集　下　和文戯作集」太平書屋　2009
　　p541
　畠中家略史（斎田作楽）
　　「銅脈先生全集　下　和文戯作集」太平書屋　2009
　　p463
【年表】
　銅脈先生年譜　注（斎田作楽）
　　「銅脈先生全集　下　和文戯作集」太平書屋　2009
　　p493
　銅脈先生（畠中正春）年譜（斎田作楽）
　　「銅脈先生全集　下　和文戯作集」太平書屋　2009
　　p473
【資料】
　印譜
　　「銅脈先生全集　下　和文戯作集」太平書屋　2009
　　p591
　参考文献（斎田作楽）
　　「銅脈先生全集　上　狂詩狂文集（影印）」太平書屋
　　2008 p383
　序跋画賛集
　　「銅脈先生全集　下　和文戯作集」太平書屋　2009
　　p423
　鈴鹿家記
　　「銅脈先生全集　下　和文戯作集」太平書屋　2009
　　p527
　勢多唐巴詩（明和八年八月刊 佐々木惣四郎板）〔影印〕
　　「銅脈先生全集　上　狂詩狂文集（影印）」太平書屋
　　2008 p61
　太平遺響　二編（寛政十一年春序 銭屋惣四郎板）〔影印〕
　　「銅脈先生全集　上　狂詩狂文集（影印）」太平書屋
　　2008 p329
　太平楽府（明和六年序跋 長才房板）〔影印〕
　　「銅脈先生全集　上　狂詩狂文集（影印）」太平書屋
　　2008 p5
　竹苞楼大秘録（『若竹集』より）
　　「銅脈先生全集　上　狂詩狂文集（影印）」太平書屋
　　2008 p457
　銅脈先生狂詩画譜（天明六年春刊 佐々木惣四郎板）
　　〔影印〕
　　「銅脈先生全集　上　狂詩狂文集（影印）」太平書屋
　　2008 p223
　銅脈先生太平遺響（安永七年秋刊 愛敬堂板）〔影印〕
　　「銅脈先生全集　上　狂詩狂文集（影印）」太平書屋
　　2008 p157
　銅脈先生（畠中正春）年譜〈出典〉（斎田作楽）
　　「銅脈先生全集　下　和文戯作集」太平書屋　2009
　　p459
　二大家風雅（寛政二年孟秋刊 竹苞楼板）〔影印〕
　　「銅脈先生全集　上　狂詩狂文集（影印）」太平書屋
　　2008 p281
　畠中家史
　　「銅脈先生全集　下　和文戯作集」太平書屋　2009
　　p535

畠中家系譜〈斎田作楽〉
「銅脈先生全集 下 和文戯作集」太平書屋 2009 p460
板木の拓本〈奈良大学蔵〉
「銅脈先生全集 上 狂詩狂文集(影印)」太平書屋 2008 p469
東山全図
「銅脈先生全集 下 和文戯作集」太平書屋 2009 p597
吹寄蒙求〈安永二年四月刊 佐々木惣四郎板〉〔影印〕
「銅脈先生全集 上 狂詩狂文集(影印)」太平書屋 2008 p107

西沢一風

【解説】
〔解題〕阿漕(神津武男)
　「西沢一風全集4」汲古書院 2004 p329
〔解題〕井筒屋源六恋寒晒(杳名定)
　「西沢一風全集4」汲古書院 2004 p332
〔解題〕今源氏空船(藤原英城)
　「西沢一風全集3」汲古書院 2003 p574
〔解題〕今昔操年代記
　「西沢一風全集6」汲古書院 2005 p297
〔解題〕今昔操年代記〈江戸版〉
　「西沢一風全集6」汲古書院 2005 p302
〔解題〕色茶屋頻卑顔(藤原英城)
　「西沢一風全集3」汲古書院 2003 p595
〔解題〕色縮緬百人後家(神谷勝広)
　「西沢一風全集3」汲古書院 2003 p583
〔解題〕女蟬丸(神津武男)
　「西沢一風全集5」汲古書院 2005 p415
〔解題〕女大名丹前能(杉本和寛)
　「西沢一風全集2」汲古書院 2003 p557
〔解題〕敵討住吉軍記(『風流御前二代曽我』の改題修訂本)(江本裕)
　「西沢一風全集2」汲古書院 2003 p589
〔解題〕寛濶曽我物語(神谷勝広)
　「西沢一風全集1」汲古書院 2002 p437
〔解題〕熊坂今物語(佐伯孝弘)
　「西沢一風全集3」汲古書院 2003 p590
〔解題〕けいせい伽羅三味(井上和人)
　「西沢一風全集2」汲古書院 2003 p569
〔解題〕けいせい禁談義(『風流三国志』改題修訂本)(佐伯孝弘)
　「西沢一風全集2」汲古書院 2003 p579
〔解題〕傾城武道桜(杉本和寛)
　「西沢一風全集2」汲古書院 2003 p571
〔解題〕傾城艶軍談(『敵討住吉軍記』の改題本)(江本裕)
　「西沢一風全集2」汲古書院 2003 p590
〔解題〕日本五山建仁寺供養(長友千代治)
　「西沢一風全集4」汲古書院 2004 p335
〔解題〕国性爺御前軍談(佐伯孝弘)
　「西沢一風全集3」汲古書院 2003 p577
〔解題〕御前義経記(井上和人)
　「西沢一風全集1」汲古書院 2002 p429
〔解題〕新色五巻書(倉員正江)
　「西沢一風全集1」汲古書院 2002 p427
〔解題〕大仏殿万代石楚
　「西沢一風全集6」汲古書院 2005 p279
〔解題〕伊達髪五人男(江本裕)
　「西沢一風全集2」汲古書院 2003 p573
〔解題〕峡題浮世草子(『けいせい禁談義』改題修訂本)(佐伯孝弘)
　「西沢一風全集2」汲古書院 2003 p585
〔解題〕南北軍問答(杳名定)
　「西沢一風全集5」汲古書院 2005 p423
〔解題〕似勢平氏年々分際(『風流今平家』の改題本)(川元ひとみ)
　「西沢一風全集2」汲古書院 2003 p570
〔解題〕風流今平家(川元ひとみ)
　「西沢一風全集2」汲古書院 2003 p560
〔解題〕風流御前二代曽我(江本裕)
　「西沢一風全集2」汲古書院 2003 p586
〔解題〕風流三国志(佐伯孝弘)
　「西沢一風全集2」汲古書院 2003 p577
〔解題〕北条時頼記
　「西沢一風全集6」汲古書院 2005 p281
〔解題〕美丈御前幸寿丸身替弸張月(石川了)
　「西沢一風全集5」汲古書院 2005 p426
〔解題〕乱腔三本鑓(倉員正江)
　「西沢一風全集3」汲古書院 2003 p586
〔解題〕昔米万石通(長友千代治)
　「西沢一風全集5」汲古書院 2005 p417
〔解題〕頼政追善芝(大橋正叔)
　「西沢一風全集4」汲古書院 2004 p344
完結にあたって(長谷川強)
　「西沢一風全集6」汲古書院 2005 p333
刊行にあたって(長谷川強)
　「西沢一風全集1」汲古書院 2002 p1

【年表】
年表
　「西沢一風全集6」汲古書院 2005 p309

【資料】
傾城武道桜 参考図版
　「西沢一風全集2」汲古書院 2003 p553
御前義経記 参考図版
　「西沢一風全集1」汲古書院 2002 p423
索引
　「西沢一風全集6」汲古書院 2005 p326
〔収録作品図版〕阿漕
　「西沢一風全集4」汲古書院 2004 p207
〔収録作品図版〕井筒屋源六恋寒晒
　「西沢一風全集4」汲古書院 2004 p215
〔収録作品図版〕女蟬丸
　「西沢一風全集5」汲古書院 2005 p253

〔収録作品図版〕日本五山建仁寺供養
「西沢一風全集4」汲古書院 2004 p239
〔収録作品図版〕大仏殿万代石楚
「西沢一風全集6」汲古書院 2005 p187
〔収録作品図版〕南北軍問答
「西沢一風全集5」汲古書院 2005 p325
〔収録作品図版〕北条時頼記
「西沢一風全集6」汲古書院 2005 p231
〔収録作品図版〕美丈御前幸寿丸身替弫張月
「西沢一風全集5」汲古書院 2005 p371
〔収録作品図版〕昔米万石通
「西沢一風全集5」汲古書院 2005 p299
〔収録作品図版〕頼政追善芝
「西沢一風全集4」汲古書院 2004 p283
伊達髪五人男 参考図版
「西沢一風全集2」汲古書院 2003 p554

西山宗因

【解説】
〔解題〕宗因発句帳（尾崎千佳）
「連歌大観3」古典ライブラリー 2017 p693
資料解題（島津忠夫ほか）
「西山宗因全集6 解題・索引篇」八木書店古書出版部 2017 p177
宗因伝書（島津忠夫, 尾崎千佳）
「西山宗因全集5 伝記・研究篇」八木書店古書出版部 2013 p316
宗因俳書―その書誌的特徴と俳書出版史上の意義―（牛見正和）
「西山宗因全集5 伝記・研究篇」八木書店古書出版部 2013 p305

【年表】
西山宗因年譜（尾崎千佳）
「西山宗因全集5 伝記・研究篇」八木書店古書出版部 2013 p345

【資料】
浅草三匠碑
「西山宗因全集5 伝記・研究篇」八木書店古書出版部 2013 p128
東下り富士一見記
「西山宗因全集5 伝記・研究篇」八木書店古書出版部 2013 p72
綾錦（尾崎千佳）
「西山宗因全集5 伝記・研究篇」八木書店古書出版部 2013 p135
時勢粧
「西山宗因全集5 伝記・研究篇」八木書店古書出版部 2013 p86
氏富卿日記
「西山宗因全集5 伝記・研究篇」八木書店古書出版部 2013 p50
円寿教寺
「西山宗因全集5 伝記・研究篇」八木書店古書出版部 2013 p71
大坂城代青山宗俊右筆日記
「西山宗因全集5 伝記・研究篇」八木書店古書出版部 2013 p45
小笠原忠雄年譜
「西山宗因全集5 伝記・研究篇」八木書店古書出版部 2013 p48
小笠原忠真年譜
「西山宗因全集5 伝記・研究篇」八木書店古書出版部 2013 p43
懐西翁
「西山宗因全集5 伝記・研究篇」八木書店古書出版部 2013 p85
家乗
「西山宗因全集5 伝記・研究篇」八木書店古書出版部 2013 p49
家塵
「西山宗因全集5 伝記・研究篇」八木書店古書出版部 2013 p67
黒田新続家譜
「西山宗因全集5 伝記・研究篇」八木書店古書出版部 2013 p48
現存真蹟一覧
「西山宗因全集6 解題・索引篇」八木書店古書出版部 2017 p147
向栄庵西山昌林文庫造立の記
「西山宗因全集5 伝記・研究篇」八木書店古書出版部 2013 p19
向栄庵文庫什物目録
「西山宗因全集5 伝記・研究篇」八木書店古書出版部 2013 p20
西福寺過去帳
「西山宗因全集5 伝記・研究篇」八木書店古書出版部 2013 p17
滋岡家日記 文政四年五月六日条
「西山宗因全集5 伝記・研究篇」八木書店古書出版部 2013 p38
示宗因隠士授衣戒
「西山宗因全集5 伝記・研究篇」八木書店古書出版部 2013 p85
初句索引（尾崎千佳）
「西山宗因全集6 解題・索引篇」八木書店古書出版部 2017 p1
神宮引付日用記
「西山宗因全集5 伝記・研究篇」八木書店古書出版部 2013 p66
西翁隠士為僧序
「西山宗因全集5 伝記・研究篇」八木書店古書出版部 2013 p83
増上寺宗因派碑
「西山宗因全集5 伝記・研究篇」八木書店古書出版部 2013 p130
土橋宗静日記
「西山宗因全集5 伝記・研究篇」八木書店古書出版部 2013 p44
難波すゞめ
「西山宗因全集5 伝記・研究篇」八木書店古書出版部 2013 p87

近世　　　　解説・資料　　　　日記・紀行

西山家系図
　「西山宗因全集5 伝記・研究篇」八木書店古書出
　版部 2013 p17
西山家伝来蔵書目録
　「西山宗因全集5 伝記・研究篇」八木書店古書出
　版部 2013 p38
西山家歴代墓碑
　「西山宗因全集5 伝記・研究篇」八木書店古書出
　版部 2013 p18
西山家連誹系譜（尾崎千佳）
　「西山宗因全集5 伝記・研究篇」八木書店古書出
　版部 2013 p141
西山三籟集奥書
　「西山宗因全集5 伝記・研究篇」八木書店古書出
　版部 2013 p16
日暮里養福寺梅翁尊碑・鎌倉鶴岡碑・浪花
天満碑・亀戸飛梅碑
　「西山宗因全集5 伝記・研究篇」八木書店古書出
　版部 2013 p119
誹諧家譜（尾崎千佳）
　「西山宗因全集5 伝記・研究篇」八木書店古書出
　版部 2013 p136
誹家大系図（尾崎千佳）
　「西山宗因全集5 伝記・研究篇」八木書店古書出
　版部 2013 p143
満彦卿日次
　「西山宗因全集5 伝記・研究篇」八木書店古書出
　版部 2013 p65
三囲神社白露碑
　「西山宗因全集5 伝記・研究篇」八木書店古書出
　版部 2013 p129
吉野本禅院葛葉碑
　「西山宗因全集5 伝記・研究篇」八木書店古書出
　版部 2013 p115
竜尚舎随筆
　「西山宗因全集5 伝記・研究篇」八木書店古書出
　版部 2013 p72
臘八雨雪思梅花翁併引
　「西山宗因全集5 伝記・研究篇」八木書店古書出
　版部 2013 p85

日記・紀行

【解説】
あとがき（有馬義貴ほか）
　「江戸後期紀行文学全集2」新典社 2013 p459
あとがき（津本靜子）
　「江戸後期紀行文学全集3」新典社 2015 p284
〔解題〕青葉の道の記（津本信博）
　「江戸後期紀行文学全集2」新典社 2013 p450
〔解題〕あさぎぬ（津本信博）
　「江戸後期紀行文学全集3」新典社 2015 p236
〔解題〕天山日記（津本信博）
　「江戸後期紀行文学全集3」新典社 2015 p234
〔解題〕淡路硒道草（津本信博）
　「江戸後期紀行文学全集2」新典社 2013 p453
〔解題〕伊豆日記（津本信博）
　「江戸後期紀行文学全集1」新典社 2007 p678
〔解題〕出雲路日記（津本信博）
　「江戸後期紀行文学全集1」新典社 2007 p684
〔解題〕磯日記磯清水（津本信博）
　「江戸後期紀行文学全集1」新典社 2007 p671
〔解題〕乙卯記行（津本信博）
　「江戸後期紀行文学全集3」新典社 2015 p237
〔解題〕兎道紀行（宇治紀行）（津本信博）
　「江戸後期紀行文学全集3」新典社 2015 p233
〔解題〕宇治のたびにき（津本信博）
　「江戸後期紀行文学全集1」新典社 2007 p679
〔解題〕煙霞日記（津本信博）
　「江戸後期紀行文学全集2」新典社 2013 p445
〔解題〕近江田上紀行（津本信博）
　「江戸後期紀行文学全集2」新典社 2013 p455
〔解題〕香川平景樹大人東遊記（津本信博）
　「江戸後期紀行文学全集1」新典社 2007 p672
〔解題〕花鳥日記（津本信博）
　「江戸後期紀行文学全集1」新典社 2007 p670
〔解題〕かりの冥途（津本信博）
　「江戸後期紀行文学全集2」新典社 2013 p453
〔解題〕木曽の道の記（津本信博）
　「江戸後期紀行文学全集3」新典社 2015 p231
〔解題〕九月十三夜の詞 堀練誠に贈る歌（津
　本信博）
　「江戸後期紀行文学全集2」新典社 2013 p451
〔解題〕熊埜紀行・踏雲吟稿（津本信博）
　「江戸後期紀行文学全集3」新典社 2015 p232
〔解題〕越の道の記（津本信博）
　「江戸後期紀行文学全集1」新典社 2007 p668
〔解題〕西行日記（津本信博）
　「江戸後期紀行文学全集3」新典社 2015 p236
〔解題〕相良日記（津本信博）
　「江戸後期紀行文学全集1」新典社 2007 p669
〔解題〕さきくさ日記（津本信博）
　「江戸後期紀行文学全集2」新典社 2013 p446
〔解題〕修学院御幸（津本信博）
　「江戸後期紀行文学全集1」新典社 2007 p682
〔解題〕輔尹先生東紀行（津本信博）
　「江戸後期紀行文学全集1」新典社 2007 p674
〔解題〕鈴屋大人都日記（津本信博）
　「江戸後期紀行文学全集1」新典社 2007 p675
〔解題〕須磨日記（津本信博）
　「江戸後期紀行文学全集2」新典社 2013 p454
〔解題〕蜻蜓百首道の記（津本信博）
　「江戸後期紀行文学全集2」新典社 2013 p451
〔解題〕たけ狩（津本信博）
　「江戸後期紀行文学全集2」新典社 2013 p456
〔解題〕堂飛乃日難美（津本信博）
　「江戸後期紀行文学全集2」新典社 2013 p454
〔解題〕朝三日記（津本信博）
　「江戸後期紀行文学全集1」新典社 2007 p667

〔解題〕千代の浜松（津本信博）
　「江戸後期紀行文学全集1」新典社　2007　p681
〔解題〕寺めぐり（草稿）（津本信博）
　「江戸後期紀行文学全集2」新典社　2013　p457
〔解題〕中空の日記（津本信博）
　「江戸後期紀行文学全集1」新典社　2007　p673
〔解題〕中道日記（津本信博）
　「江戸後期紀行文学全集1」新典社　2007　p669
〔解題〕二条日記（津本信博）
　「江戸後期紀行文学全集1」新典社　2007　p683
〔解題〕日光山麓従私記（露の道芝）（津本信博）
　「江戸後期紀行文学全集2」新典社　2013　p452
〔解題〕日光道の記（津本信博）
　「江戸後期紀行文学全集2」新典社　2013　p449
〔解題〕野山の歎き（津本信博）
　「江戸後期紀行文学全集3」新典社　2015　p235
〔解題〕はまの松葉（津本信博）
　「江戸後期紀行文学全集2」新典社　2013　p447
〔解題〕春のみかり（津本信博）
　「江戸後期紀行文学全集2」新典社　2013　p448
〔解題〕文月の記（津本信博）
　「江戸後期紀行文学全集1」新典社　2007　p680
〔解題〕ふるの道くさ（草稿）（津本信博）
　「江戸後期紀行文学全集3」新典社　2015　p231
〔解題〕蓬莱園記（津本信博）
　「江戸後期紀行文学全集2」新典社　2013　p445
〔解題〕みかげのにき（津本信博）
　「江戸後期紀行文学全集1」新典社　2007　p685
〔解題〕御藤日記（津本信博）
　「江戸後期紀行文学全集1」新典社　2007　p686
〔解題〕野総紀行（津本信博）
　「江戸後期紀行文学全集2」新典社　2013　p448
〔解題〕やつれ蓑の日記（津本信博）
　「江戸後期紀行文学全集1」新典社　2007　p677
〔解題〕よしの行記（津本信博）
　「江戸後期紀行文学全集2」新典社　2013　p457
刊行にあたって（津本信博）
　「江戸後期紀行文学全集1」新典社　2007　p13
『熊本十日記』に見る日記文学的性格—敬神党の乱に関わって—（津本信博）
　「江戸後期紀行文学全集3」新典社　2015　p249
江漢西遊日記解題（與謝野寛ほか）
　「覆刻　日本古典全集〔文学編〕〔21〕　江漢西遊日記」現代思潮社　1983　p1
ライデン大学蔵本『源氏』翻刻紹介（津本信博）
　「江戸後期紀行文学全集3」新典社　2015　p241

能・狂言
【解説】
解説（石井倫子）
　「日本の古典をよむ17 風姿花伝・謡曲名作選」小学館　2009　p310
鬘物について
　「新装解註　謡曲全集2」中央公論新社　2001　p227
鬘物について（二）
　「新装解註　謡曲全集3」中央公論新社　2001　p3
狂乱物について
　「新装解註　謡曲全集3」中央公論新社　2001　p199
切能物について
　「新装解註　謡曲全集5」中央公論新社　2001　p311
現在物について
　「新装解註　謡曲全集5」中央公論新社　2001　p3
祝言物について
　「新装解註　謡曲全集6」中央公論新社　2001　p423
執念物について
　「新装解註　謡曲全集4」中央公論新社　2001　p247
修羅物について
　「新装解註　謡曲全集2」中央公論新社　2001　p3
〔序説〕音樂・舞踊・扮装・等
　「新装解註　謡曲全集1」中央公論新社　2001　p52
〔序説〕各流謡曲現行曲目
　「新装解註　謡曲全集1」中央公論新社　2001　p20
〔序説〕變化と制限
　「新装解註　謡曲全集1」中央公論新社　2001　p47
〔序説〕謡曲と能
　「新装解註　謡曲全集1」中央公論新社　2001　p3
〔序説〕謡曲の構成
　「新装解註　謡曲全集1」中央公論新社　2001　p43
〔序説〕謡曲の作者
　「新装解註　謡曲全集1」中央公論新社　2001　p38
〔序説〕謡曲の種類
　「新装解註　謡曲全集1」中央公論新社　2001　p10
〔序説〕謡曲の番数と流派
　「新装解註　謡曲全集1」中央公論新社　2001　p15
特殊舞踊物について
　「新装解註　謡曲全集6」中央公論新社　2001　p369
人情物について
　「新装解註　謡曲全集4」中央公論新社　2001　p435
働物について（一）
　「新装解註　謡曲全集5」中央公論新社　2001　p313
働物について（二）
　「新装解註　謡曲全集6」中央公論新社　2001　p3
早舞物について
　「新装解註　謡曲全集6」中央公論新社　2001　p285
遊樂・遊狂物について
　「新装解註　謡曲全集4」中央公論新社　2001　p3
謡曲をよむ前に　知っておきたい能の用語（石井倫子）
　「日本の古典をよむ17 風姿花伝・謡曲名作選」小学館　2009　p186
〔謡曲・狂言〕各曲解題（橋本朝生）
　「西行全集」貴重本刊行会　1996　p1118
四番目物について
　「新装解註　謡曲全集3」中央公論新社　2001　p195

脇能物について
　「新装解註 謡曲全集1」中央公論新社 2001 p63

【資料】
語注 狂言集（寿岳章子）
　「わたしの古典15 馬場あき子の謡曲集 三枝和子の狂言集」集英社 1987 p278
謡曲固有名詞索引
　「新装解註 謡曲全集6」中央公論新社 2001 p433

俳諧

【解説】
あきのそら―解題と翻刻―（富山奏）
　「古典文学翻刻集成7 続・俳文学篇 中興期（下）」ゆまに書房 1999 p297
あとがき（加藤定彦）
　「関東俳諧叢書 編外1 半場里丸俳諧資料集」関東俳諧叢書刊行会 1995 p359
あとがき（加藤定彦, 外村展子）
　「関東俳諧叢書1 江戸座編1」関東俳諧叢書刊行会 1994 p282
　「関東俳諧叢書3 五色墨編1」関東俳諧叢書刊行会 1993 p279
　「関東俳諧叢書20 研究・索引編1」関東俳諧叢書刊行会 2000 p179
伊藤信徳の「雛形」（殿田良作）
　「古典文学翻刻集成4 続・俳文学篇 元禄・蕉風（上）」ゆまに書房 1999 p223
岩田涼菟の柏崎住吉神社奉納百韻（矢羽勝幸）
　「古典文学翻刻集成5 続・俳文学篇 元禄・蕉風（下）」ゆまに書房 1999 p421
いわゆる去来系芭蕉伝書『元禄式』―許六『俳諧新々式』との相関について―（東聖子解説, 真下良祐翻刻）
　「古典文学翻刻集成4 続・俳文学篇 元禄・蕉風（上）」ゆまに書房 1999 p35
延宝七己未名古屋歳旦板行之写シ―千代倉家代々資料考 ――（森川昭）
　「古典文学翻刻集成3 続・俳文学篇 貞門・談林」ゆまに書房 1999 p315
延宝四年西鶴歳旦帳（森川昭）
　「古典文学翻刻集成3 続・俳文学篇 貞門・談林」ゆまに書房 1999 p227
解説（鈴木健一）
　「日本の古典をよむ20 おくのほそ道 芭蕉・蕪村・一茶名句集」小学館 2008 p304
解題〔一枚刷りほか〕（加藤定彦）
　「関東俳諧叢書 編外1 半場里丸俳諧資料集」関東俳諧叢書刊行会 1995 p236
解題〔選集ほか〕（加藤定彦）
　「関東俳諧叢書 編外1 半場里丸俳諧資料集」関東俳諧叢書刊行会 1995 p6
解題〔連句抄ほか〕（加藤定彦）
　「関東俳諧叢書 編外1 半場里丸俳諧資料集」関東俳諧叢書刊行会 1995 p158

上御霊俳諧と『八重桜集』（岡田利兵衛）
　「古典文学翻刻集成4 続・俳文学篇 元禄・蕉風（上）」ゆまに書房 1999 p121
寛延二己巳年 奉扇会（翻刻・解題）（宮田正信）
　「古典文学翻刻集成6 続・俳文学篇 中興期（上）」ゆまに書房 1999 p243
刊行の辞（加藤定彦, 外村展子）
　「関東俳諧叢書3 五色墨編1」関東俳諧叢書刊行会 1993 p1
祇空遺芳（一）～（完結）（西村燕々）
　「古典文学翻刻集成6 続・俳文学篇 中興期（上）」ゆまに書房 1999 p153
祇空の子（西村燕々）
　「古典文学翻刻集成6 続・俳文学篇 中興期（上）」ゆまに書房 1999 p127
九州蕉門の研究―（一）枯野塚と『枯野塚集』―（杉浦正一郎）
　「古典文学翻刻集成5 続・俳文学篇 元禄・蕉風（下）」ゆまに書房 1999 p21
九州蕉門の研究―（二）『漆川集』と筑前嘉穂俳壇について―（杉浦正一郎）
　「古典文学翻刻集成2 俳文学篇 元禄・蕉風・中興期」ゆまに書房 1998 p119
九大図書館蔵『寛文五 乙巳記』―翻刻と解題―（井上敏幸）
　「古典文学翻刻集成3 続・俳文学篇 貞門・談林」ゆまに書房 1999 p117
暁台の越後行 付・翻刻『なづな集』（矢羽勝幸）
　「古典文学翻刻集成7 続・俳文学篇 中興期（下）」ゆまに書房 1999 p95
許六一門・送行未来記（森川昭）
　「古典文学翻刻集成5 続・俳文学篇 元禄・蕉風（下）」ゆまに書房 1999 p385
『許六自筆 芭蕉翁伝書』（石川真弘, 牛見正和）
　「古典文学翻刻集成5 続・俳文学篇 元禄・蕉風（下）」ゆまに書房 1999 p397
口絵解題（加藤定彦）
　「関東俳諧叢書 編外1 半場里丸俳諧資料集」関東俳諧叢書刊行会 1995 p4
『国曲集』―解題と翻刻―（服部直子）
　「古典文学翻刻集成5 続・俳文学篇 元禄・蕉風（下）」ゆまに書房 1999 p339
元文四年『伊都岐嶌八景 下』―解説と翻刻―（米谷巖）
　「古典文学翻刻集成6 続・俳文学篇 中興期（上）」ゆまに書房 1999 p205
〔校勘篇〕一、『舊徳語類』後半部と跋（島本昌一）
　「古典文学翻刻集成2 俳文学篇 元禄・蕉風・中興期」ゆまに書房 1998 p315
〔校勘篇〕二、『俳諧秘説抄』跋（島本昌一）
　「古典文学翻刻集成2 俳文学篇 元禄・蕉風・中興期」ゆまに書房 1998 p318

〔校勘篇〕三、『俳諧秘説抄』に組込まれている後人の注記（島本昌一）
「古典文学翻刻集成2 俳文学篇 元禄・蕉風・中興期」ゆまに書房 1998 p318
校勘篇 四 『椎本先生語類』（国会本）と『俳諧秘説抄』との異同（島本昌一）
「古典文学翻刻集成2 俳文学篇 元禄・蕉風・中興期」ゆまに書房 1998 p321
『桑折宗臣日記』（抄）（一～終）（美山靖）
「古典文学翻刻集成3 続・俳文学篇 貞門・談林」ゆまに書房 1999 p409
国立国会図書館蔵『七部碟嚽』翻刻篇（西村真砂子）
「古典文学翻刻集成7 続・俳文学篇 中興期（下）」ゆまに書房 1999 p375
「胡蝶判官」―解題と翻刻―（前田利治）
「古典文学翻刻集成2 俳文学篇 元禄・蕉風・中興期」ゆまに書房 1998 p53
堺半井家代々資料考（四）（落髪千句）（森川昭）
「古典文学翻刻集成1 俳文学篇 貞門・談林」ゆまに書房 1998 p47
里丸伝記（加藤定彦）
「関東俳諧叢書 編外1 半場里丸俳諧資料集」関東俳諧叢書刊行会 1995 p323
『佐郎山』について（仁枝忠）
「古典文学翻刻集成4 続・俳文学篇 元禄・蕉風（上）」ゆまに書房 1999 p89
周徳自筆本『ゆきまるげ』―翻刻―（久富哲雄）
「古典文学翻刻集成2 俳文学篇 元禄・蕉風・中興期」ゆまに書房 1998 p534
『十八番諸職之句合』解題と翻刻―立圃俳諧資料考一―（下垣内和人ほか）
「古典文学翻刻集成3 続・俳文学篇 貞門・談林」ゆまに書房 1999 p103
出版・書肆から見た関東俳諧史―解説（加藤定彦）
「関東俳諧叢書20 研究・索引編1」関東俳諧叢書刊行会 2000 p3
「蕉門千那俳諧之伝」解説と翻刻（中西啓）
「古典文学翻刻集成6 続・俳文学篇 中興期（上）」ゆまに書房 1999 p237
書をよむ―発句と俳諧（石川九楊）
「日本の古典をよむ20 おくのほそ道 芭蕉・蕪村・一茶名句集」小学館 2008 巻頭
緒言（加藤定彦）
「古典文学翻刻集成1 俳文学篇 貞門・談林」ゆまに書房 1998 p1
「古典文学翻刻集成2 俳文学篇 元禄・蕉風・中興期」ゆまに書房 1998 p1
「古典文学翻刻集成3 続・俳文学篇 貞門・談林」ゆまに書房 1999 p1
「古典文学翻刻集成4 続・俳文学篇 元禄・蕉風（上）」ゆまに書房 1999 p1
「古典文学翻刻集成5 続・俳文学篇 元禄・蕉風（下）」ゆまに書房 1999 p1

「古典文学翻刻集成6 続・俳文学篇 中興期（上）」ゆまに書房 1999 p1
「古典文学翻刻集成7 続・俳文学篇 中興期（下）」ゆまに書房 1999 p1
緒言―完結に当たって―（加藤定彦, 外村展子）
「関東俳諧叢書32 研究・索引編2」関東俳諧叢書刊行会 2009 p2
資料翻刻 青葛葉（阿部倬也）
「古典文学翻刻集成2 俳文学篇 元禄・蕉風・中興期」ゆまに書房 1998 p71
資料飜刻 便船集（深井一郎）
「古典文学翻刻集成1 俳文学篇 貞門・談林」ゆまに書房 1998 p121
新出『其木からし』〈仮題〉（言水七回忌追悼）―解題と翻刻―（宇城由文）
「古典文学翻刻集成6 続・俳文学篇 中興期（上）」ゆまに書房 1999 p103
新出樗良句集「無為庵樗良翁発句書」（矢羽勝幸）
「古典文学翻刻集成7 続・俳文学篇 中興期（下）」ゆまに書房 1999 p103
『水仙畑』―九州俳書 解題と翻刻（三）（大内初夫）
「古典文学翻刻集成4 続・俳文学篇 元禄・蕉風（上）」ゆまに書房 1999 p267
須賀川市図書館所蔵『栗木菴之記』の紹介（前）（久富哲雄）
「古典文学翻刻集成7 続・俳文学篇 中興期（下）」ゆまに書房 1999 p57
須賀川市図書館所蔵『栗木菴之記』の紹介（後）（久富哲雄）
「古典文学翻刻集成7 続・俳文学篇 中興期（下）」ゆまに書房 1999 p75
杉浦博士未翻刻「曽良日記」（中西啓）
「古典文学翻刻集成2 俳文学篇 元禄・蕉風・中興期」ゆまに書房 1998 p31
萑の森―解題と翻刻―（前田金五郎）
「古典文学翻刻集成2 俳文学篇 元禄・蕉風・中興期」ゆまに書房 1998 p7
聖心女子大学所蔵『寛伍集・巻第四』の紹介（久富哲雄）
「古典文学翻刻集成3 続・俳文学篇 貞門・談林」ゆまに書房 1999 p165
『舩庫集』―解題と翻刻―（服部直子）
「古典文学翻刻集成5 続・俳文学篇 元禄・蕉風（下）」ゆまに書房 1999 p279
撰者露丸について（鴨下恭明）
「他評万句合選集1 安永元年 露丸評万句合二十四枚〈影印付〉」太平書屋 2004 p157
「底抜磨」―解題と翻刻―（前田金五郎）
「古典文学翻刻集成1 俳文学篇 貞門・談林」ゆまに書房 1998 p13
第三の『仏兄七久留万』（櫻井武次郎）
「古典文学翻刻集成6 続・俳文学篇 中興期（上）」ゆまに書房 1999 p129

手繰舟所収 松山玖也判 百番俳諧発句合(檀上正孝)
「古典文学翻刻集成1 俳文学篇 貞門・談林」ゆまに書房 1998 p155

追悼集『谷の鶯』翻刻と解題(白石悌三)
「古典文学翻刻集成5 続・俳文学篇 元禄・蕉風(下)」ゆまに書房 1999 p179

つくしの海〔解説〕(中西啓)
「古典文学翻刻集成1 俳文学篇 貞門・談林」ゆまに書房 1998 p202

貞室独吟「曙の」百韻自註―玉川大学図書館蔵貞室新出資料―(母利司朗)
「古典文学翻刻集成3 続・俳文学篇 貞門・談林」ゆまに書房 1999 p213

貞徳独吟―翻刻と解題―(前田金五郎)
「古典文学翻刻集成3 続・俳文学篇 貞門・談林」ゆまに書房 1999 p13

貞徳『誹諧新式十首之詠筆』季吟『如渡得船』一茶『湖に松』(種茂勉)
「古典文学翻刻集成3 続・俳文学篇 貞門・談林」ゆまに書房 1999 左開12

貞徳『誹諧新式十首之詠筆』補足(種茂勉)
「古典文学翻刻集成3 続・俳文学篇 貞門・談林」ゆまに書房 1999 左開8

天府自筆の日記三部書(二)(杉浦正一郎)
「古典文学翻刻集成7 続・俳文学篇 中興期(下)」ゆまに書房 1999 p35

徳元の周囲―「徳元等百韻五巻」考―(森川昭)
「古典文学翻刻集成3 続・俳文学篇 貞門・談林」ゆまに書房 1999 p29

土芳自筆本 蓑虫庵集草稿(解説並びに翻刻)(中西啓)
「古典文学翻刻集成4 続・俳文学篇 元禄・蕉風(上)」ゆまに書房 1999 p365

富永燕石著『夜のにしき』解説と翻刻(米谷巌)
「古典文学翻刻集成3 続・俳文学篇 貞門・談林」ゆまに書房 1999 p75

長崎俳書『岬之道』翻刻と解題―『去来先生全集』補訂をかねて―(白石悌三)
「古典文学翻刻集成4 続・俳文学篇 元禄・蕉風(上)」ゆまに書房 1999 p305

『なづな集』解題(矢羽勝幸)
「古典文学翻刻集成7 続・俳文学篇 中興期(下)」ゆまに書房 1999 p97

鍋島家蔵『一言俳談』―翻刻と解説―(井上敏幸)
「古典文学翻刻集成5 続・俳文学篇 元禄・蕉風(下)」ゆまに書房 1999 p251

『西の詞集』―九州俳書 解題と翻刻(五)―(大内初夫)
「古典文学翻刻集成4 続・俳文学篇 元禄・蕉風(上)」ゆまに書房 1999 p323

『二人行脚』―解題と翻刻―(服部直子)
「古典文学翻刻集成5 続・俳文学篇 元禄・蕉風(下)」ゆまに書房 1999 p215

『軒伝ひ』―解題と翻刻―(服部直子)
「古典文学翻刻集成5 続・俳文学篇 元禄・蕉風(下)」ゆまに書房 1999 p133

〔誹諧隠蓑 巻上〕解説(雲英末雄)
「古典文学翻刻集成1 俳文学篇 貞門・談林」ゆまに書房 1998 p175

『俳諧苢摺』(牛見正和)
「古典文学翻刻集成4 続・俳文学篇 元禄・蕉風(上)」ゆまに書房 1999 p7

誹諧津の玉川(杉浦正一郎)
「古典文学翻刻集成5 続・俳文学篇 元禄・蕉風(下)」ゆまに書房 1999 p119

『俳諧天上守』―九州俳書 解題と翻刻(四)―(大内初夫)
「古典文学翻刻集成6 続・俳文学篇 中興期(上)」ゆまに書房 1999 p17

俳諧伝書 椎本先生語類 誹諧秘説集の研究(一)(島本昌一)
「古典文学翻刻集成2 俳文学篇 元禄・蕉風・中興期」ゆまに書房 1998 p287

俳諧伝書 椎本先生語類 誹諧秘説集の研究(二)(島本昌一)
「古典文学翻刻集成2 俳文学篇 元禄・蕉風・中興期」ゆまに書房 1998 p302

俳諧伝書 椎本先生語類 誹諧秘説集の研究(三)(島本昌一)
「古典文学翻刻集成2 俳文学篇 元禄・蕉風・中興期」ゆまに書房 1998 p321

梅人著『桃青伝』―翻刻―(久富哲雄)
「古典文学翻刻集成7 続・俳文学篇 中興期(下)」ゆまに書房 1999 p265

芳賀一晶著『千句後集』の紹介(久富哲雄)
「古典文学翻刻集成5 続・俳文学篇 元禄・蕉風(下)」ゆまに書房 1999 p79

芳賀一晶著『千句後集』の紹介補訂(久富哲雄)
「古典文学翻刻集成5 続・俳文学篇 元禄・蕉風(下)」ゆまに書房 1999 p101

白砂人集―本文翻刻と解題―(小林祥次郎)
「古典文学翻刻集成7 続・俳文学篇 中興期(下)」ゆまに書房 1999 p43

『刷毛序』(翻刻と解説)(岡本勝)
「古典文学翻刻集成2 俳文学篇 元禄・蕉風・中興期」ゆまに書房 1998 p263

はじめに―江戸俳諧の豊かさ(鈴木健一)
「日本の古典をよむ20 おくのほそ道 芭蕉・蕪村・一茶名句集」小学館 2008 p3

はじめに〔春鹿集〕作者一覧(富山奏)
「古典文学翻刻集成2 俳文学篇 元禄・蕉風・中興期」ゆまに書房 1998 p239

はじめに〔翻刻『春鹿集』天の巻〕(富山奏)
「古典文学翻刻集成2 俳文学篇 元禄・蕉風・中興期」ゆまに書房 1998 p173

道頓堀花みち(一)(高安吸江)
「古典文学翻刻集成1 俳文学篇 貞門・談林」ゆま

に書房 1998 p262
道頓堀花みち（二）（高安吸江）
「古典文学翻刻集成1 俳文学篇 貞門・談林」ゆまに書房 1998 p271
『春鹿集』の地の巻―付・翻刻―（富山奏）
「古典文学翻刻集成2 俳文学篇 元禄・蕉風・中興期」ゆまに書房 1998 p225
板本『一の木戸』下巻の紹介（久富哲雄）
「古典文学翻刻集成2 俳文学篇 元禄・蕉風・中興期」ゆまに書房 1998 p91
不卜編『俳諧向之岡』上巻―翻刻―（岡田彰子）
「古典文学翻刻集成3 続・俳文学篇 貞門・談林」ゆまに書房 1999 p385
『奉納于飯野八幡宮ノ発句』―解題と翻刻（檀上正孝）
「古典文学翻刻集成3 続・俳文学篇 貞門・談林」ゆまに書房 1999 p155
宝暦期諸国美濃派系俳人名録（矢羽勝幸）
「古典文学翻刻集成6 続・俳文学篇 中興期（上）」ゆまに書房 1999 p251
木因翁紀行（森川昭）
「古典文学翻刻集成5 続・俳文学篇 元禄・蕉風（下）」ゆまに書房 1999 p231
穂久邇文庫「明暦二年立圃発句集」紹介（沢井耐三）
「古典文学翻刻集成3 続・俳文学篇 貞門・談林」ゆまに書房 1999 p93
翻刻『維舟点賦何柚誹諧百韻』（田中道雄）
「古典文学翻刻集成3 続・俳文学篇 貞門・談林」ゆまに書房 1999 p127
翻刻・嚴嶋奉納集初編（櫻井武次郎）
「古典文学翻刻集成7 続・俳文学篇 中興期（下）」ゆまに書房 1999 p247
翻刻・延宝六年『俳諧三ッ物揃』（一）（雲英末雄）
「古典文学翻刻集成3 続・俳文学篇 貞門・談林」ゆまに書房 1999 p276
翻刻 奥羽の日記（大谷篤蔵）
「古典文学翻刻集成6 続・俳文学篇 中興期（上）」ゆまに書房 1999 p277
翻刻 奥州名所百番誹諧発句合（尾形仂）
「古典文学翻刻集成3 続・俳文学篇 貞門・談林」ゆまに書房 1999 p189
翻刻 貝殻集（今栄蔵）
「古典文学翻刻集成1 俳文学篇 貞門・談林」ゆまに書房 1998 p75
翻刻『位山集』（小谷成子解題、福田道子翻刻）
「古典文学翻刻集成5 続・俳文学篇 元禄・蕉風（下）」ゆまに書房 1999 p187
翻刻・『言水追福海音集』（雲英末雄）
「古典文学翻刻集成6 続・俳文学篇 中興期（上）」ゆまに書房 1999 p63
翻刻 西国追善集（井上敏幸翻刻、大内初夫解説・注）
「古典文学翻刻集成4 続・俳文学篇 元禄・蕉風

（上）」ゆまに書房 1999 p293
翻刻『秋風庵月化発句集』（上）（大内初夫）
「古典文学翻刻集成7 続・俳文学篇 中興期（下）」ゆまに書房 1999 p147
翻刻『秋風庵月化発句集』（下）（大内初夫）
「古典文学翻刻集成7 続・俳文学篇 中興期（下）」ゆまに書房 1999 p177
翻刻『しらぬ翁』（岡田彰子）
「古典文学翻刻集成4 続・俳文学篇 元禄・蕉風（上）」ゆまに書房 1999 p203
翻刻『千句塚』（下垣内和人）
「古典文学翻刻集成5 続・俳文学篇 元禄・蕉風（下）」ゆまに書房 1999 p63
翻刻『茶初穂』（立圃五十回忌追善集）（富田志津子）
「古典文学翻刻集成6 続・俳文学篇 中興期（上）」ゆまに書房 1999 p7
翻刻・轍士編『墨流し わだち第五』（雲英末雄）
「古典文学翻刻集成4 続・俳文学篇 元禄・蕉風（上）」ゆまに書房 1999 p245
翻刻 寺の笛（天）（大内初夫解説，檀上正孝翻刻）
「古典文学翻刻集成5 続・俳文学篇 元禄・蕉風（下）」ゆまに書房 1999 p7
翻刻『友なし猿』（大谷篤蔵）
「古典文学翻刻集成2 俳文学篇 元禄・蕉風・中興期」ゆまに書房 1998 p551
翻刻・難波順礼（櫻井武次郎）
「古典文学翻刻集成4 続・俳文学篇 元禄・蕉風（上）」ゆまに書房 1999 p231
翻刻『難波千句』（板坂元）
「古典文学翻刻集成3 続・俳文学篇 貞門・談林」ゆまに書房 1999 p247
翻刻『誹諧 遠舟千句附 幷百韻』（岡田彰子）
「古典文学翻刻集成1 俳文学篇 貞門・談林」ゆまに書房 1998 p281
翻刻 俳諧雪月花（柳生四郎）
「古典文学翻刻集成6 続・俳文学篇 中興期（上）」ゆまに書房 1999 p189
翻刻『俳諧八重桜集 下』（大内初夫）
「古典文学翻刻集成4 続・俳文学篇 元禄・蕉風（上）」ゆまに書房 1999 p177
翻刻『俳諧わたまし抄』（竹下義人）
「古典文学翻刻集成4 続・俳文学篇 元禄・蕉風（上）」ゆまに書房 1999 p55
翻刻・俳書『安楽音』（田中道雄）
「古典文学翻刻集成1 俳文学篇 貞門・談林」ゆまに書房 1998 p309
翻刻・麦水俳諧春帖四種―『春濃夜』・『三津祢』・『大盞曲』・逸題春帖（田中道雄）
「古典文学翻刻集成6 続・俳文学篇 中興期（上）」ゆまに書房 1999 p375
翻刻『箱柳七百韻』（板坂耀子）
「古典文学翻刻集成3 続・俳文学篇 貞門・談林」ゆまに書房 1999 p329

翻刻・超波十七回忌追善集『はせを』(雲英末雄)
　「古典文学翻刻集成6 続・俳文学篇 中興期(上)」ゆまに書房 1999 p261

翻刻「春鹿集」の補正(富山奏)
　「古典文学翻刻集成2 俳文学篇 元禄・蕉風・中興期」ゆまに書房 1998 p259

翻刻・冬の日句解(雲英末雄)
　「古典文学翻刻集成7 続・俳文学篇 中興期(下)」ゆまに書房 1999 p125

翻刻 正宗文庫本「岩壺集」(岡本史子)
　「古典文学翻刻集成5 続・俳文学篇 元禄・蕉風(下)」ゆまに書房 1999 p163

飜刻『三日歌仙』(島居清)
　「古典文学翻刻集成5 続・俳文学篇 元禄・蕉風(下)」ゆまに書房 1999 p103

ますみ集 解題と翻刻 付 立教大学日本文学研究室蔵俳書目録(楠元六男, 有座俊史)
　「古典文学翻刻集成7 続・俳文学篇 中興期(下)」ゆまに書房 1999 p7

松のわらひ・合歓のいひき 翻刻と解題(森川昭)
　「古典文学翻刻集成2 俳文学篇 元禄・蕉風・中興期」ゆまに書房 1998 p491

松山坊秀句(新田孝子)
　「古典文学翻刻集成3 続・俳文学篇 貞門・談林」ゆまに書房 1999 p147

『水のさま』(翻刻と解題)(岡本勝)
　「古典文学翻刻集成6 続・俳文学篇 中興期(上)」ゆまに書房 1999 p225

みちのかたち(複刻)(坂井華渓)
　「古典文学翻刻集成5 続・俳文学篇 元禄・蕉風(下)」ゆまに書房 1999 p317

安原貞室の書簡二通(島居清)
　「古典文学翻刻集成3 続・俳文学篇 貞門・談林」ゆまに書房 1999 p141

『柳多留拾遺』異色の点者(解説にかえて)(鴨下恭明)
　「他評万句合選集2 東月評・白亀評万句合」太平書屋 2007 p273

雪之下草歌仙 俳諧—解題と翻刻—(前田金五郎)
　「古典文学翻刻集成3 続・俳文学篇 貞門・談林」ゆまに書房 1999 p343

「雪丸げ」私見(久富哲雄)
　「古典文学翻刻集成2 俳文学篇 元禄・蕉風・中興期」ゆまに書房 1998 p523

「四人法師」解説(中村俊定)
　「古典文学翻刻集成1 俳文学篇 貞門・談林」ゆまに書房 1998 p240

〔立教大学日本文学研究室蔵俳書目録〕後記(白石悌三)
　「古典文学翻刻集成7 続・俳文学篇 中興期(下)」ゆまに書房 1999 p21

柳條編『奥の枝折』—翻刻—(久富哲雄)
　「古典文学翻刻集成7 続・俳文学篇 中興期(下)」ゆまに書房 1999 p211

立圃三点(白石悌三)
　「古典文学翻刻集成3 続・俳文学篇 貞門・談林」ゆまに書房 1999 p53

『遼々篇』—解題と翻刻—(檀上正孝)
　「古典文学翻刻集成5 続・俳文学篇 元禄・蕉風(下)」ゆまに書房 1999 p267

露沾公の歳旦吟その他(高木蒼梧)
　「古典文学翻刻集成5 続・俳文学篇 元禄・蕉風(下)」ゆまに書房 1999 p311

和及伝書「倭哥誹諧大意秘抄」と去来伝書「修行地」について(中西啓)
　「古典文学翻刻集成6 続・俳文学篇 中興期(上)」ゆまに書房 1999 p115

篝纑輪—飜刻と解題(一)(島居清)
　「古典文学翻刻集成2 俳文学篇 元禄・蕉風・中興期」ゆまに書房 1998 p333

【年表】

関東俳書年表1(宝暦以前)(加藤定彦, 外村展子)
　「関東俳諧叢書20 研究・索引編1」関東俳諧叢書刊行会 2000 p55

関東俳書年表2—明和二年〜文化十五年(加藤定彦, 外村展子)
　「関東俳諧叢書32 研究・索引編2」関東俳諧叢書刊行会 2009 p3

里丸年譜
　「関東俳諧叢書 編外1 半場里丸俳諧資料集」関東俳諧叢書刊行会 1995 p334

【資料】

安永元年 露丸評万句合二十四枚 影印
　「他評万句合選集1 安永元年 露丸評万句合二十四枚〈影印付〉」太平書屋 2004 p9

〔一の木戸 下巻〕作者別発句索引(久富哲雄)
　「古典文学翻刻集成2 俳文学篇 元禄・蕉風・中興期」ゆまに書房 1998 p116

〔一の木戸 下巻〕入集句数順作者一覧(久富哲雄)
　「古典文学翻刻集成2 俳文学篇 元禄・蕉風・中興期」ゆまに書房 1998 p118

享保末期江戸俳人名録—『祇明交遊録』と『御撰集』から—(白石悌三)
　「古典文学翻刻集成6 続・俳文学篇 中興期(上)」ゆまに書房 1999 p179

作者索引
　「関東俳諧叢書 編外1 半場里丸俳諧資料集」関東俳諧叢書刊行会 1995 左1

作者索引(加藤定彦, 外村展子)
　「関東俳諧叢書20 研究・索引編1」関東俳諧叢書刊行会 2000 左1
　「関東俳諧叢書32 研究・索引編2」関東俳諧叢書刊行会 2009 左7

作者別発句索引〔寛伍集・巻第四〕(久富哲雄)
　「古典文学翻刻集成3 続・俳文学篇 貞門・談林」ゆまに書房 1999 p187

［参考資料］江都俳諧判者宿坊
「関東俳諧叢書2 江戸座編2」関東俳諧叢書刊行会 1994 p255
［参考資料］辻村五兵衛蔵版「蕉門俳書目録」
「関東俳諧叢書3 五色墨編1」関東俳諧叢書刊行会 1993 p278
参考文献
「関東俳諧叢書 編外1 半場里丸俳諧資料集」関東俳諧叢書刊行会 1995 p357
参考文献（加藤定彦、外村展子）
「関東俳諧叢書20 研究・索引編1」関東俳諧叢書刊行会 2000 p159
参考文献2（加藤定彦、外村展子）
「関東俳諧叢書32 研究・索引編2」関東俳諧叢書刊行会 2009 p151
諸国文通俳名俗名（矢羽勝幸）
「古典文学翻刻集成6 続・俳文学篇 中興期（上）」ゆまに書房 1999 p254
書名索引（加藤定彦、外村展子）
「関東俳諧叢書20 研究・索引編1」関東俳諧叢書刊行会 2000 左169
「関東俳諧叢書32 研究・索引編2」関東俳諧叢書刊行会 2009 左183
『しらぬ翁』索引
「古典文学翻刻集成4 続・俳文学篇 元禄・蕉風（上）」ゆまに書房 1999 p217
『杉間集』配本扣
「関東俳諧叢書 編外1 半場里丸俳諧資料集」関東俳諧叢書刊行会 1995 p131
総目次（加藤定彦、外村展子）
「関東俳諧叢書32 研究・索引編2」関東俳諧叢書刊行会 2009 左1
素輪手控『俳人名録』（宝暦十二年奥）
「関東俳諧叢書32 研究・索引編2」関東俳諧叢書刊行会 2009 p127
地名索引（加藤定彦、外村展子）
「関東俳諧叢書20 研究・索引編1」関東俳諧叢書刊行会 2000 左131
「関東俳諧叢書32 研究・索引編2」関東俳諧叢書刊行会 2009 左147
天理圖書館・綿屋文庫本「佐郎山」の一部・一 紅雪の序〔影印〕
「古典文学翻刻集成4 続・俳文学篇 元禄・蕉風（上）」ゆまに書房 1999 p91
〔東月評（宝暦十一年）〕巳八月十七日会 影印
「他評万句合選集2 東月評・白亀評万句合」太平書屋 2007 p10
東都俳人墓所集（一）（吉原蕪藍）
「古典文学翻刻集成7 続・俳文学篇 中興期（下）」ゆまに書房 1999 p411
東都俳人墓所集（二）（春ら文）
「古典文学翻刻集成7 続・俳文学篇 中興期（下）」ゆまに書房 1999 p416
東都俳人墓所集（三）（春蘿生）
「古典文学翻刻集成7 続・俳文学篇 中興期（下）」ゆまに書房 1999 p420

東都俳人墓所集（四）（春蘿生）
「古典文学翻刻集成7 続・俳文学篇 中興期（下）」ゆまに書房 1999 p423
東都俳人墓所集（五）（春蘿生）
「古典文学翻刻集成7 続・俳文学篇 中興期（下）」ゆまに書房 1999 p426
〔白亀評（宝暦十三年）〕未八月朔日 影印
「他評万句合選集2 東月評・白亀評万句合」太平書屋 2007 p136
白兎園家系（明治頃成）
「関東俳諧叢書4 五色墨編2」関東俳諧叢書刊行会 1994 p269
『春鹿集』作者一覧（富山奏、中川真喜子）
「古典文学翻刻集成2 俳文学篇 元禄・蕉風・中興期」ゆまに書房 1998 p242
別表（宝暦11年）川柳評・東月評比較表
「他評万句合選集2 東月評・白亀評万句合」太平書屋 2007 p280
発句索引
「関東俳諧叢書 編外1 半場里丸俳諧資料集」関東俳諧叢書刊行会 1995 左18
補訂（加藤定彦、外村展子）
「関東俳諧叢書20 研究・索引編1」関東俳諧叢書刊行会 2000 p167
補訂2（加藤定彦、外村展子）
「関東俳諧叢書32 研究・索引編2」関東俳諧叢書刊行会 2009 p193
立教大学日本文学研究室蔵俳書目録（白石悌三ほか作成）
「古典文学翻刻集成7 続・俳文学篇 中興期（下）」ゆまに書房 1999 p14
わくかせわ索引（島居清）
「古典文学翻刻集成2 俳文学篇 元禄・蕉風・中興期」ゆまに書房 1998 p468
「わたし舩」初句索引（米谷巌）
「古典文学翻刻集成3 続・俳文学篇 貞門・談林」ゆまに書房 1999 p376

咄本

【解説】
解説〔大寄噺の尻馬〕（岡雅彦）
「伝承文学資料集成14 近世咄本集」三弥井書店 1988 p3

仏教文学・仏教書

【解説】
あとがき（飯田利行）
「現代語訳 洞門禅文学集〔3〕 世阿弥・仙馨」国書刊行会 2001 p349
あとがき（林雅彦）
「伝承文学資料集成15 宗祖高僧絵伝（絵解き）集」三弥井書店 1996 p341
（解説）「枕石山願法寺略縁起絵伝」の絵解き――その周辺を眺めつつ（林雅彦）
「伝承文学資料集成15 宗祖高僧絵伝（絵解き）集」

三弥井書店 1996 p229
（解説）道元絵伝の成立（堤邦彦）
「伝承文学資料集成15 宗祖高僧絵伝（絵解き）集」三弥井書店 1996 p281
はしがき〔半仙遺稿〕（飯田利行）
「現代語訳 洞門禅文学集〔3〕 世阿弥・仙馨」国書刊行会 2001 p191
【資料】
文化十三年版『高祖道元禅師行状之図』
「伝承文学資料集成15 宗祖高僧絵伝（絵解き）集」三弥井書店 1996 p318

松尾芭蕉

【解説】
いわゆる去来系芭蕉伝書『元禄式』―許六『俳諧新々式』との相関について―（東聖子）
「古典文学翻刻集成4 続・俳文学篇 元禄・蕉風（上）」ゆまに書房 1999 p35
おくのほそ道の風景 1 室の八島（佐々木和歌子）
「日本の古典をよむ20 おくのほそ道 芭蕉・蕪村・一茶名句集」小学館 2008 p23
おくのほそ道の風景 2 殺生石（佐々木和歌子）
「日本の古典をよむ20 おくのほそ道 芭蕉・蕪村・一茶名句集」小学館 2008 p38
おくのほそ道の風景 3 もじずり石（佐々木和歌子）
「日本の古典をよむ20 おくのほそ道 芭蕉・蕪村・一茶名句集」小学館 2008 p47
おくのほそ道の風景 4 壺の碑（佐々木和歌子）
「日本の古典をよむ20 おくのほそ道 芭蕉・蕪村・一茶名句集」小学館 2008 p61
おくのほそ道の風景 5 瑞巌寺（佐々木和歌子）
「日本の古典をよむ20 おくのほそ道 芭蕉・蕪村・一茶名句集」小学館 2008 p71
おくのほそ道の風景 6 山寺（佐々木和歌子）
「日本の古典をよむ20 おくのほそ道 芭蕉・蕪村・一茶名句集」小学館 2008 p83
おくのほそ道の風景 7 象潟（佐々木和歌子）
「日本の古典をよむ20 おくのほそ道 芭蕉・蕪村・一茶名句集」小学館 2008 p101
おくのほそ道の風景 8 親不知・子不知（佐々木和歌子）
「日本の古典をよむ20 おくのほそ道 芭蕉・蕪村・一茶名句集」小学館 2008 p107
おくのほそ道の風景 9 大垣（佐々木和歌子）
「日本の古典をよむ20 おくのほそ道 芭蕉・蕪村・一茶名句集」小学館 2008 p132
解説（佐藤勝明）
「芭蕉全句集 現代語訳付き〔1〕」角川学芸出版 2010 p525
解説（鈴木健一）
「三弥井古典文庫〔4〕 おくのほそ道」三弥井書店 2007 pⅰ
解説「俳諧史における芭蕉の位置」（伊藤善隆）
「コレクション日本歌人選034 芭蕉」笠間書院 2011 p106
解説 芭蕉―その人と芸術（富山奏）
「新潮日本古典集成 新装版〔47〕 芭蕉文集」新潮社 2019 p291
〔解説〕芭蕉の生涯とその作品（鈴木健一）
「三弥井古典文庫〔4〕 おくのほそ道」三弥井書店 2007 pⅰ
〔解説〕芭蕉の発句（柳瀬万里）
「わたしの古典18 竹西寛子の松尾芭蕉集・与謝蕪村集」集英社 1987 p253
解説 芭蕉の発句―その芸境の展開（今栄蔵）
「新潮日本古典集成 新装版〔46〕 芭蕉句集」新潮社 2019 p337
〔解説〕芭蕉の連句（柳瀬万里）
「わたしの古典18 竹西寛子の松尾芭蕉集・与謝蕪村集」集英社 1987 p255
〔解説〕松尾芭蕉の生涯と文学（柳瀬万里）
「わたしの古典18 竹西寛子の松尾芭蕉集・与謝蕪村集」集英社 1987 p246
解題〔奥細道洗心抄〕（雲英末雄ほか）
「古典文学翻刻集成7 続・俳文学篇 中興期（下）」ゆまに書房 1999 p371
〔解題〕枯尾華
「宝井其角全集〔1〕 編著篇」勉誠社 1994 p550
〔解題〕三上吟
「宝井其角全集〔1〕 編著篇」勉誠社 1994 p556
口絵写真解説
「新編 芭蕉大成」三省堂 1999 p25
作者紹介・あらすじ〔おくのほそ道〕（鈴木健一）
「日本の古典をよむ20 おくのほそ道 芭蕉・蕪村・一茶名句集」小学館 2008 p12
新編序（尾形仂ほか）
「新編 芭蕉大成」三省堂 1999 p3
総説（雲英末雄）
「古典名作リーディング3 芭蕉集」貴重本刊行会 2000 p3
短冊をよむ―ふる池や 芭蕉自筆短冊
「日本の古典をよむ20 おくのほそ道 芭蕉・蕪村・一茶名句集」小学館 2008 巻頭
梅人著『桃青伝』―翻刻―（久富哲雄）
「古典文学翻刻集成7 続・俳文学篇 中興期（下）」ゆまに書房 1999 p265
俳人略伝
「コレクション日本歌人選034 芭蕉」笠間書院 2011 p103
芭蕉翁付合集 解題（丸山一彦）
「蕪村全集7 編著・追善」講談社 1995 p122
『芭蕉句解』―飜刻と解題―（島居清）
「古典文学翻刻集成6 続・俳文学篇 中興期（上）」ゆまに書房 1999 p313
芭蕉全集前編 解題（與謝野寛ほか）
「覆刻 日本古典全集〔文学編〕〔40〕 芭蕉全集

松尾芭蕉　　解説・資料　　近世

前編」現代思潮社 1983 p1
芭蕉全集後編 解題（輿謝野寛ほか）
「覆刻 日本古典全集〔文学編〕〔41〕芭蕉全集後編」現代思潮社 1983 p1
凡例（序文を兼ねて）（富山奏）
「新潮日本古典集成 新装版〔47〕芭蕉文集」新潮社 2019 p7
［付録エッセイ］「や」についての考察（山本健吉）
「コレクション日本歌人選034 芭蕉」笠間書院 2011 p115
翻刻『奥細道洗心抄』（一）～（六）（雲英末雄ほか）
「古典文学翻刻集成7 続・俳文学篇 中興期（下）」ゆまに書房 1999 p317
わたしと松尾芭蕉、与謝蕪村（竹西寛子）
「わたしの古典18 竹西寛子の松尾芭蕉集・与謝蕪村集」集英社 1987 p1

【年表】
芭蕉略年譜
「古典名作リーディング3 芭蕉集」貴重本刊行会 2000 p317
「新潮日本古典集成 新装版〔47〕芭蕉文集」新潮社 2019 p369
「芭蕉全句集〔1〕」おうふう 1995 見返し
「わたしの古典18 竹西寛子の松尾芭蕉集・与謝蕪村集」集英社 1987 p262
芭蕉略年譜（尾形仂、本間正幸）
「新編 芭蕉大成」三省堂 1999 p825
松尾芭蕉略年譜
「新潮日本古典集成 新装版〔46〕芭蕉句集」新潮社 2019 p401
略年譜
「コレクション日本歌人選034 芭蕉」笠間書院 2011 p104

【資料】
「奥の細道」画巻（二種・安永七年筆、安永八年筆）
「蕪村全集6 絵画・遺墨」講談社 1998 p551
おくのほそ道行程図
「古典名作リーディング3 芭蕉集」貴重本刊行会 2000 p337
おくのほそ道足跡略地図
「新潮日本古典集成 新装版〔47〕芭蕉文集」新潮社 2019 p380
おくのほそ道地図
「日本の古典をよむ20 おくのほそ道 芭蕉・蕪村・一茶名句集」小学館 2008 p14
おくのほそ道の旅（略行程図）（穂積和夫）
「わたしの古典18 竹西寛子の松尾芭蕉集・与謝蕪村集」集英社 1987 p272
鹿島詣足跡略地図
「新潮日本古典集成 新装版〔47〕芭蕉文集」新潮社 2019 p382
景物一覧（田代一葉）
「三弥井古典文庫〔4〕おくのほそ道」三弥井書店 2007 p179
幻住庵の記関係略地図
「新潮日本古典集成 新装版〔47〕芭蕉文集」新潮社 2019 p383
嵯峨日記関係略地図
「新潮日本古典集成 新装版〔47〕芭蕉文集」新潮社 2019 p383
参考「天保四年了川写 奥の細道画巻」
「蕪村全集6 絵画・遺墨」講談社 1998 p565
出典一覧（一）俳書一覧
「新潮日本古典集成 新装版〔46〕芭蕉句集」新潮社 2019 p416
出典一覧（二）真蹟図版所収文献一覧
「新潮日本古典集成 新装版〔46〕芭蕉句集」新潮社 2019 p424
書簡編人名索引（中野沙惠）
「新編 芭蕉大成」三省堂 1999 p865
初句索引
「古典名作リーディング3 芭蕉集」貴重本刊行会 2000 p331
「新潮日本古典集成 新装版〔46〕芭蕉句集」新潮社 2019 p434
「芭蕉全句集〔1〕」おうふう 1995 p289
初句索引 おくのほそ道
「日本の古典をよむ20 おくのほそ道 芭蕉・蕪村・一茶名句集」小学館 2008 左317
初句索引 芭蕉名句
「日本の古典をよむ20 おくのほそ道 芭蕉・蕪村・一茶名句集」小学館 2008 左316
所収句初句索引
「新潮日本古典集成 新装版〔47〕芭蕉文集」新潮社 2019 p384
人名一覧
「芭蕉全句集 現代語訳付き〔1〕」角川学芸出版 2010 p539
人名・地名・寺社名索引
「三弥井古典文庫〔4〕おくのほそ道」三弥井書店 2007 p185
全句索引
「芭蕉全句集 現代語訳付き〔1〕」角川学芸出版 2010 p578
対照連句索引（宮脇真彦）
「新編 芭蕉大成」三省堂 1999 p861
地名一覧
「芭蕉全句集 現代語訳付き〔1〕」角川学芸出版 2010 p555
底本一覧
「芭蕉全句集 現代語訳付き〔1〕」角川学芸出版 2010 p567
読書案内
「コレクション日本歌人選034 芭蕉」笠間書院 2011 p113
野ざらし紀行・笈の小文・更級紀行足跡略地図
「新潮日本古典集成 新装版〔47〕芭蕉文集」新潮社 2019 p382

近世　解説・資料　与謝蕪村

俳論要語索引（嶋中道則）
　「新編 芭蕉大成」三省堂 1999 p876
芭蕉翁系譜（嶋中道則, 安田吉人）
　「新編 芭蕉大成」三省堂 1999 p817
芭蕉足跡図（小林祥次郎）
　「新編 芭蕉大成」三省堂 1999 付図
芭蕉足跡略地図
　「新潮日本古典集成 新装版〔47〕 芭蕉文集」新潮社 2019 p380
芭蕉発句初句索引
　「わたしの古典18 竹西寛子の松尾芭蕉集・与謝蕪村集」集英社 1987 p274
補注（乾裕幸ほか）
　「芭蕉全句集〔1〕」おうふう 1995 p209
発句・紀行文・日記・俳文地名索引（小林祥次郎）
　「新編 芭蕉大成」三省堂 1999 p870
発句季語別索引（小林祥次郎）
　「新編 芭蕉大成」三省堂 1999 p845
発句五十音索引（編集部作成）
　「新編 芭蕉大成」三省堂 1999 p829
発句索引（季語一覧）
　「三弥井古典文庫〔4〕 おくのほそ道」三弥井書店 2007 p182
発句篇・出典俳書一覧
　「古典名作リーディング3 芭蕉集」貴重本刊行会 2000 p327

向井去来

【解説】
いわゆる去来系芭蕉伝書『元禄式』―許六『俳諧新々式』との相関について―（東聖子, 真下良祐翻刻）
　「古典文学翻刻集成4 続・俳文学篇 元禄・蕉風（上）」ゆまに書房 1999 p35
長崎俳書『岬之道』翻刻と解題―『去来先生全集』補訂をかねて―（白石悌三）
　「古典文学翻刻集成4 続・俳文学篇 元禄・蕉風（上）」ゆまに書房 1999 p305
和及伝書「倭哥誹諧大意秘抄」と去来伝書「修行地」について（中西啓）
　「古典文学翻刻集成6 続・俳文学篇 中興期（上）」ゆまに書房 1999 p115

本居宣長

【解説】
解説「宣長にとっての歌」（山下久夫）
　「コレクション日本歌人選058 本居宣長」笠間書院 2012 p100
解説「「物のあわれを知る」の説の来歴（日野龍夫）
　「新潮日本古典集成 新装版〔62〕 本居宣長集」新潮社 2018 p505

〔解題〕鈴屋集（宣長）（鈴木淳）
　「新編国歌大観9」角川書店 1991 p786
歌人略伝
　「コレクション日本歌人選058 本居宣長」笠間書院 2012 p97
〔付録エッセイ〕本居宣長（抄）（小林秀雄）
　「コレクション日本歌人選058 本居宣長」笠間書院 2012 p107
【年表】
略年譜
　「コレクション日本歌人選058 本居宣長」笠間書院 2012 p98
【資料】
宣長の読書生活
　「新潮日本古典集成 新装版〔62〕 本居宣長集」新潮社 2018 p555
読書案内
　「コレクション日本歌人選058 本居宣長」笠間書院 2012 p105

与謝蕪村

【解説】
あけ烏 解題（山下一海）
　「蕪村全集7 編著・追善」講談社 1995 p486
曙草紙 解題（清登典子）
　「蕪村全集8 関係俳書」講談社 1993 p344
あとがき（藤田真一, 清登典子）
　「蕪村全句集〔1〕」おうふう 2000 p602
安永三年春帖 解題（雲英末雄）
　「蕪村全集7 編著・追善」講談社 1995 p50
安永四年春帖 解題（丸山一彦）
　「蕪村全集7 編著・追善」講談社 1995 p186
いしなとり 解題（清登典子）
　「蕪村全集8 関係俳書」講談社 1993 p323
遺墨 解題（岡田彰子）
　「蕪村全集6 絵画・遺墨」講談社 1998 p603
俳諧卯月庭訓 解題（清登典子）
　「蕪村全集8 関係俳書」講談社 1993 p9
贈梅女画賛小摺物 解題（丸山一彦）
　「蕪村全集7 編著・追善」講談社 1995 p456
俳諧瓜の実 解題（藤田真一）
　「蕪村全集8 関係俳書」講談社 1993 p243
詠草・断簡類 解題（尾形仂）
　「蕪村全集3 句集・句稿・句会稿」講談社 1992 p305
ゑぼし桶 解題（清登典子）
　「蕪村全集8 関係俳書」講談社 1993 p285
絵画 解説―蕪村画業の展開―（佐々木丞平）
　「蕪村全集6 絵画・遺墨」講談社 1998 p594
解説（尾形仂）
　「蕪村全集1 発句」講談社 1992 p670
解説（中野沙惠）
　「蕪村全集5 書簡」講談社 2008 p667

与謝蕪村

解説(藤田真一)
　「蕪村全集8 関係俳書」講談社 1993 p571
解説(丸山一彦)
　「蕪村全集2 連句」講談社 2001 p603
　「蕪村全集3 句集・句稿・句会稿」講談社 1992 p675
　「蕪村全集7 編著・追善」講談社 1995 p629
解説(山下一海)
　「蕪村全集4 俳詩・俳文」講談社 1994 p470
〔解説〕蕪村の俳詩(柳瀬万里)
　「わたしの古典18 竹西寛子の松尾芭蕉集・与謝蕪村集」集英社 1987 p259
〔解説〕与謝蕪村とその作風(柳瀬万里)
　「わたしの古典18 竹西寛子の松尾芭蕉集・与謝蕪村集」集英社 1987 p258
片折 解題(藤田真一)
　「蕪村全集8 関係俳書」講談社 1993 p282
花鳥篇 解題(山下一海)
　「蕪村全集7 編著・追善」講談社 1995 p262
果報冠者 解題(清登典子)
　「蕪村全集8 関係俳書」講談社 1993 p291
から檜葉 解題(丸山一彦)
　「蕪村全集7 編著・追善」講談社 1995 p315
仮日記 解題(櫻井武次郎)
　「蕪村全集8 関係俳書」講談社 1993 p386
刊行の辞(尾形仂ほか)
　「蕪村全集1 発句」講談社 1992 p3
雁風呂 解題(藤田真一)
　「蕪村全集8 関係俳書」講談社 1993 p553
寛保四年宇都宮歳旦帖 解題(丸山一彦)
　「蕪村全集7 編著・追善」講談社 1995 p10
其紅改号披露摺物 解題(丸山一彦)
　「蕪村全集7 編著・追善」講談社 1995 p464
几董初懐紙 解題(丸山一彦)
　「蕪村全集7 編著・追善」講談社 1995 p586
桐の影 解題(清登典子)
　「蕪村全集8 関係俳書」講談社 1993 p416
月渓若菜売図一枚摺 解題(丸山一彦)
　「蕪村全集7 編著・追善」講談社 1995 p460
江涯冬籠之俳諧摺物 解題(丸山一彦)
　「蕪村全集7 編著・追善」講談社 1995 p455
甲午之夏ほく帖 巻の四 解題(丸山一彦)
　「蕪村全集3 句集・句稿・句会稿」講談社 1992 p472
高徳院発句会 解題(丸山一彦)
　「蕪村全集3 句集・句稿・句会稿」講談社 1992 p359
孝婦集 解題(藤田真一)
　「蕪村全集8 関係俳書」講談社 1993 p156
五車反古 解題(山下一海)
　「蕪村全集7 編著・追善」講談社 1995 p531
五畳敷 解題(藤田真一)
　「蕪村全集8 関係俳書」講談社 1993 p143

俳諧古選 解題(櫻井武次郎)
　「蕪村全集8 関係俳書」講談社 1993 p111
此ほとり 解題(山下一海)
　「蕪村全集7 編著・追善」講談社 1995 p38
金福寺蔵俳諧資料蕪村追悼句抜書 解題(丸山一彦)
　「蕪村全集7 編著・追善」講談社 1995 p435
歳旦(安永七年)解題(藤田真一)
　「蕪村全集8 関係俳書」講談社 1993 p427
歳旦(安永八年)解題(藤田真一)
　「蕪村全集8 関係俳書」講談社 1993 p440
歳旦(明和八年)解題(藤田真一)
　「蕪村全集8 関係俳書」講談社 1993 p164
歳旦帳(元文四年)解題(清登典子)
　「蕪村全集8 関係俳書」講談社 1993 p21
作者紹介(鈴木健一)
　「日本の古典をよむ20 おくのほそ道 芭蕉・蕪村・一茶名句集」小学館 2008 p134
猿利口 解題(藤田真一)
　「蕪村全集8 関係俳書」講談社 1993 p314
沢村長四郎追善集 解題(清登典子)
　「蕪村全集8 関係俳書」講談社 1993 p214
師翁大祥忌追福俳諧独吟脇起 解題(丸山一彦)
　「蕪村全集7 編著・追善」講談社 1995 p357
写経社会清書懐紙 解題(尾形仂)
　「蕪村全集3 句集・句稿・句会稿」講談社 1992 p419
写経社集 解題(丸山一彦)
　「蕪村全集7 編著・追善」講談社 1995 p497
春興(安永五年)解題(藤田真一)
　「蕪村全集8 関係俳書」講談社 1993 p341
春興(天明二年)解題(藤田真一)
　「蕪村全集8 関係俳書」講談社 1993 p517
春興俳諧発句 解題(藤田真一)
　「蕪村全集8 関係俳書」講談社 1993 p289
春慶引(安永二年)解題(清登典子)
　「蕪村全集8 関係俳書」講談社 1993 p199
春慶引(安永三年)解題(清登典子)
　「蕪村全集8 関係俳書」講談社 1993 p227
春慶引(安永九年)解題(藤田真一)
　「蕪村全集8 関係俳書」講談社 1993 p483
春慶引(明和五年)解題(藤田真一)
　「蕪村全集8 関係俳書」講談社 1993 p126
春慶引(明和八年)解題(櫻井武次郎)
　「蕪村全集8 関係俳書」講談社 1993 p170
春慶引(明和九年)解題(清登典子)
　「蕪村全集8 関係俳書」講談社 1993 p185
蕭条篇 解題(藤田真一)
　「蕪村全集8 関係俳書」講談社 1993 p421
召波旧蔵詠草 解題(尾形仂)
　「蕪村全集3 句集・句稿・句会稿」講談社 1992 p293

除元吟 解題（清登典子）
「蕪村全集8 関係俳書」講談社 1993 p445
新雑談集 解題（丸山一彦）
「蕪村全集7 編著・追善」講談社 1995 p550
新花摘 解題（山下一海）
「蕪村全集7 編著・追善」講談社 1995 p226
新みなし栗 解題（藤田真一）
「蕪村全集8 関係俳書」講談社 1993 p396
誹諧菅のかぜ 解題（櫻井武次郎, 清登典子）
「蕪村全集8 関係俳書」講談社 1993 p36
せりのね 解題（藤田真一）
「蕪村全集8 関係俳書」講談社 1993 p462
総説〔蕪村集〕（揖斐高）
「古典名作リーディング1 蕪村・一茶集」貴重本刊行会 2000 p5
続明烏 解題（山下一海）
「蕪村全集7 編著・追善」講談社 1995 p503
そのしをり 解題（清登典子）
「蕪村全集8 関係俳書」講談社 1993 p471
その人 解題（清登典子）
「蕪村全集8 関係俳書」講談社 1993 p218
其雪影 解題（山下一海）
「蕪村全集7 編著・追善」講談社 1995 p469
『大来堂発句集』蕪村追悼句抜書 解題（丸山一彦）
「蕪村全集7 編著・追善」講談社 1995 p429
はいかい棚さがし 解題（藤田真一）
「蕪村全集8 関係俳書」講談社 1993 p360
たまも集 解題（丸山一彦）
「蕪村全集7 編著・追善」講談社 1995 p84
但州出石連中摺物 解題（丸山一彦）
「蕪村全集7 編著・追善」講談社 1995 p452
丹波篠山連中摺物 解題（丸山一彦）
「蕪村全集7 編著・追善」講談社 1995 p450
辛丑春月並会句記 解題（丸山一彦）
「蕪村全集3 句集・句稿・句会稿」講談社 1992 p582
月並発句帖 解題（丸山一彦）
「蕪村全集3 句集・句稿・句会稿」講談社 1992 p375
俳諧附合小鏡 解題（櫻井武次郎）
「蕪村全集8 関係俳書」講談社 1993 p300
附合てびき蔓 解題（丸山一彦）
「蕪村全集2 連句」講談社 2001 p544
丁酉帖 解題（藤田真一, 清登典子）
「蕪村全集8 関係俳書」講談社 1993 p380
丁酉之句帖 巻六 解題（丸山一彦）
「蕪村全集3 句集・句稿・句会稿」講談社 1992 p521
常盤の香 解題（丸山一彦）
「蕪村全集7 編著・追善」講談社 1995 p405
とら雄遺稿 解題（藤田真一）
「蕪村全集8 関係俳書」講談社 1993 p374

夏より 解題（丸山一彦）
「蕪村全集3 句集・句稿・句会稿」講談社 1992 p319
浪速住 解題（藤田真一）
「蕪村全集8 関係俳書」講談社 1993 p506
幣ぶくろ 解題（清登典子）
「蕪村全集8 関係俳書」講談社 1993 p267
「年譜・資料」編纂摘記（蕪村全集編集部作成）
「蕪村全集9 年譜・資料」講談社 2009 p469
俳諧氷餅集 解題（藤田真一）
「蕪村全集8 関係俳書」講談社 1993 p273
俳諧関のとびら 解題（丸山一彦）
「蕪村全集7 編著・追善」講談社 1995 p276
買山・自珍・橘仙年賀摺物 解題（丸山一彦）
「蕪村全集7 編著・追善」講談社 1995 p461
俳人略伝
「コレクション日本歌人選065 蕪村」笠間書院 2019 p103
はし立のあき 解題（清登典子）
「蕪村全集8 関係俳書」講談社 1993 p118
はじめに
「コレクション日本歌人選065 蕪村」笠間書院 2019 p2
芭蕉翁付合集 解題（丸山一彦）
「蕪村全集7 編著・追善」講談社 1995 p122
初懐紙（天明二年）解題（藤田真一）
「蕪村全集8 関係俳書」講談社 1993 p515
芭蕉百回忌取越追善俳諧「花咲て」句稿（1・2）解題（丸山一彦）
「蕪村全集2 連句」講談社 2001 p580
はなしあいて 解題（櫻井武次郎）
「蕪村全集8 関係俳書」講談社 1993 p79
花七日 解題（清登典子）
「蕪村全集8 関係俳書」講談社 1993 p390
花のちから 解題（丸山一彦）
「蕪村全集7 編著・追善」講談社 1995 p296
張瓢 解題（藤田真一）
「蕪村全集8 関係俳書」講談社 1993 p352
はるのあけぼの 解題（清登典子）
「蕪村全集8 関係俳書」講談社 1993 p478
美をよむ—蕪村の「和」と「漢」（島尾新）
「日本の古典をよむ20 おくのほそ道 芭蕉・蕪村・一茶名句集」小学館 2008 巻頭
日発句集 解題（丸山一彦）
「蕪村全集3 句集・句稿・句会稿」講談社 1992 p422
兵庫連中蕪村追慕摺物 解題（丸山一彦）
「蕪村全集7 編著・追善」講談社 1995 p349
封の鑪 解題（櫻井武次郎）
「蕪村全集8 関係俳書」講談社 1993 p432
蕪村遺稿 解題（丸山一彦）
「蕪村全集3 句集・句稿・句会稿」講談社 1992 p146

蕪村遺墨集 解題(尾形仂)
「蕪村全集3 句集・句稿・句会稿」講談社 1992 p299
蕪村画雨中人物図一枚摺 解題(丸山一彦)
「蕪村全集7 編著・追善」講談社 1995 p462
蕪村画諫鼓鳥図一枚摺 解題(丸山一彦)
「蕪村全集7 編著・追善」講談社 1995 p451
蕪村句集 解題(丸山一彦)
「蕪村全集3 句集・句稿・句会稿」講談社 1992 p82
蕪村自筆句帳 解題(尾形仂)
「蕪村全集3 句集・句稿・句会稿」講談社 1992 p10
蕪村の信州行―翻刻『俳諧風の恵』―(矢羽勝幸)
「古典文学翻刻集成6 続・俳文学篇 中興期(上)」ゆまに書房 1999 p349
不夜庵歳旦(安永五年) 解題(藤田真一)
「蕪村全集8 関係俳書」講談社 1993 p335
不夜庵春帖(明和七年) 解題(藤田真一)
「蕪村全集8 関係俳書」講談社 1993 p150
丙申之句帖 巻五 解題(丸山一彦)
「蕪村全集3 句集・句稿・句会稿」講談社 1992 p499
反古ぶすま 解題(清登典子)
「蕪村全集8 関係俳書」講談社 1993 p29
戊戌之句帖 解題(丸山一彦)
「蕪村全集3 句集・句稿・句会稿」講談社 1992 p546
発句集 巻之三 解題(丸山一彦)
「蕪村全集3 句集・句稿・句会稿」講談社 1992 p447
まだら雁 解題(清登典子)
「蕪村全集8 関係俳書」講談社 1993 p525
耳たむし 解題(丸山一彦)
「蕪村全集3 句集・句稿・句会稿」講談社 1992 p401
妙見宮奉納画賛句募集一枚摺 解題(丸山一彦)
「蕪村全集7 編著・追善」講談社 1995 p465
むかしを今 解題(丸山一彦)
「蕪村全集7 編著・追善」講談社 1995 p74
甲午仲春むめの吟 解題(櫻井武次郎)
「蕪村全集8 関係俳書」講談社 1993 p241
明和辛卯春 解題(丸山一彦)
「蕪村全集7 編著・追善」講談社 1995 p22
木曾義仲寺詣摺物 解題(丸山一彦)
「蕪村全集7 編著・追善」講談社 1995 p454
もの、親 解題(藤田真一)
「蕪村全集8 関係俳書」講談社 1993 p535
俳諧もゝすもゝ 解題(山下一海)
「蕪村全集7 編著・追善」講談社 1995 p254
『俳諧もゝすもゝ』関係几董宛蕪村書簡 解題(丸山一彦)
「蕪村全集2 連句」講談社 2001 p566

蕪村・几董交筆『もゝすもゝ』草稿 解題(丸山一彦)
「蕪村全集2 連句」講談社 2001 p577
宿の日記 解題(丸山一彦)
「蕪村全集3 句集・句稿・句会稿」講談社 1992 p633
夜半翁三年忌追福摺物 解題(丸山一彦)
「蕪村全集7 編著・追善」講談社 1995 p353
夜半翁蕪村叟消息 抄 解題(尾形仂)
「蕪村全集3 句集・句稿・句会稿」講談社 1992 p303
夜半叟句集 解題(丸山一彦)
「蕪村全集3 句集・句稿・句会稿」講談社 1992 p242
夜半亭句筵控え 解題(尾形仂)
「蕪村全集3 句集・句稿・句会稿」講談社 1992 p418
夜半亭月並小摺物 解題(丸山一彦)
「蕪村全集7 編著・追善」講談社 1995 p449
夜半亭発句集 解題(尾形仂)
「蕪村全集3 句集・句稿・句会稿」講談社 1992 p286
夜半楽 解題(山下一海)
「蕪村全集7 編著・追善」講談社 1995 p212
山伏摺物 解題(丸山一彦)
「蕪村全集7 編著・追善」講談社 1995 p458
雪の声 解題(藤田真一)
「蕪村全集8 関係俳書」講談社 1993 p493
雪の光 解題(丸山一彦)
「蕪村全集7 編著・追善」講談社 1995 p361
落日菴句集 解題(丸山一彦)
「蕪村全集3 句集・句稿・句会稿」講談社 1992 p184
連句会草稿 解題(丸山一彦)
「蕪村全集3 句集・句稿・句会稿」講談社 1992 p566
わたしと松尾芭蕉、与謝蕪村(竹西寛子)
「わたしの古典18 竹西寛子の松尾芭蕉集・与謝蕪村集」集英社 1987 p1

【年表】
年譜
「蕪村全集9 年譜・資料」講談社 2009 p9
蕪村略年譜
「古典名作リーディング1 蕪村・一茶集」貴重本刊行会 2000 p197
「わたしの古典18 竹西寛子の松尾芭蕉集・与謝蕪村集」集英社 1987 p267
略年譜
「コレクション日本歌人選065 蕪村」笠間書院 2019 p104

【資料】
宛名別索引
「蕪村全集5 書簡」講談社 2008 p647

遺墨（尾形仂, 岡田彰子編）
「蕪村全集6 絵画・遺墨」講談社 1998 p467
遺墨題名索引
「蕪村全集6 絵画・遺墨」講談社 1998 p587
「奥の細道」画巻（二種・安永七年筆、安永八年筆）
「蕪村全集6 絵画・遺墨」講談社 1998 p551
覚書・箱書類
「蕪村全集9 年譜・資料」講談社 2009 p409
絵画（尾形仂, 岡田彰子編）
「蕪村全集6 絵画・遺墨」講談社 1998 p9
絵画題名索引
「蕪村全集6 絵画・遺墨」講談社 1998 p572
画俳批評類
「蕪村全集9 年譜・資料」講談社 2009 p349
関連書序跋類
「蕪村全集9 年譜・資料」講談社 2009 p395
季語索引
「蕪村全句集〔1〕」おうふう 2000 p597
季語別索引
「蕪村全集1 発句」講談社 1992 p638
系譜類
「蕪村全集9 年譜・資料」講談社 2009 p425
五十音索引
「蕪村全集1 発句」講談社 1992 p613
五十音索引〔蕪村発句索引〕
「蕪村全集8 関係俳書」講談社 1993 p563
参考図A
「蕪村全集6 絵画・遺墨」講談社 1998 p448
参考図B
「蕪村全集6 絵画・遺墨」講談社 1998 p465
参考「天保四年了川写 奥の細道画巻」
「蕪村全集6 絵画・遺墨」講談社 1998 p565
小伝類
「蕪村全集9 年譜・資料」講談社 2009 p340
書簡等挿画・絵文字
「蕪村全集6 絵画・遺墨」講談社 1998 p461
初句索引
「蕪村全句集〔1〕」おうふう 2000 p578
初句索引 蕪村名句
「日本の古典をよむ20 おくのほそ道 芭蕉・蕪村・一茶名句集」小学館 2008 左315
『増補全集』以前 蕪村書簡紹介文献一覧
「蕪村全集5 書簡」講談社 2008 p657
読書案内
「コレクション日本歌人選065 蕪村」笠間書院 2019 p107
俳画（尾形仂, 佐々木丞平編）
「蕪村全集6 絵画・遺墨」講談社 1998 p380
俳諧摺物版画
「蕪村全集6 絵画・遺墨」講談社 1998 p459
俳画題名索引
「蕪村全集6 絵画・遺墨」講談社 1998 p583
俳交・逸事類
「蕪村全集9 年譜・資料」講談社 2009 p376

俳書別一覧〔蕪村発句索引〕
「蕪村全集8 関係俳書」講談社 1993 p567
版本挿図
「蕪村全集6 絵画・遺墨」講談社 1998 p450
蕪村印譜
「蕪村全集6 絵画・遺墨」講談社 1998 p568
蕪村画 国宝・重要文化財・重要美術品一覧
「蕪村全集6 絵画・遺墨」講談社 1998 p570
蕪村関係俳書一覧
「蕪村全集8 関係俳書」講談社 1993 p567
蕪村周縁の書簡
「蕪村全集9 年譜・資料」講談社 2009 p417
蕪村集初句索引
「古典名作リーディング1 蕪村・一茶集」貴重本刊行会 2000 p325
蕪村点譜
「蕪村全集4 俳詩・俳文」講談社 1994 p365
蕪村発句五十音索引
「蕪村全集3 句集・句稿・句会稿」講談社 1992 p655
「蕪村全集4 俳詩・俳文」講談社 1994 p467
「蕪村全集7 編著・追善」講談社 1995 p623
蕪村発句索引
「蕪村全集5 書簡」講談社 2008 p650
「蕪村全集6 絵画・遺墨」講談社 1998 p590
蕪村発句初句索引
「わたしの古典18 竹西寛子の松尾芭蕉集・与謝蕪村集」集英社 1987 p277
蕪村発句・付句索引
「蕪村全集2 連句」講談社 2001 p586
文台・硯箱装画
「蕪村全集6 絵画・遺墨」講談社 1998 p464
補注（藤田真一, 清登典子）
「蕪村全句集〔1〕」おうふう 2000 p569
連衆名索引
「蕪村全集2 連句」講談社 2001 p595
和訓、買島「三月晦日」（尾形仂, 山下一海校注）
「蕪村全集4 俳詩・俳文」講談社 1994 p29

良寛

【解説】
あとがき（井上慶隆）
「日本漢詩人選集11 良寛」研文出版 2002 p219
解説（松本市壽）
「定本 良寛全集1 詩集」中央公論新社 2006 p5
「定本 良寛全集2 歌集」中央公論新社 2006 p5
解説（松本市壽, 内山知也）
「定本 良寛全集3 書簡集・法華転・法華讃」中央公論新社 2007 p5
解説「新しい良寛像」（佐々木隆）
「コレクション日本歌人選015 良寛」笠間書院 2011 p106

〔解説〕布留散東・はちすの露（鈴木健一）
「和歌文学大系74 布留散東・はちすの露・草径集・志濃夫廼舎歌集」明治書院 2007 p425
〔解題〕はちすの露(良寛)（長谷完治）
「新編国歌大観9」角川書店 1991 p790
歌人略伝
「コレクション日本歌人選015 良寛」笠間書院 2011 p103
はしがき（飯田利行）
「現代語訳 洞外禅文学集〔7〕 良寛」国書刊行会 2001 p1
[付録エッセイ]存在のイマージュについて(抄)
（五十嵐一）
「コレクション日本歌人選015 良寛」笠間書院 2011 p113
良寛詩の背景（井上慶隆）
「日本漢詩人選集11 良寛」研文出版 2002 p3
良寛の歌の世界（谷川敏朗）
「校注 良寛全歌集」春秋社 2014 p421
良寛の漢詩の世界（谷川敏朗）
「校注 良寛全詩集」春秋社 2014 p489
良寛の俳句の世界（谷川敏朗）
「校注 良寛全句集」春秋社 2014 p247

【年表】
略年譜
「コレクション日本歌人選015 良寛」笠間書院 2011 p104
良寛略年譜
「校注 良寛全歌集」春秋社 2014 p456
「校注 良寛全句集」春秋社 2014 p274
「校注 良寛全詩集」春秋社 2014 p511
「定本 良寛全集3 書簡集・法華転・法華讃」中央公論新社 2007 p607

【資料】
関係地図
「定本 良寛全集3 書簡集・法華転・法華讃」中央公論新社 2007 p613
句集索引
「定本 良寛全集3 書簡集・法華転・法華讃」中央公論新社 2007 p614
詩題索引
「定本 良寛全集1 詩集」中央公論新社 2006 p577
首句索引
「校注 良寛全詩集」春秋社 2014 p517
「定本 良寛全集1 詩集」中央公論新社 2006 p582
初句索引
「校注 良寛全歌集」春秋社 2014 （巻末）2
「校注 良寛全句集」春秋社 2014 （巻末）2
「定本 良寛全集2 歌集」中央公論新社 2006 p541
「和歌文学大系74 布留散東・はちすの露・草径集・志濃夫廼舎歌集」明治書院 2007 p482
人名一覧
「和歌文学大系74 布留散東・はちすの露・草径集・志濃夫廼舎歌集」明治書院 2007 p469

地名一覧
「和歌文学大系74 布留散東・はちすの露・草径集・志濃夫廼舎歌集」明治書院 2007 p477
読書案内
「コレクション日本歌人選015 良寛」笠間書院 2011 p111
法華転・法華讃索引
「定本 良寛全集3 書簡集・法華転・法華讃」中央公論新社 2007 p617
山本家（橘屋）系図
「定本 良寛全集3 書簡集・法華転・法華讃」中央公論新社 2007 p612
良寛禅師奇話
「定本 良寛全集3 書簡集・法華転・法華讃」中央公論新社 2007 p593

歴史物語・歴史書
【解説】
参考譚史餘論 解題
「覆刻 日本古典全集〔文学編〕〔30〕 参考譚史餘論」現代思潮社 1983 p1

連歌
【解説】
〔解題〕一掬集（廣木一人）
「連歌大観3」古典ライブラリー 2017 p691
〔解題〕汚塵集（永田英理）
「連歌大観3」古典ライブラリー 2017 p689
〔解題〕橘園集（雲岡梓）
「連歌大観3」古典ライブラリー 2017 p696
〔解題〕玄旨公御連歌（鈴木元）
「連歌大観3」古典ライブラリー 2017 p682
〔解題〕玄仲発句（久保木寿夫）
「連歌大観3」古典ライブラリー 2017 p686
〔解題〕玄的連歌発句集（廣木一人）
「連歌大観3」古典ライブラリー 2017 p690
〔解題〕兼如発句帳（辻村尚子）
「連歌大観3」古典ライブラリー 2017 p681
〔解題〕昨木集（廣木一人）
「連歌大観3」古典ライブラリー 2017 p695
〔解題〕里村玄川句集（廣木一人）
「連歌大観3」古典ライブラリー 2017 p700
〔解題〕昌穏集（寺尾麻里）
「連歌大観3」古典ライブラリー 2017 p691
〔解題〕昌琢発句帳（石澤一志）
「連歌大観3」古典ライブラリー 2017 p685
〔解題〕昌琢等発句集（山本啓介）
「連歌大観3」古典ライブラリー 2017 p681
〔解題〕昌程抜句（廣木一人）
「連歌大観3」古典ライブラリー 2017 p694
〔解題〕昌程発句集（綿抜豊昭）
「連歌大観3」古典ライブラリー 2017 p694

〔解題〕雪光集（永田英理）
「連歌大観3」古典ライブラリー 2017 p699
〔解題〕素丹発句（鳥津亮二）
「連歌大観3」古典ライブラリー 2017 p684
〔解題〕祖白発句帳（渡瀬淳子）
「連歌大観3」古典ライブラリー 2017 p692
〔解題〕通故集（尾崎千佳）
「連歌大観3」古典ライブラリー 2017 p697
〔解題〕通故発句集（尾崎千佳）
「連歌大観3」古典ライブラリー 2017 p698
〔解題〕摘葉集（稲葉有祐）
「連歌大観3」古典ライブラリー 2017 p697
〔解題〕渚藻屑（深沢眞二）
「連歌大観3」古典ライブラリー 2017 p698
〔解題〕西山三籟集（尾崎千佳）
「連歌大観3」古典ライブラリー 2017 p693
〔解題〕風庵発句（雲岡梓）
「連歌大観3」古典ライブラリー 2017 p688
〔解題〕豊国連歌発句集（梅田径）
「連歌大観3」古典ライブラリー 2017 p678
〔解題〕水海月（黒岩淳）
「連歌大観3」古典ライブラリー 2017 p687
〔解題〕隣松軒発句牒（綿抜豊昭）
「連歌大観3」古典ライブラリー 2017 p695
〔解題〕聯玉集（綿抜豊昭）
「連歌大観3」古典ライブラリー 2017 p696
刊行のことば（廣木一人、松本麻子）
「連歌大観1」古典ライブラリー 2016 巻頭

和歌

【解説】
おみくじの歌概観（平野多恵）
「コレクション日本歌人選076 おみくじの歌」笠間書院 2019 p103
解説「おみくじの和歌」（平野多恵）
「コレクション日本歌人選076 おみくじの歌」笠間書院 2019 p106
〔解説〕「烏丸光広、人間的な魅力をもつ近世公家歌人」（高梨素子）
「コレクション日本歌人選032 松永貞徳と烏丸光広」笠間書院 2012 p109
解説「木下長嘯子の人生と歌の魅力」（大内瑞恵）
「コレクション日本歌人選057 木下長嘯子」笠間書院 2012 p106
解説「桂園派成立の背景 香川景樹」（岡本聡）
「コレクション日本歌人選016 香川景樹」笠間書院 2011 p106
解説「酒・酒の歌・文学」（松村雄二）
「コレクション日本歌人選080 酒の歌」笠間書院 2019 p120
解説「辞世―言葉の虚と実」（松村雄二）
「コレクション日本歌人選020 辞世の歌」笠間書院 2011 p107
解説「戦国武将の歌」（綿抜豊昭）
「コレクション日本歌人選014 戦国武将の歌」笠間書院 2011 p110
解説「僧侶の和歌の種類とその特徴」（小池一行）
「コレクション日本歌人選059 僧侶の歌」笠間書院 2012 p107
解説「天皇の和歌概観」（盛田帝子）
「コレクション日本歌人選077 天皇・親王の歌」笠間書院 2019 p111
〔解説〕「松永貞徳、古典学の継承と大衆化」（高梨素子）
「コレクション日本歌人選032 松永貞徳と烏丸光広」笠間書院 2012 p106
解説「和歌を武器とした文人 細川幽斎」（加藤弓枝）
「コレクション日本歌人選033 細川幽斎」笠間書院 2012 p106
歌人略伝
「コレクション日本歌人選016 香川景樹」笠間書院 2011 p103
歌人略伝
「コレクション日本歌人選033 細川幽斎」笠間書院 2012 p103
歌人略伝
「コレクション日本歌人選057 木下長嘯子」笠間書院 2012 p103
歌人略伝 烏丸光広
「コレクション日本歌人選032 松永貞徳と烏丸光広」笠間書院 2012 p103
歌人略伝 松永貞徳
「コレクション日本歌人選032 松永貞徳と烏丸光広」笠間書院 2012 p103
酒の歌概観
「コレクション日本歌人選080 酒の歌」笠間書院 2019 p115
辞世史概観
「コレクション日本歌人選020 辞世の歌」笠間書院 2011 p103
戦国武将の歌概観
「コレクション日本歌人選014 戦国武将の歌」笠間書院 2011 p105
僧侶の和歌概観
「コレクション日本歌人選059 僧侶の歌」笠間書院 2012 p103
[付録エッセイ]景樹の和歌論（林達也）
「コレクション日本歌人選016 香川景樹」笠間書院 2011 p116
[付録エッセイ]烏丸光浩（駒敏郎）
「コレクション日本歌人選032 松永貞徳と烏丸光広」笠間書院 2012 p118
[付録エッセイ]木下長嘯子（ドナルド・キーン）
「コレクション日本歌人選057 木下長嘯子」笠間書院 2012 p114
[付録エッセイ]文の道・武の道（抄）（小和田哲男）
「コレクション日本歌人選014 戦国武将の歌」笠間書院 2011 p119
[付録エッセイ]細川幽斎（抄）（松本清張）
「コレクション日本歌人選033 細川幽斎」笠間書

院 2012 p114
［付録エッセイ］松永貞徳（宗政五十緒）
「コレクション日本歌人選032 松永貞徳と烏丸光広」笠間書院 2012 p114

【年表】
おみくじの歌関連略年譜
「コレクション日本歌人選076 おみくじの歌」笠間書院 2019 p104
略年譜
「コレクション日本歌人選016 香川景樹」笠間書院 2011 p104
「コレクション日本歌人選033 細川幽斎」笠間書院 2012 p104
「コレクション日本歌人選057 木下長嘯子」笠間書院 2012 p104
「コレクション日本歌人選077 天皇・親王の歌」笠間書院 2019 p108
略年譜 松永貞徳・烏丸光広
「コレクション日本歌人選032 松永貞徳と烏丸光広」笠間書院 2012 p104

【資料】
紀貫丸撰『道家百人一首』から僧侶の歌44首
「コレクション日本歌人選059 僧侶の歌」笠間書院 2012 p117
作者一覧
「コレクション日本歌人選080 酒の歌」笠間書院 2019 p116
人物一覧
「コレクション日本歌人選014 戦国武将の歌」笠間書院 2011 p106
「コレクション日本歌人選020 辞世の歌」笠間書院 2011 p104
「コレクション日本歌人選059 僧侶の歌」笠間書院 2012 p104
読書案内
「コレクション日本歌人選014 戦国武将の歌」笠間書院 2011 p117
「コレクション日本歌人選016 香川景樹」笠間書院 2011 p114
「コレクション日本歌人選020 辞世の歌」笠間書院 2011 p113
「コレクション日本歌人選032 松永貞徳と烏丸光広」笠間書院 2012 p112
「コレクション日本歌人選033 細川幽斎」笠間書院 2012 p112
「コレクション日本歌人選057 木下長嘯子」笠間書院 2012 p112
「コレクション日本歌人選059 僧侶の歌」笠間書院 2012 p115
「コレクション日本歌人選076 おみくじの歌」笠間書院 2019 p115
「コレクション日本歌人選077 天皇・親王の歌」笠間書院 2019 p121
「コレクション日本歌人選080 酒の歌」笠間書院 2019 p131
附録
「コレクション日本歌人選020 辞世の歌」笠間書院 2011 p115

和歌（家集）

【解説】
解説（鈴木健一）
「和歌文学大系68 後水尾院御集」明治書院 2003 p255
解説（田中康二）
「和歌文学大系72 琴後集」明治書院 2009 p321
〔解説〕草径集（進藤康子）
「和歌文学大系74 布留散東・はちすの露・草径集・志濃夫廼舎歌集」明治書院 2007 p430
〔解説〕六帖詠草（鈴木淳）
「和歌文学大系70 六帖詠草・六帖詠草拾遺」明治書院 2013 p460
〔解説〕六帖詠草拾遺（加藤弓枝）
「和歌文学大系70 六帖詠草・六帖詠草拾遺」明治書院 2013 p479
〔解題〕うけらが花初編（千蔭）（白石良夫）
「新編国歌大観9」角川書店 1991 p786
〔解題〕浦のしほ貝（直好）（松野陽一ほか）
「新編国歌大観9」角川書店 1991 p793
〔解題〕柿園詠草（諸平）（青木賢豪、田村柳壹）
「新編国歌大観9」角川書店 1991 p792
〔解題〕梶の葉（梶女）（島津忠夫）
「新編国歌大観9」角川書店 1991 p779
〔解題〕楫取魚彦家集（古相正美）
「新編国歌大観9」角川書店 1991 p782
〔解題〕挙白集（長嘯子）（嶋中道則）
「新編国歌大観9」角川書店 1991 p769
〔解題〕桂園一枝（景樹）（秋本守英、奥野陽子）
「新編国歌大観9」角川書店 1991 p791
〔解題〕桂園一枝拾遺（景樹）（秋本守英、奥野陽子）
「新編国歌大観9」角川書店 1991 p792
〔解題〕黄葉集（光広）（大谷俊太）
「新編国歌大観9」角川書店 1991 p767
〔解題〕後十輪院内府集（通村）（日下幸男）
「新編国歌大観9」角川書店 1991 p770
〔解題〕琴後集（春海）（揖斐高）
「新編国歌大観9」角川書店 1991 p788
〔解題〕後水尾院御集（鈴木健一）
「新編国歌大観9」角川書店 1991 p773
〔解題〕佐保川（余野子）（藤平春男、高梨素子）
「新編国歌大観9」角川書店 1991 p783
〔解題〕亮々遺稿（幸文）（兼清正徳、大伏春美）
「新編国歌大観9」角川書店 1991 p789
〔解題〕衆妙集（幽斎）（林達也）
「新編国歌大観9」角川書店 1991 p767
〔解題〕逍遊集（貞徳）（小高道子、母利司朗）
「新編国歌大観9」角川書店 1991 p772
〔解題〕惺窩集（久保田淳）
「新編国歌大観8」角川書店 1990 p856

〔解説〕草径集(言道)（穴山健）
「新編国歌大観9」角川書店 1991 p793
〔解説〕草山和歌集(元政)（島原泰雄）
「新編国歌大観9」角川書店 1991 p773
〔解説〕為村集（久保田啓一）
「新編国歌大観9」角川書店 1991 p781
〔解説〕調鶴集(文雄)（橘りつ、千艘秋男）
「新編国歌大観9」角川書店 1991 p794
〔解説〕散りのこり(倭文子)（後藤重郎、深津睦夫）
「新編国歌大観9」角川書店 1991 p779
〔解説〕筑波子家集（後藤重郎、深津睦夫）
「新編国歌大観9」角川書店 1991 p784
〔解説〕晩花集(長流)（村上明子、島津忠夫）
「新編国歌大観9」角川書店 1991 p775
〔解説〕広沢輯藻(長孝)（上野洋三）
「新編国歌大観9」角川書店 1991 p774
〔解説〕芳雲集(実険)（上野洋三）
「新編国歌大観9」角川書店 1991 p778
〔解説〕漫吟集(契沖)（富田志津子）
「新編国歌大観9」角川書店 1991 p775
〔解説〕三草集(定信)（市古夏生）
「新編国歌大観9」角川書店 1991 p789
〔解説〕通勝集（藤平春男ほか）
「新編国歌大観8」角川書店 1990 p855
〔解説〕悠然院様御詠草(宗武)（中村一基）
「新編国歌大観9」角川書店 1991 p780
〔解説〕霊元法皇御集（井上宗雄、田中隆裕）
「新編国歌大観9」角川書店 1991 p776
〔解説〕六帖詠草(蘆庵)（藤田真一、坂内泰子）
「新編国歌大観9」角川書店 1991 p784
〔解説〕六帖詠草拾遺(蘆庵)（藤田真一、坂内泰子）
「新編国歌大観9」角川書店 1991 p785

【資料】
初句索引
「和歌文学大系68 後水尾院御集」明治書院 2003 p284
「和歌文学大系70 六帖詠草・六帖詠草拾遺」明治書院 2013 p503
「和歌文学大系72 琴後集」明治書院 2009 p356
「和歌文学大系74 布留散東・はちすの露・草径集・志濃夫廼舎歌集」明治書院 2007 p482
人名一覧
「和歌文学大系72 琴後集」明治書院 2009 p337
「和歌文学大系74 布留散東・はちすの露・草径集・志濃夫廼舎歌集」明治書院 2007 p469
人名索引
「和歌文学大系70 六帖詠草・六帖詠草拾遺」明治書院 2013 p490
地名一覧
「和歌文学大系68 後水尾院御集」明治書院 2003 p273
「和歌文学大系72 琴後集」明治書院 2009 p341
「和歌文学大系74 布留散東・はちすの露・草径集・志濃夫廼舎歌集」明治書院 2007 p477
地名索引
「和歌文学大系70 六帖詠草・六帖詠草拾遺」明治書院 2013 p495
補注 草径集（進藤康子）
「和歌文学大系74 布留散東・はちすの露・草径集・志濃夫廼舎歌集」明治書院 2007 p416

和歌（私撰集）

【解説】
〔解説〕大江戸倭歌集（揖斐高、白石良夫）
「新編国歌大観6」角川書店 1988 p970
〔解説〕霞関集（松野陽一、中村一基）
「新編国歌大観6」角川書店 1988 p968
〔解説〕新明題和歌集（上野洋三ほか）
「新編国歌大観6」角川書店 1988 p967
〔解説〕題林愚抄（井上宗雄ほか）
「新編国歌大観6」角川書店 1988 p964
〔解説〕鳥の迹（松本節子、島津忠夫）
「新編国歌大観6」角川書店 1988 p967
〔解説〕難波捨草（日比野純三、島津忠夫）
「新編国歌大観6」角川書店 1988 p967
〔解説〕麓のちり（大島貴子、島津忠夫）
「新編国歌大観6」角川書店 1988 p966
〔解説〕八十浦之玉（鈴木淳）
「新編国歌大観6」角川書店 1988 p969
〔解説〕林葉累塵集（村上明子、島津忠夫）
「新編国歌大観6」角川書店 1988 p966

日本古典文学全集・作品名綜覧
第Ⅱ期

2019年11月25日　第1刷発行

発　行　者／大高利夫
編集・発行／日外アソシエーツ株式会社
　　　　　　〒140-0013 東京都品川区南大井6-16-16 鈴中ビル大森アネックス
　　　　　　電話 (03)3763-5241（代表）FAX(03)3764-0845
　　　　　　URL http://www.nichigai.co.jp/
発　売　元／株式会社紀伊國屋書店
　　　　　　〒163-8636 東京都新宿区新宿3-17-7
　　　　　　電話 (03)3354-0131（代表）
　　　　　　ホールセール部（営業）電話 (03)6910-0519

電算漢字処理／日外アソシエーツ株式会社
印刷・製本／株式会社平河工業社

不許複製・禁無断転載　　《中性紙北越淡クリームラフ書籍使用》
〈落丁・乱丁本はお取り替えいたします〉
ISBN978-4-8169-2801-7　　Printed in Japan,2019

本書はディジタルデータでご利用いただくことができます。詳細はお問い合わせください。

日本古典文学全集・内容綜覧
付・作家名索引
A5・880頁　定価(本体33,000円+税)　2005.4刊

日本古典文学全集・作品名綜覧
A5・560頁　定価(本体27,000円+税)　2005.4刊

1945～2004年に刊行が完結した、日本古典文学全集の収録内容を一覧・検索できるツール。徹底した原本調査により、目次に記載されていない小品、校注、解説、索引、年表などまで収録。内容綜覧では各巻の書誌事項と収録内容を一覧。作家名索引では原作者や校注・解説者から、作品名綜覧では作品名から収録全集・掲載ページを調べることができる。

日本児童文学文献目録 1945-1999
遠藤純監修　A5・750頁　定価(本体19,000円+税)　2019.9刊

日本児童文学文献目録 2000-2019
遠藤純監修　A5・840頁　定価(本体19,000円+税)　2019.10刊

日本・海外の児童文学に関する図書、雑誌論文、書誌、書評を網羅的に採録、体系化して収録した初の文献目録。収録文献は「児童文学一般」「日本児童文学」「海外児童文学」「童謡・唱歌・詩」「民話・昔話・神話・伝承」「絵本」「マンガ・アニメーション・映画」「児童文化・子ども文化」「ポップ・サブカルチャー・メディア」「子どもと読書」「作家・作品論(日本)」「作家・作品論(海外)」に大別し、図書、雑誌、書誌、書評に分けて刊行年月順に排列。巻頭に研究案内「児童文学の研究をはじめるにあたって」、巻末に「事項名索引」「著者名索引」「収録誌名一覧」付き。

教科書に載った日本史人物1000人
―知っておきたい伝記・評伝
A5・730頁　定価(本体11,500円+税)　2018.12刊

教科書に掲載された日本史の人物を深く知るための図書を収録した目録。高等学校の日本史教科書に載った、神話時代から昭和・平成までの人物を知るための伝記、評伝、日記、書簡集、資料集など1万点を一覧できる。

データベースカンパニー
日外アソシエーツ
〒140-0013　東京都品川区南大井6-16-16
TEL.(03)3763-5241　FAX.(03)3764-0845　http://www.nichigai.co.jp/